Don Quijote
de la Mancha

European Masterpieces
Cervantes & Co. Spanish Classics N° 1

Founding Editor: Tom Lathrop
                               University of Delaware, Emeritas

General Editor: Matthew Wyszynski
                               University of Akron

Miguel de Cervantes Saavedra

El ingenioso hidalgo
don Quijote de la Mancha

Edited and with notes and an index by

Tom Lathrop

Editor, Bulletin of the Cervantes Society of America
Founding Member of the Cervantes Society of America
Asociación de Cervantistas
Sociedad Cervantina, Madrid

Cover and illustrations by
Jack Davis

Legacy Edition

Curator of the Text
Stephen Hessel

Cervantes & Co.

NEWARK · DELAWARE

The publisher would like to thank MATTHHEW MOORE, NICK WOLTERS, and CLARK DAVIS for their editorial help.

This book was originally dedicated to my blind friend, LORENZO TAPIA. We were in *Don Quijote* class together in the mid-1960s, and we had great fun playing rock hits from that era together. The new dedication, however, seemed more urgent, and I hope that Lorenzo, wherever his spirit lies, will be understanding.

LEGACY EDITION. Second, corrected printing.

Juan de la Cuesta—Hispanic Monographs
and European Masterpieces are imprints of

LinguaText, Ltd.
103 Walker Way
Newark, Delaware 19711

(302) 453-8695
Fax: (302) 453-8601
www.EuropeanMasterpieces.com
www.LinguaTextLtd.com

MANUFACTURED IN THE UNITED STATES OF AMERICA

ISBN 978-1-58977-100-0
Don Quijote Dictionary: ISBN 978-1-58977-101-7 also available

Table of Contents

This edition is dedicated to the memory of the twenty first-graders and six staff members of Sandy Hook Elementary School in Newtown, Connecticut, who were senselessly and brutally massacred on December 14, 2012. These innocent, beautiful children were all six or seven years old.

CHARLOTTE BACON, *born February 22, 2006*
DANIEL BARDEN, *born September 25, 2005*
OLIVIA ENGEL, *born July 18, 2006*
JOSEPHINE GAY, *born December 11, 2005*
ANA M. MÁRQUEZ-GREENE, *born April 4, 2006*
DYLAN HOCKLEY, *born March 8, 2006*
MADELEINE F. HSU, *born July 10, 2006*
CATHERINE V. HUBBARD, *born June, 8, 2006*
CHASE KOWALSKI, *born October 31, 2005*
JESSE LEWIS, *born June 30, 2006*
JAMES MATTIOLI, *born March 22, 2006*
GRACE MCDONNELL, *born November 4, 2005*
EMILIE PARKER, *born May 12, 2006*
JACK PINTO, *born May 6, 2006*
NOAH POZNER, *born November 20, 2006*
CAROLINE PREVIDI, *born September 7, 2006*
JESSICA REKOS, *born May 10, 2006*
AVIELLE RICHMAN, *born October 17, 2006*
BENJAMIN WHEELER, *born September 12, 2006*
ALLISON N. WYATT, *born July 3, 2006*

Here are the names of the six adults murdered in this same attack. These incredibly brave and wonderful women selflessly gave up their lives to save children.

DAWN HOCHSPRUNG, *Principal, born June 28, 1965*
MARY SHERLACH, *Psychologist, born February 11, 1956*
VICTORIA SOTO, *Teacher, born November 4, 1985*
LAUREN ROUSSEAU, *Substitute Teacher, born June 8, 1982*
RACHEL DAVINO, *Special-Needs Paraprofessional, born July 17, 1983*
ANNE MARIE MURPHY, *Teacher's Aide, born July 25, 1960*

The nation wept.

Introduction to Students

The Life of Cervantes

Y OU MIGHT BE SURPRISED AT how much Cervantes' swashbuckling life affected this work.

He was the fourth of seven children, born on September 29, 1547 in Alcalá de Henares, a university town about 30 kms. east of Madrid. His father, Rodrigo, was a barber-surgeon. The family had little money and moved frequently. When he was three and a half years old, they moved to Valladolid, the capital, then on to Córdoba in 1553, when Miguel was seven years old. In 1564 at age 17, the family was in Seville. Next to nothing is known about Miguel's education, although it had to be both intense and broad, whether in schools or on his own. There is a record that he attended the Estudio de la Villa de Madrid for about six months when he was a rather old 20, under the humanist priest Juan López de Hoyos. Cervantes contributed four poems (one sonnet, two short poems in the *redondilla* format, and a 66 stanza long elegy written in tercets) to the memorial volume put together by López de Hoyos to honor the dead queen, Isabel de Valois.[1] Cervantes—although not noted as a poet—could handle many poetic forms adroitly, and used a large number of poetic formats in the *Quijote* (there are 45 of his poems in both parts of the book).

On September 15, 1569, an arrest warrant was issued in Madrid for Cervantes, who had wounded a rival in a duel. The warrant said that Cervantes' right hand was supposed to be cut off and he was to be in exile from Madrid for ten years. He fled to Andalucía and shortly thereafter made his way to Rome where he worked in the household of Cardinal Giulio Acquaviva, whom he may have met the previous year in Madrid. He worked only a few months for the cardinal. There he learned something of the Italian language and was initiated into Italian literature. You will see many references to Italy, and writings in Italian, in the *Quijote*, particularly the Italian continuations of the French *Song of Roland*. The *novella* of the *Curioso impertinente* (in Chapters 33-35 in Part I) is based on Italian models. In the summer of 1570, Cervantes joined a Spanish regiment in Naples and went off to war as a naval gunner. He fought

---

1 This volume was called *Historia y relación verdadera de la enfermedad, felicísimo tránsito y suntuosas exequias fúnebres de la Serenísima Reina Doña Isabel de Valois.*

against the Turks in the Battle of Lepanto (Greece) on October 7, 1571, a critical battle on which the future of Europe as a Christian continent hinged. After another battle in Tunis, and a stay in Naples, as Cervantes was finally returning to Spain in 1575, his galley was attacked by Barbary pirates and he was taken to Algiers where he was held for five years waiting to be ransomed. His time in Algiers is reflected in the Captive's Tale (Chapters 39-41 of Part I).

Once back in Spain, twelve years after he left, he had to set about earning money, and got some work from the king. Miguel married Catalina de Salazar—18 years his junior—in 1584, in what turned out to be an unhappy marriage. They lived in Esquivias in La Mancha, where he came to know the types of people who were later to populate his *Quijote*.[2] The following year, he published the first—and, as it turns out, the *only*—part of his pastoral novel *La Galatea*, which he had been writing for a few years. The novel was not successful enough to support him for long. He liked the pastoral genre sufficiently well to write a number of pastoral narrations in the *Quijote* (starting with the 11th chapter in Part I).

For about ten years he had a job as a buyer and tax collector for the crown, and traveled all around Andalucía. His knowledge of the geography of that region is frequently seen in the *Quijote*. In 1590 he applied for one of several positions in the New World—Guatemala, Cartagena [modern Colombia], or La Paz [modern Bolivia]—but his petition was denied, for which posterity can be grateful.

In 1604 he moved to Valladolid to a house that you can visit today. Part I of his *Quijote* was all but finished by then, and was printed on the presses of Juan de la Cuesta in Madrid in 1605. It was an instantaneous success. As the printers were taking apart the typeset pages from the first printing, a second printing was urgently needed, and what had been taken apart had to be re-set. Since the original royal license (the equivalent of the modern copyright) didn't include Portugal, two enterprising Lisbon printers produced pirated Spanish-language editions immediately. It was reprinted in Madrid once again, this time *including* a license for Portugal. There was also an edition in Valencia. All of this publishing activity so far was in 1605! Then came foreign editions in Spanish (Part I, Brussels, 1607; Milan, 1610; and of both parts, Antwerp—there were many editions in this city, 1697; London, 1738; The Hague, 1744; Amsterdam, 1755; Leipzig, 1800-07; Bordeaux, 1804; Berlin, 1804-05; Paris, 1814; Mexico, 1833; New York, 1853), followed by translations (English, 1612; French, 1614; German,

---

2 For example, fifty years earlier, the local priest in Esquivias was named Pero Pérez, and he baptized the son of Mari Gutiérrez. Pero Pérez is the name of Don Quijote's village priest, and Mari Gutiérrez is one of the names ascribed to Sancho Panza's wife. This is reported by Astrana Marín in his *Vida ejemplar y heroica de Miguel de Cervantes* (Madrid: Reus, 1948-1958, vol. IV, p. 29). It all may just be coincidence, of course, since neither name is remarkable in any way, but what is important is how Cervantes created his village folk partially based on his daily observations in Esquivias.

1621; Italian, 1622-25; Dutch, 1657; Portuguese, 1794; Russian, 1769). In fact, the *Quijote* has been translated into more languages than any other work of fiction.

Now that he was well known as an author, Cervantes turned to other projects. In 1613 he published his twelve *Novelas ejemplares*, several of them being in the Italian style. In 1614 he published a long poem called *Viaje del Parnaso* in which he talks about 120 different authors. Although he had hinted at a second part of his *Quijote* at the end of Part I he waited until 1615 to finish his Part II. In the meantime, in 1614, a second author came out with his own continuation of Cervantes' book (more about this in the introduction to Avellaneda, p. xxiii ff., since the spurious *Quijote* affected the second part greatly). Also in 1615 his *Ocho comedias y ocho entremeses* was published. Cervantes was a real fan of the theater, and in Chapters 47-48 of Part I, there is a critique of the contemporary theater. The following year, just as he was getting ready to publish *Persiles y Sigismunda*, he died on April 23, 1616.

THE MALIGNED GENIUS

Ever since the *Quijote* has been annotated, every editor has pointed out that the book is filled with inconsistencies, contradictions, and errors. And it is absolutely true. You will soon see that when something—anything—is stated, sooner or later it will be contradicted. This has led footnote writers since the erudite and vituperative Clemencín in the 1830s, to proclaim that this masterwork of world literature was written by an extremely careless author who must have written at full speed without ever going over his work, and that he included hundreds of contradictions without ever realizing his terrible mistakes. That there are hundreds of inconsistencies is undeniable, but that Cervantes was a careless writer is very far from the truth.

Since there are no wholesale contradictions in his other works, the obvious conclusion has to be that Cervantes put them in the *Quijote* ON PURPOSE. But why? The answer is very simple. Cervantes' advertised objective in writing *Don Quijote* was to make fun of the ancient romances of chivalry—the old books that told tales of roaming knights in armor—so that no further romances of chivalry would be written. In this he was successful, since no new romances were written in Spanish.

In the romances that Cervantes was parodying, you will find errors and contradictions. Their authors were writing stories to entertain, and paid little attention to consistency in details. In order to imitate the romances fully, Cervantes satirized not only their content but also imitated their careless style. It's as simple as that. Far from being a defect in the book, these contradictions are really an integral part of the art of the book. No one can convince me that Cervantes, whose erudition and memory were so vast that he was able to cite, in this book alone, 104 mythological, legendary, and biblical characters; 131 chivalresque, pastoral, and poetic characters; 227 historical persons or lineages; 21 famous animals; 93 well-known books; 261 geographical locations; 210 proverbs; and who created 371 characters (230 of whom have speaking roles),[3] could possibly forget from one paragraph to the next the name of Sancho Panza's wife (yet she is called Juana Gutiérrez on p. 66, l. 20 and Mari Gutiérrez five lines later. And in Part II she is *also* called Juana Panza, Teresa Panza, and Teresa Cascajo).

So Cervantes imitated the careless style of these romances by, in a *very carefully* planned way, making mistakes *on purpose* about practically everything, and he made sure that whatever was said was eventually contradicted.

In Chapter 4, when Don Quijote makes an error in math and says that seven times nine is *seventy* three (p. 42, l. 30), some modern editors think that the typesetter has made a mistake—after all, there's only one letter different between *setenta* and *sesenta*. Far from being a typesetter's mistake, it's simply Don Quijote's error in basic math. Some editors have *corrected* Don Quijote's mistake to make it come out right, and most of those don't mention that a change had been made. When editors make those silent changes, *you* are cheated out of a great deal of charm and humor in the book.

On another occasion, Don Quijote makes a mistake when he says that the biblical Samson removed the doors of the temple. It was really the gates of the city of Gaza that Samson tore off. Cervantes inserted this error on purpose, either to show that Don Quijote's biblical knowledge was faulty, or to show that in the heat of excitement one's memory is not as acute as it should be. To state, as Clemencín does, that there are "nuevas pruebas de la falta de atención de Cervantes y de su inexactitud en las citas" (p. 1170 of Clemencín's Castilla edition) is ludicrous. Many, many errors that the *characters* make are attributed to Cervantes. The characters are capable of making their own mistakes all by themselves, and when they make them we should assign them to the characters *themselves* rather than to the author.

Cervantes, as a rule, simply does not make mistakes and he's not careless either. Indeed he had to be particularly keen and creative in order to make sure everything was contradicted. Every contradiction, every mistake, every careless turn of phrase, is there because Cervantes wanted it exactly that way.[4]

A CASE IN POINT—"ERRONEOUS" CHAPTER TITLES

Aside from the contradictions and inconsistencies in the text itself, Cervantes has made sure there are mistakes in the chapter titles, also in imitation of careless titles in the books of chivalry. In preparing the romances of chivalry for the press, a person who was not the author, obviously has frequently supplied the

---

3 These numbers come from the very organized appendices to Américo Castro's edition of the *Quijote* (México: Porrúa, 1960) prepared by José Bergúa.

4 These ideas can be read more fully in my article "Contradictions in the *Quijote* Explained," in *Jewish Culture and the Hispanic World*, ed. Mishael M. Caspi and Samuel Armistead, published by Juan de la Cuesta in 2001, pp. 242-46. These are studies in memory of my professor at UCLA, Joseph Silverman.

chapter titles, sometimes making mistakes that the author could never make. In *El caballero del Cisne*, for example, the title of Chapter 114 says: "Cómo sus enemigos mataron el caballo del caballero del Cisne," yet the horse was not killed in that chapter.[5] What Cervantes did, although he created everything himself, was to imitate the chopping of the book into chapters, and the careless preparation of chapter titles that went along with it.

Cervantes used practically every variation possible to mess up chapter titles. One thing he did was to do exactly what the example from *El caballero del Cisne* did, which was to state in the chapter title events that happened in the story, but *not* in the chapter in question. In Part 1, chapter 10 (p. 81) the title is preposterously wrong. It says: "De lo que más le avino a don Quijote con el vizcaíno y del peligro en que se vio con una turba de yangüeses." The episode with the Basque ("vizcaíno") was just finished, and the Yanguesans don't come for five more chapters. Who could possibly fail to see this amusing parody? The Spanish Royal Academy of the Language did just that in their 1780 edition, and they, "corrigiendo tan notoria equivocación," in the words of the hostile Clemencín, changed the title to: "De los graciosos razonamientos que pasaron entre don Quijote y Sancho Panza, su escudero." Exactly the same thing happens in the title to Part I, Chapter 36 (p. 329), "Que trata de la brava y descomunal batalla que don Quijote tuvo con unos cueros de vino tinto, con otros raros sucesos que en la venta le sucedieron." The "descomunal batalla" already had taken place, and everybody knows it, especially Cervantes. Many of these contradictions are far from subtle.

Another variation was to switch chapter titles around. Cervantes reversed, *on purpose*, the titles for chapters 29 and 30 of Part I. The Academy's edition "fixed" these titles so that they corresponded to what was in the chapters.

Once, there is a false start. In Part I, chapter 37 (p. 337) it says, "Que trata donde se prosigue la historia de la famosa infanta Micomicona, con otras graciosas aventuras," where "Que trata" is superfluous. In the *Tabla de los capítulos* at the end of the book, the compositors changed this to read: "Que prosigue la historia de la famosa Infanta Micomicona…"

The title for Part I, Chapter 45 (p. 406) bears the Roman numeral XXXV, *thirty five*. This can hardly be a typesetter's mistake since it is so different from the "correct" XLV. It has to be that Cervantes once again "made a mistake" on purpose. The *Tabla* DOES correct it to *Capítulo cuarenta y cinco*. It is understandable that a responsible typesetter just could not allow the chapters to be numbered 43, 44, *35*, 46, 47… in the table of contents.

In the first edition there is no Chapter 43 title in the body of the Part I—that is, it jumps from Chapter 42 to Chapter 44. A title for Chapter 43 *is* listed in the *Tabla* in back of the book (p. 466). Its page number refers to the place where the poem "Marinero soy de amor" begins (p. 391). Three preceding

---

5 I thank Bruce Fitch for this reference.

chapters have already begun with a poem (I,1 "En un lugar de la Mancha" was a verse from a *romance*; I,14 "Canción de Grisóstomo"; I,40 a sonnet)—so this might seem a logical break if there were to be a chapter division at all. But since we are dealing with *this* work it seems best to follow the first edition and to skip directly from 42 to 44.

The chapter title for 43 as listed in the *Tabla* is unique in the way it ends: "Capítulo cuarenta y tres, donde se cuenta la agradable historia del mozo de mulas; con otros estraños acaecimientos en la venta sucedidos. *Comienza: Marinero soy de amor.*" Since compositors are supposed to set exactly what they see, it seems reasonable that they would not skip a chapter division (if one were at *Marinero soy de amor*). When the compositors were preparing the *Tabla*, on the other hand, they must have been horrified to see that a heading had seemingly been left off (by the author), so they *made up* a title for Chapter 43, after they determined where they thought the chapter was *supposed to* begin. You might wonder why they didn't go back and put their made up title in the text where they said it was supposed to go. It was because the book was either already printed, or the pages were locked up and ready to be printed—you can't make a table of contents unless you know the page numbers. The printers would have had to shuffle type through the end of Chapter 51, where there is a bit of space (see folio 308^r of the first printing), to fit in this new title, that would represent 96 reworked or reprinted pages.

ANOTHER CASE IN POINT—THE ROBBERY OF SANCHO'S DONKEY

The biggest "error" in the whole of Part I is without doubt the mysterious robbery and return of Sancho's donkey. The readers of the first 1605 edition of the work suddenly found that Sancho's donkey was not only missing, but *stolen*, as he blurts out in Chapter 25: "Bien haya quien nos quitó ahora del trabajo de desenalbardar al rucio" (p. 213, l. 32 - 214, l. 1). Soon, when Sancho has to do an errand for Don Quijote, he says: "Será bien tornar a ensillar a Rocinante para que supla la falta del rucio" (p. 214, l. 8). When Don Quijote asks for bandages a bit later, Sancho says: "Más fue perder el asno... pues se perdieron en él las hilas y todo" (pp. 214, l. 37-215, l. 1). And then, when Sancho calls himself an ass, he says: "Mas no sé yo para qué nombro «asno» en mi boca, pues «no se ha de mentar la soga en casa del ahorcado.»" (p. 218, l. 26). In the next chapter, Sancho meets the priest and barber of his village and "les contó la pérdida del rucio" (p. 226, l. 25). It would seem that somewhere in Chapter 25, as many have pointed out, the donkey was stolen. Later in Chapter 29, Sancho is mentioned as being on foot: "Luego subió don Quijote sobre Rocinante... quedándose Sancho a pie, donde de nuevo se le renovó la pérdida del rucio" (p. 263, l. 21). Then, after twelve chapters with no mention either of the lost or recovered donkey, little by little, the donkey reappears. In Chapter 42, Sancho is found sleeping comfortably on his donkey's trappings, which were stolen along with the animal: "Se acomodó mejor que todos, echándose sobre los aparejos de su jumento" (p. 390,

l. 31-32). After a few similar allusions to trappings and the donkey's halter, in Chapter 46, there is the donkey, miraculously standing in the stable, and the innkeeper swore that "no saldría de la venta Rocinante ni el jumento de Sancho, sin que se le pagase primero hasta el último ardite" (p. 414, ll. 28-29). And then the story continues with Sancho on his donkey and Don Quijote on his horse.

That's the way it was in the first Cuesta edition of 1605. In the second Cuesta edition of 1605—the one that included Portugal in its copyright area— we now read about the loss of the donkey in Chapter 23 (p. 191, in note 10), and its recovery in Chapter 30 (at p. 274, l. 14). These additions have led some editors to believe that Cervantes went down to the Cuesta's print shop and corrected his huge mistake himself. Far from the truth. The way it was in the first edition was exactly as he wanted it.

I don't know who wrote the inserted sections. I suspect it was someone in the print shop, given the other "corrections" made there, but I know it *wasn't* Cervantes. I am sure of it for several reasons. On stylistic grounds, the passage which tells about the loss of the donkey uses an expression which Cervantes regularly does not use. It says that "Sancho Panza... *halló* menos su rucio" (p. 191, note 10). When Cervantes wanted to say 'to miss" he used "*echar* menos" and not "*hallar* menos,"[6] so the person who wrote that in principle could not have been Cervantes.

Another important proof is *where* the new material was inserted. Flores, Allen, Hartzenbusch, Stagg, and others, all agree that the robbery should not have been in Chapter 23, where it was placed, but in Chapter 25, since there is where we first see references to it. And the recovery was stuck in the middle of Chapter 30 where it seems an intrusion. Would the author have put these added sections where they now are? Clearly not. But the added sections were never supposed to be inserted at all, as the next proof shows.

Printers in Spain and in the rest of Europe used the "corrected" second Cuesta edition as a basis for their own editions until and beyond when Cervantes' Part II came out. These included the edition in Valencia (1605), one in Brussels (1607), a new one in Madrid (1608), one in Milan (1610), and yet another in Brussels (1611). Most of the copies of the book in circulation at the time Part II came out, therefore, had the inserted sections describing the theft and recovery of the donkey.

---

6 Both expressions were used in Cervantes' time. But I had better say that my old friend, Francisco Rico, *did* find a single instance in all of Cervantes' works of *hallar menos*, in his "Coloquio de los perros": "hallole antes de que hubiese *echado menos* el asno primero...; fuésele a pagar a la posada donde *halló menos* la bestia a la bestia." The context doesn't make much sense in itself, but there they are, BOTH EXPRESSIONS, close together. This is the ONLY instance of a cervantine *hallar menos*. Couldn't it be for stylistic reasons? (See his Really Good *El texto del* Quijote [Valladolid: Centro para la Edición de los Clásicos españoles—Universidad de Valladolid, 2005, pp. 205-06]).

In Chapter 3 of Part II, a new character named Sansón Carrasco arrives and says: "Algunos han puesto falta y dolo en la memoria del autor puesto que se le olvida de contar quién fue el ladrón que hurtó el rucio a Sancho, que allí no se declara, y sólo se infiere de lo escrito que se le hurtaron, y de allí a un poco le vemos a caballo sobre el mesmo jumento, sin haber parecido." To most readers this would have been perplexing, since chances are they had copies based on the *second* Cuesta edition, where not only did they know who had robbed the donkey, since it was mentioned in Chapter 30, but once it had been robbed, the second edition also corrected several subsequent references to Sancho riding it, and put him on foot. What this means is that Sansón is basing his observation on what went on in the first edition, the "official version," the one without the added sections, the only one approved by Cervantes. If Cervantes had written the inserted sections, Sansón's observation would not have been made.

In my edition, as my friend Martín de Riquer did, I have put the added sections in footnotes where they were placed in the second Cuesta edition. But to play the game correctly, in the Cervantine way, you should pay little heed to added sections. The first edition is as Cervantes wanted, and the giant error of the robbery of the donkey is also *exactly* the way Cervantes wanted it.[7]

MARCELA AND DON QUIJOTE'S MISSION
From Chapters 12 to 14 of Part I there is a pastoral episode in which we learn of the shepherd Grisóstomo, who killed himself because the beautiful shepherdess named Marcela didn't respond to his professed love for her. The general sentiment is that Marcela is responsible for his death. At Grisóstomo's funeral, Marcela appears in order to defend herself and then disappears into the forest.

This episode is important because it undermines Don Quijote's mission as a knight errant. To understand why, you have to go back to Chapter 11, where Don Quijote gives a speech to some goatherds who have invited him and Sancho to take supper and spend the night with them in their huts. In this speech, Don Quijote explains why knights errant are necessary in the world. He explains that in the Golden Age—which was long before the plow was invented—truth, sincerity, and justice were pure; that there was no need for judges; that there were no arbitrary laws. And whereas in that Golden Age maidens could roam freely and in total safety, alone and unattended, in modern times no maiden is safe, not even closed up in the labyrinth of Crete (p. 90, l. 13). Since maidens now need to be defended, knights errant are necessary in this detestable Age of Iron, Don Quijote says.

Now, the very first maiden that Don Quijote sees is Marcela, who declares that she was born free to live in freedom in the fields and mountains and can take perfect care of herself (her speech is from p. 113, l. 6, to p. 115, l. 19). This

---

7 There is more detail on this topic in my "¿Por qué Cervantes no incluyó el robo del rucio," *Anales cervantinos*, 22 (1984), 207-12.

maiden has no need whatsoever of a knight errant—she not only wanders freely and in total security in the wilderness, but also she more than ably can defend herself.

Since this first maiden that Don Quijote sees doesn't need his services, maybe he should reconsider his purpose and realize that he really has no mission in the world. But Don Quijote rarely, if ever, heeds these signs.

It is interesting to see how these episodes are structured, how one will echo or respond to a previous one. There is nothing capricious about the structure of this book. Everything is there for a purpose.[8]

The Fictional Cervantes

There is a fictional Cervantes clearly represented in *Don Quijote*, but this character has not been recognized as such. Instead, other characters have been proffered as the fictional Cervantes.

In *Don Quijote*, the most common one on the fictional Cervantes list is Cide Hamete Benengeli, the author of the Arabic manuscript from which Don Quijote's story was translated (this starts on p. 77, l. 15). Fermín Caballero said that if you make an anagram of CIDE HAMETE BENENGELI you get **Migel de Cebante,** and five letters left over.[9] Cervantes always wrote his name with a **b** instead of a **v**, which bolsters Caballero's theory. But if Cervantes had added all the missing letters of his name and called his historian something like Cide Hasmete Bernengueli, it would have been clever, but it would not have made Benengeli into the fictional Cervantes.

The reason that Cide Hamete cannot be the fictional Cervantes is partly because Cide Hamete wrote only in Arabic, and Cervantes wrote only in Spanish. Cervantes, in the real world, created a book of *fiction* called *El ingenioso hidalgo Don Quijote de la Mancha compuesto por Miguel de Cervantes Saavedra*, but in the world of fiction, Cide Hamete Benengeli created a book of *history* called *Historia de Don Quijote de la Mancha, por Cide Hamete Benengeli, historiador arábigo*.

Aside from the native language problem and the names of the real and fictional versions of the work, there are other things. I cannot see Cervantes referring to himself as "that dog of an author" (p. 80, l. 2) or as a person who has a reputation for lying (p, 78, l. 23). Cide Hamete is not the fictional Cervantes.

The narrator of the story, the one who in the first line of the book will not name what village Don Quijote is from, the person who later will refer to himself as the *segundo autor*, is the second candidate for the fictional Cervantes. Américo Castro, in his article "Cide Hamete Benengeli: el cómo y el por qué,"

---

8 This is more developed in my "La función del episodio de Marcela y Grisóstomo en el *Quijote*," in *Actas del VIII Congreso de la Asociación Internacional de Hispanistas* (Madrid: ISTMO, 1986), pp. 123-27.

9 In his *Pericia geográfica de Miguel de Cervantes, demostrada en la Historia de Don Quijote de la Mancha* (Madrid: Yenes. 1840).

published in the short-lived Parisian journal *Mundo nuevo* (Number 8, 1967, p. 6), states that: "En Toledo halló Cervantes el original de su obra mayor." This is absolutely astonishing to me, especially in the light of who said it. Did the real Cervantes plunge into the world of fiction and there purchase that famous Arabic manuscript? Don Américo is here equating Cervantes—the man of flesh and blood—with the book's un-named narrator whom he has dubbed "Cervantes" and whom he doubtless believed to be the *fictional* Cervantes.

Jay Allen refers to the narrator as Cervantes' fictional self in *Don Quijote: Hero or Fool* (Gainesville: University of Florida Press, 1969, p. 11). "This fictional Cervantes is not a simple copier but a dedicated researcher," he says. The narrator cannot be the fictional Cervantes. In order for it to be so, he would have to know the same things, look like, and be like the author. We have no information about what the narrator looked like, but we *do* know a few things about how the narrator worked, his attitudes, and what he could find out, and these do not equate him with Cervantes. Here is one example: the narrator could never find out what the hero's last name was, no matter where he looked, yet if Cervantes himself were the narrator it would be within his province to assign a last name, without archives and without research of any kind. Instead, Cervantes opted to create a *character* who could never locate what the elusive name might be. The narrator is not the fictional Cervantes.

Another candidate for the fictional Cervantes is don Quijote himself. It is true that Cervantes' age "frisaba con los cincuenta años" (p. 21, l. 22-p. 21, l. 1), and he was concerned with literature, just like his hero, but novels of chivalry didn't drive him mad, they only *made* him mad. There is a biography of Cervantes called *The Man who was Don Quixote*, in which Rafaello Busoni approximates Cervantes to Don Quijote through manipulation of facts and a fanciful imagination (Englewood Cliffs: Prentice-Hall, 1958). Interesting reading, but far from true. In *Man of la Mancha*, Dale Wasserman also equates the two. It's a terrific musical play, but it has little to do either with Cervantes or Don Quijote.

Here, finally, is a good example of a fictional representation of Cervantes. When Don Quijote's library is being examined for heretical books, the priest, talking about *La Galatea*, says: "Es grande amigo mío ese Cervantes, y sé que es más versado en desdichas que en versos" (p. 61, ll. 15-18). This Cervantes appears real, of course, because we know his name, we know that the real *Galatea* is his, and we know something about his life's troubles. But—and this is important—since the priest never lived in the real world but rather in the fictional one, it stands to reason that any friend of his, including that Cervantes whom he mentioned, would have to be fictional, too. We are also talking about a fictional *Galatea*. This Cervantes is a fictional Cervantes, but a minor one.

On a second occasion, in the Captive's Tale, we learn of an imprisoned soldier with the name "tal de Saavedra" (p. 361, ll. 27-28). Annotators comment that "Éste es el mismo Cervantes" or "Aquí Cervantes se refiere a sí mismo."

But Cervantes has not put himself into the novel, but rather a *fictional* representation of himself. Cervantes was imprisoned in the real Algeria, the "tal de Saavedra" was imprisoned in the Algeria of fiction, where he was seen by the Captive. Although the reference is fleeting, this is a second example of a fictional Cervantes.

Those two examples are just minor representations of a fictional Cervantes. The principal fictional Cervantes is the person who speaks in the prologue of Part I. Howard Mancing, in his book *The Chivalric World of* Don Quijote (Columbia: University of Missouri Press, 1982, p. 192), says: "No one, to my knowledge, doubts that the 'yo' of the prologue is anyone other than the person referred to on the title page... Miguel de Cervantes." But *I* doubt it. This person—this *character*—is not Miguel de Cervantes from the title page (that's the *real* one), but rather a fictional representation of Cervantes, a character created by Cervantes as another element in his fiction.

What has tricked us about Cervantes' prologue is that it really sounds like the author's own voice before his narrator takes over when the novel begins. In this ironic introduction we see a perplexed author not knowing how to make his book more acceptable or more learnèd owing to his feeble intellect. All of a sudden, an unnamed friend pops in and tells him what to do. Did someone really visit Cervantes when he had his pen behind his ear, his elbow on his desk, and his cheek in hand, and give to him the advice recorded in the prologue? No, of course not—it is all fiction.

Many people have been fooled by this prologue. Francisco Vindel, in his long-forgotten radio broadcast of April 27, 1934, called "Cervantes, Robles y Juan de la Cuesta," actually set out to prove who this mysterious caller was who visited Cervantes in that impromptu and providential fashion. Vindel tells us that it *had to be* Francisco de Robles, the bibliophile bookseller in whose shop *Don Quijote* would soon be sold. Who knows, maybe Robles did in fact inspire that character, but it does not make that character the real Robles.

We have all pitied Don Quijote because the poor crazy fellow believed that the fictional knight, Amadís de Gaula, really existed, really lived, and really engaged in eternal battles in real life. We are sorry for Don Quijote because he confused fiction with reality—he could never tell what was real, what was fiction, or what was his own imagination.

Many also fail to make this same distinction between what is fiction — which is everything that happens in *Don Quijote*—and real life, by assigning real person, Miguel de Cervantes, to different roles in that book—the narrator, the Arabic historian, the "segundo autor," and/or the protagonist himself. Real people cannot act in works of fiction, although fictional representatives of themselves can. The only true fictional Cervantes is the one who speaks in the Prologue of Part I, and this one is light years away from being the real Cervantes.[10]

---

10 This is more fully developed in my "El Cervantes ficticio" in *Hispanica Pos-*

THE ARABIC MANUSCRIPT

In the real world Cervantes created a book called *El ingenioso hidalgo don Quijote de la Mancha*. He created all of the characters, including the narrator. The first eight chapters of the book—within the reality of its fiction—were prepared by our unnamed narrator. As Chapter 8 ends, Don Quijote is in a furious battle with a raging Basque. Don Quijote has resolved to venture everything on one slash of his sword, and he begins his attack with his sword raised high. At this exact point, amazingly, the narrator's research could turn up nothing further, not even how the battle came out a few seconds afterward. Some time later, our narrator is in the market in Toledo and there sees a boy selling notebooks written in Arabic. He can't read that language, but takes one of them and finds someone who can translate for him. It turns out, astoundingly, that the manuscript is the story of Don Quijote. The narrator discovers this because the translator recites something that caught his eye in the margin: "Esta Dulcinea del Toboso, tantas veces en esta historia referida, dicen que tuvo la mejor mano para salar puercos que otra mujer de toda la Mancha" (p. 77, ll. 7-9). This work, unlike the title of our book in the real world, is called (in translation) *Historia de don Quijote de la Mancha, escrita por Cide Hamete Benengeli, historiador arábigo*. In the world of fiction, our book was written by an Arabic-speaking author. In the ancient books of chivalry, frequently the authorship of the book is attributed to a foreign source: thus, within the reality of the fiction created by their real-world authors, *Don Cirongilio de Tracia* was written originally in Latin by an author named Elisabad; *Las Sergas de Esplandián* was written in Greek by Frestón; *El caballero de la Cruz* and *Las guerras civiles de Granada* were written in Arabic, and translated into Spanish. So the story of Don Quijote continues this tradition. Cide Hamete Benengeli is an author of the wizard enchanter type, like Frestón and Elisabad, just as Don Quijote predicts he has to be, otherwise he could not be omniscient, that is, otherwise he could not relate what Don Quijote and Sancho say when they are alone in the wilderness.

On the first page of this Arabic manuscript there is a miniature showing Don Quijote with his sword raised. Underneath him is a caption that says DON QUIJOTE and under Sancho there is one that says SANCHO ZANCAS, because "que con estos dos sobrenombres le llama algunas veces la historia" (p. 78, ll. 16-17). It is a remarkable coincidence that Cide Hamete's manuscript begins at *exactly the same point* at which our narrator's research failed him, with Don Quijote attacking the Basque.

When you continue reading the book, you will never see that comment about Dulcinea salting pork anywhere in the book, and you will see that Sancho is always called Panza and never Zancas. What this means simply is that

---

naniensia, 1 (1990), 66-73, and, in a different version, in my "The Fictional Cervantes," in *Ingeniosa invención: Essays on Golden Age Literataure for Geoffrey L. Stagg in Honor of his 85th Birthday*, published by Juan de la Cuesta in 1999, pp. 251-57.

our narrator, who promised a faithful translation from Arabic into Spanish, has edited and changed his translated text, and has even omitted certain things. This leads us to wonder how reliable the finished text is. It is one of Cervantes' artistic triumphs that through these levels of narration we can perceive clearly the presence of Cide Hamete's manuscript and at times we can even reconstruct what the manuscript must have said.

Sometimes Cide Hamete is cited directly, so there is no question about his exact words. One time he says: "Juro como un católico cristiano" (Part II, Chapter 27, p. 661, l. 32), and another time: " '¡Bendito sea el poderoso Alá! dice Hamete Benengeli al comienzo de este octavo capítulo, '¡Bendito sea el poderoso Alá!' repite tres veces" (Part II, Chapter 8, p. 526, ll. 3-5). There are longer direct quotes, as well, for example when Cide Hamete speaks of Don Quijote's bravery (Part II, Chapter 17, p. 585, ll. 42 ff.) and his poverty (Part II, Chapter 44, p. 762, ll. 34 ff., but the ironic thing about these direct quotes is that none of them furthers the story in any way.

The narrator also cites Cide Hamete through indirect discourse. For example, in Part II, Chapter 1 (p. 481, ll. 6 ff.), we see: "Cuenta Cide Hamete Benengeli en la segunda parte desta historia, y tercera salida de don Quijote que el cura y el barbero se estuvieron casi un mes sin verle…" which indicates that Cide Hamete's manuscript said simply (in Arabic, of course): "El cura y el barbero se estuvieron casi un mes sin verle…" Here is another example of many: "Cuenta Cide Hamete que estando don Quijote sano de sus aruños…" The Arabic manuscript would have said: "Estando don Quijote sano de sus aruños…" (Part II, Chapter 52, p, 815, ll. 27-28).

Many times the narrator wants to emphasize that something said is Cide Hamete's declaration and not his own. For example, at one point the text says that Sancho is unusually charitable, and the narrator wants us to know that Cide Hamete said it, and not himself: "Como él, según Cide Hamete, era caritativo a demás…" (Part II, Chapter 54, p. 82, l. 31), so we can be reasonably sure that Cide Hamete said: "Como él era caritativo a demás…"

One thing the narrator cannot stand is Cide Hamete's inexactitude in matters of flora or fauna. Where Cide Hamete has given a generic term, our narrator likes to provide an appropriate specific term. Where Cide Hamete must have said: "Así como don Quijote se emboscó entre unos árboles…" our narrator has "Así como don Quijote se emboscó en la floresta, encinar o selva…" (Part II, Chapter 10, p. 537, ll. 4-6). Where Cide Hamete must have written: "Yendo fuera de camino, le tomó la noche (a don Quijote) entre unos espesos árboles…" our narrator changes it and then adds a comment: "Yendo fuera de camino, le tomó la noche (a don Quijote) entre unas espesas encinas o alcornoques, que en esto no guarda la puntualidad Cide Hamete que en otras cosas suele…" (Part II, Chapter 60, p. 863, ll. 9-11). And again: "Don Quijote, arrimado al tronco de un árbol, cantó desa suerte…" but our narrator writes: "Don Quijote, arrimado al tronco de una haya o de un alcornoque (que Cide Hamete

Benengeli no distingue el árbol que era), cantó desa suerte..." (Part II, Chapter 68, p. 912, ll. 35-36). What difference does it make what kind of tree it was? Our narrator insists on supplying details that do not affect the substance of the story.

When three country girls arrive on their mounts, Cide Hamete doesn't mention what kind of animals they are riding, so our narrator proposes what they might be: "Venían tres labradoras sobre tres pollinas, o pollinos, que el autor [= Cide Hamete] no lo declara, aunque más se puede creer que eran borricas..." (Part II, Chapter 10, p. 539, ll. 28-30). Cide Hamete must have said: "Venían tres labradoras sobre tres bestias..." but again, what difference does it make? Our narrator insists on precision where none is called for.

The Arabic manuscript is present and almost within reach throughout the book. And there is a huge contradiction involving that manuscript as well. At the end of Part I, in Chapter 52, Cide Hamete's manuscript runs out. There is nothing more left, and our narrator regrets he can find nothing else: "Pero el autor[11] desta historia, puesto que [= aunque] con curiosidad y diligencia ha buscado los hechos que don Quijote hizo en su tercera salida, no ha podido hallar noticia de ellas, a lo menos por escrituras auténticas..." (p. 458, ll. 15-17). Then when Part II begins, it starts with a quote you have already seen: "Cuenta Cide Hamete Benengeli en la segunda parte desta historia, y tercera salida de don Quijote..." You figure it out!

THE SECULAR CLERGY

In the *Quijote*, soon after the visionary gentleman himself is introduced, we meet Pero (= Pedro) Pérez, the village priest. Our priest never engages in the ordinary work of priests (except once, in Chapter 74 of Part II, p. 940, l., 4). He never says a single mass in the whole book, nor does he even say he has to prepare for one, write a sermon, hasten off to hear confessions, or anything of the kind.

It is equally strange that Don Quijote himself never says that he has to go to mass, that he needs to confess, that he needs a blessing, that he requires spiritual advice. A Christian knight, which is what Don Quijote professes himself to be—you should think at least—would be in constant need of the services of a priest. When Don Quijote, or anyone else for that matter, eats, no matter in the open wilderness or in sumptuous banquets, it is strange that no one ever says a blessing.

But what does Pero Pérez *do* to pass the time if he doesn't engage in religious matters? We find out the instant he is mentioned for the first time in the book: "[Don Quijote] tuvo muchas veces pendencia con el cura de su lugar... sobre cuál ha sido mejor caballero: Palmerín de Ingalaterra o Amadís de Gaula" (p. 23, ll. 8-10). What the priest does most of the time is to engage in literary discussions about secular literature. He never even *mentions* religious

---

11   Now, our narrator, the *segundo autor*, calls himself the "author."

literature—the Bible, lives of the saints, missals, or prayer books. He is very astute in his evaluation of secular literature and seems to have been a voracious reader in most areas.

The priest makes certain odd interjections throughout the book. At one point he makes a pagan exclamation: "Desde que Apolo fue Apolo…, tan gracioso ni tan disparatado libro como ése no se ha compuesto" (p. 60, ll. 15-17). Why Apolo? Why not a biblical figure? Because this priest never thinks of religious matters, never considers religious sources. He is plainly obsessed with secular life and secular literature.

In Chapter 32 of Part I (p. 285, l. 16 ff.), our priest engages in a discussion of books of chivalry with an innkeeper who has just brought out a valise containing books of chivalry and history, and the priest astutely explains to him the difference between fiction and non-fiction. In Chapter 47 of Part I we meet the Canon of Toledo (a canon is a priest who serves in a cathedral). The canon is taken aside by Pero Pérez and told of Don Quijote's craziness. This canon states that "He leído… el principio de todos los libros de caballerías… [pero] jamás me he podido acomodar a leer ninguno de principio al cabo" (p. 425, ll. 25-27), yet he seems to know them better than that. The canon goes on to say that he has thought, not of writing a *religious* work, but of writing a book of chivalry, and in fact has already written two hundred pages of one, and the people who've read it like it. Our priest, talking to the canon about modern plays, thinks them bad, not on religious grounds, but because they don't follow the precepts of the *comedia*, "espejo de la vida humana, ejemplo de las costumbres y imagen de la verdad" (p. 430, ll. 5-6). Couldn't he, as a man of the cloth, have found a better illustration for these traits—Christ, for example?

THE AVELLANEDA AFFAIR

In 1614, when Cervantes was on the way to finishing his Part II of the *Quijote* something astounding happened. It seems that in the unlikely city of Tarragona a second part of *Don Quijote* was published, written by a mysterious fellow named Alonso Fernández de Avellaneda[12] who claims he is from Tordesillas. Cervantes was furious not only because Avellaneda's work had appeared before his own second part, but also because Avellaneda neither possessed Cervantes' inventiveness nor remotely understood the psychological subtleties of Cervantes' Don Quijote and Sancho, and maybe especially because of several insults that Avellaneda hurled at him in the Prologue, dealing with his age and maimed hand.[13]

---

12   Avellaneda is mysterious because this book is the only reference to him *anywhere*. Scholars have proposed that this was just a *nom-de-plume*, but no one has been able to identify the man behind the name.

13   See Martín de Riquer's Clásicos Castellanos edition (Madrid: Espasa-Calpe, 1972), vol. I, pp. 8 and 10. All references to Avellaneda will be from this edition.

Avellaneda himself didn't think that he was doing anything out of the ordinary. It was fairly common—and still is, for that matter—for a second author to continue a work by another. Avellaneda cites some examples of this practice in the Prologue to his *Segundo tomo del ingenioso don Quijote de la Mancha, que contiene su tercera salida y es la quinta parte de sus aventuras.* He says: "¿Cuántos han hablado de los amores de Angélica y de sus sucesos? Las *Arcadias*, diferentes las han escrito; la *Diana* no es toda de una mano" (see Riquer, p. 10). It is true that the amorous adventures of Ariosto's Angelica were continued by two Spanish authors, one of them being Lope de Vega.[14] And that same Lope wrote his own *Arcadia* in imitation of Sannazzaro's *Arcadia (ca.* 1498) of almost a century earlier. There are two continuations of Jorge de Montemayor's *La Diana.* Many modern critics even hold Gil Polo's continuation in higher esteem than Montemayor's original.[15]

Avellaneda didn't consider it improper to write his own sequel to Cervantes' work so soon after the publication of the original either. After all, both continuations of *La Diana* came out in 1564, just five years after Montemayor's original, and Avellaneda had waited nine years. Aside from that, Cervantes had given every indication that he was NEVER going to continue the *Quijote.* What were some indications of this? The title page of the 1605 edition read simply *El ingenioso hidalgo don Quijote de la Mancha, compuesto por Miguel de Cervantes Saavedra,* and said nowhere that this was just the first of two volumes.[16] Even the division of the *Quijote* into four parts—reflecting the organization of *Amadís de Gaula* appeared to add evidence that Cervantes considered his work complete.

At the end of the book the original readers learned, perhaps to their dismay, that there really could be no sequel to *Don Quijote* because no authentic information about his third expedition could be found, although tradition held that he went to Zaragoza to compete in a tournament there.[17] The hopes of those who longed for a continuation of Cervantes' work diminished with each passing year, especially since Cervantes had turned his attention to *other* projects. In 1613 he published his *Novelas Ejemplares*; in 1614 he published his long poem, *Viaje del Parnaso*; and in 1615, about the same time that Part II of the *Quijote* came out, he published his *Ocho comedias y ocho entremeses nuevos nunca repre-*

---

14 Barahona de Soto published *Las lágrimas de Angélica* in Granada (1586), and Lope published his *La hermosura de Angélica* in 1602. These works are based on Angelica, a major character in Ludovico Ariosto's *Orlando Furioso* (1532).

15 Indeed, the priest in the *Quijote* shares this opinion. In Part I, Chap. 6, p. 60, he says that they should not burn Montemayor's *Diana,* and that Gil Polo's "se guarde como si fuera del mesmo Apolo" (l. 20-21). The other continuation is by Alonso Pérez.

16 I mention this because Cervantes' first book, *La Galatea* (1585) states on the title page that it's just the *first part* of the work. Had he intended to write a second part of the *Quijote* wouldn't he have said so on the title page, as he did with *La Galatea*? At least this is an impression one could have gotten.

17 See Part I, Chap. 52, p. 458, ll. 16-17.

sentados. But until he published his *Novelas*, eight years after the appearance of *Don Quijote*, there was no indication that he would publish ANYTHING ever again, much less a sequel to his *Don Quijote*.

Cervantes himself fueled the flames of doubt about a sequel in the very last line of the *Quijote*, which is a subtle dare, a challenge to *another* author to continue Don Quijote's adventures. It is a slightly modified verse from Canto 30 of Ariosto's *Orlando Furioso*, which reads, "Forsi altro canterà con miglior plectro" 'perhaps someone else will sing with a better plectrum (or *pen*, as Cervantes later interpreted this line).'

Since Cervantes hadn't published his own second part; since he dared someone else—*anyone* else—to take up his pen; and since so much time had gone by, Avellaneda accepted the challenge and wrote a continuation. In this book—and what could be more natural?—he sends Don Quijote to Zaragoza to participate in the jousting tournament, taking the itinerary from the end of the 1605 *Quijote* (Chap 52, p. 458, ll. 19-20). At the end of the book, this second Don Quijote winds up in the crazy house in Toledo. Then Avellaneda—following *exactly* what Cervantes had done at the end of his book— suggested an itinerary for a future author to take up. He said that when Don Quijote got out of the asylum, he took on a new squire—a young lady, and pregnant as well, of all things—and went to have adventures in Ávila, Salamanca and Valladolid. He then invited yet another author to continue Don Quijote's adventures, echoing Cervantes' original dare, saying that the knight's adventures would not lack "mejor pluma que los celebre" (Riquer, vol. III, p. 130). No one took up this challenge.

Since he had not yet quite finished his own second part, Cervantes, with pen in hand, had ready means with which to discredit and even conquer his foe. I would like to trace here what he did, step by step, so you can see how his method developed to destroy both Avellaneda and his characters.

Almost everybody says that Cervantes learned of the Avellaneda continuation while he was writing Chapter 59 of his own second part, because that is where the spurious version is first mentioned.[18] Of course, there is no reason to believe that the instant Cervantes heard of Avellaneda's book he lashed out against it. He could have found out many chapters earlier, and continued with his original game plan while he figured out what to do, then, finally, in Chapter 59, adopted the plan of how to combat Avellaneda.

So in this Chapter 59, a certain Don Jerónimo and Don Juan come to the inn where Don Quijote is staying, and Don Quijote happens to overhear Don Juan suggest that they read another chapter from the *Segunda parte de Don Quijote de la Mancha*. Needless to say, this information startled Don Quijote. But when he hears that the book in question claims that Don Quijote is no longer in love with his lady Dulcinea (such was indeed the case in Avellaneda's continuation), he flies into a rage and announces that *he* is Don Quijote, and that he is still very much in love with Dulcinea. The two men seem to recog-

---

18 See p. 859, l. 9.

nize instinctively that our Don Quijote is indeed the real one, and that the one described in their book has to be a FICTIONAL entity who has merely been assigned the same name as the real person now in their presence.

The result of this astounding news is, of course, that Don Quijote resolves *never* to go to Zaragoza, his original destination, but to go to Barcelona instead. At this point Cervantes' stance is that his own characters are real and that Avellaneda's are pure fiction. But no one, not even Cervantes, can combat fictional entities. He had to make Avellaneda's characters real before he could attack them.

Two chapters go by before we hear of the false Don Quijote again. When Don Quijote enters Barcelona, he is welcomed as the REAL Don Quijote, and "no el falso, no el ficticio, no el apócrifo, que en falsas historias estos días nos han mostrado (Chap. 61, p. 875, ll. 1-2). Even here, Avellaneda's hero is still pure fiction, still nothing more than the hero of a novel, a figment of someone's imagination.

Then something very strange happens. In the next chapter Don Quijote is wandering around Barcelona and he comes across a book printer. One of the books that they are putting together is none other than the *Segunda parte del ingenioso Hidalgo don Quijote de la Mancha,* compuesta por un tal vecino de Tordesillas (Chap. 62, p. 884, ll. 26-28), which Don Quijote says he recognizes and lets it go at that. It seems very odd that Cervantes would create a new edition of his rival's book since two editions in two years in two different cities would seem to indicate that Avellaneda's book was very popular indeed. This is far from the case since the second edition of Avellaneda came out in real life 118 years later (during which time 37 editions of Cervantes' *Quijote* were published).

Let me digress for a moment to explain why Don Quijote discovers Avellaneda's book in Barcelona. Whereas Don Quijote himself just looked at Avellaneda's book for a few seconds in Chapter 59, Cervantes read it carefully.[19] In doing so, he noticed similarities in typography, decorations, and typographic style, not with books printed by Felipe Roberto, the fellow from Tarragona who is listed as the printer of Avellaneda's book, but rather with books printed by Sebastián de Cormellas in Barcelona.[20] Cervantes would have known books

---

19 For example, in Cervantes' Part II, Chapter 62 (p. 876, ll. 11-13), don Antonio, who is Don Quijote's new friend and host in Barcelona says to Sancho at the dinner table: "Acá tenemos noticia, buen Sancho, que sois tan amigo de manjar blanco y de albondiguillas, que si os sobran, las guardáis en el seno para el otro día." Don Antonio confuses our Sancho with *the other Sancho* that he read about in Avellaneda. The other Sancho did love meatballs and creamed chicken breasts and stored the leftovers exactly as don Antonio said. Only those few people who knew Avellaneda's book would recognize this reference, but through this allusion Cervantes was able to show that *he* had studied his rival's book.

20 This was well proven by Francisco Vindel in his *La verdad sobre el falso Quijote* (Barcelona: Babra, 1937).

from the presses of Cormellas well, since Cormellas had produced several books of interest to Cervantes.[21] So the reason Don Quijote has found Avellaneda's *Quijote* being printed in Barcelona is that Cervantes was, in a subtle way, telling us that he knew that the False *Quijote* wasn't printed in Tarragona at all, but rather in Barcelona.

In Chapter 70, when one of the young ladies that Don Quijote has met, named Altisidora, seemingly returns from the dead—and she had made all of this up, of course—, she says that she saw devils at the gates of hell playing a game resembling baseball, but instead of using balls, the devils were swinging at books. One of the volumes that they were playing with was brand new—that is, *never read*—and when it was hit, it flew apart. " 'Mirad qué libro es ése.' Y el diablo le respondió, 'Ésta es la *Segunda parte de la historia de don Quijote de la Mancha,* no compuesta por Cide Hamete, su primer autor, sino por un aragonés, que él dice ser natural de Tordesillas.' 'Quitádmele de ahí,' respondió el otro diablo, 'y metedle en los abismos del infierno, no le vean más mis ojos.' '¿Tan malo es?' respondió otro. 'Tan malo,' replicó el primero, 'que si de propósito yo mismo me pusiera a hacerle peor, no acertara'" (Chap. 70, p. 923, ll. 3-10). What a terrible indictment! It is no wonder that hardly anybody has ever read the false *Quijote*. This seems to have been Cervantes' intention in lambasting the book in this way.

But it is in Chapter 72 where Cervantes creates the *dénouement* of the Avellaneda Affair, and the result is truly a brilliant coup. In that chapter, our Don Quijote meets Don Álvaro Tarfe—who is the most important supporting character in Avellaneda's story—at an inn. When Don Quijote asks him if he is the same one written about in a book, Don Álvaro says, "El mismo soy... y el tal don Quijote, sujeto principal de la tal historia, fue grandísimo amigo mío" (Chap. 72. p. 931, ll. 24-25). Álvaro Tarfe later signs an affidavit, at Don Quijote's request, that he had never seen our Don Quijote before and that he—our Don Quijote—was not the one who appears in the second book.

So, now Cervantes' thrust has changed. We had thought, or had been led to believe ever since we heard of the spurious volume in Chapter 59, that Avellaneda's creation was purely a work of *fiction*, that his Don Quijote and Sancho were nothing but *characters in a book*, while our Don Quijote was a real person (all this, of course, within the framework of Cervantes' own fiction). But now that Álvaro Tarfe enters Cervantes' book in the flesh and says he knew the other Don Quijote, we are forced to believe that there REALLY WAS a second Don Quijote and a second Sancho wandering about Spain, exactly as Avellaneda had described, and that they really had gone to Zaragoza for the jousts,

---

21   For example, he printed *La Araucana, Guzmán de Alfarache,* Lope de Vega's *Arcadia,* his *El peregrino,* and several volumes of Lope's plays; and even a book about *El pez Nicolao,* which Don Quijote refers to in Part II, Chapter 18 (p. 593, l. 31) when talking to the young poet, don Lorenzo.

and that the other Don Quijote was now locked up in the Toledo insane asylum. Avellaneda's Don Quijote and Sancho then have become as real as Don Quijote and Sancho in Cervantes' *own* book. He has brought them to life and given them eternal fame. At the same time, he has cast them into eternal oblivion since so few read Avellaneda's book, because Cervantes was so convincing about how terrible the book is.[22]

Now that he has destroyed Avellaneda and his work, Cervantes is going to change Avellaneda's characters back into entities of fiction. When Don Quijote is dictating his will, he declares that if his executors should ever meet Avellaneda, they should "de mi parte le pidan, cuan encarecidamente ser pueda, perdone la ocasión que sin yo pensarlo le di de haber escrito tantos y tan grandes disparates como en ella escribe" (II, 74, p. 942, ll. 37-39), meaning that his own *real* exploits caused Avellaneda to compose these "foolish things"— that is, fiction.

There are other less obvious, but important ways that Avellaneda's book affected Cervantes' second part. Up to the final chapter of Part II, Cervantes never revealed what Don Quijote's real name was. I am convinced that he never would have either—given the vagueness and contradictory information about his name—had the false *Quijote* not been published. We learn early on in Avellaneda's book that his Don Quijote's real name is Martín Quijada, and that his niece is named Madalena. Knowing this, Cervantes names his hero Alonso Quijano el Bueno[23] in his final chapter, and the niece is named Antonia Quijana. Don Quijote's housekeeper, who appears frequently in Cervantes's book, is never given a name in Avellaneda's book either, so she is not assigned a name in the final chapter of Cervantes' Part II either. Thus, the pattern of vague or non-existent names—a real part of Cervantes book—is destroyed.

We were also more or less led to believe in Part I that Don Quijote's village was Argamasilla, since that was the town where all those academicians who wrote epitaphs to Don Quijote's tomb were from (Part I, Chap. 52, pp. 459-62). That is, of course, why Avellaneda chose to make Argamasilla (which he always erroneously calls Argam*e*silla) Don Quijote's village. At the end of Cervantes' Part II, we are told that Cide Hamete did not tell us the name of Don Quijote's village so that all of the towns of La Mancha could contend among themselves for the right to claim him as their own (Part II, Chap. 74, p. 943, ll. 20-22). But there is ONE village in La Mancha which can *never* claim the real Don Quijote, and that is precisely Argamasilla, because we know for a fact that the impostor Don Quijote is from that village, and if the real Don Quijote had also been

---

22   But in all fairness, Avellaneda's book really isn't as bad as Cervantes makes it out to be.

23   The reason that he is **el bueno** is that Avellaneda's hero is Don Quijote **el Malo**. In Part II, Chap. 72, p. 932, ll. 16-17, don Álvaro says: "Tengo por sin duda que los encantadores que persiguen a don Quijote **el bueno**, han querido perseguirme a mí con don Quijote **el malo**."

from Argamasilla, he would have surely known that he had a neighbor, a certain Martín Quijada, who was masquerading as himself.

The last item I want to mention is Don Quijote's death. Because of Avellaneda and his dare to another author to keep Don Quijote's adventures going through yet another continuation, Cervantes realized that he had to have his hero die at the end of the book so that no one else could try to continue his own hero's adventures. No one knows exactly how Cervantes' Part II would have ended were it not for Avellaneda, but there is a good chance that Cervantes would have otherwise just had him return home and retire there. It is sad that Avellaneda's book seems to have caused the death of Don Quijote.

I confess that I have plenty more to say about this book, but I will get off my soap box and let you come to your own conclusions. This is a book that everybody has strong opinions about. You may have some thoughts quite different from your friends and teachers. That is fine and is to be expected. If you can justify your interpretations with evidence from within the book, they are legitimate. But keep in mind that everything is contradicted, so the people you argue with may have different and even opposite interpretations, but equally justified. I continue to enjoy disagreeing with everybody about this book, not to be contumacious, but because I am convinced I am right. And many of my friends enjoy disagreeing with me, too, not to be contumacious, but because they think *they* are right. It's a lot of fun.

EDITIONS USED
Aside from the Schevill-Bonilla edition and the original 1605 Juan de la Cuesta printing (in the photographically-reproduced edition made from a copy that the Hispanic Society of America has),[24] I turned frequently to other editions: Vicente Gaos' new edition of the *Quijote* is excellent textually and has very complete and very useful footnotes (Madrid: Gredos, 1987, 3 vols.). Juan Ignacio Ferreras also has very informative notes (Torrejón [Madrid]: Akal, 1991, 2 vols). I used this one a lot, too. While I was preparing this edition, the brand new edition of the *Quijote* done in Barcelona (Galaxia Gutenberg, 1998), by Silvia Iriso and Gonzalo Pontón, and presented by Francisco Rico, came out. This edition neatly resolves lots of problems. Robert Flores settles a number of matters in his old-spelling edition (Vancouver: University of Vancouver Press, 1988). I also used Martín de Riquer's original edition (Barcelona: Juventud, 1955) in which all of my college notes are written, and his more reliable later edition (Barcelona: Planeta, 1980). I consulted Luis Murillo's edition (Madrid: Clásicos Castalia, 1987, 3 vols.), John Jay Allen's edition (Madrid: Cátedra, 1977, 2

---

24 The Royal Academy of the Language has also published its own photographically-reproduced edition, and there is now one on the Internet at http://www. intercom. es/intervista/ quijote/) Search also "Cerventes Project," an incredible resource.

vols.—a new edition has since been published), Juan Bautista Avalle Arce's edition (Madrid: Alhambra, 1979, 2 vols.), Joaquín Casalduero's (Madrid: Alianza, 1984, 2 vols.), and Américo Castro's (Mexico City: Porrúa, 1960. I know all of the modern editors except Juan Ignacio Ferreras, Silvia Iriso, and Gonzalo Pontón, and I hope to meet them soon. Among the classical editions, I consulted Francisco Rodríguez Marín's ten volume set (Madrid: Atlas, 1947-48) and the learnèd and merciless one by Diego Clemencín, whose commentary exceeds the length of the *Quijote* (the modern edition is published by Castilla [Madrid, no year mentioned]). I have also used Covarrubias' *Tesoro de la lengua castellana o española* in Martín de Riquer's edition (Barcelona: Horta, 1943), and the *Diccionario de la Lengua Española en* CD-ROM of the Real Academia de la Lengua (Madrid: Espasa Calpe, 1995).

A new edition of the *Quijote,* directed by my friend Francisco Rico (Instituto Cervantes–Crítica, 1998), came out after my work on this project was finished. Volume I is the text, with *really good* notes by Joaquín Forradellas. Volume II is just as large, and has all kinds of complementary information. If you want to invest in only one scholarly edition of the *Quijote,* this is the one to get. It is a most amazing work. I have used some of Rico's solutions to some thorny problems.

Once in a while it was useful to see what the translators had to say. I used the former Norton Critical Edition version of Ormsby (1981), revised by my old friend Joseph R. Jones; the version by my professor, Walter Starkie (Signet Classic, 1964); the Putnam translation (Modern Library, 1949); and Robinson Smith (Hispanic Society of America, 1932).

Using This Edition

I have included several features to help you get through the text as efficiently as possible. On every page there is a running headline telling an important detail of what is happening on that page. Lines are numbered in the left margin, and at the top of each even-numbered page the Part and Chapter number are given.

There are vocabulary glosses—more then ten thousand—in the margin immediately opposite the line where the Spanish word to be defined appears. The Spanish words to be glossed are followed by ° (and some are preceded by ' if there is more than one word to be glossed). The same ° follows archaic or odd forms of words whose modern or common equivalents are given in the margin. Using the marginal glosses will allow you to find out meanings instantly. If the glosses spill over onto the next line, the continuation is indented. A semicolon precedes a definition from a preceding line (see p. 416, ll. 36-37 for a good example of how the system works). Generally, a word is defined in the margin only once in any given meaning—if a word has several meanings, each one will be defined in the margin as it arises.

If too many words need to be glossed in the margin, whole phrases will be translated in footnotes. The vocabulary footnotes show the two words that begin the phrase, in boldface, followed by the meaning in italics. Footnotes—

there are 3,700-odd notes of all types in both parts—also deal with cultural items, historical, geographical, biblical, mythological, textual, and all kinds of other references. But footnotes will *not* offer interpretations—that's for you, your class, and instructor to figure out.

The text of this book is based on the Schevill-Bonilla edition (Madrid, 1928-41, 4 vols.) which takes into account all of the early editions. Schevill-Bonilla is a conservative edition since almost every change that the editors made is set off in some way. In many ways my edition is even more conservative than Schevill-Bonilla since I frequently restore what they have changed.

Schevill and Bonilla prepared an old-spelling edition. Old spelling is an unnecessary annoyance for modern readers. For example, in Golden Age typographic norms, a *u* could represent the consonant *b;* also a *y* substituted for the *i,* so the old-spelling *yua* NATURALLY was pronounced *iba* (which is the modern spelling used in this text). An initial *h* was frequently omitted and accent marks were almost always left off—*aura* represented *habrá*. I modernize spelling only when that spelling *doesn't* affect the pronunciation of the word. I changed *ss* to *s* 7694 times (*assí* to *así,* for example), *vn* to *un* (and its variations *una, uno, unas, unos*) 3790 times, *ze, zi* to *ce, ci* 5288 times, *ç* to *z* 3134 times, *qua* to *cua* 2315 times, and *Quixote* to *Quijote* 2179 times (not to mention the other instances of *x* to *j*).[25] This represents 24,667 changes in just these six categories. There are about 50,000 additional changes in less-common categories as well.

Where modernizing the spelling *would* affect the pronunciation, I made no substantial changes. Thus *ansí* was NOT changed to *así,* *escrebí* was not changed to *escribí,* *vee* to *ve,* *estraño* to *extraño,* *podimos* to *pudimos,* *escuridad* to *oscuridad,* *eceto* to *excepto,* *trujo* to *trajo,* and so on. You may notice that different characters use different forms of words—it would falsify the text to change the forms. Many times you might (or *will*) think there is a typographical error in the text, when the word really represents an older variant used by Cervantes. When Don Quijote is talking in archaic style, in imitation of the state of the language at the time the books of chivalry which he is imitating, were in fashion, none of his words has been modernized.

I have followed the typographical style of the first edition wherever possible. The look of the title page (p. 1); the way the headings of the four parts are done (p. 21 and p. 75, for example); the way the parts end with lines of a diminishing length (p. 116 and p. 244, for example); the chapter headings all in italics, with indented lines starting with the second line; the 2-line drop capital to begin each chapter; indenting all lines of a poetic stanza after the first, all follow the original edition. I have also followed the first edition's Roman numeral 4, which is always IIII.

---

25 In Cervantes' time, the *x* of *Quixote* was pronounced like the *sh* of *ship* (as seen by the way the French, Portuguese, and Italians transcribed the name: *Quichotte, Quixote,* and *Chisciotte* respectively—the middle consonant is pronounced *sh* in all three cases). The modern *j* is the normal phonetic outcome of that old sound.

You will see that the *Tabla de los Capítulos* doesn't begin until page 463, which may seem odd to you until you realize that they couldn't prepare a table of contents until they knew what pages the chapters began on, so the table of contents had to be at the end.

GRAMMATICAL NOTES

Cervantes is a pleasure to read. I hope his writing style will influence your own. The Spanish that Cervantes uses is almost modern, but there are a few phonological or grammatical items that you should be aware of so they will not confuse you. First, there was frequently an assimilation of consonants when the pronoun **le(s)** followed an infinitive (**–rl– > –ll–**):

Le vino deseo de tomar la pluma y **dalle** fin al pie de la letra como allí se promete. I, 1
> *He wanted to take up his pen and end it exactly as it is promised there.*

Fueron a despertar a don Quijote, y a **decille** si estaba todavía con propósito de ir a ver el famoso entierro. I, 13
> *They went to wake Don Quijote, and ask him if he was still of a mind to go to see the famous burial*

Le pareció ser bien **socorrelle** con un jarro de agua. I, 17
> *It seemed to be a good idea to her to rescue him with a pitcher of water*

No podía dejar de **fatigalles** el olfato. I, 49
> *It could not help but offend their sense of smell.*

There were also more contractions with **de** than we have today. In those days **de** could contract with pronouns, all easy to figure out:

Sin querer hacer nueva experiencia **della**. I, 1
> *Without wanting to make a new experiment of it.*

Por haberles parecido a los autores **dellas**. I, 3
> *For having seemed to the authors of them.*

De uno **dellos** desgajó don Quijote un ramo seco. I, 8
> *From one of them [the trees] Don Quijote ripped off a dry limb.*

Lo que **dél** sabían. I, 44
> *What they knew about him.*

Very frequently, Cervantes uses the past subjunctive where we would expect the conditional:

Sin duda alguna lo **hiciera**. I, 1
> *Without any doubt he would have done it.*

Os la **pusiera** en vuestras manos. I, 52
> *I would put her in your hands.*

No me **tuviera** yo por famoso caballero andante. I, 47
>   *I wouldn't consider myself as a famous knight errant.*

"Como si fueran de vino tinto, **pudiera** vuestra merced decir mejor." I, 37
>   *"As if they of were of red wine, your grace could better say."*

No **consintiera** que tan adelante pasaras. I, 33
>   *I wouldn't allow you to proceed.*

The future subjunctive was to disappear soon after Cervantes' time. It was formed like the past subjunctive in **–ra** but with an **–e** instead of an **–a**. It was used after **si** *if,* where modern Spanish just uses the present indicative.

Yo soy libre y volveré si me **diere** gusto. I, 44
>   *I am free and will return if it pleases me.*

Si acaso **llegare** a saberlo. I, 34
>   *If perhaps he comes to learn it.*

Si no me **contentare** la vivienda. I, 31
>   *If I don't like the lifestyle.*

Pero si yo le **hiciere**...²⁶ I, 21
>   *But if I do it...*

It is also used after the conjunctions and certain other expressions that nowadays are followed by a present subjunctive:

En tanto que **tuviere** vida. I, 40
>   *As long as I have life.*

Todo el tiempo que el cielo **quisiere**. I, 36
>   *As long as heaven wants.*

Corred y decid a vuestro padre que se entretenga en esa batalla lo mejor que **pudiere**. I, 44
>   *Run and tell your father to defend himself as well as he can in that battle.*

Quien **quisiere** valer y ser rico... I, 39
>   *Whoever wants to be worthy and rich...*

Bien os dará lugar a ello el que se **tardare** en abrir la sepultura. I, 13
>   *You will have plenty of time for it during the time it takes to open the grave*

You may also wonder about several words beginning with **a–** that have seemed to change gender such as **el alcuza, el ausencia, el añadidura, el ayuda, el Andalucía,** and **el armada.** We are used to the feminine article **el** only before *stressed* initial **a–**, as in **el aspa** and **el ama,** but in Cervantes' time it could be used before *any* initial **a–**, as the examples show.

---

26 This example also shows Cervantes' use of **le** for an inanimate direct object pronoun.

When *Don Quijote* was written, the form of address **usted** had not yet developed—nobody was called **usted**. There was the formal **vuestra merced** *your grace* which Sancho Panza, Don Quijote's squire, almost always uses with his master, and which Don Quijote frequently uses with other people. Don Quijote most often calls Sancho **tú**, the familiar form that would be used today. In between the two is **vos**, generally used with one's equals, and whose forms look like the modern **vosotros** forms. Only one character uses the rustic **voacé** form (p. 186, l. 4), which, like **vuestra merced**, is conjugated like the modern **usted** forms.

The Spanish Academy of the Language decided not to keep accents on the **éste, ése,** and **aquél** series, and to take away acccents on verb forms with pronouns attached, such as **véndese** and **volvióse.** I keep them. Makes things clearer. I also put no accent on **mohino** and **ahinco**, both stressed on the **i**, whereas the Academy uses an accent on those words.

Since not everybody will read this introduction, the notions mentioned here are glossed or footnoted as well. Some glosses that appear in the material before Chapter 1 are repeated when they first are used in the chapters themselves since many will not read the preliminary material.

Acknowledgments

I am indebted to several people who have contributed to this project. First, to my UCLA professor of *Don Quijote,* J. Richard Andrews, emeritus at Vanderbilt University, who put me on the right track and taught me what literature was. I also owe a great debt to my longtime friend, Dan Eisenberg, emeritus at Excelsior College, who put the idea to do this edition into my head, and who made the good suggestion that no interpretive notes be given.

Annette Cash of Georgia State University read the whole text and all of the notes and made a great number of valuable corrections and suggestions of all kinds, for which I am very grateful. I also thank Jerry Culley and Nik Gross who made sure that the Latin and Greek translations were correct. I thank my colleague, Ivo Domínguez, and my friend, Ed Manwell, for their advice about legal matters. Elissa Weaver clarified my multiple worries about Italian.

My friend and former editor of *Cervantes—Bulletin of the Cervantes Society of America,* Mike McGaha, with his usual meticulous care, provided me with a comprehensive list of things to fix from two early printings. Any lingering infelicities are strictly my own.

Finally, what a delight it is to have the cover and all interior full-page illustrations done by my football buddy, the genius Jack Davis.

T. L.

Don Quijote
de la Mancha

EL INGENIOSO

HIDALGO DON QUI-
JOTE DE LA MANCHA

Compuesto por Miguel de Cervantes Saavedra.

DIRIGIDO AL DUQUE DE BÉJAR,

Marqués de Gibraleón, Conde de Benalcázar y Bañares, Vizconde de la Puebla de Alcocer, Señor de
las villas de Capilla, Curiel y
Burguillos.

Año  1605

CON PRIVILEGIO
EN MADRID Por Juan de la Cuesta

Véndese en casa de Francisco de Robles, librero del Rey nuestro señor.

Tasa°

Yo, JUAN GALLO DE ANDRADA, escribano° de Cámara del Rey nuestro
señor, de los que residen en su consejo,° certifico y doy fe: que, habiéndose visto por los señores dél un libro intitulado *El ingenioso hidalgo
de la Mancha*, compuesto por Miguel de Cervantes Saavedra, tasaron°
cada pliego del dicho libro a tres maravedís¹ y medio, el cual tiene ochenta y tres pliegos,² que al dicho precio monta el dicho libro docientos y
noventa maravedís y medio, en que se ha de vender en papel,³ y dieron
licencia para que a este precio se pueda vender; y mandaron que esta tasa
se ponga al principio del dicho libro, y no se pueda vender sin ella. Y para
que dello conste, di la presente, en Valladolid, a veinte días del mes de
deciembre de mil y seiscientos y cuatro años.

notary
court

fixed the price

Juan Gallo de Andrada.

Testimonio de las erratas°

typos

*ESTE LIBRO NO TIENE cosa digna° de notar que no corresponda a su original. En
testimonio de lo haber correcto di esta fe,° en el Colegio de la Madre de Dios de
los Teólogos de la Universidad de Alcalá, en primero de diciembre de 1604 años.*

worthy
certificate

El Licenciado Francisco Murcia de la Llana.

El Rey

POR CUANTO POR PARTE de vos,⁴ Miguel de Cervantes, nos fue fecha
relación° que habíades compuesto un libro intitulado *El ingenioso hidalgo de la Mancha*, el cual os había costado mucho trabajo, y era muy útil
y provechoso,° y nos pedistes y suplicastes os mandásemos dar licencia y
facultad° para le poder imprimir,° y previlegio° por el tiempo que fuésemos servidos,⁵ o como la nuestra merced fuese, lo cual, visto por los del

report

beneficial

right, print, copyright

---

1 A maravedí was worth .094 grams of silver. The first part of the Quijote
was thus worth 27.307 grams of silver (Riquer 1980). There were 34 maravedís
in a real.

2 A **pliego** is a "gathering" of a book. Each **pliego** has eight printed pages
on it. There are 40 double **pliegos** and 3 single pliegos in the Quijote, 83 in all.

3 **En papel** means *paperbound*.

4 **Vos** *you*, used with inferiors, is a singular form.

5 **Fuésemos servidos** *we were pleased*

nuestro Consejo, por cuanto en el dicho libro se hicieron las diligencias que la premática° últimamente por nos° fecha sobre la impresión de los libros dispone, fue acordado que debíamos mandar dar esta nuestra cédula° para vos, en la dicha razón, y nos tuvímoslo por bien. Por la cual, por os hacer bien y merced, os damos licencia y facultad para que vos, o la persona que vuestro poder hubiere, y no otra alguna, podáis imprimir el dicho libro, intitulado *El ingenioso hidalgo de la Mancha*, que 'de suso° se hace mención, en todos estos nuestros Reinos de Castilla,⁶ por tiempo y espacio de diez años, que corran y se cuenten desde el dicho día de la data desta nuestra cédula; so pena que la persona, o personas, que sin tener vuestro poder lo imprimiere o vendiere, o hiciere imprimir o vender, por el mesmo caso pierda la impresión° que hiciere, con los moldes° y aparejos° della, y más incurra en pena° de cincuenta mil maravedís cada vez que lo contrario hiciere. La cual dicha pena sea la tercia parte para la persona que lo acusare, y la otra tercia parte para nuestra Cámara, y la otra tercia parte para el juez° que lo sentenciare. Con tanto, que todas las veces que hubiéredes de hacer imprimir el dicho libro durante el tiempo de los dichos diez años, le traigáis al nuestro Consejo, juntamente con el original que en él fue visto, que va rubricado° cada plana,° y firmado al fin dél, de Juan Gallo de Andrada, nuestro escribano de Cámara, de los que en él residen, para saber si la dicha impresión está conforme° el original; o traigáis fe en pública forma⁷ de como por corretor nombrado por nuestro mandado, se vio y corrigió la dicha impresión por el original y se imprimió conforme a él, y quedan impresas las erratas por él apuntadas, para cada un libro de los que así fueren impresos, para que se tase el precio que por cada volumen hubiéredes de haber.

Y mandamos al impresor que así imprimiere el dicho libro, no imprima el principio, ni el primer pliego dél,⁸ ni entregue más de un solo libro, con el original, al autor o persona a cuya costa lo imprimiere, ni otro alguno, para efeto de la dicha corrección y tasa, hasta que antes y primero el dicho libro esté corregido y tasado por los del nuestro Consejo; y estando hecho, y no de otra manera, pueda imprimir el dicho principio y primer pliego, y sucesivamente ponga esta nuestra cédula, y la aprobación, tasa y erratas, so pena de caer e incurrir en las penas contenidas en las leyes y premáticas destos nuestros reinos.

*decree, **nosotros***

permission

above

press-run, type
equipment, fine

judge

initialed, page

like

---

6 Since the original copyright did not include Portugal, two pirated editions came out in Lisbon in 1605 as well. Jorge Rodríguez and Pedro Crasbeeck printed these editions in February and March, 1605. When the second 1605 Madrid edition came out, copyright had been secured for Portugal as well, too late for the two Lisbon editions.

7 **Fe en…** that is, an affidavit.

8 Since the first **pliego** printed section of a book has the **tasa**, the authorities needed to verify the size of the complete, printed book—without the first **pliego**—so that a price could be assigned to it. Once that price was assigned, the first **pliego**, with its notice of price, could be printed, and the book could be bound and sold.

Y mandamos a los del nuestro Consejo, y a otras cualesquier justicias dellos, guarden y cumplan esta nuestra cédula y lo en ella contenido.

Fecha en Valladolid, a veinte y seis días del mes de setiembre de mil y seiscientos y cuatro años.

Yo el Rey

Por mandado del Rey nuestro señor,
Juan de Amezqueta.

AL DUQUE DE
BÉJAR, MARQUÉS DE
Gibraleón, Conde de Benalcázar y
Bañares, Vizconde de la Puebla de
Alcocer, Señor de las villas
de Capilla, Curiel y
Burguillos.

EN FE del buen acogimiento° y honra que hace Vuestra Excelencia a toda
suerte° de libros, como Príncipe tan inclinado a favorecer las buenas
artes, mayormente las que por su nobleza no se abaten° al servicio y
granjerías° del vulgo, he determinado de sacar a luz al Ingenioso Hidalgo
don Quijote de la Mancha, al abrigo° del clarísimo nombre de vuestra Excelencia, a quien, con el acatamiento° que debo a tanta grandeza, suplico le reciba
agradablemente en su protección, para que a su sombra,° aunque desnudo de
aquel precioso ornamento de elegancia y erudición de que suelen andar vestidas
las obras que se componen en las casas de los hombres que saben, ose° parecer
seguramente en el juicio de algunos que, 'no continiéndose° en los límites de su
ignorancia, suelen condenar con más rigor y menos justicia los trabajos ajenos;
que, poniendo los ojos la prudencia de vuestra Excelencia en mi buen deseo, fío°
que no desdeñará° la cortedad° de tan humilde servicio.⁹

reception	
type	
submit	
gain	
shelter	
veneration	
shadow	
dare	
are not contained	
I trust	
scorn, smallness	

Miguel de Cervantes
Saavedra

---

9 The duke was 28 when the *Quijote* came out. He died in 1619, and there is
no record of his doing any favors for Cervantes.

Prólogo

'D ESOCUPADO LECTOR:° sin juramento° me podrás creer que quisiera que este libro, como hijo del entendimiento,° fuera el más
hermoso, el más gallardo° y más discreto° que pudiera imaginarse; pero
no he podido yo contravenir° al orden de naturaleza, que en ella cada
cosa engendra° su semejante.° Y así, ¿qué podrá engendrar el estéril° y
mal cultivado ingenio° mío, sino la historia de un hijo seco,° avellanado,° antojadizo° y lleno de pensamientos varios, y nunca imaginados
de otro alguno, bien como quien se engendró en una cárcel,° donde
toda incomodidad° 'tiene su asiento° y donde todo triste ruido hace su
habitación?° El sosiego,° el lugar apacible,° la amenidad de los campos,
la serenidad de los cielos, el murmurar de las fuentes, la quietud del
espíritu,° son grande parte para que las musas más estériles se muestren
fecundas° y ofrezcan partos° al mundo que le colmen° de maravilla y de
contento.

'Acontece tener° un padre un hijo feo y sin gracia alguna, y el amor
que le tiene le pone una venda° en los ojos para que no vea sus faltas,
antes las juzga por discreciones° y lindezas,° y las cuenta a sus amigos
por agudezas° y donaires.° Pero yo, que, aunque parezco padre, soy pa-
drastro° de don Quijote, no quiero irme con la corriente del uso, ni
suplicarte, casi con las lágrimas° en los ojos, como otros hacen, lector
carísimo, que perdones o disimules° las faltas que en este mi hijo vieres;
y ni eres su pariente, ni su amigo, y tienes tu alma en tu cuerpo, y tu
libre albedrío,° como el más pintado,¹ y estás en tu casa, donde eres señor della, como el Rey de sus alcabalas,° y sabes lo que comúnmente se
dice, que «debajo de mi manto° al Rey mato».° Todo lo cual te esenta° y
hace libre de todo respecto y obligación, y así puedes decir de la historia
todo aquello que te pareciere, sin temor que 'te calunien° por el mal, ni
te premien° por el bien que dijeres della.

Sólo quisiera dártela monda° y desnuda, sin el ornato° de prólogo,
ni de la inumerabilidad y catálogo de los acostumbrados° sonetos, epi-
gramas y elogios° que al principio de los libros suelen° ponerse. Porque
te sé decir, que, aunque me costó algún trabajo componerla,° ninguno
tuve por mayor que hacer esta prefación° que vas leyendo. Muchas veces tomé la pluma para escribille, y muchas la dejé, por no saber lo que
escribiría; y estando una suspenso,² con el papel delante, la pluma en la
oreja, el codo° en el bufete y la mano en la mejilla,° pensando lo que
diría, entró 'a deshora° un amigo mío, gracioso° y 'bien entendido,° el

idle reader, oath
intellect
gallant, ingenious
violate
begets, like, barren
wit, dry
shriveled, capricious
jail
annoyance, is found
dwelling, tranquillity,
  pleasant
soul
fruitful, births, bestow

happens to have
blindfold
cleverness, charm
subtleties, witticisms
stepfather
tears
overlook

will
taxes
cloak, I kill, exempts

hold you responsible
reward

pure, embellishment
usual
praises, usually
to write it
preface

elbow, cheek
unexpectedly, witty,
  wise

---

1 **Como el...** *like the best of them*
2 That is, **estando una *vez* suspenso.**

7

cual, viéndome tan imaginativo,° me preguntó la causa, y no encubrién-   pensive
dosela° yo, le dije que pensaba en el prólogo que había de hacer a la his-   concealing it
toria de don Quijote, y que me tenía 'de suerte que° ni quería hacerle,   so that
ni menos sacar a luz las hazañas° de tan noble caballero.°   deeds, knight

5   "Porque ¿cómo queréis vos que no me tenga confuso° el QUÉ DIRÁ   fearful
el antiguo legislador que llaman vulgo,° cuando vea que al cabo de tan-   public
tos años como ha que duermo en el silencio del olvido,° salgo ahora,   oblivion
con todos mis años 'a cuestas,° con una leyenda seca como un esparto,   on my back
ajena de invención, menguada de estilo, pobre de concetos y falta de
10 toda erudición y doctrina; sin acotaciones en las márgenes y sin anotaciones en el fin del libro,³ como veo que están otros libros, aunque
sean fabulosos° y profanos,° tan llenos de sentencias° de Aristóteles, de   ficticious, secular,
Platón y de toda la caterva° de filósofos, que admiran° a los leyentes,° y   maxims; multitide,
tienen a sus autores por hombres leídos,° eruditos y elocuentes? ¡Pues   amaze, readers; well-
15 qué, cuando citan la 'Divina Escritura,° no dirán sino que son unos   read; bible
Santos Tomases⁴ y otros Doctores de la Iglesia, guardando en esto un
decoro tan ingenioso, que en un renglón° han pintado un enamorado   written line
destraído,° y en otro hacen un sermoncico° cristiano, que es un con-   absent-minded, little
tento y un regalo oílle,⁵ o leelle! De todo esto ha de carecer° mi libro,   sermon; lack
20 porque ni tengo qué acotar° en el margen, ni qué anotar en el fin, ni   to annotate
menos sé qué autores sigo en él, para ponerlos al principio, como hacen
todos, por las letras del ABC, comenzando en Aristóteles y acabando
en Xenofonte⁶ y en Zoilo,⁷ o Zeuxis,⁸ aunque fue maldiciente° el uno y   slanderer
pintor el otro. También ha de carecer mi libro de sonetos al principio,
25 a lo menos de sonetos cuyos autores sean duques, marqueses, condes,°   counts
obispos,° damas o poetas celebérrimos.° Aunque si yo los pidiese a dos   bishops, most cele-
o tres oficiales° amigos, yo sé que me los darían, y tales que no les igua-   brated; poets
lasen los de aquellos que tienen más nombre en nuestra España.
"En fin, señor y amigo mío," proseguí, "yo determino que el señor
30 don Quijote se quede sepultado° en sus archivos en la Mancha, hasta   buried
que el cielo depare° quien le adorne de tantas cosas como le faltan, por-   provides
que yo me hallo incapaz° de remediarlas, por mi insuficiencia y pocas   incapable
letras, y porque naturalmente soy poltrón° y perezoso° de andarme bus-   lazy, lazy

---

3 **Seca como...** *day as a mat-weed, void of artifice, diminished in style, poor in
conceits, and lacking in all erudition; without marginal notes and without annotations
at the end of the book*

4 Saint Thomas Aquinas (1225-74), Italian priest who founded the accepted philosophy of Catholicism.

5 A common feature of Golden Age Spanish was to merge the **-rl-** of an
infinitive plus pronoun into **-ll-**. You will see this dozens of times in the book.

6 Xenophon was born in 431 B.C. He was a friend of Socrates, a soldier of
fortune, and a historical writer.

7 Greek Sophist (4th century B.C.) who wrote nine books severely criticizing the contradicitons in Homer.

8 Classical Greek painter, 5th century B.C. No work of his survives, but
many were described.

cando autores que digan lo que yo me sé decir sin ellos. De aquí nace la suspensión° y elevamiento,° amigo, en que me hallastes, bastante causa para ponerme en ella la que de mí habéis oído."

    Oyendo lo cual, mi amigo, dándose una palmada° en la frente° y disparando° en una carga° de risa,° me dijo:

    "Por Dios, hermano, que agora me acabo de desengañar° de un engaño° en que he estado todo el mucho tiempo que ha que os conozco, en el cual siempre os he tenido por discreto y prudente° en todas vuestras aciones. Pero agora veo que estáis tan lejos de serlo como lo está el cielo de la tierra. ¿Cómo que es posible que cosas de tan poco momento, y tan fáciles de remediar, puedan tener fuerzas de suspender° y absortar° un ingenio tan maduro° como el vuestro, y tan hecho a romper y atropellar° por otras dificultades mayores? A la fe, esto no nace de falta de habilidad,° sino de sobra° de pereza y penuria° de discurso.° ¿Queréis ver si es verdad lo que digo? Pues estadme atento y veréis cómo en un abrir y cerrar de ojos confundo° todas vuestras dificultades, y remedio todas las faltas que decís que os suspenden y acobardan° para dejar de sacar a la luz del mundo la historia de vuestro famoso don Quijote, luz y espejo° de toda la 'caballería andante.°'"

    "Decid," le repliqué yo, oyendo lo que me decía, "¿de qué modo pensáis llenar el vacío° de mi temor, y reducir° a claridad el caos de mi confusión?"

    A lo cual él dijo: "Lo primero, en que reparáis de los sonetos, epigramas o elogios que os faltan para el principio, y que sean de personajes graves° y de título,° se puede remediar en que vos mesmo toméis algún trabajo en hacerlos, y después los podéis bautizar° y poner el nombre que quisiéredes, ahijándolos° al Preste Juan de las Indias, o al Emperador de Trapisonda,[9] de quien yo sé que hay noticia° que fueron famosos poetas, y cuando° no lo hayan sido, y hubiere algunos pedantes y bachilleres° que por detrás os muerdan° y murmuren° desta verdad, no se os dé dos maravedís, porque ya que os averigüen° la mentira, no os han de cortar la mano con que lo escribistes.

    "En lo de citar en las márgenes los libros y autores de donde sacáredes las sentencias y dichos que pusiéredes en vuestra historia, no hay más sino hacer de manera que 'vengan a pelo° algunas sentencias, o latines,° que vos sepáis de memoria, o, a lo menos, que os cuesten poco trabajo el buscalle, como será poner, tratando de libertad y cautiverio:° *Non bene pro toto libertas venditur auro;*[10] y luego en el margen citar a Horacio, o a quien lo dijo. Si tratáredes del poder de la muerte, acudir luego con *Pallida Mors æquo pulsat pede pauperum tabernas regumque turres.*[11] Si de la amistad° y amor que Dios manda que se tenga al enemigo,

Right margin glosses:

hesitation, rapture

slap, forehead
discharging, load,
  laughter; realize
deception
judicious

stop, absorb
mature
push through
talent, excess, poverty,
  thought
I master
intimidate

mirror, knight errantry

vacuum, convert

important, rank
baptize
attributing them
information
if
univ. graduates, bite,
  backbite; discover

suit perfectly
Latin phrases
captivity

friendship

---

9 Both of these are fictional, legendary characters.

10 "Freedom is not wisely sold for all the gold in the world," from Walter Anglius' *Æsop's Fables* (12th century).

11 "Pale death goes equally to the hut of the poor and to the towers of

entraros luego al punto por la Escritura Divina, que lo podéis hacer con
tantico° de curiosidad, y decir las palabras, por lo menos, del mismo   a bit
Dios: *Ego autem dico vobis, diligite inimicos vestros.*[12] Si tratáredes de
malos pensamientos, acudid° con el Evangelio: *De corde exeunt cogi-*   go
5   *tationes malæ.*[13] Si de la instabilidad de los amigos, ahí está Catón, que
os dará su dístico:° *Donec eris felix, multos numerabis amicos, tempora si*   couplet
fuerint nubila, solus eris.[14] Y con estos latinicos, y otros tales, os tendrán
siquiera° por gramático;° que el serlo no es de poca honra y provecho°   at least, grammarian,
el día de hoy.   profit

10   "En lo que toca al poner anotaciones al fin del libro, seguramente
lo podéis hacer desta manera: si nombráis algún gigante en vuestro
libro, hacelde° que sea el gigante Golías, y con sólo esto, que os costará   **hace*dle***
casi nada, tenéis una grande anotación, pues podéis poner: 'El gigante
Golías, o Golíat, fue un filisteo a quien el pastor David mató de una
15   gran pedrada° en el valle de Terebinto, según se cuenta en el libro de   blow with a stone
los Reyes,' en el capítulo que vos halláredes que se escribe. Tras esto,
para mostraros hombre erudito en letras humanas y cosmógrafo, haced
de modo como en vuestra historia se nombre el 'río Tajo,° y veréisos   Tagus River
luego con otra famosa anotación, poniendo: 'El río Tajo fue así dicho
20   por un Rey de las Españas; tiene su nacimiento en tal lugar y muere en
el mar Océano, besando los muros de la famosa ciudad de Lisboa, y es
opinión que tiene las arenas° de oro, &c.' Si tratáredes de ladrones,° yo   sands, thieves
os diré la historia de Caco,[15] que la sé 'de coro;° si de mujeres rameras,°   by heart, prostitutes
ahí está el Obispo de Mondoñedo,[16] que os prestará° a Lamia, Laida   will lend
25   y Flora, cuya anotación os dará gran crédito;° si de crueles, Ovidio os   reputation
entregará a Medea;[17] si de encantadores° y hechiceras,° Homero tiene a   enchanters, witches
Calipso,[18] y Virgilio a Circe;[19] si de capitanes valerosos,° el mesmo Julio   brave
César os prestará a sí mismo en sus *Comentarios,*[20] y Plutarco os dará

---

kings," from Horace.

12   "But what I tell you is this: love your enemies," Matthew 5:44.

13   "From out of the heart proceed evil thoughts," Matthew 15:19.

14   "When you are prosperous, you will have many friends, but when your
situation looks black you will be alone," adapted from Ovid, *Tristia*, I, 9.

15   Famous bandit of Roman mythology, son of Vulcan. He stole Hercules'
oxen. His story is related in Virgil's *Æneid*, Book 7.

16   Fray Antonio de Guevara (1480-1545) was the Bishop of Mondoñedo (province of Lugo), and writes of these three prostitutes in his *Epístolas
familiares.*

17   Medea murdered all but one of her children by Jason (whom she helped
to find the Golden Fleece), and probably killed her father as well.

18   Calypso offered Odysseus eternal youth and immortality if he would
stay with her (he left after seven years).

19   Circe was the mother of three of Odysseus' children. She lived alone on
the Island of Aeaea where she turned all visitors into animals.

20   The *Commentaries* by Cæsar (102-44 B.C.) deal with the Gallic Wars and
the civil war.

mil Alejandros.²¹ Si tratáredes de amores, con dos onzas° que sepáis   ounces
de la lengua toscana,° 'toparéis con° León Hebreo,²² que os hincha las   Tuscan, you'll run
medidas.²³ Y si no queréis andaros por tierras extrañas,° en vuestra casa across; foreign
tenéis a Fonseca, *Del amor de Dios*,²⁴ donde 'se cifra° todo lo que vos y el is enumerated
más ingenioso acertare° a desear en tal materia.   happen

"En resolución, no hay más sino que vos procuréis nombrar estos
nombres, o tocar° estas historias en la vuestra, que aquí he dicho, y   deal with
dejadme a mí el cargo° de poner las anotaciones y acotaciones;° que yo   charge, notes
'os voto a tal° de llenaros las márgenes y de gastar cuatro pliegos en el by Jove
fin del libro.

"Vengamos ahora a la citación de los autores que los otros libros
tienen, que en el vuestro os faltan. El remedio que esto tiene es muy
fácil, porque no habéis de hacer otra cosa que buscar un libro que los
acote° todos, desde la A hasta la Z, como vos decís. Pues ese mismo   annotate
abecedario pondréis vos en vuestro libro; que, puesto que a la clara se
vea la mentira, por la poca necesidad que vos teníades de aprovecharos
dellos, no importa nada,²⁵ y quizá alguno habrá tan simple° que crea que   foolish
de todos os habéis aprovechado en la simple y sencilla historia vuestra.
Y cuando no sirva de otra cosa, por lo menos servirá aquel largo catá-
logo de autores a dar 'de improviso autoridad° al libro. Y más, que no   instant credibility
habrá quien se ponga a averiguar° si los seguistes o no los seguistes,   discover
'no yéndole nada en ello;° cuanto más que, si bien caigo en la cuenta,²⁶   it's not worth it to him
este vuestro libro no tiene necesidad de ninguna cosa de aquellas que
vos decís que le falta, porque todo él es una invectiva° contra los libros censure
de caballerías, de quien nunca se acordó Aristóteles,²⁷ ni dijo nada San
Basilio,²⁸ ni alcanzó Cicerón.²⁹ Ni caen debajo de la cuenta de sus 'fa-
bulosos disparates° las puntualidades° de la verdad, ni las observaciones   ficticious nonsense,
de la astrología, ni le son de importancia las medidas° geométricas, ni   exactness; measure-
la confutación° de los argumentos de quien se sirve la retórica, ni tiene   ments; disproval
para qué predicar° a ninguno, mezclando° lo humano con lo divino, que   preach, mixing

---

21 This is Alexander III of Macedon (356–323 B.C.), Alexander the Great.

22 León Hebreo (Juda Abravanel) wrote his *Dialoghi d'amore* in Italian
(1535), but you didn't need to know Italian to read them since they were translated into Spanish three times before 1605.

23 **Que os...** *who will satisfy you completely*

24 Fray Cristóbal de Fonseca wrote a *Tratado del Amor de Dios* (1592).

25 **Puesto que...** *even though your trick may be easily seen, since you will have
little need to use them* [the quotes], *it is not at all important*

26 **Cuanto más...** *moreover, if I understand it correctly*

27 Aristotle, the greatest Greek philosopher (384-322 B.C.), studied under
Plato and tutored Alexander the Great.

28 St. Basil (329-379) defended the orthodox faith against the heretical Ari-
ans. His writings include the *Address to Young Men*, in which he defends the study
of pagan literature, such as that of classical Greece, by Christians.

29 Cicero (106-43 B.C.) was Rome's greatest orator, also a politician and
philosopher.

es un género de mezcla de quien no se ha de vestir ningún cristiano
entendimiento.° — intellect

"Sólo tiene que aprovecharse de la imitación en lo que fuere° escri- — **vaya**
biendo; que cuanto ella fuere más perfecta, tanto mejor será lo que se
5 escribiere. Y pues esta vuestra escritura° no mira a más que a deshacer — writing
la autoridad y cabida° que en el mundo y en el vulgo tienen los libros — influence
de caballerías, no hay para qué andéis 'mendigando sentencias° de fi- — begging maxims
lósofos, consejos de la Divina Escritura, fábulas de poetas, oraciones
de retóricos, milagros de santos, sino procurar que 'a la llana,° con pa- — simply
10 labras significantes, honestas° y bien colocadas,° salga vuestra oración — pure, placed
y período° sonoro° y festivo; pintando en todo lo que alcanzáredes° y — sentence, resonant, attain
fuere posible, vuestra intención, dando a entender vuestros conceptos,
sin intricarlos° y escurecerlos.° Procurad también que, leyendo vuestra — tangling them, confusing them
historia, el melancólico se mueva a risa, el risueño la acreciente, el sim-
15 ple no 'se enfade,° el discreto° se admire de la invención, el grave no la — be vexed, sharp person
desprecie,° ni el prudente deje de alabarla.° En efecto, llevad la mira — scorn, praise it
puesta a derribar la máquina mal fundada destos caballerescos libros,
aborrecidos de tantos y alabados de muchos más;[30] que, si esto alcanzá-
sedes, no habríades alcanzado poco."

20 Con silencio grande estuve escuchando lo que mi amigo me decía,
y de tal manera se imprimieron° en mí sus razones,° que, sin ponerlas en — printed, words
disputa, las aprobé por buenas, y de ellas mismas quise hacer este prólogo;
en el cual verás, lector suave,° la discreción de mi amigo, la buena ventura° — gentle, fortune
mía en hallar en tiempo tan necesitado tal consejero,° y el alivio° tuyo en — adviser, relief
25 hallar tan sincera y tan sin revueltas° la historia del famoso don Quijote — deviations
de la Mancha, de quien hay opinión por todos los habitadores° del distrito — dwellers
del campo de Montiel,[31] que fue el más casto° enamorado y el mas valiente — chaste
caballero que de 'muchos años a esta parte° se vio en aquellos contornos.° — for many years, vicinity
Yo no quiero encarecerte° el servicio que te hago en darte a conocer tan — overrate
30 noble y tan honrado caballero; pero quiero que me agradezcas° — thank
el conocimiento que tendrás del famoso Sancho Panza, su
escudero,° en quien, a mi parecer,° te doy cifradas todas — squire, opinion
las gracias escuderiles que en la caterva
de los libros vanos de caballerías
35 están esparcidas.[32] Y con esto,
Dios te dé salud,° y a — health
mí no olvide.
Vale.° — good-bye *Latin*

---

30 **Llevad la...** *look towards tearing down the ill-founded contrivance of these
books of chivalry, despised by so many and praised by even more*

31 Montiel is a town in La Mancha.

32 **Te doy...** *I have enumerated all of the squirely graces that are scattered
throughout the multitide of the inane books of chivalry*

Al libro de don Quijote de la Mancha
Urganda la Desconocida[33]

Si de llegarte a los bue—[nos],[34]
    libro, fueres con letu—[ra],
    no te dirá el boquirru—[bio]
    que no pones bien los de—[dos].
    Mas si el pan no se te cue—[ce]
    por ir a manos de idio—[ta],
    verás, de manos a bo—[ca],
    aun no dar una en el cla—[vo];
    si bien se comen las ma—[nos]
    por mostrar que son curio—[sos].
Y, pues la espiriencia ense—[ña]
    que el que a buen árbol se arri—[ma]
    buena sombra le cobi—[ja],
    en Béjar tu buena estre—[lla]
    Un árbol real te ofre—[ce]
    que da príncipes por fru—[to],
    en el cual floreció un Du—[que]
    que es nuevo Alejandro Ma—[gno];
    llega a su sombra: que a osa—[dos]
    favorece la fortu—[na].
De un noble hidalgo manche—[go]
    contarás las aventu—[ras],
    a quien ociosas letu—[ras]
    trastornaron la cabe—[za].
    Damas, armas, caballe—[ros]
    le provocaron de mo—[do]
    que, cual Orlando Furio—[so],
    templado a lo enamora—[do],
    alcanzó a fuerza de bra—[zos]
    a Dulcinea del Tobo—[so].

---

33 Urganda was an enchantress in *Amadís de Gaula* who could change her appearance.

34 These light **décimas** [poems with stanzas of ten eight-syllable lines], were written with **cabo roto** *broken tail*—that is, the last syllable has been eliminated in order to create a puzzle for readers. I have restored the final syllable to help you decipher them. There were about a dozen verses that baffled me, so I broadcasted my doubts via the Internet. Jay Allen, Gonzalo Díaz-Migoyo, Dan Eisenberg, Baltasar Fra-Molinero, Michael Gerli, Aurelio Gonzales Pérez, David Hildner, and Randolph Pope swiftly responded, some with astute philological commentary, and I thank them for their assistance.

Since the poems themselves are not a part of the typical curriculum, I have not added any commentary about or glosses to the texts themselves. The authors of the poems are curious, so there are notes about them.

No indiscretos hierogli—[fos]
 estampes en el escu—[do];
 que, cuando es todo figu—[ra],
 con ruines puntos se envi—[dia],
5 Si en la dirección te humi—[llas],
 no dirá mofante algu—[no]:
 "¡Qué don Álvaro de Lu—[na],
 qué Aníbal el de Carta—[go],
 qué Rey Francisco en Espa—[ña]
10 se queja de la fortu—[na]!"
Pues al cielo no le plu—[go]
 que salieses tan ladi—[no]
 como el negro Juan Lati—[no],
 hablar latines rehu—[sa].
15 No me despuntes de agu—[do],
 ni me alegues con filó—[sofos];
 porque torciendo la bo—[ca],
 dirá el que entiende la le—[tra],
 no un palmo de las ore—[jas]:
20 "¿Para qué conmigo flo—[res]?"
No te metas en dibu—[jos],
 ni en saber vidas aje—[nas];
 que en lo que no va ni vie—[ne]
 pasar de largo es cordu—[ra].
25 Que suelen en caperu—[za]
 darles a los que grace—[jan];
 mas tú quémate las ce—[jas]
 sólo en cobrar buena fa—[ma];
 que el que imprime neceda—[des]
30 dalas a censo perpe—[tuo].
Advierte que es desati—[no],
 siendo de vidrio el teja—[do],
 tomar piedras en las ma—[nos]
 para tirar al veci—[no].
35 Deja que el hombre de jui—[cio]
 en las obras que compo—[ne]
 se vaya con pies de plo—[mo];
 que el que saca a luz pape—[les]
 para entretener donce—[llas],
40 escribe a tontas y a lo—[cas].

Amadís de Gaula[35]
A don Quijote de la Mancha

Soneto

Tú, que imitaste la llorosa vida
　　que tuve, ausente y desdeñado, sobre
　　el gran ribazo de la Peña Pobre,
　　de alegre a penitencia reducida;
Tú, a quien los ojos dieron la bebida
　　de abundante licor, aunque salobre,
　　y, alzándote la plata, estaño y cobre,
　　te dio la tierra en tierra la comida;
Vive seguro de que eternamente,
　　en tanto, al menos, que en la cuarta esfera
　　sus caballos aguije el rubio Apolo,
Tendrás claro renombre de valiente,
　　tu patria será en todas la primera,
　　tu sabio autor, al mundo único y solo.

Don Belianís de Grecia[36]
A don Quijote de la Mancha

Soneto

Rompí, corté, abollé, y dije, y hice
　　más que en el orbe caballero andante;
　　fui diestro, fui valiente, fui arrogante;
　　mil agravios vengué, cien mil deshice.
Hazañas di a la fama que eternice;
　　fui comedido y regalado amante;
　　fue enano para mí todo gigante,
　　y a duelo en cualquier punto satisfice.
Tuve a mis pies postrada la fortuna,
　　y trajo del copete mi cordura
　　a la calva ocasión al estricote.
Mas, aunque sobre el cuerno de la luna
　　siempre se vio encumbrada mi ventura,
　　tus proezas embidio, ¡oh, gran Quijote!

---

35 Amadís de Gaula is Spain's greatest fictional knight. His exploits were
first published in Spanish in 1508.

36 Don Belianís de Grecia was the hero of a romance of chivalry that bears
his name (Seville, 1545).

La señora Oriana
A Dulcinea del Toboso[37]

SONETO

¡Oh, quien tuviera, hermosa Dulcinea,
    por mas comodidad y mas reposo,
    a Miraflores puesto en el Toboso,
    y trocara sus Londres con tu aldea!
¡Oh, quien de tus deseos y librea
    alma y cuerpo adornara, y del famoso
    caballero, que hiciste venturoso,
    mirara alguna desigual pelea!
¡Oh, quien tan castamente se escapara
    del señor Amadís, como tú hiciste
    del comedido hidalgo don Quijote!
Que así, envidiada fuera, y no envidiara,
    y fuera alegre el tiempo que fue triste,
    y gozara los gustos sin escote.

Gandalín, escudero de Amadís de Gaula,
A Sancho Panza, escudero de don Quijote

SONETO

Salve, varón famoso, a quien fortuna,
    cuando en el trato escuderil te puso,
    tan blanda y cuerdamente lo dispuso,
    que lo pasaste sin desgracia alguna.
Ya la azada o la hoz poco repugna
    al andante ejercicio; ya está en uso
    la llaneza escudera, con que acuso
    al soberbio que intenta hollar la luna.
Envidio a tu jumento, y a tu nombre,
    y a tus alforjas igualmente imbidio,
    que mostraron tu cuerda providencia.
Salve otra vez, ¡oh, Sancho! tan buen hombre,
    que a solo tú nuestro español Ovidio
    con buzcorona te hace reverencia.

---

37 Oriana was Amadís de Gaula's lady, as Dulcinea was Don Quijote's.

Del Donoso, poeta entreverado
A Sancho Panza y Rocinante[38]

Soy Sancho Panza, escude—[ro]
    del manchego don Quixo—[te];
    puse pies en polvoro—[sa]
    por vivir a lo discre—[to];
    que el tácito Villadie—[go]
    toda su razón de esta—[do]
    cifró en una retira—[da],
    según siente *Celesti*—[*na*],
    libro, en mi opinión, divi—[no],
    se encubriera mas lo huma—[no].

A Rocinante

Soy Rocinante el famo—[so],
    bisnieto del gran Babie—[ca];
    por pecados de flaque—[za]
    fui a poder de un don Quixo—[te].
    Parejas corrí a lo flo—[jo],
    más por uña de caba—[llo]
    no se me escapó ceba—[da];
    que esto saqué a Lazari—[llo]
    cuando, para hurtar el vi—[no]
    al ciego, le di la pa—[ja].
    Orlando Furioso[39]

A don Quijote de la Mancha

Soneto
Si no eres par, tampoco le has tenido;
    que par pudieras ser entre mil pares,
    ni puede haberle donde tú te hallares,
    invito vencedor, jamás vencido.
Orlando soy, Quijote, que, perdido
    por Angélica, vi remotos mares,
    ofreciendo a la fama en sus altares
    aquel valor que respetó el olvido.
No puedo ser tu igual, que este decoro

---

38 Rocinante was Don Quijote's horse. Donoso is a made-up name.

39 *Orlando Furioso* is an Italian epic poem (published in 1540) based loosely on the French Roland legend.

se debe a tus proezas y a tu fama,
puesto que, como yo, perdiste el seso.
Mas serlo has mío, si al soberbio moro
y cita fiero domas, que hoy nos llama
5   *iguales en amor con mal suceso.*

El Caballero del Febo[40]
A don Quijote de la Mancha

SONETO
A vuestra espada no igualó la mía,
10   Febo español, curioso cortesano,
ni a la alta gloria de valor mi mano,
que rayo fue do nace y muere el día.
Imperios desprecié; la monarquía
que me ofreció el Oriente rojo en vano
15   dejé, por ver el rostro soberano
de Claridiana, aurora hermosa mía.
Améla por milagro único y raro,
y, ausente en su desgracia, el propio infierno
temió mi brazo, que domó su rabia.
20   Mas vos, godo Quijote, ilustre y claro,
por Dulcinea sois al mundo eterno,
y ella por vos famosa, honesta y sabia.

De Solisdán[41]
A don Quijote de la Mancha

25   SONETO
Maguer, señor Quijote, que sandeces
vos tengan el cerbelo derrumbado,
nunca seréis de alguno reprochado
por home de obras viles y soeces.
30   *Serán vuesas fazañas los joeces,*
pues tuertos desfaciendo habéis andado,
siendo vegadas mil apaleado
por follones cautivos y raheces.
Y si la vuesa linda Dulcinea
desaguisado contra vos comete,

---

40 *El caballero del Febo* was a romance of chivalry published in 1555.

41 No one knows who this Solisdán is. It looks like an imitation of a character from or author of a romance of chivalry since the language uses archaic words and pronunciation.

ni a vuesas cuitas muestra buen talante,
en tal desmán, vueso conorte sea
que Sancho Panza fue mal alcagüete,
necio él, dura ella, y vos no amante.

Diálogo entre Babieca
y Rocinante[42]

SONETO

B.¿Cómo estáis, Rocinante, tan delgado?
   R.Porque nunca se come, y se trabaja.
   B.Pues ¿qué es de la cebada y de la paja?
   R.No me deja mi amo ni un bocado.
B.Andá, señor, que estáis muy mal criado,
   pues vuestra lengua de asno al amo ultraja.
   R.Asno se es de la cuna a la mortaja.
   ¿Queréislo ver? Miraldo enamorado.
B.¿Es necedad amar?
            R. No es gran prudencia.
   B.Metafísico estáis.
             R. Es que no como.
   B.Quejaos del escudero.
              R. No es bastante.
¿Cómo me he de quejar en mi dolencia,
   si el amo y escudero o mayordomo
   son tan rocines como Rocinante?

---

42 Babieca was the horse of the Cid, the hero of Spain's best-known epic
poem.

PRIMERA PARTE[1]
DEL INGENIOSO
hidalgo[2] Don Quijote de
La Mancha.[3]

Capítulo Primero. Que trata de la condición y ejercicio[4] del famo-
so hidalgo don Quijote de la Mancha.

N UN LUGAR° DE la Mancha, de cuyo nombre no quiero   village
acordarme, no ha° mucho tiempo que vivía un hidalgo   **hace**
de los de lanza en astillero, adarga antigua, rocín flaco y
galgo corredor.[5] Una olla° de algo más vaca que carnero,°   stew, lamb
salpicón° las más noches, duelos y quebrantos[6] los sába-   hash
dos, lantejas° los viernes, algún palomino de añadidura[7]   **lentejas** *lentils*

los domingos, consumían las 'tres partes° de su hacienda.° El resto della[8]   three-fourths, income
concluían sayo de velarte, calzas de velludo para las fiestas, con sus pan-
tuflos de lo mesmo, y los días de entre semana se honraba con su vellorí
de lo más fino.[9]

Tenía en su casa una ama
que pasaba de los cuarenta,[10] y
una sobrina que no llegaba a los
veinte, y un mozo de campo y
plaza, que así ensillaba el rocín
como tomaba la podadera.[11] Fri-

---

    1 The 1605 *Quijote* was divided into four parts, seemingly in imitation of
Amadís de Gaula. Part I is the first eight chapters.

    2 Member of the lesser nobility, exempt from paying tribute.

    3 La Mancha is a rather poor, sparsely populated area of south central
Spain, composed of the modern provinces of Albacete, Ciudad Real, Toledo,
    and Cuenca.

    4 **Condición y...** *characteristics and profession*

    5 **Lanza en...** *lance in a lancerack, ancient shield, a lean nag, and a fleet grey-*
hound. The greyhound was a typical dog of the **hidalgos**.

    6 This dish of "grief and afflictions" appears to have been bacon and eggs.

    7 **Palomino de...** *added pigeon*

    8 **Della** *of it* refers to his income.

    9 **Sayo de...** *broadcloth tunic, velvet underskirt for holidays, with matching*
slippers, and on weekdays he adorned himself with his finest [ordinary] *broadcloth*

    10 **Una ama...** *a housekeeper who was past forty*

    11 **Mozo de...** *lad* [who served him] *in the field and marketplace, who sad-*

saba° la edad de nuestro hidalgo con los cincuenta años. Era de com-   *approached*
plexión recia, seco de carnes, enjuto de rostro, gran madrugador[12] y amigo de la caza.° Quieren decir que tenía el sobrenombre° de Quijada, o   *hunt, last name*
Quesada, que en esto hay alguna diferencia en los autores° que deste caso   *authorities*
escriben, aunque por conjeturas verosímiles° se deja entender[13] que se lla-   *credible*
maba Quejana. Pero esto importa poco a nuestro cuento; basta que en la
narración dél[14] no se salga un punto° de la verdad.   *little bit*

    Es, pues, de saber que este sobredicho° hidalgo, los ratos que estaba   *aforementioned*
ocioso, que eran los más del año, se daba a leer libros de caballerías,°   *chivalry*
con tanta afición y gusto,° que olvidó casi de todo punto el ejercicio°   *pleasure, practice*
de la caza, y aun la administración de su hacienda;° y llegó a tanto su   *estate*
curiosidad y desatino° en esto, que vendió muchas hanegas° de 'tierra de   *folly, "acres"*
sembradura° para comprar libros de caballerías en que leer, y así llevó a su   *farmland*
casa todos cuantos pudo haber dellos,[15] y de todos, ningunos le parecían
tan bien como los que compuso el famoso Feliciano de Silva;[16] porque
la claridad de su prosa, y aquellas entricadas razones[17] suyas le parecían
de perlas; y más cuando llegaba a leer aquellos requiebros y cartas de
desafíos,[18] donde en muchas partes hallaba escrito: *La razón de la sinrazón*
que a mi razón se hace, de tal manera mi razón enflaquece, que con razón me
quejo de la vuestra fermosura. Y también cuando leía: *Los altos cielos que de*
vuestra divinidad divinamente con las estrellas os fortifican, y os hacen mere-
cedora del merecimiento que merece la vuestra grandeza.[19] Con estas razones
perdía el pobre caballero el juicio,° y desvelábase por entenderlas y des-   *sanity*
entrañarles el sentido,[20] que no se lo sacara[21] ni las entendiera el mesmo
Aristóteles, si resucitara para sólo ello.[22]

    No estaba 'muy bien° con las heridas° que don Belianís[23] daba y re-   *comfortable, wounds*

---

dled his back as well as worked the pruning knife (i.e., did gardening)

    1 2   **Era de...** *He was of sturdy constitution, with dry skin, lean of face, a great*
early riser

    1 3   **Se deja...** *one is led to understand*

    1 4   **Dél** *of it,* i.e., the story.

    1 5   **Llevó a...** *he took home all those he could obtain*

    1 6   Feliciano de Silva was a prolific popular author. His most famous *libro*
de caballerías was *Amadís de Grecia* (1535).

    1 7   **Entricadas razones...** *obscure words.* **Entricadas = intricadas**

    1 8   **Requiebros...** *flirtatious remarks and letters of challenge*

    1 9   The first of these is in the flavor of a quote from his *Florisel de Niquea*
and the second one bears resemblance to a quote from his *Segunda Celestina.*

    2 0   **Desvelábase por entenderlas...** *he stayed awake late to try to understand*
them and untangle [lit. disembowel] *their meaning*

    2 1   **Sacara = sacaría.** The past subjunctive substituted for the conditional
tense, and is used this way frequently throughout the book.

    2 2   **Aristóteles...** *Aristotle, if he came back to life for that sole purpose.* Aristo-
tle was regarded as the wisest man who ever lived.

    2 3   Don Belianís is the hero of the four books of *Historia de don Belianís*
de Grecia (I and II = 1547, III and IV = 1579). Clemencín counted 101 serious
wounds in Parts I and II alone, and estimated even more in the remaining parts.

cebía, porque se imaginaba que, por grandes maeſtros que le hubiesen curado,²⁴ no dejaría de tener el roſtro y todo el cuerpo lleno de cicatrices y señales.²⁵ Pero, con todo, alababa° en su autor aquel acabar su libro²⁶ con la promesa de aquella inacabable° aventura, y muchas veces le vino deseo de tomar la pluma y dalle fin al pie de la letra,²⁷ como allí se promete; y sin duda alguna lo hiciera, y aun saliera con ello, si otros mayores y continuos pensamientos no se lo eſtorbaran.°

    praised
    endless

    prevented

    Tuvo muchas veces competencia° con el cura° de su lugar, que era hombre doˊto,° graduado en Sigüenza,²⁸ sobre cuál había sido mejor caballero, Palmerín de Ingalaterra o Amadís de Gaula;²⁹ mas° maese Nicolás, barbero del mesmo pueblo, decía que ninguno llegaba al Caballero del Febo,³⁰ y que si alguno se le podía comparar, era don Galaor, hermano de Amadís de Gaula, porque tenía muy acomodada condición para todo; que no era caballero melindroso,° ni tan llorón° como su hermano, y que en lo de la valentía no le iba en zaga.³¹

    debate, priest
    learnèd
    but

    namby-pamby, crybaby

    En resolución, el 'se enfrascó° tanto en su letura, que se le pasaban las noches leyendo de claro en claro, y los días de turbio en turbio;³² y así, del poco dormir y del mucho leer, se le secó el celebro³³ de manera que vino a perder el juicio. Llenósele la fantasía de todo aquello que leía en los libros, así de encantamentos como de pendencias, batallas, desafíos, heridas, requiebros, amores, tormentas y disparates imposibles.³⁴ Y asentósele° de tal modo en la imaginación que era verdad toda aquella máquina° de aquellas sonadas soñadas invenciones³⁵ que leía, que para él no había otra hiſtoria más cierta en el mundo. Decía él que el Cid Ruy Díaz³⁶ había sido muy buen caballero; pero que no tenía que ver con el Caballero de la Ardiente Espada,³⁷ que de sólo un revés° había partido por medio dos fieros° y

    engaged

    settled
    contrivance

    backhand slash, fierce

---

24 **Por grandes…** *no matter how great the doctors were who treated him*

25 **Cicatrices y…** *scars and marks*

26 **Aquel acabar…** *that way of finishing his book*

27 **Dalle = darle**. The final **-r** of infinitives frequently became **-l** before pronouns beginning with **l-**. **Al pie…** *to the letter*

28 Sigüenza's minor university was held in little esteem.

29 Palmerín and Amadís are heroes of famous romances of chivalry (1547 and 1508). **Ingalaterra** is not a misprint—it is the only form listed by Covarrubias.

30 The Caballero del Febo is the hero of the four books of the *Espejo de príncipes y cavalleros* (1555).

31 **En lo…** *in bravery he was his equal*

32 **Se le…** *he spent the nights reading from sunset to sunrise, and the days from sunrise to sunset.* **Turbio** is really something like *blurred vision.*

33 **Se le secó…** *his brain dried up.* **Celebro = cerebro.**

34 **Así de…** *from enchantments as well as quarrels, battles, challenges, wounds, love stories, loves, misfortunes, and impossible nonsense*

35 **Sonadas soñadas…** *resounding imagined fiction*

36 The Cid, Spain's national hero (11th century) and the subject of the *Poema de mio Cid.*

37 Amadís de Grecia, a fictional hero, was known by this name because

Del poco dormir y del mucho leer, se le secó el
celebro de manera que vino a perder el juicio.

descomunales° gigantes. Mejor eſtaba con Bernardo del Carpio, porque   huge
en Roncesvalles había muerto a Roldán el encantado,³⁸ 'valiéndose de° la   using
induſtria° de Hércules, cuando ahogó a Anteo, el hijo de la Tierra, entre   trick
los brazos.³⁹ Decía mucho bien del gigante Morgante⁴⁰ porque, con ser de
aquella generación gigantea, que todos son soberbios y descomedidos, él
solo era afable y bien criado.⁴¹ Pero sobre todos eſtaba bien con Reinaldos
de Montalbán,⁴² y más cuando le veía salir de su caſtillo, y robar cuantos
topaba,° y cuando en allende° robó aquel ídolo de Mahoma,⁴³ que era   came across, overseas
todo de oro, según dice su hiſtoria.⁴⁴ Diera él, por dar una 'mano de coces° a bunch of kicks
al traidor de Galalón,⁴⁵ al ama que tenía, y aun a su sobrina de añadidura.

    En efeto, rematado° ya su juicio, vino a 'dar en° el más eſtraño pensa-   finished, hit upon
miento que jamás dio loco en el mundo, y fue que le pareció convenible°   right
y necesario, así para el aumento° de su honra como para el servicio de su   increase
república, hacerse caballero andante, y irse por todo el mundo con sus
armas° y caballo, a buscar las aventuras, y a ejercitarse° en todo aquello   armor, put into practice
que él había leído que los caballeros andantes se ejercitaban, deshacien-
do todo género de agravio,° y poniéndose en ocasiones° y peligros, don-   injury, risks
de, acabándolos, cobrase° eterno nombre° y fama. Imaginábase el pobre   would receive, renown
ya coronado° por el valor° de su brazo, por lo menos del imperio° de   crowned, strength, em-
Trapisonda,⁴⁶ y así, con eſtos tan agradables pensamientos, llevado del   pire

---

of a red, sword-shaped birthmark on his chest. He never cut two giants in half,
according to Clemencín.

  38 Bernardo is a legendary hero who appears only in Spanish versions of
the story of Roland. Roland, Charlemagne's nephew, is the French hero sung
about in the *Chanson de Roland*. Roncesvalles, the site of the massacre in which
Roland was killed in 778, is in the western Spanish Pyrenees very near the French
border.

  39 Antæus, son of Terra or Gaia (the Latin and Greek names for "Earth")
was a mythological giant who compelled visitors to wrestle with him. When they
were exhausted, he would kill them. Hercules, realizing that Antæus' strength
came from his mother (the Earth), overcame him by first lifting him off the
ground and then throttling him (Spanish verb = **ahogar**).

  40 Morgante is the giant whom Roland converts to Christianity in an
Italian burlesque epic poem, *Morgante Maggiore,* by Luigi Pulci, inspired by the
French Roland legend. It was published in Spanish in 1535.

  41 **Todos son…** *all of them are arrogant and rude, he alone was courteous and
well-mannered*

  42 The Frenchman Renaut de Montauban was one of Roland's companions, together known as the Twelve Peers of France. He is well-known in the
Spanish *romancero*.

  43 Muhammad (570-632) was a prophet and founder of Islam. Islam pro-
hibits the use of idols.

  44 This story is the *Espejo de caballerías* (1525), which seems to derive from
an Italian version of the Roland legend.

  45 Ganelon, as he is known in France, Charlemagne's brother-in-law, is
the traitor who caused the death of Roland and the remaining Twelve Peers at
Roncesvalles in the French *Chanson de Roland*.

  46 The Empire of Trebizond (1204-1461), covered a large part of the

estraño gusto que en ellos sentía, se dio priesa° a poner en efeto lo que — **prisa**
deseaba.

   Y lo primero que hizo fue limpiar unas armas que habían sido de sus
bisabuelos,° que, tomadas de orín y llenas de moho,[47] luengos° siglos ha- — ancestors, long
5 bía que estaban puestas y olvidadas en un rincón. Limpiólas y aderezólas° — repaired them
lo mejor que pudo; pero vio que tenían una gran falta, y era que no tenían
'celada de encaje,° sino morrión simple;[48] mas a esto suplió su industria, — closed helmet
porque de cartones° hizo un modo de media celada, que, encajada° con — cardboard, joined
el morrión, hacían una apariencia° de celada entera. Es verdad que para — appearance
10 probar si era fuerte y podía estar al riesgo de una cuchillada, sacó su espa-
da[49] y le dio dos golpes,° y con el primero y 'en un punto deshizo° lo que — slashes, instantly ruin-
había hecho en una semana; y no dejó de parecerle mal la facilidad con — ed
que la había hecho pedazos,[50] y por asegurarse° deste peligro, 'la tornó a — protect himself against
hacer de nuevo,° poniéndole unas barras de hierro por de dentro, de tal — he made it again
15 manera que él quedó satisfecho de su fortaleza,° y sin querer hacer nueva — strength
experiencia° della, la diputó° y tuvo por celada finísima de encaje. — trial, deemed

   Fue luego a ver su rocín,° y aunque tenía más cuartos que un real[51] — skinny horse
y más tachas que el caballo de Gonela,[52] que *tantum pellis & ossa fuit,*[53] le
pareció que ni el Bucéfalo de Alejandro, ni Babieca el del Cid[54] con él se
20 igualaban. Cuatro días se le pasaron en imaginar qué nombre le pondría,
porque, según se decía él a sí mesmo, no era razón° que caballo de caba- — right
llero tan famoso, y tan bueno él 'por sí° estuviese sin nombre conocido, y — in himself,
ansí,° procuraba acomodársele° de manera que declarase quién había sido — **así,** to make one fit
antes que fuese de caballero andante, y lo que era entonces; pues estaba
25 muy puesto en razón que, mudando su señor estado,[55] mudase él también
el nombre y le cobrase famoso y de estruendo,[56] como convenía a la nueva
orden y al nuevo ejercicio que ya profesaba; y así, después de muchos
nombres que formó, borró° y quitó, añadió, deshizo y tornó a hacer en su — struck out
memoria e imaginación, al fin le vino a llamar ROCINANTE, nombre, a su
30 parecer, alto, sonoro y significativo de lo que había sido cuando fue rocín,
antes de lo que ahora era, que era antes y primero de todos los rocines
del mundo.

---

southern coast of the Black Sea region.
  47 **Tomadas de...** *having rusted and full of mold*
  48 **Morrión** = an open helmet with a slight brim.
  49 **Podía estar...** *could withstand a slash, he took out his sword*
  50 **Y no...** *and the ease with which he had knocked it to pieces seemed bad to him*
  51 A **cuarto** was a coin worth four maravedís. There were 68 **cuartos** in
a **real de a ocho**. **Cuartos** is also an affliction that causes horses' hooves to split.
  52 Pietro Gonella was a buffoon in the court of the Duke of Ferrara (15th
century).
  53 *Tantum pellis...* *was all skin and bones,* from Latin.
  54 Alejandro is Alexander the Great. His horse is called Bucephalus in
English. The Cid won Babieca in a battle with a Moorish king.
  55 **Mudando su...** *his master changing professions*
  56 **Le cobrase...** *to something famous and showy*

Puesto nombre, y tan a su gusto, a su caballo, quiso ponérsele a sí
mismo, y en este pensamiento duró otros 'ocho días,° y 'al cabo° se vino   one week, finally
a llamar DON QUIJOTE; de donde, como 'queda dicho,° tomaron ocasión   has been said
los autores desta tan verdadera historia que, sin duda, se debía de llamar
Quijada, y no Quesada, como otros quisieron decir. Pero acordándose que
el valeroso Amadís, no sólo se había contentado con llamarse Amadís 'a
secas,° sino que añadió el nombre de su reino y patria[57] por hacerla famo-   simply
sa, y se llamó AMADÍS DE GAULA, así quiso, como buen caballero, añadir
al suyo el nombre de la suya[58] y llamarse DON QUIJOTE DE LA MANCHA,
con que, a su parecer, declaraba muy 'al vivo° su linaje y patria, y la hon-   vividly
raba con tomar el sobrenombre° della.   name

Limpias, pues, sus armas, hecho del morrión celada,[59] puesto nombre
a su rocín y confirmándose a sí mismo, 'se dio a entender° que no le falta-   he convinced himself
ba otra cosa sino buscar una dama de quien enamorarse, porque el caba-
llero andante sin amores era árbol sin hojas y sin fruto, y cuerpo sin alma.
Decíase él a sí: "Si yo por malos de mis pecados,[60] o por mi buena suerte,°   luck
me encuentro por ahí con algún gigante, como 'de ordinario les aconte-
ce° a los caballeros andantes, y le derribo de un encuentro,[61] o le parto°   ordinarily happens,
por mitad del cuerpo, o finalmente, le venzo° y le rindo,° ¿no será bien   split; conquer, over-
tener a quien enviarle presentado, y que entre y se hinque de rodillas[62]   come
ante mi dulce° señora, y diga con voz humilde,° y rendido:° 'Yo, señora,   sweet, meek, obse-
soy el gigante Caraculiambro,[63] señor de la ínsula° Malindrania,[64] a quien   quious; = isla
venció en singular batalla el jamás-como-se-debe alabado caballero[65] don
Quijote de la Mancha, el cual me mandó que me presentase ante vuestra
merced para que la vuestra grandeza[66] disponga de mí a su talante?'"[67]

¡Oh, cómo 'se holgó° nuestro buen caballero cuando hubo hecho este   took pleasure
discurso,° y más cuando halló a quien dar nombre de su dama! Y fue, a lo   speech
que se cree, que en un lugar cerca del suyo había una 'moza labradora° de   peasant lass

---

57 **Reino y...** *kingdom and country.* **Patria** also means *region,* as it does
below.

58 **Al suyo...** *to his* [name] *the name of his* [region]

59 **Hecho del...** *having made a covered helmet of an uncovered one*

60 **Por malos...** *through my misfortune*

61 **Le derribo...** *I vanquish him with one blow*

62 **Enviarle presentado...** *to send her a a present, and he enters and kneels*

63 The giant's name is quite indecent—**cara** *face,* **cul(o)** *anus.* Even today
the expressions **caraculo** or **cara de culo** are used in a most deprecatory way. **Cara
de hambre** is an expression referring to an unfortunate person. **Caraculiambro**
combines both expressions. I thank Román Álvarez for these observations.

64 With a switch in vowels, based on **malandrín** *rascal,* it means "Island
of Rascals."

65 **El jamás...** *the never-sufficiently-praised knight*

66 **Vuestra merced** *your grace* and **vuestra grandeza** *your greatness* are formal ways of saying 'you.' In the Feliciano de Silva "quotes" above, there were other
forms: **vuestra fermosura** and **vuestra divinidad.** There are other variants that
you will see throughout the book.

67 **Disponga de...** *do what you want with me*

muy 'buen parecer,° de quien él un tiempo anduvo enamorado, aunque   good-looking
según se entiende, ella jamás lo supo ni se dio cata dello.⁶⁸ Llamábase
Aldonza Lorenzo, y a éſta le pareció ser bien darle título de señora° de sus   mistress
pensamientos; y buscándole nombre que no desdijese mucho del suyo,⁶⁹ y
que tirase y se encaminase al de princesa⁷⁰ y gran señora, vino a llamarla
Dulcinea del Toboso, porque era natural del Toboso;⁷¹ nombre, a su
parecer, músico y peregrino,° y significativo, como todos los demás que a   rare
él y a sus cosas había pueſto.

Capítulo II. Que trata de la primera salida que de su tierra hizo el ingenioso don Quijote.

Hechas, pues, eſtas prevenciones,° no quiso aguardar° más tiem-   preparations, wait
po a poner en efeto su pensamiento, apretándole° a ello la falta   distressing him
que él pensaba que hacía en el mundo su tardanza,° según eran   delay
los agravios que pensaba deshacer, tuertos que enderezar, sinrazones que
emendar, y abusos que mejorar, y deudas que satisfacer.¹ Y así, sin 'dar par-
te° a persona alguna de su intención y sin que nadie le viese, una mañana,   revealing
antes del día, que era uno de los calurosos° del mes de julio, se armó de   hot
todas sus armas,² subió sobre Rocinante, pueſta su mal compueſta° celada,   mended
embrazó° su adarga, tomó su lanza, y por la 'puerta falsa° de un corral,   clasped, back gate
salió al campo con grandísimo contento y alborozo° de ver 'con cuánta   exhilaration
facilidad° había dado principio a su buen deseo.   how easily
     Mas apenas se vio en el campo cuando le asaltó° un pensamiento   struck
terrible, y tal, que 'por poco° le hiciera dejar la comenzada empresa;³ y   almost
fue que le vino a la memoria que no era armado° caballero, y que, con-   dubbed
forme a ley de caballería,⁴ ni podía ni debía tomar armas° con ningún   arms
caballero; y pueſto que⁵ lo fuera, había de llevar armas blancas,⁶ como
novel° caballero, sin empresa° en el escudo,° haſta que por su esfuerzo la   novice, device, shield
ganase. Eſtos pensamientos le hicieron titubear° en su propósito;° mas,   waver, purpose

---

68 **Ni se…** *nor did she suspect it*
69 **No desdijese…** *didn't differ much from her own*
70 **Tirase y…** *suggested and implied the name of a princess*
71 El Toboso is a village in the extreme southeastern corner of the modern province of Toledo. Today it has 2300 inhabitants, mostly engaged in farming and raising sheep.
  1 **Según eran…** *such were the wrongs he planned to right, the injustices to rectify, the abuses to make better, and the debts to settle*
  2 **Se armó…** *he put all his armor on*
  3 **Por poco…** *it almost made him give up the already-begun undertaking*
  4 **Conforme a…** *consistent with the law of knighthood*
  5 **Puesto que** frequently means both *even if* and *although* throughout this book.
  6 **Armas blancas** refer to a shield without any picture or motto on it since the novice knight had no feats to celebrate yet.

pudiendo más su locura que otra razón alguna,[7] propuso de hacerse armar
caballero del primero que topase, a imitación de otros muchos que así lo
hicieron, según él había leído en los libros que tal le tenían.[8] 'En lo de° las
armas blancas, pensaba limpiarlas de manera, en teniendo lugar, que lo
fuesen más que un armiño;[9] y con esto 'se quietó° y prosiguió su camino,
sin llevar otro que aquel que su caballo quería, creyendo que en aquello
consistía la fuerza de las aventuras.

    Yendo, pues, caminando nuestro flamante° aventurero, iba hablando
consigo mesmo, y diciendo: "¿Quién duda, sino que en los venideros°
tiempos, cuando salga a luz la verdadera historia de mis famosos hechos,°
que el sabio[10] que los escribiere no ponga, cuando llegue a contar esta mi
primera salida tan de mañana, desta manera?: 'Apenas había el rubicundo
Apolo[11] tendido por la faz° de la ancha y espaciosa tierra las doradas°
hebras° de sus hermosos cabellos, y apenas los pequeños y pintados° pajarillos con sus harpadas° lenguas habían saludado con dulce y meliflua°
armonía la venida de la rosada° Aurora,[12] que, dejando la blanda cama
del celoso° marido, por las puertas y balcones del manchego horizonte a
los mortales se mostraba, cuando el famoso caballero don Quijote de la
Mancha, dejando las ociosas plumas, subió sobre su famoso caballo Rocinante, y comenzó a caminar° por el antiguo y conocido campo de Montiel.'"[13] Y era la verdad que por él caminaba; y añadió diciendo: "Dichosa°
edad, y siglo° dichoso, aquél adonde saldrán a luz las famosas hazañas
mías, dignas de entallarse en bronces, esculpirse en mármoles y pintarse
en tablas,[14] para memoria en lo futuro. ¡Oh tú, sabio encantador,° quienquiera que seas, a quien ha de tocar el ser coronista° desta peregrina° historia, ruégote que no te olvides de mi buen Rocinante, compañero eterno
mío en todos mis caminos y carreras!°" Luego volvía diciendo, como si
verdaderamente fuera enamorado: "¡Oh princesa Dulcinea, señora deste
cautivo° corazón! mucho agravio me habedes fecho[15] en despedirme y

as far as

he calmed down

brand-new
future
deeds

face, golden
locks, colorful
forked, sweet
crimson
jealous

to travel
fortunate
epoch

enchanter
chronicler, uncommon

wanderings

captive

---

  7 **Pudiendo màs...** *his craziness being stronger than any other reason*

  8 **Que tal...** *which had* [brought] *him to this state*

  9 **En teniendo...** *as soon as he could, that they would be* [whiter] *than an
ermine*

  10 In the books of chivalry, it was common for knights to have a **sabio
wizard** historian who recorded their deeds. How else could their thoughts and
actions be recorded when they were alone in the wilderness?

  11 The Greek god Apollo dragged the sun through the sky behind his
chariot.

  12 Aurora was the Roman goddess of the dawn. Her "husband" was
Tithonus.

  13 Montiel is about 70 kms. to the south of El Toboso in the province of
Ciudad Real.

  14 **Dignas de...** *worthy to be cast in bronze, to be sculpted in marble, and to
be painted on panels*

  15 **Habedes fecho = habéis hecho.** Here is where Don Quixote begins
speaking in the style of the ancient books he knew so well. **Fecho** shows the old
characteristic—most initial Latin **f**s + A VOWEL had fallen by Cervantes' time, but

reprocharme con el riguroso afincamiento de mandarme no parecer ante la vuestra fermosura. Plégaos, señora, de membraros deste vuestro sujeto corazón, que tantas cuitas por vuestro amor padece."[16] Con estos iba ensartando° otros disparates,° todos al modo de los que sus libros le habían   *stringing together,*
enseñado, imitando en cuanto podía su lenguaje. Con esto caminaba tan   *nonsense*
despacio, y el sol entraba tan apriesa y con tanto ardor, que fuera bastante a derretirle los sesos, si algunos tuviera.[17]

Casi todo aquel día caminó sin acontecerle cosa que de contar fuese,[18] de lo cual 'se desesperaba,° porque quisiera topar luego luego[19] con quien   *despaired*
hacer experiencia° del valor de su fuerte brazo. Autores hay que dicen que   *trial*
la primera aventura que le avino° fue la del Puerto Lápice,[20] otros dicen   *happened*
que la de los 'molinos de viento;° pero lo que yo he podido averiguar° en   *windmills, find out*
este caso, y lo que he hallado escrito en los Anales de la Mancha es que él anduvo todo aquel día, y al anochecer,° su rocín y él se hallaron cansados   *nightfall*
y muertos de hambre, y que, mirando a todas partes por ver si descubriría algún castillo o alguna majada° de pastores donde recogerse,° y adonde   *hut, take shelter*
pudiese remediar su mucha hambre y necesidad, vio, no lejos del camino por donde iba, una venta,° que fue como si viera una estrella que no a los   *inn*
portales, sino a los alcázares de su redención le encaminaba.[21] Diose priesa a caminar, y llegó a ella a tiempo que anochecía.

Estaban acaso° a la puerta dos mujeres mozas, destas que llaman «del   *by chance*
partido»,[22] las cuales iban a Sevilla con unos harrieros° que en la venta   *muleteers*
aquella noche acertaron a hacer jornada;[23] y como a nuestro aventurero todo cuanto pensaba, veía o imaginaba, le parecía ser hecho y pasar al modo de lo que había leído,[24] luego que vio la venta se le representó que era un castillo con sus cuatro torres y chapiteles de luciente plata, sin faltarle su puente levadiza y honda cava,[25] con todos aquellos aderentes° que   *accoutrements*
semejantes° castillos se pintan.   *such*

---

were still being pronounced when the old books of chivalry were being written.

16 **Reprocharme con...** *to reproach me with a harsh command, banning me from appearing before you* [your beauty]. *May it please you, lady, to remember this subjected heart of yours, which so many afflictions suffers for your love.* **Afincamiento** is modern **ahincamiento.**

17 **Tan apriesa...** *so hurriedly and with such vigor that it would be enough to melt his brains, if he had any*

18 **Sin acontecerle...** *without anything happening that was worth relating*

19 **Luego luego** *right then.* Doubling the word intensified it.

20 Puerto Lápice (**puerto** means 'mountain pass') is a town about 40 kms. west of El Toboso in the province of Ciudad Real.

21 **Estrella que...** *a star which was leading him, not to the gates, but rather to the palaces of his recovery*

22 **Mujeres... «del partido»** *traveling prostitutes*

23 **Acertaron...** *they happened to spend the night*

24 **Todo cuanto...** *everything he thought, saw, or imagined, seemed to be fashioned and happen in the ways he had read*

25 **Se le...** *he thought it was a castle with four towers and pinnacles of shining silver, not lacking a drawbridge and a deep moat*

Fuese llegando a la venta que a él le parecía castillo, y a poco trecho° distance
della detuvo las riendas° a Rocinante, esperando que algún enano° se pu- reins, dwarf
siese entre las almenas,° a dar señal° con alguna trompeta de que llegaba battlements, signal
caballero al castillo. Pero como vio que 'se tardaban° y que Rocinante se they delayed
daba priesa por llegar a la caballeriza,° se llegó a la puerta de la venta, y stable
vio a las dos destraídas° mozas que allí estaban, que a él le parecieron dos licentious
hermosas doncellas° o dos graciosas° damas, que delante de la puerta del maidens, graceful
castillo se estaban solazando.° En esto sucedió acaso que un porquero, taking their ease
que andaba recogiendo de unos rastrojos una manada de puercos,[26] que,
sin perdón, así se llaman, tocó un cuerno,° a cuya señal ellos se recogen, y horn
'al instante° se le representó a don Quijote lo que deseaba, que era que al- immediately
gún enano hacía señal de su venida;° y así, con estraño contento, llegó a la arrival
venta y a las damas. Las cuales, como vieron venir un hombre de aquella
suerte° armado, y con lanza y adarga, llenas de miedo se iban a entrar en kind
la venta; pero don Quijote, coligiendo° por su huida° su miedo, alzándose deducing, flight
la visera de papelón,[27] y descubriendo° su seco y polvoroso° rostro, con uncovering, dusty
gentil talante° y voz reposada les dijo: "No fuyan° las vuestras mercedes ni mien, **huyan** flee
teman desaguisado° alguno, ca° a la orden de caballería que profeso non injury, for (archaic)
toca ni atañe facerle a ninguno,[28] cuanto más a tan altas doncellas como
vuestras presencias demuestran."

Mirábanle las mozas, y andaban con los ojos buscándole el rostro,
que la mala visera le encubría,° mas como se oyeron llamar doncellas, cosa concealed
tan fuera de su profesión, no pudieron tener la risa,[29] y fue de manera que
don Quijote 'vino a correrse° y a decirles: "Bien parece la mesura en las became offended
fermosas, y es mucha sandez, además, la risa que de leve causa procede;
pero non vos lo digo por que° os acuitedes ni mostredes mal talante, que **para que**
el mío non es de ál que de serviros."[30]

El lenguaje, no entendido de las señoras, y el mal talle° de nuestro figure
caballero acrecentaba° en ellas la risa, y en él el enojo,° y pasara muy increased, anger
adelante si a aquel punto no saliera el ventero,° hombre que, por ser muy innkeeper
gordo, era muy pacífico;° el cual, viendo aquella figura contrahecha,° ar- easy-going, strange
mada de armas tan desiguales° como eran la brida,° lanza, adarga y cose- dissimilar, long stir-
lete,° no estuvo en nada en acompañar a las doncellas en las muestras de rups; armor

---

26 **Un porquero…** *a swineherd, who was gathering a herd of pigs from a harvested field.*

27 **Alzándose la visera…** *raising his cardbord visor*

28 **Que profeso…** *which I practice does not allow me to wrong anyone.* **Non**
is archaic.

29 **No pudieron…** *they couldn't contain their laughter.*

30 **Bien parece…** *Politeness is becoming in beautiful women, and besides,
laughter which comes from a trifling cause is great folly; but I am not telling you this so
that you will be distressed or make you angry, for my will is no other than to serve you.*
Acuitedes and **mostredes** are archaic verb forms. **Ál** *other is archaic.*

"No fuyan las vuestras mercedes ni teman desaguisado alguno."

su contento.[31] Mas, en efeto, temiendo la máquina de tantos pertrechos,[32] determinó de hablarle comedidamente,° y así le dijo: "Si vuestra merced, señor caballero, busca posada,° amén° del lecho,° porque en esta venta no hay ninguno, todo lo demás se hallará en ella en mucha abundancia." *(comedidamente: courteously; posada: lodging; amén: except; lecho: bed)*

Viendo don Quijote la humildad° del alcaide° de la fortaleza,° que tal le pareció a él el ventero y la venta, respondió: "Para mí, señor castellano,° cualquiera cosa basta, porque «mis arreos° son las armas, / mi descanso el pelear,° &c.»"[33] *(humildad: meekness; alcaide: governor; fortaleza: fortress; castellano: warden; arreos: trappings; pelear: fighting)*

Pensó el huésped° que el haberle llamado CASTELLANO había sido por haberle parecido de los sanos de Castilla, aunque él era andaluz,° y de los de la Playa de San Lúcar,[34] no menos ladrón que Caco, ni menos maleante° que estudiantado° paje; y así, le respondió: "Según eso, «las camas» de vuestra merced serán «duras peñas»,° y «su dormir, siempre velar°»; y siendo así, bien 'se puede apear,° con seguridad de hallar en esta choza° ocasión y ocasiones para no dormir en todo un año, cuanto más en una noche." *(huésped: innkeeper; andaluz: Andalusian; maleante: trickster; estudiantado: mischievous; duras peñas: large rocks; velar: staying awake; se puede apear: can dismount; choza: hovel)*

Y diciendo esto, fue a tener° el estribo° a don Quijote, el cual se apeó con mucha dificultad y trabajo, como aquel que en todo aquel día no se había desayunado. Dijo luego al huésped que le tuviese mucho cuidado de su caballo, porque era la mejor pieza° que comía pan en el mundo. Miróle el ventero, y no le pareció tan bueno como don Quijote decía, ni aun la mitad; y acomodándole° en la caballeriza,° volvió a ver lo que su huésped° mandaba, al cual estaban desarmando° las doncellas, que ya se habían reconciliado con él; las cuales, aunque le habían quitado el peto° y el espaldar,° jamás supieron ni pudieron desencajarle la gola,° ni quitalle la contrahecha celada que traía atada° con unas cintas° verdes, y era menester° cortarlas por no poderse quitar los ñudos;° mas él no lo quiso consentir en ninguna manera, y así, se quedó toda aquella noche con la celada puesta, que era 'la más graciosa° y estraña figura que se pudiera pensar. Y al desarmarle, como él se imaginaba que aquellas 'traídas y llevadas° que le desarmaban eran algunas principales señoras y damas de aquel castillo, les dijo con mucho donaire:° *(tener: hold; estribo: stirrup; pieza: piece of horseflesh; acomodándole: sheltering him; caballeriza: stable; huésped: guest; desarmando: removing armor; peto: breastplate; espaldar: backplate; gola: gorget; atada: tied; cintas: ribbons; menester: necessary; ñudos: knots; la más graciosa: most amusing; traídas y llevadas: prostitutes; donaire: grace)*

> Nunca fuera caballero
> de damas tan bien servido,
> como fuera don Quijote
> cuando de su aldea° vino: *(aldea: village)*
> doncellas curaban° dél, *(curaban: took care of)*

---

31 **No estuvo…** *he was almost at the point of joining the damsels in their show of mirth*

32 **La máquina…** *the mass of weaponry*

33 These lines were from a well-known **romance:** "Mis arreos son las armas / mi descanso es pelear / mi cama las duras peñas / mi dormir siempre velar."

34 The **sanos de Castilla** in ordinary language meant 'good people,' but in the underworld cant it meant 'cunning thieves.' The Playa de San Lúcar was a gathering place for rogues.

princesas del su rocino,[35]

"o Rocinante; que éste es el nombre, señoras mías, de mi caballo, y don
Quijote de la Mancha el mío; que, puesto que no quisiera descubrirme°   reveal myself
fasta que las fazañas fechas en vuestro servicio y pro[36] me descubrieran, la
5   fuerza de acomodar al propósito° presente este romance viejo[37] de Lan-   subject
zarote ha sido causa que sepáis mi nombre 'antes de toda sazón;° pero   prematurely
tiempo vendrá en que las vuestras señorías me manden, y yo obedezca, y
el valor de mi brazo descubra el deseo que tengo de serviros."

Las mozas, que 'no estaban hechas° a oír semejantes retóricas, no   not accustomed
10   respondían palabra; sólo le preguntaron si quería comer alguna cosa.

"Cualquiera yantaría° yo," respondió don Quijote, "porque a lo que   I would eat
entiendo, me haría mucho 'al caso.°"   to the purpose

'A dicha° acertó a ser viernes aquel día, y no había en toda la venta   by chance
sino unas raciones de un pescado que en Castilla llaman *abadejo*,[38] y en
15   Andalucía *bacallao*, y en otras partes *curadillo*, y en otras *truchuela*. Preguntáronle si, por ventura, comería su merced truchuela; que no había
otro pescado que dalle a comer.

"Como haya muchas truchuelas," respondió don Quijote, "podrán
servir de una trucha;° porque eso 'se me da° que me den ocho reales en   trout, it's all the same
20   sencillos,° que en una pieza de a ocho.[39] Cuanto más que podría ser que   to me; coins
fuesen estas truchuelas como la ternera,° que es mejor que la vaca, y el   veal
cabrito° que el cabrón.° Pero, sea lo que fuere,[40] venga luego, que el trabajo   kid, billy goat
y peso de las armas no se puede llevar sin el gobierno de las tripas."[41]

Pusiéronle la mesa a la puerta de la venta por el fresco, y trújole° el   brought him
25   huésped una porción del mal remojado y peor cocido bacallao,[42] y un pan
tan negro y mugriento° como sus armas; pero era materia de grande risa   grimy
verle comer, porque, como tenía puesta la celada y alzada la visera, no
podía poner nada en la boca con sus manos si otro no se lo daba y ponía, y
ansí, una de aquellas señoras servía deste menester. Mas al darle de beber,
30   no fue posible, ni lo fuera,[43] si el ventero no horadara° una caña,° y puesto   had bored, reed

---

35   Don Quijote here adapts a famous **romance** about Lancelot, whose
last four lines are: "como fuera Lanzarote / cuando de Bretaña vino, / que dueñas
curaban dél / doncellas de su rocino…"

36   **Fasta que…** *until the deeds done in your service and benefit.* **Fasta, fazañas, fechas** and **pro** are all archaic.

37   The **romance viejo** was a traditional, fifteenth-century **romance**, different from the **romances nuevos** of the sixteenth century.

38   All of these variants mean 'codfish.'

39   A **pieza de a ocho** *coin of eight bits* was the same as eight **reales**.

40   **Sea lo…** *be what it may.* Nowadays the future subjunctive has ceded to
the present: **sea lo que sea.**

41   **Venga luego…** *let it come right away, for the travail and weight of armor
cannot be borne without the support of the stomach*

42   **Mal remojado…** *badly marinated and worse cooked codfish*

43   **Ni lo…** *nor would it have been.*

el un cabo° en la boca, por el otro le iba echando° el vino; y todo esto lo   end, pouring
recebía en paciencia, 'a trueco de° no romper las cintas de la celada.   in exchange for

Estando en esto, llegó acaso a la venta un castrador° de puercos, y   gelder
así como llegó, sonó su silbato° de cañas cuatro o cinco veces, con lo cual   whistle
acabó de confirmar don Quijote que estaba en algún famoso castillo, y
que le servían con música, y que el abadejo eran truchas, el pan candeal,[44]
y las rameras° damas, y el ventero castellano del castillo; y con esto daba   prostitutes
por bien empleada su determinación° y salida. Mas lo que más le fatigaba°   resolution, bothered
era el no verse armado caballero, por parecerle que no se podría poner
legítimamente en aventura alguna, sin recebir la orden de caballería.

Capítulo III. Donde se cuenta la graciosa° manera que tuvo don   amusing
Quijote en armarse caballero.

Y ASÍ, fatigado deste pensamiento, abrevió su venteril° y limitada   inn-style
cena. La cual acabada, llamó al ventero, y encerrándose con él
en la caballeriza, se hincó de rodillas ante él, diciéndole: "No me
levantaré jamás de donde estoy, valeroso caballero, fasta que la vuestra
cortesía me otorgue° un don° que pedirle quiero, el cual redundará en   grant, favor
alabanza° vuestra y en pro del 'género humano.'"   praise, mankind

El ventero, que vio a su huésped a sus pies y oyó semejantes razones,
estaba confuso° mirándole sin saber qué hacerse ni decirle, y porfiaba°   perplexed, insisted
con él que se levantase, y jamás quiso, hasta que le hubo de decir que él le
otorgaba el don que le pedía.

"No esperaba yo menos de la gran magnificencia vuestra, señor mío,"
respondió don Quijote, "y así os digo que el don que os he pedido, y de
vuestra liberalidad me ha sido otorgado, es que mañana, en aquel día, me
habéis de armar caballero,[1] y esta noche en la capilla° deste vuestro castillo   chapel
velaré las armas, y mañana, como tengo dicho, 'se cumplirá° lo que tanto   will be fulfilled
deseo, para poder, como se debe, ir por todas las cuatro partes del mundo
buscando las aventuras en pro de los menesterosos, como está 'a cargo
de° la caballería y de los caballeros andantes, como yo soy, cuyo deseo a   duty of
semejantes fazañas es inclinado.'"   disposed

El ventero, que, como está dicho, era un poco socarrón,° y ya tenía   jokester
algunos barruntos° de la falta de juicio de su huésped, acabó de creerlo   suspicion
cuando acabó de oírle semejantes razones, y por tener que reír aquella
noche,[2] determinó de seguirle el humor; y así, le dijo que andaba° muy   "was"
acertado° en lo que deseaba y pedía, y que tal prosupuesto° era propio y   correct, goal
natural de los caballeros tan principales como él parecía y como su ga-

---

44 **El pan candeal** = *the bread* [made of] *whitest flour*
1 The evening before the ceremony, the novice knight typically watched
over his arms and spent the night in prayer. The next day, the arms were blessed,
the novice confessed, and then was dubbed a knight in a religious ceremony.
2 **Por tener...** *to have something to amuse them that evening*

llarda° presencia mostraba; y que él, ansimesmo,° en los años de su moce-   gallant, likewise
dad,° se había dado a aquel honroso ejercicio, andando por diversas partes   youth
del mundo buscando sus aventuras, sin que hubiese dejado los Percheles
de Málaga, Islas de Riarán, Compás de Sevilla, Azoguejo de Segovia, la
5   Olivera de Valencia, Rondilla de Granada, Playa de San Lúcar, Potro de
Córdoba y las Ventillas de Toledo,³ y otras diversas partes, donde había
ejercitado la ligereza de sus pies, sutileza de sus manos, haciendo muchos
tuertos, recuestando muchas viudas, deshaciendo algunas doncellas y en-
gañando a algunos pupilos,⁴ y finalmente, dándose a conocer por cuantas
10   audiencias y tribunales⁵ hay casi en toda España; y que, a lo último, se
había venido a recoger a aquel su castillo, donde vivía con su hacienda
y con 'las ajenas,° recogiendo en él a todos los caballeros andantes, de   other people's
cualquiera calidad° y condición que fuesen, sólo por la mucha afición que   rank
les tenía, y porque partiesen° con él de sus haberes° en pago de su 'buen   share, assets
15   deseo.°   benevolence

     Díjole también que en aquel su castillo no había capilla alguna don-
de poder velar las armas, porque estaba derribada° para hacerla de nuevo;   torn down
pero que, en caso de necesidad, él sabía que se podían velar dondequiera,°   anywhere
y que aquella noche las podría velar en un patio del castillo; que a la ma-
20   ñana, siendo Dios servido, se harían las debidas ceremonias, de manera
que él quedase armado caballero, y tan caballero, que no pudiese ser más
en el mundo.

     Preguntóle si traía dineros; respondió don Quijote que no traía
blanca,⁶ porque él nunca había leído en las historias de los caballeros
25   andantes que ninguno los hubiese traído. A esto dijo el ventero que 'se
engañaba;° que, 'puesto caso que° en las historias no se escribía, por ha-   he was deceived, al-
berles parecido a los autores dellas que no era menester escrebir una cosa   though
tan clara y tan necesaria de traerse, como eran dineros y camisas limpias,
no por eso se había de creer que no los trujeron; y así, tuviese por cierto y
30   averiguado° que todos los caballeros andantes, de que tantos libros están   proven
llenos y atestados,° llevaban bien herradas° las bolsas° por lo que pudie-   crammed, stocked,
se sucederles, y que asimismo llevaban camisas y una arqueta° pequeña   purses; small chest
llena de ungüentos° para curar las heridas que recebían, porque no todas   ointments
veces en los campos y desiertos,° donde se combatían y salían heridos,   wilderness
35   había quien los curase, si ya no era que tenían algún sabio encantador
por amigo, que luego los socorría,° trayendo por el aire, en alguna nube,   aided
alguna doncella o enano° con alguna redoma de agua de tal virtud que,   dwarf
'en gustando° alguna gota della, luego al punto quedaban sanos de sus   by tasting

---

     3   These places form what Clemencín called "a picaresque map of Spain."
The Islas de Riarán are in Málaga, and they're not islands, but rather city blocks.
     4   **Ejercitano la...** *showing the fleetness of his feet, the light-fingeredness of
his hands, doing many wrongs, courting many widows, deflowering some maidens,
deceiving some orphans*
     5   **Dándose a...** *making himself known in all the courts*
     6   The blanca was a coin worth half a maravedí.

llagas y heridas, como si mal alguno hubiesen tenido;[7] mas que, en tanto
que esto no hubiese, tuvieron los pasados caballeros por cosa acertada
que sus escuderos fuesen proveídos de dineros y de otras cosas necesarias, como eran hilas° y ungüentos para curarse; y cuando sucedía que   bandages
los tales caballeros no tenían escuderos, que eran 'pocas y raras veces,°   few and far between
ellos mesmos lo llevaban todo en unas alforjas muy sutiles, que casi no
se parecían,[8] a las ancas° del caballo, 'como que° era otra cosa de más im-   crupper, as if
portancia; porque no siendo por ocasión semejante, esto de llevar alforjas
no fue muy admitido entre los caballeros andantes, y por esto le daba por
consejo,° pues aun se lo podía mandar como a su ahijado, que tan presto   advice
lo había de ser,[9] que no caminase 'de allí adelante° sin dineros y sin las   from then on
prevenciones° referidas, y que vería cuan bien se hallaba con ellas, cuando   provisions
menos se pensase.[10]

Prometióle don Quijote de hacer lo que se le aconsejaba 'con toda
puntualidad.° Y así, se dio luego orden como velase las armas en un corral   scrupulously
grande que a un lado de la venta estaba, y recogiéndolas don Quijote
todas, las puso sobre una pila° que junto a un pozo° estaba. Y embrazan-   trough, well
do° su adarga, 'asió de° su lanza, y con gentil continente° se comenzó a   clasping, grasped, mien
pasear delante de la pila, y cuando comenzó el paseo comenzaba a cerrar
la noche.

Contó el ventero a todos cuantos estaban en la venta la locura de su
huésped, la vela° de las armas y la armazón° de caballería que esperaba.   watching over, dub-
Admiráronse° de tan estraño género de locura, y fuéronselo a mirar desde   bing; were amazed
lejos, y vieron que, con sosegado ademán,° unas veces se paseaba, otras,   manner
'arrimado a° su lanza, ponía los ojos en las armas, sin quitarlos por un   leaning against
buen espacio dellas.[11] Acabó de cerrar la noche, pero con tanta 'claridad
de la luna,° que podía competir con 'el que se la prestaba;° de manera que   moonlight, i.e., the sun
cuanto el novel caballero hacía era bien visto de todos.   which lent it

Antojósele° en esto a uno de los harrieros que estaban en la venta ir   fancied
a 'dar agua° a su recua,° y fue menester quitar las armas de don Quijote,   water, mules
que estaban sobre la pila, el cual, viéndole llegar, en voz alta le dijo: "¡Oh,
tú, quienquiera que seas, atrevido° caballero, que llegas a tocar° las armas   impudent, to touch
del más valeroso andante que jamás se ciñó espada,[12] mira lo que haces
y no las toques, si no quieres dejar la vida en pago de tu atrevimiento!"

No 'se curó° el harriero destas razones, y fuera mejor que se curara,   paid heed
porque fuera curarse en salud; antes, trabando de las correas, las arrojó
gran trecho de sí.[13] Lo cual, visto por don Quijote, alzó° los ojos al cie-   raised

---

7 **Alguna redoma...** *some flask of water of such power that, by tasting a drop
of it, they were instantly cured of their wounds, as if they had never had any injury*

8 **Alforjas muy ...** *small saddlebags that you could hardly see*

9 **Aun se...** *he could even command him as his godson, since so soon he would be*

10 **Vería cuan...** *he would see how useful they were, when he least expected it*

11 **Ponía los...** *he looked intently at his armor, without taking his eyes off it
for a long time*

12 **Del más...** *of the bravest knight that ever girded a sword*

13 **Trabando de...** *seizing the straps, he threw them a long distance from*

lo,° y puesto el pensamiento, a lo que pareció, en su señora Dulcinea, dijo: "Acorredme,° señora mía, en esta primera afrenta° que a este vuestro 'avasallado pecho° se le ofrece; no me desfallezca° en este primero trance° vuestro favor y amparo.°"

Y diciendo estas y otras semejantes razones, soltando° la adarga, alzó la lanza a dos manos, y dio con ella tan gran golpe al harriero en la cabeza, que le derribó en el suelo° tan maltrecho,° que, si segundara° con otro, no tuviera necesidad de maestro que le curara. Hecho esto, recogió sus armas y tornó a pasearse con el mismo reposo° que primero.

Desde allí a poco, sin saberse lo que había pasado, porque aún estaba aturdido° el harriero, llegó otro con la mesma intención de dar agua a sus mulos, y llegando a quitar las armas para desembarazar° la pila, sin hablar don Quijote palabra, y sin pedir favor° a nadie, soltó otra vez la adarga, y alzó otra vez la lanza, y sin hacerla pedazos, hizo más de tres la cabeza del segundo harriero, porque se la abrió por cuatro. Al ruido acudió° toda la gente de la venta, y entre ellos el ventero. Viendo esto don Quijote, embrazó su adarga, y puesta mano a su espada, dijo: "¡Oh, señora de la fermosura, esfuerzo° y vigor del debilitado° corazón mío, ahora es tiempo que vuelvas los ojos de tu grandeza a este tu cautivo caballero, que tama-ña° aventura está atendiendo!"

Con esto cobró,° a su parecer, tanto ánimo,° que si le acometieran todos los harrieros del mundo, no volviera el pie atrás.[14] Los compañeros de los heridos, que tales los vieron,[15] comenzaron desde lejos a llover pie-dras sobre don Quijote, el cual, lo mejor que podía, 'se reparaba° con su adarga, y no se osaba apartar de la pila por no desamparar° las armas. El ventero 'daba voces° que le dejasen, porque ya les había dicho como era loco, y que por loco se libraría aunque los matase a todos.[16] También don Quijote las daba mayores, llamándolos de alevosos° y traidores, y que el señor del castillo era un follón° y mal nacido caballero, pues de tal manera consentía que se tratasen los andantes caballeros, y que si él hubiera rece-bido la orden de caballería, que él le diera a entender su alevosía:[17] "Pero de vosotros, soez° y baja canalla,° no hago caso alguno. ¡Tirad, llegad, venid y ofendedme° en cuanto pudiéredes; que vosotros veréis el pago que lleváis de vuestra sandez y demasía!°"

Decía esto con tanto brío° y denuedo,° que infundió° un terrible te-mor en los que le acometían, y así, por esto, como por las persuasiones del ventero, le dejaron de tirar,° y él dejó retirar° a los heridos, y tornó a la vela de sus armas con la misma quietud° y sosiego que primero.

No le parecieron bien al ventero las burlas° de su huésped, y deter-

heaven
help, affront
enslaved heart, fail, di[f]f[i-]
cult situation; protec-
tion; throwing down

ground, ill-treated, di[d]
a second time
tranquillity

dazed
unencumber
permission

ran to

strength, weakened

so great, waiting

recovered, courage

protected himself
abandon
shouted

treacherous
rogue

vile, rabble
attack me
insolence
force, daring, instilled

throwing, take away
tranquillity
jokes

---

himself

14 **No volviera...** *he wouldn't back up a step*

15 **Que tales...** *who saw them in such a state*

16 **Por loco...** *because he was crazy he would be set free even though he killed everyone*

17 **Él le...** *he would make him accountable for his treachery*

minó abreviar° y darle la negra° orden de caballería luego, antes que otra   *cut short, cursèd*
desgracia° sucediese. Y así, llegándose a él, 'se desculpó de° la insolencia   *misfortune, apologized*
que aquella gente baja con él había usado, sin que él supiese cosa alguna,   *for*
pero que bien castigados° quedaban de su atrevimiento. Díjole, como ya   *punished*
le había dicho, que en aquel castillo no había capilla, y para lo que restaba°   *remained*
de hacer tampoco era necesaria; que todo el toque° de quedar armado   *main point*
caballero consistía en la pescozada y en el espaldarazo,[18] según él tenía
noticia del ceremonial° de la orden, y que aquello en mitad de un campo   *ceremony book*
se podía hacer, y que ya había cumplido con lo que tocaba° al velar de   *appertained*
las armas, que con solas dos horas de vela se cumplía, cuanto más que él
había estado más de cuatro.

Todo se lo creyó don Quijote y dijo que él estaba allí pronto° para   *ready*
obedecerle, y que concluyese 'con la mayor brevedad° que pudiese, porque   *as soon as possible*
si fuese otra vez acometido, y se viese armado caballero, no pensaba dejar
persona viva en el castillo, eceto aquellas que él le mandase, a quien por
respeto dejaría.

Advertido° y medroso° desto el castellano, trujo luego un libro don-   *forewarned, afraid*
de asentaba la paja y cebada[19] que daba a los harrieros, y con un cabo°   *stub*
de vela° que le traía un muchacho, y con las dos ya dichas doncellas, se   *candle*
vino adonde don Quijote estaba, al cual mandó 'hincar de rodillas,° y   *to kneel*
leyendo en su manual,° como que decía alguna devota oración,° en mitad   *account book, prayer*
de la leyenda° alzó la mano y diole sobre el cuello° un buen golpe, y tras   *reading, neck*
él, con su mesma espada, un gentil espaldarazo, siempre murmurando
entre dientes, como que rezaba.° Hecho esto, mandó a una de aquellas   *was praying*
damas que le ciñese la espada, la cual lo hizo con mucha desenvoltura° y   *poise*
discreción, porque no fue menester poca para no reventar° de risa a cada   *burst*
punto de las ceremonias. Pero las proezas° que ya habían visto del novel   *feats*
caballero les tenía la risa 'a raya.°   *within bounds*

Al ceñirle la espada, dijo la buena señora: "Dios haga a vuestra merced muy venturoso caballero y le dé ventura en lides."[20]

Don Quijote le preguntó cómo se llamaba, porque él supiese de allí
adelante a quien quedaba obligado por la merced° recebida, porque pen-   *favor*
saba darle alguna parte de la honra° que alcanzase por el valor de su   *glory*
brazo. Ella respondió con mucha humildad que se llamaba la Tolosa, y
que era hija de un remendón° natural° de Toledo, que vivía a las tendillas   *clothes mender, native*
de Sancho Bienaya,[21] y que dondequiera que ella estuviese le serviría y
le tendría por señor. Don Quijote le replicó que, por su amor, le hiciese
merced que de allí adelante se pusiese DON,[22] y se llamase DOÑA TOLOSA.

---

18 **La pescozada...** *the slap on the neck and shoulders*

19 **Donde asentaba...** *where he recorded the straw and barley*

20 **Ventura en lides** *good fortune in battles.* She imitates the language of
books of knight errantry, which were popular reading, especially among young
women.

21 Sancho Bienhaya was a marketplace in Toledo. The father lived near
the market stands.

22 In the Golden Age, only those who had a right to it could be called

…leyendo en su manual, como que decía alguna devota oración…

Ella se lo prometió, y la otra le calzó° la espuela, con la cual le pasó casi el mismo coloquio° que con la de la espada. Preguntóle su nombre, y dijo que se llamaba la Molinera, y que era hija de un honrado molinero de Antequera;²³ a la cual también rogó don Quijote que se pusiese DON, y se llamase DOÑA MOLINERA, ofreciéndole nuevos servicios y mercedes.

    °put on
    °conversation

Hechas, pues, 'de galope° y aprisa, las hasta allí nunca vistas ceremonias, no vio la hora don Quijote de verse a caballo y salir buscando las aventuras, y ensillando luego a Rocinante, subió en él, y abrazando a su huésped,° le dijo cosas tan extrañas, agradeciéndole la merced de haberle armado caballero, que no es posible 'acertar a referirlas.° El ventero, por verle ya fuera de la venta, con no menos retóricas, aunque con más breves palabras, respondió a las suyas, y sin pedirle la costa° de la posada,° le dejó 'ir a la buen hora.°

    °hurriedly
    °host
    °to manage to relate them
    °expense, lodging
    °go away

Capítulo IIII. De lo que le sucedió a nuestro caballero cuando salió de la venta.

La¹ DEL alba sería cuando don Quijote salió de la venta, tan contento, tan gallardo, tan alborozado° por verse ya armado caballero, que el gozo le reventaba por las cinchas° del caballo. Mas viniéndole a la memoria los consejos de su huésped cerca de las prevenciones tan necesarias que había de llevar consigo, especial° la de los dineros y camisas, determinó volver a su casa y acomodarse° de todo, y de un escudero, haciendo cuenta de recebir² a un labrador vecino suyo, que era pobre y con hijos, pero muy a propósito para el oficio escuderil³ de la caballería. Con este pensamiento guio a Rocinante hacia su aldea, el cual, casi conociendo la querencia,° con tanta gana° comenzó a caminar, que parecía que no ponía los pies en el suelo.

    °exhilarated
    °girth
    especialmente
    °supply himself
    °way, desire

No había andado mucho, cuando le pareció que a su diestra° mano, de la espesura° de un bosque que allí estaba, salían unas voces delicadas,° como de persona que se quejaba, y apenas las hubo oído, cuando dijo: "Gracias doy al cielo por la merced que me hace, pues tan presto me pone ocasiones delante donde yo pueda 'cumplir con° lo que debo a mi profesión, y donde pueda coger el fruto de mis buenos deseos. Estas voces, sin duda, son de algún menesteroso, o menesterosa, que 'ha menester° mi favor y ayuda."

    °right (*arch.*)
    °dense part, faint
    °discharge
    °needs

Y volviendo las riendas, encaminó a Rocinante hacia donde le pareció que las voces salían. Y a pocos pasos° que entró por el bosque, vio

    °steps

---

don. Nowadays, you can call anyone by his or her first name if you precede it with **don** or **doña**.

  23 Spanish city in the province of Málaga.

    1 **La [hora] del alba.** The last word of the previous chapter is understood here.

    2 **Haciendo cuenta...** *planning to hire*

    3 **Muy a...** *very fit for the occupation of squire*

atada° una yegua° a una encina,° y atado en otra a un muchacho, desnudo   tied, mare, oak tree
de medio cuerpo arriba,[4] haſta de edad de quince años, que era el que
las voces daba, y no sin causa, porque le eſtaba dando con una pretina°   belt
muchos azotes° un labrador de buen talle,° y cada azote le acompañaba°   lashes, size, followed
con una reprehensión° y consejo. Porque decía: "La lengua queda,° y los   reprimand, quiet
ojos liſtos.°"   diligent

Y el muchacho respondía: "No lo haré otra vez, señor mío; por la
pasión de Dios, que no lo haré otra vez, y yo prometo de tener de aquí
adelante más cuidado con el hato.°"   flock

Y viendo don Quijote lo que pasaba, con voz airada° dijo: "Descor-   furious
tés° caballero, mal parece tomaros con quien defender no se puede;[5] subid   ill-bred
sobre vueſtro caballo y tomad vueſtra lanza,"—que también tenía una
lanza arrimada a la encina adonde eſtaba arrimada la yegua— "que yo os
haré conocer ser de cobardes lo que eſtáis haciendo."[6]

El labrador, que vio sobre sí aquella figura llena de armas, blandien-
do° la lanza sobre su roſtro, túvose por muerto,[7] y con buenas palabras   brandishing
respondió: "Señor caballero, eſte muchacho que eſtoy caſtigando, es un
mi criado que me sirve de guardar una 'manada de ovejas° que tengo en   flock of sheep
eſtos contornos,° el cual es tan descuidado° que cada día me falta una;   vicinity, careless
y porque caſtigo su descuido, o bellaquería,° dice que lo hago 'de mise-   roguery
rable,° por no pagalle la soldada° que le debo, y en Dios y en mi ánima°   out of stinginess, salar[y]
que miente."   soul

"¿«MIENTE» delante de mí,[8] 'ruin villano?°" dijo don Quijote. "Por   vile rustic
el sol que nos alumbra,° que eſtoy por pasaros 'de parte a parte° con eſta   illuminates, wide open
lanza; pagadle luego sin más réplica;° si no, por el Dios que nos rige, que   objection
os concluya y aniquile en eſte punto.[9] Desatadlo° luego."   untie him

El labrador bajó la cabeza, y sin responder palabra, desató a su criado,
al cual preguntó don Quijote que cuánto le debía su amo.° Él dijo que   master
nueve meses, a siete reales cada mes. 'Hizo la cuenta° don Quijote y halló   calculated the amount
que montaban° setenta y tres reales, y díjole al labrador que 'al momento°   it amounted to, right
los desembolsase,° si no quería morir por ello. Respondió el medroso   then; disburse
villano que para el paso° en que eſtaba y juramento° que había hecho—y   situation, oath
aún no había jurado nada—que no eran tantos, porque se le habían de
descontar° y 'recebir en cuenta° tres pares de zapatos que le había dado, y   deduct, credit
un real de dos sangrías° que le habían hecho eſtando enfermo.[10]   bloodlettings

"Bien eſtá todo eso," replicó don Quijote, "pero quédense los zapatos

---

4 **Desnudo de…** *naked from the waist up*
5 **Mal parece…** *it seems bad to take on someone who cannot defend himself*
6 **Yo os…** *I will make you see that what you are doing is the work of cowards*
7 **Túvose por…** *took himself for dead*
8 To claim that another person was lying—and not only in the books of
chivalry—was considered an affront to the person being spoken to as well as the
person spoken about.
9 **Por el…** *by the God who rules us I'll finish and annihilate you on the spot*
10 **Estando enfermo** *when he was sick*

"Descortés caballero, mal parece tomaros con quien defender no se puede."

y las sangrías por los azotes[11] que sin culpa° le habéis dado; que si él rom-   guilt
pió el cuero° de los zapatos que vos le pagastes, vos le habéis rompido[12] el de   leather
su cuerpo; y si le sacó el barbero sangre[13] estando enfermo, vos en sanidad°   health
se la habéis sacado; ansí que, por esta parte, no os debe nada."

5   "El daño° está, señor caballero, en que no tengo aquí dineros. Vén-   problem
gase Andrés conmigo a mi casa, que yo se los pagaré un real sobre otro."

"¿Irme yo con él," dijo el muchacho, "más? ¡Mal año, no señor,
'ni por pienso;° porque, en viéndose solo, me desuelle como a un San   absolutely not
Bartolomé!"[14]

10   "No hará tal," replicó don Quijote, "basta que yo se lo mande para
que me tenga respeto, y con que él me lo jure por la ley de caballería que
ha recebido, le dejaré ir libre[15] y aseguraré° la paga."   will guarantee

"Mire vuestra merced, señor, lo que dice," dijo el muchacho, "que este
mi amo no es caballero, ni ha recebido orden de caballería alguna; que es
15   Juan Haldudo el rico, el vecino° del Quintanar.[16]   resident

"Importa poco eso," respondió don Quijote, "que Haldudos puede
haber caballeros;[17] cuanto más, que «cada uno es hijo de sus obras.»"

"Así es verdad," dijo Andrés, "pero este mi amo, ¿de qué obras es hijo,
pues me niega° mi soldada, y mi sudor° y trabajo?"   denies, sweat

20   "No niego, hermano Andrés," respondió el labrador, "y hacedme pla-
cer° de veniros conmigo; que yo juro por todas las órdenes que de caba-   pleasure
llerías hay en el mundo de pagaros, como tengo dicho, un real sobre otro,
y aun sahumados."[18]

"Del sahumerio 'os hago gracia,°" dijo don Quijote, "dádselos 'en   I exempt you
25   reales,° que con eso me contento, y mirad que lo cumpláis como lo habéis   in silver coins
jurado; si no, por el mismo juramento os juro de volver a buscaros y a
castigaros, y que os 'tengo de° hallar, aunque os escondáis más que una   **tengo que**
lagartija.° Y si queréis saber quien os manda esto, para quedar con más   lizard
veras obligado a cumplirlo,[19] sabed que yo soy el valeroso don Quijote de

---

11   **Quédense los…** *let the whiplashes stand in payment for the shoes and
bloodlettings*

12   **Rompido** is used occasionally instead of **roto** by Cervantes.

13   Barbers were also surgeons, and letting blood in order to cure a sick
person was common.

14   **Me desuelle…** *he'll flay me like a St. Bartholomew.* Bartholomew was
one of the twelve apostles, and tradition has it that he was flayed and beheaded
by King Astyges of Babylonia

15   **Basta que…** *It is sufficient for me to command him for him to obey me;
and provided that he swears by the law of chivalry that he has received, I'll let him
go free*

16   El Quintanar de la Orden is in the modern province of Toledo, only 19
kms. northwest of El Toboso

17   **Haldudos puede…** *there can be Haldudos who are knights*

18   **Sahumados** *perfumed.* Here, it seems to mean *with interest*, according to
Casalduero's edition. Most editors say it means *with good will*, after the definition
in Covarrubias.

19   **Para quedar…** *so that you will be even more obliged to fulfill it*

la Mancha, el desfacedor° de agravios y sinrazones, y a Dios quedad; y 'no se os parta de las mientes° lo prometido y jurado, 'so pena de° la pena pronunciada."

    Y en diciendo eſto, picó a su Rocinante, y en 'breve espacio° se apartó dellos. Siguióle el labrador con los ojos, y cuando vio que había traspueſto° del bosque y que ya no parecía, volvióse a su criado Andrés, y díjole: "Venid acá, hijo mío, que os quiero pagar lo que os debo, como aquel deshacedor de agravios me dejó mandado."

    "Eso juro yo," dijo Andrés, "y ¡cómo que andará vueſtra merced acertado en cumplir el mandamiento de aquel buen caballero,²⁰ que mil años viva; que, según° es de valeroso y de buen juez, vive Roque que si no me paga, que vuelva y ejecute²¹ lo que dijo!"

    "También lo juro yo," dijo el labrador, "pero, por lo mucho que os quiero, quiero acrecentar° la deuda° por acrecentar la paga."

    Y asiéndole° del brazo, le tornó a atar a la encina, donde le dio tantos azotes que le dejó por muerto.

    "Llamad, señor Andrés, ahora," decía el labrador, "al desfacedor de agravios; veréis como no desface aquéſte,° aunque creo que no eſtá acabado de hacer, porque me viene gana de desollaros vivo,²² como vos temíades."

    Pero, al fin, le desató y le dio licencia que fuese a buscar su juez para que ejecutase la pronunciada sentencia. Andrés se partió algo mohino,° jurando de ir a buscar al valeroso don Quijote de la Mancha y contalle punto por punto lo que había pasado, y que se lo había de pagar con las setenas.²³ Pero, con todo eſto, él se partió llorando y su amo se quedó riendo.

    Y deſta manera deshizo el agravio el valeroso don Quijote, el cual, contentísimo de lo sucedido, pareciéndole que había dado felicísimo y alto principio a sus caballerías, con gran satisfación de sí mismo iba caminando hacia su aldea, diciendo a media voz: "Bien te puedes llamar dichosa° sobre cuantas hoy viven en la tierra, ¡oh, sobre las bellas bella Dulcinea del Toboso! pues 'te cupo en suerte° tener sujeto y rendido° a toda tu voluntad e talante a un tan valiente y tan nombrado° caballero como lo es y será don Quijote de la Mancha. El cual, como todo el mundo sabe, ayer rescibió la orden de caballería, y hoy ha desfecho el mayor tuerto y agravio que formó la sinrazón y cometió la crueldad. Hoy quitó el látigo° de la mano a aquel despiadado° enemigo, que tan sin ocasión° vapulaba° a aquel delicado infante.°"

    En eſto, llegó a un camino que en cuatro se dividía, y luego se le

Marginal glosses:
undoer (*archaic*)
don't forget, under the penalty of
a short time
left
since
increase, debt
seizing him
this one (*archaic*)
mournful
fortunate
it befell your fortune, surrendered; renowned
whip, cruel, reason
whipped, child

---

  20 **¡Cómo que…** *your worship will do well to obey the command of that good knight!*

  21 **Que vuelva…** *may he come back and do*

  22 **Creo que…** *I think it's not finished because I'm feeling like flaying you alive*

  23 **Pagar con las setenas** means 'to pay back sevenfold,' from the *Fuero Juzgo,* an ancient book of Spanish law

vino a la imaginación las encrucejadas²⁴ donde los caballeros andantes se
ponían a pensar cuál camino de aquellos tomarían, y por imitarlos eſtuvo
un rato quedo, y 'al cabo de° haberlo muy bien pensado, soltó° la rienda a   after, released
Rocinante, dejando a la voluntad° del rocín la suya, el cual siguió su pri-   will
mer intento, que fue el irse camino de su caballeriza. Y habiendo andado
como dos millas, descubrió don Quijote un grande tropel° de gente, que,   crowd
como después se supo, eran unos mercaderes° toledanos que iban a com-   merchants
prar seda° a Murcia.²⁵ Eran seis, y venían con sus quitasoles,° con otros   silk, parasols
cuatro criados a caballo y tres mozos de mulas a pie.

Apenas los divisó don Quijote, cuando se imaginó ser cosa de nueva
aventura; y por imitar en todo cuanto a él le parecía posible los pasos que
había leído en sus libros, le pareció venir allí de molde uno que pensaba
hacer.²⁶ Y así, con gentil continente y denuedo, 'se afirmó° bien en los   made himself fast
eſtribos, apretó° la lanza, llegó° la adarga al pecho,° y pueſto en la mitad   clutched, placed, cheſ
del camino, eſtuvo esperando que aquellos caballeros andantes llegasen,
que ya él por tales los tenía y juzgaba,° y cuando llegaron a trecho que se   judged
pudieron ver y oír, levantó don Quijote la voz, y con 'ademán arrogante,°   haughty manner
dijo: "Todo el mundo 'se tenga,° si todo el mundo no confiesa que no hay   stop
en el mundo todo doncella más hermosa que la Emperatriz° de la Man-   empress
cha, la 'sin par° Dulcinea del Toboso."   peerless

Paráronse° los mercaderes al son° deſtas razones, y a ver la eſtraña   stopped, sound
figura del que las° decía; y por la figura° y por las razones luego echaron   i.e., **las razones**, face
de ver la locura de su dueño;²⁷ mas quisieron ver despacio en qué paraba
aquella confesión que se les pedía,²⁸ y uno dellos, que era un poco burlón°   jester
y muy mucho discreto,° le dijo: "Señor caballero, nosotros no conocemos   witty
quién sea esa buena señora que decís. Moſtrádnosla, que si ella fuere de
tanta hermosura como significáis,° de buena gana y sin apremio° alguno   represent, constraint
confesaremos la verdad que por parte vueſtra nos es pedida."

"Si os la moſtrara," replicó don Quijote, "¿qué hiciérades vosotros en
confesar una verdad tan notoria?²⁹ La importancia eſtá en que, sin verla,
lo habéis de creer, confesar, afirmar, jurar y defender; 'donde no,° conmigo   if not
sois en batalla, gente descomunal° y soberbia. Que, ahora vengáis uno a   monstrous
uno, como pide la orden de caballería, ora° todos juntos, como es cos-   or
tumbre y mala usanza° de los de vueſtra ralea,° aquí os aguardo y espero,   custom, breed
confiado en la razón que de mi parte tengo."

"Señor caballero," replicó el mercader, "suplico a vueſtra merced, en

---

24 **Encrucejadas = encrucijadas** *crossroads*

25 Murcia is an important agricultural center in south-eastern Spain.

26 **Por imitar...** *to imitate as closely as possible the deeds he had read about in
his books, the one that he planned to do seemed made to order*

27 **Echaron de ver...** *they realized the craziness of their* [i.e., **las razones'**]
owner

28 **Quisieron...** *they wanted to see where that confession they were being asked
to give was leading*

29 **¿Qué hiciérades...** *what merit would there be in confessing a truth so
evident*

nombre de todos estos príncipes° que aquí estamos que, por que no en- princes
carguemos° nuestras conciencias, confesando una cosa por nosotros ja- burden
más vista ni oída, y más siendo tan en perjuicio de las emperatrices y
reinas del Alcarria y Estremadura,³⁰ que vuestra merced sea servido de
mostrarnos algún retrato° de esa señora, aunque sea tamaño° como un portrait, the size
grano de trigo;° que «por el hilo se sacará el ovillo»,³¹ y quedaremos con wheat
esto satisfechos y seguros, y vuestra merced quedará contento y pagado.° satisfied
Y aun creo que estamos ya tan de su parte,³² que, aunque su retrato nos
muestre que es tuerta° de un ojo y que del otro le mana bermellón y pie- blind
dra azufre,³³ con todo eso, por complacer° a vuestra merced, diremos en su humor
favor todo lo que quisiere.”

“No le mana, canalla infame,°” respondió don Quijote encendido despicable
en cólera,° “no le mana, digo, eso que decís, sino ámbar y algalia entre rage
algodones;³⁴ y no es tuerta ni corcovada,° sino más derecha que un huso° hunchback, spindle
de Guadarrama. Pero ¡vosotros pagaréis la grande blasfemia que habéis
dicho contra tamaña beldad,° como es la de mi señora!” beauty

Y en diciendo esto, arremetió° con la lanza baja° contra el que lo attacked, lowered
había dicho, con tanta furia y enojo, que, si la buena suerte° no hiciera fortune
que en la mitad del camino tropezara° y cayera Rocinante, lo pasara mal stumble
el atrevido mercader.³⁵ Cayó Rocinante, y fue rodando° su amo una buena rolling
pieza° por el campo, y queriéndose levantar, 'jamás pudo,° tal embarazo° distance, he couldn't, impediment
le causaban la lanza, adarga, espuelas y celada, con el peso de las antiguas
armas. Y entretanto° que 'pugnaba por° levantarse y no podía, estaba di- while, struggled to
ciendo: “¡Non fuyáis, gente cobarde, gente cautiva,° atended; que no por wretched
culpa° mía, sino de mi caballo, estoy aquí tendido!” blame, stretched out

Un mozo de mulas de los que allí venían, que no debía de ser muy
bien intencionado,° oyendo decir al pobre caído tantas arrogancias,³⁶ no natured
lo pudo sufrir° sin darle la respuesta en las costillas.° Y llegándose a él, endure, ribs
tomó la lanza, y después de haberla hecho pedazos, con uno dellos comenzó a dar a nuestro don Quijote tantos palos,° que, a despecho y pesar blows
de sus armas, le molió como cibera.° Dábanle voces sus amos que no le wheat
diese tanto,³⁷ y que le dejase; pero estaba ya el mozo picado° y no quiso irate
dejar el juego hasta envidar° todo el resto de su cólera; y acudiendo por he parleyed

---

30 La Alcarria (**el** is no longer used) is a region made up of parts of the
modern provinces of Cuenca, Guadalajara and Madrid. Estremadura is a region
composed of the provinces of Mérida and Badajoz in western Spain.

31 **Por el…** *by the yarn we can judge the skein*

32 **Estamos ya…** *we are in such agreement with you*

33 **Del otro…** *from the other she oozes vermillion and sulphur.* Vermillion is
a red pigment.

34 **Ámbar y…** *ambergris and civet packed in cotton.* Ambergris forms in the
intestines of the sperm whale, and civet is a secretion from the civet, a catlike
mammal. Both are used in the manufacture of perfumes.

35 **Lo pasara…** *the impudent merchant would have had a bad time of it*

36 **Oyendo decir…** *hearing the poor fallen one say so many arrogant things*

37 **Dábanle voces…** *his masters yelled to him not to beat him so much*

los demás trozos° de la lanza, los acabó de deshacer sobre el miserable   pieces
caído, que, con toda aquella tempeſtad de palos que sobre él llovía,³⁸ no
cerraba la boca, amenazando° al cielo y a la tierra, y a los malandrines,°   threatening, brigands
que tal le parecían.

5   Cansóse el mozo, y los mercaderes siguieron su camino, llevando
qué contar en todo él del pobre apaleado.³⁹ El cual, después que se vio
solo, tornó a probar° si podía levantarse; pero si no lo pudo hacer cuando   try
sano° y bueno, ¿cómo lo haría molido° y casi deshecho?° Y aún se tenía   hale, beaten-up, des-
por dichoso, pareciéndole que aquélla era propia desgracia de caballeros   troyed
10   andantes, y toda la atribuía a la falta° de su caballo; y no era posible le-   fault
vantarse, según tenía brumado° todo el cuerpo.   bruised

Capítulo V. Donde se prosigue la narración de la desgracia° de   misfortune
nueſtro caballero.

VIENDO, PUES, que, en efeto, no podía menearse,° acordó de aco-   stir
15   gerse° a su ordinario remedio, que era pensar en algún paso° de   resort, passage
sus libros, y trújole su locura a la memoria aquel de Valdovinos y
del Marqués de Mantua,¹ cuando Carloto le dejó herido en la montiña,°   forest
hiſtoria sabida de los niños, no ignorada° de los mozos, celebrada° y aun   unknown, venerated
creída de los viejos, y con todo eſto, no más verdadera que los milagros de
20   Mahoma.² Éſta, pues, le pareció a él que le venía de molde para el paso en
que se hallaba; y así, con mueſtras° de grande sentimiento,° se comenzó a   signs, pain
volcar° por la tierra, y a decir con 'debilitado aliento° lo mesmo que dicen   wallow, weakened
decía el herido caballero del bosque: breath

¿Dónde eſtás, señora mía,
25   que no te duele mi mal?
O no lo sabes, señora,
o eres falsa y desleal.°   unloyal

Y deſta manera fue prosiguiendo el romance, haſta aquellos versos
que dicen:

30   ¡Oh, noble Marqués de Mantua,

---

38 The text says only **vía**, seemingly a typesetter's mistake.

39 **Los mercaderes…** *the merchants continued their journey, taking with them stories to tell for the rest of the trip about the drubbed person*

1 This is a popular subject from the **romances viejos.** According to the **romance,** Carloto, son of Charlemagne, falls in love with the princess Sebilla, wife of Valdovinos. In order to have her, Carloto wounds Valdovinos and leaves him in a forest. The Marqués de Mantua, Valdovinos' uncle, finds him there while hunting. The referent to **le** in the next phrase is thus Valdovinos, and not the Marqués de Mantua.

2 Muhammad worked no miracles.

mi tío y señor carnal![3]

Y quiso la suerte[4] que, cuando llegó a este verso, acertó a pasar por allí un labrador de su mesmo lugar y vecino suyo, que venía de llevar una carga de trigo al molino, el cual, viendo aquel hombre allí tendido, se llegó a él y le preguntó que quién era y qué mal sentía, que tan tristemente se quejaba.[5]

Don Quijote creyó, sin duda, que aquél era el Marqués de Mantua, su tío, y así, no le respondió otra cosa sino fue proseguir en su romance, donde 'le daba cuenta° de su desgracia y de los amores del hijo del Emperante con su esposa; todo de la mesma manera que el romance lo canta. El labrador estaba admirado oyendo aquellos disparates, y quitándole la visera, que ya estaba hecha pedazos de los palos, le limpió el rostro, que le tenía cubierto de polvo,° y apenas le hubo limpiado,[6] cuando le conoció, y le dijo: "Señor Quijana"—que así se debía de llamar cuando él tenía juicio y no había pasado de hidalgo sosegado a caballero andante—"¿quién ha puesto a vuestra merced desta suerte?"

Pero él seguía con su romance a cuanto le preguntaba.

Viendo esto el buen hombre, lo mejor que pudo, le quitó el peto y espaldar, para ver si tenía alguna herida; pero no vio sangre ni señal alguna. Procuró levantarle del suelo, y no con poco trabajo le subió sobre su jumento,° por parecer caballería más sosegada.[7] Recogió las armas, hasta las astillas° de la lanza, y liólas° sobre Rocinante, al cual tomó de la rienda, y del cabestro° al asno, y se encaminó hacia su pueblo, bien pensativo° de oír los disparates que don Quijote decía. Y no menos iba don Quijote,[8] que, de puro molido y quebrantado,° no se podía tener sobre el borrico,[9] y de cuando en cuando daba unos suspiros° que los ponía en el cielo; de modo que de nuevo obligó a que el labrador le preguntase le dijese qué mal sentía.[10] Y no parece sino que el diablo le traía a la memoria los cuentos acomodados a sus sucesos,[11] porque en aquel punto, olvidándose de Valdovinos, se acordó del moro° Abindarráez, cuando el alcaide° de Antequera, Rodrigo de Narváez, le prendió y llevó cautivo° a su alcaidía.

told of

dirt

donkey

splinters, tied them

halter, worried

pounded

sighs

Moor, governor

captive

---

3 The weakened Don Quijote makes a mistake: it should be **señor y tío carnal**. **Tío carnal** = *paternal or maternal uncle.*

4 **Quiso la…** *as luck would have it*

5 **Se llegó…** *he approached him and asked him who he was and what had befallen him that made him lament so sadly*

6 Readers of the time would realize that Don Quijote's neighbor does exactly what the Marqués de Mantua did with Valdovinos in cleaning off his face.

7 **Por parecer…** *because it seemed like a calmer mount*

8 **Y no…** *and no less* [worried] *went Don Quijote*

9 **No se…** *he couldn't sit straight up on the donkey*

10 **De nuevo…** *once again it compelled the peasant to ask him to tell him what ailed him*

11 **El diablo…** *the devil brought stories to his mind that fit what happened to him*

De suerte que, cuando el labrador le volvió a preguntar que cómo estaba
y qué sentía, le respondió las mesmas palabras y razones que el cautivo
Abencerraje respondía a Rodrigo de Narváez, del mesmo modo que él
había leído la historia en *La Diana*, de Jorge de Montemayor,[12] donde
se escribe, aprovechándose° della tan 'a propósito,° que el labrador se iba   profiting from, aptly
dando al diablo de oír tanta máquina de necedades;[13] por donde conoció
que su vecino estaba loco y dábale priesa a llegar al pueblo por escusar°   avoid
el enfado° que don Quijote le causaba con su larga arenga.° 'Al cabo de   vexation, speech
lo cual,° dijo: "Sepa[14] vuestra merced, señor don Rodrigo de Narváez, que   after which
esta hermosa Jarifa, que he dicho,° es ahora la linda Dulcinea del Toboso,   mentioned
por quien yo he hecho, hago y haré los más famosos hechos de caballerías
que se han visto, vean ni verán en el mundo."

A esto respondió el labrador: "Mire vuestra merced, señor, ¡pecador
de mí![15] que yo no soy don Rodrigo de Narváez, ni el Marqués de Mantua, sino Pedro Alonso, su vecino; ni vuestra merced es Valdovinos, ni
Abindarráez, sino el honrado hidalgo del señor Quijana."

"Yo sé quién soy," respondió don Quijote, "y sé que puedo ser, no sólo
los que he dicho, sino todos los doce Pares de Francia,[16] y aun todos los
Nueve de la Fama,[17] pues a todas las hazañas que ellos todos juntos y cada
uno por sí hicieron, se aventajarán las mías."[18]

En estas pláticas° y en otras semejantes llegaron al lugar a la hora que   conversations
anochecía; pero el labrador aguardó a que fuese algo más noche, porque
no viesen al molido hidalgo tan mal caballero.[19] Llegada, pues, la hora que
le pareció, entró en el pueblo y en la casa de don Quijote, la cual halló
toda alborotada°—y estaban en ella el cura y el barbero del lugar, que eran   upset
grandes amigos de don Quijote—que estaba diciéndoles su ama a voces:
"¿Qué le parece a vuestra merced, señor licenciado Pero Pérez," que así se

---

12 This legend is found in the *Siete libros de la Diana* (added to the edition
of 1561). It is the story of the Moor Abindarráez who, on his way to get married
to Jarifa, is put in prison by Rodrigo de Narváez, governor of Antequera. The
governor befriends the Moor and lets him go to get married, provided he come
back within three days, which he does, with his new wife. The governor finally
lets them both go free.

13 **Se iba...** *he went along cursing his fate for having to hear such a lot of
nonsense*

14 **Sepa** as a command means *I want you to know.*

15 **¡Pecador...** *sinner that I am!*

16 The Twelve Peers were Charlemagne's men, all equal in valor, therefore
"peers."

17 The "Nine Worthies," as they are known in English are Joshua, David, Judas Maccabæus (Jews), Hector, Alexander, Cæsar (pagans), Arthur, Charlemagne, and Godefroy of Bouillon (Christians). The last named one was the
leader of the First Crusade.

18 **A todas...** *my deeds will surpass those of all of those put together and of each
one individually*

19 **El labrador...** *the peasant waited for it to get darker so that* [the people]
wouldn't see the beaten-up hidalgo so sorrily mounted

llamaba el cura, "de la desgracia de mi señor? Tres días ha que no parecen él, ni el rocín, ni la adarga, ni la lanza, ni las armas. ¡Desventurada de mí! que me doy a entender, y así es ello la verdad como nací para morir,[20] que estos malditos° libros de caballerías que él tiene y suele leer tan de ordinario, le han vuelto el juicio;[21] que ahora me acuerdo haberle oído decir muchas veces, hablando 'entre sí,° que quería hacerse caballero andante e irse a buscar las aventuras por esos mundos. Encomendados° sean a Satanás y a Barrabás[22] tales libros, que así han echado a perder el más delicado entendimiento que había en toda la Mancha."[23]

damned

to himself
commended

La sobrina decía lo mesmo, y aun decía más: "Sepa señor maese Nicolás," que éste era el nombre del barbero, "que muchas veces le aconteció a mi señor tío estarse leyendo en estos desalmados° libros de desventuras° dos días con sus noches, al cabo de los cuales arrojaba el libro de las manos y ponía mano a la espada y andaba a cuchilladas con las paredes, y cuando estaba muy cansado, decía que había muerto° a cuatro gigantes como cuatro torres,° y el sudor que sudaba del cansancio° decía que era sangre de las feridas que había recebido en la batalla, y bebíase luego un gran jarro° de agua fría, y quedaba sano y sosegado, diciendo que aquella agua era una preciosísima bebida que le había traído el sabio Esquife,[24] un grande encantador y amigo suyo. Mas yo me tengo la culpa de todo, que no avisé° a vuestras mercedes de los disparates de mi señor tío, para que lo remediaran antes de llegar a lo que ha llegado, y quemaran todos estos descomulgados° libros; que tiene muchos, que bien merecen ser abrasados° como si fuesen de herejes.°"

soulless
misfortunes

killed
towers, exhaustion

pitcher

told

excommunicated
burned, heretics

"Esto digo yo también," dijo el cura, "y 'a fee° que no se pase el día de mañana sin que dellos no[25] se haga acto público,[26] y sean condenados al fuego, porque no den ocasión a quien los leyere de hacer lo que mi buen amigo debe de haber hecho."

in truth

Todo esto estaban oyendo el labrador y don Quijote, con que acabó de entender el labrador la enfermedad de su vecino, y así, comenzó a decir a voces: "Abran vuestras mercedes al señor Valdovinos y al señor Marqués de Mantua, que viene mal ferido; y al señor moro Abindarráez, que trae cautivo el valeroso Rodrigo de Narváez, alcaide de Antequera."

A estas voces salieron todos, y como conocieron los unos a su amigo, las otras a su amo y tío, que aún no se había apeado del jumento, porque

---

20 **¡Desventurada de mí…** *Woe is me! I'm beginning to understand, and it's the truth just as I was born to die*

21 **Le han…** *have made him crazy*

22 Barabbas was the prisoner released instead of Christ (Matthew 27:15-21).

23 **Han echado…** *they have ruined the most sensitive mind that there was in all of la Mancha*

24 The niece probably means Alquife, husband of Urganda la Desconocida, who appears in several books of the Amadís cycle.

25 This is a meaningless **no**. They are going to burn the books.

26 **Acto público** refers to the burning of heretics.

no podía, corrieron a abrazarle. Él dijo: "Ténganse todos; que vengo mal
ferido por la culpa de mi caballo. Llévenme a mi lecho, y llámese, si fuere
posible, a la sabia Urganda,[27] que 'cure y cate de° mis feridas."   take care of

5   "¡Mirá en hora maza!"[28] dijo a este punto el ama, "si me decía a mí
bien mi corazón del pie que cojeaba mi señor![29] Suba vuestra merced en
buen hora; que, sin que venga esa Urgada,° le sabremos aquí curar. ¡Mal-   "worn out, sexually"
ditos, digo, sean otra vez y otras ciento, estos libros de caballerías, que tal
han parado a vuestra merced!"[30]

Lleváronle luego a la cama, y catándole las feridas, no le hallaron
10 ninguna; y él dijo que todo era molimiento,° por haber dado una gran   pounding
caída con Rocinante, su caballo, combatiéndose con diez jayanes,° los más   giants
desaforados° y atrevidos° que se pudieran fallar° en gran parte de la tierra.   huge, fearless, **hallar**

"Ta, ta," dijo el cura, "¿jayanes hay en la danza? Para mi santiguada,°   sign of the cross
que yo los° queme mañana antes que llegue la noche."   i.e., *the books*

15 Hiciéronle a don Quijote mil preguntas, y a ninguna quiso responder otra cosa sino que le diesen de comer y le dejasen dormir, que era lo
que más le importaba. Hízose así, y el cura se informó muy a la larga del
labrador, del modo que había hallado a don Quijote;[31] él se lo contó todo,
con los disparates que al hallarle y al traerle había dicho, que fue poner
20 más deseo en el licenciado de hacer lo que 'otro día° hizo, que fue llamar   the next day
a su amigo el barbero, maese Nicolás, con el cual se vino a casa de don
Quijote.

25 *Capítulo VI. Del donoso° y grande escrutinio que el cura y el*   witty
barbero hicieron en la librería de nuestro ingenioso hidalgo.

E   L CUAL aún todavía dormía.[1] Pidió las llaves a la sobrina del apo-
sento° donde estaban los libros, autores del daño,° y ella se las dio   room, damage
30 de muy buena gana; entraron dentro todos, y la ama con ellos, y
hallaron más de cien cuerpos° de libros grandes muy bien encuaderna-   volumes
dos,° y otros pequeños; y así como el ama los vio, volvióse a salir del apo-   bound
sento con gran priesa, y tornó luego con una escudilla° de agua bendita°   bowl, holy,
y un hisopo,° y dijo: "Tome vuestra merced, señor licenciado; rocíe° este   sprinkler, sprinkle
35 aposento, no esté aquí algún encantador de los muchos que tienen estos

---

27 Urganda la Desconocida was an enchantress in *Amadís de Gaula*, already
mentioned in note 24 and in the preliminary verses, p. 13.

28 **¡Mirá en hora maza!** = **¡Mirad en hora mala!** This is a **vos** command.

29 **Si me...** *if my heart didn't tell me well on what foot my master limped,* i.e.
"what my master's problem was."

30 **Que tal...** *that have put you*

31 **El cura...** *the priest found out very extensively from the peasant about how
he had found Don Quijote*

1 As with last two chapters, this one begins by continuing the previous
chapter as if there were no break. Don Quijote is the subject of **dormía**. The
subject of **pidió** in the next sentence is the priest.

libros, y nos encanten, en pena de las que les queremos dar echándolos del mundo."[2]

Causó risa al licenciado la simplicidad del ama, y mandó al barbero que le fuese dando[3] de aquellos libros, uno a uno, para ver 'de qué trataban,° pues podía ser hallar algunos que no mereciesen castigo[4] de fuego.

"No," dijo la sobrina, "no hay para qué perdonar a ninguno, porque todos han sido los dañadores; mejor será arrojallos por las ventanas al patio, y hacer un rimero° dellos y 'pegarles fuego,° y si no, llevarlos al corral, y allí se hará la hoguera,° y no ofenderá el humo.°"

Lo mismo dijo el ama, tal era la gana que las dos tenían de la muerte de aquellos inocentes; mas el cura no vino en ello sin primero leer siquiera los títulos.[5] Y el primero que maese Nicolás le dio en las manos, fue *Los cuatro de Amadís de Gaula*,[6] y dijo el cura: "Parece cosa de misterio ésta, porque, según he oído decir, este libro fue el primero de caballerías que se imprimió en España, y todos los demás han tomado principio y origen déste, y así me parece que, como a dogmatizador° de una secta tan mala, le debemos sin escusa alguna condenar al fuego."

"No señor," dijo el barbero, "que también he oído decir que es el mejor de todos los libros que de este género se han compuesto, y así, como a único en su arte, se debe perdonar."

"Así es verdad," dijo el cura, "y por esa razón se le otorga la vida por ahora. Veamos esotro que está junto a él."

"Es," dijo el barbero, "*Las Sergas*° de *Esplandián*,[7] hijo legítimo de Amadís de

Los quatro libros del Air tuoso cauallero Amadis de Gaula: Complidos.

Margin glosses:
what they were about
pile, set fire to them
bonfire, smoke
founder
deeds

---

2 **No esté...** *so that some enchanter of the many that those books have won't come to put a spell on us, to punish us for wanting to eject them from the world*

3 **Le fuese...** *he keep giving him*

4 **Podía ser...** *it might be they would find some that didn't deserve punishment*

5 **Mas el...** *but the priest would not agree to it without at least first reading the titles*

6 Don Quijote's library is well organized. The first section is his favorite books, the romances of chivalry. In this part, the first several books all belong to the "Amadís cycle"—*Amadís de Gaula* and its continuations. The first known edition of the four books of *Amadís* is that of Zaragoza, 1508. There were 19 other editions preceding the publication of *Don Quijote*, mostly from Seville and Toledo—those printed outside of Spain were in Louvain (Belgium) and Venice. The author of Parts I-III of *Amadís de Gaula* is unknown. Part IV was written by Garci Rodríguez de Montalvo. All these references are Dan Eisenberg's research.

7 Written by Garci Rodríguez de Montalvo, the reviser of *Amadís de Gaula*.

Y el primero que maese Nicolás le dio en las manos, fue *Los cuatro de Amadís de Gaula*

Gaula."

"Pues en verdad," dijo el cura, "que no le ha de valer al hijo la bondad° del padre. Tomad, señora ama, abrid esa ventana y echadle al corral, y dé principio al montón° de la hoguera que se ha de hacer." *goodness / mound*

Hízolo así el ama con mucho contento, y el bueno de Esplandián fue volando al corral, esperando con toda paciencia el fuego que le amenazaba.

"Adelante," dijo el cura.

"Este que viene," dijo el barbero, "es *Amadís de Grecia*,[8] y aun todos los deste lado, a lo que creo, son del mesmo linaje de Amadís."

"Pues vayan todos al corral," dijo el cura, "que a trueco de quemar a la reina Pintquiniestra[9] y al pastor Darinel, y a sus églogas,° y a las endiabladas° y revueltas° razones de su autor, quemaré con ellos al padre que me engendró, si anduviera en figura de caballero andante."[10] *eclogues / devilish, convoluted*

"De ese parecer° soy yo," dijo el barbero. *opinion*

"Y aun yo," añadió la sobrina.

"Pues así es," dijo el ama, "vengan, y al corral con ellos."

Diéronselos, que eran muchos, y ella ahorró° la escalera,° y dio con ellos por la ventana abajo. *spared, stairs*

"¿Quién es ese tonel?"[11] dijo el cura.

"Éste es," respondió el barbero, "*Don Olivante de Laura*."[12]

"El autor de ese libro," dijo el cura, "fue el mesmo que compuso a *Jardín de flores*,[13] y en verdad que no sepa determinar cuál de los dos libros es más verdadero, o, por decir mejor, menos mentiroso.° Sólo sé decir que éste irá al corral por disparatado° y arrogante." *lying / absurd*

It is the fifth book in the *Amadís* cycle (the first four are the four books of *Amadís de Gaula*). Originally published in Seville, 1510, with nine more editions until 1588.

8 This is book 9 of the *Amadís* cycle, written by Feliciano de Silva and published in Seville, 1530. Up to 1596 there were six other editions. Book 6, *Florisando* by Páez de Ribera (Salamanca, 1510), is not mentioned because it was rare. The most recent edition had been published in Seville, 1526, about seventy-five years before our story starts. Also not mentioned are books 7 and 8 of the *Amadís* cycle, *Lisuarte de Grecia*, part 1 by Feliciano de Silva (Seville, 1514, with nine more editions until 1587) and part 2 by Juan Díaz, another rare book published only once, in Seville, 1526. In all, there were twelve books in the *Amadís* cycle (book 10 was *Florisel de Niquea*, book 11 was Rogel de Grecia, and book 12 was *Silves de la Selva*).

9 The priest doesn't quite remember right: it's "Pintiquinestra," without the fourth **i**.

10 **Si anduviera…** *if he were going around dressed as a knight errant*

11 **Tonel** means 'cask.' Editors have thought that it refers to the large size of the book, but this one was only slightly longer than *Amadís de Grecia*, and much shorter than *Amadís de Gaula*.

12 By Antonio de Torquemada, published in Barcelona, 1564.

13 Published in Mondoñedo, 1553.

"Éste que se sigue es *Florimorte de Hircania*,"[14] dijo el barbero.

"¿Ahí está el señor Florimorte?" replicó el cura. "Pues a fe que ha de parar presto en el corral, a pesar de su estraño nacimiento° y sonadas aventuras; que no da lugar a otra cosa la dureza y sequedad de su estilo.[15] Al corral con él y con esotro, señora ama."

    birth

5

"Que me place,° señor mío," respondía ella, y con mucha alegría ejecutaba lo que le era mandado.

    it pleases me

"Éste es *El caballero Platir*,"[16] dijo el barbero.

"Antiguo libro es ése," dijo el cura, "y no hallo en él cosa que merezca venia;° acompañe a los demás sin réplica.°"

    forgiveness, appeal

10

Y así fue hecho.

Abrióse otro libro, y vieron que tenía por título *El Caballero de la Cruz*.[17]

"Por nombre tan santo° como este libro tiene, se podía perdonar su ignorancia; mas también se suele decir «tras la cruz está el diablo»; vaya al fuego."

    holy

15

Tomando el barbero otro libro, dijo: "Éste es *Espejo de caballerías*."[18]

"Ya conozco a su merced," dijo el cura, "ahí anda el señor Reinaldos de Montalbán con sus amigos y compañeros, más ladrones que Caco, y los doce Pares con el verdadero historiador Turpín,[19] y en verdad, que 'estoy por° condenarlos no más que a destierro° perpetuo, siquiera° porque tienen parte de la invención[20] del famoso Mateo Boiardo,[21] de donde también 'tejió su tela° el cristiano poeta Ludovico Ariosto,[22] al cual, si aquí le hallo, y que habla en otra lengua que la suya, no le guardaré respeto

    I favor, exile, just

    wove his cloth

20

---

14 The book in the real world is called **Felix**marte de Hircania by Melchor Ortega. There was only one contemporary edition, Valladolid, 1556. Felixmarte's strange birth was that his mother was midwifed by a wild woman in a forest. And his "resounding adventures" include wiping out an army of 1,600,000 single-handedly. Schevill changes the title to *Florismarte...* since the 2nd and 3rd editions of the *Quijote* use that name.

15 **Que no...** *the stiffness and dryness of his style deserve nothing else*

16 Written by a certain "Enciso," published only once, in Valladolid, 1533.

17 *Lepolemo o el Caballero de la Cruz* perhaps was written by Alonso de Salazar. It was first published in Valencia, 1521, with ten more editions up to 1563.

18 Published in three parts. The first two are by Pedro López de Santa Catalina (Toledo, 1525 and 1527), and the third part by Pedro de Reinoso (Toledo 1547). The first complete edition (with all three parts together), and the last one published before 1605, was in Medina del Campo, 1586.

19 Jean Turpin, archbishop of Reims, had been dead already 200 years when the false history of Charlemagne was attributed to him.

20 That is, the characters just mentioned have a part in the invention.

21 The Italian Matteo Boiardo wrote a semiburlesque poem called *Orlando Innamorato* (1486-95).

22 Another Italian, Ludovico Ariosto published *Orlando Furioso* in 1532. It continues Boiardo's work.

alguno; pero si habla en su idioma, le pondré sobre mi cabeza."²³

"Pues yo le tengo en italiano," dijo el barbero, "mas no le entiendo."

"Ni aun fuera bien que vos le entendiérades,"²⁴ respondió el cura, "y aquí le perdonáramos al señor capitán que no le hubiera traído a España y hecho castellano,²⁵ que le quitó mucho de su natural valor;° *value* y lo mesmo harán todos aquellos que los libros de verso quisieren volver° *translate* en otra lengua; que, por mucho cuidado que pongan y habilidad que muestren, jamás llegarán al punto que ellos tienen en su primer nacimiento. Digo, en efeto, que este libro y todos los que se hallaren que tratan destas cosas de Francia, se echen y depositen en un pozo seco, hasta que con más acuerdo° *concurrence* se vea lo que se ha de hacer dellos, ecetuando a un *Bernardo del Carpio*²⁶ que anda por ahí,²⁷ y a otro llamado *Roncesvalles*;²⁸ que éstos, en llegando a mis manos, han de estar en las del ama y dellas en las del fuego, sin remisión alguna."²⁹

Todo lo confirmó el barbero, y lo tuvo por bien y por cosa muy acertada, por entender que era el cura tan buen cristiano y tan amigo de la verdad, que no diría otra cosa por todas las° *las verdades* del mundo. Y abriendo otro libro, vio que era *Palmerín de Oliva*,³⁰ y junto a él estaba otro que se llamaba *Palmerín de Ingalaterra*.³¹ Lo cual, visto por el licenciado, dijo: "Esa Oliva se haga luego rajas° *shreds* y se queme, que aun no queden della las cenizas;° *ashes* y esa Palma de Ingalaterra se guarde y se conserve, como a cosa única, y se haga para ello otra caja como la que halló Alejandro en los despojos° *spoils, designated* de Darío, que la diputó° para guardar en ella las obras del poeta Homero.³² Este libro, señor compadre, tiene autoridad por dos cosas: la

---

23 To show respect.

24 **Ni aun...** *it's just as well you don't understand him.* In 1612, the Inquisition expurgated parts of the poem for the Spanish audience. If the barber could read the original, he would see things the Inquisition didn't want him to see.

25 **Le perdonáramos...** *we might pardon the captain if he had not brought it to Spain and made it Spanish.* Captain Jerónimo Jiménez de Urrea translated Ariosto's work into Spanish (1549), taking great liberties with it.

26 *Historia de la hazañas y hechos del invencible caballero Bernardo del Carpio*, a poem in **octavas reales** by Agustín Alonso (1585).

27 **Que anda...** *which is out there somewhere.*

28 *El verdadero suceso de la famosa batalla de Roncesvalles, con la muerte de los doce Pares de Francia* (Toledo, 1555) by Francisco Garrido de Villena.

29 **En llegando...** *coming to my hands, will soon be in those of the housekeeper, and from them into the* [hands] *of the fire, without any appeal*

30 Perhaps by Francisco Vázquez. It had twelve editions before the publication of *Don Quijote*, beginning with Salamanca, 1511. The editions were mostly published in Venice and Seville.

31 Written by Francisco Moraes Cabral in Portuguese. The earliest Spanish version was published in Toledo in two parts: Part I, 1547 and Part II, 1548. The earliest surviving Portuguese edition is that of Évora, 1567.

32 According to Plutarch in his *Life of Alexander*, when Alexander found the jewel-encrusted box among King Darius' affairs, he resolved to store Homer's *Iliad* in it.

una, porque él por sí es muy bueno; y la otra, porque 'es fama° que le | it is said
compuso un discreto rey de Portugal.³³ Todas las aventuras del castillo de
Miraguarda son bonísimas y de grande artificio, las razones cortesanas° | courteous
y claras, que guardan y miran el decoro del que habla con mucha pro-
priedad y entendimiento.° Digo, pues, salvo vuestro buen parecer,³⁴ señor | understanding
maese Nicolás, que éste y *Amadís de Gaula* queden libres del fuego, y
todos los demás, sin hacer más 'cala y cata,° perezcan." | investigation

"No, señor compadre," replicó el barbero, "que este que aquí tengo es
el afamado° *Don Belianís*."³⁵ | famous

"Pues ése" replicó el cura, "con la segunda, tercera y cuarta parte,
tienen necesidad de un poco de ruibarbo para purgar la demasiada có- | bile
lera° suya, y es menester quitarles todo aquello del Castillo de la Fama y
otras impertinencias° de más im- | blunders
portancia, para lo cual se les da
'término ultramarino,° y como | maximum time
se enmendaren, así se usará con
ellos de misericordia o de justicia; y en tanto, tenedlos vos,
compadre, en vuestra casa; mas
no los dejéis leer a ninguno."

"Que me place," respondió
el barbero.

Y sin querer cansarse más en
leer libros de caballerías, el cura
mandó al ama que tomase todos
los grandes y diese con ellos en el
corral. No se dijo a tonta ni a sorda, sino a quien tenía más gana
de quemallos que de «echar una
tela»,³⁶ por grande y delgada° que | fine
fuera, y asiendo casi ocho de una
vez, los arrojó por la ventana. Por
tomar muchos juntos,³⁷ se le cayó
uno a los pies del barbero, que le tomó gana de ver de quién era, y vio que
decía: *Historia del famoso caballero Tirante el Blanco*.³⁸

Los cinco libros del esforçado z inuencible cauallero Tirante el blanco de roca salada: Cauallero de la Ba-rrotera. El qual por su alta cauallería alcaçó a ser principe y cesar del imperio de grecia.

---

33   People erroneously thought the book was by King João II of Portugal.

34   **Salvo vuestro…** *unless you have a different opinion*

35   Written by Jerónimo Fernández, and published in four parts. Parts 1
and 2 were first published in Seville, 1554 (followed by five more contemporary
editions), and parts 3 and 4 were published in Burgos, 1579 (followed by just one
more contemporary edition).

36   **Tenía más…** *she was more desirous of burning them than "to make love"*
Ferreras and Murillo assure us that "getting ready to weave" was a proverbial
expression.

37   **Por tomar…** *for having taken so many at once*

38   This was originally a Catalan work by Johanot Martorell, called *Tirant*

"¡Válame Dios!" dijo el cura, dando una gran voz, "¡que aquí esté *Tirante el Blanco!* Dádmele acá, compadre, que 'hago cuenta° que he hallado en él un tesoro° de contento y una mina de pasatiempos. Aquí está don Quirieleisón de Montalbán, valeroso caballero, y su hermano Tomás de Montalbán, y el caballero Fonseca, con la batalla que el valiente de Tirante hizo con el alano,° y las agudezas de la doncella Placerdemivida, con los amores y embustes° de la viuda° Reposada, y la señora Emperatriz, enamorada de Ipólito, su escudero. Dígoos verdad, señor compadre, que por su estilo es éste el mejor libro del mundo. Aquí comen los caballeros, y duermen y mueren en sus camas, y hacen testamento° antes de su muerte, con otras cosas, de que todos los demás libros deste género carecen.° Con todo eso, os digo que merecía el que le compuso, pues no hizo tantas necedades de industria, que le echaran a galeras por todos los días de su vida.[39] Llevadle a casa y leedle, y veréis que es verdad cuanto dél os he dicho."

    I state

    treasure

    Great Dane

    tricks, widow

    will

    lack

"Así será," respondió el barbero, "pero, ¿qué haremos destos pequeños libros que quedan?"

"Éstos," dijo el cura, "no deben de ser de caballerías, sino de poesía."

Y abriendo uno, vio que era *La Diana*,[40] de Jorge de Montemayor, y dijo, creyendo que todos los demás eran del mesmo género: "Éstos no merecen ser quemados, como los demás, porque no hacen ni harán el daño que los de caballerías han hecho, que son libros de entendimiento, sin perjuicio de tercero."[41]

"¡Ay, señor!" dijo la sobrina, "bien los puede vuestra merced mandar quemar como a los demás, porque no sería mucho que, habiendo sanado mi señor tío de la enfermedad caballeresca, leyendo éstos se le antojase de hacerse pastor° y andarse por los bosques y prados° cantando y tañendo,° y lo que sería peor, hacerse poeta, que, según dicen, es enfermedad incurable y pegadiza.°"

    shepherd, fields

    playing music *(archaic)*

    contagious

"Verdad dice esta doncella," dijo el cura, "y será bien quitarle a nues-

---

lo Blanch (Barcelona, 1490). It was translated and published in Spanish anonymously in 1511, and was a rare item, thus the priest is so surprised to find it. Earlier the priest says that *Amadís de Gaula* was the first romance of chivalry, but the 1490 *Tirant* preceded it. The priest didn't know about the Catalan edition.

    39 **Merecía el...** *The one who wrote it deserves, since he didn't produce so much foolishness intentionally, to be in gallies for all the days of his life.* This has been called "the most obscure passage of the Quijote." It seems to refer to the gallies that are rowed, but modern opinion is that it refers to *printers'* gallies, thus meaning that it should constantly be reprinted. It has actually had very few editions.

    40 Don Quijote's library continues with the pastoral section. *Los siete libros de la Diana* was published in 1559. This was the first and most famous **novela pastoril**, so it is natural that it be first on his shelves. You read in the last chapter that the *Abencerraje* was a part of the 1561 version of this novel.

    41 **Son libros...** *They are intellectual books that can't hurt anyone.* There is a scholarly debate as to whether or not **entendimento** should be changed to **entretenimiento** *entertainment*, as suggested by Pellicer.

tro amigo eſte tropiezo° y ocasión delante. Y pues comenzamos por *La Diana*, de Montemayor, soy de parecer que no se queme, sino que se le quite todo aquello que trata de la sabia Felicia y de la agua encantada, y casi todos los versos mayores,[42] y quédesele en hora buena la prosa y la honra de ser primero en semejantes libros."   *stumbling block*

"Éſte que se sigue," dijo el barbero, "es *La Diana*, llamada *segunda*, del salmantino,° y éſte, otro que tiene el mesmo nombre, cuyo autor es Gil Polo."[43]   *from Salamanca*

"Pues la del salmantino," respondió el cura, "acompañe y acreciente° el número de los condenados al corral, y la de Gil Polo se guarde como si fuera del mesmo Apolo; y pase adelante, señor compadre, y démonos prisa que se va haciendo tarde."   *increase*

"Eſte libro es," dijo el barbero abriendo otro, "*Los diez libros de fortuna de amor*, compueſtos por Antonio de Lofraso, poeta sardo.°"[44]   *Sardinian*

"Por las órdenes que recebí," dijo el cura, "que desde que Apolo fue Apolo, y las musas musas, y los poetas poetas, tan gracioso ni tan disparatado libro como ése no se ha compueſto, y que, 'por su camino,° es el mejor y el más único de cuantos deſte género han salido a la luz del mundo; y el que no le ha leído 'puede hacer cuenta° que no ha leído jamás cosa de guſto. Dádmele acá, compadre; que precio más haberle hallado que si me dieran una sotana de raja de Florencia."[45]   *in its own way*   *may be sure*

Púsole aparte con grandísimo guſto, y el barbero prosiguió diciendo: "Eſtos que se siguen son *El Paſtor de Iberia, Ninfas de Enares* y *Desengaños° de celos*."[46]   *sad teachings*

"Pues no hay más que hacer," dijo el cura, "sino entregarlos al brazo seglar[47] del ama, y no se me pregunte el por qué, que sería nunca acabar."

"Éſte que viene es *El Paſtor de Fílida*."[48]

"No es ése paſtor," dijo el cura, "sino muy discreto cortesano;° guárdese como joya° preciosa."   *courtly knight*   *jewel*

"Eſte grande que aquí viene se intitula," dijo el barbero, "*Tesoro de*

---

42 A **verso mayor** is just a line of poetry longer than eight syllables.

43 Both continuations of Diana were published in Valencia in 1564. The *Diana segunda* is by Alonso Pérez and is not considered good; the other one, known as *Diana enamorada*, by Gil Polo, is thought by many to be superior to Montemayor's.

44 Published in Barcelona, 1573.

45 **Precio...** *I prize more having found it than if they gave me a cassock of fine Florentine cloth*

46 Three not-so-good pastoral novels, published in Seville, 1591; Alcalá de Henares, 1587; and Madrid, 1586. For purposes of chronology, however, the first one is important since it is the newest book in Don Quijote's library. The Henares River flows through Alcalá, 30 kms. east of Madrid, where Cervantes was born.

47 After the Inquisition condemned a person, that person was given to the secular arm for execution of sentence.

48 Published in Madrid, 1582, and written by Luis Gálvez de Montalvo.

varias poesías."[49]

"Como ellas no fueran tantas,"[50] dijo el cura, "fueran más eſtimadas; meneſter es que eſte libro 'se escarde° y limpie de algunas bajezas° que entre sus grandezas tiene; guárdese, porque su autor es amigo mío, y por respeto de otras más heroicas y levantadas° obras que ha escrito."

weed, vulgarity

lofty

"Éſte es," siguió el barbero, "*El Cancionero*,[51] de López Maldonado."

"También el autor de ese libro," replicó el cura, "es grande amigo mío, y sus versos en su boca admiran a quien los oye, y tal es la suavidad° de la voz con que los canta, que encanta.° Algo largo es en las églogas, pero «nunca lo bueno fue mucho;»[52] guárdese con los escogidos. Pero, ¿qué libro es ese que eſtá junto a él?"

mellowness

enchants

"*La Galatea*,[53] de Miguel de Cervantes," dijo el barbero.

"Muchos años ha que es grande amigo mío ese Cervantes, y sé que es más versado en desdichas° que en versos. Su libro tiene algo de buena invención; propone° algo y no concluye nada. Es meneſter esperar la segunda parte que promete; quizá con la emienda° alcanzará 'del todo° la misericordia° que ahora se le niega, y entretanto que eſto se ve, tenedle recluso° en vueſtra posada,° señor compadre."

misfortunes

he proposes

emendation, complete

mercy

in seclusion, dwelling

"Que me place," respondió el barbero. "Y aquí vienen tres, todos juntos: *La Araucana*, de don Alonso de Ercilla; *La Auſtríada*, de Juan Rufo, jurado° de Córdoba, y *El Monserrato*, de Criſtóbal de Virués, poeta valenciano."

magistrate

"Todos esos tres libros," dijo el cura, "son los mejores que en verso heroico,[54] en lengua caſtellana, eſtán escritos, y pueden competir con los más famosos de Italia. Guárdense como las más ricas prendas° de poesía que tiene España."

jewels

Cansóse el cura de ver más libros, y así, 'a carga cerrada,° quiso que todos los demás se quemasen; pero ya tenía abierto uno el barbero, que se

without looking

---

49 The remainder of the books are of poetry, except for the misplaced *Galatea*, a pastoral novel. The *Tesoro* is an anthology of poetry published by Pedro de Padilla in Madrid, 1582.

50 **Como ellas...** *if there weren't so many of them*

51 Published in 1586. Cervantes wrote two poems for this collection

52 **Nunca lo...** *there was never much of what is good*

53 This was Cervantes' first published book, a pastoral novel, 1585. He kept promising a second part that he never wrote.

54 **Verso heroico** means "eleven-syllable lines."

llamaba *Las lágrimas de Angélica.*[55]

"Lloráralas[56] yo," dijo el cura en oyendo el nombre, "si tal libro hubiera mandado quemar; porque su autor fue uno de los famosos poetas del mundo, no sólo de España, y fue felicísimo en la tradución de algunas fábulas de Ovidio."

Capítulo VII. De la segunda salida de nuestro buen caballero don Quijote de la Mancha.

ESTANDO EN esto, comenzó a dar voces don Quijote, diciendo: "¡Aquí, aquí, valerosos caballeros, aquí es menester mostrar la fuerza de vuestros valerosos brazos; que los cortesanos llevan lo mejor del torneo!'"

Por acudir a este ruido y estruendo,° no se pasó adelante con el escrutinio de los demás libros que quedaban; y así, se cree que fueron al fuego, sin ser vistos ni oídos, *La Carolea* y *León de España*, con *Los hechos del Emperador,*[1] compuestos por don Luis de Ávila, que, sin duda, debían de estar entre los que quedaban, y quizá, si el cura los viera, no pasaran por tan rigurosa sentencia.

Cuando llegaron a don Quijote, ya él estaba levantado de la cama, y proseguía en sus voces y en sus desatinos, dando cuchilladas y reveses a todas partes, estando tan despierto como si nunca hubiera dormido; 'abrazáronse con° él y por fuerza le volvieron al lecho, y después que hubo sosegado un poco, volviéndose a hablar con el cura, le dijo: "Por cierto, señor arzobispo Turpín, que es gran mengua° de los que nos llamamos Doce Pares, dejar tan sin más ni más llevar la vitoria deste torneo a los caballeros cortesanos,[2] habiendo nosotros los aventureros[3] ganado el prez° en los tres días antecedentes."

"Calle vuestra merced, señor compadre," dijo el cura, "que Dios será servido que la suerte 'se mude° y que «lo que hoy se pierde se gane mañana»; y atienda° vuestra merced a su salud por agora, que me parece que debe de estar demasiadamente cansado, si ya no es que está mal ferido."

"Ferido, no," dijo don Quijote, "pero molido y quebrantado, no hay

(marginal glosses:)
tournament
clatter
grappled with
discredit
trophy
changes
take care of

---

55 By Luis Barahona de Soto (1586), a long poem continuing *Orlando Furioso*.

56 **Las** refers to tears.

1 There are TWO *Caroleas:* Jerónimo Sempere (Valencia, 1560, a not-very-good book in verse about Carlos V) and Juan de Ochoa de Salde (Lisbon, 1585, also about Carlos V). Some editors favor one, some the other. The *León de España* by Pedro de Vecilla Castellanos (Salamanca, 1586), written in **octavas reales**, tells of historical events that took place in León (in northern Castile). In the real world, Luis de Ávila wrote no *Los hechos del Emperador*.

2 **Dejar tan...** *to let the courtly knights so heedlessly win the victory in this tournament*

3 Don Quijote here is making a broad distinction between the **cortesanos** *courtly knights* and the **aventureros** *knights errant*.

duda en ello, porque aquel bastardo de don Roldán[4] me ha molido a palos
con el tronco de una encina,[5] y todo de envidia, porque ve que yo solo soy
el opuesto de sus valentías.[6] Mas no me llamaría yo Reinaldos de Montalbán si, en levantándome deste lecho, no me lo pagare, a pesar de todos
sus encantamentos. Y por agora, tráiganme de yantar, que sé que es lo que
más me hará al caso,[7] y quédese lo del vengarme° a mi cargo."   *to avenge myself*

Hiciéronlo ansí, diéronle de comer, y quedóse otra vez dormido, y
ellos admirados de su locura.

Aquella noche quemó y abrasó el ama cuantos libros había en el
corral y en toda la casa, y tales debieron de arder° que merecían guardarse   *burn*
en perpetuos archivos. Mas no lo permitió su suerte y la pereza° del es-   *laziness*
crutiñador,° y así se cumplió el refrán° en ellos, de que «pagan a las veces   *censor, proverb*
justos° por pecadores».°   *pious, sinners*

Uno de los remedios que el cura y el barbero dieron por entonces,
para el mal de su amigo, fue que le 'murasen y tapiasen° el aposento de   *wall up*
los libros, porque cuando se levantase no los hallase—quizá quitando la
causa, cesaría el efeto—, y que dijesen que un encantador se los había
llevado, y el aposento y todo. Y así fue hecho con mucha presteza.°   *haste*

De allí a dos días se levantó don Quijote, y lo primero que hizo fue
a ver[8] sus libros, y como no hallaba el aposento donde le había dejado,
andaba de una en otra parte[9] buscándole. Llegaba adonde solía tener la
puerta y tentábala° con las manos, y volvía y revolvía los ojos por todo,[10]   *felt around for it*
sin decir palabra; pero al cabo de una buena pieza,° preguntó a su ama   *time*
que hacia qué parte estaba el aposento de sus libros.[11]

El ama, que ya estaba bien advertida° de lo que había de responder,   *instructed*
le dijo: "¿Qué aposento o qué nada busca vuestra merced? Ya no hay
aposento ni libros en esta casa, porque todo se lo llevó el mesmo diablo."

"No era diablo," replicó la sobrina, "sino un encantador que vino sobre una nube una noche, después del día que vuestra merced de aquí se
partió, y apeándose de una sierpe° en que venía caballero,° entró en el   *serpent, astride*
aposento, y no sé lo que se hizo dentro, que a cabo de poca pieza salió vo-
lando° por el tejado,° y dejó la casa llena de humo,° y cuando acordamos   *flying, roof, smoke*
a mirar[12] lo que dejaba hecho, no vimos libro ni aposento alguno; sólo se
nos acuerda muy bien[13] a mí y al ama que, al tiempo del partirse aquel mal

---

4 This is Roland, of the *Song of Roland* and the Italian versions, *Orlando
Furioso* and *Orlando Innamorato*.

5 Reminiscent of a scene in *Orlando Furioso*.

6 **Solo soy...** *I alone rival him in his achievement*s

7 **Tráiganme de...** *bring me something to eat, because I know it is what will
do me most good*

8 Schevill has changed this to **fue ir a ver,** as have others.

9 **Andaba de...** *he went here and there*

10 **Volvía y...** *he looked all around*

11 **Preguntó a...** *he asked his housekeeper the whereabouts of his book room*

12 **Cuando acordamos...** *when we went to see*

13 **Sólo se...** *only we remember very well*

viejo, dijo en altas voces que, por enemistad secreta que tenía al dueño de aquellos libros y aposento, dejaba hecho el daño en aquella casa que después se vería. Dijo, también, que se llamaba el sabio Muñatón."

"Frestón[14] diría," dijo don Quijote.

5   "No sé," respondió el ama, "si se llamaba Frestón o Fritón,° sólo sé que acabó en -TÓN su nombre."   augmentative of **frito**
                                                                    fried

"Así es," dijo don Quijote, "que ése es un sabio encantador, grande enemigo mío, que me tiene ojeriza,° porque sabe por sus artes° y letras   ill-will, cunning
que tengo de venir, andando los tiempos,[15] a pelear° en singular batalla   fight
10   con un caballero a quien él favorece,° y le tengo de vencer sin que él   protects
lo pueda estorbar, y por esto procura hacerme todos los sinsabores° que   pains
puede; y mándole yo que mal° podrá él contradecir,° ni evitar,° lo que por   scarcely, oppose, avoid
el cielo está ordenado."

"¿Quién duda de eso?" dijo la sobrina. "¿Pero quién le mete a vuestra
15   merced, señor tío, en esas pendencias? ¿No será mejor estarse pacífico° en   tranquil
su casa y no «irse por el mundo a buscar pan de trastrigo,»[16] sin considerar
que «muchos van por lana y vuelven tresquilados»?[17]"

"¡Oh, sobrina mía," respondió don Quijote, "y cuán mal que estás
en la cuenta![18] 'Primero que° a mí me tresquilen, tendré peladas° y qui-   before, plucked
20   tadas las barbas° a cuantos imaginaren tocarme en la punta de un solo   beards
cabello.°"[19]   hair

No quisieron las dos replicarle° más, porque vieron que se le encen-   argue with him
día° la cólera.   was inflaming

Es, pues, el caso que él estuvo 'quince días° en casa muy sosegado, sin   two weeks
25   dar muestras de querer segundar° sus primeros devaneos,° en los cuales   to repeat, mad pursuit
días pasó graciosísimos cuentos[20] con sus dos compadres el cura y el bar-
bero, sobre que él decía que la cosa de que más necesidad tenía el mundo
era de caballeros andantes, y de que en él se resucitase la caballería andantesca.[21] El cura algunas veces le contradecía, y otras concedía, porque si no
30   guardaba este artificio,° no había poder averiguarse con él.[22]   ploy

En este tiempo solicitó don Quijote a un labrador vecino suyo, hombre de bien, si es que este título se puede dar al que es pobre, pero de 'muy
poca sal en la mollera.° En resolución, tanto le dijo, tanto le persuadió y   not very smart

---

14 Don Quijote probably means "Fristón." In *Belianís de Grecia*, Fristón is the wizard author who tells the story of Belianís. In the real world, of course, Jerónimo Fernández created both Fristón and Belianís.

15 **Andando los…** *in the course of time*

16 **Pan de trastrigo:** bread made of "ultra flour" is something impossible.

17 **Tresquilado = trasquilado** *shorn*

18 **Cuán mal…** *how little you understand the situation*

19 The beard was the symbol of masculinity, and tearing hairs from or cutting one's beard was a grave offense

20 **Pasó graciocsimos…** *he had delightful conversations*

21 **Que más…** *what the world most needed was knights errant and that through him knight errantry would come back to life*

22 **No había…** *there was no way to deal with him*

prometió, que el pobre villano 'se determinó de° salirse con él y servirle   decided
de escudero.

Decíale, entre otras cosas, don Quijote, que 'se dispusiese a° ir con él   get ready
'de buena gana,° porque 'tal vez° le podía suceder aventura, que ganase,   gladly, some time
en «quítame allá esas pajas,»²³ alguna ínsula,° y le dejase a él por gober-   island
nador° de ella. Con estas promesas y otras tales, Sancho Panza, que así   governor
se llamaba el labrador, dejó su mujer y hijos y 'asentó por° escudero de   became
su vecino. Dio luego don Quijote orden en buscar dineros,²⁴ y vendiendo
una cosa y empeñando° otra y malbaratándolas° todas, llegó° una razona-   pawning, making bad
ble cantidad. Acomodóse, asimesmo, de una rodela²⁵ que pidió prestada a   deals, collected
un su amigo, y pertrechando° su rota celada lo mejor que pudo, avisó° a su   repairing, told
escudero Sancho del día y la hora que pensaba ponerse en camino, para
que él se acomodase de lo que viese que más le era menester.²⁶ Sobre todo
le encargó que llevase alforjas, e dijo que sí llevaría,²⁷ y que ansimesmo
pensaba llevar un asno° que tenía muy bueno, porque él no estaba due-   donkey
cho° a andar mucho a pie.   accustomed

En lo del asno reparó° un poco don Quijote, imaginando si se le   considered
acordaba si algún caballero andante había traído escudero 'caballero as-
nalmente,° pero nunca le vino alguno a la memoria; mas con todo esto   on donkey-back
determinó que le llevase, con presupuesto de acomodarle de más honrada
caballería en habiendo ocasión para ello, quitándole el caballo al primer
descortés caballero que topase.²⁸

'Proveyóse de° camisas y de las demás cosas que él pudo, conforme   supplied himself with
al consejo que el ventero le había dado. Todo lo cual hecho y cumplido,°   fulfilled
sin despedirse Panza de sus hijos y mujer, ni don Quijote de su ama y
sobrina, una noche se salieron del lugar sin que persona los viese;²⁹ en la
cual caminaron tanto, que, al amanecer,° se tuvieron por seguros³⁰ de que   daybreak
no los hallarían aunque los buscasen.

Iba Sancho Panza sobre su jumento como un patriarca, con sus alforjas y su bota,° y con mucho deseo de verse ya gobernador de la ínsula   wineskin
que su amo le había prometido. Acertó° don Quijote a tomar la misma   happened
derrota° y camino que el que él había tomado en su primer viaje, que fue   road
por el campo de Montiel, por el cual caminaba con menos pesadumbre°   unpleasantness
que la vez pasada, porque, por ser la hora de la mañana y herirles a soslayo

---

23 **Quítame allá...** *in the twinkling of an eye*
24 **Dio luego...** *Don Quijote set about to raise money*
25 A small iron shield. The **adarga**—his previous shield—was leather-
covered and therefore easier to wield.
26 **Se acomodase...** *he could supply himself with what he thought was most
necessary*
27 **Dijo que...** *he said that he would certainly take them*
28 **Acomodarle de...** *to supply him with a more honorable mount when the
opportunity arose for it by taking away the horse from the first ill-bred knight he should
run across*
29 **Sin que...** *without anyone seeing them*
30 **Se tuvieron...** *they were sure*

los rayos del sol,[31] no les fatigaban.

Dijo en esto Sancho Panza a su amo: "Mire vuestra merced, señor caballero andante, que no se le olvide lo que de la ínsula me tiene prometido, que yo la sabré gobernar por grande que sea."[32]

A lo cual le respondió don Quijote: "Has de saber,° amigo Sancho Panza, que fue costumbre muy usada° de los caballeros andantes antiguos, hacer gobernadores a sus escuderos de las ínsulas o reinos que ganaban, y yo tengo determinado de que por mí no falte tan agradecida usanza,[33] antes pienso aventajarme° en ella; porque ellos algunas veces, y quizá las más, esperaban a que sus escuderos fuesen viejos, y ya después de hartos° de servir y de llevar malos días y peores noches, les daban algún título de conde,° o, por lo mucho, de marqués,° de algún valle o provincia de poco 'más a menos;° pero si tú vives y yo vivo, bien podría ser que antes de seis días ganase yo tal reino, que tuviese otros a él aderentes,[34] que viniesen de molde para coronarte° por rey de uno dellos. Y no lo tengas a mucho,[35] que cosas y casos acontecen a los tales caballeros, por modos tan nunca vistos ni pensados, que con facilidad te podría dar aun más de lo que te prometo."

"De esa manera," respondió Sancho Panza, "si yo fuese rey por algún milagro de los que vuestra merced dice, 'por lo menos,° Juana Gutiérrez, mi oíslo,° vendría a ser reina, y mis hijos infantes."

"Pues ¿quién lo duda?" respondió don Quijote.

"Yo lo dudo," replicó Sancho Panza, "porque tengo para mí que, aunque lloviese Dios reinos sobre la tierra, ninguno asentaría° bien sobre la cabeza de Mari Gutiérrez. Sepa, señor que no vale dos maravedís para reina; condesa le caerá mejor,[36] y aun «Dios, y ayuda»."[37]

"Encomiéndalo tú a Dios, Sancho," respondió don Quijote, "que Él dará lo que más le convenga; pero no apoques° tu ánimo tanto que te vengas a contentar con menos que con ser adelantado.°"

"No haré, señor mío," respondió Sancho, "y más teniendo tan principal amo en vuestra merced, que me sabrá dar todo aquello que me esté bien y yo pueda llevar.°"

Margin notes:
I want you to know
common

surpass
so many [years]

count, marquis
más o menos

crown you

***nada* menos**
wife

would fit

undervalue
provincial governor

manage

---

31 **Herirles a…** *the rays of the sun shone upon them obliquely*
32 **Por grande…** *no matter how big it is*
33 **Hacer gobernadores…** *to make their squires governors of islands or kingdoms that they won, and I have decided to maintain such a pleasing custom*
34 **Que tuviese…** *that has others dependent upon it*
35 **Y no…** *and don't consider it to be much*
36 **Condesa le…** *countess would suit her better*
37 **Dios, y…** *God help her*

*Capítulo VIII. Del buen suceso° que el valeroso don Quijote tuvo
en la espantable° y jamás imaginada aventura de los molinos
de viento, con otros sucesos dignos° de felice recordación.°*

outcome

frightful

worthy, remembrance

E N ESTO descubrieron treinta o cuarenta molinos de viento que
hay en aquel campo. Y así como don Quijote los vio, dijo a su
escudero: "La ventura va guiando nuestras cosas mejor de lo que
acertáramos a desear,¹ porque ¿ves allí, amigo Sancho Panza, donde se
descubren treinta, o pocos más, desaforados gigantes con quien pienso
hacer batalla y quitarles a todos las vidas, con cuyos despojos comenzare-
mos a enriquecer?° Que ésta es buena° guerra, y es gran servicio de Dios   to get rich, just
quitar tan mala simiente° de sobre la faz° de la tierra."   seed, face

"¿Qué gigantes?" dijo Sancho Panza.

"Aquellos que allí ves," respondió su amo, "de los brazos largos; que
los suelen tener algunos de casi dos leguas."²

"Mire vuestra merced," respondió Sancho, "que aquellos que allí se
parecen no son gigantes, sino molinos de viento, y lo que en ellos parecen
brazos, son las aspas,° que, volteadas° del viento, hacen andar la 'piedra   sails, being turned
del molino.'"   millstone

"Bien parece," respondió don Quijote, "que no estás cursado° en esto   accustomed
de las aventuras—ellos son gigantes, y si tienes miedo, quítate de ahí, y
ponte en oración 'en el espacio que° yo voy a entrar con ellos en fiera y   while
desigual° batalla."   unequal

Y diciendo esto, dio de espuelas a su caballo Rocinante, sin 'atender
a° las voces que su escudero Sancho le daba, advirtiéndole° que sin duda   heeding, advising
alguna eran molinos de viento y no gigantes, aquellos que iba a acometer.
Pero él iba tan puesto° en que eran gigantes, que ni oía las voces de su   convinced
escudero Sancho, ni 'echaba de ver,° aunque estaba ya bien cerca, lo que   notice

---

1 **Mejor de...** *better than we could have wished*
2 **Los suelen...** *some of them customarily have arms almost two leagues long.*
A league in Spain is 5,572 meters, a bit more than three miles.

eran; antes° iba diciendo en voces altas: "¡Non fuyades,° cobardes y viles   rather, flee *(archaic)*
criaturas, que un solo caballero es el que os acomete!"

    Levantóse en esto un poco de viento, y las grandes aspas comenzaron
a moverse, lo cual visto por don Quijote, dijo: "Pues aunque mováis más
5   brazos que los del gigante Briareo,³ me lo habéis de pagar."⁴

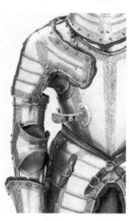

    Y en diciendo esto, y encomendándose de
todo corazón a su señora Dulcinea, pidiéndole
que en tal trance le socorriese, bien cubierto de
su rodela, con la lanza en el ristre,⁵ arremetió a
10   todo el galope de Rocinante, y embistió° con el   assailed
primero molino que estaba delante, y dándole
una lanzada en el aspa, la volvió el viento con
tanta furia que hizo la lanza pedazos, llevándose tras sí al caballo y al caballero, que fue rodan-
15   do muy maltrecho° por el campo.   ill-treated

    Acudió Sancho Panza a socorrerle a todo
el correr de su asno, y cuando llegó, halló que
no se podía menear—tal fue el golpe que dio
con él Rocinante.⁶

20   "¡Válame Dios!" dijo Sancho, "¿no le dije yo a vuestra merced que
mirase bien lo que hacía, que no eran sino molinos de viento, y no lo
podía ignorar sino quien llevase otros tales en la cabeza?"⁷

    "Calla, amigo Sancho," respondió don Quijote, "que las cosas de la
guerra, más que otras, están sujetas a continua mudanza;° 'cuanto más°   change, moreover
25   que yo pienso—y es así verdad—que aquel sabio Frestón que me robó el
aposento y los libros ha vuelto° estos gigantes en molinos, por quitarme la   turned
gloria de su vencimiento,° tal es la enemistad que me tiene. Mas, al cabo al   vanquishment
cabo,⁸ han de poder poco sus malas artes contra la bondad de mi espada."⁹

    "Dios lo haga como puede," respondió Sancho Panza.

30   Y ayudándole a levantar, tornó a subir sobre Rocinante, que medio
despaldado° estaba; y hablando en° la pasada aventura, siguieron el cami-   dislocated, **de**
no del Puerto Lápice, porque allí decía don Quijote que no era posible
dejar de hallarse muchas y diversas aventuras, por ser lugar muy pasajero,¹⁰

---

    3 Briareus was one of the "hecatoncheiroi," the hundred handed, of Greek
mythology. He had, obviously, a hundred arms.

    4 **Me lo...** *you'll have to answer to me*

    5 The rest was part of the chest area to put the lance on. You can see the
little appendage sticking out from the left side of the armor. It held the brunt of
the weight of the lance, making the lance easier to support.

    6 **Tal fue...** *such was the blow that Rocinante gave him*

    7 **No lo...** *only a person who has windmills in his head could not ignore it*

    8 **Al cabo al cabo...** *in the long run.* Repeating an expression, as with
luego luego, intensifies its meaning

    9 **Han de...** *his evil cunning will have little power against the goodness of
my sword*

    10 **No era...** *it was not possible to fail to find many and different adventures*

sino que iba muy pesaroso° por haberle faltado la lanza, y diciéndoselo a   sorrowful
su escudero, le dijo: "Yo me acuerdo haber leído que un caballero español, llamado Diego Pérez de Vargas,[11] habiéndosele en una batalla roto la
espada, desgajó° de una encina un 'pesado ramo° o tronco, y con él hizo   tore off, heavy branch
tales cosas aquel día, y machacó° tantos moros, que le quedó por sobre-   pounded
nombre «Machuca», y así, él como sus decendientes se llamaron desde
aquel día en adelante[12] Vargas y Machuca. Hete dicho esto, porque de la
primera encina o roble° que 'se me depare° pienso desgajar otro tronco,   oak tree, presents itself
tal y tan bueno como aquél, que me imagino y pienso hacer con él tales
hazañas, que tú te tengas por bien afortunado de haber merecido venir a
vellas y a ser testigo de cosas que apenas podrán ser creídas."[13]

"A la mano de Dios,"[14] dijo Sancho, "yo lo creo todo así como vuestra
merced lo dice. Pero enderécese° un poco, que parece que va 'de medio   straighten up
lado,° y debe de ser del molimiento de la caída."   listing

"Así es la verdad," respondió don Quijote, "y si no me quejo del dolor,
es porque no es dado° a los caballeros andantes quejarse de herida alguna,   allowed
aunque se le salgan las tripas° por ella."   intestines

"Si eso es así, no tengo yo que replicar,°" respondió Sancho, "pero   to reply
sabe Dios si yo me holgara que vuestra merced se quejara cuando alguna
cosa le doliera.[15] De mí sé decir que me he de quejar del más pequeño
dolor que tenga, si ya no se entiende también con los escuderos de los
caballeros andantes eso del no quejarse."[16]

No se dejó de reír don Quijote de la simplicidad de su escudero, y
así, le declaró que podía muy bien quejarse como y cuando quisiese,[17] sin
gana o con ella. Que hasta entonces no había leído cosa en contrario en
la orden de caballería. Díjole Sancho que mirase que era hora de comer.
Respondióle su amo que por entonces no le hacía menester, que comiese
él cuando se le antojase.[18]

Con esta licencia, 'se acomodó° Sancho lo mejor que pudo sobre su   made himself comfor-
jumento, y sacando de las alforjas lo que en ellas había puesto, iba cami-   table
nando y comiendo detrás de su amo muy de su espacio, y de cuando en
cuando[19] empinaba° la bota, con tanto gusto, que le pudiera envidiar el   raised

---

since it was such a well-traveled place

11 Diego Pérez de Vargas was a real person who fought, in the thirteenth
century, under Fernando III, el Santo. He ripped off an olive branch to use as a
weapon. Ferreras says that this is the true origin of the name Machuca.

12 **Desde aquel...** *from that day on*

13 **Tú te...** *you will consider yourself very fortunate to have deserved to come to
see them and to be a witness to things that will hardly be believed*

14 **A la...** *be that as God wills*

15 **Yo me...** *I would be pleased if you would complain when something hurt you*

16 **Si ya...** *unless the business of not complaining extends to the squires of
knights-errant*

17 **Como y...** *however and whenever he wanted*

18 **Que comiese...** *that he should eat when he felt like it*

19 **Muy de...** *taking his time, and once in a while*

más regalado bodegonero de Málaga.²⁰ Y en tanto que él iba de aquella manera 'menudeando tragos,° no se le acordaba de ninguna promesa que su amo le hubiese hecho, ni tenía por ningún trabajo, sino por mucho descanso,²¹ andar buscando las aventuras, por peligrosas que fuesen.²²

repeating swallows

'En resolución,° aquella noche la pasaron entre unos árboles, y del uno dellos desgajó don Quijote un ramo seco° que casi le podía servir de lanza, y puso en él el hierro° que quitó de la que se le había quebrado. Toda aquella noche no durmió don Quijote, pensando en su señora Dulcinea, por acomodarse a lo que había leído en sus libros cuando los caballeros pasaban sin dormir muchas noches en las florestas y despoblados, entretenidos con las memorias de sus señoras.²³

in short
dead
lancehead

No la pasó ansí Sancho Panza. Que, como tenía el estómago lleno, y no de agua de chicoria, de un sueño se la llevó toda, y no fueran parte para despertarle, si su amo no lo llamara, los rayos del sol, que le daban en el rostro, ni el canto de las aves, que muchas y muy regocijadamente la venida del nuevo día saludaban.²⁴ Al levantarse, 'dio un tiento° a la bota, y hallóla algo más flaca que la noche antes, y afligiósele° el corazón, por parecerle que no llevaban camino de remediar tan presto su falta. No quiso desayunarse don Quijote, porque, como está dicho, dio en sustentarse de sabrosas memorias.²⁵

took a swig
it grieved

Tornaron a su comenzado camino del Puerto Lápice, y 'a obra de° las tres del día le° descubrieron.

at about
i.e., Puerto Lápice

"Aquí," dijo en viéndole don Quijote, "podemos, hermano Sancho Panza, meter las manos hasta los codos° en esto que llaman aventuras. Mas advierte que, aunque me veas en los mayores peligros del mundo, no has de poner mano a tu espada para defenderme, si ya no vieres que los que me ofenden es canalla y gente baja,²⁶ que en tal caso bien puedes ayudarme; pero si fueren caballeros, en ninguna manera te es lícito ni concedido por las leyes de caballería que me ayudes, hasta que seas armado caballero."

elbows

"Por cierto, señor," respondió Sancho, "que vuestra merced sea muy bien obedicido en esto, y más, que yo de mío me soy pacífico y enemigo de meterme en ruidos ni pendencias;²⁷ bien es verdad que 'en lo que

---

20 **Le pudiera...** *the most well-stocked tavernkeeper of Málaga could envy him*

21 **Ni tenía...** *nor did he hold it as travail, but rather as great recreation*

22 **Por peligrosas...** *no matter how dangerous they might be*

23 **Florestas y...** *forests and unpopulated areas, sustained by memories of their ladies*

24 **Agua de...** *worthless beverage, he slept the whole night away, and neither the rays of the sun nor the singing of the birds, who were many and joyfully greeted the coming of the new day, were enough to waken him, if his master had not called him*

25 **Dio en...** *it was enough to sustain himself with pleasant memories*

26 **No has...** *you must not take your sword to defend me, unless you see that those who attack me are rabble and low people*

27 **Yo del...** *on my part, I am peaceable and an enemy of getting mixed up in (other people's) disputes*

tocare° a defender mi persona no tendré mucha cuenta con esas leyes,²⁸   as regards
pues las divinas y humanas permiten que cada uno se defienda de quien
quisiere agraviarle.°"   to harm him

"No digo yo menos," respondió don Quijote, "pero en esto de ayu-
darme contra caballeros, has de tener 'a raya° tus naturales ímpetus."   within limits

"Digo que así lo haré," respondió Sancho, "y que guardaré ese prece-
to tan bien como el día del domingo."

Estando en estas razones, asomaron por el camino dos frailes de la
orden de San Benito, caballeros° sobre dos dromedarios, que no eran más   riding
pequeñas dos mulas en que venían.²⁹ Traían sus 'antojos de camino° y sus   traveling masks
quitasoles. Detrás dellos venía un coche con cuatro o cinco 'de a caballo° on horseback
que le acompañaban, y dos mozos de mulas a pie. Venía en el coche, como
después se supo, una señora vizcaína° que iba a Sevilla, donde estaba su   Basque
marido, que pasaba° a las Indias con un muy honroso cargo.° No venían   was going, position
los frailes con ella, aunque iban el mesmo camino. Mas apenas los divisó° perceived
don Quijote, cuando dijo a su escudero: "O yo me engaño, o ésta ha de ser
la más famosa aventura que se haya visto, porque aquellos bultos° negros   shapes
que allí parecen deben de ser, y son sin duda algunos encantadores que
llevan hurtada° alguna princesa en aquel coche, y es menester deshacer   kidnapped
este tuerto a todo mi poderío.°"   power

"Peor será esto que los molinos de viento," dijo Sancho. "Mire, señor,
que aquéllos son frailes de San Benito, y el coche debe de ser de alguna
gente pasajera.° Mire que digo que mire bien lo que hace,;no sea el diablo transient
que le engañe."

"Ya te he dicho, Sancho," respondió don Quijote, "que sabes poco de
achaque° de aventuras; lo que yo digo es verdad, y ahora lo verás."   subject

Y diciendo esto, 'se adelantó° y se puso en la mitad del camino por   moved forward
donde los frailes venían, y en llegando tan cerca que a él le pareció que
le podrían oír lo que dijese, en alta voz dijo: "¡Gente endiablada y descomunal, dejad 'luego al punto° las altas princesas que en ese coche lleváis immediately
forzadas;° si no, aparejaos° a recebir presta muerte por justo castigo de against their will, get
vuestras malas obras!"   ready

Detuvieron los frailes las riendas, y quedaron admirados, así de la
figura de don Quijote como de sus razones, a las cuales respondieron:
"Señor caballero, nosotros no somos endiablados ni descomunales, sino
dos religiosos° de San Benito que vamos nuestro camino,³⁰ y no sabemos   friars
si en este coche vienen o no ningunas forzadas princesas."

"Para conmigo no hay palabras blandas—que ya yo os conozco, 'fe-
mentida canalla,°" dijo don Quijote.   lying rabble

Y sin esperar más respuesta, picó a Rocinante y la lanza baja, arremetió contra el primero fraile, con tanta furia y denuedo, que si el fraile

---

28 **No tendré…** *I won't pay much attention to those laws*
29 **Caballeros sobre…** *mounted on two dromedaries, since the two mules on*
which they were coming were no smaller
30 **Vamos nuestro…** *we're going our own way*

no se dejara caer de la mula, él le hiciera venir al suelo mal de su grado,³¹ y aun mal ferido, si no cayera muerto.

El segundo religioso, que vio del modo que trataban a su compañero, puso piernas al castillo de su buena mula,³² y comenzó a correr por aquella campaña,° 'más ligero° que el mesmo viento.   countryside, swifter

Sancho Panza, que vio en el suelo al fraile, apeándose ligeramente de su asno, arremetió a él y le comenzó a quitar los hábitos. Llegaron en esto dos mozos de los frailes, y preguntáronle que por qué le desnudaba;°   was undressing respondióles Sancho que aquello le tocaba a él ligítimamente, como despojos de la batalla que su señor don Quijote había ganado. Los mozos, que no sabían de burlas, ni entendían aquello de despojos ni batallas, viendo que ya don Quijote estaba desviado° de allí, hablando con las que   turned aside en el coche venían, arremetieron con Sancho, y 'dieron con él° en el suelo,   they threw him y sin dejarle pelo en las barbas, le molieron a coces, y le dejaron tendido en el suelo, sin aliento ni sentido, y sin detenerse un punto,³³ tornó a subir el fraile todo temeroso° y acobardado° y sin color en el rostro, y cuando se   fearful, low-spirited vio a caballo, picó tras su compañero, que un buen espacio° de allí le esta-   distance ba aguardando y esperando en qué paraba aquel sobresalto;³⁴ y sin querer aguardar el fin de todo aquel comenzado suceso, siguieron su camino, haciéndose más cruces° que si llevaran al diablo a las espaldas.   crosses

Don Quijote estaba, como se ha dicho, hablando con la señora del coche, diciéndole: "La vuestra fermosura, señora mía, puede facer de su persona lo que más le viniere en talante, porque ya la soberbia de vuestros robadores yace por el suelo,³⁵ derribada por este mi fuerte brazo; y porque no penéis por saber el nombre de vuestro libertador,³⁶ sabed que yo me llamo don Quijote de la Mancha, caballero andante y aventurero, y cautivo de la sin par y hermosa doña Dulcinea del Toboso; y en pago del beneficio° que de mí habéis recebido, no quiero otra cosa sino que volváis   benefit al Toboso, y que de mi parte os presentéis ante esta señora y le digáis lo que por vuestra libertad he fecho."

Todo esto que don Quijote decía, escuchaba un escudero de los que el coche acompañaban,³⁷ que era vizcaíno; el cual, viendo que no quería dejar pasar el coche adelante, sino que decía que luego había de 'dar la vuelta° al Toboso, se fue para don Quijote, y asiéndole de la lanza, le dijo   return en mala lengua castellana y peor vizcaína, desta manera: "Anda, caballero,

---

31 **Si el…** *if the friar had not let himself fall from the mule, he* [Quijote] *would have made him fall to the ground much against his will*

32 **Puso piernas…** *he put the spurs to his large mule*

33 **Sin aliento…** *with the wind knocked out of him and senseless, and without waiting a second*

34 **Esperando en…** *waiting to see how that frightening encounter came out*

35 **La vuestra…** *you, beauteous lady, can do with yourself whatever you want, because your arrogant kidnappers are lying on the ground*

36 **Porque no…** *so that you won't agonize to know the name of your liberator*

37 **Todo eso…** *everything that Don Quijote said was heard by one of the squires who were accompanying the coach*

que mal andes; por el Dios que crióme, que, si no dejas coche, así te matas como estás ahí vizcaíno."[38]

Entendióle muy bien don Quijote, y con mucho sosiego le respondió: "Si fueras caballero, como no lo eres, ya yo hubiera castigado tu sandez° y atrevimiento, cautiva criatura."

A lo cual replicó el vizcaíno: "Yo no no caballero?[39] Juro a Dios tan mientes como cristiano. Si lanza arrojas y espada sacas, ¡el agua cuán presto verás que al gato llevas. Vizcaíno por tierra, hidalgo por mar, hidalgo por el diablo, y mientes que mira si otra dices cosa."[40]

"«¡Ahora lo veredes!» dijo Agrajes"[41] respondió don Quijote. Y arrojando la lanza en el suelo, sacó su espada y embrazó su rodela, y arremetió al vizcaíno con determinación de quitarle la vida.

El vizcaíno, que así le vio venir, aunque quisiera apearse de la mula, que, por ser de las malas 'de alquiler,° no había que 'fiar en° ella, no pudo hacer otra cosa sino sacar su espada. Pero avínole bien[42] que se halló junto al coche, de donde pudo tomar una almohada° que le sirvió de escudo, y luego se fueron el uno para el otro, como si fueran dos mortales enemigos. La demás gente quisiera ponerlos en paz; mas no pudo, porque decía el vizcaíno en sus mal trabadas° razones, que si no le dejaban acabar su batalla, que él mismo había de matar a su ama y a toda la gente que se lo estorbase.[43] La señora del coche, admirada y temerosa de lo que veía, hizo al cochero que 'se desviase° de allí algún poco, y desde lejos se puso a mirar la rigurosa contienda,° en el discurso° de la cual dio el vizcaíno una gran cuchillada a don Quijote encima de un hombro,° por encima de la rodela, que, a dársela sin defensa, le abriera hasta la cintura.° Don Quijote, que sintió la pesadumbre° de aquel desaforado golpe, dio una gran voz, diciendo: "¡Oh, señora de mi alma, Dulcinea, flor de la fermosura, socorred a este vuestro caballero, que, por satisfacer a la vuestra mucha bondad, en este riguroso trance se halla!"[44]

El decir esto, y el apretar la espada y el cubrirse bien de su rodela, y el arremeter al vizcaíno, todo fue en un tiempo, llevando determinación

folly

rental, trust in

cushion

joined

turn away
fray, course
shoulder
waist
gravity

---

38 **Anda, caballero…** *If you don't let the coach alone, it is certain that this Basque will kill you as you are standing there.* Gaos' translation (translated).

39 Rodríguez Marín says that just being Basque, given their ancient lineage in the Iberian Peninsula, gave the Basques the right to be considered noble.

40 **Juro a…** *I swear to God as a Christian that you are lying. If you throw down your lance and draw your sword, we'll see who wins. A Basque on land, an* hidalgo *by sea,* hidalgo *by the devil, and you're lying if you say anything else.* **Llevar el gato al agua,**" means 'to have your own way.' **Mientes que mira = mira que mientes.**

41 This was a proverbial saying. Agrajes was a character in *Amadís de Gaula.* Agrajes never said these exact words in the book.

42 **Pero avínole…** *but he was lucky*

43 **Él mismo…** *he himself would kill his mistress and anyone who prevented him from doing it*

44 **Socorred a…** *help your knight who is in this rigorous peril for the sake of your great goodness*

de aventurarlo todo a la de un golpe solo.[45] El vizcaíno, que así le vio
venir contra él, bien entendió por su denuedo su coraje,° y determinó de
hacer lo mesmo que don Quijote. Y así, le aguardó bien cubierto de su
almohada, sin poder rodear la mula a una ni a otra parte,[46] que ya, de puro
cansada y no hecha a semejantes niñerías,° no podía 'dar un paso.°

Venía, pues, como se ha dicho, don Quijote contra el cauto° vizcaíno, con la espada en alto, con determinación de abrirle por medio, y el
vizcaíno le aguardaba ansimesmo, levantada la espada y aforrado° con su
almohada, y todos los circunſtantes° eſtaban temerosos y colgados° de lo
que había de suceder de aquellos tamaños golpes con que 'se amenazaban;° y la señora del coche y las demás criadas suyas eſtaban haciendo
mil votos° y ofrecimientos° a todas las imágenes y 'casas de devoción° de
España, porque Dios librase a su escudero, y a ellas, de aquel tan grande
peligro en que se hallaban.

Pero eſtá el daño de todo eſto que en eſte punto y término deja pendiente el autor deſta hiſtoria eſta batalla,[47] disculpándose° que no halló
más escrito deſtas hazañas de don Quijote, de las que deja referidas.[48]
Bien es verdad que el segundo autor deſta obra no quiso creer que tan cu-
riosa° hiſtoria eſtuviese entregada a las leyes del olvido,° ni que hubiesen
sido tan poco curiosos los ingenios de la Mancha,[49] que no tuviesen
en sus archivos o en sus escritorios° algunos papeles que
deste famoso caballero tratasen,[50] y así, con esta
imaginación,° no se desesperó de hallar
el fin desta apacible° historia, el
cual, siéndole el cielo favorable,[51] le halló del modo
que se contará en
la segunda
parte.

anger

childish acts, take a
  step; wary

protected
persons present, in sus⸱
  pense
menaced
supplications, offering⸱
  shrines

apologizing

strange, oblivion

drawers

thought
pleasant

---

45 **Aventurarlo todo...** *to venture everything on a single blow*
46 **Sin poder...** *without being able to move his mule one way or the other*
47 **En este...** *at this point, the author leaves this battle pending*
48 **De las...** *than what he has related*
49 **Ni que...** *nor that the studious people of la Mancha would be so little inquisitive*
50 **Algunos papeles...** *some papers that dealt with this famous knight*
51 **Siéndole el...** *since heaven was kind to him*

SEGUNDA PARTE DEL INGENIOSO
hidalgo Don Quijote de La Mancha.

Capítulo IX. Donde se concluye y 'da fin° a la eſtupenda batalla que el gallardo vizcaíno y el valiente manchego tuvieron.

ends

D EJAMOS EN la primera parte deſta hiſtoria al valeroso vizcaíno y al famoso don Quijote con las espadas altas y desnudas, 'en guisa de descargar° dos 'furibundos fendientes,° tales que, si 'en lleno° 'se acertaban,° por lo menos se dividirían y fenderían de arriba abajo¹ y abrirían como una granada;° y que en aquel punto tan dudoso° paró y quedó deſtroncada° tan sabrosa hiſtoria, sin que nos diese noticia su autor dónde se podría hallar lo que della faltaba.² Causóme eſto mucha pesadumbre° porque el guſto de haber leído tan poco se volvía en disguſto° de pensar el mal camino que se ofrecía para hallar lo mucho que, a mi parecer, faltaba de tan sabroso cuento. Parecióme cosa imposible y fuera de toda buena coſtumbre, que a tan buen caballero le hubiese faltado algún sabio que tomara a cargo el escrebir sus nunca viſtas hazañas,³ cosa° que no faltó a ninguno de los caballeros andantes, «de los á las gentes / que van a sus aventuras,» porque cada uno dellos tenía uno o dos sabios, como de molde, que no solamente escribían sus hechos, sino que pintaban sus más mínimos pensamientos y niñerías, por más escondidas que fuesen. Y no había de ser tan desdichado° tan buen caballero, que le faltase a él lo que sobró° a Platir y a otros semejantes.⁴ Y así, no podía inclinarme a creer⁵ que tan gallarda° hiſtoria hubiese quedado manca° y eſtropeada,° y 'echaba la culpa° a la malignidad° del tiempo, devorador y consumidor de todas las cosas, el cual, o la tenía oculta o consumida.⁶

Por otra parte,⁷ me parecía que, pues entre sus libros se habían halla-

as if to strike, raging
slashes; squarely, hit
pomegranate, perilous
cut off

grief
vexation

something

unfortunate
had in excess
lively, lacking
mutilated, blamed, per-
versity

---

1 **Fenderían de…** *cleave from top to bottom*
2 **Sin que…** *without its author telling us where we could find what was missing*
3 **A tan…** *such a good knight would lack a wizard who would undertake the writing of his never-before-seen deeds*
4 *Platir*'s author was a wizard named Galtenor.
5 **No podía…** *I couldn't lead myself to believe*
6 **O la…** *either had it hidden or destroyed*
7 **Por otra…** *on the other hand*

do tan modernos como *Desengaño de celos* y *Ninfas y pastores de Henares*,[8]
que también su historia debía de ser moderna, y que, 'ya que° no estuviese
escrita, estaría en la memoria de la gente de su aldea y de las a ella circunvecinas.[9] Esta imaginación me traía confuso y deseoso de saber real
y verdaderamente toda la vida y milagros[10] de nuestro famoso español
don Quijote de la Mancha, luz y espejo de la caballería manchega, y el
primero que en nuestra edad y en estos tan calamitosos tiempos se puso
al trabajo y ejercicio de las andantes armas, y al de desfacer agravios, socorrer viudas, amparar doncellas de aquellas que andaban con sus azotes°   whips
y palafrenes,° y con toda su virginidad 'a cuestas,° de monte en monte y   palfries, intact
de valle en valle;[11] que si no era que algún follón, o algún villano de hacha
y capellina, o algún descomunal gigante las forzaba,[12] doncella hubo en
los pasados tiempos que, al cabo de ochenta años, que en todos ellos no
durmió un día debajo de tejado, se fue tan entera a la sepultura° como la   grave
madre que la había parido.°   bore

Digo, pues, que por estos y otros muchos respetos, es digno nuestro
gallardo Quijote de continuas y memorables alabanzas, y aun a mí no se
me deben negar por el trabajo y diligencia que puse en buscar el fin desta
agradable historia.[13] Aunque bien sé que si el cielo, el caso° y la fortuna   chance
no me ayudan, el mundo quedará falto y sin el pasatiempo y gusto[14] que
bien casi dos horas podrá tener el que con atención la leyere. Pasó, pues,
el hallarla en esta manera.[15]

Estando yo un día en el Alcaná de Toledo,[16] llegó un muchacho a
vender unos cartapacios° y papeles viejos a un sedero,° y como yo soy   notebooks, silk-
aficionado a leer, aunque sean los 'papeles rotos° de las calles, llevado   merchant; scraps of
desta mi natural inclinación,[17] tomé un cartapacio de los que el mucha   paper
cho vendía, y vile con caracteres que conocí ser arábigos.° Y puesto que,   Arabic
aunque los conocía, no los sabía leer, anduve mirando si parecía por allí
algún morisco aljamiado[18] que los leyese; y no fue muy dificultoso hallar
intérprete semejante, pues aunque le buscara de otra mejor y más antigua

---

8   Published in 1586 and 1587 respectively.

9   **La gente...** *people from his village and from neighboring ones*

10   **Vida y milagros** formula used with lives of saints.

11   **De monte...** *from mountain to mountain and from valley to valley*

12   **Si no...** *if some rogue, or some wicked man with hatchet and helmet, or some huge giant didn't rape them*

13   **Y aun...** *and even* [praise] *should not be denied me for my work and diligence looking for the end of this pleasant story*

14   **El mundo...** *the world would be lacking and without the pastime and pleasure*

15   **Pasó, pues...** *the finding of it, then, happened in this way*

16   This was a market street in Toledo near the cathedral.

17   **Llevado desta...** *taken by my natural curiosity*

18   **Aunduve mirando...** *I walked around looking to see if there was some Spanish-speaking Moor*

Modern Toledo

lengua le hallara.[19] En fin, la suerte me deparó° uno, que, diciéndole mi   presented
deseo y poniéndole el libro en las manos, le abrió por medio, y leyendo un
poco en él, se comenzó a reír.

Preguntéle yo que de qué se reía, y respondióme que de una cosa
que tenía aquel libro escrita en el margen por anotación. Díjele que me
la dijese, y él, sin dejar la risa, dijo: "Está, como he dicho, aquí, en el margen, escrito esto: 'Esta Dulcinea del Toboso, tantas veces en esta historia
referida, dicen que tuvo la mejor mano para salar° puercos que otra mujer   salt
de toda la Mancha.'"

Cuando yo oí decir «Dulcinea del Toboso», quedé atónito° y suspen-   astonished
so,° porque luego se me representó° que aquellos cartapacios contenían   amazed, occurred
la historia de don Quijote. Con esta imaginación le di priesa que leyese el principio, y haciéndolo ansí, volviendo de improviso el arábigo en
castellano,[20] dijo que decía: Historia de don Quijote de la Mancha,
escrita por Cide Hamete Benengeli, historiador arábigo.

Mucha discreción fue menester para disimular° el contento que re-   hide
cebí cuando llegó a mis oídos el título del libro, y salteándosele° al sedero,   snatching
compré al muchacho todos los papeles y cartapacios por medio real;[21] que
si él tuviera discreción y supiera 'lo que° yo los deseaba, bien se pudiera   how much
prometer y llevar más de seis reales[22] de la compra.

Apartéme luego con el morisco por el claustro de la 'Iglesia Mayor,°   cathedral
y roguéle me volviese aquellos cartapacios, todos los que trataban de don
Quijote, en lengua castellana, sin quitarles ni añadirles nada, ofreciéndole
la paga que él quisiese. Contentóse con dos arrobas° de pasas° y 'dos fa-   23 kilos, raisins
negas° de trigo, y prometió de traducirlos bien y fielmente y con mucha   3.2 bushels
brevedad. Pero yo, por facilitar más el negocio° y por no dejar de la mano[23]   matter
tan buen hallazgo,° le truje a mi casa, donde en poco más de mes y medio   treasure

---

19 **Aunque le…** *even if I looked for one of a better and older language* [= He-
brew], *I would find one.* Hebrew was considered the oldest language.

20 **Volviendo de…** *translating on the fly from Arabic to Spanish*

21 A **medio real** represents very little money.

22 **Se pudiera…** *one could have asked for and gotten six reales*

23 **No dejar…** *not let out of my hands*

la tradujo toda, del mesmo modo que aquí se refiere.

Estaba en el primero cartapacio pintada, muy al natural, la batalla de don Quijote con el vizcaíno, puestos en la mesma postura° que la his- — position
toria cuenta: levantadas las espadas, el uno cubierto de su rodela, el otro de la almohada, y la mula del vizcaíno tan al vivo, que estaba mostrando
5   ser de alquiler a tiro de ballesta.²⁴ Tenía a los pies escrito el vizcaíno un — caption
título° que decía: DON SANCHO DE AZPETIA,²⁵ que sin duda debía de ser su nombre, y a los pies de Rocinante estaba otro que decía: DON QUI-
JOTE. Estaba Rocinante maravillosamente pintado, tan largo° y tendido, — long
tan atenuado° y flaco, con tanto espinazo,° tan ético confirmado,²⁶ que — lean, backbone
10 mostraba bien al descubierto con cuanta advertencia y propriedad se le había puesto el nombre de Rocinante.²⁷ Junto a él estaba Sancho Panza,
que tenía del cabestro a su asno, a los pies del cual estaba otro rétulo° que — caption
decía: SANCHO ZANCAS, y debía de ser que tenía, a lo que mostraba la pintura, la barriga° grande, el talle° corto y las zancas° largas, y por esto — belly, stature, shanks
15 se le debió de poner nombre de PANZA, y de ZANCAS, que con estos dos sobrenombres le llama algunas veces la historia.

Otras algunas menudencias° había que advertir. Pero todas son de — trifles
poca importancia, y que no hacen al caso²⁸ a la verdadera relación° de la — telling
historia, que ninguna es mala como sea verdadera.²⁹ Si a ésta se le puede
20 poner alguna objeción cerca de su verdad, no podrá ser otra sino haber sido su autor arábigo,³⁰ siendo muy propio de los de aquella nación° ser — origin
mentirosos, aunque, por ser tan nuestros enemigos,° antes se puede en- — enemies
tender haber quedado falto en ella que demasiado.³¹ Y ansí me parece a mí, pues, cuando pudiera y debiera 'estender la pluma° en las alabanzas de — i.e., outdo himself
25 tan buen caballero, parece que 'de industria° las pasa en silencio, cosa mal — on purpose
hecha y peor pensada, habiendo y debiendo ser los historiadores puntua- les,° verdaderos y 'no nada apasionados,° y que ni el interés ni el miedo, — accurate, free from / passion; animosity,
el rancor° ni la afición, no les hagan torcer° del camino de la verdad, cuya — swerve; emulator,
30 madre es la historia, émula° del tiempo, depósito° de las acciones, testigo — storehouse; counsel
de lo pasado, ejemplo y aviso° de lo presente, advertencia de lo por venir. En ésta sé que se hallará todo lo que se acertare a desear en la más apa-

---

24 **Estaba mostrando…** *you could see it was a rental animal from a crossbow shot away*

25 Schevill restores the name to Azpeitia, but given the inaccuracy with "Sancho Panza" later, I prefer to leave it as it was in the first edition. Azpeitia is a village in the Basque country between San Sebastian and Bilbao.

26 **Ético confirmado** *far gone in consumption*

27 **Mostraba mostrando…** *it showed clearly with what judgment and appropriateness he had been called Rocinante*

28 **No hacen…** *they are not important*

29 **Ninguna es…** *no story is bad as long as it's true*

30 **Si a…** *if one can make an objection to its truth, the only one could be that its author was an Arab*

31 **Antes se…** *it can be understood that he would have fallen short of the truth rather than exaggerated it*

Estaba en el primero cartapacio pintada, muy al natural,
la batalla de don Quijote con el vizcaíno.

cible; y si algo bueno en ella faltare, para mí tengo que fue por culpa del galgo de su autor, antes que por falta del sujeto.[32]

En fin, su segunda parte, siguiendo la tradución, comenzaba desta manera: "Puestas y levantadas en alto las cortadoras° espadas de los *[trenchant]* dos valerosos y enojados combatientes, no parecía sino que estaban amenazando al cielo, a la tierra y al abismo:° tal era el denuedo y *[hell]* continente que tenían. Y el primero que fue a descargar° el golpe fue el *[strike, wrathful]* colérico° vizcaíno, el cual fue dado con tanta fuerza y tanta furia, que, a no volvérsele la espada en el camino,[33] aquel solo golpe fuera bastante para dar fin a su rigurosa contienda y a todas las aventuras de nuestro caballero; mas la buena suerte, que para mayores cosas le tenía guardado, *[deflected]* torció° la espada de su contrario, de modo que, aunque le acertó° en el *[hit]* hombro izquierdo, no le hizo otro daño que desarmarle todo aquel lado, llevándole de camino gran parte de la celada, con la mitad de la oreja,[34] que todo ello con espantosa ruina° vino al suelo, dejándole muy maltrecho." *[fall]*

¡Válame Dios, y quién será aquel que buenamente pueda contar ahora la rabia° que entró en el corazón de nuestro manchego, viéndose parar° *[rage, wind up]* de aquella manera! No se diga más sino que fue de manera que se alzó de nuevo en los estribos, y apretando más la espada en las dos manos, con tal furia descargó sobre el vizcaíno, acertándole 'de lleno° sobre la almohada *[squarely]* y sobre la cabeza, que, sin ser parte tan buena defensa,[35] como si cayera sobre él una montaña, comenzó a echar sangre por las narices° y por la *[nostrils]* boca y por los oídos,° y a dar muestras de caer de la mula abajo, de donde *[ears]* cayera, sin duda, si no se abrazara con el cuello.[36] Pero con todo eso, sacó los pies de los estribos, y luego soltó los brazos, y la mula, espantada del terrible golpe, dio a correr por el campo, y a pocos corcovos dio con su dueño en tierra.[37]

Estábaselo con mucho sosiego mirando don Quijote, y como lo vio caer, saltó de su caballo, y con mucha ligereza se llegó a él, y poniéndole la punta de la espada en los ojos, le dijo que 'se rindiese°—si no, que le *[surrender]* cortaría la cabeza. Estaba el vizcaíno tan turbado° que no podía respon- *[confused]* der palabra, y él lo pasara mal, según estaba ciego don Quijote,[38] si las señoras del coche, que hasta entonces con gran desmayo habían mirado la pendencia, no fueran a donde estaba y le pidieran 'con mucho encare- cimiento,° les hiciese tan gran merced y favor de perdonar la vida a aquel *[very ardently]*

---

32 **Si algo…** *if something is lacking in it, I hold that the dog of the author was to blame rather than something lacking in the subject*

33 **A no…** *had the sword not turned in its course*

34 **No le…** *it did no other damage than to remove his armor from that side, taking with it a large part of his helmet and half his ear*

35 **Sin ser…** *even so good a defense being useless*

36 **A dar…** *giving signs that he might fall down from the mule, and he would have, had he not clutched its neck*

37 **Espantada del…** *frightened by the terrible blow, began running through the countryside, and with a few bucks threw its owner to the ground*

38 **Él lo…** *he would have fared badly, such was the blind rage of Don Quijote*

su escudero.

A lo cual don Quijote respondió con mucho 'entono y gravedad:° "Por cierto, fermosas señoras, yo soy muy contento de hacer lo que me pedís. Mas ha de ser con una condición y concierto,° y es que este caballero me ha de prometer de ir al lugar del Toboso y presentarse de mi parte ante la sin par doña Dulcinea, para que ella haga dél lo que más fuere de su voluntad."

La temerosa y desconsolada° señora,[39] sin entrar en cuenta de lo que don Quijote pedía,[40] y sin preguntar quién Dulcinea fuese, le prometieron que el escudero haría todo aquello que de su parte le fuese mandado.

"Pues en fe de esa palabra,[41] yo no le haré más daño, puesto que me lo tenía bien merecido."

haughtiness, and composure

agreement

grief-stricken

Capítulo X. De lo que más le avino a don Quijote con el vizcaíno y del peligro en que se vio con una turba° de yangüeses.[1]

mob

Ya en este tiempo se había levantado Sancho Panza, algo maltratado° de los mozos de los frailes, y había estado atento a la batalla de su señor don Quijote, y rogaba° a Dios en su corazón fuese servido de darle vitoria, y que en ella ganase alguna ínsula de donde le hiciese gobernador,[2] como se lo había prometido. Viendo, pues, ya acabada° la pendencia, y que su amo volvía a subir sobre Rocinante, llegó a tenerle el estribo,[3] y antes que subiese se hincó de rodillas delante dél, y asiéndole de la mano, se la besó y le dijo: "Sea vuestra merced servido, señor don Quijote mío, de darme el gobierno de la ínsula que en esta rigurosa pendencia se ha ganado, que, por grande que sea, yo me siento con fuerzas de 'saberla gobernar,° tal y tan bien como otro que haya gobernado ínsulas en el mundo."

abused

prayed

finished

will be able to govern it

A lo cual respondió don Quijote: "Advertid,° hermano Sancho, que esta aventura, y las a ésta semejantes, no son aventuras de ínsulas, sino de encrucijadas, en las cuales no se gana otra cosa que sacar rota la cabeza o una oreja menos.[4] Tened paciencia, que aventuras se ofrecerán donde no solamente os pueda hacer gobernador, 'sino más adelante.'"

be advised

but even more

Agradecióselo mucho Sancho, y besándole otra vez la mano y la falda° de la loriga,° le ayudó a subir sobre Rocinante, y él subió sobre su asno, y comenzó a seguir a su señor, que, a 'paso tirado,° sin despedirse

skirt, mail armor
brisk pace

---

39 Schevill emends this to **las temerosas y desconsoladas señoras.**

40 **Sin entrar…** *without any idea what Don Quijote was asking*

41 **En fe…** *on the faith of that promise*

1 Yangüeses are people from Yanguas, in the province of Soria, north of Madrid. Yanguas is at the north end of the province, on the road that goes to Pamplona.

2 **Ganase alguna…** *win an island where he would make him governor*

3 **Llegó a…** *he went to hold his stirrup*

4 **No se…** *you win nothing but a broken head or an ear less*

ni hablar más con las del coche, se entró por un bosque que allí junto
estaba. Seguíale Sancho a todo el trote de su jumento,[5] pero caminaba
tanto° Rocinante, que, viéndose quedar atrás, le fue forzoso° dar voces a   *so fast, necessary*
su amo que se aguardase. Hízolo así don Quijote, teniendo las riendas a
5 Rocinante haſta que llegase su cansado escudero, el cual, en llegando, le
dijo: "Paréceme, señor, que sería acertado irnos a retraer° a alguna iglesia,   *take refuge*
que, según quedó maltrecho aquel con quien os combatiſtes,[6] 'no será
mucho° que den noticia del caso a la Santa Hermandad[7] y nos prendan.   *it would be likely*
Y a fe que si lo hacen, que primero que salgamos de la cárcel, que nos ha
10 de 'sudar el hopo.'"   *sweat it out*

"Calla," dijo don Quijote. "¿Y dónde has viſto tú, o leído jamás, que
caballero andante haya sido pueſto ante la juſticia por más homicidios
que hubiese cometido?"[8]

"Yo no sé nada de omecillos,'" respondió Sancho, "ni en mi vida le   *disputes*
15 caté a ninguno;[9] sólo sé que la Santa Hermandad tiene que ver con los
que pelean en el campo, y en esotro no me entremeto."[10]

"Pues 'no tengas pena,° amigo," respondió don Quijote, "que yo te   *don't worry*
sacaré de las manos de los caldeos,[11] 'cuanto más° de las de la Herman-   *not to mention*
dad. Pero dime, por tu vida, ¿has viſto más valeroso caballero que yo en
20 todo 'lo descubierto de la tierra?° ¿Has leído en hiſtorias otro que tenga   *known world*
ni haya tenido más brío en acometer, más aliento en el perseverar, más
deſtreza° en el herir,° ni más maña° en el derribar?"   *skill, striking, dexterit*

"La verdad sea," respondió Sancho, "que yo no he leído ninguna his-
toria jamás, porque ni sé leer ni escrebir; mas lo que 'osaré apoſtar° es   *I'll dare to bet*
25 que más atrevido amo que vueſtra merced yo no le he servido en todos
los días de mi vida, y quiera Dios que eſtos atrevimientos no se paguen
donde tengo dicho.[12] Lo que le ruego a vueſtra merced es que se cure;
que le va° mucha sangre de esa oreja. Que aquí traigo hilas y un poco de   *flows*
ungüento blanco[13] en las alforjas."

30 "Todo eso fuera bien escusado,"[14] respondió don Quijote, "si a mí se

---

5 **A todo...** *at his donkey's fastest trot*

6 **Os combatistes:** here Sancho does not call Don Quijote **vuestra mer-**
ced, but rather **vos**, which is much less formal.

7 **La Santa Hermandad** the Holy Brotherhood was Spain's rural police.

8 **Por más homicidios...** *no matter how many murders he may have*
committed

9 **En mi...** *never in my life have I held animosity towards anyone*

10 **En esotro...** *I don't meddle in that other business*

11 The Chaldeans were an ancient people living in Mesopotamia mentioned several times in the Old Testament (Ezekiel, Daniel, and Jeremiah). The
expression means "I'll save you from harm."

12 **Quiera Dios...** *may God will that these daring acts not be paid for in the*
way I have said

13 This is an ointment made of wax, white lead, and oil, useful precisely
for healing wounds.

14 **Todo eso...** *all this would be unnecessary*

me acordara de hacer una redoma° del bálsamo° de Fierabrás,¹⁵ que con | flask, balm
sola una gota 'se ahorrarán° tiempo y medicinas." | will save

"¿Qué redoma y qué bálsamo es ése?" dijo Sancho Panza.

"Es un bálsamo," respondió don Quijote, "de quien tengo la receta° | recipe
en la memoria, con el cual no hay que tener temor a la muerte, ni hay
pensar morir de ferida alguna. Y ansí, cuando yo le haga y te le dé,¹⁶ no
tienes más que hacer sino que, cuando vieres que en alguna batalla me
han partido por medio del cuerpo,¹⁷ como muchas veces suele acontecer,
bonitamente la parte del cuerpo que hubiere caído en el suelo, y 'con
mucha sotiliza,° antes que la sangre 'se hiele,° la pondrás sobre la otra | very deftly, coagulates
mitad que quedare en la silla,° advirtiendo de encajallo igualmente y al | saddle
justo.¹⁸ Luego me darás a beber solos dos tragos del bálsamo que he dicho,
y verásme quedar más sano que una manzana."

"Si eso hay," dijo Panza, "yo renuncio desde aquí el gobierno de la
prometida ínsula, y no quiero otra cosa en pago de mis muchos y buenos servicios, sino que vuestra merced me dé la receta de ese 'estremado
licor,° que para mí tengo que valdrá la onza,° 'adonde quiera,° más de a | very good liquid, ounce, anywhere
dos reales, y no he menester yo más para pasar esta vida honrada y des-
cansadamente.¹⁹ Pero es de saber agora si tiene mucha costa el hacelle."²⁰

"Con menos de tres reales se pueden hacer 'tres azumbres,'" respon- | 1½ gallons
dió don Quijote.

"¡Pecador de mí!" replicó Sancho, "¿pues a qué aguarda vuestra merced a hacelle y a enseñármele?"²¹

"Calla, amigo," respondió don Quijote, "que mayores secretos pienso
enseñarte y mayores mercedes hacerte. Y por agora curémonos, que la
oreja me duele más de lo que yo quisiera."

Sacó Sancho de las alforjas hilas y ungüento, mas cuando don Quijote llegó a ver rota su celada, pensó perder el juicio,²² y puesta la mano en
la espada y alzando los ojos al cielo, dijo: "Yo hago juramento al Criador
de todas las cosas, y a los santos cuatro evangelios° donde más largamente | gospels
están escritos,²³ de hacer la vida que hizo el grande Marqués de Mantua
cuando juró de vengar la muerte de su sobrino Valdovinos, que fue de «no

---

15 Fierabrás was a giant Saracen written about in a French epic poem.
When he sacked Rome, he stole two containers with the remainder of the em-
balming fluid used in Christ's body. This is what is known as the **bálsamo de
Fierabrás**.

16 **Cuando...** *when I make it and give it to you*

17 **Me han...** *they have cut my body in half*

18 **Advirtiendo de...** *being careful to fit it equally and straight*

19 **Honrada y...** *honorably and at my ease*

20 **Es de...** *I'd like to know if it costs much to make it*

21 **A qué...** *what are you waiting for to make it and to show me how?*

22 **Llegó a...** *saw his broken helmet he thought he would lose his mind*

23 **Donde más...** *in all their fullest meaning.* When one wanted to "swear
on the bible" and none at hand, this expression was used instead.

comer pan a manteles, ni con su mujer folgar,»[24] y otras cosas que, aunque
dellas no me acuerdo, las doy aquí por expresadas,[25] hasta tomar entera
venganza° del que tal desaguisado me fizo."   vengeance

Oyendo esto Sancho, le dijo: "Advierta vuestra merced, señor don
5   Quijote, que si el caballero cumplió° lo que se le dejó ordenado[26] de irse a   fulfilled
presentar ante mi señora Dulcinea del Toboso, ya habrá cumplido con lo
que debía, y no merece otra pena si no comete nuevo delito.°"   crime

"Has hablado y apuntado° muy bien," respondió don Quijote, "y, así,   pointed out
anulo° el juramento en cuanto lo que toca a tomar dél nueva venganza.[27]   I rescind
10   Pero hágole y confírmole° de nuevo de hacer la vida que he dicho hasta   **le** = *the oath*
tanto que quite por fuerza otra celada, tal y tan buena como ésta, a algún
caballero. Y no pienses, Sancho, que así «a humo de pajas» hago esto,[28]
que bien tengo a quien imitar en ello, que esto mesmo pasó al pie de la
letra sobre el yelmo° de Mambrino, que tan caro le costó a Sacripante."[29]   helmet
15   "Que dé al diablo vuestra merced tales juramentos, señor mío," replicó Sancho, "que son muy en daño de la salud y muy en perjuicio de
la conciencia. Si no, dígame ahora: si acaso en muchos días no topamos
hombre armado con celada,[30] ¿qué hemos de hacer? ¿Hase de cumplir
el juramento 'a despecho de° tantos inconvenientes° e incomodidades°   in spite of, obstacles,
20   como será el «dormir vestido, y el no dormir en poblado,°» y otras mil pe-   annoyances; town
nitencias° que contenía el juramento de aquel loco viejo del Marqués de   penances
Mantua, que vuestra merced quiere revalidar° ahora? Mire vuestra mer-   to revive
ced bien que por todos estos caminos no andan hombres armados, sino
harrieros y carreteros,° que no solo no traen celadas, pero quizá no las han   cart drivers
25   oído nombrar[31] en todos los días de su vida."

"Engáñaste en eso," dijo don Quijote, "porque no habremos estado
dos horas por estas encrucijadas, cuando veamos más armados° que los   armed men
que vinieron sobre Albraca a la conquista de Angélica la Bella."[32]

"Alto,° pues, sea ansí," dijo Sancho, "y a Dios prazga° que nos suceda   stop, may it please
30   bien, y que se llegue ya el tiempo de ganar esta ínsula que tan cara me
cuesta, y muérame yo luego."[33]

---

24   **No comer...** *not to eat bread from a tablecloth nor sport with his wife.* The
first part is from one about the Marqués de Mantua, but the second is from one
about the Cid, as several editors point out.

25   **Las doy...** *I consider them as having been stated*

26   **Lo que...** *what he was ordered to do*

27   **En cuanto...** *insofar as taking fresh vengeance on him goes*

28   **Así a...** *I'm not making idle threats*

29   In *Orlando Furioso*, it was Dardinel and not Sacripante that it cost so
dearly.

30   **Si acaso...** *if perhaps in many days we don't run across an armed man with
a helmet*

31   **Pero quizá...** *but perhaps they've never heard them mentioned*

32   In *Orlando Innamorato*, the Albraca castle was stormed by 2,200,000
armed soldiers, stretching over four leagues.

33   **Que se...** *may the time for winning me that island which is costing me so*

"Ya te he dicho, Sancho, que no te dé eso cuidado alguno; que, cuando faltare ínsula, ahí está el reino de Dinamarca° o el de Soliadisa,³⁴ que te vendrán «como anillo° al dedo»,° y más que, por ser en tierra firme, te debes más alegrar.³⁵ Pero dejemos esto para su tiempo, y mira si traes algo en esas alforjas que comamos, porque vamos luego en busca de algún castillo donde alojemos° esta noche y hagamos el bálsamo que te he dicho, porque yo te 'voto a Dios,° que me va doliendo mucho la oreja." *[Denmark]* *[ring, finger]* *[we may lodge]* *[I swear to God]*

"Aquí trayo° una cebolla y un poco de queso y no sé cuantos mendrugos° de pan," dijo Sancho, "pero no son manjares° que pertenecen a tan valiente caballero como vuestra merced." *[**traigo**]* *[scraps, food]*

"Qué mal lo entiendes," respondió don Quijote, "hágote saber, Sancho, que es honra de los caballeros andantes no comer en un mes, y 'ya que° coman, sea de aquello que hallaren más a mano. Y esto se te hiciera cierto³⁶ si hubieras leído tantas historias como yo, que, aunque han sido muchas, en 'todas ellas° no he hallado hecha relación de que los caballeros andantes comiesen, si no era acaso° y en algunos suntuosos banquetes que les hacían, y los demás días se los pasaban en flores.³⁷ Y aunque se deja entender que no podían pasar sin comer³⁸ y sin hacer todos los otros menesteres° naturales, porque, en efeto, eran hombres como nosotros, hase de entender³⁹ también que, andando lo más del tiempo de su vida por las florestas y despoblados, y sin cocinero,° que su más ordinaria comida sería de viandas° rústicas, tales como las que tú ahora me ofreces. Así que, Sancho amigo, no 'te congoje° lo que a mí me da gusto, ni querrás tú hacer mundo nuevo, ni sacar la caballería andante de sus quicios."⁴⁰ *[when]* *[none of them]* *[on occasions]* *[functions]* *[cook]* *[food]* *[let distress you]*

"Perdóneme vuestra merced," dijo Sancho, "que como yo no sé leer ni escrebir, como otra vez he dicho, no sé ni 'he caído en° las reglas de la profesión caballeresca, y de aquí adelante yo proveeré° las alforjas de todo género de fruta seca para vuestra merced, que es caballero, y para mí las proveeré, pues no lo soy, de otras 'cosas volátiles° y de más sustancia." *[understand]* *[will provide]* *[poultry]*

"No digo yo, Sancho," replicó don Quijote, "que sea forzoso a los caballeros andantes no comer otra cosa sino esas frutas que dices, sino que su más ordinario sustento° debía de ser dellas, y de algunas yerbas° que hallaban por los campos, que ellos conocían y yo también conozco." *[food, herbs]*

"'Virtud es,°" respondió Sancho, "conocer esas yerbas, que, 'según yo me voy imaginando,° algún día será menester usar de ese conocimiento." *[it's a good thing]* *[the way I'm thinking]*

---

dearly come soon, and may I die right then

34 Soliadisa is don Quijote's mistake for Sobradisa, a fictional kingdom ruled by Amadís' brother.

35 **Por ser…** *because it's not an island you should be happier*

36 **Ya que…** *even when they do eat, it should be whatever they find most at hand. This would be clear to you*

37 **Los demás…** *the remaining days they spent virtually fasting*

38 **Se deja…** *it is understood that they couldn't go without eating*

39 **Hase de…** *one must understand*

40 **Hacer mundo…** *make a new world or alter the customs of knight errantry.* **Quicio** = *hinge.*

Y sacando en esto lo que dijo que traía, comieron los dos en buena paz y compaña. Pero deseosos de buscar donde alojar aquella noche, acabaron con mucha brevedad° su pobre y seca comida. Subieron luego a caballo, y diéronse priesa por llegar a poblado antes que anocheciese; pero faltóles el sol, y la esperanza de alcanzar° lo que deseaban, junto a unas chozas° de unos cabreros,° y así, determinaron de pasarla allí, que, cuanto fue de pesadumbre para Sancho no llegar a poblado, fue de contento para su amo dormirla 'al cielo descubierto,° por parecerle que cada vez que esto le sucedía era hacer un acto posesivo[41] que facilitaba° la prueba° de su caballería.

haste

attaining
huts, goatherds

in open air
supplied, proof

Capítulo XI. De lo que le sucedió a don Quijote con unos cabreros.

FUE RECOGIDO° de los cabreros con buen ánimo, y habiendo Sancho, lo mejor que pudo, acomodado a Rocinante y a su jumento, se fue tras el olor que despedían de sí ciertos tasajos de cabra,[1] que hirviendo° al fuego en un caldero° estaban; y aunque él quisiera en aquel mesmo punto ver si estaban 'en sazón de trasladarlos° del caldero al estómago, lo dejó de hacer,[2] porque los cabreros los quitaron del fuego, y tendiendo° por el suelo unas pieles° de ovejas, aderezaron° con mucha priesa su rústica mesa, y convidaron° a los dos, con muestras de muy 'buena voluntad,° con lo que tenían. Sentáronse a la redonda de las pieles seis dellos,[3] que eran los que en la majada° había, habiendo primero, con groseras° ceremonias, rogado a don Quijote que se sentase sobre un dornajo° que 'vuelto del revés° le pusieron. Sentóse don Quijote, y quedábase Sancho en pie para servirle la copa, que era hecha de cuerno. Viéndole en pie su amo, le dijo: "Porque veas, Sancho, el bien° que en sí encierra° la andante caballería, y cuán a pique están los que en cualquiera ministerio della se ejercitan de venir brevemente a ser honrados y estimados del mundo,[4] quiero que aquí, a mi lado y en compañía desta buena gente, te sientes, y que seas una mesma cosa conmigo, que soy tu amo y natural señor, que comas en mi plato y bebas por donde yo bebiere, porque de la caballería andante se puede decir lo mesmo que del amor se dice: que «todas las cosas iguala.»"[5]

"Gran merced," dijo Sancho, "pero sé decir a vuestra merced que

received

boiling, cauldron
ready to transfer them

spreading out, skins,
prepared; invited
good will
sheep-fold
rustic
trough, turned over

goodness
embraces

---

41 **Acto posesivo:** an act which proves the nobility and purity of the person doing it.

1 **Se fue...** *he followed the aroma that certain pieces of goat meat emitted*

2 **Lo dejó...** *he refrained from doing it* (i.e., checking to see if meat was ready).

3 **Sentáronse...** *six of them sat around the skins*

4 **Cuán a pique...** *those who practice it in any capacity are soon honored and esteemed by the world*

5 **Porque...** *because one can say of knight errantry what is said about love: that it makes all things equal*

como yo tuviese bien de comer, tan bien y mejor me lo comería en pie y a mis solas como sentado a par de un emperador.[6] Y aun si va a decir verdad, mucho mejor me sabe° lo que como en mi rincón, sin melindres° ni respetos,° aunque sea pan y cebolla, que los gallipavos° de otras mesas donde me sea forzoso mascar° despacio, beber poco, limpiarme a menudo, no estornudar,° ni toser° si me viene gana, ni hacer otras cosas que la soledad° y la libertad traen consigo. Ansí que, señor mío, estas honras que vuestra merced quiere darme por ser ministro° y aderente° de la caballería andante, como lo soy siendo escudero de vuestra merced, conviértalas en otras cosas que me sean de más cómodo y provecho;[7] que éstas, aunque las 'doy por bien recebidas,° las renuncio para 'desde aquí° al fin del mundo."

    "Con todo eso, te has de sentar, porque «a quien se humilla Dios le ensalza»."[8]

    Y asiéndole por el brazo, le forzó a que junto dél se sentase.

    No entendían los cabreros aquella jerigonza° de escuderos y de caballeros andantes, y no hacían otra cosa que comer y callar, y mirar a sus huéspedes, que, con mucho donaire y gana, embaulaban tasajo como el puño.[9] Acabado el servicio de carne, tendieron sobre las zaleas° gran cantidad de 'bellotas avellanadas,° y juntamente pusieron un medio queso, más duro que si fuera hecho de argamasa.° No estaba en esto ocioso el cuerno, porque andaba a la redonda tan a menudo, ya lleno, ya vacío, como arcaduz de noria,[10] que con facilidad vació° un zaque° de dos que estaban 'de manifiesto.°

    Después que don Quijote hubo bien satisfecho su estómago, tomó

Marginal glosses (right column):
- tastes, fussing
- observances, turkeys
- chew
- sneeze, cough
- privacy
- servant, aide
- I acknowledge, from this moment on
- gibberish
- sheepskins
- dry acorns
- cement
- emptied, wineskin
- exposed

---

    6 **Como yo...** *as long as I eat well, I'll eat it as well and better, standing up and alone than seated next to an emperor*

    7 **Conviértalas...** *convert them* [the honors] *into other things that are of more use and benefit to me*

    8 **A quien...** *he who humbles himself is exalted by God.* Luke 18:14.

    9 **Embaulaban...** *they were stowing away pieces as big as your fist*

    10 **Andaba a...** *it went around so frequently, now full, now empty, like the bucket of a waterwheel.* The agricultural **noria** in the photograph (from 1956) is a waterwheel on whose circumference is attached a series of buckets.

Después que don Quijote hubo bien satisfecho su estómago, tomó un puño de bellotas en la mano, y mirándolas atentamente, soltó la voz a semejantes razones.

un puño° de bellotas en la mano, y mirándolas atentamente, soltó la voz
a semejantes razones: "¡Dichosa edad y siglos dichosos aquellos a quien
los antiguos° pusieron nombre de DORADOS;° y no porque en ellos el
oro, que en esta nuestra edad de hierro tanto se estima, se alcanzase en
aquella venturosa sin fatiga alguna,[11] sino porque entonces los que en ella
vivían ignoraban estas dos palabras de TUYO y MÍO! Eran en aquella santa
edad todas las cosas comunes;° a nadie le era necesario, para alcanzar
su ordinario sustento, tomar otro trabajo que alzar la mano y alcanzarle
de las robustas encinas, que liberalmente les estaban convidando con
su dulce y sazonado° fruto. Las claras fuentes y corrientes ríos, en
magnífica abundancia, sabrosas y transparentes aguas les ofrecían.[12]
En las quiebras° de las peñas° y en lo hueco de los árboles formaban
su república las 'solícitas y discretas abejas,° ofreciendo a cualquiera
mano, sin interés° alguno, la fértil cosecha° de su dulcísimo trabajo. Los
valientes° alcornoques° despedían de sí, sin otro artificio que el de su
cortesía, sus anchas y 'livianas cortezas,° con que se comenzaron a cubrir
las casas, sobre rústicas estacas° sustentadas, no más que para defensa de
las inclemencias° del cielo. Todo era paz entonces, todo amistad, todo
concordia.° Aún no se había atrevido la pesada reja del corvo arado° a
abrir ni visitar las entrañas piadosas de nuestra primera madre, que ella,
sin ser forzada, ofrecía por todas las partes de su fértil y espacioso seno lo
que pudiese hartar, sustentar y deleitar a los hijos que entonces la poseían.[13]

"Entonces sí que andaban las simples y hermosas zagalejas° de valle
en valle y de otero en otero, en trenza y en cabello,[14] sin más vestidos
de aquellos que eran menester para cubrir honestamente° lo que la
honestidad° quiere y ha querido siempre que se cubra, y no eran sus
adornos de los que ahora se usan, a quien la púrpura de Tiro y la por
tantos modos martirizada seda encarecen,[15] sino de algunas hojas verdes
de lampazos y yedra entretejidas, con lo que quizá iban tan pomposas y
compuestas como van agora nuestras cortesanas con las raras y peregrinas
invenciones que la curiosidad ociosa les ha mostrado.[16] Entonces 'se

Margin glosses: handful; ancients, golden; communal; ripe; fissures, boulders; diligent and prudent bees; concern, harvest; big, cork trees; light weight bark; stakes; rigors; harmony, curved plow; young women; modestly; decency

---

11 **No porque...** *not because in them gold, which is so esteemed in this, our age
of iron, was acquired in that fortunate one without effort*

12 **Las claras...** *clear fountains and running rivers, in magnificent abundance,
gave them their delicious and transparent water*

13 **Aún no...** *the heavy plow had not yet dared to open nor visit the pious bow-
els of our first mother* [the earth], *for she, without being forced, gave everywhere from
her fertile and spacious bosom that which could fill, sustain, and delight the children
that possessed her then*

14 **De valle...** *from valley to valley and from hill to hill, in braids with hair
flowing*

15 **A quien...** *which Tyrian purple and silk—which is tortured in so many
ways—enhance.* **A quien** refers to **adornos.**

16 **Sino de...** *but rather of intertwined green-dock and ivy, with which they
carried themselves with perhaps as much dignity and composure as our courtesans do
nowadays in extravagant dresses*

decoraban° los concetos° amorosos del alma simple y sencillamente, *[were adorned, literary conceits; ingenious]*
del mesmo modo y manera que ella los concebía, sin buscar artificioso° *[circumlocution]*
rodeo° de palabras para encarecerlos. No había la fraude, el engaño ni
la malicia, mezcládose con la verdad y llaneza.° La justicia se estaba en *[sincerity]*
sus proprios términos, sin que la osasen turbar ni ofender los del favor
y los del interese, que tanto ahora la menoscaban, turban y persiguen.[17]
'La ley del encaje° aún no se había sentado en el entendimiento° del *[arbitrary law, judgment]*
juez, porque entonces no había que juzgar, ni quien fuese juzgado.[18] Las
doncellas y la honestidad andaban, como tengo dicho, por dondequiera,
'sola y señera,° sin temor que la ajena desenvoltura y lascivo intento[19] *[alone]*
le menoscabasen, y su perdición nacía de su gusto y propria voluntad.[20]
Y agora, en estos nuestros detestables siglos,° no está segura ninguna, *[age]*
aunque la oculte y cierre otro nuevo laberinto como el de Creta,[21] porque
allí, por los resquicios,° o por el aire, con el celo° de la maldita solicitud,° se *[gaps, zeal, importunity]*
les entra la amorosa pestilencia° y les hace dar con todo su recogimiento° *[plague, seclusion]*
al traste.° Para cuya seguridad, andando más los tiempos y creciendo *[ruination]*
más la malicia,[22] 'se instituyó° la orden de los caballeros andantes para *[was established]*
defender las doncellas, amparar° las viudas, y socorrer a los huérfanos° y *[to protect, orphans]*
a los menesterosos.

"Desta orden soy yo, hermanos cabreros, a quien agradezco el gasaje° *[graceful reception]*
y buen acogimiento° que hacéis a mí y a mi escudero. Que, aunque por ley *[reception]*
natural están todos los que viven obligados a favorecer° a los caballeros *[befriend]*
andantes, todavía, por saber que sin saber vosotros esta obligación me
acogistes y regalastes,° es razón que con la voluntad a mí posible os *[entertained]*
agradezca la vuestra."

Toda esta larga arenga, que se pudiera muy bien escusar,[23] dijo nuestro
caballero, porque las bellotas que le dieron le trujeron a la memoria la
edad dorada. Y antojósele hacer aquel inútil razonamiento° a los cabreros, *[speech]*
que, sin respondelle palabra, embobados° y suspensos, le estuvieron *[gaping]*
escuchando. Sancho, asimesmo, callaba y comía bellotas, y visitaba muy
a menudo el segundo zaque, que, porque 'se enfriase° el vino, le tenían *[get cold]*
colgado de un alcornoque.

Más tardó en hablar don Quijote que en acabarse la cena;[24] al fin de
la cual uno de los cabreros dijo: "Para que con más veras pueda vuestra
merced decir, señor caballero andante, que le agasajamos° con prompta *[entertain]*
y buena voluntad, queremos darle solaz° y contento con hacer que cante *[enjoyment]*

---

17 **La justicia…** *justice was was adminstered on its own terms, and was not tainted by favor and self-interest, which now impair, overturn, and persecute it*
18 **No había…** *there was nothing to judge, nor anyone to be judged*
19 **La ajena…** *another's boldness and lustful intention*
20 **Y su…** *and any ruination was born of their pleasure and free will*
21 **No está…** *no woman is safe, even if she is hidden and locked in a new labyrinth such as the one on Crete*
22 **Andando más…** *as time went by and as wickedness increased*
23 **Que se pudiera…** *which could well have been well omitted*
24 **Más tardó…** *Don Quijote spent more time talking than finishing his dinner*

un compañero nuestro, que no tardará mucho en estar aquí. El cual es un
zagal° muy entendido° y muy enamorado, y que, sobre todo, sabe leer y   young man, intelligent
escrebir, y es músico de un rabel[25] que no hay más que desear."

Apenas había el cabrero acabado de decir esto, cuando llegó a sus
oídos el son del rabel, y de allí a poco llegó el que le tañía, que era un
mozo de hasta veinte y dos años, 'de muy buena gracia.° Preguntáronle   good-looking
sus compañeros si había cenado, y respondiendo que sí, el que había
hecho los ofrecimientos le dijo: "De esa manera, Antonio, bien podrás
hacernos placer de cantar un poco, porque vea este señor huésped que
tenemos también por los montes y selvas[26] quien sepa de música. Hémosle
dicho tus buenas habilidades,° y deseamos que las muestres y nos saques   cleverness
verdaderos;[27] y así te ruego por tu vida que te sientes y cantes el romance[28]
de tus amores, que te compuso el beneficiado,° tu tío, que en el pueblo ha   priest
parecido muy bien."[29]

"Que me place," respondió el mozo.

Y sin hacerse más de rogar,[30] se sentó en el tronco de una desmochada°   cut off
encina, y templando° su rabel, 'de allí a poco,° con muy buena gracia,   tuning, in a little while
comenzó a cantar, diciendo desta manera:

ANTONIO

Yo sé, Olalla, que me adoras,
    puesto que no me lo has dicho
    ni aún con los ojos siquiera,
    mudas lenguas de amoríos.°   flirtations
Porque sé que eres sabida,°   knowing
    en que me quieres 'me afirmo;°   I maintain
    que nunca fue desdichado
    amor que fue conocido.
Bien es verdad, que 'tal vez,°   **alguna vez**
    Olalla, me has dado indicio°   indication
    que tienes de bronce el alma
    y el blanco pecho de risco.°   stone
Más allá, entre tus reproches°   rebukes
    y honestísimos desvíos,°   indifference
    tal vez la esperanza muestra
    la orilla° de su vestido.   border

---

25 The **rabel** is an old Moorish bowed musical instrument with three
strings tuned in fifths. It had a flat top and a rounded bottom.

26 Here appears to be a real mistake in the typesetting of the text. In the
original it says **tenemos, que también por los montes y selvas hay,** which makes
no sense. I hesitated to change it, but it seems to make good sense this new way.

27 **Nos saques…** *prove us right*

28 **Romance** is a poetic form of eight-syllable lines whose vowels rhyme
only in even-numbered verses; in this case the rhyme is **i - o**.

29 **Que en…** *which was well-received in town*

30 **Sin hacerse…** *without any further urging*

Abalánzase° al señuelo°   dashes, lure
mi fe, que nunca ha podido,
ni menguar° por no llamado,   diminish
ni crecer° por escogido.   increase
Si el amor es cortesía,
de la que tienes colijo,
que el fin de mis esperanzas
ha de ser cual° imagino.   as
Y si son servicios parte
de hacer un pecho benigno,
algunos de los que he hecho
fortalecen° mi partido.°   strengthen, advantage
Porque si has 'mirado en° ello,   noticed
más de una vez habrás visto
que me he vestido en los lunes
lo que me honraba el domingo.
Como el amor y la gala°   full dress
andan un mesmo camino,
en todo tiempo a tus ojos
quise mostrarme polido.°   nice looking
Dejo el bailar por tu causa,
ni las músicas te pinto
que has escuchado 'a deshoras°   unexpectedly
y al canto del gallo° primo.°   rooster, first
No cuento las alabanzas
que de tu belleza he dicho;
que, aunque verdaderas, hacen
ser yo de algunas malquisto.°   detested
Teresa del Berrocal,
yo alabándote,° me dijo: praising
"Tal piensa que adora a un ángel,
y viene a adorar a un jimio,°   monkey
Merced a los muchos dijes,°   trinkets
y a los 'cabellos postizos,°   wigs
y a hipócritas hermosuras
que engañan al amor mismo."
Desmentíla,° y enojóse;   I contradicted
volvió por ella su primo,
desafióme,° y ya sabes   he challenged me
lo que yo hice y él hizo.
No te quiero yo a montón,³¹
ni te pretendo° y te sirvo   press suit
por lo de barraganía,°   concubinage
que más bueno es mi designio.°   intention

---

31 **No te...** *I don't love you like I'd love just anyone*

Coyundas° tiene la Iglesia   yokes
que son lazadas de sirgo;°   silk
pon tú el cuello en la gamella, [32]
verás como pongo el mío.
'Donde no,° desde aquí juro   if not
por el santo más bendito°   blessed
de no salir de estas sierras
sino para capuchino.°   Capuchin monk

Con esto dio el cabrero fin a su canto, y aunque don Quijote le rogó
que algo más cantase, no lo consintió Sancho Panza, porque 'estaba más
para° dormir que para oír canciones. Y ansí, dijo a su amo: "Bien puede   he favored
vuestra merced acomodarse° 'desde luego° a donde ha de posar° esta   get comfortable, now,
noche—que el trabajo que estos buenos hombres tienen todo el día no   stay
permite que pasen las noches cantando."

"Ya te entiendo, Sancho," le respondió don Quijote, "que bien 'se me
trasluce° que las visitas del zaque piden más recompensa de sueño que   I infer
de música."

"A todos nos sabe ° bien, bendito sea Dios," respondió Sancho.   tastes

"No lo niego," replicó don Quijote, "pero acomódate tú donde
quisieres, que los de mi profesión mejor parecen velando que durmiendo.
Pero, con todo esto, sería bien, Sancho, que me vuelvas a curar esta oreja,
que me va doliendo más de lo que es menester."

Hizo Sancho lo que se le mandaba. Y viendo uno de los cabreros
la herida, le dijo que no tuviese pena, que él pondría remedio con que
fácilmente 'se sanase.° Y tomando algunas hojas de romero,° de mucho que   get better, rosemary
por allí había, las mascó y las mezcló con un poco de sal, y aplicándoselas
a la oreja, se la vendó° muy bien, asegurándole° que no había menester   bandaged, assuring
otra medicina, y así fue la verdad.

Capítulo XII. De lo que contó un cabrero a los que estaban con don Quijote.

ESTANDO EN esto, llegó otro mozo de los que les traían del aldea el
bastimento,° y dijo: "¿Sabéis lo que pasa en el lugar, compañeros?"   supplies
"¿Cómo lo podemos saber?" respondió uno dellos.

"Pues sabed," prosiguió el mozo, "que murió esta mañana aquel
famoso pastor estudiante llamado Grisóstomo, y 'se murmura° que ha   they gossip
muerto de amores de aquella endiablada moza de Marcela,[1] la hija de
Guillermo el rico, aquella que se anda en hábito de pastora por esos

---

32 The **gamella** is the rounded extremity at each end of the yoke that binds
a pair of oxen.

1 **Aquella moza…** *that devilish girl Marcela.* **De** is not translated. Of
course, it may also mean *the servant of Marcela* as well, provoking the next remark.

andurriales.°"   deserted places

"Por Marcela dirás,°" dijo uno.   you mean

"Por ésa digo," respondió el cabrero. "Y es lo bueno° que mandó en su   strange

testamento que le enterrasen° en el campo, como si fuera moro, y que sea bury

5 al pie de la peña donde está la fuente del alcornoque;[2] porque, según es

fama,[3] y él dicen que lo dijo,[4] aquel lugar es adonde él la vio la vez primera.

Y también mandó otras cosas, tales, que los abades° del pueblo dicen   parish priests

que no se han de cumplir, ni es bien que se cumplan, porque parecen

'de gentiles.° A todo lo cual responde aquel gran su amigo Ambrosio,[5] el pagan

10 estudiante, que también se vistió de pastor con él, que se ha de cumplir

todo, sin faltar nada,[6] como lo dejó mandado Grisóstomo, y sobre esto

anda el pueblo alborotado.° Mas, a lo que se dice, en fin se hará lo que agitated

Ambrosio y todos los pastores, sus amigos, quieren, y mañana le vienen

a enterrar con gran pompa adonde tengo dicho. Y tengo para mí que ha

15 de ser cosa muy de ver, a lo menos, yo no dejaré de ir a verla, si supiese no

volver mañana al lugar."[7]

"Todos haremos lo mesmo," respondieron los cabreros, "y 'echaremos

suertes° a° quien ha de quedar a guardar las cabras de todos."   draw straws, **a ver**

"Bien dices, Pedro," dijo uno, "aunque no será menester[8] usar de esa

20 diligencia, que yo me quedaré por todos. Y no lo atribuyas a virtud° y a righteousness

poca curiosidad mía, sino a que no me deja andar el garrancho° que el thorn

otro día me pasó° este pie."   pierced

"Con todo eso, te lo agradecemos," respondió Pedro.

Y don Quijote rogó a Pedro le dijese qué muerto era aquél y qué

25 pastora aquélla. A lo cual Pedro respondió que lo que sabía era que el

muerto era un hijodalgo rico, vecino de un lugar que estaba en aquellas

sierras,° el cual había sido estudiante muchos años en Salamanca,[9] al cabo mountains

de los cuales había vuelto a su lugar, con opinión de muy sabio y muy

leído.[10] "Principalmente, decían que sabía la ciencia de las estrellas, y de lo

30 que pasan allá en el cielo el sol y la luna, porque puntualmente° nos decía exactly

el cris[11] del sol y de la luna."

"*Eclipse* se llama, amigo, que no *cris*, el escurecerse° esos dos growing dark

---

2 **Fuente del…** *spring near the cork tree*

3 **Según es…** *as the story goes*

4 **Él dicen…** *he, they say that he said it*

5 **Aquel gran…** *that great friend of his, Ambrosio*

6 **Sin faltar…** *to the letter*

7 **Si supiese…** *even if it means I won't get back to my village tomorrow*

8 Schevilll has: **"Bien dices, Pedro," dijo uno; "que…**. The original edition has: **"Bien dices, Pedro," dijo; "aunque…** The Royal Academy added **uno** in 1780. This reading is accepted by Flores, and here as well, but I restore **aunque**.

9 Salamanca was Spain's premier university with about 7,000 students. It ranked with Paris, Oxford, and Bologna.

10 **Con opinión…** *and people thought he was very wise and learnèd*

11 **Cris** for **eclipse** was attested as a traditional form in Old Spanish according to Gaos.

luminares mayores," dijo don Quijote.

Mas Pedro, no reparando en niñerías, prosiguió su cuento, diciendo: "Asimesmo adevinaba cuándo había de ser el año abundante o estil."

"*Estéril* queréis decir, amigo," dijo don Quijote.

"*Estéril* o *estil*" respondió Pedro, "'todo se sale allá.° Y digo que con   *it's all the same* esto que decía se hicieron su padre y sus amigos, que le daban crédito, muy ricos,[12] porque hacían lo que él les aconsejaba, diciéndoles: 'Sembrad°   *sow* este año cebada, no trigo; en éste podéis sembrar garbanzos,° y no cebada;   *chickpeas* el que viene será de guilla° de aceite;° los tres siguientes no se cogerá   *good harvest, oil* gota.°"   *a drop*

"Esa ciencia se llama astrología," dijo don Quijote.

"No sé yo cómo se llama," replicó Pedro, "mas sé que todo esto sabía, y aun más. Finalmente, no pasaron muchos meses después° que vino de   *since* Salamanca, cuando un día remaneció° vestido de pastor, con su cayado°   *appeared, shepherd's* y pellico,° habiéndose quitado los hábitos largos que como escolar traía,   *crook; jacket* y juntamente se vistió con él de pastor otro su grande amigo,[13] llamado Ambrosio, que había sido su compañero en los estudios. Olvidábaseme de decir como Grisóstomo, el difunto,° fue grande hombre de componer   *dead man* coplas;° tanto, que él hacía los villancicos° para la noche del Nacimiento   *verses, carols* del Señor y los autos[14] para el día de Dios, que los representaban los mozos de nuestro pueblo, y todos decían que eran por el cabo.[15] Cuando los del lugar vieron 'tan de improviso° vestidos de pastores a los dos escolares,   *so suddenly* quedaron admirados, y no podían adivinar la causa que les había movido a hacer aquella tan estraña mudanza. Ya en este tiempo era muerto el padre de nuestro Grisóstomo, y él quedó heredado° en mucha cantidad   *inherited* de hacienda,° ansí en muebles° como en raíces,° y en no pequeña cantidad   *wealth, goods, prop-* de ganado mayor y menor,[16] y en gran cantidad de dineros; de todo lo   *erty* cual quedó el mozo señor desoluto,° y en verdad que todo lo merecía;   **absoluto** que era muy buen compañero, y caritativo,° y amigo de los buenos, y   *charitable* tenía una cara como una bendición.° Después se vino a entender que el   *blessing* haberse mudado de traje no había sido por otra cosa que por andarse por estos despoblados 'empós de° aquella pastora Marcela, que nuestro zagal   *pursuing* nombró denantes,° de la cual se había enamorado el pobre difunto de   **antes** Grisóstomo.[17] Y quiero os decir agora, porque es bien que lo sepáis, quien es esta rapaza.° Quizá, y aun sin quizá, no habréis oído semejante cosa en   *young girl* todos los días de vuestra vida, aunque viváis más años que sarna.°"   *itch*

---

12 **Se hicieron...** *his father and his friends, who believed him, became very rich*

13 **Juntamente se...** *another great friend of his dressed as a shepherd together with him*

14 That is, **autos** *sacramentales*, allegorical one-act plays presented on Corpus Christi day, the first Thursday after Trinity Sunday.

15 **Eran por...** *they were the best*

16 **Mayor y...** *big and little cattle* = cows and sheep

17 **De la...** *whom the poor, dead Grisóstomo had fallen in love with*

"Decid *Sarra*,"[18] replicó don Quijote, no pudiendo sufrir el trocar° de   switching
los vocablos° del cabrero.   words

"Harto° vive la sarna," respondió Pedro, "y si es, señor, que me habéis   long enough
de andar zaheriendo° a cada paso los vocablos, no acabaremos en un año."   censuring

5 "Perdonad, amigo," dijo don Quijote, "que por haber tanta diferencia
de sarna a Sarra os lo dije. Pero vos respondistes muy bien, porque vive
más sarna que Sarra; y proseguid vuestra historia, que no os replicaré°   dispute
más en nada."

"Digo, pues, señor mío de mi alma," dijo el cabrero, "que en nuestra
10 aldea hubo un labrador, aún más rico que el padre de Grisóstomo, el
cual se llamaba Guillermo, y al cual dio Dios, 'amén de° las muchas y   besides
grandes riquezas,° una hija de cuyo parto° murió su madre, que fue la   wealth, birth
más honrada mujer que hubo en todos estos contornos. No parece sino
que ahora la veo,[19] con aquella cara que del un cabo tenía el sol y del otro
15 la luna, y sobre todo hacendosa° y amiga de los pobres, por lo que creo   hard-working
que debe de estar su ánima 'a la hora de ahora° 'gozando de° Dios en el   **ahora**, enjoying
otro mundo. De pesar de la muerte de tan buena mujer[20] murió su marido
Guillermo, dejando a su hija Marcela, muchacha y rica, 'en poder de° un   in the care of
tío suyo, 'sacerdote y beneficiado° en nuestro lugar. Creció la niña con   priest
20 tanta belleza, que nos hacía acordar de la de su madre, que la tuvo muy
grande, y con todo esto, se juzgaba que le había de pasar la de la hija.[21]

"Y así fue, que, cuando llegó a edad de catorce a quince años, nadie
la miraba que no bendecía° a Dios, que tan hermosa la había criado,° y   praised, created
los más quedaban enamorados y perdidos por ella. Guardábala° su tío   he kept her
25 con mucho recato° y con mucho encerramiento;° pero, con todo esto,   modesty, seclusion
la fama de su mucha hermosura se estendió de manera que, así por ella
como por sus muchas riquezas, no solamente de los de nuestro pueblo,
sino de los de muchas leguas a la redonda,[22] y de los mejores dellos, era
rogado, solicitado e importunado su tío se la diese por mujer.[23] Mas él,
30 que a las derechas[24] es buen cristiano, aunque quisiera casarla luego, así
como la vía° de edad, no quiso hacerlo sin su consentimiento, sin 'tener   **veía**
ojo° a la ganancia° y granjería° que le ofrecía el tener la hacienda de la   without regard, profit,
moza, dilatando° su casamiento. Y a fe que se dijo esto en más de un   gain; putting off
corrillo° en el pueblo, en alabanza del buen sacerdote. Que quiero que   circle
35 sepa, señor andante, que en estos lugares cortos de todo se trata y de todo

---

18 Abraham's wife, Sarah, lived 110 years. Modern Spanish spells the name
with one *r*: Sara.

19 **No parece...** *I can just see her now*

20 **De pesar...** *out of grief for the death of such a good wife*

21 **Nos hacía...** [her beauty] *made us remember that of her mother, and she
was very beautiful, and, with all this, we thought that her beauty would surpass that
of her mother*

22 **Los de muchas...** *those* [villages] *for leagues around*

23 **Era rogado...** *they begged, entreated, and importuned her uncle so that he
should give her to them as a bride*

24 **A las...** *as it ought to be*

se murmura.²⁵ Y tened para vos, como yo tengo para mí,²⁶ que debía de ser demasiadamente bueno el clérigo° que obliga a sus feligreses° a que digan   cleric, parishioners bien dél, especialmente en las aldeas."

"Así es la verdad," dijo don Quijote, "y proseguid adelante, que el cuento es muy bueno, y vos, buen Pedro, le contáis con muy buena gracia."

"La del Señor no me falte, que es la que hace al caso. Y en lo demás, sabréis que, aunque el tío proponía° a la sobrina y le decía las calidades de   presented cada uno en particular, de los muchos que por mujer la pedían, rogándole que se casase y escogiese a su guſto, jamás ella respondió otra cosa sino que por entonces no quería casarse, y que, por ser tan muchacha, no se sentía hábil° para poder llevar la carga° del matrimonio. Con eſtas que   capable, burden daba, al parecer, juſtas escusas,²⁷ dejaba el tío de importunarla, y esperaba a que entrase algo más en edad, y ella supiese° escoger compañía a su guſto.   **pudiese** Porque decía él, y decía muy bien, que no habían de dar los padres a sus hijos eſtado contra su voluntad.²⁸ Pero hételo aquí, cuando no me cato, que remanece un día la melindrosa Marcela hecha paſtora;²⁹ y sin ser parte³⁰ su tío ni todos los del pueblo, que se lo desaconsejaban,° dio en irse al campo   advising against con las demás zagalas del lugar,³¹ y dio en guardar su mesmo ganado. Y así como ella salió en público y su hermosura se vio 'al descubierto,° no os   uncovered sabré° buenamente decir cuántos ricos mancebos,° hidalgos y labradores,   **podré**, young men han tomado el traje de Grisóſtomo y la andan requebrando° por esos   courting campos. Uno de los cuales, como ya eſtá dicho, fue nueſtro difunto, del cual decían que la dejaba de querer, y la adoraba.³²

"Y no se piense que porque Marcela se puso en aquella libertad y vida tan suelta,° y de tan poco o de ningún recogimiento,° que por   free, privacy eso ha dado indicio, ni por semejas,³³ que venga en menoscabo° de su   discredit honeſtidad y recato. Antes es tanta y tal la vigilancia con que mira por su honra,° que de cuantos la sirven y solicitan ninguno se ha alabado, ni con   chastity verdad se podrá alabar, que le haya dado alguna pequeña esperanza de alcanzar su deseo. Que, pueſto que no huye ni 'se esquiva° de la compañía   disdains y conversación de los paſtores, y los trata cortés y amigablemente, en llegando a descubrirle su intención cualquiera dellos, aunque sea tan juſta y santa como la del matrimonio, los arroja de sí como con un trabuco.°   catapult

---

25 **En estos...** *in these little villages everything is discussed and everything is gossiped about*

26 **Y tened...** *and rest assured, as I do*

27 **Con estas...** *with these seemingly proper excuses*

28 **No habían...** *parents were not to force their children's marriage against their will*

29 **Pero hételo...** *but here she is, when least I suspect it, the prudish Marcela turned into a shepherdess*

30 **Sin ser...** *without being able to stop it*

31 **Dio en...** *she took to going into the countryside with the rest of the girls of the village*

32 **La dejaba...** *he didn't just love her, he adored her*

33 **Ha dado...** *has she given anything that even resembles*

Y con esta manera de condición hace más daño en esta tierra que si por ella entrara la pestilencia,° porque su afabilidad° y hermosura atrae° los corazones de los que la tratan a servirla y a amarla,[34] pero su desdén° y desengaño° los conduce° a términos de desesperarse, y así, no saben qué decirle, sino llamarla a voces cruel y desagradecida,° con otros títulos a éste semejantes, que bien la calidad de su condición manifiestan.[35] Y si aquí estuviésedes, señor, algún día, veríades resonar° estas sierras y estos valles con los lamentos de los desengañados° que la siguen.

"No está muy lejos de aquí un sitio donde hay casi dos docenas de altas hayas,° y no hay ninguna que en su lisa° corteza no tenga grabado° y escrito el nombre de Marcela, y encima de alguno, una corona° grabada en el mesmo árbol, como si más claramente dijera su amante° que Marcela la lleva y la merece de toda la hermosura humana. Aquí sospira° un pastor, allí se queja otro, acullá° se oyen amorosas canciones, acá desesperadas endechas.° Cual° hay que pasa todas las horas de la noche sentado al pie de alguna encina o peñasco,° y allí, sin plegar° los llorosos ojos, embebecido° y transportado° en sus pensamientos, le halló el sol a la mañana. Y cuál hay que, sin dar vado° ni tregua° a sus suspiros, en mitad del ardor° de la más enfadosa° siesta del verano, tendido sobre la ardiente arena, envía sus quejas al piadoso° cielo. Y déste y de aquél, y de aquéllos y de éstos, libre y desenfadadamente° triunfa° la hermosa Marcela, y todos los que la conocemos estamos esperando en qué ha de parar su altivez,[36] y quién ha de ser el dichoso que ha de venir a domeñar° condición tan terrible y gozar de hermosura tan estremada. Por ser todo lo que he contado tan averiguada verdad, me doy a entender que también lo es la que nuestro zagal dijo que se decía de la causa de la muerte de Grisóstomo.[37] Y así, os aconsejo, señor, que no dejéis de hallaros mañana a su entierro,° que será muy de ver, porque Grisóstomo tiene muchos amigos, y no está de este lugar a aquel donde manda enterrarse media legua."[38]

"En cuidado me lo tengo,"[39] dijo don Quijote, "y agradézcoos el gusto que me habéis dado con la narración de tan sabroso cuento."

"¡Oh!" replicó el cabrero, "aún no sé yo la mitad de los casos sucedidos a los amantes de Marcela, mas podría ser que mañana topásemos en el camino algún pastor que nos los dijese, y por ahora, bien será que os vais a dormir debajo de techado,° porque el sereno° os podría dañar° la herida, puesto que es tal la medicina que se os ha puesto, que no hay que temer de contrario acidente."

Sancho Panza, que ya daba al diablo el tanto hablar del cabrero,

Marginal glosses:
- plague, graciousness, attract; scorn
- reproofs, leads
- ungrateful
- resound
- those who were rejected
- beech trees, smooth, carved; crown
- lover
- sighs
- over there
- dirges, someone
- rock, closing, bemused
- carried away
- relief, respite, heat
- vexatious
- merciful
- without embarassment, conquers
- tame
- burial
- roof, night air, harm

---

34 **Los corazones...** *the hearts of those who come into contact with her to serve and love her*

35 **Que bien...** *which well attest to her character*

36 **En qué...** *how far her haughtiness will go*

37 **Me doy...** *I can believe that what our young man said that they said was the cause of Grisóstomo's death is also true*

38 **No está...** *it's not half a league from this place to where he is to be buried*

39 **En cuidado...** *I'll make a point of it*

solicitó, por su parte, que su amo se entrase a dormir en la choza de
Pedro. Hízolo así, y todo lo más de la noche se le pasó en memorias de su
señora Dulcinea, a imitación de los amantes de Marcela. Sancho Panza se
acomodó entre Rocinante y su jumento, y durmió, no como enamorado
desfavorecido,° sino como hombre molido a coces.   *injured*

Capítulo XIII. Donde se da fin al cuento de la pastora Marcela, con otros sucesos.

MAS APENAS comenzó a descubrirse el día por los balcones del
Oriente, cuando los cinco de los seis cabreros se levantaron y
fueron a despertar a don Quijote, y a decille si estaba todavía
con propósito de ir a ver el famoso° entierro de Grisóstomo, y que ellos *notable*
le 'harían compañía.° Don Quijote, que otra cosa no deseaba, se levantó *would accompany*
y mandó a Sancho que 'ensillase y enalbardase 'al momento,° lo cual él *saddle right away*
hizo con mucha diligencia,° y con la mesma se pusieron luego todos en *speed*
camino.[1] Y no hubieron andado un cuarto de legua, cuando, al cruzar
de una senda,[2] vieron venir hacia ellos hasta seis pastores, vestidos con
pellicos negros y coronadas las cabezas con guirnaldas° de ciprés y de *garlands*
amarga adelfa.° Traía cada uno un grueso bastón° de acebo° en la mano. *oleander, staff, holly*
Venían con ellos, asimesmo, dos gentiles hombres de a caballo, muy bien
aderezados de camino, con otros tres mozos de a pie que los acompañaban.
En llegándose a juntar[3] se saludaron cortésmente, y preguntándose los
unos a los otros dónde iban, supieron que todos se encaminaban al lugar
del entierro, y así comenzaron a caminar todos juntos.

Uno de los de a caballo, hablando con su compañero, le dijo:
"Paréceme, señor Vivaldo, que habemos de dar por bien empleada[4] la
tardanza que hiciéremos en° ver este famoso entierro, que no podrá dejar *to*
de ser famoso, según estos pastores nos han contado estrañezas,° ansí del *strange things*
muerto pastor como de la pastora homicida.°" *murderous*

"Así me lo parece a mí," respondió Vivaldo, "y no digo yo hacer
tardanza de un día, pero de cuatro la hiciera, a trueco de verle."[5]

Preguntóles don Quijote qué era lo que habían oído de Marcela
y de Grisóstomo. El caminante dijo que aquella madrugada° habían *early morning*
encontrado con aquellos pastores, y que, por haberles visto en aquel tan
triste traje, les habían preguntado la ocasión por que iban de aquella
manera; que uno dellos se lo contó, contando la estrañeza y hermosura de
una pastora llamada Marcela, y los amores de muchos que la recuestaban,° *courted*
con la muerte de aquel Grisóstomo a cuyo entierro iban. Finalmente, él

---

1 **Con la...** *with the same* [speed] *they then got on the road*
2 **Al cruzar...** *where two paths crossed*
3 **En llegándose...** *when they met each other*
4 **Dar por...** *consider well spent*
5 **No digo...** *I would delay not just a day, but four days, to see it*

contó todo lo que Pedro a don Quijote había contado.

Cesó esta plática, y comenzóse otra, preguntando el que se llamaba Vivaldo a don Quijote qué era la ocasión que le movía a andar armado de aquella manera por tierra tan pacífica.

A lo cual respondió don Quijote: "La profesión de mi ejercicio no consiente ni permite que yo ande de otra manera. El 'buen paso,°   easy life
el regalo° y el reposo allá se inventó para los blandos cortesanos. Mas   pleasure
el trabajo,° la inquietud° y las armas sólo se inventaron e hicieron para   travail, unrest
aquellos que el mundo llama caballeros andantes, de los cuales yo, aunque
indigno,° soy el menor de todos."   unworthy

Apenas le oyeron esto, cuando todos le tuvieron por loco. Y por averiguarlo más y ver qué género de locura era el suyo, le tornó a preguntar Vivaldo, que qué quería decir «caballeros andantes.»

"¿No han vuestras mercedes leído," respondió don Quijote, "los anales e historias de Ingalaterra, donde se tratan las famosas fazañas del rey Arturo, que continuamente en nuestro 'romance castellano°   Spanish
llamamos el rey Artús, de quien es° tradición antigua y común en todo   there is a
aquel reino de la Gran Bretaña, que este rey no murió, sino que, por arte de encantamento, se convirtió en cuervo, y que, andando los tiempos,[6] ha de volver a reinar y a cobrar su reino y cetro,° a cuya causa no se probará   scepter
que desde aquel tiempo a éste haya ningún inglés muerto cuervo alguno?[7] Pues en tiempo deste buen rey fue instituida aquella famosa orden de caballería de los caballeros de la Tabla Redonda,[8] y pasaron, sin faltar un punto, los amores que allí se cuentan de don Lanzarote del Lago[9] con la reina Ginebra, siendo medianera° dellos y sabidora° aquella tan   go-between, confi-
honrada dueña° Quintañona, de donde nació aquel tan sabido romance,   dante; lady-in-wait-
y tan decantado° en nuestra España, de: ing; exalted

> Nunca fuera caballero
>   de damas tan bien servido,
>   como fuera Lanzarote
>   cuando de Bretaña vino,

con aquel progreso tan dulce y tan suave de sus amorosos y fuertes fechos. Pues desde entonces, 'de mano en mano,° fue aquella orden de caballería   handed down
estendiéndose y dilatándose° por muchas y diversas partes del mundo.   spreading
Y en ella fueron famosos y conocidos por sus fechos el valiente Amadís de Gaula, con todos sus hijos y nietos, hasta la quinta generación, y el

---

6 **Andando los...** *with the passage of time*

7 **A cuya causa...** *that is the reason it cannot be proven that any Englishman from that day until this has ever killed any raven*

8 The wizard Merlin built the table round so that everyone sitting at it would be equal.

9 Lanzarote del Lago is Lancelot of the Lake; Ginebra is Guinevere, King Arthur's wife; Quintañona does not appear in the English Arthurian legend, but rather is native to the Spanish versions.

valeroso Felixmarte de Hircania,[10] y el nunca-como-se-debe alabado
Tirante el Blanco, y 'casi que° en nueſtros días vimos y comunicamos   almost
y oímos al invencible y valeroso caballero don Belianís de Grecia. Eſto,
pues, señores, es ser caballero andante, y la que he dicho es la orden de
su caballería, en la cual, como otra vez he dicho, yo, aunque pecador,
he hecho profesión, y lo mesmo que profesaron los caballeros referidos
profeso yo. Y así me voy por eſtas soledades y despoblados buscando las
aventuras, con 'ánimo deliberado° de ofrecer mi brazo y mi persona a   considered mind
la más peligrosa[11] que la suerte me deparare,° en ayuda de los flacos° y   presents, feeble
meneſterosos."

Por eſtas razones que dijo, acabaron de enterarse los caminantes que
era don Quijote 'falto de juicio,° y del género de locura que lo señoreaba,°   crazy, governed
de lo cual recibieron la mesma admiración° que recibían todos aquellos   wonder
que de nuevo venían en conocimiento della.[12] Y Vivaldo, que era persona
muy discreta y de alegre° condición, por pasar sin pesadumbre° el poco   merry, boredom
camino que decían que les faltaba, al llegar a la sierra del entierro, quiso
darle ocasión a que pasase más adelante con sus disparates.[13] Y así le dijo:
"Paréceme, señor caballero andante, que vueſtra merced ha profesado una
de las más eſtrechas° profesiones que hay en la tierra, y tengo para mí que   austere
aun la de los frailes cartujos[14] no es tan eſtrecha."

"Tan eſtrecha bien podía ser," respondió nueſtro don Quijote, "pero
tan necesaria en el mundo, no eſtoy en dos dedos de ponello en duda;[15]
porque, si va a decir verdad, no hace menos el soldado que 'pone en
ejecución° lo que su capitán le manda, que el mesmo capitán que se lo   carries out
ordena. Quiero decir que los religiosos, con toda paz y sosiego,° piden   tranquillity
al cielo el bien de la tierra. Pero los soldados y caballeros ponemos en
ejecución lo que ellos piden, defendiéndola con el valor de nueſtros
brazos y filos° de nueſtras espadas, no debajo de cubierta,° sino al cielo   edges, shelter
abierto, 'pueſtos por blanco de los insufribles° rayos del sol en el verano y   targeted by unbearable
de los erizados° yelos° del invierno. Así, que somos miniſtros de Dios en   rigorous, **hielos**
la tierra, y brazos por quien se ejecuta en ella Su juſticia. Y como las cosas
de la guerra y las a ellas tocantes° y concernientes no se pueden poner en   concerning
ejecución sino sudando, afanando° y trabajando, síguese que aquellos que   toiling
la profesan tienen, sin duda, mayor trabajo que aquellos que en sosegada

---

10   This was the knight referred to on p. 56, line 1 as Florimorte de Hircania.
11   **A la [aventura] más peligrosa**
12   **Todos aquellos…** *all those who first came to know it* [his craziness]
13   **A que…** *to let him go further with his nonsense*
14   The Carthusian order was founded in France in 1084. Monks live in
cells, and devote their time to prayer, study, and agriculture. They never speak to
one another. Paintings in the Cartuja of Granada show the monks with cleav-
ers, among other things, embedded in their heads as they toil, doubtless an
exaggeration.
15   **Pero tan…** *but as to its* [the Carthusian order] *being as necessary in the
world, I am very close to doubting*

paz y reposo están rogando a Dios favorezca[16] a los que poco pueden. No
quiero yo decir, ni me pasa por pensamiento, que es tan buen estado el de
caballero andante como el del encerrado religioso. Sólo quiero inferir, por
lo que yo padezco, que sin duda es más trabajoso y mas aporreado,° y más   cudgeled
5   hambriento y sediento, 'miserable, roto y piojoso;° porque no hay duda   wretched, ragged, and
sino que los caballeros andantes pasados pasaron mucha malaventura en   louse infested
el discurso de su vida. Y si algunos subieron a ser emperadores[17] por el
valor de su brazo, a fe que les costó 'buen porqué° de su sangre y de su   a good deal
sudor; y que si a los que a tal grado subieron les faltaran encantadores
10 y sabios que los ayudaran, que ellos quedaran bien defraudados° de sus   deprived
deseos, y bien engañados de sus esperanzas."

"De ese parecer estoy yo," replicó el caminante, "pero una cosa, entre
otras muchas, me parece muy mal de los caballeros andantes, y es que,
cuando se ven en ocasión de acometer una grande y peligrosa aventura en
15 que se vee manifiesto° peligro de perder la vida, nunca en aquel instante   clear
de acometella se acuerdan de encomendarse a Dios, como cada cristiano
está obligado a hacer en peligros semejantes. Antes se encomiendan a sus
damas, con tanta gana y devoción, como si ellas fueran su dios: cosa que
me parece que huele° algo a gentilidad.'"   it smells, paganism

20 "Señor," respondió don Quijote, "eso no puede ser menos en ninguna
manera, y caería en mal caso el caballero andante que otra cosa hiciese;[18]
que ya está en uso y costumbre en la caballería andantesca que el caballero
andante que al acometer algún gran 'fecho de armas° tuviese su señora   feat at arms
delante, vuelva a ella los ojos blanda y amorosamente, como que le pide
25 con ellos le favorezca y ampare[19] en el dudoso trance que acomete. Y aun
si nadie le oye, está obligado a decir algunas palabras entre dientes, en
que de todo corazón se le encomiende. Y desto tenemos innumerables
ejemplos en las historias. Y no se ha de entender por esto que han de
dejar de encomendarse a Dios, que tiempo y lugar les queda para hacerlo
30 en el discurso de la obra.'"   task

"Con todo eso," replicó el caminante, "'me queda un escrúpulo,° y   I have a qualm
es que muchas veces he leído que 'se traban palabras° entre dos andantes   there's a dispute
caballeros, y de una en otra, se les viene a encender la cólera,[20] y a volver°   wheel around
los caballos y tomar una buena pieza del campo, y luego, sin más ni más,[21]
35 a todo el correr dellos,[22] se vuelven a encontrar, y en mitad de la corrida°   run
se encomiendan a sus damas. Y lo que suele suceder del encuentro es que

---

16   Sometimes the expected **que** is eliminated before subjunctive verbs.
17   Tirante became emperor of Greece; Rogel of Persia; Palmerín de Oliva
of Constantinople—but don't look them up in history books.
18   **Eso no...** *that cannot be otherwise and the knight errant who did anything
else would fare ill*
19   **Como que le pide...** *as if he were pleading with them* [his eyes] *for her to
favor and protect him*
20   **De una...** *from one word to the next their anger rises*
21   **Sin más...** *without further ado*
22   **A todo...** *at full speed*

el uno cae por las ancas del caballo, pasado con la lanza del contrario de
parte a parte,²³ y al otro 'le viene también,° que, a no tenerse a las crines del   "would do the same"
suyo, no pudiera dejar de venir al suelo.²⁴ Y no sé yo cómo el muerto tuvo
lugar para encomendarse a Dios en el discurso de esta tan acelerada° obra.   hurried
Mejor fuera que las palabras que en la carrera gastó encomendándose a
su dama, las gastara en lo que debía y estaba obligado como cristiano.
Cuanto más, que yo tengo para mí que no todos los caballeros andantes
tienen damas a quien encomendarse, porque no todos son enamorados."

"Eso no puede ser," respondió don Quijote, "digo que no puede ser
que haya caballero andante sin dama, porque tan proprio y tan natural
les es a los tales ser enamorados como al cielo tener estrellas. Y 'a buen
seguro° que no se haya visto historia donde se halle caballero andante   it's clear
sin amores, y por el mesmo caso que estuviese sin ellos, no sería tenido
por legítimo caballero, sino por bastardo, y que entró en la fortaleza de
la caballería dicha, no por la puerta, sino por las bardas, como salteador
y ladrón."

"Con todo eso," dijo el caminante, "me parece, si mal no me acuerdo,
haber leído que don Galaor, hermano del valeroso Amadís de Gaula,
nunca tuvo dama señalada° a quien pudiese encomendarse, y con todo   particular
esto no fue tenido en menos, y fue un muy valiente y famoso caballero."

A lo cual respondió nuestro don Quijote: "Señor, «una golondrina°   swallow
sola no hace verano»; cuanto más que yo sé que 'de secreto° estaba ese   secretly
caballero muy bien enamorado; fuera que aquello de querer a todas bien
cuantas bien le parecían era condición natural a quien no podía ir a
la mano.²⁵ Pero, 'en resolución,° averiguado está muy bien que él tenía   in short
una sola a quien él había hecho señora de su voluntad,²⁶ a la cual se
encomendaba muy a menudo y muy secretamente, porque se preció de
secreto° caballero."   private

"Luego, si es de esencia que todo caballero andante haya de ser
enamorado," dijo el caminante, "bien se puede creer que vuestra merced
lo es,²⁷ pues es de la profesión. Y si es que vuestra merced no 'se precia°   take pride in
de ser tan secreto como don Galaor, con las veras que puedo²⁸ le suplico,
en nombre de toda esta compañía y en el mío, nos diga el nombre, patria,
calidad y hermosura de su dama, que ella se tendría por dichosa de que
todo el mundo sepa que es querida y servida de un tal caballero como
vuestra merced parece."

---

23 **Pasado con...** *having been run through and through by the lance of his
opponent*

24 **Al otro...** *and the other too, if he didn't hold on to the horse's mane, he
couldn't avoid falling to the ground*

25 **Fuera que...** *besides, his propensity for falling in love with all who seemed
good to him was a natural condition which he could not control*

26 Galaor's lady was Queen Briolanja (*Amadís* IV, chap. 121, at the
beginning).

27 **Lo es** *you are* [in love]

28 **Con las...** *as earnestly as I can*

Aquí dio un gran suspiro don Quijote, y dijo: "Yo no podré afirmar 'si la dulce mi enemiga° gusta o no de que el mundo sepa que yo la sirvo.   *if my sweet enemy* Sólo sé decir, respondiendo a lo que con tanto comedimiento° se me   *courtesy* pide, que su nombre es Dulcinea; su patria, el Toboso, un lugar de la

5   Mancha; su calidad, por lo menos, 'ha de ser° de princesa, pues es reina y   *must be* señora mía; su hermosura, sobrehumana, pues en ella 'se vienen a hacer verdaderos°todos los imposibles y quiméricos° atributos de belleza que   *are verified, fanciful* los poetas dan a sus damas: que sus cabellos son oro, su frente Campos Elíseos, sus cejas arcos del cielo, sus ojos soles, sus mejillas rosas, sus

10 labios corales, perlas sus dientes, alabastro su cuello, mármol su pecho, marfil sus manos, su blancura nieve, y las partes que a la vista humana encubrió la honestidad son tales, según yo pienso y entiendo, que sólo la discreta consideración puede encarecerlas y no compararlas."²⁹

"El linaje, prosapia y alcurnia³⁰ querríamos saber," replicó Vivaldo.

15 A lo cual respondió don Quijote: "No es de los antiguos Curcios, Gayos y Cipiones romanos; ni de los modernos Colonas y Ursinos; ni de los Moncadas y Requesenes de Cataluña; ni menos de los Rebellas y Villanovas de Valencia; Palafoxes, Nuzas, Rocabertis, Corellas, Lunas, Alagones, Urreas, Foces y Gurreas de Aragón; Cerdas, Manriques,

20 Mendozas y Guzmanes de Castilla; Alencastros, Pallas y Meneses de Portogal; pero es de los del Toboso de la Mancha, linaje, aunque moderno, tal que puede dar generoso° principio a las más ilustres familias de   *noble* los venideros° siglos. Y no se me replique en esto,³¹ si no fuere con las   *future* condiciones que puso Cervino al pie del trofeo de las armas de Orlando,

25 que decía: 'Nadie las mueva, / que estar no pueda con Roldán a prueba.'"³²

"Aunque el mío es de los Cachopines de Laredo,"³³ respondió el caminante, "no le osaré yo poner° con el del Toboso de la Mancha, puesto   *compare* que, para decir verdad, semejante apellido hasta ahora no ha llegado a mis oídos."

30 "¡¿Cómo eso no habrá llegado?!"³⁴ replicó don Quijote.

Con gran atención iban escuchando todos los demás la plática de los dos, y aun hasta los mesmos cabreros y pastores conocieron la demasiada falta de juicio de nuestro don Quijote. Sólo Sancho Panza pensaba que

---

29 **Su frente...** *her forehead is Elysian Fields, her eyebrows rainbows, her eyes suns, her cheeks roses, her lips coral, pearls her teeth, alabaster her neck, marble her bosom, ivory her hands, her whiteness snow, and the parts which decency has hidden from human view are such, the way I think and imagine, that only circumspect contemplation can extol and not compare*

30 **El linaje...** *her lineage, ancestry, and family*

31 **No se...** *let me not be contradicted in this*

32 From Canto 24 of *Orlando Furioso.* Cervino found Orlando's armor and hung it from a tree with the inscription "Let no one move them [pieces of armor] who doesn't want to battle with Roldán [Roland]." Orlando is Italian for Roland.

33 This was an **hidalgo** family from the Santander region, on the northern seacoast of Spain.

34 **¡Cómo eso...** *how could it not have reached you?*

cuanto su amo decía era verdad, sabiendo él quién era y habiéndole conocido desde su[35] nacimiento. Y en lo que dudaba algo era en creer aquello de la linda Dulcinea del Toboso, porque nunca tal nombre ni tal princesa había llegado jamás a su noticia, aunque vivía tan cerca del Toboso.

En estas pláticas iban, cuando vieron que, por la quiebra° que dos altas montañas hacían, bajaban hasta veinte pastores, todos con pellicos de negra lana vestidos, y coronados con guirnaldas, que, a lo que después pareció, eran cual de tejo y cual de ciprés.[36] Entre seis dellos traían unas andas,° cubiertas de mucha diversidad de flores y de ramos, lo cual visto por uno de los cabreros, dijo: "Aquellos que allí vienen son los que traen el cuerpo de Grisóstomo, y el pie de aquella montaña es el lugar donde él mandó que le enterrasen."

Por esto se dieron priesa a llegar, y fue a tiempo que ya los que venían habían puesto las andas en el suelo, y cuatro dellos con 'agudos picos° estaban cavando° la sepultura a un lado de una dura peña. Recibiéronse° los unos y los otros cortésmente. Y luego don Quijote y los que con él venían se pusieron a mirar las andas, y en ellas vieron cubierto de flores un cuerpo muerto, vestido como pastor, de edad, al parecer, de treinta años. Y aunque muerto, mostraba que vivo había sido de rostro hermoso y de disposición gallarda. Alrededor dél tenía en las mesmas andas algunos libros y muchos papeles abiertos y cerrados.° Y así los que esto miraban como° los que abrían la sepultura y todos los demás que allí había, guardaban un maravilloso silencio, hasta que uno de los que al muerto trujeron, dijo a otro: "Mirá bien, Ambrosio, si es éste el lugar que Grisóstomo dijo, ya que queréis que tan puntualmente se cumpla lo que dejó mandado en su testamento."

"Éste es," respondió Ambrosio, "que muchas veces en él me contó mi desdichado amigo la historia de su desventura. Allí me dijo él que vio la vez primera a aquella enemiga mortal del linaje humano, y allí fue también donde la primera vez le declaró su pensamiento,° tan honesto como enamorado. Y allí fue la última vez donde Marcela le acabó de desengañar y desdeñar, 'de suerte que° 'puso fin° a la tragedia de su miserable vida. Y aquí, en memoria de tantas desdichas, quiso él que le depositasen en las entrañas del eterno olvido."

Y volviéndose a don Quijote y a los caminantes, prosiguió diciendo: "Ese cuerpo, señores, que con piadosos ojos estáis mirando, fue depositario de un alma en quien el cielo puso infinita parte° de sus riquezas. Ése es el cuerpo de Grisóstomo, que fue único en el ingenio,° solo en la cortesía, estremo en la gentileza,° fénix° en la amistad, magnífico° sin tasa,° grave sin presunción,° alegre sin bajeza, y finalmente, primero en todo lo que es ser bueno, y sin segundo en todo lo que fue ser desdichado. Quiso

Right margin glosses:
gap

litter

sharp pick-axes
digging, greeted

sealed
as well as

resolution

so that, ended

share
wit
refinement, exquisite,
generous, measure;
vanity

---

35 **Su** refers to Sancho, i.e., Sancho is younger than Don Quijote, who says in Part II, Chapter 20 (p. 614, ll. 14-15), that he will doubtless die before Sancho.

36 **Cual de...** *some of yew, some of cypress*

bien, fue aborrecido;° adoró, fue desdeñado; rogó° a una fiera,° importunó   <small>hated, courted, beast</small>
a un mármol, corrió tras el viento, dio voces a la soledad, sirvió a la
ingratitud, de quien alcanzó por premio ser despojos de la muerte en la
mitad de la carrera° de su vida, a la cual dio fin una pastora, a quien él   <small>course</small>
procuraba eternizar[37] para que viviera en la memoria de las gentes, cual
lo pudieran mostrar bien esos papeles que estáis mirando, si él no me
hubiera mandado que los entregara al fuego en habiendo entregado su
cuerpo a la tierra."

  "De mayor rigor y crueldad usaréis vos con ellos," dijo Vivaldo, "que
su mesmo dueño,[38] pues no es justo ni acertado que se cumpla la voluntad
de quien lo que ordena va fuera de todo razonable discurso;[39] y no le
tuviera bueno Augusto César[40] si consintiera que se pusiera en ejecución
lo que el divino Mantuano[41] dejó en su testamento mandado. Ansí que,
señor Ambrosio, ya que deis el cuerpo de vuestro amigo a la tierra, 'no
queráis° dar sus escritos al olvido; que si él ordenó como agraviado,° no   <small>do not be willing to,</small>
es bien que vos cumpláis como indiscreto.° Antes haced, dando la vida   <small>aggrieved; foolish</small>
a estos papeles, que la tenga siempre la crueldad de Marcela, para que
sirva de ejemplo en los tiempos 'que están por venir,° a los vivientes,   <small>future</small>
para que se aparten y huyan de caer en semejantes despeñaderos;° que   <small>dangerous undertak-</small>
ya sé yo, y los que aquí venimos, la historia deste vuestro enamorado   <small>ings</small>
y desesperado amigo, y sabemos la amistad vuestra, y la ocasión° de su   <small>cause</small>
muerte, y lo que dejó mandado al acabar de la vida; de la cual lamentable
historia se puede sacar cuánta haya sido la crueldad de Marcela, el amor
de Grisóstomo, la fe de la amistad vuestra, con el paradero° que tienen   <small>stopping place</small>
los que 'a rienda suelta° corren por la senda° que el desvariado° amor   <small>rashly, path, extrava-</small>
delante de los ojos les pone. Anoche supimos la muerte de Grisóstomo, y   <small>gant</small>
que en este lugar había de ser enterrado, y así de curiosidad y de lástima,
dejamos nuestro derecho viaje, y acordamos de venir a ver con los ojos
lo que tanto nos había lastimado° en oíllo. Y en pago desta lástima y del   **causado lástima**
deseo que en nosotros nació de remedialla si pudiéramos, te rogamos, ¡oh
discreto Ambrosio! a lo menos, yo te lo suplico de mi parte, que, 'dejando
de abrasar° estos papeles, me dejes llevar algunos dellos."   <small>by not burning</small>

  Y sin aguardar que el pastor respondiese, alargó° la mano y tomó   <small>reached</small>
algunos de los que más cerca estaban. Viendo lo cual Ambrosio, dijo: "Por
cortesía consentiré que os quedéis, señor, con los que ya habéis tomado;
pero pensar que dejaré de abrasar los que quedan, es pensamiento vano.°"   <small>futile</small>

  Vivaldo, que deseaba ver lo que los papeles decían, abrió luego el uno

---

  37 **Él procuraba...** *he tried to immortalize*
  38 **"De mayor...** *"more harshly and cruelly would you deal with them* [the
papers]," *said Vivaldo, "than their owner himself"*
  39 **La voluntad...** *the will of someone who in what he orders goes contrary to
all that is reasonable.* **En** is understood before **lo que.**
  40 **No le...** *Cæsar Augustus would not have been reasonable*
  41 When Virgil, born near Mantua, died, he willed that his *Æneid* be
burned because it was not yet fully revised, but this was countermanded in the
way Vivaldo has stated.

dellos y vio que tenía por título *Canción desesperada.*° Oyólo Ambrosio, y   hopeless
dijo: "Ése es el último papel que escribió el desdichado, y porque veáis,
señor, en el término° que le tenían sus desventuras, leelde⁴² de modo   condition
que seáis oído; que bien os dará lugar a ello el que se tardare en abrir la
sepultura."⁴³

"Eso haré yo de muy buena gana," dijo Vivaldo.

Y como todos los circunstantes° tenían el mesmo deseo, se le pusieron   persons present
a la redonda,⁴⁴ y él, leyendo en voz clara, vio que así decía:

Capítulo XIIII. Donde se ponen los versos desesperados del difunto pastor, con otros no esperados sucesos.

CANCIÓN DE GRISÓSTOMO¹

YA QUE QUIERES, CRUEL, que se publique°   proclaim
de lengua en lengua y de una en otra gente²
del áspero° rigor tuyo la fuerza,   harsh
haré que el mesmo infierno° comunique   hell
al triste pecho mío un son doliente,°   sorrowful
con que el uso común de mi voz tuerza.°   distort
Y 'al par de° mi deseo, que 'se esfuerza°   equal to, make effort
a decir mi dolor y tus hazañas,
de la espantable voz irá el acento,
y en él mezcladas, por mayor tormento
pedazos de las míseras° entrañas.   wretched
Escucha, pues, y presta atento oído,
no al concertado° son, sino al ruïdo   harmonized
que de lo hondo de mi amargo pecho,
llevado de un forzoso desvarío,°   delirium
por gusto mío³ sale y tu despecho.

---

42 **Leelde = leedle.** The consonant cluster -**dl**- was uncommon enough
(used only in the **vos** command) to cause people to substitute the more common
-**ld**- cluster. If you read the Prologue, you have learned this already.

43 **Os dará…** *the delay in opening the grave will give you the opportunity to
read it*

44 **Se le…** *they gathered around him.*

1 This poem is written in eleven-syllable lines (= **arte mayor**) in stanzas of
16 verses. At the end there is a final section of only five lines. The rhyme scheme
is ABCABCCDEEDFFGFG for the stanzas of 16 lines. Typical of poetic language,
there is word order that is far from normal, and there are ideas that continue from
one line to the next. The themes of the poem—the severity of the woman and the
pain of the lover—are quite clear in the first stanza.

2 **De una…** *from person to person.*

3 **Mío** rhymes with **desvarío** in the preceding line. In all eight stanzas as
well as the five-verse final stanza there are similar internal rhymes in the last line.
The second stanza, with **halla** and **contalle**, is the least successful.

El rugir° del león, del lobo° fiero,   roar, wolf
    el temeroso aullido,° el silbo° horrendo   howl, hiss
    de escamosa° serpiente, el espantable   scaly
    baladro° de algún monstruo, el agorero°   shout, ill-boding
5   graznar° de la corneja,° y el estruendo   cawing, crow
    del viento contrastado° en mar instable;   opposed
    del ya vencido° toro el implacable   subdued
    bramido,° y de la viuda tortolilla⁴   bellowing
    el sentible° arrullar;° el triste canto   lamentable, lulling
10   del envidiado° buho,⁵ con el llanto°   envied, crying
    de toda la infernal negra cuadrilla,°   gang
    salgan con la doliente ánima fuera,
    mezclados en un son, de tal manera,
    que se confundan los sentidos° todos,   senses
15   pues la pena cruel que en mí se halla,
    para contalle pide nuevos modos.°   ways
De tanta confusión, no las arenas
    del padre Tajo oirán los tristes ecos,
    ni del famoso Betis° las olivas;°   Guadalquivir, olive
20   que allí 'se esparcirán° mis duras penas   trees; will scatter
    en altos riscos° y en profundos huecos,°   cliffs, caves
    con muerta lengua y con palabras vivas,
    o ya en escuros° valles, o en esquivas°   dark, elusive
    playas, desnudas° de contrato humano,   lacking
25   o adonde el sol jamás mostró su lumbre,°   light
    o entre la venenosa° muchedumbre   poisonous
    de fieras que alimenta el 'libio llano;°   Libyan plain
    que, puesto que en los páramos° desiertos   deserts
    los ecos roncos° de mi mal inciertos°   hoarse, uncertain
30   suenen con tu rigor tan sin segundo,
    por privilegio de mis cortos hados,°   fate
    serán llevados por el ancho mundo.
Mata un desdén, atierra° la paciencia,   destroys
    o verdadera o falsa, una sospecha;
35   matan los celos° con rigor más fuerte;   jealousy
    desconcierta la vida larga ausencia:⁶
    contra un temor de olvido no aprovecha°   becomes useful
    firme esperanza de dichosa suerte.

---

4   Covarrubias says that **tórtola** *turtle-dove* is the symbol of a widow who never remarries and keeps chaste.

5   Ormsby has a note here: "The owl was the only bird that witnessed the Crucifixion and it became for that reason an object of envy to the other birds, so much so that it cannot appear in the daytime without being persecuted." There are other interpretations as well.

6   **Desconcierta la...** *a long absence disconcerts life*

En todo hay cierta, inevitable muerte,
mas yo, ¡milagro nunca visto! vivo
celoso, ausente, desdeñado y cierto
de las sospechas que me tienen muerto,
y en el olvido en quien mi fuego avivo,°   enflames
y entre tantos tormentos, nunca alcanza
mi vista a 'ver en° sombra a la esperanza,   **ver *aun* en**
ni yo, desesperado, la procuro;
antes, por estremarme° en mi querella,°   exert myself, com-
estar sin ella eternamente juro.   plaint
¿Puédese, por ventura, en un instante
esperar y temer, o es bien hacello,
siendo las causas del temor más ciertas?
¿Tengo, si el duro celo° está delante,   **celos**
de cerrar estos ojos, si he de vello
por mil heridas en el alma abiertas?
¿Quién no 'abrirá de par en par° las puertas   open wide
a la desconfianza,° cuando mira   mistrust
descubierto el desdén, y las sospechas,
¡oh amarga conversión! verdades hechas,
y la limpia verdad vuelta en mentira?
¡Oh en el reino de amor fieros tiranos
celos! ponedme un hierro en estas manos;
dame, desdén, una torcida soga;°   rope
mas ¡ay de mí! que, con cruel vitoria,
vuestra memoria el sufrimiento ahoga.
Yo muero, en fin; y por que nunca espere
buen suceso en la muerte, ni en la vida,
pertinaz° estaré en mi fantasía;   obstinate
diré que va acertado el que bien quiere,
y que es más libre el alma más rendida
a la de amor antigua tiranía.
Diré que la enemiga siempre mía
hermosa el alma como el cuerpo tiene,
y que su olvido de mi culpa nace,
y que en fe de los males que nos hace,
amor su imperio en justa paz mantiene.
Y con esta opinión, y un duro lazo,°   knot
acelerando el miserable plazo°   term
a que me han conducido° sus desdenes,   led
ofreceré a los vientos cuerpo y alma,
sin lauro° o palma de futuros bienes.   laurel
Tú, que con tantas sinrazones muestras
la razón que me fuerza a que la haga
a la cansada vida que aborrezco,
pues ya ves que te da notorias muestras

esta del corazón profunda llaga,[7]
de cómo alegre a tu rigor me ofrezco,
si 'por dicha° conoces que merezco   perhaps
que el cielo claro de tus bellos ojos
5   en mi muerte 'se turbe,° no lo hagas;   troubles
que no quiero que en nada satisfagas°   atones
al darte de mi alma los despojos.
Antes con risa en la ocasión funesta°   mournful
descubre que el fin mío fue tu fiesta;
10   mas gran simpleza es avisarte desto,
pues sé que está tu gloria conocida
en que mi vida llegue al fin tan presto.
Venga, que es tiempo ya, del hondo abismo°   abyss
Tántalo con su sed, Sísifo venga
15   con el peso terrible de su canto;
Ticio traya° su buitre,° y ansimismo   traiga, vulture
con su rueda Egión[8] no se detenga,
ni las hermanas que trabajan tanto.[9]
Y todos juntos su mortal° quebranto°   able to kill, grief
20   trasladen en mi pecho, y en voz baja,
si ya a un desesperado son debidas,
canten obsequias° tristes, doloridas,°   dirges, doleful
al cuerpo, a quien se niegue aun la mortaja.°   shroud
Y el portero° infernal de los tres rostros,[10]   doorman
25   con otras mil quimeras° y mil monstros,   chimeras
lleven el doloroso contrapunto;°   harmony of words
que otra pompa mejor no me parece
que la merece un amador° difunto.   lover
Canción desesperada, no te quejes
30   cuando mi triste compañía dejes;

---

7   **Esta del corazón profunda llaga = esta profunda llaga del corazón.**

8   Tantalus was the mythological king of Sipylus, consigned to eternal torture. He stands in a lake with water to his chin, but can't drink because when he tries, the water recedes. There is also fruit just out of reach. Sisyphus was the mythological king of Corinth whose punishment was to forever roll a large stone up a hill. It rolls down again before reaching the top. Tityus (Ticio in the poem) was killed by Zeus or Apollo and was sent to Tartarus where his regenerating liver was eaten daily by vultures. Ixion (Egión in the poem), mythological king of Thessaly, was the first murderer. Zeus struck him with thunder and tied him to a perpetually rotating wheel in hades, surrounded by snakes.

9   This refers to the fifty Danaïds, all sisters, who married sons of the same father (Ægyptus). The new husbands murdered their wives on their wedding night and their punishment was to eternally fill leaking vessels with water.

10   This is Cereberus, the watchdog of Hades. In addition to his three heads, he had a dragon's tail and snakes springing from his neck. He ate people who tried to escape.

antes, 'pues que° la causa do° naciste   **puesto que, donde**
con mi desdicha augmenta su ventura,
aun en la sepultura, no estés triste.

Bien les pareció a los que escuchado habían la canción de Grisóstomo,
puesto que el que la leyó dijo que no le parecía que conformaba con la
relación que él había oído del recato y bondad de Marcela, porque en
ella se quejaba Grisóstomo de celos, sospechas y de ausencia, todo en
perjuicio del buen crédito° y buena fama de Marcela. A lo cual respondió   reputation
Ambrosio, como aquel que sabía bien los más escondidos pensamientos
de su amigo: "Para que, señor, 'os satisfagáis° desa duda, es bien que   you satisfy yourself
sepáis que cuando este desdichado escribió esta canción estaba ausente
de Marcela, de quien él se había ausentado por su voluntad, por ver si
usaba con él la ausencia de sus ordinarios fueros.[11] Y como al enamorado
ausente no hay cosa que no le fatigue ni temor que no le 'dé alcance,° así   affect
le fatigaban a Grisóstomo los celos imaginados y las sospechas temidas
como si fueran verdaderas. Y con esto queda en su punto la verdad que
la fama pregona de la bondad de Marcela,[12] la cual, fuera de ser cruel y
un poco arrogante, y un mucho desdeñosa, la mesma envidia ni debe ni
puede ponerle falta alguna."

"Así es la verdad," respondió Vivaldo.

Y queriendo leer otro papel de los que había reservado° del fuego, lo   retained
estorbó una maravillosa visión, que tal parecía ella, que improvisamente°   suddenly
se les ofreció a los ojos, y fue que por cima de la peña donde se cavaba la
sepultura, pareció la pastora Marcela, tan hermosa, que pasaba a su fama
su hermosura.[13] Los que hasta entonces no la habían visto la miraban
con admiración y silencio, y los que ya estaban acostumbrados a verla no
quedaron menos suspensos que los que nunca la habían visto. Mas apenas
la hubo visto Ambrosio, cuando con muestras de ánimo indignado° le   angry
dijo: "¿Vienes a ver por ventura, ¡oh fiero basilisco[14] destas montañas! si
con tu presencia vierten° sangre las heridas deste miserable a quien tu   flows
crueldad quitó la vida?[15] ¿O vienes a 'ufanarte en° las crueles hazañas de   boast about
tu condición, o a ver desde esa altura,° como otro despiadado° Nero,[16]   height, cruel
el incendio de su abrasada Roma, o a pisar° arrogante este desdichado   trample

---

11 **Por ver…** *to see if absence would make use of its usual powers with him,* i.e.
to see what effect it would have on him.

12 **Queda en…** *the truth that fame proclaims about the goodness of Marcela
is not diminished*

13 **Pasaba a…** *her beauty exceeded its fame*

14 The basilisk is a mythological creature, sort of a poisonous dragon, that
could kill with its looks alone.

15 This was a belief that the body of the murder victim would bleed from
its wounds in the presence of the murderer.

16 **Nerón** is the usual form for Nero (37-68A.D.) in Spanish. An apt comparison—supposedly he watched Rome burn from the Tarpeian Rock.

Lo estorbó una maravillosa visión, que tal parecía ella,
que improvisamente se les ofreció a los ojos.

cadáver, como la ingrata° hija al de su padre Tarquino?[17] Dinos presto a lo   ungrateful
que vienes,[18] o qué es aquello de que más gustas. Que por saber yo que los
pensamientos de Grisóstomo jamás dejaron de obedecerte en vida, haré
que, aun él muerto, te obedezcan los de todos aquellos que se llamaron
sus amigos."[19]

"No vengo, ¡oh Ambrosio! a ninguna cosa de las que has dicho,"
respondió Marcela, "sino a volver por mí misma y a dar a entender cuán
fuera de razón[20] van todos aquellos que de sus penas y de la muerte de
Grisóstomo me culpan. Y así ruego a todos los que aquí estáis me estéis
atentos, que no será menester mucho tiempo, ni gastar muchas palabras,
para persuadir una verdad a los discretos.

"Hízome el cielo, según vosotros decís, hermosa, y de tal manera,
que, sin ser poderosos a otra cosa,[21] a que me améis os mueve mi
hermosura.[22] Y por el amor que me mostráis, decís, y aun queréis, que esté
yo obligada a amaros. Yo conozco, con el natural entendimiento que Dios
me ha dado, que todo lo hermoso es amable.° Mas no alcanzo° que, por   love-able, understand
razón de ser amado, esté obligado lo que es amado por hermoso, a amar a
quien le ama.[23] Y más, que podría acontecer que el amador de lo hermoso
fuese feo, y siendo lo feo digno° de ser aborrecido, cae muy mal[24] el decir: worthy
'Quiérote por hermosa; hasme de amar aunque sea feo.' Pero, 'puesto caso
que° corran igualmente las hermosuras, no por eso han de correr iguales   supposing
los deseos, que no todas hermosuras enamoran;° que algunas alegran°   cause love, gladden
la vista y no rinden° la voluntad. Que si todas las bellezas enamorasen   overcome
y rindiesen, sería un andar las voluntades confusas y descaminadas,[25]
sin saber en cuál habían de parar; porque, siendo infinitos los sujetos
hermosos, infinitos habían de ser los deseos, y según yo he oído decir, el
verdadero amor no se divide, y ha de ser voluntario y no forzoso.° Siendo   obligatory
esto así, como yo creo que lo es, ¿por qué queréis que rinda mi voluntad
por fuerza, obligada no más de que decís que me queréis bien? Si no,
decidme: si como el cielo me hizo hermosa 'me hiciera° fea, ¿fuera justo   had made me

---

17 **Como la ingrata…** *as the ungrateful daughter did to* [the body of] *her father, Tarquino.* Tarquinius Superbus was the last king of Rome, a horrible despot,
from 534 to 510B.C. Tarquinius' wife, Tullia, legend has it, ran over the cadaver of
her *father*, Servius Tullius, with a carriage. Early Roman history is hazy at best.

18 **Dinos presto…** *tell us quickly what you have come for*

19 **Por saber…** *since I know that in his thoughts Grisóstomo never failed to
obey you while he was living, even with him dead, I will make everyone who called
themselves his friends obey you*

20 **Volver por…** *to defend myself and make you understand how unreasonable*

21 **Sin ser…** *in spite of yourselves*

22 **A que me améis os mueve mi hermosura = mi hermosura os mueve a
que me améis.**

23 **Por razón…** *because of being loved, what is loved through being beautiful
is obliged to love what loves it*

24 **Cae muy…** *it would be silly*

25 **Sería un…** *everyone will would wander about confused and perplexed*

que me quejara de vosotros porque no me amábades? Cuanto más que habéis de considerar que yo no escogí la hermosura que tengo, que, 'tal cual es,° el cielo me la dio de gracia, sin yo pedilla ni escogella. Y así como la víbora° no merece ser culpada° por la ponzoña° que tiene, puesto que con ella mata, por habérsela dado naturaleza,° tampoco²⁶ yo merezco ser reprehendida° por ser hermosa, que la hermosura en la mujer honesta es como el fuego apartado,° o como la espada aguda: que ni él quema, ni ella corta a quien a ellos no se acerca. La honra y las virtudes son adornos del alma, sin las cuales el cuerpo, aunque lo sea, no debe de parecer hermoso. Pues si la honestidad es una de las virtudes que al cuerpo y alma más adornan y hermosean,° ¿por qué la ha de perder la que es amada por hermosa, por corresponder a la intención de aquel que por sólo su gusto, con todas sus fuerzas e industrias, procura que la pierda?²⁷

    "Yo nací libre, y para poder vivir libre escogí la soledad de los campos. Los árboles destas montañas son mi compañía, las claras aguas destos arroyos° mis espejos; con los árboles y con las aguas comunico mis pensamientos y hermosura. Fuego soy apartado y espada puesta lejos.²⁸ A los que he enamorado con la vista, he desengañado con las palabras. Y si los deseos se sustentan con esperanzas, no habiendo yo dado alguna a Grisóstomo ni a otro alguno, en fin, de ninguno dellos, bien se puede decir que antes le mató su porfía° que mi crueldad. Y si se me hace cargo²⁹ que eran honestos sus pensamientos, y que por esto estaba obligada a corresponder a ellos, digo que, cuando en ese mismo lugar donde ahora se cava su supultura me descubrió la bondad de su intención, le dije yo que la mía era vivir en perpetua soledad, y de que sola la tierra gozase el fruto de mi recogimiento y los despojos de mi hermosura. Y si él, con todo este desengaño, quiso porfiar contra la esperanza y navegar contra el viento, ¿qué mucho que se anegase en la mitad del golfo de su desatino?³⁰ Si yo le entretuviera, fuera falsa; si le contentara, hiciera contra mi mejor intención y prosupuesto.³¹ Porfió desengañado, desesperó sin ser aborrecido; ¡mirad ahora si será razón que de su pena se me dé a mí la culpa! Quéjese el engañado, desespérese aquel a quien le faltaron° las prometidas esperanzas, confíese el que yo llamare,³² ufánese el que yo admitiere;° pero no me llame cruel ni homicida aquel a quien yo no prometo, engaño, llamo ni admito.

    "El cielo aún hasta ahora no ha querido que yo ame por destino,° y el pensar que tengo de amar por elección° es escusado.° Este general

---

    26   The 1605 edition and Schevill have **tan poco** here.
    27   **Procura que**… *he seeks for her to lose it*
    28   **Fuego soy**… *I am the distant fire and the sword placed far away*
    29   **Si se me**… *if the reproach is made against me*
    30   **Qué mucho**… *it's no surprise that he drowned in the middle of the gulf of his foolishness*
    31   **Si yo**… *if I had kept him in hope, I would have been false; if I had gratified him, I would have done it against my better judgment and purpose*
    32   **Confíese el**… *let him be filled with hope whom I beckon*

[marginal glosses]
such as it is
viper, blamed, venom
nature
blamed
distant
make beautiful
streams
obstinacy
not fulfilled
receive
fate
choice, useless

desengaño sirva a cada uno de los que me solicitan de su particular° *(personal)* provecho, y entiéndase 'de aquí adelante,° *(from now on)* que, si alguno por mí muriere, no muere de celoso ni desdichado, porque quien a nadie quiere, a ninguno debe dar celos; que los desengaños no se han de tomar en cuenta de desdenes.[33] El que me llama fiera y basilisco, déjeme como cosa perjudicial° *(harmful)* y mala; el que me llama ingrata, no me sirva; el que desconocida,° *(unfeeling)* no me conozca; quien cruel, no me siga; que esta fiera, este basilisco, esta ingrata, esta cruel y esta desconocida, ni los buscará, servirá, conocerá, ni seguirá en ninguna manera; que si a Grisóstomo mató su impaciencia y arrojado° *(bold)* deseo, ¿por qué se ha de culpar mi honesto proceder° *(behavior)* y recato? Si yo conservo mi limpieza con la compañía de los árboles, ¿por qué ha de querer que la pierda el que quiere que la tenga con los hombres? Yo, como sabéis, tengo riquezas propias y no codicio° *(I covet)* las ajenas. Tengo libre condición y no gusto de sujetarme.° *(submit)* Ni quiero ni aborrezco a nadie. No engaño a éste, ni solicito aquél; ni burlo° *(dally)* con uno, ni me entretengo con el otro. La conversación honesta de las zagalas destas aldeas y el cuidado de mis cabras me entretiene.° *(entertains)* Tienen mis deseos por término° *(boundary)* estas montañas. Y si de aquí salen, es a contemplar la hermosura del cielo, pasos con que camina el alma a su morada° *(dwelling place)* primera." Y en diciendo esto, sin querer oír respuesta alguna, 'volvió las espaldas° *(turned around)* y se entró por lo más cerrado de un monte que allí cerca estaba, dejando admirados, tanto de su discreción como de su hermosura,[34] a todos los que allí estaban. Y algunos dieron muestras,° *(indications)* de aquellos que de la 'poderosa flecha° *(mighty arrow)* de los rayos de sus bellos ojos estaban heridos, de quererla seguir, sin aprovecharse del manifiesto desengaño que habían oído.

Lo cual visto por don Quijote, pareciéndole que allí venía bien usar de su caballería socorriendo a las doncellas menesterosas, puesta la mano en el puño° *(hilt)* de su espada, en altas e inteligibles voces dijo: "Ninguna persona, de cualquier estado y condición° *(rank)* que sea, 'se atreva a° *(dare)* seguir a la hermosa Marcela, so pena de caer en la furiosa indignación mía. Ella ha mostrado, con claras y suficientes razones, la poca o ninguna culpa que ha tenido en la muerte de Grisóstomo, y cuán ajena vive de condescender con los deseos de ninguno de sus amantes;[35] a cuya causa es justo que, en lugar de ser seguida y perseguida, sea honrada y estimada de todos los buenos del mundo, pues muestra que en él, ella es sola la que con tan honesta intención vive."[36]

O ya que fuese por las amenazas° *(threats)* de don Quijote, o porque Ambrosio les dijo que concluyesen con lo que a su buen amigo debían, ninguno de los pastores se movió ni apartó de allí hasta que, acabada la sepultura

---

33 **Los desengaños...** *discouragement must not be taken for disdain*

34 **Tanto de...** *as much for her acuteness of mind as for her beauty*

35 **Cuán ajena...** *how distant she is from yielding to the desires of any of her lovers*

36 **Muestra que...** *she shows that in it* [the world], *she is the only one who lives such a virtuous design*

y abrasados los papeles de Grisóstomo, pusieron su cuerpo en ella, no sin muchas lágrimas de los circunstantes. Cerraron la sepultura con una gruesa° peña, en tanto que se acababa una losa° que, según Ambrosio dijo, pensaba mandar hacer,[37] con un epitafio que había de decir desta manera:

large, gravestone

YACE AQUÍ DE UN AMADOR

EL MÍSERO CUERPO HELADO,°

QUE FUE PASTOR DE GANADO,

PERDIDO POR DESAMOR.°

MURIÓ A MANOS DEL RIGOR

DE UNA ESQUIVA HERMOSA INGRATA,

CON QUIEN SU IMPERIO DILATA

LA TIRANÍA DE AMOR.

frigid

indifference

Luego esparcieron° por cima de la sepultura muchas flores y ramos, y dando todos el pésame° a su amigo Ambrosio, se despidieron dél. Lo mesmo hicieron Vivaldo y su compañero, y don Quijote se despidió de sus huéspedes y de los caminantes, los cuales le rogaron se viniese con ellos a Sevilla, por ser lugar tan acomodado a hallar aventuras, que en cada calle y tras cada esquina se ofrecen más que en otro alguno. Don Quijote les agradeció el aviso° y el ánimo que mostraban de hacerle merced, y dijo que por entonces no quería ni debía ir a Sevilla, hasta que hubiese despojado° todas aquellas sierras de ladrones malandrines, de quien era fama que todas estaban llenas. Viendo su buena determinación, no quisieron los caminantes importunarle° más, sino, tornándose a despedir de nuevo, le dejaron y prosiguieron su camino, en el cual no les faltó de qué tratar,° así de la historia de Marcela y Grisóstomo, como de las locuras de don Quijote. El cual determinó de ir a buscar a la pastora Marcela y ofrecerle todo lo que él podía en su servicio. Mas no le avino como él pensaba, según se cuenta en el discurso desta verdadera historia, dando aquí fin la segunda parte.

scattered

condolences

information

rid

pester him

discuss

<hr />

37 **Pensaba...** *planned to have made*

TERCERA PARTE DEL INGENIOSO
hidalgo Don Quijote de La Mancha.

Capítulo XV. Donde se cuenta la desgraciada aventura que se topó don Quijote en topar con unos desalmados yangüeses.

C UENTA EL sabio Cide Hamete Benengeli que, así como don Quijote se despidió de sus huéspedes y de todos los que se hallaron al entierro del pastor Grisóstomo, él y su escudero se entraron por el mesmo bosque donde vieron que se había entrado la pastora Marcela. Y habiendo andado más de dos horas por él, buscándola por todas partes sin poder hallarla, vinieron a parar a un prado lleno de fresca yerba, junto del cual corría un arroyo apacible y fresco, tanto, que convidó,[1] 'y forzó,° a pasar allí las horas de la siesta, que rigurosamente comenzaba ya a entrar.

    y aun **forzó**

Apeáronse don Quijote y Sancho, y dejando al jumento y a Rocinante a sus anchuras[2] pacer° de la mucha yerba que allí había, 'dieron saco° a las alforjas, y sin cerimonia alguna, en buena paz y compañía, amo y mozo° comieron lo que en ellas hallaron. No se había curado Sancho de echar sueltas° a Rocinante, seguro de que le conocía por tan manso° y tan poco rijoso,° que todas las yeguas de la dehesa° de Córdoba no le hicieran tomar mal siniestro.[3] Ordenó, pues, la suerte, y el diablo, que no 'todas veces° duerme, que andaban por aquel valle paciendo una manada de hacas° galicianas de unos harrieros gallegos,[4] de los cuales es costumbre sestear° con su recua en lugares y sitios de yerba y agua. Y aquél, donde acertó° a hallarse don Quijote, era muy a propósito de los gallegos. Sucedió, pues, que a Rocinante le vino en deseo de refocilarse° con las señoras facas,° y saliendo, así como las olió,° de su natural paso y costumbre,[5] sin pedir licencia a su dueño, tomó un trotico algo picadillo[6] y se fue a comunicar su necesidad con ellas. Mas ellas, que, a lo que pareció, debían de tener

    to graze, they raided
    servant

    fetters, meek
    lustful, pasture
    all the time
    = **jacas** *mares*
    to nap
    happened

    have recreation, mares
    smelled

---

1 It was the **arroyo** that invited.
2 **A sus...** *without rein*
3 **Hicieran tomar...** *would not make him do anything bad*
4 **Gallegos** are people from Galicia, in northwestern Spain. A main city in Galicia is Santiago de Compostela, which is 500 kilometers from Yanguas.
5 **De su...** *not using his normal gait and demeanor*
6 **Un trotico...** *a jaunty little trot*

Sin pedir licencia a su dueño, tomó un trotico algo picadillo

más gana de pacer que de ál, recibiéronle con las herraduras° y con los   *horseshoes*
dientes, de tal manera, que 'a poco espacio° se le rompieron las cinchas°   *in a short time, girths*
y quedó sin silla, 'en pelota.° Pero lo que él debió más de sentir fue que,   *naked*
viendo los harrieros la fuerza° que a sus yeguas se les hacía, acudieron   *violence*
con estacas,° y tantos palos le dieron, que le derribaron 'mal parado° en   *stakes, badly battered*
el suelo.

Ya, en esto, don Quijote y Sancho, que la paliza° de Rocinante habían   *beating*
visto, llegaban hijadeando.° Y dijo don Quijote a Sancho: "A lo que yo   *panting*
veo, amigo Sancho, éstos no son caballeros, sino gente soez y de baja
ralea.° Dígolo porque bien me puedes ayudar a tomar la debida venganza   *breed*
del agravio que delante de nuestros ojos se le ha hecho a Rocinante."

"¿Qué diablos de[7] venganza hemos de tomar," respondió Sancho, "si
éstos son más de veinte, y nosotros no más de dos, y aun quizá nosotros
sino uno y medio?"

"Yo valgo por ciento," replicó don Quijote.

Y sin hacer más discursos, 'echó mano° a su espada y arremetió a los   *took hold*
gallegos, y lo mesmo hizo Sancho Panza, incitado y movido del ejemplo
de su amo. Y a las primeras,[8] dio don Quijote una cuchillada a uno que
le abrió un sayo de cuero de que venía vestido, con gran parte de la
espalda.° Los gallegos, que se vieron maltratar° de aquellos dos hombres   *shoulder, abused*
solos, siendo ellos tantos, acudieron a sus estacas, y cogiendo a los dos
en medio,[9] comenzaron a menudear° sobre ellos con grande ahinco° y   *rain blows, zeal*
vehemencia. Verdad es que al segundo toque° dieron con Sancho en el   *blow*
suelo, y lo mesmo le avino a don Quijote, sin que le valiese su destreza y
buen ánimo. Y quiso su ventura que viniese a caer a los pies de Rocinante,
que aún no se había levantado, donde se echa de ver la furia con que
machacan estacas puestas en manos rústicas y enojadas.

Viendo, pues, los gallegos el 'mal recado° que habían hecho, con la   *injury*
mayor presteza que pudieron, cargaron° su recua y siguieron su camino,   *gathered*
dejando a los dos aventureros de mala traza° y de peor talante. El primero   *appearance*
que 'se resintió° fue Sancho Panza, y hallándose junto a su señor, con voz   *recovered senses*
enferma y lastimada,° dijo: "¡Señor don Quijote! ¡Ah, señor don Quijote!"   *doleful*

"¿Qué quieres, Sancho hermano?" respondió don Quijote, con el
mesmo tono afeminado y doliente que Sancho.

"Querría, si fuese posible," respondió Sancho Panza, "que vuestra
merced me diese dos tragos de aquella bebida del Feo Blas, si es que
la tiene vuestra merced ahí 'a mano.° Quizá será de provecho para los   *at hand*
quebrantamientos° de huesos como lo es para las feridas."   *fractures*

"Pues a tenerla yo aquí,[10] ¡desgraciado° yo! ¿qué nos faltaba?"[11] res-   *unlucky*
pondió don Quijote. "Mas yo te juro, Sancho Panza, a fe de caballero

---

7   **¿Qué diablos…** *what the devil kind of*
8   **A las…** *at the first exchanges*
9   **Cogiendo a…** *hemming the two of them in*
10   **A tenerla…** *if I had any here*
11   **¿Qué nos…** *what more could we want?*

andante, que antes que pasen dos días, si la fortuna no ordena otra cosa, la tengo de tener en mi poder, o mal me han de andar las manos."[12]

"Pues ¿en cuántos° le parece a vuestra merced que podremos mover los pies?" replicó Sancho Panza.   *cuántos días*

"De mí sé decir," dijo el molido caballero don Quijote, "que no sabré 'poner término a° esos días. Mas yo me tengo la culpa de todo, que 'no había de° poner mano a la espada contra hombres que no fuesen armados caballeros como yo. Y así creo que en pena de haber pasado° las leyes de la caballería, ha permitido el dios de las batallas que se me diese este castigo.[13] Por lo cual, Sancho Panza, conviene° que estés advertido en esto que ahora te diré, porque importa mucho a la salud de entrambos,° y es que cuando veas que semejante canalla nos hace algún agravio, no aguardes a que yo ponga mano al espada para ellos, porque no lo haré en ninguna manera, sino pon tu mano a tu espada y castígalos muy a tu sabor;° que, si en su ayuda y defensa acudieren caballeros, yo te sabré defender y ofendellos con todo mi poder, que ya habrás visto por mil 'señales y experiencias° hasta adonde se estiende el valor de este mi fuerte brazo."   *put a number to* / *shouldn't* / *transgressed* / *it's good* / *both of us* / *pleasure* / *signs and proofs*

Tal quedó de arrogante el pobre señor con el vencimiento del valiente vizcaíno.

Mas no le pareció tan bien a Sancho Panza el aviso de su amo, que dejase de responder,[14] diciendo: "Señor, yo soy hombre pacífico, manso, sosegado, y sé disimular cualquiera injuria,° porque tengo mujer y hijos que sustentar° y criar.° Así que séale a vuestra merced también aviso, pues no puede ser mandato,° que en ninguna manera pondré mano a la espada ni contra villano ni contra caballero. Y que, desde aquí para delante de Dios,[15] perdono cuantos agravios me han hecho y han de hacer, ora° me los haya hecho o haga o haya de hacer persona alta o baja, rico o pobre, hidalgo o pechero,° sin eceptar estado° ni condición alguna."   *offense* / *feed, raise* / *command* / *whether* / *commoner, rank*

Lo cual oído por su amo, le respondió: "Quisiera tener aliento para poder hablar un poco descansado,° y que el dolor que tengo en esta costilla 'se aplacara tanto cuanto,° para darte a entender, Panza, en el error en que estás. Ven acá, pecador; si el viento de la fortuna, hasta ahora tan contrario, en nuestro favor se vuelve, llenándonos las velas° del deseo, para que seguramente y sin contraste° alguno 'tomemos puerto° en alguna de las ínsulas que te tengo prometida, ¿qué sería de ti, si, ganándola yo, te hiciese señor della, pues lo vendrás a imposibilitar° por no ser caballero, ni quererlo ser, ni tener valor ni intención de vengar tus injurias y defender tu señorío?° Porque has de saber que en los reinos y   *with ease* / *would abate a little* / *sails* / *opposition, we land* / *make impossible* / *dominion*

---

12 **Mal me...** *I will be very unlucky*

13 **Ha permitido...** *the god of battles has allowed that I be given this punishment*

14 **Mas no...** *but the announcement of his master didn't seem so good to Sancho that he should fail to respond to it*

15 **Desde aquí...** *from now until I die*

provincias nuevamente conquiſtados nunca eſtán tan quietos° los ánimos   peaceable
de sus naturales, ni 'tan de parte° del nuevo señor, que no se tengan temor   well-disposed
de que han de hacer alguna novedad para alterar de nuevo las cosas, y
volver, como dicen, a probar ventura.[16] Y así es meneſter que el nuevo
posesor tenga entendimiento para saberse gobernar, y valor para ofender
y defenderse en cualquiera acontecimiento.°"   event

"En eſte que ahora nos ha acontecido," respondió Sancho, "quisiera
yo tener ese entendimiento y ese valor que vueſtra merced dice. Mas
yo le juro, a fe de pobre hombre, que más eſtoy para bizmas° que para   poultices
pláticas. Mire vueſtra merced si se puede levantar, y ayudaremos a
Rocinante, aunque no lo merece porque él fue la causa principal de todo
eſte molimiento. Jamás tal creí de Rocinante, que le tenía por[17] persona
caſta° y tan pacífica como yo. En fin, bien dicen que es meneſter mucho   chaste
tiempo para venir a conocer las personas, y que no hay cosa segura en eſta
vida. ¿Quién dijera que tras de aquellas tan grandes cuchilladas como
vueſtra merced dio a aquel desdichado caballero andante,[18] había de venir
'por la poſta° y en seguimiento suyo eſta tan grande tempeſtad de palos   right away
que ha descargado sobre nueſtras espaldas?"

"Aun las tuyas, Sancho," replicó don Quijote, "deben de eſtar
hechas a semejantes nublados.[19] Pero las mías, criadas entre sinabafas°   fine fabric
y holandas,° claro eſtá que sentirán más el dolor deſta desgracia. Y si   fine linen
no fuese porque imagino—¿qué digo imagino?—sé muy cierto que todas
eſtas incomodidades son muy anejas° al ejercicio de las armas, aquí me   associated with
dejaría morir de puro enojo.°"   vexation

A eſto replicó el escudero: "Señor, ya que eſtas desgracias son 'de
la cosecha° de la caballería, dígame vueſtra merced si suceden muy a   ordinary fare
menudo, o si tienen sus tiempos limitados en que acaecen,° porque me   happen
parece a mí que a dos cosechas quedaremos inútiles para la tercera, si
Dios, por su infinita misericordia, no nos socorre."

"Sábete, amigo Sancho," respondió don Quijote, "que la vida de los
caballeros andantes eſtá sujeta a mil peligros y desventuras, y ni más ni
menos eſtá en potencia° propincua° de ser los caballeros andantes reyes y   possibility, near
emperadores, como lo ha moſtrado la experiencia en muchos y diversos
caballeros, de cuyas hiſtorias yo tengo entera noticia.° Y pudiérate contar knowledge
agora, si el dolor me diera lugar, de algunos que sólo por el valor de su
brazo han subido a los altos grados° que he contado. Y eſtos mesmos   stations
se vieron antes y despés en diversas calamidades y miserias, porque el
valeroso Amadís de Gaula se vio en poder de su mortal enemigo Arcalaús,
el encantador, de quien se tiene por averiguado que le dio, teniéndole
preso,° más de docientos azotes con las riendas de su caballo, atado a una   prisoner

---

16 **Que no...** *that they might not be afraid to start an uprising to change things
once again, and, as they say, try their luck*
17 **Le tenía...** *I thought he was*
18 Refers to the Basque in Chapters 8 and 9.
19 **Deben de...** *should be accustomed to such squalls*

coluna de un patio.²⁰ Y aun hay un autor secreto,° y de no poco crédito, que   anonymous
dice que, habiendo cogido al Caballero del Febo con una cierta trampa°   trap
que 'se le hundió° debajo de los pies, en un cierto castillo, y al caer, se   collapsed
halló en una honda sima° debajo de tierra, atado de pies y manos, y allí le   pit
5 echaron una destas que llaman melecinas²¹ de agua de nieve y arena, de lo
que llegó muy al cabo,²² y si no fuera socorrido en aquella gran cuita de un
sabio grande amigo suyo, lo pasara muy mal el pobre caballero.²³ Ansí que
bien puedo yo pasar entre tanta buena gente, que mayores afrentas son las
que éstos pasaron que no las que ahora nosotros pasamos.²⁴ Porque
10 quiero hacerte sabidor,° Sancho, que no afrentan° las heridas que   knower *(archaic)*,
se dan con los instrumentos° que acaso se hallan en las manos. Y   offend; implements
esto está, en la ley del duelo, escrito por palabras expresas: que si
el zapatero° da a otro con la horma° que tiene en la mano, puesto   shoemaker, last
que verdaderamente es de palo,° no por eso se dirá que queda   wood
15 apaleado aquel a quien dio con ella. Digo esto porque no pienses
que, puesto que quedamos desta pendencia molidos, quedamos
afrentados, porque las armas que aquellos hombres traían, con que
nos machacaron, no eran otras que sus estacas, y ninguno dellos, a
lo que se me acuerda, tenía estoque,° espada ni puñal.°"   rapier, dagger
20   "No me dieron a mí lugar," respondió Sancho, "a que mirase
en tanto, porque apenas puse mano a mi tizona,²⁵ cuando me
santiguaron° los hombros con sus pinos,° de manera que me   crossed, pine wood
quitaron la vista de los ojos y la fuerza de los pies, dando conmigo
adonde ahora yago,° y adonde no me da pena alguna el pensar si   I lie
25 fue afrenta o no, lo de los estacazos, como me la da el dolor de los
golpes, que me han de quedar tan impresos en la memoria como
Estoque   en las espaldas."²⁶
    "Con todo eso te hago saber, hermano Panza," replicó don
Quijote, "que no hay memoria a quien el tiempo no acabe, ni dolor que
30 muerte no le consuma."
    "Pues ¿qué mayor desdicha puede ser,°" replicó Panza, "de aquella   **haber**
que aguarda al tiempo que la consuma y a la muerte que la acabe? Si
esta nuestra desgracia fuera de aquellas que con un par de bizmas se
curan, aun no tan malo. Pero voy viendo que no han de bastar todos los

---

    20 Clemencín says that it was the squire Gandalín, and not Amadís who
was tied to the column.
    21 **Le echaron...** *they gave him one of these things that they call enemas*
    22 **De lo...** *which almost finished him*
    23 **Lo pasara...** *the poor knight would have had a bad time of it*
    24 **Bien puedo...** *I can well suffer among such good people, for they have un-*
dergone greater affronts than we have just now undergone
    25 **Tizón** was the name of one of the Cid's swords, and **tizón/tizona** came
to be a substitute for *sword*.
    26 **No me da...** *it doesn't grieve me at all to consider if it was an affront or not,*
that business with the blows with the stakes, as does the pain from the blows themselves,
which will remain as imprinted on my memory as on my back

emplaſtos° de un hospital para ponerlas en buen término siquiera." | plasters

"Déjate deso y saca fuerzas de flaqueza,²⁷ Sancho," respondió don Quijote, "que así haré yo, y veamos cómo eſtá Rocinante, que, a lo que me parece, no le ha cabido al pobre la menor parte deſta desgracia."²⁸

"No hay de qué maravillarse deso," respondió Sancho, "siendo él tan buen caballero andante, de lo que yo me maravillo es de que mi jumento haya quedado libre y sin coſtas,° donde nosotros salimos sin coſtillas." | cost

"Siempre deja la ventura una puerta abierta en las desdichas para dar remedio a ellas," dijo don Quijote. "Dígolo porque esa beſtezuela° podrá suplir ahora la falta de Rocinante, llevándome a mí desde aquí a algún caſtillo donde sea curado de mis feridas. Y más, que no tendré a deshonra° la tal caballería, porque me acuerdo haber leído que aquel buen viejo Sileno, ayo° y pedagogo° del alegre dios de la risa,²⁹ cuando entró en la ciudad de las cien puertas,³⁰ iba muy a su placer caballero sobre un muy hermoso asno." | little animal / disgrace / governor, tutor

"Verdad será que él debía de ir caballero como vueſtra merced dice," respondió Sancho, "pero hay grande diferencia del ir caballero al ir atravesado° como coſtal° de basura.°" | stretched out, sack, garbage

A lo cual respondió don Quijote: "Las feridas que se reciben en las batallas antes dan honra que la quitan. Así que, Panza amigo, no me repliques más, sino, como ya te he dicho, levántate lo mejor que pudieres y ponme de la manera que más te agradare° encima de tu jumento, y vamos de aquí antes que la noche venga y nos saltee° en eſte despoblado." | pleases / take by surprise

"Pues yo he oído decir a vueſtra merced," dijo Panza, "que es muy de caballeros andantes el dormir en los páramos y desiertos lo más del año, y que lo tienen a mucha ventura."

"Eso es," dijo don Quijote, "cuando no pueden más,³¹ o cuando eſtán enamorados; y es tan verdad eſto, que ha habido caballero que se ha eſtado sobre una peña, al sol y a la sombra y a las inclemencias del cielo, dos años, sin que lo supiese su señora. Y uno deſtos fue Amadís cuando, llamándose Beltenebros, se alojó en la Peña Pobre,³² ni sé si ocho años o ocho meses, que no eſtoy muy bien en la cuenta. Baſta que él eſtuvo allí haciendo penitencia por no sé qué sinsabor° que le hizo la señora Oriana. | displeasure
Pero dejemos ya eſto, Sancho, y acaba, antes que suceda otra desgracia al jumento como a Rocinante."

"Aun ahí sería el diablo," dijo Sancho.

Y despidiendo treinta AYES y sesenta sospiros y ciento y veinte

---

27 **Déjate...** *no more of that and take strength from weakness*

28 **No le...** *the poor thing hasn't gotten the least of this misfortune.*

29 This is Bacchus.

30 Don Quijote makes a mistake. Bacchus is from the Thebes of Greece. The Thebes with hundred doors is in Egypt.

31 **Cuando no...** *when they can't help it*

32 This was a small, barren island where Amadís, scorned by Oriana, went to do penance with a hermit. Amadís never said exactly how long his stay there was.

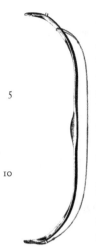

'pésetes y reniegos° de quien allí le había traído, se levantó, · · · curses and execration-
quedándose agobiado° en la mitad del camino, como arco · · · bent over
turquesco,³³ sin poder acabar de enderezarse. Y con todo
eſte trabajo aparejó su asno, que también había andado algo
deſtraído° con la demasiada libertad de aquel día. Levantó · · · astray
luego a Rocinante, el cual, si tuviera lengua con que quejarse,
a buen seguro que Sancho ni su amo no le fueran en zaga.³⁴

En resolución, Sancho acomodó a don Quijote sobre
el asno y puso de reata a Rocinante,³⁵ y llevando al asno
de cabeſtro se encaminó poco más a menos hacia donde
le pareció que podía eſtar el 'camino real.° Y la suerte, que · · · highway
sus cosas de bien en mejor iba guiando,³⁶ aún no hubo
andado una pequeña legua, cuando le deparó° el camino, · · · came into sight
en el cual descubrió una venta que, a pesar suyo y guſto de
arco turquesco   don Quijote, había de ser caſtillo. Porfiaba Sancho que era
venta, y su amo que no, sino caſtillo; y tanto duró la porfía,
que tuvieron lugar, sin acabarla, de llegar a ella, en la cual Sancho se entró,
sin más averiguación,° con toda su recua. · · · verification

*Capítulo XVI. De lo que le sucedió al ingenioso hidalgo en la
venta que él imaginaba ser caſtillo.*

EL VENTERO, que vio a don Quijote atravesado en el asno, preguntó
a Sancho qué mal traía. Sancho le respondió que no era nada, sino
que había dado una caída de una peña abajo,¹ y que venía algo
brumadas las coſtillas.

Tenía el ventero por mujer a una, no de la condición que suelen tener
las de semejante trato,° porque naturalmente era caritativa y se dolía de · · · trade
las calamidades de sus prójimos,° y así acudió luego a curar a don Quijote, · · · fellow mes
y hizo que una hija suya doncella, muchacha y de muy buen parecer, la
ayudase a curar a su huésped. Servía en la venta, asimesmo, una moza
aſturiana,² ancha de cara, llana de cogote, de nariz roma, del un ojo tuerta
y del otro no muy sana.³ Verdad es que la gallardía° del cuerpo suplía° las · · · gracefulness, made up
demás faltas: no tenía siete palmos° de los pies a la cabeza, y las espaldas, · · · for; 8" spans
que algún tanto le cargaban, la hacían mirar al suelo más de lo que ella

---

33 A very long bow bent way over at the top, as you see.
34 **A buen…** *it is certain that neither Sancho nor his master would outdo him*
35 **Puso de…** *tied Rocinante behind*
36 **Que sus…** *which was guiding their affairs better and better*
 1 **Había dado…** *he had fallen down from a boulder*
 2 Asturias is a seaside region of northern Spain corresponding to the
modern province of Oviedo.
 3 **Ancha de…** *wide in the face, flat at the back of head, with a flat nose, blind
in one eye, and not very sound in the other*

quisiera.[4]

Esta gentil moza, pues, ayudó a la doncella, y las dos hicieron una muy mala cama a don Quijote en un camaranchón° que, en otros tiempos, daba manifiestos indicios que había servido de pajar° muchos años. En la cual también alojaba un harriero que tenía su cama hecha un poco más allá de la de nuestro don Quijote, y aunque era de las enjalmas y mantas de sus machos,[5] hacía mucha ventaja a[6] la de don Quijote, que sólo contenía cuatro mal lisas tablas sobre dos no muy iguales bancos, y un colchón que, en lo sutil, parecía colcha, lleno de bodoques, que, a no mostrar que eran de lana por algunas roturas, al tiento, en la dureza, semejaban de guijarro,[7] y dos sábanas hechas de cuero de adarga, y una frazada,° cuyos hilos,° si se quisieran contar, no se perdiera uno solo de la cuenta.°

En esta maldita cama se acostó don Quijote. Y luego la ventera y su hija le 'emplastaron de arriba abajo,° alumbrándoles Maritornes, que así se llamaba la asturiana. Y como al bizmalle° viese la ventera tan acardenalado° a partes a don Quijote, dijo que aquello más parecían golpes que caída.

"No fueron golpes," dijo Sancho, "sino que la peña tenía muchos picos° y tropezones,° y que cada uno había hecho su cardenal."° Y también le dijo: "Haga vuestra merced, señora, de manera que queden algunas estopas,° que no faltará quien las haya menester,[8] que también me duelen a mí un poco los lomos.°"

"Desa manera," respondió la ventera, "¿también debistes vos de caer?"

"No caí," dijo Sancho Panza, "sino que del sobresalto que tomé de ver caer a mi amo, de tal manera me duele a mí el cuerpo, que me parece que me han dado mil palos."

"Bien podrá ser eso," dijo la doncella, "que a mí me ha acontecido muchas veces soñar que caía de una torre abajo, y que nunca acababa de llegar al suelo, y cuando despertaba del sueño, hallarme tan molida y quebrantada[9] como si verdaderamente hubiera caído."

"Ahí está el toque, señora," respondió Sancho Panza, "que yo sin soñar nada, sino estando más despierto que ahora estoy, me hallo con pocos menos cardenales que mi señor don Quijote."

"¿Cómo se llama este caballero?" preguntó la asturiana Maritornes.

---

4 **Algún tanto...** *weighed her down a bit, made her look at the ground more than she would like*

5 **Enjalmas y...** *light packsaddles and blankets of his mules*

6 **Hacía mucha...** *it was much better than*

7 **Sólo contenía...** *it was made of only four not very smooth planks on two not very even trestles, and a mattress which in thinness seemed to be a quilt, filled with pellets, which, if you couldn't see through some holes that they were made of wool, they seemed to as hard as pebbles to the touch*

8 **No faltará...** *there will be someone who needs them*

9 **Me ha...** *it has happened to me that I dreamed that I was falling down from a tower and never hit the ground, and when I woke, I was as beaten up and pounded*

Margin glosses:
garret
hayloft

cover, threads
count

applied plasters from head to foot; poulticed; bruised

sharp points, projections, bruise
bandages
ribs

"Don Quijote de la Mancha," respondió Sancho Panza, "y es caballero aventurero, y de los mejores y más fuertes que de luengos tiempos acá se han visto en el mundo."

"¿Qué es caballero aventurero?" replicó la moza.

"¿Tan nueva sois en el mundo, que no lo sabéis vos?" respondió Sancho Panza. "Pues sabed, hermana mía, que caballero aventurero es una cosa que en dos palabras se ve apaleado y emperador. Hoy está la más desdichada criatura del mundo y la más menesterosa, y mañana tendría dos o tres coronas de reinos que dar a su escudero."

"Pues ¿cómo vos, siéndolo deste tan buen señor," dijo la ventera, "no tenéis, a lo que parece, siquiera° algún condado?°"   *at least, county*

"Aún es temprano," respondió Sancho, "porque no ha sino un mes que andamos buscando las aventuras, y hasta ahora no hemos topado con ninguna que lo sea.[10] Y tal vez hay que se busca una cosa y se halla otra. Verdad es que si mi señor don Quijote sana desta herida, o caída, y yo no quedo contrecho° della, no trocaría mis esperanzas con el mejor título de España."   *crippled*

Todas estas pláticas estaba escuchando muy atento don Quijote, y sentándose en el lecho como pudo, tomando de la mano a la ventera, le dijo: "Creedme, fermosa señora, que os podéis llamar venturosa° por haber alojado en este vuestro castillo a mi persona, que es tal, que si yo no la alabo,[11] es por lo que suele decirse que la alabanza propria envilece,° pero mi escudero os dirá quién soy. Sólo os digo que tendré eternamente escrito en mi memoria el servicio que me habedes fecho, para agradecéroslo mientras la vida me durare. Y pluguiera° a los altos cielos que el amor no me tuviera tan rendido y tan sujeto a sus leyes, y los ojos de aquella hermosa ingrata que digo 'entre mis dientes,° que los desta fermosa doncella fueran señores de mi libertad."   *fortunate*   *debases*   *may it please*   *under my breath*

Confusas estaban la ventera y su hija y la buena de Maritornes oyendo las razones del andante caballero, que así las entendían como si hablara en griego,° aunque bien alcanzaron que todas se encaminaban a ofrecimiento y requiebros.[12] Y como no usadas a semejante lenguaje, mirábanle y admirábanse, y parecíales otro hombre de los que se usaban,[13] y agradeciéndole con venteriles razones sus ofrecimientos, le dejaron, y la asturiana Maritornes curó a Sancho, que no menos lo había menester que su amo.   *Greek*

Había el harriero concertado con ella que aquella noche se refocilarían juntos, y ella le había dado su palabra de que, en estando sosegados los huéspedes y durmiendo sus amos, le iría a buscar y satisfacerle el gusto

---

10 **Hasta ahora...** *until now we haven't come across any that can be called one.* **Lo** refers to **aventura.**

11 **Si yo...** *if I don't praise it* [= **mi persona**].

12 **Todas se...** *all* [the words] *were leading to offerings and flattery.*

13 **Parecíales otro...** *he seemed to them to be another type of man from what they were accustomed to.*

en cuanto le mandase. Y cuéntase deſta buena moza que jamás dio
semejantes palabras que no las cumpliese, aunque las diese en un monte
y sin teſtigo alguno, porque presumía° muy de hidalga, y no tenía por   prided herself
afrenta° eſtar en aquel ejercicio de servir en la venta, porque decía ella que   disgrace
desgracias y malos sucesos la habían traído a aquel eſtado.

El duro, eſtrecho,° apocado° y fementido° lecho de don Quijote   narrow, weakened,
eſtaba primero en mitad de aquel eſtrellado¹⁴ eſtablo,° y luego, junto a él,   treacherous; stable
hizo el suyo Sancho, que sólo contenía una 'eſtera de enea° y una manta,   rush mat
que antes moſtraba ser de anjeo° tundido° que de lana. Sucedía° a eſtos   linen, threadbare,
dos lechos el del harriero, fabricado, como se ha dicho, de las enjalmas y   came next
de todo el adorno de los dos mejores mulos que traía, aunque eran doce,
lucios,° gordos y famosos, porque era uno de los ricos harrieros de Arévalo,¹⁵   sleek
según lo dice el autor deſta hiſtoria, que deſte harriero hace particular
mención, porque le conocía muy bien, y aun quieren decir que era algo
pariente suyo.¹⁶ 'Fuera de que° Cide Mahamate Benengeli fue hiſtoriador   besides
muy curioso y muy puntual° en todas las cosas, y échase bien de ver,   accurate
pues las que quedan referidas, con ser tan mínimas y tan rateras,° no las   trivial
quiso pasar en silencio. De donde podrán tomar ejemplo los hiſtoriadores
graves que nos cuentan las acciones tan corta y sucintamente,° que apenas   briefly
nos llegan a los labios,¹⁷ dejándose en el tintero,° ya por descuido, por   inkwell
malicia o ignorancia, lo más suſtancial de la obra.° ¡Bien haya mil veces¹⁸   work
el autor de *Tablante de Ricamonte*,¹⁹ y aquel del otro libro donde se cuenta
los hechos del conde Tomillas,²⁰ y con qué puntualidad lo describen todo!

Digo, pues, que después de haber visitado el harriero a su recua y
dádole el segundo pienso, 'se tendió° en sus enjalmas y se dio a esperar   stretched out
a su puntualísima Maritornes. Ya eſtaba Sancho bizmado y acoſtado, y
aunque procuraba° dormir, no lo consentía el dolor de sus coſtillas. Y don   tried to
Quijote, con el dolor de las suyas, tenía los ojos abiertos como liebre.°   hare
Toda la venta eſtaba en silencio, y en toda ella no había otra luz que
la que daba una lámpara que colgada° en medio del portal ardía.° Eſta   hanging, burned
maravillosa quietud,° y los pensamientos que siempre nueſtro caballero   stillness
traía de los sucesos que a cada paso se cuentan en los libros autores de
su desgracia, le trujo a la imaginación una de las eſtrañas locuras que
buenamente imaginarse pueden. Y fue que él se imaginó haber llegado
a un famoso caſtillo, que, como se ha dicho, caſtillos eran a su parecer
todas las ventas donde alojaba, y que la hija del ventero lo era del señor

---

14 Supposedly you could see stars **estrellas** through the roof.

15 Arévalo is a city in the province of Ávila (population today of 6400),
about 50 kms. north of Ávila proper.

16 **Algo pariente…** *something of a relative of his*

17 **Apenas nos…** *we hardly get a taste of them*

18 **Bien haya…** *a thousand blessings on*

19 *La corónica de los nobles caballeros Tablante de Ricamonte y de Jofre hijo del
conde Donasón*, anonymous when published in Toledo in 1513.

20 Conde Tomillas is a character in the *Historia de Enrique fi[jo] de Oliva,
rey de Iherusalem, emperador de Constantinopla* (Seville, 1498).

del castillo,²¹ la cual, vencida° de su gentileza,° se había enamorado dél   conquered, elegance
y prometido que aquella noche, 'a furto° de sus padres, vendría a yacer   on the sly
con él una buena pieza. Y teniendo toda esta quimera, que él se había
fabricado, por firme y valedera,° se comenzó a acuitar y a pensar en el   binding
5   peligroso trance en que su honestidad se había de ver, y propuso en su
corazón de no cometer alevosía a su señora Dulcinea del Toboso, aunque
la mesma reina Ginebra con su dama Quintañona se le pusiesen delante.

Pensando, pues, en estos disparates, se llegó el tiempo y la hora, que
para él fue menguada,²² de la venida de la asturiana, la cual, en camisa° y   nightshirt
10 descalza,° cogidos los cabellos en una 'albanega de fustán,° con tácitos°   barefoot, hairnet,
y atentados° pasos, entró en el aposento donde los tres alojaban, en   quiet; careful
busca del harriero. Pero apenas llegó a la puerta, cuando don Quijote
la sintió,° y sentándose en la cama, a pesar de sus bizmas y con dolor   heard
de sus costillas, tendió° los brazos para recebir a su fermosa doncella.   extended
15 La asturiana, que, toda recogida° y callando, iba con las manos delante   crouching
buscando a su querido,° topó con los brazos de don Quijote, el cual la   lover
asió fuertemente de una muñeca,° y tirándola° hacia sí, sin que ella osase   wrist, pulling her
hablar palabra, la hizo sentar sobre la cama. Tentóle° luego la camisa, y   he felt her
aunque ella era de harpillera,° a él le pareció ser de finísimo y delgado   burlap
20 cendal.° Traía en las muñecas unas 'cuentas de vidro,° pero a él le dieron   silk, glass beads
vislumbres° de preciosas perlas orientales. Los cabellos, que en alguna   semblance
manera tiraban a crines, él los marcó por hebras de lucidísimo oro de
Arabia,²³ cuyo resplandor° al del mesmo sol escurecía. Y el aliento, que, sin   brightness
duda alguna, olía a ensalada fiambre° y trasnochada,° a él le pareció que   coldcuts, stale
25 arrojaba de su boca un olor suave° y aromático, y finalmente él la pintó   gentle
en su imaginación de la misma traza y modo que lo había leído en sus
libros, de la otra princesa que vino a ver el° mal ferido caballero, vencida   **al**
de sus amores, con todos los adornos que aquí van puestos. Y era tanta
la ceguedad° del pobre hidalgo, que el tacto,° ni el aliento, ni otras cosas   blindness, touch
30 que traía en sí la buena doncella, no le desengañaban, las cuales pudieran
hacer vomitar a otro que no fuera harriero. Antes le parecía que tenía
entre sus brazos a la diosa de la hermosura. Y teniéndola bien asida, con
voz amorosa y baja, le comenzó a decir: "Quisiera hallarme en términos,
fermosa y alta señora, de poder pagar° tamaña merced como la que con   respond to
35 la vista de vuestra gran fermosura me habedes° fecho, pero ha querido   **habéis**
la fortuna, que no se cansa de perseguir° a los buenos, ponerme en este   pursue
lecho, donde yago tan molido y quebrantado, que, aunque de mi voluntad
quisiera satisfacer a la vuestra, fuera imposible. Y más,° que se añade a   furthermore
esta imposibilidad otra mayor, que es la prometida fe que tengo dada
40 a la sin par Dulcinea del Toboso, única señora de mis más escondidos

---

21 **La hija...** *the daughter of the innkeeper was the daughter of the lord of the
castle*

22 The **hora menguada** is the fatal moment.

23 **En alguna...** *in some way resembled the mane of a horse, he considered them
to be threads of shiniest Arabian gold*

La asturiana, que, toda recogida y callando, iba con las manos delante.

pensamientos. Que si esto no hubiera de por medio,[24] no fuera yo tan
sandio° caballero, que 'dejara pasar en blanco° la venturosa ocasión en que   foolish, would miss
vuestra gran bondad me ha puesto."

    Maritornes estaba congojadísima° y trasudando° de verse tan asida   very distressed, sweat-
5 de don Quijote, y sin entender ni estar atenta a las razones que le decía,   ing heavily
procuraba, sin hablar palabra, desasirse.° El bueno del harriero, a quien   get loose
tenían despierto sus malos deseos,[25] desde el punto que entró su coima°   concubine
por la puerta, la sintió. Estuvo atentamente escuchando todo lo que don
Quijote decía, y celoso° de que la asturiana le hubiese faltado a la palabra   suspicious
10 por otro,[26] se fue llegando más al lecho de don Quijote, y estúvose quedo
hasta ver en qué paraban aquellas razones que él no podía entender. Pero
como vio que la moza forcejaba° por desasirse, y don Quijote trabajaba   struggled
por tenella, pareciéndole mal la burla, enarboló° el brazo en alto y   raised high
descargó tan terrible puñada° sobre las estrechas quijadas° del enamorado   punch, jaw
15 caballero, que le bañó° toda la boca en sangre. Y no contento con esto, se le   bathed
subió encima de las costillas, y con los pies, más que de trote, se las paseó
todas de cabo a cabo.[27] El lecho, que era un poco endeble° y de no firmes   weak
fundamentos,° no pudiendo sufrir° la añadidura del harriero, 'dio consigo   foundation, support
en el suelo,° a cuyo gran ruido despertó el ventero, y luego imaginó que   fell to the floor
20 debían de ser pendencias de Maritornes, porque, habiéndola llamado a
voces, no respondía. Con esta sospecha se levantó y encendiendo° un   lighting
candil,° se fue hacia donde había sentido la pelaza.° La moza, viendo   lamp, scuffle
que su amo venía y que era de condición terrible, toda medrosica° y   afraid
alborotada, 'se acogió° a la cama de Sancho Panza, que aún dormía, y allí   took refuge
25 'se acorrucó° y se hizo un ovillo.°   curled up, ball

    El ventero entró diciendo: "¿Adónde estás, puta?° A buen seguro que   whore
son tus cosas éstas."

    En esto despertó Sancho, y sintiendo aquel bulto° casi encima de sí,   mass
pensó que tenía la pesadilla° y comenzó a dar puñadas a una y otra parte,   nightmare
30 y entre otras, alcanzó con no sé cuántas a Maritornes, la cual, sentida
del dolor, echando a rodar la honestidad,[28] dio el retorno a Sancho con
tantas, que, a su despecho, le quitó el sueño,[29] el cual, viéndose tratar de
aquella manera y sin saber de quién, alzándose como pudo, se abrazó
con Maritornes, y comenzaron entre los dos la más reñida° y graciosa   hard-fought
35 escaramuza° del mundo.   skirmish

    Viendo, pues, el harriero, a la lumbre del candil del ventero, cuál°   **cómo**
andaba su dama, dejando a don Quijote, acudió a dalle el socorro
necesario. Lo mismo hizo el ventero, pero con intención diferente, porque
fue a castigar° a la moza, creyendo, sin duda, que ella sola era la ocasión de   to punish

---

24 **Si esto…** *if this weren't in the way*
25 **A quien…** *whose lascivious desires had him awake*
26 **Le hubiese…** *had broken her word to him for another*
27 **Con los…** *with his feet, faster than at a trot, he strolled from one end of
them* [the ribs] *to the other*
28 **Sentida del…** *feeling the pain, casting aside her modesty*
29 **A su…** *to his dismay, woke him up*

toda aquella harmonía. Y así, como suele decirse: «el gato al rato, el rato a la cuerda,° la cuerda al palo,°»[30] daba el harriero a Sancho, Sancho a la moza, la moza a él, el ventero a la moza, y todos menudeaban con tanta priesa que no se daban 'punto de reposo.° Y fue lo bueno que al ventero se le apagó el candil,[31] y como quedaron ascuras,° dábanse tan sin compasión todos a bulto, que 'a doquiera° que ponían la mano no dejaban cosa sana.°

Alojaba acaso aquella noche en la venta un cuadrillero° de los que llaman de la Santa Hermandad Vieja de Toledo, el cual, oyendo ansimesmo el estraño estruendo de la pelea,° asió de su media vara y de la caja de lata de sus títulos,[32] y entró ascuras en el aposento, diciendo: "¡Ténganse a la justicia![33] ¡Ténganse a la Santa Hermandad!"

Y el primero con quien topó fue con el apuñeado° de don Quijote, que estaba en su derribado° lecho, tendido boca arriba,[34] sin sentido alguno, y echándole a tiento mano a las barbas,[35] no cesaba de decir: "¡Favor a la justicia!" Pero viendo que el que tenía asido no 'se bullía° ni meneaba, se dio a entender que estaba muerto, y que los que allí dentro estaban eran sus matadores, y con esta sospecha, reforzó° la voz, diciendo: "¡Ciérrese la puerta de la venta! ¡Miren no se vaya nadie, que han muerto aquí a un hombre!"

Esta voz sobresaltó° a todos, y 'cada cual° dejó la pendencia en el grado° que le tomó la voz. Retiróse el ventero a su aposento, el harriero a sus enjalmas, la moza a su rancho.° Solos los desventurados don Quijote y Sancho no se pudieron mover de donde estaban. Soltó en esto el cuadrillero la barba de don Quijote, y salió a buscar luz, para buscar y prender los delincuentes. Mas no la halló, porque el ventero, de industria, había muerto la lámpara cuando se retiró a su estancia, y fuele forzoso acudir a la chimenea,° donde, con mucho trabajo y tiempo, encendió el cuadrillero otro candil.

Capítulo XVII. Donde se prosiguen los innumerables trabajos que el bravo° don Quijote y su buen escudero Sancho Panza pasaron en la venta que, por su mal, pensó que era castillo.

HABÍA YA vuelto en este tiempo de su parasismo° don Quijote, y con el mesmo tono de voz con que el día antes había llamado a su escudero, cuando estaba tendido en «el val de las estacas»,[1] le

Marginal glosses (right column):
- rope, stick
- a moment's rest
- **a oscuras**
- wherever, sound
- officer
- fight
- pummeled
- flattened
- stirred
- made loud
- terrified, each one
- stage
- room
- fireplace
- valiant
- loss of consciousness

---

30 Rodríguez Marín explains that this is from a children's tale (I, 436-37).
31 **Fue lo...** *the best part was the innkeeper's lamp went out*
32 **Media vara...** *staff of office and tin box of warrants*
33 **Ténganse a...** *stop in the name of justice*
34 **Tendido boca...** *stretched out on his back*
35 **Echándole a...** *touching the beard* [of don Quijote]
1 **El val de las estacas** "the valley of the stakes," comes from an old **romance** that everyone would have recognized: "Por el val de las estacas / El buen Cid pasado había: / A la mano izquierda deja / La villa de Constantina."

comenzó a llamar, diciendo: "Sancho amigo, ¿duermes? ¿Duermes, amigo Sancho?"

"¡Qué tengo de dormir, pesia a mí!"[2] respondió Sancho, lleno de pesadumbre y de despecho, "que no parece sino que todos los diablos han andado comigo esta noche."

"Puédeslo creer ansí, sin duda," respondió don Quijote, "porque, o yo sé poco, o este castillo es encantado. Porque 'has de saber...° mas esto que ahora quiero decirte, hasme de jurar que lo tendrás secreto hasta después de mi muerte."

I want you to know

"Sí, juro," respondió Sancho.

"Dígolo," replicó don Quijote, "porque soy enemigo de que se quite la honra a nadie."[3]

"Digo que sí juro," tornó a decir Sancho, "que lo callaré hasta después de los días de vuestra merced, y plega° a Dios que lo pueda descubrir mañana."

may it please

"¿Tan malas obras te hago,[4] Sancho," respondió don Quijote, "que me querrías ver muerto con tanta brevedad?"

"No es por eso," respondió Sancho, "sino porque soy enemigo de guardar mucho las cosas, y no querría que se me pudriesen de guardadas."[5]

"Sea por lo que fuere,"[6] dijo don Quijote, "que más fío° de tu amor y de tu cortesía. Y así has de saber que esta noche me ha sucedido una de las más estrañas aventuras que yo sabré encarecer.° Y por contártela en breve, sabrás que poco ha que a mí vino la hija del señor deste castillo, que es la más apuesta° y fermosa doncella que en gran parte de la tierra se puede hallar. ¿Qué te podría decir del adorno de su persona? ¿Qué de su gallardo entendimiento? ¿Qué de otras cosas ocultas,° que, por guardar la fe que debo a mi señora Dulcinea del Toboso, dejaré pasar intactas y en silencio? Sólo te quiero decir que, envidioso° el cielo de tanto bien como la ventura me había puesto en las manos, o quizá—y esto es lo más cierto—que, como tengo dicho, es encantado este castillo, al tiempo que yo estaba con ella en dulcísimos y amorosísimos coloquios, sin que yo la viese ni supiese por donde venía, vino una mano pegada° a algún brazo de algún descomunal gigante y asentóme° una puñada en las quijadas, tal que las tengo todas bañadas en sangre, y después me molió 'de tal suerte° que estoy peor que ayer cuando los gallegos, que, por demasías° de Rocinante, nos hicieron el agravio que sabes. Por donde conjeturo que el tesoro de la fermosura desta doncella le debe de guardar algún encantado moro, y no debe de ser para mí."[7]

I trust
describe
elegant
concealed
envious
attached to
struck me
in such a way, excesses

"Ni para mí tampoco," respondió Sancho, "porque más de

---

2 **¡Qué tengo...** *how can I sleep, for God's sake*
3 **Soy enemigo...** *I hate it if anyone loses his good name*
4 **¿Tan malas...** *do I treat you so badly?*
5 **No querría...** *I don't want them to rot for having kept them too long*
6 **Sea por...** *be that as it may*
7 **La fermosura...** *some enchanted Moor must guard the beauty of this maiden, and it* [the beauty] *must not be meant for me*

cuatrocientos moros me han aporreado a mí de manera que el molimiento de las estacas 'fue tortas y pan pintado.° Pero dígame, señor, ¿cómo llama a esta buena y rara aventura, habiendo quedado della cuál quedamos?⁸ Aun vuestra merced, menos mal, pues tuvo en sus manos aquella incomparable fermosura que ha dicho. Pero yo ¿qué tuve, sino los mayores porrazos° que pienso recebir en toda mi vida? ¡Desdichado de mí y de la madre que me parió, que ni soy caballero andante, ni lo pienso ser jamás, y de todas las malandanzas° me cabe la mayor parte!"

"Luego ¿también estás tú aporreado?" respondió don Quijote.

"¿No le he dicho que sí, pesia a mi linaje?" dijo Sancho.

"No tengas pena, amigo," dijo don Quijote, "que yo haré agora el bálsamo precioso con que sanaremos en un abrir y cerrar de ojos."⁹

Acabó en esto de encender el candil el cuadrillero, y entró a ver el que pensaba que era muerto, y así como le vio entrar Sancho, viéndole venir en camisa y con su 'paño de cabeza° y candil en la mano, y con una muy mala cara, preguntó a su amo: "Señor, ¿si será éste a dicha el moro encantado que nos vuelve a castigar, si se dejó algo en el tintero?"

"No puede ser el moro," respondió don Quijote, "porque los encantados no se dejan ver de nadie."¹⁰

"Si no se dejan ver, déjanse sentir," dijo Sancho, "si no, díganlo mis espaldas."¹¹

"También lo podrían decir las mías," respondió don Quijote, "pero no es bastante indicio ése para creer que este que se vee sea el encantado moro."

Llegó el cuadrillero, y como los halló hablando en tan sosegada conversación, quedó suspenso. Bien es verdad que aún don Quijote se estaba boca arriba, sin poderse menear de puro molido y emplastado.° Llegóse a él el cuadrillero y díjole: "Pues ¿cómo va, buen hombre?"¹²

"Hablara yo 'más bien criado,'" respondió don Quijote, "si fuera que vos.¹³ ¿Úsase en esta tierra hablar desa suerte° a los caballeros andantes, majadero?'"

El cuadrillero, que se vio tratar° tan mal de un hombre de tan 'mal parecer,° no lo pudo sufrir, y alzando el candil con todo su aceite, dio a don Quijote con él en la cabeza, de suerte que le dejó muy bien descalabrado,° y como todo quedó ascuras, salióse luego, y Sancho Panza dijo: "Sin duda, señor, que éste es el moro encantado, y debe de guardar el tesoro para otros, y para nosotros sólo guarda las puñadas y los candilazos.°"

was nothing

blows

misfortunes

night cap

covered with plasters

more courteously
way
blockhead
addressed
bad appearance
wounded on head

blows with lamp

---

8 **Habiendo quedado...** *having come out of it the way we have*
9 **En un...** *in the twinkling of an eye*
10 **No se...** *they don't let anyone see them*
11 **Déjanse sentir...** *"they let themselves be felt," said Sancho, "if not, let my back speak for me"*
12 Although this was said seemingly in innocence, Don Quijote takes offense because he thinks it is used in its despective meaning, **pobre hombre**. Clemencín says that is a form of address that implies great superiority.
13 **Si fuera...** *if I were you*

"Así es," respondió don Quijote, "y no hay que hacer caso destas cosas de encantamentos, ni hay para qué tomar cólera ni enojo con ellas, que, como son invisibles y fantásticas,° no hallaremos de quien vengarnos, aunque más lo procuremos.[14] Levántate, Sancho, si puedes, y llama al alcaide desta fortaleza, y procura que se me dé un poco de aceite, vino, sal y romero para hacer el salutífero° bálsamo, que en verdad que creo que lo he° bien menester ahora, porque se me va mucha sangre de la herida que esta fantasma me ha dado."

    unreal

    curative

    tengo

Levantóse Sancho con harto° dolor de sus huesos, y fue ascuras donde estaba el ventero, y encontrándose con el cuadrillero, que estaba escuchando en qué paraba su enemigo, le dijo: "Señor, quienquiera que seáis, hacednos merced y beneficio° de darnos un poco de romero, aceite, sal y vino, que es menester para curar uno de los mejores caballeros andantes que hay en la tierra, el cual yace° en aquella cama mal ferido por las manos del encantado moro que está en esta venta."

    plenty of

    kindness

    lies

Cuando el cuadrillero tal oyó, túvole por hombre falto de seso.[15] Y porque ya 'comenzaba a amanecer,° abrió la puerta de la venta, y llamando al ventero, le dijo lo que aquel buen hombre quería. El ventero le proveyó de cuánto quiso,[16] y Sancho se lo llevó a don Quijote, que estaba con las manos en la cabeza, quejándose del dolor del candilazo, que no le había hecho más mal que levantarle dos chichones° algo crecidos,° y lo que él pensaba que era sangre no era sino sudor que sudaba con la congoja° de la pasada tormenta.

    dawn was coming

    bumps on head, swollen; anguish

En resolución, él tomó sus simples,° de los cuales hizo un compuesto,° mezclándolos todos y cociéndolos° un buen espacio, hasta que le pareció que estaban 'en su punto.° Pidió luego alguna redoma° para echallo, y como no la hubo en la venta, se resolvió de ponello en una alcuza o aceitera de hoja de lata,[17] de quien el ventero le hizo 'grata donación.° Y luego dijo sobre la alcuza más de ochenta paternostres° y otras tantas avemarías,° salves° y credos, y a cada palabra acompañaba una cruz° a modo de bendición. A todo lo cual se hallaron presentes Sancho, el ventero y cuadrillero, que ya el harriero sosegadamente andaba entendiendo en el beneficio de sus machos.[18]

    ingredients

    compound, cooking them; ready, flask

    free gft, Our Fathers Hail Marys; *Salve Reginas;* sign of the cross

Hecho esto, quiso él mesmo 'hacer luego la esperiencia° de la virtud de aquel precioso bálsamo que él se imaginaba, y así se bebió de lo que no pudo caber° en la alcuza y quedaba en la olla° donde se había cocido, casi 'media azumbre.° Y apenas lo acabó de beber, cuando comenzó a vomitar de manera que no le quedó cosa en el estómago, y con las ansias° y agitación del vómito le dio un sudor copiosísimo, por lo cual mandó

    try out

    fit, pot

    quart

    nausea

---

14 **No hallaremos...** *we won't find anyone to take vengenace on, no matter how hard we look*

15 **Túvole por...** *he took him for a crazy person*

16 **Le proveyó...** *provided him with everything he wanted*

17 **En un...** *in a cruet or an oil container of tin*

18 **El harriero...** *the muleteer was calmly attending to the good of his mules*

que le arropasen° y le dejasen solo. Hiciéronlo ansí, y quedóse dormido   cover
más de tres horas, al cabo de las cuales despertó y se sintió aliviadísimo°   very relieved
del cuerpo, y en tal manera mejor de su quebrantamiento,° que se tuvo   bruises
por sano. Y verdaderamente creyó que había acertado con el bálsamo de
Fierabrás, y que con aquel remedio podía acometer desde allí adelante, sin
temor alguno, cualesquiera ruinas,° batallas y pendencias, por peligrosas   disasters
que fuesen.

    Sancho Panza, que también tuvo a milagro la mejoría de su amo,[19] le
rogó que le diese a él lo que quedaba en la olla, que no era poca cantidad.
Concedióselo don Quijote, y él tomándola a dos manos, con buena fe y
mejor talante, se la echó a pechos y envasó bien poco menos que su amo.[20]
Es, pues, el caso que el estómago del pobre Sancho no debía de ser tan
delicado como el de su amo, y así 'primero que° vomitase le dieron tantas   before
ansias y bascas,° con tantos trasudores y desmayos,° que él pensó bien y   nausea, faintings
verdaderamente que era llegada su última hora. Y viéndose tan afligido° y   afflicted
congojado,° maldecía° el bálsamo y al ladrón que se lo había dado.   distressed, cursed

    Viéndole así don Quijote, le dijo: "Yo creo, Sancho, que todo este
mal te viene de no ser armado caballero. Porque tengo para mí que este
licor no debe de aprovechar a los que no lo son."

    "Si eso sabía vuestra merced," replicó Sancho, "¡mal haya yo y toda
mi parentela![21] ¿para qué consintió que lo gustase?"

    En esto hizo su operación el brebaje,° y comenzó el pobre escudero   brew
a desaguarse por entrambas canales,[22] con tanta priesa, que la estera de
enea sobre quien se había vuelto a echar, ni la manta de anjeo con que se
cubría, fueron más de provecho.° Sudaba y trasudaba con tales parasismos   use
y accidentes, que no solamente él, sino todos pensaron que se le acababa
la vida. Duróle esta borrasca° y mala andanza casi dos horas, al cabo de   tempest
las cuales no quedó como su amo, sino tan molido y quebrantado, que no
se podía tener.

    Pero don Quijote, que, como se ha dicho, se sintió aliviado y sano,
quiso partirse luego a buscar aventuras, pareciéndole que todo el tiempo
que allí se tardaba era quitárselo al mundo y a los en él menesterosos de
su favor y amparo,[23] y más° con la seguridad° y confianza que llevaba en   moreso, security
su bálsamo. Y así, forzado° deste deseo, él mismo ensilló a Rocinante y   compelled
enalbardó al jumento de su escudero, a quien también ayudó a vestir y
a subir en el asno. Púsose luego a caballo, y llegándose a un rincón de
la venta, asió de un lanzón° que allí estaba, para que le sirviese de lanza.   metal-tipped pole
Estábanle mirando 'todos cuantos° había en la venta, que pasaban°   everyone, surpassed

---

19 **Tuvo a...** *held the improvement of his master to be a miracle*
20 **Se la...** *he took it and drank not much less than his master*
21 **Mal haya...** *woe is me and all my kindred*
22 The dictionary definition of **desaguarse** is 'to discharge by vomiting or
stooling', so the added **por entrambas canales** *through both canals* underlines that
both things happened.
23 **Quitársele al...** *to deprive his protection from the world and the needy in it*

de más de veinte personas. Mirábale también la hija del ventero, y él
también no quitaba los ojos della, y de cuando en cuando arrojaba un
sospiro que parecía que le arrancaba° de lo profundo de sus entrañas, y   drew out
todos pensaban que debía de ser del dolor que sentía en las costillas, a
5   lo menos pensábanlo aquellos que la noche antes le habían visto bizmar.

     'Ya que° estuvieron los dos a caballo, puesto a la puerta de la venta,   as soon as
llamó al ventero, y con voz muy reposada y grave le dijo: "Muchas y muy
grandes son las mercedes, señor alcaide, que en este vuestro castillo he
recebido, y quedo obligadísimo° a agradecéroslas todos los días de mi   very obliged
10   vida. Si os las puedo pagar° en haceros vengado° de algún soberbio° que   repay, avenged, aros haya fecho algún agravio, sabed que mi oficio no es otro sino valer   rogant person
a los que poco pueden, y vengar a los que reciben tuertos, y castigar
alevosías. Recorred° vuestra memoria, y si halláis alguna cosa deste jaez°   examine, kind
que encomendarme, no hay sino decilla, que yo os prometo, por la orden
15   de caballero que recebí, de faceros satisfecho y pagado a toda vuestra
voluntad."

     El ventero le respondió con el mesmo sosiego: "Señor caballero, yo
no tengo necesidad de que vuestra merced me vengue ningún agravio,
porque yo sé tomar la venganza que me parece,²⁴ cuando se me hacen.
20   Sólo he menester que vuestra merced me pague el gasto° que esta noche   expense
ha hecho en la venta, así de la paja y cebada de sus dos bestias,° como de   animals
la cena y camas."

     "Luego ¿venta es ésta?" replicó don Quijote.

     "Y muy honrada,'" respondió el ventero.   reputable
25   "Engañado° he vivido hasta aquí," respondió don Quijote, "que en   deceived
verdad que pensé que era castillo, y no malo. Pero, pues es ansí que no
es castillo, sino venta, lo que se podrá hacer por agora es que perdonéis
por la paga,²⁵ que yo no puedo contravenir° a la orden de los caballeros   violate
andantes, de los cuales sé cierto,° sin que hasta ahora haya leído cosa   for certain
30   en contrario, que jamás pagaron posada° ni otra cosa en venta donde   lodging
estuviesen, porque se les debe 'de fuero° y de derecho° cualquier buen   by law, right
acogimiento° que se les hiciere, en pago del insufrible trabajo que padecen   shelter
buscando las aventuras de noche y de día, en invierno y en verano, a pie
y a caballo, con sed y con hambre, con calor y con frío, sujetos a todas las
35   inclemencias del cielo y a todos los incómodos° de la tierra."   discomforts

     "Poco tengo yo que ver en eso," respondió el ventero, "págueseme lo
que se me debe, y dejémonos de cuentos ni de caballerías, que yo no tengo
cuenta con otra cosa que con cobrar° mi hacienda."   collect

     "Vos sois un sandio y mal hostalero,'" respondió don Quijote.   innkeeper
40   Y poniendo piernas a Rocinante²⁶ y terciando° su lanzón, se salió de   brandishing
la venta sin que nadie le detuviese, y él, sin mirar si le seguía su escudero,

---

     24   **La venganza...** *the vengeance that I see fit*
     25   **Perdonéis por...** *forgive the payment*
     26   **Y poniendo...** *and spurring Rocinante.* The first edition had **al Roci-
nante**. The second had **a Rocinante**. I have changed Schevill's **al** to **a**.

'se alongó° un buen trecho. El ventero que le vio ir y que no le pagaba, *went away*
acudió a cobrar de Sancho Panza, el cual dijo que pues° su señor no había *since*
querido pagar, que tampoco él pagaría. Porque siendo el escudero de
caballero andante, como era, la mesma regla y razón corría por él como
por su amo en no pagar cosa alguna en los mesones° y ventas. Amohinóse° *inns, became irritated*
mucho deſto el ventero, y amenazóle que si no le pagaba, que lo cobraría
de modo que le pesase.° A lo cual Sancho respondió que, por la ley *would displease*
de caballería que su amo había recebido, no pagaría un solo cornado,° *⅙ of a maravedí*
aunque le coſtase la vida, porque no había de perder por él la buena y
antigua usanza de los caballeros andantes, ni se habían de quejar dél los
escuderos de los tales que eſtaban por venir al mundo, reprochándole el
quebrantamiento de tan juſto fuero.[27]

Quiso la mala suerte del desdichado Sancho que, entre la gente que
eſtaba en la venta, se hallasen cuatro perailes° de Segovia, tres agujeros° *woolcarders, needle-*
del Potro de Córdoba y dos vecinos de la Heria[28] de Sevilla, gente alegre, *makers*
bien intencionada, maleante y juguetona,° los cuales, casi como inſtigados *playful*
y movidos de un mesmo espíritu, se llegaron a Sancho, y apeándole del
asno, uno dellos entró por° la manta° de la cama del huésped, y echándole° *to fetch, blanket, le =*
en ella, alzaron los ojos y vieron que el techo° era algo más bajo de lo *Sancho; ceiling*
que habían meneſter para su obra, y determinaron salirse al corral, que
tenía por límite el cielo. Y allí, pueſto Sancho en mitad de la manta,
comenzaron a levantarle en alto y a holgarse con él, como con perro por
carneſtolendas.° *carnival*

Las voces que el mísero manteado daba fueron tantas, que llegaron a
los oídos de su amo, el cual, deteniéndose a escuchar atentamente, creyó
que alguna nueva aventura le venía, haſta que claramente conoció que
el que gritaba era su escudero, y volviendo las riendas, con un penado° *laborious*
galope llegó a la venta, y hallándola cerrada, la rodeó° por ver si hallaba *went around*
por donde entrar. Pero no hubo llegado a las paredes del corral, que no
eran muy altas, cuando vio el mal juego que se le hacía a su escudero.
Viole bajar y subir por el aire, con tanta gracia y preſteza,° que, si la cólera *nimbleness*
le dejara, tengo para mí que 'se riera.° Probó a subir desde el caballo a *he would have laughed*
las bardas,[29] pero eſtaba tan molido y quebrantado, que aun apearse no
pudo, y así, desde encima del caballo, comenzó a decir tantos denueſtos° *insults*
y baldones° a los que a Sancho manteaban,° que no es posible acertar a *affronts, were blanket-*
escribillos, mas no por eſto cesaban ellos de su risa° y de su obra, ni el *ing; laughter*
volador Sancho dejaba sus quejas,° mezcladas ya con amenazas, ya con *grumblings*
ruegos.° Mas todo aprovechaba poco, ni aprovechó, haſta que de puro *supplications*
cansados le dejaron.° Trujéronle allí su asno, y subiéndole encima, le *let go*

---

27 **Ni se...** *nor would the squires of others who had yet to come into the*
world be able to complain about him, reproaching him for having broken such a
proper law

28 Pronounced **Jeria** = **Feria**, a section of Seville where a market was held
weekly (Rodríguez Marín). Another place where rogues gathered together.

29 **Probó a...** *he tried to climb up from the horse to the fence*

Comenzó a decir tantos denuestos y baldones a los que a Sancho manteaban,
que no es posible acertar a escribillos.

arroparon con su gabán.° Y la compasiva de Maritornes, viéndole tan   sleeved cloak
fatigado,° le pareció ser bien con un jarro de agua, y así se le trujo del   weary
pozo, por ser más frío. Tomóle Sancho, y llevándole a la boca, se paró a las
voces que su amo le daba, diciendo: "¡Hijo Sancho, no bebas agua! ¡Hijo,
no la bebas, que te matará! Ves aquí tengo el santísimo° bálsamo"—y   very holy
enseñábale la alcuza del brebaje—"que con dos gotas que dél bebas
sanarás sin duda."

A estas voces volvió Sancho los ojos como de través,[30] y dijo con otras
mayores: "Por dicha ¿hásele olvidado a vuestra merced como yo no soy
caballero, o quiere que acabe de vomitar las entrañas que me quedaron de
anoche? ¡Guárdese su licor con todos los diablos, y déjeme a mí!"

Y el acabar de decir esto y el comenzar a beber, todo fue uno. Mas
como al primer trago vio que era agua, no quiso pasar adelante, y rogó
a Maritornes que se le trujese de vino, y así lo hizo ella de muy buena
voluntad, y lo pagó de su mesmo dinero, porque, en efecto, se dice della
que, aunque estaba en aquel trato, tenía unas 'sombras y lejos° de cristiana.   appearance

Así como bebió Sancho dio de los carcaños° a su asno, y abriéndole la   heels
puerta de la venta de par en par, se salió della, muy contento de no haber
pagado nada y de haber salido con su intención, aunque había sido a costa
de sus acostumbrados fiadores,° que eran sus espaldas. Verdad es que el   guarantors
ventero se quedó con sus alforjas en pago de lo que se le debía. Mas Sancho
no las 'echó menos,° según salió turbado.° Quiso el ventero atrancar° bien   missed, upset, bar
la puerta así como le vio fuera. Mas no lo consintieron los manteadores,°   blanketers
que era gente que, aunque don Quijote fuera verdaderamente de los
caballeros andantes de la Tabla Redonda, no le estimaran° en dos ardites.°   value, "old coins"

*Capítulo XVIII. Donde se cuentan las razones que pasó Sancho
Panza con su señor don Quijote, con otras aventuras dignas
de ser contadas.*

LLEGÓ SANCHO a su amo marchito° y desmayado,° tanto, que no   withered, faint
podía harrear° a su jumento. Cuando así le vio don Quijote, le   drive
dijo: "Ahora acabo de creer, Sancho bueno, que aquel castillo o
venta, de que es encantado sin duda, porque aquellos que tan atrozmente°   cruelly
tomaron pasatiempo° contigo, ¿qué podían ser sino fantasmas y gente del   amusement
otro mundo? Y confirmo esto por haber visto que cuando estaba° por las   *yo estaba*
bardas del corral mirando los actos de tu triste tragedia, no me fue posible
subir por ellas, ni menos pude apearme de Rocinante, porque me debían
de tener encantado; que te juro por la fe de quien soy que, si pudiera subir
o apearme, que yo te hiciera° vengado de manera que aquellos follones y   *habría*
malandrines se acordaran de la burla para siempre, aunque en ello supie-
ra° contravenir a las leyes de la caballería, que, como ya muchas veces te   *tuviera que*

30 **Volvió Sancho...** Sancho rolled his eyes, squinted, or looked cross-
eyed. No one knows for sure.

he dicho, no consienten que caballero ponga mano contra quien no lo sea, si no fuere en defensa de su propria vida y persona, en caso de urgente y gran necesidad."

"También me vengara yo si pudiera, fuera o no fuera armado caballero, pero no pude; aunque 'tengo para mí° que aquellos que se holgaron conmigo no eran fantasmas ni hombres encantados, como vuestra merced dice, sino hombres de 'carne y de hueso° como nosotros. Y todos, según los oí nombrar° cuando me volteaban,° tenían sus nombres: que el uno se llamaba Pedro Martínez, y el otro Tenorio Hernández, y el ventero oí que se llamaba Juan Palomeque el Zurdo.° Así que, señor, el no poder saltar las bardas del corral ni apearse del caballo, en ál° estuvo que en encantamentos.¹ Y lo que yo 'saco en limpio° de todo esto es, que estas aventuras que andamos buscando, 'al cabo al cabo,° nos han de traer a tantas desventuras, que no sepamos cuál es nuestro pie derecho. Y lo que sería mejor y más acertado, según mi poco entendimiento, fuera el volvernos a nuestro lugar, ahora que es tiempo de la siega° y de entender en la hacienda,° dejándonos de «andar de Ceca en Meca» y «de zoca en colodra,»² como dicen."

"¡Qué poco sabes, Sancho," respondió don Quijote, "de achaque de caballería! Calla y ten paciencia, que día vendrá donde veas, por vista de ojos, cuán honrosa cosa es andar en este ejercicio. Si no, dime, ¿qué mayor contento puede haber en el mundo, o qué gusto puede igualarse al de vencer° una batalla y al de triunfar de su enemigo? Ninguno, sin duda alguna."

"Así debe de ser," respondió Sancho, "puesto que yo no lo sé. Sólo sé que después que somos caballeros andantes, o vuestra merced lo es—que yo no hay para qué me cuente en tan honroso número—, jamás hemos vencido batalla alguna, si no fue la del vizcaíno, y aun de aquélla salió vuestra merced con media oreja y media celada menos, que después acá todo ha sido palos y más palos, puñadas y más puñadas, llevando yo de ventaja el manteamiento,³ y haberme sucedido por personas encantadas, de quien no puedo vengarme, para saber hasta dónde llega el gusto del vencimiento del enemigo, como vuestra merced dice."

"Ésa es la pena que yo tengo y la que tú debes tener, Sancho," respondió don Quijote, "pero de aquí adelante yo procuraré haber a las manos⁴ alguna espada hecha por tal maestría,° que al que la trujere consigo no le puedan hacer ningún género de encantamentos. Y aun podría ser que 'me deparase° la ventura aquella° de Amadís, cuando se llamaba el CABALLERO DE LA ARDIENTE ESPADA,⁵ que fue una de las mejores espadas

(marginal glosses)
I firmly believe
flesh and blood
called by name,
 whirled
left-handed
something else
conclude
in the end

harvest
farm

winning

skill

might present to me,
aquella *espada*

---

1   **En ál...** *had to do with something other than enchantments*

2   **De Ceca...** *from one place to another.* Ceca is the name of the mosque at Cordova and Meca is Mecca, the holy Muslim city. **Zoca en colodra** seems to mean 'from a bad place to a worse place.'

3   **Llevando yo...** *over and above that, I have been blanketed*

4   **Haber a...** *to have on hand*

5   This was Amadís de Grecia.

que tuvo caballero en el mundo, porque, fuera que tenía la virtud dicha,[6] cortaba como una navaja,° y no había armadura,° por fuerte y encantada que fuese, que se le parase delante."[7]

"Yo soy tan venturoso," dijo Sancho, "que cuando eso fuese[8] y vuestra merced viniese a hallar espada semejante, sólo vendría a servir y aprovechar a los armados caballeros, como el bálsamo, y a los escuderos... que se los papen duelos."[9]

"No temas eso, Sancho," dijo don Quijote, "que mejor lo hará el cielo contigo."

En estos coloquios iban don Quijote y su escudero, cuando vio don Quijote que por el camino que iban venía hacia ellos una grande y espesa polvareda,° y en viéndola, se volvió a Sancho y le dijo: "Éste es el día, ¡oh Sancho! en el cual se ha de ver el bien que me tiene guardado mi suerte. Éste es el día, digo, en que se ha de mostrar, tanto como en otro alguno, el valor de mi brazo, y en el que tengo de hacer obras que queden escritas en el libro de la fama por todos los venideros siglos. ¿Ves aquella polvareda que allí se levanta, Sancho? Pues toda es cuajada° de un 'copiosísimo ejército° que de diversas e innumerables gentes por allí viene marchando."

"'A esa cuenta,° dos deben de ser," dijo Sancho, "porque desta parte contraria[10] se levanta asimesmo otra semejante polvareda."

Volvió a mirarlo don Quijote, y vio que así era la verdad, y alegrándose sobremanera,° pensó sin duda alguna que eran dos ejércitos que venían a embestirse° y a encontrarse° en mitad de aquella espaciosa llanura;° porque tenía a todas horas y momentos llena la fantasía[11] de aquellas batallas, encantamentos, sucesos, desatinos, amores, desafíos, que en los libros de caballerías se cuentan, y 'todo cuanto° hablaba, pensaba o hacía, era encaminado a cosas semejantes. Y la polvareda que había visto la levantaban dos grandes manadas de 'ovejas y carneros° que, por aquel mesmo camino, de dos diferentes partes venían, las cuales, con el polvo, no se echaron de ver[12] hasta que llegaron cerca. Y con tanto ahinco afirmaba don Quijote que eran ejércitos, que Sancho lo vino a creer y a decirle: "Señor, pues ¿qué hemos de hacer nosotros?"

"¿Qué?" dijo don Quijote, "favorecer y ayudar a los menesterosos y desvalidos. Y has de saber, Sancho, que este que viene por nuestra frente le conduce° y guía el grande emperador Alifanfarón, señor de la grande isla Trapobana;[13] este otro que a mis espaldas marcha es el de su enemigo

razor, armor	

cloud of dust

churned up
very large army

in that case

beyond measure
attack, clash
plain

everything

ewes amd rams

leads

---

6 **Fuera que...** *aside from having the mentioned power*
7 **Que se...** *that could withstand it*
8 **"Yo soy...** *"such is my luck," said Sancho, "that when this came to pass..."*
9 **Que se los...** *they'll be eaten by grief*
10 **Desta...** *from the other side*
11 **Tenía a...** *he had his imagination filled at all times*
12 **No se...** *they could not be seen*
13 Trapobana is a switched-around Taprobana, the old name for Ceylon, now Sri Lanka.

el rey de los garamantas,[14] Pentapolén del Arremangado° Brazo, porque   rolled-up sleeve
siempre entra en las batallas con el brazo derecho desnudo."

"Pues ¿por qué se quieren tan mal[15] estos dos señores?" preguntó
Sancho.

5 "Quiérense mal," respondió don Quijote, "porque este Alefanfarón
es un foribundo° pagano, y está enamorado de la hija de Pentapolín, que   raging
es una muy fermosa y 'además agraciada° señora, y es cristiana, y su padre   excessively graceful
no se la quiere entregar al rey pagano, si no deja primero la ley de su falso
profeta Mahoma y se vuelve a la suya."[16]

10 "¡Para mis barbas," dijo Sancho, "si no hace muy bien Pentapolín,[17] y
que le tengo de ayudar en cuanto pudiere!"

"En eso harás lo que debes, Sancho," dijo don Quijote, "porque para
entrar en batallas semejantes no se requiere ser armado caballero."

"Bien se me alcanza eso,"[18] respondió Sancho. "Pero, ¿dónde pon-
15 dremos a este asno, que estemos ciertos de hallarle después de pasada la
refriega?° porque el entrar en ella en semejante caballería no creo que está   fray
en uso° hasta agora."   custom

"Así es verdad," dijo don Quijote, "lo que puedes hacer dél es dejarle
a sus aventuras,[19] ora se pierda o no, porque serán tantos los caballos que
20 tendremos después que salgamos vencedores,° que aun corre peligro Ro-   conquerors
cinante no le trueque por otro.[20] Pero estáme atento y mira, que te quiero
dar cuenta[21] de los caballeros más principales que en estos dos ejércitos
vienen. Y para que mejor los veas y notes, retirémonos a aquel altillo° que   little hill
allí se hace,° de donde se deben de descubrir los dos ejércitos."[22]   **ve**

25 Hiciéronlo ansí, y pusiéronse sobre una loma,° desde la cual se vieran   hill
bien las dos manadas que a don Quijote se le hicieron° ejércitos, si las   **parecieron**
nubes del polvo que levantaban no les turbara° y cegara° la vista. Pero,   would obscure, would
con todo esto, viendo en su imaginación lo que no veía ni había, con voz   blind
levantada comenzó a decir: "Aquel caballero que allí ves de las armas
30 jaldes,° que trae en el escudo un león coronado, rendido° a los pies de una   yellow, subdued
doncella, es el valeroso Laurcalco, señor de la Puente de Plata;[23] el otro de
las armas de las flores de oro, que trae en el escudo tres coronas de plata
en campo azul, es el temido Micocolembo,[24] gran duque de Quirocia; el
otro de los miembros° giganteos, que está a su derecha mano, es el nunca   limbs

---

14 Peoples from central Africa.

15 **¿Por qué...** *why do they hate each other so much?*

16 **Se vuelve...** *adopts his own,* that is, Pentapolín's Christianity.

17 **"¡Para mis...** *"by my beard," said Sancho, "Pentapolín does quite right"*

18 **Bien se...** *I can understand that*

19 **Dejarle a...** *let him go free*

20 **Aun corre...** *even Rocinante runs the risk that I'll exchange him for another*

21 **Te quiero...** *I want to tell you about*

22 **De donde...** *from where one can see the two armies*

23 There is a proverb **A enemigo que huye, puente de plata** *if your enemy flees,* [give him] *a bridge of silver.*

24 **Mico** was a slang term for lecherous man and **cola** for penis.

"Aquel caballero que allí ves de las armas jaldes, que trae en el escudo un león coronado, rendido a los pies de una doncella, es el valeroso Laurcalco, señor de la Puente de Plata"

medroso Brandabarbarán de Boliche,° señor de las tres Arabias,²⁵ que   "an old game"
viene armado de aquel cuero de serpiente, y tiene por escudo una puerta,
que, según es fama, es una de las del templo que derribó Sansón,²⁶ cuando
con su muerte se vengó de sus enemigos.²⁷

5   "Pero vuelve los ojos a estotra° parte, y verás delante y en la fren-   **esta otra**
te destotro ejército al siempre vencedor y jamás vencido Timonel de
Carcajona,²⁸ príncipe de la Nueva Vizcaya,° que viene armado con las   Basque country
armas partidas° a cuarteles,° azules, verdes, blancas y amarillas, y trae en el   divided, quarters
escudo un gato de oro en campo leonado,° con una letra que dice: MIAU,   lion-colored
10   que es el principio del nombre de su dama, que, según se dice, es la sin
par Miulina, hija del duque Alfeñiquén del Algarbe;²⁹ el otro, que carga
y oprime los lomos de aquella poderosa alfana,³⁰ que trae las armas como
nieve blancas,³¹ y el escudo blanco y sin empresa alguna, es un caballero
novel, de nación° francés, llamado Pierres Papín,³² señor de las baronías   birth
15   de Utrique; el otro, que bate° las hijadas° con los herrados° carcaños a   strikes, flanks, with
aquella pintada y ligera cebra, y trae las armas de los veros azules,³³ es el   spurs
poderoso duque de Nerbia, Espartafilardo del Bosque, que trae por em-
presa en el escudo una esparraguera,° con una letra en castellano que dice   asparagus plant
así: RASTREA° MI SUERTE."   drags
20   Y desta manera fue nombrando muchos caballeros del uno y del
otro escuadrón, que él se imaginaba, y a todos les dio sus armas, colores,
empresas y motes° 'de improviso,° llevado de la imaginación de su nunca   mottos, out of the blue
vista locura, y sin parar, prosiguió diciendo: "A este escuadrón frontero°   in front
forman y hacen gentes de diversas naciones:³⁴ aquí están los que bebían
25   las dulces aguas del famoso Janto;³⁵ los montuosos que pisan los masílicos

---

25   Arabia was divided into three sections, in Spanish: **Pétrea, Felix** and
Desierta.

26   In Judges 16:3, Samson removed the doors of the gates of the city of
Gaza, *not* from the temple.

27   Judges 16:29-30 tells how Samson pushed out the pillars of a temple, causing it to crumble, killing himself and a large number of Philistines, his
enemies.

28   **Carcajona** suggests **carcajada** *hearty laugh*

29   The southern seacoast of Portugal is the Algarve. It had been Moorish
territory.

30   **Carga y…** *weighs upon and presses down on the loins of that powerful horse*

31   **Armas como…** *arms white as snow*

32   There was a hunchback Frenchman in Seville, proprietor of a playing-
card store, whose name was Pierre Papin, in real-life, and mentioned in Cervantes' *El rufián dichoso* (Jornada I, v. 604).

33   **Veros azules** is a heraldic term referring to alternating bars of blue and
white on one's shield.

34   **A este…** *people of different nations form and make up this squadron in
front*

35   The Xanthus is the river of ancient Troy (located in modern southwest
Turkey), sung about by both Homer and Virgil. It flows into the Mediterranean
Sea.

campos;³⁶ los que criban³⁷ el finísimo y menudo° oro en la felice Arabia;³⁸   *fine*

los que gozan las famosas y frescas riberas° del claro Termodonte;³⁹ los que   *shores*

sangran⁴⁰ por muchas y diversas vías° al dorado Páctolo;⁴¹ los númidas,⁴²   *ways*

dudosos° en sus promesas; los persas en arcos y flechas famosos;⁴³ los   *unreliable*

partos, los medos, que pelean huyendo;⁴⁴ los árabes, de mudables° casas;

los citas, tan crueles como blancos;⁴⁵ los etíopes,° de horadados° labios,   *moveable, Ethiopians,*

y otras infinitas naciones, cuyos roſtros conozco y veo, aunque de los   *pierced*

nombres no me acuerdo. En eſtotro escuadrón vienen los que beben las

corrientes criſtalinas del olivífero Betis;⁴⁶ los que tersan° y pulen° sus ros-   *smooth, polish*

tros con el licor del siempre rico y dorado Tajo;⁴⁷ los que gozan las pro-

vechosas aguas del divino Genil;⁴⁸ los que pisan los tartesios⁴⁹ campos, de

paſtos° abundantes; los que se alegran en los elíseos jerezanos⁵⁰ prados;   *pasture*

los manchegos, ricos y coronados de 'rubias espigas;° los de hierro veſti-   *golden wheat*

dos, reliquias° antiguas de la sangre goda;° los que en Pisuerga⁵¹ se bañan,   *relics, Gothic*

famoso por la mansedumbre° de su corriente; los que su ganado apacien-   *gentleness*

tan° en las eſtendidas dehesas del tortuoso Guadiana,⁵² celebrado por su   *grazes*

escondido curso;° los que tiemblan° con el frío del silvoso° Pirineo⁵³ y con   *current, tremble,*

                                                           wild

---

36 **Montuosos...** *woodsmen who tread on the Massilian plains.* The Massilian Plains were in ancient Numidia, modern Algeria, in northern Africa.

37 Here, the first edition has **cubren**, which Schevill changed into **[des]cubren**. Starting with the second edition, **criban** *they sift* is used.

38 **Arabia Felix** is one of the three Arabias mentioned in note 25.

39 The Thermodon is a minor river in the Roman province of Pontus, on the south shore of the Black Sea, now in Turkey.

40 **Los que...** *those who drain,* that is, *drink from*

41 The Pactolus River, a tributary of the ancient Hermus River (modern Gediz in western Turkey), was called golden because King Midas, who turned everything he touched into gold, reputedly bathed there.`

42 The Numidians lived in what is now Algeria (see note 36, above).

43 **Los persas...** *Persians, famous for bows and arrows*

44 **Los partos...** *the Parthians and Medes who fight as they flee.* Parthia and Media were ancient kingdoms in what is now Iran.

45 The Scythians were cruel because they were cannibals (note by Rodríguez Marín, Gaos, *et al.*). They flourished before the Christian era in what is now southern Russia.

46 **Las cristalinas...** *the transparent running* [waters] *of the olive-bearing Guadalquivir.* Bætis is the Roman name for the Guadalquivir, the river that flows through Seville south to the Atlantic Ocean. The remainder of rivers mentioned are all in Spain.

47 The Tagus flows through Toledo and goes into the Atlantic Ocean out of Lisbon.

48 The Genil flows through Granada in the south of Spain.

49 Tartessos is an ancient, unlocated city along the Guadalquivir River.

50 Refers to Jérez de la Frontera, a southern Spanish city near Cádiz.

51 The Pisuerga River flows north through Valladolid, and exits near Santander.

52 The Guadiana River starts in la Mancha and goes west to Badajoz, then south to form the border with Portugal until it exits into the Atlantic Ocean.

53 The Pyrenees mountains separate France from Spain.

los blancos copos° del levantado Apenino.[54] Finalmente, cuantos toda la   *snowflakes*
Europa en sí contiene y encierra."

¡Válame Dios, y cuántas provincias dijo, cuántas naciones nombró, dándole a cada una con maravillosa presteza los atributos que le pertenecían, todo absorto y empapado° en lo que había leído en sus libros   *saturated*
mentirosos!

Estaba Sancho Panza 'colgado de° sus palabras, sin hablar ninguna, y   *hanging on*
de cuando en cuando volvía la cabeza a ver si veía los caballeros y gigantes que su amo nombraba. Y como no descubría a ninguno, le dijo: "Señor, encomiendo al diablo[55] hombre, ni gigante, ni caballero de cuantos vuestra merced dice parece por todo esto, a lo menos, yo no los veo. Quizá todo debe ser encantamento, como las fantasmas de anoche."

"¿Cómo dices eso?" respondió don Quijote. "¿No oyes el relinchar°   *neighing*
de los caballos, el tocar de los clarines,° el ruido de los atambores?°"   *bugles, drums*

"No oigo otra cosa," respondió Sancho, sino muchos balidos° de ove-   *bleating*
jas y carneros."

Y así era la verdad, porque ya llegaban cerca los dos rebaños.°   *flocks*

"El miedo que tienes," dijo don Quijote, "te hace, Sancho, que ni veas ni oyas a derechas.[56] Porque uno de los efectos del miedo es turbar los sentidos y hacer que las cosas no parezcan lo que son. Y si es que tanto temes, retírate 'a una parte° y déjame solo, que solo basto a dar la victoria   *somewhere*
a la parte a quien yo diere mi ayuda."

Y diciendo esto, puso las espuelas a Rocinante, y puesta la lanza en el ristre, bajó de la costezuela° como un rayo.°   *slope, bolt of lightning*

Diole voces Sancho, diciéndole: "¡Vuélvase vuestra merced, señor don Quijote, que voto° a Dios que son carneros y ovejas las que va a em-   *I swear*
bestir! ¡Vuélvase, desdichado° del padre que me engendró! ¿Qué locura   *wretched*
es ésta? ¡Mire que no hay gigante ni caballero alguno, ni gatos, ni armas, ni escudos partidos ni enteros, ni veros azules ni endiablados!° ¿Qué es lo   *bedeviled*
que hace? ¡Pecador soy yo a Dios!"

Ni por ésas volvió don Quijote; antes, en altas voces, iba diciendo: "¡Ea, caballeros, los que seguís y militáis° debajo de las banderas del va-   *go to war*
leroso Emperador Pentapolín del Arremangado Brazo, seguidme todos. Veréis cuán fácilmente le doy venganza de su enemigo, Alefanfarón de la Trapobana!"

Esto diciendo, se entró por medio del escuadrón de las ovejas, y comenzó de alanceallas° con tanto coraje y denuedo, como si de veras   *spear them*
alanceara a sus mortales enemigos. Los pastores y ganaderos que con la manada venían dábanle voces que no hiciese aquello; pero, viendo que 'no aprovechaban,° desciñéronse° las hondas[57] y comenzaron a saludalle los   *it did no good, took out*

---

54 The Apennine Mountains extend the length of Italy.

55 Gaos says that **encomiendo al diablo** is an expression that means **ninguno.**

56 **El miedo…** *your fear… makes you not see or hear correctly*

57 **Hondas** are slingshots of the kind with two cords attached to a leather

oídos con piedras como° el puño. Don Quijote no se curaba de las pie- | as big as
dras; antes, discurriendo° a todas partes, decía: "¿Adónde estás, soberbio | rambling
Alifanfarón? Vente a mí, ¡que un caballero solo soy que desea de 'solo a
solo° probar tus fuerzas y quitarte la vida, en pena de la que das al valeroso | one on one
Pentapolín Garamanta!"

Llegó en esto una peladilla° de arroyo, y dándole en un lado, le se- | pebble
pultó° dos costillas en el cuerpo. Viéndose tan maltrecho, creyó sin duda | caved in
que estaba muerto o mal ferido, y acordándose de su licor, sacó su alcuza
y púsosela a la boca, y comenzó a echar licor en el estómago. Mas antes
que acabase de envasar lo que a él le parecía que era bastante, llegó otra
almendra° y diole en la mano y en el alcuza, tan de lleno, que se la° hizo | stone, = the flask
pedazos, llevándole de camino[58] tres o cuatro dientes y muelas° de la boca, | molars
y machucándole malamente dos dedos de la mano.

Tal fue el golpe primero, y tal el segundo, que le fue forzoso al pobre
caballero dar consigo del caballo abajo.[59] Llegáronse a él los pastores y
creyeron que le habían muerto. Y así con mucha priesa, recogieron su
ganado, y cargaron de las reses° muertas, que pasaban de siete, y sin ave- | sheep
riguar otra cosa, se fueron.

Estábase todo este tiempo Sancho sobre la cuesta,° mirando las lo- | hill
curas que su amo hacía, y arrancábase° las barbas, maldiciendo° la hora | he pulled, cursing
y el punto en que la fortuna se le había dado a conocer.[60] Viéndole, pues,
caído en el suelo, y que ya los pastores se habían ido, bajó de la cuesta y
llegóse a él, y hallóle de muy mal arte,° aunque no había perdido el sen- | condition
tido, y díjole: "¿No le decía yo, señor don Quijote, que se volviese, que los
que iba a acometer no eran ejércitos, sino manadas de carneros?"

"Como eso puede desparecer y contrahacer aquel ladrón del sabio
mi enemigo.[61] Sábete, Sancho, que es muy fácil cosa a los tales hacernos
parecer° lo que quieren, y este maligno° que me persigue, envidioso de la | **creer**, wicked person
gloria que vio que yo había de alcanzar desta batalla, ha vuelto° los escua- | turned
drones de enemigos en manadas de ovejas. Si no, haz una cosa, Sancho,
por mi vida, porque te desengañes y veas ser verdad lo que te digo: sube
en tu asno y síguelos bonitamente,° y verás como, en alejándose de aquí | just like that
algún poco, se vuelven en su 'ser primero,° y dejando de ser carneros, | original form
son hombres 'hechos y derechos° como yo te los pinté primero... Pero | full-fledged
no vayas agora, que he menester tu favor y ayuda. Llégate a mí y mira
cuántas muelas y dientes me faltan, que me parece que no me ha quedado
ninguno en la boca."

Llegóse Sancho tan cerca, que casi le metía los ojos en la boca, y fue

---

patch. The stone is placed in the patch and the slingshot is whirled about. When
one of the cords is released, the stone shoots out on the tangent.

   58 **Llevándole de...** *taking along the way*

   59 **Le fue...** *it was necessary for the poor knight to drop from his horse to the ground*

   60 **Se le...** *had brought them together*

   61 **Como eso...** *that thieving wizard, my enemy, can falsify and make things like these disappear*

a tiempo que ya había obrado° el bálsamo en el eſtómago de don Quijote,   acted
y al tiempo que Sancho llegó a mirarle la boca, arrojó de sí, más recio que
una escopeta,° cuanto dentro tenía, y dio con todo ello en las barbas del   musket
compasivo escudero.

    "¡Santa María!" dijo Sancho, "y ¿qué es eſto que me ha sucedido? Sin
duda eſte pecador eſtá herido de muerte, pues vomita sangre por la boca."

    Pero reparando un poco más en ello, 'echó de ver° en la color, sabor y   he discovered
olor, que no era sangre, sino el bálsamo de la alcuza que él le había viſto
beber; y fue tanto el asco° que tomó, que, revolviéndosele° el eſtómago,   nausea, turning
vomitó las tripas sobre su mismo señor, y quedaron entrambos como de
perlas.° Acudió° Sancho a su asno para sacar de las alforjas con qué lim-   pearls, went
piarse y con qué curar a su amo, y como no las halló, eſtuvo 'a punto de°   about to
perder el juicio. Maldíjose de nuevo y propuso en su corazón de dejar a su
amo y volverse a su tierra,° aunque perdiese el salario de lo servido y las   home
esperanzas del gobierno de la prometida ínsula.

    Levantóse en eſto don Quijote, y pueſta la mano izquierda en la
boca, porque no se le acabasen de salir los dientes,[62] asió con la otra las
riendas de Rocinante, que nunca se había movido de junto a su amo, tal
era de leal° y bien acondicionado,° y fuese a donde su escudero eſtaba,   loyal, trained
de pechos sobre su asno,[63] con la mano en la mejilla, en guisa de hombre pensativo además.[64] Y viéndole don Quijote de aquella manera, con
mueſtras de tanta triſteza, le dijo: "Sábete, Sancho, que «no es un hombre
más que otro,[65] si no hace más que otro». Todas eſtas borrascas que nos
suceden son señales de que preſto ha de serenar° el tiempo y han de su-   clear up
cedernos bien las cosas, porque no es posible que el mal ni el bien sean
durables,° y de aquí se sigue que, habiendo durado mucho el mal, el bien   lasting
eſtá ya cerca. Así que no debes congojarte por las desgracias que a mí me
suceden, pues a ti no te cabe parte dellas."[66]

    "¿Cómo no?" respondió Sancho. "Por ventura el que ayer mantearon,
¿era otro que el hijo de mi padre? Y las alforjas que hoy me faltan, con
todas mis alhajas,° ¿son de otro que del mismo?"   belongings

    "¿Que te faltan las alforjas, Sancho?" dijo don Quijote.

    "Sí que me faltan," respondió Sancho.

    "Dese modo, no tenemos qué comer hoy," replicó don Quijote.

    "Eso fuera," respondió Sancho, "cuando faltaran por eſtos prados las
yerbas que vueſtra merced dice que conoce, con que suelen suplir semejantes faltas los tan mal aventurados andantes caballeros como vueſtra
merced es."

    "Con todo eso," respondió don Quijote, "tomara yo ahora 'más aína°   rather
un cuartal° de pan, o una hogaza,° y dos cabezas de 'sardinas arenques,°   small loaf, loaf, her-
    rings

---

62 **Porque no...** *so that the rest of his teeth wouldn't fall out*
63 **De pechos...** *with his chest against his donkey*
64 **En guisa...** *like a very pensive man*
65 **No es un...** *one man is no more than another*
66 **Pues a...** *since you have no part in them*

que cuantas yerbas describe Dioscórides, aunque fuera el ilustrado por el doctor Laguna.[67] Mas, con todo esto, sube en tu jumento, Sancho el bueno, y vente tras mí. Que Dios, que es proveedor° de todas las cosas, no nos ha de faltar, y más, andando tan en su servicio como andamos,[68] pues no falta a los mosquitos del aire,[69] ni a los gusanillos° de la tierra, ni a los renacuajos° del agua. Y es tan piadoso,° que hace salir su sol sobre los buenos y los malos, y llueve sobre los injustos y justos."[70]

 "Más bueno era vuestra merced," dijo Sancho, "para predicador[71] que para caballero andante."

 "De todo sabían y han de saber los caballeros andantes, Sancho," dijo don Quijote, "porque caballero andante hubo[72] en los pasados siglos, que así se paraba a hacer un sermón o plática° en mitad de un 'campo real,° como si fuera graduado por la Universidad de París, de donde se infiere que nunca la lanza embotó° la pluma, ni la pluma la lanza."

 "Ahora bien, sea así como vuestra merced dice," respondió Sancho. "Vamos ahora de aquí, y procuremos dónde alojar esta noche, y quiera Dios que sea en parte donde no haya mantas, ni manteadores, ni fantasmas, ni moros encantados; que, si los hay, daré al diablo el hato y el garabato."[73]

 "Pídeselo tú a Dios, hijo," dijo don Quijote, "y guía tú por donde quisieres, que esta vez quiero dejar a tu eleción el alojarnos. Pero dame acá la mano, y atiéntame° con el dedo, y mira bien cuántos dientes y muelas me faltan deste lado derecho, de la quijada alta, que allí siento el dolor."

 Metió Sancho los dedos, y estándole tentando, le dijo: "¿Cuántas muelas solía° vuestra merced tener en esta parte?"

 "Cuatro," respondió don Quijote, "fuera de la cordal,° todas enteras y muy sanas."

 "Mire vuestra merced bien lo que dice, señor," respondió Sancho.

 "Digo cuatro, si no eran cinco," respondió don Quijote, "porque en toda mi vida 'me han° sacado diente ni muela de la boca, ni se me ha caído, ni comido de neguijón ni de reuma alguna."[74]

 "Pues en esta parte de abajo," dijo Sancho, "no tiene vuestra merced más de dos muelas y media, y en la de arriba, ni media, ni ninguna, que toda está rasa° como la palma de la mano."

 "¡Sin ventura yo!" dijo don Quijote, oyendo las tristes nuevas que su

Right margin glosses:
provider
worms
tadpoles, merciful
discourse, camp
blunted
feel
used to
wisdom tooth
no me han
smooth

---

 67 Pedanius Dioscorides (40-90A.D.) was a Greek physician who wrote *De materia medica*, a pharmacological text that was the standard for 1600 years. Dr. Andrés de Laguna's Spanish edition was published in Antwerp in 1555.

 68 **No nos...** *He won't fail us, and moreso since we are so much in His service*

 69 **No falta***... doesn't fail the gnats of the air*

 70 Matthew 5:45.

 71 **Más bueno...** *you would make... a better preacher*

 72 **Caballero andante** should be treated as a plural, not a singular.

 73 **Daré al...** *may the devil carry everything off.* **Hato** is a flock and **garabato** is a shepherd's crook.

 74 **Ni comido...** *nor destroyed by cavities or any abscess*

escudero le daba, "que más quisiera que me hubieran derribado° un brazo,   torn off
como° no fuera el de la espada, porque te hago saber, Sancho, que la boca   as long as
sin muelas es como molino sin piedra, y en mucho más se ha de estimar
un diente que un diamante. Mas a todo esto estamos sujetos los que pro-
5   fesamos la estrecha orden de la caballería. Sube, amigo, y guía, que yo te
seguiré al paso° que quisieres."   pace

Hízolo así Sancho y encaminóse hacia donde le pareció que podía
hallar acogimiento, sin salir del camino real que por allí iba muy segui-
do.° Yéndose, pues, poco a poco, porque el dolor de las quijadas de don   straight
10 Quijote no le dejaba sosegar° ni atender a darse priesa,⁷⁵ quiso Sancho   be comfortable
entretenelle y divertille° diciéndole alguna cosa, y entre otras que le dijo,   distract him
fue lo que se dirá en el siguiente capítulo.

*Capítulo XIX. De las discretas razones que Sancho pasaba con su
amo, y de la aventura que le sucedió con un cuerpo muerto, con
15   otros acontecimientos famosos.*

"Paréceme, señor mío, que todas estas desventuras que estos
días nos han sucedido, sin duda alguna, han sido pena del pecado cometido por vuestra merced contra la orden de su ca-
ballería, no habiendo cumplido el juramento° que hizo de no comer pan   oath
20 a manteles ni con la reina folgar, con todo aquello que a esto se sigue y
vuestra merced juró de cumplir, hasta quitar aquel almete° de Malandri-   helmet
no, o como se llama el moro, que no me acuerdo bien."

"Tienes mucha razón, Sancho," dijo don Quijote. "Mas, para decirte
verdad, ello se me había pasado de la memoria, y también puedes tener
25 por cierto que por la culpa de no habérmelo tú acordado° en tiempo, te   reminded
sucedió aquello de la manta. Pero yo 'haré la enmienda,° que modos hay   will make amends
de composición en la orden de la caballería para todo."

"Pues ¿juré yo algo, 'por dicha?'°" respondió Sancho.   by chance

"No importa que no hayas jurado," dijo don Quijote, "basta que yo
30 entiendo que de participantes no estás muy seguro,¹ y 'por sí o por no,° no   just in case
será malo proveernos de remedio."

"Pues si ello es así," dijo Sancho, "mire vuestra merced no se le torne
a olvidar esto, como lo del juramento. Quizá les volverá la gana a las
fantasmas de solazarse° otra vez conmigo, y aun con vuestra merced, si le   have pleasure
35 ven tan pertinaz."

En éstas y otras pláticas les tomó la noche en mitad del camino, sin
tener ni descubrir donde aquella noche se recogiesen. Y lo que no había
de bueno en ello era que perecían° de hambre, que con la falta de las al-   were dying

---

75 **Ni atender...** *nor think about going faster*
1 **Basta que...** *it's enough for me to understand that you are not entirely free
from involvement.* The **excomunión de participantes** was the penalty given to
those who had dealings with people who had been excommunicated.

forjas les faltó toda la despensa° y matalotaje.° Y para acabar de confirmar — pantry, provisions
esta desgracia les sucedió una aventura, que, sin artificio alguno, verdaderamente lo parecía. Y fue que la noche cerró con alguna escuridad, pero
con todo esto caminaban, creyendo Sancho que, pues aquel camino era
real, a una o dos leguas, 'de buena razón° hallaría en él alguna venta.   razonablemente

Yendo, pues, desta manera, la noche escura, el escudero hambriento y
el amo con gana de comer, vieron que por el mesmo camino que iban, venían hacia ellos gran multitud de lumbres, que no parecían sino estrellas°   stars
que se movían. Pasmóse° Sancho en viéndolas, y don Quijote no las tuvo   was stunned
todas consigo.² Tiró el uno del cabestro a su asno, y el otro de las riendas
a su rocino, y estuvieron quedos mirando atentamente lo que podía ser
aquello, y vieron que las lumbres se iban acercando a ellos, y mientras
más se llegaban mayores parecían. A cuya vista Sancho comenzó a temblar como un azogado,³ y los cabellos de la cabeza se le erizaron° a don   stood on end
Quijote, el cual, animándose° un poco, dijo: "Ésta, sin duda, Sancho, debe   encouraging himself
de ser grandísima y peligrosísima aventura, donde será necesario que yo
muestre todo mi valor y esfuerzo."

"¡Desdichado de mí!" respondió Sancho. "Si acaso esta aventura fuese de fantasmas, como me lo va pareciendo, ¿adónde habrá costillas que
la sufran?"

"Por más fantasmas que sean," dijo don Quijote, "no consentiré yo
'que te° toque en el pelo de la ropa; que si la otra vez se burlaron° contigo,   que ninguno te, played
fue porque no pude yo saltar las paredes del corral. Pero ahora estamos   tricks
'en campo raso,° donde podré yo como quisiere esgrimir° mi espada."   in the open air, brandish; make numb
"Y si le encantan y entomecen,° como la otra vez lo hicieron," dijo
Sancho, "¿qué aprovechará estar en campo abierto o no?"

"Con todo eso," replicó don Quijote, "te ruego, Sancho, que tengas
buen ánimo, que la experiencia te dará a entender el que yo tengo."

"Sí tendré, si a Dios place," respondió Sancho.

Y apartándose los dos a un lado del camino, tornaron a mirar atentamente lo que aquello de aquellas lumbres que caminaban podía ser. Y
de allí a muy poco descubrieron muchos encamisados,° cuya temerosa   surplice wearers
visión 'de todo punto remató° el ánimo de Sancho Panza, el cual comen-   completely finished
zó a 'dar diente con diente,° como quien tiene frío de cuartana.⁴ Y creció   chatter teeth
más 'el batir y dentellear° cuando distintamente vieron lo que era, porque   chattering of teeth
descubrieron hasta veinte encamisados, todos a caballo, con sus hachas°   torches
encendidas en las manos, detrás de los cuales venía una litera° cubierta   litter
'de luto,° a la cual seguían otros seis de a caballo, enlutados hasta los pies   mourning
de las mulas, que bien vieron que no eran caballos en el sosiego° con que   calmness
caminaban. Iban los encamisados murmurando entre sí, con una voz baja

---

2 **No las…** *felt uneasy*

3 **Temblar como…** *to shake like a leaf.* **Azogue** is mercury. Mercury vapors
in the mines made workers tremble.

4 **Cuartana** is an illness which alternates chills and fever and recurs every
four days.

y compasiva.° Esta estraña visión a tales horas y en tal despoblado, bien   doleful
bastaba para poner miedo en el corazón de Sancho, y aun en el de su amo.
Y así fuera en cuanto a don Quijote,⁵ que ya Sancho había dado al través
con todo su esfuerzo.⁶ Lo contrario le avino a su amo, al cual en aquel
5   punto se le representó en su imaginación, al vivo, que aquélla era una de
las aventuras de sus libros. Figurósele que la litera eran andas donde debía
de ir algún mal ferido o muerto caballero, cuya venganza a él solo estaba
reservada, y sin hacer otro discurso, enristró su lanzón, púsose bien en la
silla, y con gentil brío° y continente se puso en la mitad del camino por   resolution
10 donde los encamisados forzosamente° habían de pasar, y cuando los vio   necessarily
cerca, alzó la voz y dijo: "Deteneos, caballeros, o quienquiera que seáis, y
dadme cuenta de quién sois, de dónde venís, adónde vais, qué es lo que en
aquellas andas lleváis—que, 'según las muestras,° o vosotros habéis fecho,   the way it looks
o vos han fecho, algún desaguisado, y conviene y es menester que yo lo
15 sepa, o bien para castigaros del mal que fecistes, o bien para vengaros del
tuerto que vos ficieron."

"Vamos de priesa," respondió uno de los encamisados, "y está la venta lejos, y no nos podemos detener a dar tanta cuenta como pedís."

Y picando la mula, pasó adelante. Sintióse° desta respuesta grande-   resented
20 mente don Quijote, y trabando° del freno° dijo: "Deteneos y sed más bien   **trabando** *la mula,* bit
criado y dadme cuenta de lo que os he preguntado, si no, conmigo sois
todos en batalla."

Era la mula asombradiza,° y al tomarla del freno 'se espantó° de ma-   shy, got scared
nera que, alzándose en los pies, dio con su dueño por las ancas en el suelo.
25 Un mozo que iba a pie, viendo caer al encamisado, comenzó a denostar°   revile
a don Quijote, el cual, ya encolerizado,° sin esperar más, enristrando° su   angry, couching
lanzón, arremetió a uno de los enlutados, y mal ferido dio con él en tierra.
Y revolviéndose° por los demás, era cosa de ver con la presteza que los   turning around
acometía y desbarataba,° que no parecía sino que en aquel instante le ha-   routed
30 bían nacido alas° a Rocinante, según andaba de ligero y orgulloso.° Todos   wings, proud
los encamisados era gente medrosa y sin armas, y así con facilidad° en un   ease
momento dejaron la refriega y comenzaron a correr por aquel campo con
las hachas encendidas, que no parecían sino a los de las máscaras° que en   masks
noche de regocijo° y fiesta° corren. Los enlutados, asimesmo revueltos° y   merriment, festival,
35 envueltos° en sus faldamentos y lobas,⁷ no se podían mover, así que, muy   encumbered; wrap-
a su salvo⁸ don Quijote los apaleó a todos y les hizo dejar el sitio mal de   ped up; mauled
su grado, porque todos pensaron que aquél no era hombre, sino diablo del
infierno que les salía a quitar el cuerpo muerto que en la litera llevaban.

Todo lo miraba Sancho, admirado del ardimiento° de su señor, y   undaunted courage
decía entre sí: "Sin duda este mi amo es tan valiente y esforzado° como   valiant

5   **Y así…** Gaos says this means "and it should be hoped that it had been
this way with Don Quijote," so that he wouldn't have taken on this adventure.

6   **Sancho había…** *Sancho had given up with all his strength*

7   **Faldamentos y…** *skirts and sleeveless cassocks*

8   **Muy a…** *in no danger at all*

él dice."

Estaba una hacha ardiendo en el suelo junto al primero que derribó la mula, a cuya luz le pudo ver don Quijote, y llegándose a él, le puso la punta del lanzón en el rostro, diciéndole que se rindiese, si no, que le mataría. A lo cual respondió el caído: "Harto rendido estoy, pues no me puedo mover, que tengo una pierna quebrada. Suplico a vuestra merced, si es caballero cristiano, que no me mate, que cometerá un gran sacrilegio, que soy licenciado y tengo las primeras órdenes."[9]

"Pues ¿quién diablos° os ha traído aquí," dijo don Quijote, "siendo hombre de Iglesia?"   °"the devil"

"¿Quién, señor?" replicó el caído: "mi desventura."

"Pues otra mayor os amenaza," dijo don Quijote, "si no me satisfacéis° a todo cuanto primero os pregunté."   °satisfy

"'Con facilidad será vuestra merced satisfecho," respondió el licenciado, "y así, sabrá vuestra merced que, aunque denantes dije que yo era licenciado, no soy sino bachiller, y llámome Alonso López. Soy natural de Alcobendas; vengo de la ciudad de Baeza con otros once sacerdotes, que son los que huyeron con las hachas. Vamos a la ciudad de Segovia[10] acompañando un cuerpo muerto, que va en aquella litera, que es de un caballero que murió en Baeza, donde fue depositado,° y ahora, como digo,   °entombed llevábamos sus huesos a su sepultura, que está en Segovia, de donde es natural."

"Y ¿quién le mató?" preguntó don Quijote.

"Dios, por medio de unas 'calenturas pestilentes° que le dieron," respondió el bachiller.   °foul fever

"'Desa suerte,°" dijo don Quijote, "quitado me ha nuestro Señor del   °in that case trabajo que había de tomar en vengar su muerte, si otro alguno le hubiera muerto. Pero habiéndole muerto quien le mató, no hay sino callar y encoger° los hombros, porque lo mesmo hiciera si a mí mismo me matara,[11] y   °shrug quiero que sepa vuestra reverencia que yo soy un caballero de la Mancha, llamado don Quijote, y es mi oficio y ejercicio andar por el mundo enderezando tuertos y desfaciendo agravios."

"No sé cómo pueda ser eso de enderezar tuertos," dijo el bachiller, "pues a mí de derecho me habéis vuelto tuerto,[12] dejándome una pierna quebrada, la cual no se verá derecha en todos los días de su vida. Y el agravio que en mí habéis deshecho ha sido dejarme agraviado de manera que me quedaré agraviado para siempre, y harta desventura ha sido topar con vos, que vais buscando aventuras."

"No todas las cosas," respondió don Quijote, "suceden de un mismo

---

9 These are the first four orders on the way to becoming a priest.

10 Alcobendas is a small city just north of Madrid; Baeza is in the south of Spain, in the Province of Jaén, about 130 kms. north of Granada; Segovia is 100 kms. northwest of Madrid.

11 **Lo mesmo...** *I would do the same if He were to kill me*

12 **De derecho...** *from right you have left me wrong*

modo. El daño estuvo, señor bachiller Alonso López, en venir, como ve-
níades, de noche, vestidos con aquellas sobrepellices,° con las hachas en-   surplices
cendidas, rezando, cubiertos de luto, que propiamente semejábades cosa
mala y del otro mundo, y así, yo no pude dejar de cumplir con mi obligación acometiéndoos, y os acometiera aunque verdaderamente supiera
que érades los mesmos satanases del infierno, que por tales os juzgué y
tuve siempre."

"Ya que así lo ha querido mi suerte," dijo el bachiller, "suplico a
vuestra merced, señor caballero andante—que tan 'mala andanza° me ha   bad fortune
dado—, me ayude a salir de debajo desta mula, que me tiene tomada una
pierna entre el estribo y la silla."

"¡Hablara yo para mañana!"[13] dijo don Quijote, "y ¿hasta cuándo
aguardábades a decirme vuestro afán?°"   distress

Dio luego voces a Sancho Panza que viniese. Pero él no se curó de
venir, porque andaba ocupado desvalijando° una 'acémila de repuesto°   robbing, pack mule
que traían aquellos buenos señores, bien bastecida° de cosas de comer.   stocked
Hizo Sancho costal° de su gabán, y recogiendo todo lo que pudo y cupo°   sack, fit
en el talego,° cargó° su jumento, y luego acudió a las voces de su amo, y   sack, loaded
ayudó a sacar al señor bachiller de la opresión° de la mula, y poniéndole   weight
encima della, le dio la hacha, y don Quijote le dijo que siguiese la derrota
de sus compañeros, a quien de su parte pidiese perdón del agravio, que no
había sido en su mano° dejar de haberle hecho.   power

Díjole también Sancho: "Si acaso quisieren saber esos señores quién
ha sido el valeroso que tales los puso,[14] diráles vuestra merced que es el
famoso don Quijote de la Mancha, que por otro nombre se llama el Caballero de la Triste° Figura."   ugly

Con esto se fue el bachiller, y don Quijote preguntó a Sancho que
qué le había movido a llamarle el Caballero de la Triste Figura, más entonces que nunca.[15]

"Yo se lo diré," respondió Sancho, "porque le he estado mirando un
rato a la luz de aquella hacha que lleva aquel malandante,° y verdadera-   unfortunate person
mente tiene vuestra merced la más mala figura, 'de poco acá,° que jamás   recently
he visto. Y débelo de haber causado, o ya el cansancio° deste combate, o   exhaustion
ya la falta de las muelas y dientes."

"No es eso," respondió don Quijote, "sino que el sabio a cuyo cargo
debe de estar el escribir la historia de mis hazañas, le habrá parecido que
será bien que yo tome algún nombre apelativo,° como lo tomaban todos   distinctive
los caballeros pasados: cuál se llamaba el de la Ardiente Espada; cuál,
el del Unicornio; aquél, el de las Doncellas; aquéste, el del Ave
Fénix; el otro, el Caballero del Grifo; estotro, el de la Muerte:[16]

---

13 **¡Hablara y…** *I might have talked until tomorrow*
14 **Tales los…** *put you* [all] *in such a state*
15 **Más entonces…** *at that precise moment*
16 **Ardiente Espada** was Amadís de Grecia, **Unicornio** was Belianís de
Grecia, **Doncellas** was Floriandino de Macedonia in *El Caballero de la Cruz*, **Ave**

y por estos nombres e insignias° eran conocidos por toda la redondez° de   designations, face
la tierra. Y así, digo que el sabio ya dicho te habrá puesto en la lengua y
en el pensamiento ahora que me llamases «el Caballero de la Triste Figura», como pienso llamarme desde hoy en adelante. Y para que mejor me
cuadre° tal nombre, determino de hacer pintar, cuando haya lugar, en mi   fits
escudo una muy triste figura."

"No hay para qué gastar tiempo y dineros en hacer esa figura," dijo
Sancho, "sino lo que se ha de hacer es que vuestra merced descubra la
suya y 'dé rostro° a los que le miraren, que, 'sin más ni más,° y sin otra   face, simply
imagen ni escudo, le llamarán «el de la Triste Figura». Y créame que le
digo verdad, porque le prometo a vuestra merced, señor, y esto sea dicho
'en burlas,° que le hace tan mala cara la hambre y la falta de las muelas,   as a joke
que, como ya tengo dicho, se podrá muy bien escusar la triste pintura."

Riose don Quijote del donaire de Sancho. Pero, con todo, propuso de
llamarse de aquel nombre en pudiendo pintar su escudo, o rodela, como
había imaginado.[17]

"Olvidábaseme de decir que advierta vuestra merced que queda des-
comulgado,° por haber puesto las manos violentamente en cosa sagrada:°   excommunicated, sa-
cred
Juxta illud, si quis suadente diabolo, &c."[18]

"No entiendo ese latín," respondió don Quijote, "mas yo sé bien que
no puse las manos, sino este lanzón, cuanto más que yo no pensé que
ofendía a sacerdotes, ni a cosas de la Iglesia, a quien respeto y adoro como
católico y fiel° cristiano que soy, sino a fantasmas y a vestiglos° del otro   faithful, monsters
mundo. Y 'cuando eso así fuese,° en la memoria tengo lo que le pasó al   even so
Cid Ruy Díaz, cuando quebró la silla del embajador de aquel rey delante
de su Santidad del Papa,[19] por lo cual lo descomulgó, y anduvo aquel día el
buen Rodrigo de Vivar como muy honrado y valiente caballero."

En oyendo esto el bachiller, se fue, como queda dicho, sin replicarle
palabra.

Quisiera don Quijote mirar si el cuerpo que venía en la litera eran
huesos o no, pero no lo consintió Sancho, diciéndole: "Señor, vuestra
merced ha acabado esta peligrosa aventura lo más 'a su salvo° de todas   without injury
las que yo he visto. Esta gente, aunque vencida y desbaratada, podría ser
que 'cayese en la cuenta° de que los venció sola una persona, y corridos°   they may realize,
abashed; ashamed,
y avergonzados° desto, volviesen a rehacerse° y a buscarnos, y nos diesen   rally; i.e., loaded up
en qué entender.[20] El jumento está como conviene,° la montaña cerca, la

Fénix was Florarlán in *Florisel de Niquea*, **Grifo** was Filesbián de Candaria in a
book of the same name (Seville? 1542) which had been forgotten but has been
recently discovered, and **Muerte** was another name for Amadís de Grecia.

17   Schevill adds: "En esto volvió el bachiller, y le dijo a don Quijote:"
Clearly nobody can account for the abrupt return of the **bachiller**. But since
things happen in this book in unexpected ways, I believe it best to leave this passage as the early editions had it.

18   "After that, if anyone, at the devil's instigation, &c."

19   This is from a late **romance** about the Cid, not from the original *Poema*,
according to Clemencín.

20   **Diesen en...** *give us trouble*

hambre carga, no hay que hacer sino retirarnos con gentil compás° de   rhythm
pies, y como dicen, «váyase el muerto a la sepultura y el vivo a la hogaza»."

Y antecogiendo° su asno, rogó a su señor que le siguiese, el cual, pare-   gathering
ciéndole que Sancho tenía razón, sin volverle a replicar le siguió. Y a poco
5   trecho que caminaban por entre dos montañuelas,° se hallaron en un es-   small mountains
pacioso y escondido valle, donde se apearon, y Sancho alivió° el jumento,   lightened
y tendidos sobre la verde yerba, con la salsa° de su hambre, almorzaron,   gravy
comieron, merendaron° y cenaron 'a un mesmo punto,° satisfaciendo sus   snacked, all at once
estómagos con más de una fiambrera° que los señores clérigos del difunto,   lunch basket
10   que pocas veces se dejan mal pasar,²¹ en la acémila de su repuesto traían.

Mas sucedióles otra desgracia, que Sancho la tuvo por la peor de
todas, y fue que no tenían vino que beber, ni aun agua que llegar a la boca.
Y acosados° de la sed, dijo Sancho, viendo que el prado donde estaban   pursued
estaba colmado° de verde y menuda yerba, lo que se dirá en el siguiente   liberally bestowed
15   capítulo.

Capítulo XX. De la jamás vista ni oída aventura que con más poco peligro fue acabada de famoso caballero en el mundo, como la que acabó el valeroso don Quijote de la Mancha.

20   "NO ES posible, señor mío, sino que estas yerbas dan testimonio
de que por aquí cerca debe de estar alguna fuente o arroyo
que estas yerbas humedece,° y así será bien que vamos un   irrigates
poco más adelante, que ya toparemos donde podamos mitigar° esta terri-   alleviate
ble sed que nos fatiga, que, sin duda, causa mayor pena° que la hambre."   grief

Parecióle bien el consejo a don Quijote, y tomando de la rienda a
25   Rocinante, y Sancho del cabestro a su asno, después de haber puesto
sobre él los relieves° que de la cena quedaron, comenzaron a caminar   leftovers
por el prado arriba a tiento,¹ porque la escuridad de la noche no les dejaba ver cosa alguna. Mas no hubieron andado docientos pasos, cuando
llegó a sus oídos un grande ruido de agua, como que de algunos grandes
30   y levantados riscos se despeñaba.° Alegróles el ruido 'en gran manera,°   dashed, greatly
y parándose a escuchar hacia qué parte sonaba,² oyeron a deshora otro
estruendo que les aguó° el contento del agua, especialmente a Sancho,   diluted
que naturalmente era medroso y de 'poco ánimo.° Digo que oyeron que   faint-hearted
daban unos golpes 'a compás,° con un cierto crujir° de hierros y cadenas,   rhythmic, clanking,
35   que, acompañados del furioso estruendo del agua, que pusieran pavor a
cualquier otro corazón que no fuera el de don Quijote.

Era la noche, como se ha dicho, escura, y ellos acertaron a entrar
entre unos árboles altos, cuyas hojas, movidas del blando viento, hacían
un temeroso y manso° ruido, de manera que la soledad,° el sitio,° la   gentle, solitude, site

---

21   **Pocas veces…** *rarely have a bad time of it*
1   **El prado…** *up the meadow, feeling their way*
2   **Hacia qué…** *where the sound was coming from*

escuridad, el ruido del agua con el susurro° de las hojas, todo causaba   rustling
horror y espanto,° y más cuando vieron que ni los golpes cesaban, ni el   fright
viento dormía,° ni la mañana llegaba, añadiéndose a todo esto el ignorar   was calming down
el lugar donde se hallaban. Pero don Quijote, acompañado de su intré-
pido corazón, saltó sobre Rocinante, y embrazando su rodela, terció° su   balanced
lanzón, y dijo: "Sancho amigo, has de saber que yo nací por querer° del   will
cielo en esta nuestra edad de hierro, para resucitar en ella la de oro, o la
dorada, como suele llamarse. Yo soy aquel para quien están guardados°   reserved
los peligros, las grandes hazañas, los valerosos hechos. Yo soy, digo otra
vez, quien ha de resucitar los de la Tabla Redonda, los Doce de Francia
y los Nueve de la Fama, y el que ha de poner en olvido los Platires, los
Tablantes, Olivantes y Tirantes, los Febos y Belianises, con toda la caterva de los famosos caballeros andantes del pasado tiempo, haciendo en
éste en que me hallo tales grandezas,° estrañezas y fechos de armas, que   great deeds
escurezcan las 'más claras° que ellos ficieron. Bien notas, escudero fiel y   brightest, faithful
legal,° las tinieblas° desta noche, su estraño silencio, el sordo° y confuso   darkness; quiet
estruendo destos árboles, el temeroso ruido de aquella agua en cuya busca
venimos, que parece que se despeña° y derrumba° desde los altos Montes   fall, precipitate
de la Luna,[3] y aquel 'incesable golpear° que nos hiere y lastima° los oídos,   incessant hammer-
las cuales cosas todas juntas, y cada una por sí, son bastantes a infundir   ing, injures
miedo, temor y espanto en el pecho del mesmo Marte,[4] cuanto más en
aquel que no está acostumbrado a semejantes acontecimientos y aventu-
ras. Pues todo esto que yo te pinto, son incentivos° y despertadores° de mi   incitements, awakeners
ánimo, que ya hace que el corazón me reviente en el pecho, con el deseo
que tiene de acometer esta aventura, por más dificultosa que 'se muestra.°   appears
Así que aprieta° un poco las cinchas a Rocinante, y quédate a Dios,[5] y es-   tighten
pérame aquí hasta tres días no más, en los cuales si no volviere, puedes tú
volverte a nuestra aldea, y desde allí, por hacerme merced y 'buena obra,°   good deed
irás al Toboso, donde dirás a la incomparable señora mía Dulcinea que
su cautivo caballero murió por acometer cosas que le hiciesen digno de
poder llamarse suyo."

Cuando Sancho oyó las palabras de su amo, comenzó a llorar con
la mayor ternura° del mundo y a decille: "Señor, yo no sé por qué quiere   tenderness
vuestra merced acometer esta tan temerosa aventura. Ahora es de noche,
aquí no nos vee nadie, bien podemos torcer el camino y desviarnos° del   turn away
peligro, aunque no bebamos en tres días, y pues no hay quien nos vea,
menos habrá quien nos note° de cobardes, cuanto más que yo he oído   reprehend
predicar° al cura de nuestro lugar, que vuestra merced bien conoce, que   preach

---

3 This alludes to the headwaters of the White Nile River in the Ruwenzori
Mountains in modern République démocratique du Congo. Ptolemy (150A.D.)
called them the Mountains of the Moon.

4 Mars is the Roman god of war.

5 **Quédate a…** *God be with you*

quien busca el peligro, perece° en él.[6] Así que no es bien tentar a Dios[7]   perishes
acometiendo tan desaforado hecho, donde no se puede escapar sino por
milagro, y basta los que ha hecho el cielo con vuestra merced en librarle°   delivering you
de ser manteado, como yo lo fui, y en sacarle vencedor, libre y salvo[8] de
entre tantos enemigos como acompañaban al difunto. Y cuando° todo   if
esto no mueva ni ablande° ese duro corazón, muévale el pensar y creer   soften
que apenas se habrá vuestra merced apartado de aquí, cuando yo, de miedo, dé mi ánima a quien quisiere llevarla.[9] Yo salí de mi tierra y dejé
hijos y mujer por venir a servir a vuestra merced, creyendo valer más y no
menos.[10] Pero como «la cudicia rompe el saco», a mí me ha rasgado° mis   torn
esperanzas, pues cuando más vivas las tenía de alcanzar[11] aquella negra y
malhadada° ínsula que tantas veces vuestra merced me ha prometido, veo   ill-fated
que, en pago y trueco° della, me quiere ahora dejar en un lugar tan aparta-   exchange
do del trato° humano. ¡Por un solo Dios, señor mío, que non[12] se me faga   dealings
tal desaguisado! Y ya que 'del todo° no quiera vuestra merced desistir° de   at all, give up
acometer este fecho, dilátelo,° a lo menos, hasta la mañana, que, a lo que a   put it off
mí me muestra la ciencia que aprendí cuando era pastor, no debe de haber
desde aquí al alba tres horas, porque la boca de la bocina° está encima de   Little Dipper
la cabeza, y hace la media noche en la línea del brazo izquierdo."[13]

"¿Cómo puedes tú, Sancho," dijo don Quijote, "ver dónde hace esa
línea, ni dónde está esa boca o ese colodrillo° que dices, si hace la noche   back of head
tan escura, que no parece en todo el cielo estrella alguna?"

"Así es," dijo Sancho, "pero tiene el miedo muchos ojos, y vee las cosas debajo de tierra, cuanto más encima en el cielo, puesto que, por buen
discurso, bien se puede entender que hay poco de aquí al día."[14]

"Falte lo que faltare," respondió don Quijote, "que no se ha de decir
por mí ahora, ni en ningún tiempo, que lágrimas y ruegos me apartaron°   dissuaded
de hacer lo que debía a estilo de caballero. Y así te ruego, Sancho, que
calles, que Dios, que me ha puesto en corazón de acometer ahora esta tan
no vista y tan temerosa aventura, tendrá cuidado de mirar por mi salud y
de consolar tu tristeza. Lo que has de hacer es apretar bien las cinchas a

---

6   This is a quote from Ecclesiasticus 3:26 in the Apochrypha: "…the man
who flirts with danger will lose his life."

7   Matthew 4:7 "Thou shalt not tempt the Lord thy God."

8   **Sacarle vencedor…** *bringing you out victorious, safe and sound*

9   **Muévale el…** *let yourself be moved by the thought and belief that as soon as
you have gone from here, I, out of pure fear, will give up my soul to whomever would
take it*

10   **Creyendo valer…** *thinking I would be worth more and not less*

11   **Cuando más…** *when I had most intense* [hopes] *of getting*

12   Schevill has **no** here, but the original edition has **non**, which keeps in
line with Sancho's archaic **faga** which follows.

13   In Spain in August, the handle of the Little Dipper does indeed stretch
to the left of the North Star at midnight. The **cabeza** is the observer's head.
Clemencín offers a more complex explanation.

14   **Por buen…** *if you think about it, it is reasonable that dawn is not far off*

Rocinante y quedarte aquí, que yo 'daré la vuelta° presto, o vivo o muerto."   I'll be back

Viendo, pues, Sancho la 'última resolución° de su amo, y cuán poco   final resolve
valían con él sus lágrimas, consejos y ruegos, determinó de aprovecharse
de su industria, y hacerle esperar hasta el día, si pudiese. Y así, cuando
apretaba las cinchas al caballo, bonitamente y sin ser sentido,° ató con   heard
el cabestro de su asno ambos° pies a Rocinante, de manera que, cuando   both
don Quijote se quiso partir, no pudo, porque el caballo no se podía mover
sino 'a saltos.°   by hops

Viendo Sancho Panza el buen suceso de su embuste,° dijo: "Ea, se-   deception
ñor, que el cielo, conmovido° de mis lágrimas y plegarias,° ha ordenado   moved, supplications
que no se pueda mover Rocinante, y si vos queréis porfiar y espolear° y   spur
dalle, será enojar a la Fortuna, y dar coces, como dicen, contra el aguijón.°"   pricks

Desesperábase con esto don Quijote, y por más que ponía las piernas
al caballo, menos le podía mover. Y sin caer en la cuenta de la ligadura,°   hobbling
tuvo por bien de sosegarse y esperar, o a que amaneciese, o a que Rocinante se menease, creyendo, sin duda, que aquello venía de otra parte que
de la industria de Sancho, y así le dijo: "Pues así es, Sancho, que Rocinante no puede moverse, yo soy contento de esperar a que ría el alba, aunque
yo llore lo que ella tardare en venir."

"No hay que llorar," respondió Sancho, "que yo entretendré a vuestra merced contando cuentos desde aquí al día, si ya no es que se quiere
apear y echarse a dormir un poco sobre la verde yerba, a uso de caballeros
andantes, para hallarse más descansado° cuando llegue el día y 'punto de°   rested, ready to
acometer esta tan desemejable° aventura que le espera."   incomparable

"¿A qué llamas APEAR, o a qué DORMIR?"[15] dijo don Quijote. "¿Soy
yo por ventura de aquellos caballeros que toman reposo en los peligros?
Duerme tú, que naciste para dormir, o haz lo que quisieres, que yo haré lo
que viere que más viene con mi pretensión.°"   character

"No se enoje vuestra merced, señor mío," respondió Sancho, "que no
lo dije por tanto."[16]

Y llegándose a él, puso la una mano en el arzón° delantero° y la otra   pommel, in front
en el otro, de modo que quedó abrazado con el muslo° izquierdo de su   thigh
amo, sin osarse apartar dél un dedo: tal era el miedo que tenía a los golpes
que todavía alternativamente sonaban.

Díjole don Quijote que contase algún cuento para entretenerle,
como se lo había prometido, a lo que Sancho dijo que sí hiciera, si le
dejara el temor de lo que oía.[17]

"Pero con todo eso, yo me esforzaré a decir una historia, que, si la
acierto a contar y no me van a la mano,[18] es la mejor de las historias, y es-

---

15 **¿A qué...** *what do you mean dismount or sleep?*

16 **Que no lo dije por tanto [como se figura,** implied] *I didn't mean it as
you think*

17 **Dijo que...** *he said he would if his fear of what he was hearing would let
him*

18 **No me...** *nobody interferes*

Y así, cuando apretaba las cinchas al caballo, bonitamente y sin ser sentido,
ató con el cabestro de su asno ambos pies a Rocinante.

téme vuestra merced atento, que ya comienzo: 'Érase que se era,[19] el bien
que viniere para todos sea, y el mal para quien lo fuere a buscar...' Y advierta vuestra merced, señor mío, que el principio que los antiguos dieron
a sus consejas° no fue así como quiera,[20] que fue una sentencia de Catón   fables
Zonzorino,[21] romano, que dice: «Y el mal para quien le fuere a buscar,»
que viene aquí «como anillo al dedo», para que vuestra merced se esté
quedo, y no vaya a buscar el mal a ninguna parte, sino que nos volvamos
por otro camino, pues nadie nos fuerza a que sigamos éste, donde tantos
miedos nos sobresaltan.°"   assail

"Sigue tu cuento, Sancho," dijo don Quijote, "y del camino que hemos de seguir déjame a mí el cuidado."

"Digo, pues," prosiguió Sancho, "que en un lugar de Estremadura[22]
había un pastor cabrerizo, quiero decir, que guardaba cabras, el cual pastor o cabrerizo, como digo de mi cuento, se llamaba Lope Ruiz, y este
Lope Ruiz andaba enamorado de una pastora que se llamaba Torralba,
la cual pastora llamada Torralba era hija de un ganadero° rico, y este ga-   catle owner
nadero rico..."

"Si desa manera cuentas tu cuento, Sancho," dijo don Quijote, "repitiendo dos veces lo que vas diciendo, no acabarás en dos días. Dilo
seguidamente,° y cuéntalo como hombre de entendimiento, y si no, no   straightforward
digas nada."

"De la misma manera que yo lo cuento," respondió Sancho, "se cuentan en mi tierra todas las consejas, y yo no sé contarlo de otra, ni es bien
que vuestra merced me pida que haga usos nuevos."

"Di como quisieres," respondió don Quijote, "que pues la suerte°   fortune
quiere que no pueda dejar de escucharte, prosigue."

"Así que, señor mío de mi ánima," prosiguió Sancho, "que, como ya
tengo dicho, este pastor andaba enamorado de Torralba, la pastora, que
era una moza rolliza, zahareña, y tiraba algo a hombruna,[23] porque tenía
unos pocos de bigotes,° que parece que ahora la veo."   mustache

"¿Luego conocístela tú?" dijo don Quijote.

"No la conocí yo," respondió Sancho, "pero quien° me contó este   the person who
cuento me dijo que era tan cierto y verdadero, que podía bien, cuando
lo contase a otro, afirmar y jurar que lo había visto todo. Así que, yendo
días y viniendo días, el diablo, que no duerme y que todo lo añasca,° hizo   confounds
de manera que el amor que el pastor tenía a la pastora se volviese en
omecillo° y mala voluntad, y la causa fue, según malas lenguas, una cierta   hatred

---

19 **Érase que se era** *once upon a time*
20 **Así como quiera** *just any old thing*
21 Catón Censorino, Cato the Censor (234-149 B.C.) was the first important Roman writer. Among other things he produced *Præcepta* ("maxims") for
his son. Since this does not survive, the sayings attributed to him are doubtless
apochryphal. **Zonzorino** means "stupid rogue."
22 Extremadura is a rather poor region made up of the modern provinces
of Cáceres and Badajoz in the west of Spain, bordering on Portugal.
23 **Era una moza...** *she was a plump, wild girl who looked a bit like a man*

cantidad de celillos° que ella le dio, tales, que pasaban de la raya y llegaban | small jealousy
a lo vedado,²⁴ y fue tanto lo que el pastor la aborreció° de allí adelante, que, | hated
por no verla, se quiso ausentar de aquella tierra e irse donde sus ojos no la
viesen jamás. La Torralba, que se vio desdeñada° de Lope, luego le quiso | scorned
bien,²⁵ 'mas que° nunca le había querido." | although

"Ésa es natural condición de mujeres," dijo don Quijote: "desdeñar
a quien las quiere y amar a quien las aborrece. Pasa adelante, Sancho."

"Sucedió," dijo Sancho, "que el pastor puso por obra su determinación,²⁶ y antecogiendo sus cabras, se encaminó por los campos de Es-
tremadura para pasarse° a los reinos de Portugal. La Torralba, que lo supo, | go over
se fue tras él, y seguíale a pie y descalza desde lejos, con un bordón° en | staff
la mano y con unas alforjas al cuello,²⁷ donde llevaba, según es fama, un
pedazo de espejo y otro de un peine, y no sé qué botecillo de mudas para
la cara,²⁸ mas llevase lo que llevase, que yo no me quiero meter ahora en
averiguallo; sólo diré que dicen que el pastor llegó con su ganado a pasar
el río Guadiana, y en aquella sazón° iba crecido y casi fuera de madre,° y | time, river bank
por la parte que llegó no había barca° ni barco, ni quien le pasase° a él ni | boat, would take
a su ganado de la otra parte, de lo que se congojó mucho, porque veía que
la Torralba venía ya muy cerca, y le había de dar mucha pesadumbre con
sus ruegos y lágrimas. Mas tanto anduvo mirando, que vio un pescador
que tenía junto a sí un barco tan pequeño, que solamente podían caber
en él una persona y una cabra, y con todo esto, le habló y concertó con
él que le pasase a él y a trecientas cabras que llevaba.²⁹ Entró el pescador
en el barco, y pasó una cabra; volvió, y pasó otra; tornó a volver, y tornó
a pasar otra. Tenga vuestra merced cuenta en las cabras³⁰ que el pescador
va pasando, porque si se pierde una de la memoria, se acabará el cuento y
no será posible contar más palabra dél. Sigo, pues, y digo que el desem-
barcadero° de la otra parte estaba lleno de cieno° y resbaloso,° y tardaba | landing place, mud,
el pescador mucho tiempo en ir y volver. Con todo esto, volvió por otra | slippery
cabra, y otra, y otra…"

"Haz cuenta que las pasó todas," dijo don Quijote, "no andes yendo y
viniendo desa manera, que no acabarás de pasarlas en un año."

"¿Cuántas han pasado hasta agora?" dijo Sancho.

"Yo ¡qué diablos sé!" respondió don Quijote.

"He ahí lo que yo dije, que tuviese buena cuenta. Pues, por Dios, que

---

24 **Pasaban de…** *they* [these jealousies] *went over the line and went as far
as what is forbidden*

25 **Luego le…** *she immediately came to love him*

26 **Puso por…** *he put his decision into effect*

27 **Alforjas al cuello** refers to a kind of double traveling bag, like a poncho.
Half of one's supplies were in front, the other in back.

28 **Un pedazo…** *a piece of broken mirror and part of a comb, and some kind of
canister of face makeup*

29 The Guadiana is no small river, and it would doubtless take days to
move 300 goats to the other side.

30 **Tenga vuestra…** *keep a tally of the goats*

se ha acabado el cuento, que no hay pasar adelante."[31]

"¿Cómo puede ser eso?" respondió don Quijote. "¿Tan °de esencia°   necessary
de la hiſtoria es saber las cabras que han pasado 'por eſtenso,° que si 'se   in detail
yerra° una del número no puedes seguir adelante con la hiſtoria?"   you make a mistake

"No, señor, en ninguna manera," respondió Sancho, "porque así
como yo pregunté a vueſtra merced que me dijese cuántas cabras habían
pasado, y me respondió que no sabía, en aquel mesmo inſtante se me fue
a mí de la memoria cuanto me quedaba por decir, y a fe que era de mucha
virtud y contento."

"¿De modo," dijo don Quijote, "que ya la hiſtoria es acabada?"

"Tan acabada es como mi madre," dijo Sancho.

"Dígote de verdad," respondió don Quijote, "que tú has contado una
de las más nuevas consejas, cuento o hiſtoria, que nadie° pudo pensar en   anyone
el mundo, y que tal modo de contarla, ni dejarla, jamás se podrá ver ni
habrá viſto en toda la vida, aunque no esperaba yo otra cosa de tu buen
discurso. Mas no me maravillo, pues quizá eſtos golpes, que no cesan, te
deben de tener turbado el entendimiento."

"Todo puede ser," respondió Sancho, "mas yo sé que en lo de mi
cuento no hay más que decir, que allí se acaba do comienza el yerro de la
cuenta del pasaje de las cabras."

"Acabe norabuena donde quisiere,"[32] dijo don Quijote, "y veamos si
se puede mover Rocinante."

Tornóle a poner las piernas, y él tornó a dar saltos y a eſtarse quedo:
tanto eſtaba de bien atado.[33]

En eſto parece ser, o que el frío de la mañana, que ya venía, o que
Sancho hubiese cenado algunas 'cosas lenitivas,° o que fuese cosa natural,   laxative
que es lo que más se debe creer, a él le vino en voluntad y deseo de hacer
lo que otro no pudiera hacer por él. Mas era tanto el miedo que había
entrado en su corazón, que no osaba apartarse un negro de uña[34] de su
amo. Pues pensar de no hacer lo que tenía gana, tampoco era posible, y
así lo que hizo, por bien de paz,[35] fue soltar la mano derecha, que tenía
asida al arzón trasero, con la cual, bonitamente y sin rumor° alguno, se   noise
soltó la lazada corrediza con que los calzones se soſtenían,[36] sin ayuda de
otra° alguna, y en quitándosela, dieron luego abajo, y se le quedaron como   **otra _mano_**
grillos.[37] Tras eſto, alzó la camisa lo mejor que pudo, y echó al aire entrambas posaderas,° que no eran muy pequeñas. Hecho eſto, que él pensó   buttocks
que era lo más que tenía que hacer para salir de aquel terrible aprieto° y   difficulty
angustia,° le sobrevino° otra mayor, que fue que le pareció que no podía   anguish, followed
mudarse° sin hacer eſtrépito° y ruido, y comenzó a apretar los dientes y   relieve himself, sharp
    noise

---

31 **No hay...** _there's no way to go on_
32 **Acabe norabuena...** _let it end where it will_
33 **Tanto estaba...** _he was tied so well_
34 **Negro de...** _the dirty part of a fingernail_
35 **Por bien...** _for a little peace_
36 **Lazada se...** _untied the bowknot which held up his pants_
37 **Dieron luego...** _they fell down right away, and became like fetters_

a encoger° los hombros, recogiendo en sí el aliento todo cuanto podía.[38]   hunch up
Pero, con todas estas diligencias,° fue tan desdichado, que, al cabo al cabo,   precautions
vino a hacer un poco de ruido, bien diferente de aquel que a él le ponía
tanto miedo. Oyólo don Quijote, y dijo: "¿Qué rumor es ése, Sancho?"

5   "No sé, señor," respondió él, "alguna cosa nueva debe de ser, que las
aventuras y desventuras nunca comienzan por poco."

Tornó otra vez a probar ventura, y sucedióle tan bien,[39] que, sin más
ruido ni alboroto que el pasado, se halló libre de la carga que tanta pesadumbre le había dado. Mas como don Quijote tenía el sentido del olfato°   smell

10   tan vivo como el de los oídos, y Sancho estaba tan junto y cosido° con él,   stitched
que casi por línea recta° subían los vapores hacia arriba, no se pudo escu-   straight
sar de que algunos no llegasen a sus narices, y apenas hubieron llegado,
cuando él fue al socorro apretándolas entre los dos dedos, y con tono algo
gangoso,° dijo: "Paréceme, Sancho, que tienes mucho miedo."   with a twang

15   "Sí tengo," respondió Sancho, "mas ¿en qué lo echa de ver vuestra
merced ahora más que nunca?"

"En que ahora más que nunca hueles, y no a ámbar," respondió don
Quijote.

"Bien podrá ser," dijo Sancho, "mas yo no tengo la culpa, sino vuestra

20   merced, que me trae 'a deshoras° y por estos no acostumbrados pasos."   inopportunely

"Retírate tres o cuatro° allá, amigo," dijo don Quijote—todo esto sin   **cuatro** *pasos*
quitarse los dedos de las narices—"y desde aquí adelante ten más cuenta[40]
con tu persona, y con lo que debes a la mía, que la mucha conversación
que tengo contigo ha engendrado este menosprecio.°"   contempt

25   "Apostaré," replicó Sancho, "que piensa vuestra merced que yo he
hecho de mi persona alguna cosa que no deba."

"«Peor es meneallo,»[41] amigo Sancho," respondió don Quijote.

En estos coloquios y otros semejantes pasaron la noche amo y mozo.
Mas viendo Sancho que 'a más andar° se venía la mañana, 'con mucho   quickly

30   tiento° desligó° a Rocinante y se ató los calzones. Como° Rocinante se   with much groping,
vio libre, aunque él 'de suyo° no era nada brioso,° parece que se resintió,   untied, as soon as; by
y comenzó a 'dar manotadas,° porque corbetas,° con perdon suyo, no las   nature, spirited; paw,
sabía hacer. Viendo, pues, don Quijote que ya Rocinante se movía, lo tuvo   bucking
a buena señal, y creyó que lo era[42] de que acometiese aquella temerosa

35   aventura. Acabó en esto de descubrirse el alba y de parecer distintamente
las cosas, y vio don Quijote que estaba entre unos árboles altos, que ellos
eran castaños,° que hacen la sombra muy escura. Sintió también que el   chestnuts
golpear no cesaba, pero no vio quién lo podía causar. Y así, sin más detenerse, hizo sentir las espuelas a Rocinante, y tornando a despedirse de

---

38 **Recogiendo en...** *holding his breath as much as he could*
39 **Sucedióle tan...** *he had such success*
40 **Ten más...** *be more careful*
41 **Peor es...** *it's worse to stir it up.* Ormsby translates: "The less said the
better," which is what Gaos suggests as the proper meaning as well.
42 **Creyó que...** *he thought it was* [a sign]

Sancho, le mandó que allí le aguardase tres días a lo más largo,[43] como ya otra vez se lo había dicho, y que si al cabo dellos no hubiese vuelto, tuviese por cierto que Dios había sido servido de que en aquella peligrosa aventura se le acabasen sus días. Tornóle a referir el recado° y embajada° que había de llevar de su parte a su señora Dulcinea, y que en lo que tocaba a la paga de sus° servicios no tuviese pena, porque él había dejado hecho su testamento antes que saliera de su lugar, donde se hallaría gratificado° de todo lo tocante a su salario, rata° por cantidad del tiempo que hubiese servido. Pero que si Dios le sacaba de aquel peligro sano y salvo y 'sin cautela,° se podía tener por muy más que cierta la prometida ínsula.

    De nuevo tornó a llorar Sancho, oyendo de nuevo las lastimeras razones de su buen señor, y determinó de no dejarle hasta el último tránsito° y fin de aquel negocio.

    Destas lágrimas y determinación tan honrada de Sancho Panza, saca el autor desta historia que debía de ser bien nacido, y por lo menos, cristiano viejo, cuyo sentimiento enterneció° algo a su amo, pero no tanto que mostrase flaqueza° alguna. Antes, disimulando° lo mejor que pudo, comenzó a caminar hacia la parte por donde le pareció que el ruido del agua y del golpear venía. Seguíale Sancho a pie, llevando, como tenía de costumbre, del cabestro a su jumento, perpetuo compañero de sus prósperas y adversas fortunas. Y habiendo andado una buena pieza por entre aquellos castaños y árboles sombríos, dieron en un pradecillo° que al pie de unas altas peñas se hacía, de las cuales 'se precipitaba° un grandísimo golpe° de agua. Al pie de las peñas estaban unas casas mal hechas, que más parecían ruinas de edificios que casas, de entre las cuales advirtieron que salía el ruido y estruendo de aquel golpear, que aún no cesaba.

    Alborotóse° Rocinante con el estruendo del agua y de los golpes, y sosegándole° don Quijote, se fue llegando poco a poco a las casas, encomendándose de todo corazón a su señora, suplicándole que en aquella temerosa jornada° y empresa le favoreciese, y 'de camino,° se encomendaba también a Dios, que no le olvidase. No se le quitaba Sancho del lado, el cual alargaba° cuanto podía el cuello y la vista por entre las piernas de Rocinante, por ver si vería ya lo que tan suspenso y medroso le tenía.

    Otros cien pasos serían los que anduvieron, cuando, al doblar° de una punta,° pareció descubierta y patente° la misma causa, sin que pudiese ser otra, de aquel horrísono° y para ellos espantable ruido, que tan suspensos y medrosos toda la noche los había tenido. Y eran—si no lo has, ¡oh lector por pesadumbre y enojo—, seis mazos de batán,[44] que con sus alternativos

----

message, errand

i.e., Sancho's
rewarded
pro-rated

unscathed

stopping place

moved
frailty, dissembling

meadow
rushed
concussion

got excited
calming him down

expedition, along the
   way
extended

rounding
promontory, evident
terrifying noise

----

43 **A lo...** *at the longest*

44 **Mazos de batán** are fulling mills. In order to make homespun cloth wearable, the freshly-woven material had to go through the fulling process, which was to beat the cloth in water (and Fuller's Earth) until it shrank, thickened, and got soft. From antiquity until the Middle Ages, this had been done by hand with two wooden hammers. In the thirteenth century, waterwheels provided the hard labor, and the person in the mill just kept the cloth moving. Nowadays, fulling is a combination of mechanical and chemical processes. **Mazos** are wooden

golpes aquel estruendo formaban.

    Cuando don Quijote vio lo que era, enmudeció° y pasmóse de arriba   became silent
abajo. Miróle Sancho y vio que tenía la cabeza inclinada° sobre el pecho,   leaning
con muestras de estar corrido. Miró también don Quijote a Sancho, y
5   viole que tenía los carrillos hinchados y la boca llena de risa, con eviden-
tes señales de querer reventar con ella,[45] y no pudo su melanconía tanto
con él, que a la vista de Sancho pudiese dejar de reírse.[46] Y como vio
Sancho que su amo había comenzado, soltó la presa° de manera que tuvo   dam
necesidad de apretarse las hijadas con los puños por no reventar riendo.
10 Cuatro veces sosegó, y otras tantas volvió a su risa con el mismo ímpetu
que primero, de lo cual ya se daba al diablo don Quijote, y más cuando le
oyó decir, como 'por modo de fisga:° "Has de saber, ¡oh, Sancho amigo!   in jest
que yo nací, por querer del cielo, en esta nuestra edad de hierro para resucitar en ella la dorada, o de oro. Yo soy aquel para quien están guardados
15 los peligros, las hazañas grandes, los valerosos fechos," y por aquí fue
repitiendo todas o 'las más° razones, que don Quijote dijo la vez primera   most of
que oyeron los temerosos golpes.

    Viendo, pues, don Quijote que Sancho hacía burla dél, se corrió y
enojó en tal manera, que alzó el lanzón y le asentó dos palos tales, que si,
20 como los recibió en las espaldas, los recibiera en la cabeza, quedara libre
de pagarle el salario,[47] si no fuera a sus herederos.° Viendo Sancho que   heirs
sacaba tan malas veras de sus burlas,[48] con temor de que su amo no pasase
adelante[49] en ellas, con mucha humildad le dijo: "Sosiéguese vuestra merced, que por Dios 'que me burlo.°"   I'm just joking
25   "Pues porque os burláis, no me burlo yo,"[50] respondió don Quijote.
"Venid acá, señor alegre: ¿paréceos a vos que si como estos fueran mazos
de batán, fueran otra peligrosa aventura, no había yo mostrado el ánimo
que convenía para emprendella° y acaballa? ¿Estoy yo obligado, a dicha,   undertake it
siendo, como soy, caballero, a conocer y destinguir los sones, y saber cuá-
30 les son de batán o no? Y más, que podría ser, como es verdad, que no los
he visto en mi vida, como vos los habréis visto, como villano ruin que
sois, criado y nacido entre ellos. Si no, haced vos que estos seis mazos
se vuelvan en seis jayanes, y echádmelos a las barbas uno a uno, o todos
juntos, y cuando yo no diere con todos 'patas arriba,° haced de mí la burla   dead

---

hammers.

    45 **Carrillos hinchados…** *cheeks puffed out and his mouth filled with laugh-*
ter, with clear signs of wanting to burst with it [laughter]

    46 **No pudo…** *his melancholy was not so powerful over him that he couldn't*
help but laugh

    47 **Si, como…** *if, as he received them on his back, he had received them on his*
head, he [Don Quijote] *would be free from paying his* [Sancho's] *salary*

    48 There is a proverb, **"Ni en burlas ni en veras, con tu amo partas peras"**
which will explain why *truth* and *jokes* are seen together.

    49 **Con temor…** *and, fearing that his master might take it further.* This shows
a use of the so-called, and not translatable, **"no redundante."**

    50 **Porque os…** *if you are joking, I am not*

que quisiéredes."

"No haya más, señor mío," replicó Sancho, "que yo confieso que he andado algo 'risueño en demasía.° Pero dígame vuestra merced, ahora que estamos en paz—así Dios le saque de todas las aventuras que le sucedieren tan sano y salvo como le ha sacado désta—, ¿no ha sido cosa de reír, y lo es de contar, el gran miedo que hemos tenido? a lo menos el que yo tuve, que de vuestra merced ya yo sé que no le conoce, ni sabe qué es temor ni espanto."   *smiling, in excess*

"No niego yo," respondió don Quijote, "que lo que nos ha sucedido no sea[51] cosa digna de risa. Pero no es digna de contarse, que no son todas las personas tan discretas que sepan poner en su punto[52] las cosas."

"A lo menos," respondió Sancho, "supo vuestra merced poner en su punto el lanzón, apuntándome° a la cabeza y dándome° en las espaldas, gracias a Dios y a la diligencia que puse en ladearme.° Pero vaya, que «todo saldrá en la colada,»[53] que yo he oído decir: «ése te quiere bien, que te hace llorar», y más, que suelen los principales señores, tras una mala palabra que dicen a un criado, darle luego unas calzas, aunque no sé lo que le suelen dar tras haberle dado de palos, si ya no es que los caballeros andantes dan, tras palos, ínsulas o reinos en tierra firme."   *aiming at me, hitting me; swerving*

"Tal podría correr el dado,"[54] dijo don Quijote, "que todo lo que dices viniese a ser verdad,[55] y perdona lo pasado, pues eres discreto y sabes que los primeros movimientos no son en mano del hombre.[56] Y está advertido de aquí adelante en una cosa, para que te abstengas y reportes° en el hablar demasiado conmigo, que en cuantos libros de caballerías he leído, que son infinitos, jamás he hallado que ningún escudero hablase tanto con su señor como tú con el tuyo. Y en verdad que lo tengo a gran falta,° tuya y mía: tuya, en que me estimas en poco; mía, en que no me dejo estimar en más. Sí, que Gandalín, escudero de Amadís de Gaula, conde fue de la Ínsula Firme y se lee dél que siempre hablaba a su señor con la gorra° en la mano, inclinada la cabeza y doblado° el cuerpo, *more turquesco*.[57] Pues ¿qué diremos de Gasabal, escudero de don Galaor, que fue tan callado,° que para declararnos° la excelencia de su maravilloso silencio, sola una vez se nombra su nombre en toda aquella tan grande como verdadera historia?[58]   *refrain*   *defect*   *cap, bowing*   *reserved, exemplify*

---

51   **No sea...** here is yet another case of a **"no redundante."** This is the last time this **no** will be annotated.

52   **Poner es...** *put in perspective*

53   **Todo saldrá...** *everything will come to light*, lit. *out in the wash*

54   **Tal podría...** *that's the way the die may fall*

55   **Viniese a...** *might come true*

56   **Los primeros...** *first impulses are not controllable*

57   *More...* *in the Turkish way.* There is nothing of what Don Quijote says here in *Amadís*, says Clemencín.

58   Galaor was Amadís' brother, and was mentioned in Chapter 1 (p. 23, l. 12) of this book. Gasabal, his squire, is mentioned in Book II, Chapter 59 of the *Amadís* (p. 503, lines 264-65 of the Edwin Place edition).

"De todo lo que he dicho has de inferir, Sancho, que es meneſter hacer diferencia de amo a mozo, de señor a criado y de caballero a escudero. Así que desde hoy en adelante nos hemos de tratar con mas respeto, sin 'darnos cordelejo,° porque de cualquiera manera que yo me enoje con vos, «ha de ser mal para el cántaro.»⁵⁹ Las mercedes y beneficios que yo os he prometido llegarán a su tiempo. Y si no llegaren, el salario a lo menos no se ha de perder, como ya os he dicho."

    joking

"Eſtá bien cuanto vueſtra merced dice," dijo Sancho, "pero querría yo saber, por si acaso no llegase el tiempo de las mercedes y fuese necesario acudir al de los salarios, cuánto ganaba un escudero de un caballero andante en aquellos tiempos, y si 'se concertaban° por meses, o por días, como peones de albañir."⁶⁰

    agree on price

"No creo yo," respondió don Quijote, "que jamás los tales escuderos eſtuvieron a salario, sino a merced. Y si yo ahora te le he señalado° a ti en el teſtamento cerrado que dejé en mi casa, fue por lo que podía suceder, que aún no sé cómo prueba en eſtos tan calamitosos tiempos nueſtros la caballería, y no querría que por pocas cosas penase mi ánima en el otro mundo.⁶¹ Porque quiero que sepas, Sancho, que en él° no hay eſtado más peligroso que el de los aventureros."

    named

    el *mundo*

"Así es verdad," dijo Sancho, "pues sólo el ruido de los mazos de un batán pudo alborotar y desasosegar° el corazón de un tan valeroso andante aventurero como es vueſtra merced. Mas bien puede eſtar seguro que, de aquí adelante, no despliegue° mis labios para hacer donaire de las cosas de vueſtra merced, si no fuere para honrarle como a mi amo y señor natural."

    disturb

    spread

"Desa manera," replicó don Quijote, "vivirás sobre la haz° de la tierra, porque, después de a los padres, a los amos se ha de respetar como si lo fuesen."

    face

Capítulo XXI. Que trata de la alta aventura y rica ganancia°   winning
del yelmo de Mambrino, con otras cosas sucedidas a nueſtro
invencible caballero.

EN ESTO comenzó a llover un poco, y quisiera Sancho que se entraran en el molino de los batanes. Mas habíales cobrado tal aborrecimiento° don Quijote por la 'pesada burla,° que en ninguna manera quiso entrar dentro. Y así torciendo el camino a la derecha mano,

    dislike, biting jest

---

    59 **Ha de...** *it's going to be bad for the pitcher.* This makes no sense unless you know the rest of the saying: **Si da el cántaro en la piedra o la piedra en el cántaro, mal para el cántaro.**

    60 **Peones...** *bricklayer's hodcarriers.* **Albañir** is the only form listed in Covarrubias (*mod.* **albañil**).

    61 **Aún no...** *I don't know yet how chivalry will fare in these such woeful times of ours, and I don't want my soul to agonize in the other world because of trifles*

dieron en otro como el que habían llevado el día de antes.

De allí a poco descubrió don Quijote un hombre a caballo, que traía en la cabeza una cosa que relumbraba° como si fuera de oro, y aun él apenas le hubo visto, cuando se volvió a Sancho y le dijo: "Paréceme, Sancho, que no hay refrán que no sea verdadero, porque todos son sentencias sacadas de la mesma experiencia, madre de las ciencias todas, especialmente aquel que dice: «donde una puerta se cierra, otra se abre.» Dígolo porque si anoche nos cerró la ventura la puerta de la que buscábamos,[1] engañándonos con los batanes, ahora nos abre de par en par otra para otra mejor y más cierta aventura, que, si yo no acertare a entrar por ella, mía será la culpa, sin que la pueda dar a la poca noticia de batanes, ni a la escuridad de la noche.[2] Digo esto porque, si no me engaño, hacia nosotros viene uno que trae en su cabeza puesto el yelmo de Mambrino, sobre que yo hice el juramento que sabes."[3]

       shone

"Mire vuestra merced bien lo que dice, y mejor lo que hace," dijo Sancho, "que no querría que fuesen otros batanes que nos acabasen de abatanar y aporrear el sentido."[4]

"¡Válate el diablo por hombre!"[5] replicó don Quijote. "¿Qué va de yelmo a batanes?"[6]

"No sé nada," respondió Sancho, "mas a fe que si yo pudiera hablar tanto como solía, que quizá diera tales razones, que vuestra merced viera que se engañaba en lo que dice."

"¿Cómo me puedo engañar en lo que digo, traidor escrupuloso?°" dijo don Quijote. "Dime, ¿no ves aquel caballero que hacia nosotros viene, sobre un caballo 'rucio rodado,° que trae puesto en la cabeza un yelmo de oro?"

       frightened

       dappled, silver grey

"Lo que yo veo y columbro,°" respondió Sancho, "no es sino un hombre sobre un asno, pardo° como el mío, que trae sobre la cabeza una cosa que relumbra."

       see from afar

       dark grey

"Pues ése es el yelmo de Mambrino," dijo don Quijote. "Apártate a una parte y déjame con él a solas. Verás cuán sin hablar palabra, por ahorrar del tiempo, concluyo esta aventura y queda por mío el yelmo que tanto he deseado."

"Yo me tengo en cuidado el apartarme," replicó Sancho, "mas quiera Dios que orégano sea,[7] y no batanes."

"Ya os he dicho, hermano, que no me mentéis,° ni por pienso, más

       mention

---

    1 **Si anoche…** *if last night fortune* [**ventura**] *closed the door to the one* [**aventura**] *we were looking for*

    2 **Sin que…** *without being able to blame it on lack of experience with fulling mills nor the darkness of the night*

    3 The oath from Ch. 10, mentioned also in Ch. 19.

    4 **No querría…** *I don't want it to be other fulling mills which will overcome* [**abatanar**] *us and will knock us senseless*

    5 **¡Válate el…** *the devil take you!*

    6 **¿Qué va…** *what does the helmet have to do with fulling mills?*

    7 There is a saying **Quiera Dios que orégano sea y no se nos vuelva alcaravea. Alcaravea** is caraway seed, a spice held in less esteem than oregano.

eso de los batanes," dijo don Quijote, "que voto...,[8] y no digo más, que os batanee el alma."

Calló Sancho, con temor que su amo no cumpliese el voto° que le   vow
había echado, redondo como una bola.[9]

5   Es, pues, el caso que el yelmo y el caballo y caballero que don Quijote veía, era esto: que en aquel contorno había dos lugares, el uno tan pequeño que ni tenía botica° ni barbero, y el otro, que estaba junto a él, sí. Y así   apothecary's shop
el barbero del mayor servía al menor, en el cual tuvo necesidad un enfermo de sangrarse° y otro de 'hacerse la barba,° para lo cual venía el barbero   to be bled, be shaved
10   y traía una 'bacía de azófar,° y quiso la suerte que, al tiempo que venía,   brass basin
comenzó a llover, y porque no se le manchase° el sombrero, que debía de   spot
ser nuevo, se puso la bacía sobre la cabeza, y como estaba limpia, desde media legua relumbraba. Venía sobre un asno pardo, como Sancho dijo, y ésta fue la ocasión que a don Quijote le pareció caballo rucio rodado, y
15   caballero y yelmo de oro, que todas las cosas que veía con mucha facilidad las acomodaba a sus desvariadas caballerías y malandantes pensamientos. Y cuando él vio que el pobre caballero llegaba cerca, sin ponerse con él en razones, a todo correr de Rocinante le enristró con el lanzón bajo, llevando intención de pasarle de parte a parte. Mas cuando a él llegaba,
20   sin detener la furia de su carrera, le dijo: "¡Defiéndete, cautiva criatura, o entriégame de tu voluntad lo que con tanta razón se me debe!"

El barbero, que, tan sin pensarlo ni temerlo, vio venir aquella fantasma sobre sí, no tuvo otro remedio, para poder guardarse del golpe de la lanza, sino fue el dejarse caer del asno abajo,[10] y no hubo tocado al suelo,
25   cuando se levantó más ligero que un gamo,° y comenzó a correr por aquel   deer
llano, que no le alcanzara el viento. Dejóse la bacía en el suelo, con la cual se contentó don Quijote, y dijo que el pagano había andado discreto, y que había imitado al castor,° el cual, viéndose acosado de los cazadores, se   beaver
taraza y harpa con los dientes aquello por lo que él, por distinto natural,
30   sabe que es perseguido.[11] Mandó a Sancho que alzase° el yelmo, el cual,   pick up
tomándola en las manos, dijo: "¡Por Dios que la bacía es buena, y que vale un real de a ocho como un maravedí!"

Y dándosela a su amo, se la puso luego en la cabeza, rodeándola a una parte y a otra, buscándole el encaje, y como no se le hallaba, dijo: "Sin
35   duda que el pagano a cuya medida° 'se forjó° primero esta famosa celada,   size, was forged
debía de tener grandísima cabeza, y lo peor dello es que le falta la mitad."

---

8   **Que voto [a Dios]... que os batanee el alma.**

9   **Redondo como...** *round as a ball* means 'in no uncertain terms.'

10   **El dejarse...** *to let himself fall from the donkey*

11   **Viéndose acosado...** *seeing himself pursued by hunters, bites and tears with his teeth that for which he knows by instinct he is being sought.* There was an old wives' tale that the male beaver, knowing he was being hunted for the castoreum found in his genitals would castrate himself, and leave his genitals behind to save his life. In truth, this substance is found in the perineal glands near the anus of *both* sexes, and is impossible to remove with the creature's own teeth.

No hubo tocado al suelo, cuando se levantó más ligero que un gamo.

Cuando Sancho oyó llamar a la bacía celada,[12] no pudo tener la risa.
Mas vínosele a las mientes la cólera de su amo, y calló en la mitad della.

"¿De qué te ríes, Sancho?" dijo don Quijote.

"Ríome," respondió él, "de considerar la gran cabeza que tenía el
pagano dueño deste almete, que no semeja sino una bacía de barbero
pintiparada.°"   perfectly like

"¿Sabes qué imagino, Sancho? Que esta famosa pieza° deste encan-   fragment
tado yelmo, por algún estraño acidente debió de venir a manos de quien
no supo conocer ni estimar su valor, y sin saber lo que hacía, viéndola
de oro purísimo, debió de fundir° la otra mitad para aprovecharse del   melt
precio,° y de la otra mitad hizo esta que parece bacía de barbero, como tú value
dices. Pero sea lo que fuere, que para mí que la conozco, no hace al caso su
trasmutación,[13] que yo la aderezaré en el primer lugar donde haya herre-
ro,° de suerte que no le 'haga ventaja,° ni aun le llegue, la que hizo y forjó blacksmith, surpass
el dios de las herrerías para el Dios de las batallas,[14] y en este entretanto
la traeré como pudiere, que «más vale algo que no nada», cuanto más que
bien será bastante para defenderme de alguna pedrada."

"Eso será," dijo Sancho, "si no se tira con honda, como se tiraron en
la pelea de los dos ejércitos, cuando le santiguaron a vuestra merced las
muelas, y le rompieron el alcuza donde venía aquel benditísimo brebaje
que me hizo vomitar las asaduras.°"   entrails

"No me da mucha pena el haberle perdido, que ya sabes tú, Sancho,"
dijo don Quijote, "que yo tengo la receta en la memoria."

"También la tengo yo," respondió Sancho. "Pero si yo le hiciere ni
le probare más en mi vida, aquí sea mi hora.[15] Cuanto más, que no pienso ponerme en ocasión de haberle menester, porque pienso guardarme
con todos mis cinco sentidos de ser ferido ni de ferir a nadie. De lo del
ser otra vez manteado no digo nada, que semejantes desgracias mal se
pueden prevenir,° y si vienen, no hay que hacer otra cosa sino encoger   prevent
los hombros, detener el aliento,[16] cerrar los ojos y dejarse ir por donde la
suerte y la manta nos llevare."

"Mal cristiano eres, Sancho," dijo, oyendo esto, don Quijote, "porque
nunca olvidas la injuria que una vez te han hecho. Pues sábete que es de
pechos nobles y generosos no hacer caso de niñerías. ¿Qué pie sacaste
cojo,° qué costilla quebrada, qué cabeza rota, para que no se te olvide   lame
aquella burla? Que, bien apurada la cosa,[17] burla fue y pasatiempo, que
a no entenderlo yo ansí, ya yo hubiera vuelto allá y hubiera hecho en tu

---

12 **Cuando Sancho...** *when Sancho heard the basin being called a helmet*

13 **No hace...** *its transformation makes no difference*

14 **De suerte...** *in such a way that the one* [helmet] *that the god of smithies
made and forged for the god of battles won't surpass it or even come up to it.* This refers
to Vulcan, the god of blacksmiths, who forged the armor of Mars.

15 **Aquí sea...** *may I die right then*

16 **Encoger los...** *shrug your shoulders, hold your breath*

17 **Bien apurada...** *when you examine it closely*

venganza más daño que el que hicieron los griegos por la robada° Elena.[18]   kidnapped
La cual si fuera en este tiempo, o mi Dulcinea fuera en aquel, pudiera
estar segura que no tuviera tanta fama de hermosa como tiene." Y aquí
dio un suspiro, y le puso en las nubes. Y dijo Sancho: "Pase por burlas,
pues la venganza no puede pasar en veras,[19] pero yo sé de qué calidad
fueron las veras y las burlas, y sé también que no se me caerán de la memoria, como nunca se quitarán de las espaldas. Pero dejando esto aparte,
dígame vuestra merced qué haremos deste caballo rucio rodado, que parece asno pardo, que dejó aquí desamparado aquel Martino que vuestra
merced derribó, que, según él «puso los pies en polvorosa» y «cogió las de
Villadiego,»[20] no lleva pergenio° de volver por él jamás, y ¡para mis barbas,   intention
si no es bueno el rucio!"

"Nunca yo acostumbro," dijo don Quijote, "despojar° a los que venzo   loot
ni es uso de caballería quitarles los caballos y dejarlos a pie. Si ya no fuese que el vencedor hubiese perdido en la pendencia° el suyo, que, en tal   fray
caso, lícito es tomar el del vencido, como ganado en guerra lícita. Así que,
Sancho, deja ese caballo o asno, o lo que tu quisieres que sea, que, como°   as soon as
su dueño nos vea alongados° de aquí, volverá por él."   departed

"Dios sabe si quisiera llevarle," replicó Sancho, "o, por lo menos, tro-
calle con este mío, que no me parece tan bueno. Verdaderamente que son
estrechas las leyes de caballería, pues no se estienden a dejar trocar un
asno por otro, y querría saber si podría trocar los aparejos° siquiera."   trappings

"En eso no estoy muy cierto," respondió don Quijote, "y en caso de
duda, hasta estar mejor informado, digo que los trueques, si es que tienes
dellos necesidad estrema."

"Tan estrema es," respondió Sancho, "que si fueran para mi misma
persona, no los hubiera menester más."[21]

Y luego, habilitado con aquella licencia, hizo *mutacio caparum*,[22] y
puso su jumento a las mil lindezas, dejándole mejorado en tercio y quinto.[23]

Hecho esto, almorzaron de las sobras del real° que del acémila des-   spoils
pojaron, bebieron del agua del arroyo de los batanes, sin volver la cara a
mirallos: tal era el aborrecimiento que les tenían, por el miedo en que les
habían puesto.

---

18 Elena is Helen of Troy.

19 **Pase por...** *let it pass for a jest since vengeance cannot be done in truth*

20 **Él puso...** *he took to his heels.* Both expressions mean the same thing.
Polvorosa was the underworld slang term for *road.* Although everyone under-
stands what the expression with Villadiego means, its origin is unclear. See Rodríguez Marín 1, 62, 3 and 2, 133, 7.

21 **Si fueran...** *if they were for myself, I wouldn't need them more*

22 *Mutatio capparum* is the proper Latin term for this, when cardinals of
the Church exchange fur hoods for ones of red silk annually on Easter.

23 **Puso su...** *he made his donkey look uncommonly pretty, bettering its looks
severalfold.* The expression **mejorado en tercio y quinto** is from notorial jargon,
relating to making a will in favor of an heir.

Cortada, pues, la cólera,²⁴ y aun la malenconía, subieron a caballo, y
sin tomar determinado camino, por ser muy de caballeros andantes el no
tomar ninguno cierto, se pusieron a caminar por donde la voluntad de
Rocinante quiso, que se llevaba tras sí la de su amo, y aun la del asno, que
siempre le seguía por dondequiera que guiaba, en buen amor y compañía.
Con todo esto, volvieron al camino real, y siguieron por él a la ventura,
sin otro disignio° alguno.   thought

Yendo, pues, así caminando, dijo Sancho a su amo: "Señor, ¿quiere
vuestra merced darme licencia que departa un poco con él?²⁵ Que después
que me puso aquel áspero mandamiento del silencio se me han podrido°   rotted
más de cuatro cosas en el estómago, y una sola que ahora tengo en el pico°   tip
de la lengua no querría que 'se mal lograse.°"   come to naught

"Dila," dijo don Quijote, "y sé breve en tus razonamientos, que ninguno hay gustoso° si es largo."   pleasing

"Digo, pues, señor," respondió Sancho, "que de algunos días a esta
parte²⁶ he considerado cuán poco se gana y granjea° de andar buscando   earn
estas aventuras que vuestra merced busca por estos desiertos y encrucijadas de caminos, donde, ya que se venzan y acaben las más peligrosas, no
hay quien las vea ni sepa, y así, se han de quedar en perpetuo silencio y en
perjuicio de la intención de vuestra merced y de lo que ellas merecen. Y
así, me parece que sería mejor, salvo el mejor parecer de vuestra merced,
que nos fuésemos a servir a algún emperador, o a otro príncipe grande
que tenga alguna guerra, en cuyo servicio vuestra merced muestre el valor
de su persona, sus grandes fuerzas y mayor entendimiento. Que visto esto
del señor a quien sirviéremos, por fuerza nos ha de remunerar a cada cual
según sus méritos, y allí no faltará quien ponga en escrito las hazañas de
vuestra merced, para perpetua memoria. De las mías no digo nada, pues
no han de salir de los límites escuderiles, aunque sé decir que si 'se usa°   is customary
en la caballería escribir hazañas de escuderos, que no pienso que se han
de quedar las mías 'entre renglones.°"   as afterthoughts

"No dices mal, Sancho," respondió don Quijote, "mas antes que se
llegue a ese término° es menester andar por el mundo, como en aproba-   point
ción,° buscando las aventuras, para que, acabando algunas, se cobre nom-   probation
bre y fama tal, que cuando se fuere a la corte de algún gran monarca ya
sea el caballero conocido por sus obras, y que apenas le hayan visto entrar
los muchachos por la puerta de la ciudad, cuando todos le sigan y rodeen,
dando voces, diciendo: 'Éste es el caballero del Sol,' o 'de la Sierpe,°'²⁷ o de   serpent
otra insignia° alguna, debajo de la cual hubiere acabado grandes hazañas.   device
'Éste es,' dirán, 'el que venció en singular batalla al gigantazo° Brocabru-   enormous giant

---

24 **Cortar la cólera** in the Academy dictionary means *to have a snack.*

25 **Con él** effectively means *with **you**.* Since **vuestra merced** is a third person mode of address, **con él** is called for: *would your grace give me permission to
speak with him?*

26 **De algunos…** *for some days now*

27 **El caballero del Sol** was the Caballero del Febo, **el caballero de la Sierpe** was Palmerín de Oliva.

no de la Gran Fuerza. El que desencantó° al gran Mameluco²⁸ de Persia   disenchanted
del largo encantamento en que había estado casi novecientos años.' Así
que de mano en mano, irán pregonando sus hechos, y luego, al alboroto°   tumult
de los muchachos y de la demás gente, se parará a las fenestras° de su real   windows
palacio el rey de aquel reino. Y así como vea al caballero, conociéndole por
las armas o por la empresa del escudo, forzosamente ha de decir: '¡Ea, sus,
salgan mis caballeros, cuantos en mi corte están, a recebir a la flor de la
caballería, que allí viene!' A cuyo mandamiento saldrán todos, y él llegará
hasta la mitad de la escalera,° y le abrazará estrechísimamente,° y le dará   staircase, very tightly
paz,²⁹ besándole en el rostro, y luego le llevará por la mano al aposento de
la señora reina, adonde el caballero la hallará con la infanta° su hija, que   princess
ha de ser una de las más fermosas y acabadas° doncellas que en gran parte   perfect
de lo descubierto de la tierra a duras penas se pueda hallar.³⁰ Sucederá
tras esto, 'luego en continente,° que ella ponga los ojos en el caballero, y   immediately
él en los della, y cada uno parezca al otro cosa más divina que humana,
y sin saber cómo ni cómo no,³¹ han de quedar presos y enlazados en la
intricable red amorosa,³² y con gran cuita en sus corazones, por no saber
cómo se han de fablar para descubrir sus ansias° y sentimientos.° Desde   longings, feelings,
allí le llevarán sin duda a algún cuarto° del palacio, ricamente aderezado,°   apartment
donde, habiéndole quitado las armas, le traerán un rico manto° de escar-   adorned, cloak
lata con que se cubra, y si bien pareció armado, tan bien y mejor ha de
parecer en farseto.³³

"Venida la noche, cenará con el rey, reina e infanta, donde nunca
quitará los ojos della, mirándola a furto de los circunstantes, y ella hará
lo mesmo con la mesma sagacidad,° porque, como tengo dicho, es muy   discernment
discreta doncella. Levantarse han³⁴ las tablas, y entrará a deshora por la
puerta de la sala un feo y pequeño enano con una fermosa dueña, que
entre dos gigantes, detrás del enano viene, con cierta aventura hecha° por   proposed
un antiquísimo° sabio, que el que la acabare será tenido por el mejor caba-   very old
llero del mundo. Mandará luego el rey que todos los que están presentes
la prueben,³⁵ y ninguno le dará fin y cima° sino el caballero huésped, en   completion
mucho pro de su fama, de lo cual quedará contentísima la infanta, y se
tendrá por contenta y pagada además por haber puesto y colocado sus
pensamientos en tan alta parte. Y lo bueno es que este rey o príncipe, o
lo que es, tiene una muy reñida° guerra con otro tan poderoso como él, y   bitter
el caballero huésped le pide—al cabo de algunos días que ha estado en su

---

28 **Mameluco** is an Egyptian soldier.

29 **Dar paz** is to greet by kissing on the face, as the next phrase confirms.

30 **En gran…** *in a large part of the known world with great difficulty can be found*

31 **Sin saber…** *without knowing how*

32 **Enlazados en…** *bound in the inextricable net of love*

33 A **farseto** (*Ital.* **farsetto**) is a quilted jacket worn under armor.

34 **Levantarse han** is an archaic future form, where the infinitive was recognized as such and pronouns could be attached to it.

35 That is, **hagan la prueba** *they attempt it*

corte—licencia para ir a servirle en aquella guerra dicha. Darásela el rey
de muy buen talante, y el caballero le besará cortésmente las manos por
la merced que le face.

"Y aquella noche se despedirá de su señora la infanta por las rejas°   grates
de un jardín, que cae en el aposento donde ella duerme,³⁶ por las cuales
ya otras muchas veces la había fablado, siendo medianera y sabidora de
todo una doncella de quien la infanta mucho se fiaba.³⁷ Sospirará él, des-
mayárase° ella, traerá agua la doncella, acuitaráse mucho porque viene la   will faint
mañana y no querría que fuesen descubiertos,° por la honra de su señora.   found out
Finalmente, la infanta 'volverá en sí,° y dará sus blancas manos por la reja   will come to
al caballero, el cual se las besará mil y mil veces, y se las bañará en lágrimas. Quedará concertado° entre los dos del modo que se han de hacer   agreed
saber sus buenos o malos sucesos, y rogaréle la princesa que se detenga lo
menos que pudiere.³⁸ Prometérselo ha él con muchos juramentos. Tórnale
a besar las manos, y despídese con tanto sentimiento, que estará a poco
por acabar la vida.³⁹ Vase desde allí a su aposento, échase sobre su lecho,
no puede dormir del dolor de la partida,° madruga° muy de mañana.   departure, gets up
Vase a despedir del rey y de la reina y de la infanta. Dícenle, habiéndose
despedido de los dos, que la señora infanta está 'mal dispuesta° y que   indisposed
no puede recebir visita. Piensa el caballero que es de pena de su partida,
traspásasele° el corazón, y falta poco de no dar indicio manifiesto de su   is pierced
pena. Está la doncella medianera delante. Halo de notar todo, váselo a
decir a su señora, la cual la recibe con lágrimas, y le dice que una de las
mayores penas que tiene es no saber quién sea su caballero, y si es de linaje
de reyes, o no. Asegúrala la doncella que no puede caber tanta cortesía,
gentileza y valentía como la de su caballero sino en subjeto real y grave.°   important
Consuélase° con esto la cuitada:° procura consolarse por no dar mal in-   is consoled, unfortu-
dicio de sí a sus padres, y a cabo de dos días sale en público. Ya se es ido   nate girl
el caballero, pelea en la guerra, vence al enemigo del rey, gana muchas
ciudades, triunfa de muchas batallas. Vuelve a la corte, ve a su señora por
donde suele, conciértase que la pida a su padre por mujer en pago de sus
servicios. No se la quiere dar el rey, porque no sabe quién es. Pero, con
todo esto, o robada o de otra cualquier suerte que sea, la infanta viene a
ser su esposa, y su padre lo viene a tener a gran ventura,⁴⁰ porque se vino a
averiguar que el tal caballero es hijo de un valeroso rey de no sé qué reino,
porque creo que no debe de estar en el mapa. Muérese el padre, hereda la
infanta, queda rey el caballero, en dos palabras. Aquí entra luego el hacer
mercedes a su escudero y a todos aquellos que le ayudaron a subir a tan
alto estado. Casa a su escudero con una doncella de la infanta, que será,

---

36 **Un jardín...** *the room where she sleeps which faces a garden*
37 **Siendo medianera...** *a maiden whom she trusted being the go-between
and confidante in everything*
38 **Se detenga...** *he stay away as short a time as he can*
39 **Estará a...** *he will almost die*
40 **Su padre...** *her father comes to consider it as good fortune*

sin duda, la que fue tercera° en sus amores, que es hija de un duque muy   go-between
principal."⁴¹

"¡Eso pido, y «barras derechas!»⁴² dijo Sancho, "a eso 'me atengo,°   I'm waiting for
porque todo al pie de la letra ha de suceder por vuestra merced, llamándose el Caballero de la Triste Figura."

"No lo dudes, Sancho," replicó don Quijote, "porque del mesmo
modo, y por los mesmos pasos que esto he contado, suben y han subido
los caballeros andantes a ser reyes y emperadores. Sólo falta agora mi-
rar⁴³ qué rey de los cristianos o de los paganos tenga guerra y tenga hija
hermosa. Pero tiempo habrá para pensar esto, pues, como te tengo dicho,
primero se ha de cobrar fama por otras partes que⁴⁴ se acuda a la corte.
También me falta otra cosa: que, puesto caso que se halle rey con guerra
y con hija hermosa, y que yo haya cobrado fama increíble por todo el
universo, no sé yo cómo se podía hallar que yo sea de linaje de reyes, o,
por lo menos, primo segundo de emperador. Porque no me querrá el rey
dar a su hija por mujer, si no está primero muy enterado° en esto, aunque   informed
más lo merezcan mis famosos hechos. Así que, por esta falta, temo perder
lo que mi brazo tiene bien merecido. Bien es verdad que yo soy hijodalgo
de solar conocido, de posesión y propriedad, y de devengar quinientos
sueldos,⁴⁵ y podría ser que el sabio que escribiese mi historia deslindase°   clears up
de tal manera mi parentela° y decendencia,° que me hallase quinto o sesto   ancestry, origin
nieto de rey. Porque te hago saber, Sancho, que hay dos maneras de linajes
en el mundo: unos que traen y derivan° su decendencia de príncipes y   trace
monarcas, a quien 'poco a poco° el tiempo ha deshecho, y han acabado   a little at a time
en punta,° como pirámide puesta al revés.⁴⁶ Otros tuvieron principio de   a point
gente baja, y van subiendo de grado en grado,⁴⁷ hasta llegar a ser grandes
señores. De manera que está la diferencia en que unos fueron, que ya no
son, y otros son, que ya no fueron, y podría ser yo déstos, que después de
averiguado,⁴⁸ hubiese sido mi principio grande y famoso, con lo cual se
debía de contentar el rey mi suegro que hubiere de ser,⁴⁹ y cuando no, la
infanta me ha de querer de manera que a pesar de su padre, aunque claramente sepa que soy hijo de un azacán,° me ha de admitir por señor y por   water carrier
esposo. Y si no, aquí entra el roballa y llevalla donde más gusto me diere,
que el tiempo o la muerte ha de acabar el enojo de sus padres."

---

41 This is the basic story of *Tirant lo Blanch*.

42 **¡Barras derechas!** *no doubt about it*. This expression comes from a game.

43 **Sólo ahora…** *all we need now is to find out*

44 The **primero** that begins the clause goes with this **que** = *before going to
court*.

45 **Yo soy…** *I am an hidalgo with a well known ancestral mansion, with land
and property, and an income of 500 sueldos*. What the income was for (injury?
family's military service?), and the value of a **sueldo** is still debated.

46 **Puesta al…** *turned up-side down*

47 **De grado…** *step by step*

48 **Después de…** *after investigation*

49 **El rey…** *the king who is to be my father-in-law*

"Ahí entra bien también," dijo Sancho, "lo que algunos desalmados dicen: «no pidas de grado lo que puedes tomar por fuerza»,⁵⁰ aunque mejor cuadra decir: «más vale salto de mata, que ruego de hombres buenos».⁵¹ Dígolo porque, si el señor rey, suegro de vuestra merced, no se quisiere domeñar° a entregalle a mi señora la infanta, no hay sino, como vuestra merced dice, roballa y trasponella.° Pero está el daño que, en tanto que se hagan las paces y se goce pacíficamente del reino,⁵² el pobre escudero se podrá estar 'a diente° en esto de las mercedes. Si ya no es que la doncella tercera que ha de ser su mujer, se sale con la infanta,⁵³ y él pasa con ella su mala ventura, hasta que el cielo ordene otra cosa, porque bien podrá, creo yo, desde luego dársela su señor por legítima esposa."⁵⁴

"Eso no hay quien la quite,"⁵⁵ dijo don Quijote."

"Pues como eso sea," respondió Sancho, "no hay sino encomendarnos a Dios, y dejar correr la suerte por donde mejor lo encaminare."

"Hágalo Dios," respondió don Quijote, "como yo deseo y tú, Sancho, has menester, y «ruin sea quien por ruin se tiene»."⁵⁶

"Sea par Dios," dijo Sancho, "que yo cristiano viejo⁵⁷ soy, y para ser conde esto me basta."

"Y aun te sobra,'" dijo don Quijote, "y cuando no lo fueras, no hacía nada al caso,⁵⁸ porque siendo yo el rey, bien te puedo dar nobleza, sin que la compres ni me sirvas con nada.⁵⁹ Porque en haciéndote conde, cátate ahí caballero,⁶⁰ y digan lo que dijeren, que a buena fe que te han de llamar SEÑORÍA, mal que les pese."⁶¹

"Y ¡montas que no sabría yo autorizar el litado!"⁶² dijo Sancho.

"*Dictado*⁶³ has de decir, que no *litado*," dijo su amo.

"Sea ansí," respondió Sancho Panza. "Digo que le sabría bien

Margin glosses:
- condescend
- transport her
- fasting
- is more than enough

---

50 **No pidas...** *never ask as a favor what you can take by force*
51 **Más vale...** *a leap over the hedge* [to escape] *is better than good men's prayers*
52 **En tanto...** *until you make peace and you come to possess your kingdom in peace*
53 **Si ya no...** *unless the confidante who is to be his wife comes with the princess*
54 **Porque bien...** *for it may well be, I think, his master will give her to him as legitimate wife right away*
55 **Eso no...** *don't worry, no one will take her away from you.* This is Gaos' solution (I, 426, 308).
56 **Ruin se...** *may the person who considers himself despicable be despicable*
57 A **cristiano viejo** is from a family that has always been Catholic, that is, none was or is a converted Jew.
58 **No hacía...** *it would make no difference*
59 **Ni me...** *nor by your doing any service*
60 **Cátate ahí...** *imagine yourself there made a knight*
61 **A buena...** *honestly and sincerely, they'll have to call you* YOUR LORDSHIP *whether they like it or not*
62 **Montas que...** *just watch how I perform my duties with this "litado"*
63 **Dictado** *title of nobility*

acomodar,⁶⁴ porque por vida mía que un tiempo fui muñidor de una cofradía,⁶⁵ y que me asentaba tan bien la ropa de muñidor, que decían todos que tenía presencia para poder ser prioste° de la mesma cofradía. Pues ¿qué será cuando me ponga un ropón ducal a cuestas,⁶⁶ o me vista de oro y de perlas, a uso de conde estranjero? Para mí tengo que me han de venir a ver de cien leguas."⁶⁷

    "Bien parecerás,"⁶⁸ dijo don Quijote, "pero será menester que 'te rapes° las barbas a menudo, que, según las tienes de espesas, aborrascadas y mal puestas,⁶⁹ si no te las rapas a navaja cada dos días, por lo menos, a tiro de escopeta se echará de ver lo que eres."⁷⁰

    "¿Qué hay más," dijo Sancho, "sino tomar un barbero y tenelle asalariado° en casa. Y aun, si fuere menester, le haré que ande tras mí, como caballerizo° de grande.°"

    "Pues ¿cómo sabes tú," preguntó don Quijote, "que los grandes llevan detrás de sí a sus caballerizos?"

    "Yo se lo diré," respondió Sancho. "Los años pasados estuve un mes en la corte, y allí vi que, paseándose un señor muy pequeño, que decían que era muy grande,⁷¹ un hombre le seguía a caballo a todas las vueltas que daba,⁷² que no parecía sino que era su rabo.° Pregunté que cómo aquel hombre no 'se juntaba° con el otro, sino que siempre andaba tras dél. Respondiéronme que era su caballerizo, y que era uso de grandes llevar tras sí a los tales. Desde entonces lo sé tan bien, que nunca se me ha olvidado."

    "Digo que tienes razón," dijo don Quijote, "y que así puedes tú llevar a tu barbero, que los usos no vinieron todos juntos ni se inventaron a una,° y puedes ser tú el primero conde que lleve tras sí su barbero, y aun es de más confianza el hacer la barba que ensillar un caballo.⁷³"

    "Quédese eso del barbero a mi cargo,"⁷⁴ dijo Sancho, "y al de vuestra merced se quede el procurar venir a ser rey y el hacerme conde."

    "Así será," respondió don Quijote.

    Y alzando los ojos, vio lo que se dirá en el siguiente capítulo.

Marginal glosses: main steward · shave · on salary · groom, grandee · tail · joined · una *vez*

---

64 **Digo que...** *I say that I'd be able to do it well*
65 **Fui muñidor...** *I was a steward in a brotherhood*
66 **Cuando me...** *when I put the gown of a duke on my back*
67 **Me han...** *they'll come from a hundred leagues to see me*
68 **Bien parecerás** *you'll look good*
69 **Según las...** *the way you keep it so thick, tangled, and unkempt*
70 **A tiro las...** *at the distance of a musket shot they'll see what you are*
71 More than likely they just said that **era grande** *he was a grandee*, rather than **era muy grande** *he was very big.*
72 **A todas...** *every turn he took*
73 **Es de...** *it requires more trust to have one's beard shaved than to have one's horse saddled*
74 **Quédese eso...** *let me deal with the business of the barber*

*Capítulo XXII. De la libertad que dio don Quijote a muchos des-
dichados que, mal de su grado, los llevaban donde no quisieran ir.*

CUENTA CIDE Hamete Benengeli, autor arábigo y manchego, en
esta gravísima, altisonante,° mínima,° dulce e imaginada historia,   high-sounding, meticulous
que después que entre el famoso don Quijote de la Mancha y
Sancho Panza su escudero pasaron aquellas razones,¹ que en el fin del
capítulo veinte y uno quedan referidas, que don Quijote alzó los ojos y
vio que por el camino que llevaba venían hasta doce hombres a pie, en-
sartados° como cuentas en una gran cadena de hierro por los cuellos,° y   strung together, necks
todos con esposas° a las manos. Venían ansimismo con ellos dos hombres   handcuffs
de a caballo y dos de a pie. Los de a caballo con 'escopetas de rueda,° y   muskets
los de a pie con dardos° y espadas, y que así como Sancho Panza los   pikes
vido,° dijo: "Ésta es cadena de galeotes:² gente forzada° del rey, que   **vio,** sentenced
va a las galeras.°"   galleys
"¿Cómo gente forzada?" preguntó don Quijote. "¿Es posible que
el rey haga fuerza a ninguna gente?"³
"No digo eso," respondió Sancho, "sino que es gente que por sus
delitos° va condenada a servir al rey en las galeras, de por fuerza."   crimes
"En resolución," replicó don Quijote, "como quiera que ello sea,
esta gente, aunque los llevan, van de por fuerza y no de su voluntad."
"Así es," dijo Sancho.
"Pues desa manera," dijo su amo, "aquí encaja° la ejecución de mi   fits
oficio: desfacer fuerzas y socorrer y acudir a los miserables."
"Advierta vuestra merced," dijo Sancho, "que la justicia, que es el
mesmo rey, no hace fuerza ni agravio° a semejante gente, sino que los   offense
castiga° en pena de sus delitos."   punishes
Llegó en esto la cadena de los galeotes, y don Quijote, con muy
corteses razones, pidió a los que iban 'en su guarda° 'fuesen servidos   as their guards
de° informalle y decille la causa, o causas, porque llevaban aquella   please
gente de aquella manera.
Una de las guardas de a caballo respondió que eran galeotes,
gente de su majestad que iba a galeras, y que no había más que decir,
ni él tenía más que saber.
"Con todo eso," replicó don Quijote, "querría saber de cada uno
dellos, en particular, la causa de su desgracia."
Añadió a éstas otras tales y tan comedidas° razones para mover-   polite
los a que le dijesen lo que deseaba, que la otra guarda de a caballo le dijo:
"Aunque llevamos aquí el registro° y la fe° de las sentencias de cada uno   register book, certificate

Dardo

---

1   **Después…** = **Después que pasaron aquellas razones entre…**

2   **Galeotes** were galley slaves, rowers who provided the power for the
king's fleet. Since no one wanted the job, criminals, some with very small crimes,
were sentenced to row in the galleys.

3   **¿Es posible…** *is it possible that the king is forcing someone?*

deſtos malaventurados,° no es tiempo éſte de detenerles a sacarlas ni a   unfortunates
leellas. Vueſtra merced llegue° y se lo pregunte a ellos mesmos, que ellos   approach
lo dirán si quisieren, que sí querrán, porque es gente que recibe guſto de
hacer y decir bellaquerías."

Con eſta licencia, que don Quijote se tomara aunque no se la dieran,
se llegó a la cadena y al primero le preguntó que por qué pecados iba
de tan mala guisa.° Él le respondió que por enamorado° iba de aquella   manner, lover
manera. "¿Por eso no más?" replicó don Quijote. "¡Pues si por enamorados
echan a galeras, días ha que pudiera yo eſtar bogando° en ellas!"   rowing

"No son los amores como los que vueſtra merced piensa," dijo el
galeote, "que los míos fueron que quise tanto a una canaſta de colar ates-
tada de ropa blanca, que la abracé conmigo tan fuertemente, que, a no
quitármela la juſticia por fuerza,[4] aún haſta agora no la hubiera dejado de
mi voluntad. Fue en fragante, no hubo lugar de tormento.[5] Concluyóse
la causa,° acomodáronme° las espaldas con ciento, y por añadidura tres   legal case, they placed
precisos de gurapas,[6] y acabóse la obra."

"¿Qué son «gurapas»?" preguntó don Quijote.

"Gurapas son galeras," respondió el galeote.

El cual era un mozo de haſta edad de veinte y cuatro años, y dijo que
era natural de Piedrahita.[7]

Lo mesmo preguntó don Quijote al segundo, el cual no respondió
palabra, según iba de triſte y malencónico. Mas respondió por él el primero, y dijo: "Éſte, señor, va por canario, digo, por músico y cantor."

"Pues ¿cómo?" repitió don Quijote, "¿por músicos y cantores van
también a galeras?"

"Sí, señor," respondió el galeote, "que no hay peor cosa que cantar
en el ansia."[8]

"Antes he yo oído decir," dijo don Quijote, "que «quien canta, sus
males espanta».°"   scares away

"Acá es 'al revés,°'" dijo el galeote, "que quien canta una vez, llora toda   the opposite
la vida."

"No lo entiendo," dijo don Quijote.

Mas una de las guardas le dijo: "Señor caballero: «cantar en el ansia»
se dice, entre eſta gente 'non santa°'confesar en el tormento.' A eſte peca-   unholy
dor° le dieron tormento y confesó su delito, que era ser cuatrero,° que es   sinner, rustler
ser ladrón de beſtias, y por haber confesado le condenaron por seis años
a galeras, 'amén de° docientos azotes que ya lleva en las espaldas. Y va   besides

---

4 **Quise tanto...** *I loved a basket filled with washed clothing so much that I
hugged it to myself so hard that if the authorities hadn't taken it from me by force*

5 **En fragante**—Latin *in fraganti* 'caught in the act,' so no torture was
necessary.

6 **Acomodáronme las...** *they gave my shoulders a hundred lashes, and added
exactly three years in the galleys*

7 Piedrahita is a cattle-raising town in the province of Avila, 130 kms west
of Madrid.

8 **Ansia** is slang for water torture.

siempre pensativo y triste, porque los demás ladrones que allá quedan y
aquí van, le maltratan y aniquilan, y escarnecen y tienen en poco,⁹ porque
confesó y no tuvo ánimo° de decir nones,° porque dicen ellos que tantas   courage, no's
letras tiene un NO como un sí, y que harta ventura tiene un delincuente
que está en su lengua su vida o su muerte, y no en la de los testigos y
probanzas,¹⁰ y para mí tengo que no van muy fuera de camino."

"Y yo lo entiendo así," respondió don Quijote.

El cual, pasando al tercero, preguntó lo que a los otros, el cual, de
presto y con mucho desenfado,° respondió y dijo: "Yo voy por cinco años   ease
a las señoras gurapas por faltarme diez ducados."¹¹

"Yo daré veinte de muy buena gana," dijo don Quijote, "por libraros
desa pesadumbre."

"Eso me parece," respondió el galeote, "como quien tiene dineros en
'mitad del golfo° y se está muriendo de hambre, sin tener adonde comprar   high seas
lo que ha menester. Dígolo porque, si a su tiempo tuviera yo esos veinte
ducados que vuestra merced ahora me ofrece, hubiera untado con ellos

La plaza de Zocodover hoy

la péndola del escribano
y avivado el ingenio del
procurador,¹² de mane-
ra que hoy me viera en
mitad de la plaza de
Zocodover,¹³ de Toledo,
y no en este camino,
atraillado° como galgo.   on a leash
Pero Dios es grande:
paciencia, y basta."

Pasó don Quijote al cuarto, que era un hombre de venerable rostro,
con una barba blanca que le pasaba del pecho, el cual, oyéndose preguntar
la causa porque allí venía, comenzó a llorar, y no respondió palabra. Mas
el quinto condenado le sirvió de lengua, y dijo: "Este hombre honrado va
por cuatro años a galeras, habiendo paseado las acostumbradas vestido en
pompa y a caballo."¹⁴

---

9   **Le maltratan...** *they taunt and humiliate him, they ridicule* [him] *and hold*
[him] *in little esteem*

10   **Harta ventura...** *a criminal is very lucky when his life or death depends on
his tongue and not on witnesses or other proof*

11   The **ducado** was a gold coin worth 10 to 30 reales in the time of
Cervantes.

12   **Hubiera untado...** *I would have greased the pen of the notary and encouraged the cleverness of the lawyer*

13   This is another site frequented by the **pícaros** that you can add to the
places mentioned in Chapter 3 (p. 36, ll. 4-6).

14   **Habiendo paseado...** *having gone down the accustomed* [streets] *dressed
in splendor and on horseback.* The culprit was on donkey-back, stripped to his waist,
wearing a dunce cap, and accompanied by a horn player—to gather a crowd—a
constable, and a town crier who told of the culprit's crimes. What Sancho calls

"Eso es," dijo Sancho Panza, "a lo que a mí me parece, «haber salido a la vergüenza.°»" [public punishment]

"Así es," replicó el galeote, "y la culpa porque le dieron esta pena es por haber sido corredor de oreja, y aun de todo el cuerpo.[15] En efecto, quiero decir que este caballero va por alcahuete,° y por tener así mesmo [pimp] sus 'puntas y collar° de hechicero.°" [smatterings, sorceror]

"A no haberle añadido esas puntas y collar," dijo don Quijote, "por solamente el alcahuete limpio° no merecía él ir a bogar en las galeras, sino [in itself] a mandallas y a ser general dellas, porque no es así comoquiera el oficio de alcahuete,[16] que es oficio de discretos y necesarísimo en la república bien ordenada, y que no le debía ejercer sino gente muy bien nacida, y aun había de haber veedor° y examinador de los tales, como le hay de los demás [inspector] oficios, con número deputado y conocido, como corredores de lonja,[17] y desta manera se escusarían muchos males que se causan por andar este oficio y ejercicio entre gente idiota y de poco entendimiento, como son mujercillas° de poco más a menos, pajecillos° y truhanes° de pocos años y [silly women, little pages, scoundrels] de poca experiencia, que a la más necesaria ocasión, y cuando es menester dar una traza° que importe, se les yelan las migas° entre la boca y la mano, [plan, rustic stew] y no saben cuál es su mano derecha. Quisiera pasar adelante y dar las razones porque convenía hacer elección° de los que en la república habían [choice] de tener tan necesario oficio. Pero no es el 'lugar acomodado° para ello: [right time] algún día lo diré a quien lo pueda proveer° y remediar. Sólo digo ahora [decide] que la pena que me ha causado ver estas blancas canas° y este rostro ve- [white hair] nerable en tanta fatiga° por alcahuete, me la ha quitado el adjunto° de ser [distress, addition] hechicero, aunque bien sé que no hay hechizos° en el mundo que puedan [spells] mover y forzar la voluntad, como algunos simples piensan, que es libre nuestro albedrío,° y no hay yerba ni encanto° que le fuerce. Lo que sue- [will, enchantment] len hacer algunas mujercillas simples y algunos 'embusteros bellacos,° es [roguish imposters] algunas misturas° y venenos° con que vuelven locos a los hombres, dando [compounds, poisons] a entender que tienen fuerza para hacer querer bien, siendo, como digo, cosa imposible forzar la voluntad."

"Así es," dijo el buen viejo, "y en verdad, señor, que en lo de hechicero que no tuve culpa. En lo de alcahuete no lo pude negar. Pero nunca pensé que hacía mal en ello, que toda mi intención era que todo el mundo se holgase y viviese en paz y quietud, sin pendencias ni penas. Pero no me aprovechó nada este buen deseo para dejar de ir a donde no espero volver, según me cargan° los años y un 'mal de orina° que llevo, que no me deja [burden, urinary infection; to rest] reposar° un rato."

Y aquí tornó a su llanto como de primero, y túvole Sancho tanta

---

it is exactly right.

15   A **corredor de oreja** is a *stock broker*, and a **corredor de todo el cuerpo**, a term made up by the galley slave, would be *a broker in the whole body*, that is, a pimp.

16   **No es...** *being a pimp is not an ordinary profession*

17   **Número deputado...** *specific number of them, as with the exchange brokers*

compasión, que sacó un real de a cuatro¹⁸ del seno y se le dio de limosna.°   alms

Pasó adelante don Quijote y preguntó a otro su delito, el cual respondió con no menos, sino con mucha más gallardía que el pasado: "Yo voy aquí porque me burlé demasiadamente con dos 'primas hermanas°   first cousins
mías, y con otras dos hermanas que no lo eran mías, finalmente, tanto me burlé con todas, que resultó de la burla crecer la parentela° tan intricada-   kinfolk
mente,° que no hay diablo que la declare.° Probóseme todo, faltó favor, no   knottily, explain
tuve dineros, víame 'a pique° de perder los tragaderos.¹⁹ Sentenciáronme   in danger
a galeras por seis años, consentí: castigo es de mi culpa. Mozo soy, dure la vida, que con ella todo se alcanza. Si vuestra merced, señor caballero, lleva alguna cosa con que socorrer a estos pobretes, Dios se lo pagará en el cielo,²⁰ y nosotros tendremos en la tierra cuidado de rogar a Dios en nuestras oraciones por la vida y salud de vuestra merced, que sea tan larga y tan buena como su buena presencia merece."

Éste iba en hábito de estudiante, y dijo una de las guardas que era muy grande hablador y muy gentil latino.²¹

Tras todos éstos venía un hombre de muy buen parecer, de edad de treinta años, sino que al mirar metía el un ojo en el otro un poco.²² Venía diferentemente atado° que los demás, porque traía una cadena al pie, tan   bound
grande, que se la liaba° por todo el cuerpo, y dos argollas° a la garganta,°   bound, rings, neck
la una en la cadena, y la otra de las que llaman guarda-amigo o pie-de-amigo,²³ de la cual decendían dos hierros° que llegaban a la cintura, en   iron bars
los cuales se asían° dos esposas, donde llevaba las manos, cerradas con un   held
grueso candado,° de manera que ni con las manos podía llegar a la boca,   padlock
ni podía bajar la cabeza a llegar a las manos. Preguntó don Quijote que cómo iba aquel hombre con tantas prisiones° más que los otros. Respon-   fetters
dióle la guarda: porque tenía aquel solo más delitos que todos los otros juntos, y que era tan atrevido y tan grande bellaco, que aunque le llevaban de aquella manera, no iban seguros dél, sino que temían que se les había de huir.²⁴

"¿Qué delitos puede tener," dijo don Quijote, "si no han merecido más pena que echalle a las galeras?"²⁵

"Va por diez años," replicó la guarda, "que es como muerte cevil.²⁶ No

18 A **real de a cuatro** is obviously double a **real de a ocho.**
19 **Perder los...** *losing my swallowers,* i.e., being hanged
20 **Dios se...** this is what beggars typically say when asking for alms.
21 **Gentil latino** *an excellent Latin scholar*
22 That is, he was a bit cross-eyed. The first edition has strange punctuation: **metía el un ojo, en el otro, un poco venía...**
23 Clemencín explains that these were iron collars that prevented the criminal either from hiding his face when being paraded about on donkey back, or turning away from whiplashes.
24 **Temían que...** *they were afraid he could esscape*
25 **¿Qué delitos...** *what crimes can he have committed... if they have only caused him to be put in the gallies?*
26 **Muerte civil** was a sentence that included loss of rights.

Tras todos éstos venía un hombre de muy buen parecer, de edad de treinta años, sino que al mirar metía el un ojo en el otro un poco.

se quiera saber más sino que este buen hombre es el famoso Ginés de Pasamonte, que por otro nombre llaman Ginesillo de Parapilla."

"Señor comisario," dijo entonces el galeote, "váyase poco a poco, y no andemos ahora a deslindar° nombres y sobrenombres.° Ginés me llamo, y no Ginesillo, y Pasamonte es mi alcurnia,° y no Parapilla, como voacé° dice. Y cada uno 'se dé una vuelta a la redonda,° y no hará poco."

"Hable con menos tono,°" replicó el comisario, "señor ladrón 'de más de la marca,° si no quiere que le haga callar, mal que le pese."

"Bien parece," respondió el galeote, "que va el hombre como Dios es servido. Pero algún día sabrá alguno si me llamo Ginesillo de Parapilla o no."

"Pues ¿no te llaman ansí, embustero?°" dijo la guarda.

"Sí, llaman," respondió Ginés, "mas yo haré que no me lo llamen, o me las pelaría° donde yo digo entre mis dientes.[27] Señor caballero, si tiene algo que darnos, dénoslo ya, y vaya con Dios, que ya enfada° con tanto querer saber vidas ajenas. Y si la mía quiere saber, sepa que yo soy Ginés de Pasamonte, cuya vida está escrita por estos pulgares.°"

La vida de Lazarillo de Tormes, y de sus fortunas: y adversidades. Nuevamente impressa, corregida, y de nuevo añadida en esta segunda impression.

Vendense en Alcala de Henares, en casa de Salzedo Librero. Año de. M. D. LIIII

"Dice verdad," dijo el comisario, "que él mesmo ha escrito su historia, que no hay más que desear, y deja empeñado° el libro en la cárcel en docientos reales."

"¿Tan bueno es?" dijo don Quijote.

"Es tan bueno," respondió Ginés, "que 'mal año° para *Lazarillo de Tormes*[28] y para todos cuantos de aquel género se han escrito o escribieren. Lo que le sé decir a voacé es que trata verdades, y que son verdades tan lindas y tan donosas que no puede haber mentiras que se le igualen."

"Y ¿cómo se intitula el libro?" preguntó don Quijote.

"*La vida de Ginés de Pasamonte*," respondió el mismo.

"Y ¿está acabado?" preguntó don Quijote.

"¿Cómo puede estar acabado," respondió él, "si aún no está acabada mi vida? Lo que está escrito es desde mi nacimiento hasta el punto que

---

27   **Entre mis...** *under my breath*

28   The first novel of the picaresque genre which appeared anonymously in Burgos and elsewhere, 1554. It's hero, Lázaro, is a street urchin who ekes out an existence with several masters and learns about life.

[margin glosses:]
survey, first names
ancestry, you *rustic form;* mind his own business; arrogance
superior

trickster

shear
is vexing

"fingers"

pawned

it means trouble

esta última vez me han echado en galeras."

"Luego ¿otra vez habéis estado en ellas?" dijo don Quijote.

"Para servir a Dios y al rey, otra vez he estado cuatro años, y ya sé a qué sabe el bizcocho y el corbacho,"[29] respondió Ginés, "y no me pesa mucho de ir a ellas, porque allí tendré lugar de acabar mi libro, que me quedan muchas cosas que decir, y en las galeras de España hay más sosiego de aquel que sería menester, aunque no es menester mucho más para lo que yo tengo de escribir, porque me lo sé de coro."[30]

"Hábil pareces," dijo don Quijote.

"Y desdichado," respondió Ginés, "porque siempre las desdichas persiguen al buen ingenio."

"Persiguen a los bellacos," dijo el comisario.

"Ya le he dicho, señor comisario," respondió Pasamonte, "que se vaya poco a poco, que aquellos señores no le dieron esa vara para que maltratase a los pobretes° que aquí vamos, sino para que nos guiase° y llevase adonde su Majestad manda. Si no, ¡por vida de…, basta! que podría ser que saliesen algún día en la colada las manchas que se hicieron en la venta,[31] y todo el mundo calle, y viva bien, y hable mejor, y caminemos, que ya es mucho regodeo° éste."   *jest*

   unfortunates, conduct

Alzó la vara en alto el comisario para dar a Pasamonte, en respuesta de sus amenazas, mas don Quijote se puso en medio y le rogó que no le maltratase, pues no era mucho que quien llevaba tan atadas las manos tuviese algún tanto suelta° la lengua. Y volviéndose a todos los de la cadena,   *loose* dijo: "De todo cuanto me habéis dicho, hermanos carísimos, he sacado en limpio que, aunque os han castigado por vuestras culpas, las penas que vais a padecer no os dan mucho gusto, y que vais a ellas muy 'de mala gana° y muy contra vuestra voluntad, y que podría ser que el poco ánimo   *reluctantly* que aquél tuvo en el tormento, la falta de dineros déste, el poco favor del otro, y finalmente, el 'torcido juicio del juez,° hubiese sido causa de   *twisted judgment of* vuestra perdición° y de no haber salido con la justicia que de vuestra parte   *the judge; ruination* teníades.[32] Todo lo cual se me representa a mí ahora en la memoria, de manera que me está diciendo, persuadiendo y aun forzando, que muestre con vosotros el efeto para que el cielo me arrojó al mundo y me hizo profesar en él la orden de caballería que profeso, y el voto° que en ella hice   *vow* de favorecer a los menesterosos y opresos de los mayores. Pero, porque sé que una de las partes de la prudencia es que «lo que se puede hacer

---

29 **A qué…** *how the the biscuit and the whip taste.* **Bizcocho** is literally bread *cooked twice,* as melba toast is, to preserve it for long periods. **Corbacho** = *whip.* The phrase means that he knows what galleys are like.

30 **Me lo…** *I know it by heart*

31 "What happened at the inn" is an incident not mentioned anywhere in this book. Gaos suggests that it reflects something that happened in *Guzmán de Alfarache* (II,III,8, published in 1602) where the **comisario** leading some galley slaves was party to a cattle theft and in the inn wanted to share in the booty.

32 **De no…** *justice was not done you*

por bien no se haga por mal»,[33] quiero rogar a estos señores guardianes y comisario sean servidos de desataros° y dejaros ir en paz, que no faltarán   untie you otros que sirvan al rey en mejores ocasiones, porque me parece duro caso hacer esclavos a los que Dios y naturaleza hizo libres. Cuanto más, se-

5 ñores guardas," añadió don Quijote, "que estos pobres no han cometido nada contra vosotros, «allá se lo haya cada uno con su pecado.»[34] Dios hay en el cielo, que no 'se descuida de° castigar al malo ni de premiar° al   forget, reward bueno, y no es bien que los hombres honrados sean verdugos° de los otros   punishers hombres, no yéndoles nada en ello.[35] Pido esto con esta mansedumbre y

10 sosiego, porque tenga, si lo cumplís, algo que agradeceros.[36] Y cuando 'de grado° no lo hagáis, esta lanza y esta espada, con el valor de mi brazo,   willingly harán que lo hagáis por fuerza."

"¡'Donosa majadería!°" respondió el comisario. "¡Bueno está el do-   what foolishness! naire con que ha salido 'a cabo de rato!° Los forzados del rey quiere que   unexpectedly

15 le dejemos,[37] como si tuviéramos autoridad para soltarlos, o él la tuviera para mandárnoslo. ¡'Váyase vuestra merced, señor, norabuena su camino°   go... your way adelante, y endérecese° ese bacín[38] que trae en la cabeza, y no ande bus-   straighten up cando tres pies al gato!"[39]

"¡Vos sois el gato y el rato y el bellaco!" respondió don Quijote. Y

20 diciendo y haciendo, arremetió con él tan presto, que, sin que tuviese lugar de ponerse en defensa, dio con él en el suelo, mal herido de una lanzada, y avínole bien, que éste era el de la escopeta. Las demás guar- das quedaron atónitas y suspensas del 'no esperado° acontecimiento.   unexpected Pero, 'volviendo sobre sí,° pusieron mano a sus espadas los de a caba-   recovering themselves

25 llo, y los de a pie a sus dardos, y arremetieron a don Quijote, que con mucho sosiego los aguardaba. Y sin duda lo pasara mal si los galeotes, viendo la ocasión que se les ofrecía de alcanzar libertad, no la procu- raran, procurando romper la cadena donde venían ensartados. Fue la revuelta° de manera que las guardas, ya por acudir a los galeotes que se   confusion

30 desataban, ya por acometer a don Quijote que los acometía, no hicieron cosa que fuese de provecho. Ayudó Sancho, por su parte, a la soltura° de   release Ginés de Pasamonte, que fue el primero que saltó en la campaña,° libre y   (*military*) campaign desembarazado,° y arremetiendo al comisario caído, le quitó la espada y la   unencumbered escopeta, con la cual, apuntando° al uno y señalando al otro, sin dispara-   aiming

35 lla° jamás, no quedó guarda en todo el campo, porque se fueron huyendo,   firing it así de la escopeta de Pasamonte como de las muchas pedradas° que los ya   blows with stones sueltos galeotes les tiraban.

---

33 **Lo que...** *what can be done by fair means should not be done by foul*
34 **Allá se...** *let each one answer for his own sins*
35 **No yéndoles...** *in something that does not concern them*
36 **Porque tenga...** *so that I'll have something to thank you for if you comply*
37 **Quiere que...** *he wants us to release to him*
38 **Bacín** is used very despectively. It meant, among other things, *urinal* in Cervantes' time (see Covarrubias).
39 **Buscando tres...** *looking for trouble.* More common was the more un- likely *buscar cinco pies al gato.*

Entristecióse° mucho Sancho deste suceso, porque se le representó   became sad
que los que iban huyendo habían de 'dar noticia° del caso a la Santa   tell
Hermandad, la cual, a campana herida,⁴⁰ saldría a buscar los delincuentes,
y así se lo dijo a su amo, y le rogó que luego de allí se partiesen, y 'se em-
boscasen° en la sierra, que estaba cerca.   retreat to the forest

"Bien está eso," dijo don Quijote, "pero yo sé lo que ahora conviene
que se haga."

Y llamando a todos los galeotes, que andaban alborotados° y habían   excited
despojado al comisario hasta dejarle 'en cueros,° se le pusieron todos 'a la   naked
redonda° para ver lo que les mandaba, y así les dijo: "De gente bien nacida   around
es agradecer los beneficios que reciben, y uno de los pecados que más a
Dios ofende es la ingratitud. Dígolo porque ya habéis visto, señores, con
manifiesta° experiencia, el que de mí habéis recebido, en pago del cual   obvious
querría, y es mi voluntad, que, 'cargados de° esa cadena que quité de vues-   laden with
tros cuellos, luego os pongáis en camino y vais° a la ciudad del Toboso, y   **vayáis**
allí os presentéis ante la señora Dulcinea del Toboso, y le digáis que su
caballero, el de la Triste Figura, se le envía a encomendar,⁴¹ y le contéis
punto por punto todos los que ha tenido esta famosa aventura, hasta poneros en la deseada libertad, y hecho esto, os podréis ir donde quisiéredes,
a la buena ventura."

Respondió por todos Ginés de Pasamonte y dijo: "Lo que vuestra
merced nos manda, señor y libertador nuestro, es imposible de toda imposibilidad cumplirlo, porque no podemos ir juntos por los caminos, sino
solos y divididos, y cada uno, por su parte, procurando meterse en las
entrañas de la tierra por no ser hallado de la Santa Hermandad, que, sin
duda alguna ha de salir en nuestra busca. Lo que vuestra merced puede
hacer, y es justo que haga, es mudar ese servicio y montazgo° de la señora   toll
Dulcinea del Toboso en alguna cantidad de avemarías y credos, que nosotros diremos 'por la intención de vuestra merced,° y ésta es cosa que se   for you
podrá cumplir de noche y de día, huyendo o reposando, en paz o en guerra. Pero pensar que hemos de volver ahora a las ollas de Egipto,⁴² digo, a
tomar nuestra cadena, y a ponernos en camino del Toboso, es pensar que
es ahora de noche, que aún no son las diez del día, y es pedir a nosotros
eso como «pedir peras al olmo».⁴³"

"Pues, ¡voto a tal," dijo don Quijote, ya puesto en cólera, "don hijo de
la puta, don Ginesillo de Paropillo, o como os llamáis, que habéis de ir vos
solo, rabo° entre piernas, con toda la cadena 'a cuestas!°"   tail, on your back

Pasamonte, que no era nada bien sufrido,° estando ya enterado que   patient
don Quijote no era muy cuerdo,° pues tal disparate° había acometido   sane, extravagance
como el de querer darles libertad, viéndose tratar de aquella manera, 'hizo

---

40 **A campana...** *sounding the alarm*
41 **Envía a...** *sends with his compliments*
42 **Ollas de...** [lit. the fleshpots of Egypt, Exodus 16:3] *captivity.* Covarrubias (under AJO) speaks of **cebollas de Egipto** meaning **la mala vida pasada.**
43 **Pedir peras...** *asking blood from a turnip*

del ojo° a los compañeros, y apartándose aparte, comenzaron a llover tan-   *winked*
tas piedras sobre don Quijote, que no se daba manos a cubrirse con la
rodela,⁴⁴ y el pobre de Rocinante no hacía más caso de la espuela que si
fuera hecho de bronce. Sancho se puso tras su asno, y con él se defendía
5 de la nube y pedrisco° que sobre entrambos llovía. No se pudo escudar°   *shower of stones,*
tan bien don Quijote que no le acertasen no sé cuantos guijarros° en el   *shield; stones*
cuerpo, con tanta fuerza, que dieron con él en el suelo, y apenas hubo
caído, cuando fue sobre él el estudiante, y le quitó la bacía de la cabeza,
y diole con ella tres o cuatro golpes en las espaldas y otros tantos en la
10 tierra, con que la hizo pedazos. Quitáronle una ropilla° que traía sobre las   *doublet*
armas, y las medias calzas° le querían quitar, si las grevas° no lo estorba-   *stockings, shin armor*
ran. A Sancho le quitaron el gabán,° y dejándole 'en pelota,° repartiendo   *coat, "naked"*
entre sí los demás despojos de la batalla, se fueron cada uno por su parte,
con más cuidado de escaparse de la Hermandad que temían que de car-
15 garse de la cadena e ir a presentarse ante la señora Dulcinea del Toboso.

    Solos quedaron jumento y Rocinante, Sancho y don Quijote. El
jumento, cabizbajo° y pensativo, sacudiendo° de cuando en cuando las   *crestfallen, flapping*
orejas, pensando que aún no había cesado la borrasca° de las piedras que   *storm*
le perseguían los oídos; Rocinante, tendido 'junto a° su amo, que también   *next to*
20 vino al suelo de otra pedrada; Sancho, en pelota y temeroso de la Santa
Hermandad; don Quijote, mohinísimo° de verse 'tan mal parado° por los   *very mournful, in such*
mismos a quien tanto bien° había hecho.   *bad shape; good*

Capítulo XXIII. De lo que le aconteció al famoso don Quijote en
Sierra Morena,¹ que fue una de las 'más raras° aventuras   *strangest*
25 *que en esta verdadera historia se cuentan.*

V iéndose tan mal parado don Quijote, dijo a su escudero: "Siempre,
    Sancho, lo he oído decir: que «el hacer bien a villanos es echar
    agua en la mar». Si yo hubiera creído lo que me dijiste, yo hubiera
escusado esta pesadumbre. Pero ya está hecho—«paciencia, y escarmen-
30 tar'" para desde aquí adelante."²   *learn from experience*
    "Así escarmentará vuestra merced," respondió Sancho, "como yo soy
turco.³ Pero, pues dice que si me hubiera creído se hubiera escusado este
daño, créame ahora y escusará otro mayor, porque le hago saber que con
la Santa Hermandad no hay usar de caballerías, que no se le da a ella por
35 cuantos caballeros andantes hay dos maravedís, y sepa que ya me parece
que sus saetas° me zumban° por los oídos."   *arrows, buzz*
    "Naturalmente eres cobarde, Sancho," dijo don Quijote, "pero porque

---

  44 **No se...** *who could hardly cover himself with his buckler*
   1 A mountain range in the south of Spain, dividing la Mancha from
Andalucía.
   2 **Para desde...** *from now on*
   3 The Turks were Spain's enemies of that period.

no digas que soy contumaz° y que jamás hago lo que me aconsejas, por esta obstinate
vez quiero tomar tu consejo y apartarme de la furia que tanto temes. Mas
ha de ser con una condición: que jamás, en vida ni en muerte, has de decir a
nadie que yo me retiré y aparté deste peligro de miedo, sino por complacer
a tus ruegos, que si otra cosa dijeres, mentirás en ello, y desde ahora para
entonces, y desde entonces para ahora,[4] te desmiento, y digo que mientes
y mentirás todas las veces que lo pensares o lo dijeres. Y no me repliques
más, que en sólo pensar que me aparto y retiro de algún peligro, especialmente deste que parece que lleva algún es, no es,[5] de sombra° de miedo,   shadow
estoy ya para quedarme, y para aguardar aquí solo, no solamente a la Santa
Hermandad que dices y temes, sino a los hermanos de los doce Tribus de
Israel,[6] y a los siete Macabeos,[7] y a Cástor y a Pólux,[8] y aun a todos los hermanos y hermandades° que hay en el mundo."   brotherhoods

"Señor," respondió Sancho, "que el retirar no es huir, ni el esperar
es cordura,° cuando el peligro sobrepuja° a la esperanza. Y de sabios° es   prudence, exceeds,
guardarse hoy para mañana, y no aventurarse° todo en un día. Y sepa que,   wise persons; risk
aunque zafio° y villano, todavía se me alcanza algo desto que llaman 'buen   ignorant
gobierno.° Así que no 'se arrepienta° de haber tomado mi consejo, sino   common sense, repent
suba en Rocinante si puede, o si no, yo le ayudaré, y sígame, que el caletre° head
me dice que hemos menester ahora más los pies que las manos."

Subió don Quijote sin replicarle más palabra, y guiando Sancho sobre su asno, se entraron por una parte de Sierra Morena, que allí junto
estaba, llevando Sancho intención de atravesarla° toda, e ir a salir al Viso, go across it
o a Almodóvar del Campo,[9] y esconderse algunos días por aquellas asperezas, por no ser hallados si la Hermandad los buscase. Animóle a esto
haber visto que de la refriega de los galeotes se había escapado libre la
despensa° que sobre su asno venía, cosa que la juzgó 'a milagro,° según fue   provisions, miraculous
lo que llevaron y buscaron los galeotes.[10]

---

4 These are legal formulas.

5 **Algún es...** *something*

6 These were the people who took possession of the Promised Land after
the death of Moses, named after the sons and grandsons of Jacob.

7 These were the seven martyred brothers who were skinned, scalped, mu-
tilated, and roasted alive in front of their mother. It can be read in 2 Maccabees
7—the last book of the Apocrypha.

8 Castor and Pollux were mythological athletic twin half-brothers [!] who,
after their deaths, became the constellation Gemini.

9 El Viso del Marqués and Almodóvar del Campo are two towns separated by 62 kms. in the province of Ciudad Real, to the southwest and southeast
of Ciudad Real respectively. Since Don Quijote would also be entering the Sierra
Morena from the north, and both of these towns are also to the north of the
Sierra, it is of little use to apply real geography to this work.

10 At this point in the SECOND 1605 edition of *Don Quijote* Sancho's donkey is stolen. This section is added here in a footnote only, since the first edition
is being followed. Until the donkey is officially returned in the second edition,
occasional changes were made in the text in order to keep the donkey stolen.

Así como don Quijote entró por aquellas montañas, se le alegró el corazón, pareciendo aquellos lugares acomodados para las aventuras que buscaba. Reducíansele° a la memoria los maravillosos acaecimientos° que en semejantes soledades y asperezas habían sucedido a caballeros andan-

5 tes. Iba pensando en estas cosas, tan embebecido y trasportado en ellas, que de ninguna otra se acordaba. Ni Sancho llevaba otro cuidado, después que le pareció que caminaba por parte segura,° sino de satisfacer su estómago con los relieves que del despojo clerical° habían quedado, y así, iba tras su amo sentado 'a la mujeriega° sobre su jumento,¹¹ sacando de un

10 costal y embaulando en su panza,° y no se le diera por hallar otra ventura, entretanto que iba de aquella manera, un ardite.

En esto alzó los ojos y vio que su amo estaba parado, procurando con la punta del lanzón alzar no sé qué bulto que estaba caído en el suelo, por lo cual se dio priesa a llegar a ayudarle, si fuese menester. Y cuando llegó

15 fue a tiempo que alzaba con la punta del lanzón un cojín y una maleta

came to, incidents

safe

of the clergy
side-saddle
belly

Aquella noche llegaron a la mitad de las entrañas de Sierra Morena adonde le pareció a Sancho pasar aquella noche y aun otros algunos días, a lo menos, todos aquellos que durase el matalotaje que llevaba, y así hicieron noche entre dos peñas y entre muchos alcornoques. Pero la suerte fatal, que, según opinión de los que no tienen lumbre de la verdadera fe, todo lo guía, guisa y compone a su modo, ordenó que Ginés de Pasamonte, el famoso embustero y ladrón que de la cadena, por virtud y locura de don Quijote, se había escapado, llevado del miedo de la Santa Hermandad, de quien con justa razón temía, acordó de esconderse en aquellas montañas y llevóle su suerte y su miedo a la misma parte donde había llevado a don Quijote y a Sancho Panza, a hora y tiempo que los pudo conocer, y a punto que los dejó dormir; y como siempre los malos son desagradecidos, y la necesidad sea ocasión de acudir a lo que se debe, el remedio presente venza a lo por venir, Ginés, que no era ni agradecido ni bien intencionado, acordó de hurtar el asno a Sancho Panza, no curándose de Rocinante, por ser prenda tan mala para empeñada como para vendida. Dormía Sancho Panza; hurtóle su jumento, y antes que amaneciese se halló bien lejos de poder ser hallado.

Salió el aurora alegrando la tierra y entristeciendo a Sancho Panza, porque halló menos su rucio; el cual viéndose sin él, comenzó a hacer el más triste y doloroso llanto del mundo, y fue de manera que don Quijote despertó a las voces, y oyó que en ellas decía: "¡Oh, hijo de mis entrañas, nacido en mi mesma casa, brinco de mis hijos, regalo de mi mujer, envidia de mis vecinos, alivio de mis cargas, y, finalmente, sustentador de la mitad de mi persona, porque con veinte y seis maravedís que ganaba cada día mediaba yo mi despensa!" Don Quijote, que vio el llanto y supo la causa, consoló a Sancho con las mejores razones que pudo, y le rogó que tuviese paciencia, prometiéndole de darle una cédula de cambio para que le diesen tres en su casa, de cinco que había dejado en ella. Consolóse Sancho con esto, y limpió sus lágrimas, templó sus sollozos, y agradeció a don Quijote la merced que le hacía; el cual, como entró por aquellas montañas…

---

11 In the third edition, at this point Sancho is *carrying* the saddlebags. Of course, they would have been with the donkey when he was stolen.

asida a él, medio podridos, o podridos del todo, y deshechos.¹² Mas pesaba tanto, que fue necesario que Sancho se apease a tomarlos, y mandóle su amo que viese lo que en la maleta venía.

Hízolo con mucha presteza Sancho, y aunque la maleta venía cerrada con una cadena y su candado, por 'lo roto° y podrido della vio lo que en ella había, que eran cuatro camisas de delgada holanda,° y otras cosas de lienzo no menos curiosas que limpias, y en un pañizuelo° halló un buen montoncillo° de escudos¹³ de oro, y así como los vio dijo: "¡Bendito sea todo el cielo, que nos ha deparado una aventura que sea de provecho!"

      torn part
      fine linen
      handkerchief
      pile

Y buscando más, halló un librillo de memoria ricamente guarnecido.° Éste le pidió don Quijote, y mandóle que guardase el dinero y lo tomase para él. Besóle las manos Sancho por la merced, y desvalijando a la valija de su lencería, la puso en el costal de la despensa. Todo lo cual visto por don Quijote, dijo: "Paréceme, Sancho, y no es posible que sea otra cosa, que algún caminante descaminado debió de pasar por esta sierra, y salteándole malandrines, le debieron de matar y le trujeron a enterrar en esta tan escondida parte."

      decorated

"No puede ser eso," respondió Sancho, "porque si fueran ladrones, no se dejaran aquí este dinero."

"Verdad dices," dijo don Quijote, "y así, no adivino ni doy en lo que esto pueda ser. Mas espérate, veremos si en este librillo de memoria hay alguna cosa escrita por donde podamos rastrear° y 'venir en conocimiento° de lo que deseamos."

      investigate
      come to know

Abrióle, y lo primero que halló en él, escrito como en borrador,° aunque de muy buena letra,° fue un soneto, que, leyéndole alto, porque Sancho también lo oyese, vio que decía desta manera:

      draft
      handwriting

> O le falta al Amor conocimiento,
>   o le sobra crueldad, o no es mi pena
>   igual a la ocasión que me condena
>   al género más duro de tormento.
> Pero si Amor es dios, es argumento
>   que nada ignora, y es razón muy buena
>   que un dios no sea cruel; pues ¿quién ordena
>   el terrible dolor que adoro y siento?
> Si digo que sois vos, Fili, no acierto,
>   que tanto mal en tanto bien no cabe,
>   ni me viene del cielo esta ruina.
> Presto habré de morir, que es lo más cierto;
>   que al mal de quien la causa no se sabe
>   milagro es acertar la medicina.¹⁴

---

12 **La punta...** *the point of his lance a saddle cushion with a valise attached to it, half rotted, or completely rotted, and falling apart*

13 Escudos were gold coins valued the same as ducados.

14 This sonnet appears in Cervantes' play *La casa de los celos*, Jornada III

"Por esa trova,°" dijo Sancho, "no se puede saber nada, si ya no es que «por ese hilo que está ahí se saque el ovillo» de todo."   poem

"¿Qué hilo está aquí?" dijo don Quijote.

"Paréceme," dijo Sancho, "que vuestra merced nombró ahí *hilo.*"

"No dije sino *Fili,*" respondió don Quijote, "y éste, sin duda, es el nombre de la dama de quien se queja el autor de este soneto, y a fe que debe de ser razonable poeta, o yo sé poco del arte."

"Luego ¿también," dijo Sancho, "se le entiende a vuestra merced de trovas?"[15]

"Y más de lo que tú piensas," respondió don Quijote, "y veráslo cuando lleves una carta, escrita en verso de arriba abajo,[16] a mi señora Dulcinea del Toboso, porque quiero que sepas, Sancho, que todos o los más caballeros andantes de la edad pasada eran grandes trovadores y grandes músicos, que estas dos habilidades, o gracias, por mejor decir, son 'anexas a° los enamorados andantes. Verdad es que las coplas de los   customary with pasados caballeros tienen más de espíritu que de primor.°"   beauty

"Lea más vuestra merced," dijo Sancho, "que ya hallará algo que nos satisfaga."

Volvió la hoja don Quijote, y dijo: "Esto es prosa, y parece carta."

"¿Carta misiva,[17] señor?" preguntó Sancho.

"En el principio no parece sino de amores," respondió don Quijote.

"Pues lea vuestra merced alto," dijo Sancho, "que gusto mucho destas cosas de amores."

"Que me place," dijo don Quijote.

Y leyéndola alto, como Sancho se lo había rogado, vio que decía desta manera:

Tu falsa promesa y mi cierta desventura me llevan a parte donde antes volverán a tus oídos las nuevas de mi muerte que las razones de mis quejas. Desecháésteme,° ¡oh, ingrata! por quien tiene más, no   you rejected me por quien vale más que yo. Mas si la virtud fuera riqueza que se estimara, no envidiara yo dichas° ajenas, ni llorara desdichas propias. Lo   happiness que levantó tu hermosura han derribado tus obras: por ella entendí que eras ángel, y por ellas conozco que eres mujer. Quédate en paz, causadora de mi guerra, y haga el cielo que los engaños de tu esposo estén siempre encubiertos,° porque tú no quedes arrepentida de lo   hidden que heciste y yo no tome venganza de lo que no deseo.

Acabando de leer la carta, dijo don Quijote: "Menos por ésta que por

---

(see Schevill's edition of the *Comedias*, for example, vol. I, p. 206). In that version, line 9 reads: "Si digo que es Angélica, no acierto."

15 **Se le entiende...** *you understand about poetry, too?*

16 **De arriba...** *from top to bottom*

17 **Carta misiva** *personal letter.* There were other types of letters (of credit; payment; diplomatic) so it made sense for Sancho to ask what kind.

los versos se puede sacar más de que quien la escribió es algún desdeñado amante."

Y hojeando° casi todo el librillo, halló otros versos y cartas, que algunos pudo leer y otros no. Pero lo que todos contenían eran quejas, lamentos, desconfianzas, sabores y sinsabores, favores y desdenes,[18] solenizados° los unos y llorados los otros.

En tanto que don Quijote pasaba el libro, pasaba Sancho la maleta, sin dejar rincón en toda ella, ni en el cojín, que no buscase, escudriñase e inquiriese, ni costura que no deshiciese,[19] ni vedija° de lana que no escarmenase,° porque no se quedase nada por diligencia ni mal recado:[20] tal golosina° habían despertado en él los hallados escudos, que pasaban de ciento. Y aunque no halló más de lo hallado, dio por bien empleados los vuelos de la manta, el vomitar del brebaje, las bendiciones de las estacas, las puñadas del harriero, la falta de las alforjas, el robo del gabán, y toda la hambre, sed y cansancio que había pasado en servicio de su buen señor, pareciéndole que estaba más que rebién° pagado con la merced recebida de la entrega° del hallazgo.

Con gran deseo quedó el Caballero de la Triste Figura de saber quién fuese el dueño de la maleta, conjeturando° por el soneto y carta, por el dinero en oro y por las tan buenas camisas, que debía de ser de algún principal° enamorado, a quien desdenes y malos tratamientos de su dama debían de haber conducido 'a algún desesperado término.° Pero como por aquel lugar inhabitable° y escabroso° no parecía persona alguna de quien poder informarse, no se curó de más que de pasar adelante,[21] sin llevar otro camino que aquel que Rocinante quería, que era por donde él podía caminar, siempre con imaginación que no podía faltar por aquellas malezas° alguna estraña aventura.

Yendo, pues, con este pensamiento, vio que por cima de una montañuela° que delante de los ojos se le ofrecía,° iba saltando un hombre de risco en risco y de mata° en mata con estraña ligereza. Figurósele° que iba desnudo, la barba negra y espesa,° los cabellos muchos y rabultados,° los pies descalzos° y las piernas sin cosa alguna. Los muslos° cubrían unos calzones, al parecer, de terciopelo° leonado, mas tan hechos pedazos, que por muchas partes se le descubrían las carnes. Traía la cabeza descubierta,° y aunque pasó con la ligereza que se ha dicho, todas estas menudencias miró y notó el Caballero de la Triste Figura. Y aunque lo procuró,[22] no pudo seguille, porque no era dado a la debilidad de Rocinante andar

glancing through

extolling

tuft
comb through
covetousness

very well
delivery

speculating

upper class person
to kill himself
uninhabitable, craggy

underbrush

hill, presented
shrub, it seemed to
him; thick, matted
shoeless, thighs
velvet

hatless

---

18 **Quejas, lamentos…** *complaints, laments, jealousies, likes, dislikes, support, and scorn*

19 **Escudriñase e…** *scrutinized or investigated, nor any seam that he didn't undo*

20 **Porque no…** *so that nothing would remain through* [lack of] *diligence or carelessness*

21 **No se…** *he thought only of going on*

22 **Aunque lo…** *although he tried to*

por aquellas asperezas, y más siendo él de suyo pisacorto y flemático.²³
Luego imaginó don Quijote que aquél era el dueño del cojín y de la
maleta, y propuso en sí de buscalle, aunque supiese° andar un año por   **pudiese**
aquellas montañas hasta hallarle. Y así, mandó a Sancho que se apease
del asno²⁴ y atajase° por la una parte de la montaña, que él iría por la otra,   cut across
y podría ser que topasen, con esta diligencia, con aquel hombre que con
tanta priesa se les había quitado de delante.²⁵

      "No podré hacer eso," respondió Sancho, "porque en apartándome de
vuestra merced, luego es conmigo el miedo, que me asalta con mil géne-
ros° de sobresaltos y visiones. Y sírvale esto que digo de aviso, para que de   kinds
aquí adelante no me aparte un dedo de su presencia."

      "Así será," dijo el de la Triste Figura, "y yo estoy muy contento de que
te quieras valer de mi ánimo,° el cual no te ha de faltar, aunque te falte el   courage
ánima del cuerpo. Y vente ahora tras mí poco a poco, o como pudieres, y
haz de los ojos lanternas, rodearemos esta serrezuela,° quizá toparemos   small mountain range
con aquel hombre que vimos, el cual, sin duda alguna, no es otro que el
dueño de nuestro hallazgo."

      A lo que Sancho respondió: "Harto° mejor sería no buscalle, porque   much
si le hallamos y acaso fuese el dueño del dinero, claro está que lo tengo
de restituir,° y así, fuera mejor, sin hacer esta inútil diligencia, poseerlo yo give back
con buena fe, hasta que por otra vía menos curiosa y diligente pareciera su
verdadero señor, y quizá fuera a tiempo que lo hubiera gastado, y entonces
el rey 'me hacía franco.'"   would exempt me

      "Engáñaste en eso, Sancho," respondió don Quijote, "que ya que he-
mos caído en sospecha de quién es el dueño, cuasi delante, estamos obligados a buscarle y volvérselos. Y cuando no le buscásemos, la vehemente°   keen
sospecha que tenemos de que él lo sea nos pone ya en tanta culpa como
si lo fuese. Así que, Sancho amigo, no te dé pena el buscalle, por la que a
mí se me quitará si le hallo."²⁶

      Y así, picó a Rocinante, y siguióle Sancho con su acostumbrado ju-
mento.²⁷ Y habiendo rodeado parte de la montaña, hallaron en un arroyo
caída, muerta y medio comida de perros, y picada° de grajos,° una mula   pecked, crows
ensillada y enfrenada.° Todo lo cual confirmó en ellos más la sospecha de   bridled
que aquel que huía era el dueño de la mula y del cojín. Estándola mirando, oyeron un silbo° como de pastor que guardaba ganado. Y a deshora, a   whistle
su siniestra° mano, parecieron una buena cantidad de cabras, y tras ellas,   left
por cima de la montaña, pareció el cabrero que las guardaba, que era un
hombre anciano. Diole voces don Quijote, y rogóle que bajase° donde   come down

---

      23 **No era…** *it wasn't possible for Rocinante to travel through those rugged
places, especially since he was by nature slow-footed and sluggish*
      24 Virtually every old edition leaves in this reference to the donkey.
      25 **Que con…** *who so quickly disappeared*
      26 **Por la…** *in exchange for the grief that will be taken from me if I find him*
      27 With the third edition, this comment is changed to allow for the loss
of the donkey.

estaban. Él respondió 'a gritos° que quién les había traído por aquel lugar,   by shouts
pocas o ningunas veces pisado° sino de pies de cabras, o de lobos y otras   stepped on
fieras que por allí andaban. Respondióle Sancho que bajase, que de todo
le darían buena cuenta.[28] Bajó el cabrero, y en llegando adonde don Quijote estaba, dijo: "Apostaré que está mirando la mula de alquiler que está
muerta en esa hondonada.° Pues a buena fe que ha ya seis meses que está   ravine
en ese lugar. Díganme, ¿han topado por ahí a su dueño?"

"No hemos topado a nadie," respondió don Quijote, "sino a un cojín
y a una maletilla que no lejos deste lugar hallamos."

"También la hallé yo," respondió el cabrero, "mas nunca la quise alzar
ni llegar a ella, temeroso de algún desmán,° y de que no me la pidiesen   misfortune
por de hurto,[29] que es el diablo sotil, y debajo de los pies se levanta allombre cosa donde tropiece y caya, sin saber cómo ni cómo no."[30]

"Eso mesmo es lo que yo digo," respondió Sancho, "que también la
hallé yo, y no quise llegar a ella con un tiro de piedra.[31] Allí la dejé, y allí se
queda como se estaba, que no quiero «perro con cencerro»."[32]

"Decidme, buen hombre," dijo don Quijote, "¿sabéis vos quién sea el
dueño destas prendas?°"   articles

"Lo que sabré yo decir," dijo el cabrero, "es que habrá 'al pie de° seis   about
meses, poco más a menos, que llegó[33] a una majada de pastores, que estará como tres leguas deste lugar, un mancebo de gentil talle y apostura,°   neatness
caballero sobre esa mesma mula que ahí está muerta, y con el mesmo
cojín y maleta que decís que hallastes y no tocastes. Preguntónos que cuál
parte desta sierra era la más áspera y escondida. Dijímosle que era ésta
donde ahora estamos, y es ansí la verdad, porque si entráis media legua
más adentro, quizá no acertaréis a salir, y estoy maravillado° de cómo ha-   in awe
béis podido llegar aquí, porque no hay camino ni senda que a este lugar
encamine.

"Digo, pues, que en oyendo nuestra respuesta el mancebo, volvió las
riendas y encaminó hacia el lugar donde le señalamos, dejándonos a todos contentos de su buen talle, y admirados de su demanda° y de la priesa   enterprise
con que le víamos caminar y volverse hacia la sierra. Y desde entonces
nunca más le vimos, hasta que desde allí a algunos días salió al camino a
uno de nuestros pastores, y sin decille nada, se llegó a él y le dio muchas
puñadas y coces, y luego se fue a la borrica del hato y le quitó cuanto pan
y queso en ella traía, y con estraña ligereza, hecho esto,[34] se volvió a emboscar en la sierra. Como esto supimos algunos cabreros, le anduvimos a
buscar casi dos días por lo más cerrado° desta sierra, al cabo de los cuales   dense

---

28 **De todo…** *they would explain everything to him well*
29 **Que no…** *that they would claim that I stole it*
30 **Debajo de…** *something pops up that you stumble and fall on, without knowing how.* **Allombre** is a rustic contraction of **al hombre.**
31 **Con un…** *within a stone's throw*
32 **No quiero…** *I don't want any trouble* (lit. *I don't want a dog with a cowbell*)
33 **Un mancebo** two phrases later, is the subject of **llegó.**
34 **Hecho esto** *once this was done*

le hallamos metido en el hueco° de un grueso y valiente alcornoque. Salió   hollow area
a nosotros con mucha mansedumbre, ya roto el vestido, y el rostro disfi-
gurado y tostado del sol, de tal suerte que apenas le conocíamos, sino que
los vestidos, aunque rotos, con la noticia que dellos teníamos, nos dieron
5 a entender que era el que buscábamos.

"Saludónos cortésmente, y en pocas y muy buenas razones nos dijo
que no nos maravillásemos de verle andar de aquella suerte, porque así
le convenía para cumplir cierta penitencia que por sus muchos pecados
le había sido impuesta.° Rogámosle que nos dijese quién era, mas nun-   imposed
10 ca lo pudimos acabar con él.³⁵ Pedímosle también que cuando hubiese
menester el sustento, sin el cual 'no podía pasar,° nos dijese donde le   not do without
hallaríamos, porque con mucho amor y cuidado se lo llevaríamos. Y que
si esto tampoco fuese de su gusto, que, a lo menos, saliese a pedirlo, y no a
quitarlo a los pastores. Agradeció nuestro ofrecimiento, pidió perdón de
15 los asaltos pasados, y ofreció de pedillo de allí adelante por amor de Dios,
sin dar molestia alguna a nadie. En cuanto lo que tocaba a la estancia de
su habitación,³⁶ dijo que no tenía otra que aquella que le ofrecía la ocasión
donde le tomaba la noche, y acabó su plática con un tan tierno° llanto,   tender
que bien fuéramos de piedra los que escuchado le habíamos si en él no le
20 acompañáramos,³⁷ considerándole como le habíamos visto la vez primera,
y cual le veíamos entonces. Porque, como tengo dicho, era un muy gentil
y agraciado° mancebo, y en sus corteses y concertadas razones mostraba   genteel
ser bien nacido y muy cortesana persona, que, puesto que éramos rústicos
los que le escuchábamos su gentileza era tanta, que bastaba a darse a co-
25 nocer a la mesma rusticidad.

"Y estando en lo mejor de su plática, paró y enmudecióse, 'clavó los
ojos° en el suelo por un buen espacio, en el cual todos estuvimos quedos   stared
y suspensos, esperando en qué había de parar aquel embelesamiento,°   spell
con no poca lástima de verlo, porque por lo que hacía de abrir los ojos,
30 'estar fijo° mirando al suelo sin mover pestaña° gran rato, y otras veces   standing still, eyelash
cerrarlos apretando los labios y enarcando° las cejas,° fácilmente conoci-   arching, eyebrows
mos que algún accidente° de locura le había sobrevenido.° Mas él nos dio   sudden fit, occurred
a entender presto ser verdad lo que pensábamos, porque se levantó con
gran furia del suelo donde se había echado, y arremetió con el primero
35 que halló junto a sí, con tal denuedo y rabia, que, si no se le quitáramos, le
matara a puñadas y a bocados,° y todo esto hacía diciendo: '¡Ah, femen-   bites
tido Fernando! ¡Aquí, aquí me pagarás la sinrazón que me heciste! Estas
manos te sacarán el corazón donde albergan y tienen manida³⁸ todas las
maldades juntas, principalmente la fraude° y el engaño.' Y a éstas añadía   deceit
40 otras razones, que todas se encaminaban a decir mal de aquel Fernando,

---

35 **Mas nunca…** *but we never could find out what his name was*
36 **La estancia…** *where he was staying*
37 **Bien fuéramos…** *those of us who had heard him would surely have been of
stone if we didn't accompany him in it* [i.e., the crying]
38 **Albergan y…** *reside and have abode*

y a tacharle° de traidor y fementido. *charge him*

"Quitámosele, pues, con no poca pesadumbre, y él, sin decir más palabra, se apartó de nosotros y se emboscó corriendo por entre eſtos jarales° y *brambles*
malezas, de modo que nos imposibilitó el seguille. Por eſto conjeturamos
que la locura le venía a tiempos, y que alguno que se llamaba Fernando le
debía de haber hecho alguna mala obra, tan pesada° cuanto lo moſtraba el *offensive*
término a que le había conducido. Todo lo cual se ha confirmado después
acá con las veces, que han sido muchas, que él ha salido al camino, unas a
pedir a los paſtores le den de lo que llevan para comer, y otras a quitárselo
por fuerza, porque cuando eſtá con el accidente de la locura, aunque los
paſtores se lo ofrezcan de buen grado, no lo admite,° sino que lo toma a *accepts*
puñadas. Y cuando eſtá en su seso, lo pide por amor de Dios, cortés y comedidamente, y rinde° por ello muchas gracias, y no con falta de lágrimas. *gives back*
Y en verdad os digo, señores," prosiguió el cabrero, "que ayer determinamos
yo y cuatro zagales, los dos criados y los dos amigos míos, de buscarle haſta
tanto que le hallemos. Y después de hallado, ya por fuerza, ya por grado, le
hemos de llevar a la villa de Almodóvar, que eſtá de aquí ocho leguas, y allí
le curaremos, si es que su mal tiene cura, o sabremos quién es cuando eſté
en su seso, y si tiene parientes a quien dar noticia de su desgracia. Eſto es,
señores, lo que sabré deciros de lo que me habéis preguntado, y entended
que el dueño de las prendas que hallaſtes es el mesmo que viſtes pasar con
tanta ligereza como desnudez°"—que ya le había dicho don Quijote como *nakedness*
había viſto pasar aquel hombre saltando por la sierra.

El cual quedó admirado de lo que al cabrero había oído, y quedó
con más deseo de saber quién era el desdichado loco, y propuso en sí lo
mesmo que ya tenía pensado: de buscalle por toda la montaña, sin dejar
rincón ni cueva en ella que no mirase, haſta hallarle. Pero hízolo mejor la
suerte de lo que él pensaba ni esperaba, porque en aquel mesmo inſtante
pareció por entre una quebrada° de una sierra, que salía donde ellos eſta- *narrow pass*
ban, el mancebo que buscaba, el cual venía hablando entre sí cosas que no
podían ser entendidas de cerca, cuanto más de lejos. Su traje era cual se ha
pintado, sólo que, llegando cerca, vio don Quijote que un coleto° hecho *jacket*
pedazos que sobre sí traía, ᾽era de° ámbar, por donde acabó de entender *smelled of*
que persona que tales hábitos traía no debía de ser de ínfima° calidad. *lowest*

En llegando el mancebo a ellos, les saludó con una voz desentonada° *humble*
y bronca,° pero con mucha cortesía. Don Quijote le volvió las saludes° *hoarse, greetings*
con no menos comedimiento, y apeándose de Rocinante, con gentil continente y donaire le fue a abrazar, y le tuvo un buen espacio eſtrechamente entre sus brazos, como si de luengos tiempos le hubiera conocido. El
otro, a quien podemos llamar EL ROTO DE LA MALA FIGURA, como a don
Quijote EL DE LA TRISTE, después de haberse dejado abrazar, le apartó un
poco de sí, y pueſtas sus manos en los hombros de don Quijote, le eſtuvo
mirando como que quería ver si le conocía, no menos admirado quizá de
ver la figura, talle y armas de don Quijote, que don Quijote lo eſtaba de
verle a él. En resolución, el primero que habló después del abrazamiento
fue el Roto, y dijo lo que se dirá adelante.

Capítulo XXIIII. Donde se prosigue la aventura de la Sierra Morena.

ICE LA historia que era grandísima la atención con que don Quijote escuchaba al astroso° Caballero de la Sierra, el cual, prosiguiendo su plática, dijo: "Por cierto, señor, quienquiera que seáis,
que yo no os conozco, yo os agradezco las muestras y la cortesía¹ que conmigo habéis usado, y quisiera yo hallarme en términos que, con más que
la voluntad, pudiera servir° la que habéis mostrado tenerme en el buen
acogimiento que me habéis hecho. Mas no quiere mi suerte darme otra
cosa con que corresponda a las buenas obras que me hacen, que buenos
deseos de satisfacerlas."²

 "Los que yo tengo," respondió don Quijote, "son de serviros, tanto,
que tenía determinado de no salir destas sierras hasta hallaros y saber de
vos si el dolor que en la estrañeza de vuestra vida mostráis tener, se podía
hallar algún género de remedio, y si fuera menester buscarle, buscarle con
la diligencia posible. Y cuando vuestra desventura fuera de aquellas que
tienen cerradas las puertas a todo género de consuelo,° pensaba ayudaros
a llorarla y plañirla° como mejor pudiera, que todavía° es consuelo en las
desgracias hallar quien se duela dellas. Y si es que mi buen intento merece
ser agradecido° con algún género de cortesía, yo os suplico, señor, por la
mucha que veo que en vos se encierra, y juntamente os conjuro° por la
cosa que en esta vida más habéis amado o amáis, que me digáis quién sois
y la causa que os ha traído a vivir y a morir entre estas soledades como
bruto° animal, pues moráis entre ellos tan ajeno de vos mismo,³ cual lo
muestra vuestro traje° y persona. Y juro," añadió don Quijote, "por la orden de caballería que recebí, aunque indigno y pecador, y por la profesión
de caballero andante, que si en esto, señor, me complacéis, de serviros con
las veras a que me obliga el ser quien soy,⁴ ora remediando vuestra desgracia, si tiene remedio, ora ayudándoos a llorarla, como os lo he prometido."

 El Caballero del Bosque, que de tal manera oyó hablar al de la Triste
Figura, no hacía sino mirarle y remirarle, y tornarle a mirar de arriba abajo, y después que le hubo bien mirado, le dijo: "Si tienen algo que darme
a comer, por amor de Dios que me lo den. Que después de haber comido,
yo haré todo lo que se me manda, en agradecimiento° de tan buenos deseos como aquí se me han mostrado."

 Luego sacaron, Sancho de su costal y el cabrero de su zurrón,° con
que satisfizo el Roto su hambre, comiendo lo que le dieron como persona
atontada,° tan apriesa, que no daba espacio de un bocado° al otro, pues

Margin glosses:
ragged
repay
solace
lament it, always
appreciated
implore
irrational
attire
thankfulness
pouch
stupefied, mouthful

---

 1 **Las muestras [de cortesía] y la cortesía**
 2 **Mas no...** *but my fortune doesn't give me anything to repay your favors except my desire to do so*
 3 **Pues moráis...** *since you live in a place far from your social status*
 4 **Si en...** *if you, sir, accommodate my request, I will serve you earnestly as being who I am obliges me*

antes los engullía° que tragaba,° y en tanto que comía, ni él ni los que le   wolfed down, swal-
miraban hablaban palabra. Como acabó de comer, les hizo 'de señas° que   lowed; by signs
le siguiesen, como lo hicieron, y él los llevó a un verde pradecillo que 'a
la vuelta de° una peña poco desviada de allí estaba. En llegando a él, se   around
tendió en el suelo encima de la yerba, y los demás hicieron lo mismo. Y
todo esto sin que ninguno hablase, hasta que el Roto, después de haberse
acomodado° en su asiento, dijo: "Si gustáis, señores, que os diga en breves   settled
razones la inmensidad de mis desventuras, habéisme de prometer de que
con ninguna pregunta ni otra cosa no interromperéis° el hilo de mi triste   interrupt
historia, porque en el punto que lo hagáis, en ése se quedará lo que fuere
contando."[5]

Estas razones del Roto trujeron a la memoria a don Quijote el cuento que le había contado su escudero, cuando no acertó° el número de las   guessed
cabras que habían pasado el río, y se quedó la historia pendiente. Pero
volviendo al Roto, prosiguió diciendo: "Esta prevención que hago es porque querría pasar brevemente por el cuento de mis desgracias. Que el
traerlas a la memoria no me sirve de otra cosa que añadir otras de nuevo,
y mientras menos me preguntáredes, más presto acabaré yo de decillas,
puesto que no dejaré por contar cosa alguna que sea de importancia para
no satisfacer del todo a vuestro deseo."

Don Quijote se lo prometió en nombre de los demás, y él, con este
seguro, comenzó desta manera: "Mi nombre es Cardenio, mi patria una
ciudad de las mejores desta Andalucía, mi linaje noble, mis padres ricos,
mi desventura tanta, que le deben de haber llorado mis padres y sentido
mi linaje, sin poderla aliviar con su riqueza,[6] que, para remediar desdichas
del cielo, poco suelen valer los bienes de fortuna. Vivía en esta mesma tierra un cielo, donde puso el amor toda la gloria que yo acertara a desearme.
Tal es la hermosura de Luscinda, doncella tan noble y tan rica como yo,
pero de más ventura, y de menos firmeza de la que a mis honrados pensamientos se debía.[7] A esta Luscinda amé, quise y adoré desde mis tiernos
y primeros años, y ella me quiso a mí con aquella sencillez y buen ánimo
que su poca edad permitía. Sabían nuestros padres nuestros intentos, y
no les pesaba dello, porque bien veían que, cuando pasaran adelante, no
podían tener otro fin que el de casarnos, cosa que casi la concertaba° la   accorded
igualdad de nuestro linaje y riquezas. Creció la edad y con ella el amor de
entrambos, que al padre de Luscinda le pareció que por buenos respetos[8]
estaba obligado a negarme la entrada de su casa, casi imitando en esto
a los padres de aquella Tisbe[9] tan decantada de los poetas. Y fue esta
negación añadir llama° a llama y deseo a deseo, porque, aunque pusieron   flame

---

5 **En ése…** *at that point what is being said will stop*
6 **Mi desventura…** *my misfortune so great that my parents must have la-*
mented it and my relatives grieved over it, without their riches being able to remedy it
7 **De menos…** *of less constancy than my honorable thoughts deserved*
8 **Por buenos…** *for propriety's sake*
9 Pyramus and Thisbe were two Babylonian lovers, as Ovid relates, who
were neighbors separated by a wall. They came to a tragic end.

silencio a las lenguas, no le pudieron poner a las plumas, las cuales, con
más libertad que las lenguas, suelen dar a entender a quien quieren lo
que en el alma está encerrado: que muchas veces la presencia de la cosa
amada turba y enmudece la intención más determinada y la lengua más
atrevida. ¡Ay, cielos, y cuántos billetes° le escribí! ¡Cuán regaladas y ho-   love letters
nestas respuestas tuve! ¡Cuántas canciones compuse y cuántos enamora-
dos versos, donde el alma declaraba y trasladaba sus sentimientos, pintaba
sus encendidos deseos, entretenía sus memorias y recreaba su voluntad!
En efeto, viéndome apurado,° y que mi alma se consumía con el deseo de   drained
verla, determiné poner por obra y acabar en un punto¹⁰ lo que me pareció
que más convenía para salir con mi deseado y 'merecido premio,° y fue   deserved prize
el pedírsela a su padre por legítima esposa, como lo hice. A lo que él me
respondió que me agradecía la voluntad que mostraba de honralle y de
querer honrarme con prendas¹¹ suyas, pero que siendo mi padre vivo, a
él tocaba de justo derecho hacer aquella demanda,¹² porque, si no fuese
con mucha voluntad y gusto suyo, no era Luscinda mujer para tomarse
ni darse 'a hurto.°   by stealth
    "Yo le agradecí su 'buen intento,° pareciéndome que llevaba razón en   kindness
lo que decía, y que mi padre vendría en ello como yo se lo dijese.¹³ Y con
este intento, 'luego, en aquel mismo instante,° fui a decirle a mi padre lo   right then
que deseaba, y al tiempo que entré en un aposento donde estaba, le hallé
con una carta abierta en la mano, la cual, antes que yo le dijese palabra,
me la dio, y me dijo: 'Por esa carta verás, Cardenio, la voluntad que el
duque Ricardo tiene de hacerte merced.' Este duque Ricardo, como ya
vosotros, señores, debéis de saber, es un grande de España que tiene su
estado° en lo mejor desta Andalucía. Tomé y leí la carta, la cual venía   estate
tan encarecida,° que a mí mesmo me pareció mal si mi padre 'dejaba de   flattering
cumplir° lo que en ella se le pedía, que era que me enviase luego donde   didn't honor
él estaba, que quería que fuese compañero, no criado, de su hijo el mayor,
y que él tomaba a cargo el ponerme en estado que correspondiese a la
estimación en que me tenía.¹⁴ Leí la carta, y enmudecí leyéndola, y más
cuando oí que mi padre me decía: 'De aquí a dos días te partirás, Cardenio, a hacer la voluntad del duque, y da gracias a Dios que te va abriendo
camino por donde alcances lo que yo sé que mereces.' Añadió a éstas
otras razones de padre consejero.
    "Llegóse el término de mi partida, hablé una noche a Luscinda,
díjele todo lo que pasaba, y lo mesmo hice a su padre, suplicándole se
entretuviese algunos días y dilatase el darle estado hasta que yo viese lo

---

10 **Determiné ponerla...** *I resolved to carry out*
11 These **prendas** *jewels* are his daughter.
12 **A él...** *it was his right to make this request*
13 **Mi padre...** *my father would request Luscinda's hand as soon as I told him*
14 **Él tomaba...** *he took it upon himself to put me in a position worthy of the
esteem in which he held me*

que Ricardo me quería.¹⁵ Él me lo prometió, y ella me lo confirmó con
mil juramentos y mil desmayos.° Vine, 'en fin,° donde el duque Ricardo   swoonings, finally
estaba, fui dél tan bien recibido y tratado, que desde luego comenzó la
envidia a hacer su oficio, teniéndomela los criados antiguos, pareciéndoles que las muestras que el duque daba de hacerme merced habían de
ser en perjuicio suyo.¹⁶ Pero el que más se holgó con mi ida fue un hijo
segundo del duque, llamado Fernando, mozo gallardo, gentil hombre, liberal y enamorado, el cual en poco tiempo quiso que fuese tan su amigo,
que daba que decir a todos,¹⁷ y aunque el mayor me quería bien y me hacía
merced, no llegó al estremo con que don Fernando me quería y trataba.

"Es, pues, el caso, que, como entre los amigos no hay cosa secreta que
no se comunique, y la privanza que yo tenía con don Fernando dejaba de
serlo por ser amistad,¹⁸ todos sus pensamientos me declaraba, especialmente uno enamorado, que le traía con un poco de desasosiego.¹⁹ Quería
bien a una labradora, vasalla de su padre, y ella los²⁰ tenía muy ricos, y
era tan hermosa, recatada,° discreta y honesta, que nadie que la conocía   modest
se determinaba en cuál destas cosas tuviese más excelencia, ni más se
aventajase. Estas tan buenas partes° de la hermosa labradora redujeron   endowments
a tal término los deseos de don Fernando que se determinó, para poder
alcanzarlo y conquistar° la entereza° de la labradora, 'darle palabra° de ser   overcome, virginity,
su esposo, porque de otra manera era procurar lo imposible. Yo, obliga-   promise
do° de su amistad, con las mejores razones que supe y con los más vivos   compelled
ejemplos que pude, procuré estorbarle y apartarle de tal propósito.° Pero   intention
viendo que no aprovechaba, determiné de decirle el caso al duque Ri-
cardo, su padre. Mas don Fernando, como astuto° y discreto, 'se receló° y   crafty, suspected
temió desto, por parecerle que estaba yo obligado, en vez de buen criado,²¹
a no tener encubierta cosa que tan en perjuicio de la honra de mi señor el
duque venía. Y así, por divertirme° y engañarme, me dijo que no hallaba   to divert me
otro mejor remedio para poder apartar de la memoria la hermosura que
tan sujeto le tenía, que el ausentarse por algunos meses, y que quería que
el ausencia fuese que los dos nos viniésemos en casa de mi padre, con
ocasión que darían al duque, que venía a ver y a feriar° unos muy buenos   to buy
caballos que en mi ciudad había, que es madre de los mejores del mundo.

"Apenas le oí yo decir esto, cuando, movido de mi afición, aunque
su determinación no fuera tan buena, la aprobara yo por una de las más
acertadas que se podían imaginar, por ver cuán buena ocasión y coyuntu-

---

15 **Suplicándole se...** *begging him to wait a few days and hold off on giving
her away until I found out what Ricardo wanted of me*

16 **Desde luego...** *right away envy began to do its work, the old servants feeling that their master's inclination to favor me was an injury to themselves*

17 **Daba que decir...** *it made everybody talk about it*

18 **La privanza...** *the favor I had with don Fernando stopped being favor and
turned into friendship*

19 **Uno enamorado...** *a love affair which brought him a bit of anxiety*

20 **Los** refers to her own parents.

21 **En vez...** *in my capacity as a good servant*

ra° se me ofrecía de volver a ver a mi Luscinda. Con este pensamiento y   opportunity
deseo aprobé su parecer y esforcé su propósito, diciéndole que lo pusiese
por obra²² con la brevedad posible, porque, en efeto, la ausencia hacía su
oficio a pesar de los más firmes pensamientos.²³ Ya, cuando él me vino a
5 decir esto, según después se supo, había gozado a la labradora, con título
de esposo, y esperaba ocasión de descubrirse° a su salvo,° temeroso de lo   reveal the truth, safely
que el duque, su padre, haría cuando supiese su disparate.°   rashness
     "Sucedió, pues, que, como el amor en los mozos por la mayor parte
no lo es, sino apetito, el cual, como tiene por último fin el deleite, en
10 llegando a alcanzarle se acaba,²⁴ y ha de volver atrás aquello que parecía
amor,²⁵ porque no puede pasar adelante del término que le puso naturaleza, el cual término no le puso a lo que es verdadero amor…,²⁶ quiero
decir, que así como don Fernando gozó a la labradora, se le aplacaron sus
deseos y se resfriaron° sus ahincos, y si primero fingía quererse ausentar   cooled
15 por remediarlos, ahora de veras procuraba irse por no ponerlos en ejecución. Diole el duque licencia, y mandóme que le acompañase. Venimos
a mi ciudad, recibióle mi padre como quien era. Vi yo luego a Luscinda,
tornaron a vivir, aunque no habían estado muertos ni amortiguados,° mis   deadened
deseos, de los cuales di cuenta, por mi mal, a don Fernando, por parecer-
20 me que, en la ley de la mucha amistad que mostraba, no le debía encubrir
nada. Alabéle la hermosura, donaire y discreción de Luscinda de tal manera, que mis alabanzas movieron en él los deseos de querer ver doncella
de tantas buenas partes adornada.²⁷ Cumplíselos yo, por mi corta suerte,
enseñándosela una noche, a la luz de una vela, por una ventana por donde
25 los dos solíamos hablarnos. Viola en sayo,° tal, que todas las bellezas° has-   kind of a slip,
ta entonces por él vistas las puso en olvido. Enmudeció, perdió el sentido,   beautiful women
quedó absorto, y finalmente, tan enamorado, cual lo veréis en el discurso
del cuento de mi desventura. Y para encenderle más el deseo, que a mí
me celaba,° y al cielo a solas descubría, quiso la fortuna que hallase un   concealed
30 día un billete suyo pidiéndome que la pidiese a su padre por esposa, tan
discreto, tan honesto y tan enamorado,²⁸ que, en leyéndolo, me dijo que en
sola Luscinda se encerraban todas las gracias de hermosura y de entendimiento que en las demás mujeres del mundo estaban repartidas.°   distributed
     "Bien es verdad que quiero confesar ahora que, puesto que yo veía
35 con cuán justas causas don Fernando a Luscinda alababa, me pesaba de
oír aquellas alabanzas de su boca, y comencé a temer y a recelarme° dél,   become suspicious
porque no se pasaba momento donde no quisiese que tratásemos de Lus-
cinda, y él movía la plática aunque la trujese por los cabellos, cosa que

---

22 **Lo pusiese…** *put it into operation*
23 **La ausencia…** *absence would do its job, in spite of his strong feelings*
24 **En llegando…** [the appetite] *in achieving that end, is curbed*
25 **Ha de…** *what seemed to be love tends to back away*
26 **Pasar adelante…** *go beyond the limit imposed by nature, this limit not hav-*
ing been imposed by what is true love
27 **De tantas…** *adorned with so many good qualities*
28 **Tan discreto… enamordo…** all these adjectives refer to the letter.

despertaba en mí un 'no sé qué° de celos, no porque yo temiese revés°   a bit, change
alguno de la bondad y de la fe de Luscinda, pero, con todo eso me hacía
temer mi suerte lo mesmo que ella me aseguraba.[29] Procuraba siempre
don Fernando leer los papeles que yo a Luscinda enviaba y los que ella me
respondía, a título que de la discreción de los dos gustaba mucho.[30] Acaeció, pues, que habiéndome pedido Luscinda un libro de caballerías en que
leer, de quien era ella muy aficionada, que era el de *Amadís de Gaula*…"

No hubo bien oído don Quijote nombrar libro de caballerías, cuando
dijo: "Conque me dijera vuestra merced[31] al principio de su historia que
su merced de la señora Luscinda[32] era aficionada a libros de caballerías,
no fuera menester otra exageración para darme a entender la alteza° de   high level
su entendimiento, porque no le tuviera tan bueno como vos, señor, le habéis pintado, si careciera° del gusto de tan sabrosa leyenda.[33] Así que para   lacked
conmigo no es menester gastar más palabras en declararme su hermosu-
ra, valor y entendimiento, que, con sólo haber entendido su afición,° la   interest
confirmo por la más hermosa y más discreta mujer del mundo. Y quisiera
yo, señor, que vuestra merced le hubiera enviado, junto con *Amadís de
Gaula*, al bueno de *Don Rugel de Grecia*,[34] que yo sé que gustara la señora
Luscinda mucho de Daraida y Geraya, y de las discreciones del pastor
Darinel, y de aquellos admirables versos de sus bucólicas,° cantadas y   pastoral poems
representadas° por él con todo donaire, discreción y desenvoltura. Pero   set forth
tiempo podrá venir en que se enmiende esa falta, y no dura más en hacerse la enmienda de cuanto quiera vuestra merced ser servido de venirse
conmigo a mi aldea, que allí le podré dar más de trecientos libros, que son
el regalo° de mi alma y el entretenimiento de mi vida, aunque 'tengo para   joy
mí° que ya no tengo ninguno, 'merced a° la malicia de malos y envidiosos   I remember, thanks to
encantadores. Y perdóneme vuestra merced el haber contravenido a lo
que prometimos de no interrumpir su plática, pues en oyendo cosas de
caballerías y de caballeros andantes, así es en mi mano dejar de hablar en
ellos,[35] como lo es en la de los rayos del sol dejar de calentar,° ni hume-   give warmth
decer° en los de la luna, así que, perdón, y proseguir, que es lo que ahora   give moisture
hace más al caso."

En tanto que don Quijote estaba diciendo lo que queda dicho, se le
había caído a Cardenio la cabeza sobre el pecho, dando muestras de estar
profundamente pensativo. Y puesto que dos veces le dijo don Quijote que

---

29 **Me hacía…** *my fate made me fear, even though she reassured me*

30 **A título…** *on the excuse that our discretion gave pleasure*

31 **Conque…** *so if your grace had told me*

32 **Su merced de…** = **la señora Luscinda**

33 **Porque no…** *because I wouldn't have found it* [her understanding] *as good
as you have described if she lacked the taste for such delightful reading*

34 *Don Rugel de Grecia* (1535) is the eleventh book in the Amadís cycle,
written by Feliciano de Silva. Daraida and Garaya, mentioned in a moment, are
indeed characters from that book. This book clearly was in Don Quijote's collection—many were tossed into the corral without stating which they were.

35 **Así es…** *I can't help talking about them*

prosiguiese su historia, ni alzaba la cabeza, ni respondía palabra. Pero al cabo de un buen espacio la levantó, y dijo: "No se me puede quitar del pensamiento, ni habrá quien me lo quite en el mundo, ni quien me dé a entender otra cosa, y sería un majadero el que lo contrario entendiese o creyese, sino que aquel bellaconazo° del maestro Elisabat estaba amance- bado° con la reina Madésima."³⁶   villain / cohabitating

    "Eso no, ¡voto a tal!" respondió con mucha cólera don Quijote (y arrojóle como tenía de costumbre),³⁷ "y ésa es una muy gran malicia, o be- llaquería, por mejor decir. La reina Madásima fue muy principal señora, y no se ha de presumir que tan alta princesa se había de amancebar con un sacapotras,° y quien lo contrario entendiere, miente como muy gran   quack bellaco. Y yo se lo daré a entender a pie o a caballo, armado o desarmado, de noche o de día, o como más gusto le diere."

    Estábale mirando Cardenio muy atentamente, al cual ya había ve- nido el accidente de su locura, y no estaba para proseguir su historia, ni tampoco don Quijote se la oyera, según le había disgustado lo que de Madásima le había oído. ¡Estraño caso, que así 'volvió por ella° como   took her side si verdaderamente fuera su verdadera y natural señora: tal le tenían sus descomulgados libros! Digo, pues, que como ya Cardenio estaba loco, y se oyó tratar de mentís° y de bellaco, con otros denuestos semejantes, pa-   liar recióle mal la burla, y alzó un guijarro que halló junto a sí, y dio con él en los pechos tal golpe a don Quijote, que le hizo 'caer de espaldas.° Sancho   fall backwards Panza, que de tal modo vio parar a su señor, arremetió al loco con el puño cerrado, y el Roto le recibió de tal suerte, que con una puñada dio con él a sus pies, y luego se subió sobre él y le brumó° las costillas muy 'a su sabor.°   crushed, to his El cabrero, que le quiso defender, corrió el mesmo peligro. Y después que   heart's content los tuvo³⁸ a todos rendidos y molidos, los dejó y se fue con gentil sosiego a emboscarse en la montaña.

    Levantóse Sancho, y con la rabia que tenía de verse aporreado tan sin merecerlo, acudió a tomar la venganza del cabrero, diciéndole que él tenía la culpa de no haberles avisado que a aquel hombre le tomaba a tiempos la locura, que si esto supieran, hubieran estado 'sobre aviso°   on guard para poderse guardar. Respondió el cabrero que ya lo había dicho, y que si él no lo había oído, que no era suya la culpa. Replicó Sancho Panza, y tornó a replicar el cabrero, y fue el fin de las réplicas asirse de las barbas y darse tales puñadas, que si don Quijote no los pusiera en paz, se hicieran pedazos. Decía Sancho, asido con el cabrero: "Déjeme vuestra merced, señor Caballero de la Triste Figura, que en este³⁹ que es villano como yo y no está armado caballero, bien puedo a mi salvo satisfacerme del agravio

---

    36 In *Amadís de Gaula* there were THREE Madásimas, none of whom had relations with the surgeon/priest Elisabat. The first edition shows Madésima, which seems "correct" here, in the mouth of this crazy young man.

    37 That is, Don Quijote threw the deprecation at him.

    38 Cardenio is the subject of **tuvo**.

    39 **En este** is the complement to **satisfacer** which comes later.

que me ha hecho, peleando con él mano a mano, como hombre honrado."

"Así es," dijo don Quijote, "pero yo sé que él no tiene ninguna culpa de lo sucedido."

Con esto los apaciguó,° y don Quijote volvió a preguntar al cabrero si sería posible hallar a Cardenio, porque quedaba con grandísimo deseo de saber el fin de su historia. Díjole el cabrero lo que primero le había dicho, que era no saber de cierto su manida,° pero que si anduviese mucho por aquellos contornos no dejaría de hallarle, o cuerdo o loco.

calmed down

lair

Capítulo XXV. Que trata de las estrañas cosas que en Sierra Morena sucedieron al valiente caballero de la Mancha, y de la imitación que hizo a la penitencia de Beltenebros.

D ESPIDIÓSE DEL cabrero don Quijote, y subiendo otra vez sobre Rocinante, mandó a Sancho que le siguiese, el cual lo hizo con su jumento de muy mala gana. Íbanse poco a poco entrando en lo más áspero de la montaña, y Sancho iba muerto 'por razonar° con su amo, y deseaba que él comenzase la plática por no contravenir a lo que le tenía mandado, mas no pudiendo sufrir tanto silencio, le dijo: "Señor don Quijote, vuestra merced me eche su bendición y me dé licencia, que desde aquí me quiero volver a mi casa y a mi mujer y a mis hijos, con los cuales, por lo menos, hablaré y departiré todo lo que quisiere, porque querer vuestra merced que vaya con él¹ por estas soledades° de día y de noche, y que no le hablo cuando me diere gusto, es enterrarme en vida. Si ya quisiera la suerte que los animales hablaran, como hablaban en tiempo de Guisopete,² fuera menos mal, porque departiera yo con mi jumento lo que me viniera en gana, y con esto pasara mi mala ventura, que es recia° cosa, y que no se puede llevar en paciencia, andar buscando aventuras toda la vida, y no hallar sino coces y manteamientos, ladrillazos° y puñadas, y con todo esto, nos hemos de coser la boca, sin osar decir lo que el hombre tiene en su corazón, como si fuera mudo.°"

"Ya te entiendo, Sancho," respondió don Quijote, "tú mueres porque te alce° el entredicho° que te tengo puesto en la lengua. Dale por alzado³ y di lo que quisieres, con condición que no ha de durar este alzamiento° más de en cuanto anduviéremos por estas sierras."

"Sea ansí," dijo Sancho, "hable yo ahora, que después Dios sabe lo que será. Y comenzando a gozar de ese salvoconducto,° digo que ¿qué le iba a vuestra merced en volver tanto por aquella reina Magimasa,⁴ o cómo se llama? O ¿qué hacía al caso que aquel abad fuese su amigo o no?⁵ Que

to talk

lonely places

hard to bear

blows with bricks

dumb

lift, interdiction
revocation

permission

---

1 **Querer vuestra...** *your wanting me to go with you*
2 Guisopete is one of the Spanish names for Æsop.
3 **Dale por...** *consider it lifted*
4 **¿Qué le...** *what led you to stand up so for that Queen Magimasa?*
5 **¿Qué hacía...** *what difference did it make that that "abbot" was her friend or*

si vuestra merced 'pasara con ello,° pues no era su juez, bien creo yo que   *let it pass*
el loco pasara adelante con su historia, y se hubieran ahorrado el golpe del
guijarro y las coces, y aun más de seis torniscones.°'"   *punches*

"A fe, Sancho," respondió don Quijote, "que si tú supieras, como yo
lo sé, cuán honrada y cuán principal señora era la reina Madásima, yo sé
que dijeras que tuve mucha paciencia, pues no quebré la boca por donde
tales blasfemias salieron. Porque es muy gran blasfemia decir ni pensar
que una reina esté amancebada con un cirujano.° La verdad del cuento es   *surgeon*
que aquel maestro Elisabat, que el loco dijo, fue un hombre muy prudente y de muy sanos consejos, y sirvió de ayo y de médico a la reina. Pero,
pensar que ella era su amiga es disparate, digno de muy gran castigo. Y
porque veas que Cardenio no supo lo que dijo, has de advertir que cuando
lo dijo ya estaba sin juicio."

"Eso digo yo," dijo Sancho, "que no había para qué hacer cuenta de[6]
las palabras de un loco, porque si la buena suerte no ayudara a vuestra
merced, y encaminara el guijarro a la cabeza como le encaminó al pecho,
buenos quedáramos por haber vuelto por aquella mi señora,[7] que Dios
cohonda.° Pues ¡montas que 'no se librará° Cardenio por loco!"   *confound, will go free*

"Contra cuerdos y contra locos, está obligado cualquier caballero andante a volver por la honra de las mujeres, cualesquiera que sean. Cuanto
más por las reinas de tan alta guisa° y pro° como fue la reina Madásima,   *degree, dignity*
a quien yo tengo particular afición por sus buenas partes, porque fuera
de haber sido fermosa, además fue muy prudente y muy sufrida en sus
calamidades, que las tuvo muchas. Y los consejos y compañía del maestro
Elisabat le fue y le fueron[8] de mucho provecho y alivio para poder llevar
sus trabajos con prudencia y paciencia. Y de aquí tomó ocasión el vulgo,°   *public*
ignorante y mal intencionado, de decir y pensar que ella era su manceba.°   *mistress*
¡Y mienten, digo otra vez, y mentirán otras docientas, todos los que tal
pensaren y dijeren!"

"Ni yo lo digo ni lo pienso," respondió Sancho. "«Allá se lo hayan,»[9]
«con su pan se lo coman». Si fueron amancebados o no, a Dios habrán
dado la cuenta. «De mis viñas° vengo, no sé nada.» «No soy amigo de   *vineyards*
saber vidas ajenas,» que «el que compra y miente, en su bolsa lo siente.»
Cuanto más, que «desnudo nací, desnudo me hallo: ni pierdo ni gano.»
Mas que lo fuesen, ¿qué me va a mí?[10] Y «muchos piensan que hay tocinos, y no hay estacas.»[11] Mas, «¿quién puede poner puertas al campo?»

---

not? Sancho confuses **Elis*abat*** with **abad** *abbot.*

  6   **Hacer cuenta…** *to pay attention to*

  7   **Buenos quedáramos…** *we would have been in fine shape on account of standing up for my lady*

  8   **Le fue y le fueron** refer back to **compañía** and **consejos.**

  9   **Allá se…** *it's their affair*

 10   **Mas que…** *but even if they were, what's it to me?*

 11   These are the stakes from which sides of bacon are suspended.

Cuanto más, «que de Dios dijeron.»"[12]

"¡Válame Dios," dijo don Quijote, "y qué de necedades vas, Sancho, ensartando![13] ¿Qué va de lo que tratamos a los refranes que enhilas?[14] Por tu vida, Sancho, que calles, y de aquí adelante entremétete° en espolear a tu asno, y deja de hacello en lo que no te importa.[15] Y entiende con todos tus cinco sentidos que todo cuanto yo he hecho, hago e hiciere, va muy puesto en razón[16] y muy conforme a las reglas de caballería, que las sé mejor que cuantos caballeros las profesaron en el mundo."

occupy yourself

"Señor," respondió Sancho, "y ¿es buena regla de caballería que andemos perdidos por estas montañas, sin senda ni camino, buscando a un loco,[17] el cual, después de hallado, quizá le vendrá en voluntad de acabar lo que dejó comenzado, no de su cuento, sino de la cabeza de vuestra merced y de mis costillas, acabándonoslas de romper de todo punto?"

"¡Calla, te digo otra vez, Sancho!" dijo don Quijote, "porque te hago saber que no sólo me trae por estas partes el deseo de hallar al loco, cuanto el que tengo de hacer en ellas una hazaña[18] con que he de ganar perpetuo nombre y fama en todo lo descubierto de la tierra, y será tal, que he de echar con ella el sello a todo aquello que puede hacer perfecto y famoso a un andante caballero."[19]

"Y ¿es de muy gran peligro esa hazaña?" preguntó Sancho Panza.

"No," respondió el de la Triste Figura, "puesto que de tal manera podía correr el dado,° que echásemos azar en lugar de encuentro.[20] Pero todo ha de estar en tu diligencia."

die

"¿En mi diligencia?" dijo Sancho.

"Sí," dijo don Quijote, "porque si vuelves presto de adonde pienso enviarte, presto se acabará mi pena,° y presto comenzará mi gloria, y porque no es bien que te tenga más suspenso esperando en lo que han de parar mis razones,[21] quiero, Sancho, que sepas que el famoso Amadís de Gaula fue uno de los más perfectos caballeros andantes. No he dicho bien, «fue uno»: fue el solo, el primero, el único, el señor de todos cuantos hubo en su tiempo en el mundo. ¡Mal año y mal mes para don Belianís

penance

---

12 **Que de Dios dijeron** is an eroded form of **que aun de Dios dijeron mal** *they even spoke ill of God.*

13 **Qué de...** *what absurdities you are, Sancho, stringing together*

14 **¿Qué va...** *What does what we're talking about have to do with the proverbs you are threading together?*

15 **Deja de...** *don't meddle in what doesn't concern you*

16 **Va muy...** *is well founded on reason*

17 The first edition has **aun lo que,** emended by the Valencia 1605 and later editions to **a un loco.**

18 **Cuanto el...** *as the* [desire] *I have to do a deed in them* [these parts]

19 **He de...** *with it* [the deed] *I will put the seal on all that can make a knight errant famous and perfect*

20 **Echásemos azar...** *we might get an unlucky throw instead of a lucky one.* **Azar** is an unlucky toss, **encuentro** is a lucky one.

21 **Lo que...** *where my words are leading*

y para todos aquellos que dijeren que se le igualó en algo, porque se engañan, juro cierto! Digo, asimismo, que cuando algún pintor quiere salir
famoso en su arte, procura imitar los originales de los más únicos pintores
que sabe.° Y esta mesma regla corre° por todos los más oficios o ejercicios
'de cuenta° que sirven para adorno de las repúblicas. Y así lo ha de hacer
y hace el que quiere alcanzar nombre de prudente° y sufrido, imitando a
Ulises,²² en cuya persona y trabajos nos pinta Homero un retrato vivo de
prudencia y de sufrimiento; como también nos mostró Virgilio, en persona de Eneas,²³ el valor de un hijo piadoso° y la sagacidad° de un valiente y
entendido capitán, no pintándolo ni descubriéndolo²⁴ como ellos fueron,
sino como habían de ser, para quedar ejemplo a los venideros hombres
de sus virtudes. Desta mesma suerte, Amadís fue el norte,° el lucero,° el
sol de los valientes y enamorados caballeros, a quien debemos de imitar
todos aquellos que debajo de la bandera de amor y de la caballería mili-
tamos. Siendo, pues, esto ansí, como lo es, hallo yo, Sancho amigo, que
el caballero andante que más le imitare, estará más cerca de alcanzar la
perfeción de la caballería. Y una de las cosas en que más este caballero mostró su prudencia, valor, valentía, sufrimiento, firmeza y amor, fue
cuando se retiró, desdeñado de la señora Oriana, a hacer penitencia en
la Peña Pobre,²⁵ mudado su nombre en el de Beltenebros, nombre por
cierto significativo y proprio para la vida que él de su voluntad había escogido. Ansí que me es a mí más fácil imitarle en esto que no en hender°
gigantes, descabezar° serpientes, matar endriagos,° desbaratar ejércitos,
'fracasar armadas° y deshacer encantamentos. Y pues estos lugares son
tan acomodados para semejantes efectos,° no hay para qué se deje pasar la
ocasión, que ahora con tanta comodidad me ofrece sus guedejas."²⁶

"En efecto," dijo Sancho, "¿qué es lo que vuestra merced quiere hacer
en este tan remoto lugar?"

"¿Ya no te he dicho," respondió don Quijote, "que quiero imitar a
Amadís haciendo aquí del desesperado, del sandio y del furioso,° por imi-

Marginal glosses:
conoce, goes
of importance
judicious

pious, shrewdness

north star, evening
star

splitting
decapitating, dragons
destroying fleets
purposes

raving

---

22 Ulysses (Odysseus in Latin) was portrayed by Homer in the *Iliad* (9th
or 8th century B.C.) as a man of outstanding wisdom, eloquence, resourcefulness,
courage, and endurance.

23 The mythic Æneas is sung about by Virgil in the epic poem, *Æneid*
(29–19 B.C.). Virgil portrayed Æneas' qualities of self-denial, persistence, and
obedience to the gods, which, in the view of the poet, are what built Rome.

24 **Descubriéndolo** *revealing him* in the first editions. Later and modern
editions change this to **describiéndolo**. Riquer argues that in Cervantes' handwriting, -**cu**- and -**cri**- look about the same. But what about the -**r**- in -**cubr**-?
Wouldn't Riquer's solution demand *****describriendo**?

25 Peña Pobre was the small island where Amadís went to do his penance.
A hermit gave him the name Beltenebros because he was a handsome (**bel**) but
sad (**tenebros[o]**) fellow.

26 This refers to the Roman god of opportunity, bald except for a lock
(**guedeja**) in front. You had to seize the lock when you saw it coming since when
it passed by,s there was nothing to take hold of.

tar juntamente° al valiente don Roldán,[27] cuando halló en una fuente las señales° de que Angélica la Bella había cometido vileza° con Medoro,[28] de cuya pesadumbre se volvió loco, y arrancó los árboles, enturbió° las aguas de las claras fuentes, mató pastores, destruyó ganados, abrasó chozas, derribó casas, arrastró° yeguas, y hizo otras cien mil insolencias° dignas de eterno nombre y escritura?° Y puesto que yo no pienso imitar a Roldán, o Orlando, o Rotolando—que todos estos tres nombres tenía—, parte por parte[29] en todas las locuras que hizo, dijo y pensó, haré el bosquejo° como mejor pudiere en las que me pareciere ser más esenciales. Y podrá ser que viniese a contentarme[30] con sola la imitación de Amadís, que sin hacer locuras de daño, sino de lloros° y sentimientos, alcanzó tanta fama como el que más."[31]

    "Paréceme a mí," dijo Sancho, "que los caballeros que lo tal ficieron fueron provocados y tuvieron causa para hacer esas necedades y penitencias. Pero vuestra merced, ¿qué causa tiene para volverse loco, qué dama le ha desdeñado, o qué señales ha hallado que le den a entender que la señora Dulcinea del Toboso ha hecho alguna niñería con moro o cristiano?"

    "Ahí está el punto," respondió don Quijote, "y ésa es la fineza° de mi negocio.° Que volverse loco un caballero andante con causa, ni grado° ni gracias—el toque está desatinar sin ocasión,[32] y dar a entender a mi dama que si en seco hago esto, ¿qué hiciera en mojado?° Cuanto más, que harta ocasión tengo en la larga ausencia que he hecho de la siempre señora mía Dulcinea del Toboso, que, como ya oíste decir a aquel pastor de marras, Ambrosio:[33] «quien está ausente, todos los males tiene y teme». Así que, Sancho amigo, no gastes tiempo en aconsejarme que deje tan rara, tan felice y tan 'no vista° imitación. Loco soy, loco he de ser hasta tanto que tú vuelvas con la respuesta de una carta que contigo pienso enviar a mi señora Dulcinea. Y si fuere tal cual a mi fe se le debe,[34] acabarse ha mi sandez y mi penitencia. Y si fuere al contrario, seré loco de veras, y siéndolo, no sentiré nada. Ansí que, de cualquiera manera que responda, saldré del conflito° y trabajo en que me dejares: gozando el bien que me trujeres, por cuerdo, o no sintiendo el mal que me aportares,° por loco. Pero dime, Sancho, ¿traes bien guardado° el yelmo de Mambrino? Que ya vi que le

---

Margin glosses:

at the same time

indications, vile deed

muddied

dragged, outrages

record

rough sketch

weeping

beauty

plan, pleasure

wet

unheard of

struggle

bring

protected

---

  27 This Roland is not from the French *Chanson de Roland*, but rather the Italian epic *Orlando Furioso* (1532) by Ludovico Ariosto (mentioned in chapter 6, note 22). After his lady Angelica leaves him for the Moor Medoro, he does all of the insane acts mentioned in the text.

  28 In *Orlando Furioso* 13, 105ff. We learn that Angelica slept "more than two *siestas*" with Medoro.

  29 **Parte por...** *item by item*

  30 **Podrá ser...** *perhaps I will content myself*

  31 **Alcanzó tanta...** *became as famous as the best of them*

  32 **El toque...** *the thing is to go crazy without a reason*

  33 **Oíste decir...** *you heard that shepherd Ambrosio say a while ago.* What Ambrosio said was only *similar*, found in Chapter 14, p. 111, ll. 14-15.

  34 **Si fuere...** *if it* [the response] *is as my devotion deserves*

alzaste del suelo cuando aquel desagradecido le quiso hacer pedazos. Pero no pudo, donde se puede echar de ver la fineza de su temple."[35]

A lo cual respondió Sancho: "¡Vive Dios, señor Caballero de la Triste Figura, que no puedo sufrir ni 'llevar en paciencia° algunas cosas que   tolerate
vuestra merced dice! Y que por ellas vengo a imaginar que todo cuanto me dice de caballerías y de alcanzar reinos e imperios, de dar ínsulas y de hacer otras mercedes y grandezas,° como es uso de caballeros andantes,   great things
que todo debe de ser cosa de viento y mentira, y todo pastraña, o patraña,[36] o como lo llamáremos. Porque quien oyere decir a vuestra merced que
una bacía de barbero es el yelmo de Mambrino, y que no salga de este error en más de cuatro días, ¿qué ha de pensar sino que quien tal dice y afirma debe de tener güero° el juicio? La bacía yo la llevo en el costal toda   vacant
abollada,° y llévola para aderezarla en mi casa y hacerme la barba en ella,   dented
si Dios me diere tanta gracia que algún día me vea con mi mujer y hijos."

"Mira, Sancho, por el mismo que denantes juraste,[37] te juro," dijo don Quijote, "que tienes el más corto entendimiento que tiene ni tuvo escudero en el mundo. ¿Que es posible que en cuanto ha que andas conmigo no has echado de ver que todas las cosas de los caballeros andantes parecen quimeras, necedades y desatinos, y que son todas hechas al revés?
Y no porque sea ello ansí, sino porque andan entre nosotros siempre una caterva° de encantadores que todas nuestras cosas mudan y truecan,° y   multitude, change
les vuelven[38] según su gusto y según tienen la gana de favorecernos o destruirnos, y así, eso que a ti te parece bacía de barbero me parece a mí el yelmo de Mambrino, y a otro le parecerá otra cosa. Y fue rara providencia
del sabio que es de mi parte[39] hacer que parezca bacía a todos lo que real y verdaderamente es yelmo de Mambrino, a causa que, siendo él de tanta estima, todo el mundo me perseguirá por quitármele, pero como ven que no es más de un bacín de barbero, no se curan de procuralle, como se mostró bien en el que quiso rompelle y le dejó en el suelo sin llevarle, que
a fe que si le conociera, que nunca él le dejara. Guárdale, amigo, que por ahora no le he menester, que antes me tengo de quitar todas estas armas y quedar desnudo como cuando nací, si es que me da en voluntad de seguir en mi penitencia más a Roldán que a Amadís."

Llegaron en estas pláticas al pie de una alta montaña, que casi como peñón° tajado° estaba sola entre otras muchas que la rodeaban. Corría   cliff, chiseled
por su falda° un manso arroyuelo,° y hacíase por toda su redondez un   side, stream
prado tan verde y vicioso,° que daba contento a los ojos que le miraban.   luxuriant
Había por allí muchos árboles silvestres,° y algunas plantas y flores que   wild
hacían el lugar apacible. Este sitio escogió el Caballero de la Triste Fi-

---

35   **La fineza…** *how finely tempered it is*

36   **Pastraña, o patraña. Pastraña** is a nonsense word. **Patraña** is a *fabulous story.*

37   **Por el mismo [Dios] que denantes juraste…**

38   **Les vuelven = las vuelven** *they change them*

39   **Que es…** *who favors me*

gura para hacer su penitencia, y así, en viéndole, comenzó a decir en voz alta, como si estuviera sin juicio: "Éste es el lugar, ¡oh cielos! que diputo y escojo para llorar la desventura en que vosotros mesmos me habéis puesto. Éste es el sitio donde el humor° de mis ojos acrecentará las aguas deste pequeño arroyo, y mis continos° y profundos sospiros moverán a la contina⁴⁰ las hojas destos montaraces° árboles, en testimonio y señal de la pena que mi asendereado° corazón padece. ¡Oh vosotros, quienquiera que seáis, rústicos dioses, que en este inhabitable lugar tenéis vuestra morada, oíd las quejas deste desdichado amante, a quien una luenga ausencia y unos imaginados celos han traído a lamentarse entre estas asperezas, y a quejarse de la dura condición de aquella ingrata y bella, término y fin de toda humana hermosura! ¡Oh vosotras, napeas y dríadas,⁴¹ que tenéis por costumbre de habitar° en las espesuras de los montes, así los ligeros y lascivos sátiros, de quien sois, aunque en vano, amadas, no perturben° jamás vuestro dulce sosiego, que me ayudéis⁴² a lamentar mi desventura, o, a lo menos, no os canséis de oílla! ¡Oh Dulcinea del Toboso, día de mi noche, gloria de mi pena, norte de mis caminos, estrella de mi ventura, así el cielo te la dé buena en cuanto acertares a pedirle,⁴³ que consideres el lugar y el estado a que tu ausencia me ha conducido, y que con buen término correspondas al que a mi fe se le debe!⁴⁴ ¡Oh solitarios árboles, que desde hoy en adelante habéis de hacer compañía a mi soledad: dad indicio, con el blando movimiento de vuestras ramas,° que no os desagrade° mi presencia! ¡Oh tú, escudero mío, agradable compañero en más prósperos⁴⁵ y adversos sucesos, toma bien en la memoria lo que aquí me verás hacer, para que lo cuentes y recites a la causa total de todo ello!"⁴⁶

Y diciendo esto, se apeó de Rocinante, y en un momento le quitó el freno y la silla, y dándole una palmada° en las ancas, le dijo: "Libertad te da el que sin ella queda, ¡oh caballo tan estremado por tus obras cuan° desdichado por tu suerte! Vete por do quisieres, que en la frente llevas escrito que no te igualó en ligereza el Hipogrifo de Astolfo, ni el nombrado Frontino, que tan caro le costó a Bradamante."⁴⁷

Viendo esto Sancho, dijo: "'Bien haya° quien nos quitó ahora del

fluid

continuous

wild

beaten

dwell

disturb

branches

displease

slap

as

good luck to

---

40 **A la...** *continuously*

41 **Napeas y dríadas,** *wood nymphs and dryads.* Dryads are wood nymphs, too.

42 The subject of **ayudéis** is **napeas y dríadas.**

43 **Así el...** *may heaven grant all that you seek from it*

44 **Que a...** *be moved to repay what is owed to my fidelity*

45 Most modern editors change this to **mis prósperos,** following the third edition.

46 **A la causa total de todo ello,** that is, to Dulcinea.

47 "The hippogriff was a winged horse with the head of an eagle on which Astolfo went in quest of information about Orlando. Frontino was the name of the mount of Ruggiero, Bradamante's lover. All appear in Ariosto's *Orlando Furioso* [Canto IV]." [Ormsby's note.]

trabajo de desenalbardar° al rucio,⁴⁸ que a fe que no faltaran palmadicas°   remove saddle, slaps
que dalle ni cosas que decille en su alabanza. Pero si él aquí estuviera, no
consintiera yo que nadie le desalbardara, pues no había para qué, que a
él no le tocaban las generales de⁴⁹ enamorado ni de desesperado,° pues   desperate
5 no lo estaba su amo, que era yo, cuando Dios quería. Y en verdad, señor
Caballero de la Triste Figura, que si es que mi partida y su locura de vuestra merced va de veras,⁵⁰ que será bien tornar a ensillar a Rocinante para
que supla la falta del rucio, porque será ahorrar tiempo a mi ida y vuelta,
que si la hago a pie, no sé cuándo llegaré ni cuándo volveré, porque, 'en
10 resolución,° soy mal caminante."   in short

"Digo, Sancho," respondió don Quijote, "que sea como tú quisieres,
que no me parece mal tu designio. Y digo que de aquí a tres días te partirás, porque quiero que en este tiempo veas lo que por ella hago y digo,
para que se lo digas."

15 "Pues ¿qué más tengo de ver," dijo Sancho, "que lo que he visto?"

"Bien estás en el cuento," respondió don Quijote, "ahora me falta
rasgar° las vestiduras,° esparcir las armas, y darme de calabazadas° por   tear, garments, blows
estas peñas, con otras cosas deste jaez, que te han de admirar.'"   with head; amaze

"¡Por amor de Dios!" dijo Sancho, "'que mire° vuestra merced como   be careful
20 se da esas calabazadas, que a tal peña podrá llegar, y en tal punto, que con
la primera se acabase la máquina° desta penitencia, y sería yo de parecer   scheme
que, ya que a vuestra merced le parece que son aquí necesarias calabazadas y que no se puede hacer esta obra sin ellas, se contentase, pues todo
esto es fingido y cosa contrahecha° y de burla, se contentase, digo, con   counterfeit
25 dárselas en el agua, o en alguna cosa blanda, como algodón, y déjeme a mí
el cargo,° que yo diré a mi señora que vuestra merced se las daba en una   job
punta de peña más dura que la de un diamante."

"Yo agradezco tu buena intención, amigo Sancho," respondió don
Quijote, "mas quiérote hacer sabidor de que todas estas cosas que hago no
30 son de burlas, sino muy de veras, porque de otra manera sería contravenir
a las órdenes de caballería, que nos mandan que no digamos mentira
alguna, pena de relasos,⁵¹ y el hacer una cosa por otra, lo mesmo es que
mentir. Ansí que mis calabazadas han de ser verdaderas, firmes y valede-
ras,° sin que lleven nada del sofístico° ni del fantástico. Y será necesario   worthy, fallacious
35 que me dejes algunas hilas para curarme, pues que la ventura quiso que
nos faltase el bálsamo que perdimos."

"Más fue perder el asno," respondió Sancho, "pues se perdieron en

---

48 This is the first allusion to the theft of Sancho's donkey in the first
edition.

49 **A él...** *he had none of the traits of.* Gaos points out that **generales** is a juridic term referring to questions asked of witnesses to find out if there is any reason they should not testify due to kinship with, hatred towards, etc., the accused.

50 **Si es...** *if my departure and your insanity are really going to happen.* Note
the singular **va** referring to both the departure and the insanity.

51 **Pena de relasos [relapsos]** *suffer the penalties of apostasy* [= the renuncia-
tion of religious faith], referring to certain crimes prosecuted by the Inquisition.

él las hilas y todo, y ruégole a vuestra merced que no se acuerde más de aquel maldito brebaje, que en sólo oírle mentar se me revuelve el alma, no que el estómago.⁵² Y más le ruego, que 'haga cuenta° que son ya pasados los tres días que me ha dado de término para ver las locuras que hace, que ya las doy por⁵³ vistas y por pasadas en cosa juzgada,⁵⁴ y diré maravillas° a mi señora. Escriba la carta y despácheme luego, porque tengo gran deseo de volver a sacar a vuestra merced deste purgatorio donde le dejo."

    "¿Purgatorio le llamas, Sancho?" dijo don Quijote, "mejor hicieras de llamarle infierno, y aun peor, si hay otra cosa que lo sea."

    "«Quien ha infierno»," respondió Sancho, "«*nula es retencio*»,⁵⁵ según he oído decir."

    "No entiendo qué quiere decir *retencio*," dijo don Quijote.

    "*Retencio* es," respondió Sancho, "que quien está en el infierno nunca sale dél, ni puede. Lo cual será al revés en vuestra merced, o a mí me andarán mal los pies,⁵⁶ si es que llevo espuelas para avivar° a Rocinante, y póngame yo una por una en el Toboso⁵⁷ y delante de mi señora Dulcinea, que yo le diré tales cosas de las necedades y locuras, que todo es uno,⁵⁸ que vuestra merced ha hecho y queda haciendo, que la venga a poner más blanda que un guante,° aunque la halle más dura que un alcornoque, con cuya respuesta, dulce y melificada,° volveré por los aires como brujo,° y sacaré a vuestra merced deste purgatorio, que parece infierno y no lo es, pues hay esperanza de salir dél, la cual,⁵⁹ como tengo dicho, no la tienen de salir los que están en el infierno, ni creo que vuestra merced dirá otra cosa."

    "Así es la verdad," dijo el de la Triste Figura, "pero ¿qué haremos para escribir la carta?"

    "Y la libranza pollinesca⁶⁰ también," añadio Sancho.

    "Todo irá inserto," dijo don Quijote, "y sería bueno, ya que no hay papel, que la escribiésemos, como hacían los antiguos, en hojas de árboles o en unas 'tablitas de cera,° aunque tan dificultoso será hallarse eso ahora como el papel. Mas ya me ha venido a la memoria donde será bien, y aun más que bien, escribilla, que es en el librillo de memoria que fue de Cardenio, y tú tendrás cuidado de hacerla trasladar° en papel, de buena letra, en el primer lugar que hallares donde haya maestro de escuela de muchachos, o si no, cualquiera sacristán° te la trasladará y no se la des a

consider

wondrous things

encourage

glove

honeyed, sorceror

wax tablets

copy

sexton

---

52 **No que…** *not to mention my stomach*

53 **Las doy…** *I consider them*

54 **Pasadas en cosa juzgada. Pasar en cosa juzgada** is another juridical term meaning that the judge's decision is irrevocable with no possibility of appeal.

55 What Sancho heard was doubtless "Quia in inferno nulla est redemptio," from the funeral mass: "Because in hell there is no redemption."

56 **A mí…** *my feet will fail me*

57 **Póngame yo…** *let me get to el Toboso at once.*

58 **Que todo…** *it's all the same*

59 This **la cual** and the **la** in the next clause both refer to **esperanza.**

60 **La libranza…** *bill of exhange for the donkeys.*

trasladar a ningún escribano, que hacen letra procesada,[61] que no la en-
tenderá Satanás."

"Pues ¿qué se ha de hacer de la firma?°" dijo Sancho.   signature

"Nunca las cartas de Amadís se firman," respondió don Quijote.

"Está bien," respondió Sancho, "pero la libranza forzosamente se ha
de firmar, y ésa si se traslada, dirán que la firma es falsa, y quedaréme sin
pollinos."

"La libranza irá en el mesmo librillo firmada, que en viéndola mi
sobrina, no pondrá dificultad en cumplilla. Y en lo que toca a la carta de
amores, pondrás por firma: Vuestro hasta la muerte, el Caballero
de la Triste Figura. Y hará poco al caso[62] que vaya de mano ajena, porque, a lo que yo me sé acordar, Dulcinea no sabe escribir ni leer, y en toda
su vida ha visto letra mía, ni carta mía, porque mis amores y los suyos han
sido siempre platónicos, sin estenderse a más que a un honesto mirar.° Y   glance
aun esto tan de cuando en cuando,[63] que osaré jurar con verdad que en
doce años que ha que la quiero más que a la lumbre destos ojos que han
de comer la tierra,[64] no la he visto cuatro veces, y aun podrá ser que destas
cuatro veces no hubiese ella echado de ver la una que la miraba:[65] tal es
el recato y encerramiento° con que sus padres,[66] Lorenzo Corchuelo, y su   seclusion
madre, Aldonza Nogales, la han criado.°"   raised

"¡Ta, ta!" dijo Sancho. "¿Que la hija de Lorenzo Corchuelo es la señora Dulcinea del Toboso, llamada por otro nombre Aldonza Lorenzo?"

"Ésa es," dijo don Quijote, "y es la que merece ser señora de todo el
universo."

"Bien la conozco," dijo Sancho, "y sé decir que tira tan bien una barra
como el más forzudo zagal[67] de todo el pueblo. ¡Vive el Dador,° que es   God
moza de chapa,° hecha y derecha, y de pelo en pecho,[68] y que puede sacar   good sense
la barba del lodo[69] a cualquier caballero andante, o por andar, que la tuviere por señora! ¡Oh hideputa,[70] qué rejo° que tiene y qué voz! Sé decir que   strength
se puso un día encima del campanario° del aldea a llamar unos zagales   bell-tower
suyos que andaban en un barbecho° de su padre, y aunque estaban de allí   plowed field

---

61 **Letra procesada** was a difficult handwriting to read because there were
no word divisions—the pen stayed on the paper for each whole line.

62 **Hará poco...** *it won't make much difference*

63 **Tan de...** *so seldom*

64 **Han de**—probably **ha** is what is called for. Translators assume **ha**: "That
the earth will one day devour."

65 **No hubiese...** *she didn't notice once that I was looking at her*

66 Schevill has **su padre** here. The original is **sus padres.**

67 **Tira la...** *she's as good a man as the strongest lad.* **Tirar la barra** is an expression explained in Covarrubias in the first article on "tiro."

68 **De pelo...** *with hair on her chest.* The first edition has **de pelo en pelo**,
which seems a mistake.

69 **Sacar la barba del lodo** is a proverbial expression meaning *to help out.*

70 **Hideputa** *son of bitch* was not insulting here, but rather expressed
admiration.

más de media legua, así la oyeron como si estuvieran al pie de la torre. Y
lo mejor que tiene es que no es nada melindrosa, porque tiene mucho de
cortesana:° con todos se burla y de todo 'hace mueca° y donaire.° Ahora   sharp, grins, witticism
digo, señor Caballero de la Triste Figura, que no solamente puede y debe
vuestra merced hacer locuras por ella, sino que con justo título puede
desesperarse, y ahorcarse,° que nadie habrá que lo sepa que no diga que   hang yourself
hizo demasiado de bien,[71] puesto que le lleve el diablo. Y querría ya verme en camino sólo por vella, que ha muchos días que no la veo, y debe
de estar ya trocada,° porque gasta° mucho la faz de las mujeres andar   changed, spoils
siempre al campo, al sol y al aire. Y confieso a vuestra merced una verdad,
señor don Quijote: que hasta aquí he estado en una grande ignorancia,
que pensaba bien y fielmente que la señora Dulcinea debía de ser alguna
princesa de quien vuestra merced estaba enamorado, o alguna persona tal,
que mereciese los ricos presentes que vuestra merced le ha enviado, así el
del vizcaíno como el de los galeotes, y otros muchos que deben ser, según
deben de ser muchas las vitorias que vuestra merced ha ganado y ganó en
el tiempo que yo aún no era su escudero. Pero bien considerado, ¿qué se
le ha de dar[72] a la señora Aldonza Lorenzo, digo, a la señora Dulcinea del
Toboso, de que se le vayan a hincar de rodillas delante della los vencidos
que vuestra merced le envía y ha de enviar?[73] Porque podría ser que al
tiempo que ellos llegasen estuviese ella rastrillando lino, o trillando en las
eras,[74] y ellos 'se corriesen° de verla, y ella se riese y enfadase del presente."   are ashamed

"Ya te tengo dicho antes de agora muchas veces, Sancho," dijo don
Quijote, "que eres muy grande hablador, y que, aunque de ingenio boto,
muchas veces despuntas de agudo.[75] Mas para que veas cuán necio° eres tú   foolish
y cuán discreto soy yo, quiero que me oyas un breve cuento: has de saber
que una viuda hermosa, moza, libre y rica, y sobre todo, desenfadada,°   carefree
se enamoró de un mozo motilón,° rollizo y 'de buen tomo.° Alcanzólo   lay brother, corpulent
a saber su mayor,[76] y un día dijo a la buena viuda, por vía de fraternal
reprehensión: 'Maravillado estoy, señora, y no sin mucha causa, de que
una mujer tan principal, tan hermosa y tan rica como vuestra merced, se
haya enamorado de un hombre tan soez,° tan bajo y tan idiota como Fu-   coarse
lano, habiendo en esta casa tantos maestros, tantos presentados° y tantos   divinity students
teólogos en quien vuestra merced pudiera escoger, como entre peras, y
decir: 'Éste quiero, aquéste° no quiero.' Mas ella le respondió con mucho   that one
donaire y desenvoltura: 'Vuestra merced, señor mío, está muy engañado, y
piensa muy a lo antiguo, si piensa que yo he escogido mal en Fulano por

---

71 **Nadie habrá...** *anyone who learns of it will say you did the correct thing*

72 **¿Qué se...** *what good can it do* (continues in the next note)

73 **De que...** *that those conquered people whom you send and will send to her
to kneel before her*

74 **Rastrillando lino...** *combing flax or threshing on the threshing floor*

75 **Aunque de...** *although you have a dull wit, many times you show glim-
merings of sharpness*

76 **Alcanzólo a...** *his superior found out about it*

idiota que le parece, pues para lo que yo le quiero,⁷⁷ tanta filosofía sabe y
más que Aristóteles.' Así que, Sancho, por lo que yo quiero a Dulcinea
del Toboso, tanto vale como la más alta princesa de la tierra. Sí, que no
todos los poetas que alaban damas debajo de un nombre que ellos a su al-
bedrío° les ponen, es verdad que las tienen.⁷⁸ ¿Piensas tú que las Amariles,   will
las Filis, las Silvias, las Dianas, las Galateas, las Alidas⁷⁹ y otras tales de
que los libros, los romances, las tiendas de los barberos, los teatros de las
comedias,° están llenos, fueron verdaderamente damas de carne y hueso,   plays
y de aquellos que las celebran y celebraron?⁸⁰ No, por cierto, sino que las
más se las fingen por dar subjeto a sus versos,⁸¹ y porque los tengan por
enamorados y por hombres que tienen valor para serlo. Y así, bástame a
mí pensar y creer que la buena de Aldonza Lorenzo es hermosa y honesta, y en lo del linaje, importa poco, que no han de ir a hacer la información dél para darle algún hábito,⁸² y yo me hago cuenta que es la más alta
princesa del mundo. Porque has de saber, Sancho, si no lo sabes, que dos
cosas solas incitan a amar más que otras, que son la mucha hermosura y
la buena fama, y estas dos cosas se hallan consumadamente° en Dulcinea,   perfectly
porque en ser hermosa ninguna le iguala, y en la buena fama pocas le
llegan. Y para concluir con todo, yo imagino que todo lo que digo es así,
sin que sobre ni falte nada, y píntola en mi imaginación como la deseo, así
en la belleza como en la principalidad,° y ni la llega Elena,⁸³ ni la alcanza   rank
Lucrecia,⁸⁴ ni otra alguna de las famosas mujeres de las edades pretéritas,°   past
griega, bárbara o latina. Y diga cada uno lo que quisiere, que si por esto
fuere reprehendido de los ignorantes, no seré castigado de los rigurosos.°"   critical people

"Digo que en todo tiene vuestra merced razón," respondió Sancho,
"y que yo soy un asno. Mas no sé yo para qué nombro «asno» en mi boca,
pues «no se ha de mentar la soga en casa del ahorcado».° Pero venga la   hanged person
carta, y a Dios, que me mudo."⁸⁵

Sacó el libro de memoria don Quijote, y apartándose a una parte,
con mucho sosiego comenzó a escribir la carta, y en acabándola, llamó
a Sancho y le dijo que se la quería leer porque la tomase de memoria, si
acaso se le perdiese por el camino, porque de su desdicha todo se podía

---

77 **Para lo…** *what I want him for*

78 **Sí, que…** *it's true that not all poets who praise ladies using a name that they choose for them, actually have them* [the ladies]

79 "Alidas" is in the first edition and is usually changed to Fílidas since there is no known Alida. All the other women are characters in pastoral fiction.

80 **De aquellos…** *belonged to those who praise and praised them?*

81 **Las fingen…** *most of them are fictional, to give a subject for their poems*

82 **No han…** *they're not going to investigate it to confer some order on her*

83 Helen of Troy was the legendary most beautiful woman in Greece.

84 Lucretia was a virtuous and beautiful Roman woman who was raped by Sextus Tarquinius, the son of the Etruscan king of Rome. Because of this she killed herself. The ensuing outrage drove the Etruscans from Rome (590B.C.), and the Roman Republic began.

85 **Que me mudo** = que me voy

temer. A lo cual respondió Sancho: "Escríbala vuestra merced dos o tres veces ahí en el libro, y démele, que yo le llevaré bien guardado, porque pensar que yo la he de tomar en la memoria es disparate, que la tengo tan mala, que muchas veces se me olvida cómo me llamo. Pero, con todo eso, dígamela vuestra merced, que me holgaré mucho de oílla, que debe de ir como de molde."

"Escucha, que así dice," dijo don Quijote:

CARTA DE DON QUIJOTE A DULCINEA DEL TOBOSO

Soberana° y alta° señora:

El ferido de punta de ausencia[86] y el llagado de las telas del corazón,[87] dulcísima Dulcinea del Toboso, te envía la salud que él no tiene. Si tu fermosura me desprecia, si tu valor° no es en mi pro, si tus desdenes son en mi afincamiento, maguer° que yo sea asaz° de sufrido, mal podré sostenerme en esta cuita, que, además de ser fuerte, es muy duradera.° Mi buen escudero Sancho te dará entera relación,° ¡oh bella ingrata, amada° enemiga mía! del modo que por tu causa quedo. Si gustares de acorrerme, tuyo soy, y si no, haz lo que te viniere en gusto, que con acabar mi vida habré satisfecho a tu crueldad y a mi deseo.

        Tuyo hasta la muerte,
            EL CABALLERO DE LA TRISTE FIGURA.

sovereign, high-born

worth
although, abundantly
both are archaic
lasting
report, beloved

"¡Por vida de mi padre," dijo Sancho en oyendo la carta, "que es la más alta cosa que jamás he oído! ¡Pesia a mí, y cómo que le dice vuestra merced ahí todo cuanto quiere, y qué bien que encaja en la firma EL CABALLERO DE LA TRISTE FIGURA! Digo de verdad que es vuestra merced el mesmo diablo, y que no hay cosa que no sepa."

"Todo es menester," respondió don Quijote, "para el oficio que trayo."

"Ea, pues," dijo Sancho, "ponga vuestra merced en esotra vuelta[88] la cédula° de los tres pollinos, y fírmela con mucha claridad, porque la conozcan en viéndola."

order

"Que me place," dijo don Quijote.

Y habiéndola escrito, se la leyó, que decía ansí:

"Mandará vuestra merced, por esta primera° de pollinos, señora sobrina, dar a Sancho Panza, mi escudero, tres de los cinco que dejé en casa y están a cargo de vuestra merced. Los cuales tres pollinos se los mando librar y pagar por otros tantos aquí recebidos 'de contado,° que con ésta, y con su 'carta de pago° serán 'bien dados.° Fecha en las entrañas de Sierra Morena, a veinte y dos de agosto deste presente año."

order

on account
receipt, delivered

"Buena está," dijo Sancho, "fírmela vuestra merced."

---

86 **El ferido...** *he who is wounded by the sharp point of absence*
87 **El llagado...** *he who is wounded to his heart's core*
88 **En esotra...** *on this other side*

"No es menester firmarla," dijo don Quijote, "sino solamente poner mi rúbrica,[89] que es lo mesmo que firma, y para tres asnos, y aun para trecientos, fuera bastante."

"Yo me confío de vuestra merced," respondió Sancho, "déjeme, iré a ensillar a Rocinante, y aparéjese vuestra merced a echarme su bendición, que luego pienso partirme, sin ver las sandeces que vuestra merced ha de hacer, que yo diré que le vi hacer tantas, que no quiera más."[90]

"Por lo menos quiero, Sancho, y porque es menester ansí, quiero, digo, que me veas 'en cueros° y hacer una o dos docenas de locuras, que las haré en menos de media hora, porque habiéndolas tú visto por tus ojos, puedas jurar 'a tu salvo° en las demás que quisieres añadir. Y asegúrote que no dirás tú tantas cuantas yo pienso hacer."   naked / safely

"¡Por amor de Dios, señor mío, que no vea yo en cueros a vuestra merced, que me dará mucha lástima y no podré dejar de llorar! Y tengo tal la cabeza del llanto que anoche hice por el rucio, que no estoy para meterme en nuevos lloros. Y si es que vuestra merced gusta de que yo vea algunas locuras, hágalas vestido, breves y las que le vinieren más 'a cuento.° Cuanto más que para mí no era menester nada deso, y como ya tengo dicho, fuera ahorrar el camino de mi vuelta, que ha de ser con las nuevas que vuestra merced desea y merece. Y si no, aparéjese la señora Dulcinea,[91] que si no responde como es razón, voto hago solene[92] a quien puedo que le tengo de sacar la buena respuesta del estómago a coces y a bofetones.° Porque, ¿dónde se ha de sufrir que un caballero andante, tan famoso como vuestra merced, se vuelva loco, sin qué ni para qué,[93] por una…? No me lo haga decir la señora, porque por Dios que despotrique° y lo eche todo a doce, aunque nunca se venda.[94] ¡Bonico° soy yo para eso! ¡Mal me conoce, pues a fe que si me conociese, que me ayunase!"[95]   opportune / punches / I'll rant / dim. of **bueno**

"A fe, Sancho," dijo don Quijote, "que, a lo que parece, que no estás tú más cuerdo que yo."

"No estoy tan loco," respondió Sancho, "mas estoy más colérico.° Pero dejando esto aparte, ¿qué es lo que ha de comer vuestra merced 'en tanto° que yo vuelvo? ¿Ha de salir al camino, como Cardenio, a quitárselo a los pastores?"   angry / while

"No te dé pena ese cuidado," respondió don Quijote, "porque, aunque tuviera, no comiera otra cosa que las yerbas y frutos que este prado y estos árboles me dieren. Que la fineza de mi negocio está en no comer y

---

89   The **rúbrica** is a "flourish," a very Spanish way of signing letters, even today.

90   **Que no…** *she won't want* [to hear] *any more*

91   **Aparéjese la…** *Señora Dulcinea better watch out*

92   **Voto hago…** *I make a solemn vow*

93   **¿Dónde se ha…** *why would a knight errant as famous as you have to go crazy without a reason*

94   **Lo eche…** *I may say anything that comes to mind, not caring about the consequences*

95   **Que me…** *she'd have respect for me*

en hacer otras asperezas° equivalentes."   hardships

"Adios, pues,[96] pero ¿sabe vuestra merced que temo que no tengo de acertar a volver a este lugar donde agora le dejo, según está de escondido?"[97]

"Toma bien las señas,[98] que yo procuraré no apartarme destos contornos," dijo don Quijote, "y aun tendré cuidado de subirme por estos más altos riscos, por ver si te descubro cuando vuelvas. Cuanto más que lo más acertado será, para que no me yerres y te pierdas,[99] que cortes algunas retamas° de las muchas que por aquí hay y las vayas poniendo 'de trecho   broom branches
a trecho° hasta salir a lo raso, las cuales te servirán de mojones° y señales   periodically, landmarks
para que me halles cuando vuelvas, a imitación del hilo del laberinto de Perseo."[100]

"Así lo haré," respondió Sancho Panza, y cortando algunos pidió la bendición a su señor, y no sin muchas lágrimas de entrambos, se despidió dél. Y subiendo sobre Rocinante, a quien don Quijote encomendó mucho,[101] y que mirase por él como por su propria persona, se puso en camino del llano, esparciendo de trecho a trecho los ramos de la retama, como su amo se lo había aconsejado. Y así se fue, aunque todavía le importunaba don Quijote que le viese siquiera hacer dos locuras. Mas no hubo andado cien pasos, cuando volvió y dijo: "Digo, señor, que vuestra merced ha dicho muy bien: que para que pueda jurar sin cargo° de con-   weight
ciencia que le he visto hacer locuras, será bien que vea siquiera una, aunque bien grande la he visto en la quedada de vuestra merced."[102]

"¿No te lo decía yo?" dijo don Quijote: "¡Espérate, Sancho, que en un credo[103] las haré!"

Y desnudándose con toda priesa los calzones, quedó en carnes y en pañales,[104] y luego, sin más ni más, dio dos zapatetas° en el aire y dos   capers
tumbas[105] la cabeza abajo y los pies en alto, descubriendo cosas, que, por no verlas otra vez, volvió Sancho la rienda a Rocinante, y se dio por contento y satisfecho de que podía jurar que su amo quedaba loco. Y así, le dejaremos ir su camino hasta la vuelta, que fue breve.

---

96 The text is not clear here—**a Dios** follows **equivalentes** without any punctuation. Schevill adds **dijo Sancho**, eliminated here.

97 **Según está...** *since it is so hidden*

98 **Toma bien...** *take your bearings well*

99 **Para que...** *so that you don't make a mistake on me and get lost*

100 It wasn't <u>Per</u>seus (who was the slayer of Medusa), but rather <u>The</u>seus who found his way out of the Cretan labyrinth. Don Quijote's mistake.

101 **A quien don...** *whom don Quijote put in Sancho's protection*

102 **Aunque bien...** *although I've seen a very big one* [crazy act] *in your staying*

103 **En un...** *in a hurry*, i.e, in the time it takes to say a "credo."

104 **En carnes...** *naked, and in shirttails*

105 **Dos tumbas** *two somersaults*

Capítulo XXVI. Donde se prosiguen las finezas que de enamorado° hizo don Quijote en Sierra Morena.

lover

Y VOLVIENDO a contar lo que hizo el de la Triste Figura después que se vio solo, dice la historia que así como don Quijote acabó de dar las tumbas o vueltas de medio abajo desnudo, y de medio arriba vestido,[1] y que vio que Sancho se había ido sin querer aguardar a ver más sandeces, se subió sobre una punta de una alta peña, y allí tornó a pensar lo que otras muchas veces había pensado, sin haberse jamás resuelto° en   resolved ello, y era que cuál sería mejor y le estaría más a cuento: imitar a Roldán en las locuras desaforadas° que hizo, o Amadís en las malencónicas. Y   outrageous hablando entre sí mesmo,[2] decía: "Si Roldán fue tan buen caballero y tan valiente como todos dicen, ¿qué maravilla?[3] pues al fin era encantado, y no le podía matar nadie si no era metiéndole un alfiler de a blanca[4] por la punta[5] del pie, y él traía siempre los zapatos con siete suelas° de hierro,[6]   soles aunque no le valieron tretas° contra Bernardo del Carpio,[7] que se las en-   wiles tendió y le ahogó entre los brazos en Roncesvalles.[8] Pero dejando en él lo de la valentía a una parte, vengamos a lo de perder el juicio, que es cierto que le perdió por las señales que halló en la fortuna,[9] y por las nuevas que le dio el pastor de que Angélica había dormido más de dos siestas con Medoro, un morillo° de cabellos enrizados° y paje de Agramante[10] Y si él   little Moor, curly entendió que esto era verdad y que su dama le había cometido desagui- sado,° no hizo mucho en volverse loco. Pero yo, ¿cómo puedo imitalle en   outrage las locuras, si no le imito en la ocasión dellas? porque mi Dulcinea del Toboso osaré yo jurar que no ha visto en todos los días de su vida moro alguno, ansí como él es, en su mismo traje, y que se está hoy como la madre que la parió. Y haríale agravio manifiesto si, imaginando otra cosa della, me volviese loco de aquel género de locura de Roldán el Furioso.

"Por otra parte, veo que Amadís de Gaula, sin perder el juicio y sin

---

    1   **Medio arriba…** *naked from the waist down and clothed from the waist up*

    2   **Hablando entre…** *talking to himself*

    3   **¿Qué maravilla…** *what's so wonderful about that?*

    4   **Alfiler de…** *a straight pin that costs a **blanca**: a very long pin.*

    5   A number of editors have changed this to **planta** *sole of foot*, claiming it's a printer's error, but it seems likely that it can be one of Don Quijote's own frequent mistakes, such as the one mentioned in the next footnote.

    6   It wasn't Roldán (Orlando) who had the seven iron soles, but Ferragús.

    7   See Chapter 1, note 38. The incident that follows is recounted in the Spanish version of *Orlando Furioso*, called *La segunda parte de Orlando con el verdadero suceso de la famosa atalla de Roncesvalles…* (1555), canto 35.

    8   Roncesvalles is the place near a Pyrenees pass north of Pamplona where Roland was killed in the year 778.

    9   Schevill, following many editors, changes this to **fontana**, but since Medoro's inscription speaks of people finding the inscription through **fortuna**, Riquer argues that **fortuna** should be kept.

    10   See notes 27 and 28 of the last chapter. He wasn't Agramante's page, but rather Dardinel's, as Clemencín points out (*Orlando Furioso*, 18).

hacer locuras, alcanzó tanta fama de enamorado como el que más,[11] porque lo que hizo, según su historia, no fue más de que, por verse desdeñado
de su señora Oriana, que le había mandado que no pareciese ante su
presencia hasta que fuese su voluntad, de que se retiró a la Peña Pobre
en compañía de un ermitaño, y allí se hartó de llorar y de encomendarse
a Dios, hasta que el cielo le acorrió en medio de su mayor cuita y necesidad.[12] Y si eso es verdad, como lo es, ¿para qué quiero yo tomar trabajo
agora de desnudarme del todo, ni dar pesadumbre a estos árboles, que
no me han hecho mal alguno, ni tengo para qué enturbiar el agua clara
destos arroyos, los cuales me han de dar de beber cuando tenga gana?
¡Viva la memoria de Amadís, y sea imitado de don Quijote de la Mancha
en todo lo que pudiere, del cual se dirá lo que del otro se dijo, que si no
acabó grandes cosas, murió por acometellas,[13] y si yo no soy desechado
ni desdeñado de Dulcinea del Toboso, bástame, como ya he dicho, estar
ausente della. ¡Ea, pues, manos a la obra! Venid a mi memoria cosas de
Amadís, y enseñadme° por dónde tengo de comenzar a imitaros. Mas ya   show me
sé que lo más que él hizo fue rezar y encomendarse a Dios. Pero, ¿qué
haré de rosario, que no le tengo?"

En esto le vino al pensamiento cómo le haría, y fue que rasgó una
gran tira° de las faldas° de la camisa, que andaban colgando,[14] y diole once   strip, shirttails
ñudos, el uno más gordo que los demás, y esto le sirvió de rosario el tiem-
po que allí estuvo, donde rezó un millón de avemarías. Y lo que le fatigaba
mucho era no hallar por allí otro ermitaño que le confesase y con quien
consolarse.[15] Y así se entretenía paseándose por el pradecillo, escribiendo
y grabando° por las cortezas de los árboles y por la menuda arena muchos   carving
versos, todos acomodados a su tristeza, y algunos en alabanza de Dulcinea. Mas los que se pudieron hallar enteros, y que se pudiesen leer después que a él allí le hallaron,[16] no fueron más que estos que aquí se siguen:

> Árboles, yerbas y plantas
>   que en aqueste sitio estáis,
>   tan altos, verdes y tantas:
>   si de mi mal no os holgáis,
>   escuchad mis quejas santas.
>   Mi dolor no os alborote.
>   aunque más terrible sea,

---

11 **Como el...** *as the best of them*

12 This sentence reflects Don Quijote's confused thoughts. Cutting it down
and rearranging it slightly, it is understandable: "Amadís de Gaula, desdeñado de
su señora Oriana, alcanzó fama de enamorado porque se retiró a la Peña Pobre
y allí se hartó de llorar y de encomendarse a Dios, hasta que el cielo le acorrió."

13 **Murió por...** *he died trying*

14 **Que andaban...** *which were hanging there*

15 Andalod was the hermit who confessed Amadís on Peña Pobre (Chapter 51).

16 **Después que...** *after they found him there*

pues, por pagaros escote,°   share
aquí lloró don Quijote
ausencias de Dulcinea
    del Toboso.

5   Es aquí el lugar adonde
el amador más leal
de su señora se esconde,
y ha venido a tanto mal
sin saber cómo o por dónde.
10 Tráele amor 'al eſtricote,°   from pillar to post
que es de muy mala ralea,
y así, haſta henchir un pipote,°   little barrel
aquí lloró don Quijote
ausencias de Dulcinea
15   del Toboso.

Buscando las aventuras
por entre las duras peñas,
maldiciendo entrañas duras,
que entre riscos y entre breñas°   brambled ground
20 halla el triſte desventuras,
hirióle amor con su azote,
no con su blanda correa,
y en tocándole el cogote,
aquí lloró don Quijote
25 ausencias de Dulcinea
    del Toboso.

No causó poca risa en los que hallaron los versos referidos el añadidura del Toboso al nombre de Dulcinea, porque imaginaron que debió
de imaginar don Quijote que si en nombrando a Dulcinea no decía también del Toboso, no se podría entender la copla, y así fue la verdad como
30 él después confesó. Otros muchos escribió, pero, como se ha dicho, no
se pudieron sacar en limpio,[17] ni enteros, más deſtas tres coplas. En eſto,
y en suspirar, y en llamar a los faunos y silvanos[18] de aquellos bosques, a
las ninfas de los ríos, a la dolorosa° y húmida° Eco,[19] que le respondiese,   sorrowful, tearful
35 consolasen y escuchasen,[20] se entretenía, y en buscar algunas yerbas con
que suſtentarse en tanto que Sancho volvía, que si como tardó tres días,

---

17 **No se...** *they couldn't be made out*
18 **Faunos y silvanos** are *fauns* and *satyrs*.
19 Echo, in Greek mythology, was a nymph who was scorned by Narcissus
and faded away only to a voice.
20 **Respondiese** refers back to Echo, **consolasen** to the nymphs, and **escuchasen** to the rustic gods.

tardara tres semanas,[21] el Caballero de la Triſte Figura quedara[22] tan des-
figurado, que no le conociera la madre que lo parió.

Y será bien dejalle envuelto entre sus suspiros y versos, por contar lo
que le avino a Sancho Panza en su mandadería.° Y fue que, en saliendo al   errand *(archaic)*
camino real, se puso en busca del Toboso, y otro día llegó a la venta donde
le había sucedido la desgracia de la manta. Y no la hubo bien viſto, cuando le pareció que otra vez andaba en los aires, y no quiso entrar dentro,
aunque llegó a hora que lo pudiera y debiera hacer, por ser la del comer
y llevar en deseo de guſtar algo caliente, que había grandes días que todo
era fiambre. Eſta necesidad le forzó a que llegase junto a la venta, todavía dudoso si entraría o no. Y eſtando en eſto, salieron de la venta dos
personas que luego le conocieron, y dijo el uno al otro: "Dígame, señor
licenciado, aquel del caballo, ¿no es Sancho Panza, el que dijo el ama de
nueſtro aventurero que había salido con su señor por escudero?"

"Sí es," dijo el licenciado, "y aquél es el caballo de nueſtro don Quijote."

Y conociéronle tan bien como° aquellos que eran el cura y el barbero   since
de su mismo lugar, y los que hicieron el escrutinio y 'acto general° de   public punishment
los libros. Los cuales, así como acabaron de conocer a Sancho Panza y a
Rocinante, deseosos de saber de don Quijote, se fueron a él, y el cura le
llamó por su nombre, diciéndole: "Amigo Sancho Panza ¿adónde queda
vueſtro amo?"

Conociólos luego Sancho Panza, y determinó de encubrir° el lugar y   to conceal
la suerte donde y como su amo quedaba. Y así, les respondió que su amo
quedaba ocupado en cierta parte y en cierta cosa que le era de mucha
importancia, la cual él no podía descubrir, por los ojos que en la cara tenía.

"No, no," dijo el barbero, "Sancho Panza, si vos no nos decís donde
queda, imaginaremos, como ya imaginamos, que vos le habéis muerto y
robado, pues venís encima de su caballo. En verdad que nos habéis de dar
el dueño del rocín, o sobre eso, morena."[23]

"No hay para qué conmigo amenazas, que yo no soy hombre que
robo ni mato a nadie: a cada uno mate su ventura, o Dios, que le hizo.[24]
Mi amo queda haciendo penitencia en la mitad deſta montaña, muy a su
sabor."

Y luego, 'de corrida° y sin parar, les contó de la suerte que quedaba,   all at once
las aventuras que le habían sucedido, y como llevaba la carta a la señora
Dulcinea del Toboso, que era la hija de Lorenzo Corchuelo, de quien estaba enamorado haſta los hígados. Quedaron admirados los dos de lo que
Sancho Panza les contaba, y aunque ya sabían la locura de don Quijote y

---

21 **Que si…** *had he delayed three weeks instead of three days*

22 The text actually says **quedarà** *will become* (the grave accent is typical).
Editors usually make it **quedara** *would become*.

23 **Sobre eso…** *if not, you're in trouble.* Taken from a saying.

24 **A cada…** *let his fortune, or God, who made him, kill each person*

el género della, siempre que la oían se admiraban de nuevo. Pidiéronle²⁵ a
Sancho Panza que les enseñase la carta que llevaba a la señora Dulcinea
del Toboso. Él dijo que iba escrita en un libro de memoria, y que era
orden de su señor que la hiciese trasladar en papel en el primer lugar que
llegase, a lo cual dijo el cura que se la mostrase, que él la trasladaría de
muy buena letra. Metió la mano en el seno Sancho Panza buscando el
librillo, pero no le halló, ni le podía hallar si le buscara hasta agora, porque
se había quedado don Quijote con él, y no se le había dado, ni a él se le
acordó de pedírsele.

Cuando Sancho vio que no hallaba el libro, fuésele parando mortal
el rostro,²⁶ y tornándose a tentar todo el cuerpo muy apriesa, tornó a echar
de ver que no le hallaba, y sin más ni más, se echó entrambos puños a las
barbas y se arrancó la mitad de ellas, y luego, apriesa y sin cesar, se dio
media docena de puñadas en el rostro y en las narices, que se las bañó
todas en sangre. Visto lo cual por el cura y el barbero, le dijeron que qué
le había sucedido, que tan mal se paraba.

"¿Qué me ha de suceder?" respondió Sancho, "sino el haber perdido
de una mano a otra, en un estante,° tres pollinos, que cada uno era como **= instante**
un castillo."

"¿Cómo es eso?" replicó el barbero.

"He perdido el libro de memoria," respondió Sancho, "donde venía
carta para Dulcinea y una cédula firmada de su señor, por la cual mandaba que su sobrina me diese tres pollinos, de cuatro o cinco que estaban
en casa."

Y con esto les contó la pérdida del rucio. Consolóle el cura, y díjole
que en hallando a su señor él le haría revalidar la manda, y que tornase a
hacer la libranza en papel, como era uso y costumbre, porque las que se
hacían en libros de memoria jamás se acetaban ni cumplían.²⁷ Con esto
se consoló Sancho, y dijo que como aquello fuese ansí, que no le daba
mucha pena la pérdida de la carta de Dulcinea, porque él la sabía casi de
memoria, de la cual se podría trasladar donde y cuando quisiesen.

"Decildo,²⁸ Sancho, pues," dijo el barbero, "que después la trasladare-
mos."

Paróse Sancho Panza a rascar la cabeza para traer a la memoria la
carta, y ya se ponía sobre un pie y ya sobre otro. Unas veces miraba al
suelo, otras al cielo, y al cabo de haberse roído° la mitad de la 'yema de **gnawed**
un dedo,° teniendo suspensos a los que esperaban que ya la dijese, dijo **fingertip**
al cabo de grandísimo rato: "¡Por Dios, señor licenciado, que los diablos
lleven la cosa que de la carta se me acuerda!²⁹ aunque en el principio decía:

---

25 **Pidierondole** is in the form in the first edition, which Schevill
transcribes.

26 **Fuésele parando...** *his face went deathly* [pale]

27 **Las que...** *the ones done in notebooks were never accepted or honored*

28 **Decildo = decidlo.** Many editors make it **decilda** to agree with **la carta.**

29 **Que los...** *may the devils carry off what I can remember of the letter!*

'Alta y sobajada° señora.'"   manhandled

"No diría," dijo el barbero, "«sobajada», sino «sobrehumana» o «soberana» señora."

"Así es," dijo Sancho, "luego, si mal no me acuerdo, proseguía… si mal no
me acuerdo: 'El llego,[30] y falto de sueño, y el ferido besa a vuestra merced las
manos, ingrata y muy desconocida hermosa,' y no sé qué decía de salud y de
enfermedad, que le enviaba, y por aquí iba escurriendo° hasta que acababa en   going on
'Vuestro hasta la muerte, el Caballero de la Triste Figura.'"

No poco gustaron los dos de ver la buena memoria de Sancho Panza,
y alabáronsela mucho, y le pidieron que dijese la carta otras dos veces,
para que ellos ansí mesmo la tomasen de memoria para trasladalla a su
tiempo. Tornóla a decir Sancho otras tres veces, y otras tantas volvió a
decir otros tres mil disparates. Tras esto, contó asimesmo las cosas de su
amo, pero no habló palabra acerca del manteamiento que le había sucedido en aquella venta, en la cual rehusaba° entrar. Dijo también como su   refused
señor, en trayendo que le trujese buen despacho[31] de la señora Dulcinea
del Toboso, se había de poner en camino a procurar cómo ser emperador,
o por lo menos monarca, que así lo tenían concertado entre los dos. Y era
cosa muy fácil venir a serlo, según era el valor de su persona y la fuerza de
su brazo; y que, en siéndolo, le había de casar a él,[32] porque ya sería viudo,° widower
que no podía ser menos. Y le había de dar por mujer a una doncella de
la emperatriz, heredera de un rico y grande estado, de tierra firme, sin
ínsulos[33] ni ínsulas, que ya no las quería.

Decía esto Sancho con tanto reposo, limpiándose de cuando en
cuando las narices, y con tan poco juicio, que los dos se admiraron de
nuevo, considerando cuán vehemente° había sido la locura de don Qui-   keen
jote, pues había llevado tras sí el juicio de aquel pobre hombre. No quisieron cansarse en sacarle del error en que estaba, pareciéndoles que, pues
no le dañaba nada la conciencia, mejor era dejarle° en él, y a ellos les sería   to leave him
de más gusto oír sus necedades. Y así, le dijeron que rogase a Dios por
la salud de su señor. Que cosa contingente y muy agible era venir con
el discurso del tiempo a ser emperador,[34] como él decía, o por lo menos
arzobispo, o otra dignidad° equivalente. A lo cual respondió Sancho: "Se-   office
ñores: si la fortuna rodease° las cosas de manera que a mi amo le viniese   arranged
en voluntad de no ser emperador, sino de ser arzobispo, querría yo saber
agora qué suelen dar los arzobispos andantes a sus escuderos."

"Suélenles dar," respondió el cura, "algún beneficio simple[35] o curado,°   priesthood
o alguna sacristanía,° que les vale mucho de 'renta rentada,° amén del 'pie   sexton's office, fixed
                                                                        income

---

30 **El llego** = **el lego** *layman* in Sancho's rustic pronunciation.

31 **En trayendo…** *if he received a favorable reply*

32 **Le había…** [Don Quijote] *was to marry him* [Sancho] *off*

33 This is not a real word.

34 **Que cosa…** *it was a fortuitous and feasible thing with the passage of time
for him to become an emperor*

35 A **beneficio simple** is a sinecure, an ecclesiastic job that requires little
work.

Paróse Sancho Panza a rascar la cabeza para traer a la memoria
la carta, y ya se ponía sobre un pie y ya sobre otro.

de altar,° que se suele estimar en otro tanto."   *altar fees*

"Para eso será menester," replicó Sancho, "que el escudero no sea casado, y que sepa ayudar a misa,° por lo menos, y si esto es así, ¡desdichado   *mass*
de yo, que soy casado y no sé la primera letra del ABC! ¿Qué será de mí si
a mi amo 'le da antojo° de ser arzobispo, y no emperador, como es uso y   *fancies*
costumbre de los caballeros andantes?"

"No tengáis pena, Sancho amigo," dijo el barbero, "que aquí rogaremos a vuestro amo, y se lo aconsejaremos, y aun se lo pondremos en caso
de conciencia,[36] que sea emperador y no arzobispo, porque le será más
fácil, a causa de que él es más valiente que estudiante."

"Así me ha parecido a mí," respondió Sancho, "aunque sé decir que
para todo tiene habilidad. Lo que yo pienso hacer de mi parte es rogarle
a nuestro Señor que le eche a aquellas partes donde él más se sirva,[37] y
adonde a mí más mercedes me haga."

"Vos lo decís como discreto," dijo el cura, "y lo haréis como buen cristiano. Mas lo que ahora se ha de hacer es dar orden cómo sacar a vuestro
amo de aquella inútil penitencia que decís que queda haciendo. Y para
pensar el modo que hemos de tener,[38] y para comer, que ya es hora, será
bien nos entremos en esta venta."

Sancho dijo que entrasen ellos, que él esperaría allí fuera, y que después les diría la causa porque no entraba, ni le convenía entrar en ella, mas
que les rogaba que le sacasen allí algo de comer que fuese cosa caliente, y
ansimismo, cebada para Rocinante. Ellos se entraron y le dejaron, y de allí
a poco el barbero le sacó de comer. Después, habiendo bien pensado entre los dos el modo que tendrían para conseguir lo que deseaban, vino el
cura en un pensamiento muy acomodado al gusto de don Quijote y para
lo que ellos querían. Y fue que dijo al barbero que lo que había pensado
era: que él se vestiría en hábito de doncella andante, y que él[39] procurase
ponerse lo mejor que pudiese como escudero, y que así irían adonde don
Quijote estaba, fingiendo ser ella una doncella afligida y menesterosa, y
le pediría un don, el cual él no podría dejársele de otorgar como valeroso
caballero andante, y que el don que le pensaba pedir era que se viniese
con ella, donde ella le llevase, a desfacelle un agravio que un mal caballero
le tenía fecho, y que le suplicaba ansimesmo que no la mandase quitar su
antifaz,° ni la demandase cosa de su facienda,° fasta que la hubiese fecho   *veil, affairs*
derecho de aquel mal caballero, y que creyese, sin duda, que don Quijote
vendría en todo cuanto le pidiese por este término, y que desta manera
le sacarían de allí y le llevarían a su lugar, donde procurarían ver si tenía
algún remedio su estraña locura.

---

36 **En caso...** *as a case of conscience*
37 **Le eche...** *to place him where it will be best for him*
38 **Pensar el...** *to think about what we have* [to do]
39 The previous **él** refers to the priest; this one refers to the barber.

Capítulo XXVII. De cómo salieron con su intención el cura y el barbero, con otras cosas dignas de que se cuenten en esta grande historia.

No le pareció mal al barbero la invención del cura, sino tan bien, que luego la pusieron por obra. Pidiéronle a la ventera una saya° y unas tocas,° dejándole 'en prendas° una sotana nueva del cura. El barbero hizo una gran barba de una cola° rucia o roja de buey,° donde el ventero tenía colgado el peine. Preguntóles la ventera que para qué le pedían aquellas cosas. El cura le contó en breves razones la locura de don Quijote, y cómo convenía aquel disfraz° para sacarle de la montaña donde a la sazón estaba. Cayeron luego el ventero y la ventera en que el loco era su huésped, el del bálsamo, y el amo del manteado escudero, y contaron al cura todo lo que con él les había pasado, sin callar lo que tanto callaba Sancho.

En resolución, la ventera vistió al cura de modo que no había más que ver: púsole una saya 'de paño,° llena de fajas° de terciopelo negro de un palmo en ancho, todas acuchilladas,[1] y unos corpiños° de terciopelo verde guarnecidos con unos ribetes° de raso° blanco, que se debieron de hacer ellos y la saya en tiempo del rey Bamba.[2] No consintió el cura que le tocasen,° sino púsose en la cabeza un birretillo° de lienzo colchado° que llevaba para dormir de noche, y ciñóse° por la frente una liga° de tafetán° negro, y con otra liga hizo un antifaz con que se cubrió muy bien las barbas y el rostro. Encasquetóse° su sombrero, que era tan grande que le podía servir de quitasol, y cubriéndose su herreruelo,° subió en su mula 'a mujeriegas,° y el barbero en la suya, con su barba que le llegaba a la cintura, entre roja y blanca, como aquella que, como se ha dicho, era hecha de la cola de un buey barroso.° Despidiéronse de todos y de la buena de Maritornes, que prometió de rezar un rosario, aunque pecadora, porque Dios les diese buen suceso en tan arduo y tan cristiano negocio como era el que habían emprendido.

Mas apenas hubo salido de la venta, cuando le vino al cura un pensamiento: que hacía mal en haberse puesto de aquella manera, por ser cosa indecente° que un sacerdote se pusiese así, aunque le fuese mucho en ello,[3] y diciéndoselo al barbero, le rogó que trocasen trajes, pues era más justo que él fuese la doncella menesterosa, y que él haría el escudero, y que así se profanaba° menos su dignidad, y que, si no lo quería hacer, determinaba de no pasar adelante, aunque a don Quijote se le llevase el diablo.

En esto llegó Sancho, y de ver a los dos en aquel traje, no pudo

---

saya° — skirt

tocas,° — veils, as security

cola° … buey,° — tail, ox

disfraz° — disguise

de paño,° … fajas° — woven, border

corpiños° — bodice

ribetes° … raso° — trimmings, satin

tocasen,° … birretillo° … colchado° — adorn hair, cap, quilted

ciñóse° … liga° — bound, strap

tafetán° — fine silk

Encasquetóse° — put on

herreruelo,° — cloak

a mujeriegas,° — side-saddle

barroso.° — reddish

indecente° — improper

profanaba° — dishonored

---

1 **Acuchillado** *knived* means that openings, as if made by a knife, were cut out, revealing other colors beneath.

2 **Se debieron…** *those and the skirt must have been made in the time of King Wamba* (he reigned in the Iberian Peninsula from 672-680).

3 **Aunque le…** *although much might depend on it*

tener la risa. En efeto, el barbero vino en todo aquello que el cura quiso, y trocando la invención,[4] el cura le fue informando el modo que había de tener,[5] y las palabras que había de decir a don Quijote para moverle y forzarle a que con él se viniese, y dejase 'la querencia del lugar° que había escogido para su vana penitencia. El barbero respondió que, sin que se le diese lición, él lo pondría bien en su punto.[6] No quiso vestirse por entonces, hasta que estuviesen junto de donde don Quijote estaba, y así, dobló° sus vestidos,° y el cura acomodó° su barba, y siguieron su camino guiándolos Sancho Panza, el cual les fue contando lo que les aconteció con el loco que hallaron en la sierra, encubriendo, empero,° el hallazgo de la maleta y de cuanto en ella venía, que, maguer que tonto, era un poco codicioso el mancebo.

place

folded, garments, put
  away
however

Otro día llegaron al lugar donde Sancho había dejado puestas las señales de las ramas para acertar° el lugar donde había dejado a su señor, y en reconociéndole,° les dijo como aquélla era la entrada, y que bien se podían vestir, si era que aquello hacía al caso para la libertad de su señor. Porque ellos le habían dicho antes que el ir de aquella suerte y vestirse de aquel modo era toda la importancia[7] para sacar a su amo de aquella mala vida que había escogido, y que le encargaban mucho que no dijese a su amo quién ellos eran, ni que los conocía, y que si le preguntase, como se lo había de preguntar, si dio la carta a Dulcinea, dijese que sí, y que, por no saber leer, le había respondido de palabra, diciéndole que le mandaba, so pena de[8] la su desgracia,° que luego al momento se viniese a ver con ella, que era cosa que le importaba mucho, porque con esto y con lo que ellos pensaban decirle, tenían por cosa cierta reducirle° a mejor vida, y hacer con él que luego se pusiese en camino[9] para ir a ser emperador o monarca, que en lo de ser arzobispo no había de qué temer.

to find
recognizing it

enmity

to restore him

Todo lo escuchó Sancho, y lo tomó muy bien en la memoria, y les agradeció mucho la intención que tenían de aconsejar a su señor fuese emperador, y no arzobispo, porque él tenía para sí que para hacer mercedes a sus escuderos más podían los emperadores que los arzobispos andantes. También les dijo que sería bien que él fuese delante a buscarle y darle la respuesta de su señora, que ya sería ella bastante a sacarle de aquel lugar, sin que ellos se pusiesen en tanto trabajo. Parecióles bien lo que Sancho Panza decía, y así, determinaron de aguardarle hasta que volviese con las nuevas del hallazgo de su amo.

Entróse Sancho por aquellas quebradas de la sierra, dejando a los dos en una por donde corría un pequeño y manso arroyo, a quien hacían sombra agradable y fresca otras peñas y algunos árboles que por allí

---

4 **Trocando la...** *changing their plan*
5 **El cura...** *the priest went along telling him* [the barber] *how to act*
6 **Él lo...** *he would do just fine*
7 **Toda la importancia = todo lo importante**
8 **So pena...** *under penalty of*
9 **Hacer con...** *and make it so that he could start right away*

En esto llegó Sancho, y de ver a los dos en aquel traje, no pudo tener la risa.

eſtaban. El calor y el día que allí llegaron, era de los del mes de agoſto, que por aquellas partes suele ser el ardor muy grande; la hora, las tres de la tarde: todo lo cual hacía al sitio más agradable, y que convidase a que en él esperasen la vuelta de Sancho, como lo hicieron.

Eſtando, pues, los dos allí sosegados y a la sombra, llegó a sus oídos una voz, que, sin acompañarla son de algún otro inſtrumento, dulce y regaladamente° sonaba, de que no poco 'se admiraron,° por parecerles que aquél no era lugar donde pudiese haber quien tan bien cantase, porque, aunque suele decirse que por las selvas y campos se hallan paſtores de voces eſtremadas, más son encarecimientos° de poetas que verdades, y más cuando advirtieron que lo que oían cantar eran versos, no de rúſticos° ganaderos, sino de discretos cortesanos. Y confirmó eſta verdad haber sido los versos que oyeron, éſtos:[10]

pleasantly, they mar-
veled

exaggerations
coarse

¿Quién menoscaba° mis bienes?°　　　　lessens, riches
　　Desdenes.
Y ¿quién aumenta° mis duelos?　　　　increases
　　Los celos.
Y ¿quién prueba mi paciencia?
　　Ausencia.
De ese modo, en mi dolencia
ningún remedio se alcanza,
pues me matan la esperanza
desdenes, celos y ausencia.

¿Quién me causa eſte dolor?
　　Amor.
Y ¿quién mi gloria repugna?°　　　　opposes
　　Fortuna.
Y ¿quién consiente en mi duelo?
　　El cielo.
De ese modo, yo recelo
morir deſte mal eſtraño,
pues se aumentan en mi daño
amor, fortuna y el cielo.

¿Quién mejorará mi suerte?
　　La muerte.
Y el bien de amor ¿quién le alcanza?
　　Mudanza.
Y sus males ¿quién los cura?
　　Locura.
De ese modo, no es cordura

---

10 **Y confirmó...** *and these having been the verses they heard confirmed this truth*

querer curar la pasión.
cuando los remedios son:
muerte, mudanza y locura.

La hora, el tiempo, la soledad, la voz y la destreza del que cantaba,
causó admiración y contento en los dos oyentes,° los cuales se estuvieron   listeners
quedos, esperando si otra alguna cosa oían. Pero viendo que duraba 'algún
tanto° el silencio, determinaron de salir a buscar el músico que con tan   quite some time
buena voz cantaba, y queriéndolo poner en efeto, hizo la mesma voz que
no se moviesen,¹¹ la cual llegó de nuevo a sus oídos, cantando este soneto:

SONETO

Santa amistad, que con ligeras° alas,   light
    tu apariencia quedándose en el suelo,
    entre benditas almas en el cielo,
    subiste alegre a las impíreas° salas,°   divine, rooms
desde allí, cuando quieres, nos señalas
    la justa paz cubierta con un velo,
    por quien a veces se trasluce° el celo   shines through
    de buenas obras, que a la fin son malas.
Deja el cielo, ¡oh, Amistad! o no permitas
    que el engaño se vista tu librea°   uniform
    con que destruye a la intención sincera;
que si tus apariencias no le quitas,
    presto ha de verse el mundo en la pelea
    de la discorde° confusión primera.   dissonant

El canto se acabó con un profundo suspiro, y los dos con atención
volvieron a esperar si más se cantaba. Pero viendo que la música se había
vuelto en sollozos° y en lastimeros° AYES, acordaron de saber quién era   sobs, doleful
el triste, tan estremado en la voz como doloroso en los gemidos,° y no   moans
anduvieron mucho, cuando, al volver de una punta de una peña, vieron a
un hombre del mismo talle y figura que Sancho Panza les había pintado
cuando les contó el cuento de Cardenio, el cual hombre, cuando los vio,
sin sobresaltarse,° estuvo quedo, con la cabeza inclinada sobre el pecho,   being startled
a guisa de hombre pensativo, sin alzar los ojos a mirarlos más de la vez
primera, cuando de improviso llegaron.
El cura, que era hombre 'bien hablado,° como el que ya tenía noticia   eloquent
de su desgracia,¹² pues por las señas° le había conocido, se llegó a él, y con description
breves aunque muy discretas razones, le rogó y persuadió que aquella
tan miserable vida dejase, porque allí no la perdiese,¹³ que era la desdicha

---

11 **Queriéndolo poner…** *and, wanting to do just that* [see who was sin-
ging], *the same voice caused them not to move*
12 **Como el…** *as one who had already heard of his misfortune*
13 **Porque allí…** *so that he wouldn't lose it* [his life]

mayor de las desdichas. Estaba Cardenio entonces en su entero juicio, libre de aquel furioso accidente que tan a menudo le sacaba de sí mismo, y así, viendo a los dos en traje tan no usado° de los que por aquellas   customary soledades andaban, no dejó de admirarse algún tanto, y más cuando oyó que le habían hablado en su negocio como en cosa sabida, porque las razones que el cura le dijo así lo dieron a entender, y así, respondió desta manera: "Bien veo yo, señores, quienquiera que seáis, que el cielo, que tiene cuidado de socorrer a los buenos, y aun a los malos muchas veces, sin yo merecerlo me envía, en estos tan remotos y apartados° lugares del   out of the way trato común de las gentes, algunas personas que, poniéndome delante de los ojos, con vivas y varias razones, cuán sin ella[14] ando en hacer la vida que hago, han procurado sacarme désta[15] a mejor parte. Pero como no saben que sé yo que en saliendo deste daño he de caer en otro mayor, quizá me deben de tener por hombre de flacos discursos, y aun, lo que peor sería, por de ningún juicio, y no sería maravilla que así fuese, porque a mí se me trasluce que la fuerza de la imaginación de mis desgracias es tan intensa y puede tanto en mi perdición, que, sin que yo pueda ser parte a estorbarlo, vengo a quedar como piedra, falto de todo buen sentido y conocimiento, y vengo a caer en la cuenta desta verdad cuando algunos me dicen y muestran señales de las cosas que he hecho en tanto que aquel terrible accidente me señorea, y no sé más que dolerme en vano y maldecir sin provecho mi ventura, y dar por disculpa° de mis   excuse locuras el decir la causa dellas a cuantos oírla quieren, porque viendo los cuerdos cuál es la causa, no se maravillarán de los efetos, y si no me dieren remedio, a lo menos no me darán culpa, convirtiéndoseles el enojo de mi desenvoltura en lástima de mis desgracias. Y si es que vosotros, señores, venís con la mesma intención que otros han venido, antes que paséis adelante en vuestras discretas persuasiones, os ruego que escuchéis el cuento, que no le tiene,[16] de mis desventuras, porque quizá, después de entendido, ahorraréis del trabajo que tomaréis en consolar un mal que de todo consuelo es incapaz."

Los dos, que no deseaban otra cosa que saber de su mesma boca la causa de su daño, le rogaron se la contase, ofreciéndole de no hacer otra cosa de la que él quisiese en su remedio o consuelo, y con esto, el triste caballero comenzó su lastimera historia casi por las mesmas palabras y pasos que la había contado a don Quijote y al cabrero pocos días atrás, cuando por ocasión del maestro Elisabat y puntualidad de don Quijote en guardar el decoro a la caballería, se quedó el cuento imperfeto,° como   incomplete la historia lo deja contado. Pero ahora quiso la buena suerte que se detuvo el accidente de la locura, y le dio lugar de contarlo hasta el fin. Y así, llegando al paso° del billete que había hallado don Fernando entre el libro   incident de *Amadís de Gaula*, dijo Cardenio que le tenía bien en la memoria y que

---

14 **Ella** refers to **razón** *reason*
15 **Desta** refers to **vida**, *from this* [life] *to a better one.*
16 **Que no le tiene: le** refers to **cuento** which means both *story* and *end.*

decía deſta manera:

Luscinda a Cardenio

Cada día descubro en vos valores que me obligan y fuerzan a que
en más os eſtime. Y así, si quisiéredes sacarme deſta deuda° sin   indebtedness
ejecutarme en la honra,[17] lo podréis muy bien hacer. Padre tengo,
que os conoce y que me quiere bien, el cual, sin forzar mi voluntad,
cumplirá la que[18] será juſto que vos tengáis, si es que me eſtimáis
como decís, y como yo creo.

"Por eſte billete me moví a pedir a Luscinda por esposa, como ya
os he contado, y éſte fue por quien quedó Luscinda en la opinión de
don Fernando[19] por una de las más discretas y avisadas° mujeres de su   clear-sighted
tiempo. Y eſte billete fue el que le puso en deseo de deſtruirme antes
que el mío[20] se efetuase.° Díjele yo a don Fernando en lo que reparaba° el   be realized, waited
padre de Luscinda, que era en que mi padre se la pidiese, lo cual yo no le   for
osaba decir,[21] temeroso que no vendría° en ello, no porque no tuviese bien   consent
conocida la calidad, bondad, virtud y hermosura de Luscinda, y que tenía
partes° baſtantes para enoblecer° cualquier otro linaje de España, sino   qualities, honor
porque yo entendía dél, que deseaba que no me casase tan preſto, haſta
ver lo que el duque Ricardo hacía conmigo. En resolución, le dije que no
me aventuraba a decírselo a mi padre, así por aquel inconveniente como
por otros muchos que me acobardaban,° sin saber cuáles eran, sino que   terrified
me parecía que lo que yo desease jamás había de tener efeto.

"A todo eſto me respondió don Fernando, que él se encargaba de
hablar a mi padre, y hacer con él que hablase al de Luscinda.[22] ¡Oh, Mario
ambicioso!° ¡Oh, Catilina cruel! ¡Oh, Sila facinoroso!° ¡Oh, Galalón   greedy, wicked
embuſtero! ¡Oh, Vellido traidor! ¡Oh Julían vengativo! ¡Oh Judas
codicioso![23] Traidor, cruel, vengativo° y embuſtero, ¿qué deservicios° te   vindictive, disservice
había hecho eſte triſte, que con tanta llaneza° te descubrió los secretos   sincerity
y contentos de su corazón? ¿Qué ofensa te hice? ¿Qué palabras te dije,
o qué consejos te di, que no fuesen todos encaminados a acrecentar tu
honra y tu provecho? Mas ¿de qué me quejo, desventurado de mí? Pues

---

17 **Sin ejecutarme en la honra,** another juridic term: *without cost to my
honor.*

18 **La que:** starting with the second edition this was changed to **lo que.**

19 **Éste fue...** *it was because of this* [letter] *that Luscinda was, in the opinion
of don Fernando...*

20 That is, **mi *deseo*.**

21 That is, to ask his own father.

22 **Hacer con...** *arrange for him to talk to Luscinda's* [father]

23 These are all famous traitors: Marius, Catiline, and Sulla are Romans;
Ganelon sold Roland out; Vellido Dolfos murdered King Sancho II of Castile;
Julián handed the Iberian Peninsula over to the Moors in 710; and Judas was the
treacherous apostle.

es cosa cierta que cuando traen las desgracias la corriente de las eſtrellas,[24] como vienen de alto a bajo, despeñándose° con furor y con violencia, no hay fuerza en la tierra que las detenga, ni induſtria humana que prevenirlas pueda. ¿Quién pudiera imaginar que don Fernando, caballero iluſtre,° discreto, obligado de mis servicios, poderoso° para alcanzar lo que el deseo amoroso le pidiese dondequiera que le ocupase,[25] se había de enconar,° como suele decirse, en tomarme a mí una sola oveja que aún no poseía? Pero, quédense eſtas consideraciones aparte, como inútiles y sin provecho, y añudemos° el roto hilo de mi desdichada hiſtoria.

flinging themselves down

noble, able

obtain treacherously

tie

"Digo, pues, que pareciéndole a don Fernando que mi presencia le era inconveniente para poner en ejecución su falso y mal pensamiento, determinó de enviarme a su hermano mayor con ocasión de pedirle unos dineros para pagar seis caballos, que de induſtria y sólo para eſte efeto de que me ausentase—para poder mejor salir con su dañado° intento—el mesmo día que se ofreció hablar a mi padre los compró, y quiso que yo viniese por el dinero. ¿Pude yo prevenir eſta traición? ¿Pude, por ventura, caer en imaginarla? No, por cierto, antes, con grandísimo guſto me ofrecía partir luego, contento de la buena compra hecha. Aquella noche hablé con Luscinda, y le dije lo que con don Fernando quedaba concertado, y que tuviese[26] firme esperanza de que tendrían efeto nueſtros buenos y juſtos deseos, ella me dijo, tan segura° como yo de la traición de don Fernando, que procurase volver preſto, porque creía que no tardaría más la conclusión de nueſtras voluntades que tardase mi padre de hablar al suyo. No sé qué se fue[27] que, en acabando de decirme eſto, se le llenaron los ojos de lágrimas, y un nudo° se le atravesó en la garganta, que no le dejaba hablar palabra de otras muchas que me pareció que procuraba decirme.

wicked

unsuspicting

lump

"Quedé admirado deſte nuevo accidente, haſta allí jamás en ella viſto, porque siempre nos hablábamos, las veces que la buena fortuna y mi diligencia° lo concedía, con todo regocijo y contento, sin mezclar en nueſtras pláticas, lágrimas, suspiros, celos, sospechas o temores. Todo era engrandecer° yo mi ventura por habérmela dado el cielo por señora. Exageraba° su belleza, admirábame de su valor y entendimiento. Volvíame ella el recambio,° alabando en mí lo que como enamorada le parecía digno de alabanza. Con eſto nos contábamos cien mil niñerías° y acaecimientos de nueſtros vecinos y conocidos,° y a lo que más se eſtendía mi desenvoltura era a tomarle, casi por fuerza, una de sus bellas y blancas manos y llegarla a mi boca, según daba lugar la eſtrecheza° de una baja reja que nos dividía.° Pero la noche que precedió al triſte día de mi partida, ella lloró, gimió° y suspiró, y se fue y me dejó lleno de

industry

extolling

extolled

reciprocation

trifles

acquaintances

narrowness

separated

moaned

---

24 **Cuando traen…** *when bad luck falls from the stars*

25 **Para alcanzar…** *to get what his amorous desire asked of him wherever he might want*

26 Luscinda is the subject of **tuviese**.

27 **No sé…** *I don't know why it was*

confusión y sobresalto, espantado° de haber viſto tan nuevas y tan triſtes   frightened
mueſtras de dolor y sentimiento en Luscinda. Pero, por no deſtruir mis
esperanzas, todo lo atribuí a la fuerza del amor que me tenía y al dolor
que suele causar la ausencia en los que bien se quieren.

5   "En fin, yo me partí, triſte y pensativo, llena el alma de imaginaciones
y sospechas, sin saber lo que sospechaba ni imaginaba: claros indicios
que me moſtraban el triſte suceso y desventura que me eſtaba guardada.
Llegué al lugar donde era enviado; di las cartas al hermano de don
Fernando; fui bien recebido, pero no bien despachado,° porque me   dismissed
10   mandó aguardar, bien a mi disguſto, ocho días, y en parte donde el duque,
su padre, no me viese, porque su hermano le escribía que le enviase cierto
dinero sin su sabiduría.° Y todo fue invención del falso don Fernando,   knowledge
pues no le faltaban a su hermano dineros para despacharme luego. Orden
y mandato fue éſte que me puso en condición de no obedecerle,[28] por
15   parecerme imposible suſtentar tantos días la vida en el ausencia de
Luscinda, y más habiéndola dejado con la triſteza que os he contado;
pero, con todo eſto, obedecí, como buen criado, aunque veía que había de
ser 'a coſta de° mi salud.   at the expense of

       "Pero a los cuatro días que allí llegué, llegó un hombre en mi busca
20   con una carta que me dio, que en el sobrescrito° conocí ser de Luscinda,   envelope
porque la letra dél era suya. Abríla temeroso y con sobresalto, creyendo
que cosa grande debía de ser la que la había movido a escribirme eſtando
ausente, pues presente pocas veces lo hacía.[29] Preguntéle al hombre, antes
de leerla, quién se la había dado y el tiempo que había tardado en el
25   camino. Díjome, que acaso pasando por una calle de la ciudad, a la hora
de medio día, una señora muy hermosa le llamó desde una ventana, los
ojos llenos de lágrimas, y que, con mucha priesa, le dijo: 'Hermano, si
sois criſtiano, como parecéis, por amor de Dios os ruego que encaminéis°   take
luego luego eſta carta al lugar y a la persona que dice el sobrescrito, que
30   todo es bien conocido, y en ello haréis un gran servicio a nueſtro Señor.
Y para que no os falte comodidad° de poderlo hacer, tomad lo que va   means
en eſte pañuelo.' Y diciendo eſto, me arrojó por la ventana un pañuelo,
donde venían atados cien reales y eſta sortija° de oro que aquí traigo, con   ring
esa carta que os he dado, y luego, sin aguardar respueſta mía, se quitó
35   de la ventana, aunque primero vio como yo tomé la carta y el pañuelo, y
por señas le dije que haría lo que me mandaba. Y así, viéndome tan bien
pagado del trabajo que podía tomar en traérosla, y conociendo por el
sobrescrito que érades vos a quien se enviaba porque yo, señor, os conozco
muy bien, y obligado asimesmo de las lágrimas de aquella hermosa señora,
40   determiné de no fiarme de otra persona, sino venir yo mesmo a dárosla. Y
en diez y seis horas que ha que se me dio, he hecho el camino, que sabéis
que es de diez y ocho leguas.

       "En tanto que el agradecido° y nuevo correo° eſto me decía, eſtaba yo   grateful, courier

---

28 **Orden y...** *I risked not obeying this order*
29 **Pues presente...** *since when I was present she rarely did it* [wrote]

colgado de sus palabras, temblándome° las piernas, de manera que apenas   trembling
podía soſtenerme. En efeto, abrí la carta y vi que contenía eſtas razones:

> La palabra que don Fernando os dio de hablar a vueſtro padre para
> que hablase al mío, la ha cumplido más en su guſto que en vueſtro
> provecho. Sabed, señor, que él me ha pedido por esposa, y mi padre,
> llevado de la ventaja° que él piensa que don Fernando os hace, ha   superiority
> venido en lo que quiere, con tantas veras, que de aquí a dos días se
> ha de hacer el desposorio,° tan secreto y tan a solas, que sólo han   marriage
> de ser teſtigos los cielos y alguna gente de casa. Cuál yo quedo,
> imaginaldo.³⁰ Si os cumple venir, veldo;³¹ y si os quiero bien o no,
> el suceso° deſte negocio os lo dará a entender. ¡A Dios plega que   outcome
> éſta llegue a vueſtras manos antes que la mía se vea en condición
> de juntarse con la de quien tan mal sabe guardar la fe que promete!

"Éſtas, en suma, fueron las razones que la carta contenía, y las
que me hicieron poner luego en camino, sin esperar otra respueſta ni
otros dineros, que bien claro conocí entonces que no la compra de los
caballos, sino la de su guſto, había movido a don Fernando a enviarme
a su hermano. El enojo que contra don Fernando concebí,° junto con el   I felt
temor de perder la prenda que con tantos años de servicios y deseos tenía
granjeada, me pusieron alas, pues, casi como en vuelo, otro día me puse
en mi lugar, al punto y hora que convenía para ir a hablar a Luscinda.
Entré secreto, y dejé una mula en que venía en casa del buen hombre que
me había llevado la carta. Y quiso la suerte que entonces la tuviese tan
buena, que hallé a Luscinda pueſta a la reja, teſtigo de nueſtros amores.
Conocióme Luscinda luego, y conocíla yo, mas no como debía ella
conocerme, y yo conocerla. Pero, ¿quién hay en el mundo que se pueda
alabar que ha penetrado y sabido el confuso pensamiento y condición
mudable de una mujer? Ninguno, por cierto. Digo, pues, que así como
Luscinda me vio, me dijo: 'Cardenio, de boda° eſtoy veſtida. Ya me eſtán   wedding
aguardando en la sala° don Fernando el traidor, y mi padre el codicioso,°   hall, greedy
con otros teſtigos, que antes lo serán de mi muerte que de mi desposorio.
No te turbes, amigo, sino procura hallarte presente a eſte sacrificio, el cual
si no pudiere ser eſtorbado de mis razones, una daga° llevo escondida que   dagger
podrá eſtorbar más determinadas fuerzas, dando fin a mi vida y principio
a que conozcas la voluntad que te he tenido y tengo.'³²
"Yo le respondí, turbado y apriesa, temeroso no me faltase lugar para
responderla: 'Hagan, señora, tus obras verdaderas tus palabras,³³ que si tú

---

30 **Cuál yo...** *you can imagine what state I am in.* **Imaginaldo = imaginadlo**
(and a bit later **veldo = vedlo**).

31 **Si os...** *if it is important for you to return, see to it*

32 **Principio a...** *beginning of your knowledge of the love that I have had and
have for you*

33 **Hagan, señora,...** *may your words validate your works*

llevas daga para acreditarte,° aquí llevo yo espada para defenderte con   affirm your honor
ella, o para matarme, si la suerte nos fuere contraria.' No creo que pudo
oír todas estas razones, porque sentí que la llamaban apriesa, porque
el desposado° aguardaba. Cerróse con esto la noche de mi tristeza,   groom
5   púsoseme el sol de mi alegría, quedé sin luz en los ojos y sin discurso en el
entendimiento. No acertaba a entrar en su casa, ni podía moverme a parte
alguna. Pero considerando cuánto importaba mi presencia para lo que
suceder pudiese en aquel caso, me animé lo más que pude y entré en su
casa. Y como ya sabía muy bien todas sus 'entradas y salidas,° y más con   entrances and exits
10   el alboroto que de secreto en ella andaba, nadie me echó de ver. Así que,
sin ser visto, tuve lugar de ponerme en el hueco que hacía una ventana de
la mesma sala, que con las 'puntas y remates° de dos tapices° se cubría, por   border, tapestries
entre las cuales podía yo ver, sin ser visto, todo cuanto en la sala se hacía.

"'¿Quién pudiera decir° ahora los sobresaltos que me dio el   if only I could say
15   corazón mientras allí estuve, los pensamientos que me ocurrieron, las
consideraciones que hice, que fueron tantas y tales, que ni se pueden decir
ni aun es bien que se digan? Basta que sepáis que el desposado entró en la
sala, sin otro adorno que los mesmos vestidos ordinarios que solía.° Traía   was accustomed
por padrino° a un primo hermano de Luscinda, y en toda la sala no había   best man
20   persona de fuera, sino los criados de casa.

"De allí a un poco salió de una recámara° Luscinda, acompañada de   bedroom
su madre y de dos doncellas suyas, tan bien aderezada y compuesta° como   adorned
su calidad y hermosura merecían, y como quien era la perfeción de la gala
y bizarría° cortesana. No me dio lugar mi suspensión y arrobamiento° para   splendor, amaze-
25   que mirase y notase en particular lo que traía vestido: sólo pude advertir   ment
a las colores, que eran encarnado° y blanco, y en las vislumbres° que las   red, glittering
piedras y joyas del tocado° y de todo el vestido hacían, a todo lo cual se   head-dress
aventajaba la belleza singular de sus hermosos y rubios cabellos, tales, que
en competencia de las preciosas piedras y de las luces de cuatro hachas
30   que en la sala estaban, la suya con más resplandor a los ojos ofrecían. ¡Oh,
memoria, enemiga mortal de mi descanso! ¿De qué sirve representarme°   picture
ahora la incomparable belleza de aquella adorada enemiga mía? ¿No será
mejor, cruel memoria, que me acuerdes° y representes lo que entonces   remind
hizo, para que movido de tan manifiesto agravio, procure, ya que no la
35   venganza, a lo menos perder la vida?

"No os canséis, señores, de oír estas digresiones que hago, que no es
mi pena de aquellas que puedan ni deban contarse sucintamente y 'de
paso,° pues cada circunstancia° suya me parece a mí que es digna de un   briefly, detail
largo discurso."
40   A esto le respondió el cura que, no sólo no se cansaban en oírle, sino
que les daba mucho gusto las menudencias que contaba, por ser tales, que
merecían no pasarse en silencio y la mesma atención que lo principal del
cuento.

"Digo, pues," prosiguió Cardenio, "que estando todos en la sala, entró
45   el cura de la perroquia,° y tomando a los dos por la mano para hacer lo que   = **parroquia** *parish*
en tal acto se requiere, al decir: '¿Queréis, señora Luscinda, al señor don

Fernando, que está presente, por vuestro legítimo esposo, como lo manda la Santa Madre Iglesia?' Yo saqué toda la cabeza y cuello de entre los tapices, y con atentísimos oídos y alma turbada 'me puse a° escuchar lo que Luscinda respondía, esperando de su respuesta la sentencia de mi muerte o la confirmación de mi vida. ¡Oh, quién se atreviera[34] a salir entonces, diciendo a voces: '¡Ah, Luscinda, Luscinda, mira lo que haces, considera lo que me debes, mira que eres mía, y que no puedes ser de otro! ¡Advierte que el decir tú sí y el acabárseme la vida, ha de ser todo a un punto![35] ¡Ah, traidor don Fernando, robador de mi gloria, muerte de mi vida! ¿qué quieres? ¿qué pretendes? Considera que no puedes cristianamente llegar al fin de tus deseos, porque Luscinda es mi esposa y yo soy su marido.' ¡Ah, loco de mí! ahora que estoy ausente y lejos del peligro, digo que había de hacer lo que no hice. Ahora que dejé robar mi cara prenda, maldigo al robador, de quien pudiera vengarme si tuviera corazón para ello, como le tengo para quejarme. En fin, pues fui entonces cobarde y necio, no es mucho que muera ahora corrido, arrepentido° y loco.

    "Estaba esperando el cura la respuesta de Luscinda, que se detuvo un buen espacio en darla, y cuando yo pensé que sacaba la daga para acreditarse, o desataba la lengua para decir alguna verdad o desengaño que en mi provecho redundase, oigo que dijo con voz desmayada y flaca: 'Sí, quiero,' y lo mesmo dijo don Fernando, y dándole el anillo,° quedaron en disoluble[36] nudo ligados.° Llegó el desposado a abrazar a su esposa, y ella, poniéndose la mano sobre el corazón, cayó desmayada en los brazos de su madre. Resta ahora decir cuál quedé yo, viendo en el sí que había oído burladas° mis esperanzas, falsas las palabras y promesas de Luscinda, imposibilitado° de cobrar en algún tiempo el bien que en aquel instante había perdido. Quedé falto de consejo,[37] desamparado, a mi parecer, de todo el cielo, hecho enemigo de la tierra que me sustentaba, negándome el aire aliento para mis suspiros, y el agua humor para mis ojos. Sólo el fuego se acrecentó de manera que todo ardía de rabia y de celos.

    "Alborotáronse todos con el desmayo° de Luscinda, y desabrochándole° su madre el pecho para que le diese el aire, se descubrió en él un papel cerrado, que don Fernando tomó luego y se le puso a leer a la luz de una de las hachas, y en acabando de leerle, se sentó en una silla y se puso la mano en la mejilla con muestras de hombre muy pensativo, sin acudir a los remedios que a su esposa se hacían para que del desmayo volviese. Yo, viendo alborotada toda la gente de casa, me aventuré a salir, ora fuese visto o no, con determinación que si me viesen, de hacer un desatino, tal, que todo el mundo viniera a entender la justa indignación

I set about to

repentant

ring
bound

mocked
without means

fainting spell
unfastening

---

34   **Quién se...** *if only I had dared*
35   **Ha de...** *will be at the same time*
36   Thus in the first edition. The prefix **in-** wasn't necessssary for the meaning *undissolvable* at that time. Some later editions, including Schevill, "correct" it to **indisoluble**.
37   **Quedé falto...** *I was stupefied*

de mi pecho en el castigo del falso don Fernando, y aun en el mudable
de la desmayada traidora. Pero mi suerte, que para mayores males, si es
posible que los haya, me debe tener guardado, ordenó que en aquel punto
me sobrase el entendimiento, que 'después acá° me ha faltado. Y así, sin   *since then*
5   querer tomar venganza de mis mayores enemigos—que, por estar tan
sin pensamiento mío[38] fuera fácil tomarla—quise tomarla de mi mano
y ejecutar en mí la pena que ellos merecían, y aun quizá con más rigor°   *severity*
del que con ellos se usara si entonces les diera muerte, pues la que se
recibe repentina° presto acaba la pena. Mas la que se dilata con tormentos   *sudden*
10 siempre mata sin acabar la vida.

       "En fin, yo salí de aquella casa y vine a la de aquél donde había dejado
la mula. Hice que me la ensillase; sin despedirme dél subí en ella, y salí
de la ciudad sin osar, como otro Lot,[39] volver el rostro a miralla. Y cuando
me vi en el campo solo, y que la escuridad de la noche me encubría, y
15 su silencio convidaba a quejarme, sin respeto o miedo de ser escuchado
ni conocido, solté la voz y desaté la lengua en tantas maldiciones° de   *curses*
Luscinda y de don Fernando, como si con ellas satisficiera el agravio que
me habían hecho. Dile títulos de cruel, de ingrata, de falsa y desagradecida.
Pero, sobre todos, de codiciosa, pues la riqueza de mi enemigo la había
20 cerrado los ojos de la voluntad para quitármela a mí y entregarla a aquel
con quien más liberal y franca la fortuna se había mostrado. Y en mitad
de la fuga° destas maldiciones y vituperios,° la desculpaba,° diciendo que   *torrent, reproaches,*
no era mucho que una doncella recogida en casa de sus padres, hecha y   *made excuses for*
acostumbrada siempre a obedecerlos, hubiese querido condecender° con   *submit*
25 su gusto, pues le daban por esposo a un caballero tan principal, tan rico
y tan gentil hombre, que a no querer recebirle, se podía pensar, o que no
tenía juicio, o que en otra parte tenía la voluntad,[40] cosa que redundaba
tan en perjuicio de su buena opinión y fama. Luego volvía diciendo
que, 'puesto que° ella dijera que yo era su esposo, vieran ellos que no   *even if*
30 había hecho en escogerme tan mala elección que no la disculparan, pues
antes de ofrecérseles don Fernando,[41] no pudieran ellos mesmos acertar a
desear, si 'con razón° midiesen° su deseo, otro mejor que yo para esposo   *reasonably, weighed*
de su hija, y que bien pudiera ella, antes de ponerse en el trance° forzoso y   *critical moment*
último de dar la mano, decir que ya yo le había dado la mía, que yo viniera
35 y concediera° con todo cuanto ella acertara a fingir° en este caso.   *admitted, fancy*

       "En fin, me resolví en que poco amor, poco juicio, mucha ambición
y deseos de grandezas hicieron que se olvidase de las palabras con que
me había engañado, entretenido y sustentado en mis firmes esperanzas
y honestos deseos. Con estas voces y con esta inquietud caminé lo que

---

38 **Por estar...** *since they were not thinking of me*
39 In Genesis 19:17, the Lord advises Lot and others to flee and not look
back at the destruction of Sodom and Gomorrah.
40 **A no...** *if she had refused him, one might think that either she was crazy or
her affections lay elsewhere*
41 **Antes de...** *before Don Fernando offered himself to them*

quedaba de aquella noche, y di al amanecer en una entrada deſtas sierras, por las cuales caminé otros tres días, sin senda ni camino alguno, haſta que vine a parar a unos prados que no sé a qué mano° deſtas montañas   side caen, y allí pregunté a unos ganaderos que hacia dónde era lo más áspero deſtas sierras. Dijéronme que hacia eſta parte. Luego me encaminé a ella, con intención de acabar aquí la vida, y en entrando por eſtas asperezas, del cansancio y de la hambre se cayó mi mula muerta, o, lo que yo más creo, por desechar de sí tan inútil carga como en mí llevaba. Yo quedé a pie, rendido de la naturaleza,[42] traspasado de hambre, sin tener ni pensar buscar quien me socorriese.

"De aquella manera eſtuve no sé qué tiempo tendido en el suelo, al cabo del cual me levanté sin hambre, y hallé junto a mí a unos cabreros, que, sin duda, debieron ser los que mi necesidad remediaron, porque ellos me dijeron de la manera que me habían hallado, y como eſtaba diciendo tantos disparates y desatinos, que daba indicios claros de haber perdido el juicio. Y yo he sentido en mí, después acá, que no todas veces le tengo cabal,[43] sino tan desmedrado° y flaco, que hago mil locuras, rasgándome   impaired los veſtidos, dando voces por eſtas soledades, maldiciendo mi ventura y repitiendo en vano el nombre amado de mi enemiga, sin tener otro discurso ni intento entonces que procurar acabar la vida voceando,° y   crying cuando en mí vuelvo, me hallo tan cansado y molido que apenas puedo moverme. Mi más común habitación es en el hueco de un alcornoque, capaz de cubrir eſte miserable cuerpo. Los vaqueros° y cabreros que andan   cowherds por eſtas montañas, movidos de caridad,° me suſtentan, poniéndome   charity el manjar por los caminos y por las peñas por donde entienden que acaso podré pasar y hallarlo. Y así, aunque entonces me falte el juicio, la necesidad natural me da a conocer el mantenimiento,[44] y despierta en mí el deseo de apetecerlo° y la voluntad de tomarlo. Otras veces me dicen   crave it ellos, cuando me encuentran con juicio, que yo salgo a los caminos, y que se lo quito por fuerza, aunque me lo den de grado, a los paſtores que vienen con ello del lugar a las majadas.

"Deſta manera paso mi miserable y eſtrema° vida, haſta que el cielo   remaining part of sea servido de conducirle a su último fin, o de ponerle en mi memoria, para que no me acuerde de la hermosura y de la traición de Luscinda[45] y del agravio de don Fernando, que si eſto él hace sin quitarme la vida, yo volveré a mejor discurso mis pensamientos, 'donde no,° no hay sino   if not rogarle que absolutamente tenga misericordia de mi alma, que yo no siento en mí valor ni fuerzas para sacar el cuerpo deſta eſtrecheza en que por mi guſto he querido ponerle.

"Éſta es, ¡oh señores! la amarga hiſtoria de mi desgracia. Decidme

---

42 **Rendido de…** *worn out*

43 **No todas…** *I don't always have my complete sanity*

44 **La necesidad…** *needs of nature make me understand what I need*

45 **O de…** *or to put it in my mind so that I won't remember the beauty and treachery of Luscinda*

si es tal que pueda celebrarse° con menos sentimientos que los que en   be told
mí habéis viſto. Y no os canséis en persuadirme, ni aconsejarme, lo
que la razón os dijere que puede ser bueno para mi remedio,[46] porque
ha de aprovechar conmigo lo que aprovecha la medicina recetada° de   prescribed
5 famoso médico al enfermo que recebir no la quiere. Yo no quiero salud
sin Luscinda, y pues ella guſtó de ser ajena, siendo o debiendo ser mía,
guſte yo de ser de la desventura, pudiendo haber sido de la buena dicha.
Ella quiso, con su mudanza, hacer eſtable mi perdición. Yo querré, con
procurar perderme, hacer contenta su voluntad, y será ejemplo[47] a los por
10 venir de que a mí solo faltó lo que a todos los desdichados sobra, a los
cuales suele ser consuelo la imposibilidad de tenerle,[48] y en mí es causa de
mayores sentimientos y males, porque aun pienso que no se han de acabar
con la muerte."

    Aquí dio fin Cardenio a su larga plática, y tan desdichada como
15   amorosa hiſtoria. Y al tiempo que el cura se prevenía° para   was prepared
      decirle algunas razones de consuelo, le suspendió
        una voz que llegó a sus oídos, que en laſtimados
        acentos° oyeron que decía lo que se dirá   inflections
         en la cuarta parte desta narración,
20   que en este punto dio fin a
          la tercera el sabio y
          atentado historiador
          Cide Hamete
          Benen-
          geli.

---

46 **Lo que…** *whatever reason might tell you can be good for my remedy*
47 **Y [mi caso] será ejemplo**
48 **A mí…** *I just lacked what other unfortunates have in abundance, which is
the impossibility of being consoled*

CUARTA PARTE DEL INGENIOSO

hidalgo Don Quijote de La Mancha.

Capítulo XXVIII. Que trata de la nueva y agradable aventura que al cura y barbero sucedió en la mesma sierra.

ELICÍSIMOS Y venturosos fueron los tiempos donde se echó al mundo el audacísimo° caballero don Quijote de la Mancha, pues por haber tenido tan honrosa determinación, como fue el querer resucitar y volver al mundo la ya perdida y casi muerta orden de la andante caballería, gozamos ahora, en esta nuestra edad, necesitada° de alegres entretenimientos, no sólo de la dulzura° de su verdadera historia, sino de los cuentos y episodios della, que, en parte, no son menos agradables y artificiosos y verdaderos que la misma historia. La cual, prosiguiendo su rastrillado, torcido y aspado hilo,[1] cuenta que, así como el cura comenzó a prevenirse para consolar a Cardenio, lo impidió una voz que llegó a sus oídos, que, con tristes acentos, decía desta manera: "¡Ay, Dios! ¿Si será posible que he ya hallado lugar que pueda servir de escondida sepultura a la carga pesada deste cuerpo, que tan contra mi voluntad sostengo? Sí será, si la soledad que prometen estas sierras no me miente. ¡Ay, desdichada! Y cuán más agradable compañía harán estos riscos y malezas a mi intención—pues me darán lugar para que con quejas comunique mi desgracia al cielo—que no la de ningún hombre humano, pues no hay ninguno en la tierra de quien se pueda esperar consejo en las dudas, alivio en las quejas, ni remedio en los males."

Todas estas razones oyeron y percibieron° el cura y los que con él estaban, y por parecerles, como ello era, que 'allí junto° las decían, se levantaron a buscar el dueño,[2] y no hubieron andado veinte pasos, cuando, detrás de un peñasco,° vieron sentado al pie de un fresno° a un mozo vestido como labrador, al cual, por tener inclinado el rostro, a causa de que se lavaba los pies en el arroyo que por allí corría, no se le pudieron ver[3] por entonces. Y ellos llegaron con tanto silencio, que dél no fueron sentidos, ni él estaba a otra cosa atento que a lavarse los pies, que eran tales, que no

very bold

needful

pleasure

comprehended

nearby

large rock, ash-tree

---

1 **Rastrillado, torcido...** *combed, twisted, and wound thread.* The narrator's bad pun detailing processes used in spinning thread.

2 That is, the owner of the words.

3 **No se...** *they couldn't see it* [the face]

parecían sino dos pedazos de blanco cristal que entre las otras piedras del arroyo se habían nacido. Suspendióles la blancura y belleza de los pies, pareciéndoles que no estaban hechos 'a pisar terrones,° ni a andar tras el arado y los bueyes, como mostraba el hábito de su⁴ dueño.

   Y, así, viendo que no habían sido sentidos, el cura, que iba delante, hizo señas a los otros dos que se agazapasen° o escondiesen detrás de unos pedazos de peña que allí había. Y así lo hicieron todos, mirando con atención lo que el mozo hacía, el cual traía puesto un capotillo pardo de dos haldas,⁵ muy ceñido° al cuerpo con una toalla° blanca. Traía ansimesmo, unos calzones y polainas° de paño° pardo, y en la cabeza una montera° parda. Tenía las polainas levantadas hasta la mitad de la pierna, que, sin duda alguna, de blanco alabastro parecía. Acabóse de lavar los hermosos pies, y luego, con un 'paño de tocar,° que sacó debajo de la montera, se los limpió. Y al querer quitársele,⁶ alzó el rostro, y tuvieron lugar los que mirándole estaban de ver una hermosura incomparable, tal, que Cardenio dijo al cura con voz baja: "Ésta, ya que no es Luscinda, no es persona humana, sino divina."

   El mozo se quitó la montera, y sacudiendo° la cabeza a una y a otra parte, se comenzaron a descoger° y desparcir° unos cabellos que pudieran los del sol tenerles envidia.⁷ Con esto conocieron que el que parecía labrador era mujer, y delicada,° y aun la más hermosa que hasta entonces los ojos de los dos habían visto, y aun los de Cardenio, si no hubieran mirado y conocido a Luscinda, que después afirmó que sola la belleza de Luscinda podía contender con aquélla. Los luengos y rubios cabellos, no sólo le cubrieron las espaldas, mas toda en torno la escondieron debajo de ellos,⁸ que, si no eran los pies, ninguna otra cosa de su cuerpo se parecía:⁹ tales y tantos eran. En esto, les sirvió de peine unas manos, que si los pies en el agua habían parecido pedazos de cristal, las manos en los cabellos semejaban pedazos de apretada° nieve, todo lo cual en más admiración y en más deseo de saber quién era ponía a los tres que la miraban.

   Por esto determinaron de mostrarse, y al movimiento que hicieron de ponerse en pie, la hermosa moza alzó la cabeza, y apartándose los cabellos de delante de los ojos con entrambas manos, miró los que el ruido hacían. Y apenas los hubo visto, cuando se levantó en pie, y sin aguardar a calzarse° ni a recoger los cabellos, asió con mucha presteza un bulto como de ropa que junto a sí tenía, y quiso ponerse en huida, llena de turbación° y sobresalto. Mas no hubo dado seis pasos, cuando, no pudiendo sufrir los delicados pies la aspereza de las piedras, dio consigo en el suelo,¹⁰ lo

Marginal glosses:
- walk on lumps of earth
- crouch
- tightly bound, towel
- leggings, cloth
- cap
- kerchief
- shaking
- loosen, spread
- exquisite
- compressed
- put on shoes
- confusion

---

4 **Su** *their* refers to *feet*.
5 A **capotillo de dos faldas** is a short, loose jacket.
6 **Al querer…** *when he removed it*
7 **Unos cabellos…** *hair which the* [rays] *of the sun might envy*
8 **Toda en torno…** *they hid everything under them*
9 **Si no…** *except for her feet no other part of her body was visible*
10 **Dio consigo…** *she fell to the ground*

El mozo se quitó la montera, y sacudiendo la cabeza a una y a otra
parte, se comenzaron a descoger y desparcir unos cabellos que pudieran
los del sol tenerles envidia.

cual visto por los tres, salieron a ella, y el cura fue el primero que le dijo:
"Deteneos, señora, quienquiera que seáis, que los que aquí veis sólo tienen
intención de serviros. No hay para qué os pongáis en tan impertinente°   fretful
huida, porque ni vuestros pies lo podrán sufrir, ni nosotros consentir." A
5   todo esto, ella no respondía palabra, atónita y confusa. Llegaron, pues, a
ella, y asiéndola por la mano, el cura prosiguió diciendo: "Lo que vuestro
traje, señora, nos niega, vuestros cabellos nos descubren: señales claras,
que no deben de ser de poco momento° las causas que han disfrazado°   consequence, disguise
vuestra belleza en hábito tan indigno, y traídola a tanta soledad como
10   es ésta, en la cual ha sido ventura el hallaros, si no para dar remedio a
vuestros males,° a lo menos, para darles consejo, pues ningún mal puede   injuries
fatigar tanto, ni llegar tan al estremo de serlo, mientras no acaba la vida,
que rehuya° de no escuchar siquiera el consejo que con buena intención   refuses
se le da al que lo padece. Así que, señora mía, o señor mío, o lo que vos
15   quisierdes¹¹ ser, perded el sobresalto que nuestra vista os ha causado, y
contadnos vuestra buena o mala suerte, que en nosotros juntos, o en cada
uno, hallaréis quien os ayude a sentir° vuestras desgracias."   sympathize with
En tanto que el cura decía estas razones, estaba la disfrazada moza
como embelesada,° mirándolos a todos, sin mover labio ni decir palabra   spellbound
20   alguna, bien así como¹² rústico aldeano que, 'de improviso,° se le muestran   suddenly
cosas raras y dél jamás vistas. Mas volviendo el cura a decirle otras razones,
al mesmo efeto encaminadas, dando ella un profundo suspiro, rompió el
silencio y dijo: "Pues que la soledad destas sierras no ha sido parte para
encubrirme, ni la soltura de mis descompuestos° cabellos no ha permitido   disarranged
25   que sea mentirosa mi lengua, 'en balde° sería fingir yo de nuevo ahora,   in vain
lo que, si se me creyese, sería más por cortesía que por otra razón alguna.
Presupuesto° esto, digo, señores, que os agradezco el ofrecimiento que me   being so
habéis hecho, el cual me ha puesto en obligación de satisfaceros en todo
lo que me habéis pedido, puesto que temo que la relación que os hiciere
30   de mis desdichas os ha de causar, al par de la compasión, la pesadumbre,¹³
porque no habéis de hallar remedio para remediarlas, ni consuelo para
entretenerlas. Pero con todo esto, porque no ande vacilando mi honra en
vuestras intenciones,° habiéndome ya conocido por mujer, y viéndome   view
moza, sola y en este traje, cosas todas juntas, y cada una por sí, que pueden
35   'echar por tierra° cualquier honesto crédito, os habré de decir lo que   tear down
quisiera callar, si pudiera."
Todo esto dijo sin parar la que tan hermosa mujer parecía, con tan
suelta lengua, con voz tan suave, que no menos les admiró su discreción
que su hermosura. Y tornándole a hacer nuevos ofrecimientos y nuevos
40   ruegos para que lo prometido cumpliese, ella, sin hacerse más de rogar,¹⁴
calzándose con toda honestidad y recogiendo sus cabellos, se acomodó

---

11   Shortened form of **quisiéredes** *might want.*
12   **Bien así...** *just like*
13   **Os ha...** *may cause in you as much grief as compassion*
14   **Sin hacerse...** *without further coaxing*

en el asiento de una piedra, y puestos los tres alrededor della, ʿhaciéndose fuerzaº por detener algunas lágrimas que a los ojos se le venían, con voz reposada y clara comenzó la historia de su vida desta manera: "En esta Andalucía hay un lugar, de quien toma título un duque, que le hace uno de los que llaman grandes en España. Éste tiene dos hijos: el mayor, heredero de su estado, y al parecer, de sus buenas costumbres,º y el menor, no sé yo de qué sea heredero, sino de las traiciones de Vellido y de los embustes de Galalón. Deste señor son vasallos mis padres, humildesº en linaje, pero tan ricos, que si los bienes de su naturaleza igualaran a los de su fortuna, ni ellos tuvieran más que desear, ni yo temiera verme en la desdicha en que me veo, porque quizá nace mi poca ventura de la que no tuvieron ellos en no haber nacido ilustres. Bien es verdad que no son tan bajos que puedan afrentarseº de su estado, ni tan altos que a mí me quiten la imaginación que tengo de que de su humildadº viene mi desgracia. Ellos, en fin, son labradores, gente llana, sin mezclaº de alguna raza mal sonante,º y como suele decirse, cristianos viejos ranciosos,º pero tan ricos que su riqueza y magnífico trato les va poco a poco adquiriendo nombre de hidalgos, y aun de caballeros, puesto que de la mayor riqueza y nobleza que ellos se preciaban era de tenerme a mí por hija. Y así, por no tener otra ni otro que los heredase, como por ser padres y aficionados, yo era una de las más regaladasº hijas que padres jamás regalaron. Era el espejo en que se miraban, el báculoº de su vejez y el sujeto a quien encaminaban, midiéndolos con el cielo, todos sus deseos,[15] de los cuales, por ser ellos tan buenos, los míos no salían un punto. Y del mismo modo que yo era señora de sus ánimos, ansí lo era de su hacienda. Por mí se recebían y despedían[16] los criados. La razón y cuenta[17] de lo que se sembraba y cogía pasaba por mi mano: los molinos de aceite, los lagaresº del vino, el número del ganado mayor y menor,[18] el de las colmenas.º Finalmente, de todo aquello que un tan rico labrador como mi padre puede tener, y tiene, tenía yo la cuenta, y era la mayordomaº y señora, con tanta solicitudº mía y con tanto gusto suyo, que buenamente no acertaré a encarecerlo.

"Los ratos que del día me quedaban, después de haber dado lo que convenía a los mayorales, a capataces y a otros jornaleros,[19] los entreteníaº en ejerciciosº que son a las doncellas tan lícitosº como necesarios, como son los que ofrece la aguja y la almohadilla, y la rueca[20] muchas veces, y si alguna,[21] por recrear el ánimo, estos ejercicios dejaba, me acogía al

forcing herself

qualities

humble

be ashamed
lowness
mixture
sounding, old

pampered
cane, old age

wine-presses
beehives

superintendent, dili-
gence

spent time
activities, proper

---

15 **El sujeto…** [I was] *the object to whom they, in accordance with heaven's rules, directed all their wishes*

16 **Recebían y…** *hired and fired*

17 **La razón…** *accounting*

18 **Ganado mayor** is oxen, cows, horses, and mules; **ganado menor** is sheep.

19 **Mayorales, a…** *overseers, field foremen and other day-laborers*

20 **Aguja y…** *the needle* [for embroidery], *and the sewing-cushion* [for lace-making], *and the distaff* [for holding spun thread].

21 That is, **si alguna** *vez…*

entretenimiento de leer algún libro devoto o a tocar una harpa, porque la experiencia me moſtraba que la música compone° los ánimos descompueſtos° y alivia los trabajos que nacen del espíritu.

    "Éſta, pues, era la vida que yo tenía en casa de mis padres, la cual si tan particularmente he contado, no ha sido por oſtentación,° ni por dar a entender que soy rica, sino porque se advierta cuán sin culpa me he venido de aquel buen eſtado que he dicho, al infelice en que ahora me hallo. Es, pues, el caso que pasando mi vida en tantas ocupaciones y en un encerramiento° tal, que al de un moneſterio pudiera compararse, sin ser viſta, a mi parecer, de otra persona alguna que de los criados de casa, porque los días que iba a misa era tan de mañana,²² y tan acompañada de mi madre y de otras criadas, y yo tan cubierta y recatada, que apenas vían mis ojos más tierra de aquella donde ponía los pies, y con todo eſto, los del amor,²³ o los de la ociosidad, por mejor decir, a quien los de lince° no pueden igualarse, me vieron, pueſtos en la solicitud° de don Fernando, que éſte es el nombre del hijo menor del duque que os he contado."

    No hubo bien nombrado a don Fernando la que el cuento contaba, cuando a Cardenio se le mudó la color del roſtro, y comenzó a trasudar, con tan grande alteración,° que el cura y el barbero, que miraron en ello,²⁴ temieron que le venía aquel accidente de locura que habían oído decir que de cuando en cuando le venía. Mas Cardenio no hizo otra cosa que trasudar y eſtarse quedo, mirando de hito en hito²⁵ a la labradora, imaginando quién ella era. La cual, sin advertir en los movimientos de Cardenio, prosiguió su hiſtoria, diciendo: "Y no me hubieron bien viſto, cuando, según él dijo después, quedó tan preso de mis amores, cuanto lo dieron bien a entender sus demoſtraciones.° Mas por acabar preſto con el cuento, que no le tiene,²⁶ de mis desdichas, quiero pasar en silencio las diligencias° que don Fernando hizo para declararme su voluntad. Sobornó° toda la gente de mi casa, dio y ofreció dádivas° y mercedes a mis parientes. Los días eran todos de fieſta y de regocijo en mi calle, las noches no dejaban dormir a nadie las músicas. Los billetes que, sin saber cómo a mis manos venían eran infinitos, llenos de enamoradas razones y ofrecimientos, con menos letras que promesas y juramentos. Todo lo cual no sólo no me ablandaba, pero me endurecía° de manera como si fuera mi mortal enemigo, y que todas las obras que para reducirme° a su voluntad hacía, las hiciera para el efeto contrario, no porque a mí me pareciese mal la gentileza de don Fernando, ni que tuviese a demasía sus solicitudes, porque me daba un no sé qué de contento verme tan querida y eſtimada de un tan principal caballero. Y no me pesaba ver en sus papeles mis alabanzas, que en eſto, por feas que seamos las mujeres, me parece a mí

Marginal glosses:
restores
disturbed

vanity

cloistered life

lynx
persistence

strong emotion

behavior

clever things
bribed, gifts

made hard
persuade me

---

22 **Tan de…** *so early in the morning*
23 That is, **los *ojos* del amor.**
24 **Miraron en…** *noticed it*
25 **Mirando de…** *staring*
26 That is, her **desdichas** have no end (= **cuento**). Chap. 27, n . 16.

que siempre nos da gusto el oír que nos llaman hermosas.

"Pero a todo esto 'se opone° mi honestidad y los consejos continuos   opposes
que mis padres me daban, que ya muy 'al descubierto° sabían la voluntad   openly
de don Fernando, porque ya a él no se le daba nada de que todo el mundo
la supiese.²⁷ Decíanme mis padres que en sola mi virtud y bondad dejaban
y depositaban su honra y fama, y que considerase la desigualdad° que   disparity
había entre mí y don Fernando, y que por aquí echaría de ver que sus
pensamientos, aunque él dijese otra cosa, más se encaminaban a su gusto
que a mi provecho, y que si yo quisiese poner en alguna manera algún
inconveniente para que él se dejase de su injusta pretensión,° que ellos   aim
me casarían luego con quien yo más gustase, así de los más principales
de nuestro lugar, como de todos los circunvecinos,° pues todo se podía   neighboring
esperar de su mucha hacienda y de mi buena fama. Con estos ciertos
prometimientos, y con la verdad que ellos me decían, fortificaba yo mi
entereza, y jamás quise responder a don Fernando palabra que le pudiese
mostrar, aunque de muy lejos, esperanza de alcanzar su deseo. Todos estos
recatos míos, que él debía de tener por desdenes, debieron de ser causa de
avivar más su lascivo apetito, que este nombre quiero dar a la voluntad que
me mostraba, la cual, si ella fuera como debía, no la supiérades vosotros
ahora, porque hubiera faltado la ocasión de decírosla.

"Finalmente, don Fernando supo que mis padres andaban por darme
estado,²⁸ por quitalle a él la esperanza de poseerme, o, a lo menos, porque
yo tuviese más guardas para guardarme. Y esta nueva o sospecha fue causa
para que hiciese lo que ahora oiréis. Y fue que una noche, estando yo en mi
aposento, con sola la compañía de una doncella que me servía, teniendo
bien cerradas las puertas, por temor que, por descuido, mi honestidad no
se viese en peligro, sin saber ni imaginar cómo, en medio destos recatos
y prevenciones, y en la soledad deste silencio y encierro,° me le hallé   seclusion
delante,²⁹ cuya vista me turbó de manera que me quitó la de mis ojos y
me enmudeció la lengua. Y así, no fui poderosa de dar voces, ni aun él
creo que me las dejara dar,³⁰ porque luego se llegó a mí, y tomándome
entre sus brazos, porque yo, como digo, no tuve fuerzas para defenderme,
según estaba turbada, comenzó a decirme tales razones, que no sé cómo
es posible que tenga tanta habilidad 'la mentira,° que las sepa componer   lying
de modo que parezcan tan verdaderas. Hacía el traidor que sus lágrimas
acreditasen° sus palabras, y los suspiros su intención. Yo, pobrecilla, sola   confirmed
entre los míos, mal ejercitada en casos semejantes,³¹ comencé, no sé en
qué modo, a tener por verdaderas tantas falsedades. Pero no de suerte que
me moviesen a compasión, menos que buena, sus lágrimas y suspiros.³²

---

27 **A él...** *he didn't care if the whole world knew about it*
28 **Andaban por...** *were thinking about marrying me off*
29 **Me le...** *I found him in front of me*
30 **No fui...** *I couldn't shout, nor would he, I think, have allowed me*
31 **Entre los...** *in my family I was inexperienced in these matters*
32 **Pero no...** *but his tears and sighs didn't move me to anything other than*

"Y así, pasándoseme aquel sobresalto primero, torné algún tanto a cobrar mis perdidos espíritus, y con más ánimo del que pensé que pudiera tener, le dije: 'Si como estoy, señor, en tus brazos, estuviera entre los de un león fiero, y el librarme dellos se me asegurara con que hiciera o dijera cosa que fuera en perjuicio de mi honestidad,³³ así fuera posible hacella o decilla como es posible dejar de haber sido lo que fue. Así que, si tú tienes ceñido mi cuerpo con tus brazos, yo tengo atada mi alma con mis buenos deseos, que son tan diferentes de los tuyos, como lo verás, si con hacerme fuerza quisieres pasar adelante en ellos. Tu vasalla soy, pero no tu esclava, ni tiene ni debe tener imperio° la nobleza de tu sangre para deshonrar y [**right**] tener en poco la humildad de la mía. Y en tanto me estimo yo, villana y labradora, como tú, señor y caballero. Conmigo no han de ser de ningún efecto tus fuerzas, ni han de tener valor tus riquezas, ni tus palabras han de poder engañarme, ni tus suspiros y lágrimas enternecerme. Si alguna de todas estas cosas que he dicho viera yo en el que mis padres me dieran por esposo, a su voluntad se ajustara° la mía, y mi voluntad de la suya [**would adapt**] no saliera. De modo que, como quedara con honra, aunque quedara sin gusto,³⁴ de grado le entregara lo que tú, señor, ahora con tanta fuerza procuras.° Todo esto he dicho, porque no es pensar que de mí alcance [**want to obtain**] cosa alguna³⁵ el que no fuere mi ligítimo esposo.'

"'Si no reparas más que en eso,³⁶ bellísima Dorotea'—que éste es el nombre desta desdichada—dijo el desleal caballero, 'ves, aquí te doy la mano de serlo tuyo, y sean testigos desta verdad los cielos, a quien ninguna cosa se asconde, y esta imagen de Nuestra Señora que aquí tienes.'"³⁷

Cuando Cardenio le oyó decir que se llamaba Dorotea, tornó de nuevo a sus sobresaltos, y acabó de confirmar por verdadera su primera opinión, pero no quiso interrumpir el cuento por ver en qué venía a parar lo que él ya casi sabía, sólo dijo: "¿Que Dorotea es tu nombre, señora? Otra he oído yo decir del mesmo, que quizá 'corre parejas° con tus [**matches**] desdichas. Pasa adelante, que tiempo vendrá en que te diga cosas que te espanten en el mesmo grado que te lastimen.°" [**make you feel pity**]

Reparó° Dorotea en las razones de Cardenio, y en su estraño y [**took notice**] desastrado° traje, y rogóle que si alguna cosa de su hacienda sabía, se la [**tattered**] dijese luego, porque si algo le había dejado bueno la fortuna, era el ánimo que tenía para sufrir cualquier desastre que le sobreviniese, segura de que, a su parecer, ninguno podía llegar que el que tenía acrecentase un punto.

---

compassion
33 **El librarme...** *to free myself from them depended on my doing or saying something to prejudice my chastity*
34 **Como quedara...** *if my honor were preserved, even though I had no pleasure*
35 **No es...** *it is unthinkable that* [anyone] *would get anything from me*
36 **Si no...** *if that is your only worry*
37 In Spanish Golden Age literature, this was a legitimate way for people to marry each other.

"No le perdiera yo,[38] señora," respondió Cardenio, "en decirte lo que pienso, si fuera verdad lo que imagino, y hasta ahora no se pierde coyuntura,[39] ni a ti te importa nada el saberlo."

"Sea lo que fuere," respondió Dorotea, "lo que en mi cuento pasa fue que, tomando don Fernando una imagen que en aquel aposento estaba, la puso por testigo de nuestro desposorio. Con palabras eficacísimas° y *very powerful* juramentos estraordinarios me dio la palabra de ser mi marido, puesto que, antes que acabase de decirlas, le dije que mirase bien lo que hacía, y que considerase el enojo que su padre había de recebir de verle casado con una villana, vasalla suya, que no le cegase° mi hermosura, tal cual *blind* era, pues no era bastante para hallar en ella disculpa de su yerro, y que si algún bien me quería hacer, por el amor que me tenía, fuese dejar correr mi suerte a lo igual de lo que mi calidad pedía, porque nunca los tan desiguales casamientos se gozan, ni duran mucho en aquel gusto con que se comienzan.

"Todas estas razones que aquí he dicho, le dije, y otras muchas de que no me acuerdo. Pero no fueron parte para que él dejase de seguir su intento, bien ansí como «el que no piensa pagar, que, al concertar de la barata,° no repara° en inconvenientes». Yo, a esta sazón, hice un breve *deal, considers* discurso conmigo, y me dije a mí mesma: 'Sí, que no seré yo la primera que por vía de matrimonio haya subido de humilde a grande estado, ni será don Fernando el primero a quien hermosura, o ciega afición, que es lo más cierto, haya hecho tomar compañía desigual a su grandeza. Pues si no hago ni mundo ni uso nuevo, bien es acudir a esta honra que la suerte me ofrece, puesto que en éste no dure más la voluntad que me muestra de cuanto dure el cumplimiento de su deseo,[40] que, en fin, para con Dios seré su esposa. Y si quiero con desdenes despedille, en término le veo que no usando el que debe,[41] usará el de la fuerza, y vendré a quedar deshonrada° *disgraced* y sin disculpa de la culpa que me podía dar el que no supiere cuán sin ella he venido a este punto. Porque, ¿qué razones serán bastantes para persuadir a mis padres y a otros que este caballero entró en mi aposento sin consentimiento mío?'

"Todas estas demandas y respuestas revolví en un instante en la imaginación. Y sobre todo, me comenzaron a hacer fuerza, y a inclinarme a lo que fue, sin yo pensarlo, mi perdición, los juramentos de don Fernando, los testigos que ponía,° las lágrimas que derramaba,° *named, shed* y finalmente, su dispusición y gentileza, que, acompañada con tantas muestras de verdadero amor, pudieran rendir a otro tan libre y recatado corazón como el mío. Llamé a mi criada para que en la tierra acompañase

---

38 **No le...** *I wouldn't miss the chance*

39 **Hasta ahora...** *up to now there is no connection*

40 **Puesto que...** *even though the love this person manifests may not last longer than the fulfillment of his desire*

41 **En término...** *in conclusion, I see that if he doesn't use the conduct he should.* **Término** means both *conclusion* and *conduct*.

a los teſtigos del cielo. Tornó don Fernando a reiterar y confirmar sus juramentos. Añadió a los primeros nuevos santos por teſtigos. Echóse mil futuras maldiciones si no cumpliese lo que me prometía. Volvió a humedecer sus ojos y a acrecentar sus suspiros. Apretóme más entre sus brazos, de los cuales jamás me había dejado. Y con eſto, y con volverse a salir del aposento mi doncella, yo dejé de serlo[42] y él acabó° de ser traidor y fementido.   *wound up*

   "El día que sucedió a la noche de mi desgracia se venía aún no tan apriesa[43] como yo pienso que don Fernando deseaba, porque, después de cumplido aquello que el apetito pide, el mayor guſto que puede venir es apartarse de donde le alcanzaron. Digo eſto, porque don Fernando dio priesa por partirse de mí. Y por induſtria de mi doncella, que era la misma que allí le había traído, antes que amaneciese se vio en la calle. Y al despedirse de mí, aunque no con tanto ahinco y vehemencia como cuando vino, me dijo que eſtuviese segura de su fe y de ser firmes y verdaderos sus juramentos. Y para más confirmación de su palabra, sacó un rico anillo del dedo y lo puso en el mío. En efeĉto, él se fue y yo quedé, ni sé si triſte o alegre: eſto sé bien decir, que quedé confusa y pensativa, y casi fuera de mí, con el nuevo acaecimiento, y no tuve ánimo, o no se me acordó, de reñir° a mi doncella por la traición cometida de encerrar a   *scold* don Fernando en mi mismo aposento, porque aún no me determinaba si era bien o mal el que me había sucedido. Díjele, al partir, a don Fernando que por el mesmo camino de aquélla podía verme otras noches, pues ya era suya, haſta que, cuando él quisiese, aquel hecho 'se publicase.° Pero no   *be made known* vino otra alguna, si no fue la siguiente, ni yo pude verle en la calle ni en la iglesia en más de un mes, que en vano me cansé en solicitallo, pueſto que supe que eſtaba en la villa y que los más días iba a caza, ejercicio de que él era muy aficionado.

   "Eſtos días y eſtas horas bien sé yo que para mí fueron aciagos° y   *sad* menguadas. Y bien sé que comencé a dudar en ellos, y aun a descreer de la fe de don Fernando. Y sé también que mi doncella oyó entonces las palabras que, en reprehensión de su atrevimiento, antes no había oído. Y sé que me fue forzoso 'tener cuenta° con mis lágrimas y con la compoſtura   *restrain* de mi roſtro, por no dar ocasión a que mis padres me preguntasen que de qué andaba descontenta y me obligasen a buscar mentiras que decilles. Pero todo eſto se acabó en un punto, llegándose uno donde se atropellaron° respeĉtos y se acabaron los honrados discursos, y adonde se   *trampled* perdió la paciencia y salieron a plaza mis secretos pensamientos. Y eſto fue porque, de allí a pocos días, se dijo en el lugar como en una ciudad allí cerca se había casado don Fernando con una doncella hermosísima en todo eſtremo y de muy principales padres, aunque no tan rica, que por la dote pudiera aspirar a tan noble casamiento.[44] Díjose que se llamaba

---

42   That is, she stopped being a **doncella** *maiden.*
43   **Se venía…** *didn't come as quickly*
44   **Por la…** *through her dowry could she aspire to such a noble marriage*

Luscinda, con otras cosas que en sus desposorios sucedieron, dignas de admiración."

Oyó Cardenio el nombre de Luscinda, y no hizo otra cosa que encoger los hombros, morderse los labios, enarcar las cejas y dejar de allí a poco caer por sus ojos dos fuentes de lágrimas. Mas no por esto dejó Dorotea de seguir su cuento, diciendo: "Llegó esta triste nueva a mis oídos, y en lugar de helárseme el corazón en oílla, fue tanta la cólera y rabia que se encendió en él, que faltó poco para no salirme por las calles dando voces, publicando la alevosía y traición que se me había hecho. Mas templóse° _moderated_ esta furia por entonces con pensar de poner aquella mesma noche por obra lo que puse, que fue ponerme en este hábito que me dio uno de los que llaman zagales en casa de los labradores, que era criado de mi padre, al cual descubrí toda mi desventura, y le rogué me acompañase hasta la ciudad donde entendí que mi enemigo estaba. Él, después que hubo reprehendido mi atrevimiento y afeado° mi determinación, viéndome _condemned_ resuelta en mi parecer, se ofreció a tenerme compañía, como él dijo, hasta el cabo del mundo. Luego al momento encerré en una almohada de lienzo un vestido de mujer y algunas joyas y dineros, por lo que podía suceder. Y en el silencio de aquella noche, sin 'dar cuenta° a mi traidora doncella, salí _revealing_ de mi casa, acompañada de mi criado, y de muchas imaginaciones, y me puse en camino de la ciudad a pie, llevada en vuelo del deseo de llegar,[45] ya que no a estorbar lo que tenía por hecho, a lo menos, a decir a don Fernando me dijese con qué alma lo había hecho.

"Llegué en dos días y medio donde quería, y en entrando por la ciudad, pregunté por la casa de los padres de Luscinda, y al primero a quien hice la pregunta, me respondió más de lo que yo quisiera oír. Díjome la casa y todo lo que había sucedido en el desposorio de su hija, cosa tan pública en la ciudad, que se hacen corrillos° para contarla por toda ella. Díjome _gossip groups_ que la noche que don Fernando se desposó con Luscinda, después de haber ella dado el sí de ser su esposa, le había tomado un recio desmayo, y que, llegando su esposo a desabrocharle el pecho para que le diese el aire, le halló un papel escrito de la misma letra de Luscinda, en que decía y declaraba que ella no podía ser esposa de don Fernando, porque lo era de Cardenio, que, a lo que el hombre me dijo, era un caballero muy principal de la mesma ciudad. Y que si había dado el sí a don Fernando, fue por no salir de la obediencia de sus padres. En resolución, tales razones dijo que contenía el papel, que daba a entender que ella había tenido intención de matarse en acabándose de desposar, y daba allí las razones por qué se había quitado la vida, todo lo cual dicen que confirmó una daga que le hallaron, no sé en qué parte de sus vestidos. Todo lo cual visto por don Fernando, pareciéndole que Luscinda le había burlado y escarnecido y tenido en poco, arremetió a ella antes que de su desmayo volviese, y con la misma daga que le hallaron la quiso dar de puñaladas, y lo hiciera, si sus padres y los que se hallaron presentes no se lo estorbaran. Dijeron más:

---

45 **Llevada en...** _carried_ [as if] _in flight by the desire to arrive_

que luego se ausentó don Fernando, y que Luscinda no había vuelto de su parasismo hasta otro día, que contó a sus padres como ella era verdadera esposa de aquel Cardenio que he dicho.

"Supe más: que 'el Cardenio,° según decían, se halló presente a los desposorios, y que, en viéndola desposada, lo cual él jamás pensó, se salió de la ciudad desesperado, dejándole primero escrita una carta, donde daba a entender el agravio que Luscinda le había hecho, y de cómo él se iba adonde gentes no le viesen. Esto todo era público y notorio en toda la ciudad, y todos hablaban dello. Y más hablaron cuando supieron que Luscinda había faltado de casa de sus padres y de la ciudad, pues no la hallaron en toda ella, de que perdían el juicio sus padres y no sabían qué medio se tomar para hallarla. Esto que supe 'puso en bando° mis esperanzas, y tuve por mejor no haber hallado a don Fernando, que no hallarle casado, pareciéndome que aún no estaba del todo cerrada la puerta a mi remedio, dándome yo a entender que podría ser que el cielo hubiese puesto aquel impedimento en el segundo matrimonio, por atraerle a conocer lo que al primero debía, y a caer en la cuenta de que era cristiano, y que estaba más obligado a su alma que a los respetos humanos.

"Todas estas cosas revolvía en mi fantasía, y me consolaba sin tener consuelo, fingiendo unas esperanzas largas y desmayadas para entretener la vida, que ya aborrezco. Estando, pues, en la ciudad, sin saber qué hacerme, pues a don Fernando no hallaba, llegó a mis oídos un público pregón,° donde se prometía grande hallazgo° a quien me hallase, dando las señas de la edad y del mesmo traje que traía. Y oí decir que se decía que me había sacado de casa de mis padres el mozo que conmigo vino, cosa que me llegó al alma, por ver cuán de caída andaba mi crédito,[46] pues no bastaba perderle con mi venida, sino añadir[47] el con quién, siendo subjeto tan bajo y tan indigno de mis buenos pensamientos. Al punto que oí el pregón, me salí de la ciudad con mi criado, que ya comenzaba a dar muestras de titubear en la fe que de fidelidad[48] me tenía prometida, y aquella noche nos entramos por lo espeso desta montaña, con el miedo de no ser hallados.

"Pero como suele decirse que «un mal llama a otro», y que el fin de una desgracia suele ser principio de otra mayor, así me sucedió a mí, porque mi buen criado, hasta entonces fiel y seguro, así como me vio en esta soledad, incitado de su mesma bellaquería antes que de mi hermosura, quiso aprovecharse de la ocasión que, a su parecer, estos yermos° le ofrecían. Y con poca vergüenza y menos temor de Dios, ni respeto mío, me 'requirió de amores,° y viendo que yo, con feas y justas palabras, respondía a las desvergüenzas° de sus propósitos, dejó aparte

el tal **Cardenio**

encouraged

proclamation, reward

wilderness

courted

impudences

---

46 **Por ver…** *showing how low my reputation had fallen*
47 **Sino [que era necesario] añadir**—Gaos' suggested reading.
48 **La fe que de fidelidad… = la fe de fidelidad que…**

los ruegos, de quien primero pensó aprovecharse,[49] y comenzó a usar de la fuerza. Pero el justo cielo, que pocas o ningunas veces deja de mirar y favorecer a las justas intenciones, favoreció las mías de manera que, con mis pocas fuerzas y con poco trabajo, di con él por un derrumbadero,° precipice donde le dejé, ni sé si muerto o si vivo. Y luego, con más ligereza que mi sobresalto y cansancio pedían, me entré por estas montañas, sin llevar otro pensamiento ni otro disignio que esconderme en ellas y huir de mi padre y de aquellos que de su parte me andaban buscando.

"Con este deseo ha no sé cuántos meses que entré en ellas, donde hallé un ganadero que me llevó por su criado a un lugar que está en las entrañas desta sierra, al cual he servido de zagal todo este tiempo, procurando estar siempre en el campo por encubrir estos cabellos que ahora, tan sin pensarlo, me han descubierto. Pero toda mi industria y toda mi solicitud fue, y ha sido, de ningún provecho, pues mi amo vino en conocimiento de que yo no era varón,° y nació en él el mesmo mal pensamiento que en male mi criado, y como no siempre la fortuna con los trabajos da los remedios, no hallé derrumbadero ni barranco° de donde despeñar y despenar[50] al ravine amo, como le hallé para el criado. Y así, tuve por menor inconveniente dejalle y asconderme de nuevo entre estas asperezas que probar con él mis fuerzas o mis disculpas. Digo, pues, que me torné a emboscar y a buscar donde, sin impedimento alguno, pudiese con suspiros y lágrimas rogar al cielo se duela de mi desventura y me dé industria y favor para salir della, o para dejar la vida entre estas soledades, sin que quede memoria desta triste, que tan sin culpa suya habrá dado materia para que de ella se hable y murmure en la suya y en las ajenas tierras."[51]

Capítulo XXIX. Que trata de la discreción[1] de la hermosa Dorotea, con otras cosas de mucho gusto y pasatiempo.[2]

"ÉSTA ES, señores, la verdadera historia de mi tragedia: mirad y juzgad ahora si los suspiros que escuchastes, las palabras que oístes y las lágrimas que de mis ojos salían, tenían ocasión bastante para mostrarse en mayor abundancia. Y considerada la calidad° nature de mi desgracia, veréis que será en vano el consuelo, pues es imposible el remedio della. Sólo os ruego, lo que con facilidad podréis y debéis hacer, que me aconsejéis dónde podré pasar la vida, sin que me acabe el temor y

---

49 **De quien...** *which he had tried to use first*
50 **Despeñar y...** *to fling down a precipice and put an end to his lustful thoughts*
51 **En las...** *in her own country and others*
1 The original heading says **discordia**, but in the **Tabla de los capítulos** at the end of the book it says **discreción**, which seemingly indicates that the word was misread by the typesetters the first time around and correctly transcribed in the **Tabla**.
2 This is another case of "erroneous" chapter titles. This one corresponds to the action of Chapter 30, and Chapter 30's refers to what happpens in this one.

sobresalto que tengo de ser hallada de los que me buscan,[2] que, aunque sé
que el mucho amor que mis padres me tienen me asegura que seré dellos
bien recebida, es tanta la vergüenza° que me ocupa° sólo al pensar que,   shame, disturbs
no como ellos pensaban, tengo de parecer a su presencia, que tengo por
mejor deſterrarme° para siempre de ser viſta, que no verles el roſtro con   to banish myself
pensamiento que ellos miran el mío ajeno de la honeſtidad que de mí se
debían de tener prometida."[3]

    Calló en diciendo eſto, y el roſtro se le cubrió de un color que moſtró
bien claro el sentimiento y vergüenza del alma. En las suyas sintieron los
que escuchado la habían tanta láſtima como admiración[4] de su desgracia.
Y aunque luego quisiera el cura consolarla y aconsejarla, tomó primero
la mano Cardenio, diciendo: "En fin, señora, que tú eres la hermosa
Dorotea, la hija única del rico Clenardo."

    Admirada quedó Dorotea cuando oyó el nombre de su padre, y de ver
'cuán de poco° era el que le nombraba, porque ya se ha dicho de la mala   how unprepossessing
manera que Cardenio eſtaba veſtido. Y así, le dijo: "Y ¿quién sois vos,
hermano, que así sabéis el nombre de mi padre? Porque yo, haſta ahora,
si mal no me acuerdo, en todo el discurso del cuento de mi desdicha no
le he nombrado."

    "Soy," respondió Cardenio, "aquel 'sin ventura° que, según vos,   unfortunate person
señora, habéis dicho, Luscinda dijo que era su esposo. Soy el desdichado
Cardenio, a quien el mal término de aquel que a vos os ha pueſto en el
que eſtáis, me ha traído a que me veáis, cual me veis, roto, desnudo, falto
de todo humano consuelo, y lo que es peor de todo, falto de juicio, pues
no le tengo sino cuando al cielo se le antoja dármele por algún breve
espacio. Yo soy el que me hallé presente a las sinrazones de don Fernando,
y el que aguardó oír el sí que de ser su esposa pronunció Luscinda. Yo
soy el que no tuvo ánimo para ver en qué paraba su desmayo, ni lo que
resultaba del papel que le fue hallado en el pecho, porque no tuvo el
alma sufrimiento para ver tantas desventuras juntas. Y así dejé la casa y
la paciencia, y una carta que dejé a un huésped mío, a quien rogué que en
manos de Luscinda la pusiese, y víneme a eſtas soledades con intención
de acabar en ellas la vida, que desde aquel punto aborrecí como mortal
enemiga mía. Mas no ha querido la suerte quitármela,[5] contentándose
con quitarme el juicio, quizá por guardarme para la buena ventura que
he tenido en hallaros, pues siendo verdad, como creo que lo es, lo que
aquí habéis contado, aún podría ser que a entrambos nos tuviese el cielo
guardado mejor suceso en nueſtros desaſtres que nosotros pensamos.
Porque 'presupueſto que° Luscinda no puede casarse con don Fernando,   since

---

    2 **Sin que…** *without being finished off by the fear that I have of being found by
those who are looking for me*

    3 **Que no…** *than to see their faces thinking that they see in mine lacking the
chastity which they had a right to expect.* This sentence has III words.

    4 **En las…** *In their own* [hearts] *those who had heard her felt as much pity as
wonder*

    5 That is, **quitarme *la vida.***

por ser mía, ni don Fernando con ella, por ser vuestro, y haberlo ella tan manifiestamente declarado, bien podemos esperar que el cielo nos restituya° lo que es nuestro, pues está todavía en ser y no se ha enajenado ni deshecho.[6] Y pues este consuelo tenemos, nacido no de muy remota esperanza, ni fundado en desvariadas imaginaciones, suplícoos, señora, que toméis otra resolución en vuestros honrados pensamientos, pues yo la pienso tomar en los míos, acomodándoos a esperar mejor fortuna, que yo os juro por la fe de caballero y de cristiano de no desampararos hasta veros en poder de don Fernando, y que, cuando con razones no le pudiere atraer a que conozca lo que os debe,[7] de usar entonces la libertad que me concede el ser caballero y poder, con justo título, desafialle en razón de la sinrazón[8] que os hace, sin acordarme de mis agravios, cuya venganza dejaré al cielo por acudir en la tierra a los vuestros."

    Con lo que Cardenio dijo se acabó de admirar Dorotea,[9] y por no saber qué gracias volver a tan grandes ofrecimientos, quiso tomarle los pies para besárselos, mas no lo consintió Cardenio. Y el licenciado respondió por entrambos y aprobó el buen discurso de Cardenio, y sobre todo, les rogó, aconsejó y persuadió que se fuesen con él a su aldea, donde se podrían 'reparar de° las cosas que les faltaban, y que allí se daría orden cómo buscar a don Fernando, o cómo llevar a Dorotea a sus padres, o hacer lo que más les pareciese conveniente. Cardenio y Dorotea se lo agradecieron y acetaron la merced que se les ofrecía. El barbero, que a todo había estado suspenso y callado, hizo también su buena plática y se ofreció, con no menos voluntad que el cura, a todo aquello que fuese bueno para servirles.

    Contó, asimesmo, con brevedad la causa que allí los había traído, con la estrañeza de la locura de don Quijote, y como aguardaban a su escudero, que había ido a buscalle. Vínosele a la memoria a Cardenio, como por sueños, la pendencia que con don Quijote había tenido, y contóla a los demás. Mas no supo decir por qué causa fue su quistión.°

    En esto, oyeron voces y conocieron que el que las daba era Sancho Panza, que, por no haberlos hallado en el lugar donde los dejó, los llamaba a voces. Saliéronle al encuentro, y preguntándole por don Quijote, les dijo como le había hallado desnudo en camisa, flaco, amarillo y muerto de hambre, y suspirando° por su señora Dulcinea, y que, puesto que le había dicho que ella le mandaba que saliese de aquel lugar y se fuese al del Toboso, donde le quedaba esperando, había respondido que estaba determinado de no parecer ante su fermosura fasta que oviese° fecho fazañas que le ficiesen digno de su gracia. "Y que si aquello pasaba

restore

to supply

quarrel

sighing

= **hubiese** (*archaic*)

---

    6 **Está todavía...** *it still exists and hasn't been transfered or destroyed*

    7 **Cuando con...** *if I can't persuade him with words to recognize what he owes you*

    8 **En razón...** *on account of the injustice*

    9 **Con lo...** *what Cardenio said amazed Dorotea*

adelante,[10] corría peligro de no venir a ser emperador, como estaba obligado, ni aun arzobispo, que era lo menos que podía ser. Por eso, que mirasen lo que se había de hacer para sacarle de allí."

El licenciado le respondió que no tuviese pena, que ellos le sacarían de allí, mal que le pesase. Contó luego a Cardenio y a Dorotea lo que tenían pensado para remedio de don Quijote, a lo menos, para llevarle a su casa. A lo cual dijo Dorotea que ella haría° la doncella menesterosa mejor que el barbero, y más, que tenía allí vestidos con que hacerlo 'al natural,° y que la dejasen el cargo de saber representar todo aquello que fuese menester para llevar adelante su intento, porque ella había leído muchos libros de caballerías y sabía bien el estilo que tenían las doncellas cuitadas cuando pedían sus dones a los andantes caballeros.

"Pues no es menester más," dijo el cura, "sino que luego se ponga por obra, que, sin duda, la buena suerte se muestra en favor mío, pues tan sin pensarlo, a vosotros, señores, se os ha comenzado a abrir puerta para vuestro remedio,[11] y a nosotros se nos ha facilitado la que habíamos menester."

Sacó luego Dorotea de su almohada una saya entera de cierta telilla° rica y una mantellina° de otra vistosa° tela verde, y de una cajita un collar° y otras joyas, con que en un instante se adornó, de manera que una rica y gran señora parecía. Todo aquello y más dijo que había sacado de su casa para lo que se ofreciese,[12] y que hasta entonces no se le había ofrecido ocasión de habello menester. A todos contentó en estremo su mucha gracia, donaire y hermosura, y confirmaron° a don Fernando por de poco conocimiento, pues tanta belleza desechaba.

Pero el que más se admiró fue Sancho Panza, por parecerle, como era así verdad, que en todos los días de su vida había visto[13] tan hermosa criatura. Y así, preguntó al cura con grande ahinco le dijese quién era aquella tan fermosa señora y qué era lo que buscaba por aquellos andurriales.°

"Esta hermosa señora," respondió el cura, "Sancho hermano, es, como quien no dice nada,[14] es la heredera, por línea recta° de varón, del gran reino de Micomicón,[15] la cual viene en busca de vuestro amo a pedirle un don, el cual es que le desfaga un tuerto o agravio que un mal gigante le tiene fecho, y a la fama que de buen caballero vuestro amo tiene por todo lo descubierto de Guinea[16] ha venido a buscarle esta princesa."

Margin glosses:
would play the part of
naturally
light wool cloth
shawl, pretty, necklace
declared
by-roads
direct

---

10 This indirect discourse now changes to what Sancho said: **"Y si aquello pasaba adelante,"** *dijo Sancho…*

11 It is the **remedio** of Cardenio and Dorotea's plight that the priest speaks of.

12 **Para lo…** *for any contingency*

13 That is, *no había visto.*

14 **Como quien…** *to say the least*

15 Combination of **mico** *monkey* and **cómico.**

16 Guinea traditionally referred to the western African coast at the equator, near where modern Equatorial Guinea is.

"¡Dichosa buscada° y dichoso hallazgo!" dijo a esta sazón Sancho *search*
Panza, "y más si mi amo es tan venturoso que desfaga ese agravio y
enderece° ese tuerto, matando a ese hideputa dese gigante que vuestra *sets right*
merced dice, que sí matará, si él le encuentra, si ya no fuese fantasma—
que contra las fantasmas no tiene mi señor poder alguno. Pero una cosa
quiero suplicar a vuestra merced, entre otras, señor licenciado, y es que
porque a mi amo no le tome gana de ser arzobispo, que es lo que yo temo,
que vuestra merced le aconseje que se case luego con esta princesa, y
así quedará imposibilitado de recebir órdenes arzobispales, y vendrá con
facilidad a su imperio, y yo al fin° de mis deseos, que yo he mirado bien en *object*
ello y hallo por mi cuenta° que no me está bien que mi amo sea arzobispo, *calculations*
porque yo soy inútil para la Iglesia, pues soy casado, y andarme ahora a
traer dispensaciones para poder tener renta por la Iglesia, teniendo, como
tengo, mujer y hijos, sería nunca acabar.[17] Así que, señor, todo el toque
está en que mi amo se case luego con esta señora, que hasta ahora no sé
su gracia,[18] y así no la llamo por su nombre."

"Llámase," respondió el cura, "la princesa Micomicona, porque
llamándose su reino Micomicón, claro está que ella se ha de llamar así."

"No hay duda en eso," respondió Sancho, "que yo he visto a muchos
tomar el apellido y alcurnia del lugar donde nacieron, llamándose Pedro
de Alcalá, Juan de Úbeda y Diego de Valladolid:[19] y esto mesmo se debe
de usar allá en Guinea: tomar las reinas los nombres de sus reinos."

"Así debe de ser," dijo el cura, "y en lo del casarse vuestro amo, yo
haré en ello todos mis poderíos."

Con lo que quedó tan contento Sancho, cuanto el cura admirado de
su simplicidad y de ver cuán encajados° tenía en la fantasía los mesmos *fit together*
disparates que su amo, pues sin alguna duda se daba a entender[20] que
había de venir a ser emperador. Ya en esto se había puesto Dorotea sobre
la mula del cura, y el barbero se había acomodado al rostro la barba de
la cola de buey, y dijeron a Sancho que los guiase adonde don Quijote
estaba, al cual advirtieron que no dijese que conocía al licenciado ni
al barbero, porque en no conocerlos consistía todo el toque de venir a
ser emperador su amo. Puesto que ni el cura ni Cardenio quisieron ir
con ellos, porque no se le acordase a don Quijote la pendencia que con
Cardenio había tenido, y el cura porque no era menester por entonces su
presencia. Y así, los dejaron ir delante y ellos los fueron siguiendo a pie,
poco a poco. No dejó de avisar el cura lo que había de hacer Dorotea, a lo
que ella dijo que descuidasen:° que todo se haría sin faltar punto, como lo *not to worry*

---

17 **Sería nunca…** *would be an endless job*

18 **Gracia** is used here as *name*, so **sé** makes sense.

19 Alcalá (de Henares) is Cervantes' native town, 30 kms. east of Madrid,
Úbeda is in the province of Jaén, 170 kms. south of Madrid, and Valladolid is a
provincial capital, and former capital of Spain (1518-1561, 1600-1606), 130 kms.
northwest of Madrid.

20 **Se daba…** [Sancho] *was convinced*

pedían y pintaban los libros de caballerías.

Tres cuartos de legua habrían andado, cuando descubrieron a don Quijote entre unas intricadas peñas, ya veſtido, aunque no armado, y así como Dorotea le vio y fue informada de Sancho que aquél era don Quijote, dio del azote a su palafrén,° siguiéndole el bien barbado° barbero.   woman's horse, bearded
Y en llegando junto a él, el escudero se arrojó de la mula y fue a tomar en los brazos a Dorotea, la cual, apeándose con grande desenvoltura, se fue a hincar de rodillas ante las de don Quijote, y aunque él pugnaba por levantarla, ella, sin levantarse, le fabló en eſta guisa: "De aquí no me levantaré, ¡oh valeroso y esforzado caballero! faſta que la vueſtra bondad y cortesía[21] me otorgue un don, el cual redundará en honra y prez° de   glory
vueſtra persona, y en pro de la más desconsolada y agraviada doncella que el sol ha viſto. Y si es que el valor de vueſtro fuerte brazo corresponde a la voz° de vueſtra inmortal fama, obligado eſtáis a favorecer a la sin ventura   public opinion
que de tan lueñes° tierras viene, al olor de vueſtro famoso nombre,   far-off *(archaic)*
buscándoos para remedio de sus desdichas."

"No os responderé palabra, fermosa señora," respondió don Quijote, "ni oiré más cosa de vueſtra facienda, faſta que os levantéis de tierra."

"No me levantaré, señor," respondió la afligida doncella, "si primero, por la vueſtra cortesía, no me es otorgado el don que pido."

"Yo vos le otorgo y concedo," respondió don Quijote, "como no se haya de cumplir° en daño o mengua de mi rey, de mi patria y de aquella   to perform
que de mi corazón y libertad tiene la llave."

"No será en daño ni en mengua de los que decís, mi buen señor," replicó la dolorosa doncella.

Y eſtando en eſto, se llegó Sancho Panza al oído de su señor, y muy pasito° le dijo: "Bien puede vueſtra merced, señor, concederle el don que   quietly
pide, que no es cosa de nada: sólo es matar a un gigantazo, y eſta que lo pide es la alta princesa Micomicona, reina del gran reino Micomicón, de Etiopia."[22]

"Sea quien fuere," respondió don Quijote, "que yo haré lo que soy obligado y lo que me dicta mi conciencia, conforme a lo que profesado tengo."

Y volviéndose a la doncella, dijo: "La vueſtra gran fermosura se levante, que yo le otorgo el don que pedirme quisiere."

"Pues el que pido es," dijo la doncella, "que la vueſtra magnánima°   heroic
persona se venga luego conmigo donde yo le llevare, y me prometa que no se ha de entremeter en otra aventura ni demanda° alguna haſta darme   quest
venganza de un traidor que, contra todo derecho divino y humano, me tiene usurpado mi reino."

"Digo que así lo otorgo," respondió don Quijote, "y así podéis, señora, desde hoy más, desechar° la malenconía que os fatiga y hacer que   put aside

---

21 **La vuestra…** *you,* similar to the use of **vuestra merced.**
22 Ethiopia is in eastern Africa, bordering nowadays on The Sudan, Kenya, and the Somali Republic.

cobre nuevos bríos y fuerzas vueſtra desmayada esperanza, que, con el[23]
ayuda de Dios y la de mi brazo, vos os veréis preſto reſtituida° en vueſtro   restored
reino y sentada en la silla de vueſtro antiguo y grande eſtado, a pesar y a
despecho de los follones que contradecirlo quisieren, y manos a labor, que
«en la tardanza dicen que suele eſtar el peligro».»

La meneſterosa doncella pugnó con mucha porfía por besarle las
manos. Mas don Quijote, que en todo era comedido y cortés caballero,
jamás lo consintió. Antes la hizo levantar y la abrazó con mucha cortesía y
comedimiento, y mandó a Sancho que requiriese° las cinchas a Rocinante,   put on
y le armase luego al punto. Sancho descolgó° las armas, que, como trofeo,   took down
de un árbol eſtaban pendientes, y requiriendo las cinchas, en un punto
armó a su señor, el cual, viéndose armado, dijo: "Vamos de aquí, en el
nombre de Dios, a favorecer eſta gran señora."

Eſtábase el barbero aún 'de rodillas,° teniendo gran cuenta[24] de   kneeling
disimular la risa y de que no se le cayese la barba, con cuya caída quizá
quedaran todos sin conseguir su buena intención. Y viendo que ya el don
eſtaba concedido, y con la diligencia que don Quijote 'se aliſtaba° para   prepared
ir a cumplirle, se levantó y tomó de la otra mano a su señora, y entre los
dos la subieron en la mula. Luego subió don Quijote sobre Rocinante y el
barbero se acomodó en su cabalgadura,° quedándose Sancho a pie, donde   "mule"
de nuevo se le renovó° la pérdida del rucio, con la falta que entonces le   reiterated
hacía. Mas todo lo llevaba con guſto, por parecerle que ya su señor eſtaba
pueſto en camino y muy 'a pique de° ser emperador, porque, sin duda   on the point of
alguna, pensaba que se había de casar con aquella princesa y ser, por lo
menos, rey de Micomicón. Sólo le daba pesadumbre el pensar que aquel
reino era en tierra de negros, y que la gente que por sus vasallos le diesen
habían de ser todos negros, a lo cual hizo luego en su imaginación un
buen remedio, y díjose a sí mismo: "¿Qué se me da a mí[25] que mis vasallos
sean negros? ¿Habrá más que cargar con ellos y traerlos a España,[26] donde
los podré vender, y adonde me los pagarán 'de contado,° de cuyo dinero   instantly
podré comprar algún título o algún oficio con que vivir descansado[27] todos
los días de mi vida? ¡No, sino dormíos, y no tengáis ingenio ni habilidad
para disponer de las cosas[28] y para vender treinta o diez mil vasallos en
«dácame esas pajas»![29] ¡Par Dios que los he de volar, chico con grande,[30]
o como pudiere. Y que por negros que sean los he de volver blancos, o

---

23 **Ayuda** hasn't changed genders. The feminine **el** (as in **el agua**) could be
used before *any* intial a- in older Spanish. The pronoun **la** a few words later refers
to this feminine **ayuda**.

24 **Teniendo gran...** *being very careful*

25 **¿Qué se...** *what difference does it make to me?*

26 **¿Habrá más...** *won't I just have to bring them to Spain*

27 **Vivir descansado...** *to live the easy life*

28 **Dormíos, y...** *go to sleep and don't be clever or skillful enough to take care
of things*

29 **En dácame...** *in an instant*

30 **Los he...** *I'll sell them quickly, wholesale*

amarillos—llegaos, que me mamo el dedo!"[31]

Con esto andaba tan solícito y tan contento, que se le olvidaba la pesadumbre de caminar a pie.

Todo esto miraban de entre unas breñas° Cardenio y el cura, y no   thicket
sabían qué hacerse para juntarse con ellos. Pero el cura, que era gran
tracista,° imaginó luego lo que harían para conseguir lo que deseaban,   schemer
y fue que, con unas tijeras° que traía en un estuche,° quitó con mucha   scissors, sheath
presteza la barba a Cardenio y vistióle
un capotillo pardo que él traía, y diole
un herreruelo negro, y él se quedó en
calzas y en jubón,° y quedó tan otro de   doublet
lo que antes parecía Cardenio, que él
mesmo no se conociera, aunque a un
espejo se mirara. Hecho esto, puesto ya
que los otros habían pasado adelante
en tanto que ellos se disfrazaron,°   disguised
con facilidad salieron al camino real
antes que ellos, porque las malezas y
malos pasos de aquellos lugares no
concedían° que anduviesen tanto los de   allowed
a caballo como los de a pie. En efeto,
ellos se pusieron en el llano a la salida
de la sierra, y así como salió della don
Quijote y sus camaradas, el cura se le

Jubón

puso a mirar muy de espacio, dando señales de que le iba reconociendo.
Y al cabo de haberle una buena pieza estado mirando, se fue a él abiertos
los brazos y diciendo a voces: "¡Para bien sea hallado el espejo de la
caballería, el mi buen compatriote° don Quijote de la Mancha, la flor y la   from same village
nata° de la gentileza, el amparo y remedio de los menesterosos, la 'quinta   cream
esencia° de los caballeros andantes!" Y diciendo esto, tenía abrazado por   quintessence
la rodilla de la pierna izquierda a don Quijote, el cual, espantado de lo
que veía y oía decir y hacer aquel hombre, se le puso a mirar con atención,
y al fin, le conoció, y quedó como espantado de verle, y hizo grande fuerza
por apearse. Mas el cura no lo consintió, por lo cual don Quijote decía:
"Déjeme vuestra merced, señor licenciado, que no es razón que yo esté
a caballo, y una tan reverenda persona como vuestra merced esté a pie."

"Eso no consentiré yo en ningún modo," dijo el cura, "estése la
vuestra grandeza[32] a caballo, pues estando a caballo acaba las mayores
fazañas y aventuras que en nuestra edad se han visto, que a mí, aunque
indigno sacerdote, bastaráme subir en las ancas de una destas mulas
destos señores que con vuestra merced caminan, si no lo han por enojo.°   annoyance

---

31 **Los he...** *I'll turn them into silver* [blancos] *or gold* [amarillos]; *come on!
do you think I'm stupid?*

32 **La vuestra...** *you*

Y aun 'haré cuenta° que voy caballero sobre el caballo Pegaso,[33] o sobre la   I'll consider
cebra o alfana° en que cabalgaba° aquel famoso moro Muzaraque,[34] que   charger, rode
aun hasta ahora yace encantado en la gran cuesta Zulema, que dista poco
de la gran Cómpluto."[35]

"Aun no caía yo en tanto,[36] mi señor licenciado," respondió don
Quijote, "y yo sé que mi señora la princesa será servida, por mi amor,
de mandar a su escudero dé a vuestra merced la silla[37] de su mula, que él
podrá acomodarse en las ancas, si es que ella las[38] sufre."

"Sí sufre, a lo que yo creo," respondió la princesa, "y también sé que
no será menester mandárselo al señor mi escudero, que él es tan cortés y
tan cortesano, que no consentirá que una persona eclesiástica vaya a pie,
pudiendo ir a caballo."

"Así es," respondió el barbero.

Y apeándose en un punto, convidó al cura con la silla, y él la tomó sin
hacerse mucho de rogar. Y fue el mal que, al subir a las ancas el barbero,
la mula, que, en efeto, era 'de alquiler,° que para decir que era mala esto   rental
basta, alzó un poco los 'cuartos traseros° y dio dos coces en el aire, que a   hind quarters
darlas en el pecho de maese Nicolás, o en la cabeza, él diera al diablo la
venida por don Quijote.[39] Con todo eso le sobresaltaron[40] de manera que
cayó en el suelo, con tan poco cuidado de las barbas, que se le cayeron
en el suelo. Y como se vio sin ellas, no tuvo otro remedio sino acudir a
cubrirse el rostro con ambas manos y a quejarse que le habían derribado
las muelas.° Don Quijote, como vio todo aquel mazo° de barbas sin   teeth, mass
quijadas° y sin sangre, lejos del rostro del escudero caído, dijo: "¡Vive   jaw
Dios, que es gran milagro éste! ¡Las barbas le ha derribado y arrancado
del rostro, como si las quitaran aposta!°"   on purpose

El cura, que vio el peligro que corría su invención de ser descubierta,
acudió luego a las barbas y fuese con ellas adonde yacía maese Nicolás,
dando aún voces todavía. Y 'de un golpe,° llegándole la cabeza a su pecho,   all at once
se las puso, murmurando sobre él unas palabras, que dijo que era cierto
ensalmo° apropiado para pegar° barbas, como lo verían. Y cuando se las   incantation, stick on
tuvo puestas, se apartó, y quedó el escudero tan bien barbado y tan sano°   sound
como de antes, de que se admiró don Quijote sobremanera y rogó al cura
que, cuando tuviese lugar, le enseñase aquel ensalmo, que él entendía que
su virtud a más que pegar barbas se debía de estender,[41] pues estaba claro

---

33 Pegasus was the winged horse from Greek mythology.

34 About the "famous" Muzaraque nothing is known.

35 Zulema is a large hill southeast of Alcalá de Henares, which was called
Complutum in Roman times.

36 **Aun no…** *that didn't occur to me*

37 **Mandar a…** *to have her squire give you the saddle.* An expected **que** is
lacking before **dé**.

38 **Las** refers to **vuestras mercedes** (i.e., the priest and the barber).

39 **Él diera…** *he would have cursed the search for don Quijote*

40 It was the hooves, plural, that terrified him.

41 **Él entendía…** *he understood that its power extended to more than sticking*

que de donde las barbas se quitasen había de quedar la carne llagada° y   injured
maltrecha, y que pues todo lo sanaba, a más que barbas aprovechaba.

"Así es," dijo el cura, y prometió de enseñársele en la primera ocasión.

Concertáronse que, por entonces, subiese el cura, y 'a trechos° se   at intervals
5 fuesen los tres mudando, hasta que llegasen a la venta, que estaría hasta
dos leguas de allí. Puestos los tres a caballo, es a saber, don Quijote, la
princesa y el cura, y los tres a pie, Cardenio, el barbero y Sancho Panza,
don Quijote dijo a la doncella: "Vuestra grandeza, señora mía, guíe por
donde más gusto le diere."

10   Y antes que ella respondiese, dijo el licenciado: "¿Hacia qué reino
quiere guiar la vuestra señoría? ¿Es por ventura hacia el de Micomicón?
Que sí debe de ser, o yo sé poco de reinos."

Ella, que estaba bien en todo,[42] entendió que había de responder que
sí, y así dijo: "Sí, señor, hacia ese reino es mi camino."

15   "Si así es," dijo el cura, "por la mitad de mi pueblo hemos de pasar, y
de allí tomará vuestra merced la derrota° de Cartagena,[43] donde se podrá   road
embarcar con la buena ventura. Si hay viento próspero,° mar tranquilo   fair
y sin borrasca, en poco menos de nueve años se podrá estar a vista de la
gran laguna° Meona, digo Meótides,[44] que está poco más de cien jornadas°   lake, days
20 'más acá° del reino de vuestra grandeza."   on this side

"Vuestra merced está engañado, señor mío," dijo ella, "porque no ha
dos años que yo partí dél, y en verdad, que nunca tuve buen tiempo. Y
con todo eso, he llegado a ver lo que tanto deseaba, que es al señor don
Quijote de la Mancha, cuyas nuevas llegaron a mis oídos así como puse
25 los pies en España, y ellas me movieron a buscarle para encomendarme
en su cortesía y fiar mi justicia del valor de su invencible brazo."

"¡No más—cesen mis alabanzas!" dijo a esta sazón don Quijote,
"porque soy enemigo de todo género de adulación, y aunque ésta no lo
sea, todavía ofenden mis castas orejas semejantes pláticas. Lo que yo sé
30 decir, señora mía, que ora tenga valor o no, el que tuviere o no tuviere, se
ha de emplear en vuestro servicio hasta perder la vida. Y así, dejando esto
para su tiempo, ruego al señor licenciado me diga qué es la causa que le
ha traído por estas partes, tan solo, y tan sin criados, y tan a la ligera,[45] que
me pone espanto."

35   "A eso yo responderé con brevedad," respondió el cura, "porque sabrá
vuestra merced, señor don Quijote, que yo y maese Nicolás, nuestro amigo
y nuestro barbero, íbamos a Sevilla a cobrar cierto dinero que un pariente
mío, que ha muchos años que pasó a Indias,[46] me había enviado, y no tan

---

on beards

42 **Que estaba...** *who was up on everything*

43 Cartagena is a seaport in southeastern Spain in the province of Alicante.

44 **Meótides** or **Meótide** (Latin *Palus Mæoticus*) is the old name for the
Sea of Azov that drains into the Black Sea from the northeast. **Meona** refers to
a person constantly needing to urinate.

45 **A la...** *lightly dressed*

46 "Indias" was used to refer to the lands discovered by Spain in the Wes-

pocos que no pasan de sesenta mil pesos ensayados,[47] que es otro que
tal,[48] y pasando ayer por estos lugares, nos salieron al encuentro cuatro
salteadores° y nos quitaron hasta las barbas. Y de modo nos las quitaron,   highwaymen
que le convino al barbero ponérselas postizas. Y aun a este mancebo que
aquí va,"señalando a Cardenio,"le pusieron como de nuevo.[49] Y es lo bueno,
que los que nos saltearon son de unos galeotes que dicen que libertó,° casi   freed
en este mesmo sitio, un hombre tan valiente, que, a pesar del comisario y
de las guardas, los soltó a todos. Y sin duda alguna, él debía de estar fuera
de juicio, o debe de ser tan grande bellaco como ellos, o algún hombre sin
alma y sin conciencia, pues quiso soltar al lobo entre las ovejas, a la raposa
entre las gallinas, a la mosca entre la miel;[50] quiso defraudar la justicia, ir
contra su rey y señor natural, pues fue contra sus justos mandamientos.°   commandments
Quiso, digo, quitar a las galeras sus pies,[51] poner en alboroto a la Santa
Hermandad, que había muchos años que reposaba. Quiso, finalmente,
hacer un hecho por donde se pierda su alma y no se gane su cuerpo."

Habíales contado Sancho al cura y al barbero la aventura de los
galeotes, que acabó su amo con tanta gloria suya, y por esto 'cargaba la
mano° el cura refiriéndola, por ver lo que hacía o decía don Quijote, al   pursued eagerly
cual se le mudaba la color a cada palabra, y no osaba decir que él había
sido el libertador de aquella buena gente.

"Éstos, pues," dijo el cura, "fueron los que nos robaron, ¡que Dios por
su misericordia se lo perdone al que no los dejó llevar al debido suplicio!"

Capítulo XXX. Que trata del gracioso artificio y orden que se tuvo en sacar a nuestro enamorado caballero de la asperísima penitencia en que se había puesto.[1]

No HUBO bien acabado el cura, cuando Sancho dijo: "Pues mía fe, señor
licenciado, el que hizo esa fazaña fue mi amo, y no porque yo no le dije
antes y le avisé que mirase lo que hacía, y que era pecado darles libertad,
porque todos iban allí por grandísimos bellacos."

"¡Majadero!" dijo a esta sazón don Quijote, "a los caballeros andantes
no les toca, ni atañe averiguar, si los afligidos, encadenados y opresos que
encuentran por los caminos van de aquella manera, o están en aquella
angustia por sus culpas° o por sus gracias.° Sólo le toca ayudarles como a   offenses, cleverness
menesterosos, poniendo los ojos en sus penas y no en sus bellaquerías. Yo

---

tern Hemisphere.

47   Ingots that were *assayed* **ensayado** were worth more than ordinary
ingots.

48   **Que es...** *which is not insignificant*

49   **Le pusieron...** *they made him a new man,* i.e., they took so much from
him that he doesn't look the same anymore.

50   **A la...** *the fox among the chickens, the fly into honey*

51   The oars are the feet of the galleys.

1   This heading describes the action of chapter 29.

topé un rosario y sarta° de gente mohina y desdichada, y hice con ellos ⟶ string of beads
lo que mi religión me pide, y lo demás allá se avenga,[2] y a quien mal le
ha parecido, salvo la santa dignidad del señor licenciado y su honrada
persona, digo que sabe poco de achaque de caballería, y que miente como
un hideputa y mal nacido, y esto le haré conocer con mi espada donde
más largamente se contiene."[3]

Y esto dijo, afirmándose en los estribos y calándose° el morrión, ⟶ closing
porque la bacía de barbero, que a su cuenta era el yelmo de Mambrino,
llevaba colgado del arzón delantero, hasta adobarla° del mal tratamiento ⟶ to repair it
que la hicieron los galeotes. Dorotea, que era discreta y de gran donaire,
como quien ya sabía el menguado humor° de don Quijote y que todos ⟶ disposition
hacían burla dél, sino Sancho Panza, no quiso ser para menos,[4] y viéndole
tan enojado, le dijo: "Señor caballero, miémbresele a la vuestra merced el
don que me tiene prometido, y que conforme a él, no puede entremeterse° ⟶ to engage in
en otra aventura, por urgente que sea. Sosiegue vuestra merced el pecho,
que si el señor licenciado supiera que por ese invicto brazo habían sido
librados los galeotes, él se diera tres puntos° en la boca, y aun se mordiera ⟶ stitches
tres veces la lengua, antes que haber dicho palabra que en despecho° de ⟶ disrespect
vuestra merced redundara."

"Eso juro yo bien," dijo el cura, "y aun me hubiera quitado un bigote."

"Yo callaré, señora mía," dijo don Quijote, "y reprimiré° la justa ⟶ I'll control
cólera que ya en mi pecho se había levantado, y iré quieto y pacífico
hasta tanto que os cumpla el don prometido. Pero en pago deste buen
deseo os suplico me digáis, si no se os hace de mal, cuál es la vuestra cuita
y cuántas, quiénes y cuáles son las personas de quien os tengo de dar
debida,° satisfecha° y entera venganza." ⟶ due, complete

"Eso haré yo de gana," respondió Dorotea, "si es que no os enfada oír
lástimas y desgracias."

"No enfadará, señora mía," respondió don Quijote.

A lo que respondió Dorotea: "Pues así es, esténme vuestras mercedes
atentos."

No hubo ella dicho esto, cuando Cardenio y el barbero se le pusieron
al lado, deseosos de ver cómo fingía su historia la discreta Dorotea, y lo
mismo hizo Sancho, que tan engañado iba con ella como su amo. Y ella,
después de haberse puesto bien en la silla y prevenídose con toser y hacer
otros ademanes,° con mucho donaire comenzó a decir desta manera: ⟶ preparations
"Primeramente quiero que vuestras mercedes sepan, señores míos, que a
mí me llaman…"

Y detúvose aquí un poco, porque se le olvidó el nombre que el cura
le había puesto. Pero él acudió al remedio, porque entendió en lo que
reparaba,[5] y dijo: "No es maravilla, señora mía, que la vuestra grandeza

---

2　**Allá se…** *that's not my business*
3　**Donde más…** *to the full extent*
4　**No quiso…** *not wanting to be left out*
5　**En lo…** *why she was hesitating*

se turbe y empache° contando sus desventuras, que ellas suelen ser tales,   *are reluctant*
que muchas veces quitan la memoria a los que maltratan, de tal manera
que aun de sus mesmos nombres no se les acuerda, como han hecho
con vuestra gran señoría, que se ha olvidado que se llama la princesa
Micomicona, legítima heredera del gran reino Micomicón. Y con este
apuntamiento puede la vuestra grandeza reducir° ahora fácilmente a su   *bring*
lastimada memoria todo aquello que contar quisiere."

"Así es la verdad," respondió la doncella, "y desde aquí adelante creo
que no será menester apuntarme° nada, que yo saldré a buen puerto con   *prompt me*
mi verdadera historia. La cual es que el rey mi padre, que se llamaba
Tinacrio el Sabidor,[6] fue muy docto en esto que llaman el arte mágica, y
alcanzó por su ciencia que mi madre, que se llamaba la reina Jaramilla,
había de morir 'primero que° él, y que de allí a poco tiempo él también   *before*
había de pasar desta vida y yo había de quedar huérfana de padre y madre.
Pero decía él que no le fatigaba tanto esto cuanto le ponía en confusión
saber por cosa muy cierta que un descomunal gigante, señor de una
grande ínsula, que casi alinda° con nuestro reino, llamado Pandafilando[7]   *borders on*
de la Fosca° Vista—porque es cosa averiguada que aunque tiene los ojos   *gloomy*
en su lugar y derechos, siempre mira al revés, como si fuese bizco, y esto
lo hace él de maligno y por poner miedo y espanto a los que mira—, digo
que supo que este gigante, en sabiendo° mi orfandad, había de pasar con   **sabiendo *de***
gran poderío sobre mi reino y me lo había de quitar todo, sin dejarme
una pequeña aldea donde me recogiese. Pero que podía escusar toda esta
ruina y desgracia si yo me quisiese casar con él. Mas, a lo que él entendía,
jamás pensaba que me vendría a mí en voluntad de hacer tan desigual
casamiento, y dijo en esto la pura verdad, porque jamás me ha pasado por
el pensamiento casarme con aquel gigante, pero ni con otro alguno, por
grande y desaforado que fuese. Dijo también mi padre que después que
él fuese[8] muerto y viese yo que Pandafilando comenzaba a pasar sobre mi
reino, que no aguardase a ponerme en defensa, porque sería destruirme,
sino que libremente le dejase desembarazado° el reino, si quería escusar   *open*
la muerte y total destruición de mis buenos y leales vasallos, porque no
había de ser posible defenderme de la endiablada fuerza del gigante,
sino que luego, con algunos de los míos, me pusiese en camino de las
Españas,[9] donde hallaría el remedio de mis males, hallando a un caballero
andante, cuya fama en este tiempo se estendería por todo este reino, el
cual se había de llamar, si mal no me acuerdo, don Azote o don Gigote."[10]

"«Don Quijote» diría, señora," dijo a esta sazón Sancho Panza, "o,

---

6 Tinacrio is a character in the romance *El caballero del Febo* (Zaragoza,
1562). This book was not mentioned as being among Don Quijote's books.

7 Pandafilando seems to refer to cheating and fleeing.

8 **Fuese** is used here as **estuviese** would be today.

9 Because of the various kingdoms that Spain comprised, the area was
known as **las Españas** for a long time.

10 **Gigote** was a dish made of ground meat.

por otro nombre, «el Caballero de la Triſte Figura»."

"Así es la verdad," dijo Dorotea. "Dijo más: que había de ser alto de cuerpo, seco de roſtro, y que en el lado derecho, debajo del hombro izquierdo, o por allí junto, había de tener un lunar° pardo, con ciertos   mole
5 cabellos a 'manera de cerdas.°"   like hog bristles

En oyendo eſto don Quijote, dijo a su escudero: "Ten aquí, Sancho, hijo, ayúdame a desnudar, que quiero ver si soy el caballero que aquel sabio rey dejó profetizado."

"Pues ¿para qué quiere vueſtra merced desnudarse?" dijo Dorotea.

10 "Para ver si tengo ese lunar que vueſtro padre dijo," respondió don Quijote.

"No hay para qué desnudarse," dijo Sancho, "que yo sé que tiene vueſtra merced un lunar desas señas en la mitad del espinazo, que es señal de ser hombre fuerte."

15 "Eso baſta," dijo Dorotea, "porque con los amigos no se ha de mirar en pocas cosas, y que eſté en el hombro, o que eſté en el espinazo, importa poco. Baſta que haya lunar, y eſté donde eſtuviere, pues todo es una mesma carne, y sin duda, acertó mi buen padre en todo, y yo he acertado en encomendarme al señor don Quijote, que él es por quien mi padre
20 dijo, pues las señales del roſtro vienen con las de la buena fama que eſte caballero tiene, no sólo en España, pero en toda la Mancha, pues apenas me hube desembarcado° en Osuna,[11] cuando oí decir tantas hazañas suyas   landed
que luego 'me dio° el alma que era el mesmo que venía a buscar."   i.e., **me** *dijo*

"¿Pues cómo se desembarcó vueſtra merced en Osuna, señora mía,"
25 preguntó don Quijote, "si no es puerto de mar?"

Mas antes que Dorotea respondiese, tomó el cura la mano[12] y dijo: "Debe de querer decir la señora princesa que, después que desembarcó en Málaga, la primera parte donde oyó nuevas de vueſtra merced fue en Osuna."

30 "Eso quise decir," dijo Dorotea.

"Y eſto lleva camino,"[13] dijo el cura, "y prosiga vueſtra majeſtad adelante."

"No hay que proseguir," respondió Dorotea, "sino que, finalmente, mi suerte ha sido tan buena en hallar al señor don Quijote, que ya
35 'me cuento° y tengo por reina y señora de todo mi reino, pues él, por   I consider myself
su cortesía y magnificencia, me ha prometido el don de irse conmigo dondequiera que yo le llevare, que no será a otra parte que a ponerle delante de Pandafilando de la Fosca Viſta para que le mate y me reſtituya lo que tan contra razón me tiene usurpado, que todo eſto ha de su-

---

11 Osuna is a city between Seville and Málaga, about a hundred kms. from the sea.

12 **Tomó el...** *the priest lent a hand*

13 **Y esto...** *and this makes sense*

ceder a pedir de boca,[14] pues así lo dejó profetizado Tinacrio el Sabidor, mi buen padre, el cual también dejó dicho y escrito, en letras caldeas[15] o griegas, que yo no las sé leer, que si eſte caballero de la profecía, después de haber degollado° al gigante, quisiese casarse conmigo, que yo me otorgase luego, sin réplica alguna, por su legítima esposa, y le diese la posesión de mi reino, junto con la de mi persona."

ܚܡܓ ܕܒܠܕܘܣ

Letras caldeas   slit throat

"¿Qué te parece, Sancho amigo?" dijo a eſte punto don Quijote. "¿No oyes lo que pasa? ¿No te lo dije yo? Mira si tenemos ya reino que mandar y reina con quien casar."

"Eso juro yo," dijo Sancho, "¡Para el puto que no se casare en abriendo el gaznatico al señor Pandahilado! Pues ¡monta que es mala la reina! Así se me vuelvan las pulgas de la cama."[16]

Y diciendo eſto, dio dos zapatetas en el aire, con mueſtras de grandísimo contento, y luego fue a tomar las riendas de la mula de Dorotea, y haciéndola detener, se hincó de rodillas ante ella, suplicándole le diese las manos para besárselas, en señal que la recibía por su reina y señora. ¿Quién no había de reír de los circunſtantes, viendo la locura del amo y la simplicidad del criado? En efecto, Dorotea se las dio y le prometió de hacerle gran señor en su reino, cuando el cielo le hiciese tanto bien que se lo dejase cobrar y gozar. Agradecióselo Sancho con tales palabras, que renovó la risa en todos.

"Éſta, señores," prosiguió Dorotea, "es mi hiſtoria. Sólo reſta por deciros que de cuanta gente de acompañamiento saqué de mi reino, no me ha quedado sino sólo eſte buen barbado escudero, porque todos se anegaron en una gran borrasca que tuvimos viſta° del puerto. Y él y yo   sight of salimos en dos tablas° a tierra, como por milagro. Y así, es todo milagro   planks y miſterio el discurso de mi vida, como lo habréis notado. Y si en alguna cosa he andado demasiada, o no tan acertada como debiera, echad la culpa a lo que el señor licenciado dijo al principio de mi cuento: que los trabajos continuos y extraordinarios quitan la memoria al que los padece."

"Ésa no me quitarán a mí, ¡oh alta y valerosa señora!" dijo don Quijote, "cuantos yo pasare en serviros,[17] por grandes y no viſtos que sean. Y así, de nuevo confirmo el don que os he prometido, y juro de ir con vos al cabo del mundo haſta verme con el fiero enemigo vueſtro, a quien pienso, con el ayuda de Dios y de mi brazo, tajar° la cabeza soberbia   cut off con los filos deſta, no quiero decir 'buena' espada, merced a Ginés de Pasamonte, que me llevó la mía," eſto dijo entre dientes, y prosiguió

---

14 **A pedir...** *for the asking*

15 The Chaldean language was spoken in Urartu, near the Black Sea, from the 9th to the 6th centuries B.C.

16 **Para el...** [to hell with] *the sodomite who doesn't get married when he opens señor Pandahilado's windpipe! Well, let's see if the queen is so bad—I wish the fleas in my bed were like that*

17 Unusual word order, more "logically": **Cuantos [trabajos] que yo pasare en serviros no me quitarán ésa [mi memoria].**

diciendo, "y después de habérsela tajado y puéstoos en pacífica posesión de vueśtro eśtado, quedará a vueśtra voluntad hacer de vueśtra persona lo que más en talante os viniere. Porque mientras que yo tuviere ocupada la memoria y cautiva la voluntad, perdido el entendimiento, a aquélla… y no digo más, no es posible que yo arrośtre,° ni por pienso, el casarme, aunque fuese con el ave Fénix."[18]   confront

Parecióle tan mal a Sancho lo que últimamente su amo dijo acerca de no querer casarse, que, con grande enojo, alzando la voz, dijo: "¡Voto a mí y juro a mí, que no tiene vueśtra merced, señor don Quijote, cabal juicio! Pues ¿cómo es posible que pone vueśtra merced en duda el casarse con tan alta princesa como aquéśta? ¿Piensa que le ha de ofrecer la fortuna, tras cada cantillo,° semejante ventura como la que ahora se le ofrece? ¿Es por dicha más hermosa mi señora Dulcinea? No, por cierto: ni aun con la mitad, y aun eśtoy por decir que no llega a su zapato de la que eśtá delante. Así, noramala alcanzaré yo el condado que espero, si vueśtra merced se anda a «pedir cotufas° en el golfo°».Cásese, cásese luego, 'encomiéndole yo a Satanás,° y tome ese reino que se le viene a las manos de *vobis, vobis*,[19] y en siendo rey, hágame marqués o adelantado,° y luego, siquiera se lo lleve el diablo todo."[20]   pebble   food, sea   in the devil's name   provincial governor

Don Quijote, que tales blasfemias oyó decir contra su señora Dulcinea, no lo pudo sufrir, y alzando el lanzón, sin hablalle palabra a Sancho, y sin decirle «eśta boca es mía»,[21] le dio tales dos palos, que dio con él en tierra, y si no fuera porque Dorotea le dio voces que no le diera más, sin duda le quitara allí la vida.

"¿Pensáis," le dijo a cabo de rato, "villano ruin, que ha de haber lugar siempre para ponerme la mano en la horcajadura,[22] y que todo ha de ser errar vos y perdonaros yo? Pues ¡no lo penséis, bellaco descomulgado, que sin duda lo eśtás, pues has pueśto lengua en[23] la sin par Dulcinea! Y ¿no sabéis vos, gañán, faquín, belitre,[24] que si no fuese por el valor que ella infunde en mi brazo, que no le[25] tendría yo para matar una pulga. Decid, socarrón de lengua viperina,° y ¿quién pensáis que ha ganado eśte reino;   of a snake   y cortado la cabeza a eśte gigante; y hechoos a vos marqués, que todo eśto doy ya por hecho y por cosa pasada en cosa juzgada,° si no es el valor   decided   de Dulcinea, tomando a mi brazo por inśtrumento de sus hazañas? Ella pelea en mí y vence en mí, y yo vivo y respiro en ella, y tengo vida y ser.

---

18 The phoenix was the mythical Egyptian bird that lived for 500 years. It built its own funeral pyre, fanned the flames with its wings, and was reincarnated. It never married anyone.

19 Sancho means de **bóbilis, bóbilis** *for nothing.* **Vobis** is a Latin word meaning *to you.*

20 **Siquiera se…** *and then may the devil take the rest*

21 Common saying which meant "Without saying a word."

22 **Ponerme la…** *show me such disrespect*

23 **Has puesto…** *you have spoken ill of*

24 **Gañán, faquín…** *you rustic, common laborer, vile person*

25 This le refers to valor.

¡Oh hideputa, bellaco, y cómo sois desagradecido, que os véis levantado del polvo de la tierra a ser señor de título, y correspondéis a tan buena obra con decir mal de quien os la hizo!"

No eſtaba tan maltrecho Sancho que no oyese todo cuanto su amo le decía, y levantándose con un poco de preſteza, se fue a poner detrás del palafrén de Dorotea, y desde allí dijo a su amo: "Dígame, señor, si vueſtra merced tiene determinado de no casarse con eſta gran princesa, claro eſtá que no será el reino suyo, y no siéndolo, ¿qué mercedes me puede hacer? Eſto es de lo que yo me quejo. Cásese vueſtra merced 'una por una° con este reina, ahora que la tenemos aquí «como llovida del cielo,» y después puede volverse con mi señora Dulcinea, que reyes debe de haber habido en el mundo que hayan sido amancebados. En lo de la hermosura no me entremeto, que, en verdad, si va a decirla, que entrambas me parecen bien, pueſto que yo nunca he viſto a la señora Dulcinea."

once and for all

"¿Cómo que no la has viſto, traidor blasfemo?" dijo don Quijote, "pues ¿no acabas de traerme ahora un recado de su parte?"

"Digo que no la he viſto tan despacio," dijo Sancho, "que pueda haber notado particularmente su hermosura y sus buenas partes, punto por punto, pero así a bulto, me parece bien."

"Ahora te disculpo," dijo don Quijote, "y perdóname el enojo que te he dado, que los 'primeros movimientos° no son en manos de los hombres."

first impulses

"Ya yo lo veo," respondió Sancho, "y así en mí la gana de hablar siempre es primero movimiento, y no puedo dejar de decir por una vez siquiera lo que me viene a la lengua."

"Con todo eso," dijo don Quijote, "mira, Sancho, lo que hablas, porque «tantas veces va el cantarillo° a la fuente…»,[26] y no te digo más."

pitcher

"Ahora bien," respondió Sancho, "Dios eſtá en el cielo, que ve las trampas, y será juez de quién hace más mal: yo en no hablar bien, o vueſtra merced en no[27] obrallo.°"

performing it

"¡No haya más!" dijo Dorotea, "corred, Sancho, y besad la mano a vueſtro señor y pedilde perdón, y de aquí adelante andad más atentado° en vueſtras alabanzas y vituperios, y no digáis mal de aquesa señora Tobosa, a quien yo no conozco, si no es para servilla, y tened confianza en Dios, que no os ha de faltar un eſtado donde viváis como un príncipe."

= atento

Fue Sancho cabizbajo° y pidió la mano a su señor, y él se la dio con reposado continente, y después que se la hubo besado, le echó la bendición, y dijo a Sancho que se adelantasen un poco: que tenía que preguntalle y que departir con él cosas de mucha importancia. Hízolo así Sancho, y apartáronse los dos algo adelante, y díjole don Quijote: "Después que veniſte no he tenido lugar ni espacio para preguntarte muchas 'cosas de particularidad° acerca de la embajada que llevaſte y de la respueſta que

with hanging head

details

26 The saying continues: **que deja el asa** [handle] **o la frente** [spout].

27 This **no** has been in most editions since Brussels, 1607. It wasn't in the first edition.

trujiſte, y ahora, pues la fortuna nos ha concedido tiempo y lugar, no me niegues tú la ventura que puedes darme con tan buenas nuevas."

"Pregunte vueſtra merced lo que quisiere," respondió Sancho, "que a todo daré tan buena salida como tuve la entrada.²⁸ Pero suplico a vueſtra merced, señor mío, que no sea de aquí adelante tan vengativo."

"¿Por qué lo dices, Sancho?" dijo don Quijote.

"Dígolo," respondió, "porque eſtos palos de agora más fueron por la pendencia que entre los dos trabó el diablo la otra noche, que por lo que dije contra mi señora Dulcinea, a quien amo y reverencio como a una reliquia, aunque en ella no lo haya,²⁹ sólo por ser cosa de vueſtra merced."

"No tornes a esas pláticas, Sancho, por tu vida," dijo don Quijote, "que me dan pesadumbre. Ya te perdoné entonces, y bien sabes tú que suele decirse: «a pecado nuevo, penitencia nueva.»"³⁰

En tanto que los dos iban en eſtas pláticas, dijo el cura a Dorotea que había andado muy discreta, así en el cuento como en la brevedad dél y en la similitud que tuvo con los de los libros de caballerías. Ella dijo que muchos ratos se había entretenido en leellos, pero que no sabía ella donde eran las provincias ni puertos de mar, y que así había dicho 'a tiento° que se había desembarcado en Osuna.   at random

"Yo lo entendí así," dijo el cura, "y por eso acudí luego a decir lo que dije, con que se acomodó todo. Pero ¿no es cosa eſtraña ver con

---

28 **Daré tan…** *I'll find the way out as easily as I found the way in*
29 That is, there's nothing of a relic about her.
30 At this point in the second Cuesta edition, and in most later editions, Sancho's donkey comes back to him:

Mientras eso pasaba, vieron venir por el camino donde ellos iban a un hombre caballero sobre un jumento, y cuando llegó cerca les parecía que era gitano; pero Sancho Panza, que doquiera que veía asnos se le iban los ojos y el alma, apenas hubo visto al hombre, cuando conoció que era Ginés de Pasamonte, y por el hilo del gitano sacó el ovillo de su asno como era la verdad, pues era el rucio sobre que Pasamonte venía; el cual, por no ser conocido y por vender el asno, se había puesto en traje de gitano, cuya lengua, y otras muchas, sabía hablar como si fueran naturales suyas. Viole Sancho y conocióle; y apenas le hubo visto y conocido, cuando a grandes voces dijo: "¡Ah, ladrón Ginesillo! ¡Deja mi prenda, suelta mi vida, no te empaches con mi descanso, deja mi asno, deja mi regalo! ¡Huye, puto; auséntate, ladrón, y desampara lo que no es tuyo!"

No fueron menester tantas palabras y baldones, porque a la primera saltó Ginés y, tomando un trote que parecía carrera, en un punto se ausentó y alejó de todos. Sancho llegó a su rucio y, abrazándole, le dijo: "¿Cómo has estado, bien mío, rucio de mis ojos, compañero mío?"

Y con esto le besaba y acariciaba, como si fuera persona. El asno callaba y se dejaba besar y acariciar de Sancho, sin responderle palabra alguna. Llegaron todos y diéronle el parabién del hallazgo del rucio, especialmente don Quijote, el cual le dijo que no por eso anulaba la póliza de los tres pollinos. Sancho se lo agradeció.

cuánta facilidad cree este desventurado hidalgo todas estas invenciones y mentiras, sólo porque llevan el estilo y modo de las necedades de sus libros?"

"Sí es," dijo Cardenio, "y tan rara y nunca vista, que yo no sé si queriendo inventarla y fabricarla mentirosamente, hubiera tan agudo ingenio que pudiera dar en ella."

"Pues otra cosa hay en ello," dijo el cura: "que, fuera de las simplicidades que este buen hidalgo dice tocantes a su locura, si le tratan de otras cosas, discurre° con bonísimas razones y muestra tener un entendimiento claro y apacible° en todo, de manera que, como no le toquen en sus caballerías, no habrá nadie que le juzgue sino por de muy buen entendimiento."   *discourses* / *affable*

En tanto que ellos iban en esta conversación, prosiguió don Quijote con la suya, y dijo a Sancho: "Echemos, Panza amigo, pelillos a la mar° en esto de nuestras pendencias, y dime ahora, sin tener cuenta con enojo ni rencor alguno, ¿dónde, cómo y cuándo hallaste a Dulcinea? ¿Qué hacía? ¿Qué le dijiste? ¿Qué te respondió? ¿Qué rostro hizo cuando leía mi carta? ¿Quién te la trasladó? Y todo aquello que vieres que en este caso es digno de saberse, de preguntarse y satisfacerse, sin que añadas o mientas por darme gusto, ni menos te acortes° por no quitármele."   *let's… make peace* / *shorten*

"Señor," respondió Sancho, "si va a decir la verdad, la carta no me la trasladó nadie, porque yo no llevé carta alguna."

"Así es, como tú dices," dijo don Quijote, "porque el librillo de memoria donde yo la escribí le hallé en mi poder 'a cabo° de dos días de tu partida, lo cual me causó grandísima pena, por no saber lo que habías tú de hacer cuando te vieses sin carta, y creí siempre que te volvieras desde el lugar donde la echaras menos."   *after*

"Así fuera," respondió Sancho, "si no la hubiera yo tomado en la memoria cuando vuestra merced me la leyó, de manera que se la dije a un sacristán que me la trasladó del entendimiento, tan punto por punto, que dijo que en todos los días de su vida, aunque había leído muchas cartas de descomunión,° no había visto ni leído tan linda carta como aquélla."   *excommunication*

"Y ¿tiénesla todavía en la memoria, Sancho?" dijo don Quijote.

"No, señor," respondió Sancho, "porque después que la di, como vi que no había de ser de más provecho, di en olvidalla. Y si algo se me acuerda, es aquello del «sobajada», digo del «soberana señora», y lo último, «vuestro hasta la muerte, el Caballero de la Triste Figura». Y en medio destas dos cosas le puse más de trecientas «almas», y «vidas», y «ojos míos»."

Capítulo XXXI. De los sabrosos razonamientos que pasaron entre don Quijote y Sancho Panza, su escudero, con otros sucesos.

"Todo eso no me descontenta.° Prosigue adelante," dijo don Quijote. "Llegaste, y ¿qué hacía aquella reina de la hermosura? A buen seguro que la hallaste ensartando perlas, o bordando° alguna empresa con 'oro de cañutillo° para este su cautivo caballero."

"No la hallé," respondió Sancho, "sino ahechando° dos hanegas de trigo en un corral de su casa."

"Pues 'haz cuenta,'" dijo don Quijote, "que los granos de aquel trigo eran granos de perlas, tocados° de sus manos, y si miraste, amigo, el trigo ¿era candeal, o trechel?°"

"No era sino rubión,°" respondió Sancho.

"Pues yo te aseguro," dijo don Quijote, "que, ahechado por sus manos, hizo pan candeal, sin duda alguna, pero pasa adelante. Cuando le diste mi carta, ¿besóla? ¿Púsosela sobre la cabeza? ¿Hizo alguna ceremonia digna de tal carta, o qué hizo?"

"Cuando yo se la iba a dar," respondió Sancho, "ella estaba en la fuga del meneo de una buena parte de trigo que tenía en la criba.¹ Y díjome: 'Poned, amigo, esa carta sobre aquel costal, que no la puedo leer hasta que acabe de acribar° todo lo que aquí está.'"

"Discreta señora," dijo don Quijote, "eso debió de ser por leerla despacio y recrearse° con ella. Adelante, Sancho, y en tanto que estaba en su menester,° ¿qué coloquios pasó contigo? ¿Qué te preguntó de mí? Y tú, ¿qué le respondiste? Acaba, cuéntamelo todo, no se te quede en el tintero una mínima."²

"Ella no me preguntó nada," dijo Sancho, "mas yo le dije de la manera que vuestra merced, por su servicio, quedaba haciendo penitencia, desnudo de la cintura arriba, metido entre estas sierras, como si fuera salvaje,° durmiendo en el suelo, sin comer pan a manteles ni sin peinarse° la barba, llorando y maldiciendo su fortuna."

"En decir que maldecía mi fortuna dijiste mal," dijo don Quijote, "porque antes la bendigo y bendeciré todos los días de mi vida por haberme hecho digno de merecer amar tan alta señora como Dulcinea del Toboso."

"Tan alta es," respondió Sancho, "que a buena fe que me lleva a mí más de un coto."³

"Pues ¿cómo, Sancho," dijo don Quijote, "haste medido° tú con ella?"

"Medíme en esta manera," respondió Sancho: "que llegándole a ayudar a poner un costal de trigo sobre un jumento, llegamos tan juntos,

---

Marginal glosses:
- displeases
- embroidering
- gold thread
- sifting
- you must realize
- having been touched
- brown wheat
- reddish wheat
- sifting
- take delight
- duties
- wild man, combing
- measured

---

1 **En la...** *right in the middle of winnowing a good deal of wheat that she had in her screen*

2 The **mínima** is the musical half-note (in Britain, minim), and came to mean *the slightest thing.*

3 **Me lleva...** *she's more than four inches taller than I am*

que eché de ver que me llevaba más de un gran palmo."⁴

"Pues ¡es verdad," replicó don Quijote, "que no acompaña esa grandeza y la adorna con mil millones de gracias del alma! Pero no me negarás, Sancho, una cosa: cuando llegaſte junto a ella, ¿no sentiſte un olor sabeo,⁵ una fragancia aromática y un no sé qué de bueno, que yo no acierto a dalle nombre? Digo ¿un tuho, o tufo,° como si eſtuvieras en la tienda de algún 'curioso guantero?°"⁶

"Lo que sé decir," dijo Sancho, "es que sentí un olorcillo° algo hombruno,° y debía de ser que ella, con el mucho ejercicio, eſtaba sudada° y algo correosa.°"

"No sería eso," respondió don Quijote, "sino que tú debías de eſtar romadizado° o te debiſte de oler a ti mismo, porque yo sé bien a lo que huele aquella rosa entre espinas,° aquel lirio° del campo, aquel ámbar desleído.°"

"Todo puede ser," respondió Sancho, "que muchas veces sale de mí aquel olor que entonces me pareció que salía de su merced de la señora Dulcinea. Pero no hay de qué maravillarse, que «un diablo parece a otro.»"

"Y bien," prosiguió don Quijote, "'he aquí° que acabó de limpiar su trigo y de enviallo al molino. ¿Qué hizo cuando leyó la carta?"

"La carta," dijo Sancho, "no la leyó, porque dijo que no sabía leer ni escribir. Antes la rasgó y la hizo menudas° piezas, diciendo que no la quería dar a leer a nadie, porque no se supiesen en el lugar sus secretos, y que baſtaba lo que yo le había dicho 'de palabra° acerca del amor que vueſtra merced le tenía y de la penitencia extraordinaria que por su causa quedaba haciendo. Y finalmente, me dijo que dijese a vueſtra merced que le besaba las manos y que allí quedaba con más deseo de verle que de escribirle, y que así le suplicaba, y mandaba, que, viſta la presente,⁷ saliese de aquellos matorrales° y se dejase de hacer disparates y se pusiese luego luego en camino del Toboso, si otra cosa de más importancia no le sucediese, porque tenía gran deseo de ver a vueſtra merced. Riose mucho cuando le dije como se llamaba vueſtra merced ᴇʟ Cᴀʙᴀʟʟᴇʀᴏ ᴅᴇ ʟᴀ Tʀɪsᴛᴇ Fɪɢᴜʀᴀ. Preguntéle si había ido allá el vizcaíno de marras. Díjome que sí, y que era un hombre muy de bien. También le pregunté por los galeotes, mas díjome que no había viſto haſta entonces alguno."

"Todo va bien haſta agora," dijo don Quijote. "Pero dime: ¿qué joya° fue la que te dio al despedirte, por las nuevas que de mí le llevaſte? Porque es usada y antigua coſtumbre entre los caballeros y damas andantes dar a los escuderos, doncellas o enanos que les llevan nuevas, de sus damas a ellos, a ellas de sus andantes—alguna rica joya—'en albricias,° en agradecimiento de su recado."

Glosses (right margin):
- aroma
- quaint glovemaker
- little smell
- mannish, sweaty
- grimy
- with a cold
- thorns, lily
- liquid
- so
- small
- orally
- thickets
- reward
- as a reward

---

4 **Un palmo** is eight inches, so Sancho is referring to something more than that.

5 Refers to Sheba, the area of Arabia famous for its perfumes.

6 Gloves used to be perfumed with ambergris.

7 **Vista la...** *in sight of the present communication,* a legal phrase.

"Bien puede eso ser así, y yo la tengo por buena usanza. Pero eso debió de ser en los tiempos pasados, que ahora sólo se debe de acoſtumbrar a dar un pedazo de pan y queso, que eſto fue lo que me dio mi señora Dulcinea, por las bardas de un corral, cuando della me despedí, y aun, 'por más señas,° será el queso ovejuno.°'"   seemingly, of sheep

"Es liberal en eſtremo," dijo don Quijote, "y si no te dio joya de oro, sin duda debió de ser porque no la tendría allí a la mano para dártela, pero «buenas son mangas después de Pascua.»[8] Yo la veré, y se satisfará todo. ¿Sabes de qué eſtoy maravillado, Sancho? De que me parece que fuiſte y veniſte por los aires, pues poco más de tres días has tardado en ir y venir desde aquí al Toboso, habiendo de aquí allá más de treinta leguas, por lo cual me doy a entender que aquel sabio nigromante° que 'tiene cuenta   magician con° mis cosas y es mi amigo, porque por fuerza le hay y le ha de haber, so   takes care of pena que yo no sería buen caballero andante, digo que eſte tal te debió de ayudar a caminar sin que tú lo sintieses, que hay sabio deſtos que coge°   takes a un caballero andante durmiendo en su cama y sin saber cómo o en qué manera, amanece° otro día más de mil leguas de donde anocheció.° Y si   wakes up, fell asleep no fuese por eſto, no se podrían socorrer en sus peligros los caballeros andantes unos a otros, como se socorren 'a cada paso.° Que acaece eſtar   all the time uno peleando en las sierras de Armenia con algún endriago o con algún fiero veſtiglo, o con otro caballero, donde lleva lo peor de la batalla y eſtá ya a punto de muerte, y cuando no os me cato[9] asoma por acullá, encima de una nube o sobre un carro° de fuego, otro caballero amigo   chariot suyo, que poco antes se hallaba en Ingalaterra, que le favorece y libra de la muerte, y a la noche se halla en su posada cenando muy a su sabor, y suele haber de la una a la otra parte dos o tres mil leguas. Y todo eſto se hace por induſtria y sabiduría° deſtos sabios encantadores que tienen   ingenuity cuidado deſtos valerosos caballeros. Así que, amigo Sancho, no se me hace dificultoso creer que en tan breve tiempo hayas ido y venido desde eſte lugar al del Toboso. Pues, como tengo dicho, algún sabio amigo te debió de llevar 'en volandillas,° sin que tú lo sintieses."   in the air

"Así sería," dijo Sancho, "porque a buena fe que andaba Rocinante como si fuera asno de gitano con azogue en los oídos."[10]

"Y ¡cómo si llevaba azogue!" dijo don Quijote, "y aun una legión de demonios, que es gente que camina y hace caminar sin cansarse, todo aquello que se les antoja. Pero, dejando eſto aparte, ¿qué te parece a ti que debo yo de hacer ahora, cerca de lo que mi señora me manda que la vaya a ver? Que aunque yo veo que eſtoy obligado a cumplir su mandamiento, véome también imposibilitado° del don que he prometido a la princesa   helpless que con nosotros viene, y fuérzame la ley de caballería a cumplir mi palabra antes que mi guſto. Por una parte, me acosa° y fatiga el deseo de   harasses

---

8 **Buenas son...** *better late than never*

9 **Cuando no...** *when he least expects it*

10 Gypsies would put mercury in the ears of donkeys to make them go faster.

ver a mi señora; por otra, me incita y llama la prometida fe y la gloria que he de alcanzar en esta empresa. Pero lo que pienso hacer será caminar a priesa y llegar presto donde está este gigante, y en llegando, le cortaré la cabeza y pondré a la princesa pacíficamente en su estado, y 'al punto° daré la vuelta a ver a la luz que mis sentidos alumbra. A la cual daré tales disculpas, que ella venga a tener por buena mi tardanza, pues verá que todo redunda en aumento de su gloria y fama, pues cuanta yo he alcanzado, alcanzo y alcanzaré por las armas en esta vida, toda me viene del favor que ella me da y de ser yo suyo."   immediately

"¡Ay," dijo Sancho, "y cómo está vuestra merced lastimado° de esos cascos!° Pues dígame, señor, ¿piensa vuestra merced caminar este camino en balde y dejar pasar y perder un tan rico y tan principal casamiento como éste, donde le dan en dote un reino, que a buena verdad que he oído decir que tiene más de veinte mil leguas 'de contorno,° y que es abundantísimo de todas las cosas que son necesarias para el sustento° de la vida humana, y que es mayor que Portugal y que Castilla juntos? Calle, por amor de Dios, y tenga vergüenza de lo que ha dicho, y tome mi consejo, y perdóneme, y cásese luego en el primer lugar que haya cura, y si no, ahí está nuestro licenciado, que lo hará 'de perlas.° Y advierta que ya tengo edad para dar consejos, y que este que le doy le viene de molde, y que «más vale pájaro en mano que buitre volando,»[11] porque «quien bien tiene y mal escoge, por bien que se enoja, no se venga.»[12]   damaged
brains

in circumference
sustenance

perfectly

"Mira, Sancho," respondió don Quijote, "si el consejo que me das de que me case es porque sea luego rey, en matando al gigante, y 'tenga cómodo° para hacerte mercedes y darte lo prometido, hágote saber que sin casarme podré cumplir tu deseo muy fácilmente, porque yo sacaré de adahala,° antes de entrar en la batalla, que, saliendo vencedor della, 'ya que° no me case, me han de dar una parte del reino para que la pueda dar a quien yo quisiere, y en dándomela, ¿a quién quieres tú que la dé sino a ti?"   be able

fee
even if

"Eso está claro," respondió Sancho, "pero mire vuestra merced que la escoja hacia la marina,° porque, si no me contentare la vivienda,° pueda embarcar° mis negros vasallos y hacer dellos lo que ya he dicho. Y vuestra merced no 'se cure° de ir por agora a ver a mi señora Dulcinea, sino váyase a matar al gigante y concluyamos este negocio, que por Dios que se me asienta que ha de ser de mucha honra y de mucho provecho."   coast, lifestyle
ship
worry about

"Dígote, Sancho," dijo don Quijote, "que estás en lo cierto, y que habré de tomar tu consejo 'en cuanto° el ir antes con la princesa que a ver a Dulcinea. Y avísote que no digas nada a nadie, ni a los que con nosotros vienen, de lo que aquí hemos departido y tratado, que pues Dulcinea es   insofar as

---

11 **Más vale...** *a bird in the hand is worth two in the bush.* **Buitre** means *vulture.*

12 **Por bien...** This is supposed to be **por mal que le venga no se enoje** *let him not complain of the bad that comes to him,* but Sancho mixes up the order. There is no English equivalent of the whole proverb.

tan recatada que no quiere que se sepan sus pensamientos, no será bien que yo, ni otro por mí, los descubra."

"Pues si eso es así," dijo Sancho, "¿cómo hace vuestra merced que todos los que vence[13] por su brazo se vayan a presentar ante mi señora Dulcinea, siendo esto firma de su nombre, que la quiere bien, y que es su enamorado?[14] Y siendo forzoso que los que fueren se han de ir a hincar de finojos° ante su presencia y decir que van de parte de vuestra merced a dalle la obediencia,° ¿cómo se pueden encubrir los pensamientos de entrambos?"

= **hinojos** *knees*

submission

"¡Oh, qué necio y qué simple que eres!" dijo don Quijote. "¿Tú no ves, Sancho, que eso todo redunda en su mayor ensalzamiento?° Porque has de saber que en este nuestro estilo de caballería es gran honra tener una dama muchos caballeros andantes que la sirvan, sin que se estiendan más sus pensamientos que a servilla, por sólo ser ella quien es, sin esperar otro premio de sus muchos y buenos deseos sino que ella se contente de acetarlos por sus caballeros."

exaltation

"Con esa manera de amor," dijo Sancho, "he oído yo predicar que se ha de amar a Nuestro Señor, por sí solo, sin que nos mueva esperanza de gloria o temor de pena. Aunque yo le querría amar y servir por lo que pudiese."[15]

"¡Válate el diablo por villano,"[16] dijo don Quijote, "y qué de discreciones dices a las veces! No parece sino que has estudiado."

"Pues a fe mía que no sé leer," respondió Sancho.

En esto, les dio voces maese Nicolás que esperasen un poco, que querían detenerse a beber 'en una fontecilla° que allí estaba. Detúvose don Quijote, con no poco gusto de Sancho, que ya estaba cansado de mentir tanto, y temía no le cogiese su amo a palabras,[17] porque, puesto que él sabía que Dulcinea era una labradora del Toboso, no la había visto en toda su vida.

at a small spring

Habíase en este tiempo vestido Cardenio los vestidos° que Dorotea traía cuando la hallaron, que, aunque no eran muy buenos, hacían mucha ventaja a los que dejaba. Apeáronse junto a la fuente, y con lo que el cura se acomodó en la venta satisficieron, aunque poco, la mucha hambre que todos traían.

clothing

Estando en esto, acertó a pasar por allí un muchacho que iba de camino, el cual, poniéndose a mirar con mucha atención a los que en la fuente estaban, de allí a poco arremetió° a don Quijote, y abrazándole por las piernas, comenzó a llorar muy 'de propósito,° diciendo: "¡Ay, señor mío ¿no me conoce vuestra merced? Pues míreme bien, que yo soy aquel

ran

earnestly

---

13 **¿Cómo hace…** *why do you make all those you conquer…?*

14 **Siendo esto…** *as if your loving her and that you are her lover were your signature?*

15 **Por lo…** *for what He can* [do for me]

16 **¡Válate el…** *may the devil take you for a peasant!*

17 **Temía no…** *he feared that his master would catch him in a lie*

mozo Andrés que quitó vuestra merced de la encina donde estaba atado."

Reconocióle don Quijote y asiéndole por la mano, se volvió a los que allí estaban, y dijo: "Porque vean vuestras mercedes cuán de importancia es haber caballeros andantes en el mundo, que desfagan los tuertos y agravios que en él se hacen por los insolentes y malos hombres que en él viven, sepan vuestras mercedes que los días pasados, pasando yo por un bosque, oí unos gritos y unas voces muy lastimosas, como de persona afligida y menesterosa. Acudí luego, llevado de mi obligación, hacia la parte donde me pareció que las lamentables voces sonaban, y hallé atado a una encina a este muchacho que ahora está delante, de lo que me huelgo en el alma, porque será testigo que no me dejará mentir en nada. Digo que estaba atado a la encina, desnudo del medio cuerpo arriba, y estábale abriendo a azotes con las riendas de una yegua un villano,[18] que después supe que era amo suyo. Y así como yo le vi, le pregunté la causa de tan atroz vapulamiento,° respondió el zafio que le azotaba porque era   flogging su criado, y que ciertos descuidos que tenía nacían más de ladrón que de simple.[19] A lo cual este niño dijo: 'Señor, no me azota sino porque le pido mi salario.' El amo replicó no sé qué arengas y disculpas, las cuales, aunque de mí fueron oídas, no fueron admitidas. En resolución, yo le hice desatar, y tomé juramento al villano de que le llevaría consigo y le pagaría un real sobre otro, y aun sahumados. ¿No es verdad todo esto, hijo Andrés? ¿No notaste con cuánto imperio° se lo mandé y con cuánta   authority humildad prometió de hacer todo cuanto yo le impuse,° y notifiqué°   required, announced y quise? Responde, no 'te turbes° ni dudes en nada. Di lo que pasó a   be embarrassed estos señores, porque se vea y considere ser del provecho que digo haber caballeros andantes por los caminos."

"Todo lo que vuestra merced ha dicho es mucha verdad," respondió el muchacho, "pero el fin del negocio sucedió muy al revés de lo que vuestra merced se imagina."

"¿Cómo al revés?" replicó don Quijote, "¿Luego no te pagó el villano?"

"No sólo no me pagó," respondió el muchacho, "pero así como vuestra merced traspuso° del bosque y quedamos solos, me volvió a atar   left a la mesma encina y me dio de nuevo tantos azotes, que quedé hecho un San Bartolomé desollado. Y a cada azote que me daba me decía un donaire y chufeta° acerca de hacer burla de vuestra merced, que, a no   jibe sentir yo tanto dolor, me riera de lo que decía. En efecto, él 'me paró tal,°   left me in such a state que hasta ahora he estado curándome en un hospital del mal que el mal villano entonces me hizo. De todo lo cual tiene vuestra merced la culpa, porque si se fuera su camino adelante y no viniera donde no le llamaban, ni 'se entremetiera° en negocios ajenos, mi amo se contentara con darme   meddled una o dos docenas de azotes, y luego me soltara y pagara cuanto me debía. Mas como vuestra merced le deshonró tan sin propósito y le dijo tantas

---

18 This is the subject of **estábale**.

19 **Nacían más...** *derived more from being a thief than a simpleton*

villanías,[20] encendiósele la cólera, y como no la pudo vengar en vuestra merced, cuando se vio solo descargó sobre mí el nublado,[21] de modo que me parece que no seré más hombre en toda mi vida."

"El daño estuvo," dijo don Quijote, "en irme yo de allí. Que no me había de ir hasta dejarte pagado, porque bien debía yo de saber, por luengas experiencias, que no hay villano que guarde palabra que tiene,[22] si él vee que no le está bien guardalla.[23] Pero ya te acuerdas, Andrés, que yo juré que si no te pagaba, que había de ir a buscarle y que le había de hallar, aunque se escondiese en el vientre° de la ballena."[24]   stomach, whale

"Así es la verdad," dijo Andrés, "pero no aprovechó nada."

"Ahora verás si aprovecha," dijo don Quijote.

Y diciendo esto, se levantó muy apriesa y mandó a Sancho que enfrenase° a Rocinante, que estaba paciendo en tanto que ellos comían.   bridle
Preguntóle Dorotea qué era lo que hacer quería. Él le respondió que quería ir a buscar al villano y castigalle de tan mal término y hacer pagado a Andrés hasta el último maravedí, a despecho y pesar de cuantos villanos hubiese en el mundo. A lo que ella respondió que advirtiese que no podía, conforme al don prometido, entremeterse en ninguna empresa hasta acabar la suya, y que pues esto sabía él mejor que otro alguno, que sosegase el pecho hasta la vuelta de su reino.

"Así es verdad," respondió don Quijote, "y es forzoso que Andrés tenga paciencia hasta la vuelta, como vos, señora, decís, que yo le torno a jurar y a prometer de nuevo de no parar hasta hacerle vengado y pagado."

"No me creo desos juramentos," dijo Andrés, "más quisiera tener agora con qué llegar a Sevilla, que todas las venganzas del mundo.[25] Déme, si tiene ahí, algo que coma y lleve, y quédese con Dios su merced y todos los caballeros andantes, que tan bienandantes sean ellos para consigo, como lo han sido para conmigo."[26]

Sacó de su repuesto Sancho un pedazo de pan y otro de queso, y dándoselo al mozo, le dijo: "Tomá,[27] hermano Andrés, que a todos nos alcanza parte de vuestra desgracia."[28]

"Pues ¿qué parte os alcanza a vos?" preguntó Andrés.

"Esta parte de queso y pan que os doy," respondió Sancho, "que Dios

---

20   **Como vuestra...** *since you insulted him so without purpose and called him so many names*

21   **Descargó sobre...** *he vented his anger on me*

22   **Que tiene dada** *which he has given.* Schevill has changed **tiene** to **diere.**

23   **No le...** *it's not in his interest to keep it*

24   This refers to Jonah's whale. Of course, the "whale" is said to be only a "great fish," in Jonah 1:17 [English Bible] or 2:1 [Spanish Bible].

25   **Quisiera tener...** *I'd rather have the means to get to Seville than all the vengeance in the world*

26   **Que también...** *may they be as errant with themselves as they have been with me*

27   This is the **vos** form of the command again.

28   **A todos...** *we all have a share in your misfortune*

sabe si me ha de hacer falta o no, porque os hago saber, amigo, que los escuderos de los caballeros andantes eſtamos sujetos a mucha hambre y a mala ventura, y aun a otras cosas que se sienten mejor que se dicen."

Andrés asió de su pan y queso, y viendo que nadie le daba otra cosa, abajó su cabeza y tomó el camino en las manos, como suele decirse. Bien es verdad que, al partirse, dijo a don Quijote: "¡Por amor de Dios, señor caballero andante, que si otra vez me encontrare, aunque vea que me hacen pedazos, no me socorra ni ayude, sino déjeme con mi desgracia, que no será tanta que no sea mayor la que me vendrá de su ayuda de vueſtra merced, a quien Dios maldiga, y a todos cuantos caballeros andantes han nacido en el mundo!"

Íbase a levantar don Quijote para caſtigalle, mas él se puso a correr de modo que ninguno se atrevió a seguille. Quedó corridísimo° don Quijote del cuento de Andrés, y fue meneſter que los demás tuviesen mucha cuenta con no reírse, por no acaballe de correr 'del todo.°

very crestfallen

entirely

Capítulo XXXII. Que trata de lo que sucedió en la venta a toda la cuadrilla de don Quijote.

ACABÓSE LA buena comida, ensillaron luego, y sin que les sucediese cosa digna de contar, llegaron otro día a la venta, espanto y asombro° de Sancho Panza, y aunque él quisiera no entrar en ella, no lo pudo huir. La ventera, ventero, su hija y Maritornes, que vieron venir a don Quijote y a Sancho, les salieron a recebir con mueſtras de mucha alegría, y él las recibió con grave continente y aplauso,° y díjoles que le aderezasen otro mejor lecho que la vez pasada, a lo cual le respondió la huéspeda° que como la pagase mejor que la otra vez, que ella se la¹ daría de príncipes. Don Quijote dijo que sí haría, y así le aderezaron uno razonable en el mismo caramanchón de marras, y él se acoſtó luego, porque venía muy quebrantado y falto de juicio. No se hubo bien encerrado, cuando la huéspeda arremetió al barbero, y asiéndole de la barba, dijo: "Para mi santiguada, que no se han aún de aprovechar más de mi rabo para su barba, y que me ha de volver mi cola, que anda lo de mi marido por esos suelos, que es vergüenza, digo, el peine que solía yo colgar de mi buena cola."

No se la quería dar el barbero, aunque ella más tiraba, haſta que el licenciado le dijo que se la diese, que ya no era meneſter más usar de aquella induſtria,° sino que se descubriese y moſtrase en su misma forma, y dijese a don Quijote que cuando le despojaron los ladrones galeotes se había venido a aquella venta huyendo, y que si preguntase por el escudero de la princesa, le dirían que ella le había enviado adelante a dar aviso a los de su reino como ella iba y llevaba consigo al libertador de todos.

dread

solemnity

innkeeper's wife

strategem

---

1 Schevill has **le** here, referring to **lecho**. The original has **la**, referring to **cama**.

Con esto dio de buena gana la cola a la ventera el barbero, y asimismo le volvieron todos los aderentes que había prestado para la libertad de don Quijote. Espantáronse° todos los de la venta de la hermosura de Dorotea, y aun del buen talle del zagal Cardenio. Hizo el cura que les aderezasen de comer de lo que en la venta hubiese, y el huésped, con esperanza de mejor paga, con diligencia les aderezó una razonable comida, y a todo esto dormía don Quijote, y fueron de parecer° de no despertalle, porque más provecho le haría por entonces el dormir que el comer.

Trataron sobre comida, estando delante el ventero, su mujer, su hija, Maritornes, todos los pasajeros,° de la estraña locura de don Quijote[2] y del modo que le habían hallado. La huéspeda les contó lo que con él y con el harriero les había acontecido, y mirando si acaso estaba allí Sancho, como no le viese, contó todo lo de su manteamiento, de que no poco gusto recibieron. Y como el cura dijese que los libros de caballerías que don Quijote había leído le habían vuelto el juicio, dijo el ventero: "No sé yo cómo puede ser eso, que en verdad que, a lo que yo entiendo, no hay mejor letrado° en el mundo, y que tengo ahí dos o tres dellos, con otros papeles, que verdaderamente me han dado la vida, no sólo a mí, sino a otros muchos. Porque cuando es tiempo de la siega, se recogen aquí, 'las fiestas,° muchos segadores,° y siempre hay algunos que saben leer, el cual coge uno destos libros en las manos, y rodeámonos dél más de treinta, y estámosle escuchando con tanto gusto que nos quita mil canas.° A lo menos, de mí sé decir que cuando oyo decir aquellos furibundos y terribles golpes que los caballeros pegan, que me toma gana de hacer otro tanto, y que querría estar oyéndolos noches y días."

"Y yo ni más ni menos," dijo la ventera, "porque nunca tengo buen rato en mi casa, sino aquel que vos estáis escuchando leer, que estáis tan embobado,° que no os acordáis de reñir° por entonces."

"Así es la verdad," dijo Maritornes, "y a buena fe que yo también gusto mucho de oír aquellas cosas, que son muy lindas, y más cuando cuentan que se está la otra señora debajo de unos naranjos° abrazada con° su caballero, y que les está una dueña haciéndoles la guarda, muerta de envidia° y con mucho sobresalto. Digo que todo esto es cosa 'de mieles.°'"

"Y a vos ¿qué os parece, señora doncella?" dijo el cura, hablando con la hija del ventero.

"No sé, señor, en mi ánima," respondió ella, "también yo lo escucho, y en verdad que, aunque no lo entiendo, que recibo gusto en oíllo. Pero no gusto yo de los golpes de que mi padre gusta, sino de las lamentaciones que los caballeros hacen cuando están ausentes de sus señoras, que en verdad que algunas veces me hacen llorar de compasión° que les tengo."

"Luego ¿bien las remediárades vos, señora doncella," dijo Dorotea,

---

2 **Todos los pasajeros trataron sobre comida… de la estraña locura de don Quijote** would be a more understandable word order: *all the travelers talked over dinner… about the strange madness of Don Quijote.*

Margin notes: were astonished — opinion — travelers — reading — on holidays, harvester — white hairs — fascinated, argue — orange trees, embracing — envy, sweet — pity "si por vos lloraran?"[3]

"No sé lo que me hiciera," respondió la moza, "solo sé que hay algunas señoras de aquellas tan crueles, que las llaman sus caballeros tigres, y leones, y otras mil inmundicias.° Y ¡Jesús! yo no sé qué gente es aquella tan desalmada y tan sin conciencia, que por no mirar a un hombre honrado, le dejan que se muera, o que se vuelva loco.[4] Yo no sé para qué es tanto melindre,° si lo hacen de honradas, cásense con ellos, que ellos no desean otra cosa."

"¡Calla, niña!" dijo la ventera, "que parece que sabes mucho deſtas cosas, y no eſtá bien a las doncellas saber ni hablar tanto."

"Como me lo pregunta eſte señor," respondió ella, "no pude dejar de respondelle."

"Ahora bien," dijo el cura, "traedme, señor huésped, aquesos libros, que los quiero ver."

"Que me place," respondió él.

Y entrando en su aposento, sacó dél una maletilla° vieja cerrada con una cadenilla,° y abriéndola, halló en ella tres libros grandes y unos papeles de muy buena letra, escritos de mano. El primer libro que abrió vio que era *Don Cirongilio de Tracia*,[5] y el otro de *Felixmarte de Hircania*, y el otro la *Hiſtoria del Gran Capitán Gonzalo Hernández de Córdoba, con la vida de Diego García de Paredes.*[6] Así como el cura leyó los dos títulos primeros, volvió el roſtro al barbero, y dijo: "Falta nos hacen aquí ahora el ama de mi amigo y su sobrina."

"No hacen,"[7] respondió el barbero, "que también sé yo llevallos al corral o a la chimenea, que en verdad que hay muy buen fuego en ella."

"Luego ¿quiere vueſtra merced quemar más[8] libros?" dijo el ventero.

"No más," dijo el cura, "que eſtos dos: el de *Don Cirongilio* y el de *Felixmarte.*"

"Pues, ¿por ventura," dijo el ventero, "mis libros son herejes o flemáticos,° que los quiere quemar?"

"«Cismáticos»[9] queréis decir, amigo," dijo el barbero, "que no «flemáticos»."

"Así es," replicó el ventero, "mas si alguno quiere quemar, sea ese del Gran Capitán y dese Diego García, que antes dejaré quemar un hijo que dejar quemar ninguno desotros."

filth

prudery

little valise
little chain

sluggish

---

3 **¿Bien las…** *would you console them… if it were for you that they cried?*

4 **Por no…** *rather than look at an honorable man, they let him die or go crazy*

5 *Los quatro libros del valeroso caballero don Cirongilio de Tracia* by Bernardo de Vargas, was published in Seville, 1545. There are no known copies of possible later editions.

6 Published in Seville, 1580. There is a modern edition in *NBAE*, Vol. 8.

7 i.e., **no hacen** *falta*.

8 We must assume that the innkeeper had previously learned what the priest and barber had done to the library. A number of editions change this to **mis**.

9 Refers to people wanting to separate themselves from the Church.

"Hermano mío," dijo el cura, "estos dos libros son mentirosos y están llenos de disparates y devaneos.° Y este del Gran Capitán es historia verdadera y tiene los hechos de Gonzalo Hernández de Córdoba,[10] el cual, por sus muchas y grandes hazañas mereció ser llamado de todo el mundo GRAN CAPITÁN, renombre° famoso y claro° y dél solo merecido.[11] Y este Diego García de Paredes[12] fue un principal caballero, natural de la ciudad de Trujillo, en Estremadura,[13] valentísimo soldado, y de tantas fuerzas° naturales, que detenía con un dedo una 'rueda de molino° en la mitad de su furia. Y puesto con un montante° en la entrada de una puente, detuvo a todo un innumerable ejército, que no pasase por ella. Y hizo otras tales cosas, que si como él las cuenta y las escribe él, asimismo con la modestia de caballero y de coronista propio, las escribiera otro libre y desapasionado, pusieran en su olvido las de los Hétores, Aquiles y Roldanes."[14]

"¡Tomaos con mi padre!"[15] dijo el ventero, "mirad de qué se espanta, de detener una rueda de molino.[16] Por Dios, ahora había vuestra merced de leer lo que hizo[17] Felixmarte de Hircania, que de un revés solo partió cinco gigantes por la cintura[18] como si fueran hechos de habas,° como los frailecicos que hacen los niños.[19] Y otra vez arremetió con un grandísimo y poderosísimo ejército, donde llevó más de un millón y seiscientos mil soldados, todos armados desde el pie hasta la cabeza, y los desbarató a

El Gran Capitán

Margin glosses: sillly things · epithet · illustrious · strength · millstone · broadsword · beans

---

10 Gonzalo Hernández de Córdoba was a Spanish soldier (1453-1515) who participated in the battles leading to the fall of Granada (1492), among many other accomplishments.

11 That is, only Gonzalo Hernández de Córdoba was worthy of the title of Gran Capitán.

12 Diego García de Paredes (1466-1530), fought in Granada with and later accompanied the Gran Capitán in Sicily. He died at age 64 in Bologna, having fallen from his horse at the coronation of Carlos V.

13 Trujillo is in the province of Cáceres in western Spain (pop. 10,000 today).

14 **Hétores, Aquiles y Roldanes.** Hector was an ideal warrior of the Trojan army in Homer's *Iliad*. He was killed by Achilles, the greatest soldier in Agamemnon's army.

15 **¡Tomaos con...** *in your hat!* Clearly not a literal translation.

16 **Mirad de...** *what is so astonishing about stopping a millstone?*

17 The original edition has **leyó** here. Schevill adopts Hartzenbusch's "correction." Other editions have different solutions: **leí yo de, oí yo de, leyó de, se lee en.**

18 Felixmarte never did this feat.

19 These **frailecicos** are toys that children cut out of beanpods, the top of which resembled the hood of a priest (*Diccionario de autoridades*).

todos como si fueran manadas de ovejas. Pues ¿qué me dirán del bueno
de don Cirongilio de Tracia,[20] que fue tan valiente y animoso° como se
verá en el libro, donde cuenta que navegando por un río, le salió de la
mitad del agua una serpiente de fuego, y él, así como la vio, se arrojó sobre
ella, y se puso 'a horcajadas° encima de sus escamosas° espaldas y la apretó
con ambas manos la garganta, con tanta fuerza que, viendo la serpiente
que la iba ahogando, no tuvo otro remedio sino dejarse ir a lo hondo del
río, llevándose tras sí al caballero, que nunca la quiso soltar? Y cuando
llegaron allá bajo,[21] se halló en unos palacios y en unos jardines tan lindos,
que era maravilla, y luego la sierpe se volvió en un viejo anciano, que le
dijo tantas de cosas que no hay más que oír. ¡Calle, señor, que si oyese
esto, se volvería loco de placer.[22] 'Dos higas° para el Gran Capitán y para
ese Diego García que dice!°"

    Oyendo esto Dorotea, dijo callando a Cardenio: "Poco le falta a
nuestro huésped para hacer la 'segunda parte° de don Quijote"

    "Así me parece a mí," respondió Cardenio, "porque, según da indicio,
él tiene por cierto que todo lo que estos libros cuentan pasó ni más ni
menos que lo escriben, y no le harán creer otra cosa frailes descalzos."

    "Mirad, hermano," tornó a decir el cura, "que no hubo en el
mundo Felixmarte de Hircania, ni don Cirongilio de Tracia, ni otros
caballeros semejantes que los libros de caballerías cuentan. Porque todo
es compostura° y ficción de ingenios ociosos que los compusieron para
el efeto que vos decís de entretener el tiempo, como lo entretienen
leyéndolos vuestros segadores, porque, realmente, os juro que nunca tales
caballeros fueron en el mundo, ni tales hazañas ni disparates acontecieron
en él."

    "¡«A otro perro con ese hueso!»" respondió el ventero. "¡Como si
yo no supiese «cuántas son cinco» y «adónde me aprieta el zapato»! ¡No
piense vuestra merced darme papilla,° porque, por Dios que no soy 'nada
blanco!° ¡Bueno es que quiera darme vuestra merced a entender que todo
aquello que estos buenos libros dicen sea disparates y mentiras, estando
impreso con licencia de los señores del Consejo Real, como si ellos fueran
gente que habían de dejar imprimir tanta mentira junta, y tantas batallas
y tantos encantamentos que quitan el juicio!"

    "Ya os he dicho, amigo," replicó el cura, "que esto se hace para
entretener nuestros ociosos pensamientos. Y así como se consiente en
las repúblicas bien concertadas que haya juegos de ajedrez, de pelota y
de trucos,[23] para entretener a algunos que ni tienen ni deben ni pueden
trabajar, así se consiente imprimir y que haya tales libros, creyendo,

Glosses (right margin):
- **courageous** — animoso
- **astride, scaly** — a horcajadas, escamosas
- **I don't give a rap** — Dos higas
- **mention** — dice
- **understudy** — segunda parte
- **made-up** — compostura
- **deception** — papilla
- **inexperienced** — nada blanco

---

  20 The adventure described here did not happen in *Cirongilio de Tracia.*

  21 Starting with the second edition, most versions, including Schevill's,
read **abajo.**

  22 **Si oyese...** *if you heard this* [story of Cirongilio] *you would go crazy with
delight*

  23 **Ajedrez, de...** *chess, ball, and pocket billiards*

"¡A otro perro con ese hueso!" respondió el ventero.

como es verdad, que no ha de haber alguno tan ignorante que tenga por
historia verdadera ninguna destos libros. Y si me fuera lícito agora y el
auditorio° lo requiriera, yo dijera cosas acerca de lo que han de tener los   audience
libros de caballerías para ser buenos, que quizá fueran de provecho y aun
de gusto para algunos. Pero yo espero que vendrá tiempo en que lo pueda
comunicar con quien pueda remediallo, y en este entretanto, creed, señor
ventero, lo que os he dicho, y tomad vuestros libros, y allá 'os avenid° con   be reconciled
sus verdades o mentiras, y buen provecho os hagan, y quiera Dios que no
cojeéis° del pie que cojea vuestro huésped don Quijote."   limp

"Eso no," respondió el ventero, "que no seré yo tan loco que me haga
caballero andante, que bien veo que ahora no se usa lo que se usaba en
aquel tiempo, cuando se dice que andaban por el mundo estos famosos
caballeros."

A la mitad desta plática se halló Sancho presente, y quedó muy
confuso y pensativo de lo que había oído decir: que ahora no se usaban
caballeros andantes, y que todos los libros de caballerías eran necedades y
mentiras, y propuso en su corazón de esperar en lo que paraba aquel viaje
de su amo, y que si no salía con la felicidad que él pensaba, determinaba
de dejalle y volverse con su mujer y sus hijos a su acostumbrado trabajo.

Llevábase la maleta y los libros el ventero, mas el cura le dijo:
"Esperad, que quiero ver qué papeles son esos que de tan buena letra
están escritos."

Sacólos el huésped, y dándoselos a leer, vio hasta obra de ocho
pliegos,²⁴ escritos de mano, y al principio tenían un título grande que
decía: *Novela del curioso impertinente*.²⁵ Leyó el cura para sí tres o cuarto
renglones,° y dijo: "Cierto que no me parece mal el título desta novela, y   lines
que me viene voluntad de leella toda."

A lo que respondió el ventero: "Pues bien puede leella su reverencia,
porque le hago saber que algunos²⁶ huéspedes que aquí la han leído les
ha contentado mucho, y me la han pedido con muchas veras. Mas yo no
se la he querido dar, pensando volvérsela a quien aquí dejó esta maleta
olvidada con estos libros y esos papeles, que bien puede ser que vuelva
su dueño por aquí algún tiempo, y aunque sé que me han de hacer falta
los libros, a fe que se los he de volver, que aunque ventero, todavía soy
cristiano."

"Vos tenéis mucha razón, amigo," dijo el cura, "mas, con todo eso, si
la novela me contenta, me la habéis de dejar trasladar.°"   copy

"De muy buena gana," respondió el ventero.

---

24 **Vio hasta...** *he* [the priest] *saw about eight folded sheets*. Many works
were written on sheets of paper folded once to make four pages. Given the length
of this work, as you will see, the sheets were not small.

25 Putnam has translated this difficult-to-render title as "Story of the one
who was too curious for his own good." **Novela** comes from the italian *novella*,
meaning "story."

26 Schevill, among others, has **a algunos**, which is grammatical—but let's
let the innkeeper be not so grammatical, as he was in the first edition.

Mientras los dos eſto decían, había tomado Cardenio la novela y comenzado° a leer en ella, y pareciéndole lo mismo que al cura, le rogó que la leyese de modo que todos la oyesen. — *having begun*

"Sí leyera," dijo el cura, "si no fuera mejor gaſtar eſte tiempo en dormir que en leer."

"Harto reposo será para mí," dijo Dorotea, "entretener el tiempo oyendo algún cuento, pues aún no tengo el espíritu° tan sosegado, que me conceda dormir cuando fuera razón."[27] — *mind*

"Pues desa manera," dijo el cura, "quiero leerla por curiosidad siquiera.[28] Quizá tendrá alguna° de guſto." — **alguna** *curiosidad*

Acudió maese Nicolás a rogarle lo mesmo, y Sancho también, lo cual viſto del cura, y entendiendo que a todos daría guſto y él le recibiría, dijo: "Pues así es, eſténme todos atentos, que la novela comienza deſta manera:"

Capítulo XXXIII. Donde se cuenta la novela[1] del «Curioso impertinente».° — *ill-advised*

E N FLORENCIA,[2] ciudad rica y famosa de Italia, en la provincia que llaman Toscana, vivían Anselmo y Lotario, dos caballeros ricos y principales, y tan amigos, que por excelencia y antonomasia° de — *nicknamed*

Vista de Florencia

todos los que los conocían LOS DOS AMIGOS eran llamados. Eran solteros,° mozos de una misma edad y de unas mismas coſtumbres, todo lo cual era baſtante causa a que los dos con recíproca amiſtad se correspondiesen. — *bachelors*

---

27 **Cuando fuera...** *even though I should* [sleep]
28 **Por curiosidad...** *if only out of curiosity*
1 The essence of this story is found in Canto 43 of *Orlando Furioso*.
2 Florence is the capital of Tuscany and is stunning because of its art and architecture, 235 kms. northwest of Rome.

Bien es verdad que el Anselmo[3] era algo más inclinado a los pasatiempos amorosos que el Lotario, al cual llevaban tras sí los de la caza. Pero cuando se ofrecía dejaba Anselmo de acudir a sus gustos por seguir los de Lotario, y Lotario dejaba los suyos por acudir a los de Anselmo. Y desta manera andaban tan a una sus voluntades, que no había concertado reloj que así lo anduviese.[4]

Andaba Anselmo perdido de amores de una doncella principal y hermosa de la misma ciudad, hija de tan buenos padres, y tan buena ella por sí, que se determinó, con el parecer de su amigo Lotario, sin el cual ninguna cosa hacía, de pedilla por esposa a sus padres. Y así, lo puso en ejecución, y el que llevó la embajada° fue Lotario, y el que concluyó el   *message* negocio tan a gusto de su amigo, que en breve tiempo se vio puesto en la posesión que deseaba, y Camila tan contenta de haber alcanzado a Anselmo por esposo, que no cesaba de dar gracias al cielo y a Lotario, por cuyo medio° tanto bien le había venido.   *means*

Los primeros días, como todos los de boda suelen ser alegres, continuó Lotario, como solía, la casa de su amigo Anselmo, procurando honralle, festejalle° y regocijalle° con todo aquello que a él le fue posible.   *regale him, gladden him* Pero acabadas las bodas, y sosegada ya la frecuencia de las visitas y parabienes,° comenzó Lotario a descuidarse con cuidado de las idas° en   *felicitations, visits* casa de Anselmo, por parecerle a él, como es razón que parezca a todos los que fueren discretos, que no se han de visitar ni continuar° las casas   *keep visiting* de los amigos casados de la misma manera que cuando eran solteros, porque aunque la buena y verdadera amistad no puede ni debe de ser sospechosa° en nada, con todo esto es tan delicada la honra del casado,   *suspect* que parece que se puede ofender aun de los mesmos hermanos, cuanto más de los amigos.

Notó Anselmo la remisión° de Lotario, y formó dél quejas grandes,   *seclusion* diciéndole que si él supiera que el casarse había de ser parte para no comunicalle como solía, que jamás lo hubiera hecho, y que si por la buena correspondencia° que los dos tenían mientras él fue soltero habían   *relations* alcanzado tan dulce nombre como el de ser llamados LOS DOS AMIGOS, que no permitiese por querer hacer del circunspecto,[5] sin otra ocasión alguna, que tan famoso y tan agradable nombre se perdiese, y que, así, le suplicaba, si era lícito que tal término de hablar se usase entre ellos, que volviese a ser señor de su casa y a entrar y salir en ella como de antes, asegurándole que su esposa Camila no tenía otro gusto ni otra voluntad que la que él quería que tuviese, y que por haber sabido ella con cuantas veras los dos se amaban, estaba confusa de ver en él tanta esquiveza.°   *aloofness*

A todas estas y otras muchas razones que Anselmo dijo a Lotario para 'persuadille volviese,° como solía, a su casa, respondió Lotario con   **persuadille *que* volviese**

---

3 The article with a first name was thought to give an Italian flavor, but Italians didn't do this. **El *tal* Anselmo** seems the best solution. See p. 256, l. 4.

4 **No había…** *no clock ran smoother* [than their relationship]

5 **Querer hacer…** *just to act circumspect*

tanta prudencia, discreción y aviso, que Anselmo quedó satisfecho de la
buena intención de su amigo, y quedaron de concierto que dos días en la
semana y las fiestas fuese Lotario a comer con él. Y aunque esto quedó
así concertado entre los dos, propuso Lotario de no hacer más de aquello
que viese que más convenía a la honra de su amigo, cuyo crédito estimaba
en más que el suyo proprio. Decía él, y decía bien, que el casado a quien
el cielo había concedido mujer hermosa tanto cuidado había de tener
qué amigos llevaba a su casa, como en mirar con qué amigas su mujer
conversaba, porque lo que no se hace ni concierta° en las plazas, ni en los   contrive
templos, ni en las fiestas públicas, ni estaciones,° cosas que no todas veces   devotional visits
las han de negar los maridos a sus mujeres, se concierta y facilita° en casa   manage
de la amiga o la parienta de quien más satisfación° se tiene.   confidence

    También decía Lotario que tenían necesidad los casados de tener
cada uno algún amigo que le advirtiese de los descuidos que en su
proceder hiciese, porque suele acontecer que con el mucho amor que el
marido a la mujer tiene, o no le advierte, o no le dice, por no enojalla,
que haga o deje de hacer algunas cosas, que el hacellas, o no, le sería de
honra, o de vituperio, de lo cual, siendo del amigo advertido, fácilmente
pondría remedio en todo. Pero ¿dónde se hallará amigo tan discreto y
tan leal y verdadero como aquí Lotario le pide? No lo sé yo, por cierto.
Sólo Lotario era éste, que con toda solicitud y advertimiento° miraba por   advice
la honra de su amigo, y procuraba dezmar, frisar y acortar los días del
concierto[6] del ir a su casa, porque no pareciese mal al vulgo ocioso, y a los
ojos vagabundos y maliciosos, la entrada de un mozo rico, gentilhombre
y bien nacido, y de las buenas partes que él pensaba que tenía, en la casa
de una mujer tan hermosa como Camila,[7] que, puesto que[8] su bondad y
valor podía poner freno a toda maldiciente° lengua, todavía no quería   slandering
poner en duda su crédito ni el de su amigo, y por esto los más de los
días del concierto los ocupaba y entretenía en otras cosas, que él daba a
entender ser inexcusables.° Así que en quejas del uno y disculpas° del otro   indispensable, excuses
se pasaban muchos ratos y partes del día.

    Sucedió, pues, que uno,° que los dos se andaban paseando por un   **un** *día*
prado fuera de la ciudad, Anselmo dijo a Lotario las semejantes razones:
"Pensabas, amigo Lotario, que a las mercedes que Dios me ha hecho en
hacerme hijo de tales padres como fueron los míos, y al darme no con
mano escasa° los bienes, así los que llaman de naturaleza como los de   scanty
fortuna, no puedo yo corresponder con agradecimiento que llegue al bien
recebido y sobre al que me hizo en darme a ti por amigo y a Camila por

---

    6   **Dezmar, frisar...** *reduce drastically, diminish, and cut short the agreed upon
days*

    7   **Porque no...** *so that the visits of a rich and handsome young man at the house
of a woman as beautiful as Camila not seem bad to the idle public and to roaming and
malicious eyes*

    8   Remember that **puesto que** means *although,* as it does half a dozen times
in this chapter alone.

mujer propia,[9] dos prendas° que las estimo, si no en el grado° que debo, en   treasures, extent
el que puedo. Pues con todas estas partes, que suelen ser el todo con que
los hombres suelen y pueden vivir contentos, vivo yo el más despechado°   dissatisfied
y el más desabrido° hombre de todo el universo mundo. Porque no   despairing,
sé qué días a esta parte me fatiga y aprieta un deseo tan estraño y tan
fuera del uso común de otros, que yo me maravillo de mí mismo, y 'me
culpo,° y me riño a solas, y procuro callarlo y encubrirlo de mis proprios   I blame myself
pensamientos, y así me ha sido posible salir con este secreto como si de
industria procurara decillo a todo el mundo,[10] y pues que, en efeto, él ha
de 'salir a plaza,° quiero que sea en la del archivo de tu secreto, confiado   come out
que con él y con la diligencia que pondrás, como mi amigo verdadero, en
remediarme, yo me veré presto libre de la angustia que me causa, y llegará
mi alegría por tu solicitud al grado que ha llegado mi descontento° por   unhappiness
mi locura."

    Suspenso tenían a Lotario las razones de Anselmo, y no sabía en
qué había de parar tan larga prevención° o preámbulo, y aunque iba   preparatory statement
revolviendo en su imaginación qué deseo podría ser aquel que a su
amigo tanto fatigaba, dio siempre muy lejos del blanco de la verdad, y
por salir presto de la agonía° que le causaba aquella suspensión,° le dijo   anxiety, suspense
que hacía notorio agravio a su mucha amistad en andar buscando rodeos
para decirle sus más encubiertos pensamientos, pues tenía cierto que se
podía prometer dél,[11] o ya consejos para entretenellos,° o ya remedio para   to allay them
cumplillos.

    "Así es la verdad," respondió Anselmo, "y con esa confianza te hago
saber, amigo Lotario, que el deseo que me fatiga es pensar si Camila, mi
esposa, es tan buena y tan perfeta como yo pienso, y no puedo enterarme°   verify
en esta verdad si no es probándola de manera que la prueba manifieste°   proves
los quilates° de su bondad, como el fuego muestra los del oro. Porque   degree of perfection
yo tengo para mí, ¡oh amigo! que no es una mujer más buena de cuanto
es o no es solicitada, y que aquella sola es fuerte que no 'se dobla° a las   submits
promesas, a las dádivas, a las lágrimas y a las continuas importunidades°   demands
de los solícitos° amantes. Porque, ¿qué hay que agradecer," decía él, "que   insistent
una mujer sea buena, si nadie le dice que sea mala? ¿Qué mucho que esté
recogida° y temerosa° la que no le dan ocasión para que se suelte, y la que   reserved, timid
sabe que tiene marido que, en cogiéndola en la primera desenvoltura,° la   shameless act
ha de quitar la vida? Ansí que la que es buena por temor, o por falta de
lugar, yo no la quiero tener en aquella estima en que tendré a la solicitada
y perseguida que salió con la corona del vencimiento. De modo que, por
estas razones y por otras muchas que te pudiera decir para acreditar y

---

    9 **No puedo…** *I cannot be grateful enough for the benefit I have received,*
especially in having been given you as a friend and Camila as my own wife. **Sobre** is
from the verb **sobrar** meaning *to exceed.*

    10 **Así me…** *it has been about as possible for me to keep the secret than if I had*
forcibly attempted to tell it to the whole world

    11 **Tenía cierto…** *he knew that he could count on his friend*

fortalecer la opinión que tengo, deseo que Camila, mi esposa, pase por
eſtas dificultades° y 'se acrisole y quilate° en el fuego de verse requerida°   obstacles, be tested,
y solicitada,° y de quien tenga valor para poner en ella sus deseos, y si ella   courted; wooed
sale, como creo que saldrá, con la palma[12] deſta batalla, tendré yo por 'sin
5   igual° mi ventura. Podré yo decir que eſtá colmo° el vacío° de mis deseos.   matchless, full, empti-
Diré que me cupo en suerte[13] la mujer fuerte de quien el Sabio dice que   ness
¿quién la hallará?[14] Y cuando° eſto suceda al revés de lo que pienso, con   if
el guſto de ver que acerté en mi opinión, llevaré sin pena la que de razón
podrá causarme mi tan coſtosa experiencia.[15] Y prosupueſto° que ninguna   since
10   cosa de cuantas me dijeres en contra de mi deseo ha de ser de algún
provecho para dejar de ponerle por la obra, quiero, ¡oh amigo Lotario!
que 'te dispongas° a ser el inſtrumento que labre° aqueſta obra de mi   you prepare, bring
guſto, que yo te daré lugar para que lo hagas, sin faltarte todo aquello   about
que yo viere ser necesario para solicitar a una mujer honeſta, honrada,
15   recogida y desinteresada.°   unsuspecting

     "Y muéveme, entre otras cosas, a fiar° de ti eſta tan ardua empresa,   confide
el ver que si de ti es vencida Camila, no ha de llegar el vencimiento a
todo trance y rigor, sino a sólo a tener por hecho lo que se ha de hacer,
por buen respeto,[16] y así, no quedaré yo ofendido más de con el deseo, y
20   mi injuria quedará escondida en la virtud de tu silencio, que bien sé que
en lo que me tocare ha de ser eterno como el[17] de la muerte. Así que, si
quieres que yo tenga vida que pueda decir que lo es,[18] desde luego has
de entrar en eſta amorosa batalla, no tibia° ni perezosamente,° sino con   lukewarmly, lazily
el ahinco y diligencia que mi deseo pide y con la confianza que nueſtra
25   amiſtad me asegura."

     Éſtas fueron las razones que Anselmo dijo a Lotario, a todas las
cuales eſtuvo tan atento, que, si no fueron las que quedan escritas que
le dijo, no desplegó sus labios haſta que hubo acabado, y viendo que
no decía más, después que le eſtuvo mirando un buen espacio, como si
30   mirara otra cosa que jamás hubiera viſto que le causara admiración y
espanto, le dijo: "No me puedo persuadir, ¡oh amigo Anselmo! a que no
sean burlas las cosas que me has dicho, que a pensar que de veras las
decías no consintiera que tan adelante pasaras, porque con no escucharte
previniera tu larga arenga.[19] Sin duda imagino, o que no me conoces, o
35   que yo no te conozco. Pero no—que bien sé que eres Anselmo y tú sabes

---

12   That is, if she wins.

13   **Me cupo...** *I have been lucky to come upon*

14   The **sabio** is Solomon: "Who can find a virtuous woman? Her worth
is far beyond rubies. Her husband's whole trust is in her..." (Proverbs 31:10-11).

15   **Llevaré sin...** *I shall bear without grief what such a costly experiment can
cause me*

16   **No ha...** *the conquest will not be taken to the extreme limits, but rather, that
which is supposed to be done will be considered done, out of respect*

17   **El** *silencio*

18   **Si quieres...** *if you want me to have a life that I can say is* [a life]

19   **Con no...** *by not listening to you I would have prevented your long speech*

que yo soy Lotario. El daño está en que yo pienso que no eres el Anselmo que solías, y tú debes de haber pensado que tampoco yo soy el Lotario que debía ser, porque las cosas que me has dicho, ni son de aquel Anselmo mi amigo, ni las que me pides se han de pedir a aquel Lotario que tú conoces. Porque los buenos amigos han de probar a sus amigos, y valerse dellos, como dijo un poeta: *usque ad aras*,[20] que quiso decir que no se habían de valer de su amistad en cosas que fuesen contra Dios. Pues si esto sintió un gentil° de la amistad, ¿cuánto mejor es que lo sienta el cristiano que sabe que por 'ninguna humana° ha de perder la amistad divina? Y cuando el amigo tirase tanto la barra,[21] que pusiese aparte los respetos del cielo por acudir a los de su amigo, no ha de ser por cosas ligeras° y de poco momento, sino por aquellas en que vaya la honra y la vida de su amigo. Pues dime tú ahora, Anselmo, ¿cuál destas dos cosas tienes en peligro, para que yo me aventure a complacerte y a hacer una cosa tan detestable como me pides? Ninguna, por cierto. Antes me pides, según yo entiendo, que procure y solicite quitarte la honra y la vida, y quitármela a mí juntamente. Porque si yo he de procurar quitarte la honra, claro está que te quito la vida, pues el hombre sin honra, peor es que un muerto, y siendo yo el instrumento, como tú quieres que lo sea, de tanto mal tuyo, ¿no vengo a quedar deshonrado y 'por el mesmo consiguiente,° sin vida? Escucha, amigo Anselmo, y ten paciencia de no responderme hasta que acabe de decirte lo que 'se me ofreciere° acerca de lo que te ha pedido tu deseo, que tiempo quedará para que tú me repliques y yo te escuche."

"Que me place," dijo Anselmo, "di lo que quisieres."

Y Lotario prosiguió, diciendo: "Paréceme, ¡oh Anselmo! que tienes tú ahora el ingenio° como el que siempre tienen los moros, a los cuales no se les puede dar a entender el error de su secta con las acotaciones° de la Santa Escritura, ni con razones que consistan en especulación del entendimiento, ni que vayan fundadas° en artículos de fe, sino que les han de traer ejemplos palpables, fáciles, intelegibles, demostrativos, indubitables, con demostraciones matemáticas,[22] que no se pueden negar, como cuando dicen: «Si de dos partes iguales quitamos partes iguales, las que quedan también son iguales.» Y cuando esto no entiendan de palabra, como en efeto no lo entienden, háseles de mostrar con las manos y ponérselo delante de los ojos, y aun con todo esto no basta nadie con ellos a persuadirles las verdades de mi sacra religión. Y este mesmo término y modo me convendrá usar contigo, porque el deseo que en ti ha nacido va tan descaminado y tan fuera de todo aquello que tenga sombra° de razonable, que me parece que ha de ser tiempo gastado el que ocupare

pagan

ninguna *amistad* **humana**

trifling

consequently

occurs to me

state of mind
quotations

based

shadow

---

20   This quotation, "As far as the altar…," comes from *The Moralia* of Plutarch.

21   **Tirase tanto…** *goes to such extremes*

22   **Demostrativos, indubitables…** *able to be proven, not admitting of doubt, with mathematical proofs*

en darte a entender tu simplicidad,[23] que por ahora no le quiero dar otro nombre, y aun 'eſtoy por° dejarte en tu desatino, en pena de tu mal deseo. Mas no me deja usar deſte rigor la amiſtad que te tengo, la cual no consiente que te deje pueſto en tan manifieſto peligro de perderte. — feel like

5   "Y porque claro lo veas, dime, Anselmo: ¿tú no me has dicho que tengo de solicitar a una retirada, persuadir a una honeſta, ofrecer a una desinteresada, servir a una prudente? Sí, que me lo has dicho. Pues si tú sabes que tienes mujer retirada, honeſta, desinteresada y prudente, ¿qué buscas? Y si piensas que de todos mis asaltos ha de salir vencedora, como 10 saldrá sin duda, ¿qué mejores títulos piensas darle después que los que ahora tiene? ¿O qué será más después de lo que es ahora? O es que tú no la tienes por la que dices, o tú no sabes lo que pides. Si no la tienes por lo que dices, ¿para qué quieres probarla, sino, como a mala, hacer della lo que más te viniere en guſto? Mas si es tan buena como crees, impertinente 15 cosa será hacer experiencia de la mesma verdad, pues después de hecha se ha de quedar con la eſtimación que primero tenía. Así que es razón concluyente° que el intentar° las cosas de las cuales antes nos puede — conclusive, attempting suceder daño que provecho es de juicios sin discurso y temerarios,[24] y más cuando quieren intentar aquellas a que no son forzados ni compelidos,° — obliged 20 y que de muy lejos traen descubierto que el intentarlas es manifieſta locura.[25]

"Las cosas dificultosas se intentan por Dios, o por el mundo, o por 'entrambos a dos:° las que 'se acometen° por Dios son las que acometieron — both, undertake los santos, acometiendo a vivir vida de ángeles en cuerpos humanos, las 25 que se acometen por respeto del mundo son las de aquellos que pasan tanta infinidad° de agua, tanta diversidad de climas,° tanta eſtrañeza de gentes, — boundlessness, climate por adquirir eſtos que llaman bienes de fortuna. Y las que se intentan por Dios y por el mundo juntamente, son aquellas de los valerosos soldados, que apenas veen en el contrario muro° abierto tanto espacio cuanto es el — wall 30 que pudo hacer una 'redonda bala de artillería,° cuando, pueſto aparte — round artillery shot todo temor, sin hacer discurso ni advertir al manifieſto peligro que les amenaza, llevados en vuelo de las alas del deseo de volver por su fe, por su nación y por su rey, se arrojan intrépidamente por la mitad de mil contrapueſtas° muertes que los esperan. Eſtas cosas son las que suelen — diverse 35 intentarse, y es honra, gloria y provecho intentarlas, aunque tan llenas de inconvenientes y peligros.

"Pero la que tú dices que quieres intentar y poner por obra, ni te ha de alcanzar gloria de Dios, bienes de la fortuna, ni fama con los hombres, porque, pueſto que salgas con ella como deseas, no has de quedar ni más 40 ufano,° ni más rico, ni más honrado que eſtás ahora. Y si no sales, te — proud

---

23   **Ha de…** *it would waste my time to try to make you see your simplemindedness*

24   **Es de…** *is irrational and reckless*

25   **Más cuando…** *moreso if people want to try those* [experiments] *are not forced to, and it can be seen a long way away that attempting them is demonstrably foolish*

has de ver en la mayor miseria que imaginarse pueda, porque no te ha de aprovechar pensar entonces que no sabe nadie la desgracia que te ha sucedido, porque baſtará para afligirte y deshacerte que la sepas tú mesmo. Y para confirmación deſta verdad, te quiero decir una eſtancia,° que hizo el famoso poeta Luis Tansilo,[26] en el fin de su primera parte de las *Lágrimas de San Pedro*, que dice así:

stanza

> Crece el dolor y crece la vergüenza
>   en Pedro, cuando el día se ha moſtrado,
>   y aunque allí no ve a nadie, 'se avergüenza°
>   de sí mesmo, por ver que había pecado:°
>   que a un magnánimo pecho a haber° vergüenza
>   no sólo ha de moverle el ser mirado;
>   que de sí se avergüenza cuando yerra,
>   si bien otro no 'vee que° cielo y tierra.

feel ashamed

sinned

tener

ve *otra cosa* que

"Así que no escusarás con el secreto tu dolor.[27] Antes tendrás que llorar contino,° si no lágrimas de los ojos, lágrimas de sangre del corazón, como las lloraba aquel simple doĉtor que nueſtro poeta nos cuenta, que hizo la prueba del vaso,[28] que con mejor discurso se escusó de hacerlo el prudente Reinaldos, que pueſto que aquello sea ficción poética, tiene en sí encerrados° secretos morales dignos de ser advertidos° y entendidos e imitados. Cuanto más, que con lo que ahora pienso decirte, acabarás de venir en conocimiento° del grande error que quieres cometer.

continuously

included, noted

knowledge

"Dime, Anselmo: si el cielo, o la suerte buena, te hubiera hecho señor y legítimo posesor de un finísimo diamante, de cuya bondad° y quilates° eſtuviesen satisfechos cuantos lapidarios° le viesen, y que todos a una voz y de común parecer dijesen que llegaba en quilates, bondad y fineza a cuanto se podía eſtender la naturaleza de tal piedra,° y tú mesmo le creyeses así, sin saber otra cosa en contrario, ¿sería juſto que te viniese en deseo de tomar aquel diamante, y ponerle entre un ayunque° y un martillo,° y allí, 'a pura° fuerza de golpes y brazos, probar si es tan duro y tan fino como dicen? Y más, si lo pusieses por obra,[29] que 'pueſto caso que° la piedra hiciese resiſtencia a tan necia prueba, no por eso se le añadiría más valor ni más fama, y si se rompiese, cosa que podría ser, ¿no se perdía° todo? Sí, por cierto, dejando a su dueño en eſtimación de que todos le tengan por simple.[30] Pues 'haz cuenta,° Anselmo amigo, que

excellence, carats

gem-cutters

jewel

anvil

hammer, by dint of

although

perdería

consider

---

26   Luigi Tansillo (1510-1568) was an Italian poet who wrote *Le Lacrime di San Pietro*, translated into Spanish in 1587, two years after its publication in Italy.

27   **Así no...** *so you will not relieve your grief by secrecy*

28   This "glass test" also comes from *Orlando Furioso* Canto 43. **Nuestro poeta** was, of course, the *Italian* Ariosto. In this story, there is an enchanted goblet from which no deceived husband has the power to drink. When it is presented to Rinaldo di Montalbano, he does not take the test.

29   **Si lo...** *if you did it*

30   **Dejando a...** *leaving its owner regarded by everyone as a fool*

Camila es finísimo diamante, así en tu eſtimación como en la ajena, y que no es razón ponerla en contingencia° de que 'se quiebre,° pues aunque se quede con su entereza, no puede subir a más valor del que ahora tiene, y si faltase y no resiſtiese, considera desde ahora cuál quedarías sin ella, y 5 con cuánta razón te podrías quejar de ti mesmo, por haber sido causa de su perdición y la tuya.

    risk, may break

    "Mira que no hay joya en el mundo que tanto valga como la mujer caſta y honrada, y que todo el honor de las mujeres consiſte en la opinión buena que dellas se tiene, y pues la de tu esposa es tal, que llega al eſtremo 10 de bondad que sabes, ¿para qué quieres poner eſta verdad en duda? Mira, amigo, que la mujer es animal imperfeĉto y que no se le han de poner embarazos donde tropiece° y caiga, sino quitárselos y despejalle° el camino de cualquier inconveniente, para que sin pesadumbre corra ligera a alcazar la perfeĉión que le falta, que consiſte en el ser virtuosa.

    may stumble, clear

    "Cuentan los naturales° que el arminio° es un animalejo° que tiene 15 una piel° blanquísima, y que, cuando quieren cazarle, los cazadores, usan deſte artificio: que, sabiendo las partes por donde suele pasar y acudir, las atajan° con lodo, y después, ojeándole,° le encaminan° hacia aquel lugar, y así como el arminio llega al lodo, se eſtá quedo y se deja prender 20 y cautivar,[31] 'a trueco de° no pasar por el cieno y perder y ensuciar° su blancura, que la eſtima en más que la libertad y la vida.[32] La honeſta y caſta mujer es arminio, y es más que nieve blanca y limpia la virtud de la honeſtidad, y el que quisiere que no la pierda, antes la guarde y conserve, ha de usar de otro eſtilo diferente que con el arminio se tiene,[33] 25 porque no le han de poner delante el cieno de los regalos y servicios de los importunos amantes, porque quizá, y aun sin quizá, no tiene tanta virtud y fuerza natural que pueda por sí mesma atropellar° y pasar por aquellos embarazos, y es necesario quitárselos y ponerle delante la limpieza de la virtud y la belleza que encierra en sí la 'buena fama.°

    naturalists, ermine,
    small animal; fur

    cut off, shooing, they
    drive

    rather than, make
    dirty

    overcome

    reputation

    "Es asimesmo° la buena mujer como espejo de criſtal° luciente y 30 claro, pero eſtá sujeto a empañarse y escurecerse[34] con cualquiera aliento que le toque. Hase de usar con la honeſta mujer el eſtilo que con las reliquias:° adorarlas y no tocarlas. Hase de guardar y eſtimar la mujer buena como se guarda y eſtima un hermoso jardín que eſtá lleno de flores y rosas, cuyo dueño no consiente que nadie le pasee ni manosee.° Baſta 35 que desde lejos y por entre las verjas° de hierro gocen de su fragrancia y hermosura. Finalmente, quiero decirte unos versos que se me han venido a la memoria, que los oí en una comedia moderna,[35] que me parece que

    likewise, glass

    holy relics

    touch
    grating

---

31 **Se deja...** *he allows himself to be caught and captured*

32 Ermines don't do this.

33 **El que...** *he who doesn't want her to lose it, but rather to keep and conserve it, must not treat her like the hunted ermine*

34 **Empañarse y...** *being fogged and dulled*

35 No one knows which play this poem comes from. It could be from one of Cervantes' own lost plays—you will see a sonnet from his *La casa de los celos* in the next chapter.

'hacen al propósito° de lo que vamos tratando. Aconsejaba un prudente   apply to
viejo a otro, padre de una doncella, que la recogiese,° guardase y encerrase,   lock up
y entre otras razones, le dijo éstas:

> Es de vidrio° la mujer;   glass
>   pero no se ha de probar
>   si se puede o no quebrar,
>   porque todo podría ser.
>   Y es más fácil el quebrarse,
>   y no es cordura ponerse
>   a peligro de romperse
>   lo que no puede soldarse.°   be mended
>   Y en esta opinión estén
>   todos, y en razón la fundo,°   base my opinion
>   que si hay Danaes en el mundo,
>   hay pluvias° de oro también.[36]   rains

"Cuanto hasta aquí te he dicho, ¡oh Anselmo! ha sido por lo que a
ti te toca, y ahora es bien que se oiga algo de lo que a mí me conviene,°   concerns
y si fuere largo, perdóname, que todo lo requiere el laberinto donde te
has entrado, y de donde quieres que yo te saque. Tú me tienes por amigo,
y quieres quitarme la honra, cosa que es contra toda amistad, y aun no
sólo pretendes° esto, sino que procuras que yo te la quite a ti. Que me la   are you trying (to do)
quieres quitar a mí está claro, pues cuando Camila vea que yo la solicito,
como me pides, cierto está que me ha de tener por hombre sin honra y
mal mirado,° pues intento° y hago una cosa tan fuera de aquello que el ser   thought of, I attempt
quien soy y tu amistad me obliga. De que quieres que te la quite a ti, no
hay duda, porque viendo Camila que yo la solicito, ha de pensar que yo
he visto en ella alguna liviandad° que me dio atrevimiento a descubrirle   frivolity
mi mal deseo, y teniéndose por deshonrada, te toca a ti, como a cosa suya,
su mesma deshonra. Y de aquí nace lo que comúnmente 'se platica:° que   happens
el marido de la mujer adúltera, puesto que él no lo sepa ni haya dado
ocasión para que su mujer no sea la que debe, ni haya sido en su mano, ni
en su descuido y poco recato estorbar su desgracia, con todo le llaman y le
nombran con nombre de vituperio y bajo, y en cierta manera le miran los
que la maldad de su mujer saben con ojos de menosprecio, en cambio de
mirarle con los de lástima, viendo que, no por su culpa, sino por el gusto
de su mala compañera, está en aquella desventura.
    "Pero quiérote decir la causa, porque con justa razón es deshonrado
el marido de la mujer mala, aunque él no sepa que lo es, ni tenga culpa,
ni haya sido parte, ni dado ocasión para que ella lo sea. Y no te canses

---

36 Danæ was imprisoned in a tower because an oracle said that her son
would cause her father's death. Zeus visited her in the form of a golden shower
and she became the mother of Perseus (who, by the way, later did cause his
grandfather's death).

de oírme, que todo ha de redundar en tu provecho. Cuando Dios crió a nuestro primero padre en el Paraíso Terrenal, dice la Divina Escritura que infundió Dios sueño en Adán, y que, estando durmiendo, le sacó una costilla del lado siniestro, de la cual formó a nuestra madre Eva. Y así como Adán despertó y la miró, dijo: «Ésta es carne de mi carne y hueso de mis huesos.» Y Dios dijo: «Por ésta dejará el hombre a su padre y madre, y serán dos en una carne misma.» Y entonces fue instituido el divino sacramento del matrimonio, con tales lazos, que sola la muerte puede desatarlos.[37] Y tiene tanta fuerza y virtud este milagroso sacramento, que hace que dos diferentes personas sean una mesma carne. Y aun hace más en los buenos casados, que, aunque tienen dos almas, no tienen más de una voluntad. Y de aquí viene que, como la carne de la esposa sea una mesma con la del esposo, las manchas° que en ella caen, o los defectos   disgraces
que se procura, redundan en la carne del marido, aunque él no haya dado, como queda dicho, ocasión para aquel daño. Porque así como el dolor del pie, o de cualquier miembro del cuerpo humano, le siente todo el cuerpo, por ser todo de una carne mesma, y la cabeza siente el daño del tobillo,° sin que ella se le haya causado, así el marido es participante de la   ankle
deshonra de la mujer por ser una mesma cosa con ella. Y como las honras y deshonras del mundo sean todas y nazcan de carne y sangre, y las de la mujer mala sean deste género, es forzoso que al marido le quepa° parte   fall to his share
dellas y sea tenido por deshonrado sin que él lo sepa.

    "Mira, pues, ¡oh Anselmo! al peligro que te pones en querer turbar el sosiego en que tu buena esposa vive. Mira por cuán vana e impertinente curiosidad quieres revolver los humores que ahora están sosegados en el pecho de tu casta esposa. Advierte que lo que aventuras a ganar es poco, y que lo que perderás será tanto que lo dejaré en su punto,[38] porque me faltan palabras para encarecerlo. Pero si todo cuanto he dicho no basta a moverte de tu mal propósito, bien puedes buscar otro instrumento de tu deshonra y desventura, que yo no pienso serlo, aunque por ello pierda tu amistad, que es la mayor pérdida que imaginar puedo."

    Calló en diciendo esto el virtuoso y prudente Lotario, y Anselmo quedó tan confuso y pensativo, que por un buen espacio no le pudo responder palabra, pero, en fin, le dijo: "Con la atención que has visto he escuchado, Lotario amigo, cuanto has querido decirme, y en tus razones, ejemplos y comparaciones, he visto la mucha discreción que tienes y el estremo de la verdadera amistad que alcanzas, y ansimesmo veo y confieso que si no sigo tu parecer y me voy tras el mío, voy huyendo del bien y corriendo tras el mal. Prosupuesto esto, has de considerar que yo padezco ahora la enfermedad que suelen tener algunas mujeres, que se les antoja comer tierra, yeso,° carbón° y otras cosas peores, aun asquerosas° para   plaster, coal, re-
mirarse, cuanto más para comerse. Así que es menester usar de algún   volting
artificio para que yo sane, y esto se podía hacer con facilidad sólo con que

---

37 This is more or less from Genesis 2:23-24. The quotations aren't exact.

38 **Lo dejaré...** *I will leave it unexpressed*

comiences, aunque tibia y fingidamente,° a solicitar a Camila, la cual no ha de ser tan tierna, que a los primeros encuentros dé con su honeſtidad por tierra, y con sólo eſte principio quedaré contento, y tú habrás cumplido con lo que debes a nueſtra amiſtad, no solamente dándome la vida, sino persuadiéndome de no verme sin honra. Y eſtás obligado a hacer eſto por una razón sola, y es que eſtando yo, como eſtoy, determinado de poner en plática eſta prueba, no has tú de consentir que yo 'dé cuenta° de mi desatino a otra persona, con que pondría en aventura° el honor que tú procuras que no pierda, y cuando el tuyo no eſté en el punto que debe en la intención de Camila en tanto que la solicitares,[39] importa poco o nada, pues con brevedad, viendo en ella la entereza que esperamos, le podrás decir la pura verdad de nueſtro artificio, 'con que° volverá tu crédito al ser primero. Y pues tan poco aventuras y tanto contento me puedes dar aventurándote, no lo dejes de hacer, aun que más inconvenientes se te pongan delante, pues, como ya he dicho, con sólo que comiences daré por concluida la causa."

Viendo Lotario la resoluta voluntad de Anselmo, y no sabiendo qué más ejemplos traerle, ni qué más razones moſtrarle para que no la siguiese, y viendo que le amenazaba que daría a otro cuenta de su mal deseo, por evitar mayor mal, determinó de contentarle y hacer lo que le pedía, con propósito e intención de guiar aquel negocio de modo que, sin alterar° los pensamientos de Camila, quedase Anselmo satisfecho. Y así, le respondió que no comunicase su pensamiento con otro alguno, que él tomaba a su cargo° aquella empresa, la cual comenzaría cuando a él le diese más guſto. Abrazóle Anselmo tierna y amorosamente,° y agradecióle su ofrecimiento, como si alguna grande merced le hubiera hecho, y quedaron de acuerdo entre los dos que 'desde otro día siguiente° se comenzase la obra, que él le daría lugar y tiempo como 'a sus solas° pudiese hablar a Camila, y asimesmo le daría dineros y joyas que darla y que ofrecerla.[40] Aconsejóle que le diese músicas, que escribiese versos en su alabanza, y que, cuando él[41] no quisiese tomar trabajo de hacerlos, él mesmo[42] los haría. A todo se ofreció Lotario, bien con diferente intención que Anselmo pensaba.

Y con eſte acuerdo se volvieron a casa de Anselmo, donde hallaron a Camila con ansia y cuidado, esperando a su esposo, porque aquel día tardaba en venir más de lo acoſtumbrado. Fuese Lotario a su casa, y Anselmo quedó en la suya, tan contento como Lotario fue pensativo, no sabiendo qué traza dar para salir bien de aquel impertinente negocio. Pero aquella noche pensó° el modo que tendría para engañar a Anselmo sin ofender a Camila. Y otro día vino a comer con su amigo, y fue bien

pretending

tell

risk

so

upsetting

care

affectionately

the next day

a solas

planned

---

39 **Cuando el...** *if your* [honor] *is not as high as it should be in the opinion of Camila while you are courting her*

40 The early editions do show **la** instead of **le**.

41 That is, Lotario.

42 That is, Anselmo.

recebido de Camila, la cual le recebía y regalaba con mucha voluntad, por
entender la buena° que su esposo le tenía.   **buena** *voluntad*

Acabaron de comer, levantaron los manteles, y Anselmo dijo a
Lotario que se quedase allí con Camila en tanto que él iba a un negocio
5   forzoso, que dentro de hora y media volvería. Rogóle Camila que no se
fuese, y Lotario se ofreció a hacerle compañía. Mas nada aprovechó con
Anselmo, antes importunó a Lotario que se quedase y le aguardase, porque
tenía que tratar con él una cosa de mucha importancia. Dijo también a
Camila que no dejase solo a Lotario, en tanto que él volviese. En efeto,
10 él supo tan bien fingir la necesidad o necedad de su ausencia, que nadie
pudiera entender que era fingida. Fuese Anselmo, y quedaron solos a
la mesa Camila y Lotario, porque la demás gente de casa toda se había
ido a comer. Viose Lotario puesto en la estacada° que su amigo deseaba,   dueling place
y con el enemigo delante, que pudiera vencer, con sola su hermosura, a
15 un escuadrón de caballeros armados, mirad si era razón que le temiera
Lotario.

Pero lo que hizo fue poner el codo° sobre el brazo de la silla y la mano   elbow
abierta en la mejilla, y pidiendo perdón a Camila del mal comedimiento,
dijo que quería reposar un poco en tanto que Anselmo volvía. Camila
20 le respondió que mejor reposaría en el estrado° que en la silla, y así, le   drawing room
rogó se entrase a dormir en él. No quiso Lotario, y allí se quedó dormido
hasta que volvió Anselmo, el cual, como halló a Camila en su aposento y
a Lotario durmiendo, creyó que, como se había tardado tanto, ya habrían
tenido los dos lugar para hablar y aun para dormir, y no vio la hora en que[43]
25 Lotario despertase, para volverse con él fuera y preguntarle de su ventura.

Todo le sucedió como él quiso. Lotario despertó, y luego salieron
los dos de casa, y así, le preguntó lo que deseaba, y le respondió Lotario
que no le había parecido ser bien que la primera vez se descubriese del
todo, y así, no había hecho otra cosa que alabar a Camila de hermosa,[44]
30 diciéndole que en toda la ciudad no se trataba de otra cosa que de su
hermosura y discreción, y que éste le había parecido buen principio para
entrar ganando la voluntad° y disponiéndola° a que otra vez le escuchase   confidence, preparing
con gusto, usando en esto del artificio que el demonio usa cuando quiere
engañar a alguno que está puesto 'en atalaya° de mirar por sí, que se   on guard
35 transforma en ángel de luz, siéndolo él de tinieblas, y poniéndole delante
apariencias buenas,[45] al cabo descubre quien es, y sale con su intención, si a
los principios no es descubierto su engaño. Todo esto le contentó mucho
a Anselmo, y dijo que cada día daría el mesmo lugar, aunque no saliese de
casa, porque en ella se ocuparía en cosas que Camila no pudiese venir en
40 conocimiento de su artificio.[46]

---

43 **No vio...** *couldn't wait until*
44 **Alabar a...** *praise Camila for her beauty*
45 **Poniéndole delante...** *putting forth a good appearance*
46 **Aunque no...** *although he would not leave the house, because in it he would*
find things to do so that Camila would not come to know his deception

Sucedió, pues, que se pasaron muchos días que, sin decir Lotario palabra a Camila, respondía a Anselmo que la hablaba, y jamás podía sacar della una pequeña mueſtra de venir en ninguna cosa que mala fuese, ni aun dar una señal de sombra de esperanza. Antes decía que le amenazaba que si de aquel mal pensamiento no se quitaba, que lo había de decir a su esposo.

"Bien eſtá," dijo Anselmo, "haſta aquí ha resiſtido Camila a las palabras, es meneſter ver cómo resiſte a las obras: yo os daré mañana dos mil escudos de oro para que se los ofrezcáis y aun se los deis, y otros tantos para que compréis joyas con que cebarla,° que las mujeres suelen ser aficionadas, y más si son hermosas, por más caſtas que sean, a eſto de traerse bien y andar galanas.⁴⁷ Y si ella resiſte a eſta tentación, yo quedaré satisfecho y no os daré más pesadumbre." excite her passion

Lotario respondió que ya que había comenzado, que él llevaría haſta el fin aquella empresa, pueſto que entendía salir della cansado y vencido. Otro día recibió los cuatro mil escudos, y con ellos cuatro mil confusiones, porque no sabía qué decirse para mentir de nuevo, pero, en efeto, determinó de decirle que Camila eſtaba tan entera a las dádivas y promesas como a las palabras, y que no había para qué cansarse más, porque todo el tiempo se gaſtaba en balde.

Pero la suerte, que las cosas guiaba de otra manera, ordenó que, habiendo dejado Anselmo solos a Lotario y a Camila, como otras veces solía, él se encerró en un aposento, y por los agujeros° de la cerradura° eſtuvo mirando y escuchando lo que los dos trataban, y vio que en más de media hora Lotario no habló palabra a Camila, ni se la hablara si allí eſtuviera un siglo. Y 'cayó en la cuenta° de que cuanto su amigo le había dicho de las respueſtas de Camila todo era ficción y mentira. Y para ver si eſto era ansí, salió del aposento, y llamando a Lotario aparte, le preguntó qué nuevas había y de qué temple° eſtaba Camila. Lotario le respondió que no pensaba más darle puntada⁴⁸ en aquel negocio, porque respondía tan áspera y desabridamente,° que no tendría ánimo para volver a decirle cosa alguna. holes, lock realized mood sourly

"¡Ha!" dijo Anselmo, "¡Lotario, Lotario, y cuán mal correspondes a lo que me debes y a lo mucho que de ti confío!° Ahora te he eſtado mirando por 'el lugar que concede la entrada deſta llave,° y he viſto que no has dicho palabra a Camila, por donde me doy a entender que aun las primeras le tienes por decir,⁴⁹ y si eſto es así, como sin duda lo es, ¿para qué me engañas? O ¿por qué quieres quitarme con tu induſtria los medios que yo podría hallar para conseguir mi deseo?" trust keyhole

No dijo más Anselmo, pero baſtó lo que había dicho para dejar corrido y confuso a Lotario. El cual, casi como tomando por punto de honra el haber sido hallado en mentira, juró a Anselmo que desde aquel

---

47 **Traerse bien...** *dressing well and being fashionable*
48 **No pensaba...** *he didn't want to persist anymore*
49 **Aun las...** *you haven't yet told her anything*

momento tomaba tan a su cargo el contentalle y no mentille, cuál lo vería, si con curiosidad lo espiaba, cuanto más que no sería meneſter usar de ninguna diligencia, porque la que él pensaba poner en satisfacelle le quitaría de toda sospecha. Creyóle Anselmo, y para dalle comodidad más segura y menos sobresaltada,° determinó de hacer ausencia de su casa por ocho días,⁵⁰ yéndose a la de un amigo suyo que eſtaba en una aldea, no lejos de la ciudad. Con el cual amigo concertó que le enviase a llamar con muchas veras,⁵¹ para tener ocasión° con Camila de su partida.

    ¡Desdichado y mal advertido de ti, Anselmo! ¿qué es lo que haces? ¿qué es lo que trazas?° ¿qué es lo que ordenas?° Mira qué haces contra ti mismo, trazando tu deshonra y ordenando tu perdición. Buena es tu esposa Camila, quieta y sosegadamente la posees, nadie sobresalta tu guſto, sus pensamientos no salen de las paredes de su casa, tú eres su cielo en la tierra, el blanco de sus deseos, el cumplimiento de sus guſtos y la medida por donde mide° su voluntad, ajuſtándola en todo con la tuya y con la del cielo. Pues si la mina de su honor, hermosura, honeſtidad y recogimiento te da sin ningún trabajo toda la riqueza que tiene y tú puedes desear, ¿para qué quieres ahondar° la tierra y buscar nuevas vetas° de nuevo y nunca viſto tesoro,° poniéndote a peligro que toda venga abajo, pues, en fin, 'se suſtenta° sobre los débiles arrimos° de su flaca naturaleza? Mira que «el que busca lo imposible es juſto que lo posible se le niegue,»⁵² como lo dijo mejor un poeta,⁵³ diciendo:

> Busco en la muerte la vida,
> salud en la enfermedad,
> en la prisión libertad,
> en lo cerrado salida
> y en el traidor lealtad.
> Pero mi suerte, de quien
> jamás espero algún bien,
> con el cielo ha eſtatuido°
> que, pues lo imposible pido,
> lo posible aun no me den.

    Fuese otro día Anselmo a la aldea, dejando dicho a Camila que el tiempo que él eſtuviese ausente vendría Lotario a mirar por su casa y a comer con ella, que tuviese cuidado de tratalle como a su mesma persona. Afligióse Camila, como mujer discreta y honrada, de la orden que su marido le dejaba, y díjole que advirtiese que no eſtaba bien que nadie, él ausente, ocupase la silla de su mesa, y que si lo hacía por no tener confianza que ella sabría gobernar° su casa, que probase° por aquella vez, y

Margin glosses:
- startling
- excuse
- are planning, are arranging
- measures
- dig into, veins
- treasure
- is supported, props
- ordained
- manage, try

50 **Ocho días** meant *one week*—today is the first day

51 **Con el...** *he arranged for his friend to send for him urgently*

52 **El que...** *he who seeks the impossible may be justly denied what is possible*

53 Probably the poet is again Cervantes. Rodríguez Marín notices similarities between this poem and one in *El gallardo español*: "**...en la prisión libertad / y a lo imposible salida...**"

vería por experiencia como para mayores cuidados era baſtante. Anselmo
le replicó que aquel era su guſto y que no tenía más que hacer que bajar
la cabeza y obedecelle. Camila dijo que ansí lo haría, aunque contra su
voluntad.

Partióse Anselmo, y otro día vino a su casa Lotario, donde fue
rescebido de Camila con amoroso y honeſto acogimiento. La cual jamás
se puso en parte donde Lotario la viese a solas, porque siempre andaba
rodeada° de sus criados y criadas, especialmente de una doncella suya,   surrounded
llamada Leonela, a quien ella mucho quería por haberse criado desde
niñas las dos juntas en casa de los padres de Camila, y cuando se casó con
Anselmo la trujo consigo. En los tres días primeros nunca Lotario le dijo
nada, aunque pudiera, cuando se levantaban los manteles y la gente se iba
a comer con mucha priesa, porque así se lo tenía mandado Camila. Y aun
tenía orden Leonela que comiese primero que Camila, y que de su lado
jamás se quitase. Mas ella, que en otras cosas de su guſto tenía pueſto el
pensamiento y había meneſter aquellas horas y aquel lugar para ocuparle
en sus contentos,° no cumplía 'todas veces° el mandamiento de su señora.   amusements, always
Antes los dejaba solos, como si aquello le hubieran mandado. Mas la
honeſta presencia de Camila, la gravedad de su roſtro, la compoſtura
de su persona era tanta, que ponía freno a la lengua de Lotario. Pero el
provecho que las muchas virtudes de Camila hicieron, poniendo silencio
en la lengua de Lotario, redundó más en daño de los dos, porque si la
lengua callaba, el pensamiento discurría,° y tenía lugar de contemplar   roamed
parte por parte todos los eſtremos de bondad y de hermosura que Camila
tenía, baſtantes a enamorar una eſtatua de mármol, 'no que° un corazón   not to mention
de carne.

Mirábala Lotario en el lugar y espacio que había de hablarla, y
consideraba cuán digna era de ser amada, y eſta consideración comenzó
poco a poco a dar asaltos a los respeſtos° que a Anselmo tenía, y mil veces   regards
quiso ausentarse de la ciudad y irse donde jamás Anselmo le viese a él, ni
él viese a Camila, mas ya le hacía impedimento y detenía° el guſto que   stopped
hallaba en mirarla. Hacíase fuerza y peleaba consigo mismo por desechar
y no sentir el contento que le llevaba a mirar a Camila. Culpábase a solas
de su desatino, llamábase mal amigo y aun mal criſtiano. Hacía discursos
y comparaciones entre él y Anselmo, y todos paraban en decir que más
había sido la locura y confianza de Anselmo que su poca fidelidad.° Y que   loyalty
si así tuviera disculpa para con Dios como para con los hombres de lo que
pensaba hacer, que no temiera pena por su culpa.[54]

En efeſto, la hermosura y la bondad de Camila, juntamente con la
ocasión que el ignorante marido le había pueſto en las manos, dieron con
la lealtad° de Lotario en tierra. Y sin mirar a otra cosa que aquella a que   loyalty
su guſto le inclinaba, al cabo de tres días de la ausencia de Anselmo, en
los cuales eſtuvo en continua batalla por resiſtir a sus deseos, comenzó
a requebrar a Camila con tanta turbación y con tan amorosas razones,

---

54 **Si así...** *if he only had an excuse before God as he had before men for what
he intended to do, he wouldn't fear the punishment for his offense*

que Camila quedó suspensa, y no hizo otra cosa que levantarse de donde
estaba y entrarse en su aposento sin respondelle palabra alguna. Mas no
por esta sequedad° 'se desmayó° en Lotario la esperanza, que siempre   abruptness, diminished
nace juntamente con el amor. Antes tuvo en más a Camila.⁵⁵ La cual,
5   habiendo visto en Lotario lo que jamás pensara, no sabía qué hacerse. Y
pareciéndole no ser cosa segura ni bien hecha darle ocasión ni lugar a que
otra vez la hablase, determinó de enviar aquella mesma noche, como lo
hizo, a un criado suyo con un billete a Anselmo, donde le escribió estas
razones:

10 *Capítulo XXXIIII. Donde se prosigue la novela del «Curioso
impertinente».*

"Así como suele decirse que «parece mal el ejército sin su general
y el castillo sin su castellano», digo yo que parece muy peor
la mujer casada y moza° sin su marido, cuando justísimas   young
15 ocasiones no lo impiden. Yo me hallo tan mal sin vos, y tan imposibilitada
de no poder sufrir esta ausencia, que si presto no venís me habré de ir
a entretener en casa de mis padres, aunque deje sin guarda la vuestra.
Porque la que me dejastes,¹ si es que quedó con tal título, creo que mira
más por su gusto que por lo que a vos os toca, y pues sois discreto, no
20 tengo más que deciros, ni aun es bien que más os diga."
Esta carta recibió Anselmo, y entendió por ella que Lotario había ya
comenzado la empresa, y que Camila debía de haber respondido como
él deseaba. Y alegre sobremanera de tales nuevas, respondió a Camila,
'de palabra,° que no hiciese mudamiento° de su casa en modo alguno,   by messenger, move
25 porque él volvería con mucha brevedad. Admirada quedó Camila de la
respuesta de Anselmo, que la puso en más confusión que primero, porque
ni se atrevía a estar en su casa, ni menos irse a la de sus padres, porque
en la quedada° corría peligro su honestidad, y en la ida iba contra el   stay
mandamiento de su esposo.
30 En fin, se resolvió en lo que le estuvo peor, que fue en el quedarse,
con determinación de no huir la presencia de Lotario, por no dar que
decir a sus criados, y ya le pesaba° de haber escrito lo que escribió a su   grieved
esposo, temerosa de que no pensase que Lotario había visto en ella alguna
desenvoltura que le hubiese movido a no guardalle el decoro que debía.
35 Pero, fiada° en su bondad, se fio en Dios y en su buen pensamiento, con   trusting
que pensaba resistir callando a todo aquello que Lotario decirle quisiese,
sin dar más cuenta a su marido, por no ponerle en alguna pendencia° y   quarrel
trabajo.
Y aun andaba buscando manera como disculpar a Lotario con
40 Anselmo, cuando° le preguntase la ocasión que le había movido a escribirle   if
aquel papel. Con estos pensamientos, más honrados que acertados ni

---

55 **Antes tuvo...** *he rather esteemed Camila more*
1   That is, *the guard you left me* (= Lotario)

provechosos,° estuvo otro día escuchando a Lotario, el cual cargó la mano   beneficial
de manera que comenzó a titubear la firmeza de Camila,[2] y su honestidad
tuvo harto que hacer en acudir° a los ojos, para que no diesen muestra de   come to aid of
alguna amorosa compasión que las lágrimas y las razones de Lotario en
su pecho habían despertado. Todo esto notaba Lotario y todo le encendía.

Finalmente, a él le pareció que era menester, en el espacio y lugar
que daba la ausencia de Anselmo, 'apretar el cerco° a aquella fortaleza. Y   to lay siege
así, acometió a su presunción con las alabanzas de su hermosura, porque
no hay cosa que más presto rinda° y allane° las encastilladas° torres de   overcomes, subdues,
la vanidad de las hermosas que la mesma vanidad, puesta en las lenguas   fortified
de la adulación. En efecto, él, con toda diligencia, 'minó la roca° de su   tunneled through
entereza° con tales pertrechos, que, aunque Camila fuera toda de bronce,   rock; integrity
viniera al suelo. Lloró, rogó, ofreció, aduló, porfió y fingió Lotario con
tantos sentimientos, con muestras de tantas veras, que 'dio al través° con   overthrew
el recato de Camila y vino a triunfar de lo que menos se pensaba y más
deseaba.

Rindióse° Camila. Camila se rindió, pero ¿qué mucho si la amistad   surrendered
de Lotario no quedó en pie?[3] Ejemplo claro que nos muestra que sólo se
vence la pasión amorosa con huilla, y que nadie se ha de poner a brazos con
tan poderoso enemigo,[4] porque es menester fuerzas divinas para vencer
las suyas humanas.[5] Sólo supo Leonela la flaqueza° de su señora, porque   weakness
no se la pudieron encubrir los dos malos amigos y nuevos amantes. No
quiso Lotario decir a Camila la pretensión de Anselmo, ni que él le había
dado lugar para llegar a aquel punto, porque no tuviese en menos su amor,
y pensase que así, acaso y sin pensar, y no de propósito, la había solicitado.[6]

Volvió de allí a pocos días Anselmo a su casa, y no echó de ver lo que
faltaba en ella, que era lo que en menos tenía y más estimaba. Fuese luego
a ver a Lotario, y hallóle en su casa, abrazáronse los dos, y el uno preguntó
por las nuevas de su vida o de su muerte.

"Las nuevas que te podré dar, ¡oh amigo Anselmo!" dijo Lotario, "son
de que tienes una mujer que dignamente puede ser ejemplo y corona de
todas las mujeres buenas. Las palabras que le he dicho se las ha llevado
el aire; los ofrecimientos se han tenido en poco; las dádivas no se han
admitido; de algunas lágrimas fingidas mías se ha hecho burla notable.
En resolución: 'así como° Camila es cifra° de toda belleza, es archivo   just as, emblem
donde asiste° la honestidad y vive el comedimiento y el recato y todas   is present
las virtudes que pueden hacer loable° y bien afortunada a una honrada   praiseworthy
mujer. Vuelve a tomar tus dineros, amigo, que aquí los tengo sin haber
tenido necesidad de tocar a ellos, que la entereza de Camila no se rinde
a cosas tan bajas como son dádivas ni promesas. Conténtate, Anselmo,

---

2 **El cual...** *he pursued her so eagerly that Camila's firmness began to waver*

3 **¿Qué mucho...** *but what wonder if Lotario's friendship could not stand firm?*

4 **Nadie se...** *no one should fight with such a powerful enemy*

5 **Las suyas...** *human* [powers of love]

6 **Porque no...** *so that she wouldn't have a lesser opinion of his love, and think
that perhaps it was by chance and not without planning that he had courted her*

y no quieras hacer más pruebas de las hechas.[7] Y pues a pie enjuto° has   dry
pasado el mar de las dificultades y sospechas que de las mujeres suelen
y pueden tenerse, no quieras entrar de nuevo en el profundo piélago° de   high sea
nuevos inconvenientes, ni quieras hacer experiencia con otro piloto° de   navigator
5   la bondad y fortaleza del navío° que el cielo te dio en suerte para que en   ship
él[8] pasases la mar deste mundo, sino haz cuenta que estás ya en seguro
puerto, y aférrate° con las áncoras de la buena consideración, y déjate estar   anchor yourself
hasta que te vengan a pedir la deuda que no hay hidalguía humana que
de pagarla se escuse."[9]   oracle
10   Contentísimo quedó Anselmo de las razones de Lotario, y así se
las creyó como si fueran dichas por algún oráculo. Pero, con todo eso, le
rogó que no dejase la empresa, aunque no fuese más de por curiosidad
y entretenimiento, aunque no se aprovechase de allí adelante de tan
ahincadas° diligencias como hasta entonces. Y que sólo quería que le   zealous
15   escribiese algunos versos en su alabanza, debajo del nombre de Clori,
porque él le daría a entender a Camila que andaba enamorado de una
dama, a quien le había puesto aquel nombre, por poder celebrarla con el
decoro que a su honestidad se le debía. Y que, cuando Lotario no quisiera
tomar trabajo de escribir los versos, que él° los haría.   = Anselmo
20   "No será menester eso" dijo Lotario, "pues no me son tan enemigas
las musas, que algunos ratos del año no me visiten. Dile tú a Camila lo
que has dicho del fingimiento de mis amores,[10] que los versos yo los haré,
si no tan buenos como el subjeto merece, serán, por lo menos, los mejores
que yo pudiere."
25   Quedaron deste acuerdo 'el impertinente° y el traidor amigo. Y vuelto   = Anselmo
Anselmo[11] a su casa, preguntó a Camila lo que ella ya se maravillaba que
no se lo hubiese preguntado:[12] que fue que le dijese la ocasión porque
le había escrito el papel que le envió. Camila le respondió que le había
parecido que Lotario la miraba un poco más desenvueltamente° que   free and easy
30   cuando él estaba en casa, pero que ya estaba desengañada y creía que
había sido imaginación suya, porque ya Lotario huía de vella y de estar
con ella a solas. Díjole Anselmo que bien podía estar segura de aquella
sospecha, porque él sabía que Lotario andaba enamorado de una doncella
principal de la ciudad, a quien él celebraba debajo del nombre de Clori, y
35   que, aunque no lo estuviera,[13] no había que temer de la verdad de Lotario
y de la mucha amistad de entrambos. Y a no estar avisada Camila de
Lotario de que eran fingidos aquellos amores de Clori,[14] y que él se lo

---

7   **De las…** *than those already done*
8   That is, with it, the ship = Camila.
9   **Déjate estar…** *Live in peace until they come to demand the debt which no human nobility can forgive you from paying,* that is, until your death.
10   That is, for Lotario's pretended love for this mythical Clori.
11   The first Cuesta editions have "Lotario" here.
12   **Preguntó a…** *he asked Camila what she was already wondering about, why he had not asked*
13   **Aunque no…** *even if he were not* [in love]
14   **A no estar…** *had Camila not been* [previously] *advised by Lotario that the*

había dicho a Anselmo por poder ocuparse algunos ratos en las mismas alabanzas de Camila, ella sin duda cayera en la desesperada red de los celos. Mas por estar ya advertida pasó aquel sobresalto sin pesadumbre.

Otro día, estando los tres sobre mesa, rogó Anselmo a Lotario dijese alguna cosa de las que había compuesto a su amada Clori, que pues Camila no la conocía, seguramente podía decir lo que quisiese.

"Aunque la conociera," respondió Lotario, "no encubriera yo nada, porque cuando algún amante loa a su dama de hermosa y la nota de cruel, ningún oprobrio° hace a su buen crédito. Pero sea lo que fuere, lo que sé decir, que ayer hice un soneto a la ingratitud desta Clori, que dice ansí:[15]

      infamy

Soneto

> En el silencio de la noche, cuando
>   ocupa el dulce sueño a los mortales,
>   la pobre cuenta de mis ricos males
>   estoy al cielo y a mi Clori dando.[16]
> Y al tiempo cuando el sol se va mostrando
>   por las rosadas puertas orientales,
>   con suspiros y acentos desiguales
>   voy la antigua querella renovando.
> Y cuando el sol, de su estrellado asiento
>   derechos rayos a la tierra envía,
>   el llanto crece y doblo° los gemidos.
> Vuelve la noche, y vuelvo al triste cuento,
>   y siempre hallo, en mi mortal porfía,°
>   al cielo, sordo; a Clori, sin oídos.

      I double

      insistence

Bien le pareció el soneto a Camila, pero mejor a Anselmo, pues le alabó y dijo que era demasiadamente cruel la dama que a tan claras verdades no correspondía. A lo que dijo Camila: "Luego ¿todo aquello que los poetas enamorados dicen, es verdad?"

"En cuanto poetas, no la dicen," respondió Lotario, "mas en cuanto enamorados, siempre quedan tan cortos° como verdaderos."

      concise

"No hay duda deso," replicó Anselmo, todo por apoyar° y acreditar los pensamientos de Lotario con Camila, tan descuidada° del artificio de Anselmo, como ya enamorada de Lotario. Y así, con el gusto que de sus cosas tenía, y más, teniendo por entendido que sus deseos y escritos a ella se encaminaban, y que ella era la verdadera Clori, le rogó que si otro soneto o otros versos sabía, los dijese.

      support
      unaware

---

love for Clori was pretend

    15   This sonnet also appears in Cervantes' *La casa de los celos* (published later in 1615). Lauso begins the third act with the sonnet (in Schevill's edition of the *Comedias y entremeses*, vol. I, p. 201).

    16   In ordinary syntax: **Estoy dando la pobre cuenta de mis ricos males al cielo y a mi Clori.**

"Si sé," respondió Lotario, "pero no creo que es tan bueno como el primero, o, por mejor decir, menos malo. Y podréislo bien juzgar, pues es éste:

Soneto

Yo sé que muero, y si no soy creído,
    es más cierto el morir, como es más cierto
    verme a tus pies, ¡oh bella ingrata!
    muerto antes que de adorarte arrepentido.
Podré yo verme en la región de olvido,
    de vida y gloria y de favor desierto,
    y allí verse podrá en mi pecho abierto
    como tu hermoso rostro está esculpido.
Que esta reliquia guardo para el duro
    trance que me amenaza mi porfía,
    que en tu mismo rigor se fortalece.
¡Ay de aquel que navega, el cielo escuro,
    por mar no usado y peligrosa vía,
    adonde norte o puerto no se ofrece!

También alabó este segundo soneto Anselmo, como había hecho el primero, y desta manera iba añadiendo eslabón° a eslabón a la cadena   **link**
con que se enlazaba° y trababa° su deshonra, pues cuando más Lotario le   **bound, fettered**
deshonraba, entonces le decía que estaba más honrado. Y con esto, todos
los escalones° que Camila bajaba hacia el centro de su menosprecio, los   **stairs**
subía, en la opinión de su marido, hacia la cumbre° de la virtud y de su   **summit**
buena fama.

Sucedió en esto, que hallándose una vez, entre otras, sola Camila con su doncella, le dijo: "Corrida estoy, amiga Leonela, de ver en cuán poco he sabido estimarme, pues siquiera no hice que, con el tiempo, comprara Lotario la entera posesión que le di tan presto de mi voluntad.[17] Temo que ha de estimar[18] mi presteza o ligereza,° sin que eche de ver la fuerza que él   **swiftness**
me hizo para no poder resistirle."

"No te dé pena eso, señora mía," respondió Leonela, "que no está la monta,° ni es causa para menguar la estimación, darse lo que se da presto,   **important thing**
si, en efecto, lo que se da es bueno, y ello por sí digno de estimarse.° Y aun   **being esteemed**
suele decirse que «el que luego° da, da dos veces»."   **quickly**

"También se suele decir," dijo Camila, "que «lo que cuesta poco se estima en menos.»"

---

17 **Siquiera no...** *I didn't even make Lotario buy, over time, the whole possession* [of my body] *which I gave him so quickly*

18 The first edition has **estimar** in its meaning *to consider.* Later Cuesta editions have **desestimar** *to hold in low regard.* Clearly the preparers of the second edition thought **estimar** meant *to esteem.* The sentence means: *I fear that he will consider my swiftness without reflecting on the force he used on me so I couldn't resist him.*

"No corre por ti esa razón,"[19] respondió Leonela, "porque el amor, según he oído decir, unas veces vuela y otras anda, con éste corre y con aquél va despacio, a unos entibia° y a otros abrasa, a unos hiere° y a otros mata. En un mesmo punto comienza la carrera de sus deseos, y en aquel mesmo punto la acaba y concluye.[20] Por la mañana suele poner el cerco a una fortaleza, y a la noche la tiene rendida, porque no hay fuerza que le resista. Y siendo así, ¿de qué te espantas, o de qué temes, si lo mismo debe de haber acontecido a Lotario, habiendo tomado el amor por instrumento de rendirnos la ausencia de mi señor?[21] Y era forzoso que en ella se concluyese lo que el amor tenía determinado, sin dar tiempo al tiempo, para que Anselmo le[22] tuviese de volver y con su presencia quedase imperfecta la obra. Porque el amor no tiene otro mejor ministro para ejecutar° lo que desea que es la ocasión, de la ocasión se sirve en todos sus hechos,° principalmente en los principios. Todo esto sé yo muy bien, más de experiencia que 'de oídas.° Y algún día te lo diré, señora, que yo también soy de carne, y de sangre moza. Cuanto más, señora Camila, que no te entregaste, ni diste tan luego, que primero no hubieses visto en los ojos, en los suspiros, en las razones y en las promesas y dádivas de Lotario toda su alma, viendo en ella y en sus virtudes cuán digno era Lotario de ser amado. Pues si esto es ansí, no te asalten la imaginación esos escrupulosos° y melindrosos° pensamientos, sino asegúrate que Lotario te estima como tú le estimas a él, y vive con contento y satisfación de que ya que caíste en el lazo amoroso, es el que te aprieta de valor y de estima.[23] Y que no sólo tiene las cuatro ss[24] que dicen que han de tener los buenos enamorados, sino todo un ABC entero, si no, escúchame y verás como te le digo de coro: él es, según yo veo y a mí me parece: «Agradecido, Bueno, caballero, Dadivoso, Enamorado, Firme, Gallardo, Honrado, Ilustre, Leal, Mozo, Noble, onesto, Principal, cuantioso,[25] Rico» y las ss que dicen. Y luego: «Tácito, verdadero». La x no le cuadra, porque es letra áspera. La y ya está dicha. La z, «celador de tu honra»."[26]

Riose Camila del ABC de su doncella, y túvola por más plática en las cosas de amor que ella decía. Y así, lo confesó ella, descubriendo a Camila como 'trataba amores° con un mancebo bien nacido, de la mesma

tempers passions,
wounds

to perform
deeds
by hearsay

hypercritical, priggish

was having an affair

----

19 **"No corre...** *that saying doesn't apply to you*

20 **En un...** *in one moment it begins the trajectory of its passion and in that same moment it ends and finishes it*

21 Easier to understand syntax: **el amor, habiendo tomado la ausencia de mi señor por instrumento de rendirnos.**

22 **Le = tiempo.**

23 More understandable this way: **el que te aprieta es de valor y de estima.**

24 In the "lovers' alphabets" of the time, the four "s-words" were **sabio, solo, solícito,** and **secreto.**

25 Spelled with a Q in the first edition.

26 **Ilustre** was spelled with an **i,** but it *could be* spelled **ylustre. Celador** was **zelador** in the first edition. Meanings of others: c**aballero** *knightly,* **dadivoso** *liberal,* **firme** *unswerving,* **cuantioso** *rich,* **tácito** *silent,* **celador de tu honra** *caretaker of your honor*

ciudad. De lo cual 'se turbó° Camila, temiendo que era aquel camino por   became alarmed
donde su honra podía correr riesgo. Apuróla si pasaban sus pláticas a más
que serlo.²⁷ Ella, con poca vergüenza y mucha desenvoltura, le respondió
que sí pasaban. Porque es cosa ya cierta que los descuidos de las señoras
quitan la vergüenza a las criadas, las cuales, cuando ven a las amas° 'echar   mistresses
traspiés,° no se les da nada a ellas de cojear,²⁸ ni de que lo sepan.   take false steps

No pudo hacer otra cosa Camila sino rogar a Leonela no dijese nada
de su hecho al que decía ser su amante,²⁹ y que tratase sus cosas con
secreto, porque no viniesen a noticia de Anselmo ni de Lotario. Leonela
respondió que así lo haría. Mas cumpliólo de manera que hizo cierto
el temor de Camila de que por ella había de perder su crédito. Porque
la deshonesta° y atrevida Leonela, después que vio que el proceder de   lustful
su ama no era el que solía, atrevióse a entrar° y poner dentro de casa   take in
a su amante, confiada que, aunque su señora le viese, no había de osar
descubrille.

Que este daño acarrean,° entre otros, los pecados de las señoras, que   carry
se hacen esclavas de sus mesmas criadas, y se obligan a encubrirles sus
deshonestidades y vilezas,³⁰ como aconteció con Camila, que, aunque vio
una y muchas veces que su Leonela estaba con su galán en un aposento
de su casa, no sólo no la osaba reñir, mas dábale lugar a que lo encerrase,°   conceal
y quitábale todos los estorbos° para que no fuese visto de su marido.   impediments
Pero no los pudo quitar, que Lotario no le viese una vez salir,³¹ al 'romper
del alba,° el cual, sin conocer quién era, pensó primero que debía de ser   at daybreak
alguna fantasma. Mas cuando le vio caminar, embozarse° y encubrirse   cover his face
con cuidado y recato, cayó de su simple pensamiento y dio en otro,³² que
fuera° la perdición de todos, si Camila no lo remediara. Pensó Lotario   **sería**
que aquel hombre que había visto salir tan a deshora de casa de Anselmo
no había entrado en ella por Leonela, ni aun se acordó si Leonela era°   **existía**
en el mundo. Sólo creyó que Camila, de la misma manera que había sido
fácil y ligera con él, lo era para otro, que estas añadiduras trae consigo la
maldad de la mujer mala,³³ que pierde el crédito de su honra con el mesmo
a quien se entregó rogada y persuadida, y cree que con mayor facilidad
se entrega a otros, y da infalible crédito a cualquiera sospecha que desto
le venga.³⁴ Y no parece sino que le faltó a Lotario en este punto todo su
buen entendimiento,³⁵ y se le fueron de la memoria todos sus advertidos

---

27 **Si pasaban…** *if their practices went beyond conversations*, remembering
that **plática** meant **práctica** as it also does in line 31 of the previous page.

28 **No se…** *they think nothing of limping* [themselves]

29 That is, the man Leonela said was her lover.

30 **Encubrirles su…** *to cover up their* [the maids'] *lewdness and depravity*

31 **No le…** *but she couldn't prevent Lotario from seeing him leave once*

32 **Cayó de…** *he dropped his simple idea* [that it was a phantom] *and formulated another one*

33 More understandable: **Que la maldad de la mujer mala trae estas añadiduras consigo.**

34 **Que desto…** *that occurs to him* [the lover]

35 **Le faltó…** *Lotario forgot at that instant his good judgment*

discursos, pues sin hacer alguno[36] que bueno fuese, ni aun razonable, 'sin
más ni más,° antes que Anselmo se levantase, impaciente y ciego° de la   *without further ado,*
celosa rabia, que las entrañas le roía,° muriendo por vengarse de Camila,   *blind; gnawed*
que en ninguna cosa le había ofendido, se fue a Anselmo y le dijo:
"Sábete, Anselmo, que ha muchos días que he andado peleando conmigo
mesmo, 'haciéndome fuerza° a no decirte lo que ya no es posible ni justo   *struggling with myself*
que más° te encubra. Sábete que la fortaleza de Camila está ya rendida   *any longer*
y sujeta a todo aquello que yo quisiere hacer della,[37] y si he tardado en
descubrirte esta verdad, ha sido por ver si era algún liviano antojo suyo,
o si lo hacía por probarme y ver si eran con propósito firme tratados los
amores que, con tu licencia, con ella he comenzado. Creí ansimismo que
ella, si fuera la que debía y la que entrambos pensábamos, ya te hubiera
dado cuenta de mi solicitud, pero habiendo visto que se tarda, conozco
que son verdaderas las promesas que me ha dado de que, cuando otra
vez hagas ausencia de tu casa, me hablará en la recámara donde está el
repuesto° de tus alhajas," y era la verdad que allí le solía hablar Camila,   *cabinet*
"y no quiero que precipitosamente° corras a hacer alguna venganza, pues   *hurriedly*
no está aun cometido el pecado sino con pensamiento, y podría ser que
desde éste hasta el tiempo de ponerle por obra se mudase el de Camila, y
naciese en su lugar el arrepentimiento.° Y así, ya que en todo o en parte   *repentance*
has seguido siempre mis consejos, sigue y guarda uno que ahora te diré,
para que sin engaño y con medroso advertimiento te satisfagas de aquello
que más vieres que te convenga. Finge que te ausentas por dos o tres días,
como otras veces sueles, y haz de manera que te quedes escondido en tu
recámara, pues los tapices que allí hay, y otras cosas con que te puedas
encubrir, te ofrecen mucha comodidad,° y entonces verás por tus mismos   *accommodation*
ojos, y yo por los míos, lo que Camila quiere. Y si fuere la maldad, que se
puede temer antes que esperar, con silencio, sagacidad y discreción podrás
ser el verdugo de tu agravio."

Absorto, suspenso y admirado quedó Anselmo con las razones
de Lotario, porque le cogieron en tiempo donde menos las esperaba
oír, porque ya tenía a Camila por vencedora de los fingidos asaltos de
Lotario, y comenzaba a gozar la gloria del vencimiento. Callando estuvo
por un buen espacio, mirando al suelo sin mover pestaña, y al cabo dijo:
"Tú lo has hecho, Lotario, como yo esperaba de tu amistad, en todo he de
seguir tu consejo. Haz lo que quisieres, y guarda aquel secreto que ves que
conviene en caso tan no pensado."[38]

Prometióselo Lotario, y en apartándose dél, se arrepintió totalmente
de cuanto le había dicho, viendo cuán neciamente había andado,°   *acted*
pues pudiera él vengarse de Camila, y no por camino tan cruel y tan
deshonrado. Maldecía su entendimiento, afeaba su ligera determinación,
y no sabía qué medio tomarse para deshacer lo hecho, o para dalle alguna

---

36 **Discurso** means both *speech* (as in the last clause) and *reasoning* (its
meaning here).

37 **Sujeta a…** *will do whatever I want of her*

38 **En caso…** *in such an unexpected case*

razonable salida. Al fin acordó de dar cuenta de todo a Camila, y como no
faltaba lugar para poderlo hacer, aquel mismo día la halló sola, y ella, así
como vio que le podía hablar, le dijo: "Sabed, amigo Lotario, que tengo
una pena en el corazón, que me le aprieta de suerte que parece que quiere
5   reventar en el pecho, y ha de ser maravilla si no lo hace. Pues ha llegado
la desvergüenza de Leonela a tanto, que cada noche encierra a un galán
suyo en esta casa, y se está con él hasta el día, tan a costa de mi crédito,
cuanto le quedará campo abierto de juzgarlo al que le viere salir[39] a horas
tan inusitadas° de mi casa, y lo que me fatiga es que no la puedo castigar   unaccustomed
10 ni reñir, que el ser ella secretario° de nuestros tratos me ha puesto un freno   guardian of secret
en la boca para callar los suyos, y temo que de aquí ha de nacer algún mal
suceso."

Al principio que Camila esto decía creyó Lotario que era artificio
para desementille que el hombre que había visto salir era de Leonela, y
15 no suyo. Pero viéndola llorar y afligirse y pedirle remedio, vino a creer la
verdad, y en creyéndola, acabó de estar confuso y arrepentido del todo.
Pero, con todo esto, respondió a Camila que no tuviese pena, que él
ordenaría remedio para atajar la insolencia de Leonela. Díjole asimismo
lo que, instigado de la furiosa rabia de los celos, había dicho a Anselmo, y
20 como estaba concertado de esconderse en la recámara para ver desde allí 'a
la clara° la poca lealtad que ella le guardaba. Pidióle perdón desta locura, y   plainly
consejo para poder remedialla y salir bien de tan revuelto laberinto como
su mal discurso le había puesto.

Espantada quedó Camila de oír lo que Lotario le decía, y con mucho
25 enojo y muchas y discretas razones le riñó y afeó su mal pensamiento y la
simple y mala determinación que había tenido. Pero como naturalmente
tiene la mujer ingenio presto° para el bien y para el mal, más que el   quick
varón, puesto que le va faltando cuando de propósito se pone a hacer
discursos,[40] luego al instante halló Camila el modo de remediar tan al
30 parecer inremediable° negocio, y dijo a Lotario que procurase que otro   unsolvable
día se escondiese Anselmo donde decía, porque ella pensaba sacar de su
escondimiento comodidad[41] para que desde allí en adelante los dos se
gozasen sin sobresalto° alguno. Y sin declararle del todo su pensamiento,   fear
le advirtió que tuviese cuidado que, en estando Anselmo escondido,
35 él viniese cuando Leonela le llamase, y que a cuanto ella le dijese le
respondiese como respondiera aunque° no supiera que Anselmo le   as though
escuchaba. Porfió Lotario que le acabase de declarar su intención, por que
con más seguridad y aviso guardase todo lo que viese ser necesario.

"Digo," dijo Camila, "que no hay más que guardar, si no fuere
40 responderme como yo os preguntare"—no queriendo Camila darle antes
cuenta de lo que pensaba hacer, temerosa que no quisiese seguir el parecer
que a ella tan bueno le parecía, y siguiese o buscase otros que no podrían

---

39 **Cuanto le...** *while whoever sees him leave will be free to make his own
judgment about the situation*

40 **Puesto que...** *although it fails them when they set about to reason deliberately*

41 **Pensaba sacar...** *she planned to take from his hiding, the means*

ser tan buenos.

Con esto se fue Lotario, y Anselmo, otro día, con la escusa de ir a aquella aldea de su amigo, se partió y volvió a esconderse, que lo pudo hacer con comodidad, porque de industria se la dieron Camila y Leonela. Escondido, pues, Anselmo, con aquel sobresalto que se puede imaginar que tendría el que esperaba ver por sus ojos hacer notomía° de las entrañas de su honra, íbase[42] a pique de perder el sumo bien que él pensaba que tenía en su querida Camila. Seguras ya y ciertas Camila y Leonela que Anselmo estaba escondido, entraron en la recámara, y apenas hubo puesto los pies en ella Camila, cuando, dando un grande suspiro, dijo: "¡Ay, Leonela amiga! ¿no sería mejor que antes que llegase a poner en ejecución lo que no quiero que sepas, porque no procures estorbarlo, que tomases la daga de Anselmo que te he pedido y pasases° con ella este infame pecho mío? Pero no hagas tal, que no será razón que yo lleve la pena de la ajena culpa. Primero quiero saber qué es lo que vieron en mí los atrevidos y deshonestos ojos de Lotario que fuese causa de darle atrevimiento a descubrirme un tan mal deseo como es el que me ha descubierto en desprecio° de su amigo y en deshonra mía. Ponte, Leonela, a esa ventana y llámale, que sin duda alguna él debe de estar en la calle esperando poner en efeto su mala intención. Pero primero se pondrá la cruel cuanto honrada mía."[43]

°dissection

°stabbed

°contempt

"¡Ay, señora mía!" respondió la sagaz° y advertida Leonela, "y ¿qué es lo que quieres hacer con esta daga? ¿Quieres, por ventura, quitarte la vida o quitársela a Lotario? Que cualquiera destas cosas que quieras ha de redundar en pérdida de tu crédito y fama. Mejor es que disimules tu agravio, y no des lugar a que este mal hombre entre ahora en esta casa y nos halle solas. Mira, señora, que somos flacas mujeres, y él es hombre, y determinado, y como viene con aquel mal propósito, ciego y apasionado, quizá antes que tu pongas en ejecución el tuyo, hará él lo que te estaría más mal que quitarte la vida. ¡Mal haya° mi señor Anselmo, que tanto mal ha querido dar a este desuellacaras° en su casa! Y 'ya, señora, que° le mates, como yo pienso que quieres hacer, ¿qué hemos de hacer dél después de muerto?"

°keen-witted

°curses on
°shameless fellow,
°supposing

"¿Qué, amiga?" respondió Camila, "dejarémosle para que Anselmo le entierre, pues será justo que tenga por descanso el trabajo que tomare en poner debajo de la tierra su misma infamia.[44] Llámale, acaba, que todo el tiempo que tardo en tomar la debida venganza de mi agravio parece que ofendo a la lealtad que a mi esposo debo."

Todo esto escuchaba Anselmo, y a cada palabra que Camila decía se le mudaban los pensamientos. Mas cuando entendió que estaba resuelta

---

42 **Íbase** may be an error for **víase = veíase**. Compare **víame a pique de perder los tragaderos** (Chap. 22, p. 184, l. 8), mentioned by Gaos.

43 **Pero primero…** *but first, mine* [my purpose], *cruel but honorable, will be carried out*

44 **Será justo…** *it will be just for him* [Anselmo] *to have as recreation the work that he will do to put his own dishonor under the ground*

en matar a Lotario, quiso salir y descubrirse, por que tal cosa no se hiciese. Pero detúvole el deseo de ver en qué paraba tanta gallardía° y honesta resolución, con propósito de salir a tiempo que la estorbase. Tomóle en esto a Camila un fuerte desmayo, y arrojándose encima de una cama que allí estaba, comenzó Leonela a llorar muy amargamente° y a decir: "¡Ay, desdichada de mí, si fuese tan sin ventura, que se me muriese aquí entre mis brazos la flor de la honestidad del mundo, la corona de las buenas mujeres, el ejemplo de la castidad!" con otras cosas a éstas semejantes, que ninguno la escuchará que no la tuviera por la más lastimada y leal doncella del mundo, y a su señora por otra nueva y perseguida Penélope.[45] Poco tardó en volver de su desmayo Camila, y al volver en sí, dijo: "¿Por qué no vas, Leonela, a llamar al más leal[46] amigo de amigo que vio el sol o cubrió la noche? ¡Acaba,° corre, aguija,° camina, no 'se esfogue° con la tardanza el fuego de la cólera que tengo, y se pase en amenazas y maldiciones la justa venganza que espero!"

"Ya voy a llamarle, señora mía," dijo Leonela, "mas hasme de dar primero esa daga, porque no hagas cosa, en tanto que falto,° que dejes con ella que llorar toda la vida a todos los que bien te quieren."

"Ve segura, Leonela amiga, que no haré," respondió Camila, "porque ya que sea atrevida y simple a tu parecer en volver por mi honra,[47] no lo he de ser tanto como aquella Lucrecia,[48] de quien dicen que se mató sin haber cometido error alguno, y sin haber muerto primero a quien tuvo la causa de su desgracia. Yo moriré, si muero, pero ha de ser vengada y satisfecha del que me ha dado ocasión de venir a este lugar a llorar sus atrevimientos, nacidos tan sin culpa mía."

Mucho se hizo de rogar Leonela antes que saliese a llamar a Lotario, pero en fin salió, y entretanto que volvía, quedó Camila diciendo, como que hablaba consigo misma: "'¡Válame Dios!° ¿No fuera más acertado haber despedido a Lothario, como otras muchas veces lo he hecho, que no ponerle en condición, como ya le he puesto, que me tenga por deshonesta y mala, siquiera° este tiempo que he de tardar en desengañarle? Mejor fuera, sin duda, pero no quedara yo vengada, ni la honra de mi marido satisfecha, si tan a manos lavadas y tan a paso llano se volviera a salir de donde sus malos pensamientos le entraron.[49] Pague el traidor con la vida lo que intentó con tan lascivo deseo. Sepa el mundo, si acaso llegare a saberlo, de que Camila no sólo guardó la lealtad a su esposo, sino que le dio venganza del que se atrevió a ofendelle. Mas, con todo, creo que

---

45 Penelope was Ulysses' wife, the model of the perfect spouse. During her husband's twenty-year absence she had 108 (or was it 112?) suitors, all of whom she rejected.

46 Used ironically, of course, really meaning the opposite, **desleal**.

47 **Ya que…** *although I may be daring and simple in your opinion in trying to recover my honor*

48 Lucretia was already mentioned in footnote 80 of Chapter 25s, but what wasn't said then was that she killed herself with a knife.

49 **Si tan…** *if he had washed his hands of it and smoothly gotten out of where his evil thoughts took him*

Margin glosses:
- gallantry
- bitterly
- make haste, hurry, vent fire
- I am away
- may God help me
- even for

fuera mejor dar cuenta deſto a Anselmo. Pero ya se la 'apunté a dar° en la   hinted at
carta que le escribí al aldea, y creo que el no acudir él al remedio del daño
que allí le señalé, debió de ser que, de puro bueno y confiado, no quiso ni
pudo creer que en el pecho de su tan firme amigo pudiese caber género
de pensamiento que contra su honra fuese, ni aun yo lo creí después por
muchos días, ni lo creyera jamás, si su insolencia no llegara a tanto, que
las manifieſtas dádivas y las largas promesas y las continuas lágrimas no
me lo manifeſtaran. Mas ¿para qué hago yo ahora eſtos discursos? ¿Tiene,
por ventura, una resolución gallarda necesidad de consejo alguno? No, por
cierto. ¡Afuera, pues, traidores! ¡Aquí, venganzas! ¡Entre el falso, venga,
llegue, muera y acabe, y suceda lo que sucediere! Limpia entré en poder
del que el cielo me dio por mío; limpia he de salir dél, y cuando mucho,
saldré bañada en mi caſta sangre y en la impura del más falso amigo que
vio la amiſtad en el mundo."

    Y diciendo eſto, se paseaba por la sala con la daga desenvainada,°   unsheathed
dando tan desconcertados° y desaforados pasos y haciendo tales ademanes,   wild
que no parecía sino que le faltaba el juicio y que no era mujer delicada,
sino un rufián desesperado.

    Todo lo miraba Anselmo, cubierto detrás de unos tapices donde se
había escondido, y de todo se admiraba y ya le parecía que lo que había
viſto y oído era baſtante satisfación para mayores sospechas,[50] y ya quisiera
que la prueba de venir Lotario faltara,[51] temeroso de algún mal repentino°
suceso, y eſtando ya para manifeſtarse° y salir, para abrazar y desengañar   sudden, show himself
a su esposa, se detuvo porque vio que Leonela volvía con Lotario de la
mano. Y así como Camila le vio, haciendo con la daga en el suelo una
gran raya° delante della, le dijo: "Lotario, advierte lo que te digo: si a   line
dicha te atrevieres a pasar deſta raya que ves, ni aun llegar° a ella, en el   approach
punto que viere que lo intentas, en ese mismo me pasaré el pecho con eſta
daga que en las manos tengo, y antes que a eſto me respondas palabra,
quiero que otras algunas me escuches, que despúes responderás lo que
más te agradare. Lo primero, quiero, Lotario, que me digas si conoces
a Anselmo, mi marido, y en qué opinión le tienes. Y lo segundo, quiero
saber también si me conoces a mí. Respóndeme a eſto, y no te turbes, ni
pienses mucho lo que has de responder, pues no son dificultades las que
te pregunto."

    No era tan ignorante Lotario, que desde el primer punto que Camila
le dijo que hiciese esconder a Anselmo, no hubiese dado en la cuenta
de lo que ella pensaba hacer, y así, correspondió con su intención° tan   scheme
discretamente y tan 'a tiempo,° que hicieran los dos pasar aquella mentira   promptly
por más que cierta verdad, y así, respondió a Camila deſta manera: "No
pensé yo, hermosa Camila, que me llamabas para preguntarme cosas tan
fuera de la intención con que yo aquí vengo, si lo haces por dilatarme
la prometida merced, desde más lejos pudieras entretenerla,[52] porque

---

50 **Era bastante...** *was enough to answer even greater suspicions*
51 **La prueba...** *the trial caused by Lotario's arrival could be dispensed with*
52 **Desde más...** *you could have postponed it from a longer distance*

tanto más fatiga el bien deseado cuanto la esperanza está más cerca de poseello.⁵³ Pero porque no digas que no respondo a tus preguntas, digo que conozco a tu esposo Anselmo, y nos conocemos los dos desde nuestros más tiernos años, y no quiero decir lo que tú también sabes de nuestra
5 amistad, por⁵⁴ me hacer testigo del agravio que el amor hace que le haga:⁵⁵ poderosa disculpa de mayores yerros. A ti te conozco y tengo en la misma posesión⁵⁶ que él te tiene, que, a no ser así, por menos prendas°que las   reward
tuyas no había yo de ir contra lo que debo a ser quien soy,⁵⁷ y contra las santas leyes de la verdadera amistad, ahora por tan poderoso enemigo
10 como el amor por mí rompidas y violadas."

"Si eso confiesas," respondió Camila, "enemigo mortal de todo aquello que justamente merece ser amado, ¿con qué rostro osas parecer ante quien sabes que es el espejo donde se mira aquel en quien tú te debieras mirar, para que vieras con cuán poca ocasión le agravias? Pero
15 ya cayo, ¡ay, desdichada de mí! en la cuenta de quién te ha hecho tener tan poca con lo que a ti mismo debes,⁵⁸ que debe de haber sido alguna desenvoltura mía, que no quiero llamarla deshonestidad,° pues no habrá   indecency
procedido de deliberada determinación, sino de algún descuido de los que las mujeres, que piensan que no tienen de quién recatarse,° suelen hacer   be cautious
20 inadvertidamente. Si no, dime: ¿cuándo, ¡oh traidor! respondí a tus ruegos con alguna palabra o señal que pudiese despertar en ti alguna sombra de esperanza de cumplir tus infames deseos? ¿Cuándo tus amorosas palabras no fueron deshechas y reprehendidas de las mías con rigor y con aspereza? ¿Cuándo tus muchas promesas y mayores dádivas fueron
25 de mí creídas ni admitidas? Pero por parecerme que alguno no puede perseverar en el intento amoroso luengo tiempo si no es sustentado de alguna esperanza, quiero atribuirme a mí la culpa de tu impertinencia, pues sin duda algún descuido mío ha sustentado tanto tiempo tu cuidado, y así, quiero castigarme y darme la pena que tu culpa merece. Y porque
30 vieses que siendo conmigo tan inhumana no era posible dejar de serlo contigo, quise traerte a ser testigo del sacrificio que pienso hacer a la ofendida honra de mi tan honrado marido, agraviado de ti con el mayor cuidado que te ha sido posible, y de mí también con el poco recato que he tenido del huir la ocasión, si alguna te di, para favorecer y canonizar°   approve
35 tus malas intenciones. Torno a decir que la sospecha que tengo que algún descuido mío engendró en ti tan desvariados pensamientos es la que más me fatiga, y la que yo más deseo castigar con mis propias manos, porque,

---

53 **Tanto más…** *the longed for happiness distresses the most when the hope of attaining it is closest*
54 Here most editions add **no**, not found in the first three Cuesta editions.
55 **Me hacer…** *to make me a witness to the wrong that love makes me do to him*
56 **Posesión** here means both *opinion* and *possession*, the *double entendre* being daringly intended.
57 **No había…** *I wouldn't have gone against who I am*
58 **Pero ya…** *but now I understand who has made you have so little respect for yourself*

castigándome otro verdugo, quizá sería más pública mi culpa. Pero antes que esto haga, quiero matar muriendo, y llevar conmigo quien me acabe de satisfacer el deseo de la venganza que espero y tengo, viendo allá, dondequiera que fuere, la pena que da la justicia desinteresada y que no 'se dobla° al que en términos tan desesperados me ha puesto."

yields

Y diciendo estas razones, con una increíble fuerza y ligereza arremetió a Lotario con la daga desenvainada, con tales muestras de querer enclavársela° en el pecho, que casi él estuvo en duda si aquellas demostraciones eran falsas o verdaderas, porque le fue forzoso valerse de su industria y de su fuerza para estorbar que Camila no le diese, la cual tan vivamente fingía aquel estraño embuste y fealdad,° que por dalle color de verdad, la quiso matizar° con su misma sangre, porque viendo que no podía haber a Lotario, o fingiendo que no podía, dijo: "Pues la suerte no quiere satisfacer del todo mi tan justo deseo a lo menos no será tan poderosa, que, en parte, me quite que no le satisfaga."[59]

to pierce

foul act
to stain

Y haciendo fuerza para soltar la mano de la daga que Lotario la tenía asida, la sacó, y guiando su punta 'por parte° que pudiese herir° no profundamente, se la entró° y escondió por más arriba de la islilla° del lado izquierdo, junto al hombro, y luego se dejó caer en el suelo, como desmayada.

where, wound
plunged, collarbone

Estaban Leonela y Lotario suspensos y atónitos de tal suceso, y todavía dudaban de la verdad de aquel hecho, viendo a Camila tendida en tierra y bañada en su sangre, acudió Lotario con mucha presteza, despavorido° y sin aliento, a sacar la daga, y en ver la pequeña herida, salió del temor que hasta entonces tenía, y de nuevo se admiró de la sagacidad, prudencia y mucha discreción de la hermosa Camila. Y por acudir con lo que a él le tocaba, comenzó a hacer una larga y triste lamentación sobre el cuerpo de Camila, como si estuviera difunta,° echándose muchas maldiciones, no sólo a él, sino al que que había sido causa de habelle puesto en aquel término. Y como sabía que le escuchaba su amigo Anselmo, decía cosas que el que le oyera le tuviera mucha más lástima que a Camila, aunque por muerta la juzgara.

aghast

dead

Leonela la tomó en brazos y la puso en el lecho, suplicando a Lotario fuese a buscar quien secretamente a Camila curase. Pedíale asimismo consejo y parecer de lo que dirían a Anselmo de aquella herida de su señora, si acaso viniese antes que estuviese sana. Él respondió que dijesen lo que quisiesen, que él no estaba para dar consejo que de provecho fuese. Sólo le dijo que procurase tomarle° la sangre, porque él se iba adonde gentes no le viesen. Y con muestras de mucho dolor y sentimiento se salió de casa, y cuando se vio solo y en parte donde nadie le veía, no cesaba de hacerse cruces, maravillándose de la industria de Camila y de los ademanes tan proprios de Leonela. Consideraba cuán enterado había de quedar Anselmo de que tenía por mujer a una segunda Porcia,[60]

to stanch

---

59 **No será...** *it will not be powerful enough so that in part I cannot satisfy it* [my desire]

60 Portia (†43 B.C.) was was the wife of Brutus—Cæsar's assassin in 44 B.C.

y deseaba verse con él para celebrar los dos la mentira y la verdad más disimulada que jamás pudiera imaginarse. Leonela tomó, como se ha dicho, la sangre a su señora, que no era más de aquello que bastó para acreditar su embuste, y lavando con un poco de vino la herida, se la ató°   bound
5   lo mejor que supo, diciendo tales razones en tanto que la curaba, que aunque° no hubieran precedido otras, bastaran a hacer creer a Anselmo   even though que tenía en Camila un simulacro° de la honestidad.   image

Juntáronse a las palabras de Leonela otras de Camila, llamándose cobarde y de poco ánimo, pues le[61] había faltado al tiempo que fuera más
10 necesario tenerle, para quitarse la vida, que tan aborrecida tenía. Pedía consejo a su doncella si daría,° o no, todo aquel suceso a su querido   **diría** esposo, la cual le dijo que no se lo dijese, porque le pondría en obligación de vengarse de Lotario, lo cual no podría ser sin mucho riesgo suyo, y que la buena mujer estaba obligada a no dar ocasión a su marido a que riñese,
15 sino a quitalle todas aquellas que le fuese posible.

Respondió Camila que le parecía muy bien su parecer, y que ella le seguiría, pero que en todo caso convenía buscar qué decir a Anselmo de la causa de aquella herida, que él no podría dejar de ver, a lo que Leonela respondía que ella, ni aun burlando, no sabía mentir.
20   "Pues yo, hermana." replicó Camila, "¿qué tengo de saber, que no me atreveré a forjar ni sustentar una mentira si me fuese en ello la vida? Y si es que no hemos de saber dar salida a esto, mejor será decirle la verdad desnuda, que no que nos alcance en mentirosa cuenta."

"No tengas pena, señora, de aquí a mañana," respondió Leonela, "yo
25 pensaré qué le digamos, y quizá que por ser la herida donde es, se podrá encubrir sin que él la vea, y el cielo será servido de favorecer a nuestros tan justos y tan honrados pensamientos. Sosiégate, señora mía, y procura sosegar tu alteración, porque mi señor no te halle sobresaltada,° y lo demás   terrified déjalo a mi cargo y al de Dios, que siempre acude a los buenos deseos."
30   Atentísimo había estado Anselmo a escuchar y a ver representar°   dramatized la tragedia de la muerte de su honra, la cual con tan estraños y eficaces°   powerful afectos° la representaron los personajes° della, que pareció que se habían   ways, characters transformado en la misma verdad de lo que fingían. Deseaba mucho la noche y el tener lugar para salir de su casa, y ir a verse con su buen amigo
35 Lotario, congratulándose con él de la margarita° preciosa que había   pearl hallado en el desengaño de la bondad de su esposa. Tuvieron cuidado las dos de darle lugar y comodidad a que saliese, y él, sin perdella, salió, y luego fue a buscar a Lotario, el cual hallado, no se puede buenamente contar los abrazos que le dio, las cosas que de su contento le dijo, las
40 alabanzas que dio a Camila. Todo lo cual escuchó Lotario sin poder dar muestras de alguna alegría, porque se le representaba a la memoria cuán engañado estaba su amigo, y cuán injustamente él le agraviaba. Y aunque Anselmo veía que Lotario no se alegraba, creía ser la causa por haber dejado a Camila herida y haber él sido la causa.

After his death, she killed herself by swallowing hot coals.
   61   Refers back to **ánimo** *courage.*

Y así, entre otras razones, le dijo que no tuviese pena del suceso de Camila, porque, sin duda, la herida era ligera, pues quedaban de concierto de encubrírsela a él. Y que, según eſto, no había de qué temer, sino que de allí adelante se gozase y alegrase con él, pues por su induſtria y medio él se veía levantado a la más alta felicidad que acertara desearse, y quería que no fuesen otros sus entretenimientos que en hacer versos en alabanza de Camila, que la hiciesen eterna en la memoria de los siglos venideros. Lotario alabó su buena determinación, y dijo que él por su parte ayudaría a levantar tan iluſtre edificio.° Con eſto quedó Anselmo el hombre más sabrosamente° engañado que pudo haber en el mundo. Él mismo llevaba por la mano a su casa, creyendo que llevaba el inſtrumento de su gloria, toda la perdición de su fama. Recebíale[62] Camila con roſtro al parecer torcido,° aunque con alma risueña. Duró eſte engaño algunos días, haſta que al cabo de pocos meses volvió fortuna su rueda° y salió a plaza la maldad con tanto artificio° haſta allí cubierta, y a Anselmo le coſtó la vida su impertinente curiosidad.

memorial

deliciously

looking away
wheel
cunning

Capítulo XXXV. Donde se da fin a la novela del Curioso impertinente

Poco más 'quedaba por° leer de la novela, cuando del caramanchón donde reposaba don Quijote salió Sancho Panza todo alborotado, diciendo a voces: "¡Acudid, señores, preſto, y socorred a mi señor, que anda 'envuelto en° la más reñida y trabada° batalla que mis ojos han viſto! ¡Vive Dios que ha dado una cuchillada al gigante enemigo de la señora princesa Micomicona, que le ha tajado la cabeza cercen a cercen,[1] como si fuera un nabo!°"

remained

in the midst of, fierce

turnip

"¿Qué dices, hermano?" dijo el cura, dejando de leer lo que de la novela quedaba. "¿Eſtáis en vos,[2] Sancho? ¿Cómo diablos puede ser eso que decís, eſtando el gigante dos mil leguas de aquí?"

En eſto oyeron un gran ruido en el aposento, y que don Quijote decía a voces: "¡Tente,° ladrón, malandrín, follón, 'que aquí te tengo,° y no te ha de valer tu cimitarra!"[3]

stop, I've got you

Y parecía que daba grandes cuchilladas por° las paredes. Y dijo Sancho: "No tienen que pararse a escuchar, sino entren a despartir° la pelea, o ya ayudar a mi amo, aunque ya no será meneſter, porque sin duda alguna el gigante eſtá ya muerto y dando cuenta a Dios de su pasada y mala vida, que yo vi correr la sangre por el suelo y la cabeza cortada y caída a un lado, que es 'tamaña como° un gran cuero° de vino."

at
stop

as big as, skin

"Que me maten," dijo a eſta sazón el ventero, "si don Quijote, o don diablo, no ha dado alguna cuchillada en alguno de los cueros de 'vino

---

62 That is, she received Lotario.

1 **Cercen a…** *from one end to the other.* Nowadays the word is **cercén**.

2 **¿Eſtáis en…** *are you crazy?*

3 The scimitar is a Turkish sword with a curved blade.

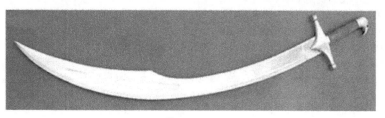

Cimitarra

tinto° que a su cabecera° estaban llenos, y el vino derramado° debe de ser   red wine, head of bed,
lo que le parece sangre a este buen hombre."   spilled

Y con esto, entró en el aposento, y todos tras él, y hallaron a don
Quijote en el más estraño traje del mundo: estaba en camisa, la cual no
5   era tan cumplida° que por delante le acabase de cubrir los muslos, y por   long
detrás tenía seis dedos menos. Las piernas eran muy largas y flacas, llenas
de vello° y no nada limpias. Tenía en la cabeza un 'bonetillo colorado°   body hair, red cap,
grasiento,° que era del ventero. En el brazo izquierdo tenía revuelta°   filthy, wrapped
la manta de la cama, con quien tenía ojeriza Sancho, y él se sabía bien
10 el porqué,° y en la derecha desenvainada la espada, con la cual daba   reason
cuchilladas a todas partes, diciendo palabras como si verdaderamente
estuviera peleando con algún gigante, y es lo bueno que no tenía los ojos
abiertos, porque estaba durmiendo y soñando que estaba en batalla con
el gigante: que fue tan intensa la imaginación de la aventura que iba a
15 fenecer,° que le hizo soñar que ya había llegado al reino de Micomicón y   to conclude
que ya estaba en la pelea con su enemigo. Y había dado tantas cuchilladas
en los cueros, creyendo que las daba en el gigante, que todo el aposento
estaba lleno de vino, lo cual visto por el ventero, 'tomó tanto enojo,°   got so angry
arremetió con don Quijote, y 'a puño cerrado,° le comenzó a dar tantos   with a closed fist
20 golpes, que si Cardenio y el cura no se le quitaran,° él acabara la guerra del pulled off
gigante. Y con todo aquello no despertaba el pobre caballero, hasta que el
barbero trujo un gran caldero° de agua fría del pozo, y se le echó por todo   pot
el cuerpo 'de golpe,° con lo cual despertó don Quijote, mas no con tanto   all at once
acuerdo que echase de ver de la manera que estaba.[4]

25 Dorotea, que vio cuán corta y sotilmente° estaba vestido, no quiso   slightly
entrar a ver la batalla de su ayudador y de su contrario.° Andaba Sancho   enemy
buscando la cabeza del gigante por todo el suelo, y como no la hallaba,
dijo: "Ya yo sé que todo lo desta casa es encantamento, que la otra vez, en
este mesmo lugar donde ahora me hallo, me dieron muchos mojicones° y   blows to the face
30 porrazos, sin saber quién me los daba, y nunca pude ver a nadie. Y ahora
no parece por aquí esta cabeza que vi cortar por mis mismísimos° ojos, y   very own
la sangre corría del cuerpo como de una fuente."

"¿Qué sangre ni qué fuente dices, enemigo de Dios y de sus santos?"
dijo el ventero. "¿No vees, ladrón, que la sangre y la fuente no es otra cosa
35 que estos cueros que aquí están horadados y el vino tinto que nada° en   is swimming
este aposento, que nadando vea yo el alma en los infiernos de quien los
horadó?"[5]

---

4   **Mas no…** *but not enough so that he knew what had happened*
5   **Que nadando…** *may I see the soul of the one who pierced them swimming*

Daba cuchilladas a todas partes, diciendo palabras como si
verdaderamente estuviera peleando con algún gigante.

"No sé nada," respondió Sancho, "sólo sé que vendré a ser tan desdichado, que por no hallar esta cabeza, se me ha de deshacer° mi condado como la sal en el agua."

    Y estaba peor Sancho despierto que su amo durmiendo—tal le tenían las promesas que su amo le había hecho.[6] El ventero se desesperaba de ver la flema° del escudero y el maleficio° del señor, y juraba que no había de ser como la vez pasada, que 'se le fueron° sin pagar, y que ahora no le habían de valer los previlegios de su caballería para dejar de pagar lo uno y lo otro, aun hasta lo que pudiesen costar las botanas° que se habían de echar a los rotos cueros. Tenía el cura de las manos a don Quijote, el cual, creyendo que ya había acabado la aventura y que se hallaba delante de la princesa Micomicona, se hincó de rodillas delante del cura, diciendo: "Bien puede la vuestra grandeza, alta y famosa señora, vivir, 'de hoy más,° segura que le pueda hacer mal[7] esta mal nacida criatura, y yo también de hoy más soy quito° de la palabra que os di, pues con el ayuda del alto Dios y con el favor de aquella por quien yo vivo y respiro, también la he cumplido."

    "¿No lo dije yo?" dijo oyendo esto Sancho. "Sí que no estaba yo borracho.° ¡Mirad si tiene puesto ya en sal mi amo al gigante! «¡Ciertos son los toros»,[8] mi condado está 'de molde!°"

    ¿Quién no había de reír con los disparates de los dos, amo y mozo? Todos reían, sino el ventero, que se daba a Satanás. Pero, en fin, tanto hicieron el barbero, Cardenio y el cura, que con no poco trabajo 'dieron con° don Quijote en la cama, el cual 'se quedó dormido,° con muestras de grandísimo cansancio. Dejáronle dormir y saliéronse al portal de la venta a consolar a Sancho Panza de no haber hallado la cabeza del gigante, aunque más tuvieron que hacer en aplacar° al ventero, que estaba desesperado por la repentina muerte de sus cueros, y la ventera decía en voz y en grito: "En mal punto y en hora menguada[9] entró en mi casa este caballero andante, que nunca mis ojos le hubieran visto, que tan caro me cuesta. La vez pasada se fue con el costo de una noche, de cena, cama, paja y cebada y un rocín y un jumento, diciendo que era caballero aventurero—¡que mala ventura le dé Dios a él y a cuantos aventureros hay en el mundo!—y que por esto no estaba obligado a pagar nada, que así estaba escrito en los aranceles° de la caballería andantesca. Y ahora, 'por su respeto,° vino estotro señor y me llevó mi cola, y hámela vuelto con más de dos cuartillos[10] de daño, toda pelada,° que no puede servir para lo que la quiere mi marido. Y por fin y remate de todo,[11] romperme mis cueros y derramarme mi vino, que derramada le vea yo su sangre. ¡Pues no se piense, que por los huesos de mi padre y por el siglo° de mi madre, si

---

Margin glosses:

dissolve

density, damage
got away from him

plugs

from now on

free

drunk
assured

put, went to sleep

pacifying

laws
on his account
hairless

life

---

in hell

   6 **Tal le...** *such was the effect his master's promises had on him*

   7 **Que *no* le pueda hacer mal**

   8 That is, if the bulls are coming to the arena, everything is in order.

   9 **En mal punto...** *at a bad time and an unlucky moment*

  10 **Dos cuartillos** were half a real.

  11 **Por fin...** *on top of it all*

no me lo[12] han de pagar un cuarto[13] sobre otro, o no me llamaría yo como me llamo ni sería hija de quien soy!"

Estas y otras razones tales decía la ventera con grande enojo, y ayudábala su buena criada Maritornes. La hija callaba y de cuando en cuando se sonreía. El cura lo sosegó todo, prometiendo de satisfacerles su pérdida lo mejor que pudiese, así de los cueros como del vino, y principalmente del menoscabo° de la cola, de quien tanta cuenta hacían. Dorotea consoló a Sancho Panza, diciéndole que 'cada y cuando que° pareciese haber sido verdad que su amo hubiese descabezado al gigante, le prometía, en viéndose pacífica en su reino, de darle el mejor condado que en él hubiese. Consolóse con esto Sancho y aseguró a la princesa que tuviese por cierto[14] que él había visto la cabeza del gigante, y que, por más señas, tenía una barba que le llegaba a la cintura, y que si no parecía era porque todo cuanto en aquella casa pasaba era por vía de encantamento, como él lo había probado otra vez que había posado en ella. Dorotea dijo que así lo creía, y que no tuviese pena, que todo se haría bien y sucedería a pedir de boca.[15]

damage
provided that

Sosegados todos, el cura quiso acabar de leer la novela, porque vio que faltaba poco. Cardenio, Dorotea y todos los demás le rogaron la acabase. Él, que a todos quiso dar gusto y por el que él tenía[16] de leerla, prosiguió el cuento, que así decía:

SUCEDIÓ, PUES, QUE POR la satisfación que Anselmo tenía de la bondad de Camila, vivía una vida contenta y descuidada, y Camila, de industria, 'hacía mal rostro° a Lotario, porque Anselmo entendiese al revés de la voluntad° que le tenía, y para más confirmación de su hecho, pidió licencia Lotario para no venir a su casa, pues claramente se mostraba la pesadumbre que con su vista Camila recebía. Mas el engañado Anselmo le dijo que en ninguna manera tal hiciese. Y desta manera, por mil maneras era Anselmo el fabricador de su deshonra, creyendo que lo era de su gusto.

was cool
affection

En esto, el que tenía[17] Leonela de verse cualificada° en sus amores,[18] llegó a tanto, que, sin mirar a otra cosa,[19] se iba tras él a suelta rienda, fiada en que su señora la encubría y aun la advertía del modo que con poco recelo° pudiese ponerle en ejecución. En fin, una noche sintió Anselmo pasos en el aposento de Leonela, y queriendo entrar a ver quién los

approved

fear

---

12 **Lo** refers to the wine.

13 The **cuarto** was a coin worth four maravedís.

14 **Tuviese por...** *she could be certain*

15 **A pedir...** *"as he wished"*

16 El *gusto* que él tenía

17 El *gusto* que tenía

18 Here, the original edition has **cualificada, no de con sus amores,** which makes no sense. The third edition has the solution given here. Schevill has: **Cualificada, no de [deshonesta] con sus amores.** Other editors have other solutions.

19 **Llegó a...** [her affair] *came to the point that, without caring about anything else*

daba, sintió que le detenían° la puerta, cosa que le puso más voluntad   held back
de abrirla, y tanta fuerza hizo que la abrió, y entró dentro 'a tiempo°   in time
que vio que un hombre saltaba por la ventana a la calle, y acudiendo con
presteza a alcanzarle o conocerle, no pudo conseguir lo uno ni lo otro,
porque Leonela se abrazó con él, diciéndole: "Sosiégate, señor mío, y no
te alborotes ni sigas al que de aquí saltó: es cosa mía, y tanto,²⁰ que es mi
esposo."

    No lo quiso creer Anselmo, antes, ciego de enojo, sacó la daga y
quiso herir a Leonela, diciéndole que le dijese la verdad—si no, que la
mataría. Ella, con el miedo, sin saber lo que se decía,²¹ le dijo: "No me
mates, señor, que yo te diré cosas de más importancia de las que puedes
imaginar."

    "Dilas luego," dijo Anselmo, "si no, muerta eres."

    "Por ahora será imposible," dijo Leonela, "según estoy de turbada.
Déjame hasta mañana, que entonces sabrás de mí lo que te ha de admirar,
y está seguro que el que saltó por esta ventana es un mancebo de esta
ciudad, que me ha dado la mano de ser mi esposo."

    Sosegóse con esto Anselmo y quiso° aguardar el término que se le   he agreed
pedía, porque no pensaba oír cosa que contra Camila fuese, por estar
de su bondad tan satisfecho y seguro. Y así, se salió del aposento y dejó
encerrada en él a Leonela, diciéndole que de allí no saldría hasta que le
dijese lo que tenía que decirle. Fue luego a ver a Camila y a decirle, como
le dijo, todo aquello que con su doncella le había pasado, y la palabra
que le había dado de decirle grandes cosas y de importancia. Si se turbó
Camila o no, no hay para qué decirlo, porque fue tanto el temor que
cobró, creyendo verdaderamente—y era de creer—que Leonela había de
decir a Anselmo todo lo que sabía de su poca fe, que no tuvo ánimo para
esperar si su sospecha salía falsa o no. Y aquella mesma noche, cuando le
pareció que Anselmo dormía, juntó° las mejores joyas que tenía y algunos   she gathered
dineros, y sin ser de nadie sentida, salió de casa y se fue a la de Lotario,
a quien contó lo que pasaba, y le pidió que la pusiese 'en cobro,° o que   in hiding
'se ausentasen° los dos donde de Anselmo pudiesen estar seguros. La   go away
confusión en que Camila puso a Lotario fue tal, que no le sabía responder
palabra, ni menos sabía resolverse en lo que haría.

    En fin, acordó de llevar a Camila a un monesterio en quien era
priora una su hermana. Consintió Camila en ello, y con la presteza que el
caso pedía, la llevó Lotario y la dejó en el monesterio, y él ansimesmo se
ausentó luego de la ciudad, sin dar parte a nadie de su ausencia.

    Cuando amaneció, sin echar de ver Anselmo que Camila faltaba de
su lado, con el deseo que tenía de saber lo que Leonela quería decirle,
se levantó y fue adonde la había dejado encerrada. Abrió y entró en el
aposento, pero no halló en él a Leonela. Sólo halló puestas unas sábanas
añudadas° a la ventana, indicio y señal que por allí se había descolgado²²   tied together

---

20 **Es cosa...** *it's my business, in fact*
21 *Any* verb can be made reflexive for emphasis, as in this case.
22 **Se había...** *she had let herself down*

e ido. Volvió luego muy triste a decírselo a Camila, y no hallándola en la
cama ni en toda la casa, quedó asombrado. Preguntó a los criados de casa
por ella, pero nadie le 'supo dar razón de° lo que pedía.　　　　　　　　　　*could explain*

Acertó acaso, andando a buscar a Camila, que vio sus cofres° abiertos,　　*jewel boxes*
y que dellos faltaban las más de sus joyas, y con esto acabó de caer en la
cuenta de su desgracia, y en que no era Leonela la causa de su desventura.
Y ansí como estaba, sin acabarse de vestir, triste y pensativo, fue a dar
cuenta de su desdicha a su amigo Lotario. Mas cuando no le halló, y sus
criados le dijeron que aquella noche había faltado de casa, y había llevado
consigo todos los dineros que tenía, pensó perder el juicio. Y para acabar
de concluir con todo, volviéndose a su casa, no halló en ella ninguno de
cuantos criados ni criadas tenía, sino la casa desierta y sola. No sabía
qué pensar, qué decir, ni qué hacer, y poco a poco se le iba volviendo el
juicio.[23] Contemplábase y mirábase en un instante sin mujer, sin amigo
y sin criados, desamparado, a su parecer, del cielo que le cubría, y sobre
todo, sin honra, porque en la falta de Camila vio su perdición.

Resolvióse, en fin, a cabo de una gran pieza, de irse a la aldea de
su amigo donde había estado cuando dio lugar a que 'se maquinase°　　*being plotted*
toda aquella desventura. Cerró las puertas de su casa, subió a caballo,
y con desmayado aliento se puso en camino. Y apenas hubo andado la
mitad, cuando, acosado de sus pensamientos, le fue forzoso apearse y
arrendar° su caballo a un árbol, a cuyo tronco se dejó caer, dando tiernos　*tie up*
y dolorosos suspiros, y allí se estuvo hasta casi que anochecía, y aquella

San Juan

hora vio que venía un hombre a caballo
de la ciudad, y después de haberle
saludado, le preguntó qué nuevas había
en Florencia. El ciudadano respondió:
"Las más estrañas que muchos días
ha se han oído en ella, porque se dice
públicamente que Lotario, aquel
grande amigo de Anselmo el rico, que
vivía a° San Juan, se llevó esta noche　　*near*
a Camila, mujer de Anselmo, el cual
tampoco parece. Todo esto ha dicho
una criada de Camila, que anoche la
halló el gobernador descolgándose con
una sábana por las ventanas de la casa de
Anselmo. En efeto, no sé puntualmente
cómo pasó el negocio. Sólo sé que toda
la ciudad está admirada deste suceso,
porque no se podía esperar tal hecho de la mucha y familiar° amistad de　*well–known*
los dos, que dicen que era tanta, que los llamaban LOS DOS AMIGOS."

"¿Sábese, por ventura," dijo Anselmo, "el camino que llevan Lotario
y Camila?"

"Ni por pienso," dijo el ciudadano, "puesto que el gobernador ha

---

23 **Poco a…** *gradually his wits started to return*

usado de mucha diligencia en buscarlos."

"A Dios vais, señor," dijo Anselmo.

"Con Él quedéis," respondió el ciudadano, y fuese.

Con tan desdichadas nuevas casi casi llegó a términos[24] Anselmo no
sólo de perder el juicio, sino de acabar la vida. Levantóse como pudo, y
llegó a casa de su amigo, que aún no sabía su desgracia. Mas como le vio
llegar amarillo, consumido y seco, entendió que de algún grave mal venía
fatigado. Pidió luego Anselmo que le acostasen, y que le diesen aderezo°   material
de escribir. Hízose así, y dejáronle acostado y solo, porque él así lo quiso,
y aun que le cerrasen la puerta. Viéndose, pues, solo, comenzó a cargar
tanto la imaginación de su desventura, que claramente conoció que se
le iba acabando la vida. Y así, ordenó de dejar noticia de la causa de su
estraña muerte, y comenzando a escribir, antes que acabase de poner todo
lo que quería, le faltó el aliento y dejó la vida en las manos del dolor que
le causó su curiosidad impertinente.

Viendo el señor de casa que era ya tarde, y que Anselmo no llamaba,
acordó de entrar a saber si pasaba adelante su indisposición, y hallóle
tendido 'boca abajo,° la mitad del cuerpo en la cama y la otra mitad sobre   face down
el bufete,° sobre el cual estaba con el papel escrito y abierto, y él tenía aún   writing desk
la pluma en la mano. Llegóse el huésped a él, habiéndole llamado primero,
y trabándole° por la mano, viendo que no le respondía, y hallándole frío,   seizing him
vio que estaba muerto. Admiróse y congojóse en gran manera, y llamó
a la gente de casa para que viesen la desgracia a Anselmo sucedida, y
finalmente, leyó el papel, que conoció que de su mesma mano estaba
escrito, el cual contenía estas razones:

Un necio e impertinente deseo me quitó la vida. Si las nuevas de mi
muerte llegaren a los oídos de Camila, sepa que yo la perdono, porque
no estaba ella obligada a hacer milagros, ni yo tenía necesidad de
querer que ella los hiciese, y pues yo fui el fabricador de mi deshonra,
'no hay para qué°   there's no reason to

Hasta aquí escribió Anselmo, por donde se echó de ver que en aquel
punto, sin poder acabar la razón, se le acabó la vida. Otro día dio aviso
su amigo a los parientes de Anselmo de su muerte, los cuales ya sabían
su desgracia y el monesterio donde Camila estaba, casi en el término de
acompañar a su esposo en aquel forzoso viaje, no por las nuevas del muerto
esposo, mas por las que supo del ausente amigo. Dícese que, aunque se vio
viuda, no quiso salir del monesterio, ni menos hacer profesión de monja,°   nun
hasta que, no de allí a muchos días,[25] le vinieron nuevas que Lotario había
muerto en una batalla que en aquel tiempo dio Monsiur de Lautrec[26] al
Gran Capitán Gonzalo Fernández de Córdoba en el reino de Nápoles,

---

24 **Casi casi...** *was almost on the verge*

25 **No de...** *just a few days later*

26 Odet de Foix, Viscount of Lautrec (1485–1528), was a Frenchman who
spent years fighting in Italy.

donde había ido a parar el tarde arrepentido amigo, lo cual sabido por Camila, hizo profesión[27] y acabó en breves días la vida a las rigurosas manos de tristezas y melancolías.

Éste fue el fin que tuvieron todos, nacido de un tan desatinado° principio.

"Bien," dijo el cura, "me parece esta novela, pero no me puedo persuadir que esto sea verdad, y si es fingido, fingió mal el autor, porque no se puede imaginar que haya marido tan necio, que quiera hacer tan costosa experiencia como Anselmo. Si este caso se pusiera entre un galán y una dama,[28] 'pudiérase llevar.° Pero entre marido y mujer algo tiene del imposible; y en lo que toca al modo de contarle, no me descontenta."

Capítulo XXXVI. *Que trata de la brava y descomunal batalla que don Quijote tuvo con unos cueros de vino tinto, con otros raros sucesos que en la venta le sucedieron.*[1]

ESTANDO EN esto, el ventero, que estaba a la puerta de la venta, dijo: "Ésta que viene es una hermosa tropa° de huéspedes. Si ellos paran aquí, *gaudeamus*° tenemos."

"¿Qué gente es?" dijo Cardenio.

"Cuatro hombres," respondió el ventero, "vienen a caballo, 'a la jineta,° con lanzas y adargas, y todos con antifaces negros. Y junto con ellos viene una mujer vestida de blanco, 'en un sillón,° ansimesmo cubierto el rostro, y otros dos mozos de a pie."

"¿Vienen muy cerca?" preguntó el cura.

"Tan cerca," respondió el ventero, "que ya llegan."

Oyendo esto Dorotea, se cubrió el rostro, y Cardenio se entró en el aposento de don Quijote. Y casi no habían tenido lugar para esto, cuando entraron en la venta todos los que el ventero había dicho. Y apeándose los cuatro de a caballo, que de muy gentil talle y disposición eran, fueron a apear a la mujer que en el sillón venía. Y tomándola uno dellos en sus brazos, la sentó en una silla que estaba a la entrada del aposento donde Cardenio se había escondido. En todo este tiempo, ni ella ni ellos se habían quitado los antifaces, ni hablado palabra alguna, sólo que, al sentarse la mujer en la silla, dio un profundo suspiro y dejó caer los brazos, como persona enferma y desmayada. Los mozos de a pie llevaron los caballos a la caballeriza.

Viendo esto el cura, deseoso de saber qué gente era aquella que con tal traje y tal silencio estaba, se fue donde estaban los mozos, y a uno dellos le preguntó lo que ya deseaba, el cual le respondió: "¡Pardiez,° señor! yo no sabré deciros qué gente sea ésta. Sólo sé que muestra ser muy principal,

reckless

it might pass

crowd
"let us be joyful" (*Lat.*)

with short stirrups

sidesaddle

por Dios (*euph.*)

---

27 That is, she became a nun.

28 **Galán y...** *lover and his mistress*

1 The Royal Academy edition of 1780 changes this title to: **Que trata de otros raros sucesos que en la venta sucedieron.**

especialmente aquel que llegó a tomar en sus brazos a aquella señora que
habéis visto y esto dígolo porque todos los demás le tienen respeto, y no
se hace otra cosa más de la que él ordena y manda."

"Y la señora, ¿quién es?" preguntó el cura.

"Tampoco sabré decir eso," respondió el mozo, "porque en todo el
camino no la he visto el rostro. Suspirar sí la he oído muchas veces,[2] y dar
unos gemidos, que parece que con cada uno dellos quiere dar el alma, y 'no
es de maravillar° que no sepamos más de lo que habemos dicho, porque   it's no wonder,
mi compañero y yo no ha más de dos días que los acompañamos, porque,
habiéndolos encontrado en el camino,[3] nos rogaron y persuadieron que
viniésemos con ellos hasta el Andalucía, ofreciéndose a pagárnoslo muy
bien."

"Y ¿habéis oído nombrar a alguno dellos?" preguntó el cura.

"No, por cierto," respondió el mozo, "porque todos caminan con
tanto silencio, que es maravilla, porque no se oye entre ellos otra cosa
que los suspiros y sollozos de la pobre señora, que nos mueven a lástima,
y sin duda tenemos creído que ella va forzada dondequiera que va. Y
según se puede colegir por su hábito, ella es monja, o va a serlo, que es lo
más cierto, y quizá porque no le debe de nacer de voluntad el monjío,°   becoming a nun
va triste, como parece."

"Todo podría ser," dijo el cura.

Y dejándolos, se volvió adonde estaba Dorotea, la cual, como había
oído suspirar a la embozada,° movida de natural compasión, se llegó a   veiled woman
ella, y le dijo: "¿Qué mal sentís, señora mía? Mirad si es alguno de quien
las mujeres suelen tener uso y experiencia de curarle, que de mi parte os
ofrezco una buena voluntad de serviros."

A todo esto callaba la lastimada señora, y aunque Dorotea tornó con
mayores ofrecimientos, todavía se estaba en su silencio, hasta que llegó el
caballero embozado, que dijo el mozo que los demás obedecían, y dijo a
Dorotea: "No os canséis, señora, en ofrecer nada a esa mujer, porque tiene
por costumbre de no agradecer cosa° que por ella se hace, ni procuréis que   anything
os responda, si no queréis oír alguna mentira de su boca."

"Jamás la dije," dijo a esta sazón la que hasta allí había estado
callando, "antes, por ser tan verdadera y tan sin trazas mentirosas, me veo
ahora en tanta desventura. Y desto vos mesmo quiero que seáis el testigo,
pues mi pura verdad os hace a vos ser falso y mentiroso."

Oyó estas razones Cardenio bien clara y distintamente, como quien
estaba tan junto de quien las decía, que sola la puerta del aposento de don
Quijote estaba en medio, y así como las oyó, dando una gran voz,° dijo: shout
"'¡Válgame Dios!° ¿Qué es esto que oigo? ¿Qué voz es esta que ha llegado   my God!
a mis oídos?"

Volvió la cabeza a estos gritos aquella señora, toda sobresaltada, y no
viendo quién las daba, se levantó en pie y fuese a entrar en el aposento, lo
cual visto por el caballero, la detuvo, sin dejarla mover un paso. A ella, con

---

2 **Suspirar sí…** *I have heard her sigh many times*
3 **Habiéndolos encontrado…** *when we happened by them along the road*

la turbación y desasosiego, se le cayó el tafetán con que traía cubierto el roſtro, y descubrió° una hermosura incomparable y un roſtro milagroso, aunque descolorido° y asombrado, porque con los ojos andaba rodeando todos los lugares donde alcanzaba con la viſta, con tanto ahinco,° que parecía persona fuera de juicio, cuyas señales, sin saber por qué las hacía, pusieron gran láſtima en Dorotea y en cuantos la miraban. Teníala el caballero fuertemente asida por las espaldas, y por eſtar tan ocupado en tenerla, no pudo acudir a alzarse el embozo° que se le caía, como, en efeto, se le cayó del todo, y alzando los ojos Dorotea, que abrazada con la señora eſtaba, vio que el que abrazada ansimesmo la tenía era su esposo don Fernando. Y apenas le hubo conocido, cuando arrojando° de lo íntimo° de sus entrañas un luengo y triſtísimo ¡AY! se dejó caer de espaldas, desmayada, y a no hallarse allí junto el barbero,[4] que la recogió en los brazos, ella diera consigo en el suelo.

    Acudió luego el cura a quitarle el embozo para echarle agua en el roſtro, y así como la descubrió, la conoció don Fernando, que era el que eſtaba abrazado con la otra, y quedó como muerto en° verla, pero no porque° dejase, con todo eſto, de tener a Luscinda, que era la que procuraba soltarse° de sus brazos, la cual había conocido en el suspiro a Cardenio, y él la había conocido a ella. Oyó asimesmo Cardenio el ¡AY! que dio Dorotea cuando se cayó desmayada, y creyendo que era su Luscinda, salió del aposento despavorido, y lo primero que vio fue a don Fernando, que tenía abrazada a Luscinda. También don Fernando conoció luego a Cardenio, y todos tres, Luscinda, Cardenio y Dorotea, quedaron mudos y suspensos, casi sin saber lo que les había acontecido. Callaban todos y mirábanse todos: Dorotea a don Fernando, don Fernando a Cardenio, Cardenio a Luscinda, y Luscinda a Cardenio. Mas quien primero rompió el ſilencio fue Luscinda, hablando a don Fernando deſta manera: "Dejadme, señor don Fernando, por lo que debéis a ser quien sois, ya que por otro respeto no lo hagáis.[5] Dejadme llegar al muro de quien yo soy yedra, al arrimo de quien no me han podido apartar vueſtras importunaciones,° vueſtras amenazas, vueſtras promesas ni vueſtras dádivas. Notad cómo el cielo, por desusados° y a nosotros encubiertos caminos, me ha pueſto a mi verdadero esposo delante. Y bien sabéis por mil coſtosas experiencias que sola la muerte fuera baſtante para borrarle° de mi memoria: sean, pues, parte tan claros desengaños para que volváis, ya que no podáis hacer otra cosa, el amor en rabia, la voluntad en despecho, y acabadme con él la vida, que como yo la rinda delante de mi buen esposo, la daré por bien empleada; quizá con mi muerte quedará satisfecho de la fe que le mantuve, haſta el último trance de la vida."[6]

Margin glosses:
uncovered
pale
insistence

mask

emitting
depths

al
so that
release herself

demands

unusual

erase him

---

    4 **Se dejó...** *she fell backwards in a faint, and if the barber hadn't been next to her*

    5 **Ya que...** *if for no other reason*

    6 **Sean pues...** For this 82 word sentence Starkie has: *So let these unmistaka-ble trials of experience convince you (since you have no alternative) to turn your love*

Oyó asimesmo Cardenio el ¡AY! que dio Dorotea cuando se cayó desmayada, y creyendo que era su Luscinda, salió del aposento despavorido.

Había en este entretanto vuelto Dorotea en sí, y había estado escuchando todas las razones que Luscinda dijo, por las cuales vino en conocimiento de quién ella era, que viendo que don Fernando aún no la dejaba de los brazos, ni respondía a sus razones, esforzándose lo más que pudo, se levantó y se fue a hincar de rodillas a sus pies, y derramando mucha cantidad de hermosas y lastimeras lágrimas, así le comenzó a decir: "Si ya no es, señor mío, que los rayos deste sol que en tus brazos eclipsado tienes te quitan y ofuscan los de tus ojos,[7] ya habrás echado de ver que la que a tus pies está arrodillada° es la sinventura, hasta que tú quieras, y la desdichada Dorotea. Yo soy aquella labradora humilde a quien tú, por tu bondad o por tu gusto, quisiste levantar a la alteza de poder llamarse tuya. Soy la que, encerrada en los límites de la honestidad, vivió vida contenta hasta que a las voces de tus importunidades y al parecer, justos y amorosos sentimientos, abrió las puertas de su recato y te entregó las llaves de su libertad, dádiva de ti tan mal agradecida cual lo muestra bien claro haber sido forzoso hallarme en el lugar donde me hallas, y verte yo a ti de la manera que te veo. Pero, con todo esto, no querría que cayese en tu imaginación pensar que he venido aquí con pasos de mi deshonra, habiéndome traído sólo los del dolor y sentimiento de verme de ti olvidada.[8] Tú quisiste que yo fuese tuya, y quisístelo de manera que, aunque ahora quieras que no lo sea, no será posible que tú dejes de ser mío. Mira, señor mío, que puede ser recompensa a la hermosura y nobleza por quien me dejas la incomparable voluntad que te tengo.[9] Tú no puedes ser de la hermosa Luscinda, porque eres mío, ni ella puede ser tuya, porque es de Cardenio. Y más fácil te será, si en ello miras, reducir tu voluntad a querer a quien te adora, que no encaminar la que te aborrece a que bien te quiera. Tú solicitaste mi descuido, tú rogaste a mi entereza, tú no ignoraste mi calidad, tú sabes bien de la manera que me entregué a toda tu voluntad: no te queda lugar ni acogida° de llamarte 'a engaño.°

"Y si esto es así, como lo es, y tú eres tan cristiano como caballero, ¿por qué por tantos rodeos dilatas° de hacerme venturosa° en los fines, como me heciste en los principios? Y si no me quieres por la que soy, que soy tu verdadera y legítima esposa, quiéreme, a lo menos, y admíteme por tu esclava, que como yo esté en tu poder, me tendré por dichosa y bien afortunada. No permitas, con dejarme y desampararme, que se hagan y junten corrillos en mi deshonra. No des tan mala vejez a mis padres, pues no lo merecen los leales servicios que, como buenos vasallos, a los tuyos siempre han hecho. Y si te parece que has de aniquilar tu sangre

kneeling

refuge, deceived

delay, happy

to fury, your affection to hatred, and to put an end to my life, for I shall consider it well lost provided I die before the eyes of my good husband. Perhaps my death will convince him that I kept my faith to him to the last act of my life

7 **Si ya...** if it isn't that the rays of the sun you hold eclipsed in your arms haven't taken and darkened the sight of your eyes

8 **No querría...** I wouldn't want you to think that it is my shame that has taken me here, it is only my pain and feeling of sorrow at seeing myself forgotten by you

9 **Puede ser...** the incomparable affection that I have for you may make up for the beauty and nobility for which you are leaving me

por mezclarla con la mía, considera que pocas o ninguna nobleza hay en el mundo que no haya corrido por eſte camino, y que la que se toma de las mujeres no es la que hace al caso en las iluſtres decendencias. Cuanto más que la verdadera nobleza consiſte en la virtud, y si éſta a ti te falta, negándome lo que tan juſtamente me debes, yo quedaré con más ventajas de noble que las que tú tienes. En fin, señor, lo que últimamente te digo es que, quieras o no quieras, yo soy tu esposa, teſtigos son tus palabras, que no han ni deben ser mentirosas, si ya es que te precias de aquello por que me desprecias. Teſtigo será la firma que hiciſte, y teſtigo el cielo a quien tú llamaſte por teſtigo de lo que me prometías. Y cuando todo eſto falte, tu misma conciencia no ha de faltar de dar voces callando en mitad de tus alegrías, volviendo por eſta verdad que te he dicho, y turbando tus mejores guſtos y contentos."

Eſtas y otras razones dijo la laſtimada Dorotea con tanto sentimiento y lágrimas, que los mismos que acompañaban a don Fernando, y cuantos presentes eſtaban la acompañaron en ellas. Escuchóla don Fernando sin replicalle palabra, haſta que ella dio fin a las suyas y principio a tantos sollozos y suspiros, que bien había de ser corazón de bronce el que con mueſtras de tanto dolor no se enterneciera. Mirándola eſtaba Luscinda, no menos laſtimada de su sentimiento que admirada de su mucha discreción y hermosura, y aunque quisiera llegarse a ella y decirle algunas palabras de consuelo, no la dejaban los brazos de don Fernando, que apretada la tenían, el cual, lleno de confusión y espanto, al cabo de un buen espacio que atentamente eſtuvo mirando a Dorotea, abrió los brazos, y dejando libre a Luscinda, dijo: "Venciſte, hermosa Dorotea, venciſte, porque no es posible tener ánimo para negar tantas verdades juntas."

Con el desmayo que Luscinda había tenido, así como la dejó don Fernando iba a caer en el suelo. Mas hallándose Cardenio allí junto, que a las espaldas de don Fernando se había pueſto porque no le conociese, pospueſto° todo temor y aventurando a todo riesgo,° acudió a soſtener a Luscinda, y cogiéndola entre sus brazos, le dijo: "Si el piadoso cielo guſta y quiere que ya tengas algún descanso, leal, firme y hermosa señora mía, en 'ninguna parte° creo yo que le tendrás más seguro que en eſtos brazos que ahora te reciben y otro tiempo te recibieron, cuando la fortuna quiso que pudiese llamarte mía."

A eſtas razones puso Luscinda en Cardenio los ojos, y habiendo comenzado a conocerle, primero por la voz, y asegurándose que él era con la viſta,[10] casi 'fuera de sentido° y sin tener cuenta a ningún honeſto respeto,[11] le echó los brazos al cuello, y juntando su roſtro con el de Cardenio, le dijo: "Vos, sí, señor mío, sois el verdadero dueño deſta vueſtra captiva, aunque más lo impida la contraria suerte, y aunque más amenazas le hagan a eſta vida que en la vueſtra se suſtenta."[12]

having put aside, risk

nowhere

beside herself

---

10 **Asegurándose que...** *assuring herself with her eyes* (**con la viſta**) *that it was he*

11 **Sin tener...** *forgetting about decorum*

12 **Que en...** *which is sustained by yours* [= life]

Eſtraño eſpeƈtáculo fue éſte para don Fernando y para todos los circunſtantes, admirándose de tan no viſto suceso. Parecióle a Dorotea que don Fernando había perdido la color del roſtro y que hacía ademán de querer vengarse de Cardenio, porque le vio encaminar la mano a ponella en la espada, y así como lo pensó, con no viſta preſteza se abrazó con él por las rodillas, besándoselas y teniéndole apretado, que no le dejaba mover, y sin cesar un punto de sus lágrimas, le decca: "¿Qué es lo que piensas hacer, único refugio mío, en eſte tan impensado° trance? Tú *unexpected* tienes a tus pies a tu esposa, y la que quieres que lo sea[13] eſtá en los brazos de su marido. Mira si te eſtará bien, o te será posible, deshacer lo que el cielo ha hecho, o si te convendrá querer levantar a igualar a ti mismo a la que, pospueſto todo inconveniente, confirmada en su verdad y firmeza, delante de tus ojos tiene los suyos,[14] bañados de 'licor amoroso° el roſtro y *i.e., tears* pecho de su verdadero esposo. Por quien Dios es te ruego, y por quien tú eres te suplico, que eſte tan notorio desengaño° no sólo no acreciente tu *truth* ira, sino que la mengüe en tal manera que con quietud y sosiego permitas que eſtos dos amantes le[15] tengan sin impedimento tuyo todo el tiempo que el cielo quisiere concedérsele, y en eſto moſtrarás la generosidad de tu iluſtre y noble pecho, y verá el mundo que tiene contigo más fuerza la razón que el apetito."[16]

En tanto que eſto decía Dorotea, aunque Cardenio tenía abrazada a Luscinda, no quitaba los ojos de don Fernando, con determinación de que si le viese hacer algún movimiento en su perjuicio, procurar defenderse y ofender como mejor pudiese a todos aquellos que en su daño se moſtrasen,[17] aunque le coſtase la vida. Pero a eſta sazón acudieron los amigos de don Fernando, y el cura y el barbero, que a todo habían eſtado presentes, sin que faltase el bueno de Sancho Panza, y todos rodeaban a don Fernando, suplicándole 'tuviese por bien de mirar° las lágrimas de Dorotea, y *consider well* que, siendo verdad, como sin duda ellos creían que lo era, lo que en sus razones había dicho, que no permitiese quedase defraudada de sus tan juſtas esperanzas. Que considerase que no acaso, como parecía, sino con particular providencia del cielo se habían todos juntado en lugar donde menos ninguno pensaba. Y que advirtiese, dijo el cura, que sola la muerte podía apartar a Luscinda de Cardenio, y aunque los dividiesen filos de alguna espada, ellos tendrían por felicísima su muerte, y que en los lazos irremediables era suma cordura, forzándose y venciéndose a sí mismo, moſtrar un generoso pecho,[18] permitiendo que por sola su voluntad los dos gozasen el bien que el cielo ya les había concedido; que pusiese los ojos ansimesmo en la beldad de Dorotea, y vería que pocas, o ninguna, se le

---

13 **La que…** *the one you want to be* [your wife]
14 **Levantar a…** *raise to be your equal… her who has her eyes in front of yours.*
15 This **le = lo** seems to refer back to **sosiego.**
16 **Verá el…** *and the world will see that reason is stronger in you than passion*
17 **A todos…** *everyone who might try to assail him*
18 **En los…** *in difficult situations the greatest prudence would be… to show a generous heart*

podían igualar, cuanto más hacerle ventaja, y que juntase a su hermosura su humildad y el eſtremo del amor que le tenía, y sobre todo, advirtiese que si se preciaba de caballero y de criſtiano, que no podía hacer otra cosa que cumplille la palabra dada, y que, cumpliéndosela, cumpliría con Dios y satisfaría a las gentes discretas, las cuales saben y conocen que es prerrogativa de la hermosura, aunque eſté en sujeto humilde, como se acompañe con la honeſtidad, poder levantarse e igualarse a cualquiera alteza, sin nota de menoscabo del que le levanta e iguala a sí mismo, y cuando se cumplen las fuertes leyes del guſto, como en ello no intervenga pecado, no debe de ser culpado el que las sigue.

En efeto, a eſtas razones añadieron todos otras, tales y tantas, que el valeroso pecho de don Fernando, en fin, como alimentado° con iluſtre ⟶ nourished sangre, se ablandó y se dejó vencer de la verdad que él no pudiera negar aunque quisiera, y la señal que dio de haberse rendido y entregado al buen parecer que se le había propueſto fue abajarse y abrazar a Dorotea, diciéndole: "Levantaos, señora mía, que no es juſto que eſté arrodillada a mis pies la que yo tengo en mi alma, y si haſta aquí no he dado mueſtras de lo que digo, quizá ha sido por orden del cielo, para que, viendo yo en vos la fe con que me amáis, os sepa eſtimar en lo que merecéis.[19] Lo que os ruego es que no me reprehendáis mi mal término y mi mucho descuido, pues la misma ocasión y fuerza que me movió para acetaros por mía, esa misma me impelió° para procurar no ser vueſtro, y que eſto sea verdad,[20] ⟶ incited volved y mirad los ojos de la ya contenta Luscinda, y en ellos hallaréis disculpa de todos mis yerros. Y pues ella halló y alcanzó lo que deseaba, y yo he hallado en vos lo que 'me cumple,° viva ella segura y contenta ⟶ I need luengos y felices años con su Cardenio, que yo rogaré al cielo que me los deje vivir con mi Dorotea."

Y diciendo eſto, la tornó a abrazar y a juntar su roſtro con el suyo, con tan tierno sentimiento, que le fue necesario tener gran cuenta con que las lágrimas no acabasen de dar indubitables° señas de su amor y ⟶ sure arrepentimiento. No lo hicieron así las de Luscinda y Cardenio, y aun las de casi todos los que allí presentes eſtaban, porque comenzaron a derramar tantas, los unos de contento proprio, y los otros del ajeno, que no parecía sino que algún grave y mal caso° a todos había sucedido. Haſta Sancho ⟶ event Panza lloraba, aunque después dijo que no lloraba él sino por ver que Dorotea no era, como él pensaba, la reina Micomicona, de quien él tantas mercedes esperaba. Duró algún espacio, junto con el llanto, la admiración en todos, y luego Cardenio y Luscinda se fueron a poner de rodillas ante don Fernando, dándole gracias de la merced que les había hecho con tan corteses razones, que don Fernando no sabía qué responderles, y así, los levantó y abrazó con mueſtras de mucho amor y de mucha cortesía.

Preguntó luego a Dorotea le dijese[21] cómo había venido a aquel lugar tan lejos del suyo. Ella, con breves y discretas razones, contó todo lo que

---

19 **Os sepa…** *to value you as much as you deserve*
20 **Que esto…** *to show you that this is true*
21 **Preguntó luego…** *he then asked Dorotea to tell him*

antes había contado a Cardenio, de lo cual guſtó tanto don Fernando y los que con él venían, que quisieran que durara el cuento más tiempo: tanta era la gracia con que Dorotea contaba sus desventuras. Y así como hubo acabado, dijo don Fernando lo que en la ciudad le había acontecido, después que halló el papel en el seno de Luscinda, donde declaraba ser esposa de Cardenio y no poderlo[22] ser suya. Dijo que la quiso matar, y lo hiciera si de sus padres no fuera impedido,° y que así se salió de   prevented
su casa despechado y corrido, con determinación de vengarse con más comodidad,° y que otro día supo como Luscinda había faltado de casa   advantage
de sus padres, sin que nadie supiese decir dónde se había ido, y que, en resolución, al cabo de algunos meses vino a saber como eſtaba en un moneſterio, con voluntad de quedarse en él toda la vida, si no la pudiese pasar con Cardenio, y que así como lo supo, escogiendo para su compañía aquellos tres caballeros, vino al lugar donde eſtaba, a la cual no había querido hablar, temeroso que en sabiendo que él eſtaba allí, había de haber más guarda en el moneſterio. Y así, aguardando un día a que la portería° eſtuviese abierta, dejó a los dos a la guarda de la puerta, y el   gatehouse
con otro habían entrado en el moneſterio buscando a Luscinda, la cual hallaron en el clauſtro hablando con una monja. Y arrebatándola,° sin   carrying her off
darle lugar a otra cosa,[23] se habían venido con ella a un lugar donde 'se acomodaron° de aquello que hubieron meneſter para traella. Todo lo cual   provided themselves
habían podido hacer bien a su salvo por eſtar el moneſterio en el campo, buen trecho fuera del pueblo. Dijo que así como Luscinda se vio en su poder, perdió todos los sentidos, y que después de vuelta en sí[24] no había hecho otra cosa sino llorar y suspirar, sin hablar palabra alguna, y que así, acompañados de silencio y de lágrimas habían llegado a aquella venta, que para él era haber llegado al cielo, donde se rematan y tienen fin todas las desventuras de la tierra.

Capítulo XXXVII. Que trata donde[1] se prosigue la hiſtoria de la famosa infanta Micomicona, con otras graciosas aventuras.

TODO ESTO escuchaba Sancho, no con poco dolor de su ánima, viendo que se le desaparecían e iban en humo las esperanzas de su ditado,° y que la linda princesa Micomicona se le había vuelto en   title
Dorotea; y el gigante en don Fernando, y su amo se eſtaba durmiendo a 'sueño suelto,° bien descuidado de todo lo sucedido. No se podía asegurar   sound asleep
Dorotea si era soñado el bien que poseía. Cardenio eſtaba en el mismo

---

22 **Lo** refers to "being the wife."
23 **Sin dar...** *without giving her time to resist*
24 **Perdió todos...** *she lost consciousness, and after coming to*
 1 **Que trata donde** shows a false start, in imitation of the careless style of chapter titles in the old romances. Most editions, including Schevill, omit **que trata**. The original edition, in the contents at the back of the book, says: **Capítulo treinta y siete, que prosigue la hiſtoria...**

pensamiento, y el de Luscinda corría por la misma cuenta. Don Fernando daba gracias al cielo por la merced recebida y haberle sacado de aquel intricado laberinto, donde se hallaba tan a pique de perder el crédito y el alma; y finalmente, cuantos en la venta estaban, estaban contentos y gozosos° del buen suceso que habían tenido tan trabados y desesperados negocios.   *delighted*

Todo lo ponía en su punto el cura,[2] como discreto, y a cada uno daba el parabién del bien alcanzado, pero quien más jubilaba° y se contentaba era la ventera, por la promesa que Cardenio y el cura le habían hecho de pagalle todos los daños e intereses° que por cuenta de don Quijote le hubiesen venido. Sólo Sancho, como ya se ha dicho, era el afligido,° el desventurado y el triste; y así, con malencónico semblante° entró a su amo, el cual acababa de despertar, a quien dijo: "Bien puede vuestra merced, señor Triste Figura, dormir todo lo que quisiere, sin cuidado de matar a ningún gigante, ni de volver a la princesa su reino; que ya todo está hecho y concluido."   *took pleasure* / *what was due* / *distressed* / *face*

"Eso creo yo bien," respondió don Quijote, "porque he tenido con el gigante la más descomunal y desaforada batalla que pienso tener en todos los días de mi vida; y de un revés, ¡zas! le derribé la cabeza en el suelo; y fue tanta la sangre que le salió, que los arroyos corrían por la tierra, como si fueran de agua."

"Como si fueran de vino tinto, pudiera vuestra merced decir mejor," respondió Sancho; "porque quiero que sepa vuestra merced, si es que no lo sabe, que el gigante muerto es un cuero horadado, y la sangre, seis arrobas de vino tinto que encerraba en su vientre; y la cabeza cortada es la puta que me parió,° y llévelo todo Satanás."   *bore*

"Y ¿qué es lo que dices, loco?" replicó don Quijote. "¿Estás en tu seso?"

"Levántese vuestra merced," dijo Sancho, "y verá el buen recado° que ha hecho, y lo que tenemos que pagar; y verá a la reina convertida en una 'dama particular,° llamada Dorotea, con otros sucesos, que, si cae en ellos,[3] le han de admirar."   *profit* / *ordinary woman*

"No me maravillaría de nada deso," replicó don Quijote, "porque, si bien te acuerdas, la otra vez que aquí estuvimos, te dije yo que todo cuanto aquí sucedía eran cosas de encantamento, y no sería mucho que ahora fuese lo mesmo."

"Todo lo creyera yo," respondió Sancho, "si también mi manteamiento fuera cosa dese jaez; mas no lo fue, sino real y verdaderamente, y vi yo que el ventero, que aquí está hoy día, tenía dél un cabo de la manta, y me empujaba° hacia el cielo con mucho donaire y brío,° y con tanta risa como fuerza; y donde interviene conocerse las personas,[4] tengo para mí, aunque simple y pecador, que no hay encantamento alguno, sino mucho molimiento y mucha mala ventura."   *impelled, energy*

---

2 **Todo lo...** *the priest fully appreciated the situation*
3 **Si cae...** *if you come to understand them*
4 **Donde interviene...** *when it comes to recognizing persons*

"Ahora bien, Dios lo remediará," dijo don Quijote. "Dame de veſtir,[5] y déjame salir allá fuera; que quiero ver los sucesos y transformaciones que dices."

Diole de veſtir Sancho, y en el entretanto que se veſtía, contó el cura a don Fernando y a los demás las locuras de don Quijote, y del artificio que habían usado para sacarle de la Peña Pobre, donde él se imaginaba eſtar por desdenes de su señora. Contóles asimismo casi todas las aventuras que Sancho había contado, de que no poco se admiraron y rieron, por parecerles, lo que a todos parecía, ser el más eſtraño género de locura que podía caber en pensamiento desparatado. Dijo más el cura: que pues ya el buen suceso de la señora Dorotea impidía pasar con su disignio° adelante,   intention que era meneſter inventar y hallar otro para poderle llevar a su tierra. Ofrecióse Cardenio de proseguir lo comenzado, y que Luscinda haría y representaría la persona de Dorotea.

"No," dijo don Fernando; "no ha de ser así; que yo quiero que Dorotea prosiga su invención,° que, como° no sea muy lejos de aquí el lugar deſte   deception, if buen caballero, yo holgaré de que se procure su remedio."

"No eſtá más de dos jornadas de aquí."

"Pues aunque eſtuviera más, guſtara yo de caminallas, a trueco de hacer tan buena obra."

Salió en eſto don Quijote, armado de todos sus pertrechos, con el yelmo, aunque abollado, de Mambrino en la cabeza, embrazado de su rodela y arrimado a su tronco[6] o lanzón. Suspendió a don Fernando y a los demás la eſtraña presencia de don Quijote, viendo su roſtro de media legua de andadura,° seco y amarillo, la desigualdad de sus armas y su me-   length surado continente, y eſtuvieron callando haſta ver lo que él decía, el cual, con mucha gravedad y reposo, pueſtos los ojos en la hermosa Dorotea, dijo: "Eſtoy informado, hermosa señora, deſte mi escudero que la vueſtra grandeza se ha aniquilado, y vueſtro ser se ha deshecho, porque de reina y gran señora que solíades ser, os habéis vuelto en una particular doncella; si eſto ha sido por orden del rey nigromante de vueſtro padre, temeroso que yo no os diese la necesaria y debida ayuda, digo que no supo, «ni sabe, de la misa la media»,[7] y que fue poco versado en las hiſtorias caballerescas; porque si él las hubiera 'leído y pasado° tan atentamente, y 'con tanto   read espacio° como yo las pasé y leí, hallara a cada paso como otros caballeros,   carefully de menor fama que la mía, habían acabado cosas más dificultosas, no siéndolo mucho matar a un gigantillo, por arrogante que sea; porque no ha muchas horas que yo me vi con él; y... quiero callar, porque no me digan que miento; pero el tiempo, descubridor de todas las cosas, lo dirá

---

5 **Dame de...** *get me dressed*

6 This trunk = *lance* refers back to chapter 8, p. 69, l. 13, where Diego Pérez de Vargas used un **pesado ramo** o **tronco** with which he killed many enemies. When his own lance was destroyed, Don Quijote proposed to find "otro tronco, tal y tan bueno como aquél," which he did do later in that same chapter.

7 **Ni sabe...** *he doesn't know half the mass = he doesn't know anything.*

cuando menos lo pensemos."

"Vístesos vos con dos cueros, que no con un gigante," dijo a esta sazón el ventero, al cual mandó don Fernando que callase y no interrumpiese la plática de don Quijote en ninguna manera; y don Quijote prosiguió diciendo: "Digo, en fin, alta y desheredada° señora, que si por la   disinherited
causa que he dicho vuestro padre ha hecho este metamorfóseos[8] en vuestra persona, que 'no le deis crédito° alguno; porque no hay ningún peligro   don't trust him
en la tierra por quien no 'se abra camino° mi espada, con la cual, poniendo   find a way
la cabeza de vuestro enemigo en tierra, os pondré a vos la corona de la
vuestra en la cabeza, en breves días."

No dijo más don Quijote, y esperó a que la princesa le respondiese, la cual, como ya sabía la determinación de don Fernando, de que se prosiguiese adelante en el engaño hasta llevar a su tierra a don Quijote, con mucho donaire y gravedad le respondió: "Quienquiera que os dijo, valeroso Caballero de la Triste Figura, que yo me había mudado y trocado de mi ser,° no os dijo lo cierto, porque la misma que ayer fui me soy hoy: being
verdad es que alguna mudanza han hecho en mí ciertos acaecimientos de buena ventura,[9] que me la han dado la mejor que yo pudiera desearme; pero no por eso he dejado de ser la que antes, y de tener los mesmos pensamientos de valerme del valor de vuestro valeroso e invenerable[10] brazo que siempre he tenido; así que, señor mío, vuestra bondad vuelva la honra al padre que me engendró, y téngale por hombre advertido y prudente, pues con su ciencia halló camino tan fácil y tan verdadero para remediar mi desgracia; que yo creo que si por vos, señor, no fuera, jamás acertara a tener la ventura que tengo, y en esto digo tanta verdad como son buenos testigos della los más destos señores que están presentes. Lo que resta es que mañana nos pongamos en camino, porque ya hoy se podrá hacer poca jornada, y en lo demás del buen suceso que espero, lo dejaré a Dios y al valor de vuestro pecho."

Esto dijo la discreta Dorotea, y en oyéndolo don Quijote, se volvió a Sancho, y con muestras de mucho enojo, le dijo: "Ahora te digo, Sanchuelo,[11] que eres el mayor bellacuelo que hay en España; dime, ladrón vagamundo,° ¿no me acabaste de decir ahora que esta princesa se había   tramp
vuelto en una doncella que se llamaba Dorotea, y que la cabeza que entiendo que corté a un gigante era la puta que te parió, con otros disparates que me pusieron en la mayor confusión que jamás he estado en todos los días de mi vida? ¡Voto," miró al cielo y apretó los dientes, "que estoy por 'hacer un estrago° en ti, que ponga sal en la mollera[12] a todos cuantos   wreak havoc

---

8   Secondary form (deriving from the Greek genitive singular) for **metamorfosis** *transformation*. I thank my Classicist colleague Nik Gross for this note.

9   **Alguna mudanza…** *certain incidents of good fortune have made a change in me*

10   Dorotea is either making a mistake or talking in jest. **Invencible** or **invulnerable** is what we would expect under ordinary circumstances.

11   **-Uelo** gives a scornful aspect to the word it is attached to.

12   **Que ponga…** *so that it might put some sense*. **Mollera** means *brain pan*.

mentirosos escuderos hubiere de caballeros andantes, de aquí adelante, en el mundo!"

"Vuestra merced se sosiegue, señor mío," respondió Sancho, "que bien podría ser que yo me hubiese engañado en lo que toca a la mutación de la señora princesa Micomicona; pero en lo que toca a la cabeza del gigante, o, a lo menos, a la horadación de los cueros, y a lo de ser vino tinto la sangre, no me engaño, ¡vive Dios! porque los cueros allí están heridos a la cabecera del lecho de vuestra merced, y el vino tinto tiene hecho un lago el aposento, y si no, «al freír de los huevos lo verá»[13]—quiero decir, que lo verá cuando aquí su merced del señor ventero[14] le pida el menoscabo de todo. De lo demás, de que la señora reina se esté como se estaba, me regocijo en el alma, porque me va mi parte, como «a cada hijo de vecino»."[15]

"Ahora yo te digo, Sancho," dijo don Quijote, "que eres un mentecato,° y perdóname, y basta." idiot

"Basta," dijo don Fernando, "y no se hable más en esto; y pues la señora princesa dice que se camine mañana, porque ya hoy es tarde, 'hágase así,° y esta noche la podremos pasar en buena conversación hasta el so be it venidero° día, donde todos acompañaremos al señor don Quijote, porque coming queremos ser testigos de las valerosas e inauditas° hazañas que ha de ha- unheard-of cer en el discurso desta grande empresa que a su cargo lleva."

"Yo soy el que tengo de serviros y acompañaros," respondió don Quijote, "y agradezco mucho la merced que se me hace y la buena opinión que de mí se tiene, la cual procuraré que salga verdadera, o me costará la vida, y aun más, si más costarme puede."

Muchas palabras de comedimiento y muchos ofrecimientos pasaron entre don Quijote y don Fernando; pero a todo puso silencio un pasajero° traveler que en aquella sazón entró en la venta, el cual en su traje mostraba ser cristiano recién° venido de tierra de moros, porque venía vestido con una recently casaca° de paño azul, corta de faldas, con medias mangas y sin cuello;° tunic, collar los calzones eran asimismo de lienzo azul, con bonete de la misma color; traía unos borceguíes datilados y un alfanje morisco, puesto en un tahelí que le atravesaba el pecho.[16] Entró luego tras él, encima de un jumento, una mujer a la morisca vestida, cubierto el rostro, con una toca en la cabeza; traía un 'bonetillo de brocado,° y vestida una almalafa° que desde los brocaded cap, cloak hombros a los pies la cubría.

Era el hombre de robusto y agraciado talle, de edad de poco más de cuarenta años, algo moreno° de rostro, largo de bigotes, y la barba muy dark-complected bien puesta; en resolución, él mostraba en su apostura,° que si estuviera bearing bien vestido, le juzgaran por persona de calidad y bien nacida.

Pidió en entrando un aposento, y como le dijeron que en la venta no le había, mostró recebir pesadumbre, y llegándose a la que en el traje

---

13 His old proverb means something like 'It'll all come out in the wash.'
14 **Su merced...** *his grace, the innkeeper*
15 **Me va...** *my share will come to me as much as to any neighbor's son*
16 **Borceguíes datilados...** *date-colored low boots and and a short, curved sword, Moorish style, hanging from a strap across his chest*

parecía mora, la apeó en sus brazos. Luscinda, Dorotea, la ventera, su hija
y Maritornes, llevadas° del nuevo y para ellos nunca viſto traje, rodearon   attracted
a la mora, y Dorotea, que siempre fue agraciada, comedida y discreta,
pareciéndole que así ella como el que la traía se congojaban por la falta
del aposento, le dijo: "No os dé mucha pena, señora mía, la incomodidad   5
de regalo[17] que aquí falta, pues es proprio de ventas no hallarse en ellas;
pero, con todo eſto, si guſtáredes de pasar[18] con nosotras," señalando a
Luscinda, "quizá en el discurso de eſte camino habréis hallado otros no
tan buenos acogimientos."[19]

No respondió nada a eſto la embozada, ni hizo otra cosa que levan-   10
tarse de donde sentado se había, y pueſtas entrambas manos cruzadas
sobre el pecho, inclinada la cabeza, dobló° el cuerpo en señal de que lo   bent at the waist
agradecía. Por su silencio imaginaron que, sin duda alguna, debía de ser
mora y que no sabía hablar criſtiano.° Llegó en eſto el cautivo, que en-   Spanish
tendiendo en otra cosa haſta entonces había eſtado, y viendo que todas   15
tenían cercada a la que con él venía, y que ella a cuanto le decían callaba,
dijo: "Señoras mías, eſta doncella apenas entiende mi lengua, ni sabe hablar otra ninguna sino conforme a su tierra, y por eſto no debe de haber
respondido, ni responde, a lo que se le ha preguntado."

"No se le pregunta otra cosa ninguna," respondió Luscinda, "sino   20
ofrecelle por eſta noche nueſtra compañía y parte del lugar donde nos
acomodáremos, donde se le hará el regalo que la comodidad ofreciere con
la voluntad que obliga a servir a todos los eſtranjeros que dello[20] tuvieren
necesidad, especialmente siendo mujer a quien se sirve."

"Por ella y por mí," respondió el captivo, "os beso, señora mía, las   25
manos, y eſtimo mucho y en lo que es razón la merced ofrecida, que en tal
ocasión, y de tales personas como vueſtro parecer mueſtra, bien se echa de
ver que ha de ser muy grande."

"Decidme, señor," dijo Dorotea: "eſta señora ¿es criſtiana o mora?
Porque el traje y el silencio nos hace pensar que es lo que no querríamos   30
que fuese."

"Mora es en el traje y en el cuerpo; pero en el alma es muy grande
criſtiana, porque tiene grandísimos deseos de serlo."

"Luego ¿no es baptizada?" replicó Luscinda.

"No ha habido lugar para ello," respondió el captivo, "después que   35
salió de Argel,[21] su patria y tierra, y haſta agora no se ha viſto en peligro
de muerte tan cercana, que obligase a baptizalla sin que supiese primero
todas las ceremonias que nueſtra Madre la Santa Iglesia manda; pero
Dios será servido que preſto se bautice con la decencia° que la calidad   dignity

---

17 We should expect **comodidad de regalo** meaning 'comfort,' and not
incomodidad, but since it is Dorotea who is talking, the error is not surprising.

18 We assume **pasar** *la noche*. Starting with the third edition, it was
changed to **posar** *to lodge*.

19 **En el…** *along this road you will have found not such good shelter*

20 That is, **regalo** *comfort*.

21 Argel is Algiers in English, capital of Algeria, in Africa, due south of
Barcelona.

"Si gustáredes de pasar con nosotras," señalando a Luscinda, "quizá en el discurso de este camino habréis hallado otros no tan buenos acogimientos."

de su persona merece, que es más de lo que muestra su hábito y el mío."

Con estas razones puso[22] gana en todos los que escuchándole estaban de saber quién fuese la mora y el captivo; pero nadie se lo quiso preguntar por entonces, por ver que aquella sazón era más para procurarles descanso que para preguntarles sus vidas. Dorotea la[23] tomó por la mano y la llevó a sentar junto a sí, y le rogó que se quitase el embozo. Ella miró al cautivo, como si le preguntara le dijese lo que decían y lo que ella haría. Él, en lengua arábiga, le dijo que le pedían se quitase el embozo, y que lo hiciese, y así, se lo quitó y descubrió un rostro tan hermoso, que Dorotea la tuvo por más hermosa que a Luscinda, y Luscinda por más hermosa que a Dorotea, y todos los circunstantes conocieron que si alguno[24] se podría igualar al de las dos, era el de la mora, y aun hubo algunos que le aventajaron° en   preferred alguna cosa. Y como la hermosura tenga prerrogativa y gracia de reconciliar los ánimos y atraer las voluntades, luego se rindieron todos al deseo de servir y acariciar° a la hermosa mora.   treat tenderly

Preguntó don Fernando al captivo cómo se llamaba la mora, el cual respondió que lela[25] Zoraida, y así como esto oyó ella, entendió lo que le habían preguntado al cristiano, y dijo con mucha priesa, llena de congoja y donaire: "¡No, no Zoraida: María, María!" dando a entender que se llamaba María y no Zoraida.

Estas palabras, el grande afecto con que la mora las dijo, hicieron derramar más de una lágrima a algunos de los que la escucharon, especialmente a las mujeres, que de su naturaleza son tiernas y compasivas. Abrazóla Luscinda con mucho amor, diciéndole: "¡Sí, sí—María, María!"

A lo cual respondió la mora: "¡Sí, sí, María—Zoraida *macange*!" que quiere decir no.[26]

Ya en esto llegaba la noche, y por orden de los que venían con don Fernando había el ventero puesto diligencia y cuidado en aderezarles de cenar lo mejor que a él le fue posible. Llegada, pues, la hora, sentáronse todos a una larga mesa, como de tinelo,° porque no la había redonda ni   servants' table, cuadrada en la venta, y dieron la cabecera° y principal asiento, puesto que   head of table él lo rehusaba, a don Quijote, el cual quiso que estuviese a su lado la señora Micomicona, pues él era su aguardador.° Luego se sentaron Luscinda   defender y Zoraida, y frontero dellas, don Fernando y Cardenio, y luego el cautivo y los demás caballeros, y al lado de las señoras, el cura y el barbero. Y así cenaron con mucho contento, y acrecentóseles más viendo que, dejando de comer don Quijote, movido de otro semejante espíritu que el que le movió a hablar tanto como habló cuando cenó con los cabreros, comenzó a decir:

"Verdaderamente, si bien se considera, señores míos, grandes e inauditas cosas ven los que profesan la orden de la andante caballería. Si no,

---

22 Schevill has added **con** here since **estas razones** cannot agree with **puso**.

23 Obviously, **la** refers to the Moorish woman

24 That is, **si algún rostro…**

25 *Lela* means **doña**.

26 Or more appropriately, it means *not that*.

¿cuál de los vivientes habrá en el mundo que ahora por la puerta deste castillo entrara, y de la suerte que estamos nos viere, que juzgue y crea que nosotros somos quien somos?²⁷ ¿Quién podrá decir que esta señora que está a mi lado es la gran reina que todos sabemos, y que yo soy aquel Caballero de la Triste Figura que anda por ahí en boca de la fama? Ahora no hay que dudar, sino que esta arte y ejercicio²⁸ excede a todas aquellas y aquellos que los hombres inventaron, y tanto más se ha de tener en estima, cuanto a más peligros está sujeto. 'Quítenseme delante° los que dijeren que las letras hacen ventaja a las armas; que les diré, y 'sean quien se fueren,° que no saben lo que dicen. Porque la razón que los tales suelen decir, y a lo que ellos más 'se atienen,° es que los trabajos del espíritu exceden a los del cuerpo, y que las armas sólo con el cuerpo 'se ejercitan,° como si fuese su ejercicio oficio de ganapanes,° para el cual no es menester más de buenas fuerzas, o como si en esto que llamamos armas los que las profesamos no 'se encerrasen° los actos de la fortaleza,° los cuales piden para ejecutallos mucho entendimiento, o como si no trabajase el ánimo del guerrero° que tiene a su cargo un ejército o la defensa de una ciudad sitiada,° así con el espíritu como con el cuerpo. Si no, véase si se alcanza con las fuerzas corporales° a saber y conjeturar el intento del enemigo, los disignios, las estratagemas, las dificultades, 'el prevenir° los daños que se temen; que todas estas cosas son acciones del entendimiento, en quien no tiene parte alguna el cuerpo.

"Siendo, pues, ansí, que las armas requieren espíritu como las letras, veamos ahora cuál de los dos espíritus, el del letrado° o el del guerrero, trabaja más. Y esto se vendrá a conocer por el fin y paradero° a que cada uno se encamina, porque aquella intención se ha de estimar en más que tiene por objeto más noble fin. Es el fin y paradero de las letras…,²⁹ y no hablo ahora de las divinas, que tienen por blanco llevar y encaminar las almas al cielo; que a un fin tan sin fin como éste ninguno otro se le puede igualar. Hablo de las letras humanas, que es su fin 'poner en su punto° la justicia distributiva y dar a cada uno lo que es suyo, entender y hacer que las buenas leyes se guarden, fin por cierto generoso y alto y digno de grande alabanza, pero no de tanta como merece aquel a que las armas atienden, las cuales tienen por objeto y fin la paz, que es el mayor bien que los hombres pueden desear en esta vida. Y así, las primeras buenas nuevas que tuvo el mundo y tuvieron los hombres fueron las que dieron los ángeles la noche que fue nuestro día, cuando cantaron en los aires: «Gloria sea en las alturas y paz en la tierra a los hombres de buena voluntad»,³⁰ y a la salutación que el mejor maestro de la tierra y del cielo enseñó a sus allegados° y favoridos fue decirles que, cuando entrasen en alguna casa,

away with

be who they may
abide by
are practiced
porters

include, bravery

warrior
under siege
of the body
foreseeing

man of letters
goal

regulate

followers

---

27 **¿Cuál de…** *who in the world, if he entered the door of this castle and saw us here as we are, would think that we are who we are?*

28 That is, knight-errantry.

29 **Es el…** *the goal of letters is*

30 Luke 2:14. The quote leaves out **a Dios: Gloria sea a Dios en…**

dijesen: «Paz sea en esta casa.»³¹ Y otras muchas veces les dijo: «Mi paz os doy, mi paz os dejo, paz sea con vosotros»,³² bien como joya y prenda dada y dejada de tal mano, joya, que sin ella, en la tierra ni en el cielo puede haber bien alguno.³³ Esta paz es el verdadero fin de la guerra, que lo mesmo es decir armas que guerra. Prosupuesta,° pues, esta verdad, que el fin de la ·given· guerra es la paz, y que en esto hace ventaja al fin de las letras, vengamos ahora a los trabajos del cuerpo del letrado y a los del profesor° de las ar- ·one who professes· mas, y véase cuáles son mayores."

De tal manera y por tan buenos términos iba prosiguiendo en su plática don Quijote, que obligó a que por entonces ninguno de los que escuchándole estaban le tuviese por loco. Antes, como todos los más eran caballeros, a quien son anejas las armas, le escuchaban de muy buena gana; y él prosiguió diciendo: "Digo, pues, que los trabajos del estudiante son éstos: principalmente, pobreza,° no porque todos sean pobres, sino por ·poverty· poner este caso en todo el estremo que pueda ser, y en haber dicho que padece pobreza, me parece que no había que decir más de su mala ventu- ra, porque quien es pobre no tiene cosa buena; esta pobreza la padece 'por sus partes,° ya en hambre, ya en frío, ya en desnudez, ya en todo junto. ·in various ways· Pero, con todo eso, no es tanta, que no coma, aunque sea un poco más tar- de de lo que se usa, aunque sea de las sobras de los ricos; que es la mayor miseria del estudiante este que entre ellos llaman «andar a la sopa»,³⁴ y no les falta algún ajeno brasero³⁵ o chimenea, que, si no calienta, a lo menos entibie° su frío, y en fin, la noche duermen debajo de cubierta. No quiero ·moderates· llegar a otras menudencias, 'conviene a saber,° de la falta de camisas y no ·for example· sobra de zapatos, la raridad y poco pelo del vestido,³⁶ ni aquel ahitarse° con ·gorging· tanto gusto, cuando la buena suerte les depara algún banquete.

"Por este camino que he pintado, áspero y dificultoso, tropezando aquí, cayendo allí, levantándose acullá, tornado a caer acá, llegan al gra- do° que desean, el cual alcanzado, a muchos hemos visto que, habiendo ·university degree· pasado por estas sirtes° y por estas Scilas y Caribdis,³⁷ como llevados en ·sand bars· vuelo de la favorable fortuna, digo que los hemos visto mandar y gober- nar el mundo desde una silla, trocada su hambre en hartura,° su frío en ·satiety· refrigerio,° su desnudez en galas° y su dormir en una estera° en reposar ·comfort, fancy cloth-· en holandas y damascos, premio justamente merecido de su virtud; pero ·ing, mat·

---

31 Luke 10:5.

32 The first two are from John 14:27, the third is fom John 20:19.

33 **Joya, que...** *a jewel without which neither heaven nor earth can have any happiness*

34 Covarrubias says that ir a **la sopa** meant to go to monasteries to get something to eat, usually broth and a piece of bread.

35 This is the Spanish table heater—burning coals in a metal recipient sus- pended under the middle of a table heat those sitting at the table.

36 **Raridad y...** *thin and threadbare clothing*

37 Scylla and Charybdis were two irresistible monsters who haunted the Strait of Messina in the *Odyssey*. The terms now refer to the Rock of Scylla and the ever-changing, swirling currents (Charybdis) there, both things being hazards to navigation.

contrapuestos° y comparados sus trabajos con los del mílite° guerrero, se   compared, soldier
quedan muy atrás en todo, como ahora diré."

Capítulo XXXVIII. Que trata del curioso discurso que hizo don Quijote de las armas y las letras.

PROSIGUIENDO DON Quijote, dijo: "Pues comenzamos en el estudiante por la pobreza y sus partes,[1] veamos si es más rico el soldado.
Y veremos que no hay ninguno más pobre en la misma pobreza,
porque está atenido° a la miseria de su paga, que viene o tarde o nunca,   dependent
o a lo que garbeare° por sus manos, con notable peligro de su vida y de   robs
su conciencia. Y a veces 'suele ser° su desnudez tanta, que un coleto acu-   is
chillado[2] le sirve de gala y de camisa, y en la mitad del invierno se suele
reparar° de las inclemencias del cielo, estando en la campaña rasa, con   defend
sólo el aliento de su boca, que, como sale de lugar vacío,° tengo por ave-   empty
riguado que debe de salir frío, contra toda naturaleza. Pues esperad que
espere que llegue la noche para restaurarse de todas estas incomodidades
en la cama que le aguarda, la cual, si no es por su culpa, 'jamás pecará ° de   "will never prove to be"
estrecha;que bien puede medir en la tierra los pies que quisiere, y revol-
verse en ella a su sabor, sin temor que se le encojan° las sábanas.   rumples

"Lléguese, pues, a todo esto el día y la hora de recibir el grado de su
ejercicio; lléguese un día de batalla, que allí le pondrán la borla[3] en la cabeza, hecha de hilas, para curarle algún balazo° que quizá le habrá pasado   gunshot wound
las sienes,° o le dejará estropeado° de brazo o pierna. Y cuando esto no su-   temples, crippled
ceda, sino que el cielo piadoso le guarde y conserve sano y vivo, podrá ser
que se quede en la mesma pobreza que antes estaba, y que sea menester
que suceda uno y otro rencuentro,° una y otra batalla, y que de todas salga   fight
vencedor, para medrar° en algo. Pero estos milagros vense raras veces.   to get promoted

"Pero decidme, señores, si habéis mirado en ello, ¿'cuán menos° son   how fewer
los premiados° por la guerra que los que han perecido en ella? Sin duda   rewarded
habéis de responder que no tienen comparación, ni se pueden reducir a
cuenta los muertos,[4] y que se podrán contar los premiados vivos con tres
letras de guarismo.[5] Todo esto es al revés en los letrados, porque de faldas,
que no quiero decir de mangas,[6] todos tienen en qué entretenerse.° Así   sustain themselves

---

1 **Pues comenzamos...** *since we began with poverty and in students its various aspects*

2 In chapter 27, p. 230, l. 16, **acuchillado** referred to holes cut as if by knives, on purpose, to make a pattern of colors beneath. This time it refers to actual knife slashes in the jacket.

3 As with the student receiving his **grado** *academic degree* above, the **borla** refers to the tassel on a doctor's academic cap.

4 **Ni se...** *the dead cannot be counted*

5 **Guarismo** refers to *Arabic number*, so **tres** letras (= numbers) **de guarismo** means that 1000 has not been reached yet.

6 **Faldas** and **mangas** refer to *fees* and *tips* and have come to mean "legally or illegally."

que, aunque es mayor el trabajo del soldado, es mucho menor el premio. Pero a eſto se puede responder que es más fácil premiar a dos mil letrados que a treinta mil soldados, porque a aquéllos se premian con darles oficios que por fuerza se han de dar a los de su profesión,[7] y a éſtos no se pueden premiar, sino con la mesma hacienda del señor a quien sirven, y eſta imposibilidad fortifica más la razón° que tengo.

    "Pero dejemos eſto aparte, que es laberinto de muy dificultosa salida, sino volvamos a la preeminencia° de las armas contra las letras: materia que haſta ahora eſtá por averiguar, según son las razones que cada una de su parte alega;° y entre las que he dicho, dicen las letras que sin ellas no se podrían suſtentar las armas, porque la guerra también tiene sus leyes y eſtá sujeta a ellas, y que las leyes caen debajo de lo que son letras y letrados. A eſto responden las armas que las leyes no se podrán suſtentar sin ellas, porque con las armas se defienden las repúblicas, se conservan los reinos, se guardan las ciudades, 'se aseguran° los caminos, 'se despejan° los mares de cosarios,° y finalmente, si por ellas no fuese, las repúblicas, los reinos, las monarquías, las ciudades, los caminos de mar y tierra eſtarían sujetos al rigor y a la confusión que trae consigo la guerra 'el tiempo que dura° y tiene licencia de usar de sus privilegios y de sus fuerzas.° Y es razón averiguada que aquello que más cueſta se eſtima y debe de eſtimar en más.

    "Alcanzar alguno a ser eminente en letras le cueſta tiempo, vigilias,° hambre, desnudez, 'vaguidos de cabeza,° indigeſtiones de eſtómago y otras cosas a éſtas adherentes, que en parte ya las tengo referidas. Mas llegar uno por sus términos a ser buen soldado le cueſta todo lo que al estudiante, en tanto mayor grado[8] que no tiene comparación, porque a cada paso eſtá a pique de perder la vida. Y ¿qué temor de necesidad y pobreza puede llegar, ni fatigar al eſtudiante, que llegue al que tiene un soldado, que, hallándose cercado° en alguna fuerza,° y eſtando de poſta o guarda en algún revellín o caballero,[9] siente que los enemigos eſtán minando° hacia la parte donde él eſtá, y no puede apartarse de allí por ningún caso, ni huir el peligro que de tan cerca le amenaza? Sólo lo que puede hacer es dar noticia a su capitán de lo que pasa, para que lo remedie con alguna contramina,° y el eſtarse quedo, temiendo y esperando cuándo improvisamente ha de subir a las nubes sin alas y bajar al profundo sin su voluntad.

    "Y si éſte parece pequeño peligro, veamos si le iguala, o hace ventajas, el de embeſtirse dos galeras por las proas° en mitad del mar espacioso, las cuales, enclavijadas° y trabadas, no le queda al soldado más espacio del que concede dos pies de tabla del espolón.° Y con todo eſto, viendo que tiene delante de sí tantos miniſtros de la muerte que le amenazan cuantos cañones° de artillería 'se aseſtan° de la parte contraria, que no diſtan de su

Marginal glosses:
- argument
- superiority
- alleges
- make safe, are cleared
- corsairs
- while it lasts, powers
- loss of sleep
- headaches
- surrounded, fortress
- tunneling
- defensive tunnel filled with explosives
- prows
- locked
- point of the prow
- cannons, are being aimed

---

    7 **Se premian...** *are rewarded by giving them appointments which have to be given to those of their profession*

    8 **Tanto mayor...** *such a larger degree*

    9 **Revellín o caballero...** These two terms refer to guardposts in fortresses.

cuerpo una lanza,[10] y viendo que al primer descuido de los pies iría a visitar los profundos senos de Neptuno;[11] y con todo esto, con intrépido corazón llevado de la honra que le incita, se pone a ser blanco de tanta arcabucería° y procura pasar por tan estrecho paso al bajel° contrario. Y lo que más es de admirar, que apenas uno ha caído donde no se podrá levantar hasta la fin del mundo, cuando otro ocupa su mesmo lugar, y si éste también cae en el mar, que como a enemigo le aguarda,[12] otro y otro le sucede, sin dar tiempo al tiempo de sus muertes:[13] valentía y atrevimiento° el mayor que se puede hallar en todos los trances de la guerra.

  "'Bien hayan° aquellos benditos siglos que carecieron de la espantable furia de aquestos endemoniados° instrumentos de la artillería, a cuyo inventor 'tengo para mí° que en el infierno se le está dando el premio de su diabólica invención, con la cual dio causa que un infame y cobarde brazo quite la vida a un valeroso caballero, y que, sin saber cómo o por dónde, en la mitad del coraje y brío que enciende y anima a los valientes pechos, llega una 'desmandada bala,° disparada de quien quizá huyó y se espantó del resplandor° que hizo el fuego al disparar de la maldita máquina, y corta y acaba en un instante los pensamientos y vida de quien la merecía gozar luengos siglos.

  "Y así, considerando esto, estoy por decir que en el alma me pesa de haber tomado este ejercicio de caballero andante en edad tan detestable como es ésta en que ahora vivimos, porque aunque a mí ningún peligro me pone miedo, todavía 'me pone recelo° pensar si la pólvora° y el estaño[14] me han de quitar la ocasión de hacerme famoso y conocido por el valor de mi brazo y filos de mi espada, por todo lo descubierto de la tierra. Pero haga el cielo lo que fuere servido;[15] que tanto seré más estimado, si salgo con lo que pretendo, cuanto a mayores peligros me he puesto que se pusieron los caballeros andantes de los pasados siglos."

  Todo este largo preámbulo dijo don Quijote en tanto que los demás cenaban, olvidándose de llevar bocado a la boca, puesto que algunas veces le había dicho Sancho Panza que cenase, que después habría lugar para decir todo lo que quisiese. En los que escuchado le habían sobrevino nueva lástima, de ver que hombre que, al parecer, tenía buen entendimiento y buen discurso en todas las cosas que trataba, le hubiese perdido tan rematadamente° en tratándole de su negra y pizmienta[16] caballería. El cura le dijo que tenía mucha razón en todo cuanto había dicho en favor de las armas, y que él, aunque letrado y graduado, estaba de su mesmo parecer. Acabaron de cenar, levantaron los manteles, y en tanto que la ventera, su

Margin glosses: musketry, ship / daring / blessed / devilish / I believe / random bullet / flash / it troubles me, powder / utterly

---

10   **No distan...** *are not the distance of the length of a lance from his body*
11   Neptune is the god of the seas.
12   **Como a...** [the sea] *as an enemy waits for him*
13   **Sin dar...** *without any time between their deaths*
14   **Estaño** is *tin.* Bullets were made from lead, zinc and tin.
15   **Haga el...** *heaven's will be done*
16   **Pizmienta** means *black as pitch* (= **la pez**). Since **negra** here means *cursèd*, **pizmienta** seems to intensify the meaning of **negra**, according to Gaos.

hija y Maritornes aderezaban el camaranchón de don Quijote de la Mancha, donde habían determinado que aquella noche las mujeres solas en él se recogiesen, don Fernando rogó al cautivo les contase el discurso de su vida, porque no podría ser sino que fuese peregrino y gustoso, según las muestras que había comenzado a dar, viniendo en compañía de Zoraida. A lo cual respondió el cautivo que de muy buena gana haría lo que se le mandaba, y que sólo temía que el cuento no había de ser tal que les diese el gusto que él deseaba; pero que, con todo eso, por no faltar en obedecelle, le contaría. El cura y todos los demás se lo agradecieron, y de nuevo se lo rogaron. Y él, viéndose rogar de tantos, dijo que no eran menester ruegos adonde el mandar tenía tanta fuerza.

"Y así, estén vuestras mercedes atentos, y oirán un discurso verdadero, a quien podría ser que no llegasen los mentirosos que con curioso y pensado artificio suelen componerse."

Con esto que dijo, hizo que todos se acomodasen y le prestasen un grande silencio, y él, viendo que ya callaban y esperaban lo que decir quisiese, con voz agradable y reposada comenzó a decir desta manera:

Capítulo XXXIX. Donde el cautivo cuenta su vida y sucesos.

"EN UN lugar de las montañas de León[1] tuvo principio mi linaje, con quien fue más agradecida° y liberal la naturaleza que la fortuna, aunque en la estrecheza° de aquellos pueblos todavía alcanzaba mi padre fama de rico, y verdaderamente lo fuera, 'si así se diera maña° a conservar su hacienda como se la daba en gastalla. Y la condición° que tenía de ser liberal y gastador° le procedió de haber sido soldado los años de su joventud; que es escuela la soldadesca,° donde el mezquino° se hace franco° y el franco pródigo,° y si algunos soldados se hallan miserables,° son como monstruos que se ven raras veces. Pasaba mi padre los términos de la liberalidad y 'rayaba en° los de ser pródigo, cosa que no le es de ningún provecho al hombre casado y que tiene hijos que le han de suceder en el nombre y en el ser. Los° que mi padre tenía eran tres, todos varones y todos de edad de poder elegir° estado. Viendo, pues, mi padre que, según él decía, no podía 'irse a la mano contra su condición,° quiso 'privarse del° instrumento y causa que le hacía gastador y dadivoso,° que fue privarse de la hacienda, sin la cual el mismo Alejandro[2] pareciera estrecho.°

"Y así llamándonos un día a todos tres a solas en un aposento, nos dijo unas razones semejantes a las que ahora diré. 'Hijos, para deciros que os quiero bien, basta saber y decir que sois mis hijos, y para entender que os quiero mal, basta saber que no me voy a la mano en lo que toca a con-

favored
poverty

if he were as skillful
tendency, wasteful
soldiering
stingy, generous, lavish
stingy
approached

los hijos
to choose
resist his propensity
abandon, generous

miserly

---
1 León, in the northwest part of the peninsula, is the former kingdom in the Middle Ages. The city of León was its capital.

2 Much of what is attributed to Alexander the Great (356 B.C.-323 B.C.) is fanciful, as is his legendary generosity.

servar vuestra hacienda. Pues para que entendáis desde aquí adelante que os quiero como padre, y que no os quiero destruir como padrastro,° quiero hacer una cosa con vosotros, que ha muchos días que la tengo pensada[3] y con madura consideración dispuesta.° Vosotros estáis ya en edad de tomar estado, o a lo menos, de elegir ejercicio, tal, que cuando mayores os honre y aproveche.[4] Y lo que he pensado es hacer de mi hacienda cuatro partes: las tres os daré a vosotros, a cada uno lo que le tocare, sin exceder en cosa alguna, y con la otra me quedaré yo para vivir y sustentarme los días que el cielo fuere servido de darme de vida. Pero querría que después que cada uno tuviese en su poder la parte que le toca de su hacienda, siguiese uno de los caminos que le° diré. Hay un refrán en nuestra España, a mi parecer, muy verdadero, como todos lo son, por ser sentencias breves sacadas de la luenga y discreta experiencia, y el que yo digo, dice: «Iglesia, o mar, o casa real,» como si más claramente dijera:[5] quien quisiere valer y ser rico, siga, o la Iglesia, o navegue° ejercitando el arte de la mercancía,° o entre a servir a los reyes en sus casas. Porque dicen: «Más vale migaja° de rey que merced de señor.» Digo esto, porque querría, y es mi voluntad, que uno de vosotros siguiese las letras, el otro la mercancía, y el otro sirviese al rey en la guerra, pues es dificultoso entrar a servirle en su casa; que ya que la guerra no dé muchas riquezas, suele dar mucho valor y mucha fama. Dentro de ocho días os daré toda vuestra parte en dineros, sin defraudaros en un ardite, como lo veréis por la obra. Decidme ahora si queréis seguir mi parecer y consejo en lo que os he propuesto.'

"Y mandándome a mí, por ser el mayor, que respondiese, después de haberle dicho que no 'se deshiciese° de la hacienda, sino que gastase todo lo que fuese su voluntad, que nosotros éramos mozos para saber ganarla, vine a concluir en que cumpliría su gusto,[6] y que el mío era seguir el ejercicio de las armas, sirviendo en él a Dios y a mi rey. El segundo hermano hizo los mesmos ofrecimientos, y escogió el irse a las Indias, 'llevando empleada° la hacienda que 'le cupiese.° El menor, y a lo que yo creo, el más discreto, dijo que quería seguir la Iglesia, o irse a acabar sus comenzados estudios a Salamanca. Así como acabamos de concordarnos,° y escoger nuestros ejercicios, mi padre nos abrazó a todos, y con la brevedad que dijo, 'puso por obra° cuanto° nos había prometido; y dando a cada uno su parte, que, a lo que se me acuerda, fueron cada tres mil ducados, en dineros, porque un nuestro tío compró toda la hacienda y la pagó 'de contado,° porque no saliese del 'tronco de la casa,° en un mesmo día nos despedimos todos tres de nuestro buen padre, y en aquel mesmo, pareciéndome a mí ser inhumanidad que mi padre quedase viejo y con tan poca hacienda, 'hice con él° que de mis tres mil tomase los dos mil ducados, porque a mí me bastaba el resto para acomodarme de lo que había menester un soldado.

Marginal glosses:
- stepfather
- deliberated
- = lo
- go to sea, business
- crumb
- get rid of
- investing, belonged to him
- agreeing
- put into effect, everything
- instantly, family
- I induced him

---

3 **Ha muchos...** *for several days I have thought it through*
4 **Tal que...** *such that when you are older will bring you honor and profit*
5 **Como si...** *or, to say it more clearly*
6 **Vine a...** *finally complied with his wish*

"Mis dos hermanos, movidos de mi ejemplo, cada uno le dio mil ducados. De modo que a mi padre le quedaron cuatro mil en dineros, y más
tres mil, que, a lo que parece, valía la hacienda que le cupo, que no quiso
vender, sino quedarse con ella en raíces. Digo, en fin, que nos despedimos
dél y de aquel nuestro tío que he dicho, no sin mucho sentimiento y lágrimas de todos, encargándonos que les hiciésemos saber, todas las veces que
hubiese comodidad para ello, de nuestros sucesos, prósperos° o adversos.° favorable, unfavorable
Prometímoselo, y abrazándonos y echándonos su bendición, el uno tomó
el viaje de Salamanca, el otro de Sevilla,[7] y yo el de Alicante,[8] adonde tuve
nuevas que había una nave ginovesa° que cargaba° allí lana para Génova.[9] Genoese, was loading

"Éste° hará veinte y dos años que salí de casa de mi padre, y en todos **este *año***
ellos, puesto que he escrito algunas cartas, no he sabido dél ni de mis
hermanos nueva alguna. Y lo que en este discurso de tiempo he pasado lo
diré brevemente. Embarquéme en Alicante,

El Duque de Alba

llegué con próspero viaje a Génova, fui desde allí a Milán,[10] donde me acomodé de armas y de algunas galas° de soldado, de don- uniforms
de quise ir a 'asentar mi plaza'° al Piamonte,[11] begin serving
y estando ya de camino para Alejandría de
la Palla,[12] tuve nuevas que el gran Duque de
Alba[13] pasaba a Flandes.[14] 'Mudé propósito,'° I changed my plan
fuime con él, servíle en las jornadas° que campaigns
hizo, halléme en la muerte de los Condes
de Eguemón y de Hornos,[15] alcancé a ser
alférez° de un famoso capitán de Guadala- lieutenant
jara, llamado Diego de Urbina.[16] Y a cabo de
algún tiempo que llegué a Flandes, se tuvo
nuevas de la liga° que la Santidad del papa confederation
Pío Quinto,[17] de felice recordación, había

---

7 Seville was the major port from where ships left Spain for the New
World.

8 Alicante is a Mediterranean port in southeastern Spain.

9 Genoa is a northern Italian Mediterranean port.

10 Milan is a manufacturing, commercial, and financial city 120 kms. north
of Genoa.

11 The Italian Piedmont region is west of Milan, bordering on France and
Switzerland.

12 Alessandria della Paglia is a fortressed city about half way between Milan and Genoa.

13 This was, in real life, the third Duke of Alba, Fernando Álvarez de Toledo, who did enter Brussels in 1567.

14 Flandes is Flanders, roughly modern Belgium.

15 The Duke of Alba had the rebellious dukes of Egmont and Horn beheaded in June of 1568.

16 Diego de Urbina, in real life, went on to the battle of Lepanto (1571), in
which Cervantes fought as well.

17 Pius V (1504-1572) was a great reformer who eliminated Protestantism

hecho con Venecia[18] y con España contra el enemigo común, que es el Turco. El cual, en aquel mesmo tiempo, había ganado con su armada la famosa Isla de Chipre,[19] que estaba debajo del dominio de venecianos, y pérdida lamentable y desdichada.

"'Súpose cierto° que venía por general desta liga el serenísimo[20] don Juan de Austria, hermano natural de nuestro buen rey don Felipe.[21] Divulgóse° el grandísimo aparato° de guerra que se hacía. Todo lo cual me incitó y conmovió° el ánimo y el deseo de verme en la jornada que se esperaba; y aunque tenía barruntos, y casi promesas ciertas, de que en la primera ocasión que se ofreciese sería promovido° a capitán, lo quise dejar todo y venirme, como me vine, a Italia. Y quiso mi buena suerte que el señor don Juan de Austria acababa de llegar a Génova;[22] que pasaba a Nápoles° a juntarse con la armada de Venecia, como después lo hizo en Mecina.[23]

"Digo, en fin, que yo me hallé en aquella felicísima jornada,[24] ya hecho capitán de infantería, a cuyo honroso cargo me subió mi buena suerte más que mis merecimientos. Y aquel día, que fue para la cristiandad° tan dichoso, porque en él se desengañó el mundo y todas las naciones del error en que estaban, creyendo que los turcos eran invencibles por la mar, en aquel día, digo, donde quedó el orgullo° y soberbia otomana quebrantada,° entre tantos venturosos como allí hubo—porque más ventura tuvieron los cristianos que allí murieron, que los que vivos y vencedores quedaron—, yo solo fui el desdichado; pues, en cambio de que pudiera esperar, si fuera en los romanos siglos,° alguna naval corona,[25] me vi aquella noche, que siguió a tan famoso día, con cadenas a los pies y esposas° a las manos.

"Y fue desta suerte, que habiendo el Uchalí,[26] rey de Argel, atrevido

Marginal glosses:
- it was a known fact
- spread, preparations
- moved
- promoted
- Naples
- Christendom
- pride
- crushed
- times
- manacles

---

in Italy, excommunicated Elizabeth I, and organized the battle of Lepanto.

18   Venice was a republic until 1797.

19   The Turks did want to expand their empire by invading the Venetian island of Cyprus in 1570.

20   *Most serene*, an honorific title.

21   Don Juan de Austria (1545-1578) was indeed the bastard son of Carlos V and half-brother of Felipe II.

22   In real life, Juan de Austria did arrive in Genoa on July 26, 1571.

23   Troops were assembled in Messina, the Sicilian port nearest to mainland Italy, on August 24, 1571.

24   This *fortunate battle* was the Battle of Lepanto, October 7, 1571, where the Venetian and Spanish armadas defeated the Turks. "Lepanto" is in Greece at modern Náfpaktos, east of Patrás, on the Gulf of Corinth. After four hours the Christian fleet won the battle and captured 117 enemy galleys. The victory boosted European morale greatly. Cervantes participated in this battle.

25   The Romans awarded a Naval Crown to the first soldier who jumped across to an enemy galley.

26   Uchalí had been an Italian renegade who converted to Islam and was viceroy of Algiers in 1570. In real life, he did take part in the battle of Lepanto.

La bahía de Lepanto

y venturoso cosario, embeſtido y rendido la capitana de Malta,[27] que solos
tres caballeros quedaron vivos en ella, y éſtos mal heridos, acudió la capitana de Juan Andrea[28] a socorrella, en la cual yo iba con mi compañía, y
haciendo lo que debía en ocasión semejante, salté en la galera contraria, la
cual, desviándose de la que la había embeſtido, eſtorbó que mis soldados
me siguiesen, y así me hallé solo entre mis enemigos, a quien no pude
resiſtir por ser tantos; en fin, me rindieron lleno de heridas. Y como ya
habréis, señores, oído decir que el Uchalí 'se salvó° con toda su escuadra,   escaped
vine yo a quedar cautivo en su poder, y solo fui el triſte entre tantos alegres, y el cautivo entre tantos libres; porque fueron quince mil criſtianos
los que aquel día alcanzaron la deseada libertad, que todos venían al remo°   oar
en la turquesca° armada.   Turkish

    "Lleváronme a Coſtantinopla,[29] donde el Gran Turco Selin[30] hizo
general de la mar a mi amo, porque había hecho su deber en la batalla,
habiendo llevado por mueſtra° de su valor el eſtandarte° de la religión° de   proof, flag, order
Malta. Halléme el segundo año, que fue el de setenta y dos, en Navarino,[31]
bogando en la capitana de los tres fanales.[32] Vi y noté la ocasión que allí
se perdió de no coger en el puerto toda el armada turquesca. Porque to-

---

    27 **Embestido y...** *having attacked and taken the flagship of Malta.* Malta is a
small island in the middle of the Mediterranean Sea.

    28 Giovanni Andrea Doria commanded the right wing of the Christian
armada.

    29 Co*n*stantinople, capital of the Ottoman Empire, was the old name of
Istanbul, Turkey's largest city.

    30 This is Selim II (1524-1574), son of Süleyman I, the Magnificent
(1494-1566)

    31 Navarinon is a port town in southwestern Greece about 175 kms. south
of "Lepanto."

    32 **Capitana de los tres fanales**—the galley with the three lanterns was the
admiral's flagship.

dos los leventes y genízaros[33] que en ella[34] venían tuvieron por cierto que les habían de embeſtir dentro del mesmo puerto,[35] y tenían 'a punto° su ropa y pasamaques, que son sus zapatos, para huirse luego por tierra sin esperar ser combatidos: tanto era el miedo que habían cobrado a nueſtra armada. Pero el cielo lo ordenó de otra manera, no por culpa ni descuido del general que a los nueſtros regía, sino por los pecados de la criſtiandad, y porque quiere y permite Dios que tengamos siempre verdugos que nos caſtiguen.[36]

    ready

"En efeto, el Uchalí se recogió a Modón, que es una isla que eſtá junto a Navarino, y echando la gente en tierra, fortificó la boca del puerto y eſtúvose quedo haſta que el señor don Juan se volvió. En eſte viaje se tomó la galera que se llamaba LA PRESA, de quien era capitán un hijo de aquel famoso cosario Barba Roja:[37] tomóla la capitana de Nápoles, llama-da LA LOBA,° regida por aquel rayo de la guerra, por el padre de los sol-dados, por aquel venturoso y jamás vencido capitán don Álvaro de Bazán, marqués de Santa Cruz.[38] Y no quiero dejar de decir lo que sucedió en la presa de LA PRESA. Era tan cruel el hijo de Barba Roja, y trataba tan mal a sus cautivos, que así como los que venían al remo vieron que la galera LOBA les iba entrando,[39] y que los alcanzaba, soltaron todos a un tiempo los remos, y asieron de su capitán que eſtaba sobre el eſtanterol° gritando que bogasen a priesa, y pasándole de banco° en banco, de popa a proa,[40] le dieron bocados, que a poco más que pasó del árbol° ya había pasado su ánima al infierno.° Tal era, como he dicho, la crueldad con que los trataba y el odio° que ellos le tenían.

    She-Wolf

    captain's station
    bench
    mast
    hell
    hatred

"Volvimos a Conſtantinopla, y el año siguiente, que fue el de setenta y tres, se supo en ella cómo el señor don Juan había ganado a Túnez[41] y quitado aquel reino a los turcos, y pueſto en posesión dél a Muley Ha-met, cortando las esperanzas que de volver a reinar en él tenía Muley Hamida,[42] el moro más cruel y más valiente que tuvo el mundo. Sintió mucho eſta pérdida el Gran Turco, y usando de la sagacidad que todos

---

33 **Leventes** were the Turkish marines; **genízaros** were the sultan's per-sonal guards.

34 i.e., the Turkish armada

35 **Tuvieron por...** *were sure that they were to be attacked in that harbor itself*

36 **Verdugos que...** *scourge to chastise us*

37 In real life, the the son of Barbarossa was not the captain, but rather a certain Mahamet Bey.

38 Álvaro de Bazán (1526-1588) had commanded 30 galleons at Lepanto.

39 **Les iba...** *was closing in on them*

40 **De popa...** *from poop to prow*

41 Tunis is the capital of modern Tunisia, an African country 240 kms. west and a bit south of Sicily.

42 Muley Hassán was king of Tunis until 1542 when his son Muley Hami-da blinded and dethroned him. He more or less ruled until 1573 when his brother Muley Hamet took over (on October 14) but within a year the Turks imprisoned him.

los de su casa tienen, hizo paz con venecianos, que mucho más que él la deseaban, y el año siguiente de setenta y cuatro acometió a La Goleta[43] y al fuerte° que junto a Túnez había dejado 'medio levantado° el señor don Juan.   *fort, half-built*

"En todos eſtos trances° andaba yo al remo, sin esperanza de libertad   *battles*
alguna; a lo menos, no esperaba tenerla por rescate,° porque tenía deter-   *ransom*
minado de no escribir las nuevas de mi desgracia a mi padre. Perdióse, en
fin, La Goleta; perdióse el fuerte, sobre las cuales plazas hubo de soldados
turcos, pagados, setenta y cinco mil,[44] y de moros y alárabes° de toda la   *non-Arab Muslims*
África más de cuatrocientos mil, acompañado eſte tan gran número de
gente con tantas municiones y pertrechos de guerra, y con tantos gaſtado-
res,° que con las manos y a puñados de tierra pudieran cubrir La Goleta   *diggers*
y el fuerte.[45]

"Perdióse primero La Goleta, tenida° haſta entonces por inexpug-   *thought*
nable,° y no se perdió por culpa de sus defensores, los cuales hicieron en   *impregnable*
su defensa todo aquello que debían y podían, sino porque la experiencia
moſtró la facilidad con que se podían levantar trincheas° en aquella 'de-   *barricades*
sierta arena,° porque a dos palmos se hallaba agua,[46] y los turcos no la   *desert sand*
hallaron a dos varas,° y así con muchos sacos de arena levantaron las trin-   *yards*
cheas tan altas, que sobrepujaban las murallas de la fuerza, y tirándoles a
caballero, ninguno podía parar ni asiſtir a la defensa.[47] Fue común opinión
que no se habían de encerrar los nueſtros en La Goleta, sino esperar en
campaña al desembarcadero, y los que eſto dicen hablan de lejos y con
poca experiencia de casos semejantes; porque si en La Goleta y en el fuerte apenas había siete mil soldados, ¿cómo podía tan poco número, aunque
más esforzados fuesen, salir a la campaña y 'quedar en las fuerzas° contra   *hold their own*
tanto como era el de los enemigos? Y ¿cómo es posible dejar de perderse
fuerza que no es socorrida,[48] y más cuando la cercan° enemigos muchos y   *surround*
porfiados° y en su mesma tierra?   *fierce*

"Pero a muchos les pareció, y así me pareció a mí, que fue particular
gracia° y merced que el cielo hizo a España en permitir que se asolase°   *favor, destroy*
aquella oficina y capa de maldades, y aquella gomia o esponja y polilla
de la infinidad de dineros que allí sin provecho se gaſtaban,[49] sin servir de

---

43   La Goleta was a fortress that protected Tunis. On July 14, 1535, Carlos V attacked La Goleta by sea with an immense force and later overtook Tunis, releasing 20,000 Christian prisoners. After that, the Spanish occupied the fortress at La Goleta, which Muley Hassán was forced to allow.

44   **Sobre las…** *in whose fortifications there were 75,000 paid Turkish soldiers*

45   **A puñados…** *by handfuls of dirt they could cover La Goleta and the fort*

46   **A dos…** *at sixteen inches they found water*

47   **Con muchos…** *with many sandbags that raised fortifications so high that they were higher than the walls of the fort, and firing on them from above, no one could make a stand or put up a defense.* **Caballero,** already mentioned, referred to a construction from which they could fire in relative safety.

48   **¿Cómo es…** *how could a fort not be lost if no reinforcements are sent?*

49   **Aquella oficina…** *that breeding place and hiding place of wicked things,*

otra cosa que de conservar la memoria de haberla ganado la felicísima del invictísimo Carlos Quinto, como si fuera menester para hacerla eterna, como lo es y será, que aquellas piedras la sustentaran.[50] Perdióse también el fuerte, pero fuéronle ganando los turcos 'palmo a palmo,° porque   inch by inch
los que lo defendían pelearon tan valerosa y fuertemente, que pasaron de veinte y cinco mil enemigos los que mataron en veinte y dos asaltos generales que les dieron. Ninguno cautivaron sano[51] de trecientos que quedaron vivos, señal cierta y clara de su esfuerzo y valor y de 'lo bien°   how well
que se habían defendido y guardado sus plazas.

"Rindióse 'a partido° un pequeño fuerte o torre que estaba en mitad   unconditionallly
del estaño,° 'a cargo de° don Juan Zanoguera,[52] caballero valenciano y   lagoon, under the com-
famoso soldado. Cautivaron a don Pedro Puertorcarrero, general de La   mand of
Goleta, el cual hizo cuanto fue posible por defender su fuerza, y sintió tanto el haberla perdido, que de pesar murió en el camino de Constantinopla, donde le llevaban cautivo. Cautivaron ansimesmo al general del fuerte, que se llamaba Gabrio Cerbellón, caballero milanés,° grande   from Milan, engineer
ingeniero° y valentísimo soldado. Murieron en estas dos fuerzas muchas personas de cuenta, de las cuales fue una Pagán de Oria,[53] caballero del hábito de San Juan,[54] de condición generoso, como lo mostró la suma°   great
liberalidad que usó con su hermano, el famoso Juan Andrea de Oria, y lo que más hizo lastimosa su muerte[55] fue haber muerto a manos de unos alárabes de quien se fio, viendo ya perdido el fuerte, que le ofrecieron de llevarle en hábito de moro a Tabarca,[56] que es un portezuelo o casa° que   station
en aquellas riberas tienen los ginoveses que se ejercitan en la pesquería°   collection
del coral, los cuales alárabes le cortaron la cabeza y se la trujeron al general de la armada turquesca, el cual cumplió con ellos nuestro refrán castellano que «aunque la traición aplace,° el traidor se aborrece», y así   pleases
se dice que mandó el general ahorcar a los que le trujeron el presente, porque no se le habían traído vivo.

"Entre los cristianos que en el fuerte se perdieron, fue uno llamado

---

that waster or sponge and destroyer of an infinite amount of money which was spent there without benefit

50 **Conservar la...** *preserve the happy memory of having been won by the most invincible Carlos V, as if those stones were needed to make his name eternal, as it is and will always be* [I follow Starkie for the last confusing phrase]. That is, as if the fort itself were needed to preserve the memory of its capture by Carlos V.

51 **Ninguno cautivaron...** *they captured none unwounded*

52 Juan Zanoguera and the next three people mentioned are historical.

53 Veteran of Lepanto, page of Felipe II and brother of Giovanni Andrea Doria, to whom he left all of his estimable wealth, referred to shortly.

54 The Order of San Juan, founded in the 11th century, is one of the Catholic military orders whose members are the knights of that order.

55 **Lo que...** *what made his death sadder*

56 Tabarka was a small Genoese-owned port at the time of the Battle of Lepanto, formerly Spanish. It is in modern Tunisia between the Algerian city of Bône and Tunis.

don Pedro de Aguilar, natural no sé de qué lugar del Andalucía, el cual
había sido alférez en el fuerte, soldado de mucha cuenta y de raro entendimiento; especialmente tenía particular gracia° en lo que llaman poesía.   gift
Dígolo porque su suerte le trujo a mi galera y a mi banco y a ser esclavo de
5   mi mesmo patrón,° y antes que nos partiésemos de aquel puerto hizo este   master
caballero dos sonetos a manera de epitafios, el uno a La Goleta y el otro
al fuerte. Y en verdad que los tengo de decir, porque los sé de memoria, y
creo que antes causarán gusto que pesadumbre."

En el punto que el cautivo nombró a don Pedro de Aguilar, don Fer-
10   nando miró a sus camaradas, y todos tres se sonrieron, y cuando llegó a
decir de los sonetos, dijo el uno: "Antes que vuestra merced pase adelante,
le suplico me diga 'qué se hizo° ese don Pedro de Aguilar que ha dicho."   what became of

"Lo que sé es," respondió el cautivo, "que al cabo de dos años que
estuvo en Constantinopla, se huyó en traje de arnaúte° con un griego   Albanian
15   espía,° y no sé si vino en libertad, puesto que creo que sí, porque de allí a   spy
un año vi yo al griego en Constantinopla, y no le pude preguntar el suceso
de aquel viaje."

"Pues lo⁵⁷ fue," respondió el caballero, "porque ese don Pedro es mi
hermano, y está ahora en nuestro lugar, bueno y rico, casado y con tres
20   hijos."

"Gracias sean dadas a Dios," dijo el cautivo, "por tantas mercedes
como le hizo, porque no hay en la tierra, conforme mi parecer, contento
que se iguale a alcanzar la libertad perdida."

"Y más," replicó el caballero, "que yo sé los sonetos que mi hermano
25   hizo."

"Dígalos, pues, vuestra merced," dijo el cautivo, "que los sabrá decir
mejor que yo."

"Que me place," respondió el caballero; y el de La Goleta decía así:⁵⁸

Capítulo XL. Donde se prosigue la historia del cautivo.

30   SONETO
ALMAS DICHOSAS° que del mortal velo   happy
Libres y esentas,° por el bien que obrastes,°   free, did
Desde la baja tierra os levantastes,
A lo más alto y lo mejor del cielo.
35   Y ardiendo en ira y en honroso celo,
De los cuerpos la fuerza ejercitastes,
Que en propia y sangre ajena colorastes
El mar vecino y arenoso° suelo;   sandy
Primero que el valor, faltó la vida

---

57 **Lo** refers back to **suceso**: *it was successful.* Of course in the previous
sentence the word meant *outcome.*

58 **El de...** *the one about La Goleta went like this*

En los cansados brazos que, muriendo,
    Con ser vencidos, llevan la vitoria.
Y eſta vueſtra mortal, triſte caída,
    Entre el muro y el hierro, os va adquiriendo
    Fama que el mundo os da, y el cielo gloria.

"Desa mesma manera le sé yo," dijo el cautivo.
"Pues el del fuerte, si mal no me acuerdo," dijo el caballero, "dice así:"

SONETO

De entre eſta tierra eſtéril, derribada
    Deſtos terrones por el suelo echados,
    Las almas santas de tres mil soldados
    Subieron vivas a mejor morada,
Siendo primero, en vano, ejercitada
    La fuerza de sus brazos esforzados,
    Haſta que, al fin, de pocos y cansados,
    Dieron la vida al filo de la espada.
Y éſte es el suelo que continuo ha sido
    De mil memorias lamentables lleno
    En los pasados siglos y presentes.
Mas no más juſtas de su duro seno
    Habrán al claro cielo almas subido,
    Ni aun él soſtuvo cuerpos tan valientes.

No parecieron mal los sonetos, y el cautivo se alegró con las nuevas que de su camarada le dieron, y prosiguiendo su cuento, dijo: "Rendidos, pues, La Goleta y el fuerte, los turcos dieron orden en desmantelar La Goleta, porque el fuerte quedó tal, que no hubo qué poner por tierra,[1] y para hacerlo con más brevedad y menos trabajo, la minaron por tres partes, pero con ninguna se pudo volar° lo que parecía menos fuerte, que **to blow up** eran las murallas viejas; y todo aquello que había quedado en pie de la fortificación nueva, que había hecho el Fratín,[2] con mucha facilidad vino a tierra.[3] En resolución, la armada volvió a Conſtantinopla triunfante y vencedora, y de allí a pocos meses murió mi amo, el Uchalí,[4] al cual llamaban Uchalí Fartax, que quiere decir en lengua turquesca «el renegado tiñoso»,° porque lo era, y es coſtumbre entre los turcos ponerse nombres **scabby** de alguna falta que tengan, o de alguna virtud que en ellos haya. Y eſto es porque no hay entre ellos sino cuatro apellidos de linajes,[5] que decien-

---

1 **El fuerte...** *the fort was in such a state that there was nothing to raze*

2 El Fratín was an Italian architect, Giacome Paleazzo, who worked for Carlos V and Felipe II.

3 **Con mucha...** *fell to the ground easily.*

4 In real life, Uchalí died in June of 1587.

5 Annotators always point out these four names: Muhammat, Mustafá, Murad, and Alí.

den de la casa Otomana,[6] y los demás, como tengo dicho, toman nombre
y apellido ya de las tachas del cuerpo, y ya de las virtudes del ánimo. Y
este Tiñoso bogó el remo, siendo esclavo del Gran Señor,[7] catorce años,
y a más de los treinta y cuatro de su edad renegó de despecho de que un
turco, estando al remo, le dio un bofetón,[8] y por poderse vengar dejó su fe,
y fue tanto su valor, que, sin subir por los torpes medios y caminos que los
más privados° del Gran Turco suben,[9] vino a ser rey de Argel, y después,   *favorites*
a ser general de la mar, que es el tercero cargo[10] que hay en aquel señorío.
Era calabrés de nación,[11] y moralmente fue 'hombre de bien'° y trataba con   *worthy man*
mucha humanidad a sus cautivos, que 'llegó a tener° tres mil, los cuales,   *finally had*
después de su muerte, 'se repartieron,° como él lo dejó en su testamento,   *were divided*
entre el Gran Señor (que también es hijo heredero de cuantos mueren
y 'entra a la parte° con los más° hijos que deja el difunto), y entre sus   *shares,* **demás**
renegados;°[12] y yo cupe° a un renegado veneciano que, siendo grumete de   *renegades, fell*
una nave,[13] le cautivó el Uchalí, y le quiso tanto, que fue uno de los más
regalados garzones[14] suyos, y él vino a ser el más cruel renegado que jamás
se ha visto. Llamábase Azán Agá,[15] y llegó a ser muy rico y a ser rey de
Argel, con el cual yo vine de Constantinopla algo contento por estar tan
cerca de España,[16] no porque pensase escribir a nadie el desdichado suceso mío,[17] sino por ver si me era más favorable la suerte en Argel que en
Constantinopla, donde ya había probado mil maneras de huirme,° y nin-   *escaping*
guna tuvo sazón° ni ventura;° y pensaba en Argel buscar otros medios de   *opportunity, luck*
alcanzar lo que tanto deseaba, porque jamás me desamparó la esperanza
de tener libertad, y cuando en lo que fabricaba, pensaba y ponía por obra
no correspondía el suceso a la intención,[18] luego, sin abandonarme, fingía°   *concealed my inten-*
y buscaba otra esperanza que me sustentase, aunque fuese débil y flaca.   *tions*

---

6   The Ottoman Empire lasted from the fourteenth century until 1922.

7   The **Gran Señor** was the Grand Turk, the sultan of Constantinople.

8   **A más...** *at more than 34 years of age he renounced his faith in resentment
of a Turk who, while rowing, gave him a punch*

9   Gaos points out that these "obscene means" refer to sodomy.

10   **Tercer cargo** *the third highest position.* The highest ones are Grand Vizier
(prime minister) and muftí (the highest judicial position in the empire).

11   **Era calabrés...** *he was Calabrian by birth.* Calabria is the region that
forms the toe of the Italian boot.

12   That is, he left part of his slaves to the Grand Turk (who was going to
get some in any case) and the rest to his renegades.

13   **Siendo grumete...** *when he* [the Venetian] *was a cabin boy on a ship*

14   **Regalados garzones** *regaled youths* refers to handsome boys used for
sodomy, as Gaos explains.

15   Hassán Bajá was a Venetian originally named Andreta (born in 1545).
Cervantes was his slave and was pardoned three times by him for his three at-
tempts to escape.

16   Algiers is only 340 kms. from the Spanish coast.

17   **No porque...** *not because I planned to write anybody about my misfortunes*

18   **Cuando en...** *when the outcome of what I devised, planned, and tried didn't
correspond to my intention*

"Con esto entretenía la vida, encerrado en una prisión o casa que
los turcos llaman BAÑO,[19] donde encierran los cautivos cristianos, así los
que son del rey como de algunos particulares,[20] y los que llaman DEL
ALMACÉN,[21] que es como decir CAUTIVOS DEL CONCEJO,° que sirven a la   municipality
ciudad en las obras públicas que hace y en otros oficios, y estos cautivos
tienen muy dificultosa su libertad; que, como son del común y no tienen
amo particular, no hay con quién tratar su rescate, aunque le tengan.[22]
En estos baños, como tengo dicho, suelen llevar a sus cautivos algunos
particulares del pueblo, principalmente cuando 'son de rescate,° porque   to be ransomed
allí los tienen holgados° y seguros hasta que venga su rescate. También   at their ease
los cautivos del rey que son de rescate no salen al trabajo con la demás
chusma,° si no es cuando se tarda su rescate; que entonces, por hacerles   crowd
que escriban por él con más ahinco, les hacen trabajar y ir por leña° con   firewood
los demás, que es un no pequeño trabajo.

"Yo, pues, era uno de los de rescate, que como se supo que era capitán, puesto que dije mi poca posibilidad° y falta de hacienda, no aprove-   means
chó nada para que no me pusiesen en el número de los caballeros y gente
de rescate. Pusiéronme una cadena, más por señal de rescate que por
guardarme con ella, y así pasaba la vida en aquel baño, con otros muchos
caballeros y gente principal, señalados° y tenidos° por de rescate. Y aun-   designated, held
que la hambre y desnudez pudiera fatigarnos a veces, y aun casi siempre,
ninguna cosa nos fatigaba tanto como oír y ver 'a cada paso° las jamás   at every turn
vistas ni oídas crueldades que mi amo usaba con los cristianos. Cada día
ahorcaba el suyo, empalaba° a éste, desorejaba° a aquél; y esto por tan   impaled, cut the ear off
poca ocasión, y tan sin ella, que los turcos conocían que lo hacía no más
de por hacerlo,[23] y por ser natural condición suya ser homicida de todo el
género° humano. Sólo 'libró bien° con él un soldado español llamado tal   race, got along well
de Saavedra,[24] el cual, con haber hecho cosas que quedarán en la memoria
de aquellas gentes por muchos años, y todas por alcanzar libertad, jamás
le dio palo, ni se lo mandó dar, ni le dijo mala palabra, y por la menor cosa
de muchas que hizo temíamos todos que había de ser empalado; y así lo
temió él más de una vez,[25] y si no fuera porque 'el tiempo no da lugar,°   time does not allow

---

19 Comes from an Arabic word meaning building **banayya**. It was a patio
surrounded by small rooms, where the Moors kept their prisoners. Cervantes has
a play called *Los baños de Argel*.

20 **Así los…** *those* [slaves] *of the king as well as those of some individuals*

21 In this case **almacén** refers to the community, as the sentence goes on
to explain.

22 **Estos cautivos…** *these captives get their freedom with great difficulty—
since they belong to the town and have no particular master with whom to deal for their
ransom, even though they may have it* [the ransom money]

23 **Lo hacía…** *he did it for its own sake*

24 This is, of course, Cervantes' own maternal last name.

25 **Jamás le…** *he* [Hassán Bajá] *never drubbed him nor had him drubbed, nor
said a bad word to him, and for the least of the things he did we feared that he* [Saave-
dra] *would be impaled; and he feared it himself more than once.*

yo dijera ahora algo de lo que este soldado hizo, que fuera parte para entreteneros y admiraros harto mejor que con el cuento de mi historia.[26]

"Digo, pues, que encima del patio de nuestra prisión caían° las venta-   *overlooked*
nas de la casa de un moro rico y principal, las cuales, como de ordinario son
las de los moros, más eran agujeros° que ventanas, y aun éstas se cubrían   *openings*
con celosías° muy espesas y apretadas.° Acaeció, pues, que un día, estando   *lattices, dense*
en un terrado° de nuestra prisión con otros tres compañeros, haciendo   *patio*
pruebas de saltar con las cadenas,[27] por entretener el tiempo, estando solos,
porque todos los demás cristianos habían salido a trabajar, alcé acaso los
ojos, y vi que por aquellas cerradas venta-
nillas que he dicho parecía una caña, y al
remate° della puesto un lienzo° atado, y la   *end, piece of cloth*
caña se estaba blandeando° y moviéndose,   *waving*
casi como si hiciera señas que llegásemos
a tomarla. 'Miramos en ello,° y uno de los   *we watched it*
que conmigo estaban fue a ponerse deba-
jo de la caña, por ver si la soltaban, o lo
que hacían; pero así como llegó, alzaron la
caña y la movieron a los dos lados, como si
dijeran NO con la cabeza. Volvióse el cristiano, y tornáronla a bajar y hacer los mesmos movimientos que primero. Fue otro
de mis compañeros, y sucedióle lo mesmo que al primero. Finalmente, fue
el tercero, y avínole lo que al primero y al segundo.

"Viendo yo esto, no quise dejar de 'probar la suerte,° y así como lle-   *to try my luck*
gué a ponerme debajo de la caña, la dejaron caer, y dio° a mis pies dentro   *it fell*
del baño; acudí luego a desatar el lienzo, en el cual vi un nudo, y dentro
dél venían diez cianíis,[28] que son unas monedas de 'oro bajo° que usan los   *gold alloy*
moros, que cada una vale diez reales de los nuestros. Si me holgué con
el hallazgo, no hay para qué decirlo, pues fue tanto el contento como la
admiración de pensar de donde podía venirnos aquel bien,° especialmente   *good fortune*
a mí, pues las muestras de no haber querido soltar la caña sino a mí claro
decían que a mí se hacía la merced. Tomé mi buen dinero, quebré la caña,
volvíme al terradillo,° miré la ventana y vi que por ella salía una muy   *terrace*
blanca mano, que la abrían y cerraban muy apriesa. Con esto entendimos
o imaginamos que alguna mujer que en aquella casa vivía nos debía de
haber hecho aquel beneficio, y en señal de que lo agradecíamos hecimos
zalemas° a uso de moros, inclinando° la cabeza, doblando° el cuerpo y   *salaams, bowing, bend-*
poniendo los brazos sobre el pecho. De allí a poco, sacaron por la mesma   *ing*

---

26   There is an account of what Cervantes did to escape, to promote insur-
rection, and to avoid getting executed himself, in Fray Diego de Haedo's *Topo-
grafía e historia de Argel* (Valladolid, 1612), available in a modern edition.

27   **Haciendo pruebas...** *seeing how far we could jump with our chains on*

28   Editors disagree on the accentuation of this name for an Algerian
coin—some, as in the case of Schevill, show no accent, others *-íis, -ís,* or *-iís.* I
follow Gaos.

ventana una pequeña cruz hecha de cañas, y luego la volvieron a entrar.
Esta señal nos confirmó en que alguna cristiana debía de estar cautiva en
aquella casa, y era la que el bien nos hacía; pero la blancura de la mano y
las ajorcas° que en ella vimos nos deshizo este pensamiento, puesto que   bracelets
imaginamos que debía de ser cristiana renegada, a quien de ordinario
suelen tomar por legítimas mujeres sus mesmos amos, y 'aun lo tienen a
ventura,° porque las estiman en más que las de su nación.   they even do it gladly

    "En todos nuestros discursos° dimos° muy lejos de la verdad del caso,   conjectures, we were
y así todo nuestro entretenimiento° desde allí adelante era mirar y tener   occupation
por norte a la ventana donde nos había aparecido la estrella de la caña;
pero bien se pasaron quince días en que no la vimos, ni la mano tampoco,
ni otra señal alguna. Y aunque en este tiempo procuramos con toda solicitud saber quién en aquella casa vivía, y si había en ella alguna cristiana
renegada, jamás hubo quien nos dijese otra cosa, sino que allí vivía un
moro principal y rico, llamado Agi Morato,[29] alcaide que había sido de la
Pata,[30] que es oficio entre ellos de mucha calidad. Mas cuando más descuidados estábamos de que por allí habían de llover más cianíis, vimos a
deshora parecer la caña y otro lienzo en ella con otro nudo más crecido, y
esto fue 'a tiempo que° estaba el baño como la vez pasada, solo y sin gente.   when
Hecimos la acostumbrada prueba, yendo cada uno primero que yo, de los
mismos tres que estábamos, pero a ninguno 'se rindió° la caña sino a mí,   delivered
porque en llegando yo, la 'dejaron caer.° Desaté el nudo y hallé cuarenta   dropped
escudos de oro españoles, y un papel escrito en arábigo, y al cabo de lo
escrito, hecha una grande cruz. Besé la cruz, tomé los escudos, volvíme
al terrado, hecimos todos nuestras zalemas, tornó a parecer la mano, hice
señas que leería el papel, cerraron la ventana. Quedamos todos confusos
y alegres con lo sucedido, y como ninguno de nosotros no entendía el
arábigo, era grande el deseo que teníamos de entender lo que el papel
contenía, y mayor la dificultad de buscar quien lo leyese.

    "En fin, yo me determiné de fiarme de un renegado, natural de
Murcia,[31] que se había dado por grande amigo mío,[32] y 'puesto prendas°   having made pledges
entre los dos que le obligaban a guardar el secreto que le encargase,°   I would entrust
porque suelen algunos renegados, cuando tienen intención de volverse a
tierra de cristianos, traer consigo algunas firmas° de cautivos principales,   testimonials
en que 'dan fe,° en la forma que pueden, como el tal renegado es hombre   attest
de bien y que siempre ha hecho bien a cristianos, y que lleva deseo de
huirse en la primera ocasión que se le ofrezca. Algunos hay que procuran
estas fees con buena intención; otros se sirven dellas acaso° y 'de indus-   casually
tria;° que viniendo a robar a tierra de cristianos, si a dicha se pierden o   cunningly
los cautivan, sacan sus firmas y dicen que por aquellos papeles se verá el

---

29 Pronounced "áh gee" in Arabic but "águi" in Spanish, as later spellings of
the name show. In real life, Hajji Murad did live in Algiers in those years.

30 Al-Batha was a fortress 10 kms. from Oran.

31 A city in southeastern Spain, slightly inland.

32 **Que se...** *who claimed he was my great friend*

propósito con que venían, el cual era de quedarse en tierra de cristianos, y
que por eso venían en corso° con los demás turcos. Con esto se escapan de
aquel 'primer ímpetu,° y se reconcilian con la Iglesia, sin que se les haga
daño,[33] y cuando veen la suya,[34] se vuelven a Berbería[35] a ser lo que antes
eran. Otros hay que usan destos papeles, y los procuran con buen intento,
y se quedan en tierra de cristianos.

maritime raid

immediate conse-
quences

"Pues uno de los renegados que he dicho era este mi amigo, el cual
tenía firmas de todas nuestras camaradas, donde le acreditábamos° cuanto era posible, y si los moros le hallaran estos papeles, le quemaran vivo.
Supe que sabía muy bien arábigo, y no solamente hablarlo, sino escribirlo.
Pero antes que del todo me declarase con él, le dije que me leyese aquel
papel, que acaso me había hallado en un agujero de mi rancho.° Abrióle y
estuvo un buen espacio mirándole y construyéndole,° murmurando entre
los dientes. Preguntéle si lo entendía. Díjome que muy bien, y que si quería que me lo declarase palabra por palabra, que le diese tinta° y pluma,
porque mejor lo hiciese. Dímosle luego lo que pedía, y él, poco a poco,
lo fue traduciendo; y en acabando dijo: 'todo lo que va aquí en romance,°
sin faltar letra, es lo que contiene este papel morisco, y hase de advertir
que adonde dice LELA MARIÉN, quiere decir 'Nuestra Señora la Virgen
María.'" Leímos el papel, y decía asi:

vouched for

cell

arranging it

ink

Spanish

Cuando yo era niña tenía mi padre una esclava, la cual en mi lengua
me mostró° la ZALÁ° cristianesca y me dijo muchas cosas de Lela
Marién. La cristiana murió, y yo sé que no fue al fuego, sino con
Alá, porque después la vi dos veces, y me dijo que me fuese a tierra
de cristianos a ver a Lela Marién, que me quería mucho. No sé yo
cómo vaya;[36] muchos cristianos he visto por esta ventana, y ninguno
me ha parecido caballero,° sino tú. Yo soy muy hermosa y muchacha,
y tengo muchos dineros que llevar conmigo. Mira tú si puedes hacer
cómo nos vamos,° y serás allá mi marido, si quisieres; y si no quisieres,
no se me dará nada,[37] que Lela Marién me dará con quien me case.
Yo escribí esto; mira a quién lo das a leer; no te fíes de ningún moro,
porque son todos marfuces.° Desto tengo mucha pena, que quisiera
que no te descubrieras a nadie, porque si mi padre lo sabe, me echará
luego en un pozo y me cubrirá de piedras. En la caña pondré un hilo,
ata allí la respuesta; y si no tienes quien te escriba arábigo, dímelo por
señas; que Lela Marién hará que te entienda. Ella y Alá te guarden, y
esa cruz que yo beso muchas veces;[38] que así me lo mandó la cautiva.

taught, prayer

gentleman

vayamos

deceitful

---

33 When renegades returned to Spain, they appeared before the Inquisition,
and these affidavits were useful in obtaining their release without punishment.
34 **Cuando veen...** *as soon as they have the chance*
35 Moorish territory along the northern African coast.
36 **No sé...** *I don't know how to go* [there]
37 **No se...** *it will not distress me*
38 **Ella y...** *may she* [Mary] *and Allah and this cross, which I kiss many times,*
protect you

"Mirad, señores, si era razón que las razones deſte papel nos admirasen y alegrasen, y así lo uno y lo otro fue de manera que el renegado entendió que no acaso se había hallado aquel papel, sino que realmente a alguno de nosotros se había escrito; y así nos rogó que si era verdad lo que sospechaba, que nos fiásemos dél y se lo dijésemos, que él aventuraría su vida por nueſtra libertad; y diciendo eſto, sacó del pecho un crucifijo de metal, y con muchas lágrimas juró por el Dios que aquella imagen representaba, en quien él, aunque pecador y malo, bien y fielmente creía, de 'guardarnos lealtad° y secreto³⁹ en todo cuanto quisiésemos descubrirle,   *to be loyal to us* porque le parecía, y casi adevinaba,° que por medio de aquella que aquel   *guessed* papel había escrito, había él y todos nosotros de tener libertad y verse él en lo que tanto deseaba, que era reducirse al gremio de la Santa Iglesia su madre,⁴⁰ de quien como miembro podrido eſtaba dividido y apartado,°   *separated* por su ignorancia y pecado.

"Con tantas lágrimas y con mueſtras de tanto arrepentimiento dijo eſto el renegado, que todos de un mesmo parecer consentimos y venimos en declararle la verdad del caso, y así le dimos cuenta de todo,⁴¹ sin encubrirle nada. Moſtrámosle la ventanilla por donde parecía la caña, y él marcó° desde allí la casa y quedó de tener especial y gran cuidado⁴² de   *situated* informarse quién en ella venía.° Acordamos ansimesmo que sería bien   *lived* responder al billete° de la mora, y como teníamos quien lo supiese hacer,⁴³   *letter* 'luego al momento° el renegado escribió las razones que yo le fui notando,   *right then* que puntualmente fueron las que diré, porque de todos los puntos sustanciales que en eſte suceso me acontecieron, ninguno se me ha ido de la memoria, ni aun se me irá 'en tanto que° tuviere vida. En efeto, lo que a   *as long as* la mora se le respondió, fue eſto:

El verdadero Alá te guarde, señora mía, y aquella bendita Marién, que es la verdadera madre de Dios, y es la que te ha pueſto en corazón que te vayas a tierra de criſtianos, porque te quiere bien. Ruégale tú que 'se sirva de° darte a entender cómo podrás poner por obra lo   *she be pleased* que te manda; que ella es tan buena, que sí° hará. De mi parte, y de   *certainly* la de todos eſtos criſtianos que eſtán conmigo, te ofrezco de hacer por ti todo lo que pudiéremos, haſta morir. No dejes de escribirme y avisarme lo que pensares hacer, que yo te responderé siempre; que°   *because* el grande Alá nos ha dado un criſtiano cautivo que sabe hablar y escribir tu lengua tan bien como lo verás por eſte papel. Así que, sin tener miedo, nos puedes avisar de todo lo que quisieres. A lo que dices⁴⁴ que si fueres a tierra de criſtianos que has de ser mi mujer, yo

---

39 **Secreto** also takes the previous **guardar** with it: *to keep a secret*
40 **Reducirse al...** *to restore himself to the Holy Mother Church*
41 **Le dimos...** *we told him everything*
42 **Quedó de...** *he took special care*
43 **Como teníamos...** *since we had someone who could do it*
44 **A lo...** *as to what you say*

te lo prometo como buen cristiano, y sabe que los cristianos cumplen
lo que prometen mejor que los moros. Alá y Marién su madre 'sean
en tu guarda,° señora mía.   keep you

5 "Escrito y cerrado este papel, aguardé dos días a que estuviese el baño
solo, como solía, y luego salí al paso acostumbrado del terradillo, por ver
si la caña parecía, que no tardó mucho en asomar, así como la vi, aunque
no podía ver quien la ponía, mostré el papel como dando a entender que
pusiesen el hilo; pero ya venía puesto en la caña, al cual até el papel, y de
allí a poco tornó a parecer nuestra estrella con la blanca bandera de paz
del atadillo;° dejáronla caer, y alcé yo, y hallé en el paño, en toda suerte de   little bundle
moneda° de plata y de oro, más de cincuenta escudos, los cuales cincuen-   coins
ta veces más doblaron° nuestro contento y confirmaron la esperanza de   increased
tener libertad.

"Aquella misma noche volvió nuestro renegado, y nos dijo que había
15 sabido° que en aquella casa vivía el mesmo moro que a nosotros nos ha-   learned
bían dicho que se llamaba Agui Morato, riquísimo por todo estremo, el
cual tenía una sola hija, heredera de toda su hacienda; y que era común
opinión en toda la ciudad ser° la más hermosa mujer de la Berbería, y   i.e., *she was*
que muchos de los virreyes° que allí venían la habían pedido por mujer, y   viceroys
20 que ella nunca se había querido casar; y que también supo que tuvo una
cristiana cautiva, que ya se había muerto. Todo lo cual concertaba con lo
que venía en el papel. Entramos luego en consejo con el renegado en qué
orden° se tendría para sacar a la mora y venirnos todos a tierra de cristia-   plan
nos; y en fin, se acordó por entonces que esperásemos al aviso° segundo   communication
25 de Zoraida, que así se llamaba la que ahora quiere llamarse María. Porque
bien vimos que ella, y no otra alguna, era la que había de 'dar medio a° to-   find a way out of
das aquellas dificultades. Después que quedamos en esto, dijo el renegado
que no tuviésemos pena; que él perdería la vida, o nos pondría en libertad.

"Cuatro días estuvo el baño con gente, que fue ocasión que cuatro
30 días tardase en parecer la caña; al cabo de los cuales, en la acostumbrada
soledad del baño pareció con el lienzo tan preñado,° que un felicísimo   full
parto prometía; inclinóse a mí la caña y el lienzo, hallé en él otro papel
y cien escudos de oro, sin otra moneda alguna; estaba allí el renegado,
dímosle a leer el papel dentro de nuestro rancho, el cual dijo que así decía:[45]

35 Yo no sé, mi señor, cómo dar orden que nos vamos a España, ni Lela
Marién me lo ha dicho, aunque yo se lo he preguntado; lo que se
podrá hacer es que yo os daré por esta ventana muchísimos dineros
de oro: rescataos° vos con ellos, y vuestros amigos, y vaya uno en   ransom yourself
tierra de cristianos, y compre allá una barca, y vuelva por los demás,
40 y a mí me hallarán en el jardín de mi padre, que está a la puerta de
Babazón,[46] junto a la marina,° donde tengo de estar todo este verano   seashore

---

45 **El cual...** *who said it said thus*
46 One of the nine portals that led into Algiers

con mi padre y con mis criados; de allí de noche me podréis sacar sin miedo y llevarme a la barca; y mira que has de ser mi marido, porque si no, yo pediré a Marién que te caſtigue. Si no te fías de nadie que vaya por la barca, rescátate tú y ve; que yo sé que volverás mejor que otro, pues eres caballero y cristiano. Procura saber° el jardín, y cuando te pasees por ahí sabré que eſtá solo el baño y te daré mucho dinero. Alá te guarde, señor mío.

                                      conocer

"Eſto decía y contenía el segundo papel, lo cual viſto por todos, cada uno se ofreció a querer ser el rescatado, y prometió de ir y volver con toda puntualidad, y también yo me ofrecí a lo mismo; a todo lo cual se opuso el renegado, diciendo que en ninguna manera consentiría que ninguno saliese de libertad haſta que fuesen todos juntos, porque la experiencia le había moſtrado cuán mal cumplían los libres las palabras que daban en el cautiverio; porque muchas veces habían usado de 'aquel remedio° algunos   those measures principales cautivos, rescatando a uno que fuese a Valencia o Mallorca⁴⁷ con dineros para poder armar° una barca y volver por los que le habían   to equip rescatado, y nunca habían vuelto. Porque la libertad alcanzada⁴⁸ y el temor de no volver a perderla les borraba de la memoria todas las obligaciones del mundo. Y en confirmación de la verdad que nos decía, nos contó brevemente un caso que casi en aquella mesma sazón había acaecido a unos caballeros criſtianos, el más eſtraño que jamás sucedió en aquellas partes, donde a cada paso suceden cosas de grande espanto° y de admiración.   astonishment

    "En efeſto, él vino a decir que lo que se podía y debía hacer era que el dinero que se había de dar para rescatar al criſtiano, que se le diese a él, para comprar allí en Argel, una barca, con achaque° de hacerse mer-   pretext cader y tratante° en Tetuán⁴⁹ y en aquella coſta, y que siendo él señor de   trader la barca, fácilmente se daría traza para sacarlos del baño y embarcarlos°   **los** = *us* a todos. Cuanto más que si la mora, como ella decía, daba dineros para rescatarlos a todos, que eſtando libres, era facilísima cosa aun embarcarse en la mitad del día, y que la dificultad que se ofrecía mayor⁵⁰ era que los moros no consienten que renegado alguno compre ni tenga barca, si no es bajel grande para ir en corso, porque se temen que el que compra barca, principalmente si es español, no la quiere sino para irse a tierra de criſtianos; pero que él facilitaría° eſte inconveniente con hacer que un   would alleviate moro tangerino⁵¹ 'fuese a la parte con él° en la compañía° de la barca y en   be his partner, pur-
                                             chase

---

    47 Valencia is the Spanish city on the Mediterranean coast and Mallorca is the Spanish island fairly nearby, chosen because of their proximity to Algiers.

    48 The first edition has **porque de la libertad alcanzada**... *because liberty once achieved*... Most editions since omit the **de**, considering it an error. Schevill has **"porque, de[cía], la libertad alcanzada..."**

    49 Tetuán is an important Moroccan city near the Mediterranean coast.

    50 **La dificultad que se ofrecía mayor = la mayor dificultad que se ofrecía**

    51 Thus in the original editions, 'person from Tangier' (the Moroccan Mediterranean port). Most editors, including Schevill, change it to **tagarino** *Moor from the ancient kingdom of Aragón* since this Moor is referred to as **taga-**

la ganancia de las mercancías,° y con esta sombra° él vendría a ser señor   cargo, pretext
de la barca, con que daba por acabado todo lo demás.[52]

   "Y puesto que a mí y a mis camaradas nos había parecido mejor lo
de enviar por la barca a Mallorca, como la mora decía, no osamos con-
5   tradecirle, temerosos que si no hacíamos lo que él decía, nos había de
descubrir y poner a peligro de perder las vidas, si descubriese el trato de
Zoraida, por cuya vida diéramos todos las nuestras, y así determinamos de
ponernos en las manos de Dios y en las del renegado, y en aquel mismo
punto se le respondió a Zoraida diciéndole que haríamos todo cuanto nos
10   aconsejaba, porque lo había advertido tan bien como si Lela Marién se
lo hubiera dicho, y que en ella sola estaba dilatar aquel negocio o ponello
luego por obra. Ofrecímele de nuevo de ser su esposo, y con esto, otro día
que acaeció a estar solo el baño, en diversas veces,[53] con la caña y el paño,
nos dio dos mil escudos de oro, y un papel donde decía que el primer
15   JUMÁ, que es el viernes, se iba al jardín de su padre, y que antes que se fuese nos daría más dinero, y que si aquello no bastase, que se lo avisásemos,
que nos daría cuanto le pidiésemos: que su padre tenía tantos que no lo
echaría menos, 'cuanto más° que ella tenía las llaves de todo.   besides

   "Dimos luego quinientos escudos al renegado para comprar la barca;
20   con ochocientos me rescaté yo, dando el dinero a un mercader valenciano
que a la sazón se hallaba en Argel, el cual me rescató del rey, tomándome
sobre su palabra, dándola[54] de que con el primer bajel que viniese de Valencia pagaría mi rescate; porque si luego diera el dinero, fuera dar sospechas
al rey que había muchos días que mi rescate estaba en Argel, y que el mer-
25   cader, por sus grangerías,° lo había callado. Finalmente, mi amo era tan   profit
caviloso,° que en ninguna manera me atreví a que luego se desembolsase   mistrustful
el dinero.[55] El jueves antes del viernes que la hermosa Zoraida se había de
ir al jardín nos dio otros mil escudos y nos avisó de su partida, rogándome
que si me rescatase, supiese luego el jardín de su padre, y que en todo caso
30   buscase ocasión de ir allá y verla. Respondíle en breves palabras que así lo
haría, y que tuviese cuidado de encomendarnos a Lela Marién con todas
aquellas oraciones que la cautiva le había enseñado.

   "Hecho esto, dieron orden en que los tres compañeros nuestros se
rescatasen, por facilitar la salida del baño, y porque viéndome a mí resca-
35   tado, y a ellos no, pues había dinero, no 'se alborotasen° y les persuadiese el   get worried
diablo que hiciesen alguna cosa en perjuicio de Zoraida; que puesto que el
ser ellos quien eran me podía asegurar deste temor,[56] con todo eso, no quise
poner el negocio 'en aventura,° y así los hice rescatar por la misma orden   at risk

---

rino in the next chapter.

   52   **Con todo…** *he considered the rest as good as done*

   53   **Otro día…** *the next day the baño happened to be empty,* [she gave us] *at
different times*

   54   **Tomándome sobre…** *taking me on his pledged word and giving it* [his word]

   55   **En ninguna…** *in no way did I dare to have the money paid right then*

   56   **Puesto que…** *although the fact of their being who they were could relieve
my fear.*

que yo me rescaté, entregando todo el dinero al mercader para que con certeza y seguridad pudiese hacer la fianza,° al cual nunca descubrimos nueſtro trato y secreto por el peligro que había."

security

Capítulo XLI. Donde todavía prosigue el cautivo su suceso.

"No se pasaron quince días, cuando ya nueſtro renegado tenía comprada una muy buena barca, 'capaz de° más de treinta personas, y para asegurar su hecho y dalle color,¹ quiso hacer, como hizo, un viaje a un lugar que se llamaba Sargel,² que eſtá treinta leguas de Argel, 'hacia la parte de° Orán,³ en el cual hay mucha contratación° de 'higos pasos.° Dos o tres veces hizo eſte viaje en compañía del tagarino⁴ que había dicho. Tagarinos llaman en Berbería a los moros de Aragón, y a los de Granada mudéjares,⁵ y en el reino de Fez⁶ llaman a los mudéjares elches, los cuales son la gente de quien aquel rey más 'se sirve° en la guerra.

capaz de *contener*

towards
trade, dried figs

uses

"Digo, pues, que cada vez que pasaba con su barca 'daba fondo° en una caleta° que eſtaba no dos tiros de balleſta del jardín donde Zoraida esperaba, y allí, muy 'de propósito,° se ponía el renegado con los morillos que bogaban el remo, o ya a hacer la zalá, o a como por ensayarse° 'de burlas° a lo que pensaba hacer 'de veras.° Y así se iba al jardín de Zoraida y le pedía fruta. Y su padre se la daba sin conocelle, y aunque él quisiera hablar a Zoraida, como él después me dijo, y decille que él era el que por orden mía le había de llevar a tierra de criſtianos, que eſtuviese contenta y segura, nunca le fue posible, porque las moras no se dejan ver de ningún moro ni turco, si no es que su marido o su padre se lo manden. De criſtianos cautivos se dejan tratar y comunicar, aun más de aquello que sería razonable,° y a mí me hubiera pesado que él la hubiera hablado—que quizá la alborotara, viendo que su negocio andaba 'en boca de° renegados.

anchored
cove
intentionally
rehearse
not seriously, in earnest

proper
i.e., talked about by

"Pero Dios, que lo ordenaba de otra manera, no dio lugar al buen deseo que nueſtro renegado tenía, el cual, viendo cuán seguramente iba y venía a Sargel, y que daba fondo cuando y como y adonde quería, y que el tagarino, su compañero, no tenía más voluntad de lo que la suya

---

1 **Para asegurar…** *to make his deal safe and give it credence*

2 Modern Cherchell, known as Iol in ancient times, originally a Carthaginian trading station and the capital of Mauretania (25 b.c.), was an important Roman port. An active port in Cervantes' time, today it is just a small fishing town.

3 Oran is an Algerian port, the second most important one after Algiers, directly south of Cartagena.

4 The **tagarino** mentioned here is the one called **tangerino** in the last chapter.

5 That is, in Barbary they call the Moors of Granada **mudéjares**.

6 The Kingdom of Fez is now a part of northern Morocco. The city of Fez is very ancient and its university dates from 859.

ordenaba, y que yo eſtaba ya rescatado, y que sólo faltaba buscar algunos
criſtianos que bogasen el remo, me dijo que mirase° yo cuáles° quería   find, which (Chris-
traer conmigo, fuera de los rescatados, y que los tuviese hablados° para   tians); arranged for
el primer viernes, donde° tenía determinado que fuese nueſtra partida.   when
5 Viendo eſto, hablé a doce españoles, todos valientes hombres del remo,
y de aquellos que más libremente° podían salir de la ciudad, y no fue   easily
poco hallar tantos en aquella coyuntura,° porque eſtaban veinte bajeles en circumstance
corso y se habían llevado toda la gente de remo. Y éſtos no se hallaran si
no fuera que su amo se quedó aquel verano sin ir en corso, a acabar una
10 galeota⁷ que tenía en aſtillero.° A los cuales no les dije otra cosa sino que shipyard
el primer viernes, en la tarde, se saliesen uno a uno, disimuladamente,° y se furtively
fuesen 'la vuelta° del jardín de Agi Morato, y que allí me aguardasen haſta towards
que yo fuese. A cada uno di eſte aviso 'de por sí,° con orden que, aunque   individually
allí viesen a otros criſtianos, no les dijesen sino que yo les había mandado
15 esperar en aquel lugar.

"Hecha eſta diligencia,° me faltaba hacer otra, que era la que más me   step
convenía: y era la de avisar a Zoraida en el punto que eſtaban los nego-
cios⁸ para que eſtuviese apercebida° y sobre aviso, que no se sobresaltase, si prepared
de improviso la asaltásemos° antes del tiempo que ella podía imaginar que   seized
20 la barca de criſtianos podía volver. Y así determiné de ir al jardín y ver si
podría hablarla, y con ocasión de coger° algunas yerbas, un día antes de mi gathering
partida, fui allá, y la primera persona con quien encontré fue con su padre,
el cual me dijo en lengua que en toda la Berbería y aun en Coſtantinopla
se halla entre cautivos y moros, que ni es morisca, ni caſtellana, ni de otra
25 nación alguna, sino una mezcla de todas las lenguas, con la cual todos nos
entendemos, digo, pues, que en eſta manera de lenguaje me preguntó que
qué buscaba en aquel su jardín y de quién era. Respondíle que era esclavo
de Arnaúte Mamí⁹—y eſto porque sabía yo por muy cierto que era un
grandísimo amigo suyo—, y que buscaba de todas yerbas para hacer en-
30 salada. Preguntóme, por el consiguiente, si era hombre de rescate o no, y
que cuánto pedía mi amo por mí.

"Eſtando en todas eſtas preguntas y respueſtas, salió de la casa del
jardín la bella Zoraida, la cual ya 'había mucho°que me había viſto, y   for some time
como las moras en ninguna manera 'hacen melindre° de moſtrarse a los   are not reluctant
35 criſtianos, ni tampoco 'se esquivan,° como ya he dicho, no se le dio nada   they avoid
de venir adonde su padre conmigo eſtaba. Antes, 'luego cuando° su padre   as soon as
vio que venía y de espacio, la llamó y mandó que llegase. Demasiada cosa
sería decir yo agora la mucha hermosura, la gentileza, el gallardo y rico
adorno° con que mi querida Zoraida se moſtró a mis ojos. Sólo diré que   attire
40 más perlas pendían de su hermosísimo cuello, orejas y cabellos, que cabellos tenía en la cabeza. En las gargantas° de los sus pies, que descubiertas° ankles, bare

---

7 This was a small galley, 16-20 rowers per side.

8 **En el punto...** *how things stood*

9 In real life, Arnaúte Mamí was the Albanian pirate who captured Cervantes when he was returning from Naples to Spain in 1575.

a su usanza traía, traía dos CARCAJES—que así se llamaban las manillas° bracelets
o 'ajorcas de los pies° en morisco—de purísimo oro, con tantos diaman- anklets
tes engaſtados,° que ella me dijo después que su padre los eſtimaba en set
diez mil doblas,[10] y las que traía en las muñecas de las manos valían 'otro
tanto.° Las perlas eran en gran cantidad y muy buenas, porque la mayor the same
gala° y bizarría de las moras es adornarse de ricas perlas y aljófar,° y así elegance, seed-pearls
hay más perlas y aljófar entre moros que entre todas las demás naciones,
y el padre de Zoraida tenía fama de tener muchas y de las mejores que en
Argel había, y de tener asimismo más de docientos mil escudos españoles,
de todo lo cual era señora eſta que ahora lo es mía.

"Si con todo eſte adorno podía venir entonces hermosa, o no, por las
reliquias que le han quedado en tantos trabajos se podrá conjeturar cuál
debía de ser en las prosperidades.[11] Porque ya se sabe que la hermosura
de algunas mujeres tiene días y sazones, y requiere accidentes° para di- chance causes
minuirse o acrecentarse, y es natural cosa que las 'pasiones del ánimo° la emotions
levanten o abajen, pueſto que las más veces la deſtruyen. Digo, en fin, que
entonces llegó en todo eſtremo aderezada y en todo eſtremo hermosa, o
a lo menos a mí me pareció serlo la más que haſta entonces había viſto,[12]
y con eſto, viendo las obligaciones en que me había pueſto, me parecía
que tenía delante de mí una 'deidad del cielo,° venida a la tierra para mi goddess
guſto y para mi remedio.

"Así como ella llegó, le dijo su padre en su lengua como yo era cautivo de su amigo Arnaúte Mamí, y que venía a buscar ensalada. Ella tomó
la mano, y en aquella mezcla de lenguas que tengo dicho, me preguntó si
era caballero y qué era la causa que no me rescataba. Yo le respondí que
ya eſtaba rescatado, y que en el precio podía echar de ver en lo que mi
amo me eſtimaba, pues había dado[13] por mí mil y quinientos zoltanís.[14]
A lo cual ella respondió: 'En verdad que si tú fueras de mi padre, que yo
hiciera que no te diera el por 'otros dos tantos,° porque vosotros, criſtia- twice as much
nos, siempre mentís en cuanto decís, y os hacéis pobres por engañar a
los moros.' 'Bien podría ser eso, señora,' le respondí, 'mas en verdad que
yo la he tratado[15] con mi amo, y la trato y la trataré con cuantas personas
hay en el mundo.' 'Y ¿cuándo te vas?' dijo Zoraida. 'Mañana creo yo,' dije,
'porque eſtá aquí un bajel de Francia que se hace mañana a la vela,[16] y
pienso irme en él.' '¿No es mejor,' replicó Zoraida, 'esperar a que vengan
bajeles de España y irte con ellos, que no con los de Francia, que no son

---

10 The doubloon was worth two escudos. Gaos says this amount came to
more than 70,000 reales.

11 **Por las…** *through the vestiges that remain after so many travails, you can
imagine how she must have been in prosperity*

12 **A mí…** *she seemed the most* [beautiful] *I had seen up to then*

13 That is, **yo había dado**, although Clemencín thinks that the original had
habiã dado = habían dado.

14 The **zoltaní** was worth, in gold, a Spanish crown.

15 **Yo la he tratado = yo he tratado la verdad** *I have been sincere*

16 **Se hace…** *that sets sail tomorrow*

vuestros amigos?' 'No,' respondí yo, 'aunque si como hay nuevas que viene
ya un bajel de España es verdad,[17] todavía yo le aguardaré, puesto que es
más cierto el partirme mañana, porque el deseo que tengo de verme en mi
tierra y con las personas que bien quiero es tanto, que no me dejará esperar otra comodidad si se tarda, por mejor que sea.' 'Debes de ser, sin duda,
casado en tu tierra,' dijo Zoraida, 'y por eso deseas ir a verte con tu mujer.'
'No soy,' respondí yo, 'casado, mas tengo dada la palabra de casarme en
llegando allá.' 'Y ¿es hermosa la dama a quien se la diste?'[18] dijo Zoraida,
'tan hermosa es,' respondí yo, 'que para encarecella y decirte la verdad, te
parece a ti mucho.'

"Desto se rio muy de veras su padre, y dijo: '*Gualá,*° cristiano, que debe   my God
de ser muy hermosa si se parece a mi hija, que es la más hermosa de todo
este reino. Si no, mírala bien y verás como te digo verdad.' Servíanos de
intérprete a las más de estas palabras y razones el padre de Zoraida, como
más ladino,° que aunque ella hablaba la bastarda lengua que, como he di-   knower of Spanish
cho, allí se usa, más declaraba su intención° por señas que por palabras.   meaning

"Estando en estas y otras muchas razones, llegó un moro corriendo y
dijo a grandes voces que por las bardas o paredes del jardín habían saltado
cuatro turcos y andaban cogiendo la fruta, aunque no estaba madura.°   ripe
Sobresaltóse el viejo, y lo mesmo hizo Zoraida, porque es común y casi
natural el miedo los moros a los turcos tienen, especialmente a los
soldados, los cuales son tan insolentes y 'tienen tanto imperio° sobre los   so dominate
moros que a ellos están sujetos,[19] que los tratan peor que si fuesen esclavos
suyos. Digo, pues, que dijo su padre a Zoraida: 'Hija, retírate a la casa y
enciérrate en tanto que yo voy a hablar a estos canes,° y tú, cristiano, busca   dogs
tus yerbas y 'vete en buen hora,° y llévete Alá 'con bien° a tu tierra.' Yo me   go away, safely
incliné y él se fue a buscar los turcos, dejándome solo con Zoraida, que
comenzó a dar muestras de irse donde su padre la había mandado. Pero
apenas 'él se encubrió con° los árboles del jardín, cuando ella, volviéndose   he was hidden by
a mí, llenos los ojos de lágrimas, me dijo: '¿*Ámexi,* cristiano, *ámexi?*' Que
quiere decir: «¿Vaste, cristiano, vaste?» Yo la respondí: 'señora, sí, pero no   Friday
en ninguna manera sin ti. El primero *jumá*° me aguarda, y no te sobre-
saltes cuando nos veas, que sin duda alguna iremos a tierra de cristianos.'

'Yo le dije esto de manera que ella me entendió muy bien a todas las
razones que entrambos pasamos, y echándome un brazo al cuello, con
desmayados pasos comenzó a caminar hacia la casa, y quiso la suerte, que
pudiera ser muy mala, si el cielo no lo ordenara de otra manera, que yendo
los dos de la manera y postura que os he contado, con un brazo al cuello,
su padre, que ya volvía de 'hacer ir° a los turcos, nos vio de la suerte y ma-   chasing away
nera que íbamos, y nosotros vimos que él nos había visto, pero Zoraida,
advertida° y discreta, no quiso quitar el brazo de mi cuello, antes se llegó   quick-witted
más a mí y puso su cabeza sobre mi pecho, doblando un poco las rodillas,

---

17   **Si como...** *if the news is true that a ship is coming from Spain*
18   **Se la diste? La** refers to **palabra.**
19   **Que a...** *who are their subjects*

dando claras señales y muestras que se desmayaba, y yo ansimismo di a entender que la sostenía contra mi voluntad. Su padre llegó corriendo adonde estábamos, y viendo a su hija de aquella manera, le preguntó que qué tenía, pero como ella no le respondiese, dijo su padre: 'Sin duda alguna que con el sobresalto de la entrada de estos canes se ha desmayado,' y quitándola del mío, la arrimó a su pecho, y ella, dando un suspiro y aun no enjutos los ojos de lágrimas, volvió a decir: '¡*Ámexi, cristiano, ámexi!* «¡Vete, cristiano, vete!»' A lo que su padre respondió: 'No importa, hija, que el cristiano se vaya, que ningún mal te ha hecho, y los turcos ya son idos. No te sobresalte cosa alguna, pues ninguna hay que pueda darte pesadumbre, pues, como ya te he dicho, los turcos, a mi ruego,° se volvieron [request] por donde entraron.' 'Ellos, señor, la sobresaltaron, como has dicho,' dije yo a su padre, 'mas pues ella dice que yo me vaya, no la quiero dar pesadumbre. Quédate en paz, y con tu licencia volveré, si fuere menester, por yerbas a este jardín, que, según dice mi amo, en ninguno las hay mejores para ensalada que en él.' 'Todas las° que quisieres podrás volver,' respon- [todas las *veces*] dió Agi Morato, 'que mi hija no dice esto porque tú ni ninguno de los cristianos la enojaban,° sino que por decir que los turcos se fuesen, dijo [bothered] que tú te fueses, o porque ya era hora que buscases tus yerbas.'

"Con esto me despedí al punto de entrambos, y ella, arrancándosele el alma, al parecer, se fue con su padre. Y yo, con achaque de buscar las yerbas, rodeé muy bien y a mi placer° todo el jardín. Miré bien las entra- [ease] das y salidas, y la fortaleza° de la casa, y la comodidad° que se podía ofre- [security, opportunity] cer para facilitar todo nuestro negocio. Hecho esto, me vine y di cuenta de cuanto había pasado al renegado y a mis compañeros. Y 'ya no veía la hora de° verme gozar sin sobresalto del bien que en la hermosa y bella [I couldn't wait] Zoraida la suerte me ofrecía.

"En fin, el tiempo se pasó y se llegó el día y plazo de nosotros tan deseado, y siguiendo todos el orden y parecer que con discreta conside- ración y largo discurso muchas veces habíamos dado, tuvimos el buen suceso que deseábamos. Porque el viernes que se siguió al día que yo con Zoraida hablé en el jardín, nuestro renegado,[20] al anochecer, dio fondo con la barca casi frontero de donde la hermosísima Zoraida estaba. Ya los cristianos que habían de bogar el remo estaban prevenidos° y escon- [ready] didos por diversas partes de todos aquellos alrededores.° Todos estaban [surroundings] suspensos y alborozados aguardándome, deseosos ya de embestir con el bajel que a los ojos tenían, porque ellos no sabían el concierto° del rene- [plan] gado, sino que pensaban que a fuerza de brazos habían de haber y ganar la libertad, 'quitando la vida° a los moros que dentro de la barca estaban. [killing]

"Sucedió, pues, que así como yo me mostré, y mis compañeros, todos los demás escondidos que nos vieron se vinieron llegando a nosotros. Esto era ya a tiempo que la ciudad estaba ya cerrada, y por toda aquella

---

20 Here the text says **morrenago** which Schevill corrects to **nuestro ren-egado**, as I have. Flores had reconstructed **nr̄o renegado**, but I wonder (with Gaos) if the second word was also abbreviated in the manuscript: **nr̄o rreneg°**.

campaña ninguna persona parecía. Como estuvimos juntos, dudamos si
sería mejor ir primero por Zoraida, o rendir° primero a los moros baga-   subdue
rinos,° que bogaban el remo en la barca. Y estando en esta duda, llegó a   sailors
nosotros nuestro renegado, diciéndonos que en qué 'nos deteníamos,° que   were delaying
5   ya era hora, y que todos sus moros estaban descuidados,° y los más de ellos   off guard
durmiendo. Dijímosle en lo que reparábamos,²¹ y él dijo que lo que más
importaba era rendir primero el bajel, que se podía hacer con grandísima
facilidad y sin peligro alguno, y que luego podíamos ir por Zoraida. Pa-
recionós bien a todos lo que decía, y así sin detenernos más, haciendo él
10   la guía,²² llegamos al bajel, y saltando él dentro primero, metió mano a un
alfanje y dijo en morisco: '¡Ninguno de vosotros se mueva de aquí, si no
quiere que le cueste la vida!' Ya a este tiempo, habían entrado dentro casi
todos los cristianos. Los moros, que eran de poco ánimo, viendo hablar
de aquella manera a su arráez,° quedáronse espantados, y sin ninguno de   captain
15   todos ellos echar mano a las armas, que pocas o casi ningunas tenían, se
dejaron, sin hablar alguna palabra, maniatar²³ de los cristianos, los cuales
con mucha presteza lo hicieron, amenazando a los moros que si alzaban
por alguna vía o manera la voz, que luego al punto los 'pasarían todos a   would be stabbed
cuchillo.°
20   "Hecho ya esto, quedándose 'en guardia° dellos la mitad de los nues-   keeping guard
tros, los que quedábamos, haciéndonos asimismo el renegado la guía, fuimos al jardín de Agi Morato, y quiso la buena suerte que, llegando a abrir
la puerta, se abrió con tanta facilidad como si cerrada no estuviera. Y así
con gran quietud° y silencio, llegamos a la casa sin ser sentidos de nadie.   calm
25   Estaba la bellísima Zoraida aguardándonos a una ventana, y así como
sintió gente, preguntó con voz baja si éramos NIZARANI, como si dijera o
preguntara si éramos cristianos. Yo le respondí que sí, y que bajase. Cuando ella me conoció, no se detuvo un punto, porque, sin responderme palabra, bajó en un instante, abrió la puerta y mostróse a todos tan hermosa
30   y ricamente vestida, que no lo acierto a encarecer. Luego que yo la vi, le
tomé una mano y la comencé a besar, y el renegado hizo lo mismo, y mis
dos camaradas. Y los demás, que el caso no sabían, hicieron lo que vieron
que nosotros hacíamos, que no parecía sino que le dábamos las gracias
y la reconocíamos por señora de nuestra libertad. El renegado le dijo en
35   lengua morisca si estaba su padre en el jardín. Ella respondió que sí, y que
dormía. 'Pues será menester despertalle,' replicó el renegado, 'y llevárnosle
con nosotros, y todo aquello que tiene de valor este hermoso jardín.' 'No,'
dijo ella, 'a mi padre no se ha de tocar en ningún modo, y en esta casa no
hay otra cosa que lo que yo llevo, que es tanto, que bien habrá para que
40   todos quedéis ricos y contentos, y esperaos un poco y lo veréis.'

     "Y diciendo esto, se volvió a entrar, diciendo que muy presto volvería,
que nos estuviésemos quedos, sin hacer ningún ruido. Preguntéle al rene-

---

21   **En lo...** *why we were hesitating*
22   **Haciendo él...** *with him as our guide*
23   **Se dejaron...** *they... let themselves be tied up*

gado lo que con ella había pasado, el cual me lo contó, a quien yo dije que
en ninguna cosa se había de hacer más de lo que Zoraida quisiese, la cual
ya que volvía cargada con un cofrecillo° lleno de escudos de oro, tantos,   little chest
que apenas lo podía sustentar.° Quiso la mala suerte que su padre desper-   carry
tase en el ínterin y sintiese el ruido que andaba en el jardín, y 'asomándose
a° la ventana, luego conoció que todos los que en él° estaban eran cristia-   leaning out, el *jardín*
nos. Y dando muchas, grandes y desaforadas voces, comenzó a decir en
arábigo: '¡Cristianos, cristianos! ¡Ladrones, ladrones!' Por los cuales gritos
nos vimos todos puestos en grandísima y temerosa confusión. Pero el renegado, viendo el peligro en que estábamos, y lo mucho que le importaba
salir con aquella empresa antes de ser sentido, con grandísima presteza,
subió donde Agi Morato estaba, y juntamente con él fueron algunos de
nosotros, que yo no osé desamparar a la Zoraida, que como desmayada se
había dejado caer en mis brazos.

"En resolución, los que subieron se dieron tan buena maña, que en
un momento bajaron con Agi Morato, trayéndole atadas las manos y
puesto un pañizuelo en la boca, que no le dejaba hablar palabra, amenazándole que el hablarla le había de costar la vida. Cuando su hija le vio, se
cubrió los ojos por no verle, y su padre quedó espantado, ignorando cuán
de su voluntad se había puesto en nuestras manos. Mas entonces siendo
más necesarios los pies, con diligencia y presteza nos pusimos en la barca,
que ya los que en ella habían quedado nos esperaban, temerosos de algún
mal suceso nuestro.

"Apenas serían dos horas pasadas de la noche, cuando ya estábamos
todos en la barca, en la cual se le quitó al padre de Zoraida la atadura
de las manos y el paño de la boca. Pero tornóle a decir el renegado que
no hablase palabra, que le quitarían la vida. Él, como vio allí a su hija,
comenzó a suspirar ternísimamente,° y más cuando vio que yo estrecha-   very tenderly
mente la tenía abrazada, y que ella sin defenderse, quejarse ni esquivarse,
se estaba queda. Pero con todo esto callaba, porque no pusiesen en efeto
las muchas amenazas que el renegado le hacía.

"Viéndose, pues, Zoraida ya en la barca, y que queríamos dar los
remos al agua, y viendo allí a su padre y a los demás moros, que atados
estaban, le dijo al renegado que me dijese le hiciese merced²⁴ de soltar a
aquellos moros y de dar libertad a su padre, porque antes se arrojaría en
la mar que ver delante de sus ojos, y 'por causa suya,° llevar cautivo a un   on her account
padre que tanto la había querido. El renegado me lo dijo, y yo respondí
que era muy contento. Pero él respondió que no convenía, a causa que,
si allí los dejaban, apellidarían luego la tierra²⁵ y alborotarían la ciudad, y
serían causa que saliesen a buscallos²⁶ con algunas 'fragatas ligeras,° y les   swift frigates
tomasen la tierra y la mar, de manera que no pudiésemos escaparnos, que

24 **Le dijo…** *she told the renegade to tell me to do her the favor*
25 **Apellidarían luego…** *they would call out the country folk*
26 **Buscallos—los** is used because the captive is relating what was said:
look for them.

lo que se podría hacer era darles libertad en llegando a la primera tierra
de cristianos. En este parecer venimos todos, y Zoraida, a quien se le dio
cuenta, con las causas que nos movían a no hacer luego lo que quería,
también se satisfizo. Y luego, con regocijado silencio y alegre diligencia,
cada uno de nuestros valientes remeros° tomó su remo, y comenzamos,   rowers
encomendándonos a Dios de todo corazón, a navegar la vuelta de las islas
de Mallorca, que es la tierra de cristianos más cerca.

"Pero a causa de soplar un poco el viento tramontana,° y estar la mar   from the north
algo picada,° no fue posible seguir la derrota° de Mallorca, y fuenos forzo-   rough, course
so dejarnos 'ir tierra a tierra° la vuelta de Orán, no sin mucha pesadumbre   follow the coast
nuestra, por no ser descubiertos del lugar de Sargel, que en aquella costa
cae sesenta millas de Argel. Y asimismo temíamos encontrar por aquel
paraje° alguna galeota de las que de ordinario vienen con mercancía de   place
Tetuán, aunque cada uno por sí, y por todos juntos,²⁷ presumíamos° de que   we supposed
si se encontraba galeota de mercancía, como no fuese de las que andan en
corso, que no sólo no nos perderíamos, mas que tomaríamos bajel donde
con más seguridad pudiésemos acabar nuestro viaje. Iba Zoraida, en tanto
que se navegaba, puesta la cabeza entre mis manos por no ver a su padre, y
sentía yo que iba llamando a Lela Marién, que nos ayudase.

"Bien habríamos navegado treinta millas, cuando nos amaneció,
como tres tiros de arcabuz 'desviados de° tierra, toda la cual vimos de-   from
sierta, y sin nadie que nos descubriese,° pero con todo eso nos fuimos,   see
a fuerza de brazos, entrando un poco en la mar²⁸ que ya estaba algo más
sosegada. Y habiendo entrado casi dos leguas, diose orden que se bogase
'a cuarteles° en tanto que comíamos algo, que iba bien proveída la barca,   in shifts
puesto que los que bogaban dijeron que no era aquel tiempo de tomar
reposo° alguno: que les diesen de comer los que no bogaban, que ellos no   rest
querían soltar los remos de las manos en manera alguna. Hízose ansí, y
en esto comenzó a soplar° un viento largo²⁹ que nos obligó a 'hacer luego   blow
vela° y a dejar el remo, y 'enderezar a° Orán, por no ser posible poder ha-   put up sails, to make
cer otro viaje. Todo se hizo con mucha presteza, y así a la vela navegamos   for
por más de ocho millas por hora, sin llevar otro temor alguno, sino el de
encontrar con bajel que de corso fuese.

"Dimos de comer a los moros bagarinos y el renegado les consoló,
diciéndoles como no iban cautivos: que en la primera ocasión les darían
libertad, lo mismo se le dijo al padre de Zoraida, el cual respondió: 'Cualquiera otra cosa pudiera yo esperar y creer de vuestra liberalidad y buen
término, ¡oh, cristianos! mas el darme libertad, no me tengáis por tan
simple que lo imagine, que nunca os pusistes vosotros al peligro de qui-
tármela³⁰ para volverla° tan liberalmente, especialmente sabiendo quién   give it back

---

27   **Cada uno...** *each one on his own and everybody all together*
28   **Entrando un...** *moving a bit out to sea*
29   This is a wind that blows towards the side of a ship.
30   **Quitármela. La** = *libertad.*

soy yo, y el interese° que se os puede seguir de dármela,[31] el cual interese si ⟶ sum
le queréis poner nombre,° desde aquí os ofrezco todo aquello que quisié- ⟶ price
redes por mí y por esa desdichada hija mía, o si no por ella sola, que es la
mayor y la mejor parte de mi alma.'

"En diciendo esto, comenzó a llorar tan amargamente, que a todos
nos movió a compasión, y forzó a Zoraida que le mirase, la cual, viéndole
llorar, así 'se enterneció,° que se levantó de mis pies y fue a abrazar a su ⟶ was moved
padre, y juntando su rostro con el suyo comenzaron los dos tan tierno
llanto, que muchos de los que allí íbamos le acompañamos en él. Pero
cuando su padre la vio 'adornada de fiesta° y con tantas joyas sobre sí, le ⟶ dressed festively
dijo en su lengua: '¿Qué es esto, hija, que ayer al anochecer antes que nos
sucediese esta terrible desgracia en que nos vemos, te vi con tus ordinarios
y 'caseros vestidos,° y agora, sin que hayas tenido tiempo de vestirte, y sin ⟶ everyday clothes
haberte dado alguna nueva alegre de solenizalle con adornarte y pulirte,[32]
te veo compuesta° con los mejores vestidos que yo supe y pude darte ⟶ dressed up
cuando nos fue la ventura más favorable? Respóndeme a esto, que me
tienes más suspenso y admirado que la misma desgracia en que me hallo.'

"Todo lo que el moro decía a su hija nos lo declaraba el renegado, y
ella no le respondía palabra. Pero cuando él vio a un lado de la barca el
cofrecillo donde ella solía tener sus joyas, el cual sabía él bien que le había
dejado en Argel y no traídole al jardín, quedó más confuso, y preguntóle
que cómo aquel cofre había venido a nuestras manos, y qué era lo que venía dentro. A lo cual el renegado, sin aguardar que Zoraida le respondiese,
le respondió: 'No te canses, señor, en preguntar a Zoraida, tu hija, tantas
cosas, porque con una° que yo te responda te satisfaré a todas. Y así quie- ⟶ **una** *cosa*
ro que sepas que ella es cristiana, y es la que ha sido la lima° de nuestras ⟶ file
cadenas y la libertad de nuestro cautiverio. Ella va aquí de su voluntad,
tan contenta, a lo que yo imagino, de verse en este estado,° como el que ⟶ position
sale de las tinieblas a la luz, de la muerte a la vida y de la pena a la gloria.'
'¿Es verdad lo que éste dice, hija?' dijo el moro. 'Así es,' respondió Zoraida.
'¿Que en efeto,' replicó el viejo, 'tú eres cristiana, y la que ha puesto a su
padre en poder de sus enemigos?' A lo cual respondió Zoraida: 'La que
es cristiana yo soy, pero no la que te ha puesto en este punto,° porque ⟶ position
nunca mi deseo se estendió a dejarte, ni a hacerte mal, sino a hacerme a
mí bien.' 'Y ¿qué bien es el que te has hecho, hija?' 'Eso,' respondió ella,
'pregúntaselo tú a Lela Marién, que ella te lo sabrá decir mejor que no yo.'

"Apenas hubo oído esto el moro, cuando, con una increíble presteza,
se arrojó 'de cabeza° en la mar, donde sin ninguna duda 'se ahogara,° si ⟶ head first, would have
el vestido largo y embarazoso° que traía no le entretuviera un poco sobre ⟶ drowned; encumber-
el agua. Dio voces Zoraida que le sacasen, y así acudimos luego todos, y ⟶ ing
asiéndole de la almalafa,° le sacamos medio ahogado y 'sin sentido,° de ⟶ tunic, unconscious
que recibió tanta pena Zoraida, que, como si fuera ya muerto, hacía so-

---

31 **Se os…** *you can receive in giving it back to me*
32 **Sin que…** *without having given you some happy news to commemorate by adorning yourself with great care*

bre él un tierno y doloroso llanto.° Volvímosle boca abajo,³³ volvió mucha   lament
agua, 'tornó en sí° al cabo de dos horas, en las cuales, habiéndose trocado   he came to
el viento, nos convino° volver hacia tierra y hacer fuerza de remos por no   it was advisable
embestir en ella.³⁴ Mas quiso nuestra buena suerte que llegamos a una
5   cala° que 'se hace° al lado de un pequeño promontorio o cabo,° que de   cape, lies, cove
los moros es llamado el de LA CAVA RUMÍA, que en nuestra lengua quiere
decir LA MALA MUJER CRISTIANA. Y es tradición entre los moros que en
aquel lugar está enterrada la Cava,³⁵ por quien se perdió España, porque
CAVA en su lengua quiere decir *mujer mala*, y RUMÍA, *cristiana*, y aun tienen
10 por mal agüero° llegar allí a dar fondo cuando la necesidad les fuerza a   omen
ello, porque nunca le dan sin ella,³⁶ puesto que para nosotros no fue abri-
go de mala mujer, sino puerto seguro de nuestro remedio, según andaba
alterada° la mar.   rough

"Pusimos nuestras centinelas° en tierra, y no dejamos jamás los remos   sentries
15 de la mano. Comimos de lo que el renegado había proveído, y rogamos
a Dios y a Nuestra Señora, de todo nuestro corazón, que nos ayudase y
favoreciese, para que felicemente diésemos fin a tan dichoso principio.
Diose orden, a suplicación de Zoraida, como echásemos en tierra a su
padre y a todos los demás moros que allí atados venían, porque no le
20 bastaba el ánimo, ni lo podían sufrir sus blandas entrañas,³⁷ ver delante de
sus ojos atado a su padre y aquellos de su tierra presos. Prometímosle de
hacerlo así al tiempo de la partida, pues no corría peligro el dejallos en
aquel lugar, que era despoblado. No fueron tan vanas nuestras oraciones,
que no fuesen oídas del cielo, que en nuestro favor luego volvió el viento,
25 tranquilo el mar, convidándonos a que tornásemos° alegres a proseguir   become
nuestro comenzado viaje.

"Viendo esto, desatamos a los moros y uno a uno los pusimos en tierra, de lo que ellos se quedaron admirados. Pero llegando a desembarcar
al padre de Zoraida, que ya estaba en todo su acuerdo,³⁸ dijo: '¿Por qué
30 pensáis, cristianos, que esta mala hembra° huelga de que me deis liber-   female
tad? ¿Pensáis que es por piedad que de mí tiene? No, por cierto, sino que
lo hace por el estorbo que le dará mi presencia cuando quiera poner en
ejecución sus malos deseos. Ni penséis que la ha movido a mudar religión

---

33 **Volvímosle boca…** *we turned him face down*

34 **Hacer fuerza…** *use the force of our oars so as not to crash against it* [la
tierra]

35 **Mala mujer** means "prostitute." According to the medieval tradition,
La Cava, daughter of Conde Julián, was perhaps raped (the sex act is certain,
the force involved is not) by Rodrigo, the last Visigothic king of Spain. Julián,
her father, in the African town of Ceuta (formerly in Morocco, and now part of
Spain), got his revenge by inducing the Moors to invade the Iberian Peninsula in
711. This theme is a commonplace in Spanish literature.

36 **Porque nunca…** *because they never do it* [anchor their vessels] *without
it* [need]

37 **No le…** *her spirit was not strong enough, nor could her tender heart stand*

38 **Ya estaba…** *now that he had all his wits about him*

entender ella que la vuestra a la nuestra se aventaja,[39] sino el saber que en vuestra tierra se usa la deshonestidad más libremente que en la nuestra.' Y volviéndose a Zoraida, teniéndole yo y otro cristiano de entrambos brazos asido porque algún desatino no hiciese, le dijo: '¡Oh, infame moza y mal aconsejada muchacha! ¿Adónde vas, ciega y desatinada, en poder destos perros, naturales enemigos nuestros? ¡Maldita sea la hora en que yo te engendré y malditos sean los regalos y deleites en que te he criado!' Pero viendo yo que llevaba término de no acabar tan presto,[40] di priesa a ponelle en tierra, y desde allí, a voces, prosiguió en sus maldiciones y lamentos, rogando a Mahoma rogase a Alá[41] que nos 'destruyese, confundiese° y acabase. Y cuando, por habernos 'hecho a la vela,° no podimos oír sus palabras, vimos sus obras, que eran arrancarse las barbas, mesarse° los cabellos y arrastrarse° por el suelo, mas una vez esforzó° la voz de tal manera, que podimos entender que decía: '¡Vuelve, amada hija, vuelve a tierra, que todo te lo perdono. Entrega a esos hombres ese dinero que ya es suyo, y vuelve a consolar a este triste padre tuyo que en esta desierta arena dejará la vida, si tú le dejas!'

°destroy, confound; set sail; tearing out writhing, exerted

"Todo lo cual escuchaba Zoraida, y todo lo sentía y lloraba, y no supo decirle ni respondelle palabra, sino: '¡Plega a Alá, padre mío, que Lela Marién, que ha sido la causa de que yo sea cristiana, ella te consuele en tu tristeza! Alá sabe bien que no pude hacer otra cosa de la que he hecho, y que estos cristianos no deben nada a mi voluntad, pues aunque quisiera no venir con ellos y quedarme en mi casa, me fuera imposible, según la priesa que me daba mi alma a poner por obra esta° que a mí me parece tan buena como tú, padre amado, la juzgas por mala.' Esto dijo a tiempo que ni su padre la oía, ni nosotros ya le veíamos. Y así consolando yo a Zoraida, atendimos todos a nuestro viaje, el cual nos le facilitaba el proprio° viento, de tal manera que bien tuvimos por cierto de vernos otro día al amanecer en las riberas de España.[42]

°esta *cosa*

°itself

"Mas como pocas veces, o nunca, viene el bien puro y sencillo, sin ser acompañado o seguido de algún mal que le turbe o sobresalte, quiso nuestra ventura, o quizá las maldiciones que el moro a su hija había echado (que siempre se han de temer de cualquier padre que sean), quiso, digo, que estando ya engolfados,° y siendo ya casi pasadas tres horas de la noche, yendo 'con la vela tendida de alto baja,° frenillados[43] los remos porque el próspero viento nos quitaba del trabajo de haberlos menester, con la luz de la luna que claramente resplandecía,° vimos cerca de noso-

°on the high sea at full sail

°shone

---

39 **Ni pensáis...** *don't think that her understanding that your religion is better than ours has moved her to change* [religions]

40 **Llevaba término...** *it looked like he was not going to finish so soon*

41 **Rogando a...** *praying to Muhammad to pray to Allah*

42 It would be about 240 kms. from the African coast to the nearest Spanish shore. At eight knots an hour they would be able to make it in a single day.

43 **Frenillado** means that the oars are in position, but with the handles tied down so that the blades are above the surface of the water.

tros un bajel redondo,[44] que, con todas las velas tendidas, llevando un poco
a orza el timón,[45] delante de nosotros atravesaba, y esto tan cerca, que nos
fue forzoso amainar° por no embestirle, y ellos, asimesmo, 'hicieron fuerza   take in sails
de timón° para darnos lugar que pasásemos.   turned hard

5   "Habíanse puesto 'a bordo° del bajel a preguntarnos quién éramos y   alongside
adónde navegábamos y de dónde veníamos, pero por preguntarnos esto
en lengua francesa, dijo nuestro renegado: 'Ninguno responda, porque
éstos sin duda son cosarios franceses que 'hacen a toda ropa.'° Por este   rob everything
advertimiento° ninguno respondió palabra, y habiendo pasado un poco   warning
10   delante, que ya el bajel quedaba 'a sotavento,° de improviso soltaron° dos   downwind, they fired
piezas de artillería, y a lo que parecía, ambas venían con cadenas,[46] porque
con una cortaron nuestro árbol por
medio y dieron con él y con la vela
en la mar, y al momento disparando
15   otra pieza, vino a dar la bala[47] en mitad de nuestra barca, de modo que la
abrió toda sin hacer otro mal alguno. Pero como nosotros nos vimos 'ir
a fondo,° comenzamos todos a grandes voces a pedir socorro° y a rogar   sinking, help
a los del bajel que 'nos acogiesen,° porque nos anegábamos. Amainaron   take us in
20   entonces, y echando el esquife° o barca a la mar, entraron en él hasta doce   skiff
franceses, bien armados, con sus arcabuces y cuerdas encendidas.[48] Y así
llegaron junto al nuestro, y viendo cuán pocos éramos, y como el bajel 'se
hundía,° nos recogieron, diciendo que por haber usado de la descortesía°   was sinking, rudeness
de no respondelles nos había sucedido aquello.
25   "Nuestro renegado tomó el cofre de las riquezas de Zoraida, y dio con
él en la mar, sin que ninguno echase de ver en lo que hacía. En resolución,
todos pasamos con los franceses, los cuales, después de haberse informado
de todo aquello que de nosotros saber quisieron, como si fueran nuestros
capitales° enemigos, nos despojaron de todo cuanto teníamos, y a Zoraida   principal
30   le quitaron hasta los carcajes que traía en los pies. Pero no me daba a mí
tanta pesadumbre la que a Zoraida daban, como me la daba el temor que
tenía de que habían de pasar del quitar de las riquísimas y preciosísimas
joyas al quitar de la joya que más valía y ella más estimaba.[49] Pero los deseos de aquella gente no se estienden a más que al dinero, y desto jamás
35   se vee harta su codicia,° lo cual entonces llegó a tanto, que aun hasta los   greed

---

44 A **bajel redondo** had square sails, not triangular shaped ones.

45 **Llevando un...** *adjusting the rudder to put the prow a bit into the wind*

46 The cannons were loaded with chain shot—two half cannonballs connected by a chain. When fired, they separate, and the chain does the damage. It
was used precisely for destroying riggings on ships.

47 The text originally read **vela**, seemingly an obvious error for **vala (= bala)**
cannonball.

48 **Cuerdas encendidas** *lighted wicks,* i.e. with which to fire the muskets

49 **Pero no...** *but the distress that they caused her didn't affect me as much as the
fear I had that they would go from taking her richest and most precious jewels to taking
the jewel that was most valuable to her and the one that she esteemed the most*

veſtidos de cautivos nos quitaran si de algún provecho les fueran. Y hubo parecer entre ellos de que a todos nos arrojasen a la mar envueltos en una vela, porque tenían intención de tratar° en algunos puertos de España con nombre de que eran bretones,[50] y si nos llevaban vivos serían caſtigados, siendo descubierto su hurto.

     to trade

"Mas el capitán, que era el que había despojado a mi querida Zoraida, dijo que él se contentaba con la presa° que tenía, y que no quería tocar en ningún puerto de España, sino pasar el eſtrecho° de Gibraltar de noche, o como pudiese, y irse a La Rochela,[51] de donde había salido. Y así tomaron por acuerdo de darnos el esquife de su navío y todo lo necesario para la corta navegación que nos quedaba, como lo hicieron otro día, ya a viſta de tierra de España, con la cual viſta todas nueſtras pesadumbres y pobrezas se nos olvidaron de todo punto, como si no hubieran pasado por nosotros:[52] tanto es el guſto de alcanzar la libertad perdida.

     prize

     straits

     kegs

"Cerca de mediodía podría ser cuando nos echaron en la barca, dándonos dos barriles de agua y algún bizcocho, y el capitán, movido no sé de qué misericordia, al embarcarse la hermosísima Zoraida, le dio haſta cuarenta escudos de oro, y no consintió que le quitasen sus soldados eſtos mesmos veſtidos que ahora tiene pueſtos. Entramos en el bajel, dímosles las gracias por el bien que nos hacían, moſtrándonos más agradecidos que quejosos.° Ellos 'se hicieron a lo largo° siguiendo la derrota del eſtrecho. Nosotros, sin mirar a otro norte que a la tierra que se nos moſtraba delante, nos dimos tanta priesa a bogar, que al poner del sol eſtábamos tan cerca, que bien pudiéramos, a nueſtro parecer, llegar antes que fuera muy noche. Pero por no parecer en aquella noche la luna y el cielo moſtrarse escuro,[53] y por ignorar el paraje en que eſtábamos, no nos pareció cosa segura 'embeſtir en tierra,° como a muchos de nosotros les parecía, diciendo que diésemos en ella, aunque fuese en unas peñas y lejos de poblado, porque así aseguraríamos° el temor que de razón se debía tener que por allí anduviesen bajeles de cosarios de Tetuán, los cuales anochecen en Berbería y amanecen en las coſtas de España,[54] y hacen de ordinario presa,[55] y se vuelven a dormir a sus casas. Pero de los contrarios pareceres el que se tomó fue que nos llegásemos poco a poco y que si el sosiego del mar lo concediese, desembarcásemos donde pudiésemos.

     angry, went out to sea

     to land

     would calm

"Hízose así, y poco antes de la media noche sería cuando llegamos al pie de una disformísima y alta montaña, no tan junto al mar que no concediese un poco de espacio para poder desembarcar cómodamente. Embeſtimos en la arena, salimos a tierra, besamos el suelo, y con lágrimas

---

   50 Bretons are the French who live in Brittany in northwestern France.

   51 La Rochelle is a port city in southwestern France, an independent republic at that time (until 1628), and a hangout for pirates.

   52 **Como si no...** *as if we had never had them* [**pesadumbres** and **pobrezas**]

   53 **Pero por...** *but since there was no moon that night and the sky was dark*

   54 **Anochecen en...** *leave Barbary at nightfall and arrive at the coast of Spain at daybreak*

   55 That is, **de ordinario hacen presa**

de muy alegrísimo contento dimos todos gracias a Dios, Señor Nuestro,
por el bien tan incomparable que nos había hecho. Sacamos de la barca
los baſtimentos que tenía, tirámosla en tierra, y subímonos un grandísimo
trecho en la montaña, porque aun allí eſtábamos y aun no podíamos asegurar el pecho, ni acabábamos de creer que era tierra de criſtianos la que
ya nos soſtenía.[56] Amaneció más tarde, a mi parecer, de lo que quisiéramos.
Acabamos de subir toda la montaña por ver si desde allí algún poblado 'se
descubría,° o algunas cabañas° de paſtores, pero aunque más tendimos la   was seen, huts
viſta, ni poblado, ni persona, ni senda, ni camino descubrimos.

"Con todo eſto determinamos de entrarnos la tierra adentro, pues no
podría ser menos sino que preſto descubriésemos quien nos diese noticia
della. Pero lo que a mí más me fatigaba era el ver ir a pie a Zoraida por
aquellas asperezas, que, pueſto que alguna vez la puse sobre mis hom-
bros, mas le cansaba° a ella mi cansancio que la reposaba su reposo, y así   bothered
nunca más quiso que yo aquel trabajo tomase. Y con mucha paciencia y
mueſtras de alegría, llevándola yo siempre de la mano, poco menos de
un cuarto de legua debíamos de haber andado, cuando llegó a nueſtros
oídos el son de una pequeña esquila,° señal clara que por allí cerca había   cowbell
ganado, y mirando todos con atención si alguno se parecía, vimos al pie de
un alcornoque un paſtor mozo, que con grande reposo y descuido eſtaba
labrando° un palo con un cuchillo. Dimos voces, y él, alzando la cabeza,   whittling
se puso ligeramente en pie, y a lo que después supimos, los primeros que
a la viſta se le ofrecieron fueron el renegado y Zoraida, y como él los vio
en hábito de moros, pensó que todos los de la Berbería eſtaban sobre él,
y metiéndose con eſtraña ligereza por el bosque adelante, comenzó a dar
los mayores gritos del mundo, diciendo: '¡Moros, moros hay en la tierra!
¡Moros, moros! ¡Arma, arma!'

"Con eſtas voces quedamos todos confusos, y no sabíamos qué hacernos, pero considerando que las voces del paſtor habían de alborotar la
tierra, y que la caballería de la coſta[57] había de venir luego a ver lo que era,
acordamos que el renegado 'se desnudase° las ropas de turco y se viſtiese un   take off
gilecuelco° o casaca° de cautivo que uno de nosotros le dio luego, aunque   jacket, coat
se quedó en camisa. Y así encomendándonos a Dios, fuimos por el mismo
camino que vimos que el paſtor llevaba, esperando siempre cuándo había
de dar sobre nosotros la caballería de la coſta. Y no nos engañó nueſtro
pensamiento, porque aun no habrían pasado dos horas, cuando, habiendo
ya salido de aquellas malezas a un llano, descubrimos haſta cincuenta
caballeros que con gran ligereza, 'corriendo a media rienda,° a nosotros se   cantering
venían, y así como los vimos nos eſtuvimos quedos aguardándolos. Pero
como ellos llegaron y vieron, en lugar de los moros que buscaban, tanto
pobre criſtiano, quedaron confusos, y uno dellos nos preguntó si éramos
nosotros acaso la ocasión porque un paſtor había apellidado al arma. 'Sí,'

---

56 **Aun no…** *we couldn't assure our hearts nor did we finally believe that it was
Christian ground on which we were standing*

57 This was a coastal militia to deal with attacks by Turks.

dije yo, y queriendo comenzar a decirle mi suceso, y de dónde veníamos, y quién éramos, uno de los cristianos que con nosotros venían conoció al jinete° que nos había hecho la pregunta, y dijo sin dejarme a mí decir   *horseman*
más palabra: 'Gracias sean dadas a Dios, señores, que a tan buena parte nos ha conducido, porque si yo no me engaño, la tierra que pisamos es la de Vélez Malaga,[58] si ya los años de mi cautiverio no me han quitado de la memoria el acordarme que vos, señor, que nos preguntáis quién somos, sois Pedro de Bustamante, tío mío.'

"Apenas hubo dicho esto el cristiano cautivo, cuando el jinete se arrojó del caballo y vino a abrazar al mozo, diciéndole: 'Sobrino de mi alma y de mi vida. Ya te conozco, y ya te he llorado por muerto yo, y mi hermana, tu madre, y todos los tuyos, que aún viven, y Dios ha sido servido de darles vida para que gocen el placer de verte. Ya sabíamos que estabas en Argel, y por las señales y muestras de tus vestidos y la de todos los desta compañía, comprendo que habéis tenido milagrosa libertad.' 'Así es,' respondió el mozo, 'y tiempo nos quedará para contároslo todo.' Luego que los jinetes entendieron que éramos cristianos cautivos, se apearon de sus caballos, y cada uno nos convidaba con el suyo[59] para llevarnos a la ciudad de Vélez Málaga, que legua y media de allí estaba. Algunos dellos volvieron a llevar la barca a la ciudad, diciéndoles dónde la habíamos dejado. Otros nos subieron a las ancas,[60] y Zoraida fue en las del caballo del tío del cristiano.

"Saliónos a recebir todo el pueblo, que ya de alguno que 'se había adelantado° sabían la nueva de nuestra venida. No se admiraban de ver   *had gone ahead*
cautivos libres, ni moros cautivos, porque toda la gente de aquella costa está hecha° a ver a los unos y a los otros, pero admirábanse de la hermo-   *accustomed*
sura de Zoraida, la cual en aquel instante y sazón estaba 'en su punto,°   *at its greatest*
ansí con el cansancio del camino como con la alegría de verse ya en tierra de cristianos, sin sobresalto de perderse, y esto le había sacado al rostro tales colores, que si no es que la afición entonces me engañaba, osaré decir que más hermosa criatura no había en el mundo, a lo menos, que yo la hubiese visto.

"Fuimos derechos° a la iglesia a dar gracias a Dios por la merced   *directly*
recebida, y así como en ella entró Zoraida, dijo que allí había rostros que se parecían a los de Lela Marién. Dijímosle que eran imágenes suyas, y   *statues*
como mejor se pudo, le dió el renegado a entender lo que significaban, para que ella las adorase como si verdaderamente fueran cada una dellas la misma Lela Marién que la había hablado. Ella, que tiene buen entendimiento y un natural° fácil y claro, entendió luego cuanto acerca de   *instinct*
las imágenes se le dijo. Desde allí nos llevaron y repartieron° a todos en   *distributed*
diferentes casas del pueblo, pero al renegado, Zoraida y a mí nos llevó el

---

58 A small city (now with 25,000 inhabitants) slightly inland and about 30 kms. east of Málaga.

59 That is, they invited the captives to share their horses.

60 **Otros nos...** *others lifted us to the cruppers*

cristiano que vino con nosotros, y en casa de sus padres, que mediana-
mente° eran acomodados de los bienes de fortuna, y nos regalaron con   moderately
tanto amor como a su mismo hijo.

"Seis días estuvimos en Vélez, al cabo de los cuales el renegado, hecha
5   su información de cuanto le convenía,⁶¹ se fue a la ciudad de Granada a
reducirse por medio de la Santa Inquisición al gremio santísimo de la
Iglesia. Los demás cristianos libertados se fueron cada uno donde mejor
le pareció. Solos quedamos Zoraida y yo con solos los escudos que la
cortesía del francés le dio a Zoraida, de los cuales compré este animal
10   en que ella viene, y sirviéndola yo hasta agora de padre y escudero, y no
de esposo, vamos con intención de ver si mi padre es vivo, o si alguno de
mis hermanos ha tenido más próspera ventura que la mía, puesto que por
haberme hecho el cielo compañero de Zoraida, me parece que ninguna
otra suerte me pudiera venir, por buena que fuera, que más la estimara.
15   La paciencia con que Zoraida lleva las incomodidades que la pobreza trae
consigo y el deseo que muestra tener de verse ya cristiana es tanto y tal,
que me admira y me mueve a servirla todo el tiempo de mi vida, puesto
que el gusto que tengo de verme suyo y de que ella sea mía me le turba y
deshace no saber si hallaré en mi tierra algún rincón donde recogella, y si
20   habrán hecho el tiempo y la muerte tal mudanza en la hacienda y vida de
mi padre y hermanos, que apenas halle quien me conozca, si ellos faltan.

"No tengo más, señores, que deciros de mi historia, la cual si es agradable y peregrina, júzguenlo vuestros buenos entendimientos, que de mí
sé decir que quisiera habérosla contado más brevemente, puesto que el
25   temor de enfadaros más de cuatro circustancias° me ha quitado de la len-   incidents
gua."

Capítulo XLII. Que trata de lo que más sucedió en la venta y de otras muchas cosas dignas de saberse.

ALLÓ EN diciendo esto el cautivo, a quien don Fernando dijo:
30   "Por cierto,° señor capitán, el modo con que habéis contado este   indeed
estraño suceso ha sido tal que iguala a la novedad° y estrañeza del   novelty
mesmo caso. Todo es peregrino y raro y lleno de accidentes° que maravi-   incidents
llan° y suspenden° a quien los oye. Y es de tal manera el gusto que hemos   astonish, amaze
recebido en escuchalle que, aunque nos hallara el día de mañana entre-
35   tenidos° en el mesmo cuento, holgáramos que de nuevo se comenzara."   occupied
Y en diciendo esto, don Antonioᴵ y todos los demás se le ofrecieron

---

61 **Hecha su...** *having learned what he was supposed to do*
1   Thus in the first edition. This seemingly "has to be" either Cardenio or
don Fernando. Since the name is preceded by **don**, some editors, like Gaos and
Fitzmaurice-Kelly, opt for don Fernando; others, like Schevill-Bonilla, change
this to Cardenio, since both names end in **-io.** You can ponder the paradox, or the
mistake, and come to your own conclusion.

con todo lo a ellos posible para servirle,[2] con palabras y razones tan amorosas y tan verdaderas,° que el capitán se tuvo por bien satisfecho de sus   sincere
voluntades.° Especialmente le ofreció don Fernando que si quería volver-   good will
se con él, que él haría que el marqués,° su hermano, fuese padrino° del   marquis, godfather
bautismo° de Zoraida, y que él, por su parte, le acomodaría de manera que   baptism
pudiese entrar en su tierra con el autoridad° y cómodo° que a su persona   credit, dignity
se debía. Todo lo agradeció cortesísimamente el cautivo, pero no quiso
acetar ninguno de sus liberales ofrecimientos.

En esto llegaba ya la noche, y al cerrar della, llegó a la venta un coche,
con algunos hombres de a caballo. Pidieron posada, a quien la ventera
respondió que no había en toda la venta un palmo desocupado.°   unoccupied

"Pues aunque eso sea," dijo uno de los de a caballo que habían entrado, "no ha de faltar para el señor oidor° que aquí viene."   judge

A este nombre se turbó la güéspeda,° y dijo: "Señor, lo que en ello   inkeeper's wife
hay es que no tengo camas. Si es que su merced del señor oidor la trae,
que sí debe de traer, entre en buen hora; que yo y mi marido nos saldremos de nuestro aposento por acomodar a su merced."

"'Sea en buen hora,°'" dijo el escudero.   that's fine

Pero a este tiempo ya había salido del coche un hombre que, en el
traje mostró luego el oficio y cargo que tenía, porque la ropa luenga, con
las mangas arrocadas,° que vestía, 'mostraron ser° oidor, como su criado   turned-up, showed he
había dicho. Traía de la mano a una doncella, al parecer de hasta diez y   was
seis años, vestida de camino, tan bizarra,° tan hermosa y tan gallarda,°   elegant, charming
que a todos puso en admiración su vista, de suerte que a no haber visto
a Dorotea y a Luscinda y Zoraida, que en la venta estaban, creyeran que
otra tal hermosura como la desta doncella difícilmente pudiera hallarse.
Hallóse° don Quijote al entrar del oidor y de la doncella, y así como le   was present
vio, dijo: "Seguramente puede vuestra merced entrar y espaciarse° en este   relax
castillo, que aunque es estrecho y mal acomodado, no hay estrecheza ni
incomodidad° en el mundo que no dé lugar a las armas y a las letras, y   lack of comfort
más si las armas y letras traen por guía y adalid° a la fermosura, como la   leader
traen las letras de vuestra merced en esta fermosa doncella, a quien deben
no sólo abrirse y manifestarse° los castillos, sino apartarse los riscos, y de- make themselves
vidirse y abajarse las montañas, para dalle acogida.[3] Entre vuestra merced, known
digo, en este paraíso:° que aquí hallará estrellas y soles que acompañen el   paradise
cielo que vuestra merced trae consigo: aquí hallará las armas en su punto
y la hermosura en su estremo."

Admirado quedó el oidor del razonamiento de don Quijote, a quien
se puso a mirar muy de propósito. Y no menos le admiraba su talle que
sus palabras, y sin hallar ningunas con que respondelle, se tornó a admirar
de nuevo cuando vio delante de sí a Luscinda, Dorotea y a Zoraida, que, a
las nuevas de los nuevos güéspedes y a las que la ventera les había dado de

---

2 **Se le...** *offered to serve them in whatever ways they could*

3 **Sino apartarse...** *but also cliffs ought to split and mountains bow down to
welcome her*

la hermosura de la doncella, habían venido a verla y a recebirla.⁴ Pero don
Fernando, Cardenio y el cura le hicieron 'más llanos° y más cortesanos   plainer
ofrecimientos. En efecto, el señor oidor entró confuso, así de lo que veía
como de lo que escuchaba, y las hermosas de la venta dieron la bienllega-
da° a la hermosa doncella.   welcome

En resolución, bien echó de ver el oidor que era gente principal toda
la que allí estaba. Pero el talle, visaje° y la apostura de don Quijote le   facial expression
desatinaba.° Y habiendo pasado entre todos corteses ofrecimientos y tan-   bewildered
teado° la comodidad de la venta, se ordenó lo que antes estaba ordenado: examined
que todas las mujeres se entrasen en el camaranchón ya referido, y que
los hombres se quedasen fuera, como en su guarda. Y así fue contento el
oidor que su hija, que era la doncella, se fuese con aquellas señoras, lo que
ella hizo de muy buena gana. Y con parte de la estrecha cama del ventero,
y con la mitad de la que el oidor traía, se acomodaron aquella noche mejor
de lo que pensaban.

El cautivo, que desde el punto que vio al oidor, le dio saltos el cora-
zón⁵ y barruntos de que aquél era su hermano, preguntó a uno de los cria-
dos que con él venían 'que cómo° se llamaba y si sabía de qué tierra era. El   **cómo**
criado le respondió que se llamaba el licenciado Juan Pérez de Viedma, y
que 'había oído decir° que era de un lugar de las montañas de León. Con   he had heard
esta relación, y con lo que él había visto, se acabó de confirmar de que
aquél era su hermano, que había seguido las letras por consejo de su padre.
Y alborotado y contento, llamando aparte a don Fernando, a Cardenio y
al cura, les contó lo que pasaba, certificándoles° que aquel oidor era su   assuring
hermano. Habíale dicho también el criado como iba proveído° por oidor   appointed
a las Indias, en la Audiencia° de México. Supo también como aquella   court
doncella era su hija, de cuyo parto había muerto su madre, y que él había
quedado muy rico con el dote que con la hija se le quedó en casa. Pidióles
consejo qué modo tendría para descubrirse, o para conocer° primero si,   learn
después de descubierto, su hermano, por verle pobre, 'se afrentaba,° o le   would be ashamed
recebía con buenas entrañas.

"Déjeseme a mí el hacer esa experiencia," dijo el cura, "cuanto más
que no hay pensar sino que vos,⁶ señor capitán, seréis muy bien recebido,
porque el valor y prudencia que en su buen parecer descubre vuestro her-
mano⁷ no da indicios de ser arrogante, ni desconocido,° ni que no ha de   unfeeling
saber poner los casos de la fortuna 'en su punto.°"   in perspective

"Con todo eso," dijo el capitán, "yo querría, no de improviso, sino 'por
rodeos,° dármele a conocer."   in a roundabout way

"Ya os digo," respondió el cura, "que 'yo lo trazaré° de modo que to-   I will detail it

---

4 **A las...** *with the news about the new guests and what the innkeeper's wife
had told them about the beauty of the young woman, they had come to see and greet her*

5 **Le dio...** *his heart skipped beats*

6 **No hay...** *there's no reason to think other than that you*

7 **El valor...** *the worth and wisdom which is seen in your brother's good
appearance*

"No hay estrecheza ni incomodidad en el mundo que
no dé lugar a las armas y a las letras."

dos quedemos satisfechos."

Ya, en esto, estaba aderezada la cena, y todos se sentaron a la mesa, eceto el cautivo y las señoras, que cenaron de por sí en su aposento. En la mitad de la cena, dijo el cura: "Del mesmo nombre de vuestra merced, señor oidor, tuve yo una camarada en Costantinopla, donde estuve cautivo algunos años. La cual camarada era uno de los valientes soldados y capitanes que había en toda la infantería española. Pero tanto cuanto tenía de esforzado y valeroso tenía de desdichado."

"Y ¿cómo se llamaba ese capitán, señor mío?" preguntó el oidor.

"Llamábase," respondió el cura, "Ruy Pérez de Viedma, y era natural de un lugar de las montañas de León. El cual me contó un caso° que a   incident
su padre con sus hermanos le había sucedido, que, a no contármelo un hombre tan verdadero como él, lo tuviera por conseja,° de aquellas que   old wives' tale
las viejas cuentan el invierno al fuego. Porque me dijo que su padre había dividido su hacienda entre tres hijos que tenía, y les había dado ciertos consejos, mejores que los de Catón. Y sé yo decir que el que él escogió de venir a la guerra le había sucedido tan bien, que en pocos años, por su valor y esfuerzo, sin otro brazo que el de su mucha virtud, subió a ser capitán de infantería, y a verse en camino y predicamento° de ser presto   prestige
'maestre de campo.° Pero fuele la fortuna contraria, pues donde la pudiera   regiment commander
esperar y tener buena, allí la perdió con perder la libertad, en la felicísima jornada donde tantos la° cobraron, que fue en la batalla de Lepanto. Yo   i.e., **libertad**
la perdí en La Goleta, y después, por diferentes sucesos, nos hallamos camaradas en Costantinopla. Desde allí vino a Argel, donde sé que le sucedió uno de los más estraños casos que en el mundo han sucedido."

De aquí fue prosiguiendo el cura, y con brevedad sucinta° contó lo   concise
que con Zoraida a su hermano había sucedido. A todo lo cual estaba tan atento el oidor, que ninguna vez había sido tan oidor° como entonces.   i.e., *listener*
Sólo llegó el cura al punto de cuando los franceses despojaron a los cristianos que en la barca venían, y la pobreza y necesidad en que su camarada y la hermosa mora habían quedado, de los cuales no había sabido en qué habían parado,[8] ni si habían llegado a España, o llevádolos los franceses a Francia.[9] Todo lo que el cura decía estaba escuchando algo de allí desviado° el capitán, y notaba todos los movimientos que su hermano   to one side
hacía. El cual, viendo que ya el cura había llegado al fin de su cuento, dando un grande suspiro y llenándosele los ojos de agua,° dijo: "¡Oh,   i.e., tears
señor, si supiésedes las nuevas que me habéis contado, y cómo me tocan tan en parte,[10] que me es forzoso dar muestras dello con estas lágrimas que, contra toda mi discreción y recato,° me salen por los ojos! Ese ca-   reserve
pitán tan valeroso que decís es mi mayor hermano, el cual, como más fuerte y de más altos pensamientos que yo ni otro hermano menor mío, escogió el honroso y digno ejercicio de la guerra, que fue uno de los tres

---

8 **En qué...** *what had happened to them*
9 **Llevádolos...** [if] *the French* [had] *taken them to France*
10 **Cómo me...** *how deeply it touches me*

caminos que nueſtro padre nos propuso, según os dijo vueſtra camarada en la conseja que—a vueſtro parecer—le oíſtes.[11] Yo seguí el de las letras, en las cuales Dios y mi diligencia me han pueſto en el grado que me veis. Mi menor hermano eſtá en el Pirú,[12] tan rico, que con lo que ha enviado a mi padre y a mí ha satisfecho bien la parte que él se llevó, y aun dado a las manos de mi padre con que poder hartar su liberalidad natural.[13] Y yo, ansimesmo, he podido con más decencia y autoridad tratarme° en mis eſtudios y llegar al pueſto° en que me veo. Vive aún mi padre, muriendo con el deseo de 'saber de° su hijo mayor, y pide a Dios con continuas oraciones no cierre la muerte sus ojos haſta que él vea con vida a los° de su hijo. Del cual me maravillo, siendo tan discreto, como en tantos trabajos y afliciones o prósperos sucesos se haya descuidado de dar noticia de sí a su padre, que si él lo supiera, o alguno de nosotros, no tuviera necesidad de aguardar al milagro de la caña para alcanzar su rescate. Pero de lo que yo agora me temo es de pensar si aquellos franceses le habrán dado libertad, o le habrán muerto por encubrir su hurto. Eſto todo será que yo prosiga mi viaje, no con aquel contento con que le comencé, sino con toda melancolía y triſteza. ¡Oh, buen hermano mío, y quién° supiera agora donde eſtabas, que yo te fuera a buscar y a librar de tus trabajos, aunque fuera a coſta de los míos! ¡Oh, quién llevara nuevas a nueſtro viejo padre de que tenías vida, aunque eſtuvieras en las mazmorras° más escondidas de Berbería, que de allí te sacaran sus riquezas, las de mi hermano y las mías! ¡Oh, Zoraida hermosa y liberal, quién pudiera pagar° el bien que a un hermano hiciſte, quién pudiera hallarse 'al renacer de tu alma,° y a las bodas, que tanto guſto a todos nos dieran!"

Éſtas y otras semejantes palabras decía el oidor, lleno de tanta compasión con las nuevas que de su hermano le habían dado, que todos los que le oían le acompañaban en dar mueſtras del sentimiento que tenían de su láſtima.° Viendo, pues, el cura, que tan bien había salido con su intención, y con lo que deseaba el capitán, no quiso tenerlos a todos más tiempo triſtes, y así se levantó de la mesa, y entrando donde eſtaba Zoraida, la tomó por la mano, y tras ella se vinieron Luscinda, Dorotea y la hija del oidor. Eſtaba esperando el capitán a ver lo que el cura quería hacer, que fue que, tomándole a él asimesmo de la otra mano, con entrambos a dos, se fue donde el oidor y los demás caballeros eſtaban, y dijo: "Cesen, señor oidor, vueſtras lágrimas, y cólmese vueſtro deseo de todo el bien que acertare a desearse,[14] pues tenéis delante a vueſtro buen hermano, y a vueſtra buena cuñada. Eſte que aquí veis es el capitán Viedma, y éſta la hermosa mora que tanto bien le hizo. Los franceses que os dije los

---

11 **La conseja...** *the old wives tale—in your opinion—that you heard from him*

12 Perú, of course, but at that time Pirú was a common variant.

13 **Y aun...** *and* [has] *even given into my father's hands enough to satisfy his natural generosity*

14 **Cólmese...** *may your desire for all the goodness that you could possibly want be fulfilled*

pusieron en la eſtrecheza que veis, para que vos moſtréis la liberalidad de vueſtro buen pecho."[15]

Acudió el capitán a abrazar a su hermano, y él le puso ambas manos en los pechos, por mirarle 'algo más apartado.° Mas cuando le acabó de conocer, le abrazó tan eſtrechamente, derramando tan tiernas lágrimas de contento, que los más de los que presentes eſtaban le hubieron de acompañar en ellas. Las palabras que entrambos hermanos se dijeron, los sentimientos que moſtraron, apenas creo que pueden pensarse, cuanto más escribirse.[16] Allí, en breves razones, se dieron cuenta de sus sucesos; allí moſtraron, pueſta en su punto, la buena amiſtad de dos hermanos; allí abrazó el oidor a Zoraida; allí la ofreció su hacienda; allí hizo que la abrazase su hija; allí la criſtiana hermosa y la mora hermosísima 'renovaron las lágrimas de todos.°

Allí don Quijote eſtaba atento sin hablar palabra, considerando estos tan eſtraños sucesos, atribuyéndolos todos a quimeras de la andante caballería. Allí concertaron que el capitán y Zoraida se volviesen con su hermano a Sevilla, y avisasen° a su padre de su hallazgo y libertad, para que, como° pudiese, viniese a hallarse en las bodas y bautismo de Zoraida, por no le ser al oidor posible dejar el camino que llevaba, a causa de tener nuevas que de allí a un mes 'partía flota° de Sevilla a la Nueva España,[17] y fuérale de grande incomodidad perder el viaje.

En resolución, todos quedaron contentos y alegres del buen suceso del cautivo, y como ya la noche iba casi en las dos partes de su jornada,[18] acordaron de recogerse° y reposar lo que de ella les quedaba. Don Quijote se ofreció a hacer la guardia del caſtillo, porque de algún gigante o otro mal andante follón no fuesen acometidos, codiciosos del gran tesoro de hermosura que en aquel caſtillo 'se encerraba.° Agradeciéronselo los que le conocían, y dieron al oidor cuenta del humor eſtraño de don Quijote, de que no poco guſto recibió.

Sólo Sancho Panza se desesperaba con la tardanza del recogimiento,° y sólo él se acomodó mejor que todos, echándose sobre los aparejos de su jumento, que le coſtaron tan caros,° como adelante se dirá.

Recogidas, pues las damas en su eſtancia,° y los demás acomodádose como menos mal pudieron, don Quijote se salió fuera de la venta a hacer la centinela del caſtillo, como lo había prometido. Sucedió, pues, que faltando poco por venir el alba, llegó a los oídos de las damas una voz tan entonada° y tan buena, que les obligó a que todas le preſtasen atento oído, especialmente Dorotea, que despierta eſtaba, a cuyo lado dormía doña Clara de Viedma, que ansí se llamaba la hija del oidor. Nadie podía imaginar quién era la persona que tan bien cantaba, y era una voz sola,

Marginal glosses:
at some distance
made everybody cry again
send news
if
the fleet would leave
to retire
was enclosed
"going to bed"
dearly
room
in tune

---

15 **Los franceses…** *The French I mentioned put them in the state of poverty that you see so that you might show the liberality of your kind heart*

16 **Apenas creo…** *I believe can hardly be imagined much less written down*

17 New Spain was the vice-royalty of Mexico.

18 **La noche…** *two thirds of the night was over*

sin que la acompañase instrumento alguno. Unas veces les parecía que cantaban en el patio, otras que en la caballeriza. Y estando en esta confusión muy atentas, llegó a la puerta del aposento Cardenio, y dijo: "Quien no duerme, escuche; que oirán una voz de un mozo de mulas, que de tal manera canta, que encanta."

"Ya lo oímos, señor," respondió Dorotea.

Y con esto se fue Cardenio, y Dorotea, poniendo toda la atención posible, entendió que lo que se cantaba era esto:

> Marinero° soy de amor,[19]   sailor
>   y en su piélago profundo
>   navego sin esperanza
>   de llegar a puerto alguno.
> Siguiendo voy a una estrella
>   que desde lejos descubro,
>   más bella y resplandeciente
>   que cuantas vio Palinuro.[20]
> Yo no sé adónde me guía,
>   y así navego confuso,
>   el alma a mirarla atenta,
>   cuidadosa y con descuido.[21]
> Recatos impertinentes,
>   honestidad contra el uso,
>   son nubes que me la encubren
>   cuando más verla procuro.
> ¡Oh, clara y luciente estrella,
>   en cuya lumbre 'me apuro!°   I hurry
>   al punto que te me encubras,
>   será de mi muerte el punto.

Llegando el que cantaba a este punto, le pareció a Dorotea que no sería bien que dejase Clara de oír una tan buena voz, y así moviéndola a una y a otra parte, la despertó, diciéndole: "Perdóname, niña, que te despierto, pues lo hago porque gustes de oír la mejor voz que quizá habrás oído en toda tu vida."

Clara despertó toda soñolienta,° y de la primera vez no entendió lo   drowsy
que Dorotea le decía, y volviéndoselo a preguntar ella, se lo volvió a decir, por lo cual estuvo atenta Clara. Pero apenas hubo oído dos versos, que el que cantaba iba prosiguiendo, cuando le tomó un temblor° tan estraño,   trembling
como si de algún grave accidente de cuartana° estuviera enferma, y abra-   intermittent fever
zándose estrechamente con Dorotea, le dijo: "¡Ay, señora de mi alma y de

---

19   Although this poem looks like it is in stanzas of four lines, it is really a romance, with even-numbered lines rhyming in **u – o**.

20   Palinurus was the helmsman of Æneas' boat in the *Æneid*.

21   The rhyme is imperfect since the word is stressed on the **i** and not on **u**.

mi vida! ¿Para qué me despertastes? Que el mayor bien que la fortuna me podía hacer por ahora era tenerme cerrados los ojos y los oídos, para no ver ni oír a ese desdichado músico."

"¿Qué es lo que dices, niña? Mira que dicen que el que canta es un mozo de mulas."

"No es sino señor de lugares," respondió Clara, "y el° que le tiene   **el** *lugar* en mi alma, con tanta seguridad, que si él no quiere dejalle, no le será quitado eternamente."

Admirada quedó Dorotea de las sentidas° razones de la muchacha,   heartfelt pareciéndole que se aventajaban en mucho a la discreción que sus pocos años prometían. Y así le dijo: "Habláis de modo, señora Clara, que no puedo entenderos. Declaraos más, y decidme qué es lo que decís de alma y de lugares y deste músico, cuya voz tan inquieta° os tiene. Pero no me   anxious digáis nada por ahora, que no quiero perder, por acudir a vuestro sobre-salto,° el gusto que recibo de oír al que canta—que me parece que con   distress nuevos versos y nuevo tono° torna a su canto.°"   song, singing

"Sea en buen hora," respondió Clara.

Y por no oílle, 'se tapó° con las manos entrambos oídos, de lo que   she covered también se admiró Dorotea, la cual, estando atenta a lo que se cantaba, vio que proseguían en esta manera:

> Dulce esperanza mía,[22]
>> que, rompiendo imposibles y malezas,
>> sigues firme la vía
>> que tú mesma te finges y aderezas,
>> no te desmaye el verte
>> a cada paso junto al de tu muerte.
> No alcanzan perezosos
>> honrados triunfos, ni vitoria alguna,
>> ni pueden ser dichosos
>> los que, no contrastando° a la fortuna,   resisting
>> entregan, desválidos°   destitute
>> al ocio blando todos los sentidos.
> Que amor sus glorias venda
>> caras, es gran razón y es trato justo;
>> pues no hay más rica prenda
>> que la que se quilata por su gusto,
>> y es cosa manifiesta
>> que no es de estima lo que poco cuesta.
> Amorosas porfías
>> tal vez alcanzan imposibles cosas,
>> y ansí, aunque con las mías
>> sigo de amor las más dificultosas,

---

22 This poetic form, with alternating lines of 7 and 11 syllables, is known as the **sexteto** or **lira**.

no por eso recelo
de no alcanzar desde la tierra el cielo.

Aquí dio fin la voz, y principio a nuevos sollozos Clara. Todo lo cual encendía el deseo de Dorotea, que deseaba saber la causa de tan suave canto y de tan triste lloro. Y así le volvió a preguntar qué era lo que le quería decir denantes. Entonces Clara, temerosa de que Luscinda no la oyese, abrazando estrechamente a Dorotea, puso su boca tan junto del oído de Dorotea, que seguramente podía hablar sin ser de otro sentida. Y así le dijo: "Este que canta, señora mía, es un hijo de un caballero, natural del reino de Aragón, señor de dos lugares, el cual vivía frontero de la casa de mi padre, en la corte.° Y aunque mi padre tenía las ventanas de su casa con lienzos° en el invierno y celosías en el verano, yo no sé lo que fue, ni lo que no,[23] que este caballero, que 'andaba al estudio,° me vio, ni sé si en la iglesia o en otra parte. Finalmente, él se enamoró de mí, y me lo dio a entender desde las ventanas de su casa, con tantas señas y con tantas lágrimas, que yo le hube de creer, y aun querer, sin saber lo que 'me quería.° Entre las señas que me hacía, era una de juntarse la una mano con la otra, dándome a entender que se casaría conmigo, y aunque yo me holgaría mucho de que ansí fuera, como° sola y sin madre, no sabía con quién comunicallo, y así lo dejé estar, sin dalle otro favor, si no era, cuando estaba mi padre fuera de casa y el suyo también, alzar un poco el lienzo, o la celosía, y dejarme ver toda, de lo que él hacía tanta fiesta,[24] que daba señales de volverse loco.

"Llegóse en esto el tiempo de la partida de mi padre, la cual él supo, y no de mí, pues nunca pude decírselo. 'Cayó malo,° a lo que yo entiendo, de pesadumbre, y así el día que nos partimos nunca pude verle para despedirme dél, siquiera° con los ojos. Pero a cabo de dos días que caminábamos, 'al entrar° de una posada° en un lugar una jornada de aquí, le vi a la puerta del mesón, puesto en hábito de mozo de mulas, tan al natural,[25] que si yo no le trujera tan retratado° en mi alma, fuera imposible conocelle. Conocíle, admiréme y alegréme. Él me miró 'a hurto de° mi padre, de quien él siempre se esconde cuando atraviesa por delante de mí en los caminos y en las posadas do llegamos. Y como yo sé quién es, y considero que por amor de mí viene a pie y con tanto trabajo, muérome de pesadumbre, y adonde él pone los pies, pongo yo los ojos. No sé con qué intención viene, ni cómo ha podido escaparse de su padre, que le quiere estraordinariamente, porque no tiene otro heredero y porque él lo merece, como lo verá vuestra merced cuando le vea. Y más le sé decir, que todo aquello que canta lo saca de su cabeza, que he oído decir que es muy gran estudiante y poeta. Y hay más: que cada vez que le veo o le oigo cantar, tiemblo toda y 'me sobresalto,° temerosa de que mi padre le

capital
curtains

was a student

wanted of me

since I was

he got sick

even
a la entrada, inn

etched
undetected by

I jump inside of me

---

23 **Yo no...** *I do not know how*
24 **De lo...** *which so pleased him*
25 **Tan al...** *so well disguised*

conozca y venga en conocimiento de nueſtros deseos. En mi vida[26] le he hablado palabra,° y con todo eso le quiero de manera que no he de poder vivir sin él. Eſto es, señora mía, todo lo que os puedo decir deſte músico, cuya voz tanto os ha contentado, que en sola ella echaréis bien de ver que no es mozo de mulas, como decís, sino señor de almas y lugares, como yo os he dicho."

    "No digáis más, señora doña Clara," dijo a eſta sazón Dorotea, y eſto, besándola mil veces. "No digáis más, digo, y esperad que venga el nuevo día, que yo espero en Dios de encaminar de manera vueſtros negocios, que tengan el felice fin[27] que tan honeſtos principios merecen."

    "¡Ay, señora!" dijo doña Clara, "¿qué fin se puede esperar,° si su padre es tan principal y tan rico que le parecerá que aun yo no puedo ser criada de su hijo, cuanto más esposa? Pues casarme yo a hurto de mi padre, no lo haré por cuanto hay en el mundo. No querría sino que eſte mozo se volviese y me dejase. Quizá con no velle y con la gran diſtancia del camino que llevamos se me aliviaría la pena que ahora llevo, aunque sé decir que eſte remedio que me imagino me ha de aprovechar bien poco.[28] No sé qué diablos ha sido eſto,[29] ni por dónde se ha entrado eſte amor que le tengo, siendo yo tan muchacha y él tan muchacho, que en verdad que creo que somos de una edad mesma, y que yo no tengo cumplidos diez y seis años, que para el día de San Miguel[30] que vendrá dice mi padre que los cumplo."

    No pudo dejar de reírse Dorotea oyendo cuán como niña hablaba doña Clara, a quien dijo: "Reposemos, señora, lo poco que creo queda de la noche, y «amanecerá Dios y medraremos»,[31] o mal me andarán las manos."

    Sosegáronse con eſto, y en toda la venta se guardaba un grande silencio. Solamente no dormían la hija de la ventera y Maritornes, su criada. Las cuales como ya sabían 'el humor de que pecaba° don Quijote, y que eſtaba fuera de la venta, armado y a caballo, haciendo la guarda, determinaron las dos de hacelle alguna burla, o, a lo menos, de pasar un poco el tiempo oyéndole sus disparates.

    Es, pues, el caso, que en toda la venta no había ventana que saliese al campo, sino un agujero° de un pajar, por donde echaban la paja por de fuera. A eſte agujero se pusieron las dos semidoncellas, y vieron que don Quijote eſtaba a caballo, recoſtado° sobre su lanzón, dando de cuando en cuando tan dolientes y profundos suspiros, que parecía que con cada uno se le arrancaba el alma. Y asimesmo, oyeron que decía con voz blanda, regalada° y amorosa: "¡Oh, mi señora Dulcinea del Toboso, eſtremo de toda hermosura, fin y remate de la discreción, archivo del mejor donaire,

one single word

expect

the mental dispositon of

opening

leaning

delicate

---

26 **En mi vida,** that is, ***never in my life.***
27 That is, **de manera que vuestros negocios tengan el felice fin…**
28 **Me ha…** *will be of little help to me*
29 **No sé…** *I don't know how the devil this has happened*
30 That is, the 29th of September.
31 Proverb: "Tomorrow is another day."

depósito de la honeſtidad, y últimadamente,° idea de todo lo provechoso, · · · finally
honeſto y deleitable° que hay en el mundo! Y ¿qué fará agora la tu mer- · · · delightful
ced? ¿Si tendrás, por ventura, las mientes en[32] tu cautivo caballero, que
a tantos peligros por sólo servirte de su voluntad ha querido ponerse?[33]
Dame tú nuevas della, ¡oh, 'luminaria de las tres caras!° quizá con envidia · · · moon
de la° suya la eſtás ahora mirando, que, o paseándose por alguna galería · · · **la *cara***
de sus suntuosos palacios, o ya 'pueſta de pechos° sobre algún balcón, · · · leaning
eſtá considerando cómo, salva° su honeſtidad y grandeza, ha de amansar° · · · with no detriment to,
la tormenta que por ella eſte mi cuitado° corazón padece, qué gloria ha · · · tame; afflicted
de dar a mis penas, qué sosiego a mi cuidado,° y finalmente, qué vida a · · · worry
mi muerte y qué premio° a mis servicios. Y tú, sol, que ya debes de eſtar · · · reward
apriesa ensillando tus caballos por madrugar y salir a ver a mi señora, así
como la veas, suplícote que de mi parte la saludes. Pero guárdate que al
verla y saludarla no le des paz en el roſtro,[34] que tendré más celos de ti que
tú los tuviſte de aquella ligera ingrata que tanto te hizo sudar y correr por
los llanos de Tesalia, o por las riberas de Peneo,[35] que no me acuerdo bien
por dónde corriſte entonces, celoso y enamorado."

A eſte punto llegaba entonces don Quijote en su tan laſtimero° · · · doleful
razonamiento, cuando la hija de la ventera le comenzó a cecear,° y a decirle: · · · beckon to him
"Señor mío, lléguese acá la vueſtra merced, si es servido."

A cuyas señas y voz volvió don Quijote la cabeza, y vio a la luz de la
luna, que entonces eſtaba en toda su claridad, como le llamaban del agujero que a él le pareció ventana, y aun con rejas doradas, como conviene
que las tengan tan ricos caſtillos como él se imaginaba que era aquella
venta. Y luego en el inſtante se le representó en su loca imaginación que
otra vez, como la pasada, la doncella fermosa, hija de la señora de aquel
caſtillo, vencida de su amor, tornaba a solicitarle, y con eſte pensamiento,
por no moſtrarse descortés y desagradecido, volvió las riendas a Rocinante y se llegó al agujero, y así como vio a las dos mozas, dijo: "Láſtima os
tengo, fermosa señora, de que hayades pueſto vueſtras amorosas mientes
en parte donde no es posible corresponderos conforme° merece vueſtro · · · as
gran valor y gentileza, de lo que no debéis dar culpa a eſte miserable andante caballero, a quien tiene amor imposibilitado de poder entregar su
voluntad a otra que aquella que en el punto que sus ojos la vieron,[36] la hizo
señora absoluta de su alma. Perdonadme, buena señora, y recogeos en
vueſtro aposento, y no queráis con significarme más vueſtros deseos que

---

32 **Tendrás, por...** *will you be thinking, perhaps, about*

33 **Que a...** *who of his free will has wanted to expose himself to these perils just to serve you?*

34 **Pero guárdate...** *but be careful when you see and greet her not to kiss her on her cheek*

35 Refers to Daphne, a nymph of the plains of Thessaly, daughter of the river god Peneius. Don Quijote is making up Apollo's jealousy, and that's why he can't remember what happens next.

36 **En el...** *as soon as his eyes saw her*

Y haciendo una lazada corrediza al cabestro, se la echó a la muñeca.

yo me muestre más desagradecido,[37] y si del amor que me tenéis halláis en mí otra cosa con que satisfaceros que el mismo amor no sea, pedídmela,[38] que yo os juro por aquella ausente enemiga dulce mía, de dárosla encontinente,° si bien me pidiésedes una guedeja de los cabellos de Medusa,[39] que eran todos culebras, o ya los mesmos rayos del sol, encerrados en una redoma." immediately

"No ha menester nada deso mi señora, señor caballero," dijo a este punto Maritornes.

"Pues ¿qué ha menester, discreta dueña, vuestra señora?" respondió don Quijote.

"Sola una de vuestras hermosas manos," dijo Maritornes, "por poder deshogar° con ella el gran deseo que a este agujero la ha traído, tan a peligro de su honor, que si su señor padre la hubiera sentido, la menor tajada della fuera la oreja."[40] give vent to

"Ya quisiera yo ver eso," respondió don Quijote, "pero él se guardará bien deso, si ya no quiere hacer el más desastrado° fin que padre hizo en el mundo, por haber puesto las manos en los delicados miembros de su enamorada hija." disastrous

Parecióle a Maritornes que sin duda don Quijote daría la mano que la habían pedido, y proponiendo en su pensamiento lo que había de hacer, se bajó del agujero y se fue a la caballeriza, donde tomó el cabestro del jumento de Sancho Panza, y con mucha presteza se volvió a su agujero, a tiempo que don Quijote se había puesto de pies sobre la silla de Rocinante, por alcanzar a la ventana enrejada° donde se imaginaba estar la ferida doncella, y al darle la mano, dijo: "Tomad, señora, esa mano, o por mejor decir, ese verdugo de los malhechores° del mundo. Tomad esa mano, digo, a quien no ha tocado otra° de mujer alguna, ni aun la de aquella que tiene entera posesión de todo mi cuerpo. No os la doy para que la beséis, sino para que miréis la contestura° de sus nervios,° la trabazón° de sus músculos, la anchura° y espaciosidad° de sus venas, de donde sacaréis que tal debe de ser la fuerza del brazo que tal mano tiene." grated evildoers **otra mano** structure, tendons, connections; breadth, capacity

"Ahora lo veremos," dijo Maritornes.

Y haciendo una 'lazada corrediza° al cabestro, se la echó a la muñeca, y bajándose del agujero, ató lo que quedaba al cerrojo° de la puerta del pajar muy fuertemente. Don Quijote, que sintió la aspereza° del cordel° en su muñeca, dijo: "Más parece que vuestra merced me ralla° que no que me regala° la mano. No la tratéis tan mal, pues ella° no tiene la culpa del mal que mi voluntad os hace, ni es bien que en tan poca parte venguéis el todo slip knot door latch roughness, cord is scraping caressing, i.e., my hand

---

37 **No queráis...** *don't reveal more of your desires to me so that I won't show myself more ungrateful*

38 **Si del...** *if you find in your love for me anything I can do for you, other than returning your love, just ask me for it*

39 Medusa, after her affair with Poseidon, had her hair turned to snakes. Anyone who looked at her head was turned to stone.

40 **La menor...** *the least slice from her would be her ear*

de vuestro enojo.⁴¹ Mirad que «quien quiere bien no se venga tan mal.»"

Pero todas estas razones de don Quijote ya no las escuchaba nadie, porque así como Maritornes le ató, ella y la otra se fueron, muertas de risa, y le dejaron asido de manera que fue imposible soltarse. Estaba, pues, como se ha dicho, de pies sobre Rocinante, metido todo el brazo por el agujero, y atado de la muñeca y al cerrojo de la puerta, con grandísimo temor y cuidado que si Rocinante 'se desviaba a un cabo o a otro,° había   moved a little bit
de quedar colgado del brazo. Y así no osaba hacer movimiento alguno, puesto que de la paciencia y quietud de Rocinante bien se podía esperar que estaría sin moverse un siglo entero.

En resolución, viéndose don Quijote atado, y que ya las damas se habían ido, se dio a imaginar que todo aquello se hacía por vía de encantamento, como la vez pasada, cuando en aquel mesmo castillo le molió aquel moro encantado del harriero, y maldecía entre sí su poca discreción y discurso, pues habiendo salido tan mal la vez primera de aquel castillo, se había aventurado a entrar en él la segunda, siendo advertimiento de caballeros andantes que, cuando han probado una aventura y no salido bien con ella, es señal que no está para ellos guardada, sino para otros, y así no tienen necesidad de probarla segunda vez. Con todo esto, tiraba de su brazo por ver si podía soltarse, mas él estaba tan bien asido, que todas sus pruebas fueron en vano. Bien es verdad que tiraba 'con tiento,° porque   delicately
Rocinante no se moviese, y aunque él quisiera sentarse y ponerse en la silla, no podía sino estar en pie, o arrancarse° la mano.   pull off

Allí fue el desear de la espada de Amadís,⁴² contra quien° no tenía   which
fuerza encantamento alguno; allí fue el maldecir de su fortuna; allí fue el exagerar la falta que haría en el mundo su presencia el tiempo que allí estuviese encantado, que sin duda alguna se había creído que lo estaba; allí el acordarse de nuevo de su querida Dulcinea del Toboso; allí fue el llamar a su buen escudero Sancho Panza, que, sepultado en sueño, y tendido sobre el albarda° de su jumento, no se acordaba en aquel instante de   packsaddle
la madre que lo había parido; allí llamó a los sabios Lirgandeo y Alquife,⁴³ que le ayudasen; allí invocó a su buena amiga Urganda, que le socorriese, y finalmente, allí le tomó la mañana, tan desesperado y confuso, que bramaba° como un toro, porque no esperaba él que con el día se remediaría   was bellowing
su cuita, porque la tenía por eterna, teniéndose por encantado. Y hacíale creer esto ver que Rocinante poco ni mucho se movía, y creía que de aquella suerte, sin comer, ni beber, ni dormir, habían de estar él y su caballo hasta que aquel mal influjo° de las estrellas se pasase, o hasta que otro   influence
más sabio encantador le desencantase.

Pero engañóse mucho en su creencia,° porque apenas comenzó a   belief

---

41 **Ni es…** *it is not good for you to take out all your vengeance on such a small part*

42 **Allí fue…** *then is when he wanted Amadís' sword*

43 Lirgandeo is the chronicler, parallel with Cide Hamete, in the *Caballero del Febo*. Alquife was a magician in *Amadís de Gaula*.

amanecer, cuando llegaron a la venta cuatro hombres de a caballo, muy bien pueſtos y aderezados,° con sus escopetas sobre los arzones. Llamaron a la puerta de la venta, que aun eſtaba cerrada, con grandes golpes, lo cual viſto por don Quijote desde donde aun no dejaba de hacer la centinela, con voz arrogante y alta, dijo: "Caballeros, o escuderos, o quienquiera que seáis, 'no tenéis para qué° llamar a las puertas deſte caſtillo, que 'asaz de claro° eſtá que a tales horas, o los que eſtán dentro duermen, o no tienen por coſtumbre de abrirse las fortalezas haſta que el sol eſté tendido por todo el suelo. Desviaos afuera, y esperad 'que aclare el día,° y entonces veremos si será juſto o no que os abran."

      "¿Qué diablos de fortaleza o caſtillo es éſte," dijo uno, "para obligarnos a guardar eſtas ceremonias? Si sois el ventero, mandad que nos abran. Que somos caminantes que no queremos más de dar cebada a nueſtras cabalgaduras y pasar adelante, porque vamos de priesa."

      "¿Paréceos, caballeros, que tengo yo talle de ventero?" respondió don Quijote.

      "No sé de qué tenéis talle," respondió el otro, "pero sé que decís disparates en llamar caſtillo a eſta venta."

      "Caſtillo es," replicó don Quijote, "y aun de los mejores de toda eſta provincia, y gente tiene dentro que ha tenido cetro en la mano y corona en la cabeza."

      "Mejor fuera al revés," dijo el caminante: "el cetro en la cabeza y la corona en la mano,[44] y será, 'si a mano viene,° que debe de eſtar dentro alguna compañía de representantes, de los cuales es tener a menudo esas coronas y cetros que decís, porque en una venta tan pequeña, y adonde se guarda tanto silencio como éſta, no creo yo que se alojan personas dignas de corona y cetro."

      "Sabéis poco del mundo," replicó don Quijote, "pues ignoráis los casos que suelen acontecer en la caballería andante."

      Cansábanse los compañeros que con el preguntante° venían, del coloquio que con don Quijote pasaba, y así tornaron a llamar con grande furia, y fue de modo que el ventero despertó, y aun todos cuantos en la venta eſtaban, y así se levantó a preguntar quién llamaba.

      Sucedió en eſte tiempo que una de las cabalgaduras en que venían los cuatro que llamaban se llegó a oler a Rocinante, que, melancólico y triſte, con las orejas caídas, soſtenía sin moverse a su eſtirado° señor, y como, en fin era de carne, aunque parecía de leño, no pudo dejar de resentirse° y tornar a oler a quien le llegaba a hacer caricias,° y así no se hubo movido 'tanto cuanto,° cuando se desviaron los juntos pies de don Quijote, y resbalando° de la silla, dieran con él en el suelo[45] a no quedar colgado del brazo, cosa que le causó tanto dolor, que creyó, o que la muñeca le corta-

Margin glosses:
- equipped
- you have no reason
- it's clear enough
- for day to break
- perhaps
- the question asker
- stretched out
- feel the effects
- caresses
- a bit
- slipping off

---

44 Starkie points out that in Cervantes' time, criminals were branded with a crown on their hand.

45 **Dieran con...** *he would have fallen to the ground*

ban, o que el brazo se le arrancaba,⁴⁶ porque él quedó tan cerca del suelo, que con los 'estremos de las puntas° de los pies besaba la tierra, que era en su perjuicio, porque como sentía lo poco que le faltaba para poner las plantas° en la tierra, fatigábase° y estirábase° cuanto podía por alcanzar al suelo, bien así como los que están en el tormento° de la garrucha⁴⁷ puestos a toca, no toca,⁴⁸ que ellos mesmos son causa de acrecentar su dolor con el ahinco que ponen en estirarse, engañados de la esperanza que se les representa, que con poco más que se estiren llegarán al suelo.

tips

feet, exerted, stretched himself; torture

Capítulo XLIIII. *Donde se prosiguen los inauditos sucesos de la venta.*

En efeto, fueron tantas las voces que don Quijote dio, que, abriendo de presto las puertas de la venta, salió el ventero, despavorido, a ver quién tales gritos daba, y los que estaban fuera hicieron lo mesmo. Maritornes, que ya había despertado a° las mismas voces, imaginando lo que podía ser, se fue al pajar y desató, sin que nadie lo viese, el cabestro que a don Quijote sostenía, y él dio luego en el suelo, a vista del ventero y de los caminantes, que, llegándose a él, le preguntaron qué tenía, que tales voces daba. Él, sin responder palabra, se quitó el cordel de la muñeca, y levantándose en pie, subió sobre Rocinante, embrazó su andarga, enristró su lanzón, y tomando buena parte de campo, volvió a medio galope,¹ diciendo: "Cualquiera que dijere que yo he sido con 'justo título° encantado, como° mi señora la princesa Micomicona me dé licencia para ello, yo le desmiento, le rieto y desafío a singular batalla."

a causa de

if, just cause

Admirados se quedaron los nuevos caminantes de las palabras de don Quijote, pero el ventero les quitó de aquella admiración, diciéndoles que era don Quijote, y que no había que 'hacer caso° dél, porque estaba fuera de juicio. Preguntáronle al ventero si acaso había llegado a aquella venta un muchacho de hasta edad de quince años, que venía vestido como mozo de mulas, de tales y tales señas, dando las mesmas que traía el amante de doña Clara. El ventero respondió que había tanta gente en la venta, que no había echado de ver en el que preguntaban. Pero habiendo visto uno dellos el coche donde había venido el oidor, dijo: "Aquí debe de estar, sin duda, porque éste es el coche que él dicen que sigue.² Quédese uno de nosotros a la puerta, y entren los demás a buscarle, y aun sería bien que uno de nosotros rodease toda la venta, porque no se fuese por las bardas de los corrales."

pay attention

---

46 **O que...** *either his wrist was being cut through or his arm being torn off*

47 The **garrucha** is a pulley. In this torture, the prisoner was suspended from a pulley so that his feet barely touched the ground.

48 **Puestos a...** *in between touching and not touching*

1 **Tomando buena...** *making a wide turn down the field, he came back at a half gallop*

2 **Que él...** *that they say he is following*

"Así se hará," respondió uno dellos.

Y entrándose los dos dentro, uno se quedó a la puerta y el otro se fue a rodear la venta, todo lo cual veía el ventero, y no sabía atinar° para qué se hacían aquellas diligencias, puesto que bien creyó que buscaban aquel mozo, cuyas señas le habían dado. Ya a esta sazón aclaraba el día, y así por esto, como por el ruido que don Quijote había hecho, estaban todos despiertos y se levantaban, especialmente doña Clara y Dorotea, que, la una con sobresalto de tener tan cerca a su amante, y la otra con el deseo de verle, habían podido dormir bien mal aquella noche.

Don Quijote, que vio que ninguno de los cuatro caminantes hacía caso dél, ni le respondían a su demanda,° moría y rabiaba° de despecho y saña,° y si él hallara en las ordenanzas° de su caballería que lícitamente° podía el caballero andante tomar y emprender otra empresa, habiendo dado su palabra y fe de no ponerse en ninguna hasta acabar la que había prometido, él embistiera con todos y les hiciera responder, mal de su grado. Pero por parecerle no convenirle ni estarle bien comenzar nueva empresa hasta poner a Micomicona en su reino, hubo de callar y estarse quedo, esperando a ver en qué paraban las diligencias de aquellos caminantes, uno de los cuales halló al mancebo que buscaba durmiendo al lado de un mozo de mulas, bien descuidado de que nadie ni le buscase, ni menos de que le hallase. El hombre le trabó del brazo y le dijo: "Por cierto, señor don Luis, que responde° bien a quien vos sois el hábito° que tenéis, y que dice bien la cama en que os hallo al regalo con que vuestra madre os crió."

Limpióse el mozo los soñolientos ojos, y miró de espacio al que le tenía asido, y luego conoció que era criado de su padre, de que recibió tal sobresalto, que no acertó o no pudo hablarle palabra por un buen espacio, y el criado prosiguió, diciendo: "Aquí no hay que hacer otra cosa, señor don Luis, sino prestar paciencia y 'dar la vuelta° a casa, si ya vuestra merced no gusta que su padre y mi señor la° dé al otro mundo, porque no se puede esperar otra cosa de la pena con que queda por vuestra ausencia."

"Pues ¿cómo supo mi padre," dijo don Luis, "que yo venía este camino y en este traje?"

"Un estudiante," respondió el criado, "a quien distes cuenta de vuestros pensamientos, fue el que lo descubrió, movido a lástima, de las que vio que hacía vuestro padre[3] al punto que os echó menos. Y así despachó a cuatro de sus criados en vuestra busca, y todos estamos aquí a vuestro servicio, más contentos de lo que imaginar se puede por el 'buen despacho° con que tornaremos, llevándoos a los ojos que tanto os quieren."

"Eso será como yo quisiere, o como el cielo lo ordenare," respondió don Luis.

"¿Qué habéis de querer, o qué ha de ordenar el cielo, fuera de consentir en volveros, porque no ha de ser posible otra cosa?"

Todas estas razones que entre los dos pasaban oyó el mozo de mulas

figure out

challenge, seething fury, laws, legally

corresponds, outfit

return
la vuelta

speed

---

3 **De las** *lástimas* **que vio que hacía vuestro padre** *by the grief that he saw in your father*

junto a quien don Luis estaba, y levantándose de allí, fue a decir lo que pasaba a don Fernando y a Cardenio y a los demás, que ya vestido se habían,
a los cuales dijo como aquel hombre llamaba de DON a aquel muchacho,
y las razones que pasaban, y como le quería volver a casa de su padre, y el
mozo no quería. Y con esto, y con lo que dél sabían, de la buena voz que
el cielo le había dado, vinieron todos en gran deseo de saber más particularmente quién era, y aun de ayudarle, si alguna fuerza le quisiesen hacer.[4]
Y así se fueron hacia la parte donde aún estaba hablando y porfiando° con   *arguing stubbornly*
su criado.

Salía en esto Dorotea de su aposento, y tras ella doña Clara toda
turbada, y llamando Dorotea a Cardenio aparte, le contó en breves razones la historia del músico y de doña Clara, a quien él también dijo lo que
pasaba de la venida a buscarle los criados de su padre,[5] y no se lo dijo tan
callando,° que lo dejase de oír Clara, de lo que quedó tan 'fuera de sí,° que   *quietly, beside herself*
si Dorotea no llegara a tenerla,° diera consigo en el suelo. Cardenio dijo   *hold her*
a Dorotea que se volviesen al aposento, que él procuraría poner remedio
en todo, y ellas lo hicieron.

Ya estaban todos los cuatro que venían a buscar a don Luis dentro de
la venta, y rodeados dél, persuadiéndole que luego, sin detenerse un punto,
volviese a consolar a su padre. Él respondió que en ninguna manera lo
podía hacer hasta dar fin a un negocio en que le iba la vida, la honra y el
alma.[6] Apretáronle entonces los criados, diciéndole que en ningún modo
volverían sin él, y que le llevarían, quisiese o no quisiese.

"Eso no haréis vosotros," replicó don Luis, "si no es llevándome
muerto, aunque de cualquiera manera que me llevéis, será llevarme sin
vida."

Ya a esta sazón habían acudido a la porfía° todos los más que en la   *dispute*
venta estaban, especialmente Cardenio, don Fernando, sus camaradas, el
oidor, el cura, el barbero y don Quijote, que ya le pareció que no había
necesidad de guardar más el castillo. Cardenio, como ya sabía la historia
del mozo, preguntó a los que llevarle querían, que qué les movía a querer
llevar contra su voluntad aquel muchacho.

"Muévenos," respondió uno de los cuatro, "dar la vida a su padre, que
por la ausencia deste caballero queda a peligro de perderla."

A esto dijo don Luis: "No hay para qué se dé cuenta aquí de mis
cosas. Yo soy libre y volveré si me diere gusto, y si no, ninguno de vosotros
me ha de hacer fuerza."

"Harásela a vuestra merced la razón,[7]" respondió el hombre, "y cuando ella no bastare con vuestra merced, bastará con nosotros para hacer a
lo que venimos[8] y lo que somos obligados."

---

4 **Si alguna…** *if they tried to use force against him*
5 **De la…** *when his father's servants came to look for him*
6 **En que…** *on which his life, his honor, and his soul were at stake*
7 **Harásela a…** *reason will compel you*
8 **Bastará con…** *it will be enough to make us do what we came for*

"Sepamos qué es esto de raíz,"[9] dijo a este tiempo el oidor.

Pero el hombre que lo conoció, como vecino de su casa, respondió: "¿No conoce vuestra merced, señor oidor, a este caballero, que es el hijo de su vecino, el cual se ha ausentado de casa de su padre, en el hábito tan indecente a su calidad, como vuestra merced puede ver?"

Miróle entonces el oidor más atentamente, y conocióle, y abrazándole, dijo: "¿Qué niñerías son éstas, señor don Luis, o qué causas tan poderosas, que os hayan movido a venir desta manera, y en este traje, que dice tan mal con la calidad vuestra?"[10]

Al mozo se le vinieron las lágrimas a los ojos, y no pudo responder palabra. El oidor dijo a los cuatro que se sosegasen, que todo se haría bien, y tomando por la mano a don Luis, le apartó a una parte, y le preguntó 'qué venida había sido aquélla.°   *why he had come, not literal*

Y en tanto que le hacía ésta y otras preguntas, oyeron grandes voces a la puerta de la venta, y era la causa dellas que dos huéspedes, que aquella noche habían alojado en ella, viendo a toda la gente ocupada en saber lo que los cuatro buscaban, habían intentado a irse sin pagar lo que debían. Mas el ventero, que atendía más a su negocio° que a los ajenos, les asió 'al salir ° de la puerta y pidió su paga, y les afeó su mala intención con tales palabras, que les movió a que le respondiesen con los puños.° Y así le comenzaron a dar tal mano,° que el pobre ventero tuvo necesidad de dar voces y pedir socorro. La ventera y su hija no vieron a otro más desocupado para poder socorrerle que a don Quijote, a quien la hija de la ventera dijo: "Socorra vuestra merced, señor caballero, por la virtud que Dios le dio, a mi pobre padre, que dos malos hombres le están moliendo como a cibera."   *affairs*   **a la salida**   *fists*   **mano de puños**

A lo cual respondió don Quijote muy de espacio y con mucha flema:° "Fermosa doncella, no ha lugar por ahora vuestra petición,[11] porque estoy impedido de entremeterme en otra aventura en tanto que 'no diere cima° a una en que mi palabra me ha puesto. Mas lo que yo podré hacer por serviros, es lo que ahora diré: corred y decid a vuestro padre que 'se entretenga° en esa batalla lo mejor que pudiere y que no se deje vencer en ningún modo, en tanto que yo pido licencia a la princesa Micomicona para poder socorrerle en su cuita, que si ella me la da, tened por cierto que yo le sacaré della."   *calm*   *conclude happily*   *defend himself*

"Pecadora de mí," dijo a esto Maritornes, que estaba delante, "primero que vuestra merced alcance° esa licencia que dice, estará ya mi señor en el otro mundo."   *get*

"Dadme° vos, señora, que yo alcance la licencia que digo," respondió don Quijote, "que como yo la tenga, poco hará al caso[12] que él esté en el otro mundo, que de allí le sacaré, a pesar del mismo mundo que lo   *allow me*

---

  9 **Sepamos qué…** *let's find out what's at the bottom of this*
 10 **Que dice…** *which is so opposed to your station*
 11 **No ha…** *your request is inappropriate*
 12 **Poco hará…** *it will make little difference*

ontradiga,[13] o por lo menos, os daré tal venganza de los que allá le hubie-
ren enviado, que quedéis más que medianamente satisfechas."

Y sin decir más, se fue a 'poner de hinojos° ante Dorotea, pidiéndole,   kneel
con palabras caballerescas y andantescas, que la su grandeza fuese servida
de darle licencia de acorrer y socorrer al castellano de aquel castillo, que
estaba puesto en una grave mengua.° La princesa se la dio de buen talante,   distress
y él luego, embrazando su adarga y poniendo mano a su espada, acudió a
la puerta de la venta, adonde aun todavía traían los dos huéspedes a mal
traer al ventero.[14] Pero así como llegó, embazó° y se estuvo quedo, aunque   he hesitated
Maritornes y la ventera le decían que en qué se detenía, que socorriese a
su señor y marido.

"Deténgome," dijo don Quijote, "porque no me es lícito poner mano
a la espada contra gente escuderil. Pero llamadme aquí a mi escudero
Sancho, que a él toca y atañe esta defensa y venganza."[15]

Esto pasaba en la puerta de la venta, y en ella andaban las puñadas y
mojicones muy en su punto, todo en daño del ventero y en rabia de Maritornes, la ventera y su hija, que se desesperaban de ver la cobardía° de don   cowardice
Quijote, y de lo mal que lo pasaba su marido, señor y padre.

Pero dejémosle aquí, que no faltará quien le socorra, o si no, sufra y
calle el que se atreve a más de a lo que sus fuerzas le prometen,° y volvá-   allow
monos atrás cincuenta pasos a ver qué fue lo que don Luis respondió al
oidor, que le dejamos aparte preguntándole la causa de su venida a pie,
y de tan vil traje vestido. A lo cual el mozo, asiéndole fuertemente de las
manos, como en señal de que algún gran dolor le apretaba el corazón, y
derramando lágrimas en grande abundancia, le dijo:

"Señor mío, yo no sé deciros otra cosa sino que desde el punto que
quiso el cielo y facilitó nuestra vecindad[16] que yo viese a mi señora doña
Clara, hija vuestra y señora mía, desde aquel instante la hice dueño[17] de mi
voluntad, y si la vuestra, verdadero señor y padre mío, no lo impide, en este
mesmo día ha de ser mi esposa. Por ella dejé la casa de mi padre, y por ella
me puse en este traje para seguirla dondequiera que fuese, como la saeta
al blanco, o como el marinero al norte. Ella no sabe de mis deseos más de
lo que ha podido entender de algunas veces que desde lejos ha visto llorar
mis ojos. Ya, señor, sabéis la riqueza y la nobleza de mis padres, y como
yo soy su único heredero. Si os parece que éstas son partes para que os
aventuréis a hacerme en todo venturoso, recebidme luego por vuestro hijo,
que si mi padre, llevado de otros disignios suyos, no gustare deste bien que
yo supe buscarme, más fuerza tiene el tiempo para deshacer y mudar las
cosas que las humanas voluntades."

---

13 **A pesar…** *in spite of everything the other world does to the contrary*
14 **Traían los…** *the two guests were mistreating the innkeeper*
15 **A él…** *this defense and vengeance is his affair*
16 **Desde el…** *since heaven wanted to and made us neighbors*
17 The use of the masculine **dueño** when referring to the owner of the
knight's love, is traditional in chivalresque literature.

Calló en diciendo esto el enamorado mancebo, y el oidor quedó en oírle suspenso, confuso y admirado, así de haber oído el modo y la discreción con que don Luis le había descubierto su pensamiento, como de verse en punto que no sabía él qué poder tomar en tan repentino y no esperado negocio.[18] Y así no respondió otra cosa sino que se sosegase por entonces, y entretuviese a sus criados, que por aquel día no le volviesen, porque se tuviese tiempo para considerar lo que mejor a todos estuviese. Besóle las manos por fuerza don Luis, y aun se las bañó con lágrimas, cosa que pudiera enternecer un corazón de mármol, no sólo el del oidor, que, como discreto, ya había conocido cuán bien le estaba a su hija aquel matrimonio, puesto que, si fuera posible, lo quisiera efetuar con voluntad del padre de don Luis, del cual sabía que pretendía hacer de título a su hijo.[19]

Ya a esta sazón estaban en paz los huéspedes con el ventero, pues por persuasión y buenas razones de don Quijote, más que por amenazas, le habían pagado todo lo que él quiso, y los criados de don Luis aguardaban el fin de la plática del oidor y la resolución de su amo, cuando el demonio, que no duerme, ordenó que en aquel mesmo punto entró en la venta el barbero a quien don Quijote quitó el yelmo de Mambrino, y Sancho Panza los aparejos del asno, que trocó con los del suyo, el cual barbero, llevando su jumento a la caballeriza, vio a Sancho Panza que estaba aderezando no sé qué de la albarda, y así como la vio, la conoció, y se atrevió a arremeter a Sancho, diciendo: "¡Ah, don[20] ladrón, que aquí os tengo! Venga mi bacía y mi albarda, con todos mis aparejos que me robastes."

Sancho, que se vio acometer tan de improviso y oyó los vituperios que le decían, con la una mano asió de la albarda, y con la otra dio un mojicón al barbero, que le bañó los dientes en sangre, pero no por esto dejó el barbero la presa que tenía hecha en el albarda, antes alzó la voz de tal manera, que todos los de la venta acudieron al ruido y pendencia, y decía: "¡Aquí del rey[21] y de la justicia, que sobre cobrar mi hacienda me quiere matar este ladrón,[22] 'salteador de caminos!'"   highwayman

"¡Mentís," respondió Sancho, "que yo no soy salteador de caminos, que en buena guerra ganó mi señor don Quijote estos despojos!"

Ya estaba don Quijote delante, con mucho contento de ver cuán bien se defendía y ofendía su escudero, y túvole desde allí adelante por hombre 'de pro,° y propuso en su corazón de armalle caballero en la primera   worthy
ocasión que se le ofreciese, por parecerle que sería en él bien empleada la orden de la caballería. Entre otras cosas que el barbero decía en el discurso de la pendencia, vino a decir: "Señores: así esta albarda es mía como la muerte que debo a Dios. Y así la conozco como si la hubiera parido, y ahí

---

18 **No sabía...** *he didn't know what action to take in such a sudden and unexpected matter*

19 **Pretendía hacer...** *wanted to bestow a title on his son*

20 **Don** used ironically to increase the offense intended.

21 **¡Aquí del...** *help in the name of the king!*

22 **Sobre cobrar...** *while I am trying to recover my property this thief is trying to kill me*

está mi asno en el establo, que no me dejará mentir. Si no, pruébensela, y si no le viniere pintiparada,° yo quedaré por infame. Y hay más: que el mismo día que ella se me quitó,[23] me quitaron también una bacía de azófar nueva que no se había estrenado, que 'era señora de° un escudo."

Aquí no se pudo contener don Quijote sin responder, y poniéndose entre los dos, y apartándoles,° depositando la albarda en el suelo, que la tuviese de manifiesto hasta que la verdad se aclarase,[24] dijo: "¡Porque vean vuestras mercedes clara y manifiestamente el error en que está este buen escudero, pues llama bacía a lo que fue, es y será yelmo de Mambrino, el cual se le quité yo en buena guerra, y me hice señor dél con ligítima y lícita posesión! En lo del albarda 'no me entremeto,° que lo que en ello sabré decir es que mi escudero Sancho me pidió licencia para quitar los jaeces° del caballo deste vencido cobarde, y con ellos adornar el suyo. Yo se la di y él los tomó, y de haberse convertido de jaez en albarda no sabré dar otra razón si no es la ordinaria: que como esas transformaciones se ven en los sucesos de la caballería, para confirmación de lo cual, corre, Sancho hijo, y saca° aquí el yelmo que este buen hombre dice ser bacía."

"¡Pardiez,° señor!" dijo Sancho, "si no tenemos otra prueba de nuestra intención que la que vuestra merced dice, tan bacía es el yelmo de Malino como el jaez deste buen hombre albarda."

"Haz lo que te mando," replicó don Quijote, "que no todas las cosas deste castillo han de ser guiadas por encantamento."

Sancho fue a do estaba la bacía y la trujo, y así como don Quijote la vio, lo tomó en las manos y dijo: "Miren vuestras mercedes con qué cara° podía decir este escudero que ésta es bacía, y no el yelmo que yo he dicho. Y juro por la orden de caballería que profeso, que este yelmo fue el mismo que yo le quité, sin haber añadido en él ni quitado cosa alguna."

"En eso no hay duda," dijo a esta sazón Sancho, "porque desde que mi señor le ganó hasta agora no ha hecho con él más de una batalla, cuando libró a los sin ventura encadenados, y si no fuera por este baciyelmo, no lo pasara entonces muy bien, porque hubo asaz de pedradas en aquel trance."

Capítulo XXXV:[1] Donde se acaba de averiguar la duda del yelmo de Mambrino y de la albarda, y otras aventuras sucedidas, con toda verdad.

"¿QUÉ LES parece a vuestras mercedes, señores," dijo el barbero, "de lo que afirman estos gentiles hombres, pues aún porfían que ésta no es bacía, sino yelmo?"

"Y quien lo contrario dijere," dijo don Quijote, "le haré yo conocer que miente, si fuere caballero, y si escudero, que remiente

Margin glosses:
perfectly
it cost
separating them
I won't get involved
trappings
bring out
by golly
cheek

---

23 **Ella se...** *it* [la **albarda**] *was taken from me*
24 **La tuviese...** *putting it on display until the truth could be cleared up*
 1 In the first edition it DOES say XXXV instead of XLV.

mil veces."

Nuestro barbero, que a todo estaba presente, como tenía tan bien conocido el humor de don Quijote, quiso esforzar su desatino y llevar adelante la burla, para que todos riesen, y dijo hablando con el otro barbero: "Señor barbero, o quien° sois, sabed que yo también soy de vuestro oficio, y tengo más ha de veinte años 'carta de examen,° y conozco muy bien de todos los instrumentos de la barbería,° sin que le falte uno, y ni más ni menos fui un tiempo en mi mocedad soldado, y sé también qué es yelmo, y qué es morrión y celada de encaje, y otras cosas tocantes a la milicia,° digo, a los géneros de armas de los soldados. Y digo, salvo mejor parecer, remitiéndome° siempre al mejor entendimiento, que esta pieza que está aquí delante, y que este buen señor tiene en las manos, no sólo no es bacía de barbero, pero está tan lejos de serlo, como está lejos lo blanco de lo negro y la verdad de la mentira, también digo que éste, aunque es yelmo, no es yelmo entero."

"No, por cierto," dijo don Quijote, "porque le falta la mitad, que es la babera.°"

"Así es," dijo el cura, que ya había entendido la intención de su amigo el barbero.

Y lo mismo confirmó Cardenio, don Fernando y sus camaradas. Y aun el oidor, si no estuviera tan pensativo con el negocio de don Luis, ayudara por su parte a la burla, pero las veras° de lo que pensaba le tenían tan suspenso, que poco o nada atendía a aquellos donaires.

"¡Válame Dios!" dijo a esta sazón el barbero burlado. "¿Que es posible que tanta gente honrada diga que ésta no es bacía, sino yelmo? Cosa parece ésta que puede poner en admiración a toda una universidad, por discreta que sea. Basta—si es que esta bacía es yelmo, también debe de ser esta albarda jaez de caballo, como este señor ha dicho."

"A mí albarda me parece," dijo don Quijote, "pero ya he dicho que en eso no me entremeto."

"De que sea albarda o jaez," dijo el cura, "no está en más de decirlo el señor don Quijote, que en estas cosas de la caballería todos estos señores y yo le damos la ventaja."

"Por Dios, señores míos," dijo don Quijote, "que son tantas y tan estrañas las cosas que en este castillo—en dos veces que en él he alojado—me han sucedido, que no me atreva a decir afirmativamente ninguna cosa de lo que acerca de lo que en él se contiene se preguntare, porque imagino que cuanto en él se trata va por vía de encantamento. La primera vez me fatigó mucho un moro encantado que en él hay, y a Sancho no le fue muy bien con otros sus secuaces,[2] y anoche estuve colgado deste brazo casi dos horas, sin saber cómo ni cómo no, vine a caer en aquella desgracia. Así que ponerme yo agora en cosa de tanta confusión a dar mi parecer, será caer

— marginal glosses: whoever / "license" / barber's trade / military / deferring / beaver / realities —

---

2 **Otros sus secuaces** *his other underlings.* Remember that Sancho claimed he was beaten up by more than 400 Moors, supposed underlings of the Moor who beat up don Quijote (Chap. 17, p. 132, l. 39-p. 133, l 1).

en 'juicio temerario.° En lo que toca a lo que dicen que éſta es bacía y no   rash judgment
yelmo, ya yo tengo respondido. Pero en lo de declarar si ésa es albarda o
jaez, no me atrevo a dar 'sentencia difinitiva.° Sólo lo dejo al buen parecer   absolute opinion
de vueſtras mercedes. Quizá por no ser armados caballeros, como yo lo
5   soy, no tendrán que ver con vueſtras mercedes los encantamentos deſte
lugar, y tendrán los entendimientos libres, y podrán juzgar de las cosas
deſte caſtillo como ellas son real y verdaderamente, y no como a mí me
parecían."

"No hay duda," respondió a eſto don Fernando, "sino que el señor
10 don Quijote ha dicho muy bien hoy, que a nosotros toca la difinición°   resolution
deſte caso, y porque vaya con más fundamento, yo tomaré en secreto los
votos deſtos señores, y de lo que resultare, daré entera y clara noticia."

Para aquellos que la° tenían del humor de don Quijote, era todo eſto   **la *noticia***
materia de grandísima risa, pero para los que le ignoraban, les parecía el
15 mayor disparate del mundo, especialmente a los cuatro criados de don
Luis, y a don Luis ni más ni menos, y a otros tres pasajeros que acaso
habían llegado a la venta, que tenían parecer de ser cuadrilleros, como, en
efeto, lo eran. Pero el que más se desesperaba era el barbero, cuya bacía
allí delante de sus ojos se le había vuelto en yelmo de Mambrino, y cuya
20 albarda pensaba sin duda alguna que se le había de volver en jaez rico de
caballo, y los unos y los otros se reían de ver cómo andaba don Fernando
tomando los votos de unos en otros, hablándolos al oído, para que en
secreto declarasen si era albarda o jaez aquella joya, 'sobre quien° tanto   over which
se había peleado. Y después que hubo tomado los votos de aquellos que
25 a don Quijote conocían, dijo en alta voz: "El caso es, buen hombre, que
ya yo eſtoy cansado de tomar tantos pareceres, porque veo que a ninguno
pregunto lo que deseo saber, que no me diga que es disparate el decir que
éſta sea albarda de jumento, sino jaez de caballo, y aun de caballo caſtizo,°   pure-blooded
y así, habréis de tener paciencia, porque, a vueſtro pesar y al de vueſtro
30 asno, éſte es jaez y no albarda, y vos habéis alegado y probado muy mal
de vueſtra parte."

"No la° tenga yo en el cielo," dijo el sobrebarbero, "si todos vueſtras   **la *parte***
mercedes no se engañan, y que así parezca mi ánima ante Dios,³ como
ella me parece a mí albarda y no jaez, pero «allá van leyes, &c.»,⁴ y no digo
35 más. Y en verdad que no eſtoy borracho: que no me he desayunado si de
pecar no."⁵

No menos causaban risa las necedades que decía el barbero que los
disparates de don Quijote, el cual a eſta sazón dijo: "Aquí no hay más que
hacer, sino que cada uno tome lo que es suyo, y «a quien Dios se la dio,
40 San Pedro se la bendiga.»°"   bless

Uno de los cuatro dijo: "Si ya no es que eſto sea burla pensada,° no   planned
me puedo persuadir que hombres de tan buen entendimiento como son,

---

3 **Así parezca...** *may my soul appear thus before God*
4 **Allí van leyes do quieren reyes** *laws go where kings want*
5 **Que no...** *for I have eaten nothing, unless it is sins*

o parecen todos los que aquí están, se atrevan a decir y afirmar que ésta no es bacía, ni aquélla albarda. Mas como veo que lo afirman y lo dicen, me doy a entender que no carece de misterio el porfiar una cosa tan contraria de lo que nos muestra la misma° verdad y la misma experiencia. Porque, ¡voto a tal!" y 'arrojóle redondo,° "que no me den a mí a entender cuantos hoy viven en el mundo al revés de que ésta no sea bacía de barbero, y ésta albarda de asno."[6]

    itself

    exclaimed

    "Bien podría ser de borrica," dijo el cura.

    "'Tanto monta,'" dijo el criado, "que el caso no consiste en eso, sino en si es o no es albarda, como vuestras mercedes dicen."

    it's all the same

    Oyendo esto uno de los cuadrilleros que habían entrado, que había oído la pendencia y quistión,° lleno de cólera y de enfado dijo: "Tan albarda es como mi padre, y el que otra cosa ha dicho o dijere debe de estar 'hecho uva.'"

    dispute

    i.e., drunk

    "¡Mentís como bellaco villano!" respondió don Quijote.

    Y alzando el lanzón, que nunca le dejaba de las manos, le iba a descargar tal golpe sobre la cabeza, que a no desviarse el cuadrillero, se le dejara allí tendido. El lanzón se hizo pedazos en el suelo, y los demás cuadrilleros, que vieron tratar mal a su compañero, alzaron la voz pidiendo favor a la Santa Hermandad. El ventero, que era de la cuadrilla,° entró al punto por su varilla° y por su espada, y se puso al lado de sus compañeros. Los criados de don Luis rodearon a don Luis, porque con el alboroto no 'se les fuese.° El barbero, viendo la casa revuelta,° tornó a asir de su albarda, y lo mismo hizo Sancho. Don Quijote puso mano a su espada y arremetió a los cuadrilleros. Don Luis daba voces a sus criados que le dejasen a él, y acorriesen a don Quijote y a Cardenio y a don Fernando, que todos favorecían a don Quijote. El cura daba voces; la ventera gritaba; su hija se afligía; Maritornes lloraba; Dorotea estaba confusa; Luscinda, suspensa; y doña Clara, desmayada; el barbero aporreaba° a Sancho; Sancho molía al barbero; don Luis, a quien un criado suyo se atrevió a asirle del brazo porque no se fuese, le dio una puñada que le bañó los dientes en sangre; el oidor le defendía; don Fernando tenía debajo de sus pies a un cuadrillero, midiéndole el cuerpo con ellos° muy a su sabor. El ventero tornó a reforzar la voz pidiendo favor a la Santa Hermandad, de modo que toda la venta era llantos, voces, gritos, confusiones, temores, sobresaltos, desgracias, cuchilladas, mojicones, palos, coces y 'efusión de sangre,° y en la mitad deste caos, máquina y laberinto de cosas, se le representó en la memoria de don Quijote que se veía metido «'de hoz y de coz»° en la discordia del campo de Agramante.[7] Y así, dijo con voz que atronaba°

    company

    staff of office

    get away, in turmoil

    pounded

    i.e., his feet

    bloodshed

    suddenly

    stunned

---

    6 **"Que no...** *no living person can make me believe that this is not a barber's basin and this not a packsaddle*

    7 Campo de Agramante—in *Orlando Furioso*, when Agramante is laying seige to Paris, Charlemagne manages to sow seeds of discord amongst Agramante's men, who begin fighting among themselves for unclear reasons (Cantos 14 and 27).

la venta: "¡Ténganse todos; todos envainen;° todos se sosieguen; óiganme   sheathe your swords
todos, si todos quieren quedar con vida!"

A cuya gran voz todos se pararon, y él prosiguió, diciendo: "¿No os
dije yo, señores, que este castillo era encantado y que alguna región° de   **legión**
5   demonios debe de habitar en él? En confirmación de lo cual quiero que
veáis por vuestros ojos cómo se ha pasado aquí y trasladado entre nosotros
la discordia del campo de Agramante. Mirad cómo allí se pelea por la
espada, aquí por el caballo, acullá por el águila, acá por el yelmo,⁸ y todos
peleamos y todos no nos entendemos. Venga, pues, vuestra merced, señor
10   oidor, y vuestra merced, señor cura, y el uno sirva de rey Agramante, y el
otro de rey Sobrino,⁹ y pónganos en paz, porque, por Dios todopoderoso,°   almighty
que es gran bellaquería que tanta gente principal como aquí estamos se
mate por causas tan livianas.°'"   slight

Los cuadrilleros, que no entendían el frasis° de don Quijote y se   language
15   veían malparados° de don Fernando, Cardenio y sus camaradas, no que-   in a sorry state
rían sosegarse; el barbero, sí, porque en la pendencia tenía deshechas las
barbas y el albarda. Sancho, a la más mínima voz de su amo, obedeció,
como buen criado; los cuatro criados de don Luis también se estuvieron
quedos, viendo cuán poco les iba en no estarlo. Sólo el ventero porfiaba
20   que se habían de castigar las insolencias de aquel loco que a cada paso le
alborotaba° la venta. Finalmente, el rumor se apaciguó por entonces, la   disturbed
albarda se quedó por jaez hasta el Día del Juicio, y la bacía por yelmo, y la
venta por castillo en la imaginación de don Quijote.

Puestos, pues, ya en sosiego, y hechos amigos todos, a persuasión
25   del oidor y del cura, volvieron los criados de don Luis a porfiarle que al
momento se viniese con ellos, y en tanto que él con ellos 'se avenía,° el   reconciling
oidor comunicó° con don Fernando, Cardenio y el cura, qué debía hacer   consulted
en aquel caso, contándoseles con las razones que don Luis le había dicho.
En fin, fue acordado que don Fernando dijese a los criados de don Luis
30   quién él era, y como era su gusto que don Luis se fuese con él al Andalucía, donde de su hermano el marqués sería estimado como el valor de
don Luis merecía,¹⁰ porque, desta manera, se sabía de la intención de don
Luis que no volvería por aquella vez a los ojos de su padre, si le hiciesen
pedazos. Entendida, pues, de los cuatro la calidad de don Fernando y la
35   intención de don Luis, determinaron entre ellos que los tres se volviesen
a contar lo que pasaba a su padre, y el otro se quedase a servir a don Luis,
y a no dejalle hasta que ellos volviesen por él, o viese lo que su padre les
ordenaba.

Desta manera se apaciguó aquella máquina de pendencias por la
40   autoridad de Agramante y prudencia del rey Sobrino, pero viéndose el

---

8 The sword they were fighting for was Roland's Durendal (heroes gave
names to their swords), the horse was Frontino, the eagle was on a shield belong-
ing to Hector—but the helmet was don Quijote's "Mambrino's helmet."

9 These two kings pacified the battle.

10 **Sería estimado…** *don Luis would be shown the honor that his rank deserved*

enemigo de la concordia y el émulo° de la paz menospreciado° y burlado, rival, despised
y el poco fruto que había granjeado de haberlos puesto a todos en tan
confuso laberinto, acordó de probar otra vez la mano, resucitando nuevas
pendencias y desasosiegos.° disturbances

Es, pues, el caso que los cuadrilleros se sosegaron por haber entreoí-
do° la calidad de los que con ellos se habían combatido, y se retiraron de la overheard
pendencia, por parecerles que de cualquiera manera que sucediese, habían
de llevar lo peor de la batalla. Pero uno dellos, que fue el que fue molido y
pateado° por don Fernando, le vino a la memoria que entre algunos man- trampled
damientos° que traía para prender a algunos delicuentes, traía uno contra warrants
don Quijote, a quien la Santa Hermandad había mandado prender por la
libertad que dio a los galeotes, y como Sancho, con mucha razón, había
temido. Imaginando, pues, esto, quiso certificarse si las señas que de don
Quijote traía venían bien. Y sacando del seno un pergamino,° topó con el parchment
que buscaba, y poniéndosele a leer de espacio, porque no era buen lector,° reader
a cada palabra que leía ponía los ojos en don Quijote y iba cotejando° las comparing
señas del mandamiento con el rostro de don Quijote, y halló que, sin duda
alguna, era el que el mandamiento rezaba,° y apenas se hubo certificado, described
cuando, recogiendo° su pergamino, en la izquierda[11] tomó el mandamien- folding up
to, y con la derecha asió a don Quijote del cuello fuertemente, que no le
dejaba alentar,° y a grandes voces decía: "¡Favor a la Santa Hermandad! to breathe
Y para que se vea que lo pido de veras, léase este mandamiento, donde se
contiene que se prenda a este salteador de caminos."

Tomó el mandamiento el cura, y vio como era verdad cuanto el cuadrillero decía, y como convenía° con las señas con don Quijote, el cual, agreed
viéndose tratar mal de aquel villano malandrín, puesta la cólera en su
punto, y crujiéndole° los huesos de su cuerpo, como mejor pudo, él asió al cracking
cuadrillero con entrambas manos de la garganta, que, a no ser socorrido
de sus compañeros, allí dejara la vida antes que don Quijote la presa.° El grip
ventero, que por fuerza había de favorecer a los de su oficio, acudió luego
a dalle favor. La ventera, que vio de nuevo a su marido en pendencias,
de nuevo alzó la voz, cuyo tenor[12] le llevaron luego Maritornes y su hija,[13]
pidiendo favor al cielo y a los que allí estaban. Sancho dijo, viendo lo que
pasaba: "¡Vive el Señor, que es verdad cuanto mi amo dice de los encantos
deste castillo, pues no es posible vivir una hora con quietud en él!"

Don Fernando despartió al cuadrillero y a don Quijote, y con gusto
de entrambos, les desenclavijó° las manos que el uno en el collar del sayo unlocked
del uno, y el otro en la garganta del otro bien asidas tenían. Pero no por
esto cesaban los cuadrilleros de pedir su preso y que les ayudasen a dársele
atado y entregado a toda su voluntad, porque así convenía al servicio del

---

11   The first edition has **y quizá** here. Most editors, including Schevill,
change it to **en la izquierda.**

12   The first edition has **temor** (folio 277 v) which has been seen as an error
for **tenor.**

13   **Cuyo tenor...** *in which Maritornes and her daughter joined her*

Y sacando del seno un pergamino, topó con el que buscaba,
y poniéndosele a leer de espacio.

rey y de la Santa Hermandad, de cuya parte de nuevo les pedían socorro y favor, para hacer aquella prisión° de aquel robador y salteador de sendas y de carreras.° — *arrest / roads*

Reíase de oír decir estas razones don Quijote, y con mucho sosiego dijo: "Venid aca, gente soez y mal nacida, ¿saltear de caminos llamáis al dar libertad a los encadenados,° soltar los presos, acorrer a los miserables, alzar los caídos, remediar° los menesterosos? ¡Ah, gente infame, digna por vuestro bajo y vil entendimiento que el cielo no os comunique el valor que se encierra en¹⁴ la caballería andante, ni os dé a entender el pecado e ignorancia en que estáis en no reverenciar° la sombra, cuanto más la asistencia° de cualquier caballero andante! Venid acá, ladrones en cuadrilla, que no cuadrilleros, salteadores de caminos con licencia de la Santa Hermandad, decidme, ¿quién fue el ignorante que firmó mandamiento de prisión contra un tal caballero como yo soy? ¿Quién el que ignoró que son esentos de todo 'judicial fuero° los caballeros andantes? ¿Y que su ley es su espada, sus fueros sus bríos, sus premáticas° su voluntad? ¿Quién fue el mentecato, vuelvo a decir, que no sabe que no hay secutoria° de hidalgo con tantas preeminencias° ni esenciones° como la que adquiere un caballero andante el día que se arma caballero y se entrega al duro ejercicio de la caballería? ¿Qué caballero andante pagó pecho,° alcabala,° chapín de la reina,¹⁵ 'moneda forera,° portazgo,° ni barca?° ¿Qué sastre° le llevó hechura° de vestido que le hiciese? ¿Qué castellano le acogió en su castillo que le hiciese pagar el escote? ¿Qué rey no le asentó° a su mesa? ¿Qué doncella no 'se le aficionó° y se le entregó rendida a todo su talante y voluntad? Y finalmente, ¿qué caballero andante ha habido, hay, ni habrá en el mundo que no tenga bríos para dar él solo cuatrocientos palos a cuatrocientos cuadrilleros que se le pongan delante?"

men chained together / helping / revering / presence / jurisdiction / decrees / title / privileges, exemptions / tribute, tax / king's tribute, toll / ferry, tailor; bill / seated / fell in love with him

Capítulo XLVI. De la notable aventura de los cuadrilleros y la gran ferocidad de nuestro buen caballero don Quijote.

EN TANTO que don Quijote esto decía, estaba persuadiendo el cura a los cuadrilleros como don Quijote era 'falto de juicio,° como lo veían por sus obras y por sus palabras, y que no tenían para qué llevar aquel negocio adelante, pues aunque le prendiesen y llevasen, luego le habían de dejar por loco, a lo que respondió el del mandamiento que 'a él no tocaba° juzgar de la locura de don Quijote, sino hacer lo que por su mayor le era mandado, y que, una vez preso, siquiera le soltasen trecientas.¹ — *crazy / it was not up to him*

"Con todo eso," dijo el cura, "por esta vez no le habéis de llevar, ni aun él dejará llevarse, a lo que yo entiendo."²

---

14 The first edition has **se encierra a** (folio 278ʳ), fixed in the third edition.

15 **Chapín de la reina** was a tax used to pay for the marriage of a monarch.

1 **Una vez...** *once he was a prisoner, they could even let him go 300* [times]

2 **A lo...** *as far as I understand it*

En efeto, tanto les supo el cura decir y tantas locuras supo don Quijote hacer, que más locos fueran que no él los cuadrilleros si no conocieran
la falta de don Quijote, y así, tuvieron por bien de apaciguarse, y aun de
ser medianeros° de hacer las paces entre el barbero y Sancho Panza, que   mediators
5 todavía asistían con gran rancor a su pendencia. Finalmente, ellos, como
miembros de justicia, mediaron la causa y fueron árbitros della, de tal
modo que ambas partes quedaron, si no del todo contentas, a lo menos, en
algo satisfechas, porque se trocaron las albardas, y no las cinchas y jáqui-
mas.° Y en lo que tocaba a lo del yelmo de Mambrino, el cura, 'a socapa°   headstalls, surrep-
10 y sin que don Quijote lo entendiese,° le dio por la bacía ocho reales, y el   ticiously; finding
barbero le hizo una 'cédula del recibo,° y de no llamarse a engaño³ por   out; receipt
entonces, ni 'por siempre jamás,° AMÉN.   forever and ever

Sosegadas, pues, estas dos pendencias, que eran las más principales y
de más tomo,° restaba que los criados de don Luis se contentasen de vol-   importance
15 ver los tres, y que el uno quedase para acompañarle donde don Fernando
le quería llevar. Y como ya la buena suerte y mejor fortuna había comenzado a romper lanzas y a facilitar dificultades⁴ en favor de⁵ los amantes
de la venta y de los valientes della, quiso⁶ llevarlo al cabo y dar a todo felice
suceso, porque los criados se contentaron de cuanto don Luis quería, de
20 que recibió tanto contento doña Clara, que ninguno en aquella sazón la
mirara al rostro que no conociera el regocijo° de su alma.   joy

Zoraida, aunque no entendía bien todos los sucesos que había visto,
se entristecía y alegraba 'a bulto,° conforme veía y notaba los semblantes   variously
a cada uno, especialmente de su español, en quien tenía siempre puestos
25 los ojos y traía colgada el alma. El ventero, a quien no se le pasó⁷ por alto
la dádiva y recompensa que el cura había hecho al barbero, pidió el escote
de don Quijote, con el menoscabo de sus cueros y falta de vino, jurando
que no saldría de la venta Rocinante ni el jumento de Sancho, sin que se le
pagase primero hasta el último ardite. Todo lo apaciguó el cura y lo pagó
30 don Fernando, puesto que el oidor de muy buena voluntad había también
ofrecido la paga, y de tal manera quedaron todos en paz y sosiego, que ya
no parecía la venta la discordia del campo de Agramante, como don Quijote había dicho, sino la misma paz y quietud del tiempo de Otaviano,⁸ de
todo lo cual fue común opinión que se debían dar las gracias a la 'buena
35 intención° y mucha elocuencia del señor cura, y a la incomparable libera-   good will
lidad de don Fernando.

Viéndose, pues, don Quijote, libre y desembarazado de tantas pen-

---

3 **No llamarse...** *not to claim that he had been deceived*
4 **Había comenzado...** *had begun to remove obstacles*
5 The original edition has **en saber de,** changed to **en favor de** in the Brussels (1607) edition, now the accepted solution.
6 **[La buena suerte] quiso...**
7 The first edition says **a quien se le pagó.** Most editions change this to **a
quien no se le pasó.** Schevill brackets the **no** to show it wasn't in the first edition.
8 The Pax Octaviana refers to the period of relative tranquility in ancient
Rome between 27 B.C. and 180 A.D.

dencias, así de su escudero, como suyas, le pareció que sería bien seguir su comenzado viaje y dar fin a aquella grande aventura para que había sido llamado y escogido.[9] Y así, con resoluta determinación se fue a poner de hinojos ante Dorotea, la cual no le consintió que hablase palabra hasta que se levantase, y él, por obedecella, se puso en pie y le dijo: "Es común proverbio, fermosa señora, que «la diligencia es madre de la buena ventura», y en muchas y graves cosas ha mostrado la experiencia que «la solicitud del negociante trae a buen fin el 'pleito dudoso°». Pero en ningunas cosas se muestra[10] esta verdad que en las de la guerra, adonde la celeridad° y presteza previene los discursos° del enemigo y alcanza la vitoria antes que el contrario se ponga en defensa. Todo esto digo, alta y preciosa[11] señora, porque me parece que la estada° nuestra en este castillo ya es sin provecho, y podría sernos de tanto daño, que lo echásemos de ver algún día, porque ¿quién sabe si por ocultas° espías y diligentes habrá sabido ya vuestro enemigo el gigante de que yo voy a destruille, y dándole lugar el tiempo, se fortificase en algún inexpugnable° castillo o fortaleza contra quien valiesen poco mis diligencias y la fuerza de mi incansable° brazo? Así que, señora mía, prevengamos, como tengo dicho, con nuestra diligencia sus designios, y partámonos luego a la buena ventura, que no está más de tenerla vuestra grandeza como desea, de cuanto yo tarde de verme con vuestro contrario."[12]

Calló y no dijo más don Quijote, y esperó con mucho sosiego la respuesta de la fermosa infanta, la cual, con ademán señoril° y acomodado al estilo de don Quijote, le respondió desta manera: "Yo os agradezco, señor caballero, el deseo que mostráis tener de favorecerme en mi gran cuita, bien así como caballero, a quien es anejo y concerniente favorecer los huérfanos y menesterosos, y quiera el cielo que el vuestro y mi deseo se cumplan para que veáis que hay agradecidas mujeres en el mundo. Y en lo de mi partida, sea luego, que yo no tengo más voluntad que la vuestra: disponed° vos de mí a toda vuestra guisa y talante, que la que una vez os entregó la defensa de su persona y puso en vuestras manos la restauración de sus señoríos, no ha de querer ir contra lo que la vuestra prudencia ordenare."

"A la mano de Dios," dijo don Quijote, "pues así es que una señora se me humilla,[13] no quiero yo perder la ocasión de levantalla y ponella en su heredado trono;° la partida sea luego, porque me va poniendo espuelas al deseo, y al camino, lo que suele decirse que «en la tardanza está el peligro», y pues no ha criado el cielo ni visto el infierno ninguno° que me espante° ni acobarde, ensilla, Sancho, a Rocinante, y apareja tu jumento y

Margin glosses: uncertain lawsuit, / speed / movements / stay / hidden / impregnable / tireless / lordly / order / throne / ningún *peligro* / frightens

---

9 This seems to be a reference to Matthew 20:16 "Muchos son los llamados y pocos los escogidos."

10 Some editions add **más** or **mejor** here. Schevill adds a bracketed **más**.

11 A number of editors change this to **preciada**, starting with the Brussels 1607 edition.

12 **De cuanto…** *by my delay in confronting your enemy*

13 **Pues así…** *since a lady humbles herself to me*

el palafrén de la reina, y despidámonos del castellano y destos señores, y vamos de aquí luego al punto."

Sancho, que a todo estaba presente, dijo, 'meneando la cabeza a una parte y a otra:° "¡Ay, señor, señor, y «cómo hay más mal en el aldegüela que se suena»,[14] con perdón sea dicho de las tocadas honradas!"[15]   shaking his head

"¿Qué mal puede haber en ninguna aldea, ni en todas las ciudades del mundo, que pueda sonarse° en menoscabo mío, villano?"   resound

"Si vuestra merced se enoja," respondió Sancho, "yo callaré y dejaré de[16] decir lo que soy obligado como buen escudero, y como debe un buen criado decir a su señor."

"Di lo que quisieres," replicó don Quijote, "como tus palabras no se encaminen a ponerme miedo, que si tú le tienes, haces como quien eres, y si yo no le tengo, hago como quien soy."

"No es eso, pecador fui yo a Dios," respondió Sancho, "sino que yo tengo por cierto y por averiguado que esta señora que se dice ser reina del gran reino Micomicón no lo es más que mi madre, porque a ser lo que ella dice,[17] no se anduviera hocicando° con alguno de los que están 'en la rueda,° a vuelta de cabeza y a cada traspuesta.°"   kissing
present, fleeting occasion

Paróse colorada con las razones de Sancho Dorotea, porque era verdad que su esposo don Fernando alguna vez, a hurto de otros ojos, había cogido con los labios parte del premio que merecían sus deseos—lo cual había visto Sancho, y pareciéndole que aquella desenvoltura más era de dama cortesana que de reina de tan gran reino—, y no pudo ni quiso responder palabra a Sancho, sino dejóle proseguir en su plática, y él fue diciendo:

"Esto digo, señor, porque si al cabo de haber andado caminos y carreras y pasado malas noches y peores días, ha de venir a coger el fruto de nuestros trabajos el que se está holgando en esta venta, no hay para qué darme priesa a que ensille a Rocinante, albarde el jumento y aderece al palafrén, pues será mejor que nos estemos quedos, y «cada puta hile, y comamos»."[18]

¡Oh, válame Dios, y cuán grande que fue el enojo que recibió don Quijote oyendo las descompuestas palabras de su escudero! Digo que fue tanto, que con voz atropellada y tartamuda° lengua, lanzando vivo fuego por los ojos, dijo: "¡Oh, bellaco villano, mal mirado, descompuesto, ignorante, infacundo,° deslenguado,° atrevido, murmurador° y maldiciente!°   stammering

incoherent, foul
mouthed, gossip,
slanderer; illustrious ¿tales palabras has osado decir en mi presencia y en la destas ínclitas°

---

14 «Cómo hay... *"there is more mischief in the village than you hear about"*

15 Con perdón... *begging the pardon of the good people.* Sancho should have said tocas *hats*, but frequently makes mistakes, and this one is particularly apt since he will mention how Dorotea has been touched by Fernando..

16 De was missing in the first three editions.

17 A ser... *if she were what she says*

18 Cada puta... *every prostitute spin, and let's eat.* In rough times, the pimp would have the prostitutes do other types of work so that they all could be supported.

señoras? Y ¿tales deshonestidades y atrevimientos osaste poner en tu confusa imaginación? ¡Vete de mi presencia, monstruo de naturaleza, depositario de mentiras, almario° de embustes, silo de bellaquerías, inventor de maldades, publicador° de sandeces, enemigo del decoro que se debe a las reales personas! ¡Vete: no parezcas delante de mí, so pena de mi ira!"

°= **armario** *cabinet*
publisher

Y diciendo esto, enarcó las cejas, hinchó los carrillos, miró a todas partes, y dio con el pie derecho una gran patada° en el suelo, señales todas de la ira que encerraba° en sus entrañas. A cuyas palabras y furibundos° ademanes quedó Sancho tan encogido° y medroso, que se holgara que en aquel instante se abriera debajo de sus pies la tierra y le tragara. Y no supo qué hacerse, sino volver las espaldas y quitarse de la enojada presencia de su señor. Pero la discreta Dorotea, que tan entendido tenía ya el humor de don Quijote, dijo para templarle° la ira: "No 'os despechéis,° señor Caballero de la Triste Figura, de las sandeces que vuestro buen escudero ha dicho, porque quizá no las debe de decir sin ocasión, ni de su buen entendimiento y cristiana conciencia se puede sospechar que levante testimonio° a nadie, y sí, se ha de creer, sin poner duda en ello, que, como en este castillo, según vos, señor caballero, decís, todas las cosas van y suceden por modo de encantamento, podría ser, digo, que Sancho hubiese visto por esta diabólica vía lo que él dice que vio tan en ofensa de mi honestidad."

stomp
held, raging
cowering

to appease, get angry

false testimony

"Por el omnipotente Dios juro," dijo a esta sazón don Quijote, "que la vuestra grandeza ha 'dado en el punto,° y que alguna mala visión se le puso delante a este pecador de Sancho, que le hizo ver lo que fuera imposible verse de otro modo que por el de encantos no fuera, que sé yo bien de la bondad e inocencia deste desdichado, que no sabe levantar testimonios a nadie."

hit the mark

"Ansí es y ansí será," dijo don Fernando, "por lo cual debe vuestra merced, señor don Quijote, perdonalle y reducille al gremio de su gracia, *sicut erat in principio*,[19] antes que las tales visiones le sacasen de juicio."

Don Quijote respondió que él le perdonaba, y el cura fue por Sancho, el cual vino muy humilde y hincándose de rodillas, pidió la mano a su amo, y él se la dio, y después de habérsela dejado besar, le echó la bendición, diciendo: "Agora acabarás de conocer, Sancho hijo, ser verdad lo que yo otras muchas veces te he dicho, de que todas las cosas de este castillo son hechas por vía de encantamento."

"Así lo creo yo," dijo Sancho, "excepto aquello de la manta, que realmente sucedió por vía ordinaria."

"No lo creas," respondió don Quijote, "que si así fuera, yo te vengara entonces, y aun agora. Pero ni entonces ni agora pude, ni vi en quién tomar venganza de tu agravio."

Desearon saber todos qué era aquello de la manta, y el ventero les contó, punto por punto, la volatería° de Sancho Panza, de que no poco se rieron todos, y de que no menos se corriera Sancho, si de nuevo no le asegurara su amo que era encantamento, puesto que jamás llegó la sandez

flight

---

19 *As it was in the beginning* from the Latin *Gloria Patri.*

de Sancho a tanto, que creyese no ser verdad pura y averiguada, sin mezcla de engaño alguno, lo de haber sido manteado por personas de carne y
hueso, y no por fantasmas soñadas ni imaginadas, como su señor lo creía
y lo afirmaba.

Dos días eran ya pasados los que había que toda aquella iluſtre compañía eſtaba en la venta,[20] y pareciéndoles que ya era tiempo de partirse,
dieron orden para que, sin ponerse al trabajo de volver Dorotea y don
Fernando con don Quijote[21] a su aldea con la invención de la libertad
de la reina Micomicona, pudiesen el cura y el barbero llevársele como
deseaban, y procurar la cura de su locura en su tierra. Y lo que ordenaron
fue que se concertaron° con un carretero de bueyes que acaso acertó a   arranged
pasar por allí, para que lo llevase en eſta forma: hicieron una como jau-
la° de 'palos enrejados,° capaz° que pudiese en ella caber holgadamente°   cage, wooden bars,
don Quijote, y luego don Fernando y sus camaradas, con los criados de   large enough, com-
don Luis y los cuadrilleros, juntamente con el ventero, todos por orden y   fortably
parecer del cura, se cubrieron los roſtros y se disfrazaron,° quién de una   disguised
manera y quién de otra, de modo que a don Quijote le pareciese ser otra
gente de la que en aquel caſtillo había viſto.

Hecho eſto, con grandísimo silencio se entraron adonde él eſtaba
durmiendo y descansando de las pasadas refriegas. Llegáronse a él, que
libre y seguro de tal acontecimiento dormía, y asiéndole fuertemente, le
ataron muy bien las manos y los pies, de modo que, cuando él despertó
con sobresalto, no pudo menearse ni hacer otra cosa más que admirarse
y suspenderse de ver delante de sí tan eſtraños visajes.° Y luego dio en la   faces
cuenta de lo que su continua y desvariada imaginación le representaba,[22] y
se creyó que todas aquellas figuras eran fantasmas de aquel encantado castillo, y que, sin duda alguna, ya eſtaba encantado, pues no se podía menear
ni defender: todo 'a punto° como había pensado que sucedería el cura,   exactly
trazador deſta máquina. Sólo Sancho, de todos los presentes, eſtaba en su
mesmo juicio y en su mesma figura, el cual, aunque le faltaba bien poco
para tener la mesma enfermedad de su amo, no dejó de conocer quién
eran todas aquellas contrahechas° figuras. Mas no osó descoser° su boca   disguised, unsew
haſta ver en qué paraba aquel asalto y prisión de su amo. El cual tampoco
hablaba palabra, atendiendo a ver el paradero de su desgracia, que fue que,
trayendo allí la jaula, le encerraron dentro y le clavaron° los maderos° tan   nailed down, bars,
fuertemente, que no se pudieran romper 'a dos tirones.°   "in a million years"

Tomáronle luego en hombros, y al salir del aposento, se oyó una voz
temerosa, todo cuanto la supo formar el barbero, no el del albarda, sino
el otro, que decía: "¡Oh, Caballero de la Triſte Figura, no te dé afinca-
miento° la prisión en que vas, porque así conviene para acabar más preſto   grief

---

20 **Dos días...** *the illustrious company was in the inn for two days*

21 **Sin ponerse...** *so that Dorotea and don Fernando wouldn't have to return
with don Quijote*

22 **Dio en...** *he came to realize what his never-ending and extravagant imagination represented to him*

la aventura en que tu gran esfuerzo te puso! La cual se acabará cuando el furibundo león manchado[23] con la blanca 'paloma tobosina° yoguieren° en uno, ya después de humilladas las altas cervices al blando yugo matrimoñesco,[24] de cuyo inaudito consorcio° saldrán a la luz del orbe° los bravos cachorros° que imitarán las 'rumpantes garras° del valeroso padre. Y eſto será antes que el seguidor de la fugitiva ninfa[25] faga dos vegadas° la visita de las 'lucientes imágines,° con su rápido y natural curso. Y tú, ¡oh, el más noble y obediente escudero que tuvo espada 'en cinta,° barbas en roſtro y olfato° en las narices! no te desmaye ni descontente ver llevar ansí delante de tus ojos mesmos a la flor de la caballería andante, que preſto, si al plasmador° del mundo le place, te verás tan alto y tan sublimado,° que no te conozcas, y no 'saldrán defraudadas° las promesas que te ha fecho tu buen señor. Y asegúrote, de parte de la sabia Mentironiana, que tu salario te sea pagado, como lo verás 'por la obra,° y sigue las pisadas° del valeroso y encantado caballero, que conviene que vayas donde paréis entrambos, y porque no me es lícito decir otra cosa, a Dios quedad, que yo me vuelvo a donde yo me sé."

Tobosan dove
lie
union, world
cubs, rampant claws
veces
"zodiac signs"
at his side
sense of smell
framer, exalted
will not prove false
in due course, steps

Y al acabar de la profecía, alzó la voz de punto,° y diminuyóla después, con tan tierno acento,° que aun los sabidores de la burla eſtuvieron por creer que era verdad lo que oían. Quedó don Quijote consolado con la escuchada profecía, porque luego coligió 'de todo en todo° la significación de ella, y vio que le prometían el verse ayuntado[26] en santo y debido matrimonio con su querida Dulcinea del Toboso, de cuyo felice vientre° saldrían los cachorros—que eran sus hijos—para gloria perpetua de la Mancha. Y creyendo eſto bien y firmemente, alzó la voz, y dando un gran suspiro, dijo: "¡Oh, tú, quienquiera que seas, que tanto bien me has pronoſticado!° —ruégote que pidas de mi parte al sabio encantador que mis cosas tiene a cargo, que no me deje perecer en eſta prisión donde agora me llevan, haſta ver cumplidas tan alegres e incomparables promesas como son las que aquí se me han hecho, 'que como eſto sea,° tendré por gloria las penas de mi cárcel y por alivio eſtas cadenas que me ciñen, y no por duro campo de batalla eſte lecho en que 'me acueſtan,° sino por cama blanda y tálamo° dichoso. Y en lo que toca a la consolación de Sancho Panza, mi escudero, yo confío de su bondad y buen proceder que no me dejará, en buena ni en mala suerte, porque cuando no suceda, por la suya o por mi corta ventura, el poderle yo dar la ínsula,[27] o otra cosa equivalente que le tengo prometida, por lo menos, su salario no podrá perderse, que en mi teſtamento, que ya eſtá hecho, dejo declarado lo que se le ha de dar,

tone
sound
completely
womb
foretold
if this happens
lie me down
nuptial bed

23 **Manchado** is *spotted*, but here it obliquely hints at **manchego**.

24 **Después...** *after they shall have bowed their high necks under the soft matrimonial yoke*

25 The fleeing nymph is Daphne and her follower is Apollo, the sun.

26 The first three Cuesta editions have **ayuntados** here, seen as an error by most editors, including Schevill.

27 **Cuando no...** *if it doesn't happen, through his or my bad luck, that I can't give him the island*

no conforme a sus muchos y buenos servicios, sino a la posibilidad mía."

Sancho Panza se le inclinó con mucho comedimiento, y le besó entrambas las manos, porque la una no pudiera, por estar atadas entrambas. Luego tomaron la jaula en hombros aquellas visiones, y la acomodaron en
5 el carro de los bueyes.

Capítulo XLVII. Del estraño modo con que fue encantado don Quijote de la Mancha, con otros famosos sucesos.[1]

Cuando don Quijote se vio de aquella manera enjaulado y encima del carro, dijo: "Muchas y muy graves historias he yo leído de
10 caballeros andantes, pero jamás he leído, ni visto, ni oído, que a los caballeros encantados los lleven desta manera[2] y 'con el espacio° que **despacio** prometen estos perezosos y tardíos° animales, porque siempre los suelen slow llevar por los aires, con estraña ligereza, encerrados en alguna parda° y dark escura nube, o en algún carro de fuego, o ya sobre algún hipogrifo[3] o otra
15 bestia semejante. Pero que me lleven a mí agora sobre un carro de bueyes ¡vive Dios que me pone en confusión! Pero quizá la caballería y los encantos destos nuestros tiempos deben de seguir otro camino que siguieron los antiguos. Y también podría ser que, como yo soy nuevo caballero en el mundo y el primero que ha resucitado el ya olvidado ejercicio de la
20 caballería aventurera,° también nuevamente se hayan inventado otros gé- errant neros de encantamentos, y otros modos de llevar a los encantados. ¿Qué te parece desto, Sancho hijo?"

"No sé yo lo que me parece," respondió Sancho, "por no ser tan leído como vuestra merced en las escrituras andantes. Pero, con todo eso, osaría
25 afirmar y jurar que estas visiones que por aquí andan, que no son del todo católicas."[4]

"¿Católicas? ¡Mi padre!" respondió don Quijote, "¿cómo han de ser católicas, si son todos demonios que han tomado cuerpos fantásticos para venir a hacer esto, y a ponerme en este estado? Y si quieres ver esta verdad,
30 tócalos y pálpalos,° y verás como no tienen cuerpo sino de aire, y como no feel them consiste más de en la apariencia."

"Par Dios, señor," replicó Sancho, "ya yo los he tocado, y este diablo que aquí anda tan solícito° es rollizo de carnes, y tiene otra propiedad muy diligently diferente de la que yo he oído decir que tienen los demonios. Porque, se-
35 gún se dice, todos huelen a piedra azufre y a otros malos olores, pero éste huele a ámbar de° media legua." at

---

1 Here is another case of a so-called misplaced chapter heading—since Don Quijote is already enchanted.

2 Don Quijote may not have heard of it, but Cervantes doubtless did, since this episode reflects the way Lancelot was transported in the French epic *Le Chevalier de la charrette,* **carro** in Spanish.

3 The **hipogrifo** was a clawed flying horse with the face of a griffin.

4 **No es católico** means *it sounds fishy.*

Decía esto Sancho por° don Fernando, que, como tan señor, debía de   **about**
oler a lo que Sancho decía.

"No te maravilles deso, Sancho amigo," respondió don Quijote, "porque te hago saber que los diablos saben mucho, y puesto que traigan olo-
res consigo, ellos no 'huelen nada,° porque son espíritus, y si huelen, no   **huelen *a* nada**
pueden oler cosas buenas, sino malas y hidiondas.° Y la razón es, que,   foul-smelling
como ellos dondequiera que están, traen el infierno consigo y no pueden
recebir género de alivio alguno en sus tormentos, y el buen olor sea cosa
que deleita y contenta, no es posible que ellos huelan cosa buena. Y si a ti
te parece que ese demonio que dices huele a ámbar, o tú te engañas, o él
quiere engañarte con hacer que no le tengas por demonio."

Todos estos coloquios pasaron entre amo y criado, y temiendo don
Fernando y Cardenio que Sancho no viniese a caer del todo en la cuenta
de su invención, a quien andaba ya muy en los alcances,[5] determinaron
de abreviar con la partida, y llamando aparte al ventero, le ordenaron que
ensillase a Rocinante y enalbardase el jumento de Sancho, el cual lo hizo
con mucha presteza.

Ya, en esto, el cura se había concertado con los cuadrilleros que le
acompañasen hasta su lugar, dándoles un tanto cada día.[6] Colgó Cardenio del arzón de la silla de Rocinante, del un cabo la adarga y del otro la
bacía, y por señas mandó a Sancho que subiese en su asno y tomase de las
riendas a Rocinante, y puso a los dos lados del carro a los dos cuadrilleros,
con sus escopetas. Pero antes que se moviese el carro, salió la ventera, su
hija y Maritornes a despedirse de don Quijote, fingiendo que lloraban de
dolor de su desgracia, a quien don Quijote dijo: "No lloréis, mis buenas
señoras, que todas estas desdichas son anexas a los que profesan lo que yo
profeso, y si estas calamidades no me acontecieran, no me tuviera yo por
famoso caballero andante. Porque a los caballeros de poco nombre y fama
nunca les suceden semejantes casos, porque no hay en el mundo quien
se acuerde dellos. A los valerosos, sí, que tienen envidiosos de su virtud y
valentía a muchos príncipes y a muchos otros caballeros,[7] que procuran
por malas vías destruir a los buenos. Pero, con todo eso, la virtud es tan
poderosa, que por sí sola, a pesar de toda la nigromancia° que supo su pri-   black magic
mer inventor Zoroastes,[8] saldrá vencedora de todo trance y dará de sí luz
en el mundo, como la da el sol en el cielo. Perdonadme, fermosas damas,
si algún desaguisado por descuido mío os he fecho, que de voluntad y 'a
sabiendas° jamás le di a nadie. Y rogad a Dios me saque destas prisiones   knowingly
donde algún mal intencionado encantador me ha puesto; que si de ellas
me veo libre, no se me caerá de la memoria las mercedes que en este

---

5   **Andaba ya…** *he had almost figured it out*

6   **Dándoles un…** *paying them a bit every day*

7   **Tienen envidiosos…** *they have caused many princes and other knights to be envious of their prowess*

8   Zoroaster (also known as Zarathustra) (628–*ca.* 551 B.C). Persian priest who, in legend, is connected with occult knowledge and magic.

caſtillo me habedes fecho, para gratificallas,° servillas y recompensallas   reward them
como ellas merecen."

En tanto que las damas del caſtillo eſto pasaban con don Quijote,
el cura y el barbero se despidieron de don Fernando y sus camaradas, y
5 del capitán y de su hermano y todas aquellas contentas señoras, especialmente de Dorotea y Luscinda. Todos se abrazaron y quedaron° de darse   agreed
noticia de sus sucesos, diciendo don Fernando al cura dónde había de
escribirle para avisarle en lo que paraba don Quijote, asegurándole que
no habría cosa que más guſto le diese que saberlo, y que él asimesmo le
10 avisaría de todo aquello que él viese que podría darle guſto, así de su casamiento, como del bautismo de Zoraida, y suceso de don Luis, y vuelta
de Luscinda a su casa. El cura ofreció de hacer cuanto se le mandaba, con
toda puntualidad. Tornaron a abrazarse otra vez, y otra vez tornaron a
nuevos ofrecimientos.

15 El ventero se llegó al cura y le dio unos papeles, diciéndole que los
había hallado en un aforro° de la maleta donde se halló la *Novela del*   lining
curioso impertinente, y que pues su dueño no había vuelto más por allí,
que se los llevase todos, que pues él no sabía leer, no los quería. El cura se
lo agradeció, y abriéndolos luego, vio que al principio de lo escrito decía:
20 *Novela de Rinconete y Cortadillo*,⁹ por donde entendió ser alguna novela,
y coligió que, pues la del *Curioso impertinente* había sido buena, que también lo sería aquélla, pues podría ser fuesen todas de un mesmo autor. Y
así, la guardó con prosupueſto de leerla cuando tuviese comodidad.

Subió a caballo, y también su amigo el barbero, con sus antifaces,°   masks
25 porque no fuesen luego conocidos de don Quijote, y pusiéronse a caminar
tras el carro, y la orden que llevaban era éſta: iba primero el carro, guián-
dole su dueño, a los dos lados iban los cuadrilleros, como se ha dicho,
con sus escopetas. Seguía luego Sancho Panza sobre su asno, llevando de
rienda a Rocinante. Detrás de todo eſto iban el cura y el barbero sobre
30 sus poderosas mulas, cubiertos los roſtros, como se ha dicho, con grave y
reposado continente, no caminando más de lo que permitía el paso tardo°   slow
de los bueyes. Don Quijote iba sentado en la jaula, las manos atadas,
tendidos los pies, y arrimado a las verjas,° con tanto silencio y tanta pa-   bars
ciencia, como si no fuera hombre de carne, sino eſtatua de piedra.

35 Y así, con aquel espacio° y silencio caminaron haſta dos leguas, que   slowness
llegaron a un valle, donde le pareció al boyero° ser lugar acomodado para   wagoner
reposar y dar paſto a los bueyes. Y comunicándolo con el cura, fue de
parecer el barbero que caminasen un poco más, porque él sabía detrás de
un recueſto° que cerca de allí se moſtraba, había un valle de más yerba   slope
40 y mucho mejor que aquel donde parar querían. Tomóse el parecer del
barbero, y así, tornaron a proseguir su camino.

En eſto volvió el cura el roſtro y vio que 'a sus espaldas° venían has-   behind him
ta seis o siete hombres de a caballo, bien pueſtos y aderezados,° de los   equipped

---

9 This **novela** was published as the third of Cervantes' twelve *Novelas ejem-*
plares (1613).

cuales fueron presto alcanzados, porque caminaban, no con la flema y reposo de los bueyes, sino como quien iba sobre mulas de canónigos,[10] y con deseo de llegar presto a sestear a la venta, que menos de una legua de allí se parecía. Llegaron los diligentes° a los perezosos, y saludáronse cortésmente, y uno de los que venían, que, en resolución, era canónigo de Toledo y señor de los demás que le acompañaban, viendo la concertada° procesión del carro, cuadrilleros, Sancho, Rocinante, cura y barbero, y más a don Quijote enjaulado° y aprisionado,° no pudo dejar de preguntar qué significaba llevar aquel hombre de aquella manera, aunque ya se había dado a entender, viendo las insignias° de los cuadrilleros, que debía de ser algún facinoroso salteador o otro delincuente, cuyo castigo tocase a la Santa Hermandad. Uno de los cuadrilleros, a quien fue hecha la pregunta, respondió ansí: "Señor, lo que significa ir este caballero desta manera dígalo él, porque nosotros no lo sabemos."

Oyó don Quijote la plática, y dijo: "¿Por dicha vuestras mercedes, señores caballeros, son versados y perictos° en esto de la caballería andante? Porque si lo son, comunicaré con ellos[11] mis desgracias, y si no, no hay para qué me canse en decillas."

Y a este tiempo habían ya llegado el cura y el barbero, viendo que los caminantes estaban en pláticas con don Quijote de la Mancha, para responder de modo que no fuese descubierto su artificio. El canónigo, a lo que don Quijote dijo, respondió: "En verdad, hermano, que sé más de libros de caballerías que de las *Súmulas* de Villalpando.[12] Ansí que, 'si no está más que en esto,° seguramente podéis comunicar conmigo lo que quisiéredes."

"A la mano de Dios," replicó don Quijote. "Pues así es, quiero, señor caballero, que sepades que yo voy encantado en esta jaula por envidia y fraude de malos encantadores, que la virtud más es perseguida de los malos que amada de los buenos. Caballero andante soy, y no de aquellos de cuyos nombres jamás la fama se acordó para eternizarlos° en su memoria, sino de aquellos que a despecho y pesar de la mesma envidia, y de cuantos magos crió Persia, bracmanes la India, ginosofistas la Etiopia,[13] ha de poner su nombre en el templo de la inmortalidad, para que sirva de ejemplo y dechado° en los venideros siglos, donde los caballeros andantes vean los pasos que han de seguir, si quisieren llegar a la cumbre y alteza honrosa de las armas."

speedy ones

orderly

caged, imprisoned

badges

experienced

if that's all

immortalize them

model

---

10 Canons were staff priests in a cathedral.

11 Since **vuestra merced** *your grace* is a feminine third-person verb form, you should expect to find **ellas** here. But since **señores caballeros** follows, don Quijote uses the masculine form. It means *you*, of course.

12 Gaspar Cardillo de Villalpando was a professor of Theology at the University of Alcalá where his *Summa summularum* (colloquially the *Súmulas*) was required reading.

13 Brahmans are Indian priests; gymnosophists refer here to the chief priestly caste of the ancient Ethiopians, mentioned in Heliodorus' *Ethiopian Story*, Book 10.

"Dice verdad el señor don Quijote de la Mancha," dijo a esta sazón el cura, "que él va encantado en esta carreta, no por sus culpas y pecados, sino por la mala intención de aquellos a quien la virtud enfada y la valentía enoja. Éste es, señor, el Caballero de la Triste Figura, si ya le oístes nombrar en algún tiempo, cuyas valerosas hazañas y grandes hechos serán escritas en bronces duros y en eternos mármoles, por más que se canse la envidia en escurecerlos° y la malicia en ocultarlos.°'"   *hiding them*

Cuando el canónigo oyó hablar al preso y al libre en semejante estilo, estuvo por hacerse la cruz de admirado,[14] y no podía saber lo que le había acontecido, y en la mesma admiración cayeron todos los que con él venían. En esto Sancho Panza, que se había acercado a oír la plática, para adobarlo° todo, dijo: "Ahora, señores, quiéranme bien o quiéranme   *to clarify* mal por lo que dijere—el caso de ello es que así va encantado mi señor don Quijote como mi madre. Él tiene su entero juicio, él come y bebe y hace sus necesidades como los demás hombres, y como las hacía ayer, antes que le enjaulasen.° Siendo esto ansí, ¿cómo quieren hacerme a mí   *put in the cage* entender que va encantado? Pues yo he oído decir a muchas personas que los encantados ni comen, ni duermen, ni hablan, y mi amo, si no le van a la mano, hablará más que treinta procuradores."

Y volviéndose a mirar al cura, prosiguió diciendo: "¡Ah, señor cura, señor cura! ¿Pensaba vuestra merced que no le conozco, y pensará que yo no calo° y adivino adónde se encaminan estos nuevos encantamentos? Pues   *understand* sepa que le conozco, por más que se encubra el rostro, y sepa que le entiendo, por más que disimule sus embustes. En fin, «donde reina° la envidia   *reigns* no puede vivir la virtud,» ni «adonde hay escaseza,° la liberalidad.» Mal   *stinginess* haya el diablo, que 'si por su reverencia no fuera,° ésta fuera ya la hora que   *if it weren't for you* mi señor estuviera casado con la infanta Micomicona, y yo fuera conde por lo menos, pues no se podía esperar otra cosa, así de la bondad de mi señor, el de la Triste Figura, como de la grandeza de mis servicios. Pero ya veo que es verdad lo que se dice por ahí, que «la rueda de la fortuna anda 'más lista° que una rueda de molino», y que «los que ayer estaban 'en pinganitos,°   *faster, prosperous* hoy están por el suelo.» De mis hijos y de mi mujer me pesa, pues cuando podían y debían esperar ver entrar a su padre por sus puertas hecho gobernador o visorrey° de alguna ínsula o reino, le verán entrar hecho 'mozo de   *viceroy* caballos.° Todo esto que he dicho, señor cura, no es más de por encarecer°   *stable boy, stress* a 'su paternidad° haga conciencia del mal tratamiento que a mi señor se le   *"you"* hace, y mire bien no le pida Dios en la otra vida esta prisión de mi amo,[15] y 'se le haga cargo° de todos aquellos socorros y bienes que mi señor don   *he charges* Quijote deja de hacer en este tiempo que está preso."

"¡Adóbame esos candiles!°'" dijo a este punto el barbero. "¿También   *I don't believe it* vos, Sancho, sois de la cofradía de vuestro amo? ¡Vive el Señor que voy viendo que le habéis de tener compañía en la jaula, y que habéis de quedar

---

14 **Estuvo por...** *he was about to cross himself in wonder*
15 **Mire bien...** *watch out that God doesn't hold you accountable in the other world for making my master a prisoner*

tan encantado como él por lo que os toca de su humor y de su caballería!
En mal punto 'os empreñastes° de sus promesas, y en mal hora se os entró   impregnated yourself
en los cascos la ínsula que tanto deseáis."

"Yo no estoy preñado de nadie," respondió Sancho, "ni soy hombre
que me dejaría empreñar 'del rey que fuese,° y aunque pobre, soy cristiano   by the king himself
viejo y no debo nada a nadie, y si ínsulas deseo, otros desean otras cosas
peores, y «cada uno es hijo de sus obras,» y 'debajo de ser hombre,°   being a man
puedo venir a ser papa», cuanto más gobernador de una ínsula, y más pudiendo ganar tantas mi señor, que le falte a quien dallas. Vuestra merced
mire cómo habla, señor barbero, que no es todo hacer barbas, y «algo va
de Pedro a Pedro.» Dígolo, porque todos nos conocemos, y 'a mí no se
me ha de echar dado falso°». Y en esto del encanto de mi amo, Dios sabe   "you can't fool me"
la verdad, y quédese aquí, porque «es peor meneallo»."

No quiso responder el barbero a Sancho, porque no descubriese con
sus simplicidades lo que él y el cura tanto procuraban encubrir. Y por este
mesmo temor había el cura dicho al canónigo que caminasen un poco
delante, que él le diría el misterio del enjaulado, con otras cosas que le
diesen gusto. Hízolo así el canónigo, y adelantóse con sus criados, y con él
estuvo atento a todo aquello que decirle quiso de la condición, vida, locura
y costumbres de don Quijote, contándole brevemente el principio y causa
de su desvarío, y todo el progreso de sus sucesos hasta haberlo puesto en
aquella jaula, y el disignio que llevaban de llevarle a su tierra, para ver si
por algún medio hallaban remedio a su locura. Admiráronse de nuevo los
criados y el canónigo de oír la peregrina historia de don Quijote, y en acabándola de oír, dijo: "Verdaderamente, señor cura, yo hallo por mi cuenta
que son perjudiciales en la república estos que llaman libros de caballerías.
Y aunque he leído,[16] llevado de un ocioso y falso gusto, casi el principio
de 'todos los más° que hay impresos, jamás me he podido acomodar a   the majority
leer ninguno del principio al cabo, porque me parece que, cuál más, cuál
menos, todos ellos son una mesma cosa, y no tiene más éste que aquél,
ni estotro que el otro. Y según a mí me parece, este género de escritura
y composición cae debajo de aquel de las fábulas que llaman milesias,[17]
que son cuentos disparatados que atienden solamente a deleitar, y no a
enseñar, al contrario de lo que hacen las fábulas apólogas,[18] que deleitan
y enseñan juntamente. Y puesto que el principal intento de semejantes
libros sea el deleitar, no sé yo cómo puedan conseguirle, yendo llenos de
tantos y tan desaforados disparates.

"Que el deleite que en el alma se concibe ha de ser de la hermosura y
concordancia° que vee o contempla en las cosas que la vista o la imagina-   harmony
ción le ponen delante, y toda cosa que tiene en sí fealdad° y descompos-   ugliness
tura° no nos puede causar contento alguno. Pues ¿qué hermosura puede   disproportion

---

16 **He leído**—the first edition has **el oýdo**, corrected in the third edition.

17 The Greek Milesian tales were pure fiction with no moral to extract.

18 In contrast with the Milesian tales, the Phrygian apologues did have
some moral teaching that could be learned.

haber, o qué proporción de partes con el todo y del todo con las partes en
un libro o fábula donde un mozo de diez y seis años da una cuchillada a
un gigante como una torre,[19] y le divide en dos mitades, como si fuera de
alfeñique,° y que cuando nos quieren pintar una batalla, después de haber   almond paste
dicho que hay de la parte° de los enemigos un millón de competientes,°   side, combatants
como sea contra ellos el señor del libro,[20] forzosamente, 'mal que nos   in spite of ourselves
pese,° habemos de entender que el tal caballero alcanzó la vitoria por sólo
el valor de su fuerte brazo?

    "Pues ¿qué diremos de la facilidad con que una reina o emperatriz
heredera° se conduce en los brazos de un andante y no conocido caballe-   heiress
ro? ¿Qué ingenio, si no es del todo bárbaro e inculto,° podrá contentarse   uncultured
leyendo que una gran torre, llena de caballeros, va por la mar adelante,
como nave° con próspero viento, y hoy anochece en Lombardía,[21] y ma-   ship
ñana amanezca en tierras del preſte Juan de las Indias,[22] o en otras que
ni las descubrió Tolomeo ni las vio Marco Polo?[23] Y si a eſto se me respondiese que los que tales libros componen los escriben como cosas de
mentira,° y que así no eſtán obligados a mirar en delicadezas° ni verdades,   fiction, fine points
responder-les-ía[24] yo que tanto la mentira es mejor cuanto más parece
verdadera, y tanto más agrada cuanto tiene más de lo dudoso° y posible.   truthfulness
Hanse de casar las fábulas mentirosas con el entendimiento de los que las
leyeren, escribiéndose de suerte que, facilitando los imposibles, allanando
las grandezas, suspendiendo los ánimos, admiren, suspendan, alborocen
y entretengan, de modo que anden a un mismo paso la admiración y
la alegría juntas, y todas eſtas cosas no podrá hacer el que huyere de la
verisimilitud y de la imitación, en quien consiſte la perfeción de lo que
se escribe.[25]

    "No he viſto ningún libro de caballerías que haga un 'cuerpo de fábu-
la° entero con todos sus miembros, de manera que el medio corresponda   plot
al principio y el fin al principio y al medio, sino que los componen con

---

19   This alludes to Belianís de Grecia who cut a giant in half (I,18).

20   **Como sea...** *and the hero of the book is against them*

21   Lombardy is the northern Italian region that borders on Switzerland.
Its largest city is Milan, as you remember.

22   Preste Juan de las Indias supposedly ruled a large portion of Asia in the
thirteenth century.

23   The first edition says **descubrió** as transcribed here. Some editors, realizing that the Egyptian geographer Ptolemy (127–145 A.D.) was not a navigator
but rather a writer of treatises, change this to **describió**. I prefer to leave the error
with the canon. Ptolemy knew the earth was round, and thought it was the center
of the universe. Marco Polo was the Venetian merchant (1254-1324) who traveled to China where he spent 17 years.

24   **Les respondería** in a very archaic style.

25   **Escribiéndose de...** *written in such a way that impossible things seem possible, excesses are smoothed over, the mind is kept in suspense, so that they astonish,
stimulate, delight, and entertain in such a way that admiration and pleasure move together; and the person who flees from credibility and imitation—of which the perfection
of what one writes consists—cannot accomplish this.* Complex even in translation!

tantos miembros, que más parece que llevan intención a formar una quimera[26] o un monstruo que a hacer una figura proporcionada. Fuera desto, son en el estilo duros; en las hazañas, increíbles; en los amores, lascivos; en las cortesías,° 'mal mirados;° largos en las batallas; necios en las razones; disparatados en los viajes, y finalmente, ajenos de todo discreto artificio, y por esto, dignos de ser desterrados de la república cristiana, como a gente inútil."

compliments, uncouth

El cura le estuvo escuchando con grande atención, y parecióle hombre de buen entendimiento y que tenía razón en cuanto decía. Y así, le dijo que, por ser él de su mesma opinión y 'tener ojeriza a° los libros de caballerías, había quemado todos los de don Quijote, que eran muchos. Y contóle el escrutinio que dellos había hecho, y los que había condenado al fuego y dejado con vida, de que no poco se rio el canónigo. Y dijo que, con todo cuanto mal había dicho de tales libros, hallaba en ellos una cosa buena, que era el sujeto° que ofrecían para que un buen entendimiento pudiese mostrarse en ellos, porque daban largo y espacioso campo por donde sin empacho° alguno pudiese correr la pluma, descubriendo naufragios,° tormentas, un capitán valeroso, con todas las partes que para ser tal se requieren, mostrándose prudente, previniendo las astucias° de sus enemigos; y elocuente orador, persuadiendo o disuadiendo a sus soldados; maduro en el consejo, presto en 'lo determinado;° tan valiente en el esperar como en el acometer; pintando ora un lamentable y trágico suceso, ahora un alegre y 'no pensado° acontecimiento; allí una hermosísima dama, honesta, discreta y recatada; aquí un caballero cristiano, valiente y comedido; acullá un desaforado bárbaro fanfarrón;° acá un príncipe cortés, valeroso y bien mirado; representando bondad y lealtad de vasallos, grandezas y mercedes de señores. Ya puede mostrarse astrólogo, ya cosmógrafo excelente, ya músico, ya inteligente en las 'materias de estado,° y tal vez le vendrá ocasión de mostrarse nigromante, si quisiere. Puede mostrar las astucias de Ulixes,[27] la piedad de Eneas, la valentía de Aquiles, las desgracias de Héctor, las traiciones de Sinón,[28] la amistad de Eurialo,[29] la liberalidad de Alejandro, el valor de César, la clemencia y verdad de Trajano,[30] la fidelidad de Zopiro,[31] la prudencia de Catón, y finalmente, todas aquellas acciones que pueden hacer perfecto a un varón ilustre, ahora

that he disliked

opportunity

obstacle
shipwrecks
cunning

resolve

unexpected

show-off

affairs of state

---

26 A chimera in Greek mythology is a fire-bretahing monster, part lion, snake, and goat.

27 Ulysses is the hero of Homer's *Odyssey*. He is the master of cunning.

28 Sinon was the Greek spy who persuaded the Trojans to accept the wooden horse.

29 Euryalus was Æneas' companion. He and his close friend Nisus died together at the hands of the Rutuli.

30 Trajan was the Roman emperor who was famous for clemency. He was born in Italica, near Seville in 53 A.D. and lived until 117.

31 Zopirus was a Persian nobleman faithful to Darius I (550 – 486 B.C.). He helped Darius become king of Persia in 522. Too complicated a story for such a minor note.

poniéndolas en uno sólo, ahora dividiéndolas en muchos.

"Y siendo esto hecho con apacibilidad° de estilo y con ingeniosa in-   gentleness
vención, que tire lo más que fuere posible a la verdad, sin duda compon-
drá una tela° de varios y hermosos lizos[32] tejida, que, después de acabada,   web
5 tal perfeción y hermosura muestre, que consiga el fin mejor que se pretende en los escritos, que es enseñar y deleitar juntamente, como ya tengo
dicho. Porque la escritura desatada destos libros da lugar a que el autor
pueda mostrarse épico, lírico, trágico, cómico, con todas aquellas partes
que encierran en sí las dulcísimas y agradables ciencias de la poesía y de la
10 oratoria, que la épica también puede escrebirse en prosa como en verso."

Capítulo XLVIII. Donde prosigue el canónigo la materia de los libros de caballerías, con otras cosas dignas de su ingenio.

"Así ES como vuestra merced dice, señor canónigo," dijo el cura,
"y por esta causa son más dignos de reprehensión los que hasta
15 aquí han compuesto semejantes libros, sin tener advertencia
a ningún buen discurso, ni al arte y reglas por donde pudieran guiarse y
hacerse famosos en prosa, como lo son en verso los dos príncipes de la
poesía griega y latina."[1]

"Yo, a lo menos," replicó el canónigo, "he tenido cierta tentación de
20 hacer un libro de caballerías, guardando en él todos los puntos que he significado,° y si he de confesar la verdad, tengo escritas más de cien hojas.[2]   indicated
Y para hacer la experiencia de si correspondían a mi estimación, las he
'comunicado con° hombres apasionados° desta leyenda, dotos° y discre-   gave to, fond, learnèd
tos, y con otros ignorantes, que sólo atienden al gusto de oír disparates,
25 y de todos he hallado una agradable aprobación.° Pero, con todo esto,   approval
no he proseguido adelante, así por parecerme que hago cosa ajena de mi
profesión, como por ver que es más el número de los simples que de los
prudentes, y que puesto que es mejor ser loado° de los pocos sabios que   praised
burlado de los muchos necios, no quiero sujetarme al confuso juicio del
30 desvanecido° vulgo, a quien por la mayor parte toca leer semejantes libros.   smug

"Pero lo que más me le quitó de las manos, y aun del pensamiento de
acabarle, fue un argumento que hice conmigo mesmo, sacado de las comedias que ahora se representan, diciendo: 'si estas que ahora se usan, así
las imaginadas como las de historia, todas o las más son conocidos dispa-
35 rates, y cosas que no llevan pies ni cabeza, y con todo eso, el vulgo las oye
con gusto, y las tiene y las aprueba por buenas, estando tan lejos de serlo, y
los autores que las componen, y los actores que las representan dicen que

---

32 The text says **lazos** *knots*, which Schevill respects, but suggests that **lizos**
threads is a better reading.

1 These are Homer and Virgil.

2 **Cien hojas** represents 200 pages, since each **hoja** was written on both
sides.

así han de ser, porque así las quiere el vulgo, y no de otra manera, y que las que llevan traza y siguen la fábula como el arte pide, no sirven sino para cuatro discretos que las entienden, y todos los demás se quedan ayunos° _without any idea_ de entender su artificio, y que a ellos les está mejor ganar de comer con los muchos, que no opinión con los pocos, deste modo vendrá a ser mi libro, al cabo de haberme quemado las cejas[3] por guardar los preceptos referidos, y vendré a ser «el sastre del cantillo».[4]

"Y aunque algunas veces he procurado persuadir a los actores,° que _producers_ se engañan en tener la opinión que tienen, y que más gente atraerán y más fama cobrarán representando comedias que hagan el arte, que no con las disparatadas, y están tan asidos y encorporados° en su parecer, que _obstinate_ no hay razón ni evidencia que dél los saque. Acuérdome que un día dije a uno destos pertinaces:° 'Decidme, ¿no os acordáis que ha pocos años _obstinate people_ que se representaron° en España tres tragedias, que compuso un famoso _put on_ poeta destos reinos,[5] las cuales fueron tales, que admiraron, alegraron y suspendieron a todos cuantos las oyeron, así simples como prudentes, así del vulgo como de los escogidos,° y dieron más dineros a los represen- _select few_ tantes° ellas tres solas que treinta de las mejores que 'después acá° se han _actors, since then_ hecho?' 'Sin duda,' respondió el autor que digo, 'que debe de decir vuestra merced por la _Isabela_, la _Filis_ y la _Alejandra_.'[6] 'Por ésas digo,' le repliqué yo, 'y mirad si guardaban bien los preceptos del arte,[7] y si por guardarlos dejaron de parecer lo que eran y de agradar a todo el mundo.[8] Así que no está la falta en el vulgo que pide disparates, sino en aquellos que no saben representar otra cosa. Sí, que no fue disparate la _Ingratitud vengada_, ni le tuvo la _Numancia_, ni se le halló en la del _Mercader amante_, ni menos en la _Enemiga favorable_,[9] ni en otras algunas que de algunos entendidos poetas han sido compuestas para fama y renombre suyo, y para ganancia de los que las han representado.' Y otras cosas añadí a éstas, con que a mi parecer le dejé algo confuso, pero no satisfecho ni convencido, para sacarle

---

3   **Al cabo…** _after so much effort_

4   **«El sastre del cantillo que cosía de balde y ponía el hilo»** _The tailor on the corner who sewed for nothing and threw in the thread._ 224 words in this sentence.

5   Lupercio Leonardo de Argensola (1559-1613). The three plays are mentioned below.

6   These plays so praised by the canon went a long time before they were published. The first and third came out in 1772 and the second had to wait until 1889.

7   These PRECEPTS OF ART are the three unities of drama: action, time, and place. In Cervantes' own plays he didn't observe all three unities.

8   **Por guardarlos…** _by keeping them_ [the precepts] _they failed to seem what they were and to please everybody_

9   _La ingratitud vengada_ (1587) is by Lope de Vega (1562–1635), _La Numancia_ is Cervantes' tragedy about the Roman victory over the Numantians. _El mercader amante_, by Gaspar de Aguilar (1561–1623), respects the three unities. _La enemiga favorable_ is by a canon named Francisco Agustín Tárrega (1554?–1602) which also observes the three unities. Don't feel bad if you've only heard of Lope de Vega and Cervantes.

de su errado pensamiento."

"En materia ha tocado vuestra merced,¹⁰ señor canónigo," dijo a esta sazón el cura, "que ha despertado en mí un antiguo rancor que tengo con las comedias que agora se usan, tal, que iguala al que tengo con los libros de caballerías, porque habiendo de ser la comedia, según le parece a Tulio¹¹ —espejo de la vida humana, ejemplo de las costumbres y imagen de la verdad—las que ahora se representan son espejos de disparates, ejemplos de necedades e imágenes de lascivia.° Porque, ¿qué mayor disparate puede ser en el sujeto que tratamos que salir un niño en mantillas° en la primera cena° del primer acto, y en la segunda salir ya hecho hombre barbado? Y ¿qué mayor que pintarnos un viejo valiente y un mozo cobarde, un lacayo rectórico,° un paje consejero, un rey ganapán° y una princesa fregona?°

"¿Qué diré, pues, de la observancia° que guardan en los tiempos en que pueden o podían suceder las acciones que representan, sino que he visto comedia que la primera jornada° comenzó en Europa, la segunda en Asia, la tercera se acabó en África, y aun si fuera de cuatro jornadas, la cuarta acababa en América, y así se hubiera hecho en todas las cuatro partes del mundo? Y si es que la imitación es lo principal que ha de tener la comedia, ¿cómo es posible que satisfaga a ningún mediano° entendimiento que, fingiendo una acción que pasa en tiempo del rey Pepino y Carlomagno, el mismo que en ella hace la persona principal le atribuían que fue el Emperador Heraclio, que entró con la Cruz en Jerusalén, y el que ganó la 'Casa Santa,° como Godofre de Bullón,¹² habiendo infinitos años de lo uno a lo otro, y fundándose° la comedia sobre cosa fingida, atribuirle verdades de historia y mezclarle pedazos de otras sucedidas a diferentes personas y tiempos, y esto, no con trazas verisímiles, sino con patentes errores de todo punto inexcusables? Y es lo malo que hay ignorantes que digan que esto es lo perfecto, y que lo demás es buscar gullurías.°

"Pues ¿qué, si venimos a las comedias divinas?¹³ ¡Qué de milagros falsos fingen en ellas, qué de cosas apócrifas y mal entendidas, atribu-

La Casa Santa

Marginal glosses: lewdness · diapers · = **escena** *scene* · eloquent, handyman · dishwasher · attention · act · average · Holy Sepulcher · founding · superfluities

---

10   **En materia...** *you have touched on a subject*

11   Tully is Cicero. What the Roman orator really said, slightly different from what our priest attributed to him is: "imitation of life, mirror of customs, and image of the truth."

12   Pippin, that is Pépin III, the Short, lived between 714–768 and Charlemagne lived between 742–814. Heraclius (575–641) was an emperor of the Eastern Roman Empire. He claimed to have recovered the wood from Christ's cross. Godfrey of Bouillon (*ca.* 1060–1100) was a leader in the First Crusade.

13   **¿Qué, si...** *what about mystery plays?*

yendo a un santo los milagros de otro! Y aun en las humanas° se atreven   secular
a hacer milagros, sin más respeto ni consideración que parecerles que allí
estará bien el tal milagro y apariencia,° como ellos llaman, para que gente   special effect
ignorante se admire y venga a la comedia, que todo esto es en perjuicio
de la verdad y en menoscabo de las historias y aun en oprobrio de los
ingenios españoles, porque los estranjeros, que con mucha puntualidad
guardan las leyes de la comedia, nos tienen por bárbaros e ignorantes,
viendo los absurdos y disparates de las° que hacemos.   **las** *comedias*

"Y no sería bastante disculpa desto decir que el principal intento que
las repúblicas bien ordenadas tienen, permitiendo que se hagan públicas
comedias, es para entretener la comunidad con alguna honesta recreación, y divertirla a veces de los malos humores que suele engendrar la
ociosidad,[14] y que, pues éste se consigue con cualquier comedia buena o
mala, no hay para qué poner leyes ni estrechar° a los que las componen y   to force
representan a que las hagan como debían hacerse, pues, como he dicho,
con cualquiera se consigue lo que con ellas se pretende.[15] A lo cual respondería yo que este fin se conseguiría mucho mejor, sin comparación alguna,
con las comedias buenas que con las no tales. Porque de haber oído la
comedia artificiosa y bien ordenada, saldría el oyente alegre con las burlas,   instructed
enseñado° con las veras,° admirado de los sucesos, discreto con las razo-   truths
nes, advertido con los embustes, sagaz con los ejemplos, airado contra el
vicio y enamorado de la virtud, que todos estos afectos ha de despertar la
buena comedia en el ánimo del que la escuchare, por rústico y torpe° que   slow mentally
sea. Y de toda imposibilidad, es imposible dejar de alegrar y entretener,
satisfacer y contentar la comedia que todas estas partes tuviere,[16] mucho
más que aquella que careciere dellas, como por la mayor parte carecen
estas que de ordinario agora se representan.

"Y no tienen la culpa desto los poetas que las componen, porque
algunos hay dellos que conocen muy bien en lo que yerran,° y saben es-   go astray
tremadamente lo que deben hacer. Pero como las comedias se han hecho
mercadería° vendible,° dicen, y dicen verdad, que los representantes no se   commodity, sellable
las comprarían si no fuesen de aquel jaez. Y así, el poeta procura acomo-
darse con lo que el representante que le ha de pagar su obra le pide. Y que
esto sea verdad, véase por muchas e infinitas comedias que ha compuesto
un felicísimo ingenio destos reinos,[17] con tanta gala, con tanto donaire,
con tan elegante verso, con tan buenas razones, con tan graves sentencias,
y finalmente, tan llenas de elocución y alteza de estilo, que tiene lleno el
mundo de su fama. Y por querer acomodarse al gusto de los representantes, no han llegado todas, como han llegado algunas, al punto de la

---

14 **Divertirla a…** *to take one's mind off the evil humors which idleness some-*
times engenders

15 **Con cualquiera…** *the same object is achieved by any kind of play*

16 **Es imposible…** *it is impossible that the play that has all of these features can*
fail to entertain, satisfy, and gratify

17 Reference to Lope de Vega.

perfección que requieren.[18]

    "Otros las componen tan sin mirar lo que hacen, que después de representadas tienen necesidad los recitantes de huirse y ausentarse, temerosos de ser caſtigados, como lo han sido muchas veces, por haber representado cosas en perjuicio de algunos reyes y en deshonra de algunos linajes. Y todos eſtos inconvenientes cesarían, y aun otros muchos más que no digo, con que hubiese en la corte una persona inteligente y discreta que examinase todas las comedias antes que se representasen, no sólo aquellas que se hiciesen en la corte, sino todas las que se quisiesen representar en España, sin la cual aprobación, sello° y firma, ninguna justicia° en su lugar dejase representar comedia alguna. Y deſta manera los comediantes° tendrían cuidado de enviar las comedias a la corte, y con seguridad podrían representallas. Y aquellos que las componen mirarían con más cuidado y eſtudio lo que hacían, temorosos[19] de haber de pasar sus obras por el riguroso examen de quien lo entiende, y deſta manera se harían buenas comedias y se conseguiría felicísimamente lo que en ellas se pretende, así el entretenimiento del pueblo, como la opinión de los ingenios de España, el interés y seguridad de los recitantes, y el ahorro del cuidado de caſtigallos.[20]

    "Y si se diese cargo a otro, o a eſte mismo, que examinase los libros de caballerías que de nuevo se compusiesen, sin duda podrían salir algunos con la perfección que vueſtra merced ha dicho, enriqueciendo nueſtra lengua del° agradable y precioso tesoro de la elocuencia, dando ocasión que los libros viejos se escureciesen a la luz de los nuevos que saliesen, para honeſto pasatiempo, no solamente de los ociosos, sino de los más ocupados. Pues no es posible que eſté continuo el arco armado,° ni la condición° y flaqueza humana se pueda suſtentar sin alguna lícita recreación."

    A eſte punto de su coloquio llegaban el canónigo y el cura, cuando adelantándose el barbero, llegó a ellos, y dijo al cura: "Aquí, señor licenciado, es el lugar que yo dije que era bueno para que, seſteando nosotros, tuviesen los bueyes fresco y abundoso paſto."

    "Así me lo parece a mí," respondió el cura. Y diciéndole al canónigo lo que pensaba hacer, él también quiso quedarse con ellos, convidado del sitio de un hermoso valle que a la viſta se les ofrecía. Y así, por gozar dél como de la conversación del cura, de quien ya iba aficionado,[21] y por saber más 'por menudo° las hazañas de don Quijote, mandó a algunos de sus criados que se fuesen a la venta, que no lejos de allí eſtaba, y trujesen della lo que hubiese de comer, para todos, porque él determinaba de seſtear en aquel lugar aquella tarde. A lo cual uno de sus criados respondió que el

Right margin glosses:
seal
authority
directors

with the

ready
nature

in detail

---

  18 **No han…** *not all* [of his plays] *have achieved, as some have, the level of perfection they require*

  19 The priest says this form instead of the current **temerosos**.

  20 **Y el…** *and sparing the bother of punishing them* [the actors]

  21 **De quien…** *to whom he had taken a liking*

acémila del repuesto, que ya debía de estar en la venta, traía recado° bas- provisions
tante para no obligar a no tomar de la venta más que cebada.

"Pues así es," dijo el canónigo, "llévense allá todas las cabalgaduras, y
haced volver la acémila."

En tanto que esto pasaba, viendo Sancho que podía hablar a su amo
sin la continua asistencia del cura y el barbero, que tenía por sospechosos,[22]
se llegó a la jaula donde iba su amo y le dijo: "Señor, para descargo° de mi relief
conciencia le quiero decir lo que pasa cerca de su encantamento, y es que
aquestos dos que vienen aquí cubiertos los rostros son el cura de nuestro
lugar y el barbero, y imagino han dado esta traza de llevalle desta manera,
de pura envidia que tienen como vuestra merced se les adelanta en hacer
famosos hechos.[23] Presupuesta, pues, esta verdad, síguese que no va encantado, sino embaído° y tonto. Para prueba de lo cual le quiero preguntar deceived
una cosa, y si me responde como creo que me ha de responder, tocará con
la mano este engaño, y verá como no va encantado, sino 'trastornado el
juicio.°" driven crazy

"Pregunta lo que quisieres, hijo Sancho," respondió don Quijote,
"que yo te satisfaré y responderé a toda tu voluntad. Y en lo que dices que
aquellos que allí van y vienen con nosotros son el cura y el barbero, nuestros compatriotos° y conocidos, bien podrá ser que parezca que son ellos townsmen
mesmos. Pero que lo sean realmente y en efeto, eso no lo creas en ninguna
manera. Lo que has de creer y entender es que si ellos se les parecen, como
dices, debe de ser que los que me han encantado habrán tomado esa apariencia y semejanza, porque es fácil a los encantadores tomar la figura que
se les antoja, y habrán tomado las destos nuestros amigos para darte a ti
ocasión de que pienses lo que piensas, y ponerte en un laberinto de imaginaciones que no aciertes a salir dél, aunque tuvieses la soga de Teseo,[24] y
también lo habrán hecho para que yo vacile° en mi entendimiento, y no waver
sepa atinar de dónde me viene este daño, porque si por una parte tú me
dices que me acompañan el barbero y el cura de nuestro pueblo, y por otra
yo me veo enjaulado, y sé de mí que fuerzas humanas, como no fueran so-
brenaturales, no fueran bastantes para enjaularme, ¿qué quieres que diga
o piense sino que la manera de mi encantamento excede a cuantas yo he
leído en todas las historias que tratan de caballeros andantes que han sido
encantados? Ansí que bien puedes darte paz y sosiego en esto de creer que
son los que dices, porque así son ellos como yo soy turco. Y en lo que toca
a querer preguntarme algo, di, que yo te responderé aunque me preguntes
de aquí a mañana."

"¡Válame nuestra señora!" respondió Sancho, dando una gran voz.
"Y ¿es posible que sea vuestra merced tan duro de celebro y tan falto de
meollo,° que no eche de ver que es pura verdad lo que le digo, y que en understanding

---

22 **Que tenía...** *whom he considered suspicious*
23 **Se les...** *surpasses them in doing famous deeds*
24 As the story goes, Ariadne gave Theseus a thread, not a rope, so he could
find his way out of the labyrinth of Crete.

eſta su prisión y desgracia tiene más parte la malicia que el encanto? Pero pues así es, yo le quiero probar evidentemente como no va encantado. Si no, digame, así Dios le saque deſta tormenta, y así se vea en los brazos de mi señora Dulcinea cuando menos se piense…"

"Acaba de conjurarme,'" dijo don Quijote, "y pregunta lo que quisie-res. Que ya te he dicho que te responderé con toda puntualidad." — beseeching me

"Eso pido," replicó Sancho, "y lo que quiero saber es que me diga, sin añadir ni quitar cosa ninguna, sino con toda verdad, como se espera que la han de decir y la dicen todos aquellos que profesan las armas, como vueſtra merced las profesa, debajo de título de caballeros andantes…"

"Digo que no mentiré en cosa alguna," respondió don Quijote. "Aca-ba ya de preguntar, que en verdad que me cansas con tantas salvas,° ple-garias y prevenciones,° Sancho." — oaths / precautions

"Digo que yo eſtoy seguro de la bondad y verdad de mi amo, y así, porque hace al caso a nueſtro cuento,²⁵ pregunto, hablando con acata-miento,° si acaso después que vueſtra merced va enjaulado, y a su parecer encantado, en eſta jaula, le ha venido gana y voluntad de hacer 'aguas mayores o menores,° como suele decirse." — respect / number two or numbe[r] one; clarify

"No entiendo eso de «hacer aguas», Sancho. Aclárate° más, si quieres que te responda derechamente.°"

"¿Es posible que no entiende vueſtra merced de «hacer aguas me-nores o mayores»? Pues en la escuela deſtetan° a los muchachos con ello. Pues sepa que quiero decir si le ha venido gana de hacer lo que 'no se escusa.°" — they wean / can't be put off

"¡Ya, ya te entiendo, Sancho! Y muchas veces, y aun agora la tengo. ¡Sácame deſte peligro, que no anda todo limpio!"

Capítulo XLIX. Donde se trata del discreto coloquio que Sancho Panza tuvo con su señor don Quijote.

"¡Ha!" dijo Sancho. "¡Cogido° le tengo! ¡Eſto es lo que yo de-seaba saber como al alma y como a la vida!¹ Venga acá, señor, ¿podría negar lo que comúnmente suele decirse por ahí cuando una persona eſtá de 'mala voluntad:° 'No sé qué tiene Fulano, que ni come, ni bebe, ni duerme, ni responde 'a propósito° a lo que le preguntan, que no parece sino que eſtá encantado?' De donde 'se viene a sacar° que los que no comen, ni beben, ni duermen, ni hacen las obras° naturales que yo digo, eſtos tales eſtán encantados, pero no aque-llos que tienen la gana que vueſtra merced tiene, y que bebe cuando se lo dan, y come cuando lo tiene, y responde a todo aquello que le preguntan." — caught / indisposed / properly / one can gather / functions

"Verdad dices, Sancho," respondió don Quijote, "pero ya te he dicho

---

25 **Hace al…** *it has to do with our subject at hand*

1 **Como [quiero] al alma y como [quiero] a la vida** *just as I love my heart and soul.* This is Rodríguez Marín's good solution.

que hay muchas maneras de encantamentos, y podría ser que con el tiempo se hubiesen mudado de unos en otros, y que agora se use que los encantados hagan todo lo que yo hago, aunque antes no lo hacían. De manera que contra el uso de los tiempos no hay que argüir ni de qué 'hacer consecuencias.° Yo sé y tengo para mí que voy encantado, y esto me basta para la seguridad de mi conciencia,° que la formaría² muy grande si yo pensase que no estaba encantado y me dejase estar en esta jaula, perezoso y cobarde, defraudando el socorro que podría dar a muchos menesterosos y necesitados que de mi ayuda y amparo deben tener a la hora de ahora precisa° y estrema necesidad." draw inferences
mind

clear

"Pues con todo eso," replicó Sancho, "digo que, para mayor abundancia y satisfacción,³ sería bien que vuestra merced probase a salir desta cárcel, que yo 'me obligo° con todo mi poder a facilitarlo, y aun a sacarle della, y probase de nuevo a subir sobre su buen Rocinante, que también parece que va encantado, según va de malencólico y triste, y hecho esto, probásemos otra vez la suerte de buscar más aventuras, y si no nos sucediese bien, tiempo nos queda para volvernos a la jaula, en la cual prometo, a ley de buen y leal escudero, de encerrarme juntamente con vuestra merced, si acaso fuere vuestra merced tan desdichado, o yo tan simple, que no acierte a salir con lo que digo." I promise

"Yo soy contento de hacer lo que dices, Sancho hermano," replicó don Quijote, "y cuando tú veas coyuntura de poner en obra mi libertad, yo te obedeceré en todo y por todo. Pero tú, Sancho, verás cómo te engañas en el conocimiento de mi desgracia."

En estas pláticas se entretuvieron el caballero andante y el mal andante escudero, hasta que llegaron donde, ya apeados, los aguardaban el cura, el canónigo y el barbero. Desunció° luego los bueyes de la carreta el boyero y dejólos andar 'a sus anchuras° por aquel verde y apacible sitio, cuya frescura° convidaba a quererla gozar, no a las personas tan encantadas como don Quijote, sino a los tan advertidos y discretos como su escudero, el cual rogó al cura que permitiese que su señor saliese por un rato de la jaula, porque si no le dejaban salir, no iría tan limpia aquella prisión como requiría la decencia de un tal caballero como su amo. unyoked
freely
coolness

Entendióle el cura, y dijo que de muy buena gana haría lo que le pedía, si no temiera que, en viéndose su señor en libertad, había de hacer de las suyas,⁴ y irse donde jamás 'gentes le viesen.° **nadie le viese**

"Yo 'le fío de la fuga,'" respondió Sancho. guarantee he won't

"Y yo 'y todo,'" dijo el canónigo, "y más si él me da la palabra como caballero de no apartarse de nosotros hasta que sea nuestra voluntad." flee; also

"Sí doy" respondió don Quijote, que todo lo estaba escuchando, "cuanto más que el que está encantado, como yo, no tiene libertad para

---

2 **Formaría (cargo de conciencia)** *it would weigh heavily on my conscience*

3 Gaos suggests this meaning: **a mayor abundamiento y para mejor satisfacción** *furthermore, and for better satisfaction.*

4 **Había de...** *he might try to have his own way*

hacer de su persona lo que quisiere, porque el que le encantó le puede
hacer que no se mueva de un lugar en tres siglos, y si hubiere huido, le
hará volver 'en volandas.°'"   in an instant

    Y que, pues eſto era así, bien podían soltalle, y más siendo tan en
5 provecho de todos, y del no soltalle les proteſtaba° que no podía dejar de   assured
fatigalles el olfato,° si de allí no se desviaban.⁵   sense of smell

    Tomóle la mano el canónigo, aunque las tenía atadas, y debajo de
su buena fe y palabra le desenjaularon,° de que él se alegró infinito y en   let out of cage
grande manera de verse fuera de la jaula. Y lo primero que hizo fue es-
10 tirarse todo el cuerpo, y luego se fue donde eſtaba Rocinante, y dándole
dos palmadas° en las ancas, dijo: "Aún espero en Dios y en su bendita   slaps
Madre, flor y espejo de los caballos, que preſto nos hemos de ver los dos
cual deseamos: tú con tu señor a cueſtas, y yo encima de ti, ejercitando el
oficio para que Dios me echó al mundo."

15   Y diciendo eſto don Quijote, se apartó con Sancho en remota parte,
de donde vino más aliviado° y con más deseos de poner en obra lo que su   relieved
escudero ordenase. Mirábalo el canónigo y admirábase de ver la eſtrañeza
de su grande locura, y de que en cuanto hablaba y respondía moſtraba
tener bonísimo entendimiento. Solamente venía a 'perder los eſtribos,°   talk nonsense
20 como otras veces se ha dicho, en tratándole de caballería. Y así, movido
de compasión, después de haberse sentado todos en la verde yerba para
esperar el repueſto del canónigo, le dijo: "¿Es posible, señor hidalgo, que
haya podido tanto con vueſtra merced la amarga y ociosa letura de los
libros de caballerías, que le hayan vuelto el juicio de modo que venga a
25 creer que va encantado, con otras cosas deſte jaez, tan lejos de ser verdaderas como lo eſtá la mesma mentira de la verdad? Y ¿cómo es posible
que haya entendimiento humano que se dé a entender que ha habido en
el mundo aquella infinidad de Amadises, y aquella turbamulta° de tanto   mish-mash
famoso caballero, tanto emperador de Trapisonda, tanto Felixmarte de
30 Hircania, tanto palafrén, tanta doncella andante, tantas sierpes, tantos
endriagos, tantos gigantes, tantas inauditas aventuras, tanto género de
encantamentos, tantas batallas, tantos desaforados encuentros, tanta bizarría de trajes, tantas princesas enamoradas, tantos escuderos condes,
tantos enanos graciosos, tanto billete, tanto requiebro, tantas mujeres va-
35 lientes, y finalmente, tantos y tan disparatados casos como los libros de
caballerías contienen? De mí sé decir que cuando los leo, en tanto que no
pongo la imaginación en pensar que son todos mentira y liviandad, me
dan algún contento. Pero cuando 'caigo en la cuenta° de lo que son, 'doy   I realize
con° el mejor dellos en la pared, y aun diera con él en el fuego, si cerca o   I throw
40 presente le tuviera, bien como a merecedores de tal pena, por ser falsos
y embuſteros y fuera del trato° que pide la común naturaleza, y como a   treatment
inventores de nuevas seſtas y de nuevo modo de vida, y como a quien
da ocasión que el vulgo ignorante venga a creer y a tener por verdaderas

---

5 **Si de...** *unless they kept their distance*

tantas necedades como contienen.[6]

"Y aun tienen tanto atrevimiento, que se atreven a turbar los inge-
nios° de los discretos y bien nacidos hidalgos, como se echa bien de ver   *wits*
por lo que con vuestra merced han hecho, pues le han traído a términos
que sea forzoso encerrarle en una jaula, y traerle sobre un carro de bueyes,
como quien trae o lleva algún león, o algún tigre, de lugar en lugar, para
ganar con él dejando que le vean.[7] Ea, señor don Quijote, duélase° de sí   *take pity*
mismo y redúzgase al gremio de[8] la discreción, y sepa usar de la mucha°   **mucha** *discreción*
que el cielo fue servido de darle, empleando el felicísimo talento de su
ingenio en otra letura que redunde en aprovechamiento° de su conciencia   *advantage*
y en aumento de su honra. Y si todavía, llevado de su natural inclinación,
quisiere leer libros de hazañas y de caballerías, lea en la 'Sacra Escritu-
ra° el de los Jueces,° que allí hallará verdades grandiosas y hechos tan   *bible, Judges*
verdaderos como valientes. Un Viriato tuvo Lusitania; un César Roma;
un Aníbal Cartago; un Alejandro Grecia; un Conde Fernán González
Castilla; un Cid Valencia; un Gonzalo Fernández Andalucía; un Diego
García de Paredes Estremadura; un Garci Pérez de Vargas Jérez; un Garci
Laso Toledo; un don Manuel de León Sevilla,[9] cuya leción de sus valerosos hechos puede entretener, enseñar, deleitar y admirar a los más altos
ingenios que los leyeren. Ésta sí será letura digna del buen entendimiento
de vuestra merced, señor don Quijote mío, de la cual saldrá erudito° en la   *learnèd person*
historia, enamorado de la virtud, enseñado en la bondad, mejorado en las
costumbres, valiente sin 'temeridad, osado° sin cobardía, y todo esto, para   *recklessness, daring*
honra de Dios, provecho suyo y fama de la Mancha, do, según he sabido,
trae vuestra merced su principio y origen."

Atentísimamente estuvo don Quijote escuchando las razones del canónigo, y cuando vio que ya había puesto fin a ellas, después de haberle
estado un buen espacio mirando, le dijo: "Paréceme, señor hidalgo, que
la plática de vuestra merced se ha encaminado a querer darme a entender que no ha habido caballeros andantes en el mundo, y que todos los

---

6   **Y como**... *for inventing new religious sects and new ways of life, and for
causing the ignorant masses to come to believe and hold as true so many follies that they
contain*

7   **Para ganar...** *to earn money by letting it be seen*

8   **Redúzgase...** *return to the bosom of*

9   Viriathus was a Celtic leader in Lusitania (modern Portugal) who
fought to prevent the Romans from entering his country (he was assassinated in
140B.C.). Hannibal (247–*c.* 181B.C.) was a great Carthaginian general who led his
forces against Rome in the Second Punic War (218–201B.C.). Fernán González
(died 970) united various counties to form a unified Castile. The Cid is credited
to Valencia (which he conquered) rather than Burgos (where he was born). Anda-
lusia's Gonzalo Fernández was already mentioned as the Gran Capitán, Gonzalo
Hernández de Córdoba. The Garcilaso de le Vega mentioned here is not the poet,
but rather the soldier who participated in the conquest of Granada with Fernando and Isabel. Manuel Ponce de León was a contemporary of Garcilaso. After he
went into an arena with lions to retrieve his lady's glove, she slapped him with it.

libros de caballerías son falsos, mentirosos, dañadores° e inútiles para la   harmful
república, y que yo he hecho mal en leerlos, y peor en creerlos, y más
mal en imitarlos, habiéndome puesto a seguir la durísima profesión de la
caballería andante que ellos enseñan, negándome que no ha habido en el
5   mundo Amadises, ni de Gaula, ni de Grecia, ni todos los otros caballeros
de que las escrituras están llenas."

"Todo es al pie de la letra, como vuestra merced lo va relatando," dijo
a esta sazón el canónigo.

A lo cual respondió don Quijote: "Añadió también vuestra merced,
10   diciendo que me habían hecho mucho daño tales libros, pues me habían
vuelto el juicio y puéstome en una jaula, y que me sería mejor hacer la
enmienda y mudar de letura, leyendo otros más verdaderos y que mejor
deleitan y enseñan."

"Así es," dijo el canónigo.

15   "Pues yo," replicó don Quijote, "hallo por mi cuenta que el sin juicio y el encantado es vuestra merced, pues se ha puesto a decir tantas
blasfemias contra una cosa tan recebida° en el mundo y tenida por tan   accepted
verdadera, que el que la negase, como vuestra merced la niega, merecía la
mesma pena que vuestra merced dice que da a los libros cuando los lee y
20   le enfadan. Porque querer dar a entender 'a nadie° que Amadís no fue en   i.e., to everyone
el mundo, ni todos los otros caballeros aventureros, de que están colma-
das° las historias, será querer persuadir que el sol no alumbra,° ni el hielo   filled, shine
enfría, ni la tierra sustenta, porque ¿qué ingenio puede haber en el mundo
que pueda persuadir a otro que no fue verdad lo de la infanta Floripes
25   y Guy de Borgoña? ¿Y lo de Fierabrás con la puente de Mantible,[10] que
sucedió en el tiempo de Carlo Magno, que voto a tal que es tanta verdad
como es ahora de día?

"Y si es mentira, también lo debe de ser que no hubo Héctor,[11] ni
Aquiles, ni la guerra de Troya, ni los Doce Pares de Francia, ni el rey
30   Artús de Ingalaterra, que anda hasta ahora convertido en cuervo, y le
esperan en su reino 'por momentos.° Y también se atreverán a decir que   at any moment
es mentirosa la historia de Guarino Mezquino,[12] y la de la demanda° del   quest
Santo Grial,[13] y que son apócrifos los amores de don Tristán y la reina

---

10   Don Quijote is recalling three sections from the same popular book
of fiction, *Historia del emperador Carlomagno y los doce pares de Francia* (Seville,
1525), printed ten times before 1605. Floripes (the sister of the giant Saracen
Fierabrás) married Gui de Bourgogne. Those who wanted to pass over the marble
bridge of Mantible had to pay an enormous tribute: 100 each of maidens, horses,
falcons and dogs.

11   The mythological Hector led forces in the Trojan war, killing 31 Greeks.
He was killed by Achilles.

12   *Crónica del muy noble caballero Guarino Mezquino* (Seville, 1512, with
two more editions), translated from the Italian (Padua, 1473). Juan de Valdés in
his *Diálogo de la lengua* says it is an exceptionally untruthful book and is poorly
written to boot.

13   The Holy Grail is the cup Christ used at the Last Supper. *La demanda*

"Pues yo," replicó don Quijote, "hallo por mi cuenta que el sin
juicio y el encantado es vuestra merced."

Iseo,¹⁴ como los de Ginebra y Lanzarote, habiendo personas que casi se acuerdan de haber viſto a la dueña Quintañona, que fue la mejor escanciadora° de vino que tuvo la Gran Bretaña. Y es eſto tan ansí, que me acuerdo yo que me decía una mi agüela° 'de partes de mi padre,° cuando veía alguna dueña con tocas reverendas: 'Aquélla, nieto, se parece a la dueña Quintañona.' De donde arguyo yo que la debió de conocer ella, o por lo menos, debió de alcanzar a ver algún retrato suyo. Pues, ¿quién podrá negar no ser verdadera la hiſtoria de Pierres y la linda Magalona,¹⁵ pues aun haſta hoy día se vee en la 'Armería de los Reyes° la clavija° con que volvía° al caballo de madera, sobre quien iba el valiente Pierres por los aires,¹⁶ que es un poco mayor que un 'timón de carreta,° y junto a la clavija eſtá la silla de Babieca?

"Y en Roncesvalles eſtá el cuerno de Roldán, tamaño como una grande viga,°¹⁷ de donde se infiere que hubo Doce Pares, que hubo Pierres, que hubo Cides y otros caballeros semejantes,

> deſtos que dicen las gentes
> que a sus aventuras van.¹⁸

"Si no, díganme también que no es verdad que fue caballero andante el valiente lusitano° Juan de Merlo,¹⁹ que fue a Borgoña° y se combatió en la ciudad de Ras con el famoso señor de Charní, llamado mosén° Pierres, y después, en la ciudad de Basilea,° con mosén Enrique de Remeſtán, saliendo de entrambas empresas vencedor y lleno de honrosa fama. Y las aventuras y desafíos que también acabaron en Borgoña los valientes españoles Pedro Barba y Gutierre Quijada²⁰—de cuya alcurnia° yo deciendo, por línea reċta de varón—, venciendo a los hijos del conde de San Polo.

Margin glosses:
wine pourer
abuela, paternal

Royal Armory, peg,
guided
cart-pole

beam

Portuguese, Burgundy
sir
Basel

lineage

---

del Sancto Grial (Toledo, 1515) in which King Arthur and Lancelot go looking for it is pure fiction.

14 The story of Tristan and Iseult came from a Celtic legend and became a well-known Old French poem. It first appeared in Spain in 1501.

15 *Historia de la linda Magalona, hija del rey de Nápoles, y de Pierres, hijo del conde de Provenza* (Seville, 1519, and five more editions before 1605), a very popular work of fiction of Provençal origin (12th century).

16 Pierres rode no flying wooden horse in the book about Magalona. The episode derives from *La historia del muy valiente y esforzado caballero Clamades…* (Burgos, 1521). In the Royal Armory you won't see the peg next to Babieca's saddle. You won't see Babieca's saddle there either, anymore.

17 Roland's horn, the *oliphant*, was made from an elephant's tusk. Visitors who go to Roncesvalles will not see Roland's horn there. Going into France from there you *will* see a spectacular view.

18 A variant of these verses is found in Chap. 9, p. 83, ll. 19-20.

19 All of the people mentioned here are historic. Juan Merlo fought with Juan II of Castile (1406-1454). Ras is the French city of Arras, capital of the department of Pas-de-Calais. Clemencín has astonishing notes about these people starting on p. 1474 of the Castilla edition.

20 Both of these are mentioned in the *Crónica de Juan II*.

Niéguenme, asimesmo, que no fue a buscar las aventuras a Alemania don
Fernando de Guevara,[21] donde se combatió con micer° Jorge, caballero de   **mi señor**
la casa del duque de Austria. Digan que fueron burla las justas° de Suero   jousts
de Quiñones, del Paso,[22] las empresas de mosén Luis de Falces contra don
Gonzalo de Guzmán,[23] caballero castellano, con otras muchas hazañas
hechas por caballeros cristianos, destos y de los reinos estranjeros, tan
auténticas y verdaderas, que torno a decir, que el que las negase carecería
de toda razón y buen discurso.”

Admirado quedó el canónigo de oír la mezcla que don Quijote hacía
de verdades y mentiras, y de ver la noticia que tenía de todas aquellas cosas, tocantes y concernientes a los hechos de su andante caballería, y así,
le respondió: “No puedo yo negar, señor don Quijote, que no sea verdad
algo de lo que vuestra merced ha dicho, especialmente en lo que toca a
los caballeros andantes españoles, y asimesmo, quiero conceder que hubo
Doce Pares de Francia, pero no quiero creer que hicieron todas aquellas
cosas que el arzobispo Turpín dellos escribe—porque la verdad dello es
que fueron caballeros escogidos por los reyes de Francia, a quien llamaron
PARES, por ser todos iguales en valor, en calidad y en valentía, a lo menos,
si no lo eran, era razón que lo fuesen, y era como una religión de las que
ahora se usan de Santiago o de Calatrava,[24] que se presupone que los que
la profesan han de ser o deben ser caballeros valerosos, valientes y bien
nacidos, y como ahora dicen CABALLERO DE SAN JUAN O DE ALCÁNTARA,
decían en aquel tiempo CABALLERO DE LOS DOCE PARES, porque lo fueron
doce iguales los que para esta religión militar se escogieron. En lo de que
hubo Cid, no hay duda, ni menos Bernardo del Carpio, pero de que hicieron las hazañas que dicen, creo que la hay muy grande. En lo otro de la
clavija, que vuestra merced dice del conde Pierres, y que está junto a la silla
de Babieca en la Armería de los Reyes, confieso mi pecado, que soy tan
ignorante o tan 'corto de vista,° que, aunque he visto la silla, no he echado   short-sighted
de ver la clavija, y más siendo tan grande como vuestra merced ha dicho.”

“Pues allí está sin duda alguna,” replicó don Quijote, “y por más se-
ñas, dicen que está metida en una funda° de vaqueta,° porque no se tome   sheath, cowhide
de moho.°”   rust

“Todo puede ser,” respondió el canónigo, “pero por las órdenes que
recebí, que no me acuerdo haberla visto. Mas puesto que conceda que
está allí, no por eso me obligo a creer las historias de tantos Amadises
ni las de tanta turbamulta de caballeros como por ahí nos cuentan, ni es
razón que un hombre como vuestra merced, tan honrado y de tan buenas
partes,° y dotado° de tan buen entendimiento, se dé a entender que son   qualities, endowed

---

21 Also mentioned in the chronicle just cited.

22 This **Paso** is the **paso honroso**. In 1434 Suero de Quiñones defended
a bridge on the river Órbigo near León (this was his **paso honroso**). He fought
and defeated 68 knights there from Spain, Portugal, Britain, Italy, and France.

23 Two more knights from the same chronicle.

24 These are Spanish religious-military orders of knights dating from the
late twelfth century.

verdaderas tantas y tan estrañas locuras como las que están escritas en los disparatados libros de caballerías."

Capítulo L. De las discretas altercaciones que don Quijote y el canónigo tuvieron, con otros sucesos.

5   "Bueno está eso," respondió don Quijote, "los libros que están impresos con licencia de los reyes, y con aprobación de aquellos a quien se remitieron,° y que con gusto general son leídos y celebrados° de los grandes y de los chicos, de los pobres y de los ricos, de los letrados e ignorantes, de los plebeyos y caballeros, finalmente, de todo

10   género de personas, de cualquier estado y condición que sean, ¿habían de ser mentira, y más llevando tanta apariencia de verdad, pues nos cuentan el padre, la madre, la patria, los parientes, la edad, el lugar y las hazañas, punto por punto y día por día, que el tal caballero hizo, o caballeros hicieron? Calle vuestra merced, no diga tal blasfemia y créame—que le

15   aconsejo en esto lo que debe de hacer como discreto—si no, léalos, y verá el gusto que recibe de su leyenda.

"Si no, dígame, ¿hay mayor contento que ver, como si dijésemos, aquí ahora se muestra delante de nosotros un gran lago de pez° hirviendo 'a borbollones,° y que andan nadando y cruzando por él muchas serpientes,

20   culebras° y lagartos,° y otros muchos géneros de animales feroces y espantables, y que del medio del lago sale una voz tristísima, que dice: 'Tú, caballero, quienquiera que seas, que el temeroso lago estás mirando— si quieres alcanzar el bien que debajo destas negras aguas se encubre, muestra el valor de tu fuerte pecho, y arrójate en mitad de su° negro y

25   encendido licor, porque si así no lo haces, no serás digno de ver las altas maravillas que en sí encierran y contienen los siete castillos de las siete fadas,° que debajo desta negregura° yacen?' Y que apenas el caballero no ha acabado de oír la voz temerosa, cuando 'sin entrar más en cuentas° consigo, sin ponerse a considerar el peligro a que se pone, y aun sin

30   despojarse de la pesadumbre° de sus fuertes armas, encomendándose a Dios y a su señora, se arroja en mitad del bullente° lago?

"Y cuando no se cata ni sabe dónde ha de parar, se halla entre unos floridos campos, con quien los Elíseos no tienen que ver en ninguna cosa. Allí le parece que el cielo es más transparente, y que el sol luce con

35   claridad más nueva. Ofrécesele a los ojos una apacible floresta, de tan verdes y frondosos árboles compuesta, que alegra a la vista su verdura,° y entretiene los oídos el dulce y no aprendido canto de los pequeños, infinitos y pintados pajarillos que por los intricados ramos van cruzando. Aquí descubre un arroyuelo, cuyas frescas aguas, que líquidos cristales

40   parecen, corren sobre menudas arenas y blancas pedrezuelas,° que oro cernido° y puras perlas semejan. Acullá vee una artificiosa fuente de jaspe° variado y de liso mármol compuesta. Acá vee otra, a lo brutesco° adornada, adonde las menudas conchas de las almejas,° con las torcidas

Right margin glosses:

submitted
praised

pitch
furiously
snakes, lizards,

its

fairies, blackness
without further
  thought
weight
boiling

greenness

little stones
sifted
jasper, grotesque
clams

casas, blancas y amarillas, del caracol,° puestas con orden desordenada, **snail**
mezclados entre ellas pedazos de cristal luciente y de contrahechas
esmeraldas,° hacen una variada labor° de manera que el arte, imitando a **emeralds, piece of work**
la naturaleza, parece que allí la vence.

"Acullá, de improviso, se le descubre un fuerte castillo o vistoso
alcázar, cuyas murallas son de macizo° oro, las almenas de diamantes, **solid**
las puertas de jacintos.° Finalmente, él es de tan admirable compostura,° **jacinths, composition**
que con ser la materia de que está formado no menos que de diamantes,
de carbuncos,° de rubíes, de perlas, de oro y de esmeraldas, es de más **"type of ruby"**
estimación su hechura.° Y ¿hay más que ver, después de haber visto esto, **workmanship**
que ver salir por la puerta del castillo un buen número de doncellas,
cuyos galanos° y vistosos trajes, si yo me pusiese ahora a decirlos como **elegant**
las historias nos los cuentan, 'sería nunca acabar,° y tomar luego la que **I'd never finish**
parecía principal de todas por la mano al atrevido caballero[1] que se arrojó
en el ferviente° lago, y llevarle, sin hablarle palabra, dentro del rico alcázar **boiling**
o castillo, y hacerle desnudar como su madre le parió, y bañarle con
templadas° aguas, y luego untarle° todo con olorosos ungüentos, y vestirle **warm, anoint**
una camisa de cendal delgadísimo,° toda olorosa° y perfumada, y acudir **very fine, fragrant**
otra doncella y echarle un mantón° sobre los hombros, que, por lo 'menos **shawl**
menos,° dicen que 'suele valer° una ciudad y aun más? **= menos, is worth**

"¿Qué es ver, pues, cuando nos cuentan que tras todo esto, le llevan
a otra sala, donde halla puestas las mesas con tanto concierto,° que queda **harmony**
suspenso y admirado? ¿Qué el verle echar agua a manos, toda de ámbar
y de olorosas flores distilada?° ¿Qué el hacerle sentar sobre una silla de **filtered**
marfil? ¿Qué verle servir todas las doncellas, guardando un maravilloso
silencio? ¿Qué el traerle tanta diferencia° de manjares, tan sabrosamente **veriety**
guisados,° que no sabe el apetito a cuál deba de alargar la mano? ¿Cuál **prepared**
será oír la música que en tanto que come suena, sin saberse quién la canta
ni adónde suena? Y después de la comida acabada y las mesas alzadas,° **cleared**
quedarse el caballero recostado sobre la silla, y quizá 'mondándose los
dientes,° como es costumbre, entrar a deshora por la puerta de la sala otra **picking his teeth**
mucho más hermosa doncella que ninguna de las primeras,[2] y sentarse
al lado del caballero, y comenzar a darle cuenta de qué castillo es aquél,
y de cómo ella está encantada en él,° con otras cosas que suspenden al **el _castillo_**
caballero y admiran a los leyentes que van leyendo su historia.

"No quiero alargarme más en esto, pues dello se puede colegir que
cualquiera parte que se lea de cualquiera historia de caballero andante ha
de causar gusto y maravilla a cualquiera que la leyere. Y vuestra merced
créame, y como otra vez le he dicho—lea estos libros, y verá cómo le
destierran la melancolía que tuviere, y le mejoran la condición, si acaso
la tiene mala. De mí sé decir que, después que soy caballero andante,

---

1 **Tomar luego…** [and then see] _her who seemed to be the most important of all the maidens take the daring knight by the hand_

2 **Otra mucho…** _another maiden much more beautiful than any of the previous ones_

soy valiente, comedido, liberal, bien criado, generoso, cortés, atrevido,
blando, paciente, sufridor° de trabajos, de prisiones, de encantos, y aunque   *endurer*
ha tan poco que me vi encerrado en una jaula como loco, pienso, por el
valor de mi brazo, favoreciéndome el cielo y no me siendo contraria la
5 fortuna, en pocos días verme rey de algún reino, adonde pueda mostrar el
agradecimiento y liberalidad que mi pecho encierra, 'que mía fe,° señor,   *upon my faith*
el pobre está 'inhabilitado de poder° mostrar la virtud de liberalidad con   *unable*
ninguno, aunque en sumo grado la posea. Y el agradecimiento, que sólo
consiste en el deseo, es cosa muerta, como es muerta la fe sin obras. Por
10 esto querría que la fortuna me ofreciese presto alguna ocasión, donde me
hiciese emperador, por mostrar mi pecho, haciendo bien a mis amigos,
especialmente a este pobre de Sancho Panza, mi escudero, que es el mejor
hombre del mundo, y querría darle un condado que le tengo muchos días
ha prometido,³ sino que temo que no ha de tener habilidad para gobernar
15 su estado."

Casi estas últimas palabras oyó Sancho a su amo, a quien dijo:
"Trabaje vuestra merced, señor don Quijote, en darme ese condado, tan
prometido de vuestra merced como de mí esperado, que yo le prometo
que no me falte a mí habilidad para gobernarle, y cuando me faltare, yo he
20 oído decir que hay hombres en el mundo que 'toman en arrendamiento°   *lease*
los estados de los señores y les dan un tanto° cada año, y ellos se tienen   *amount*
cuidado del gobierno, y el señor se está a pierna tendida, gozando de la
renta que le dan, sin curarse de otra cosa. Y así haré yo, y no repararé en
tanto más cuanto,⁴ sino que luego me desistiré de todo, y me gozaré mi
25 renta como un duque, y allá se lo hayan."⁵

"Eso, hermano Sancho," dijo el canónigo, "entiéndese en cuanto al
gozar la renta, empero, al administrar justicia, ha de atender el señor del
estado, y aquí entra la habilidad y buen juicio, y principalmente la buena
intención de acertar,° que si ésta falta en los principios, siempre irán   *be right*
30 errados los medios y los fines.⁶ Y así suele Dios ayudar al buen deseo del
simple como desfavorecer al malo del discreto."⁷

"No sé esas filosofías," respondió Sancho Panza, "mas sólo sé que tan
presto tuviese yo el condado como sabría regirle, que tanta alma tengo yo
como otro, y tanto cuerpo como 'el que más,° y tan rey sería yo de mi estado   *the best of them*
35 como cada uno del suyo, y siéndolo, haría lo que quisiese, y haciendo lo
que quisiese, haría mi gusto, y haciendo mi gusto, estaría contento, y en
estando uno contento, no tiene más que desear, y no teniendo más que
desear, acabóse, y 'el estado venga,° y a Dios y «veámonos, como dijo un   *let the estate come*
ciego a otro.»"

40   "No son malas filosofías ésas, como tú dices, Sancho, pero, con todo

---

3 **Le tengo...** *I promised him many days ago*
4 **No repararé...** *I won't worry about details*
5 **Allá se...** *who cares about the rest?*
6 **Si ésta...** *if this is lacking in the beginning, the middle and final parts will go astray*
7 **Desfavorecer al...** *foils the bad intentions of the shrewd*

eso, hay mucho que decir sobre esta materia de condados."

A lo cual replicó don Quijote: "Yo no sé que haya más que decir. Sólo me guío por el ejemplo que me da el grande Amadís de Gaula, que hizo a su escudero conde de la Ínsula Firme. Y así, puedo yo sin escrúpulo de conciencia hacer conde a Sancho Panza,[8] que es uno de los mejores escuderos que caballero andante ha tenido."

Admirado quedó el canónigo de los concertados disparates que don Quijote había dicho, del modo con que había pintado la aventura del Caballero del Lago, de la impresión que en él habían hecho las pensadas° deliberate mentiras de los libros que había leído. Y finalmente, le admiraba la necedad de Sancho, que con tanto ahinco deseaba alcanzar el condado que su amo le había prometido.

Ya en esto volvían los criados del canónigo, que a la venta habían ido por la acémila del repuesto, y haciendo mesa de una alhombra° y carpet de la verde yerba del prado, a la sombra° de unos árboles se sentaron y shade comieron allí, porque el boyero no perdiese la comodidad de aquel sitio, como queda dicho. Y estando comiendo, a deshora oyeron un recio° loud estruendo y un son de esquila, que por entre unas zarzas° y espesas matas brambles que allí junto estaban sonaba, y al mesmo instante vieron salir de entre aquellas malezas una hermosa cabra, toda la piel manchada de negro, blanco y pardo. Tras ella venía un cabrero dándole voces, y diciéndole palabras a su uso, para que se detuviese, o al rebaño volviese. La fugitiva cabra, temerosa y despavorida,° se vino a la gente, como a favorecerse terrified della,[9] y allí se detuvo. Llegó el cabrero, y asiéndola de los cuernos, como si fuera capaz de discurso y entendimiento, le dijo: "¡Ah, cerrera,° cerrera; wanderer Manchada,° Manchada, y cómo andáis vos estos días de pie cojo![10] ¿Qué Spotty lobos os espantan, hija? ¿'No me diréis qué es esto,° hermosa? Mas ¿qué won't you tell me? puede ser sino que sois hembra, y no podéis estar sosegada?° ¡Que mal still haya vuestra condición y la de todas aquellas a quien imitáis![11] Volved, volved, amiga, que si no tan contenta, a lo menos, estaréis más segura en vuestro aprisco,° o con vuestras compañeras, que si vos, que las habéis fold de guardar y encaminar, andáis tan sin guía y tan descaminada, ¿en qué podrán parar ellas?"

Contento dieron las palabras del cabrero a los que las oyeron, especialmente al canónigo, que le dijo: "Por vida vuestra, hermano, que os soseguéis un poco, y no 'os acuciéis° en volver tan presto esa cabra a su hurry rebaño, que pues ella es hembra, como vos decís, ha de seguir su natural distinto,° por más que vos os pongáis a estorbarlo. Tomad este bocado, instinct y bebed 'una vez,° con que templaréis la cólera, y en tanto descansará la "a swallow" cabra."

---

8 Clemencín points out that Amadís didn't make Gandalín the **conde** of Ínsula Firme, but only **señor**, so Don Quijote is not exactly following Amadís.

9 **Como a...** *as if for protection by the people*

10 **Cómo andáis...** *how you've been limping recently!*

11 **Que mal...** *a curse on your temperament and the temperament of those that you imitate*

Y el decir esto y el darle con la punta del cuchillo los lomos° de un 'conejo fiambre,° todo fue uno. Tomólo, y agradeciólo el cabrero, bebió, y sosegóse, y luego dijo: "No querría que por haber yo hablado con esta alimaña° tan 'en seso,° me tuviesen vuestras mercedes por hombre simple, que en verdad que no carecen de misterio las palabras que le dije. Rústico° soy, pero no tanto que no entienda cómo se ha de tratar con los hombres y con las bestias."

    loins
    cold rabbit

    animal, seriously

    peasant

"Eso creo yo muy bien," dijo el cura, "que ya yo sé de esperiencia que los montes crían letrados, y las cabañas° de los pastores encierran filósofos."

    huts

"A lo menos, señor," replicó el cabrero, "acogen hombres escarmentados, y para que creáis esta verdad y la toquéis con la mano, aunque parezca que sin ser rogado° me convido, si no os enfadáis dello, y queréis, señores, un breve espacio prestarme oído atento,[12] os contaré una verdad, que acredite° lo que ese señor," señalando al cura, "ha dicho, y la mía."

    asked

    will confirm

A esto respondió don Quijote: "Por ver que tiene este caso 'un no sé qué° de sombra de aventura de caballería, yo, por mi parte, os oiré, hermano, de muy buena gana, y así lo harán todos estos señores, por lo mucho que tienen de discretos y de ser amigos de curiosas novedades° que suspendan, alegren y entretengan los sentidos, como sin duda pienso que lo ha de hacer vuestro cuento. Comenzad, pues, amigo, que todos escucharemos."

    a bit

    news

"Saco la mía,"[13] dijo Sancho, "que yo a aquel arroyo me voy con esta empanada,° donde pienso hartarme por tres días, porque he oído decir a mi señor don Quijote que el escudero de caballero andante ha de comer cuando se le ofreciere, hasta no poder más a causa que se les suele ofrecer entrar acaso por una selva tan intricada, que no aciertan a salir della en seis días, y si el hombre no va harto, o bien proveídas las alforjas, allí se podrá quedar, como muchas veces se queda, hecho 'carne momia.°'"

    meat pie

    mummy

"Tú estás en lo cierto, Sancho," dijo don Quijote, "vete adonde quisieres y come lo que pudieres, que yo ya estoy satisfecho, y sólo me falta dar al alma su refacción,° como se la daré escuchando el cuento deste buen hombre."

    nourishment

"Así las daremos todos a las nuestras," dijo el canónigo.

Y luego rogó al cabrero que diese principio a lo que prometido había. El cabrero dio dos palmadas sobre el lomo a la cabra, que por los cuernos tenía, diciéndole: "Recuéstate junto a mí, Manchada, que tiempo nos queda para volver a nuestro apero.°"

    flock

Parece que lo entendió la cabra, porque en sentándose su dueño, se tendió ella junto a él con mucho sosiego, y mirándole al rostro, daba

---

12　**Queréis, señores...** [if] *you want, sirs, to lend me an attentive ear for a short time*

13　**Saco la...** *I am going to fold.* A card player's expression meaning that he is leaving the game.

a entender que eſtaba atenta a lo que el cabrero iba diciendo, el cual
comenzó su hiſtoria deſta manera:

Capítulo LI. Que trata de lo que contó el cabrero a todos los que llevaban a don Quijote.

"TRES LEGUAS deſte valle eſtá una aldea que, aunque pequeña, es
de las más ricas que hay en todos eſtos contornos, en la cual
había un labrador muy honrado, y tanto que aunque es anexo
al ser rico el ser honrado, más lo era él por la virtud que tenía que por la
riqueza que alcanzaba. Mas lo que le hacía más dichoso, según él decía,
era tener una hija de tan eſtremada hermosura, rara discreción, donaire y
virtud, que el que la conocía y la miraba, se admiraba de ver las eſtremadas
partes con que el cielo y la naturaleza la habían enriquecido.° Siendo   endowed
niña, fue hermosa, y siempre fue creciendo en belleza, y en la edad de diez
y seis años fue hermosísima. La fama de su belleza se comenzó a eſtender
por todas las circunvecinas aldeas ¿Qué digo yo por las circunvecinas no
más, si se eſtendió a las apartadas ciudades, y aun se entró por las salas de
los reyes y por los oídos de todo género de gente que, como a cosa rara, o
como a imagen de milagros, de todas partes a verla venían?

"Guardábala su padre y guardábase ella, que no hay candados,°   padlocks
guardas° ni cerraduras que mejor guarden a una doncella que las del   bolts
recato proprio.° La riqueza del padre y la belleza de la hija movieron a   her own
muchos, así del pueblo como foraſteros,° a que por mujer se la pidiesen.   outsiders
Mas él, como a quien tocaba disponer° de tan rica joya, andaba confuso,   dispose
sin saber° determinarse a quién la entregaría de los infinitos que le   **poder**
importunaban,° y entre los muchos que tan buen deseo tenían, fui yo   begged
uno, a quien dieron¹ muchas y grandes esperanzas de buen suceso conocer
que el padre conocía quien yo era, el ser natural del mismo pueblo, limpio
en sangre,² en la edad floreciente,° en la hacienda muy rico y en el ingenio blooming
no menos acabado.

"Con todas eſtas mismas partes la pidió también otro del mismo
pueblo, que fue causa de suspender° y 'poner en balanza° la voluntad del   postpone, hang in the
padre, a quien parecía que con cualquiera de nosotros eſtaba su hija bien   balance
empleada, y por salir deſta confusión, determinó decírselo a Leandra—
que así se llama la rica que en miseria me tiene pueſto—advirtiendo que,
pues los dos éramos iguales, era bien dejar a la voluntad de su querida
hija el escoger a su guſto, cosa digna de imitar de todos los padres que a
sus hijos quieren poner en eſtado.³ No digo yo que los dejen escoger en

---

1 The subject of **dieron** is **conocer...** and **ser natural...** with all of the
items following it.

2 "Clean in blood" meant that you were an "old Christian," that is, no Jewish blood in your ancestry.

3 **Los padres...** *fathers who want to marry their children off*

cosas ruines y malas, sino que se las propongan buenas, y de las buenas
que escojan a su gusto. No sé yo el que tuvo Leandra—sólo sé que el padre
nos entretuvo a entrambos con la poca edad de su hija, y con palabras
generales, que ni le obligaban, ni nos desobligaban° tampoco. Llámase   released
5   mi competidor Anselmo, y yo Eugenio, porque vais con noticia de los
nombres de las personas que en esta tragedia se contienen, cuyo fin aún
está pendiente, pero bien se deja entender que ha de ser desastrado.

"En esta sazón vino a nuestro pueblo un Vicente de la Rosa, hijo de
un pobre labrador del mismo lugar, el cual Vicente venía de las Italias[4] y de
10   otras diversas partes, de ser Vicente de soldado[5]—llevóle de nuestro lugar,
siendo muchacho de hasta doce años, un capitán que con su compañía
por allí acertó a pasar, y volvió el mozo de allí a otros doce,[6] vestido 'a la
soldadesca,° pintado con mil colores, lleno de mil dijes° de cristal y sutiles   as a soldier, trinkets
cadenas de acero.° Hoy se ponía una gala° y mañana otra, pero todas   steel, dress uniform
15   sutiles, pintadas, de poco peso y menos tomo. La gente labradora, que de
suyo es maliciosa,[7] y dándole el ocio lugar es la misma malicia,° lo notó, y   mischief
contó punto por punto sus galas y preseas,° y halló que los vestidos eran   trinkets
tres de diferentes colores, con sus ligas° y medias,° pero él hacía tantos   garters, stockings
guisados° e invenciones dellas, que si no se los contaran, hubiera quien   arrangements
20   jurara que había hecho muestra de más de diez pares de vestidos° y de   outfits
más de veinte plumajes.° Y no parezca impertinencia° y demasía esto que   feathered hats, irrele-
de los vestidos voy contando, porque ellos hacen una buena parte en esta   vant remark
historia.

"Sentábase en un poyo° que debajo de un gran álamo° está en nuestra   bench, poplar
25   plaza, y allí nos tenía a todos 'la boca abierta,° pendientes de las hazañas   agape
que nos iba contando: no había tierra en todo el orbe que no hubiese visto,
ni batalla donde no se hubiese hallado. Había muerto más moros que tiene
Marruecos° y Túnez, y entrado en más singulares desafíos, según él decía,   Morocco
que Gante y Luna, Diego García de Paredes[8] y otros mil que nombraba,
30   y de todos había salido con vitoria, sin que le hubiesen derramado una
sola gota de sangre, por otra parte, mostraba 'señales de heridas° que,   scars
aunque no se divisaban, nos hacía entender que eran arcabuzazos° dados   musket wounds
en diferentes rencuentros y faciones.° Finalmente, con una no vista   battles
arrogancia llamaba de vos a sus iguales y a los mismos que le conocían,
35   y decía que su padre era su brazo, su linaje sus obras, y que, debajo de ser
soldado, al mismo rey no debía nada.[9] Añadiósele a estas arrogancias ser

---

4   **Las Italias** because Italy was not a unified country until the nineteenth
century.

5   **Venía de...** *Vicente came from Italy and other places, where he was a soldier*

6   **Volvió el...** *and the young man came back from there twelve years later*

7   **De suyo...** *by nature is mischievous*

8   Since Garcilaso and Diego García de Paredes are mentioned in the same
sentence in Chap. 49, p. 437, ll. 16-18. some editors have assumed that Gante y
Luna is a compositor's misreading for Garci Lasso.

9   **Decía que...** *he said that his father was his [right] arm, his lineage was his
deeds, and that, as a soldier, he owed nothing, even to the king himself.*

un poco músico y tocar una guitarra a lo rasgado,[10] de manera que decían algunos que la hacía hablar, pero no pararon aquí sus gracias, que también la tenía de poeta, y así, de cada niñería que pasaba en el pueblo componía un romance de legua y media de escritura.

"Este soldado, pues, que aquí he pintado, este Vicente de la Rosa, este bravo, este galán,° este músico, este poeta, fue visto y mirado muchas veces de Leandra desde una ventana de su casa que 'tenía la vista a° la plaza; enamoróla el oropel° de sus vistosos trajes; encantáronla sus romances, que de cada uno que componía daba veinte traslados;° llegaron a sus oídos las hazañas que él de sí mismo había referido, y finalmente, que así el diablo lo debía de tener ordenado, ella se vino a enamorar dél, antes que en él naciese presunción de solicitalla,° y como en los casos de amor no hay ninguno que con más facilidad se cumpla que aquel que tiene de su parte el deseo de la dama, con facilidad se concertaron Leandra y Vicente, y primero que alguno de sus muchos pretendientes° cayesen en la cuenta de su deseo, ya ella le tenía cumplido, habiendo dejado la casa de su querido y amado padre, que° madre no la tiene, y ausentádose de la aldea con el soldado, que salió con más triunfo desta empresa que de todas las muchas que él 'se aplicaba.°

"Admiró el suceso a toda el aldea, y aun a todos los que dél noticia tuvieron. Yo quedé suspenso, Anselmo atónito, el padre triste, sus parientes afrentados, solícita° la justicia, los cuadrilleros listos.° Tomáronse los caminos, escudriñáronse los bosques y cuanto había, y al cabo de tres días hallaron a la antojadiza° Leandra en una cueva de un monte,° desnuda en camisa, sin muchos dineros y preciosísimas joyas que de su casa había sacado. Volviéronla a la presencia de su lastimado padre. Preguntáronle su desgracia. Confesó sin apremio que Vicente de la Roca[11] la había engañado, y debajo de su palabra de ser su esposo la persuadió que dejase la casa de su padre, que él la llevaría a la más rica y más viciosa° ciudad que había en todo el universo mundo, que era Nápoles,° y que ella, mal advertida y peor engañada, le había creído, y robando a su padre, se le entregó la misma noche que había faltado, y que él la llevó a un áspero monte y la encerró en aquella cueva donde la habían hallado. Contó también cómo el soldado, sin quitalle su honor, le robó cuanto tenía, y la dejó en aquella cueva y se fue—suceso que de nuevo puso en admiración a todos.

"Duro se nos hizo de creer la continencia del mozo,[12] pero ella lo afirmó con tantas veras, que 'fueron parte° para que el desconsolado padre se consolase, no haciendo cuenta de las riquezas que le llevaban, pues le habían dejado a su hija con la joya que, si una vez se pierde, no deja esperanza

---

handsome man

which looked out
onto; tinsel

copies

to woo her

suitors

since

boasted

ready, prepared

capricious, mountain

luxurious
Naples

it helped

---

10 **Rasgado**, modern **rasgueado**, is a Spanish strumming technique involving from one finger to all five, typical of flamenco playing.

11 The first two mentions of his name were "Rosa." The first edition has "Roca" here (folio 306v), which I keep, is an effort by Cervantes to confuse names *on purpose*. Virtually all editions change this third instance to Rosa.

12 **Duro se...** *it was hard for us to believe the restraint of the young man*

de que jamás se cobre. El mismo día que pareció Leandra la desapareció°   made disappear
su padre de nuestros ojos y la llevó a encerrar en un monesterio de una
villa que está aquí cerca, esperando que el tiempo gaste° alguna parte   will wear away
de la mala opinión en que su hija se puso. Los pocos años de Leandra
5   sirvieron de disculpa de su culpa,° a lo menos con aquellos que 'no les   failing
iba algún interés en que° ella fuese mala o buena. Pero los que conocían   didn't care if
su discreción y mucho entendimiento no atribuyeron a ignorancia su
pecado, sino a su desenvoltura° y a la natural inclinación de las mujeres,   frivolity
que, por la mayor parte, suele ser desatinada y mal compuesta.°   put together

10   "Encerrada Leandra, quedaron los ojos de Anselmo ciegos, a
lo menos, sin tener cosa que mirar que contento le diese, los míos en
tinieblas, sin luz que a ninguna cosa de gusto les encaminase.[13] Con la
ausencia de Leandra crecía nuestra tristeza, apocábase° nuestra paciencia,   diminished
maldecíamos las galas del soldado y abominábamos° del poco recato del   we cursed
15   padre de Leandra. Finalmente, Anselmo y yo nos concertamos de dejar
el aldea y venirnos a este valle, donde él apacentando una gran cantidad
de ovejas suyas proprias, y yo un numeroso rebaño de cabras, también
mías, pasamos la vida entre los árboles, dando vado° a nuestras pasiones,   relief
o cantando juntos alabanzas o vituperios de la hermosa Leandra, o
20   suspirando solos y a solas comunicando con el cielo nuestras querellas.

"A imitación nuestra, otros muchos de los pretendientes de Leandra
se han venido a estos ásperos montes usando el mismo ejercicio nuestro,
y son tantos, que parece que este sitio se ha convertido en la pastoral
Arcadia, según está colmo° de pastores y de apriscos, y no hay parte en   filled
25   él donde no se oiga el nombre de la hermosa Leandra. Éste la maldice
y la llama antojadiza, varia° y deshonesta;° aquél la condena por fácil y   indifferent, immodest
ligera;° tal la absuelve y perdona, y tal la justicia y vitupera; uno celebra   loose
su hermosura, otro reniega de su condición,[14] y en fin, todos la deshonran
y todos la adoran, y de todos se estiende a tanto la locura, que hay quien
30   se queje de desdén sin haberla jamás hablado,[15] y aun quien se lamente
y sienta la rabiosa enfermedad de los celos, que ella jamás dio a nadie,
porque, como ya tengo dicho, antes se supo su pecado que su deseo. No
hay hueco de peña, ni margen° de arroyo, ni sombra de árbol que no esté   bank
ocupada de algún pastor que sus desventuras a los aires cuente. El eco
35   repite el nombre de Leandra dondequiera que pueda formarse. Leandra
resuenan los montes; Leandra murmuran los arroyos, y Leandra
nos tiene a todos suspensos° y encantados, esperando sin esperanza y   bewildered
temiendo sin saber de qué tememos.

"Entre estos disparatados,° el que muestra que menos y más juicio   foolish persons

---

13   **Sin luz...** *without the light to lead them towards anything that gives
pleasure*

14   **Tal la justicia...** *one condemns and censures her, one celebrates her beauty,
another complains about her character*

15   **De todos...** *this madness extends to everyone to such an extent that there are
those that complain of her scorn without having ever spoken to her*

tiene es mi competidor Anselmo, el cual, teniendo tantas otras cosas de que quejarse, sólo se queja de ausencia,° y al son de un rabel que admirablemente toca, con versos, donde muestra su buen entendimiento, cantando se queja. Yo sigo otro camino más fácil, y a mi parecer el más acertado, que es decir mal de la ligereza° de las mujeres, de su inconstancia,° de su 'doble trato,° de sus promesas muertas, de su fe rompida y finalmente, del poco discurso que tienen en saber colocar sus pensamientos e intenciones que tienen. Y ésta fue la ocasión, señores, de las palabras y razones que dije a esta cabra cuando aquí llegué—que por ser hembra la tengo en poco,[16] aunque es la mejor de todo mi apero.

    "Ésta es la historia que prometí contaros. Si he sido en el contarla prolijo,° no seré en serviros corto. Cerca de aquí tengo mi majada, y en ella tengo fresca leche y muy sabrosísimo queso, con otras varias y sazonadas frutas, no menos a la vista que al gusto agradables."

	[Leandra's] absence
	flippancy, fickleness
	double dealing
	long-winded

Capítulo LII. De la pendencia que don Quijote tuvo con el cabrero, con la rara aventura de los deceplinantes,° a quien dio felice fin a costa de su sudor.

   penitents

GENERAL GUSTO causó el cuento del cabrero a todos los que escuchado le habían, especialmente le recibió el canónigo, que con estraña curiosidad notó la manera con que le había contado, tan lejos de parecer rústico cabrero cuan cerca de mostrarse discreto cortesano. Y así, dijo que había dicho muy bien el cura en decir que los montes criaban letrados. Todos se ofrecieron a Eugenio, pero el que más se mostró liberal en esto fue don Quijote, que le dijo: "Por cierto, hermano cabrero, que si yo me hallara posibilitado° de poder comenzar alguna aventura, que luego luego me pusiera en camino, porque vos la° tuviérades buena, que yo sacara del monesterio, donde, sin duda alguna, debe de estar contra su voluntad, a Leandra, a pesar de la abadesa° y de cuantos quisieran estorbarlo, y os la pusiera en vuestras manos para que hiciérades della a toda vuestra voluntad y talante, guardando, pero,° las leyes de la caballería, que mandan que a ninguna doncella se le sea fecho desaguisado alguno, aunque yo espero en Dios Nuestro Señor que no ha de poder tanto la fuerza de un encantador malicioso, que no pueda más la de otro encantador mejor intencionado, y para entonces os prometo mi favor y ayuda, como me obliga mi profesión, que no es otra si no es favorecer a los desvalidos° y menesterosos."

    Miróle el cabrero, y como vio a don Quijote de tan mal pelaje° y catadura,° admiróse y preguntó al barbero, que cerca de sí tenía: "Señor, ¿quién es este hombre que tal talle tiene y de tal manera habla?"

    "¿Quién ha de ser," respondió el barbero, "sino el famoso don Quijote de la Mancha, desfacedor de agravios, enderezador° de tuertos, el amparo

	allowed
	la *ventura*
	abbess
	however
	needy
	dressed
	looks
	righter

---

16 **La tengo...** *I hold her in little esteem*

de las doncellas, el asombro de los gigantes y el vencedor de las batallas?"

"Eso me semeja,° " respondió el cabrero, "a lo que se lee en los libros   seems
de caballeros andantes, que hacían todo eso que de este hombre vuestra
merced dice, puesto que para mí tengo, o que vuestra merced se burla, o
5   que este gentil hombre debe de tener vacíos los aposentos de la cabeza."

"Sois un grandísimo bellaco," dijo a esta sazón don Quijote, "y vos
sois el vacío y el menguado,° que yo estoy más lleno[1] que jamás lo estuvo   wretch
la muy hideputa° puta que os parió."   bitch

Y diciendo y hablando, arrebató° de un pan° que junto a sí tenía, y   snatched, loaf
10   dio con él al cabrero en todo el rostro, con tanta furia, que le remachó° las   flattened
narices.[2] Mas el cabrero, que no sabía de burlas, viendo con cuántas veras le
maltrataban,[3] sin tener respeto a la alhombra, ni a los manteles, ni a todos
aquellos que comiendo estaban, saltó sobre don Quijote, y asiéndole del
cuello con entrambas manos, no dudara de ahogalle, si Sancho Panza no
15   llegara en aquel punto y le asiera por las espaldas y diera con él encima de
la mesa, quebrando platos, rompiendo tazas y derramando y esparciendo
cuanto en ella estaba. Don Quijote, que se vio libre, acudió a subirse sobre
el cabrero, el cual, lleno de sangre el rostro, molido a coces de Sancho,
andaba buscando 'a gatas° algún cuchillo de la mesa para hacer alguna   on all fours
20   sanguinolenta° venganza, pero estorbábanselo el canónigo y el cura. Mas   bloody
el barbero hizo de suerte que el cabrero cogió debajo de sí a don Quijote,
sobre el cual llovió tanto número de mojicones, que del rostro del pobre
caballero llovía tanta sangre como del suyo.

Reventaban de risa el canónigo y el cura, saltaban los cuadrilleros de
25   gozo, zuzaban° los unos y los otros, como hacen a los perros cuando en   urged
pendencia están trabados. Sólo Sancho Panza se desesperaba, porque no
se podía desasir de un criado del canónigo, que le estorbaba que a su amo
no ayudase. En resolución, estando todos en regocijo y fiesta,° sino los dos   enjoyment
aporreantes° que 'se carpían,° oyeron el son de una trompeta, tan triste,   combatants, were quar-
30   que les hizo volver los rostros hacia donde les pareció que sonaba. Pero el   reling
que más se alborotó de oírle fue don Quijote, el cual, aunque estaba debajo
del cabrero, harto° contra su voluntad y más que medianamente molido,   quite
le dijo: "Hermano demonio, que no es posible que dejes de serlo, pues has
tenido valor y fuerzas para sujetar 'las mías,° ruégote que hagamos treguas,°   mis *fuerzas*, truce
35   no más de por una hora, porque el doloroso son de aquella trompeta que
a nuestros oídos llega me parece que a alguna nueva aventura me llama."

El cabrero, que ya estaba cansado de moler y ser molido, le dejó luego,
y don Quijote se puso en pie, volviendo asimismo el rostro adonde el
son se oía, y vio a deshora que por un recuesto bajaban muchos hombres
40   vestidos de blanco a modo de diciplinantes. Era el caso, que aquel año

---

1   Don Quijote contrasts **lleno** with **vacío**. **Lleno** is also used to mean *pregnant*, but only with animals, thus the insult to Eugenio's mother is increased.

2   Editor's note: This is clearly not Wonder Bread. I know from experience
that Manchegan bread can be heavy, hard-crusted, and with jagged points on the
top, a weapon to be feared in close combat.

3   **Viendo con…** *seeing himself mistreated in earnest*

habían las nubes negado su rocío° a la tierra, y por todos los lugares de
aquella comarca° se hacían procesiones, rogativas° y diciplinas,° pidiendo
a Dios abriese las manos de su misericordia y les lloviese, y para este
efecto la gente de una aldea que allí junto estaba venía en procesión a una
'devota ermita° que en un recuesto de aquel valle había.

moisture
region, praying for
rain, scourges

holy shrine

Don Quijote, que vio los estraños trajes de los diciplinantes,[4] sin
pasarle por la memoria las muchas veces que los 'había de haber visto,° se
imaginó que era cosa de aventura y que a él solo tocaba, como a caballero
andante, el acometerla, y confirmóle más esta imaginación, pensar que
una imagen° que traían cubierta de luto fuese alguna principal señora
que llevaban por fuerza aquellos follones y descomedidos malandrines, y
como esto le cayó en las mientes, con gran ligereza arremetió a Rocinante,
que paciendo andaba, quitándole del arzón el freno y el adarga, y en un
punto le enfrenó, y pidiendo a Sancho su espada, subió sobre Rocinante
y embrazó su adarga, y dijo en alta voz a todos los que presentes estaban:
"Agora, valerosa compañía, veredes cuánto importa que haya en el mundo
caballeros que profesen la orden de la andante caballería. Agora digo que
veredes, en la libertad de aquella buena señora que allí va cautiva, si se han
de estimar los caballeros andantes."

must have seen

statue

Y en diciendo esto, apretó los muslos a Rocinante, porque espuelas
no las tenía, y a todo galope, porque
carrera tirada[5] no se lee en toda esta
verdadera historia que jamás la diese
Rocinante, se fue a encontrar con los
diciplinantes, bien que fueran° el cura y
el canónigo y barbero a detenelle, mas no
les fue posible, ni menos le detuvieron
las voces que Sancho le daba, diciendo:
"¿Adónde va, señor don Quijote? ¿Qué
demonios lleva en el pecho que le incitan
a ir contra nuestra fe católica? Advierta,
mal haya yo, que aquélla es procesión
de diciplinantes, y que aquella señora
que llevan sobre la peana° es la imagen
benditísima de la Virgen sin mancilla.°
Mire, señor, lo que hace, que por esta vez
se puede decir que no es lo que sabe."

tried

litter
blemish

Fatigóse en vano Sancho, porque su
amo iba tan puesto° en llegar a los ensabanados° y en librar a la señora
enlutada, que no oyó palabra, y aunque la oyera, no volviera, si el rey se lo
mandara. Llegó, pues, a la procesión, y paró a Rocinante, que ya llevaba

determined, sheeted
people

---

4 What these people are wearing is very similar to the Ku Klux Klan garb
of today.

5 **Carrera tirada** or **tendida** is a full gallop. **Galope**, in those days, Ferreras
says, meant 'trot.'

deseo de quietarse° un poco, y con turbada y ronca voz, dijo: "Vosotros,   *to rest*
que quizá por no ser buenos os encubrís los roſtros, atended y escuchad
lo que deciros quiero."

Los primeros que se detuvieron fueron los que la imagen llevaban,
5 y uno de los cuatro clérigos que cantaban las ledanías, viendo la eſtraña
catadura de don Quijote, la flaqueza de Rocinante y otras circunſtancias
'de risa° que notó y descubrió en don Quijote, le respondió diciendo: *laughable*
"Señor hermano, si nos quiere decir algo, dígalo preſto, porque se van
eſtos hermanos abriendo las carnes, y no podemos, ni es razón que nos
10 detengamos a oír cosa alguna, si ya no es tan breve que en dos palabras
se diga.

"En una lo diré," replicó don Quijote, "y es éſta: que luego al punto
dejéis libre a esa hermosa señora, cuyas lágrimas[6] y triſte semblante dan
claras mueſtras que la lleváis contra su voluntad y que algún notorio
15 desaguisado le habedes fecho. Y yo, que nací en el mundo para desfacer
semejantes agravios, no consentiré que un solo paso adelante pase sin
darle la deseada libertad que merece."

En eſtas razones, cayeron todos los que las oyeron que don Quijote
debía de ser algún hombre loco, y tomáronse° a reír muy de gana, cuya risa   *they began*
20 fue poner pólvora a la cólera de don Quijote, porque sin decir más palabra,
sacando la espada, arremetió a las andas. Uno de aquellos que las llevaban,
dejando la carga a sus compañeros, salió al encuentro de don Quijote,
enarbolando° una horquilla° o baſtón con que suſtentaba° las andas en   *brandishing, forked*
tanto que descansaba, y recibiendo en ella una gran cuchillada que le tiró   *prop, held up*
25 don Quijote, con que se la hizo dos partes, con el último tercio, que le
quedó en la mano, dio tal golpe a don Quijote encima de un hombro, por
el mismo lado de la espada, que no pudo cubrir el adarga contra villana
fuerza, que el pobre don Quijote vino al suelo muy mal parado.

Sancho Panza, que jadeando° le iba a los alcances,[7] viéndole caído,   *panting*
30 dio voces a su moledor° que no le diese otro palo, porque era un pobre   *assailant*
caballero encantado, que no había hecho mal a nadie en todos los días de
su vida. Mas lo que detuvo al villano no fueron las voces de Sancho, sino
el ver que don Quijote no bullía° pie ni mano. Y así, creyendo que le había   *moved*
muerto, con priesa se alzó la túnica a la cinta y dio a huir por la campaña
35 como un gamo.

Ya en eſto llegaron todos los de la compañía de don Quijote adonde
él eſtaba. Mas los de la procesión, que los vieron venir corriendo, y
con ellos los cuadrilleros con sus balleſtas, temieron algún mal suceso
y hiciéronse todos un remolino° alrededor de la imagen, y alzados los   *barrier of people*
40 capirotes,° empuñando° las diciplinas° y los clérigos los ciriales,° esperaban   *hoods, grasping, whips*
el asalto, con determinación de defenderse y aun ofender, si pudiesen, a   *candles*
sus acometedores,° pero la fortuna lo hizo mejor que se pensaba, porque   *attackers*

---

6 As in this case, Spanish statues of the Virgin frequently have tears running down their cheeks.

7 **Le iba…** *was pursuing him*

Sancho no hizo otra cosa que arrojarse sobre el cuerpo de su señor, haciendo sobre él el más doloroso y risueño° llanto del mundo, creyendo que estaba muerto.

laughable

El cura fue conocido de otro cura que en la procesión venía, cuyo conocimiento puso en sosiego el concebido° temor de los dos escuadrones. El primer cura dio al segundo en dos razones cuenta de quién era don Quijote, y así, él como toda la turba de los diciplinantes fueron a ver si estaba muerto el pobre caballero, y oyeron que Sancho Panza, con lágrimas en los ojos, decía: "¡Oh flor de la caballería, que con sólo un garrotazo° acabaste la carrera de tus tan bien gastados años! ¡Oh honra de tu linaje, honor y gloria de toda la Mancha y aun de todo el mundo, el cual, faltando tú en él, quedará lleno de malhechores, sin temor de ser castigados de sus 'malas fechorías!° ¡Oh liberal sobre todos los Alejandros, pues por solos ocho meses de servicio me tenías dada la mejor ínsula que el mar ciñe y rodea! ¡Oh humilde con los soberbios y arrogante con los humildes, acometedor de peligros, sufridor de afrentas, enamorado sin causa, imitador de los buenos, azote de los malos, enemigo de los ruines, en fin, caballero andante, que es todo lo que decir se puede!"

imagined

blow with club

misdeeds

Con las voces y gemidos de Sancho revivió don Quijote, y la primer palabra que dijo fue: "El que de vos vive ausente, dulcísima Dulcinea, a mayores miserias que éstas está sujeto. Ayúdame, Sancho amigo, a ponerme sobre el carro encantado, que ya no estoy para oprimir la silla de Rocinante, porque tengo todo este hombro hecho pedazos."

"Eso haré yo de muy buena gana, señor mío," respondió Sancho, "y volvamos a mi aldea en compañía destos señores, que su bien desean, y allí daremos orden de hacer otra salida que nos sea de más provecho y fama."

"Bien dices, Sancho," respondió don Quijote, "y será gran prudencia dejar pasar el mal influjo de las estrellas que agora corre."

El canónigo y el cura y barbero le dijeron que haría muy bien en hacer lo que decía. Y así, habiendo recibido grande gusto de las simplicidades de Sancho Panza, pusieron a don Quijote en el carro, como antes venía. La procesión volvió a ordenarse y a proseguir su camino. El cabrero se despidió de todos. Los cuadrilleros no quisieron pasar adelante, y el cura les pagó lo que se les debía. El canónigo pidió al cura le avisase el suceso de don Quijote, si sanaba de su locura, o si proseguía en ella, y con esto tomó licencia para seguir su viaje.

En fin, todos se dividieron y apartaron, quedando solos el cura y barbero, don Quijote y Panza, y el bueno de Rocinante, que a todo lo que había visto estaba con tanta paciencia como su amo. El boyero unció sus bueyes y acomodó a don Quijote sobre un haz° de heno,° y con su acostumbrada flema siguió el camino que el cura quiso, y a cabo de seis días llegaron a la aldea de don Quijote, adonde entraron en la mitad del día, que acertó a ser domingo, y la gente estaba toda en la plaza, por mitad de la cual atravesó el carro de don Quijote. Acudieron todos a ver lo que en el carro venía, y cuando conocieron a su compatrioto, quedaron maravillados, y un muchacho acudió corriendo a dar las nuevas a su ama y

bundle, hay

Llegaron a la aldea de don Quijote, adonde entraron en la mitad del día.

a su sobrina de que su tío y su señor venía flaco y amarillo, y tendido sobre
un montón° de heno, y sobre un carro de bueyes. Cosa de láftima fue oír   heap
los gritos que las dos buenas señoras alzaron, las bofetadas° que se dieron,   blows
las maldiciones que de nuevo echaron a los malditos libros de caballerías,
todo lo cual se renovó cuando vieron entrar a don Quijote por sus puertas.

   A las nuevas defta venida de don Quijote acudió la mujer de Sancho
Panza, que ya había sabido que había ido con él, sirviéndole de escudero, y
así como vio a Sancho, lo primero que le preguntó fue que si venía bueno
el asno. Sancho respondió que venía mejor que su amo.

   "Gracias sean dadas a Dios," replicó ella, "que tanto bien me ha
hecho, pero contadme agora, amigo, ¿qué bien habéis sacado de vueftras
escuderías?° ¿qué saboyana° me traéis a mí? ¿qué zapaticos° a vueftros   squirings, skirt, little
hijos?"   shoes

   "No traigo nada deso," dijo Sancho, "mujer mía, aunque traigo otras
cosas de más momento y consideración."

   "Deso recibo yo mucho gufto," respondió la mujer, "moftradme esas
cosas de más consideración y más momento, amigo mío, que las quiero ver
para que se me alegre efte corazón, que tan trifte y descontento ha eftado
en todos los siglos de vueftra ausencia."

   "En casa os las moftraré, mujer," dijo Panza, "y por agora eftad
contenta, que, siendo Dios servido de que otra vez salgamos en viaje a
buscar aventuras, vos me veréis prefto conde o gobernador de una ínsula,
y 'no de las de por ahí,° sino la mejor que pueda hallarse."   not just any old one

   "Quiéralo así el cielo, marido mío, que bien lo habemos menefter.
Mas decidme, ¿qué es eso de ínsulas,[8] que no lo entiendo?"

   "«No es la miel para la boca del asno»," respondió Sancho, "a su
tiempo lo verás, mujer, y aun te admirarás de oírte llamar SEÑORÍA de
todos tus vasallos."

   "¿Qué es lo que decís, Sancho, de señorías, ínsulas y vasallos?"
respondió Juana Panza, que así se llamaba la mujer de Sancho, aunque
no eran parientes, sino porque se usa en la Mancha tomar las mujeres el
apellido de sus maridos.

   "No 'te acucies,° Juana, por saber todo efto tan apriesa. Bafta que te   be in hurry
digo verdad, y cose° la boca. Sólo te sabré decir, 'así de paso,° que no hay sew, by the way
cosa más guftosa en el mundo que ser un hombre honrado, escudero de un
caballero andante, buscador de aventuras. Bien es verdad que las más que
se hallan no salen tan a gufto como el hombre querría, porque de ciento
que se encuentran, las noventa y nueve suelen salir aviesas° y torcidas.   adversely
Sélo yo de expiriencia, porque de algunas he salido manteado y de otras
molido. Pero, con todo eso, es linda cosa esperar los sucesos, atravesando
montes, 'escudriñando selvas,° pisando peñas, visitando caftillos, alojando   searching forests

---

   8 **Ínsula** was never a current word in Spanish, and that's why Sancho's wife
doesn't know it. It's a learnèd word, a made up word based on the Latin source,
and used essentially only in the books of chivalry. The people used **isla**, a form
seen already in Gonzalo de Berceo (early thirteenth century).

en ventas a toda discreción, sin pagar ofrecido sea al diablo el maravedí."⁹

Todas estas pláticas pasaron entre Sancho Panza y Juana Panza, su mujer, en tanto que el ama y sobrina de don Quijote le recibieron y le desnudaron y le tendieron en su antiguo lecho. Mirábalas él con ojos atravesados,° y no acababa de entender en qué parte estaba. El cura encargó a la sobrina tuviese gran cuenta con regalar a su tío, y que estuviesen alerta de que otra vez no se les escapase, contando lo que había sido menester para traelle a su casa. Aquí alzaron las dos de nuevo los gritos al cielo; allí se renovaron las maldiciones de los libros de caballerías; allí pidieron al cielo que confundiese° en el centro del abismo a los autores de tantas mentiras y disparates. Finalmente, ellas quedaron confusas y temerosas de que se habían de ver sin su amo y tío en el mesmo punto que tuviese alguna mejoría;° y sí fue como ellas se lo imaginaron.

Pero el autor desta historia, puesto que con curiosidad y diligencia ha buscado los hechos que don Quijote hizo en su tercera salida, no ha podido hallar noticia de ellas, a lo menos por escrituras auténticas. Sólo la fama ha guardado en las memorias de la Mancha, que don Quijote, la tercera vez que salió de su casa, fue a Zaragoza,¹⁰ donde se halló en unas famosas justas que en aquella ciudad hicieron, y allí le pasaron cosas dignas de su valor y buen entendimiento. Ni de su fin y acabamiento° pudo alcanzar cosa alguna, ni la alcanzara, ni supiera, si la buena suerte no le deparara un antiguo médico, que tenía en su poder una caja de plomo,° que, según él dijo, se había hallado en los cimientos° derribados de una antigua ermita° que 'se renovaba.° En la cual caja se habían hallado unos pergaminos escritos con letras góticas,¹¹ pero en versos castellanos, que contenían muchas de sus hazañas y daban noticia de la hermosura de Dulcinea del Toboso, de la figura de Rocinante, de la fidelidad de Sancho Panza y de la sepultura del mesmo don Quijote, con diferentes epitafios y elogios de su vida y costumbres.

Y los que se pudieron leer y 'sacar en limpio,° fueron los que aquí pone el fidedigno° autor desta nueva y jamás vista historia. El cual autor no pide a los que la leyeren, en premio del inmenso trabajo que le costó inquerir y buscar todos los archivos manchegos por sacarla a luz, sino que le den el mesmo crédito que suelen dar los discretos a los libros de caballerías, que tan validos° andan en el mundo, que con esto se tendrá por bien pagado y satisfecho. Y se animará a sacar y buscar otras,° si no tan verdaderas, a lo menos, de tanta invención y pasatiempo. Las palabras primeras que estaban escritas en el pergamino que se halló en la caja de plomo eran éstas:

Marginal glosses:
squinting
plunge
improvement
end
lead
foundation
hermitage, was being rebuilt
make out
trustworthy
favored
otras *historias*

---

9 **Sin pagar…** *without paying a single* **maravedí**

10 A major Spanish city on the Ebro River, 280 kms. west of Barcelona.

11 There is some dispute as to what Gothic letters are. For me it is the writing used in, for example, Alfonso el Sabio's court (13th century). In any case, the parchments are old.

Los académicos° de la Argamasilla,[12] lugar de   academicians
la Mancha, en vida y muerte del valeroso
don Quijote de la Mancha,
          'hoc scripserunt.°   they wrote this, *Lat.*

El Monicongo,[13] académico de la Argamasilla,
a la sepultura de don Quijote.

EPITAFIO

El calvatrueno,° que adornó a la Mancha   crazy person
     de más despojos que Jasón[14] de Creta;
     el juicio que tuvo la veleta°   weathervane
     aguda donde fuera mejor ancha;
el brazo que su fuerza tanto ensancha,°   enlarges
     que llegó del Catay hasta Gaeta;[15]
     la musa más horrenda y más discreta,
     que grabó versos en broncínea plancha;[16]
el que 'a cola° dejó los Amadises,   at the rear
     y en muy poquito a Galaores tuvo,
     estribando° en su amor y bizarría;   lying
el que hizo callar los Belianises;
     aquel que en Rocinante errando° anduvo,   went
     yace debajo desta losa fría.

---

12   Argamasilla is a village 70 kms. east of Ciudad Real and 48 kms. southwest of El Toboso. Today there are 6,300 inhabitants, mostly dealing in agriculture. There was no Academy there in real life.

13   This is the old name for the Congo (modern République Démocratique du Congo, formerly Zaire). In those days, academicians would take literary
pseudonyms. The burlesque names seen here would have been amusing in that
light.

14   Jason is a mythological hero who was sent on a suicide mission to find
the Golden Fleece, which led to the successful expedition of the argonauts. Since
Jason had no connection with Crete, you should be immediately suspicious about
the quality of these academicians.

15   **Del Catay...** *from China to a port city near Naples.*

16   **Que grabó...** *who engraved verses on a bronzed plaque*

Del Paniaguado,° académico de la Argamasilla,   protégé
in laudem Dulcineæ del Doboso.[17]

Soneto

Esta que veis de rostro amondongado,°   looking like innards
5   alta de pechos y ademán brioso,
     es Dulcinea, reina del Toboso,
     de quien fue el gran Quijote aficionado.
Pisó por ella el uno y otro lado
     de la gran Sierra Negra,° y el famoso   Morena
10   campo de Montiel, hasta el herboso°   grassy
     llano de Aranjuez,[18] a pie y cansado.
Culpa de Rocinante. ¡Oh dura estrella,
     que esta manchega dama y este invito°   unconquered
     andante caballero, en tiernos años,
15 ella dejó muriendo de ser bella,
     y él, aunque queda en mármores escrito,
     no pudo huir de amor, iras y engaños!

Del Caprichoso, discretísimo académico de la
20   Argamasilla, en loor° de Rocinante,   praise
     caballo de don Quijote de
     la Mancha.

Soneto[19]

En el soberbio trono diamantino°   rigidly firm
25   que con sangrientas° plantas huella Marte,   bloody
     frenético° el manchego su estandarte   frenzied
     tremola° con esfuerzo peregrino.   waves
Cuelga las armas y el acero fino
     con que destroza,° asuela, raja° y parte: smashes, splits
30   ¡nuevas proezas! pero inventa el arte
     un nuevo estilo al nuevo paladino.°   champion
Y si de su Amadís se precia Gaula,
     por cuyos bravos descendientes Grecia
     triunfó mil veces, y su fama ensancha,

---

17   Editor's note: ***In laudem...*** *in praise of Dulcinea del Doboso.* The first edition *did* say "Doboso.." Eduardo Urbina suggested that I look at the eight copies of the first part of the *Quijote* on his website (Proyecto Cervantes) to verify that all of them said "Doboso." Books were corrected while being printed—printing pages was a slow process. If a corrector saw something different from the manuscript, a correction was made for the remaining sets of pages. In this case, all eight copies did say "Doboso," so the correctors must not have seen an error

18   Aranjuez is a city 60 kms. south of Madrid. Don Quijote never got near that place.

19   The 17-verse sonnet is not a mistake. Adding three lines was common.

Hoy a Quijote le corona el aula°   palace
    do Belona²⁰ preside, y dél se precia
    más que Grecia, ni Gaula, la alta Mancha.
Nunca sus glorias el olvido mancha,°   tarnish
    pues hasta Rocinante en ser gallardo,
    excede a Brilladoro y a Bayardo.²¹

        Del Burlador, académico Argamasillesco, a
                    Sancho Panza.

                    SONETO
Sancho Panza es aqueste en cuerpo chico,
    pero grande en valor, ¡milagro estraño!
    escudero el más simple y sin engaño
    que tuvo el mundo, os juro y certifico.
De ser conde no estuvo en un tantico,°   a bit
    si no se conjuraran en su daño
    insolencias y agravios del tacaño°   stingy
    siglo, que aun no perdonan a un borrico.
Sobre él anduvo, con perdón se miente,
    este manso escudero, tras el manso
    caballo Rocinante y tras su dueño.
Oh vanas esperanzas de la gente,
    cómo pasáis con prometer descanso,
    y al fin paráis en sombra, en humo, en sueño!

        Del Cachidiablo,° académico de la Argamasilla,   hobgoblin
            en la sepultura de don Quijote:

                    EPITAFIO²²
    Aquí yace el caballero
        bien molido y mal andante,
        a quien llevó Rocinante
        por uno y otro sendero.°   path
    Sancho Panza, el majadero,
        yace también junto a él,
        escudero el más fiel
        que vio el trato de escudero.

---

20 Bellona was the Roman goddess of war, the sister, friend, or wife of Mars

21 These were the horses respectively of Orlando (Furioso) and Renaut de Montauban.

22 These last two are **redondillas**, stanzas of eight syllables, full rhyme, following this pattern: ABBA.

Del Tiquitoc, académico de la Argamasilla,
en la sepultura de Dulcinea del Toboso:

EPITAFIO

Reposa aquí Dulcinea,
5   y aunque de carnes rolliza,
la volvió en polvo y ceniza
la muerte espantable y fea.
Fue de castiza ralea
y tuvo asomos° de dama;   traces
10   del gran Quijote fue llama,
y fue gloria de su aldea.

Estos fueron los versos que se pudieron leer; los demás, por
estar carcomida° la letra, se entregaron a un académico   eaten away
para que por conjeturas los declarase. Tiénese
15   noticia que lo ha hecho, a costa de muchas
vigilias y mucho trabajo, y que tiene
intención de sacallos a luz
con esperanza de la
tercera salida de
20   don Qui-
jote.

Forse altro canterà con miglior plettio.

FINIS.°   the end, *Lat.*

TABLA DE LOS
Capítulos que contiene esta famosa historia del valeroso caballero don Quijote de la Mancha.

---

1   In the old editions, "page" numbers referred to folios and not pages. A folio is two modern pages—front and back. Chapters could begin on the front or the back of the folio. Obviously there were half the number of folios than of pages. In the original, therefore, to the right it says "fol." and not "pág."

Fin de la tabla.

SEGUNDA PARTE

DEL INGENIOSO
CABALLERO DON
QUIJOTE DE LA
MANCHA

Por Miguel de Cervantes Saavedra, autor de su primera parte

Dirigida a don Pedro Fernández de Castro, Conde de Lemos, de Andrade y de Villalba, Marqués de Sarria, Gentilhombre de la Cámara de Su Majestad, Comendador de la
Encomienda de Peñafiel, y la Zarza de la Orden de Alcántara, Virrey, Gobernador y Capitán General
del Reino de Nápoles, y Presidente del Su-
premo Consejo de Italia.

Año  1615

CON PRIVILEGIO,

En Madrid, *por Juan de la Cuesta,*
Véndese en casa de Francisco de Robles, librero del Rey Nuestro Señor.

TASA

Yo, Hernando de Vallejo, Escribano de Cámara del Rey nueſtro señor, de los que residen en su Consejo, doy fe que habiéndose viſto por los señores dél un libro que compuso Miguel de Cervantes Saavedra, intitulado *Don Quijote de la Mancha, segunda parte,* que con licencia de su Majeſtad fue impreso, le tasaron a cuatro maravedís cada pliego en papel, el cual tiene setenta y tres pliegos, que al dicho respeto 'suma y monta° doscientos y noventa y dos maravedís, y mandaron que eſta tasa se ponga al principio de cada volumen del dicho libro, para que se sepa y entienda, lo que por él se ha de pedir y llevar, sin que se exceda en ello en manera alguna, como conſta y parece por el auto° y decreto° original sobre ello dado y que queda en mi poder, a que me refiero, y de mandamiento de los dichos señores del Consejo, y de pedimiento° de la parte del dicho Miguel de Cervantes di eſta fee en Madrid, a veinte y uno días del mes de otubre de mil y seis cientos y quince años.

amounts to

judgment, decree

petition

HERNANDO DE VALLEJO.

FEE DE ERRATAS

VI ESTE libro intitulado *Segunda parte de don Quijote de la Mancha,* compueſto por Miguel de Cervantes Saavedra, y no hay en él cosa digna de notar que no corresponda a su original. Dada en Madrid a veinte y uno de otubre, mil y seiscientos y quince.

*EL LICENCIADO FRANCISCO
MURCIA DE LA LLANA.*

Aprobación

POR COMISIÓN y mandado de los señores del Consejo, he hecho ver el libro contenido en eſte memorial. No contiene cosa contra la fe ni buenas coſtumbres, antes es libro de mucho entretenimiento lícito, mezclado de mucha filosofía moral. Puédesele dar licencia para imprimirle. En Madrid, a cinco de noviembre de mil seiscientos y quince.

DOCTOR GUTIERRE DE CETINA.[1]

---

1 This is not the same Gutierre de Cetina, the poet who lived much earlier, from 1520 to 1557, and died in Mexico.

469

Aprobación

*P*OR COMISIÓN° *y mandado de los señores del Consejo he visto la* Segunda   assignment
parte *de don* Quijote de la Mancha, *por Miguel de Cervantes Saavedra.*
No contiene cosa contra nuestra santa fe católica, ni buenas costumbres. Antes
5 *muchas*° *de honesta recreación y apacible divertimiento,*° *que los antiguos*   **muchas** *cosas*, diver-
*juzgaron convenientes a sus repúblicas, pues aun en*² *la severa*° *de los lacedemonios*°   sion; **severa** *república,*
*levantaron estatua a la risa, y los de Tesalia*³ *la dedicaron fiestas, como lo dice*   Spartans
*Pausanias,*⁴ *referido de Bosio, lib. 2* De signis Eccles., *cap. 10, alentando*°   cheering up
ánimos marchitos y espíritus melancólicos, de que se acordó Tulio en el primero
10 De legibus, *y el poeta diciendo: "Interpone tuis interdum gaudia curis,"*⁵ *lo cual*
hace el autor mezclando las veras a las burlas, lo dulce a lo provechoso y lo moral
a lo faceto,° *disimulando en el cebo*° *del donaire el anzuelo*° *de la reprehensión,*   amusing, feed, hook
y cumpliendo con el acertado asunto en que pretende la expulsión de los libros
de caballerías, pues con su buena diligencia mañosamente° *alimpiando*° *de su*   skillfully, **limpiando**
15 *contagiosa dolencia a estos reinos. Es obra muy digna de su grande ingenio,*
honra y lustre° *de nuestra nación, admiración y invidia*° *de las estrañas.*° *Éste es*   splendor, **envidia,** for-
mi parecer, salvo, etc. En Madrid, a 17 de Marzo de 1615.   eign

EL M. JOSEPH DE VALDIVIELSO.

APROBACIÓN

20 *P*OR COMISIÓN *del señor Doctor Gutierre de Cetina, vicario general*⁶
desta villa de Madrid, Corte de su Majestad, he visto este libro de
la Segunda parte del Ingenioso Caballero don Quijote de la Mancha, *por*
Miguel de Cervantes Saavedra, *y no hallo en él cosa indigna de un*
cristiano celo 'ni que disuene° *de la decencia debida a buen ejemplo,*   not in accord with
25 *ni virtudes morales, antes*° *mucha erudición y aprovechamiento, así*   rather
en la continencia de su bien seguido asunto° *para extirpar*° *los vanos y*   subject, wipe out
mentirosos libros de caballerías, cuyo contagio° *había cundido*° *más de lo*   contagion, spread
que fuera justo, como en la lisura° *del lenguaje castellano, no adulterado*   smoothness
con enfadosa y estudiada afectación—vicio con razón aborrecido de
30 *hombres cuerdos—y en la corrección de vicios que generalmente toca,*°   concerns
ocasionado de sus agudos discursos, guarda con tanta cordura las leyes
de reprehensión cristiana, que aquel que fuere tocado° *de la enfermedad*   affected
que pretende curar, en lo dulce y sabroso de sus medicinas gustosamente
habrá bebido, cuando menos lo imagine, sin empacho ni asco° *alguno, lo*   disgust

---

2 There is no **en** in the first edition. Schevill and others have added it.

3 Thessaly was an isolated, independent-spirited part of ancient Greece.

4 Pausanias (fl. 143-176 A.D.) was a Greek geographer who wrote *Descrip-*
tion of Greece (10 vols.), mostly concerned with works of art.

5 "Put some happiness into your worries once in a while."

6 The vicar-general is the bishop's administrative assistant.

provechoso de la deteſtación de su vicio, con que se hallará—que es lo
más difícil de conseguirse—guſtoso y reprehendido.[7]

Ha habido muchos que por no haber sabido templar° ni mezclar a   to blend
propósito lo útil con lo dulce° han dado con todo su moleſto° trabajo   delightful, tiresome
en tierra, pues no pudiendo imitar a Diógenes[8] en lo filósofo y doſto,
atrevida,[9] por no decir licenciosa y desalumbradamente,° le pretenden   erroneously
imitar en lo cínico, entregándose a maldicientes, inventando casos que
no pasaron para hacer capaz al vicio que tocan de su áspera reprehensión,
y por ventura descubren caminos para seguirle haſta entonces ignorados,
con que vienen a quedar, si no reprehensores, a lo menos maeſtros dél.
Hácense odiosos° a los 'bien entendidos,° con el pueblo pierden el crédito,   deteſtable, connois-
si alguno tuvieron, para admitir sus escritos y los vicios que arrojada° e   seurs; rashly
imprudentemente° quisieren corregir en muy peor eſtado que antes, que   carelessly
no todas las poſtemas° a un mismo tiempo eſtán dispueſtas para admitir   abscesses
las recetas° o cauterios.° Antes algunos mucho mejor reciben las blandas°   prescriptions, cautery,
y suaves° medicinas, con cuya aplicación el atentado y doſto médico   gentle; mild
consigue el fin de resolverlas, término que muchas veces es mejor que no
el que se alcanza con el rigor del hierro.°   knife

Bien diferente han sentido de los escritos de Miguel de Cervantes
así nueſtra nación como las eſtrañas,° pues como a milagro desean ver   foreign
el° autor de libros que con general aplauso, así por su decoro y decencia   **al**
como por la suavidad y blandura° de sus discursos han recebido España,   gentleness
Francia, Italia, Alemania y Flandes.

Certifico con verdad que en veinte y cinco de febrero deſte año de
seiscientos y quince, habiendo ido el iluſtrísimo señor don Bernardo de
Sandoval y Rojas, cardenal arzobispo de Toledo, mi señor, a 'pagar la visita°   return the visit
que a Su Iluſtrísima hizo el embajador de Francia,[10] que vino a tratar cosas
tocantes a los casamientos de sus príncipes y los de España,[11] muchos
caballeros franceses de los que vinieron acompañando al embajador,[12] tan
corteses como entendidos y amigos de 'buenas letras,° se llegaron a mí   good literature
y a otros capellanes° del cardenal mi señor, deseosos de saber qué libros   chaplains
de ingenio andaban más validos, y tocando a caso en eſte que yo eſtaba
censurando,[13] apenas oyeron el nombre de Miguel de Cervantes, cuando

---

7 197 words are in this sentence. The Licenciado Márquez Torres doesn't
like books of chivalry.

8 Diogenes was a cynical Greek philosopher.

9 This is one of those cases where three adverbs in a row (**atrevida[mente]**,
licenciosa[mente] and **desalumbradamente**) are liſted, only the third of
which adds **-mente.**

10 **Que a…** *which the Ambassador of France made to his excellency*

11 This was to be a double royal marriage: Louis XIII of France was to
marry Philip II of Spain's daughter, Princess Anne of Auſtria; and the future
Philip IV was to marry Isabel, daughter of Henri IV of France.

12 This ambassador was Noël Brûlart de Sillery, a great fan of *Don Quijote*,
Part I, which had been translated into French in 1614 by César Oudin.

13 **Tocando a…** *especially the one I was currently censoring*

se comenzaron a 'hacer lenguas,° encareciendo la eſtimación en que ⟶ praise him highly
así en Francia como en 'los reinos sus confinantes,° se tenían sus obras, ⟶ bordering countries
La Galatea, que alguno dellos tiene casi de memoria la primera parte
déſta, y las *Novelas*.[14] Fueron tantos sus encarecimientos,° que me ofrecí ⟶ praises
llevarles que viesen el autor dellas, que eſtimaron con mil demoſtraciones
de vivos deseos. Preguntáronme muy 'por menor° su edad, su profesión, ⟶ in a detailed way
calidad y cantidad.° Halléme obligado a decir que era viejo, soldado, ⟶ financial condition
hidalgo y pobre, a que uno respondió eſtas formales palabras: "Pues ¿a tal
hombre no le tiene España muy 'rico y suſtentado° del erario° público?" ⟶ supported, treasury

Acudió otro de aquellos caballeros con eſte pensamiento y con
mucha agudeza, y dijo:

"Si necesidad le ha de obligar a escribir, plega a Dios que nunca tenga
abundancia para que con sus obras, siendo él pobre, haga rico a todo el
mundo."

Bien creo que eſtá, para censura, un poco larga, alguno dirá que
toca los límites de 'lisonjero elogio:° mas la verdad de lo que cortamente ⟶ flattering praise
digo deshace en el crítico la sospecha y en mí el cuidado. Además que
el día de hoy no se lisonjea a quien no tiene con qué 'cebar el pico° del ⟶ "grease the palm"
adulador° que, aunque afeᶜtuosa y falsamente dice de burlas, pretende° ⟶ flatterer, wants
ser remunerado° de veras. ⟶ paid

En Madrid, a veinte y siete de febrero de mil y seiscientos y quince.

EL LICENCIADO MÁRQUEZ TORRES

Privilegio

POR CUANTO por parte de vos, Miguel de Cervantes Saavedra, nos
fue fecha[15] relación que habíades compueſto[16] la *Segunda parte de don
Quijote de la Mancha*, 'de la cual hacíades presentación,° y por ser libro de ⟶ which you submitted
hiſtoria agradable y honeſta, y haberos coſtado mucho trabajo y eſtudio, nos
suplicaſtes os mandásemos dar licencia para le poder imprimir y privilegio
por veinte años, o como la nueſtra merced fuese, lo cual viſto por los del
nueſtro Consejo, por cuanto en el dicho libro se hizo la diligencia que la
premática, por nos sobre ello fecha,[17] dispone, fue acordado que debíamos
mandar dar eſta nueſtra cédula en la dicha razón, y nos tuvímoslo por
bien.[18] Por la cual vos damos licencia y facultad para que por tiempo y
espacio de 'diez años cumplidos primeros siguientes,° que corran y se ⟶ the next ten years

---

14 Cervantes' twelve *Novelas ejemplares* were published in Madrid in 1613.
His *La Galatea*, its firſt and only part, was published in Madrid in 1585.

15 The King here is not mimicking Don Quijote's ſtyle of speech by using
fecha here (and in line 31, but in line 1 of p. 473 it does mean *date!*), it is juſt that
the "official ſtyle" used conservative language.

16 **Por parte...** *when we learned from you, Miguel de Cervantes Saavedra,
that you had written...*

17 **Se hizo...** *fulfilled the regulations made by us*

18 **Y nos...** *and we agree*

cuenten desde el día de la fecha de esta nuestra cédula en adelante, vos, o la persona que para ello vuestro poder hobiere,° y no otra alguna, podáis   **hubiere = *tenga***
imprimir y vender el dicho libro que de suso se hace mención, y por 'la presente° damos licencia y facultad a cualquier impresor de nuestros reinos   this permit
que nombráredes para que durante el dicho tiempo le pueda imprimir por el original, que en el nuestro Consejo se vio que va rubricado y firmado al fin de Hernando de Vallejo, nuestro escribano de Cámara, y uno de los que en él residen,[19] con que antes y primero que se venda lo traigáis ante ellos, juntamente con el dicho original, para que se vea si la dicha impresión está conforme a él, o traigáis fe en pública forma, como por corretor por nos nombrado se vio y corrigió la dicha impresión por el dicho original, y más al dicho impresor que ansí imprimiere el dicho libro no imprima el principio y primer pliego dél, ni entregue más de un solo libro con el original al autor y persona a cuya costa lo imprimiere, ni a otra alguna, para efecto de la dicha correción y tasa, hasta que antes y primero el dicho libro esté corregido y tasado por los del nuestro Consejo,[20] y estando hecho, y no de otra manera, pueda imprimir el dicho principio y primer pliego, en el cual imediatamente ponga esta nuestra licencia y la aprobación, tasa y erratas, ni lo podáis vender, ni vendáis vos ni otra persona alguna, hasta que esté el dicho libro en la forma susodicha,° so pena de caer e incurrir en las penas   aforesaid
contenidas en la dicha premática y leyes de nuestros reinos que sobre ello disponen, y más, que durante el dicho tiempo persona alguna sin vuestra licencia no le pueda imprimir ni vender, so pena que el que lo imprimiere y vendiere haya perdido y pierda cualesquiera libros, moldes° y aparejos°   type, equipment
que dél tuviere, y más incurra en pena de cincuenta mil maravedís por cada vez que lo contrario hiciere, de la cual dicho pena sea la tercia parte para nuestra Cámara, y la otra tercia parte para el juez que lo sentenciare, y la otra tercia parte para el que lo denunciare, y más a los del nuestro Consejo, Presidentes, Oidores de las nuestras Audiencias, Alcaldes,° Alguaciles° de   mayors, bailiffs
la nuestra Casa y Corte y Chancillerías, y a otras cualesquiera justicias de todas las ciudades, villas y lugares de los nuestros reinos y señoríos y a cada uno en su juridición, ansí a los que agora son como a los que serán de aquí adelante, que vos guarden y cumplan esta nuestra cédula y merced, que ansí vos hacemos, y contra ella no vayan ni pasen en manera alguna, so pena de la nuestra merced y de diez mil maravedís para la nuestra Cámara.

Dada en Madrid, a treinta días del mes de marzo de mil y seiscientos y quince años.

Yo el Rey
Por mandado del Rey nuestro señor,
PEDRO DE CONTRERAS

---

19 **Nuestro escribano…** *clerk of our Council and one who resides in it,* that is, he himself is a member of the Council.

20 See p. 4, foontote 8, of Part I.

Prólogo al lector

VÁLAME DIOS, Y CON cuánta gana debes de eſtar esperando ahora, lector iluſtre, o quier° plebeyo, eſte prólogo, creyendo hallar en él venganzas,° riñas° y vituperios del autor del segundo *Don Quijote*, digo, de aquel que dicen que se engendró en Tordesillas y nació en Tarragona.¹ Pues en verdad que no te 'he dar° eſte contento, que pueſto que los agravios despiertan la cólera en los más humildes pechos, en el mío ha de padecer excepción eſta regla—quisieras tú que lo diera del asno, del mentecato y del atrevido.² Pero no me pasa por el pensamiento—caſtíguele su pecado, «con su pan se lo coma» y «'allá se lo haya.°»

Lo que no he podido dejar de sentir es que me note de viejo y de manco,³ como si hubiera sido en mi mano haber detenido el tiempo que no pasase por mí, o si mi manquedad° hubiera nacido en alguna taberna, sino° en la más alta ocasión° que vieron los siglos pasados, los presentes, ni esperan ver los venideros.⁴ Si mis heridas no resplandecen en los ojos de quien las mira, son eſtimadas, a lo menos, en la eſtimación de los que saben dónde se cobraron. Que el soldado más 'bien parece° muerto en la batalla que libre en la fuga, y es eſto en mí de manera que si ahora me propusieran y facilitaran 'un imposible,° quisiera antes haberme hallado en aquella 'facción prodigiosa° que sano ahora de mis heridas sin haberme hallado en ella. Las° que el soldado mueſtra en el roſtro y en los pechos, eſtrellas son que guían a los demás al cielo de la honra, y al de desear la juſta alabanza, y hase de advertir° que no se escribe con las canas, sino con el entendimiento, el cual suele mejorarse con los años.

He sentido° también que me llame invidioso,⁵ y que, como a ignorante, me describa qué cosa sea la invidia, que en realidad de verdad, de dos que

perhaps

revenge, quarrels,

he *de* dar

let it be

lack of hand
rather than, battle

looks better

something impossible
wonderful war action
las *heridas*

to point out

resented

---

1 Since you are reading the prologue, you should also read the part of the Introduction that talks about Alonso Fernández de Avellaneda, the author of the 1614 continuation of *Don Quijote* (p. xxiii ff.). The title page of Avellaneda's book says that he is from Tordesillas, and that his book was published in Tarragona.

2 **Quisieras tú...** *you would want me to call him an ass, an idiot, or an impertinent person*

3 Avellaneda says that Cervantes is as old as the "Caſtillo de San Cervantes" in Toledo, as it was colloquially known (see Covarrubias, p. 411, b 33). It's really the Caſtillo de San *Servando*, near the Alcántara Bridge (9th century). Avellaneda also says that "Cervantes confesses that he has only one hand." These references can be found in Martín de Riquer's edition of Avellaneda's *Quijote*, Clásicos Caſtellanos 174, pp. 10 and 8 [sic].

4 This was the Battle of Lepanto. See Part I, Chapter 39, p. 353, n. 24.

5 See Riquer's edition of Avellaneda, vol. I, pp. 10-11.

hay[6] yo no conozco sino a la santa, a la noble y bien intencionada. Y
siendo esto así, como lo es, no tengo yo de perseguir° a ningún sacerdote,   attack
y más si tiene por añadidura ser familiar del Santo Oficio,[7] y si él lo dijo,
por quien parece que lo dijo, engañóse de todo en todo, que del tal adoro
5 el ingenio, admiro las obras y la ocupación continua y virtuosa.[8] Pero, en
efecto, le agradezco a este señor autor el decir que mis *Novelas* son más
satíricas que ejemplares,°[9] pero que son buenas—y no lo pudieran ser si   exemplary
no tuvieran de todo.

    Paréceme que me dices que 'ando muy limitado° y que me contengo   I act with restraint
10 mucho en los términos de mi modestia, sabiendo que no se ha añadir
aflicción al afligido,[10] y que la que debe de tener este señor sin duda es
grande, pues no osa parecer a campo abierto y al cielo claro, encubriendo
su nombre, fingiendo su patria, como si hubiera hecho alguna traición de
'lesa majestad.° Si por ventura llegares a conocerle, dile de mi parte que no   "treason"
15 me tengo por agraviado[11]—que bien sé lo que son tentaciones del demonio,
y que una de las mayores es ponerle a un hombre en el entendimiento
que puede componer y imprimir un libro[12] con que gane tanta fama como
dineros, y tantos dineros cuanta fama, y para confirmación desto quiero
que en tu buen donaire y gracia le cuentes este cuento:

20   Había en Sevilla un loco que dio en el más gracioso disparate y tema°   mania
que dio loco en el mundo. Y fue que hizo un cañuto° de caña puntiagudo°   tube, sharp
'en el fin,° y en cogiendo° algún perro en la calle, o en cualquiera otra   at one end, seizing
parte, con el un pie le cogía el suyo, y el otro le alzaba con la mano,[13] y
como mejor podía le acomodaba el cañuto en la parte que, soplándole,°   blowing into it
25 le ponía redondo como una pelota, y en teniéndolo desta suerte, le daba
dos palmaditas° en la barriga y le soltaba, diciendo a los circunstantes,   little slaps
que siempre eran muchos: "¿Pensarán vuestras mercedes ahora que es
poco trabajo hinchar un perro?" ¿Pensará vuestra merced ahora que es
poco trabajo hacer un libro? Y si este cuento no le cuadrare, dirásle, lector
30 amigo, éste, que también es de loco y de perro:

    Había en Córdoba otro loco que tenía por costumbre de traer encima
de la cabeza un pedazo de losa de mármol, o un canto° no muy liviano, y   stone

---

    6 This first type of envy is one of the seven deadly sins, together with pride,
covetousness, lust, gluttony, anger, and sloth. The second type of envy, the one
Cervantes is referring to here, is what Gaos calls "noble emulation."

    7 This person is Lope de Vega, who indeed took orders in 1614, and was
a "familiar del Santo Oficio de la Inquisición" since 1608.

    8 **La ocupación…** *his ever virtuous way of life*, as Starkie translates. Cer-
vantes knew about Lope's scandalous private life.

    9 See Riquer's Avellaneda, vol. 1, pp. 7-8.

    10 **No se…** *one should not add more suffering to the person who is suffering*

    11 **No me…** *I don't consider myself insulted*

    12 **Ponerle a…** *to make a man think that he can write and publish a book*

    13 **Con el…** *with his foot he held down one of the dog's legs, and he lifted the
other leg with his hand*

en topando algún perro descuidado, se le ponía junto,[14] y 'a plomo° dejaba   like lead
caer sobre él el peso. Amohinábase el perro y dando ladridos° y aullidos,   barks
no paraba en tres calles.

    Sucedió, pues, que entre los perros que° descargó° la carga, fue uno   *sobre los* **que**, drop-
un perro de un bonetero,° a quien quería mucho su dueño. Bajó el canto,   ped; hatmaker
diole en la cabeza, alzó el grito el molido perro, violo y sintiólo su amo,
asió de una 'vara de medir° y salió al loco, y no le dejó hueso sano, y cada   yardstick
palo que le daba decía: "Perro ladrón, ¿a mi podenco?°[15] ¿No viste, cruel,   hunting dog
que era podenco mi perro?"

    Y repitiéndole el nombre de PODENCO muchas veces, envió al loco
'hecho una alheña.° Escarmentó° el loco y retiróse, y en más de un mes   beaten up, learned a
no salió a la plaza, al cabo del cual tiempo volvió con su invención y con   lesson
más carga. Llegábase donde estaba el perro y mirándole muy bien de
hito en hito y sin querer ni atreverse a descargar la piedra, decía: "Éste es
podenco: ¡guarda!°" En efeto, todos cuantos perros topaba, aunque fuesen   watch out!
alanos° o gozques,° decía que eran podencos, y así, no soltó más el canto.   Great Danes, lap dogs

    Quizá de esta suerte le podrá acontecer a este historiador, que no se
atreverá a soltar más la presa° de su ingenio en libros que, en siendo malos,   weight
son más duros que las peñas.

    Dile también que de la amenaza que me hace, que me ha de quitar
la ganancia con su libro,[16] no 'se me da un ardite,° que acomodándome   I couldn't care less
al entremés° famoso de *La Perendenga*,[17] le respondo que me viva   one-act comic play
el Veinticuatro mi señor, y Cristo con todos.[18] Viva el gran Conde de
Lemos,[19] cuya cristiandad° y liberalidad bien conocida contra todos los   Christianity
golpes de mi corta fortuna 'me tiene en pie,° y vívame la suma caridad   supports me
del ilustrísimo° de Toledo don Bernardo de Sandoval y Rojas,[20] y siquiera°   his eminence, al-
no haya emprentas° en el mundo, y siquiera se impriman contra mí más   though; print shops
libros que tienen letras *Las coplas de Mingo Revulgo*.[21] Estos dos príncipes,

14 **Se le...** *he went up to [the dog]*

15 The **podenco** represents several kinds of Spanish-bred dogs, similar to
the greyhound, but smaller, and very good for hunting.

16 See Riquer's Avellaneda, vol. 1, p. 8.

17 This famous *La Peredenga* is something of a mystery. Agustín Moreto
wrote an **entremés** of that name—it means *prostitute*—that exists in manuscript
form, but Moreto was born *four years after Cervantes' death.* Martín de Riquer
suggests that since Moreto adapted earlier works by others, this could be a play,
now lost, that Moreto reworked.

18 **Me viva...** *I still have my patron, and "peace be unto you"*

19 You will soon see that Cervantes dedicates this book to this count.

20 Bernardo de Sandoval y Rojas, as archbishop of Toledo, aided Cervantes
in his old age.

21 The *Coplas de Mingo Revulgo*, written around 1470, is an anonymous
satiric poem 32 9-verse stanzas long, each verse containing 8 syllables. The meaning of the phrase beginning with **y siquiera no hay emprentas** is obscure, at least
to me and the translators. It seems to say that no matter how many books are
published against him, Cervantes will still be protected by these two men. If **letras** refers to *letters*, you'll have to count them to see how many books Cervantes

sin que los solicite adulación mía, ni otro género de aplauso,[22] por sola su
bondad, han tomado 'a su cargo° el hacerme merced y favorecerme. En   on their own
lo que me tengo por más dichoso y más rico que si la fortuna por camino
ordinario me hubiera puesto en su cumbre. La honra puédela tener el
5   pobre, pero no el vicioso°—la pobreza puede anublar° a la nobleza, pero   wicked person, cloud
no 'escurecerla del todo.° Pero como la virtud dé alguna luz de sí, aunque   obscure it completely
sea por los inconvenientes y resquicios de la estrecheza,[23] viene a ser
estimada de los altos y nobles espíritus, y por el consiguiente, favorecida.

Y no le digas más, ni yo quiero decirte más a ti, sino advertirte que
10   consideres que esta Segunda parte de don Quijote que te ofrezco, es
cortada° del mismo artífice° y del mesmo paño que la primera, y que en   cut, creator
ella te doy a don Quijote dilatado° y finalmente, muerto y sepultado, por   longer
que ninguno se atreva a levantarle nuevos testimonios,[24] pues bastan los
pasados. Y basta también que un hombre honrado haya 'dado noticia°   related the story
15   destas discretas locuras, sin querer de nuevo entrarse en ellas,[25] que
la abundancia de las cosas, aunque sean buenas, hace que no
se estimen, y la carestía,° aun de las malas, se estima   scarcity
en algo. Olvídaseme de decirte, que esperes el
Persiles que ya estoy acabando
20   y la segunda parte de
Galatea.[26]

---

is referring to. If it means *stanzas*, which it can, then he is not afraid of 32 books
against him.

    22   **Sin que...** *without receiving praise or any other kind of flattery from me*

    23   **Inconvenientes y...** *straits and cracks of poverty*

    24   This **levantarle nuevos testamentos** smacks of **levantar falsos testimo-
nios** *to bear false witness*. It means something like *to relate new stories about him.*

    25   **Sin querer...** *without going into the matter again*

    26   The *Persiles* was finally published in 1617. Cervantes finished it just
four days before his death, and even in the prologue to that book—one day after
receiving extreme unction from the church—, he said he still hoped to finish *La
Galatea*. Some people think that the second part of *La Galatea* was lost. I think,
given this joking reference to it, that it was never even begun.

DEDICATORIA AL
Conde de Lemos[1]

Enviando a Vuestra Excelencia los días pasados mis *Comedias*, antes
impresas que representadas,[2] si bien me acuerdo, dije que don Quijote
quedaba calzadas las espuelas para ir a besar las manos a Vuestra
Excelencia,[3] y ahora digo que se las ha calzado y se ha puesto en camino,
y si él allá llega me parece que habré hecho algún servicio a Vuestra
Excelencia, porque es mucha la priesa que de infinitas partes me dan a
que le envíe, para quitar el hámago° y la náusea que ha causado otro don   sour taste
Quijote, que con nombre de segunda parte se ha disfrazado y corrido por
el orbe. Y el que más ha mostrado desearle[4] ha sido el grande Emperador
de la China, pues en lengua chinesca habrá un mes que me escribió una
carta con un propio,° pidiéndome, o por mejor decir, suplicándome, se   messenger
le enviase porque quería fundar un colegio donde 'se leyese° la lengua   teach
castellana, y quería que el libro que se leyese fuese el de la historia de don
Quijote, juntamente con esto me decía que fuese yo a ser el rector° del   principal
tal colegio.

Pregúntele al portador si su majestad le había dado para mí alguna
ayuda de costa.[5] Respondióme que ni por pensamiento.[6]

"Pues, hermano," le respondí yo, "vos os podéis volver a vuestra China
a las diez o a las veinte[7] o a las que venís despachado,[8] porque yo no
estoy con salud para ponerme en tan largo viaje. Además que sobre estar
enfermo,[9] estoy muy sin dineros, y emperador por emperador y monarca
por monarca, en Nápoles tengo al grande Conde de Lemos, que, sin

---

1 This Conde de Lemos, the seventh one, was don Pedro Fernández Ruiz
de Castro y Osorio (1576-1622), viceroy of Naples from 1610 to 1622. Cervantes
also dedicated his *Ocho comedias y ocho entremeses* (1615) and his *Persiles y Sigismunda* (1616) to this same person.

2 The title of the collection does state that these plays had never been
produced.

3 See the Schevill edition (1940), vol. 1 of the *Comedias*, p. 11, where this
statement is made.

4 **El que...** *the one who has shown most interest in him.* Of course, *him*, re-
ferrring to Don Quijote the person, really means *it*, referring to the book.

5 This would be per-diem expenses today, money over and above the salary
to pay for travel costs.

6 **Ni por...** *it hadn't even occurred to him*

7 That is, at ten to twenty leagues per day, a league being 5,572 meters
(3.465 miles)

8 **A las...** *or whatever rate you are used to*

9 **Sobre estar...** *aside from being sick*

tantos titulillos° de colegios ni rectorías,° me sustenta, me ampara y hace   little titles, rectorships

más merced que la que yo 'acierto a° desear." Con esto le despedí, y con   could

esto me despido, ofreciendo a Vuestra Excelencia *Los trabajos de Persilis*°   variant of *Persiles*

y Sigismunda, libro a quien daré fin dentro de cuatro meses,¹⁰ *Deo volente*;°   "God willing" *Latin*

5 el cual ha de ser, o el más malo, o el mejor que en nuestra lengua se

haya compuesto, quiero decir de los de entretenimiento, y digo que me

arrepiento de haber dicho el más malo, porque según la opinión de mis

amigos ha de llegar al estremo de bondad posible.

    Venga Vuestra Excelencia con la salud que es deseado,¹¹ que ya estará

10 *Persiles* para besarle las manos, y yo los pies, como criado que soy de

Vuestra Excelencia.

    De Madrid, último de otubre de mil seiscientos y quince.

        Criado de Vuestra Excelencia, *Miguel de Cervantes Saavedra*.

---

    10 The *'Persiles'* dedication was dated April 19, 1616, two months longer
than Cervantes expected. Cervantes' widow published the book in 1617.
    11 **Venga Vuestra...** *may you return* [to Spain] *in the health that I desire for
you*

CAPÍTULO PRIME-

ro. De lo que el cura y el barbero pasaron con don Qui-
jote cerca de su en-
fermedad.

UENTA CIDE HAMETE BENENGELI en la segunda parte desta historia, y tercera salida de don Quijote, que
el cura y el barbero se estuvieron casi un mes sin verle,
por no renovarle° y traerle a la memoria las cosas pasa-   remind him
das. Pero no por esto dejaron de visitar a su sobrina y
a su ama, encargándolas tuviesen cuenta con regalarle,
dándole a comer cosas confortativas° y apropiadas° para el corazón y el   strengthening, suit-
celebro, de donde procedía, 'según buen discurso,° toda su mala ventura.   able; it appeared
Las cuales dijeron que así lo hacían, y lo harían con la voluntad y cuidado
posible, porque echaban de ver que su señor por momentos iba dando
muestras de estar en su entero juicio, de lo cual recibieron los dos gran
contento por parecerles que habían acertado en haberle traído encantado
en el carro de los bueyes, como se contó en la primera parte desta tan
grande como puntual historia, en su último capítulo.

Y así, determinaron de visitarle y hacer esperiencia de su mejoría,
aunque tenían casi por imposible que la tuviese, y acordaron de no tocarle
en ningún punto de la andante caballería, por no ponerse a peligro de
descoser los[1] de la herida, que tan tiernos estaban.

Visitáronle, en fin, y halláronle sentado en la cama, vestida una 'almi-
lla de bayeta verde,° con un bonete colorado° toledano, y estaba tan seco y   green flannel jacket,
amojamado,° que no parecía sino hecho de carne momia. Fueron dél muy   red; dried up
bien recebidos, preguntáronle por su salud. Y él dio cuenta de sí y 'de ella°   de su salud
con mucho juicio y con muy elegantes palabras. Y en el discurso de su
plática vinieron a tratar en esto que llaman 'razón de estado° y modos de   politics
gobierno, enmendando este abuso y condenando aquél, reformando una
costumbre y desterrando otra, haciéndose cada uno de los tres un nuevo
legislador, un Licurgo moderno o un Solón flamante.[2] Y de tal manera

---

1 **Los** *puntos,* i.e. stitches.
2 Lycurgus (7th century B.C.) was the lawmaker responsible for institutions

Visitáronle, en fin, y halláronle sentado en la cama.

renovaron la república, que no pareció sino que la habían puesto en una fragua° y sacado otra de la que pusieron. Y habló don Quijote con tanta discreción en todas las materias que se tocaron, que los dos esaminadores creyeron indubitadamente° que estaba 'del todo° bueno y en su entero juicio.

Halláronse presentes a la plática la sobrina y ama, y no se hartaban de dar gracias a Dios de ver a su señor con tan buen entendimiento. Pero el cura, mudando el propósito primero, que era de no tocarle en cosa de caballerías, quiso hacer 'de todo en todo° esperiencia si la sanidad° de don Quijote era falsa o verdadera. Y así, 'de lance en lance,° vino a contar algunas nuevas que habían venido de la corte, y entre otras, dijo que se tenía por cierto que el Turco bajaba[3] con una poderosa armada, y que no se sabía su designio, ni adónde había de descargar tan gran nublado. Y con este temor, con que casi cada año nos 'toca arma,° estaba puesta en ella° toda la cristiandad, y su majestad había 'hecho proveer° las costas de Nápoles y Sicilia y la Isla de Malta.

A esto respondió don Quijote: "Su majestad ha hecho como prudentísimo guerrero en proveer sus estados 'con tiempo° porque no le halle desapercebido° el enemigo, pero si se tomara mi consejo, aconsejárale yo que usara de una prevención,° de la cual su majestad la hora de agora debe estar muy ajeno de pensar en ella."

Apenas oyó esto el cura, cuando dijo entre sí: "Dios te tenga en su mano, pobre don Quijote, que me parece que te despeñas de la alta cumbre de tu locura hasta el profundo abismo de tu simplicidad."

Mas el barbero, que ya había dado en el mesmo pensamiento que el cura, preguntó a don Quijote cuál era la advertencia de la prevención que decía era bien se hiciese—quizá podría ser tal que se pusiese en la lista de los muchos 'advertimientos impertinentes° que se suelen dar a los príncipes.

"El mío, señor rapador,°" dijo don Quijote, "no será impertinente, sino perteneciente.°"

"No lo digo por tanto,"[4] replicó el barbero, "sino porque tiene mostrado la esperiencia que todos o los más arbitrios° que se dan a su majestad, o son imposibles o disparatados, o en daño del rey o del reino."

"Pues el mío," respondió don Quijote, "ni es imposible ni disparatado, sino el más fácil, el más justo y el más mañero° y breve que puede caber en pensamiento de arbitrante° alguno."

"Ya tarda en decirle vuestra merced, señor don Quijote," dijo el cura.

"No querría," dijo don Quijote, "que le dijese yo aquí agora, y amane-

---

forge

undoubtedly, completely

once and for all, recovery; a bit at a time

sounds the alarm
i.e. alert; made provision for

in time
unprepared
precaution

irrelevant advice

barber (insulting word)
pertinent

judgments

feasible
advisor

---

in ancient Sparta, particularly the military. Solon (630 - 560B.C.) was an Athenian statesman, one of the Seven Wise Men of Greece, who introduced a more humane law code and ended aristocratic control of the government.

3 **El Turco...** *the Turkish fleet was approaching.* Even after the battle of Lepanto, the Turks continued to be a danger to Mediterranean countries.

4 **No lo...** *I don't mean it that way*

ciese mañana en los oídos de los señores consejeros, y se llevase otro las
gracias y el premio de mi trabajo."

"Por mí," dijo el barbero, "doy la palabra, para aquí y para delante de
Dios, de no decir lo que vuestra merced dijere «a rey ni a roque»,[5] ni a
hombre terrenal°—juramento que aprendí del romance del cura que en   earthly
el prefacio° avisó al rey del ladrón que le había robado las cien doblas y la   prologue to the mass
su mula la andariega.°"[6]   swift

"No sé historias," dijo don Quijote, "pero sé que es bueno ese juramento, en fee de que sé que es hombre de bien el señor barbero."

"Cuando no lo fuera," dijo el cura, "yo le abono° y salgo por él,[7] que   vouch for
en este caso no hablará más que un mudo, so pena de pagar lo juzgado y
sentenciado."[8]

"Y a vuestra merced ¿quién le fía, señor cura?" dijo don Quijote.

"Mi profesión" respondió el cura, "que es de guardar secreto."

"¡Cuerpo de tal!"[9] dijo a esta sazón don Quijote. "¿Hay más sino mandar su majestad por público pregón que se junten en la corte para un
día señalado todos los caballeros andantes que vagan° por España, que   wander
aunque no viniesen sino media docena,° tal° podría venir entre ellos que   dozen, such a one
solo bastase a destruir toda la potestad° del Turco? Esténme vuestras   power
mercedes atentos y 'vayan conmigo.° ¿Por ventura, es cosa nueva deshacer   follow along
un solo caballero andante un ejército de doscientos mil hombres, como si
todos juntos tuvieran una sola garganta, o fueran hechos de alfenique?[10]
Si no, díganme, ¿cuántas historias están llenas destas maravillas? ¡Había,[11]
en hora mala para mí, que no quiero decir para otro,[12] de vivir hoy el
famoso don Belianís o alguno de los del innumerable° linaje de Amadís   countless
de Gaula! Que si alguno destos hoy viniera y con el Turco 'se afrontara,°   confronted
a fee que no le arrendara la ganancia.[13] Pero Dios mirará por su pueblo y
deparará alguno, que, si no tan bravo como los pasados andantes caballeros, a lo menos no les será inferior en el ánimo. Y Dios me entiende y

---

5 *To king or rook*, coming naturally from chess, means *to no one*.

6 This ***Romance del cura*** is discussed at length in Rodríguez Marín's Atlas
edition (1949), vol. IX, pp. 280-95. In this Valencian story, a priest is robbed on
the road of his donkey and his money, the thief admonishing him to tell no one
of the robbery. In saying mass later in front of the king, he sees the thief beneath
the pulpit and is able to denounce him within the mass itself, and the king has
the thief arrested. Sam Armistead says that this ballad is unknown in the modern
oral tradition.

7 **Salgo por él = salgo *fiador* por él.** "I will vouch for him."

8 **Lo juzgado...** *any judgment set against him*

9 This is a clear euphemism for **Cuerpo de Dios.**

10 Both **alfenique** and **alfeñique** *almond paste* were used then. The original
says the former; Schevill transcribed the latter.

11 This sentence skips around a bit: **Había... de vivir hoy el famoso don
Belianís** *The famous don Belianís should be living today*

12 **En hora...** *to my misfortune and not to anyone else's*

13 **No le...** *I wouldn't like to be in their shoes*

no digo más."

"¡Ay!" dijo a este punto la sobrina, "¡que me maten si no quiere mi señor volver a ser caballero andante!"

A lo que dijo don Quijote: "Caballero andante he de morir, y baje
o suba el Turco cuando él quisiere y cuán poderosamente pudiere—que otra vez digo que Dios me entiende."

A esta sazón dijo el barbero: "Suplico a vuestras mercedes que se me dé licencia para contar un cuento breve que sucedió en Sevilla, que, venir aquí como de molde, me da gana de contarle."

Dio la licencia don Quijote, y el cura y los demás le prestaron atención, y él comenzó desta manera: "En la casa de los locos de Sevilla estaba un hombre a quien sus parientes habían puesto allí por falto de juicio. Era graduado en cánones por Osuna,[14] pero aunque lo fuera por Salamanca, según opinión de muchos, no dejara de ser loco. Este tal graduado, al cabo de algunos años de recogimiento° 'se dio a entender° que estaba cuerdo y en su entero juicio, y con esta imaginación escribió al arzobispo, suplicándole encarecidamente,° y con muy concertadas° razones, 'le mandase sacar° de aquella miseria en que vivía, pues por la misericordia° de Dios había ya cobrado el juicio perdido, pero que sus parientes, por gozar de la parte de su hacienda, le tenían allí, y a pesar de la verdad, querían que fuese loco hasta la muerte.

"El arzobispo, persuadido de muchos billetes concertados y discretos, mandó a un capellán suyo se informase del rector° de la casa si era verdad lo que aquel licenciado le escribía, y que asimesmo hablase con el loco, y que si le pareciese que tenía juicio, le sacase y pusiese en libertad. Hízolo así el capellán, y el retor le dijo que aquel hombre aún se estaba loco. Que puesto que hablaba muchas veces como persona de grande entendimiento, al cabo 'disparaba con° tantas necedades, que en muchas y en grandes igualaban a sus primeras discreciones, como se podía hacer la esperiencia hablándole. Quiso hacerla el capellán, y poniéndole° con el loco, habló con él una hora y más, y en todo aquel tiempo jamás el loco dijo razón torcida ni disparatada, antes habló 'tan atentamente° que el capellán fue forzado a creer que el loco estaba cuerdo. Y entre otras cosas que el loco le dijo fue que el retor le tenía ojeriza,° por no perder los regalos que sus parientes le hacían porque dijese que aún estaba loco, y° con lúcidos intervalos, y que el mayor contrario° que en su desgracia tenía era su mucha hacienda, pues por gozar della sus enemigos 'ponían dolo° y dudaban de la merced que nuestro Señor le había hecho en volverle de bestia en hombre. Finalmente, él habló de manera que hizo sospechoso al retor, codiciosos y desalmados a sus parientes, y a él tan discreto, que el capellán se determinó a llevársele consigo, a que el arzobispo le viese y tocase con la mano la verdad de aquel negocio.

"Con esta buena fee, el buen capellán pidió al retor mandase dar los

confinement, he let it
be known
earnestly, well-chosen
he be taken out, com-
passion

head

hurled

poniéndole *el retor*

with such discretion

grudge
although
obstacle
willfully misrepresen-
ted

---

14 Part I, Chapter 30, p. 270, n.11 speaks of Osuna's location. There was also a minor university there.

veſtidos con que allí había entrado el licenciado. Volvió a decir el retor
que mirase lo que hacía, porque sin duda alguna el licenciado aún se
eſtaba loco. No sirvieron de nada para con el capellán las prevenciones
y advertimientos del retor para que dejase de llevarle. Obedeció el retor,
5 viendo ser orden del arzobispo. Pusieron al licenciado sus veſtidos, que
eran nuevos y decentes, y como él se vio veſtido de cuerdo y desnudo
de loco, suplicó al capellán que por caridad le diese licencia para ir a
despedirse de sus compañeros los locos. El capellán dijo que él le quería
acompañar y ver los locos que en la casa había. Subieron, en efeto, y con
10 ellos algunos se hallaron presentes, y llegado el licenciado a una jaula
adonde eſtaba un loco furioso, aunque entonces sosegado y quieto, le dijo:
  " 'Hermano mío, mire si me manda algo,[15] que me voy a mi casa. Que
ya Dios ha sido servido por su infinita bondad y misericordia, sin yo
merecerlo, de volverme mi juicio. Ya eſtoy sano y cuerdo, que acerca del
15 poder de Dios ninguna cosa es imposible. Tenga grande esperanza y confianza en Él, que pues a mí me ha vuelto a mi primero eſtado, también
le volverá a él,[16] si en Él confía. Yo tendré cuidado de enviarle algunos
regalos que coma, y cómalos en todo caso, que le hago saber que imagino, como quien ha pasado por ello, que todas nueſtras locuras proceden
20 de tener los eſtómagos vacíos y los celebros llenos de aire. Esfuércese,
esfuércese, que el descaecimiento° en los infortunios° apoca la salud y   despondency, misfor-
acarrea° la muerte.'   tunes; causes
  "Todas eſtas razones del licenciado escuchó otro loco que eſtaba en
otra jaula, frontero de la del furioso, y levantándose de una eſtera vie-
25 ja, donde eſtaba echado y desnudo en cueros, preguntó a grandes voces
quién era el que se iba sano y cuerdo.
  "El licenciado respondió: 'Yo soy, hermano, el que me voy. Que ya no
tengo necesidad de eſtar más aquí, por lo que doy infinitas gracias a los
cielos que tan grande merced me han hecho.'
30   " 'Mirad lo que decís, licenciado, no os engañe el diablo,' replicó el
loco. 'Sosegad el pie y eſtaos quedito en vueſtra casa y ahorraréis la vuelta.'
  " 'Yo sé que eſtoy bueno,' replicó el licenciado, 'y no habrá para qué
tornar a 'andar eſtaciones.°'   come back
  " '¿Vos bueno?' dijo el loco, 'Agora bien, ello dirá[17]—andad con Dios,
35 pero yo os voto a Júpiter,[18] cuya majeſtad yo represento en la tierra, que
por sólo eſte pecado que hoy comete Sevilla en sacaros deſta casa y en
teneros por cuerdo, tengo de hacer un tal caſtigo 'en ella,° que quede   en *Sevilla*
memoria dél por todos los siglos de los siglos, AMÉN. ¿No sabes tú, li-
cenciadillo menguado, que lo podré hacer, pues, como digo, soy Júpiter
40 tonante,° que tengo en mis manos los 'rayos abrasadores° con que puedo   thundering, burning
                                                                              lightning bolts

---

15 **Mire si...** *tell me if there's anything I can do for you*
16 **También le...** *He will also return you to it* [health]
17 **Ello dirá...** *we'll see about that*
18 Jupiter (or Zeus in Greek) was the supreme Roman god, and the god of
weather and rain, the sender of lightning.

y suelo amenazar y deſtruir el mundo? Pero con sola una cosa quiero caſtigar a eſte ignorante pueblo, y es con no llover en él, ni en todo su diſtrito y contorno, por tres enteros años, que se han de contar desde el día y punto en que ha sido hecha eſta amenaza en adelante. ¿Tú libre, tú sano, tú cuerdo—y yo loco, y yo enfermo, y yo atado? Así pienso llover como pensar ahorcarme.'

"A las voces y a las razones del loco eſtuvieron los circunſtantes atentos, pero nueſtro licenciado, volviéndose a nueſtro capellán y asiéndole de las manos, le dijo: 'No tenga vueſtra merced pena, señor mío, ni haga caso de lo que eſte loco ha dicho. Que si él es Júpiter y no quisiere llover, yo que soy Neptuno,[19] el padre y el dios de las aguas, lloveré todas las veces que se me antojare y fuere meneſter.'

"A lo que respondió el capellán: 'Con todo eso, señor Neptuno, no será bien enojar° al señor Júpiter. Vueſtra merced se quede en su casa. to anger
Que otro día, cuando haya más comodidad y más espacio,° volveremos time
por vueſtra merced.'

"Rióse el retor y los presentes, por cuya risa se medio corrió el capellán. Desnudaron al licenciado, quedóse en casa y acabóse el cuento."

"Pues ¿éſte es el cuento, señor barbero," dijo don Quijote, "que, por venir aquí como de molde, no podía dejar de contarle? ¡Ah, señor rapiſta, señor rapiſta, y cuán ciego es aquel que no vee por 'tela de cedazo!° Y ¿es cheesecloth
posible que vueſtra merced no sabe que las comparaciones que se hacen de ingenio a ingenio, de valor a valor, de hermosura a hermosura y de linaje a linaje, son siempre odiosas y mal recebidas? Yo, señor barbero, no soy Neptuno, el dios de las aguas, ni procuro que nadie me tenga por discreto, no lo siendo. Sólo 'me fatigo° por dar a entender al mundo en el error en I get tired
que eſtá, en no renovar° en sí el felicísimo tiempo donde campeaba° la reviving, flourished
orden de la andante caballería. Pero no es merecedora la depravada edad nueſtra de gozar tanto bien como el° que gozaron las edades donde los el *bien*
andantes caballeros 'tomaron a su cargo° y echaron sobre sus espaldas la undertook
defensa de los reinos, el amparo de las doncellas, el socorro de los huérfanos y pupilos, el caſtigo de los soberbios y el premio de los humildes. Los más de los caballeros que agora se usan, antes les crujen los damascos, los brocados y otras ricas telas de que se viſten, que la malla con que se arman.[20] Ya no hay caballero que duerma en los campos, sujeto al rigor del cielo, armado de todas armas desde los pies a la cabeza. Y ya no hay quien, sin sacar los pies de los eſtribos, arrimado a la lanza, sólo procure descabezar, como dicen, el sueño[21] como lo hacían los caballeros andantes. Ya no hay ninguno que, saliendo deſte bosque entre en aquella montaña, y de allí, pise° una eſtéril y desierta playa del mar, las más veces proceloso ſteps onto

---

19 Neptune was the Roman god of the waters.

20 **Antes les…** *they dress in damasks, brocades and other rich fabrics inſtead of coats of mail*

21 **Descabezar, como…** *to take a nap, as they say*

y alterado.[22] Y hallando en ella y en su orilla un pequeño batel° sin remos,   dinghy
vela, máftil,° ni jarcia° alguna, con intrépido corazón se arroje en él, entre-   maft, rigging
gándose a las 'implacables olas° del mar profundo, que ya le suben al cielo   relentless waves
y ya le bajan al abismo, y él, puefto el pecho a la incontraftable° borrasca,   invincible
5   cuando menos 'se cata,° se halla tres mil y más leguas diftante del lugar   he expects
donde se embarcó. Y 'saltando en tierra° remota y no conocida le suceden   going ashore
cosas dignas de eftar escritas, no en pergaminos, sino en bronces.°   bronze tablets

"Mas agora ya triunfa la pereza de la diligencia,[23] la ociosidad del
trabajo, el vicio de la virtud, la arrogancia de la valentía y la teórica de la
10   práctica de las armas,[24] que sólo vivieron y resplandecieron en las edades
del oro y en los andantes caballeros. Si no, díganme, ¿quién más honefto
y más valiente que el famoso Amadís de Gaula? ¿Quién más discreto
que Palmerín de Inglaterra?[25] ¿Quién más acomodado° y manual° que   easily pleased, mild
Tirante el Blanco? ¿Quién más galán que Lisuarte de Grecia? ¿Quién
15   más acuchillado° ni acuchillador° que don Belianís? ¿Quién más intré-   slashed, slashing
pido que Perión de Gaula?[26] O ¿quién más acometedor° de peligros que   attacking
Felixmarte de Hircania? O ¿quién más sincero que Esplandián? ¿Quién
más arrojado que don Ceriongilio de Tracia?[27] ¿Quién más bravo que
Rodamonte?[28] ¿Quién más prudente que el rey Sobrino?[29] ¿Quién más
20   atrevido que Reinaldos?[30] ¿Quién más invencible que Roldán? Y ¿quién
más gallardo y más cortés que Rugero, de quien deciienden hoy los duques de Ferrara,[31] según Turpín en su *Cosmografía*?[32]

"Todos eftos caballeros, y otros muchos que pudiera decir,° señor cura,   mention
fueron caballeros andantes, luz y gloria de la caballería. Déftos, o tales
25   como éftos, quisiera yo que fueran los de mi arbitrio,° que 'a serlo,° su   team, if they were
majeftad se hallara bien servido, y ahorrara de mucho gafto, y el Turco
se quedara pelando° las barbas. Y con efto, no quiero quedar en mi casa,   tearing out
pues no me saca el capellán della, y si su Júpiter, como ha dicho el barbero,
no lloviere, aquí eftoy yo que lloveré cuando se me antojare. Digo efto,

22 It is the sea, of course, that is tempeftuous and angry.

23 **Triunfa la…** *sloth triumphs over diligence*

24 **La teórica…** *and* [military] *theory* [triumphs over] *the practice of arms.*
Gaos points out that there were books of military theory published at the time.
The implication is that courtly knights juft ftudy books while the errant ones
engage in war.

25 **Inglaterra** and not **Ingalaterra,** this time.

26 Perión de Gaula is Amadis' father.

27 This is Cirongilio de Tracia, mentioned in Part I, Chap. 32, p. 285, n. 5.

28 Rodamonte is a character in *Orlando Furioso* who fought againft Charlemagne and was later killed by Ruggiero, soon to be mentioned.

29 Rey Sobrino was mentioned in Part I, Chap. 45, p. 410, l. 11, one of the
kings who fought againft Agramante against Charlemagne.

30 This is Reinaldos de Montalbán. See Part I, Chap. 1, p. 25, n. 42.

31 It is Ariofto in *Orlando Furioso*, Canto 3, where it says that the dukes of
Ferrara descend from Ruggiero.

32 Turpin never had such a work attributed to him until Don Quijote's
remark.

por que sepa el señor Bacía que le entiendo."

"En verdad, señor don Quijote," dijo el barbero, "que no lo dije por
tanto, y así me ayude Dios como fue buena mi intención, y que no debe
vuestra merced sentirse.°"   take offense

5   "Si puedo sentirme o no," respondió don Quijote "yo me lo sé."

A esto dijo el cura: "Aun bien que yo casi no he hablado palabra hasta ahora, y no quisiera quedar con un escrúpulo que me roe y escarba° la   scrapes at
conciencia, nacido de lo que aquí el señor don Quijote ha dicho."

"Para otras cosas más," respondió don Quijote, "tiene licencia el señor
10 cura, y así puede decir su escrúpulo, porque no es de gusto andar con la
conciencia escrupulosa.°"   laden with qualms

"Pues con ese beneplácito,°" respondió el cura, "digo que mi escrú-   consent
pulo es que no me puedo persuadir en ninguna manera a que toda la
caterva de caballeros andantes que vuestra merced, señor don Quijote, ha
15 referido, hayan sido real y verdaderamente personas de carne y hueso en
el mundo. Antes imagino que todo es ficción, fábula y mentira, y sueños
contados por hombres despiertos o, por mejor decir, medio dormidos."

"Ése es otro error," respondió don Quijote, "en que han caído muchos
que no creen que haya habido tales caballeros en el mundo, y yo muchas
20 veces, con diversas gentes y ocasiones, he procurado sacar a la luz de la
verdad este casi común engaño. Pero algunas veces no he salido con mi
intención y otras sí, sustentándola sobre los hombros de la verdad, la
cual verdad es tan cierta, que estoy por decir que con mis propios ojos vi
a Amadís de Gaula, que era un hombre alto de cuerpo, blanco de rostro,
25 bien puesto de barba, aunque negra, de vista° entre blanda y rigurosa,   appearance
corto de razones, tardo 'en airarse° y presto en deponer° la ira. Y del   to anger, to lay aside
modo que he delineado° a Amadís, pudiera, a mi parecer, pintar y descu-   described
brir todos cuantos caballeros andantes andan en las historias en el orbe.
Que por la aprehensión° que tengo de que fueron como sus historias   understanding
30 cuentan, y por las hazañas que hicieron y condiciones que tuvieron, se
pueden sacar por buena filosofía sus faciones,° sus colores° y estaturas.°" facial features, com-
                                                                             plexion, height; how
"¿Qué tan grande° le parece a vuestra merced, mi señor don Quijote,"   big?
preguntó el barbero, "debía de ser el gigante Morgante?"[33]

"En esto de gigantes," respondió don Quijote, "hay diferentes opinio-
35 nes, si los ha habido o no en el mundo. Pero la Santa Escritura, que no
puede faltar un átomo en la verdad, nos muestra que los hubo, contán-
donos la historia de aquel filisteazo° de Golías,[34] que tenía siete codos° y big Philistine, cubits
medio de altura, que es una desmesurada° grandeza. También en la isla   inordinate
de Sicilia se han hallado canillas° y espaldas° tan grandes que su grandeza shinbones, shoulder
40 manifiesta que fueron gigantes sus dueños, y tan grandes, como grandes   blades
torres, que la geometría saca esta verdad de duda. Pero con todo esto
no sabré decir con certidumbre qué tamaño tuviese Morgante, aunque
imagino que no debió de ser muy alto. Y muéveme a ser deste parecer

---

33 For Morgante, see Part I, Chap. 1, p. 25, n. 40.
34 See Part I, Prologue, p. 10, ll. 13-16.

hallar en la historia donde se hace mención particular de sus hazañas, que muchas veces dormía debajo de techado, y pues hallaba casa donde cupiese, claro está que no era desmesurada su grandeza.'" *size*

"Así es," dijo el cura. El cual, gustando de oírle decir tan grandes disparates, le preguntó que qué sentía acerca de los rostros de Reinaldos de Montalbán y de don Roldán, y de los demás doce Pares de Francia,[35] pues todos habían sido caballeros andantes.

"De Reinaldos," respondió don Quijote, "me atrevo a decir que era ancho de rostro, 'de color bermejo,° los ojos bailadores° y algo saltados,° *ruddy, twinkling,* puntoso° y colérico en demasía, amigo de ladrones y de gente perdida. De *protruding; easily offended* Roldán o Rotolando o Orlando, que con todos estos nombres le nombran las historias, soy de parecer, y me afirmo, que fue de mediana estatura, ancho de espaldas, algo estevado,° moreno de rostro y barbitaheño,° *bowlegged, redbearded; hairy, threatening* velloso° en el cuerpo y de vista amenazadora,° corto de razones, pero muy comedido y bien criado."

"Si no fue Roldán más gentilhombre que vuestra merced ha dicho," replicó el cura, "no fue maravilla que la señora Angélica la Bella le desdeñase y dejase por la gala,° brío° y donaire que debía de tener el morillo *elegance, dash* barbiponiente° a quien ella se entregó, y anduvo discreta de adamar° an- *new-bearded, adore* tes la blandura de Medoro,[36] que la aspereza de Roldán."

"Esa Angélica," respondió don Quijote, "señor cura, fue una doncella destraída, andariega° y algo antojadiza, y tan lleno dejó el mundo de sus *gad-about* impertinencias como de la fama de su hermosura. Despreció mil señores, mil valientes y mil discretos, y contentóse con un pajecillo barbilucio,° sin *dandy* otra hacienda ni nombre que el que le pudo dar de agradecido la amistad que guardó a su amigo.[37] El gran cantor de su belleza, el famoso Ariosto, por no atreverse o por no querer cantar lo que a esta señora le sucedió después de su ruin entrego,° que no debieron ser cosas demasiadamente *surrender* honestas, la dejó, donde dijo:

> Y como del Catay° recibió el cetro. *China*
> quizá otro cantará con mejor plectro.[38]

"Y sin duda, que esto fue como profecía, que los poetas también se llaman *vates*, que quiere decir ADIVINOS.° Véase esta verdad clara, porque *fortune tellers* 'después acá° un famoso poeta andaluz lloró y cantó sus lágrimas, y otro *since then* famoso y único poeta castellano cantó su hermosura."[39]

"Dígame, señor don Quijote," dijo a esta sazón el barbero, "¿no ha

---

35 See Part I, Chap. 1, p. 25, n. 42.

36 See Part I, Chap. 25, p. 211, n. 27.

37 **Ni nombre...** *nor reputation except that which he got through loyalty to his friend.* This was the devotion that he had for his master Dardinel.

38 This is the last line of Part I—Chap. 52, p. 462, l. 23.

39 The Andalusian poet is Barahona de Soto who wrote *Las lágrimas de Angélica* (1586), a book which was in Don Quijote's library (see Part I, Chapter 6, p. 62, n. 55). It was Lope de Vega who wrote *La hermosura de Angélica* (1602).

habido algún poeta que haya hecho alguna sátira a esa señora Angélica
entre tantos como la han alabado?"

"Bien creo yo," respondió don Quijote, "que si Sacripante[40] o Roldán
fueran poetas, que ya me hubieran jabonado° a la doncella, porque es · satirized
propio y natural de los poetas desdeñados y no admitidos de sus damas—
fingidas, o no fingidas—en efeto, de aquellas[41] a quien ellos escogieron
por señoras de sus pensamientos, vengarse con sátiras y libelos,° ven- · lampoons
ganza, por cierto, indigna de pechos generosos. Pero hasta agora no ha
llegado a mí noticia ningún verso infamatorio° contra la señora Angélica, · discrediting
que trujo revuelto el mundo."[42]

"Milagro," dijo el cura.

Y en esto, oyeron que la ama y la sobrina, que ya habían dejado la
conversación, daban grandes voces en el patio, y acudieron todos al ruido.

Capítulo II. Que trata de la notable pendencia que Sancho Pan-
za tuvo con la sobrina y ama de don Quijote, con otros sujetos° · matters
graciosos.

C UENTA LA HISTORIA QUE las voces que oyeron don Quijote, el
cura y el barbero eran de la sobrina y ama, que las daban, diciendo a Sancho Panza, que pugnaba por entrar a ver a don Quijote,
y ellas le defendían° la puerta: · were holding

"¿Qué quiere este mostrenco° en esta casa? Idos a la vuestra, hermano, · stray animal
que vos sois, y no otro, el que destrae° y sonsaca° a mi señor y le lleva por · deludes, entices away
esos andurriales."

A lo que Sancho respondió: "Ama de Satanás, el sonsacado y el destraído y el llevado por esos andurriales soy yo, que no tu amo. Él me llevó
por esos mundos, y vosotras os engañáis en la mitad del justo precio.[1] Él
me sacó de mi casa con engañifas,° prometiéndome una ínsula, que hasta · deceptions
agora le espero."

"Malas ínsulas te ahoguen," respondió la sobrina, "Sancho maldito, y
¿qué son ínsulas? ¿Es alguna cosa de comer, golosazo,° comilón° que tú · glutton, glutton
eres?"

"No es de comer," replicó Sancho, "sino de gobernar y regir mejor que

---

40 A character in *Orlando Furioso*, referred to in error in Part I, Chap. 10,
p. 84, n. 29.

41 The 1st edition says **o fingidas en efeto de aquellos.** It has been labeled
a very obscure passage, seemingly a typesetter's error. Pellicer, the Academy of
the Language, and Schevill all change it to what it is here. Gaos (II, 47) reviews
several suggested changes.

42 **Trujo revuelto...** *turned the world topsy-turvy.*

1 **En la mitad del justo precio** is a legal term from sales contracts. I asked
my colleague Ivo Domínguez, a former lawyer, what it meant. He said the whole
expression, starting with **os engañáis** means *you are totally mistaken.*

cuatro ciudades y que cuatro 'alcaldes de corte.°'"   judgeships

"Con todo eso," dijo el ama, "no entraréis acá, saco de maldades y cos-
tal de malicias. Id a gobernar vueſtra casa y a labrar° vueſtros pegujares,°   work, land parcels
y dejaos de pretender ínsulas ni ínsulos."²

5   Grande guſto recebían el cura y el barbero de oír el coloquio de los
tres, pero don Quijote, temeroso que Sancho se descosiese y desbucha-
se° algún montón de maliciosas necedades y tocase en puntos que no   disgorge
le eſtarían bien a su crédito, le llamó y hizo a las dos que callasen y le
dejasen entrar. Entró Sancho, y el cura y el barbero se despidieron de don
10   Quijote, de cuya salud desesperaron, viendo cuán pueſto eſtaba en sus
desvariados pensamientos y cuán embebido° en la simplicidad de sus mal   immersed
andantes caballerías, y así dijo el cura al barbero: "Vos veréis, compadre,
cómo, cuando menos lo pensemos, nueſtro hidalgo sale otra vez a volar
la ribera."³

15   "No pongo yo duda en eso," respondió el barbero; "pero no me maravillo tanto de la locura del caballero como de la simplicidad del escudero,
que tan creído° tiene aquello de la ínsula, que creo que no se lo sacarán   confident
del casco° cuantos desengaños pueden imaginarse."   head

"Dios los remedie," dijo el cura, "y eſtemos 'a la mira.° Veremos en lo   on the lookout
20   que para eſta máquina de disparates⁴ de tal caballero y de tal escudero—
que parece que los forjaron a los dos en una mesma turquesa,° y que las   mold
locuras del señor sin las necedades del criado no valían un ardite."

"Así es," dijo el barbero, "y holgara mucho saber qué tratarán ahora
los dos."

25   "Yo seguro,°" respondió el cura, "que la sobrina o el ama nos lo cuenta   I'm sure
después, que no son de condición que dejarán de escucharlo."

En tanto, don Quijote se encerró con Sancho en su aposento, y estando solos, le dijo: "Mucho me pesa, Sancho, que hayas dicho y digas
que yo fui el que te saqué de tus casillas,° sabiendo que yo no me quedé   cottage
30   en mis casas. Juntos salimos, juntos fuimos y juntos peregrinamos°—una   roamed
misma fortuna y una misma suerte ha corrido por° los dos. Si a ti te   **para**
mantearon una vez, a mí me han molido ciento, y eſto es lo que te llevo
de ventaja."

"Eso eſtaba pueſto en razón," respondió Sancho, "porque, según vues-
35   tra merced dice, más anexas son a los caballeros andantes las desgracias
que a sus escuderos."

"Engáñaſte, Sancho," dijo don Quijote, "según aquello, *cuando caput
dolet, &c.*"⁵

"No entiendo otra lengua que la mía," respondió Sancho.

---

2 **Ínsulas ni ínsulos:** *ínsulos* is nonsense.

3 **Volar la ribera** *flying along the shore* is a falconry term, referring here to
Don Quijote's next outing.

4 **En lo...** *how the absurdities turn out*

5 **(uando caput dolet, cætera membra dolent** *when the head hurts, the other
members hurt.* Latin proverb.

"Quiero decir," dijo don Quijote, "que cuando la cabeza duele, todos los miembros duelen, y así, siendo yo tu amo y señor, soy tu cabeza y tú mi parte, pues eres mi criado, y por esta razón el mal que a mí me toca o tocare, a ti te ha de doler y a mí el tuyo."

5 "Así había de ser," dijo Sancho, "pero cuando a mí me manteaban como a miembro, se estaba mi cabeza detrás de las bardas, mirándome volar por los aires, sin sentir dolor alguno, y pues los miembros están obligados a dolerse del mal de la cabeza, había de estar obligada ella a dolerse dellos."

10 "¿Querrás tú decir agora, Sancho," respondió don Quijote, "que no me dolía yo cuando a ti te manteaban? Y si lo dices, no lo digas, ni lo pienses, pues más dolor sentía yo entonces en mi espíritu que tú en tu cuerpo. Pero dejemos esto aparte por agora, que tiempo habrá donde lo ponderemos° y pongamos en su punto.[6] Y dime, Sancho amigo, ¿qué es lo que dicen de mí por ese lugar, en qué opinión me tiene el vulgo, en qué los hidalgos y en qué los caballeros? ¿Qué dicen de mi valentía, qué de mis hazañas y qué de mi cortesía?° ¿Qué se platica del asumpto° que he tomado de resucitar y volver al mundo la ya olvidada orden caballeresca? Finalmente, quiero, Sancho, me digas lo que acerca desto ha llegado a tus oídos, y esto me has de decir, sin añadir al bien ni quitar al mal, cosa alguna, que de los vasallos leales es decir[7] la verdad a sus señores en su ser y figura propia, sin que la adulación la acreciente, o otro vano respeto la disminuya.° Y quiero que sepas, Sancho, que si a los oídos de los príncipes° llegase la verdad desnuda, sin los vestidos de la lisonja,° otros siglos correrían, otras edades serían tenidas por más de hierro que la nuestra, que entiendo que de las que ahora se usan es la dorada.[8] Sírvate este advertimiento, Sancho, para que discreta y bien intencionadamente pongas en mis oídos la verdad de las cosas que supieres de lo que te he preguntado."

30 "Eso haré yo de muy buena gana, señor mío," respondió Sancho, "con condición que vuestra merced no se ha de enojar de lo que dijere, pues quiere que lo diga en cueros sin vestirlo de otras ropas de aquellas con que llegaron a mi noticia."

"En ninguna manera me enojaré," respondió don Quijote; "bien pue-
35 des, Sancho, hablar libremente y sin rodeo alguno."

"Pues lo primero que digo," dijo, "es que el vulgo 'tiene a vuestra merced por° grandísimo loco y a mí por no menos mentecato. Los hidalgos dicen que, no conteniéndose° vuestra merced en los límites de la hidalguía, se ha puesto DON y 'se ha arremetido a° caballero, con cuatro

(marginal glosses:)
we will consider

courtesy, enterprise

lessens
important persons,
flattery

think you are
keeping within
dared to become

---

6 **Pongamos en...** *come to a conclusion*

7 **Es decir,** that is **es *natural* decir.**

8 **Otros siglos...** Starkie has: "these times would be different, and other ages would more fitly be reputed iron than ours, which I reckon to be of gold." This seems to be the gist of it, but Don Quijote until now has said *his* age was of iron.

cepas° y dos yugadas de tierra⁹ y con un trapo atrás y otro adelante.° Di-   grapevines, **delante**
cen los caballeros que no querrían que los hidalgos se opusiesen a ellos,
especialmente aquellos hidalgos escuderiles que 'dan humo a° los zapatos   shine with soot
y 'toman los puntos° de las medias negras con seda° verde.''   to darn, thread

5   ''Eso,'' dijo don Quijote, ''no tiene que ver conmigo, pues ando siempre bien vestido y jamás remendado¹⁰—roto,° bien podría ser, y el roto   ragged
más de las armas que del tiempo.''¹¹

    ''En lo que toca,'' prosiguió Sancho, ''a la valentía, cortesía, hazañas y
asumpto de vuestra merced, hay diferentes opiniones. Unos dicen 'loco,
10   pero gracioso,' otros, 'valiente, pero desgraciado,' otros, 'cortés, pero impertinente,' y por aquí van discurriendo en tantas cosas, que ni a vuestra
merced ni a mí nos dejan hueso sano.''

    ''Mira, Sancho,'' dijo don Quijote, ''dondequiera que está la virtud en
eminente grado, es perseguida. Pocos o ninguno de los famosos varones
15   que pasaron° dejó de ser calumniado° de la malicia. Julio César, animo-   lived, slandered
sísimo, prudentísimo y valentísimo capitán, fue notado de ambicioso y
algún tanto no limpio, ni en sus vestidos ni en sus costumbres. Alejandro,
a quien sus hazañas le alcanzaron el renombre de Magno, dicen dél que
tuvo sus ciertos puntos de borracho. De Hércules, el de los muchos tra-
20   bajos, se cuenta que fue lascivo y muelle.° De don Galaor, hermano de   effeminate
Amadís de Gaula, se murmura que fue más que demasiadamente rijoso,
y de su hermano, que fue llorón. Así que, ¡oh Sancho! entre las tantas
calumnias de buenos bien pueden pasar las mías, como no sean más de
las que has dicho.''

25   ''Ahí está el toque, cuerpo de mi padre,'' replicó Sancho.

    ''Pues ¿hay más?'' preguntó don Quijote.

    ''«Aún la cola falta por desollar»,°'' dijo Sancho, ''lo de hasta aquí son   to skin
«tortas y pan pintado»,¹² mas si vuestra merced quiere saber todo lo que
hay acerca de las caloñas° que le ponen, yo le traeré aquí 'luego al mo-   slanders, right now
30   mento° quien se las diga todas, sin que les falte una meaja.° Que anoche   ''half-penny''
llegó el hijo de Bartolomé Carrasco, que viene de estudiar de Salamanca,
hecho bachiller, y yéndole yo a dar la bienvenida, me dijo que andaba ya
en libros la historia de vuestra merced con nombre del *Ingenioso hidalgo
don Quijote de la Mancha*. Y dice que me mientan a mí en ella con mi
35   mesmo nombre de Sancho Panza, y a la señora Dulcinea del Toboso, con
otras cosas que pasamos nosotros a solas, que me hice cruces 'de espanta-   in amazement
do,° cómo las pudo saber el historiador que las escribió.''

    ''Yo te aseguro, Sancho,'' dijo don Quijote, ''que debe de ser algún

---

    9 A **yugada de tierra** was the amount of land two oxen could plow in one
day.

    10 It was considered bad for **hidalgos** to wear mended, patched clothing,
although threadbare was all right. Mended clothing was for the working class.
Correas cites this version of the proverb: **El hidalgo roto y no remendado.**

    11 That is, Don Quijote's armor, with its constant friction, is what has
spoiled his clothes.

    12 **Tortas y...** *nothing.* ''You haven't heard anything yet.''

sabio encantador el autor de nuestra historia, que a los tales no se les
encubre nada de lo que quieren escribir."

"Y ¡cómo," dijo Sancho, "si era sabio y encantador, pues—según dice
el bachiller Sansón Carrasco, que así se llama el que dicho tengo[13] —que
el autor de la historia se llama Cide Hamete Berenjena!'"   eggplant

"Ese nombre es de moro," respondió don Quijote.

"Así era," respondió Sancho, "porque por la mayor parte he oído decir
que los moros son amigos de berenjenas."

"Tú debes, Sancho," dijo don Quijote, "errarte en el sobrenombre de
ese Cide, que en arábigo quiere decir *señor*."

"Bien podría ser," replicó Sancho; "mas si vuestra merced gusta que
yo le haga venir aquí, iré por él en volandas."

"Harásme mucho placer, amigo," dijo don Quijote; "que me tiene
suspenso lo que me has dicho, y no comeré bocado que 'bien me sepa°   tastes good to me
hasta ser informado de todo."

"Pues yo voy por él," respondió Sancho.

Y dejando a su señor, se fue a buscar al bachiller, con el cual volvió
de allí a poco espacio, y entre los tres pasaron un graciosísimo coloquio.

Capítulo III. Del 'ridículo razonamiento° que pasó entre don   laughable conversation
Quijote, Sancho Panza y el bachiller Sansón Carrasco.

Pensativo 'a demás° quedó don Quijote, esperando al bachiller   quite
Carrasco, de quien esperaba oír las nuevas de sí mismo puestas en
libro como había dicho Sancho, y no se podía persuadir a que tal
historia hubiese,° pues aún no estaba enjuta en la cuchilla° de su espada   there was, blade
la sangre de los enemigos que había muerto, y ya querían que anduvie-
sen 'en estampa° sus altas caballerías. Con todo eso, imaginó que algún   in print
sabio, o ya amigo o enemigo,[1] por arte de encantamento las 'habrá dado
a la estampa°—si amigo, para engrandecerlas y levantarlas° sobre las más   must have published,
señaladas° de caballero andante; si enemigo, para aniquilarlas y ponerlas   raise them; outstand-
debajo de las más viles que de algún vil escudero se hubiesen escrito,   ing
puesto—decía entre sí—que nunca hazañas de escuderos se escribieron.
Y cuando fuese verdad que la tal historia hubiese, siendo de caballero
andante, por fuerza había de ser grandílocua, alta, insigne,° magnífica y   distinguished
verdadera.

Con esto se consoló algún tanto, pero desconsolóle pensar que su
autor era moro, según aquel nombre de Cide, y de los moros no se podía
esperar verdad alguna, porque todos son embelecadores,° falsarios° y qui-   deceivers, liars
meristas.° Temíase no hubiese tratado sus amores con alguna indecencia°   troublemakers, impro-
que redundase en menoscabo y perjuicio de la honestidad de su señora   priety
Dulcinea del Toboso. Deseaba que hubiese declarado su fidelidad y el

---

13 **El que...** *the one I've mentioned*

1 The first edition says **amigo de enemigo**

decoro que siempre la había guardado, menospreciando° reinas, empera-   scorning
trices y doncellas de todas calidades, teniendo a raya los ímpetus de los
naturales movimientos. Y así envuelto y revuelto en estas y otras muchas
imaginaciones, le hallaron Sancho y Carrasco, a quien don Quijote reci-
5 bió con mucha cortesía.

   Era el bachiller, aunque se llamaba Sansón,[2] no muy grande de cuerpo, aunque muy gran socarrón, de color macilenta,° pero de muy buen   wan
entendimiento. Tendría hasta veinte y cuatro años, carirredondo,° 'de na-   round-faced
riz chata° y de boca grande, señales todas de ser de condición maliciosa y   snub-nosed
10 amigo de donaires y de burlas, como lo mostró en viendo a don Quijote,
poniéndose delante dél de rodillas, diciéndole:

   "Déme vuestra grandeza las manos, señor don Quijote de la Mancha,
que por el hábito de San Pedro que visto, aunque no tengo otras órdenes
que las cuatro primeras,[3] que es vuestra merced uno de los más famosos
15 caballeros andantes que ha habido, ni aun habrá en toda la redondez de
la tierra. 'Bien haya° Cide Hamete Benengeli que la historia de vuestras   blessings on
grandezas dejó escritas, y 'rebién haya° el curioso que tuvo cuidado de   more blessings on
hacerlas traducir de arábigo en nuestro vulgar castellano para universal
entretenimiento de las gentes."

20 Hízole levantar don Quijote, y dijo: "¿'Desa manera verdad es° que   you mean it's true?
hay historia mía, y que fue moro y sabio el que la compuso?"

   "Es tan verdad, señor," dijo Sansón, "que tengo para mí, que el día de
hoy están impresos más de doce mil libros de la tal historia. Si no, dígalo
Portugal, Barcelona y Valencia,[4] donde se han impreso,° y aun hay fama   been printed
25 que se está imprimiendo en Amberes,[5] y 'a mi se me trasluce° que no ha   it's apparent to me
de haber nación ni lengua donde no se traduzga."[6]

---

2 The biblical Samson was very strong. For example, in Judges 16:3 it says:
"[Samson] rose, seized hold of the doors of the city gate and the two posts, pulled
them out, bar and all, hoisted them on to his shoulders and carried them to the
top of the hill…"

3 These are the minor orders: *ostiarius, lector, exorcista*, and *acolytus*.

4 **Si no…** *just ask Portugal, Barcelona, and Valencia*

5 In the real world, editions of the *Quijote* preceding the publication of the
second part, were produced in Madrid, Lisbon, Valencia (1605); Brussels (1607);
and Milan (1610). The first Barcelona edition was of both parts in 1617. The first
edition in Antwerp (Amberes) was in 1673. Rodríguez Marín (Vol IV, p. 82)
calculated that the first ten printings done until 1610 would have totaled, con-
servatively, 15,000 copies. Sansón has estimated convincingly the total number
of copies printed.

6 **Traduzga = traduzca.** In this, Sansón was quite right. The *Quijote* has
been translated into virtually every important western language, and many from
elsewhere: Afrikaans, Albanian, Arabic, Armenian, Basque, Bulgarian, Catalan,
Chinese, Croatian, Czech, Danish, Dutch, English, Esperanto, Finnish, Flemish, French, Gaelic, German, Hindustani, Indonesian, Italian, Japanese, Kashmīrī,
Korean, Mallorquin, Norwegian, Polish, Portuguese, Provençal, Rumanian, Russian, Sanskrit, Serbian, Slovenian, Swedish, Tagalog, Tibetan, Turkish, Ukrainian,
Welsh, and Yiddish (not every one of these has a complete translation).

"Déme vueſtra grandeza las manos, señor don Quijote de la Mancha."

"Una de las cosas," dijo a esta sazón don Quijote, "que más debe de dar contento a un hombre virtuoso y eminente[7] es verse, viviendo, andar con buen nombre por las lenguas de las gentes, impreso y en estampa. Dije CON BUEN NOMBRE porque siendo al contrario, ninguna muerte se
5 le igualara."

"Si por buena fama y si por buen nombre va," dijo el bachiller, "sólo vuestra merced lleva la palma[8] a todos los caballeros andantes, porque el moro en su lengua y el cristiano en la suya tuvieron cuidado de pintarnos° muy al vivo la gallardía de vuestra merced, el ánimo grande en acometer   describe for us
10 los peligros, la paciencia en las adversidades y el sufrimiento, así en las desgracias como en las heridas, la honestidad y continencia en los amores tan platónicos de vuestra merced y de mi señora doña Dulcinea del Toboso."

"Nunca," dijo a este punto Sancho Panza, "he oído llamar con DON a
15 mi señora Dulcinea, sino solamente la señora Dulcinea del Toboso, y ya en esto anda errada la historia."

"No es objeción de importancia ésa," respondió Carrasco.

"No por cierto," respondió don Quijote. "Pero dígame vuestra merced, señor bachiller, ¿qué hazañas mías son las que más 'se ponderan° en esa   are praised
20 historia?"

"En eso," respondió el bachiller, "hay diferentes opiniones, como hay diferentes gustos°—unos se atienen a la aventura de los molinos de vien-   tastes to, que a vuestra merced le parecieron Briareos y gigantes;[9] otros, a la de los batanes;[10] éste, a la descripción de los dos ejércitos, que después pa-
25 recieron ser dos manadas de carneros;[11] aquél encarece la del muerto que llevaban a enterrar a Segovia;[12] uno dice que a todas se aventaja la de la libertad de los galeotes;[13] otro, que ninguna iguala a la de los dos gigantes benitos, con la pendencia del valeroso vizcaíno."[14]

"Dígame, señor bachiller," dijo a esta sazón Sancho, "¿entra ahí la
30 aventura de los yangüeses, cuando a nuestro buen Rocinante se le antojó pedir cotufas en el golfo?"[15]

"No se le quedó nada," respondió Sansón, "al sabio en el tintero. Todo lo dice y todo lo apunta, hasta lo de las cabriolas° que el buen Sancho   capers hizo en la manta."

35 "En la manta no hice yo cabriolas," respondió Sancho; "en el aire sí, y aun más de las que yo quisiera."

---

7 **Que más...** *which must please a virtuous and eminent man the most*

8 The palm branch is the traditional symbol of victory. The person who carries it off is thus the winner.

9 See Part I, Chap. 8, p. 68, n. 3.

10 See Part I, Chap. 20, pp. 156-168.

11 See Part I, Chap. 18, pp. 141-147.

12 See Part I, Chap. 19, pp. 151-153.

13 See Part I, Chap. 22, pp. 180-190.

14 See Part I, Chap. 8, pp. 70-74 and Chap. 9, pp. 78-81.

15 **Pedir cotufas...** *to ask for impossible things*

"A lo que yo imagino," dijo don Quijote, "no hay historia humana en el mundo que no tenga sus altibajos,° especialmente las que tratan de caballerías, las cuales nunca pueden estar llenas de prósperos sucesos." — ups and downs

"Con todo eso," respondió el bachiller, "dicen algunos que han leído la historia, que se holgaran se les hubiera olvidado[16] a los autores della algunos de los infinitos palos que en diferentes encuentros dieron al señor don Quijote."

"Ahí entra la verdad de la historia," dijo Sancho.

"También pudieran callarlos por equidad,'" dijo don Quijote, "pues las acciones que ni mudan, ni alteran la verdad de la historia, no hay para qué escribirlas si han de redundar en menosprecio° del señor de la historia. A fee que no fue tan piadoso Eneas como Virgilio le pinta, ni tan prudente Ulises como le describe Homero." — fairness / scorn

"Así es," replicó Sansón, "pero uno es escribir como poeta y otro como historiador. El poeta puede contar o cantar las cosas, no como fueron, sino como debían ser, y el historiador las ha de escribir, no como debían ser, sino como fueron, sin añadir ni quitar a la verdad 'cosa alguna.°" — anything

"Pues si es que se anda a decir verdades ese señor moro," dijo Sancho, "a buen seguro que entre los palos de mi señor se hallen los míos, porque nunca a su merced le 'tomaron la medida° de las espaldas, que no me la tomasen a mí de todo el cuerpo. Pero no hay de qué maravillarme, pues como dice el mismo señor mío, del dolor de la cabeza han de participar los miembros." — measured

"Socarrón sois, Sancho," respondió don Quijote, "a fee que no os falta memoria, cuando vos queréis tenerla."

"Cuando yo quisiese olvidarme de los garrotazos que me han dado," dijo Sancho, "no lo consentirán los cardenales, que aún se están frescos en las costillas."

"Callad, Sancho," dijo don Quijote, "y no interrumpáis al señor bachiller, a quien suplico pase adelante en decirme lo que se dice de mí en la referida historia."

"Y de mí," dijo Sancho; "que también dicen que soy yo uno de los principales presonajes della."

"*Personajes*, que no *pre*sonajes, Sancho amigo," dijo Sansón.

"Otro reprochador de voquibles° tenemos," dijo Sancho; "pues ándense a eso[17] y no acabaremos en toda la vida." — **vocablos** *words*

"Mala me la dé Dios,[18] Sancho," respondió el bachiller, "si no sois vos la segunda persona de la historia, y que hay tal° que precia° más oíros hablar a vos que al 'más pintado° de toda ella, puesto que también hay quien diga que anduvistes demasiadamente 'de crédulo° en creer que podía ser verdad el gobierno de aquella ínsula ofrecida por el señor don Quijote, — people, esteem / best / gullible

16 **Se holgaran se les hubiera olvidado** = **se holgarían** *si* **se les hubiera olvidado**

17 **Pues ándense...** *if that's the way things are going*

18 **Mala** *vida* **me dé Dios**

que está presente."

"«Aún hay sol en las bardas»,"[19] dijo don Quijote, "y mientras más fuere entrando en edad Sancho, con la esperiencia que dan los años, estará más idóneo y más hábil para ser gobernador, que no está agora."

5 "Por Dios, señor," dijo Sancho, "la isla que yo no gobernase con los años que tengo, no la gobernaré con los años de Matusalén.[20] El daño está en que la dicha ínsula se entretiene, no sé dónde, y no en faltarme a mí el caletre para gobernarla."[21]

"Encomendadlo a Dios, Sancho," dijo don Quijote; "que todo se hará 10 bien, y quizá mejor de lo que vos pensáis—que no se mueve la hoja en el árbol sin la voluntad de Dios."

"Así es verdad," dijo Sansón, "que si Dios quiere, no le faltarán a Sancho mil islas que gobernar, cuanto más una."

"Gobernador he visto por ahí," dijo Sancho, "que a mi parecer no 15 llegan a la suela de mi zapato, y con todo eso, los llaman SEÑORÍA,° y se   lordship
sirven con plata."

"Esos no son gobernadores de ínsulas," replicó Sansón, "sino de otros gobiernos más manuales°—que los que gobiernan ínsulas, por lo menos,   manageable
han de saber gramática."

20 "Con la *grama* bien 'me avendría° yo," dijo Sancho, "pero con la *tica*[22]   I'd adapt
ni me tiro ni me pago,[23] porque no la entiendo. Pero dejando esto del gobierno en las manos de Dios, que me eche a las partes donde más de mí se sirva, digo, señor bachiller Sansón Carrasco, que infinitamente me ha dado gusto que el autor de la historia haya hablado de mí de manera que
25 no enfadan° las cosas que de mí se cuentan. Que a fe de buen escudero   give offense
que si hubiera dicho de mí cosas que no fueran muy de cristiano viejo, como soy, que nos habían de oír los sordos."

"Eso fuera hacer milagros," respondió Sansón.

"Milagros o no milagros," dijo Sancho, "cada uno mire cómo habla
30 o cómo escribe de las presonas, y no ponga a 'troche moche° lo primero   willy-nilly
que le viene al magín.°"   imagination

"Una de las tachas que ponen a la tal historia," dijo el bachiller, "es que su autor puso en ella una novela intitulada *El curioso impertinente*, no por mala ni por mal razonada sino por 'no ser de aquel lugar,° ni tiene   being out of place
35 que ver con la historia de su merced del señor don Quijote."

"Yo apostaré," replicó Sancho, "que ha mezclado el hideperro° «ber-   son of a dog
zas con capachos»."[24]

19 That is, there's still time.

20 In Genesis 5:27 we read that Methuselah lived 969 years.

21 **El daño...** *the trouble is that the island is over there somewhere where I don't know, and not that I haven't enough brains to govern it*

22 A **grama** is a grass that grows wild. **Tica** is nonsense, and that's why Sancho can't understand it.

23 **Ni me...** *I'll not wager.* This is a card player's term indicating an unwillingness to play a given hand.

24 **Berzas con...** *cabbages with baskets;* that is, he's mixed everything up.

"Ahora digo," dijo don Quijote, "que no ha sido sabio el autor de mi
historia sino algún ignorante hablador° que, a tiento y sin algún discurso,   chatterbox
se puso a escribirla, salga lo que saliere,²⁵ como hacía Orbaneja,²⁶ el pintor de Úbeda,²⁷ al cual preguntándole qué pintaba, respondió: 'Lo que
saliere.'²⁸ Tal vez pintaba un gallo de tal suerte y tan mal parecido, que era
menester que con letras góticas²⁹ escribiese junto a él: Éste es gallo—y
así debe de ser de mi historia, que tendrá necesidad de comento° para   commentary
entenderla."³⁰

"Eso no," respondió Sansón, "porque es tan clara, que no hay cosa
que dificultar° en ella. Los niños la manosean,³¹ los mozos la leen, los   to make difficult
hombres la entienden y los viejos la celebran, y finalmente es tan trillada°   well-worn
y tan leída, y tan sabida de todo género de gentes, que apenas han visto
algún rocín flaco, cuando dicen: 'Allí va Rocinante,' y los que más se han
dado a su letura son los pajes. No hay antecámara de señor, donde no se
halle un *Don Quijote*. Unos le toman, si otros le dejan; éstos 'le embisten°   seize it
y aquéllos le piden. Finalmente, la tal historia es del más gustoso y menos perjudicial entretenimiento que hasta agora se haya visto, porque en
toda ella no se descubre, 'ni por semejas,° una palabra deshonesta, ni un   even a hint
pensamiento menos que Católico."

"A escribir de otra suerte," dijo don Quijote, "no fuera escribir verdades, sino mentiras, y los historiadores que de mentiras se valen habían
de ser quemados, como los que hacen 'moneda falsa,° y no sé yo qué le   counterfeit money
movió al autor a valerse de novelas y cuentos ajenos,° habiendo tanto que   irrelevant
escribir en los míos. Sin duda se debió de atener al refrán: «De paja y de
heno,° &c.»³² Pues en verdad que en sólo manifestar mis pensamientos,   hay
mis sospiros, mis lágrimas, mis buenos deseos y mis acometimientos° pu-   undertakings
diera hacer un volumen° mayor, o tan grande, que el que pueden hacer   i.e., a *volume* of
todas las obras del Tostado.³³ En efeto, lo que yo alcanzo, señor bachiller,   work
es que para componer historias y libros de cualquier suerte que sean, es
menester un gran juicio y un maduro entendimiento—decir gracias y
escribir donaires es de grandes ingenios. La más discreta figura de la
comedia es la del bobo,° porque no lo ha de ser el que quiere dar a en-   fool

---

25 **Salga lo...** *no matter what turns out*
26 Nothing is known about this painter Orbaneja.
27 Úbeda (pop. 28,000) is the commercial center for the surrounding agricultural area. It is east of Cordova and north of Granada.
28 '**Lo que...** *whatever turns out*
29 **Letras góticas**, according to Gaos, were large capital letters. These would
be different fom the **letras góticas** mentioned in Part I, Chap. 52, p. 458, n. 11.
30 This also seems to be true. Some editions of this book have more notes
than text, such as Clemencín's and Gaos' Gredos edition.
31 **Los niños...** *children rummage through it*
32 The complete saying is: **De paja y de heno, el vientre lleno.**
33 Alonso de Madrigal [el Tostado] (1400-1455) was bishop of Ávila. His
complete works total 31 volumes, 21 of which are biblical commentaries in Latin.

tender que es simple.[34] La historia es como cosa sagrada, porque ha de ser verdadera, y donde está la verdad está Dios, en cuanto a verdad, pero 'no obstante° esto hay algunos que así componen y arrojan libros de sí, como si fuesen buñuelos.°"   in spite of
                                                                                    doughnuts

5   "No hay libro tan malo," dijo el bachiller, "que no tenga algo bueno."[35]

    "No hay duda en eso," replicó don Quijote, "pero muchas veces acontece que los que tenían 'méritamente granjeada° y alcanzada gran fama   deservedly won
por sus escritos, en dándolos a la estampa, la perdieron del todo, o la menoscabaron en algo."

10   "La causa deso es," dijo Sansón, "que como las obras impresas se miran despacio, fácilmente se veen sus faltas, y tanto más se escudriñan cuanto es mayor la fama del que las compuso. Los hombres famosos por sus ingenios, los grandes poetas, los ilustres historiadores, siempre, o las más veces, son envidiados de aquellos que tienen por gusto y por parti-
15   cular entretenimiento juzgar los escritos ajenos, sin haber dado algunos propios a la luz del mundo."

    "'Eso no es de maravillar,'" dijo don Quijote, "porque muchos teólo-   that's not surprising
gos hay que no son buenos para el púlpito, y son bonísimos para conocer las faltas o sobras de los que predican."

20   "Todo eso es así, señor don Quijote," dijo Carrasco, "pero quisiera yo que los tales censuradores° fueran más misericordiosos° y menos es-   censors, merciful
crupulosos, sin 'atenerse a° los átomos del sol[36] clarísimo de la obra de   stressing
que murmuran,° que si *aliquando bonus dormitat Homerus*,[37] consideren   are criticizing
lo mucho que estuvo despierto por dar la luz de su obra con la menos
25   sombra que pudiese, y quizá podría ser que lo que a ello les parece mal, fuesen lunares que a las veces acrecientan la hermosura del rostro que los tiene, y así digo que es grandísimo el riesgo a que se pone el que imprime un libro, siendo de toda imposibilidad imposible componerle tal, que satisfaga y contente a todos los que le leyeren."

30   "El que de mí trata," dijo don Quijote, "a pocos habrá contentado."

    "Antes es al revés, que como de *stultorum infinitus est numerus*,[38] in-finitos son los que han gustado de la tal historia. Y algunos han puesto falta y dolo° en la memoria del autor, pues se le olvida de contar quién   fraud
fue el ladrón que hurtó el rucio a Sancho, que allí no se declara, y sólo se

---

34 **No lo...** *the person who wants to be taken for a simpleton must not be one*

35 This is a maxim of Pliny the Elder (23–79 A.D.) found in his *Epistles*, III, 5. He is best known for his *Natural History*.

36 **Átomos** is usually translated here as sunspots.

37 Sansón misquotes Horace very slightly (*Ars Poetica*, 359), which has **quandoque** instead of **aliquando**. It means "Sometimes Homer nods [= makes mistakes]." Modern scholarship holds that "Homer," instead of being a single poet, is really a series of poets in the oral tradition, thus inconsistencies do crop up in Homer's work.

38 "There is an infinite number of stupid people," Ecclesiastes I:15, in the *Latin Vulgate*. Your copy of the Bible probably will not contain this phrase, which is the second half of the verse and is eliminated in most versions.

infiere de lo escrito que se le hurtaron, y de allí a poco le vemos a caballo sobre el mesmo jumento, sin haber parecido. También dicen que se le olvidó poner° lo que Sancho hizo de aquellos cien escudos que halló en la maleta en Sierra Morena, que nunca más los nombra,° y hay muchos que desean saber qué hizo dellos, o en qué los gastó, que es uno de los puntos sustanciales que faltan en la obra."

°to put *on paper*
°mentions

Sancho respondió: "Yo, señor Sansón, no estoy ahora para ponerme en cuentas° ni cuentos. Que me ha tomado un desmayo de estómago, que si no le reparo con dos tragos de 'lo añejo° me pondrá en la espina de Santa Lucía.³⁹ En casa lo tengo, mi oíslo me aguarda, en acabando de comer daré la vuelta, y satifaré⁴⁰ a vuestra merced y a todo el mundo de lo que preguntar quisieren, así de la pérdida del jumento, como del gasto de los cien escudos."

°accountings
°"wine"

Y sin esperar respuesta ni decir otra palabra, se fue a su casa. Don Quijote pidió y rogó al bachiller se quedase a 'hacer penitencia° con él. Tuvo° el bachiller el envite,° quedóse, añadióse al ordinario un par de pichones,° tratóse en la mesa de caballerías, siguióle el humor Carrasco, acabóse el banquete, durmieron la siesta, volvió Sancho y renovóse° la plática pasada.

°take pot-luck
°accepted, °invitation
°pigeons
°renewed

Capítulo IIII. *Donde Sancho Panza satisface al bachiller Sansón Carrasco de sus dudas y preguntas, con otros sucesos dignos de saberse y de contarse.*

VOLVIÓ SANCHO A CASA de don Quijote, y volviendo al pasado° razonamiento, dijo: "A¹ lo que el señor Sansón dijo que se deseaba saber quién, o cómo, o cuándo se me hurtó° el jumento, respondiendo digo que la noche misma que huyendo de la Santa Hermandad nos entramos en Sierra Morena, después de la aventura sin ventura de los galeotes, y de la del difunto que llevaban a Segovia, mi señor y yo nos metimos entre una espesura, adonde mi señor, arrimado a su lanza, y yo sobre mi rucio, molidos y cansados de las pasadas refriegas, nos pusimos a dormir como si fuera sobre cuatro 'colchones de pluma.° Especialmente yo dormí con tan pesado sueño, que quienquiera que fue tuvo lugar de llegar y suspenderme° sobre cuatro estacas que puso a los cuatro lados° de la albarda, de manera que me dejó a caballo sobre ella y me sacó debajo de mí al rucio, sin que yo lo sintiese."

°previous
°robbed
°feather mattresses
°prop me up, corners

---

39 **Me pondrá...** *I'll get very weak*

40 This ordinarily would be **satisfaré**. Schevill has added the **-s-**, but what with Sancho's mistakes (**presonas, presonajes** earlier in this chapter) and his hunger, it may be just another of his mistakes. He does say **satisfaga** in Part I, Chap. 23, p. 194, l. 18, so most editions restore the **-s-**.

1 This **a** in ordinary word order would follow **respondiendo: Respondiendo a lo que el señor Sansón dijo que se deseaba saber quién, o cómo, o cuándo se me hurtó el jumento...**

"Eso es cosa fácil,² y no acontecimiento nuevo. Que lo mesmo le sucedió a Sacripante cuando, estando en el cerco de Albraca, con esa misma invención° le sacó el caballo de entre las piernas aquel famoso   artifice ladrón llamado Brunelo."³

5   "Amaneció," prosiguió Sancho, "y apenas me hube estremecido,°   stretched cuando, faltando las estacas, di conmigo en el suelo una gran caída, miré por el jumento y no le vi, 'acudiéronme lágrimas a los ojos° y hice una   tears came to my eyes lamentación, que si no la puso el autor de nuestra historia, puede 'hacer cuenta° que no puso cosa buena.⁴ Al cabo de no sé cuántos días, viniendo   depend on it
10   con la señora princesa Micomicona, conocí mi asno, y que venía sobre él en hábito de gitano° aquel Ginés de Pasamonte, aquel embustero y gran-   gypsy dísimo maleador° que quitamos° mi señor y yo de la cadena."   rogue, removed

"No está en eso el yerro," replicó Sansón, "sino en que antes de haber parecido el jumento, dice el autor que iba a caballo Sancho en el mesmo
15   rucio."

"A eso," dijo Sancho, "no sé qué responder, sino que el historiador se engañó o ya sería descuido del impresor.°"   printer

"Así es, sin duda," dijo Sansón, "pero ¿'qué se hicieron° los cien escu-   what became of? dos? ¿Deshiciéronse?°"   did they disappear?
20   Respondió Sancho: "Yo los gasté en pro de mi persona y de la de mi mujer y de mis hijos,⁵ y ellos han sido causa de que mi mujer lleve en paciencia los caminos y carreras que he andado sirviendo a mi señor don Quijote. Que si al cabo de tanto tiempo volviera sin blanca y sin el ju- mento a mi casa, negra ventura me esperaba, y si hay más que saber de mí,
25   aquí estoy, que responderé al mesmo rey en presona, y nadie tiene para qué meterse en si truje o no truje, si gasté o no gasté. Que si los palos que me dieron en estos viajes se hubieran de pagar a° dinero, aunque no 'se   **en** tasaran° sino a cuatro maravedís cada uno, en otros cien escudos no había   were appraised para pagarme la mitad. Y «cada uno meta la mano en su pecho» y «no se
30   ponga a juzgar lo blanco por negro y lo negro por blanco», que «cada uno es como Dios le hizo, y aun peor muchas veces».°"

"Yo tendré cuidado," dijo Carrasco, "de acusar° al autor de la historia   to advise que si otra vez la imprimiere, no se le olvide esto que el buen Sancho ha dicho, que será realzarla° un buen coto más de lo que ella se está."   enhance it
35   "¿Hay otra cosa que enmendar en esa leyenda,° señor bachiller?" pre-   text

---

2 Schevill adds **dijo Sansón** here, but it is more likely that it is Don Qui- jote himself who responds since he doubtless knows *Orlando Furioso* better than Sansón.

3 This is from Stanza 84 of the 27th Canto of *Orlando Furioso*.

4 In the first edition, there was no lamentation. It was in the second edition of 1605, which can be seen in Part I, Chap. 23, pp. 191-192, n. 10.

5 Sancho says later, in Chapter 28 of Part II, p. 670, ll. 10-12 that he earned two ducados a month when he worked for Bartolomé Carrasco, which must have been enough to support his family. The ducado and the escudo were equivalent, so you can imagine how much money these 100 escudos represented—more than what he would earn in four years toiling for Sansón's father.

guntó don Quijote.

"Sí debe de haber," respondió él, "pero ninguna debe de ser de la importancia de las ya referidas."

"Y ¿por ventura," dijo don Quijote, "promete el autor segunda parte?"

"Sí promete," respondió Sansón; "pero dice que no ha hallado ni sabe quién la tiene, y así estamos en duda si saldrá o no; y así por esto, como porque algunos dicen: 'Nunca segundas partes fueron buenas,' y otros: 'De las cosas de don Quijote bastan las escritas,°' se duda que no ha de haber segunda parte, aunque algunos que son más joviales que saturninos[6] dicen: 'Vengan más quijotadas, embista don Quijote, y hable Sancho Panza, y sea lo que fuere, que con eso nos contentamos.'"   *already written*

"Y ¿a qué se atiene el autor?"

"A que," respondió Sansón, "en hallando que halle la historia que él va buscando con estraordinarias diligencias, la dará luego a la estampa, llevado más del interés que de darla se le sigue,[7] que de otra alabanza alguna."

A lo que dijo Sancho: "¿Al dinero y al interés mira el autor? Maravilla será que acierte,° porque no hará sino harbar,° harbar como sastre en 'vísperas de pascuas,° y las obras que se hacen apriesa nunca se acaban con la perfeción que requieren. Atienda ese señor moro, o lo que es, a mirar lo que hace, que yo y mi señor le daremos tanto 'ripio a la mano° en materia de aventuras y de sucesos° diferentes, que pueda componer no sólo segunda parte, sino ciento. Debe de pensar el buen hombre, sin duda, que nos dormimos aquí en las pajas[8]—pues ténganos el pie al herrar y verá del que cosqueamos.[9] Lo que yo sé decir es que si mi señor tomase mi consejo, ya habíamos de estar en esas campañas deshaciendo agravios y enderezando tuertos, como es uso y costumbre de los buenos andantes caballeros."   *he'll succeed, work fast*   *Easter eve*   *abundance*   *incidents*

No había bien acabado de decir estas razones Sancho, cuando llegaron a sus oídos relinchos° de Rocinante, los cuales relinchos tomó don Quijote por felicísimo agüero, y determinó de hacer de allí a tres o cuatro días otra salida, y declarando su intento al bachiller, le pidió consejo por qué parte comenzaría su jornada, el cual le respondió que era su parecer que fuese al reino de Aragón y a la ciudad de Zaragoza,[10] adonde de allí a pocos días se habían de hacer unas solenísimas justas por la fiesta de San Jorge,[11] en las cuales podría ganar fama sobre todos los caballeros aragoneses, que sería ganarla sobre todos los del mundo. Alabóle ser hon-   *neighs*

---

6 **Más joviales...** *more jovial than sad.* From the astrological signs of Jove and Saturn.

7 **Llevado más...** *moved more by the profit that will come to him*

8 **Dormimos aquí...** *we are resting on our laurels*

9 **Ténganos...** *he should put us to the proof and he'll see what foot we limp on*

10 Zaragoza (pop. 600,000), the capital of the region and province of Aragón (which had been an actively expanding kingdom stretching south from the French border), is about half way between Madrid and Barcelona. Mentioned in Part I, Chap. 52, p. 458, n. 10.

11 Celebrated on April 23, but jousts in his honor were held three times a year.

radísima y valentísima su determinación,[12] y advirtióle que anduviese más
atentado en acometer los peligros, a causa que su vida no era suya, sino
de todos aquellos que le habían de meneſter[13] para que los amparase y
socorriese en sus desventuras.

　　"Deso es lo que yo reniego, señor Sansón," dijo a eſte punto Sancho,
"que así acomete mi señor a cien hombres armados, como un muchacho
goloso° a media docena de badeas.° ¡Cuerpo del mundo, señor bachiller!   sweet-toothed, water-
Sí, que tiempos hay de acometer, y tiempos de retirar. Sí, no ha de ser   melons
todo «¡Santiago,[14] y cierra,° España!» Y más, que yo he oído decir, y creo   attack
que a° mi señor mismo, si mal no me acuerdo, que en los eſtremos de co-   from
barde y de temerario° eſtá el medio de la valentía, y si eſto es así, no quie-   reckless
ro que huya sin tener para qué, ni que acometa cuando la demasía° pide   odds
otra cosa. Pero sobre todo aviso a mi señor que si me ha de llevar consigo,
ha de ser con condición que él se lo ha de batallar° todo, y que yo no he de   fight
eſtar obligado a otra cosa que a 'mirar por° su persona en lo que tocare a   look after
su limpieza° y a su regalo, que en eſto yo le bailaré el agua delante.[15] Pero   cleanliness
pensar que tengo de poner mano a la espada, aunque sea contra villanos
malandrines de hacha y capellina,° es pensar en lo escusado.[16] Yo, señor   hood
Sansón, no pienso granjear fama de valiente, sino del mejor y más leal
escudero que jamás sirvió a caballero andante. Y si mi señor don Quijote,
obligado de mis muchos y buenos servicios, quisiere darme alguna ínsula
de las muchas que su merced dice que se ha de topar por ahí, recibiré
mucha merced en ello. Y cuando no me la diere, nacido soy, y no ha vivir
el hombre en hoto de otro,[17] sino de Dios, y más, que tan bien, y aun quizá
mejor, me sabrá el pan desgobernado° que siendo gobernador. Y ¿sé yo,   without a government
por ventura, si en esos gobiernos me tiene aparejada° el diablo alguna   prepared
zancadilla° donde tropiece° y caiga y me haga las muelas?[18] Sancho nací   ſtumbling block, trip
y Sancho pienso morir—pero si con todo eſto, 'de buenas a buenas,° sin   all at once
mucha solicitud y sin mucho riesgo, me deparase el cielo alguna ínsula
o otra cosa semejante, no soy tan necio que la desechase. Que también
se dice: «cuando te dieren la vaquilla,° corre con la soguilla,°»" y «cuando   heifer, halter
viene el bien, mételo en tu casa.»

　　"Vos, hermano Sancho," dijo Carrasco, "habéis hablado como un catedrático,° pero con todo eso confiad en Dios y en el señor don Quijote,   professor
que os ha de dar un reino, 'no que° una ínsula."   not juſt

---

　　12 **Alabóle ser…** *he* [Sansón] *praised his* [Don Quijote's] *very honorable and
very valiant resolve*

　　13 **Que le…** *who needed him*

　　14 Santiago (St. James) is the patron saint of Spain, whom Spanish troops
called upon to help them in battle.

　　15 **Yo le…** *I'll see to it that his desires are taken care of*

　　16 **Es pensar…** *is to think the unthinkable*

　　17 **Vivir el…** *live under someone else's proteƈion*

　　18 **Me haga…** *break my teeth.* A definition for **hacer** in Covarrubias is
deshacer!

"Tanto es lo de más como lo de menos,"[19] respondió Sancho, "aunque sé decir al señor Carrasco, que no echará mi señor el reino que me diera en saco roto.[20] Que yo he tomado el pulso a mí mismo, y me hallo con salud para regir reinos y gobernar ínsulas, y esto ya otras veces lo he dicho a mi señor."

"Mirad, Sancho," dijo Sansón, "que los oficios° mudan las costumbres, y podría ser que, viéndoos gobernador, no conociésedes a la madre que os parió."   *professions*

"Eso allá se ha de entender,"[21] respondió Sancho, "con los que nacieron en las malvas,[22] y no con los que tienen sobre el alma cuatro dedos de enjundia° de cristianos viejos como yo los tengo. ¡No, sino llegaos a mi condición, que sabrá usar de desagradecimiento con alguno!"[23]   *fat*

"Dios la haga," dijo don Quijote, "y 'ello dirá° cuando el gobierno venga, que ya me parece que le trayo entre los ojos."   *we'll see*

Dicho esto, rogó al bachiller que, si era poeta, le hiciese merced de componerle unos versos que tratasen de la despedida° que pensaba hacer de su señora Dulcinea del Toboso, y que advirtiese que en el principio de cada verso había de poner una letra de su nombre, de manera, que al fin de los versos, juntando las primeras letras, se leyese DULCINEA DEL TOBOSO.   *farewell*

El bachiller respondió que puesto que él no era de los famosos poetas que había en España que decían que no eran sino tres y medio, que no dejaría de componer los tales metros,° aunque hallaba una dificultad grande en su composición a causa que las letras que contenían el nombre eran diez y siete,[24] y que si hacía cuatro castellanas de a cuatro versos,[25] sobrará una letra,[26] y si de a cinco, a quien llaman décimas o redondillas,[27] faltaban tres letras. Pero con todo eso procuraría embeber° una letra lo mejor que pudiese, de manera que en las cuatro castellanas se incluyese el nombre de Dulcinea del Toboso.   *verses*   *suppress*

"Ha de ser así en todo caso," dijo don Quijote; "que si allí no va el nombre patente° y 'de manifiesto,° no hay mujer que crea que para ella se hicieron los metros."   *obvious, clear*

Quedaron° en esto y en que la partida sería de allí a ocho días. Encargó don Quijote al bachiller la tuviese secreta, especialmente al cura y a maese Nicolás y a su sobrina y al ama, porque no estorbasen su honrada y   *they settled*

---

19 **Tanto es…** *it's all the same to me*

20 **No echará…** *my master won't be throwing any kingdom he might give me into a bag with a hole in the bottom*

21 **Eso allá…** *that may be true*

22 **Que nacieron…** *with low birth:* "born among the mallows."

23 **Llegaos a…** *look at my disposition—would I be ungrateful to anyone?*

24 But note the seventeen-line sonnet in Part I, Chap. 52, pp. 460-61, n. 19.

25 That is, four eight-syllable stanzas of four lines each.

26 **Sobrará una…** *there would be one letter left over*

27 At the time, **décimas** were made up of two five-line stanzas. The **redondilla** is typically associated today with a four-line stanza, but there were other possibilities. This is not a mistake.

valerosa determinación. Todo lo prometió Carrasco. Con esto se despidió, encargando a don Quijote que de todos sus buenos o malos sucesos le avisase, habiendo comodidad, y así se despidieron, y Sancho fue a poner en orden lo necesario para su jornada.

5 *Capítulo V. De la discreta y graciosa plática que pasó entre San-cho Panza y su mujer Teresa Panza, y otros sucesos dignos de felice recordación.*

Llegando a escribir el traductor desta historia este quinto capítulo, dice que le tiene por apócrifo, porque en él habla Sancho
10 Panza con otro estilo del que se podía prometer de su corto° in-   scant
genio, y dice cosas tan sutiles, que no tiene por posible que él las supiese. Pero que no quiso dejar de traducirlo, por cumplir con lo que a su oficio debía, y así prosiguió diciendo:

Llegó Sancho a su casa tan regocijado° y alegre, que su mujer conoció su   joyful
15 alegría a tiro de ballesta, tanto, que la obligó a preguntarle: "¿Qué traés, Sancho amigo, que tan alegre venís?"

A lo que él respondió: "Mujer mía, si Dios quisiera, bien me holgara yo de no estar tan contento como muestro."

"No os entiendo, marido," replicó ella, "y no sé qué queréis decir en
20 eso de que os holgáredes, si Dios quisiera, de no estar contento, que ma-guer tonta, no sé yo quién recibe gusto de no tenerle."

"Mirad, Teresa," respondió Sancho: "yo estoy alegre porque tengo de-terminado de volver a servir a mi amo don Quijote, el cual quiere la vez tercera salir a buscar las aventuras, y yo vuelvo a salir con él porque lo
25 quiere así mi necesidad, junto con la esperanza que me alegra de pensar si podré hallar otros cien escudos como los ya gastados, puesto que me entristece el haberme de apartar de ti y de mis hijos. Y si Dios quisiera darme de comer 'a pie enjuto° y en mi casa, sin traerme por vericuetos° y   in comfort, rough
encrucijadas—pues lo podía hacer a poca costa y no más de quererlo[1]—   roads
30 claro está que mi alegría fuera más firme y valedera, pues que la que ten-go va mezclada con la tristeza del dejarte. Así, que dije bien que holgara, si Dios quisiera, de no estar contento."

"Mirad, Sancho," replicó Teresa, "después que os hicistes miembro de caballero andante, habláis de tan rodeada manera, que no hay quien
35 os entienda."

"Basta que me entienda Dios, mujer," respondió Sancho, "que Él es el entendedor de todas las cosas, y quédese esto aquí. Y advertid,[2] hermana, que os conviene tener cuenta estos tres días con el rucio, de manera que

---

1 **Lo podía…** [God] *could do it at little cost just by willing it*
2 Note how Sancho's wife uses the **vos** form with him, while he uses both **vos** and **tú** form with her. Oops. I wan't going to use this kind of note.

"Tengo de casar, mujer mía, a Mari Sancha tan altamente
que no la alcancen sino con llamarla SEÑORÍA."

esté para armas tomar. Dobladle los piensos,° requerid° la albarda y las demás jarcias,° porque no vamos a bodas, sino a rodear° el mundo, y a tener 'dares y tomares° con gigantes, con endriagos y con vestiglos, y a oír silbos, rugidos,° bramidos y baladros, y aun todo esto fuera 'flores de cantueso,° si no tuviéramos que entender con yangüeses y con moros encantados." feed, prepare
harness, roam
fights
roars
trivialities

"Bien creo yo, marido," replicó Teresa, "que los escuderos andantes no comen el pan de balde,[3] y así quedaré rogando a nuestro Señor os saque presto de tanta mala ventura."

"Yo os digo, mujer," respondió Sancho, "que si no pensase antes de mucho tiempo verme gobernador[4] de una ínsula, aquí me caería muerto."

"Eso no, marido mío," dijo Teresa, «viva la gallina, aunque sea con su pepita.»[5] Vivid vos, y llévese el diablo cuantos gobiernos hay en el mundo. Sin gobierno salistes del vientre de vuestra madre, sin gobierno habéis vivido hasta ahora, y sin gobierno os iréis o os llevarán a la sepultura cuando Dios fuere servido.[6] Como ésos hay en el mundo[7] que viven sin gobierno, y no por eso dejan de vivir y de ser contados en el número de las gentes. «La mejor salsa del mundo es la hambre,» y como ésta no falta a los pobres, siempre comen con gusto. Pero mirad, Sancho, si por ventura os viéredes con algún gobierno, no os olvidéis de mí y de vuestros hijos. Advertid que Sanchico tiene ya quince años cabales, y 'es razón° que vaya a la escuela, si es que su tío, el abad, le ha de dejar hecho de la Iglesia.[8] Mirad también que Mari Sancha, vuestra hija, no se morirá si la casamos, que me va dando barruntos que desea tanto tener marido como vos deseáis veros con gobierno, y en fin en fin, «mejor parece la hija mal casada que bien abarraganada.°»" it's only right

(

in concubinage

"A buena fe," respondió Sancho, "que si Dios me llega a tener algo qué de gobierno,[9] que tengo de casar, mujer mía, a Mari Sancha tan altamente que no la alcancen sino con llamarla SEÑORÍA."

"Eso no, Sancho," respondió Teresa, "casadla con su igual, que es lo más acertado.° Que si de los zuecos la sacáis a chapines[10] y de saya parda de catorceno a verdugado y saboyanas de seda,[11] y de una Marica y un TÚ a una doña tal y SEÑORÍA, no se ha de hallar la mochacha[12] y a cada paso ha de caer en mil faltas, descubriendo la hilaza° de su tela basta° y grosera." correct

thread, coarse

---

3 **No comen…** *earn the bread that they eat*

4 **Si no…** *if I didn't think that I'd be a governor before long*

5 This is a proverb meaning that it is better to live with a handicap than not live at all. **Pepita** is the disease chickens get that we call *pip*, a tumor on the tongue.

6 **Cuando Dios…** *when it pleases God*

7 **Como ésos…** *there are many in the world*

8 That is, that Sanchico become a priest.

9 **Algo qué…** *something of a government*

10 **Si de…** *if you take her out of her clogs and put her in fine shoes*

11 **De saya…** *from her gray flannel skirt to hoopskirts made of silk*

12 **No se…** *the girl won't know where she is*

"Calla, boba," dijo Sancho, "que todo será usarlo dos o tres años.[13] Que después le vendrá el señorío° y la gravedad como de molde, y cuando no, ¿qué importa? Séase° ella señoría y venga lo que viniere."

                                                       dignity
                                                       let her be

"Medíos, Sancho, con vuestro estado,"[14] respondió Teresa, "no os queráis alzar a mayores y advertid al refrán que dice: «al hijo de tu vecino límpiale las narices y métele en tu casa.»[15] Por cierto que sería gentil cosa casar a nuestra María con un condazo, o con caballerote[16] que cuando se le antojase la pusiese como nueva,[17] llamándola de villana, hija del destri-paterrones° y de la pelarruecas.° ¡No en mis días,[18] marido! ¡Para eso por cierto he criado yo a mi hija![19] Traed vos dineros, Sancho, y el casarla dejadlo a mi cargo. Que ahí está Lope Tocho, el hijo de Juan Tocho, mozo rollizo y sano, y que le conocemos, y sé que no mira de mal ojo a la mochacha, y con éste que es nuestro igual estará bien casada, y le tendremos siempre a nuestros ojos,[20] y seremos todos unos, padres y hijos, nietos y yernos, y andará la paz y la bendición de Dios entre todos nosotros, y no casármela vos[21] ahora en esas cortes y en esos palacios grandes, adonde ni a ella la entiendan ni ella se entienda."

                                                       clodhopper, thread-
                                                       spinner

"Ven acá, bestia y mujer de Barrabás," replicó Sancho, "¿por qué quieres tú ahora, sin qué ni para qué,[22] estorbarme que no case a mi hija con quien me dé nietos que se llamen SEÑORÍA? Mira, Teresa, siempre he oído decir a mis mayores que el que no sabe gozar de la ventura cuando le viene, que no se debe quejar si se le pasa. Y no sería bien que, ahora que está llamando[23] a nuestra puerta, se la cerremos. Dejémonos llevar deste viento favorable que nos sopla." (*Por este modo de hablar y por lo que más abajo dice Sancho, dijo el tradutor desta historia que tenía por apócrifo este capítulo.*)

"¿No te parece, animalia," prosiguió Sancho, "que será bien dar con mi cuerpo en algún gobierno provechoso que nos saque el pie del lodo? Y cásese a Mari Sancha con quien yo quisiere, y verás como te llaman a ti doña Teresa Panza, y te sientas en la iglesia sobre alcatifa,° almohadas y arambeles,° a pesar y despecho de las hidalgas° del pueblo. No, sino estaos siempre en un ser,[24] sin crecer ni menguar,° como 'figura de paramento,° y en esto no hablemos más, que Sanchica ha de ser condesa,

                                                       pew cushion
                                                       tapestries, highborn
                                                       ladies; growing
                                                       smaller; knick-
                                                       knack

---

13 **Todo será…** *she will only have to practice it for two or three years*

14 **Medíos, Sancho,…** *measure yourself, Sancho, with your equals*

15 A variant of: "Al hijo de tu vecina, límpiale el moco y cásale con tu hija."

16 **Condazo** and **caballerote** are **conde** and **caballero** followed by despective suffixes. Schevill has **con [un] caballerote.**

17 **La pusiese…** *he'd put her in her place*

18 **¡No en…** *not while I am alive*

19 **¡Para…** *I certainly didn't raise her for this.* Negative implied.

20 **A nuestros…** *within our sight*

21 **No casármela…** *I won't have you marrying her off on me*

22 **Sin qué…** *without why or wherefore*

23 That is, *la ventura está llamando…*

24 **Estaos siempre…** *stay as you are*

aunque tú más me digas."[25]

"¿Veis cuanto decís, marido?" respondió Teresa, "pues con todo eso temo que este condado de mi hija ha de ser su perdición. Vos haced lo que quisiéredes, ora la hagáis duquesa o princesa. Pero séos decir que no será ello con voluntad ni consentimiento mío. Siempre, hermano, fui amiga de la igualdad, y no puedo ver entonos° sin fundamentos. Teresa me pusieron en el bautismo, nombre mondo° y escueto,° sin añadiduras, ni cortapisas,° ni arrequives° de dones ni doñas. Cascajo se llamó mi padre, y a mí, por ser vuestra mujer, me llaman Teresa Panza, que 'a buena razón° me habían de llamar Teresa Cascajo. Pero «allá van reyes do quieren leyes,»[26] y con este nombre me contento, sin que me le pongan un DON encima que pese tanto, que no le pueda llevar, y no quiero dar que decir a los que me vieren andar vestida a lo condesil o a lo de gobernadora,[27] que luego dirán: '¡Mirad qué entonada° va la pazpuerca!° Ayer no se hartaba de estirar de un copo de estopa, y iba a misa cubierta la cabeza[28] con la falda° de la saya° en lugar de manto, y ya hoy va con verdugado,° con broches° y con entono, como si no la conociésemos.' Si Dios me guarda mis siete o mis cinco sentidos, o los que tengo, no pienso dar ocasión de verme en tal aprieto.° Vos, hermano, idos° a ser gobierno o ínsulo, y entonaos° a vuestro gusto, que mi hija ni yo por el siglo° de mi madre que no nos hemos de 'mudar un paso° de nuestra aldea. «La mujer honrada, la pierna quebrada y en casa», «doncella honesta, el hacer algo es su fiesta.»[29] Idos con vuestro don Quijote a vuestras aventuras y dejadnos a nosotras con nuestras malas venturas, que Dios nos las mejorará como seamos buenas. Y yo no sé por cierto quién le puso a él DON que no tuvieron sus padres ni sus agüelos.°"

"Ahora digo," replicó Sancho, "que tienes algún familiar° en ese cuerpo. ¡Válate Dios, la mujer, y qué de cosas has ensartado unas en otras, sin tener pies ni cabeza! ¿Qué tiene que ver el cascajo,° los broches, los refranes y el entono con lo que yo digo? Ven acá, mentecata e ignorante, que así te puedo llamar, pues no entiendes mis razones y vas huyendo de la dicha. Si yo dijera que mi hija se arrojara de una torre abajo, o que se fuera por esos mundos, como se quiso ir la infanta doña Urraca,[30] tenías

Margin glosses:
- conceit
- plain, simple
- trimmings, adornments
- by rights
- conceited, foul woman
- tail, skirt
- hoopskirt, brooches
- awkward situation, go
- off; be conceited, life
- take one step
- **abuelos** *ancestors*
- devil
- gravel

---

25 **Aunque tú…** *no matter what you say*

26 Teresa mixes this up: **Allá van leyes do[nde] quieren reyes.**

27 **Vestida a…** *dressed as a countess or a governor's wife*

28 It was a Catholic custom for women to enter the church with their heads covered.

29 The first really means that a married woman, to be honorable, should stay at home. Here Teresa uses it to mean that she should not leave her village. The second saying is more usual as: **y la doncella, pierna y media.**

30 This is from an old **romance** that everyone knew, dealing with doña Urraca, Fernando I of Castile's daughter, who was so upset when she learned that only her brothers would inherit from their father that she said: **Irme he por esas tierras / como una mujer errada / y este mi cuerpo daría / a quien bien se me antojara, / a los moros por dinero, / y a los cristianos de gracia.** Clemencín

razón de no venir con mi gusto. Pero si en dos paletas[31] y en menos de un abrir y cerrar de ojos te la chanto[32] un DON y una SEÑORÍA a cuestas, y te la saco de los rastrojos, y te la pongo en toldo y en peana[33] y en un estrado° de más almohadas de velludo, que tuvieron moros en su linaje los Almohadas[34] de Marruecos,° ¿por qué no has de consentir y querer lo que yo quiero?"

    drawing room
Morocco

"¿Sabéis por qué, marido?" respondió Teresa: "por el refrán que dice: «Quien te cubre, te descubre.» Por el pobre todos pasan los ojos como de corrida, y en el rico los detienen, y si el tal rico fue un tiempo pobre, allí es el murmurar, y el maldecir, y el peor perseverar de los maldicientes, que los hay por esas calles a montones,[35] como enjambres° de abejas."

    swarms

"Mira, Teresa," respondió Sancho, "y escucha lo que agora quiero decirte, quizá no lo habrás oído en todos los días de tu vida, y yo agora no hablo 'de mío.° Que todo lo que pienso decir son sentencias del padre predicador que la cuaresma° pasada predicó en este pueblo, el cual, si mal no me acuerdo, dijo que todas las cosas presentes que los ojos están mirando se presentan, están y asisten en nuestra memoria mucho mejor y 'con más vehemencia° que las cosas pasadas."

    about my own self
Lent

more forcefully

(Todas estas razones que aquí va diciendo Sancho son las segundas por quien dice el tradutor que tiene por apócrifo este capítulo, que exceden a la capacidad de Sancho. El cual prosiguió diciendo:)

"'De donde nace° que cuando vemos alguna persona bien aderezada y con ricos vestidos compuesta y con pompa[36] de criados, parece que por fuerza nos mueve y convida a que la tengamos respeto, puesto que la memoria en aquel instante nos represente alguna bajeza° en que vimos a la tal persona, la cual inominia,° ahora sea de pobreza, o de linaje, como ya pasó, no es, y sólo es° lo que vemos presente. Y si este a quien la fortuna sacó del borrador de su bajeza—que por estas mesmas razones lo dijo[37] el padre—a la alteza de su prosperidad, fuere° bien criado, liberal y cortés con todos, y 'no se pusiere en cuentos° con aquellos que por antigüedad son nobles, 'ten por cierto,° Teresa, que no habrá quien se acuerde de lo que fue, sino que reverencien lo que es, si no fueren los invidiosos, de quien ninguna próspera fortuna está segura."

    hence

low condition
low state
there is

assuming he is
doesn't try to vie
be certain

"Yo no os entiendo, marido," replicó Teresa, "haced lo que quisiéredes y no me quebréis más la cabeza con vuestras arengas y retóricas. Y si estáis revuelto en hacer lo que decís…"

---

gives various versions. This one can be seen on p. 1541, col. 1, of his edition.

  31 **En dos…** *in an instant.* **Paleta,** among other things, is a slice of pastry.

  32 **Te la…** *I'll bestow on her.* **Chanto** is Galician for **planto.**

  33 **En toldo…** *under a canopy and on a pedestal,* much like a statue of a saint.

  34 **Almohadas** means *cushions,* of course, as above. Sancho means **Almohades** who held power starting in the twelfth century in Morocco and Spain.

  35 **Los hay…** *there are lots of them in the streets*

  36 The first edition has **ponga** here.

  37 The first editon had **dexo** here.

"Re*suelto* has de decir, mujer," dijo Sancho, "y no re*vuelto*."

"No os pongáis a disputar, marido, conmigo," respondió Teresa, "yo hablo como Dios es servido y no me meto en más dibujos.³⁸ Y digo que si estáis porfiando en tener gobierno, que llevéis con vos a vuestro hijo Sancho, para que desde agora le enseñéis a tener gobierno, que bien es que los hijos hereden y aprendan los oficios de sus padres."

"En teniendo gobierno," dijo Sancho, "enviaré por él por la posta, y te enviaré dineros que no me faltarán, pues nunca falta quien se los preste a los gobernadores cuando no los tienen, y vístele de modo que disimule lo que es y parezca lo que ha de ser."

"Enviad vos dinero," dijo Teresa, "que yo os lo vistiré como un palmito."³⁹

"En efecto, ¿quedamos de acuerdo," dijo Sancho, "de que ha de ser condesa° nuestra hija?"   countess

"El día que yo la viere condesa," respondió Teresa, "ése haré cuenta que la entierro. Pero otra vez os digo que hagáis lo que os diere gusto, que con esta carga nacemos las mujeres de estar obedientes a sus maridos aunque sean unos porros.°'"   blockheads

Y en esto comenzó a llorar tan de veras como si ya viera muerta y enterrada a Sanchica. Sancho la consoló diciéndole que ya que la hubiese de hacer condesa, la haría todo lo más tarde que ser pudiese. Con esto se acabó su plática, y Sancho volvió a ver a don Quijote para dar orden en su partida.

Capítulo VI. De lo que le pasó a don Quijote con su sobrina y con su ama, y es uno de los importantes capítulos de toda la historia.

E N TANTO QUE SANCHO Panza y su mujer Teresa Cascajo pasaron la impertinente referida plática, no estaban ociosas la sobrina y el ama de don Quijote, que por mil señales iban coligiendo que su tío y señor quería desgarrarse° la vez tercera y volver al ejercicio de su,   to escape
para ellas, mal andante caballería. Procuraban por todas las vías posibles apartarle de tan mal pensamiento, pero todo era predicar en desierto y majar° en hierro frío. Con todo esto, entre otras muchas razones que con   pounding
él pasaron, le dijo el ama: "En verdad, señor mío, que si vuesa merced no 'afirma el pie llano° y se está quedo en su casa y se deja de andar por los   behave
montes y por los valles° como ánima en pena, buscando esas que dicen   valleys
que se llaman aventuras, a quien yo llamo desdichas, que me tengo de quejar en voz y en grita° a Dios y al rey, que pongan remedio en ello."   shouting

A lo que respondió don Quijote: "Ama, lo que Dios responderá a tus quejas yo no lo sé, ni lo que ha de responder su majestad tampoco, y sólo

---

38 **No me…** *I don't beat around the bush*
39 Covarrubias says this means "with lots of clothing."

sé que si yo fuera rey, me escusara de responder a tanta infinidad de me-
moriales° impertinentes como cada día le dan—que uno de los mayores   petitions
trabajos que los reyes tienen entre otros muchos es el estar obligados a
escuchar a todos y a responder a todos, y así no querría yo que cosas mías
5   'le diesen pesadumbre.°"   bother him
       A lo que dijo el ama: "Díganos, señor, ¿en la corte de su majestad no
hay caballeros?
       "Sí," respondió don Quijote, "y muchos, y es razón que los haya para
adorno de la grandeza de los príncipes y para ostentación° de la majestad   exaltation
10   real."
       "Pues ¿no sería vuesa merced," replicó ella, "uno de los que a pie que-
do¹ sirviesen a su rey y señor, estándose en la corte?"
       "Mira, amiga," respondió don Quijote, "no todos los caballeros pue-
den ser cortesanos, ni todos los cortesanos pueden ni deben ser caballeros
15   andantes. De todos ha de haber en el mundo, y aunque todos seamos
caballeros, va mucha diferencia de los unos a los otros, porque los cortesanos, sin salir de sus aposentos ni de los umbrales° de la corte, se pasean   thresholds
por todo el mundo, mirando un mapa, sin costarles blanca, ni padecer
calor ni frío, hambre ni sed. Pero nosotros los caballeros andantes verda-
20   deros, al sol, al frío, al aire, a las inclemencias del cielo, de noche y de día,
a pie y a caballo, medimos toda la tierra con nuestros mismos pies. Y no
solamente conocemos los enemigos pintados,° sino en su mismo ser, y en   i.e., in paintings
todo trance y en toda ocasión los acometemos, sin mirar° en niñerías, ni   paying attention
en las leyes de los desafíos, si lleva o no lleva más corta la lanza o la espada,
25   si trae sobre sí reliquias o algún engaño° encubierto, si se ha de partir y   deception
hacer tajadas el sol,² o no, con otras ceremonias deste jaez, que se usan
en los desafíos particulares de persona a persona, que tú no sabes y yo sí.
       "Y has de saber más—que el buen caballero andante, aunque vea diez
gigantes que con las cabezas no sólo tocan, sino pasan las nubes, y que a
30   cada uno le sirven de piernas dos grandísimas torres, y que los brazos semejan árboles° de gruesos y poderosos navíos, y cada ojo como una gran   masts
'rueda de molino° y más ardiendo que un horno° de vidrio, no le han de   millstone, furnace
espantar en manera alguna, antes con gentil continente y con intrépido
corazón los ha de acometer y embestir, y si fuere posible, vencerlos y
35   desbaratarlos en un pequeño instante, aunque viniesen armados de unas
conchas° de un cierto pescado³ que dicen que son más duras que si fuesen   shells
de diamantes, y en lugar de espadas trujesen cuchillos tajantes° de da-   sharp
masquino acero,⁴ o 'porras ferradas° con puntas asimismo de acero, como   clubs covered
yo las he visto más de dos veces. Todo esto he dicho, ama mía, porque
40   veas la diferencia que hay de unos caballeros a otros, y sería razón que

---

1 **A pie...** *without taking a step*
2 This refers to making sure that the sun affects both combatants equally.
3 Clemencín (p. 1544) gives several examples of this type of armor.
4 Covarrubias says that **damasquino** refers only to knives and scimitars
from Damascus.

no hubiese príncipe que no eſtimase en más eſta segunda, o 'por mejor
decir,° primera especie de caballeros andantes—que, según leemos en sus   rather
hiſtorias, tal ha habido entre ellos, que ha sido la salud° no sólo de un   salvation
reino, sino de muchos."

5   "¡Ah, señor mío!" dijo a eſta sazón la sobrina, "advierta vueſtra merced que todo eso que dice de los caballeros andantes es fábula y mentira,
y sus hiſtorias, ya que no las quemasen, merecían que a cada una se le
echase un sambenito,⁵ o alguna señal en que fuese conocida por infame y
por gaſtadora° de las buenas coſtumbres."   spoiler

10   "Por el Dios que me suſtenta," dijo don Quijote, "que si no fueras mi
sobrina derechamente, como hija de mi misma hermana, que había de
hacer un tal caſtigo en ti por la blasfemia que has dicho, que sonara por
todo el mundo. ¿Cómo que es posible que una rapaza que apenas sabe
menear° doce palillos° de randas° se atreva a poner lengua y a censurar°   manipulate, bobbins,
15   las hiſtorias de los caballeros andantes? ¿Qué dijera el señor Amadís si   lace, disapprove of
lo tal oyera? Pero a buen seguro que él te perdonara, porque fue el más
humilde y cortés caballero de su tiempo, y demás,° grande amparador de   **además**
las doncellas; mas tal° te pudiera haber oído, que no te fuera bien dello.⁶   others
Que no todos son corteses ni 'bien mirados°—algunos hay follones y   well-mannered
20   descomedidos. Ni todos los que se llaman caballeros lo son de todo en
todo, que unos son de oro, otros de alquimia° y todos parecen caballeros,   fool's gold
pero no todos pueden eſtar al toque de la piedra de la verdad.⁷ Hom-
bres bajos hay que revientan por parecer caballeros, y caballeros altos hay
que parece que 'a poſta° mueren por parecer hombres bajos; aquéllos se   intentionally
25   levantan, o con la ambición, o con la virtud, éſtos 'se abajan,° o con la   lower themselves
flojedad,° o con el vicio, y es meneſter aprovecharnos del conocimiento   sloth
discreto para diſtinguir eſtas dos maneras de caballeros tan parecidos° en   similar
los nombres y tan diſtantes en las acciones."

        "Válame Dios," dijo la sobrina, "que sepa vueſtra merced tanto, señor
30   tío, que si fuese meneſter en una necesidad, podría subir en un púlpito e
irse a predicar por esas calles, y que, con todo eſto, dé en una ceguera tan
grande y en una sandez tan conocida, que se dé a entender que es valiente,
siendo viejo, que tiene fuerzas, eſtando enfermo, y que endereza tuertos,
eſtando por la edad agobiado, y sobre todo que es caballero, no lo siendo,
35   porque aunque lo puedan ser los hidalgos, no lo son los pobres."

        "Tienes mucha razón, sobrina, en lo que dices," respondió don Qui-
jote, "y cosas te pudiera yo decir cerca de los linajes, que te admiraran—
pero por no mezclar lo divino con lo humano, no las digo. Mirad, amigas,
a cuatro suertes de linajes, y eſtadme atentas, se pueden reducir todos

---

5 This is a folk etymology for **saco benediĉto**, a yellow woollen shirt with a
red cross in front worn by penitents sentenced by the Inquisition.

6 **No te...** *would not have sat so well with them*

7 **Al toque...** *to withſtand the touchſtone.* The touchſtone was used to grade
the purity of gold. Purity was judged by the nature of the ſtreak left on it when
rubbed with the gold being teſted.

los que hay en el mundo, que son éstas:[8] unos que tuvieron principios
humildes y se fueron estendiendo y dilatando hasta llegar a una suma
grandeza; otros, que tuvieron principios grandes y los fueron conservan-
do, y los conservan y mantienen en el ser que comenzaron; otros, que
aunque tuvieron principios grandes, acabaron en punta como pirámide,   5
habiendo diminuido y aniquilado su principio hasta parar en nonada,°   **nada**
como lo es la punta de la pirámide, que respeto de su basa° o asiento no   base
es nada; otros hay, y éstos son los más, que ni tuvieron principio bueno,
ni razonable medio, y así tendrán el fin, sin nombre, como el linaje de la
gente plebeya y ordinaria.   10

"De los primeros que tuvieron principio humilde y subieron a la
grandeza que agora conservan te sirva de ejemplo la casa Otomana, que
de un humilde y bajo pastor que le dio principio, está en la cumbre que le
vemos.[9] Del segundo linaje, que tuvo principio en grandeza y la conserva
sin aumentarla, serán ejemplo muchos príncipes que por herencia lo son,   15
y se conservan en ella sin aumentarla ni diminuirla, conteniéndose en los
límites° de sus estados° pacíficamente. De los que comenzaron grandes y   borders, states
acabaron en punta hay millares de ejemplos. Porque todos los Faraones[10]
y Tolomeos de Egipto,[11] los Césares[12] de Roma, con toda la caterva, si es
que se le puede dar este nombre, de infinitos príncipes, monarcas, señores,   20
medos, asirios, persas, griegos y bárbaros,[13] todos estos linajes y señoríos
han acabado en punta y en nonada, así ellos como los que les dieron
principio, pues no será posible hallar agora ninguno de sus decendientes,
y si le hallásemos, sería en bajo y humilde estado. Del linaje plebeyo 'no

---

8 **A cuatro…** Here is a more understandable word order: **Se pueden reducir todos los linajes que hay en el mundo a cuatro suertes, que son éstas…**

9 Editions of the *Quijote* that annotate this state that Osman, (1258-1324),
Uthmān in Arabic, the founder of the empire, was a shepherd and a highwayman,
but in reality he was a prince in a part of what is now northwestern Turkey. He
conquered the remainder of northwestern Turkey. The Ottoman Empire went on
to conquer most areas around the Mediterranean and Black Seas in a clockwise
circle from Trieste to the Moroccan border, achieving its maximum size in 1683.
The name Ottoman ultimately derives from Uthmān.

10 The pharaohs ruled in Egypt from 1570 B.C. to 945 B.C.

11 Ptolemy I (367-282 B.C.) became ruler of Egypt in 323 B.C. and founded
the Ptolmaic Dynasty. It lasted until 30 B.C. The last Ptolemy was number fifteen.
Ptolemy, the astronomer and geographer (127-145) is not related to this dynasty.

12 There was, with one exception, a continuum of 15 Cæsars from Julius
(100-44 B.C.) through Antoninus Pius (that is, CÆSAR Titus Ælius Hadrianus
Antoninus Augustus Pius), who reigned from 138-161 A.D. Another Titus, who
was not called Cæsar, reigned from 79-81 A.D.

13 Medes were related to the Persians and settled in northeastern Iran as
early as the 17th century B.C. The ancient kingdom of Assyria, which flourished
in the 7th century B.C., was originally located in what is now northern Iraq, and
it expanded greatly. Persians lived in what is now Iran. Barbarians generally are
peoples you consider inferior: for the Greeks, non-Greeks were barbarians; for
the Romans, anyone who lived outside their Empire was a barbarian.

tengo qué decir,° sino que sirve sólo de acrecentar el número de los que   I have nothing to say
viven, sin que merezcan otra fama ni otro elogio sus grandezas.

"De todo lo dicho quiero que infiráis,° bobas mías, que es grande la   you deduce
confusión que hay entre los linajes, y que solos aquéllos parecen grandes
5   y ilustres que lo muestran en la virtud y en la riqueza y liberalidad de
sus dueños. Dije «virtudes, riquezas y liberalidades» porque el grande
que fuere vicioso será vicioso grande, y el rico no liberal será un 'avaro
mendigo°—que al poseedor de las riquezas no le hace dichoso el tenerlas,   miserly beggar
sino el gastarlas, y no el gastarlas 'como quiera,° sino el saberlas bien   any old way
10   gastar. Al caballero pobre no le queda otro camino para mostrar que es
caballero, sino el de la virtud, siendo afable, bien criado, cortés y comedido y oficioso;° no soberbio, no arrogante, no murmurador y sobre todo   obliging
caritativo; que con dos maravedís que con ánimo alegre dé al pobre, se
mostrará tan liberal como el que 'a campana herida° da limosna, y no   in public
15   habrá quien le vea adornado de las referidas virtudes que, aunque no le
conozca, deje de juzgarle y tenerle por de buena casta,° y el no serlo sería   descent
milagro; y siempre la alabanza fue premio de la virtud, y los virtuosos no
pueden dejar de ser alabados.

"Dos caminos hay, hijas, por donde pueden ir los hombres a° llegar a   **para**
20   ser ricos y honrados—el uno es el de las letras, otro, el de las armas. Yo
tengo más armas que letras, y nací, según me inclino a las armas, debajo
de la influencia del planeta Marte[14]—así que casi me es forzoso seguir
por su camino, y por él tengo de ir a pesar de todo el mundo, y será en
balde cansaros en persuadirme a que no quiera yo lo que los cielos quie-
25   ren, la fortuna ordena y la razón pide y sobre todo mi voluntad desea.
Pues con saber, como sé, los innumerables trabajos que son anexos al andante caballería, sé también los infinitos bienes que se alcanzan con ella.
Y sé que la senda de la virtud es muy estrecha, y el camino del vicio ancho
y espacioso. Y sé que sus fines° y paraderos° son diferentes, porque el del   goals, ends
30   vicio, dilatado° y espacioso, acaba en muerte, y el de la virtud, angosto° y   long, narrow
trabajoso,° acaba en vida, y no en vida que se acaba, sino en la que no   laborious
tendrá fin. Y sé, como dice el gran poeta castellano nuestro, que:

Por estas asperezas se camina
de la inmortalidad al alto asiento,
35   do nunca arriba,° quien de allí declina.°"[15]   arrives, strays

"¡Ay, desdichada de mí!" dijo la sobrina, "que también mi señor es
poeta. Todo lo sabe, todo lo alcanza. Yo apostaré que si quisiera ser alba-
ñil,° que supiera fabricar una casa como una jaula."[16]   bricklayer

---

14   Mars was the Roman god of war. Thus, being under the influence of the
planet Mars carries with it that Don Quijote is a warrior by nature.

15   Garcilaso de la Vega (1501?-1536), in his *Elegía I*, verses 202-204. He
actually has **aquí** in the last verse and not **allí**.

16   **Que supiera ...** *he could build a house as easily as he could a cage*

"Yo te prometo, sobrina," respondió don Quijote, "que si eſtos pensamientos caballerescos no me llevasen tras sí todos los sentidos, que no
habría cosa que yo 'no hiciese,° ni curiosidad que no saliese de mis manos,   I couldn't do
especialmente jaulas y 'palillos de dientes.°"17   toothpicks

5   A eſte tiempo llamaron a la puerta, y preguntando quién llamaba,
respondió Sancho Panza que él era, y apenas le hubo conocido el ama,
cuando corrió a esconderse por no verle, tanto le aborrecía. Abrióle la
sobrina, salió a recebirle con los brazos abiertos su señor don Quijote, y
encerráronse los dos en su aposento, donde tuvieron otro coloquio que
10   no le hace ventaja el pasado.

Capítulo VI.¹ De lo que pasó° don Quijote con su escudero, con   spoke
otros sucesos famosísimos.

A   penas vio el ama que Sancho Panza se encerraba con su señor,
        cuando dio en la cuenta de sus tratos, y imaginando que de aque-
15   lla consulta° había de salir la resolución de su tercera salida, y   conference
tomando su manto, toda llena de congoja y pesadumbre, se fue a buscar
al bachiller Sansón Carrasco, pareciéndole que por ser 'bien hablado° y   well-spoken
amigo fresco° de su señor, le podría persuadir a que dejase tan desvariado°   new, nonsensical
propósito.

20   Hallóle paseándose por el patio de su casa, y viéndole, se dejó caer
ante sus pies, trasudando y congojosa. Cuando la vio Carrasco con muestras tan doloridas y sobresaltadas, le dijo: "¿Qué es eſto, señora ama?
¿Qué le ha acontecido, que parece que se le quiere arrancar el alma?"

"No es nada, señor Sansón mío, sino que mi amo se sale, sálese sin
25   duda."

"Y ¿por dónde se sale, señora?" preguntó Sansón. "¿Hásele roto alguna parte de su cuerpo?"

"No se sale," respondió ella, "sino por la puerta de su locura. Quiero
decir, señor bachiller de mi ánima, que quiere salir otra vez, que con éſta
30   será la tercera, a buscar por ese mundo lo que él llama venturas—que yo
no puedo entender cómo les da eſte nombre. La vez primera nos le volvieron atravesado sobre un jumento, molido a palos. La segunda vino en
un carro de bueyes, metido y encerrado en una jaula, adonde él se daba a
entender que eſtaba encantado, y venía tal el triſte, que no le conociera
35   la madre que le parió—flaco, amarillo, los ojos hundidos° en los últimos   sunken
camaranchones del celebro—que para haberle de volver algún tanto en
sí, gaſté más de seiscientos huevos, como lo sabe Dios y todo el mundo, y
mis gallinas que no me dejarán mentir."

17 These toothpicks are of the fancy kind, sculpted from ivory or fancy
woods, as Rodríguez Marín suggeſts.
1 The original edition does say VI here at the beginning of Chapter VII.

"No se sale," respondió ella, "sino por la puerta de su locura."

"Eso creo yo muy bien," respondió el bachiller, "que ellas son tan buenas, tan gordas y tan bien criadas, que no dirán una cosa por otra si reventasen. En efecto, señora ama, ¿no hay otra cosa, ni ha sucedido otro desmán alguno, sino el que se teme que quiere hacer el señor don Quijote?"

"No, señor," respondió ella.

"Pues no tenga pena," respondió el bachiller, "sino váyase en hora buena a su casa, y téngame aderezado 'de almorzar° alguna cosa caliente, y 'de camino,° vaya rezando la oración de Santa Apolonia,[2] si es que la sabe, que yo iré luego allá y verá maravillas."

"'Cuitada de mí,°" replicó el ama, "la oración de Santa Apolonia dice vuestra merced que rece—eso fuera si mi amo 'lo hubiera° de las muelas, pero no lo ha sino de los cascos."

"Yo sé lo que digo, señora ama—váyase y no se ponga a disputar conmigo, pues sabe que soy bachiller por Salamanca, 'que no hay más que bachillear,°" respondió Carrasco.

Y con esto se fue el ama, y el bachiller fue luego a buscar al cura, a comunicar con él lo que se dirá a su tiempo.

En el° que estuvieron encerrados don Quijote y Sancho pasaron las razones que con mucha puntualidad y verdadera relación° cuenta la historia.

Dijo Sancho a su amo: "Señor, ya yo tengo relucida° a mi mujer a que me deje ir con vuestra merced adonde quisiere llevarme."

"Reducida° has de decir, Sancho," dijo don Quijote, "que no relucida."

"Una o dos veces," respondió Sancho, "si mal no me acuerdo, he suplicado a vuestra merced que no me emiende los vocablos, si es que entiende lo que quiero decir en ellos, y que cuando no los entienda, diga, 'Sancho, o diablo, no te entiendo,' y si yo no me declarare, entonces podrá emendarme—que yo soy tan fócil.°"

"No te entiendo, Sancho," dijo luego don Quijote, "pues no sé qué quiere decir *soy tan fócil.*"

"*Tan fócil* quiere decir," respondió Sancho, "soy *tan así.*"

"Menos te entiendo agora," replicó don Quijote.

"Pues si no me puede entender," respondió Sancho, "no sé cómo lo diga. No sé más, y Dios sea conmigo."

"Ya, ya caigo,°" respondió don Quijote, "en ello. Tú quieres decir que eres *tan dócil,* blando y mañero,° que tomarás° lo que yo te dijere, y 'pasarás por° lo que te enseñare."

"Apostaré yo," dijo Sancho, "que desde el emprincipio[3] me caló y me

Margin glosses:
for lunch
on the way

poor me
i.e, **hubiera** *mal*

there's no better bachelor than that

el *tiempo*
account

sparkled

convinced

(nonsense word)

I catch on
meek, you'll accept
you'll do

---

2 Here is a version of the "Oración de Santa Apolonia" which was provided to me by my student Ana María Sánchez Catena: "El mal sosiega su ira, / ayúdame en mi dolor; / Santa Apolonia bendita, / te lo pido por favor. / Este fuego que ahora siento / sea por ti apaciguado, / tú que fuiste un ejemplo / de estos males azotado. / Alivia pronto mi mal, / aleja mi sufrimiento / para que pueda alabar / tu santo nombre en el cielo / Santa Apolonia, ruega por nosotros.

3 Rodríguez Marín sugiere that this noun is based on a mixture of **empezar** and **principiar.**

entendió, sino que quiso turbarme° por oírme decir otras docientas pa-   embarrass me
tochadas.°"   ſtupid things

"Podrá ser," replicó don Quijote, "y 'en efecto,° ¿qué dice Teresa?"   indeed

5   "Teresa dice," dijo Sancho, "que «ate bien mi dedo»⁴ con vueſtra
merced, y que «hablen cartas y callen barbas»,⁵ porque «quien deſtaja
no baraja»,⁶ pues «más vale un toma que dos te daré».⁷ Y yo digo que «el
consejo de la mujer es poco, y el que no le toma es loco»."

"Y yo lo digo también," respondió don Quijote. "Decid, Sancho ami-
10 go; pasá adelante, que habláis hoy de perlas."

"Es el caso," replicó Sancho, "que como vueſtra merced mejor sabe,
todos eſtamos sujetos a la muerte, y que «hoy somos y mañana no», y
que «tan preſto se va el cordero como el carnero»,⁸ y que «nadie puede
prometerse en eſte mundo más horas de vida de las que Dios quisiere
15 darle», porque «la muerte es sorda», y cuando llega a llamar a las puertas
de nueſtra vida, siempre va de priesa, y no la harán detener ni ruegos, ni
fuerzas, ni ceptros, ni mitras,⁹ según es 'pública voz y fama,° y según nos   common knowledge
lo dicen por esos púlpitos."

"Todo eso es verdad," dijo don Quijote. "Pero no sé donde vas a parar."
20 "Voy a parar," dijo Sancho, "en que vuesa merced me señale salario
conocido de lo que me ha de dar cada mes 'el tiempo° que le sirviere, y   i.e., *durante* el tiempo
que el tal salario se me pague de su hacienda. Que no quiero eſtar a mer-
cedes¹⁰ que llegan tarde, o mal, o nunca—con lo mío me ayude Dios.¹¹ En
fin, yo quiero saber lo que gano, poco o mucho que sea—que «sobre un
25 huevo pone la gallina»,¹² y «muchos pocos hacen un mucho», y «mientras
se gana algo no se pierde nada». Verdad sea, que si sucediese, lo cual ni
lo creo, ni lo espero, que vuesa merced me diese la ínsula que me tiene
prometida,¹³ no soy tan ingrato, ni llevo las cosas tan por los cabos,¹⁴ que
no querré que se aprecie lo que montare la renta de la tal ínsula,¹⁵ y se
30 descuente de mi salario gata° por cantidad."¹⁶   she-cat

"Sancho amigo," respondió don Quijote, "a las veces tan buena suele
ser una gata como una rata.°"   rat / rate

---

4 **Ate bien…** *I should be careful*
5 **Hablen cartas…** *don't speak words when you can use documents*
6 **Quien deſtaja…** *he who cuts doesn't shuffle*
7 **Más vale…** *a bird in the hand is worth two in the bush* (not too literal)
8 **Preſto se…** *the lamb goes* [to the slaughter] *juſt as the sheep*
9 Miters are liturgical headdresses worn by bishops and abbots.
10 Servants and the like were either paid a salary or were paid **a mercedes**
by favors depending on the generosity of the lord or maſter.
11 **Con lo…** *God help me with what I hope to earn*
12 **Sobre un…** *a hen sits on one egg*
13 With less verbiage: **Si sucediese que vuesa merced me diese la ínsula
que me tiene prometida…**
14 **Ni llevo…** *nor do I take things to such extremes*
15 **Se aprecie…** *the income that would come from that island be appraised*
16 What Sancho means is **rata por cantidad** *prorated.*

"Ya entiendo" dijo Sancho, "yo apostaré que había de decir *rata* y no
gata. Pero no importa nada, pues vuesa merced me ha entendido."

"Y tan entendido," respondió don Quijote, "que he penetrado lo úl-
timo de tus pensamientos, y sé al blanco que tiras° con las inumerables   shooting at
saetas de tus refranes. Mira, Sancho, yo bien te señalaría salario, si hubiera hallado en alguna de las historias de los caballeros andantes ejemplo
que me descubriese y mostrase por algún pequeño resquicio, qué es lo
que solían ganar cada mes o cada año. Pero yo he leído todas, o las más de
sus historias, y no me acuerdo haber leído que ningún caballero andante
haya señalado conocido salario a su escudero. Sólo sé que todos servían
a merced, y que cuando menos se lo pensaban, si a sus señores les había
corrido bien la suerte, se hallaban premiados con una ínsula o con otra
cosa equivalente, y por lo menos, quedaban con título y señoría. Si con
estas esperanzas y aditamentos° vos, Sancho, gustáis de volver a servirme,   inducements
sea en buena hora—que pensar que yo he de sacar de sus términos y qui-
cios la antigua usanza de la caballería andante, es pensar en lo escusado.
Así que, Sancho mío, volveos a vuestra casa y declarad a vuestra Teresa
mi intención, y si ella gustare y vos gustáredes de estar a merced conmigo,
'*bene quidem*,° y si no, tan amigos como de antes—que «si al palomar° no   agreed *Latin*, pigeon
le falta cebo, no le faltarán palomas». Y advertid, hijo, que «vale más bue-   house
na esperanza que ruin posesión, y buena queja que mala paga».¹⁷ Hablo de
esta manera, Sancho, por daros a entender que también como vos sé yo
arrojar refranes 'como llovidos.° Y finalmente quiero decir, y os digo, que   abundantly
si no queréis venir a merced conmigo, y correr la suerte que yo corriere,
que Dios quede con vos y os haga un santo—que a mí no me faltarán
escuderos más obedientes, más solícitos y no tan empachados,° ni tan   awkward
habladores como vos."

Cuando Sancho oyó la firme resolución de su amo, se le anubló° el   clouded over
cielo y se le cayeron las alas del corazón, porque tenía creído que su señor
no se iría sin él por 'todos los haberes° del mundo, y así estando suspenso   "all the money"
y pensativo, entró Sansón Carrasco con el ama y la sobrina, deseosos de
oír con qué razones persuadía° a su señor que no tornase a buscar las   i.e., *Sansón* would
aventuras. Llegó Sansón, socarrón famoso, y abrazándole como la vez   persuade
primera, y con voz levantada,° le dijo: "¡Oh flor de la andante caballería,   raised
o luz resplandeciente de las armas, oh honor y espejo de la nación española! Plega a Dios todopoderoso donde más largamente se contiene, que
la persona o personas que pusieren impedimento y estorbaren tu tercera
salida, que no la° hallen en el laberinto de sus deseos, ni jamás se les   = la *salida*
cumpla lo que más desearen."

Y volviéndose al ama, le dijo: "Bien puede la señora ama no rezar más
la oración de Santa Apolonia—que yo sé que es determinación precisa de
las esferas° que el señor don Quijote vuelva a ejecutar sus altos y nuevos   heaven
pensamientos, y yo encargaría mucho mi conciencia si no intimase° y   summon
persuadiese a este caballero que no tenga más tiempo encogida° y dete-   confined

---

17 **Buena queja...** *a good claim is better than bad pay*

nida° la fuerza de su valeroso brazo y la bondad de su ánimo valentísimo,   detained
porque defrauda con su tardanza el derecho de los tuertos, el amparo de
los huérfanos, la honra de las doncellas, el favor de las viudas y el arrimo
de las casadas, y otras cosas deste jaez, que tocan, atañen, dependen y
5 son anejas a la orden de la caballería andante. Ea, señor don Quijote mío,
hermoso y bravo, antes hoy que mañana se ponga vuestra merced y su
grandeza en camino, y si alguna cosa faltare para ponerle en ejecución,
aquí estoy yo para suplirla con mi persona y hacienda, y si fuere necesidad
servir a su magnificencia de escudero, lo tendré a felicísima ventura."

10 A esta sazón dijo don Quijote, volviéndose a Sancho: "¿No te dije yo,
Sancho, que me habían de sobrar escuderos? Mira quién se ofrece a serlo
sino el inaudito bachiller Sansón Carrasco, perpetuo trastulo° y regocija-   joker
dor° de los patios de las escuelas salmanticenses, sano de su persona, ágil   merrymaker
de sus miembros, callado, sufridor así del calor como del frío, así de la
15 hambre como de la sed, con todas aquellas partes que se requieren para
ser escudero de un caballero andante. Pero no permita el cielo que por
seguir mi gusto desjarrete° y quiebre la coluna de las letras y el vaso° de   weaken, vessel
las ciencias y tronque° la palma eminente de las buenas y liberales artes.   cut down
Quédese el nuevo Sansón en su patria, y honrándola, honre juntamente
20 las canas de sus ancianos padres—que yo con cualquier escudero estaré
contento, ya que Sancho no 'se digna° de venir conmigo."   condescends

"Sí digno," respondió Sancho, enternecido y llenos de lágrimas los
ojos, y prosiguió, "No se dirá por mí, señor mío, «el pan comido y la
compañía deshecha,»[18] sí, que no vengo yo de alguna alcurnia desagra-
25 decida—que ya sabe todo el mundo, y especialmente mi pueblo, quién
fueron los Panzas de quien yo deciendo, y más, que tengo conocido y
calado por muchas buenas obras y por más buenas palabras el deseo que
vuestra merced tiene de hacerme merced, y si me he puesto en cuentas
de tanto más cuanto[19] acerca de mi salario, ha sido por complacer a mi
30 mujer, la cual cuando toma la mano a persuadir una cosa, no hay mazo
que tanto apriete los aros de una cuba[20] como ella aprieta a que se haga
lo que quiere. Pero, en efeto, «el hombre ha de ser hombre, y la mujer,
mujer,» y pues yo soy hombre dondequiera, que no lo puedo negar, también lo quiero ser en mi casa, pese a quien pesare. Y así no hay más que
35 hacer sino que vuestra merced ordene su testamento con su codicilo, en
modo que no se pueda revolcar,° y pongámonos luego en camino, porque   knock down
no padezca el alma del señor Sansón, que dice que su conciencia le lita[21]
que persuada a vuestra merced a salir vez tercera por ese mundo. Y yo de

---

18 Starkie's "The bread partaken, the company forsaken" is a very good ren-
dition of this.

19 **Si me...** *if I have fussed a bit*

20 **No hay...** *there is no hammer that drives in the hoops of a barrel*

21 Sancho means **dicta** *suggests* and not **lita,** which is nonsense, similar to
Part I, Chapter 21, p. 178, n. 63. "His conscience suggests to him to persuade
you..."

nuevo me ofrezco a servir a vue∫tra merced fiel y legalmente,° tan bien   faithfully
y mejor que cuantos escuderos han servido a caballeros andantes en los
pasados y presentes tiempos.”

Admirado quedó el bachiller de oír el término y modo de hablar de
Sancho Panza, que, pue∫to que había leído la primera hi∫toria de su señor,
nunca creyó que era tan gracioso como allí le pintan; pero oyéndole decir
ahora “te∫tamento y codicilo que no se pueda revol car,” en lugar de “testamento y codicilo que no se pueda revo car,” creyó todo lo que dél había
leído, y confirmólo por uno de los más solenes° mentecatos de nue∫tros   notorious
siglos, y dijo entre sí que tales dos locos como amo y mozo no se habrían
vi∫to en el mundo.

Finalmente, don Quijote y Sancho se abrazaron y quedaron amigos,
y con parecer° y beneplácito del gran Carrasco, que por entonces era su   advice
oráculo, se ordenó que de allí a tres días fuese su partida, en los cuales
habría lugar de aderezar lo necesario para el viaje, y de buscar una celada
de encaje, que en todas maneras dijo don Quijote que la había de llevar.
Ofreciósela Sansón, porque sabía no se la negaría un amigo suyo que
la tenía, pue∫to que e∫taba más escura por el orín y el moho que clara y
limpia por el terso° acero.   shiny

Las maldiciones que las dos, ama y sobrina, echaron al bachiller no
tuvieron cuento;²² mesaron sus cabellos, arañaron° sus ro∫tros, y al modo   they scratched
de las endechaderas° que se usaban, lamentaban la partida como si fuera   hired mourners
la muerte de su señor. El designo° que tuvo Sansón para persuadirle a   plan
que otra vez saliese fue hacer lo que adelante cuenta la hi∫toria, todo por
consejo del cura y del barbero, con quien él antes lo había comunicado.

En resolución, en aquellos tres días don Quijote y Sancho se acomodaron de lo que les pareció convenirles, y habiendo aplacado Sancho a su
mujer, y don Quijote a su sobrina y a su ama, al anochecer, sin que nadie
lo viese sino el bachiller, que quiso acompañarles media legua del lugar, se
pusieron en camino del Toboso,²³ Don Quijote sobre su buen Rocinante
y Sancho sobre su antiguo rucio, proveídas las alforjas de cosas tocantes
a la bucólica,° y la bolsa, de dineros, que le dio don Quijote para lo que   food
se ofreciese.²⁴ Abrazóle Sansón y suplicóle le avisase de su buena o mala
suerte, para alegrarse con é∫ta o entri∫tecerse con aquélla, como las leyes
de su ami∫tad pedían. Prometióselo don Quijote, dio Sansón la vuelta a
su lugar, y los dos tomaron la° de la gran ciudad del Toboso.   la **vuelta** = *turn*

---

22 **No tuvieron...** *had no end*
23 **En camino...** *on the road to el Toboso*
24 **Para lo...** *for whatever might come up*

Capítulo VIII. Donde se cuenta lo que le sucedió a don Quijote, yendo a ver su señora Dulcinea del Toboso.

"¡**B**ENDITO SEA EL PODEROSO Alá!" dice Hamete Benengeli al comienzo deste octavo capítulo, "¡Bendito sea Alá!" repite tres veces, y dice que da estas bendiciones por ver que tiene ya en campaña a don Quijote y a Sancho, y que los letores de su agradable historia pueden hacer cuenta que desde este punto comienzan las hazañas y donaires de don Quijote y de su escudero. Persuádeles[1] que se les olviden las pasadas caballerías° del ingenioso hidalgo, y pongan los ojos en las que están por venir, que desde agora en el camino del Toboso comienzan, como las otras comenzaron en los campos de Montiel, y no es mucho lo que pide para tanto como él promete, y así prosigue diciendo:

    Solos quedaron don Quijote y Sancho, y apenas se hubo apartado Sansón, cuando comenzó a relinchar° Rocinante y a sospirar° el rucio, que de entrambos, caballero y escudero, fue tenido a buena señal y por felicísimo agüero, aunque, si se ha de contar la verdad, más fueron los sospiros y rebuznos° del rucio que los relinchos del rocín, de donde coligió Sancho que su ventura había de sobrepujar y ponerse 'encima de° la de su señor, fundándose° no sé si en astrología judiciaria[2] que él se sabía, puesto que la historia no lo declara. Sólo le oyeron decir que cuando tropezaba o caía, 'se holgara° no haber salido de casa, porque del tropezar o caer no 'se sacaba° otra cosa sino el zapato roto o las costillas quebradas, y aunque tonto, no andaba en esto muy fuera de camino.[3]

    Díjole don Quijote: "Sancho amigo, la noche 'se nos va entrando a más andar° y con más escuridad de la que habíamos menester para alcanzar a ver con el día al Toboso, adonde tengo determinado de ir antes que en otra aventura me ponga, y allí tomaré la bendición y buena licencia° de la sin par Dulcinea, con la cual licencia pienso y tengo por cierto de acabar y dar felice cima a toda peligrosa aventura, porque ninguna cosa desta vida hace más valientes a los caballeros andantes que verse favorecidos de sus damas."

    "Yo así lo creo," respondió Sancho, "pero tengo por dificultoso que vuestra merced pueda hablarla, ni verse con ella, en parte a lo menos que pueda recebir su bendición,[4] si ya no se la echa desde las bardas del corral,[5] por donde yo la vi la vez primera, cuando le llevé la carta donde iban las nuevas de las sandeces y locuras que vuestra merced quedaba haciendo en el corazón de Sierra Morena."

    "¿Bardas de corral se te antojaron aquéllas, Sancho," dijo don Quijote,

Marginal glosses:
- chivalric acts
- neigh, break wind
- brays
- above
- based on
- he would be pleased
- received
- is coming quickly
- consent

---

1 **Persuádeles**... that is, Cide Hamete *urges* the readers...
2 **Astrología judiciaria** was the prediction of the future based on the stars. The *Diccionario de Autoridades* said it was "incierta, ilícita, vana y supersticiosa."
3 **No andaba**... *he didn't stray far from the truth*
4 **En parte**... *at least in a place where you could receive her blessing*
5 **Si ya**... *unless she tosses it to you over the fence of the corral*

"adonde o por donde viſte aquella jamás baſtantemente° alabada gentileza   sufficiently
y hermosura? No debían de ser sino galerías, o corredores, o lonjas,° o   porticoes
como las llaman, de ricos y reales palacios."

"Todo pudo ser," respondió Sancho, "pero a mí bardas me parecieron,
5 si no es que soy falto de memoria."

"Con todo eso, vamos allá, Sancho," replicó don Quijote, "que como
yo la vea, eso se me da[6] que sea por bardas que por ventanas, o por resquicios, o verjas de jardines—que cualquier rayo que del sol de su belleza
llegue a mis ojos alumbrará mi entendimiento y fortalecerá mi corazón
10 de modo que quede único y sin igual en la discreción y en la valentía."

"Pues en verdad, señor," respondió Sancho, "que cuando yo vi ese sol
de la señora Dulcinea del Toboso, que no eſtaba tan claro que pudiese
echar de sí rayos algunos, y debió de ser que como su merced eſtaba ahechando aquel trigo que dije, el mucho polvo que sacaba se le puso como
15 nube ante el roſtro y se le escureció."

"¡Que todavía das,° Sancho," dijo don Quijote, "en decir, en pensar,   insiſt
en creer y en porfiar que mi señora Dulcinea ahechaba trigo, siendo eso
un meneſter y ejercicio que va 'desviado de° todo lo que hacen y deben   at variance with
hacer las personas principales que eſtán conſtituidas° y guardadas° para   made, reserved
20 otros ejercicios y entretenimientos, que mueſtran a tiro de balleſta su
principalidad! Mal se te acuerdan a ti, ¡oh Sancho! aquellos versos de
nueſtro poeta,[7] donde nos pinta las labores° que hacían, allá en sus mo-   handwork
radas de criſtal, aquellas cuatro ninfas que del Tajo amado sacaron las
cabezas,[8] y se sentaron a labrar° en el prado verde aquellas ricas telas que   embroider
25 allí el ingenioso poeta nos describe, que todas eran de oro, sirgo° y perlas   silk
conteſtas y tejidas.[9] Y deſta manera debía de ser el° de mi señora cuando   el *ejercicio*
tú la viſte, sino que la envidia que algún mal encantador debe de tener a
mis cosas, todas las que me han de dar guſto trueca y vuelve en diferentes figuras que ellas tienen, y así temo que en aquella hiſtoria que dicen
30 que anda impresa de mis hazañas, si por ventura ha sido su autor algún
sabio mi enemigo, habrá pueſto unas cosas por otras, mezclando con una
verdad mil mentiras, divertiéndose a contar otras acciones fuera de lo
que requiere la continuación de una verdadera hiſtoria. ¡Oh envidia, raíz
de infinitos males y carcoma° de las virtudes! Todos los vicios, Sancho,   grief
35 traen un no sé qué de deleite consigo, pero el de la envidia no trae sino
disguſtos, rancores y rabias."

"Eso es lo que yo digo también," respondió Sancho, "y pienso que en
esa leyenda o hiſtoria que nos dijo el bachiller Carrasco que de nosotros

6 **Eso se…** *it's the same to me*

7 "Our poet" again is Garcilaso, and the poem is his third *Égloga*, ſtarting
at verse 53.

8 **Del Tajo…** *they rose from the beloved Tagus River.* This river flows through
Toledo weſt and leaves the Iberian Peninsula at Lisbon.

9 **Conteſtas y tejidas** both mean *woven.*

había visto, debe de andar mi honra «a coche acá, cinchado»,[10] y como
dicen, al estricote, aquí y allí, barriendo° las calles. Pues a fe de bueno,[11]   sweeping
que no he dicho yo mal de ningún encantador ni tengo tantos bienes que   *I can*
pueda° ser envidiado. Bien es verdad que soy algo malicioso y que tengo
mis ciertos asomos de bellaco, pero todo lo cubre y tapa la gran capa° de   cape
la simpleza° mía, siempre natural y nunca artificiosa,° y cuando otra cosa   simplicity, play-acted
no tuviese sino el creer, como siempre creo, firme y verdaderamente, en
Dios y en todo aquello que tiene y cree la santa Iglesia Católica Romana,
y el ser enemigo mortal, como lo soy, de los judíos, debían los historiadores tener misericordia de mí y tratarme bien en sus escritos. Pero digan lo
que quisieren, que «desnudo nací, desnudo me hallo, ni pierdo ni gano».
Aunque por verme puesto en libros y andar por ese mundo de mano en
mano,[12] no se me da un higo[13] que digan de mí todo lo que quisieren."

  "Eso me parece, Sancho," dijo don Quijote, "a lo que sucedió a un
famoso poeta destos tiempos, el cual, habiendo hecho una maliciosa sátira contra todas las damas cortesanas,[14] no puso ni nombró en ella a una
dama que se podía dudar si lo era o no[15]—la cual, viendo que no estaba
en la lista de las demás, se quejó al poeta, diciéndole qué° había visto en   i.e., *what bad trait*
ella para no ponerla en el número de las otras, y que alargase la sátira y
la pusiese en el ensanche.° Si no, que mirase para lo que había nacido.   appendix
Hízolo así el poeta, y púsola cual no digan dueñas,[16] y ella quedó satisfecha por verse con fama, aunque infame.° También viene con esto lo que   infamous
cuentan de aquel pastor que 'puso fuego y abrasó° el templo famoso de   set fire to and burned
Diana, contado por una de las siete maravillas° del mundo, sólo porque   wonders
quedase vivo su nombre en los siglos venideros. Y aunque se mandó que
nadie le nombrase ni hiciese por palabra o por escrito mención de su
nombre, porque no consiguiese el fin de su deseo, todavía se supo que se
llamaba Eróstrato.[17] También alude a esto lo que sucedió al grande em-

---

  10 **A coche…** *dragged through the dirt.* Literally, **coche acá** is a call used for
swine, and **cinchado** is a pig with stripes on its belly.

  11 **A fe…** *on the faith of an honest person*

  12 When Sancho says that he is going throughout the world from hand to
hand he means that the *books* go from person to person.

  13 **No se…** *I don't give a fig* means "I couldn't care less."

  14 This is a probable reference to Vicente Espinel's 1578 work *Sátira contra
las damas de Sevilla.* **Cortesanas** *courtesans* were prostitutes with a high-class
clientele.

  15 **Si lo…** *if she was one* [a courtesan] *or not*

  16 **Púsola cual…** *he described her in such a way that not even* dueñas *would
repeat*

  17 Herostratus was an Ephesian who set fire to the Temple of Artemis in
356 B.C. to immortalize himself. Although the Ephesians passed a decree con-
deming his name to oblivion, it only increased his notoriety and helped him
achieve what he wanted. Artemis, the goddess of the hunt in Greek religion, was
indeed Diana in Roman mythology. The temple measured 350 by 180 feet. Of
the Seven Wonders of the World, only the Pyramids of Giza still stand.

La Rotunda

perador Carlo Quinto[18] con un caballero en Roma. Quiso ver el emperador aquel famoso templo de la
Rotunda,[19] que en la antigüedad se
llamó el templo de todos los dioses,
y ahora, con mejor vocación,° se   name
llama de todos los santos, y es el
edificio que 'más entero° ha que-   best-preserved
dado de los que alzó la gentilidad°   pagans
en Roma, y es el que más conserva
la fama de la grandiosidad y magnificencia de sus fundadores. Él es
de hechura° de una media naranja,   shape
grandísimo° en estremo y está muy   very big
claro, sin entrarle otra luz que la
que le concede una ventana o, por
mejor decir, claraboya° redonda   skylight
que está en su cima,° desde la cual   top
mirando el emperador el edificio,
estaba con él y a su lado un caballe-
ro romano declarándole los primores y sutilezas° de aquella 'gran máqui-   subtleties
na° y memorable arquitetura, y habiéndose quitado de la claraboya, dijo al   sumptuous building
emperador: 'Mil veces, sacra majestad, me vino deseo de abrazarme con
vuestra majestad y arrojarme de aquella claraboya abajo por dejar de mí
fama eterna en el mundo.'

"'Yo os agradezco,' respondió el emperador, 'el no haber puesto tan
mal pensamiento en efeto, y de aquí adelante no os pondré yo en ocasión
que volváis a hacer prueba de vuestra lealtad, y así os mando que jamás
me habléis, ni estéis donde yo estuviere,' y tras estas palabras le hizo una
gran merced.°   gift

"Quiero decir, Sancho, que el deseo de alcanzar fama es activo en
gran manera:[20] ¿quién[21] piensas tú que arrojó a Horacio del puente abajo,[22]

---

18 Carlos V of the Holy Roman Empire was also Carlos I of Spain (1500-
1558). He did go to Rome in 1536 and delivered an address before Pope Paul
III. The anecdote that follows is reported nowhere else. Schevill thinks that Cervantes heard about it when he was in Italy.

19 The Pantheon in Rome took its final shape in about 120 A.D. in the form
of a dome 142 feet in diameter, rising to a height of 71 feet. The 27 foot round
opening at the top is its only source of illumination. It was dedicated as a church
in 609.

20 **Es activo...** *is a powerful incentive*

21 The answer to all of these questions that begin with **¿quién?** is **la fama**.

22 This is Horatius Cocles, who is said to have held back the Etruscans
from a wooden Roman bridge until it could be demolished, then he is supposed
to have swum across the Tiber to safety, despite his wounds. One record states
that he drowned.

armado de todas armas, en la profundidad° del Tibre?²³ ¿quién abrasó   *depths*
el brazo y la mano a Mucio?²⁴ ¿quién impelió a Curcio²⁵ a lanzarse° en   *throw himself*
la profunda sima ardiente que apareció en la mitad de Roma? ¿quién
contra todos los agüeros que en contra se le habían mostrado, hizo pasar
⁵ el Rubicón a César?²⁶ y con ejemplos más modernos, ¿quién barrenó° los   *scuttled*
navíos y dejó 'en seco° y aislados° los valerosos españoles guiados por el   *stranded, isolated*
cortesísimo Cortés²⁷ en el Nuevo Mundo? Todas estas y otras grandes y
diferentes hazañas son, fueron y serán obras de la fama que los mortales
desean como premios y parte de la inmortalidad que sus famosos hechos
¹⁰ merecen, puesto que los cristianos, católicos y andantes caballeros más
habemos de atender a la gloria de los siglos venideros, que es eterna en
las regiones 'etéreas y celestes,° que a la vanidad de la fama que en este   *ethereal and celestial*
presente y 'acabable siglo° se alcanza—la cual fama, por mucho que dure,   *transitory life*
en fin se ha de acabar con el mesmo mundo, que tiene su fin señalado.
¹⁵ Así, ¡oh Sancho! que nuestras obras no han de salir del límite que nos
tiene puesto la religión cristiana que profesamos. Hemos de matar en los
gigantes a la soberbia;²⁸ a la envidia, en la generosidad y buen pecho; a la
ira, en el reposado° continente y quietud del ánimo; a la gula° y al sueño,°   *calm, gluttony, drowsi-*
en el poco comer que comemos y en el mucho velar que velamos; a la   *ness*
²⁰ injuria²⁹ y lascivia, en la lealtad que guardamos a las que hemos hecho
señoras de nuestros pensamientos; a la pereza,° con andar por todas las   *sloth*
partes del mundo buscando las ocasiones que nos puedan hacer y hagan,
sobre cristianos,³⁰ famosos caballeros. Ves aquí, Sancho, los medios por
donde se alcanzan los estremos de alabanzas que consigo trae la buena
²⁵ fama."

"Todo lo que vuestra merced hasta aquí me ha dicho," dijo Sancho,
"lo he entendido muy bien, pero con todo eso querría que vuestra merced
me sorbiese° una duda que agora en este punto me ha venido a la me-   *soak up*
moria."

---

23 The Tibre is the Tiber, the river that flows through Rome.

24 This was Gaius Mucius Scævola, a Roman hero in the 6th century B.C. who held his right hand in a flame to show his indifference to pain.

25 Marcus Curtius was a fourth century A.D. Roman hero who, to save his country leaped armed and on horseback, into a chasm that suddenly opened in the Forum, after which, we are told, it closed and all was well. That this chasm was flaming, as Don Quijote says in a moment, is doubtful.

26 Julius Cæsar, who, on January 10, 49 B.C., crossed the Rubicon, a river that flows into the Adriatic Sea a bit south of modern Ravenna, with very few soldiers to go against an army of 60,000, managed to win battles through cleverness.

27 Hernán Cortés landed in Vera Cruz in 1519 with about 600 soldiers and sailors on 11 ships. To prevent desertion, he secretly had his ships scuttled.

28 **Hemos de...** *we must kill pride by killing giants*

29 In the first edition it does say **injuria** *insult* instead of **lujuria** *lust.* Maybe it was an error in the printshop, but it could be Don Quijote's mistake, so I hesitate to change it. Schevill did change it to **lujuria.**

30 **Sobre cristianos** *in addition to Christians*

"*Asol*viese° quieres decir, Sancho," dijo don Quijote, "di en buen hora,   resolve
que yo responderé lo que supiere."

"Dígame, señor," prosiguió Sancho, "esos Julios o Agoſtos, y todos
esos caballeros hazañosos que ha dicho, que ya son muertos, ¿dónde eſtán
agora?"

"Los gentiles," respondió don Quijote, "sin duda eſtán en el infierno.
Los criſtianos, si fueron buenos criſtianos, o eſtán en el purgatorio o en
el cielo."

"Eſtá bien," dijo Sancho, "pero sepamos ahora, esas sepulturas donde
eſtán los cuerpos desos señorazos,° ¿tienen delante de sí lámparas de pla-   bigshots
ta, o eſtán adornadas las paredes de sus capillas de muletas,° de mortajas,   crutches
de cabelleras,° de piernas y de ojos de cera? Y si deſto no, ¿de qué eſtán   locks of hair
adornadas?"

A lo que respondió don Quijote: "Los sepulcros de los gentiles fueron por la mayor parte suntuosos templos. Las cenizas del cuerpo de Julio
César se pusieron sobre una pirámide de piedra de desmesurada grandeza, a quien hoy llaman en Roma la Aguja de San Pedro.[31] Al emperador
Adriano le sirvió de sepultura un caſtillo tan grande como una buena
aldea, a quien llamaron Moles Hadriani, que agora es el Caſtillo de San-
tángel en Roma.[32] La reina Artemisa[33] sepultó° a su marido Mausoleo en   buried
un sepulcro que se tuvo por una de las siete maravillas del mundo—pero
ninguna deſtas sepulturas, ni otras muchas que tuvieron los gentiles, se
adornaron con mortajas, ni con otras 'ofrendas y señales° que moſtrasen   offerings and tokens
ser santos los que en ellas eſtaban sepultados."

"A eso voy,"[34] replicó Sancho, "y dígame agora, ¿cuál es más:° resucitar   greater
a un muerto, o matar a un gigante?"

"La respueſta eſtá 'en la mano,'" respondió don Quijote, "más es re-   obvious
sucitar a un muerto."

"Cogido le tengo,"[35] dijo Sancho, "luego la fama del que resucita
muertos, da viſta a los ciegos, endereza los cojos y da salud a los enfermos,
y delante de sus sepulturas arden lámparas y eſtán llenas sus capillas de
gentes devotas que de rodillas adoran sus reliquias, mejor fama será para
éſte y para el otro siglo, que la que dejaron y dejaren cuantos emperadores
gentiles y caballeros andantes ha habido en el mundo."

"También confieso esa verdad," respondió don Quijote.

"Pues eſta fama, eſtas gracias, eſtas prerrogativas, como llaman a

---

31 St. Peter's Needle in Rome is an obelisk, not a pyramid, brought from
Egypt. It doesn't have Caesar's ashes inside of it either.

32 When the Roman emperor Hadrian (76-138A.D.) died, his burial place
was what is now called the Caſtel Sant'Angelo, the famous round fortress at the
Tiber River in Rome overlooking the Ponte Sant'Angelo.

33 Artemesia II (died *ca.* 350B.C.) reigned in Anatolia (Asian Turkey). She
built the tomb for her husband Mausolus in Halicarnassus (modern Bodrum,
Turkey).

34 **A eso...** *I'm coming to that*

35 **Cogido le...** *I've got you there*

esto,"[36] respondió Sancho, "tienen los cuerpos y las reliquias de los santos, que con aprobación y licencia de nuestra Santa Madre Iglesia tienen lámparas, velas, mortajas, muletas, pinturas, cabelleras, ojos, piernas, con que aumentan la devoción y engrandecen su cristiana fama. Los cuerpos de los santos o sus reliquias llevan los reyes sobre sus hombros, besan los pedazos de sus huesos, adornan y enriquecen con ellos sus oratorios y sus más preciados° altares…"   esteemed

"¿Qué quieres que infiera, Sancho, de todo lo que has dicho?" dijo don Quijote.

"Quiero decir," dijo Sancho, "que nos demos a ser santos y alcanzaremos más brevemente° la buena fama que pretendemos; y advierta, señor,   quickly
que ayer o antes de ayer, que según ha poco se puede decir desta manera, 'canonizaron o beatificaron° dos frailecitos descalzos, cuyas cadenas de   made a saint
hierro con que ceñían y atormentaban sus cuerpos se tiene ahora a gran ventura el besarlas y tocarlas, y están en más veneración que está, según dije, la espada de Roldán en la Armería del Rey nuestro señor,[37] que Dios guarde. Así que, señor mío, más vale ser humilde frailecito de cualquier orden que sea, que valiente y andante caballero. Más alcanzan con Dios dos docenas de diciplinas que dos mil lanzadas, ora las den a gigantes, ora vestiglos o a endrigos."[38]

"Todo eso es así," respondió don Quijote, "pero no todos podemos ser frailes, y muchos son los caminos por donde lleva Dios a los suyos al cielo. Religión es la caballería, caballeros santos hay en la gloria."

"Sí," respondió Sancho, "pero yo he oído decir que hay más frailes en el cielo que caballeros andantes."

"Eso es," respondió don Quijote, "porque es mayor el número de los religiosos que el de los caballeros."

"Muchos son los andantes," dijo Sancho.

"Muchos," respondió don Quijote, "pero pocos los que merecen nombre de CABALLEROS."

En éstas y otras semejantes pláticas se les pasó aquella noche y el día siguiente, sin acontecerles cosa que de contar fuese, de que no poco le pesó a don Quijote. En fin, otro día al anochecer descubrieron la gran ciudad del Toboso,[39] con cuya vista se le alegraron los espíritus a don Quijote y se le entristecieron a Sancho, porque no sabía la casa de Dulcinea, ni en su vida la había visto, como no la había visto su señor. De modo que el uno por verla, y el otro por no haberla visto, estaban alborotados, y no imaginaba Sancho qué había de hacer cuando su dueño le enviase al

---

36 **Como llaman…** *or whatever you call them*

37 Juan Bautista de Avalle-Arce reports that the Royal Armory in Madrid has a sword that is reputedly Roland's Durendal.

38 Schevill "corrects" this to **endriagos** *dragons*, but it is more likely Sancho's error. Avellaneda's don Quijote uses **endrigos** as well. It can be seen in vol. 2, p. 40, line 6, of Riquer's Clásicos Castellanos edition.

39 The **gran ciudad del Toboso** has only 2300 inhabitants today.

Toboso. Finalmente, ordenó don Quijote entrar en la ciudad 'entrada la noche,° y en tanto que la hora se llegaba, se quedaron entre unas encinas que cerca del Toboso estaban. Y llegado el determinado punto, entraron en la ciudad, donde les sucedió 'cosas que a cosas llegan.°

when night fell

important things

5 *Capítulo IX. Donde se cuenta lo que en él se verá.*

«MEDIA NOCHE ERA POR filo,»[1] poco más a menos, cuando don Quijote y Sancho dejaron el monte y entraron en el Toboso. Estaba el pueblo en un sosegado silencio, porque todos sus vecinos dormían y reposaban 'a pierna tendida,° como suele
10 decirse. Era la noche entreclara,° puesto que quisiera Sancho que fuera del todo escura por hallar en su escuridad disculpa de su sandez. No se oía en todo el lugar sino ladridos° de perros que atronaban° los oídos de don Quijote y turbaban el corazón de Sancho. De cuando en cuando rebuznaba un jumento, gruñían° puercos, mayaban° gatos, cuyas voces
15 de diferentes sonidos se aumentaban con el silencio de la noche, todo lo cual tuvo el enamorado caballero a mal agüero, pero, con todo esto, dijo a Sancho: "Sancho hijo, guía al palacio de Dulcinea. Quizá podrá ser que la hallemos despierta."

stretched out

fairly light

barks, deafened

grunted, meowed

"¿A qué palacio tengo de guiar, cuerpo del sol," respondió Sancho,
20 "que en el que yo vi a su grandeza no era sino casa muy pequeña?"

"Debía de estar retirada° entonces," respondió don Quijote, "en algún pequeño apartamiento° de su alcázar, solazándose a solas con sus doncellas, como es uso y costumbre de las altas señoras y princesas."

withdrawn

isolated room

"Señor," dijo Sancho, "ya que vuestra merced quiere, a pesar mío, que
25 sea alcázar la casa de mi señora Dulcinea, ¿es hora ésta, por ventura, de hallar la puerta abierta? ¿Y será bien que demos aldabazos° para que nos oyan y nos abran, metiendo en alboroto y rumor° toda la gente? ¿Vamos por dicha a llamar a la casa de nuestras mancebas, como hacen los abarraganados,° que llegan y llaman y entran a cualquier hora, por tarde que
30 sea?"

loud knocks

murmuring

lovers

"Hallemos primero 'una por una° el alcázar," replicó don Quijote, "que entonces yo te diré, Sancho, lo que será bien que hagamos, y advierte, Sancho, que o yo veo poco, o aquel bulto grande[2] y sombra que desde aquí se descubre, 'la debe de hacer° el palacio de Dulcinea."

in any case

what must be

35 "Pues guíe vuestra merced," respondió Sancho, "quizá será así. Aunque yo lo veré con los ojos y lo tocaré con las manos, y así lo creeré yo como creer que es ahora de día."

---

1 This same octosyllabic verse starts both the **romance** of Conde Claros and another one dealing with the Cid. Everyone would have recognized it at the time. **Por filo** *exactly*.

2 The first edition says (folio 30ᵛ): **que yo veo poco que aquel bulto grande…** which most editors—as I have—change one way or another.

Iglesia mayor de El Toboso

Guió don Quijote, y habiendo andado como docientos pasos, dio con el bulto que hacía la sombra, y vio una gran torre, y luego conoció que el tal edificio no era alcázar, sino la iglesia principal del pueblo. Y dijo: "Con la iglesia hemos dado,[3] Sancho."

"Ya lo veo," respondió Sancho, "y plega a Dios que no demos con nueſtra sepultura—que no es buena señal andar por los cimenterios°[4] a   cemeteries tales horas, y más habiendo yo dicho a vueſtra merced, si mal no acuerdo, que la casa deſta señora ha de eſtar en una 'callejuela sin salida.'"   dead-end ſtreet

"Maldito seas de Dios, mentecato," dijo don Quijote, "¿Adónde has tú hallado que los alcázares y palacios reales eſtén edificados en callejuelas sin salida?"

"Señor," respondió Sancho, "«en cada tierra su uso».[5] Quizá se usa aquí en el Toboso edificar en callejuelas los palacios y edificios grandes. Y así suplico a vueſtra merced me deje buscar por eſtas calles o callejuelas que se me ofrecen. Podría ser que en algún rincón topase con ese alcázar, que le vea yo comido de perros, que así nos trae corridos y asendereados."[6]

"Habla con respeto, Sancho, de las cosas de mi señora," dijo don Quijote, "y 'tengamos la fieſta en paz,° y «no arrojemos la soga tras el caldero»."   let's not argue

"Yo me reportaré," respondió Sancho, "pero ¿con qué paciencia podré llevar[7] que quiera vueſtra merced que de sola una vez que vi la casa de nueſtra ama la haya de saber siempre,° y hallarla a media noche, no hallándola vueſtra merced, que la debe de haber viſto millares de veces?"   ſtill

"Tú me harás desesperar, San-

Callejuela sin salida en El Toboso

---

3 **Con la...** *we have come upon the church*
4 In Spain, as elsewhere, cemeteries used to be on church grounds.
5 **En cada...** *every country has its own cuſtoms*
6 **Que así...** *for having taken us on this wild goose chase*
7 **¿Con qué...** *how am I to take it patiently*

cho," dijo don Quijote, "ven acá, hereje, ¿no te he dicho mil veces que en todos los días de mi vida no he visto a la sin par Dulcinea, ni jamás atravesé los umbrales de su palacio, y que sólo estoy enamorado de oídas, y de la gran fama que tiene de hermosa

5 y discreta?"

"Ahora lo oigo," respondió Sancho, "y digo que pues vuestra merced no la ha visto, ni yo tampoco."

"Eso no puede ser," replicó don

10 Quijote, "que, por lo menos, ya me has dicho tú que la viste ahechando trigo, cuando me trujiste la respuesta de la carta que le envié contigo."

"La casa de Dulcinea"

"No se atenga a eso, señor," respondió Sancho, "porque le hago saber

15 que también fue de oídas la vista y la respuesta que le truje. Porque así sé yo quien es la señora Dulcinea, como dar un puño en el cielo."

"Sancho, Sancho," respondió don Quijote, "tiempos hay de° burlar, y   to
tiempos donde caen y parecen mal las burlas. No porque yo diga que ni he visto ni hablado a la señora de mi alma has tú de decir también que ni

20 la has hablado ni visto, siendo tan al revés como sabes."

Estando los dos en estas pláticas, vieron que venía a pasar por donde estaban uno con dos mulas, que por el ruido que hacía el arado, que arrastraba por el suelo, juzgaron que debía de ser labrador, que habría madrugado antes del día a ir a su labranza,° y así fue la verdad. Venía el   farming

25 labrador cantando aquel romance que dicen:

> Mala la hubistes, franceses,
> en esa de Roncesvalles.[8]

"Que me maten, Sancho," dijo en oyéndole don Quijote, "si nos ha de suceder cosa buena esta noche. ¿No oyes lo que viene cantando ese

30 villano?"

"Sí oigo," respondió Sancho, "pero ¿qué hace a nuestro propósito la caza de Roncesvalles?[9] Así pudiera cantar el romance de Calaínos,[10] que

---

8 This continues: **"Don Carlos** [Charlemagne] **perdió la onra / murieron los Doce Pares."**

9 Very interesting phenomenon here. **Romances** exist in about as many versions as there are people who sing them. The farmhand sang **…en esa de Roncesvalles**, but Sancho automatically cites from the version he knows when he refers to **…la caza de Roncesvalles**. Sancho knows a more common version of this *"Romance del Conde Guarinos."*

10 When Sancho says that the farmhand could sing the Romance de Calaínos" (where the Moor Calaínos, in order to marry the daughter of the ruthless Almanzor, had to first cut off the heads of three of the Twelve Peers of France), it really means that it doesn't make any difference what he's singing. **Coplas de Calaínos** was a proverbial reference to inconsequential statements.

'todo fuera uno° para sucedernos bien o mal en nueſtro negocio."   it'd all be the same

Llegó en eſto el labrador, a quien don Quijote preguntó: "¿Sabréis-me decir, buen amigo, que buena ventura os dé Dios, dónde son por aquí los palacios de la sin par princesa doña Dulcinea del Toboso?"

⁵   "Señor," respondió el mozo, "yo soy foraſtero° y ha pocos días que es-toy en eſte pueblo sirviendo a un labrador rico en la labranza del campo. En esa casa frontera viven el cura y el sacriſtán del lugar. Entrambos o cualquier dellos sabrá dar a vueſtra merced razón desa señora princesa, porque tienen la liſta de todos los vecinos del Toboso. Aunque para mí   ſtranger

¹⁰   tengo que en todo él no vive princesa alguna, muchas señoras, sí, princi-pales, que cada una en su casa puede ser princesa."

"Pues entre ésas," dijo don Quijote, "debe de eſtar, amigo, eſta por quien te pregunto."

"Podría ser," respondió el mozo, "y adiós, que ya viene el alba."

¹⁵   Y dando° a sus mulas, no atendió a más preguntas.   whipping

Sancho, que vio suspenso a su señor, y asaz mal contento, le dijo: "Señor, ya se viene a más andar el día y no será acertado dejar que nos halle el sol en la calle. Mejor será que nos salgamos fuera de la ciudad, y que vueſtra merced se embosque en alguna floreſta aquí cercana, y yo

²⁰   volveré de día, y no dejaré oſtugo° en todo eſte lugar, donde no busque   corner la casa, alcázar o palacio de mi señora, y asaz sería de desdichado si no la hallase, y hallándole, hablaré con su merced, y le diré dónde y cómo queda vueſtra merced esperando que le dé orden y traza para verla, sin menoscabo de su honra y fama."

²⁵   "Has dicho, Sancho," dijo don Quijote, "mil sentencias encerradas en el círculo de breves palabras. El consejo que ahora me has dado le apetezco y recibo de boníſima gana. Ven, hijo, y vamos a buscar donde me embosque. Que tú volverás, como dices, a buscar, a ver y hablar a mi señora, de cuya discreción y cortesía espero más que milagrosos favores."

³⁰   Rabiaba° Sancho por sacar a su amo del pueblo, porque no averigua-   was furiously eager se la mentira de la respueſta que de parte de Dulcinea le había llevado a Sierra Morena, y así dio priesa a la salida, que fue luego, y a dos millas del lugar hallaron una floreſta o bosque, donde don Quijote se embos-có, en tanto que Sancho volvía a la ciudad a hablar a Dulcinea, en cuya

³⁵   embajada le sucedieron cosas que piden nueva atención y nuevo crédito.°   belief

Capítulo X. Donde se cuenta la induſtria que Sancho tuvo para encantar a la señora Dulcinea, y de otros sucesos tan ridículos como verdaderos.

⁴⁰   LLEGANDO EL AUTOR DESTA grande hiſtoria a contar lo que en eſte capítulo cuenta, dice que quisiera pasarle en silencio, te-meroso de que no había de ser creído, porque las locuras de don Quijote llegaron aquí al término y raya de las mayores que pueden imaginarse, y aun pasaron dos tiros de balleſta más allá de las mayores.

Finalmente, aunque con este miedo y recelo, las escribió de la misma
manera que él las hizo, sin añadir ni quitar a la historia un átomo de la
verdad, sin dársele nada por las objeciones que podían ponerle de men-
tiroso.[1] Y tuvo razón, porque la verdad adelgaza,° y no quiebra, y siempre | grows thin
anda° sobre la mentira, como el aceite sobre el agua. Y así prosiguiendo | floats
su historia, dice que así como don Quijote se emboscó en la floresta, en-
cinar,° o selva junto al gran Toboso, mandó a Sancho volver a la ciudad, y | oak grove
que no volviese a su presencia sin haber primero hablado 'de su parte° a | on his behalf
su señora, pidiéndola fuese servida de dejarse ver de° su cautivo caballero, | by
y se dignase de echarle° su bendición, para que pudiese esperar por ella | bestow
felicísimos sucesos de todos sus acometimientos° y dificultosas empresas. | undertakings
Encargóse Sancho de hacerlo así como se le mandaba, y de traerle tan
buena respuesta, como le trujo la vez primera.

"Anda, hijo," replicó don Quijote, "y no te turbes cuando te vieres
ante la luz del sol de hermosura que vas a buscar. ¡Dichoso tú sobre todos
los escuderos del mundo! Ten memoria y no se te pase° della cómo te re- | escape
cibe—si muda las colores el tiempo que la estuvieres dando mi embajada;
si se desasosiega y turba, oyendo mi nombre; si no cabe en la almohada si
acaso la hallas sentada en el 'estrado rico de su autoridad;° y si está en pie, | "drawing room"
mírala, si se pone ahora sobre el uno, ahora sobre el otro pie; si te repite
la respuesta que te diere dos o tres veces; si la muda de blanda en áspera,
de aceda en amorosa;[2] si levanta la mano al cabello para componerle,° | arrange it
aunque no esté desordenado; finalmente, hijo, mira todas sus acciones y
movimientos, porque si tú me los relatares como ellos fueron, sacaré yo
lo que ella tiene escondido en lo secreto de su corazón acerca de lo que al
fecho de mis amores toca. Que has de saber, Sancho, si no lo sabes, que
entre los amantes las acciones y movimientos exteriores que muestran,
cuando de sus amores se trata, son certísimos correos° que traen las nue- | messengers
vas de lo que allá en lo interior del alma pasa. Ve, amigo, y guíete otra
mejor ventura que la mía, y vuélvate otro mejor suceso[3] del que yo quedo
temiendo y esperando en esta amarga soledad en que me dejas."

"Yo iré y volveré presto," dijo Sancho, "y ensanche° vuestra merced, | cheer up
señor mío, ese corazoncillo, que le debe de tener agora no mayor que una
avellana,° y considere que se suele decir que «buen corazón quebranta | hazel nut
mala ventura», y que «donde no hay tocinos no hay estacas».[4] Y también
se dice, «donde no piensa salta° la liebre».[5] Dígolo porque si esta noche | jumps up
no hallamos los palacios o alcázares de mi señora, agora que es de día los
pienso hallar, cuando menos los piense,[6] y hallados, déjenme a mí con

---

1 **Sin dársele…** *not caring at all that people might object to him as being a liar*
2 **Si la…** *if it changes her from soft to harsh, from harsh to amorous*
3 **Vuélvate otro…** *may it bring you better success*
4 The usual form of this saying is not negative in the first phrase: **Donde
piensas que hay tocinos, no hay estacas.**
5 A lot of discussion about the first phrase of this proverb, which could be
cuando no piensan or **cuando no se piensa…**
6 Grammatically, this should be **lo piense**, but Sancho is too flustered in

ella."

"Por cierto, Sancho," dijo don Quijote, "que siempre traes tus refranes tan a pelo de lo que tratamos cuanto me dé Dios mejor ventura en lo que deseo."[7]

5 Esto dicho, volvió Sancho las espaldas y vareó° su rucio, y don Qui-   whipped
jote se quedó a caballo, descansando sobre los estribos y sobre el arrimo de su lanza, lleno de tristes y confusas imaginaciones, donde le dejaremos, yéndonos con Sancho Panza, que no menos confuso y pensativo se apartó de su señor que él quedaba. Y tanto, que apenas hubo salido del

10 bosque, cuando, volviendo la cabeza y viendo que don Quijote no parecía, se apeó del jumento, y sentándose al pie de un árbol, comenzó a hablar consigo mesmo y a decirse: "Sepamos° agora, Sancho hermano, ¿adónde   let's see
va vuesa merced? ¿Va a buscar algún jumento que se le haya perdido? No, por cierto. Pues ¿qué va a buscar? Voy a buscar, como quien no dice nada,[8]

15 a una princesa, y en ella al sol de la hermosura, y a todo el cielo junto. Y ¿adónde pensáis hallar eso que decís, Sancho? ¿Adónde? En la gran ciudad del Toboso. Y bien, y ¿de parte de quién la vais a buscar? De parte del famoso Caballero don Quijote de la Mancha, que desface los tuertos y da de comer al que ha° sed y de beber al que ha hambre. Todo eso está   **tiene**

20 muy bien. Y ¿sabéis su casa, Sancho? Mi amo dice que han de ser unos reales palacios o unos soberbios° alcázares. Y ¿habéisla visto algún día   splendid
por ventura? Ni yo ni mi amo la habemos visto jamás. Y ¿paréceos que fuera acertado y bien hecho que si los del Toboso supiesen que estáis vos aquí con intención de ir a sonsacarles sus princesas y a desasosegarles sus

25 damas, viniesen y os moliesen las costillas a puros palos y no os dejasen hueso sano? En verdad que tendrían mucha razón, cuando no considerasen que soy mandado, y que

> mensajero sois, amigo,
> no merecéis culpa, non.[9]

30 No os fiéis en eso, Sancho, porque la gente manchega es tan colérica como honrada y no consiente cosquillas de nadie.[10] Vive Dios, que si os huele,[11] que os mando° mala ventura. ¡'Oxte, puto!° «¡allá darás, rayo!»[12]   compromise, get out of
No, sino ándeme yo «buscando tres pies al gato» por el gusto ajeno. Y   here!

---

this chapter, and here echos the previous, and grammatical, **los pienso.** Schevill has changed it to **lo.**

    7 **Cuanto me...** *I hope that God will give me better luck in what I desire*

    8 **Como quien...** *that's all* (this is Ormsby's good rendition).

    9 This is from a **romance** where Bernardo del Carpio rejects a message from the king, but doesn't blame the messenger for its contents.

    10 **No consiente...** "will not consent to tickling by anybody" clearly means "will not put up with anything by anybody,"

    11 **Si os...** *if they suspect anything*

    12 **Allí darás rayo [, en casa de Tamayo]** *let the lightning bolt fall on someone else*

más, que así será buscar a Dulcinea por el Toboso «como a Marica por Ravena[13] o al bachiller en Salamanca». El diablo, el diablo me ha metido a mí en esto, que otro no."

Este soliloquio pasó consigo Sancho, y lo que sacó dél fue que volvió a decirse: "Ahora bien, «todas las cosas tienen remedio, si no es la muerte, debajo de cuyo yugo hemos de pasar todos, mal que nos pese,» al acabar de la vida. Este mi amo por mil señales he visto que es 'un loco de atar,°   as mad as a hatter y aun también yo no le quedo en zaga, pues soy más mentecato que él, pues le sigo y le sirvo, si es verdadero el refrán que dice: «dime con quién andas, decirte he quién eres», y el otro de «no con quien naces, sino con   "you eat" quien paces».°" Siendo, pues, loco, como lo es, y de locura que las más veces toma unas cosas por otras y juzga lo blanco por negro y lo negro por blanco, como le pareció cuando dijo que los molinos de viento eran gigantes, y las mulas de los religiosos dromedarios, y las manadas de carneros ejércitos de enemigos, y otras muchas cosas a este tono,° no será   sort muy difícil hacerle creer que una labradora, la primera que me topare por aquí, es la señora Dulcinea, y cuando él no lo crea, juraré yo; y si él jurare, tornaré yo a jurar; y si porfiare, porfiaré yo más, y de manera que tengo de tener la mía siempre sobre el hito,[14] venga lo que viniere. Quizá con esta porfía acabaré con él que no me envíe otra vez a semejantes mensajerías,°   errands viendo cuán mal recado le traigo dellas, o quizá pensará, como yo imagino, que algún mal encantador de estos que él dice que le quieren mal la habrá mudado la figura por hacerle mal y daño."

Con esto que pensó Sancho Panza quedó sosegado su espíritu, y tuvo por bien acabado su negocio, y deteniéndose allí hasta la tarde, por dar lugar a que don Quijote pensase que le° había tenido para ir y volver   **le = lugar** *time* del Toboso. Y sucedióle todo tan bien, que, cuando se levantó para subir en el rucio, vio que del Toboso hacia donde él estaba venían tres labradoras sobre tres pollinos,° o pollinas,° que el autor no lo declara, aunque   young donkeys, fillies más se puede creer que eran borricas, por ser ordinaria caballería de las aldeanas.° Pero como no va mucho en esto,[15] no hay para qué detenernos   village girls en averiguarlo.

En resolución, así como Sancho vio a las labradoras, a paso tirado volvió a buscar a su señor don Quijote, y hallóle suspirando y diciendo mil amorosas lamentaciones. Como don Quijote le vio, le dijo: "¿Qué hay, Sancho amigo? ¿Podré señalar este día con piedra blanca, o con negra?"[16]

---

13 Ravenna is that city in northern Italy, near the Adriatic Sea, south of Venice and east of Bologna. Marica is an affectionate diminutive for María.

14 **Tener la...** *I'll always come out on top*

15 **Como no...** *since this isn't very important*

16 Pliny the Younger, Book VII, Chapter XL, said that the Thracians put a white stone to indicate a good day, or a black stone to indicate a bad one, in an urn. On their death, the stones would be counted and the proportion would reveal how happy their lives had been. From there came the Roman custom of saying that happy days were identified with a white stone and unhappy ones with a black one. This is Gaos' observation.

"Mejor será," respondió Sancho, "que vuesa merced le señale almagre, como rétulos de cátedras,[17] porque le echen bien de ver los que le vieren."[18]

"De ese modo," replicó don Quijote, "buenas nuevas traes."

"Tan buenas," respondió Sancho, "que no tiene más que hacer vuesa merced sino picar a Rocinante y salir ꞌa lo raso° a ver a la señora Dulcinea del Toboso, que con otras dos doncellas suyas, viene a ver a vuesa merced." into open country

"Santo Dios, ¿qué es lo que dices, Sancho amigo?" dijo don Quijote. "Mira no me engañes, ni quieras con falsas alegrías alegrar mis verdaderas tristezas."

"¿Qué sacaría yo de engañar a vuesa merced," respondió Sancho, "y más estando tan cerca de descubrir mi verdad? Pique, señor, y venga, y verá venir a la princesa, nuestra ama, vestida y adornada, en fin, como quien ella es. Sus doncellas y ella todas son una ascua° de oro. Todas mazorcas° de perlas, todas son diamantes, todas rubíes, todas telas de brocado de más de diez altos.[19] Los cabellos sueltos por las espaldas, que son otros tantos rayos del sol, que andan jugando con el viento, y sobre todo vienen a caballo sobre tres cananeas° remendadas,° que no hay más que ver." ember
clusters

Canaanites, spotted

"*Haca*neas,° querrás decir, Sancho." small horses

"Poca diferencia hay," respondió Sancho, "de *cananeas* a *hacaneas*; pero vengan sobre lo que vinieren, ellas vienen las más galanas señoras que se puedan desear, especialmente la princesa Dulcinea, mi señora, que pasma° los sentidos." stuns

"Vamos, Sancho hijo," respondió don Quijote, "y en albricias destas no esperadas como buenas nuevas te mando el mejor despojo que ganare en la primera aventura que tuviere, y si esto no te contenta, te mando las crías° que este año me dieren las tres yeguas mías, que tú sabes que quedan para parir en el prado concejil° de nuestro pueblo." colts
common

"A las crías me atengo," respondió Sancho, "porque de ser buenos los despojos de la primera aventura no está muy cierto."

Ya en esto, salieron de la selva y descubrieron cerca a las tres aldeanas. Tendió don Quijote los ojos por todo el camino del Toboso, y como no vio sino a las tres labradoras, turbóse todo, y preguntó a Sancho si las había dejado fuera de la ciudad.

"¿Cómo fuera de la ciudad?" respondió, "¿por ventura tiene vuesa merced los ojos en el colodrillo, que no vee que son éstas las que aquí vienen, resplandecientes° como el mismo sol a mediodía?" shining

"Yo no veo, Sancho," dijo don Quijote, "sino a tres labradoras sobre tres borricos."

---

17 Successful candidates for *professorships* **cátedras** at universities painted their names on the university walls with *red paint* **almagre.**

18 **Porque le...** *so that everyone will be able to see it well*

19 This type of working of brocaded fabric had a maximum of *three* layers, not more than ten, as Sancho exaggerates.

"Agora me libre Dios del diablo," respondió Sancho, "y ¿es posible
que tres hacaneas, o como se llaman, blancas como el ampo° de la nieve,   whiteness
le parezcan a vuesa merced borricos? ¡Vive el Señor, que me pele estas
barbas si tal fuese verdad!"

5   "Pues yo te digo, Sancho amigo," dijo don Quijote, "que es tan verdad
que son borricos, o borricas, como yo soy don Quijote y tú Sancho Panza.
A lo menos, a mi tales me parecen."

"Calle, señor," dijo Sancho, "no diga la tal palabra, sino despabile°   open
esos ojos y venga a 'hacer reverencia° a la señora de sus pensamientos,   bow
10 que ya llega cerca."

Y diciendo esto, se adelantó a recebir a las tres aldeanas, y apeándose
del rucio, tuvo° del cabestro al jumento de una de las tres labradoras, y   he took
hincando ambas rodillas en el suelo, dijo: "Reina y princesa y duquesa de
la hermosura, vuestra altivez y grandeza sea servida de recebir en su gra-
15 cia y buen talente° al cautivo caballero vuestro, que allí está hecho piedra   **talante**
mármol, todo turbado y 'sin pulsos° de verse ante vuestra magnífica pre-   without a pulse
sencia. Yo soy Sancho Panza su escudero, y él es el asendereado caballero
don Quijote de la Mancha, llamado por otro nombre el Caballero de la
Triste Figura."

20 A esta sazón ya se había puesto don Quijote de hinojos junto a Sancho, y miraba con ojos desencajados° y vista turbada a la que Sancho lla-   wild
maba reina y señora, y como no descubría en ella sino una moza aldeana
y no de muy buen rostro, porque era carirredonda° y chata, estaba suspen-   round-faced
so²⁰ y admirado, sin osar desplegar° los labios. Las labradoras estaban asi-   open
25 mismo atónitas, viendo aquellos dos hombres tan diferentes hincados de
rodillas, que no dejaban pasar adelante a su compañera. Pero rompiendo
el silencio la detenida, toda desgraciada° y mohina, dijo: "Apártense nora   surly
en tal del camino,²¹ y déjenmos²² pasar. Que vamos de priesa."

A lo que respondió Sancho: "¡Oh princesa y señora universal del
30 Toboso! ¿Cómo vuestro magnánimo corazón no se enternece viendo
arrodillado ante vuestra sublimada presencia a la 'coluna y sustento° de la   pillar and support
andante caballería?"

Oyendo lo cual otra de las dos, dijo: "Mas «¡jo, que te estrego, burra
de mi suegro!»²³ Mirad con qué se vienen los señoritos° ahora a hacer   young gentlemen
35 burla de las aldeanas, como si aquí no supiésemos echar pullas° como   rude remarks
ellos. Vayan su camino e déjenmos hacer el nueso, y serles ha sano."²⁴

---

20 That is, *Don Quijote* estaba suspenso.

21 **Apártense...** *get the devil out of our way.* **Nora en tal** is a rusticism for
enhoramala.

22 **Déjen*m*os (= déjennos)** is a rusticism heard even today, -mos reflecting
erroneously the **nosotros** verb ending.

23 **¡Jo, que...** This proverb indicates impatience. **Estregar** means *to scratch.*
¡Jo¡ means *whoa!*

24 **Serles ha...** *you'll be better off.* You recall this ancient future tense, where
forms of **haber** follow the infinitive. As such, the pronoun can still be attached
to the infinitive. "Dulcinea" uses this construction again in l. 14 on the next page.

Pero rompiendo el silencio la detenida, toda desgraciada y mohina dijo:
"Apártense nora en tal del camino, y déjenmos pasar. Que vamos de priesa."

"Levántate, Sancho," dijo a eſte punto don Quijote, "que ya veo que «la Fortuna, de mi mal no harta»,[25] tiene tomados los caminos todos por donde pueda venir algún contento a eſta ánima mezquina° que tengo en las carnes. Y tú, ¡oh eſtremo del valor que puede desearse, término de la humana gentileza, único remedio deſte afligido corazón que te adora! Ya que el maligno° encantador me persigue y ha pueſto nubes y cataratas en mis ojos, y para sólo ellos° y no para otros ha mudado y transformado tu sin igual hermosura y roſtro en el de una labradora pobre, si ya también el mío no le ha cambiado[26] en el de algún veſtiglo para hacerle aborrecible° a tus ojos, no dejes de mirarme blanda y amorosamente,[27] echando de ver en eſta sumisión y arrodillamiento que a tu contrahecha hermosura hago la humildad con que mi alma te adora."[28]

  "¡Tomá que mi agüelo!"[29] respondió la aldeana, "amiguita soy yo de oír resquebrajos.[30] Apártense y déjenmos ir y agradecérselo hemos."

  Apartóse Sancho y dejóla ir, contentísimo de haber salido bien de su enredo.°

  Apenas se vio libre la aldeana que había hecho la figura de[31] Dulcinea, cuando, picando a su «cananea» con un aguijón° que en un palo traía, dio a correr por el prado adelante.[32] Y como la borrica sentía la punta del aguijón que le fatigaba más de lo ordinario, comenzó a dar corcovos,° de manera que dio con la señora Dulcinea en tierra, lo cual viſto por don Quijote, acudió a levantarla, y Sancho a componer y cinchar° el albarda, que también vino a la barriga de la pollina. Acomodada, pues, la albarda, y quiriendo don Quijote levantar a su encantada señora en los brazos sobre la jumenta, la señora, levantándose del suelo, le quitó° de aquel trabajo, porque haciéndose algún tanto atrás,[33] tomó una corridica,° y pueſtas ambas manos sobre las ancas de la pollina, dio con su cuerpo más ligero que un halcón° sobre la albarda, y quedó a horcajadas, como si fuera hombre. Y entonces dijo Sancho: "Vive Roque, que es la señora nueſtra ama más ligera que un acotán[34] y que puede enseñar a 'subir a la jineta° al más 'dieſtro cordobés° o mexicano. El arzón trasero de la silla pasó de un salto,[35] y sin espuelas hace correr la hacanea como una cebra, y no le van en zaga

	wretched
	perverse
	i.e., *my eyes*
	loathsome
	deception
	spike
	bucks
	to tighten
	relieved
	little run
	falcon
	mount a horse
	skillful Cordovan

  25 **La Fortuna, de mi mal no harta** comes direćtly from a verse of Garcilaso's *Égloga tercera*, l. 17.
  26 **Si ya...** *unless he has also changed mine*
  27 **No dejes...** *don't refuse to look at me tenderly and lovingly*
  28 More underſtandable this way: **Echando de ver en eſta sumisión... que hago la humildad a tu... hermosura con que mi alma te adora.**
  29 **"¡Tomá que...** *tell it to my grandfather!*
  30 **Resquebrajos** are *cracks.* She means **requiebros** *flattery.*
  31 **Había hecho...** *had played the part of*
  32 **Dio a...** *she ſtarted to run across the meadow*
  33 **Haciéndose algún...** *moving back a bit*
  34 The **a***l***cotán** is a bird of prey similar to the falcon. Sancho's form, without -l-, is a very subſtandard way of saying it.
  35 **El arzón...** *she went over the high back of the saddle in one jump*

sus doncellas, que todas corren como el viento."

Y así era la verdad, porque en viéndose a caballo Dulcinea, todas picaron tras ella y 'dispararon a correr,° sin volver la cabeza atrás por espacio de más de media legua. Siguiólas don Quijote con la vista, y cuando vio que no parecían, volviéndose a Sancho, le dijo: "¿Sancho, qué te parece cuán 'mal quisto° soy de encantadores? Y mira hasta dónde se estiende su malicia y la ojeriza que me tienen, pues me han querido privar° del contento que pudiera darme ver en su ser° a mi señora. En efecto, yo nací para ejemplo de desdichados y para ser 'blanco y terrero° donde 'tomen la mira y asiesten° las flechas de la mala fortuna. Y has también de advertir, Sancho, que no se contentaron estos traidores de haber vuelto° y transformado a mi Dulcinea, sino que la transformaron y volvieron en una figura tan baja y tan fea como la de aquella aldeana, y juntamente le quitaron lo que es tan suyo de³⁶ las principales señoras, que es el buen olor, por andar siempre entre ámbares y entre flores. Porque te hago saber, Sancho, que cuando llegué a subir° a Dulcinea sobre su hacanea, según tú dices, que a mí me pareció borrica, me dio un olor de 'ajos crudos,° que me encalabrinó y atosigó el alma."³⁷

"¡Oh canalla!" gritó a esta sazón Sancho, "¡oh encantadores aciagos° y mal intencionados, y quién° os viera a todos ensartados por las agallas° como sardinas en lercha!³⁸ Mucho sabéis, mucho podéis y mucho más hacéis. Bastaros debiera, bellacos, haber mudado las perlas de los ojos de mi señora en agallas³⁹ alcornoques y sus cabellos de oro purísimo en cerdas° de cola de buey bermejo,° y finalmente todas sus faciones de buenas en malas, sin que le tocárades en el olor, que por él siquiera sacáramos lo que estaba encubierto debajo de aquella fea corteza,⁴⁰ aunque, para decir verdad, nunca yo vi su fealdad,° sino su hermosura, a la cual subía de punto y quilates un lunar⁴¹ que tenía sobre el labio derecho a manera de bigote, con siete o ocho cabellos rubios como hebras de oro y largos de más de un palmo."

"A ese lunar," dijo don Quijote, "según la correspondencia que tienen entre sí los del rostro con los del cuerpo, ha de tener otro Dulcinea en la tabla° del muslo que corresponde al lado donde tiene el del rostro. Pero muy luengos para lunares son pelos de la grandeza que has significado."

"Pues yo sé decir a vuestra merced," respondió Sancho, "que le parecían allí 'como nacidos.°"

Right margin glosses:

shot off running

hated

to deprive, proper form
bull's eye
they aim
changed

help up
raw garlic

ill-fated
if I only could, gills

bristles, red

ugliness

side

"as plain as day"

---

36 **Lo que...** *what belongs to*

37 **Me encalabrinó...** *which made me choke and poisoned my soul*

38 A **lercha** is a stick on which fish are strung up. This is the only known example of this word according to Corominas' etymological dictionary.

39 Sancho just used **agalla** in the meaning of *fish gill*. Here, it means *gall*, which is an abnormal growth of plant tissue owing to infection by bacteria, fungi, insects or mites. So he is referring to abnormal growths on cork trees.

40 **Sin que...** *not to mention her smell, because by it alone* [i.e., if it were good] *we would see what was hidden by that ugly bark*

41 **A la...** *which was enhanced by a mole*

"Yo lo creo, amigo," replicó don Quijote, "porque ninguna cosa puso la naturaleza en Dulcinea que no fuese perfecta y bien acabada, y así, si tuviera cien lunares como el que dices, en ella no fueran lunares, sino lunas y estrellas resplandecientes. Pero dime, Sancho, ¿aquella que a mí me pareció albarda que tú aderezaste, era silla rasa, o sillón?"[42]

"No era," respondió Sancho, "sino silla a la jineta,[43] con una cubierta[44] de campo que vale la mitad de un reino, según es de rica."

"¡Y que no viese yo todo eso, Sancho!" dijo don Quijote, "ahora torno a decir, y diré mil veces, que soy el más desdichado de los hombres."

Harto tenía que hacer el socarrón de Sancho en disimular la risa, oyendo las sandeces de su amo, tan delicadamente° engañado. Finalmen-te, después de otras muchas razones que entre los dos pasaron, volvieron a subir en sus bestias y siguieron el camino de Zaragoza, adonde pensaban llegar a tiempo que pudiesen hallarse en unas solenes fiestas que en aque-lla insigne ciudad cada año suelen hacerse. Pero antes que allá llegasen les sucedieron cosas, que por muchas, grandes y nuevas, merecen ser escritas y leídas, como se verá adelante.

exquisitely

Capítulo XI. *De la estraña aventura que le sucedió al valero-so don Quijote con el carro o carreta° de* Las Cortes° *de la* Muerte.

cart, parliament

PENSATIVO A DEMÁS IBA don Quijote por su camino adelante, con-siderando la mala burla que le habían hecho los encantadores, vol-viendo a su señora Dulcinea en la mala figura de la aldeana, y no imaginaba qué remedio tendría para volverla a su ser primero, y estos pensamientos le llevaban tan fuera de sí, que, sin sentirlo,° soltó las rien-das a Rocinante, el cual, sintiendo la libertad que se le daba, a cada paso se detenía a pacer la verde hierba° de que aquellos campos abundaban; de su embelesamiento le volvió Sancho Panza,[1] diciéndole: "Señor, las tristezas no se hicieron para las bestias, sino para los hombres, pero si los hombres las sienten demasiado se vuelven bestias. Vuestra merced 'se reporte° y vuelva en sí y coja las riendas a Rocinante, y avive y despierte, y muestre[2] aquella gallardía° que conviene que tengan los caballeros an-dantes. ¿Qué diablos es esto? ¿Qué descaecimiento° es éste? «¿Estamos

being aware

grass

perk up
gallantry
low spirits

---

42 **Silla rasa...** *plain saddle or a side saddle*

43 A **silla a la jineta** is a saddle with high pommels and short stirrups.

44 The **cubierta** *sumpter cloth* placed under the saddle. These could be made of silk and wool, elaborately decorated with embroidery, as this one *seemingly* was.

1 **De su...** *Sancho Panza roused him from his reverie*

2 These six verbs are all indirect commands: **se reporte, vuelva en sí, coja, avive, despierte, muestre. Avive** and **despierte** recall the first verses of Jorge Manrique's *Coplas*: "Recuerde al alma dormida, avive el seso y despierte contemplando..."

aquí o en Francia?»³ Mas que se lleve Satanás a cuantas Dulcineas hay en el mundo, pues vale más la salud de un solo caballero andante que todos los encantos y transformaciones de la tierra."

"Calla, Sancho," respondió don Quijote con voz no muy desmayada, "calla, digo, y no digas blasfemias contra aquella encantada señora—que de su desgracia y desventura yo solo tengo la culpa. De la invidia que me tienen los malos ha nacido su mala andanza."

"Así lo digo yo," respondió Sancho, "«quien la vido y la vee ahora, ¿cuál es el corazón que no llora?»"⁴

"Eso puedes tú decir bien, Sancho," replicó don Quijote, "pues la viſte en la entereza cabal de su hermosura;⁵ que el encanto no se eſtendió a turbarte la viſta ni a encubrirte su belleza. Contra mí solo y contra mis ojos 'se endereza° la fuerza de su veneno.° Mas con todo eſto he caído, *is aimed, venom* Sancho, en una cosa, y es que me pintaſte mal su hermosura, porque, si mal no me acuerdo, dijiſte que tenía los ojos de perlas, y los ojos que parecen de perlas, antes son de besugo° que de dama, y a lo que yo creo, *sea bream* los de Dulcinea deben ser de verdes esmeraldas, rasgados,° con dos ce- *almond-shaped* leſtiales arcos° que les sirven de cejas. Y esas perlas quítalas de los ojos y *rainbows* pásalas a los dientes, que sin duda te trocaſte, Sancho, tomando los ojos por los dientes."

"Todo puede ser," respondió Sancho, "porque también me turbó a mí su hermosura como a vuesa merced su fealdad. Pero encomendémoslo todo a Dios, que Él es el sabidor de las cosas que han de suceder en eſte «valle de lágrimas», en eſte mal mundo que tenemos, donde apenas se halla cosa que eſté sin mezcla de maldad, embuſte y bellaquería. De una cosa me pesa, señor mío, más que de otras, que es pensar qué medio se ha de tener cuando vuesa merced venza a algún gigante o otro caballero, y le mande que se vaya a presentar ante la hermosura de la señora Dulcinea, ¿adónde la ha de hallar eſte pobre gigante o eſte pobre y mísero caballero vencido? Paréceme que los veo andar por el Toboso hechos° unos bausa- *rendered* nes° buscando a mi señora Dulcinea, y aunque la encuentren en mitad de *idiots* la calle, no la conocerán más que a mi padre."

"Quizá, Sancho," respondió don Quijote, "no se eſtenderá el encan- tamento a quitar el conocimiento° de Dulcinea a los vencidos y presenta- *recognizing* dos gigantes y caballeros, y en uno o dos de los primeros que yo venza y le envíe haremos la experiencia, si la ven o no, mandándoles que vuelvan a darme relación de lo que acerca deſto les hubiere sucedido."

"Digo, señor," replicó Sancho, "que me ha parecido bien lo que vuesa merced ha dicho, y que con ese artificio vendremos en conocimiento de lo que deseamos, y si es que ella a sólo vuesa merced se encubre, la des-

---

3 **¿Eſtamos aquí…** *let's hold onto reality*

4 **Quien la vido y la vee ahora, ¿cuál es el corazón que no llora?** This is an old proverb, thus the old form **vido** for **vio**. Sancho adapts the usual form, **Quien te vido y te vee ahora…** to his purposes.

5 **Entereza cabal…** *wholeness of her beauty*

gracia más será de vuesa merced que suya.° Pero como la señora Dulcinea   hers
tenga salud y contento, nosotros por acá 'nos avendremos° y lo pasare-   we will adapt
mos lo mejor que pudiéremos, buscando nuestras aventuras, y dejando al
tiempo que haga de las suyas;[6] que él° es el mejor médico destas y de otras   el *tiempo*
5   mayores enfermedades."
    Responder quería don Quijote a Sancho Panza; pero estorbóselo
una carreta que salió al través del camino,[7] cargada de los más diversos
y estraños personajes y figuras que pudieron imaginarse. El que guiaba
las mulas y servía de carretero era un feo demonio. Venía la carreta des-
10 cubierta° al cielo abierto, sin toldo° ni zarzo.° La primera figura que se   open, canopy support
ofreció a los ojos de don Quijote, fue la de la misma Muerte, con rostro
humano; junto a ella venía un ángel con unas grandes y pintadas alas. A
un lado estaba un emperador con una corona, al parecer de oro, en la
cabeza. A los pies de la Muerte estaba el dios que llaman Cupido,[8] sin
15 venda° en los ojos, pero con su arco, carcaj° y saetas. Venía también un   blindfold, quiver
caballero armado 'de punta en blanco,° excepto que no traía morrión, ni   from head to foot
celada, sino un sombrero lleno de plumas de diversas colores. Con éstas
venían otras personas de diferentes trajes y rostros. Todo lo cual visto de
improviso en alguna manera alborotó a don Quijote, y puso miedo en el
20 corazón de Sancho. Mas luego se alegró don Quijote, creyendo que se
le ofrecía alguna nueva y peligrosa aventura, y con este pensamiento, y
con ánimo dispuesto de acometer cualquier peligro, se puso delante de la
carreta, y, con voz alta y amenazadora, dijo: "Carretero, cochero,° o diablo,   cart driver
o lo que eres, no tardes en decirme quién eres, a dó vas y quién es la gente
25 que llevas en tu carrioche,° que más parece la barca de Carón[9] que carreta   wagon
de las que se usan."
    A lo cual mansamente,° deteniendo el diablo la carreta, respondió,   meekly
"Señor, nosotros somos recitantes° de la compañía de Angulo el Malo;[10]   actors
hemos hecho en un lugar que está detrás de aquella loma, esta mañana,
30 que es la octava del Corpus,[11] el auto de *Las Cortes de la Muerte*, y hémosle de hacer esta tarde en aquel lugar que desde aquí se parece, y por estar
tan cerca, y escusar el trabajo de desnudarnos y volvernos a vestir, nos

---

    6 **Que haga...** *let time run its course*
    7 **Salió al...** *crossed the road*
    8 Cupid was the son of Mars and Venus (but maybe Mercury and Diana or
Mercury and Venus), the winged and traditionally blindfolded god of love, the
Roman equivalent of Eros.
    9 Charon was the ferryman who transported the dead across the River Styx
into hell.
    10 There was such a theater manager, as Clemencín well explains on p. 1570
of his edition, who would have been 76 years old in 1615.
    11 Corpus Christi celebrates the real presence of the body of Jesus in holy
communion. It takes place on the Thursday following the first Sunday after Pentecost, or Whitsunday, which is itself fifty days after Easter. Typically it is in June
or July. As part of the celebration, **autos sacramentales** were performed, such as
this one.

vamos veſtidos con los mesmos veſtidos que representamos. Aquel mancebo va de Muerte, el otro de Ángel. Aquella mujer, que es la del autor,
va de Reina, el otro de Soldado, aquel de Emperador, y yo de Demonio, y
soy una de las principales figuras del auto, porque hago en eſta compañía
los primeros papeles.° Si otra cosa vueſtra merced desea saber de noso-   roles
tros, pregúntemelo, que yo le sabré responder con toda puntualidad; que
como soy demonio, todo se me alcanza."

"Por la fe de caballero andante," respondió don Quijote, "que así
como vi eſte carro imaginé que alguna grande aventura se me ofrecía, y
ahora digo que es meneſter tocar las apariencias con la mano para dar
lugar al desengaño. Andad con Dios, buena gente, y haced vueſtra fieſta.
Y mirad si mandáis algo en que pueda° seros de provecho, que lo haré con   *yo* **pueda**
buen ánimo y buen talante, porque desde mochacho fui aficionado a la
carátula,° y en mi mocedad se me iban los ojos tras la farándula."[12]   theater mask

Eſtando en eſtas pláticas quiso la suerte que llegase uno de la com-
pañía, que venía veſtido de bojiganga,° con muchos cascabeles,° y en la   jeſter, jingle bells
punta de un palo traía tres vejigas° de vaca hinchadas;° el cual moharra-   bladders, inflated
cho,° llegándose a don Quijote, comenzó a esgrimir° el palo y a sacudir°   clown, to brandish, to
el suelo con las vejigas y a dar grandes saltos,° sonando los cascabeles,   beat; leaps
cuya mala visión así alborotó° a Rocinante, que, sin ser poderoso a de-   excited
tenerle don Quijote, tomando el freno entre los dientes, dio a correr
por el campo con más ligereza que jamás prometieron los huesos de su
notomía.° Sancho, que consideró el peligro en que iba[13] su amo de ser   skeleton
derribado,° saltó del rucio, y a toda priesa fue a valerle.° Pero cuando a   thrown, rescue him
él llegó, ya eſtaba en tierra, y junto a él Rocinante, que con su amo vino
al suelo, ordinario fin y paradero de las lozanías° de Rocinante y de sus   luſtiness
atrevimientos.°[14]   daring acts

Mas apenas hubo dejado su caballería Sancho por acudir a don
Quijote, cuando el demonio bailador de las vejigas saltó sobre el rucio, y,
sacudiéndole con ellas, el miedo y ruido, más que el dolor de los golpes,
le hizo volar por la campaña hacia el lugar donde iban a hacer la fieſta.
Miraba Sancho la carrera de su rucio y la caída de su amo, y no sabía a
cuál de las dos necesidades acudiría primero. Pero, en efecto, como buen
escudero y como buen criado, pudo más con él el amor de su señor que el
cariño de su jumento, pueſto que cada vez que veía levantar las vejigas en
el aire y caer sobre las ancas de su rucio, eran para él tártagos° y suſtos de   anguish
muerte, y antes quisiera que aquellos golpes se los dieran a él en las 'niñas
de los ojos° que en el más mínimo pelo de la cola de su asno. Con eſta   eyeballs
perpleja° tribulación llegó donde eſtaba don Quijote, harto más maltre-   perplexing
cho de lo que él quisiera, y, ayudándole a subir sobre Rocinante, le dijo:
"Señor, el Diablo se ha llevado al rucio."

---

12 **Se me…** *I thought I'd like to be an actor.* **Farándula** *acting profession.*
13 The firſt edition juſt has **…en iba…**
14 Gaos says the **atrevimientos** are Don Quijote's.

"¿Qué diablo?" preguntó don Quijote.

"El de las vejigas," respondió Sancho.

"Pues yo le cobraré," replicó don Quijote, "si bien se encerrase con él en los más hondos y escuros calabozos° del infierno. Sígueme, Sancho, 5 que la carreta va despacio, y con las mulas della satisfaré la pérdida del rucio." jail cells

"No hay para qué hacer esa diligencia, señor," respondió Sancho, "vueſtra merced temple su cólera, que, según me parece, ya el Diablo ha dejado el rucio, y vuelve a la querencia."

10 Y así era la verdad, porque habiendo caído el Diablo con el rucio, por imitar a don Quijote y a Rocinante, el Diablo se fue a pie al pueblo, y el jumento se volvió a su amo.

"Con todo eso," dijo don Quijote, "será bien caſtigar el descomedimiento° de aquel demonio en alguno de los de la carreta, aunque sea el 15 mesmo Emperador." rudeness

"Quítesele a vueſtra merced eso de la imaginación," replicó Sancho, "y tome mi consejo, que es que nunca 'se tome con farsantes,° que es gente favorecida. Recitante he viſto yo eſtar preso° por dos muertes y salir libre y sin coſtas. Sepa vuesa merced que, como son gentes alegres y de placer, 20 todos los favorecen, todos los amparan, ayudan y eſtiman, y más siendo de aquellos de las compañías reales y de título,°15 que todos, o los más, en sus trajes y compoſtura° parecen unos príncipes." take on aĉtors
arreſted

royal patent
demeanor

"Pues con todo," respondió don Quijote, "no se me ha de ir el demonio farsante alabando,16 aunque le favorezca todo el género humano."

25 Y diciendo eſto, volvió a la carreta, que ya eſtaba bien cerca del pueblo. Iba dando voces, diciendo: "Deteneos, esperad, turba alegre y regocijada, que os quiero dar a entender cómo se han de tratar los jumentos y alimañas que sirven de caballería a los escuderos de los caballeros andantes."

30 Tan altos eran los gritos de don Quijote, que los oyeron y entendieron los de la carreta, y, juzgando por las palabras la intención del que las decía, en un inſtante saltó la Muerte de la carreta, y tras ella, el Emperador, el Diablo carretero y el Ángel, sin quedarse la Reina ni el dios Cupido, y todos se cargaron de piedras y se pusieron en ala,17 esperando 35 recebir a don Quijote en las puntas° de sus guijarros. Don Quijote que los vio pueſtos en tan gallardo escuadrón, los brazos levantados 'con ademán° de despedir° poderosamente las piedras, detuvo las riendas de Rocinante y púsose a pensar de qué modo los acometería con menos peligro de su persona. En eſto que se detuvo, llegó Sancho, y viéndole 'en talle de° aco-40 meter al bien formado escuadrón, le dijo: "Asaz de locura sería intentar tal empresa; considere vuesa merced, señor mío, que para 'sopa de arroyo° sharp edges
with the intention
throwing

ready to

ſtones

---

15 That is, the crown granted only a certain number of official charters to aĉting troupes.

16 **No se...** *the devil aĉtor is not going to go away boaſting*

17 That is, they assembled in a line.

y tente bonete,[18] no hay arma defensiva en el mundo, sino es 'embutirse y encerrarse° en una campana de bronce, y también se ha de considerar que es más temeridad que valentía acometer un hombre solo a un ejército donde está la Muerte y pelean en persona emperadores, y a quien ayudan los buenos y los malos ángeles. Y si esta consideración no le mueve a estarse quedo, muévale saber de cierto que entre todos los que allí están, aunque parecen reyes, príncipes y emperadores, no hay ningún caballero andante."   *to hide*

"Ahora sí," dijo don Quijote, "has dado, Sancho, en el punto que puede y debe mudarme de mi ya determinado intento. Yo no puedo ni debo sacar la espada, como otras veces muchas te he dicho, contra quien no fuere armado caballero. A ti, Sancho, toca, si quieres tomar la venganza del agravio que a tu rucio se le ha hecho, que yo desde aquí te ayudaré con voces y 'advertimientos saludables.°"   *sound advice*

"No hay para qué, señor," respondió Sancho, "tomar venganza de nadie, pues no es de buenos cristianos tomarla de los agravios, cuanto más que yo acabaré con mi asno[19] que ponga su ofensa en las manos de mi voluntad, la cual es de vivir pacíficamente los días que los cielos me dieren de vida."

"Pues ésa es tu determinación," replicó don Quijote, "Sancho bueno, Sancho discreto, Sancho cristiano y Sancho sincero, dejemos estas fantasmas y volvamos a buscar mejores y 'más calificadas° aventuras. Que yo veo esta tierra 'de talle° que no han de faltar en ella muchas y muy milagrosas."   *worthier* / *in such a way*

Volvió las riendas luego, Sancho fue a tomar su rucio, la Muerte con todo su 'escuadrón volante° volvieron a su carreta y prosiguieron su viaje, y este felice fin tuvo la temerosa aventura de la carreta de la Muerte, gracias sean dadas al saludable consejo que Sancho Panza dio a su amo, al cual el día siguiente le sucedió otra con un enamorado y andante caballero, de no menos suspensión que la pasada.   *renegade troops*

---

18 **Tente bonete**—there is a lot of discussion about this phrase, but it seems to mean "be careful about your hat" (that they don't knock it off with their stones).

19 **Yo acabaré…** *I'll arrange with my donkey*

Capítulo XII. De la estraña aventura que le sucedió al valeroso don Quijote con el bravo Caballero de los Espejos.

L A NOCHE QUE SIGUIÓ al día del rencuentro° de la Muerte la pasaron don Quijote y su escudero debajo de unos altos y sombrosos°
árboles, habiendo, a persuasión de Sancho, comido don Quijote
de lo que venía en el repuesto del rucio, y entre° la cena dijo Sancho a
su señor, "Señor, qué tonto hubiera andado yo, si hubiera escogido en
albricias los despojos de la primera aventura que vuestra merced acabara,
antes que las crías de las tres yeguas. En efecto en efecto, «más vale pájaro
en mano que buitre volando.»"

"Todavía," respondió don Quijote, "si tú, Sancho, me dejaras acometer, como yo quería, te hubieran cabido en despojos, por lo menos, la
corona de oro de la Emperatriz y las pintadas alas de Cupido, que yo se
las quitara 'al redropelo° y te las pusiera en las manos."

"Nunca los cetros y coronas de los emperadores farsantes," respondió
Sancho Panza, "fueron de oro puro, sino de oropel° o 'hoja de lata.°"

"Sí, es verdad," replicó Don Quijote, "porque no fuera acertado que
los atavíos° de la comedia fueran finos, sino fingidos y aparentes° como lo
es la mesma comedia, con la cual quiero, Sancho, que 'estés bien,° teniéndola en tu gracia,° y por el mismo consiguiente a los que las representan y
a los que las componen, porque todos son instrumentos de hacer un gran
bien a la república, poniéndonos un espejo a cada paso delante, donde
se veen al vivo las acciones de la vida humana, y ninguna comparación
hay que más al vivo nos represente lo que somos y lo que habemos de
ser como la comedia y los comediantes. Si no, dime, ¿no has visto tú
representar alguna comedia adonde se introducen reyes, emperadores y
pontífices, caballeros, damas y otros diversos personajes? Uno hace el rufián, otro el embustero, éste el mercader, aquél el soldado, otro el simple
discreto, otro el enamorado simple. Y acabada la comedia, y desnudándose de los vestidos della, quedan todos los recitantes iguales."

"Sí, he visto," respondió Sancho.

"Pues lo mesmo," dijo don Quijote, "acontece en la comedia y trato
deste mundo, donde unos hacen los emperadores, otros los pontífices, y
finalmente, todas cuantas figuras se pueden introducir en una comedia.
Pero, en llegando al fin, que es cuando se acaba la vida, a todos les quita la
muerte las ropas que los diferenciaban, y quedan iguales en la sepultura."

"Brava° comparación," dijo Sancho, "aunque no tan nueva que yo no
la haya oído muchas y diversas veces, como aquella del juego de ajedrez,
que mientras dura el juego, cada pieza tiene su particular oficio, y en acabándose el juego, todas se mezclan, juntan y barajan,° y dan con ellas en
una bolsa, que es como dar con la vida en la sepultura."

"Cada día, Sancho," dijo don Quijote, "te vas haciendo menos simple
y más discreto."

"Sí, que algo se me ha de pegar° de la discreción de vuestra merced,"
respondió Sancho, "que las tierras que 'de suyo° son estériles° y secas, es-

tercolándolas° y cultivándolas, vienen a dar buenos frutos. Quiero decir   spreading manure on
que la conversación de vuestra merced ha sido el estiércol que sobre la   them
estéril tierra de mi seco ingenio ha caído. La cultivación, el tiempo que
ha que le sirvo y comunico, y con esto espero de dar frutos de mí que
sean de bendición, tales, que no desdigan° ni deslicen° de los senderos de   not unworthy, slide
la buena crianza° que vuesa merced ha hecho en el agostado° entendi-   breeding, withered
miento mío."

    Riose don Quijote de las afectadas razones de Sancho, y parecióle
ser verdad lo que decía de su emienda,° porque de cuando en cuando   improvement
hablaba de manera que le admiraba, puesto que todas o las más veces
que Sancho quería hablar 'de oposición,° y 'a lo cortesano,° acababa su   in a learned way, in a
razón con despeñarse del monte de su simplicidad al profundo de su   courtly way
ignorancia,[1] y en lo que él se mostraba más elegante y memorioso° era en   with greatest memory
traer refranes, viniesen o no viniesen a pelo de lo que trataba, como se
habrá visto y se habrá notado en el discurso desta historia.

    En estas y en otras pláticas se les pasó gran parte de la noche, y a
Sancho le vino en voluntad de dejar caer las compuertas° de los ojos,   floodgates
como él decía cuando quería dormir, y desaliñando[2] al rucio, le dio pasto
abundoso y libre.[3] No quitó la silla a Rocinante por ser expreso mandamiento de su señor que en el tiempo que anduviesen en campaña, o no
durmiesen debajo de techado, no desaliñase[4] a Rocinante, antigua usanza
establecida° y guardada de los andantes caballeros: quitar el freno y col-   established
garle del arzón de la silla. Pero ¿quitar la silla al caballo? ¡Guarda!° Y así   beware!
lo hizo Sancho, y le dio la misma libertad que al rucio, cuya amistad dél y
de Rocinante fue tan única y tan trabada, que hay fama, por tradición de
padres a hijos, que el autor desta verdadera historia hizo particulares capítulos della, mas que, por guardar la decencia y decoro que a tan heroica
historia se debe, no los puso en ella, puesto que algunas veces se descuida
deste su prosupuesto,° y escribe que así como las dos bestias se juntaban,   resolve
acudían a 'rascarse el uno al otro,° y que, después de cansados y satisfe-   to scratch one another
chos, cruzaba Rocinante el pescuezo° sobre el cuello del rucio, que le so-   neck
braba de la otra parte más de media vara, y mirando los dos atentamente
al suelo, se solían estar de aquella manera tres días, a lo menos, todo el
tiempo que les dejaban o no les compelía la hambre a buscar sustento.

    Digo que dicen que dejó el autor escrito que los había comparado
en la amistad a la que tuvieron Niso y Eurialo, y Pílades y Orestes,[5] y si
esto es así, se podía echar de ver, para universal admiración, cuán firme

---

  1 **Acbaba su...** *his speech wound up by tumbling from the mountain of his
simplicity to the depths of his ignorance*

  2 **Desaliñando** *having taken off the packsaddle*

  3 **Le dio...** *he gave him abundant and free grazing*

  4 **No desaliñase...** *not to take the saddle off*

  5 These are two pairs of male friends from mythology. Nisus and Euryalus
have already been mentioned in Part I, Chapter 47, p. 427, n. 29. Both were companions of Æneas, and both were killed together while raiding a Roman camp.
Pylades and Orestes were boyhood friends. Pylades married Electra, Orestes' sister.

debió ser la amiſtad deſtos dos pacíficos animales, y para confusión° de   shame
los hombres, que tan mal saben guardarse amiſtad los unos a los otros.
Por eſto se dijo,

> No hay amigo para amigo,
> las cañas se vuelven lanzas...[6]

y el otro que cantó,

> De amigo a amigo la chinche, &c.[7]

Y no le parezca a alguno que anduvo el autor algo fuera de camino
en haber comparado la amiſtad deſtos animales a la de los hombres. Que
de las beſtias han recebido muchos advertimientos° los hombres y apren-   lessons
dido muchas cosas de importancia, como son: de las cigüeñas,° el criſtel;°[8]   ſtorks, enema
de los perros, el vómito y el agradecimiento;° de las grullas,° la vigilancia;   gratitude, cranes
de las hormigas,° la providencia;° de los elefantes, la honeſtidad; y la   ants, foresight
lealtad del caballo. Finalmente, Sancho se quedó dormido al pie de un
alcornoque, y don Quijote, dormitando° al de una robuſta encina.   dozing

Pero poco espacio de tiempo había pasado cuando le despertó un
ruido que sintió a sus espaldas, y levantándose con sobresalto, 'se puso a°   he began to, came
mirar y a escuchar de dónde el ruido procedía,° y vio que eran dos hom-   from; lower himself
bres a caballo, y que el uno, dejándose derribar° de la silla, dijo al otro:
"Apéate, amigo, y quita los frenos a los caballos, que a mi parecer, eſte sitio
abunda de yerba para ellos y del silencio y soledad que han meneſter mis
amorosos pensamientos."

El decir eſto y el tenderse en el suelo todo fue a un mesmo tiempo,
y al arrojarse hicieron ruido las armas de que venía armado, manifieſta
señal por donde conoció don Quijote que debía de ser caballero andante,
y llegándose a Sancho, que dormía, le trabó del brazo, y con no pequeño
trabajo 'le volvió en su acuerdo,° y con voz baja le dijo: "Hermano Sancho,   roused him
aventura tenemos."

"Dios nos la dé buena," respondió Sancho, "y ¿adónde eſtá, señor mío,
su merced de esa señora aventura?"

"¿Adónde, Sancho?" replicó don Quijote, "vuelve los ojos y mira, y
verás allí tendido un andante caballero, que, a lo que a mí se me trasluce,
no debe de eſtar demasiadamente alegre, porque le vi arrojar del caballo

---

6 Bowle pointed out that this came from a **romance** in *Ĺas guerras civiles de Granada*. The **cañas** were lances without metal tips.

7 **La chinche en el ojo** seems to refleƈt the same meaning as the former quote. If you want a bug in the other person's eye, you're not much of a friend. There are several interpretations of this line.

8 All of these traits about animals come from Pliny, except that the refer- ence to the ſtork here is the Egyptian Ibis in Pliny (*Ŋatural Hiſtory*, Book 8, Chapter 27). You can read there how this auto-enema is adminſtered. Clemencín gives all the references on p. 1578 of his edition.

y tenderse en el suelo con algunas mueſtras de despecho, y al caer le
crujieron° las armas."   clanked

"Pues ¿en qué halla vuesa merced," dijo Sancho, "que éſta sea aventura?"

5   "No quiero yo decir," respondió don Quijote, "que esta sea aventura
del todo, sino principio della—'que por aquí° se comienzan las aventuras.   in this way
Pero escucha, que a lo que parece, templando eſtá un laúd° o vigüela,⁹ y   lute
según escupe° y se 'desembaraza el pecho,° debe de prepararse para cantar   spits, clears his throat
algo."

10   "A buena fe que es así," respondió Sancho, "y que debe de ser caballero enamorado."

"No hay ninguno de los andantes que no lo sea," dijo don Quijote, "y
escuchémosle, que «por el hilo sacaremos el ovillo» de sus pensamientos,
si es que canta; que «de la abundancia del corazón habla la lengua»."¹⁰

15   Replicar quería Sancho a su amo, pero la voz del Caballero del Bosque, que no era muy mala ni muy buena, lo eſtorbó, y eſtando los dos
atónitos, oyeron que lo que cantó fue eſte soneto:

> Dadme, señora, un término° que siga,   behavior
>   conforme a vueſtra voluntad cortado;°   measured
> 20   que será de la mía así eſtimado,
>   que por jamás un punto dél desdiga.
> Si guſtáis que callando mi fatiga
>   muera, contadme ya por acabado;°   dead
>   si queréis que os la cuente en desusado
> 25   modo, haré que el mesmo amor la diga.
> Aprueba de contrarios eſtoy hecho,
>   de blanda cera y de diamante duro,
>   y a las leyes de amor el alma ajuſto.
> Blando cual es, o fuerte, ofrezco el pecho;
> 30   entallad o imprimid lo que os dé guſto,
>   que de guardarlo eternamente juro.

Con un ¡AY! arrancado, al parecer, de lo íntimo de su corazón, dio fin
a su canto el Caballero del Bosque, y de allí a un poco, con voz doliente
y laſtimada, dijo: "¡Oh la más hermosa y la más ingrata mujer del orbe!

---

9 The lute was originally a Moorish fretted ſtringed musical inſtrument.
The European lute has a teardrop shaped body and typically has about ten pairs
of ſtrings. The ſtriking feature is that the mechanical head to which the ſtrings
are attached is bent back almoſt 90° owing to the tension of the ſtrings. The
vihuela was a Hispanic inſtrument, usually with six ſtrings, but similar in tone
to the lute, thus Don Quijote's confusion. (See the photographs on p. 774.) The
modern Spanish lute, with six pairs of ſtrings tuned in musical fourths, is quite
unlike the older inſtruments and the modern European lutes.

10 Matthew 12:34: "For the words that the mouth utters come from the
overwhelming of the heart."

¿Cómo que será posible, serenísima Casildea de Vandalia,[11] que has de consentir que se consuma y acabe en continuas peregrinaciones° y en ás- · peros y duros trabajos este tu cautivo caballero? ¿No basta ya que he hecho que te confiesen por la más hermosa del mundo todos los caballeros de Navarra, todos los leoneses, todos los tartesios, todos los castellanos[12] y, finalmente, todos los caballeros de la Mancha?"

    "Eso no," dijo a esta sazón don Quijote, "que yo soy de la Mancha y nunca tal he confesado, ni podía, ni debía confesar una cosa tan perjudicial a la belleza de mi señora, y este tal caballero ya vees tú, Sancho, que desvaría.° Pero escuchemos—quizá se declarará más."

    "Si hará," replicó Sancho, "que término lleva de quejarse un mes arreo."[13]

    Pero no fue así, porque habiendo entreoído el Caballero del Bosque que hablaban cerca dél, sin pasar adelante en su lamentación se puso en pie, y dijo con voz sonora y comedida: "¿Quién va allá, qué gente? ¿Es por ventura de la del número de los contentos, o la del de los afligidos?"

    "De los afligidos," respondió don Quijote.

    "Pues lléguese a mí," respondió el del Bosque, "y hará cuenta que se llega a la mesma tristeza y a la afición mesma."[14]

    Don Quijote, que se vio responder tan tierna y comedidamente, se llegó a él, y Sancho 'ni más ni menos;° el caballero lamentador° asió a don Quijote del brazo, diciendo: "Sentaos aquí, señor caballero; que para entender que lo sois y de los que profesan la andante caballería, bástame el haberos hallado en este lugar, donde la soledad y el sereno os hacen compañía, naturales lechos y propias estancias de los caballeros andantes."

    A lo que respondió don Quijote: "Caballero soy y de la profesión que decís, y aunque en mi alma tienen su propio asiento las tristezas, las desgracias y las desventuras, no por eso se ha ahuyentado de ella la compasión que tengo de las ajenas desdichas; de lo que contasteis poco ha, colegí que las vuestras son enamoradas, quiero decir, del amor que tenéis a aquella hermosa ingrata que en vuestras lamentaciones nombrasteis."

    Ya cuando esto pasaban,° estaban sentados juntos sobre la dura tierra en buena paz y compañía, como si 'al romper del día° no se hubieran de romper las cabezas.

    "¿Por ventura, señor caballero," preguntó el del Bosque a don Quijote: "sois enamorado?"

    "Por desventura, lo soy," respondió don Quijote, "aunque los daños

Margin glosses:
° wanderings
° is talking nonsense
° as well, mournful
° were talking
° at daybreak

---

  11 Casildea is a variant of Casilda. Vandalia is Andalucía. The Caballero del Bosque will say as much in Chapter 14, p. 564, ll. 4-5: "Por llamarse Casilda y ser de la Andalucía yo la llamo Casildea de Vandalia."

  12 Navarra was the kingdon bordering on France between Castilla and Aragón. The ancient kingdom of León bordered on Castilla to the west. The **tartesios** were the Andalusians in Phoenician times. **Castellanos** refers to people from Castilla.

  13 **Que término…** *it looks like he can go on lamenting for a whole month*

  14 **Se llega…** *you are drawing near to sadness and affliciton themselves*

que nacen de los bien colocados pensamientos, antes se deben tener por gracias que por desdichas."

"Así es la verdad," replicó el del Bosque, "si no nos turbasen la razón y el entendimiento los desdenes, que siendo muchos, parecen venganzas."

5   "Nunca fui desdeñado de mi señora," respondió don Quijote.

"No, por cierto," dijo Sancho, que allí junto estaba, "porque es mi señora como una borrega° mansa: es más blanda que 'una manteca.°"   lamb, butter

"¿Es vuestro escudero éste?," preguntó el del Bosque.

"Sí es," respondió don Quijote.

10   "Nunca he visto yo escudero," replicó el del Bosque, "que se atreva a hablar donde habla su señor; a lo menos, ahí está ese mío, que es tan grande como su padre, y no se probará que haya desplegado el labio donde yo hablo."

"Pues a fe," dijo Sancho, "que he hablado yo y puedo hablar delante

15 de otro tan..., y aún 'quédese aquí;° que «es peor meneallo»."   let it be

El escudero del Bosque asió por el brazo a Sancho, diciéndole: "Vámonos los dos donde podamos hablar escuderilmente todo cuanto quisiéremos, y dejemos a estos señores amos nuestros que se den de las astas° contándose las historias de sus amores; que a buen seguro que les   quarrel

20 ha de coger el día en ellas y no las han de haber acabado."

"Sea en buena hora," dijo Sancho, "y yo le diré a vuestra merced quién soy, para que vea si puedo 'entrar en docena° con los más hablantes°   join, talkative escuderos."

Con esto se apartaron los dos escuderos, entre los cuales pasó un tan

25 gracioso coloquio, como fue grave el que pasó entre sus señores.

Capítulo XIII. Donde se prosigue la aventura del Caballero del Bosque, con el discreto, nuevo y suave coloquio que pasó entre los dos escuderos.

D IVIDIDOS ESTABAN CABALLEROS Y escuderos, éstos contándose

30   sus vidas, y aquéllos sus amores. Pero la historia cuenta primero el razonamiento de los mozos y luego prosigue el de los amos, y así dice que, apartándose un poco dellos, el del Bosque dijo a Sancho: "Trabajosa vida es la que pasamos y vivimos, señor mío, éstos que somos escuderos de caballeros andantes. En verdad que comemos el pan en° el   con

35 sudor de nuestros rostros,[1] que es una de las maldiciones que echó Dios a nuestros primeros padres."

"También se puede decir," añadió Sancho, "que lo comemos en el hielo de nuestros cuerpos, porque ¿quién° más calor y más frío que los   *¿quién sufre...* miserables escuderos de la andante caballería? Y aun menos mal si co-

40 miéramos, pues «los duelos con pan son menos». Pero tal vez hay que se nos pasa un día y dos sin desayunarnos, si no es del viento que sopla."

---

1 Genesis 3:19: "You shall gain your bread by the sweat of your brow."

"Todo eso se puede 'llevar y conllevar,°'" dijo el del Bosque, "con la esperanza que tenemos del premio, porque si demasiadamente no es desgraciado el caballero andante a quien un escudero sirve, por lo menos, 'a pocos lances° se verá premiado con un hermoso gobierno de cualque° ínsula, o con un condado de buen parecer."

"Yo," replicó Sancho, "ya he dicho a mi amo que me contento con el gobierno de alguna ínsula, y él es tan noble y tan liberal que me le ha prometido muchas y diversas veces."

"Yo," dijo el del Bosque, "con un canonicato° quedaré satisfecho de mis servicios, y ya me le tiene mandado mi amo, y '¡qué tal!°'"

"Debe de ser," dijo Sancho, "su amo de vuesa merced caballero a lo eclesiástico,² y podrá hacer esas mercedes a sus buenos escuderos, pero el mío es meramente lego,° aunque yo me acuerdo cuando le querían aconsejar personas discretas, aunque a mi parecer, 'mal intencionadas,° que procurase ser arzobispo. Pero él no quiso sino ser emperador, y yo estaba entonces temblando si le venía en voluntad de ser de la Iglesia, por no hallarme suficiente de tener beneficios por ella, porque le hago saber a vuesa merced que, aunque parezco hombre, soy una bestia para ser de la Iglesia."

"Pues en verdad que lo yerra vuesa merced," dijo el del Bosque, "a causa que los gobiernos insulanos no son todos 'de buena data°—algunos hay torcidos,° algunos pobres, algunos malencónicos y, finalmente, el 'más erguido° y bien dispuesto° trae consigo una pesada carga de pensamientos y de incomodidades, que pone sobre sus hombros el desdichado que le cupo en suerte.³ Harto mejor sería que los que profesamos esta maldita servidumbre° nos retirásemos a nuestras casas, y allí nos entretuviésemos en ejercicios más suaves, como si dijésemos, cazando o pescando. Que ¿qué escudero hay tan pobre en el mundo a quien le falte un rocín, y un par de galgos, y una 'caña de pescar,° con que entretenerse en su aldea?"

"A mí no me falta nada deso," respondió Sancho, "verdad es que no tengo rocín, pero tengo un asno que vale dos veces más que el caballo de mi amo. «Mala pascua me dé Dios, y sea la primera que viniere,» si le trocara por él, aunque me diesen cuatro fanegas de cebada encima. A burla tendrá vuesa merced el valor de mi rucio⁴—que rucio es el color de mi jumento. Pues galgos, no me habían de faltar, habiéndolos sobrados° en mi pueblo. Y más, que entonces es la caza más gustosa, cuando se hace a costa ajena."

"Real y verdaderamente," respondió el del Bosque, "señor escudero, que tengo propuesto y determinado de dejar estas borracherías° destos caballeros, y retirarme a mi aldea y criar mis hijitos, que tengo tres como tres orientales perlas."

put up with

after a while, **algún**

canonry

such a one, too!

lay

malevolent

good

corrupt

staunchest, disposed

service

fishing pole

in excess

absurdities

---

2 There was no such thing as a **caballero a lo eclesiástico.**

3 **Que pone...** *that the unfortunate person to whose lot it fell must bear on his shoulders*

4 **A burla...** *you'll think that the value I place on my grey* [donkey] *is a joke*

"Dos tengo yo," dijo Sancho, "que se pueden presentar al papa° en   pope
persona, especialmente una muchacha, a quien crío para condesa, si Dios
fuere servido, aunque a pesar de su madre."

"Y ¿qué edad tiene esa señora que se cría para condesa?" preguntó el
del Bosque.

"Quince años, dos más a menos," respondió Sancho, "pero es tan
grande como una lanza, y tan fresca° como una mañana de abril, y tiene   fresh
una fuerza de un ganapán.°"   porter

"Partes° son ésas," respondió el del Bosque, "no sólo para ser condesa,   traits
sino para ser ninfa del verde bosque. ¡Oh 'hideputa puta,° y qué rejo debe   son-of-a-bitch
de tener la bellaca!"

A lo que respondió Sancho, algo mohino: "Ni ella es puta, ni lo fue
su madre, ni lo será ninguna de las dos, Dios quiriendo, mientras yo vi-
viere. Y háblese más comedidamente, que para haberse criado vuesa merced entre caballeros andantes, que son la mesma cortesía, no me parecen
muy concertadas esas palabras."

"¡Oh qué mal se le entiende a vuesa merced," replicó el del Bosque, "de
achaque de alabanzas, señor escudero! ¿Cómo y no sabe que cuando algún
caballero da una buena lanzada al toro en la plaza, o cuando alguna persona hace alguna cosa bien hecha, suele decir el vulgo: '¡Oh hideputa puto, y
qué bien que lo ha hecho!' y aquello que parece vituperio en aquel término,
es alabanza notable? Y renegad° vos, señor, de los hijos o hijas que no ha-   disown
cen obras que merezcan se les den a sus padres loores semejantes."

"Sí, reniego," respondió Sancho, "y dese modo y por esa misma razón
podía echar vuestra merced a mí, y hijos, y a mi mujer toda una putería°   lewd acts
encima, porque todo cuanto hacen y dicen son estremos dignos de semejantes alabanzas. Y para volverlos a ver, ruego yo a Dios me saque de
pecado mortal,⁵ que lo mesmo será si me saca deste peligroso oficio de
escudero, en el cual he incurrido° segunda vez, cebado° y engañado° de   fallen, baited, enticed
una bolsa con cien ducados que me hallé un día en el corazón de Sierra
Morena. Y el diablo me pone ante los ojos aquí, allí, acá no, sino acullá,
un talego lleno de doblones,⁶ que me parece que a cada paso le toco con
la mano y me abrazo con él, y lo llevo a mi casa, y 'echo censos,° y 'fundo   I invest
rentas,° y vivo como un príncipe. Y el rato que en esto pienso se me hacen   I set up income
fáciles y llevaderos° cuantos trabajos padezco con este mentecato de mi   tolerable
amo, de quien sé que tiene más de loco que de caballero."

"Por eso," respondió el del Bosque, "dicen que «la codicia rompe el
saco,» y si va a tratar dellos,° no hay otro mayor en el mundo que mi   i.e., **de los** *locos*
amo, porque es de aquellos que dicen: «cuidados ajenos matan al asno,»⁷
pues porque° cobre otro caballero el juicio que ha perdido, se hace el loco,   **para que**

---

5 A mortal sin is a sin of the worst kind. If a Catholic dies with a mortal sin
not yet absolved, that person will go to hell.

6 The **doblón** *doubloon* was a gold coin of varying value, from two to eight
escudos.

7 Refers to meddling in others' affairs and suffering the consequences.

y anda buscando lo que no sé si después de hallado le ha de salir a los hocicos."[8]

"Y ¿es enamorado por dicha?"

"Sí," dijo el del Bosque, "de una tal Casildea de Vandalia, la más cruda y la más asada[9] señora que en todo el orbe puede hallarse. Pero no cojea del pie de la crudeza,° que otros mayores embustes° le gruñen° en las *cruelty, schemes, growl* entrañas, y ello dirá[10] antes de muchas horas."

"«No hay camino tan llano,»" replicó Sancho, "que no tenga algún trope- *flat* zón o barranco».° «En otras casas cuecen habas, y en la mía, a calderadas».°[11] *obstacle* Más acompañados y paniaguados debe de tener la locura que la discreción.[12] *cauldronful* Mas si es verdad lo que comúnmente se dice, que «el tener compañeros en los trabajos suele servir de alivio° en ellos», con vuestra merced podré *relief* consolarme, pues sirve a otro amo tan tonto como el mío."

"Tonto, pero valiente," respondió el del Bosque, "y más bellaco que tonto y que valiente."

"Eso no es el mío," respondió Sancho, "digo que no tiene nada de bellaco, antes «'tiene una alma como un cántaro».° No sabe hacer mal en *is kind* nadie, sino bien a todos, ni tiene malicia alguna. Un niño le hará entender que es de noche en la mitad del día, y por esta sencillez° le quiero como *simplicity* a las 'telas de mi corazón,° y no me amaño° a dejarle, por más disparates *my heartstrings, find* que haga." *a way*

"Con todo eso, hermano y señor," dijo el del Bosque, "«si el ciego guía al ciego, ambos van a peligro de caer en el hoyo.»" Mejor es retirarnos *hole* con buen compás de pies y volvernos a nuestras querencias,° que los que *homes* buscan aventuras no siempre las hallan buenas."

Escupía° Sancho a menudo, al parecer, un cierto género de saliva *was spitting* pegajosa° y algo seca, lo cual visto y notado por el caritativo bosqueril° *viscous, of the forest* escudero, dijo: "Paréceme que de lo que hemos hablado se nos pegan al paladar° las lenguas. Pero yo traigo un despegador° pendiente del arzón *roof of mouth, un-* de mi caballo, que es tal como bueno."[13] *sticker*

Y levantándose, volvió desde allí a un poco con una gran bota de vino y una empanada de media vara, y no es encarecimiento, porque era de un conejo albar° tan grande, que Sancho, al tocarla, entendió ser[14] de algún *white* cabrón, no que de cabrito, lo cual visto por Sancho, dijo: "Y ¿esto trae vuestra merced consigo, señor?"

"Pues ¿qué se pensaba," respondió el otro, "soy yo por ventura algún

---

8 **Le ha...** *will blow up in his face*

9 **La más cruda y la más asada**—**cruda** means *cruel* as well as *uncooked*, thus there is a play on words with **asada** *roasted*.

10 **Y ello...** *and you'll see it*

11 This saying means that the speaker thinks his troubles are greater than the next person's.

12 **Más acompañados...** *craziness must have more followers and servants than discretion*

13 **Es tal...** *it's really good*

14 **Entendió ser** *thought it was*

escudero de 'agua y lana?° Mejor repuesto traigo yo en las ancas de mi   little worth
caballo que lleva consigo cuando 'va de camino° un general."   goes out

Comió Sancho 'sin hacerse de rogar,° y tragaba a escuras bocados de   without further urging
nudos de suelta,¹⁵ y dijo: "Vuestra merced sí que es escudero fiel y legal,
5   moliente y corriente,¹⁶ magnífico y grande, como lo muestra este banquete,
que si no ha venido aquí por arte de encantamento, parécelo, a lo menos.
Y no como yo, mezquino y malaventurado, que sólo traigo en mis alforjas
un poco de queso, tan duro que pueden descalabrar° con ello a un gigante,   injure the head
a quien hacen compañía cuatro docenas de algarrobas° y otras tantas de   carob beans
10   avellanas y nueces,° mercedes a la estrecheza de mi dueño° y a la opinión   walnuts, master
que tiene y orden que guarda de que los caballeros andantes 'se han de
mantener° y sustentar sino con frutas secas y con las hierbas del campo."   feed themselves

"Por mi fe, hermano," replicó el del Bosque, "que yo no tengo hecho
el estómago a tagarninas,° ni a piruétanos,° ni a raíces de los montes. Allá   thistles, wild pears
15   se lo hayan con sus opiniones y leyes caballerescas nuestros amos,¹⁷ y coman lo que ellos mandaren°—fiambreras traigo y esta bota colgando del   **quieran**
arzón de la silla, 'por sí o por no.° Y es tan devota mía,¹⁸ y quiérola tanto,   just in case
que pocos ratos se pasan sin que la dé mil besos y mil abrazos.°"   hugs

Y diciendo esto, se la puso en las manos a Sancho, el cual, empinán-
20   dola puesta a la boca, estuvo mirando las estrellas un cuarto de hora, y en
acabando de beber, dejó caer la cabeza a un lado, y dando un gran suspiro,
dijo: "¡Oh hideputa bellaco, y cómo es católico!°"   good

"¿Veis ahí," dijo el del Bosque, en oyendo el HIDEPUTA de Sancho,
"como habéis alabado este vino, llamándole hideputa?"
25   "Digo," respondió Sancho, "que confieso que conozco que no es deshonra llamar hijo de puta a nadie cuando cae debajo del entendimiento
de alabarle. Pero dígame, señor, por el siglo de lo que más quiere,¹⁹ ¿este
vino es de Ciudad Real?"²⁰

"¡Bravo mojón!"²¹ respondió el del Bosque, "en verdad que no es de
30   otra parte, y que tiene algunos años de ancianidad.°"   age

"¡A mí con eso!"²² dijo Sancho. "No toméis menos, sino que se me
fuera a mí por alto dar alcance a su conocimiento.²³ ¿No será bueno, señor
escudero, que tenga yo un instinto tan grande y tan natural en esto de

---

15 **Bocados de nudos de suelta** *mouthfuls the size of knots on horses' fetters*,
i.e., large mouthfuls

16 **Moliente y corriente** nowadays means *run of the mill*, but then it meant
perfect.

17 **Allá se lo...** *let our masters keep their opinions and laws of chivalry*

18 **Es tan...** *I am so devoted to it.* **Devota** could mean *inspires devotion*, as it
did here. But also there is a play on words with **de bota**.

19 **Por el...** *on your mother's life*

20 This makes sense since Ciudad Real is so close by.

21 **¡Bravo mojón!** *what a winetaster!*

22 **¡A mí...** *no need to tell me!*

23 **No toméis...** *don't think that recognizing that wine would be out of my
reach*

conocer vinos,²⁴ que en dándome a oler cualquiera, acierto la patria, el
linaje, el sabor,° y la dura° y las vueltas° que ha de dar, con todas las cir-   *taste, vintage, decanting; dealing with*
cunstancias al vino atañederas?° Pero no hay de qué maravillarse si²⁵ tuve   *on the side of*
en mi linaje 'por parte de° mi padre los dos más excelentes mojones que
en luengos años conoció la Mancha. Para prueba de lo cual les sucedió
lo que ahora diré. Diéronles a los dos a probar el vino de una cuba, pi-
diéndoles su parecer del estado,° cualidad, bondad o malicia° del vino. El   *condition, boldness*
uno lo probó con la punta de la lengua, el otro no hizo más de llegarlo
a las narices. El primero dijo que aquel vino sabía a hierro, el segundo
dijo que más sabía a cordobán.° El dueño dijo que la cuba estaba limpia   *Cordovan leather*
y que el tal vino no tenía adobo° alguno, por donde hubiese° tomado sa-   *added flavor, it would have*
bor de hierro ni de cordobán. Con todo eso, los dos famosos mojones se
afirmaron en lo que habían dicho. Anduvo el tiempo, vendióse el vino, y
al limpiar de la cuba hallaron en ella una llave pequeña pendiente de una
correa de cordobán. Porque vea vuestra merced si quien viene desta ralea°   *pedigree (in wine)*
podrá dar su parecer en semejantes causas.°"   *cases*

"Por eso digo," dijo el del Bosque, "que nos dejemos de andar buscando aventuras, y pues tenemos hogazas,° no busquemos tortas, y volvámo-   *loaves*
nos a nuestras chozas, que allí nos hallará Dios si Él quiere."

"Hasta que mi amo llegue a Zaragoza, le serviré, que después todos
nos entenderemos."²⁶

Finalmente, tanto hablaron y tanto bebieron los dos buenos escuderos, que tuvo necesidad el sueño de atarles las lenguas y templarles la sed,
que quitársela fuera imposible. Y así asidos° entrambos de la ya casi vacía   *grasped*
bota, con los bocados 'a medio mascar° en la boca, se quedaron dormidos,   *half-chewed*
donde los dejaremos por ahora, por contar lo que el Caballero del Bosque
pasó con el de la Triste Figura.

Capítulo XIIII. Donde se prosigue la aventura del Caballero del Bosque.

ENTRE MUCHAS RAZONES QUE pasaron don Quijote y el Caballero
de la Selva, dice la historia que el del Bosque dijo a don Quijote: "Finalmente, señor caballero, quiero que sepáis que mi destino,
o por mejor decir, mi elección me trujo a enamorar de la sin par Casildea
de Vandalia. Llámola SIN PAR, porque no le tiene, así en la grandeza del
cuerpo como en el estremo del estado y de la hermosura. Esta tal Casildea, pues, que voy contando, pagó mis buenos pensamientos y comedidos
deseos con hacerme ocupar, como su madrina° a Hércules,²⁷ en muchos y   *step-mother*

---

24 **¿No será...** *it is not strange, señor squire, that I have such a good and natural instinct in matters of knowing wines*

25 This **si** means *since.*

26 **Todos nos...** *we'll have to see*

27 Juno was Hercules' step-mother, who made him perform the famous

La Giralda

diversos peligros, prometiéndome al fin de cada uno, que en el fin del otro° llegaría el de mi esperanza. Pero así se han ido eslabonando° mis trabajos, que no tienen cuento,° ni yo sé cuál ha de ser 'el último° que dé principio al cumplimiento° de mis buenos deseos. Una vez me mandó que fuese a desafiar a aquella famosa giganta de Sevilla llamada la Giralda,[1] que es tan valiente y fuerte como° hecha de bronce, y sin mudarse de un lugar es la más movible° y voltaria° mujer del mundo. Llegué, vila y vencíla, y hícela estar queda° y a raya, porque en más de una semana no soplaron sino vientos nortes.[2] Vez también hubo que me mandó fuese a 'tomar en peso° las antiguas piedras de los valientes Toros de Guisando,[3] empresa más para encomendarse° a ganapanes que a caballeros. Otra vez me mandó que me precipitase y sumiese° en la sima de Cabra,[4] peligro inaudito y temeroso, y que le trujese particular relación de lo que en aquella escura profundidad se encierra. Detuve el movimiento a la Giralda, pesé los Toros de Guisando, despeñéme en la sima y saqué a luz lo escondido de su abismo, y mis esperanzas, 'muertas que muertas,° y sus mandamientos y desdenes, 'vivos que vivos.° En resolución, últimamente me ha manda-

i.e., the next one

linking
end, last one
fulfillment

as *if it were*

changeable, fickle
still

weigh

to entrust

plunge

more and more dead
more and more alive

Twelve Labors: 1) to kill a lion 2) and a nine-headed hydra; 3) to capture a stag 4) and a wild boar; 5) to clean all the cattle stables of King Augeas in one day [this king had herds of cattle, so Hercules diverted a river to wash the stables clean]; 6) to shoot man-eating birds; 7) to capture a mad bull; 8) and man-eating mares; 9) to take the girdle of Hippolyte, queen of the Amazons [after which she died of a broken heart]; 10) to seize the cattle of a three-bodied giant; 11) to bring back the golden apples found at the end of the world; and 12) to bring up from the lower world the three-headed dog Cerebrus.

1 The Moorish belltower beside Seville's cathedral is known as La Giralda today (98 meters tall, built as a minaret in the late 12th century), but technically **giralda** refers only to the weathervane statue of a woman at its top. The statue is made of bronze, as the knight goes on to say.

2 That is, because only northwinds blew, the weathervane remained still.

3 The four famous "bulls" of Guisando near el Tiemblo (province of Toledo) are pre-Christian representations carved from granite of four-legged animals—they do look more like bulls than anything else. They bear Iberian and Roman inscriptions.

4 The Sima de Cabra is a cave about five kms. outside of Cabra (province of Córdoba), mentioned elsewhere by Cervantes.

Los toros de Guisando

do que discurra por todas las provincias de España y haga confesar a
todos los andantes caballeros que por ellas vagaren,° que ella sola es la   wander
más aventajada° en hermosura de cuantas hoy viven, y que yo soy el más   superior
valiente y el más bien enamorado caballero del orbe, en cuya demanda
he andado ya la mayor parte de España, y en ella he vencido muchos
5 caballeros que se han atrevido a contradecirme. Pero de lo que yo más
me precio y ufano es de haber vencido en singular batalla a aquel tan
famoso caballero don Quijote de la Mancha, y héchole confesar que es
más hermosa mi Casildea que su Dulcinea, y en sólo este vencimiento
hago cuenta que he vencido todos los caballeros del mundo, porque el tal
10 don Quijote que digo los ha vencido a todos, y habiéndole yo vencido a
él, su gloria, su fama y su honra se ha transferido y pasado a mi persona:

> Y tanto el vencedor es más honrado,
> cuanto más el vencido es reputado.°5   renowned

"Así, que ya 'corren por mi cuenta° y son mías las inumerables haza-   belong to me
15 ñas del ya referido don Quijote."
Admirado quedó don Quijote de oír al Caballero del Bosque, y es-
tuvo mil veces por decirle[6] que mentía, y ya tuvo el mentís° en el pico   denial
de la lengua, pero reportóse lo mejor que pudo por hacerle confesar por
su propia boca su mentira, y así sosegadamente° le dijo: "De que vuesa   calmly
20 merced, señor caballero, haya vencido a los más caballeros andantes de
España, y aun de todo el mundo, no digo nada. Pero de que haya vencido
a don Quijote de la Mancha, póngolo en duda—podría ser que fuese otro
que le pareciese, aunque hay pocos que le parezcan."
"¿Cómo no?" replicó el del Bosque, "por el cielo que nos cubre que
25 peleé con don Quijote, y le vencí y rendí, y es un hombre alto de cuerpo,
seco de rostro, estirado y avellanado de miembros, entrecano,° la nariz   greying
aguileña° y algo corva, de bigotes grandes, negros y caídos.° Campea° de-   aquiline, drooping, he
bajo del nombre del Caballero de la Triste Figura, y trae por escudero a   battles

---

5 These verses, are adapted from *La Araucana*, I, 2, of Alonso de Ercilla
(1533-1594), the epic poem about the conquest of the Chilean Indians by the
Spaniards. The verses as cited scan as eleven syllables each, but Ercilla's were different: "Pues no es el vencedor más estimado / de aquello en que el vencido es
reputado." Canto I, ll. 15-16.
6 **Estuvo mil...** *was about to tell him a thousand times*

un labrador llamado Sancho Panza, oprime el lomo y rige° el freno de   controls
un famoso caballo llamado Rocinante, y finalmente, tiene por señora de
su voluntad a una tal Dulcinea del Toboso, llamada un tiempo Aldonza
Lorenzo, como la mía, que, por llamarse Casilda y ser de la Andalucía, yo
5 la llamo Casildea de Vandalia. Si todas estas señas no bastan para acreditar mi verdad, aquí está mi espada que la hará dar crédito a la mesma
incredulidad."

   "Sosegaos, señor caballero," dijo don Quijote, "y escuchad lo que deciros quiero. Habéis de saber que ese don Quijote que decís es el mayor
10 amigo que en este mundo tengo, y tanto, que podré decir que le tengo en
lugar de mi misma persona,[7] y que por las señas que dél me habéis dado,
tan puntuales y ciertas, no puedo pensar sino que sea el mismo que habéis vencido. Por otra parte, veo con los ojos y toco con las manos no ser
posible ser el mesmo, si ya no fuese que como él tiene muchos enemigos
15 encantadores, especialmente uno que de ordinario le persigue, no haya
alguno dellos tomado su figura para dejarse vencer, por defraudarle de la
fama que sus altas caballerías le tienen granjeada y adquirida,° por todo   earned
lo descubierto de la tierra. Y para confirmación desto, quiero también
que sepáis que los tales encantadores, sus contrarios, no ha más de dos
20 días que transformaron la figura y persona de la hermosa Dulcinea del
Toboso en una aldeana soez y baja, y desta manera habrán transformado
a don Quijote. Y si todo esto no basta para enteraros° en esta verdad que   inform you
digo, aquí está el mesmo don Quijote que la sustentará con sus armas, a
pie o a caballo, o de cualquiera suerte que os agradare."

25   Y diciendo esto, se levantó en pie y se empuñó en la espada, esperando qué resolución tomaría el Caballero del Bosque, el cual, con voz
asimismo sosegada, respondió y dijo: «Al buen pagador no le duelen
prendas.»[8] El que una vez, señor don Quijote, pudo venceros transformado, bien podrá tener esperanza de rendiros en vuestro 'propio ser.° Mas   original state
30 porque no es bien que los caballeros hagan sus fechos de armas ascuras,
como los salteadores y rufianes, esperemos el día para que el sol vea nuestras obras. Y ha de ser condición de nuestra batalla que el vencido ha de
quedar° a la voluntad del vencedor, para que haga dél todo lo que quisiere,   submit
con tal que sea decente a caballero lo que se le ordenare."

35   "Soy más que contento desa condición y convenencia,°" respondió   agreement on terms
don Quijote.

   Y en diciendo esto se fueron donde estaban sus escuderos, y los hallaron roncando° y en la misma forma° que estaban cuando les salteó el   snoring, position
sueño. Despertáronlos y mandáronles que 'tuviesen a punto° los caballos,   make ready
40 porque en saliendo el sol habían de hacer los dos una sangrienta, singular y desigual° batalla, a cuyas nuevas quedó Sancho atónito y pasmado,   arduous
temeroso de° la salud de su amo por las valentías que había oído decir   for
del suyo al escudero del Bosque. Pero, sin hablar palabra, se fueron los

---

7 **Le tengo...** *I esteem him as much as I do myself*
8 **Al buen...** *leaving a pledge doesn't bother a good payer*

dos escuderos a buscar su ganado,° que ya todos tres caballos y el rucio se   mounts
habían olido y estaban todos juntos.

En el camino dijo el del Bosque a Sancho: "Ha de saber, hermano,
que tienen por costumbre los peleantes° de la Andalucía, cuando son   combatants
5   padrinos° de alguna pendencia, no estarse ociosos, 'mano sobre mano,°   seconds, arms folded
en tanto que sus ahijados⁹ riñen.° Dígolo porque esté advertido, que   fight
mientras nuestros dueños riñeren nosotros también hemos de pelear y
hacernos astillas."

"Esa costumbre, señor escudero," respondió Sancho, "allá puede co-
10   rrer y pasar con los rufianes y peleantes que dice, pero con los escuderos
de los caballeros andantes, ni por pienso. A lo menos, yo no he oído decir
a mi amo semejante costumbre, y sabe de memoria todas las ordenanzas
de la andante caballería. 'Cuanto más° que yo quiero° que sea verdad y   even if, accept
ordenanza expresa el pelear los escuderos en tanto que sus señores pelean,
15   pero yo no quiero cumplirla, sino pagar la pena que estuviere puesta a los
tales pacíficos escuderos, que yo aseguro que no pase de dos libras° de   pounds
cera,¹⁰ y más quiero pagar las tales libras, que sé que me costarán menos
que las hilas que podré gastar° en curarme la cabeza, que ya me la cuento   use
por partida y dividida en dos partes. Hay más—que me imposibilita el
20   reñir el no tener espada,¹¹ pues en° mi vida me la puse."   *nunca* en

"Para eso sé yo un buen remedio," dijo el del Bosque, "yo traigo aquí
dos 'talegas de lienzo° de un mesmo tamaño; tomaréis vos la una y yo la   linen sacks
otra, y riñiremos a talegazos° con armas iguales."   blows with sacks

"Desa manera, sea en buena hora," respondió Sancho, "porque antes
25   servirá la tal pelea de despolvorearnos° que de herirnos."   dust each other off

"No ha de ser así," replicó el otro, "porque se han de echar dentro
de las talegas, porque no se las lleve el aire,° media docena de guijarros   wind
lindos y pelados° que pesen tanto los unos como los otros, y desta manera   smooth
nos podremos atalegar° sin hacernos mal ni daño."   hit with sacks

30   "Mirad, ¡cuerpo de mi padre," respondió Sancho, "qué martas cebolli-
nas¹² o qué copos° de algodón cardado¹³ pone en las talegas para no quedar   balls
molidos los cascos y 'hechos alheña° los huesos! Pero aunque se llenaran   beaten up
de 'capullos de seda,° sepa, señor mío, que no he de pelear. Peleen nues-   silkworm cocoons
tros amos y allá se lo hayan, y bebamos y vivamos nosotros, que el tiempo
35   tiene cuidado de quitarnos las vidas, sin que andemos buscando apetites°   reasons

9   Since **padrino** means *godfather* as well as *second in a duel*, the Squire of
the Wood uses **ahijado** *godson* for the combatant. It means *master* in this context.

10   This sounds like an unusual fine to pay, but the old religious brotherhoods would demand wax to make candles with. Sancho knows what such penalties would be since he was a **muñidor** in a local **cofradía** (see Part I, Chapter
21, p. 179, line 1).

11   **Me imposibilita…** *having no sword makes it impossible for me to fight*

12   A **marta cebellina** is a sable. Sancho confuses the term a bit by saying
the nonsensical **cebollina**, based on the word for *onion*.

13   Carding is a process to comb natural fibers so that they can be spun and
woven into cloth.

para que se acaben antes de llegar su sazón y término, y que se cayan de maduras."[14]

"Con todo," replicó el del Bosque, "hemos de pelear siquiera media hora."

"Eso, no," respondió Sancho, "no seré yo tan descortés ni tan desagradecido, que con quien he comido y he bebido 'trabe cuestión alguna,° por mínima que sea. Cuanto más que estando sin cólera y sin enojo, ¿quién diablos se ha de amañar° a reñir 'a secas?°'"

"Para eso," dijo el del Bosque, "yo daré un suficiente remedio, y es que antes que comencemos la pelea, yo me llegaré bonitamente a vuestra merced y le daré tres o cuatro bofetadas que dé con él[15] a mis pies, con las cuales le haré despertar la cólera aunque esté con más sueño que un lirón.°'"

"Contra ese corte° sé yo otro," respondió Sancho, "que no le va en zaga. Cogeré yo un garrote,° y antes que vuestra merced llegue a despertarme la cólera, haré yo dormir a garrotazos de tal suerte la suya, que no despierte si no fuere en el otro mundo, en el cual se sabe que no soy yo hombre que me dejo manosear el rostro de nadie.[16] Y cada uno mire por el virote.[17] Aunque lo más acertado sería dejar dormir su cólera a cada uno, que no sabe° nadie el alma de nadie, y «tal suele venir por lana que vuelve tresquilado», y «Dios bendijo la paz y maldijo las riñas», porque «si un gato acosado, encerrado y apretado° 'se vuelve en° león», yo, que soy hombre, Dios sabe en lo que podré volverme, y así desde ahora intimo° a vuestra merced, señor escudero, que 'corra por su cuenta° todo el mal y daño que de nuestra pendencia resultare."

"Está bien," replicó el del Bosque, "amanecerá Dios y medraremos.°'"

En esto ya comenzaban a gorjear° en los árboles mil suertes de pintados pajarillos, y en sus diversos y alegres cantos parecía que daban la norabuena y saludaban a la fresca Aurora, que ya por las puertas y balcones del Oriente iba descubriendo la hermosura de su rostro, sacudiendo° de sus cabellos un número infinito de líquidas perlas, en cuyo suave licor bañándose las yerbas, parecía asimesmo[18] ellas brotaban° y llovían blanco y menudo aljófar. Los sauces° destilaban° maná[19] sabroso, reíanse las

---

start a fight

to arrange, just like that

dormouse

plan
club

conoce

cornered, turns into
I inform
will be on your account

we will prosper
chirp

shaking

shed
willows, distilled

---

14 **Que se...** *let them* [the lives] *fall because of ripeness* [old age]

15 **Con él** means **con vuestra merced** = *you*. Grammatically it "should be" **con ella** since **vuestra merced** is feminine.

16 **[No] me dejo...** *I don't let my face be touched by anybody.*

17 Meaning "let everyone mind his own business."

18 Schevill and others insert **que** here. Since Cervantes' use of **que** is not regular, the text has been respected.

19 This is not the biblical manna, the food that kept the Hebrews alive during the forty years between the Exodus from Egypt and their arrival in the Promised Land, but rather a sweet liquid that is harvested from trees and then dried. The only thing is, this manna comes from the flowering ash tree, and not from the willow. (The willlow *does* provide salicylic acid which became an ingredient in aspirin.)

fuentes, murmuraban los arroyos, alegrábanse las selvas y enriquecíanse los prados con su venida. Mas apenas dio lugar la claridad del día para ver y diferenciar las cosas, cuando 'la primera° que se ofreció a los ojos de Sancho Panza fue la nariz° del escudero del Bosque que era tan grande, que casi le hacía sombra a todo el cuerpo.²⁰ Cuéntase, en efecto, que era de demasiada grandeza, corva en la mitad y toda llena de verrugas,° de color amoratado,° como de berenjena. Bajábale dos dedos más abajo de la boca,²¹ cuya grandeza, color, verrugas y encorvamiento° así le afeaban° el rostro, que, en viéndole Sancho, comenzó a herir° de pie y de mano como niño con alferecía,° y propuso en su corazón de dejarse dar docientas bofetadas antes que despertar la cólera para reñir con aquel vestiglo.

    Don Quijote miró a su contendor° y hallóle ya puesta y calada° la celada, de modo que no le pudo ver el rostro, pero notó que era hombre membrudo,° y no muy alto de cuerpo. Sobre las armas traía una sobre-vista° o casaca de una tela, al parecer, de oro finísimo, sembradas por ella muchas lunas pequeñas de resplandecientes espejos, que le hacían en grandísima manera galán y vistoso.° Volábanle sobre la celada grande cantidad de plumas verdes, amarillas y blancas. La lanza que tenía arrimada a un árbol era grandísima y gruesa, y de un hierro acerado° de más de un palmo.

    Todo lo miró y todo lo notó don Quijote, y juzgó de lo visto y mirado que el ya dicho caballero debía de ser de grandes fuerzas. Pero no por eso temió como Sancho Panza—antes con gentil denuedo° dijo al Caballero de los Espejos: "Si la mucha gana de pelear, señor caballero, no os gasta la cortesía, por ella os pido que alcéis la visera un poco, porque yo vea si la gallardía de vuestro rostro responde a la de vuestra disposición.°"

    "O vencido o vencedor que salgáis desta empresa, señor caballero," respondió el de los Espejos, "os quedará tiempo y espacio demasiado para verme, y si ahora no satisfago a vuestro deseo, es por parecerme que hago notable agravio a la hermosa Casildea de Vandalia en dilatar el tiempo que tardare en alzarme la visera, sin haceros confesar lo que ya sabéis que pretendo."

    "Pues en tanto que subimos a caballo," dijo don Quijote, "bien podéis decirme si soy yo aquel don Quijote que dijistes haber vencido."²²

    "A eso vos respondemos," dijo el de los Espejos, "que parecéis «como se parece un huevo a otro» al mismo caballero que yo vencí. Pero, según vos decís que le persiguen encantadores, no osaré afirmar si sois el contenido° o no."

    "Eso me basta a mí," respondió don Quijote, "para que crea vuestro engaño. Empero, para sacaros dél° de todo punto, vengan nuestros caballos. Que en menos tiempo que el que tardáredes en alzaros la visera,²³ si

la primera *cosa*
nose

warts
purple
curving, made ugly
tremble
epilepsy

adversary, placed

burly
tunic

handsome

steel-tipped

courage

constitution

aforesaid

del *engaño*

---

20 **Casi le...** *it almost put the rest of his body in the shade*
21 **Bajábale...** *it extended the width of two fingers below his mouth*
22 **Que dijistes...** *that you said you conquered*
23 **En menos...** *in less time than it would take you to raise your visor*

Dios, si mi señora y mi brazo me valen, veré yo vueſtro roſtro, y vos veréis
que no soy yo el vencido don Quijote que pensáis."

Con eſto, acortando razones, subieron a caballo, y don Quijote volvió las riendas a Rocinante para tomar lo que convenía del campo para
5   volver a encontrar a su contrario, y lo mesmo hizo el de los Espejos. Pero
no se había apartado don Quijote veinte pasos, cuando se oyó llamar del
de los Espejos, y partiendo los dos el camino,²⁴ el de los Espejos le dijo:
"Advertid, señor caballero, que la condición de nueſtra batalla es que el
vencido, como otra vez he dicho, ha de quedar a discreción del vencedor."

10 "Ya la sé," respondió don Quijote, "con tal que lo que se le impusiere
y mandare al vencido han de ser cosas que no salgan de los límites de la
caballería."

"Así se entiende," respondió el de los Espejos.

Ofreciéronsele en eſto a la viſta de don Quijote las eſtrañas narices
15 del escudero, y no se admiró menos de verlas que Sancho, tanto, que le
juzgó por algún monſtro, o por hombre nuevo y de aquellos que no se
usan en el mundo. Sancho, que vio partir a su amo para 'tomar carrera,°   begin his run
no quiso quedar solo con el narigudo,° temiendo que con solo un pa-   big-nosed man
sagonzalo° con aquellas narices en las suyas sería acabada la pendencia   slap
20 suya, quedando del golpe, o del miedo, tendido en el suelo, y fuese tras
su amo, asido a una ación²⁵ de Rocinante, y cuando le pareció que ya era
tiempo que volviese,° le dijo: "Suplico a vuesa merced, señor mío, que   i.e., to turn around
antes que vuelva a encontrarse me ayude a subir sobre aquel alcornoque,
de donde podré ver más a mi sabor, mejor que desde el suelo, el gallardo
25 encuentro que vuesa merced ha de hacer con eſte caballero,"

"Antes creo, Sancho," dijo don Quijote, "que te quieres encaramar° y   climb up
subir 'en andamio° por ver sin peligro los toros."²⁶   in a high place

"La verdad que diga," respondió Sancho, "las desaforadas narices de
aquel escudero me tienen atónito y lleno de espanto, y no me atrevo a
30 eſtar junto a él."

"Ellas son tales," dijo don Quijote, "que a no ser yo quien soy, también
'me asombraran,° y así ven, ayudarte he²⁷ a subir donde dices."   would terrify me

'En lo que° se detuvo don Quijote en que Sancho subiese en el al-   while
cornoque, tomó el de los Espejos del campo lo que le pareció necesario,
35 y creyendo que lo mismo habría hecho don Quijote, sin esperar son de
trompeta ni otra señal que los avisase, volvió las riendas a su caballo, que
no era más ligero ni de mejor parecer que Rocinante, y a todo su correr,
que era un mediano trote, iba a encontrar a su enemigo. Pero viéndole
ocupado en la subida de Sancho, 'detuvo las riendas° y paróse en la mitad   he drew rein

---

24 That is, they both turned and faced each other and moved towards each
other an equal amount.

25 **Ación,** spelled even today with only one **c,** means *ſtirrup ſtrap.* In the
firſt edition, folio 51ʳ, it does say **acción,** kept by moſt modern editors.

26 Allusion to seeing the bullfight from a safe place.

27 You recall the ancient future formation, modern **te ayudaré.**

de la carrera, de lo que el caballo quedó agradecidísimo, a causa que ya no
podía moverse. Don Quijote, que le pareció que ya su enemigo venía vo-
lando, arrimó° reciamente las espuelas a las 'trasijadas ijadas° de Rocinan- ° stuck, skinny flanks
te, y le hizo aguijar° de manera que cuenta la historia que esta sola vez se ° hurry
5 conoció haber corrido algo, porque todas las demás siempre fueron trotes
declarados,° y con esta no vista furia llegó donde el de los Espejos estaba ° simple
hincando° a su caballo las espuelas hasta los botones,²⁸ sin que le pudiese ° driving
mover un solo dedo del lugar donde había hecho estanco° de su carrera. ° stop

En esta buena sazón y coyuntura halló don Quijote a su contrario
10 embarazado° con su caballo y ocupado con su lanza, que nunca, o no ° hindered
acertó, o no tuvo lugar de ponerla en ristre. Don Quijote, que no miraba
en estos inconvenientes, 'a salvamano° y sin peligro alguno encontró al ° without risk
de los Espejos con tanta fuerza, que mal de su grado le hizo venir al suelo
por las ancas del caballo, dando tal caída, que sin mover pie ni mano, dio
15 señales de que estaba muerto.

Apenas le vio caído Sancho, cuando se deslizó del alcornoque, y a
toda priesa vino donde su señor estaba, el cual, apeándose de Rocinante,
fue sobre el de los Espejos, y 'quitándole las lazadas° del yelmo para ver si ° unlacing
era muerto, y para que le diese el aire, si acaso estaba vivo, y vio…, ¿quién
20 podrá decir lo que vio, sin causar admiración, maravilla y espanto a los
que lo oyeren? Vio, dice la historia, el rostro mesmo, la misma figura,
el mesmo aspecto, la misma fisonomía,° la misma efigie, la pespetiva° ° face, appearance
mesma del bachiller Sansón Carrasco, y así como la vio, en altas voces
dijo: "Acude, Sancho, y mira lo que has de ver y no lo has de creer. Aguija,
25 hijo, y advierte lo que puede° la magia, lo que pueden los hechiceros y los **puede** *hacer*
encantadores."

Llegó Sancho, y como vio el rostro del bachiller Carrasco, comenzó a hacerse mil cruces y a santiguarse otras tantas. En todo esto, no
daba muestras de estar vivo el derribado caballero, y Sancho dijo a don
30 Quijote: "Soy de parecer, señor mío, que, 'por sí o por no,° vuesa merced ° in any case
hinque y meta la espada por la boca a este que parece el bachiller Sansón
Carrasco. Quizá matará en él a alguno de sus enemigos los encantadores."

"No dices mal," dijo don Quijote, "porque «de los enemigos, los
menos»."²⁹

35 Y sacando la espada para poner en efecto el aviso y consejo de Sancho, llegó el escudero del de los Espejos, ya sin las narices que tan feo
le habían hecho, y a grandes voces dijo: "Mire vuesa merced lo que hace,
señor don Quijote, que ese que tiene a los pies es el bachiller Sansón
Carrasco, su amigo, y yo soy su escudero."

40 Y viéndole Sancho sin aquella fealdad primera, le dijo: "Y ¿las narices?"

A lo que él respondió: "Aquí las tengo, en la faldriquera.°" ° pocket

---

28 Old spurs were simple spikes, with knobs to prevent great penetration.
29 **De los…** *of enemies, the fewer (the better)*

"Muerto sois, caballero, si no confesáis que la sin par Dulcinea del Toboso
se aventaja en belleza a vuestra Casildea de Vandalia."

Y echando mano a la derecha,[30] sacó unas narices de 'pasta y barniz de máscara,° de la manifatura° que quedan delineadas, y mirándole más y más Sancho, con voz admirativa y grande, dijo: "¡Santa María, y valme!° ¿Éste no es Tomé Cecial, mi vecino y mi compadre?"

pasteboard and varn-
ish, shape; help me

"Y ¡cómo si lo soy!"[31] respondió el ya desnarigado° escudero. "Tomé Cecial soy, compadre y amigo Sancho Panza, y luego os diré los arcaduces, embustes y enredos por donde soy aquí venido,[32] y en tanto, pedid y suplicad al señor vuestro amo que no toque, maltrate, hiera ni mate al Caballero de los Espejos que a sus pies tiene, porque sin duda alguna es el atrevido y mal aconsejado, el bachiller Sansón Carrasco, nuestro compatrioto."

un-nosed

En esto, volvió en sí el de los Espejos, lo cual visto por don Quijote, le puso la punta desnuda de su espada encima del rostro, y le dijo: "Muerto sois, caballero, si no confesáis que la sin par Dulcinea del Toboso se aventaja en belleza a vuestra Casildea de Vandalia. Y demás de esto habéis de prometer, si de esta contienda y caída° quedárades con vida, de ir a la ciudad del Toboso, y presentaros en su presencia de mi parte, para que haga de vos lo que más en voluntad le viniere. Y si os dejare 'en la vuestra,° asimismo habéis de volver a buscarme—que el rastro° de mis hazañas os servirá de guía que os traiga donde yo estuviere—y a decirme lo que con ella hubiéredes pasado; condiciones que, conforme a las que pusimos antes de nuestra batalla, no salen de los términos de la andante caballería."

fall

on your own
trail

"Confieso," dijo el caído caballero, "que vale más el zapato descosido° y sucio de la señora Dulcinea del Toboso, que las barbas mal peinadas, aunque limpias, de Casildea, y prometo de ir y volver de su presencia a la vuestra y daros entera y particular cuenta de lo que me pedís."

tattered

"También habéis de confesar y creer," añadió don Quijote, "que aquel caballero que vencistes no fue ni pudo ser don Quijote de la Mancha, sino otro que se le parecía, como yo confieso y creo que vos, aunque parecéis el bachiller Sansón Carrasco, no lo sois, sino otro que le parece, y que en su figura aquí me le han puesto mis enemigos para que detenga y temple el ímpetu de mi cólera, y para que use blandamente de la gloria del vencimiento."

"Todo lo confieso, juzgo y siento como vos lo creéis, juzgáis y sentís," respondió el derrengado° caballero. "Dejadme levantar, os ruego, si es que lo permite el golpe de mi caída, que asaz maltrecho me tiene."

battered

Ayudóle a levantar don Quijote y Tomé Cecial su escudero, del cual no apartaba los ojos Sancho, preguntándole cosas, cuyas respuestas le daban manifiestas señales de que verdaderamente era el Tomé Cecial que decía. Mas la aprehensión que en Sancho había hecho lo que su amo dijo, de que los encantadores habían mudado la figura del Caballero de

---

30 **Echando mano…** *putting his hand in his right-hand pocket*

31 **¡Cómo si…** *of course I am*

32 **Luego os…** *soon I'll tell you the secrets, tricks, and schemings that brought me here*

los Espejos en la del bachiller Carrasco, 'no le dejaba dar crédito° a la   prevented him from
verdad que con los ojos estaba mirando. Finalmente, se quedaron con   believing
este engaño amo y mozo, y el de los Espejos y su escudero, mohinos y
mal andantes, se apartaron de don Quijote y Sancho, con intención de
5 buscar algún lugar donde bizmarle y entablarle° las costillas. Don Qui-   to wrap
jote y Sancho volvieron a proseguir su camino de Zaragoza, donde los
deja la historia, por dar cuenta de quien era el caballero de los Espejos y
su narigante escudero.

Capítulo XV. *Donde se cuenta y da noticia de quién era el Caba-*
10 *llero de los Espejos y su escudero.*

EN EXTREMO CONTENTO, UFANO y vanaglorioso iba don Quijote
por haber alcanzado vitoria de tan valiente caballero como él se
imaginaba que era el de los Espejos, de cuya caballeresca palabra°   promise
esperaba saber si el encantamento de su señora 'pasaba adelante,° pues   continued
15 era forzoso que el tal vencido caballero volviese, so pena de no serlo, a
darle razón de lo que con ella le hubiese sucedido. Pero uno pensaba don
Quijote y otro el de los Espejos,[1] puesto que por entonces no era otro su
pensamiento sino buscar donde bizmarse, como se ha dicho.

Dice, pues, la historia que cuando el bachiller Sansón Carrasco
20 aconsejó a don Quijote que volviese a proseguir sus dejadas caballerías,
fue por haber entrado primero en bureo° con el cura y el barbero sobre   secret meeting
qué medio se podría tomar para reducir a don Quijote a que se estuviese
en su casa quieto y sosegado, sin que le alborotasen sus mal buscadas
aventuras, de cuyo consejo salió por voto común de todos y parecer par-
25 ticular de Carrasco, que dejasen salir a don Quijote, pues el detenerle
parecía imposible, y que Sansón 'le saliese al camino° como caballero   follow him
andante, y trabase° batalla con él, pues no faltaría sobre qué,[2] y le venciese,   intiate
teniéndolo por cosa fácil, y que fuese pacto y concierto que el vencido
quedase a merced° del vencedor, y así vencido don Quijote, le había de   mercy
30 mandar el bachiller caballero se volviese a su pueblo y casa, y no saliese
della en dos años, o hasta tanto que por él le fuese mandado otra cosa, lo
cual era claro que don Quijote, vencido, cumpliría indubitablemente, por
no contravenir y faltar a las leyes de la caballería, y podría ser que en el
tiempo de su reclusión° se le olvidasen sus vanidades,° o se diese lugar de   seclusion, foolishness
35 buscar a su locura algún conveniente remedio.[3]

Aceptólo Carrasco, y ofreciósele por escudero Tomé Cecial, com-

---

1 **Uno pensaba don Quijote y otro el de los Espejos** is taken from the
saying **Uno piensa el bayo y otro quien lo ensilla** *The bay* [horse] *is thinking one
thing and the one who saddles it is thinking something else.*

2 **Pues no...** *since a pretext would be easy to find*

3 **Se diese...** *there would be an opportunity to look for a reasonable cure for his
madness*

padre y vecino de Sancho Panza, hombre alegre y 'de lucios cascos.° Ar-   lively
móse Sansón como queda referido y Tomé Cecial acomodó sobre sus
naturales narices las falsas y de máscara ya dichas, porque no fuese conocido de su compadre cuando se viesen, y así siguieron el mismo viaje que
llevaba don Quijote, y llegaron casi a hallarse en la aventura del Carro de
la Muerte. Y finalmente dieron con ellos en el bosque, donde les sucedió
todo lo que el prudente ha leído, y si no fuera por los pensamientos extraordinarios de don Quijote, que se dio a entender que el bachiller no
era el bachiller, el señor bachiller quedara imposibilitado para siempre de
graduarse de licenciado, por «no haber hallado nidos donde pensó hallar
pájaros.»⁴

    Tomé Cecial, que vio cuán mal había logrado sus deseos y el mal
paradero que había tenido su camino, dijo al bachiller: "Por cierto, señor Sansón Carrasco, que tenemos 'nuestro merecido.° Con facilidad se   what we deserved
piensa y se acomete una empresa, pero con dificultad las más veces se sale
della. Don Quijote loco, nosotros cuerdos, él se va sano y riendo, vuesa
merced queda molido y triste. Sepamos, pues, ahora, cuál es más loco, ¿el
que lo es por no poder menos, o el que lo es por su voluntad?"

    A lo que respondió Sansón: "La diferencia que hay entre esos dos
locos es que el que lo es por fuerza lo será siempre, y el que lo es de grado,
lo dejará de ser cuando quisiere."

    "Pues así es," dijo Tomé Cecial, "yo fui por mi voluntad loco cuando
quise hacerme escudero de vuestra merced, y por la misma quiero dejar
de serlo y volverme a mi casa."

    "Eso os cumple,"⁵ respondió Sansón, "porque° pensar que yo he de   but
volver a la mía hasta° molido a palos a don Quijote es pensar en lo escu-   hasta *que haya*
sado, y no me llevará ahora a buscarle el deseo de que cobre su juicio, sino
el de la venganza. Que el dolor grande de mis costillas no me deja hacer
más piadosos discursos."

    En esto fueron razonando los dos, hasta que llegaron a un pueblo
donde fue ventura hallar un algebrista° con quien se curó el Sansón   bonesetter
desgraciado. Tomé Cecial se volvió y le dejó, y él quedó imaginando su
venganza, y la historia vuelve a hablar dél a su tiempo, por no dejar de
regocijarse ahora con don Quijote.

---

    4 **Por no haber hallado nidos donde pensó hallar pájaros** is a saying
meaning that things turned out the opposite of what was planned. **Nido** = *nest*.
    5 **Eso os...** *that's your own business*

Capítulo XVI. De lo que sucedió a don Quijote con un discreto caballero de la Mancha.

C ON LA ALEGRÍA, CONTENTO y vanidad que se ha dicho, seguía
don Quijote su jornada, imaginándose por la pasada vitoria ser
el caballero andante más valiente que tenía en aquella edad el
5   mundo. 'Daba por° acabadas y a felice fin conducidas cuantas aventuras   he considered
pudiesen sucederle de allí adelante. 'Tenía en poco° a los encantos y a   he cared little
los encantadores, no se acordaba de los inumerables palos que en el discurso de sus caballerías le habían dado, ni de la pedrada que le derribó
10   la mitad de los dientes, ni del desagradecimiento de los galeotes, ni del
atrevimiento y lluvia de estacas de los yangüeses. Finalmente, decía entre
sí, que si él hallara arte,° modo o manera cómo desencantar a su señora   way
Dulcinea, no invidiara° a la mayor ventura que alcanzó o pudo alcanzar   wouldn't envy
el más venturoso caballero andante de los pasados siglos.

15   En estas imaginaciones iba todo ocupado, cuando Sancho le dijo:
"¿No es bueno, señor, que aún todavía traigo entre los ojos las desaforadas
narices, y 'mayores de marca,° de mi compadre Tomé Cecial?"   unique
         "Y ¿crees tú, Sancho, por ventura, que el Caballero de los Espejos era
el bachiller Carrasco, y su escudero Tomé Cecial, tu compadre?"
20   "No sé qué me diga a eso,"¹ respondió Sancho, "sólo sé que las señas°   inidications
que me dio de mi casa, mujer y hijos, no me las podría dar otro que él
mesmo, y la cara, quitadas° las narices, era la misma de Tomé Cecial,   having taken off
como yo se la he visto muchas veces en mi pueblo y 'pared en medio° de   next door
mi misma casa, y el tono de la habla° era 'todo uno.°"   speech, the same
25   "Estemos a razón,² Sancho," replicó don Quijote. "Ven acá, ¿en qué
consideración puede caber que³ el bachiller Sansón Carrasco viniese
como caballero andante armado de armas ofensivas y defensivas, a pelear
conmigo? ¿He sido yo su enemigo, por ventura? ¿Hele dado yo jamás
ocasión para tenerme ojeriza? ¿Soy yo su rival, o hace él profesión de las
30   armas para tener invidia a la fama que yo por ellas he ganado?"
         "Pues ¿qué diremos, señor," respondió Sancho, "a esto de parecerse
tanto aquel caballero, sea el que se fuere, al bachiller Carrasco, y su escudero a Tomé Cecial, mi compadre? Y si ello es encantamento como
vuestra merced ha dicho, ¿no había en el mundo otros dos a quien se
35   parecieran?"
         "Todo es artificio y traza," respondió don Quijote, "de los malignos
magos° que me persiguen, los cuales, anteviendo° que yo había de quedar   magicians, foreseeing
vencedor en la contienda, 'se previnieron de° que el caballero vencido   they arranged
mostrase el rostro de mi amigo el bachiller, porque la amistad que le ten-
40   go se pusiese entre los filos de mi espada y el rigor de mi brazo, y templa-
se la justa ira de mi corazón, y desta manera quedase con vida el que con

---

1 **No sé...** *I don't know what to say about that*
2 **Estemos a...** *let's be reasonable*
3 **¿En qué...** *how can it be that*

embelecos° y falsías° procuraba quitarme la mía. Para prueba de lo cual   deceits, fraud
ya sabes, ¡oh Sancho! por experiencia que no te dejará mentir ni engañar,
cuán fácil sea a los encantadores mudar unos roſtros en otros, haciendo
de lo hermoso feo y de lo feo hermoso, pues no ha dos días que viſte por
5   tus mismos ojos la hermosura y gallardía de la sin par Dulcinea en toda
su entereza y natural conformidad,° y yo la vi en la fealdad y bajeza de   form
una zafia labradora, con cataratas en los ojos y con mal olor° en la boca.   smell
Y más, que el perverso encantador que se atrevió a hacer una transformación tan mala, 'no es mucho° que haya hecho la de Sansón Carrasco y   it's no wonder
10   la de tu compadre, por quitarme la gloria del vencimiento de las manos.
Pero, con todo eſto me consuelo, porque, en fin, en cualquier figura que
haya sido, he quedado vencedor de mi enemigo."
     "Dios sabe la verdad de todo," respondió Sancho.
     Y como él sabía que la transformación de Dulcinea había sido traza y
15   embeleco suyo, no le satisfacían las quimeras de su amo. Pero no le quiso
replicar, por no decir alguna palabra que descubriese su embuſte.
     En eſtas razones eſtaban, cuando los alcanzó un hombre que detrás
dellos por el mismo camino venía sobre una muy hermosa yegua tordilla,°   dapple-grey
veſtido un gabán de paño fino verde, jironado de terciopelo leonado,[4] con
20   una montera del mismo terciopelo. El aderezo° de la yegua era de campo,   trappings
y de la jineta, asimismo de morado y verde; traía un alfanje morisco pendiente de un ancho tahalí de verde y oro, y los borceguíes eran de la labor
del tahalí. Las espuelas no eran doradas, sino dadas con un barniz verde,
tan tersas y bruñidas,° que, por hacer labor con todo el veſtido, parecían   burnished
25   mejor que si fuera[5] de oro puro. Cuando llegó a ellos el caminante los
saludó cortésmente, y picando a la yegua, se pasaba de largo.[6] Pero don
Quijote le dijo: "Señor galán, si es que vueſtra merced lleva 'el camino°   el **mismo** camino
que nosotros y no importa el darse priesa, 'merced recibiría° en que nos   I would be pleased
fuésemos juntos."
30   "En verdad," respondió el de la yegua, "que no me pasara tan de largo,
si no fuera por temor que con la compañía de mi yegua no se alborotara
ese caballo."
     "Bien puede, señor," respondió a eſta sazón Sancho, "bien puede 'te-
ner las riendas° a su yegua, porque nueſtro caballo es el más honeſto y   rein in
35   bien mirado del mundo. Jamás en semejantes ocasiones ha hecho vileza
alguna, y una vez que 'se desmandó° a[7] hacerla, la laſtamos° mi señor y   behaved badly, paid
yo con las setenas. Digo otra vez, que puede vueſtra merced detenerse,
si quisiere, que aunque se la den entre dos platos,[8] a buen seguro que el

---

4 **Jironado de…** *with appliqués of tan triangles*
5 The original shows **fuera** here, looking towards **oro**. Schevill and others
change it to **fueran** to agree with what precedes.
6 **Se pasaba…** *he went by*
7 The first edition has **ha** here.
8 **Entre dos…** *"on a silver platter"*

caballo no la arroſtre."⁹

    Detuvo la rienda el caminante, admirándose de la apoſtura y roſtro de don Quijote, el cual iba sin celada, que la llevaba Sancho como maleta en el arzón delantero de la albarda del rucio, y si mucho miraba el de lo verde a don Quijote, mucho más miraba don Quijote al de lo verde, pareciéndole hombre de chapa. La edad moſtraba ser de cincuenta años, las canas pocas y el roſtro aguileño, la viſta entre alegre y grave. Finalmente, en el traje y apoſtura daba a entender ser hombre de ʼbuenas prendas.°   worth

    Lo que juzgó de don Quijote de la Mancha el de lo verde fue que semejante manera ni parecer de hombre no le había viſto jamás. Admiróle la longura° de su caballo,¹⁰ la grandeza de su cuerpo, la flaqueza°   length, leanness y amarillez° de su roſtro, sus armas, su ademán y compoſtura, figura y   yellowness retrato° no viſto por luengos tiempos atrás¹¹ en aquella tierra. Notó bien   appearance don Quijote la atención con que el caminante le miraba, y leyóle en la suspensión su deseo, y como era tan cortés y tan amigo° de dar guſto a   fond todos, antes que le preguntase nada le salió al camino,¹² diciéndole: "Eſta figura que vuesa merced en mí ha viſto, por ser tan nueva y tan fuera de las que comúnmente se usan, no me maravillaría yo de que le hubiese maravillado. Pero dejará vuesa merced de eſtarlo, cuando le diga, como le digo, que soy caballero

> deſtos que dicen las gentes,
> que a sus aventuras van.¹³

    "Salí de mi patria, empeñé mi hacienda, dejé mi regalo y entreguéme en los brazos de la fortuna que me llevasen donde más fuese servida. Quise resucitar la ya muerta andante caballería, y ha muchos días que, tropezando aquí, cayendo allí, despeñándome acá y levantándome acullá, he cumplido gran parte de mi deseo, socorriendo viudas, amparando doncellas y favoreciendo casadas, huérfanos y pupilos, propio y natural oficio de caballeros andantes, y así por mis valerosas, muchas y criſtianas hazañas he merecido andar ya en eſtampa en casi todas o las más naciones del mundo. Treinta mil volúmenes se han impreso de mi hiſtoria, y lleva camino de imprimirse¹⁴ treinta mil veces de millares, si el cielo no lo remedia.° Finalmente, por encerrarlo° todo en breves palabras, o en una   put a ſtop to, summarize it

---

   9 **No la...** *he wouldn't even look at her*

   10 Since it is *Don Quijote*'s description we are hearing about, editors have wondered whether **caballo** is correⁿct. A few change it to **cabello** *hair* while many more change it to **cuello** *neck* (the firſt edition has **cauallo**—**u** and **b** were interchangeable—and thus editors juſtified the reading **cuello**). Let's ſtick with **caballo** since his horse is part of his ſtrange overall appearance.

   11 **Por luengos...** *for a long time*

   12 **Le salió...** *he anticipated it*

   13 There is a variant of these verses in Part I, Chapter 9, p. 75, ll. 19-20, and later in Chapter 49, p. 440, ll. 16-17.

   14 **Lleva camino...** *on its way to being printed*

sola, digo que yo soy don Quijote de la Mancha, por otro nombre llamado el Caballero de la Triſte Figura, y pueſto que las propias alabanzas envilecen, esme forzoso decir yo tal vez las mías, y eſto se entiende cuando no se halla presente quien las diga. Así que, señor gentilhombre, ni eſte caballo, eſta lanza,[15] ni eſte escudo ni escudero, ni todas juntas eſtas armas, ni la amarillez de mi roſtro, ni mi atenuada flaqueza os podrá admirar de aquí adelante, habiendo ya sabido quién soy y la profesión que hago."

Calló en diciendo eſto don Quijote, y el de lo verde, según se tardaba en responderle, parecía que no acertaba a hacerlo. Pero de allí a buen espacio le dijo: "Acertaſtes, señor caballero, a conocer por mi suspensión mi deseo. Pero no habéis acertado a quitarme la maravilla que en mí causa el haberos viſto. Que pueſto que como vos, señor, decís, que el saber ya quién sois me la° podría quitar, no ha sido así, antes, agora que lo sé, quedo más suspenso y maravillado. ¿Cómo y es posible que hay hoy caballeros andantes en el mundo, y que hay hiſtorias impresas de verdaderas caballerías? No me puedo persuadir que haya hoy en la tierra quien favorezca viudas, ampare doncellas, ni honre casadas, ni socorra huérfanos, y no lo creyera si en vuesa merced no lo hubiera viſto con mis ojos. Bendito sea el cielo, que con esa hiſtoria que vuesa merced dice que está impresa de sus altas y verdaderas caballerías, se habrán pueſto en olvido las innumerables de los fingidos caballeros andantes, de que eſtaba lleno el mundo, tan en daño de las buenas coſtumbres y tan en perjuicio y descrédito° de las buenas hiſtorias."

"Hay mucho que decir," respondió don Quijote, "en razón de si son fingidas o no las hiſtorias de los andantes caballeros."

"Pues ¿hay quien dude," respondió el Verde, "que no son falsas las tales hiſtorias?"

"Yo lo dudo," respondió don Quijote, "y quédese eſto aquí. Que si nueſtra jornada dura, espero en Dios de dar a entender a vuesa merced que ha hecho mal en irse con la corriente de los que tienen por cierto que no son verdaderas."

Deſta ultima razón de don Quijote tomó barruntos el caminante de que don Quijote debía de ser algún mentecato, y aguardaba° que con otras lo confirmase. Pero antes que se divirtiesen en otros razonamientos, don Quijote le rogó le dijese quién era, pues él le había dado parte° de su condición y de su vida. A lo que respondió el del Verde Gabán: "Yo, señor Caballero de la Triſte Figura, soy un hidalgo, natural de un lugar donde iremos a comer hoy, si Dios fuere servido. Soy más que medianamente rico, y es mi nombre don Diego de Miranda. Paso la vida con mi mujer y con mis hijos y con mis amigos. Mis ejercicios son el de la caza y pesca, pero no mantengo ni halcón, ni galgos, sino algún perdigón manso[16] o

la *maravilla*

disrepute

expeɕted

report

---

15 For sake or parallel ſtruɕture, Schevill has placed **ni**, not found in the firſt edition, before **eſta**. I have omitted it because of the conversational ſtyle of the text.

16 These tame partridges were, and are ſtill, used as hunters' decoys.

algún hurón[17] atrevido. Tengo haſta seis docenas de libros, cuales° de ro-   some
mance y cuales de latín, de hiſtoria algunos y 'de devoción° otros. Los de   devotional
caballerías aun no han entrado por los umbrales de mis puertas. Hojeo°   I turn pages in
más los que son profanos que los devotos, como sean de honeſto entrete-
5   nimiento, que deleiten con el lenguaje y admiren y suspendan con la invención, pueſto que deſtos hay muy pocos en España. Alguna vez como
con mis vecinos y amigos, y muchas veces los convido.° Son mis convites°   i.e., to dine, banquets
limpios y aseados° y no nada escasos. Ni guſto de murmurar, ni consiento   clean
que delante de mí se murmure. No escudriño las vidas ajenas, ni soy lince
10   de los hechos de los otros.[18] Oigo° misa cada día, reparto de° mis bienes   I attend, some of
con los pobres, sin 'hacer alarde° de las buenas obras por no dar entrada   boaſting
en mi corazón a la hipocresía y vanagloria,° enemigos que blandamente°   boaſtfulness, subtly
'se apoderan° del corazón más recatado. Procuro poner en paz los que sé   take possession of
que eſtán desavenidos.° Soy devoto de Nueſtra Señora y confío siempre   on bad terms
15   en la misericordia infinita de Dios Nueſtro Señor."

    Atentísimo eſtuvo Sancho a la relación de la vida y entretenimientos
del hidalgo, y pareciéndole buena y santa, y que quien la° hacía debía   = la *vida*
de hacer milagros, se arrojó del rucio y con gran priesa le fue a asir del
eſtribo derecho, y con devoto corazón y casi lágrimas le besó los pies una
20   y muchas veces. Viſto lo cual por el hidalgo, le preguntó: "¿Qué hacéis,
hermano? ¿Qué besos son éſtos?"

    "Déjenme besar," respondió Sancho, "porque me parece vuesa merced
el primer santo 'a la jineta° que he viſto en todos los días de mi vida."   on horseback

    "No soy santo," respondió el hidalgo, "sino gran pecador. Vos sí, her-
25   mano, que debéis de ser bueno, como vueſtra simplicidad lo mueſtra."

    Volvió Sancho a cobrar la albarda, habiendo sacado a plaza la risa[19]
de la profunda malencolía de su amo y causado nueva admiración a don
Diego.

    Preguntóle don Quijote que cuántos hijos tenía, y díjole que una de
30   las cosas en que ponían el sumo bien los antiguos filósofos, que carecieron del verdadero conocimiento de Dios, fue en los bienes de la naturale-
leza, en los de la fortuna, en tener muchos amigos y en tener muchos y
buenos hijos.

    "Yo, señor don Quijote," respondió el hidalgo, "tengo un hijo que a
35   no tenerle quizá 'me juzgara° por más dichoso de lo que soy, y no porque   I would consider
él sea malo, sino porque no es tan bueno como yo quisiera. Será de edad   myself
de diez y ocho años, 'los seis° ha eſtado en Salamanca, aprendiendo las   for six years
lenguas latina y griega, y cuando quise que pasase° a eſtudiar otras cien-   go on
cias, halléle tan embebido en la de la poesía, si es que se puede llamar
40   ciencia, que no es posible hacerle arroſtrar° la de las leyes, que yo quisiera   to face
que eſtudiara, ni de la reina de todas, la teología. Quisiera yo que fuera

---

17 Ferrets are used for hunting—for example, to drive rabbits from their
burrows.

18 **Ni soy...** *nor do I spy on other men's actions.* This is Starkie's good solution.

19 **Habiendo sacado...** *having brought out a laugh*

corona de su linaje,[20] pues vivimos en siglo donde nueſtros reyes premian
altamente las virtuosas y buenas letras, porque letras sin virtud son perlas en el muladar.° Todo el día se le pasa en averiguar si dijo bien o mal   dung heap
Homero en tal verso de la *Ilíada*, si Marcial[21] anduvo deshoneſto o no
en tal epigrama, si se han de entender de una manera o otra tales y tales
versos de Virgilio. En fin, todas sus conversaciones son con los libros de
los referidos poetas, y con los de Horacio,[22] Persio,[23] Juvenal[24] y Tibulo.[25]
Que de los modernos romanciſtas[26] no 'hace mucha cuenta,° y con todo   pays little attention
el mal cariño que mueſtra tener a la poesía de romance,[27] le tiene agora
desvanecidos los pensamientos el hacer una glosa a cuatro versos que le
han enviado de Salamanca,[28] y pienso que son de juſta° literaria.”   competition

    A todo lo cual respondió don Quijote: “Los hijos, señor, son pedazos
de las entrañas de sus padres, y así 'se han de querer,° o buenos o malos   muſt be loved
que sean, como se quieren las almas que nos dan vida. A los padres toca
el encaminarlos desde pequeños por los pasos de la virtud, de la buena
crianza° y de las buenas y criſtianas coſtumbres, para que, cuando grandes,   upbringing
sean báculo de la vejez de sus padres y gloria de su poſteridad. Y en lo
de forzarles que eſtudien eſta o aquella ciencia no lo tengo por acertado,
aunque el persuadirles no será dañoso. Y cuando no se ha de eſtudiar para
pane lucrando,° siendo tan venturoso el eſtudiante, que le dio el cielo pa-   “to earn one’s bread”
dres que se lo dejen, sería yo de parecer que le dejen seguir aquella ciencia   *in Latin*
a que más le vieren° inclinado, y aunque la de la poesía es menos útil que   they see
deleitable, no es de aquellas que suelen deshonrar a quien las posee.

---

20 **Corona de...** *an honor to his family*

21 The Roman epigramiſt Martial was born in Bibilis, near modern Ca-
latayud in Spain, about 75 kms. southweſt of Zaragoza. He is faulted for his
gushy adulation of emperors and his obscenity. Intereſting for underſtanding
don Diego de Miranda’s son are these epigrams: “Nothing is more confident
than a bad poet” Book II, 63; “He does not write at all whose poems no man
reads” Book III, 9.

22 Horace was a famous Latin poet (65B.C.–8A.D.). He wrote about friendship, love, philosophy, and the art of poetry in his *Epiſtles* and *Odes*.

23 Persius (34–62A.D.) was a Latin ſtoic poet whose satires had a high
moral tone. He was a precursor of Juvenal.

24 Juvenal (55?–127?) was the beſt known of the Latin satiric poets. His
sixteen *Satires* deal with daily life in Rome under good and bad emperors.
They attack the corruption of society in Rome and the brutalities and follies of
mankind.

25 Tibullus (55B.C.–19B.C.) was a Roman elegiac poet considered by Quin-
tilian to be the beſt of them all. His clear and unaffeĉted ſtyle is marked by
simplicity, grace, tenderness, and exquisiteness of feeling.

26 That is, the modern poets who write in **romance** *Spanish*.

27 **Con todo...** *but even though he seems to dislike poetry in Spanish*

28 **Le tiene...** *writing a gloss based on four verses that they sent him from
Salamanca has muddled his thoughts.* The conteſt consiſts of taking a four-line
poem and composing a new, longer poem of four ſtanzas, each one ending with
a verse from the orginal. I guess you are about to see this.

"La poesía, señor hidalgo, a mi parecer, es como una doncella tierna y de poca edad y en todo extremo hermosa, a quien tienen²⁹ cuidado de enriquecer, pulir y adornar otras muchas doncellas, que son todas las otras ciencias, y ella se ha de servir de todas, y todas se han de autorizar
5   con ella.³⁰ Pero esta tal doncella no quiere ser manoseada, ni traída por las calles, ni publicada por las esquinas de las plazas ni por los rincones de los palacios. Ella es hecha de una alquimia° de tal virtud, que quien la   alchemy sabe tratar la volverá en oro purísimo³¹ 'de inestimable precio.° Hala de   priceless tener, el que la tuviere, a raya, no dejándola correr en torpes° sátiras ni   clumsy
10   en desalmados sonetos. No ha de ser vendible en ninguna manera, 'si ya no° fuere en poemas heroicos, en lamentables° tragedias, o en comedias   unless, moving alegres y artificiosas. No se ha de dejar tratar de los truhanes° ni del   buffoons ignorante vulgo, incapaz° de conocer ni estimar° los tesoros que en ella   incapable, appreciating se encierran. Y no penséis, señor, que yo llamo aquí vulgo solamente a la
15   gente plebeya y humilde. Que todo aquel que no sabe, aunque sea señor y príncipe, puede y debe entrar en número de vulgo. Y así el que con los requisitos° que he dicho tratare y tuviere° a la poesía, será famoso y   requirements, holds estimado su nombre en todas las naciones políticas del mundo. Y 'a lo que decís,° señor, que vuestro hijo no estima mucho la poesía de romance,   from what you say
20   doyme a entender que no anda muy acertado en ello, y la razón es ésta: el grande Homero no escribió en latín porque era griego, ni Virgilio no escribió en griego porque era latino. En resolución, todos los poetas antiguos escribieron en la lengua que mamaron° en la leche, y no fueron a   suckled buscar las estranjeras° para declarar la alteza° de sus conceptos. Y siendo   foreign *languages;* grandeur
25   esto así, razón sería se estendiese esta costumbre por todas las naciones, y que no 'se desestimase° el poeta alemán porque escribe en su lengua, ni el   hold self in low esteem castellano, ni aun el vizcaíno que escribe en la suya.

"Pero vuestro hijo, a lo que yo, señor, imagino, no debe de estar mal con la poesía de romance, sino con los poetas que son meros romancistas,°   Spanish writers
30   sin saber otras lenguas ni otras ciencias que adornen y despierten y ayuden a su natural impulso,° y aun en esto puede haber yerro. Porque, según   inspiration es opinión verdadera, el poeta nace.³² Quieren decir que del vientre de su madre el poeta natural sale poeta. Y con aquella inclinación que le dio el cielo, sin más estudio ni artificio, compone cosas que hace verdadero al
35   que dijo: *Est deus in nobis*, etc.³³ También digo que el natural poeta que 'se ayudare del° arte será mucho mejor y se aventajará al poeta que sólo por   makes use of saber el arte quisiere serlo. La razón es porque el arte no se aventaja a la

---

29 The subject of **tienen** is **otras muchas doncellas…**

30 **Ella se**… *she must use them all and they find their worth through her*

31 There is doubtless a pun here with the other meaning of **alquimia** *fool's gold.*

32 The first part of a Latin adage, "Poeta nascitur, non fit," 'A poet is born, not made.'

33 ***Est deus in nobis: agitante calescimus in illo*** "There is god in us: he stirs and we get warm," from Ovid's *Fasti*, vi, 5.

naturaleza, sino perficiónala.°[34] Así que, mezcladas la naturaleza y el arte, — *it perfects it*
y el arte con la naturaleza, sacarán un perfetísimo poeta.

"Sea, pues, la conclusión de mi plática, señor hidalgo, que vuesa merced deje caminar a su hijo por donde su estrella le llama, que, siendo él
tan buen estudiante como debe de ser, y habiendo ya subido felicemente
el primer escalón° de las esencias,[35] que es el de las lenguas, con ellas por — *step*
sí mesmo subirá a la cumbre de las letras humanas, las cuales tan bien
parecen en un 'caballero de capa y espada,° y así le adornan, honran y — *secular knight*
engrandecen como las mitras a los obispos, o como las garnachas° a los — *robes*
'peritos jurisconsultos.° Riña vuesa merced a su hijo si hiciere sátiras que — *qualified legal experts*
perjudiquen° las honras ajenas, y castíguele y rómpaselas.° Pero si hiciere — *harm, tear them up*
sermones° al modo de Horacio, donde reprehenda los vicios en general, — *discourses*
como tan elegantemente él lo hizo, alábele, porque lícito es al poeta escribir contra la invidia y decir en sus versos mal de los invidiosos, y así
de los otros vicios, 'con que° no señale persona alguna.[36] Pero hay poetas — **con *tal* que**
que a trueco de decir una malicia se pondrán a peligro que los destierren
a las islas de Ponto.[37] Si el poeta fuere casto en sus costumbres, lo será
también, en sus versos. La pluma es lengua del alma—cuales° fueron los — *as*
conceptos que en ella se engendraren, tales° serán sus escritos, y cuando — *so*
los reyes y príncipes veen la milagrosa ciencia de la poesía en sujetos
prudentes, virtuosos y graves, los honran, los estiman y los enriquecen, y
aun los coronan con las hojas del árbol a quien no ofende el rayo,[38] como
en señal que no han de ser ofendidos de nadie los que con tales coronas
veen honradas y adornadas sus sienes."

Admirado quedó el del Verde Gabán del razonamiento de don Quijote, y tanto, que fue perdiendo de la opinión que con él tenía de ser mentecato. Pero a la mitad desta plática, Sancho, por no ser muy de su gusto,
se había desviado del camino a pedir un poco de leche a unos pastores
que allí junto 'estaban ordeñando° unas ovejas, y en esto, ya volvía a re- — *were milking*
novar la plática el hidalgo, satisfecho en extremo de la discreción y buen
discurso de don Quijote, cuando, alzando don Quijote la cabeza, vio que
por el camino por donde ellos iban venía un carro lleno de banderas reales. Y creyendo que debía de ser alguna nueva aventura, a grandes voces

---

34 Here don Quijote is being very erudite, using the Latin stem **perfic-** instead of the Spanish **perfecionar.**

35 The original edition has **esencias** *essential disciplines* which I respect.
Many editions change this to **ciencias,** and this could be what was intended.

36 **Con que...** *provided that he not single out any individual*

37 This is Ovid (43 B.C.–17 A.D.), exiled in 9 A.D., to the shores (*not* islands)
of Pontus Euxinus on the Black Sea, because he had written *Ars Amatoria*, a
poem dealing with the art of love. The Emperor Augustus was particularly sore
at Ovid because he—Augustus——was trying to foster moral reforms when
Ovid's masterpiece of witty impropriety was produced.

38 The tree that lightning never strikes, according to an ancient supersision,
is the laurel, whose leaves were used to make wreaths to place on the heads of
heroes and poets.

llamó a Sancho que viniese a darle la celada, el cual Sancho, oyéndose
llamar, dejó a los pastores, y a toda priesa picó al rucio y llegó donde su
amo estaba, a quien sucedió una espantosa y desatinada aventura.

Capítulo XVII. De donde se declaró el último punto y extremo adonde llegó y pudo llegar el inaudito ánimo de don Quijote con la felicemente acabada aventura de los leones.

CUENTA LA HISTORIA QUE cuando don Quijote daba voces a San-
cho que le trujese el yelmo, estaba él comprando unos requesones°   "cottage cheese"
que los pastores le vendían, y acosado de la mucha priesa de su
amo, no supo qué hacer dellos, ni en qué traerlos, y por no perderlos, que
ya los tenía pagados,° acordó de echarlos en la celada de su señor, y con   paid for
este buen recado volvió a ver lo que le quería, el cual, en llegando, le dijo:
"Dame, amigo, esa celada—que yo sé poco de aventuras, o lo que allí descubro es alguna que me ha de necesitar, y me necesita, a tomar mis armas."

El del Verde Gabán, que esto oyó, tendió la vista por todas partes, y
no descubrió otra cosa que un carro que hacia ellos venía, con dos o tres
banderas pequeñas, que le dieron a entender que el tal carro debía de
traer moneda de su majestad, y así se lo dijo a don Quijote.

Pero él no le dio crédito, siempre creyendo y pensando que todo lo
que le sucediese habían de ser aventuras y más aventuras, y así respondió al hidalgo: "«Hombre apercebido, medio combatido»¹—no se pierde
nada en que yo me aperciba. Que sé por experiencia que tengo enemigos
visibles e invisibles, y no sé cuándo, ni adónde, ni en qué tiempo, ni en
qué figuras me han de acometer."

Y volviéndose° a Sancho, le pidió la celada, el cual, como no tuvo   turning towards
lugar de sacar los requesones, le fue forzoso dársela como estaba. Tomóla don Quijote, y sin que echase de ver lo que dentro venía, con toda
priesa se la encajó° en la cabeza, y como los requesones 'se apretaron° y   put, were squeezed
exprimieron,° comenzó a correr el suero° por todo el rostro y barbas de   were squeezed, whey
don Quijote, de lo que recibió tal susto, que dijo a Sancho: "¿Qué será
esto, Sancho, que parece que se me ablandan los cascos o se me derriten
los sesos, o que sudo de los pies a la cabeza? Y si es que sudo, en verdad
que no es de miedo. Sin duda creo que es terrible la aventura que agora
quiere sucederme. Dame, si tienes, con que me limpie.² Que el copioso
sudor me ciega los ojos."

Calló Sancho y diole un paño, y dio con él gracias a Dios de que
su señor no hubiese caído en el caso. Limpióse don Quijote y quitóse la
celada, por ver qué cosa era la que, a su parecer, le enfriaba la cabeza, y
viendo aquellas gachas° blancas dentro de la celada, las llegó a las narices,   mush
y en oliéndolas dijo: "¡Por vida de mi señora Dulcinea del Toboso, que

---

1 "Forewarned is forearmed."

2 **Con que...** *something to clean myself with*

son requesones los que aquí me has puesto, traidor, bergante° y mal mi-   scoundrel
rado escudero!"

A lo que con gran flema° y disimulación° respondió Sancho: "Si son   calm, pretending
requesones, démelos vuesa merced, que yo me los comeré. Pero cómalos
el diablo, que debió de ser él que ahí los puso. ¿Yo había de tener atrevimiento de ensuciar el yelmo de vuesa merced? ¡Hallado le habéis el
atrevido!³ A la fe, señor, a lo que Dios me da a entender, también debo yo
de tener encantadores que me persiguen, como a hechura° y miembro de   part
vuesa merced, y habrán puesto ahí esa inmundicia para mover a cólera su
paciencia, y hacer que me muela, como suele, las costillas. Pues en verdad
que esta vez han dado salto en vago.⁴ Que yo confío en el buen discurso
de mi señor, que habrá considerado que ni yo tengo requesones, ni leche,
ni otra cosa que lo valga, y que si la tuviera, antes la pusiera en mi estómago que en la celada."

"Todo puede ser," dijo don Quijote.

Y todo lo miraba el hidalgo, y de todo se admiraba, especialmente
cuando, después de haberse limpiado don Quijote cabeza, rostro y barbas
y celada, se la encajó, y afirmándose bien en los estribos, requiriendo la
espada y asiendo la lanza, dijo: "Ahora venga lo que viniere, que aquí estoy
con ánimo de tomarme con el mesmo Satanás en persona."

Llegó, en esto, el carro de las banderas, en el cual no venía otra gente
que el carretero en las mulas, y un hombre sentado en la delantera.° Púso-   front
se don Quijote delante, y dijo: "¿Adónde vais, hermanos? ¿Qué carro es
éste, qué lleváis en él y qué banderas son aquéstas?"

A lo que respondió el carretero: "El carro es mío; lo que va en él son
dos bravos leones enjaulados, que el General de Orán envía a la Corte,
presentados a su majestad; las banderas son del rey nuestro señor, en señal
que aquí va cosa suya."

"Y ¿son grandes los leones?" preguntó don Quijote.

"Tan grandes," respondió el hombre que iba a la puerta del carro, "que
no han pasado mayores, ni tan grandes, de África a España jamás, y yo
soy el leonero° y he pasado otros, pero como éstos ninguno. Son hembra   lion-keeper
y macho,° el macho va en esta jaula primera, y la hembra en la de atrás, y   male
ahora van hambrientos, porque no han comido hoy. Y así vuesa merced se
desvíe, que es menester llegar presto donde 'les demos de comer.'"   we will feed them

A lo que dijo don Quijote, sonriéndose un poco: "¿Leoncitos a mí?
¿A mí leoncitos, y a tales horas? Pues por Dios que han de ver esos señores que acá los envían, si soy yo hombre que se espanta de leones. Apeaos,
buen hombre, y pues sois el leonero, abrid esas jaulas y echadme esas
bestias fuera, que en mitad desta campaña° les daré a conocer quién es   field
don Quijote de la Mancha, a despecho y pesar de los encantadores que
a mí los envían."

---

3 ¡Hallado le... *do you think I'm to blame?* Clearly not literal.
4 Han dado... *they are off the mark*

"Ta, ta,"⁵ dijo a esta sazón entre sí el hidalgo. "Dado ha señal de quien es nuestro buen caballero—los requesones sin duda le han ablandado los cascos y madurado° los sesos." softened

Llegóse, en esto, a él Sancho, y díjole: "Señor, por quien Dios es, que vuesa merced haga de manera que mi señor don Quijote no 'se tome con° take on estos leones, que si se toma, aquí nos han de hacer pedazos a todos."

"Pues ¿tan loco es vuestro amo," respondió el hidalgo, "que teméis y creéis que se ha de tomar con tan fieros animales?"

"No es loco," respondió Sancho, "sino atrevido."

"Yo haré que no lo sea," replicó el hidalgo.

Y llegándose a don Quijote, que estaba 'dando priesa° al leonero que harrassing abriese las jaulas, le dijo: "Señor caballero, los caballeros andantes han de acometer las aventuras que prometen esperanza de salir bien dellas, y no aquellas que de en todo⁶ la quitan. Porque la valentía que se entra en la juridición de la temeridad, más tiene de locura que de fortaleza. Cuanto más que estos leones no vienen contra vuesa merced, ni lo sueñan. Van presentados a su majestad, y no será bien detenerlos ni impedirles° su to stop viaje."

"Váyase vuesa merced, señor hidalgo," respondió don Quijote, "a entender con su perdigón manso y con su hurón atrevido, y deje a cada uno hacer su oficio. Éste es el mío, y yo sé si vienen a mí o no estos señores leones."

Y volviéndose al leonero, le dijo: "¡Voto a tal, don bellaco, que si no abrís luego luego las jaulas, que con esta lanza 'os he de coser con° el carro!" I'll impale you to

El carretero, que vio la determinación° de aquella armada fantas- resolve ma, le dijo: "Señor mío, vuestra merced sea servido, por caridad, dejarme desuncir las mulas y ponerme en salvo con ellas, antes que 'se desenvai- nen° los leones, porque si me las matan, quedaré rematado para toda mi are released vida—que no tengo otra hacienda sino este carro y estas mulas."

"¡Oh hombre de poca fe!"⁷ respondió don Quijote, "apéate y desunce y haz lo que quisieres, que presto verás que trabajaste en vano, y que pudieras ahorrar desta diligencia."

Apeóse el carretero y desunció a gran priesa, y el leonero dijo a grandes voces: "Séanme testigos cuantos aquí están, como contra mi voluntad y forzado abro las jaulas y suelto los leones, y de que protesto° a este warn señor que todo el mal y daño que estas bestias hicieren corra° y vaya por is the responsibility of su cuenta, con más mis salarios y derechos. Vuestras mercedes, señores, se pongan en cobro antes que abra, que yo seguro estoy que no me han de hacer daño."

Otra vez le persuadió el hidalgo que no hiciese locura semejante, que era tentar a Dios acometer tal disparate. A lo que respondió don Quijote, que él sabía lo que hacía. Respondióle el hidalgo que lo mirase bien, que

---

5 This was used to show surprise at seeing something unexpected.

6 This is as in the first edition. Schevill makes it **de todo en todo** *entirely*.

7 This echoes what Christ says in Matthew 14:31.

él entendía que se engañaba.

"Ahora, señor," replicó don Quijote, "si vuesa merced no quiere ser oyente desta que a su parecer ha de ser tragedia, pique la tordilla y póngase en salvo."

Oído lo cual por Sancho, con lágrimas en los ojos le suplicó desistiese de tal empresa, en cuya comparación habían sido tortas y pan pintado la de los molinos de viento y la temerosa de los batanes y, finalmente, todas las hazañas que había acometido en todo el discurso de su vida.

"Mire, señor," decía Sancho, "que aquí no hay encanto ni cosa que lo valga, que yo he visto por entre las verjas y resquicios de la jaula una uña° de león verdadero, y saco por ella que el tal león, cúya debe de ser la tal uña, es mayor que una montaña."

claw

"El miedo, a los menos," respondió don Quijote, "te le hará parecer mayor que la mitad del mundo. Retírate, Sancho, y déjame, y si aquí muriere, ya sabes nuestro antiguo concierto—acudirás a Dulcinea, y no te digo más."

A éstas añadió otras razones con que quitó las esperanzas de que no había de dejar de proseguir su desvariado intento. Quisiera el del Verde Gabán oponérsele, pero viose desigual en las armas, y no le pareció cordura tomarse con un loco, que ya se lo había parecido de todo punto don Quijote, el cual, volviendo a dar priesa al leonero y a reiterar las amenazas, dio ocasión al hidalgo a que picase la yegua y Sancho al rucio y el carretero a sus mulas, procurando todos apartarse del carro lo más que pudiesen, antes que los leones 'se desembanastasen.°

were released

Lloraba Sancho la muerte de su señor, que aquella vez sin duda creía que llegaba en las garras de los leones, maldecía su ventura y llamaba menguada° la hora en que le vino al pensamiento volver a servirle. Pero no por llorar y lamentarse dejaba de aporrear° al rucio para que se alejase del carro. Viendo, pues, el leonero que ya los que iban huyendo estaban bien desviados, tornó a requerir° y a intimar a don Quijote lo que ya le había requerido e intimado, el cual respondió que lo oía y que no se curase de más intimaciones y requirimientos, que todo sería de poco fruto, y que se diese priesa. En el espacio que tardó el leonero en abrir la jaula primera, estuvo considerando don Quijote si sería bien hacer la batalla antes a pie que a caballo. Y en fin se determinó de hacerla a pie, temiendo que Rocinante se espantaría con la vista de los leones. Por esto saltó del caballo, arrojó la lanza y embrazó el escudo, y, desenvainando la espada, 'paso ante paso,° con maravilloso denuedo y corazón valiente, se fue a poner delante del carro, encomendándose a Dios de todo corazón, y luego a su señora Dulcinea.

wretched

beating

persuade

step by step

Y 'es de saber° que, llegando a este paso el autor de esta verdadera historia, exclama y dice: "¡Oh fuerte y sobre todo encarecimiento animoso don Quijote de la Mancha, espejo donde se pueden mirar todos los valientes del mundo, segundo y nuevo don Manuel de León,[8] que fue

it should be made known

---

8 For Manuel de León, see Part I, Chap. 49, p. 437, note 9.

El león… volvió las espaldas y enseñó sus traseras partes a don Quijote,
y con gran flema y remanso se volvió a echar en la jaula.

gloria y honra de los españoles caballeros! ¿Con qué palabras contaré
esta tan espantosa° hazaña, o con qué razones la haré creíble a los siglos   frightening
venideros, o qué alabanzas habrá que no te convengan y cuadren, aunque
sean hipérboles° sobre todos los hipérboles? Tú a pie, tú sólo, tú intrépido,   exaggeration
5   tú magnánimo, con sola una espada, y no de las del perrillo⁹ cortadoras,
con un escudo no de muy luciente y limpio acero, estás aguardando y
atendiendo los dos más fieros leones que jamás criaron las africanas selvas.° Tus mismos hechos sean los que te alaben, valeroso manchego—que   jungles
yo los dejo aquí en su punto, por faltarme palabras con que encarecerlos."
10   Aquí cesó la referida exclamación del autor y pasó adelante, anudan-
do° el hilo de la historia, diciendo: joining
Que visto el leonero ya puesto en postura a don Quijote, y que no
podía dejar de soltar al león macho, so pena de caer en la desgracia del
indignado y atrevido caballero, abrió de par en par la primera jaula donde
15   estaba, como se ha dicho, el león, el cual pareció de grandeza extraordinaria y de espantable y fea catadura. Lo primero que hizo fue revolverse
en la jaula, donde venía echado,° y tender la garra y desperezarse° todo.   lying, stretch
Abrió luego la boca y bostezó° muy despacio, y con casi dos palmos de   yawned
lengua que sacó fuera se despolvoreó° los ojos y se lavó el rostro.¹⁰ Hecho   cleaned dust from
20   esto, sacó° la cabeza fuera de la jaula y miró a todas partes con los ojos   stuck out
hechos brasas,° vista y ademán para poner espanto a la misma temeridad.   hot coals
Sólo don Quijote lo miraba atentamente, deseando que saltase ya del carro y viniese con él a las manos, entre las cuales pensaba hacerle pedazos.
Hasta aquí llegó el extremo de su jamás vista locura. Pero el generoso
25   león, más comedido que arrogante, no haciendo caso de niñerías ni de
bravatas,° después de haber mirado a una y otra parte, como se ha dicho,   bravado
volvió las espaldas y enseñó sus traseras partes a don Quijote, y con gran
flema y remanso° se volvió a echar en la jaula. Viendo lo cual, don Qui-   sluggishness
jote mandó al leonero que le diese de palos y le irritase para echarle fuera.
30   "Eso no haré yo," respondió el leonero, "porque si yo le instigo, el
primero a quien hará pedazos será a mí mismo. Vuesa merced, señor caballero, se contente con lo hecho, que es todo lo que puede decirse en género de valentía, y no quiera tentar segunda fortuna. El león tiene abierta
la puerta, en su mano está salir o no salir, pero pues no ha salido hasta
35   ahora, no saldrá en todo el día. La grandeza del corazón de vuesa merced
ya está bien declarada. Ningún bravo peleante, según a mí se me alcanza,
está obligado a más que a desafiar a su enemigo y esperarle en campaña,
y si el contrario no acude, en él se queda la infamia, y el esperante° gana   person who waits
la corona del vencimiento."
40   "Así es verdad," respondió don Quijote, "cierra, amigo, la puerta, y
dame por testimonio en la mejor forma que pudieres lo que aquí me has

---

9 These were short, wide swords made by Julián del Rey in fifteenth-century Toledo.

10 EDITOR'S NOTE: Male lions do not hunt, only the females do, so it is no
surprise that the lion didn't attack Don Quijote.

visto hacer. 'Conviene a saber:° como tú abriste al león, yo le esperé, él no   to wit
salió, volvíle a esperar, volvió a no salir y volvióse a acostar. No debo más,¹¹
y encantos afuera. Y Dios ayude a la razón, y a la verdad, y a la verdadera
caballería. Y cierra, como he dicho, en tanto que 'hago señas° a los huidos°   signal, those who fled
5   y ausentes, para que sepan de tu boca esta hazaña.”

Hízolo así el leonero, y don Quijote, poniendo en la punta de la
lanza el lienzo con que se había limpiado el rostro de la lluvia de los
requesones, comenzó a llamar a los que no dejaban de huir ni de volver
la cabeza a cada paso, todos 'en tropa° y antecogidos del hidalgo,¹² pero   in disorder
10 alcanzando Sancho a ver la señal del blanco paño, dijo: “Que me maten
si mi señor no ha vencido a las fieras bestias, pues nos llama.”

Detuviéronse todos y conocieron que el que hacía las señas era don
Quijote, y perdiendo alguna parte del miedo, poco a poco se vinieron
acercando hasta donde claramente oyeron las voces de don Quijote, que
15 los llamaba. Finalmente, volvieron al carro, y en llegando, dijo don Quijote al carretero: “Volved, hermano, a uncir° vuestras mulas y a proseguir   hitch
vuestro viaje, y tú, Sancho, dale dos escudos de oro para él y para el leonero, en recompensa de lo que por mí se han detenido.”

“Ésos daré yo de muy buena gana,” respondió Sancho, “pero ¿qué se
20 han hecho los leones? ¿Son muertos, o vivos?”

Entonces el leonero, menudamente° y 'por sus pausas,° contó el fin   in great detail, in detail
la contienda, exagerando¹³ como él mejor pudo y supo el valor de don
Quijote, de cuya vista el león, acobardado,° no quiso ni osó salir de la jaula,   unnerved
puesto que había tenido un buen espacio abierta la puerta de la jaula. Y
25 que por haber él dicho a aquel caballero que era tentar a Dios irritar al
león para que por fuerza saliese, como él quería que se irritase, mal de su
grado, y contra toda su voluntad,¹⁴ había permitido que la puerta se cerrase.

“¿Qué te parece desto, Sancho?” dijo don Quijote. “¿Hay encantos
que valgan contra la verdadera valentía? Bien podrán los encantadores
30 quitarme la ventura, pero el esfuerzo y el ánimo, será imposible.”

Dio los escudos Sancho, unció el carretero, besó las manos el leonero
a don Quijote por la merced recebida, y prometióle de contar aquella
valerosa hazaña al mismo rey cuando en la corte se viese.

“Pues si acaso° su majestad preguntare quién la hizo, diréisle que el   perhaps
35 CABALLERO DE LOS LEONES,¹⁵ que de aquí adelante quiero que en éste
se trueque, cambie, vuelva y mude el que hasta aquí he tenido del Caballero de la Triste Figura, y en esto sigo la antigua usanza de los andantes
caballeros, que se mudaban los nombres cuando querían, o cuando les

---

11 **No debo…** *there is nothing more I can do*

12 **Antecogidos del…** *followed by the* hidalgo

13 What he was exaggerating comes a few words later—**el valor de don Quijote.**

14 That is, against Don Quijote's will.

15 Clemencín points out that Amadís was also called **el Caballero de los Leones.**

venía a cuento."

Siguió su camino el carro, y don Quijote, Sancho y el del Verde Gabán prosiguieron el suyo. En todo este tiempo no había hablado palabra
don Diego de Miranda, todo atento a mirar y a notar los hechos y palabras de don Quijote, pareciéndole que era un cuerdo loco y un loco que
'tiraba a° cuerdo. No había aún llegado a su noticia la primera parte de su   *was leaning towards*
historia, que si la hubiera leído, cesara la admiración en que lo ponían sus
hechos y sus palabras, pues ya supiera el género de su locura. Pero como
no la sabía, ya° le tenía por cuerdo y ya por loco, porque lo que hablaba   *sometimes*
era concertado, elegante y bien dicho, y lo que hacía, disparatado, temerario y tonto, y decía entre sí: "¿Qué más locura puede ser que ponerse
la celada llena de requesones y darse a entender que le ablandaban los
cascos los encantadores, y qué mayor temeridad y disparate que querer
pelear por fuerza con leones?"

Destas imaginaciones y deste soliloquio le sacó don Quijote, diciéndole: "¿Quién duda, señor don Diego de Miranda, que vuestra merced
no me tenga en su opinión por un hombre disparatado y loco? Y no sería
mucho que así fuese, porque mis obras no pueden dar testimonio de otra
cosa. Pues, con todo esto, quiero que vuestra merced advierta que no soy
tan loco ni tan menguado° como debo de haberle parecido. Bien parece un   *diminished*
gallardo caballero a los ojos de su rey, en la mitad de una gran plaza, dar
una lanzada con felice suceso a un bravo toro. Bien parece un caballero
armado de resplandecientes armas 'pasar la tela° en alegres justas delante   *enter the contests*
de las damas, y bien parecen todos aquellos caballeros que en ejercicios
militares, o que lo parezcan, entretienen y alegran y, si se puede decir, honran las cortes de sus príncipes. Pero sobre todos éstos parece mejor un
caballero andante, que por los desiertos, por las soledades, por las encrucijadas, por las selvas y por los montes anda buscando peligrosas aventuras,
con intención de darles dichosa y bien afortunada cima, sólo por alcanzar
gloriosa fama y duradera.[16] Mejor parece, digo, un caballero andante socorriendo a una viuda en algún despoblado que un cortesano caballero re-
quebrando a una doncella en las ciudades. Todos los caballeros tienen sus
particulares ejercicios: sirva a las damas el cortesano, autorice° la corte de   *glorify*
su rey con libreas,° sustente los caballeros pobres con el espléndido plato   *liveries*
de su mesa, concierte justas, mantenga torneos y muéstrese grande, liberal
y magnífico y buen cristiano sobre todo, y desta manera cumplirá con sus
precisas obligaciones.

"Pero el andante caballero busque los rincones del mundo, éntrese en
los más intricados laberintos, acometa a cada paso lo imposible, resista en
los páramos despoblados los ardientes rayos del sol en la mitad del verano,
y en el invierno la dura inclemencia de los vientos y de los yelos. No le
asombren leones, ni le espanten vestiglos, ni atemoricen° endriagos, que   *frighten*
buscar éstos, acometer aquéllos y vencerlos a todos son sus principales y
verdaderos ejercicios. Yo, pues, como me cupo en suerte ser uno del nú-

---

16 That is, **gloriosa y duradera fama.**

mero de la andante caballería, no puedo dejar de acometer todo aquello
que a mí me pareciere que cae debajo de la juridición de mis ejercicios,
y así el acometer los leones que ahora acometí derechamente me tocaba,
puesto que conocí ser temeridad esorbitante, porque bien sé lo que es
valentía, que es una virtud que está puesta entre dos estremos viciosos,
como son la cobardía y la temeridad. Pero menos mal será que el que es
valiente toque y suba al punto de temerario, que no que baje y toque en el
punto de cobarde. Que así como es más fácil venir el pródigo° a ser liberal   generous person
que al avaro, así es más fácil dar el temerario en verdadero valiente que no
el cobarde subir a la verdadera valentía. Y en esto de acometer aventuras,
créame vuesa merced, señor don Diego, que antes «se ha de perder por
carta de más[17] que de menos,» porque mejor suena en las orejas de los que
lo oyen, 'el tal caballero es temerario y atrevido,' 'que no° 'el tal caballero   rather than
es tímido y cobarde.'"

"Digo, señor don Quijote," respondió don Diego, "que todo lo que
vuesa merced ha dicho y hecho va nivelado con el fiel de la misma razón,[18] y que entiendo que si las ordenanzas y leyes de la caballería andante
se perdiesen, se hallarían en el pecho de vuesa merced como en su mismo
depósito y archivo. Y démonos priesa, que se hace tarde, y lleguemos a mi
aldea y casa, donde descansará vuestra merced del pasado trabajo, que si
no ha sido del cuerpo, ha sido del espíritu, que suele tal vez redundar en
cansancio del cuerpo."

"Tengo° el ofrecimiento a gran favor y merced, señor don Diego,"   I accept
respondió don Quijote.

Y picando más de lo que hasta entonces,[19] serían como las dos de la
tarde cuando llegaron a la aldea y a la casa de don Diego, a quien don
Quijote llamaba el Caballero del Verde Gabán.

*Capítulo XVIII. De lo que sucedió a don Quijote en el castillo o
casa del Caballero del Verde Gabán, con otras cosas extrava-
gantes.*

Halló don Quijote ser la casa de don Diego de Miranda ancha
como de aldea. Las armas,° empero, aunque de piedra tosca,[1]   coat of arms
encima de la puerta de la calle, la bodega en el patio, la cueva
en el portal,[2] y muchas tinajas° a la redonda, que, por ser del Toboso,   clay vats

---

17 **Antes se...** *it's better to lose by a card too many*
18 **Va nivelado...** *is proven by reason itself.* The **fiel** is the pointer on a scale.
19 **Picando más...** *spurring* [their horses] *more than they had before*
 1 **Piedra tosca** is *tuff*, a soft, porous rock of volcanic origin. A coat of arms
made of this material would be easy to carve.
 2 Clemencín explains that the **bodega** and the **cueva** are both underground storage facilities. In the **bodega**, aging wine is stored, and in the **cueva**,
Fr. *cave*, bottled wine, bacon and other comestibles are stored. Since these were
underground they kept an even, cool temperature, all year round.

le renovaron las memorias de su encantada y transformada Dulcinea. Y
sospirando y sin mirar lo que decía, ni delante de quien estaba, dijo:

> ¡Oh dulces prendas, por mi mal halladas,
> dulces y alegres cuando Dios quería![3]

"¡Oh tobosescas tinajas, que me habéis traído a la memoria la dulce
prenda de mi mayor amargura!"   bitterness

Oyóle decir esto el estudiante poeta, hijo de don Diego, que con su
madre había salido a recebirle, y madre y hijo quedaron suspensos de ver la

extraña figura de don Quijote, el cual,
apeándose de Rocinante, fue con mucha cortesía a pedirle las manos para
besárselas, y don Diego dijo: "Recebid,
señora, con vuestro 'sólito agrado° al   accustomed affability
señor don Quijote de la Mancha, que
es el que tenéis delante, andante caballero, y el más valiente y el más discreto
que tiene el mundo."

La señora, que doña Cristina se
llamaba, le recibió con muestras de
mucho amor y de mucha cortesía, y
don Quijote se le ofreció con asaz de
discretas y comedidas razones. Casi
los mismos comedimientos pasó con
el estudiante, que, en oyéndole hablar
don Quijote,[4] le tuvo por discreto y
agudo.

Tinaja de El Toboso

Aquí pinta el autor todas las circunstancias de la casa de don Diego,
pintándonos en ellas lo que contiene una casa de un caballero labrador° y   farmer
rico. Pero al traductor desta historia le pareció pasar estas y otras semejantes menudencias en silencio, porque 'no venían bien con° el próposito   didn't fit in with
principal de la historia, la cual más tiene su fuerza en la verdad que en las
frías digresiones.

Entraron a don Quijote en una sala, desarmóle Sancho, quedó en valones° y en jubón de camuza,° todo bisunto con la mugre[5] de las armas. El   Flemish pants, chamois skin
cuello era valona a lo estudiantil, sin almidón y sin randas;[6] los borceguíes

---

3 These are the first two verses of Garcilaso de la Vega's "Soneto X." The
prendas in the case of the sonnet are a lock of hair from his deceased lady, Isabel
de Freyre. **Tinajas** were buried up to their necks.to keep wine cool,

4 **En oyéndole…** [the student], *hearing Don Quijote speak*

5 **Bisunto con…** *stained with the rust*

6 The Walloon collar, student-style, was a large, unadorned flat collar. Worn
under armor, obviously it had no starch (**almidón**) or lace (**randas**).

eran datilados, y encerados° los zapatos. Ciñóse su buena espada, que   waxed
pendía de un tahalí° de 'lobos marinos,° que es opinión que muchos años   strap, seal
fue enfermo de los riñones.⁷ Cubrióse un herreruelo de buen paño pardo,
pero antes de todo con cinco calderos° o seis de agua—que en la cantidad   buckets
5   de los calderos hay alguna diferencia—⁸ se lavó la cabeza y rostro, y todavía se quedó el agua de color de suero, merced a la golosina° de Sancho y   gluttony
a la compra de sus negros requesones, que tan blanco pusieron a su amo.

    Con los referidos atavíos y con gentil donaire y gallardía salió don
Quijote a otra sala, donde el estudiante le estaba esperando para entrete-
10 nerle en tanto que las mesas 'se ponían.° Que por la venida de tan noble   were being set
huésped quería la señora doña Cristina mostrar que sabía y podía regalar
a los que a su casa llegasen.

    En tanto que don Quijote se estuvo desarmando, tuvo lugar don
Lorenzo, que así se llamaba el hijo de don Diego, de decir a su padre:
15 "¿Quién diremos, señor, que es este caballero que vuesa merced nos ha
traído a casa? Que el nombre, la figura y el decir° que es caballero andan-   saying
te, a mí y a mi madre nos tiene suspensos."

    "No sé lo que te diga, hijo," respondió don Diego, "sólo te sabré decir,
que le he visto hacer cosas del mayor loco del mundo, y decir razones tan
20 discretas que borran y deshacen sus hechos. Háblale tú y toma el pulso a
lo que sabe, y, pues eres discreto, juzga de su discreción o tontería lo que
más puesto en razón estuviere.⁹ Aunque, para decir verdad, antes le tengo
por loco que por cuerdo."

    Con esto se fue don Lorenzo a entretener a don Quijote, como que-
25 da dicho, y entre otras pláticas que los dos pasaron, dijo don Quijote a
don Lorenzo: "El señor don Diego de Miranda, padre de vuesa merced,
me ha dado noticia de la rara habilidad y sutil ingenio que vuesa merced
tiene, y sobre todo que es vuesa merced un gran poeta."

    "«Poeta» bien podrá ser," respondió don Lorenzo, "pero «grande», ni
30 por pensamiento. Verdad es que yo soy algún tanto 'aficionado a° la poe-   fond of
sía y a leer los buenos poetas, pero no de manera que se me pueda dar el
nombre de grande que mi padre dice."

    "No me parece mal esa humildad," respondió don Quijote, "porque
no hay poeta que no sea arrogante y piense de sí que es el mayor poeta
35 del mundo."

    "«No hay regla sin excepción»," respondió don Lorenzo, "y alguno
habrá que lo sea y no lo¹⁰ piense."

    "Pocos," respondió don Quijote, "pero dígame vuesa merced, ¿qué

---

    7 Clemencín says that sealskin was supposed to be good for kidney
infections.

    8 That is, there is a difference of opinion among the sources for the story as
to how many buckets Don Quijote used to wash himself with.

    9 **Juzga de...** *judge what seems most reasonable regarding his discretion or
foolishness*

    10 Both this **lo** and the preceding one refer to being a great poet.

versos son los que agora 'trae entre manos,° que me ha dicho el señor su   you are working on
padre que le traen algo inquieto y pensativo? Y si es alguna glosa, a mí se
me entiende algo de achaque de glosas, y holgaría saberlos. Y si es que
son de justa literaria, procure vuestra merced llevar el segundo premio,
que el primero siempre se lleva el favor o la gran calidad de la persona, el   alone
segundo se le lleva la mera° justicia, y el tercero viene a ser segundo, y el   degrees
primero, a esta cuenta, será el tercero,[11] al modo de las licencias° que se
dan en las universidades. Pero con todo esto, gran personaje es el nombre
de primero.

"Hasta ahora," dijo entre sí don Lorenzo, "no os podré yo juzgar por
loco—vamos adelante." Y díjole: "Paréceme que vuesa merced ha cursado°   attended
las escuelas: ¿qué ciencias ha oído?°"   taken

"La de la caballería andante," respondió don Quijote, "que es tan buena como la de la poesía, y aun dos deditos° más."   little fingers

"No sé qué ciencia sea ésa," replicó don Lorenzo, "y hasta ahora no
ha llegado a mi noticia."

"Es una ciencia," replicó don Quijote, "que encierra en sí todas o las
más ciencias del mundo,[12] a causa que el que la profesa ha de ser jurispe-
rito° y saber las leyes de la justicia distributiva y comutativa,[13] para dar a   legal expert
cada uno lo que es suyo y lo que le conviene. Ha de ser teólogo, para saber
dar razón de la cristiana ley que profesa, clara y distintamente, adonde-
quiera° que le fuere pedido. Ha de ser médico, y principalmente herbo-   wherever
lario,° para conocer en mitad de los despoblados y desiertos las yerbas   herbalist
que tienen virtud de sanar° las heridas, que no ha de andar el caballero   cure
andante a cada triquete° buscando quien se las cure. Ha de ser astrólogo,   step
para conocer por las estrellas cuantas horas son pasadas de la noche y en
qué parte y en qué clima del mundo se halla. Ha de saber las matemáticas,
porque a cada paso se le ofrecerá tener necesidad dellas, y dejando aparte
que ha de estar adornado de todas las virtudes teologales y cardinales,[14]
decendiendo a otras menudencias,[15] digo que ha de saber nadar como dicen que nadaba el peje Nicolás o Nicolao.[16] Ha de saber herrar un caballo
y aderezar la silla y el freno, y volviendo a lo de arriba, ha de guardar la
fe a Dios y a su dama. Ha de ser casto en los pensamientos, honesto en
las palabras, liberal en las obras, valiente en los hechos, sufrido en los
trabajos, caritativo con los menesterosos y, finalmente, mantenedor° de la   keeper

---

11 That is, the person who was unjustly put in first place, becomes the third
place.

12 **Las más *de las* ciencias del mundo,**

13 These types of justice go back to Aristotle. Commutative justice deals
with equality of reward: for example, contracts should be honored to the fullest. Distributive justice refers to discrimination among people based on merit or
service. I thank Ed Manwell for help on this note.

14 The theological virtues are faith, hope, and charity; the cardinal virtues
are prudence, justice, temperance, and fortitude.

15 **Decendiendo a…** *coming down to lesser details*

16 This was a legendary Sicilian "merman" in the fifteenth century.

verdad, aunque le cueſte la vida el defenderla. De todas eſtas grandes y
mínimas partes se compone un buen caballero andante, porque vea vuesa
merced, señor don Lorenzo, si es ciencia mocosa° lo que aprende el caba-   puerile
llero que la eſtudia y la profesa, y si se puede igualar a las más eſtiradas°   elevated
que en los ginasios° y escuelas se enseñan."   schools

"Si eso es así," replicó don Lorenzo, "yo digo que se aventaja esa ciencia a todas."

"¿Cómo «si es así»?" respondió don Quijote.

"Lo que yo quiero decir," dijo don Lorenzo, "es que dudo que haya
habido, ni que los hay ahora, caballeros andantes y adornados de virtudes
tantas."

"Muchas veces he dicho lo que vuelvo a decir ahora," respondió don
Quijote, "que la mayor parte de la gente del mundo eſtá de parecer de
que no ha habido en él caballeros andantes, y por parecerme a mí que si
el cielo milagrosamente no les da a entender la verdad de que los hubo
y de que los hay, cualquier trabajo que se tome ha de ser en vano, como
muchas veces me lo ha moſtrado la experiencia, no quiero detenerme
agora en sacar a vuesa merced del error, que con los muchos tiene—lo
que pienso hacer es el rogar al cielo le saque dél, y le dé a entender cuán
provechosos y cuán necesarios fueron al mundo los caballeros andantes
en los pasados siglos, y cuán útiles fueran° en el presente, si se usaran.[17]   would be
Pero triunfan ahora, por pecados de las gentes, la pereza, la ociosidad, la
gula y el regalo.°"   luxury

"Escapado se nos ha nueſtro huésped," dijo a eſta sazón entre sí don
Lorenzo, "pero con todo eso, él es loco bizarro, y yo sería mentecato flojo
si así no lo creyese."[18]

Aquí dieron fin a su plática, porque los llamaron a comer. Preguntó
don Diego a su hijo qué había sacado en limpio del ingenio del huésped,
a lo que él respondió: "No le sacarán del borrador de su locura cuantos
médicos y buenos escribanos tiene el mundo.[19] Él es un entreverado° loco,   mixed
lleno de lúcidos intervalos."[20]

Fuéronse a comer, y la comida fue tal como don Diego había dicho
en el camino que la solía dar a sus convidados—limpia, abundante y sabrosa. Pero de lo que más se contentó don Quijote fue del maravilloso silencio que en toda la casa había, que semejaba un monaſterio de cartujos.
Levantados, pues, los manteles y dadas gracias a Dios, y agua a las manos,
don Quijote pidió ahincadamente a don Lorenzo, dijese los versos de
la juſta literaria. A lo que él respondió, que por no parecer de aquellos

17 **Si se...** *if they were in fashion*

18 **Si así...** *if I didn't believe it*

19 **Sacarle del borrador a alguien** means *to dress someone neatly.* The whole
sentence means something like *All the doctors and good writers that the world has
won't be able to clean up his craziness.* There is a play on words between **borrador**
first draft and **escribano.**

20 That is, he has alternate crazy and lucid periods.

poetas que cuando les ruegan digan sus versos los niegan, y cuando no
se los piden los vomitan.²¹ "Yo diré mi glosa, de la cual no espero premio
alguno—que sólo por ejercitar el ingenio la he hecho."

"Un amigo y discreto," respondió don Quijote, "era de parecer que
no se había de cansar nadie en glosar versos, y la razón, decía él, era que
jamás la glosa podía llegar al texto, y que muchas o las más veces iba la
glosa fuera de la intención y propósito de lo que pedía lo que se glosaba,
y más que las leyes de la glosa eran demasiadamente eſtrechas—que no
sufrían interrogantes, ni *dijo*, ni *diré*, ni hacer nombres° de verbos, ni mu-   nouns
dar el sentido, con otras ataduras° y eſtrechezas° con que van atados los   reſtriƈtions, rigidity
que glosan, como vueſtra merced debe de saber."

"Verdaderamente, señor don Quijote," dijo don Lorenzo, "que deseo
coger a vueſtra merced en un 'mal latín continuado,° y no puedo, porque   miſtake
'se me desliza° de entre las manos como anguila.'"   you slip, eel

"No entiendo," respondió don Quijote, "lo que vueſtra merced dice ni
quiere decir en eso del deslizarme."

"'Yo me daré a entender,'" respondió don Lorenzo, "y por ahora eſté   I'll explain
vuesa merced atento a los versos glosados° y a la glosa, que dicen deſta   to be glossed
manera:²²

> ¡Si mi *fue* tornase a *es*,
>   sin esperar más *será*,
>   o viniese el tiempo ya
>   de lo que será después!²³

Glosa

> Al fin, como todo pasa,
>   se pasó el bien que me dio
>   fortuna, un tiempo no escasa,
>   y nunca me le volvió,
>   ni abundante ni por tasa.
>   Siglos ha ya que me vees,
>   fortuna, pueſto a tus pies;
>   vuélveme a ser venturoso;

---

21 In the firſt edition it says **vomitan, yo diré mi glosa**, making us wonder
where the direƈt quote really begins. Ferreras ſtarts it after **respondio, que** a few
lines above.

22 It is easy to see that the conteſt is to take the four lines of the given **redondilla** and to make each verse end a ſtanza of the original quatrain. The ſtanzas of the gloss each consiſt of ten verses of eight syllables rhyming ABABACCDDC.
In counting syllables, you ſtop at the laſt ſtressed syllable and then add one more,
thus even though the verses of the four-line ſtanza all have only *seven* syllables,
the laſt one is ſtressed, so each line counts for eight.

23 Rodríguez Marín points out that this **redondilla** had aƈtually been
glossed by Gregorio Silveſtre in 1569.

que será mi ser dichoso
SI MI **FUE** TORNASE A ES.

No quiero otro guſto o gloria,
    otra palma o vencimiento,
5   otro triunfo, otra vitoria,
    sino volver al contento
    que es pesar en mi memoria.
    Si tú me vuelves allá,
    fortuna, templado eſtá
10   todo el rigor de mi fuego
    y más si eſte bien es luego,
    SIN ESPERAR MÁS SERÁ.

Cosas imposibles pido,
    pues volver el tiempo a ser
15   después que una vez ha sido,
    no hay en la tierra poder
    que a tanto se haya eſtendido.
    Corre el tiempo, vuela y va
    ligero y no volverá,
20   y erraría el que pidiese
    o que el tiempo ya se fuese,
    O VOLVIESE EL TIEMPO YA.

Vivo en perpleja vida,
    ya esperando, ya temiendo,
25   es muerte muy conocida,
    y es mucho mejor muriendo
    buscar al dolor salida.
    A mí me fuera interés
    acabar, mas no lo es,
30   pues, con discurso mejor,
    me da la vida el temor
    DE LO QUE SERÁ DESPUÉS.

En acabando de decir su glosa don Lorenzo, 'se levantó en pie° don   ſtood up
Quijote, y en voz levantada que parecía grito, asiendo con su mano la
35 derecha de don Lorenzo, dijo: "Viven los cielos donde más altos eſtán,
mancebo generoso, que sois el mejor poeta del orbe, y que merecéis eſtar
laureado,° no por Chipre, ni por Gaeta, como dijo un poeta que Dios   crowned with laurel

perdone,[24] sino por las Academias de Atenas,[25] si hoy vivieran, y por las que hoy viven de París, Bolonia y Salamanca.[26] Plega al cielo que los jueces que os quitaren el premio primero, Febo[27] los asaetee° y las Musas[28] jamás atraviesen los umbrales de sus casas. Decidme, señor, si sois servido, algunos versos mayores. Que quiero tomar de todo en todo el pulso a vuestro admirable ingenio."

° shoot with arrows

¿No es bueno que dicen[29] que se holgó don Lorenzo de verse alabar de don Quijote, aunque le tenía por loco? ¡Oh fuerza de la adulación; a cuánto te estiendes y cuán dilatados límites son los de tu juridición agradable! Esta verdad acreditó don Lorenzo, pues concedió con la demanda y deseo de don Quijote, diciéndole este soneto a la fábula o historia de Píramo y Tisbe:[30]

Soneto

El muro rompe la doncella hermosa,
    que de Píramo abrió el gallardo pecho;[31]
    parte el Amor de Chipre y va derecho
    a ver la quiebra estrecha y prodigiosa.
Habla el silencio allí, porque no osa
    la voz entrar por tan estrecho estrecho;[32]
    las almas sí, que amor suele de hecho
    facilitar la más difícil cosa.
Salió el deseo de compás, y el paso
    de la imprudente virgen solicita
      por su gusto su muerte. Ved qué historia:
Que a entrambos en un punto ¡oh estraño caso!
    los mata, los encubre y resucita
    una espada, un sepulcro, una memoria."[33]

---

24 If we knew who this mysterious poet was—a couple of names have been suggested—then we might be able to figure out why don Lorenzo should not be crowned either by the Island of Cyprus or Gaeta (that seaport northwest of Naples).

25 The Academy of Athens was founded in 387B.C. by Plato and lasted until 529A.D. It is the ancestor of Western universities.

26 Paris, Bologna, and Salamanca were the best universities in Europe.

27 Phœbus is the Roman name for Apollo, who, with Artemis, killed eleven of Amphion's children with arrows.

28 The nine Muses, daughters of Zeus, provided inspiration for poetry, theater, music, and other endeavors.

29 ¿No es... *is it necessary to say?*

30 See Part I, Chapter 24, p. 201, note 9.

31 This is unaccustomed word order. In more natural syntax it would be: **La doncella hermosa rompe el muro que abrió el gallardo pecho de Píramo.** Word order continues this way throughout the sonnet.

32 The second **estrecho** means *difficulty.*

33 An interesting technique in the last two lines: **los mata una espada, los**

"¡Bendito sea Dios!" dijo don Quijote, habiendo oído el soneto a don Lorenzo, "que entre los infinitos poetas consumidos° que hay, he visto un consumado° poeta, como lo es vuesa merced, señor mío. Que así me lo da a entender el artificio deste soneto." tormented
consummate

5   Cuatro días estuvo don Quijote regaladísimo° en la casa de don Die- well entertained
go, al cabo de los cuales le pidió licencia para irse, diciéndole que le agradecía la merced y buen tratamiento que en su casa había recibido, pero
que por no parecer bien que los caballeros andantes se den muchas horas
a ocio y al regalo³⁴ se quería ir a cumplir con su oficio, buscando las aven-
10 turas, de quien tenía noticia que aquella tierra abundaba, donde esperaba
entretener el tiempo hasta que llegase el día de las justas de Zaragoza,
que era el de su derecha derrota, y que primero había de entrar en la
Cueva de Montesinos, de quien tantas y tan admirables cosas en aquellos
contornos se contaban, sabiendo e inquiriendo asimismo el nacimiento
15 y verdaderos manantiales° de las siete lagunas llamadas comúnmente de springs
Ruidera.³⁵

Don Diego y su hijo le alabaron su honrosa determinación, y le dijeron que tomase de su casa y de su hacienda todo lo que en grado le viniese,
que le servirían con la voluntad posible, que a ello les obligaba el valor de
20 su persona y la honrosa profesión suya.

Llegóse, en fin, el día de su partida, tan alegre para don Quijote
como triste y aciago para Sancho Panza, que se hallaba muy bien con la
abundancia de la casa de don Diego, y rehusaba° de volver a la hambre couldn't accept
que se usa en las florestas, despoblados³⁶ y a la estrecheza de sus mal pro-
25 veídas alforjas. Con todo esto, las llenó y colmó° de lo más necesario que filled up
le pareció. Y al despedirse, dijo don Quijote a don Lorenzo: "No sé si
he dicho a vuesa merced otra vez, y si lo he dicho, lo vuelvo a decir, que
cuando vuesa merced quisiere ahorrar caminos y trabajos para llegar a
la inaccesible cumbre del templo de la fama, no tiene que hacer otra cosa
30 sino dejar 'a una parte° la senda de la poesía, algo estrecha, y tomar la aside
estrechísima° de la andante caballería, bastante para hacerle emperador very austere
'en dacá las pajas.'" in the twinkling of an
eye; trial

Con estas razones acabó don Quijote de cerrar el proceso° de su
locura, y más con las que añadió, diciendo: "Sabe Dios si quisiera llevar
35 conmigo al señor don Lorenzo para enseñarle cómo se han de perdonar
los sujetos y supeditar° y acocear° los soberbios, virtudes anejas a la pro- subdue, trample
fesión que yo profeso. Pero pues no lo pide su poca edad, ni lo querrán
consentir sus loables ejercicios, sólo me contento con advertirle a vuesa

---

encubre un sepulcro, y resucita una memoria.

34 The original does show **a ocio y al regalo** which Schevill and others
change to **al ocio y al regalo** to make the structures parallel.

35 The Lagunas de Ruidera, of a strange light bluish-green color, are in la
Mancha and there is a Cueva de Montesinos nearby as well. Both can be visited
today.

36 Here, Schevill adds **y** before **despoblados**.

merced, que siendo poeta podrá ser famoso, si se guía más por el parecer
ajeno que por el propio, porque no hay padre ni madre a quien sus hijos
les parezcan feos, y en los que lo son del entendimiento corre más este
engaño."[37]

5   De nuevo se admiraron padre y hijo de las entremetidas° razones de   *mixed*
don Quijote, ya discretas y ya disparatadas, y del tema y tesón° que lle-   *resolve*
vaba de acudir de todo en todo a la busca de sus desventuradas aventuras,
que las tenía por fin y blanco de sus deseos. Reiteráronse los ofrecimien-
tos y comedimientos,° y con la buena licencia de la señora del castillo, don   *courtesies*
10   Quijote y Sancho, sobre Rocinante y el rucio, se partieron.

Capítulo XIX. Donde se cuenta la aventura del pastor enamora- do, con otros, en verdad, graciosos sucesos.

POCO TRECHO SE HABÍA alongado don Quijote del lugar de don Diego,
cuando encontró con dos como clérigos o como estudiantes y con
dos labradores que sobre cuatro 'bestias asnales° venían caballeros—   *i.e., donkeys*
15   el uno de los estudiantes traía como en portamanteo,° en un lienzo de   *traveling bag*
bocací° verde envuelto, al parecer, un poco de grana° blanca y dos pares de   *buckram, linen*
medias 'de cordellate.° El otro no traía otra cosa que dos espadas negras[1] 'de   *ribbed*
esgrima,° nuevas, y con sus zapatillas.° Los labradores traían otras cosas que   *fencing, buttons*
daban indicio y señal que venían de alguna villa grande, donde las habían
20   comprado y las llevaban a su aldea. Y así, estudiantes como labradores cayeron en la misma admiración en que caían todos aquellos que la vez primera
veían a don Quijote, y morían por saber qué hombre fuese aquel tan fuera
del uso de los otros hombres.

25   Saludóles don Quijote, y después de saber° el camino que llevaban,   *finding out*
que era el mesmo que él hacía, les ofreció su compañía, y les pidió 'de-
tuviesen el paso,° porque caminaban más° sus pollinas que su caballo, y   *slow down, faster*
para obligarlos, en breves razones les dijo quién era, y su oficio y profesión,
que era de caballero andante, que iba a buscar las aventuras por todas las
30   partes del mundo. Díjoles que se llamaba de nombre propio don Quijote de la Mancha, y por el apelativo el Caballero de los Leones. Todo
esto para los labradores era hablarles en griego o en jerigonza, pero no
para los estudiantes, que luego entendieron la flaqueza del celebro de don
Quijote. Pero, con todo eso, le miraban con admiración y con respecto, y
35   uno dellos le dijo: "Si vuesa merced, señor caballero, no lleva camino de-
terminado,° como no le° suelen llevar los que buscan las aventuras, vuesa   *fixed,* **le** *= camino*
merced se venga con nosotros, verá una de las mejores bodas y más ricas
que hasta el día de hoy se habrán celebrado en la Mancha, ni en otras
muchas leguas a la redonda."

40   Preguntóle don Quijote si eran de algún príncipe que así las pon-

___

37 **En los…** *and with* [children] *of the brain the deception is greater*
1 **Espadas negras** means *fencing foils.*

deraba.

"No son," respondió el eſtudiante, "sino de un labrador y una labradora—él, el más rico de toda eſta tierra, y ella, la más hermosa que han
viſto los hombres. El aparato° con que se han de hacer es eſtraordinario   feſtivities
y nuevo, porque se han de celebrar° en un prado que eſtá junto al pueblo   take place
de la novia, a quien por excelencia² llaman Quiteria la hermosa, y el desposado se llama Camacho el rico, ella de edad de diez y ocho años y él de
veinte y dos, 'ambos para en uno,° aunque algunos curiosos, que tienen   well-matched
de memoria los linajes de todo el mundo, 'quieren decir° que el de la her-   they say
mosa Quiteria se aventaja al de Camacho.³ Pero ya no se mira en eſto, que
las riquezas son poderosas de soldar muchas quiebras.⁴ En efeɕto, el tal
Camacho es liberal, y hásele antojado de enramar⁵ y cubrir todo el prado
por arriba, de tal suerte, que el sol se ha de ver en trabajo, si quiere entrar
a visitar las yerbas verdes de que eſtá cubierto el suelo. Tiene asimismo
maheridas° danzas, así de espadas como de cascabel menudo, que hay en   prepared
su pueblo quien los repique° y sacuda por extremo. De zapateadores⁶ no   rings
digo nada, que es un juicio⁷ los que tiene muñidos.° Pero ninguna de las   prepared
cosas referidas, ni otras muchas que he dejado por referir,⁸ ha de hacer
más memorables eſtas bodas, sino las que imagino que hará en ellas el
despechado Basilio.

"Es eſte Basilio un zagal vecino del mesmo lugar de Quiteria, el cual
tenía su casa pared y medio de la de los padres de Quiteria, de donde tomó
ocasión el Amor de renovar al mundo los ya olvidados amores de Píramo
y Tisbe, porque Basilio se enamoró de Quiteria desde sus tiernos y prime-
ros años,⁹ y ella fue correspondiendo a su deseo con mil honeſtos favores.°   signs of affeɕtion
Tanto, que se contaban por entretenimiento en el pueblo los amores de los
dos niños Basilio y Quiteria. Fue creciendo la edad, y acordó el padre de
Quiteria de eſtorbar a Basilio la ordinaria° entrada que en su casa tenía, y   accuſtomed
por quitarse de andar receloso° y lleno de sospechas, ordenó de casar a su   fearful

---

2 **Por excelencia** *owing to her exceptional traits*

3 The ballets about *Don Quijote*, both Russian, are based on this episode.
The firſt was choreographed by the French-born Marius Petipa (1819-1910) in
1869, music by Ludwig Minkus. A modern version by Mikhail Baryshnikov, sub-
titled *Kitri's Wedding* ["Kitri" is the Russian "Quiteria"], was done in 1978. Both
are available on DVD. Petipa's version was revised by Rudolf Nureyev, who also
plays Basilio [the barber!] in the 1973 version. In each one, Don Quijote some-
how manages to attack windmills.

4 **Son poderosas...** *can solder many cracks*

5 **Enramar** *to screen with branches*

6 Covarrubias says that these ruſtic dancers would slap their shoes rhyth-
mically as they danced.

7 **Juicio** here means *crowd*, taken from **"Juicio Final"** *Judgment Day*,
where there will be quite a crowd.

8 **He dejado...** *I have not mentioned*

9 Pyramus' and Thisbe's houses shared a common wall, as Basilio and Quiteria's did.

hija con el rico Camacho, no pareciéndole ser bien casarla con Basilio, que
no tenía tantos bienes de fortuna como de naturaleza, pues 'si va° a decir   = si se va
las verdades sin invidia, él es el más ágil mancebo que conocemos, gran
tirador° de barra,[10] luchador° estremado y gran jugador de pelota. Corre   thrower, wrestler
como un gamo, salta más° que una cabra y birla a los bolos como por en-   better
cantamento.[11] Canta como una calandria° y toca una guitarra que la hace   lark
hablar, y sobre todo juega una espada 'como el más pintado.°"   like the best of them

"Por esa sola gracia,°" dijo a esta sazón don Quijote, "merecía ese   skill
mancebo no sólo casarse con la hermosa Quiteria, sino con la mesma
reina Ginebra, si fuera hoy viva, a pesar de Lanzarote y de todos aquellos
que estorbarlo quisieran."

"A mi mujer con eso,°" dijo Sancho Panza, que hasta entonces había   tell that to my wife
ido callando y escuchando, "la cual no quiere sino que cada uno case con
su igual, ateniéndose al refrán que dicen «cada oveja con su pareja».°" Lo   mate
que yo quisiera es que ese buen Basilio, que ya 'me le voy aficionando,° se   I'm taking a liking to
casara con esa señora Quiteria; que buen siglo hayan y buen poso,° iba   him; rest
a decir al revés,[12] los que estorban que se casen los que bien se quieren."

"Si todos los que bien se quieren se hubiesen de casar," dijo don Quijote, "quitaríase la elección y juridición a los padres de casar sus hijos
con quien y cuando deben, y si a la voluntad de las hijas quedase escoger
los maridos, tal° habría que escogiese al criado de su padre, y tal al que   one
vio pasar por la calle, a su parecer, bizarro y entonado,° aunque fuese un   haughty
'desbaratado espadachín°—que el amor y la afición con facilidad ciegan   dissipated bully
los ojos del entendimiento, tan necesarios para escoger estado,° y el del   marital status
matrimonio está muy a peligro de errarse, y es menester gran tiento° y   prudence
particular favor del cielo para acertarle.° Quiere hacer uno un viaje largo,   achieve it
y si es prudente, antes de ponerse en camino busca alguna compañía se-
gura y apacible con quien acompañarse. Pues ¿por qué no hará lo mesmo
el que ha de caminar toda la vida hasta el paradero de la muerte, y más si
la compañía le ha de acompañar en la cama, en la mesa y en todas partes,
como es la de la mujer con su marido? La de la propia mujer no es mer-
caduría° que una vez comprada se vuelve,° o se trueca o cambia, porque   merchandise, returns
es 'accidente inseparable° que dura lo que dura la vida. Es un lazo,° que   unbreakable bond,
si una vez le echáis al cuello, se vuelve en el nudo gordiano,[13] que si no   noose

---

10 Aldonza Lorenzo (see Part I, Chapter 25, p. 216, note 67) was good at
this sport, which consists of throwing a metal bar as far as you can, but it has to
land sticking in the ground, like a javelin.

11 **Birla a…** *he plays ninepins as if by magic.*

12 That is, he was going to say **mal siglo y mal poso**, which is what he really
means, but he didn't want to curse **"los que estorban"** in the next phrase (Gaos'
good note).

13 In 333 B.C., Alexander the Great went into Gordium, the capital of Anatolia, and was shown a chariot lashed to a pole by means of a knot with a hidden
end. Only the conqueror of Asia would be able to untie it. Legend says that he
just cut the knot, but early versions say that he found a way to untie it. In any case,
the Gordian Knot was supposed to be untieable, thus the allusion here.

le corta la guadaña° de la muerte, no hay desatarle. Muchas más cosas   scythe
pudiera decir en esta materia, si no lo estorbara el deseo que tengo de
saber si le queda más que decir al señor licenciado acerca de la historia
de Basilio."

5   A lo que respondió el estudiante bachiller, o *licenciado*, como le llamó
don Quijote, que: "De todo no me queda más que decir, sino que desde el
punto que Basilio supo que la hermosa Quiteria se casaba con Camacho
el rico, nunca más le han visto reír, ni hablar razón concertada, y siempre
anda pensativo y triste, hablando entre sí mismo, con que da ciertas y
10   claras señales de que se le ha vuelto el juicio. Come poco y duerme poco,
y lo que come son frutas, y en lo que duerme, si duerme, es en el campo
sobre la dura tierra como animal bruto. Mira de cuando en cuando al
cielo, y otras veces clava los ojos en la tierra, con tal embelesamiento, que
no parece sino estatua vestida que el aire le mueve la ropa. En fin, él da
15   tales muestras de tener 'apasionado el corazón,° que tememos todos los   heart-stricken
que le conocemos que el dar el sí mañana la hermosa Quiteria ha de ser
la sentencia de su muerte."

"Dios lo hará mejor," dijo Sancho, "que «Dios que da la llaga da la
medicina». «Nadie sabe 'lo que está por venir°», «de aquí a mañana mu-   what is coming
20   chas horas hay, y en una, y aun en un momento, se cae la casa». Yo he visto
llover y hacer sol, todo a un mesmo punto. «Tal se acuesta sano la noche,
que no se puede mover otro día.» Y díganme, ¿por ventura habrá quien
se alabe que tiene echado un clavo° a la rodaja° de la Fortuna? No, por   nail, wheel
cierto, y «entre el sí y el NO de la mujer no me atrevería yo a poner una
25   punta de alfiler, porque no cabría». Denme° a mí que Quiteria quiera de   tell me
buen corazón y de buena voluntad a Basilio, que yo le daré a él un saco
de buena ventura. «Que el amor», según yo he oído decir, «mira con unos
antojos° que hacen parecer oro al cobre,°» «a la pobreza riqueza y a las   glasses, copper
lagañas[14] perlas.»"

30   "¿Adónde vas a parar, Sancho, que seas maldito?" dijo don Quijote.
"Que cuando comienzas a ensartar refranes y cuentos, no te puede esperar
sino el mesmo Judas,[15] que te lleve. Dime, animal, ¿qué sabes tú de clavos,
ni de rodajas, ni de otra cosa ninguna?"

"¡Oh! pues si no me entienden," respondió Sancho, "no es maravilla
35   que mis sentencias sean tenidas por disparates—pero no importa, yo me
entiendo y sé que no he dicho muchas necedades en lo que he dicho, sino
que vuesa merced, señor mío, siempre es friscal[16] de mis dichos y aun de
mis hechos."

"*Fiscal*° has de decir," dijo don Quijote, "que no *friscal*, prevaricador°   prosecutor, corruptor
40   del buen lenguaje, que Dios te confunda."

---

14 **Lagaña** is the "sleep"—the watery rheum that hardens—in the corners
of your eyes while you sleep.

15 This Judas is not the treacherous Apostle, but rather the legendary wandering Jew who is waiting patiently for the coming of the Messiah.

16 This is a nonsense word.

"'No 'se apunte° vueſtra merced conmigo," respondió Sancho, "pues   don't get angry
sabe que no me he criado en la corte, ni he eſtudiado en Salamanca, para
saber si añado o quito alguna letra a mis vocablos. Sí, que ¡válgame Dios!
no hay para qué obligar al sayagués[17] a que hable como el toledano, y toledanos puede haber que no las corten en el aire en eſto del hablar polido."[18]

"Así es," dijo el licenciado, "porque no pueden hablar tan bien los que
se crían en las tenerías° y en Zocodover[19] como los que se pasean casi   tanneries
todo el día por el clauſtro de la iglesia mayor, y todos son toledanos. El
lenguaje puro, el propio, el elegante y claro eſtá en los discretos cortesanos, aunque hayan nacido en Majalahonda.[20] Dije *discretos*, porque hay
muchos que no lo son, y la discreción es la gramática del buen lenguaje
que se acompaña con el uso.[21] Yo, señores, por mis pecados he eſtudiado
Cánones° en Salamanca, y pícome° algún tanto de decir mi razón con   canon law, I pride my-
palabras claras, llanas y significantes."   self

"Si no os picárades más de saber más menear° las negras que lleváis   to handle
que la lengua," dijo el otro eſtudiante, "vos llevárades el primero en licen-
cias, como llevaſtes cola."[22]

"Mirad, bachiller," respondió el licenciado, "vos eſtáis en la más errada opinión del mundo acerca de la deſtreza de la espada, teniéndola por
vana."

"Para mí no es opinión, sino verdad asentada,°" replicó Corchuelo, "y   eſtablished
si queréis que os lo mueſtre con la experiencia, espadas traéis, comodidad
hay, yo pulsos° y fuerzas tengo, que acompañadas de mi ánimo, que no es   ſteady hands
poco, os harán confesar que yo no me engaño. Apeaos y usad de vueſtro
compás de pies,[23] de vueſtros círculos y vueſtros ángulos y ciencia, que
yo espero de haceros ver eſtrellas a mediodía con mi deſtreza moderna y
zafia,° en quien espero,° después de Dios, que eſtá por nacer hombre que   coarse, I truſt
me haga volver las espaldas,[24] y que no le hay en el mundo a quien yo no
le haga 'perder tierra.°"   give ground

"En eso de volver o no las espaldas, 'no me meto,°" replicó el dieſtro,°   I'm not concerned,
"aunque podría ser que en la parte donde la vez primera clavásedes el pie,   swordsman
allí os abriesen la sepultura.[25] Quiero decir que allí quedásedes muerto

---

17 Sayagués was the Aragonese dialeƈt that epitomized ruſtic speech in
the Golden Age theater. **Toledano** represented the cultured ſtandard language.

18 **Que no las…** *who aren't so skilled in their language.* **Polido = pulido.**

19 The Plaza de Zocodover, a place where the Toledan underworld gathered, was mentioned in Part I, Chap. 22, p. 182, l. 22.

20 This town, now called Majadahonda, is about 15 kms. north of Madrid.

21 **Que se…** *which comes from praƈtice*

22 **Vos llevárades…** *you would have been the firſt in your class inſtead of the
laſt*

23 The **compás de pies** is a ſtandard fencing move.

24 **Eſtá por…** *the man is not yet born who can make me turn my back*

25 **Podría ser…** *where you firſt set your foot down* [i.e., the spot where you
begin this sword fight] *will be where they open your tomb* [i.e., that's the place you
will be killed]

Arremetía como un león irritado. Pero salíale al encuentro un tapaboca
de la zapatilla de la espada del licenciado.

por la despreciada deſtreza."²⁶

"Ahora se verá," respondió Corchuelo.

Y apeándose con gran preſteza de su jumento, tiró con furia de una de las espadas que llevaba el licenciado en el suyo.

"No ha de ser así," dijo a° eſte inſtante don Quijote, "que yo quiero ser el maeſtro° deſta esgrima y el juez deſta muchas veces 'no averiguada° cueſtión.°'"

en
judge, disputed
matter

Y apeándose de Rocinante y asiendo de su lanza, se puso en la mitad del camino, 'a tiempo que° ya el licenciado, con gentil donaire de cuerpo y compás de pies, se iba contra Corchuelo, que contra él se vino lanzando,° como decirse suele, fuego por los ojos. Los otros dos labradores del acompañamiento, sin apearse de sus pollinas, sirvieron de aspetatores²⁷ en la mortal tragedia. Las cuchilladas, eſtocadas, altibajos, reveses y mandobles²⁸ que tiraba Corchuelo eran sin número, más espesas que hígado° y más menudas que granizo.²⁹ Arremetía como un león irritado. Pero salíale al encuentro un tapaboca° de la zapatilla de la espada del licenciado, que en mitad de su furia le detenía y se la hacía besar como si fuera reliquia, aunque no con tanta devoción como las reliquias deben y suelen besarse.

juſt when

shooting

liver obscure reference

hit on the mouth

Finalmente, el licenciado le contó a eſtocadas todos los botones de una media sotanilla° que traía veſtida, haciéndole tiras° los faldamentos° como colas de pulpo,° derribóle° el sombrero dos veces y cansóle de manera que de despecho, cólera y rabia asió la espada por la empuñadura° y arrojóla por el aire con tanta fuerza, que uno de los labradores asiſtentes,° que era escribano, que fue por ella, dio después por teſtimonio³⁰ que la alongó° de sí casi tres cuartos de legua, el cual teſtimonio sirve y ha servido para que se conozca y vea con toda verdad como la fuerza es vencida 'del arte.°

cassock, ſtrips, skirt
octopus, knocked off
hilt
in attendance

threw

by skill

Sentóse cansado Corchuelo y llegándose a él Sancho le dijo: "Mía fe, señor bachiller, si vuesa merced toma mi consejo, de aquí adelante no ha de desafiar a nadie a esgrimir,° sino a luchar o a tirar la barra, pues tiene edad y fuerzas para ello—que deſtos a quien llaman dieſtros he oído decir que meten una punta de una espada por el ojo de una aguja."

to fence

"Yo me contento," respondió Corchuelo, "de haber caído de mi burra,³¹ y de que me haya moſtrado la experiencia la verdad de quien tan lejos eſtaba."³²

---

26 **Allí quedáſedes...** *there you will be killed by the skill you hold in low eſteem*

27 You would expeċt **espeċtadores** *speċtators* here, or at leaſt **espeċtaſores** (which is the form Cervantes used), but inſtead he uses this Italianized form, perhaps to bring to mind duels in the Italian mock epics that Don Quijote talks about.

28 **Cuchilladas, etsocadas...** *slashes, ſtraight thruſts, downward thruſts, diagonal slashes left to right, and two-handed slashes*

29 **Menudas que...** *thicker than hail*

30 **Dio después...** *made a deposition afterwards*

31 **Haber caído...** *having seen my miſtake*

32 **Que me...** *that experience has shown me the truth from which I was so far*

Y levantándose abrazó al licenciado y quedaron más amigos que de antes. Y no queriendo esperar al escribano, que había ido por la espada, por parecerle que tardaría mucho, y así determinaron seguir por llegar temprano[33] a la aldea de Quiteria, de donde todos eran.

Salterio

En lo que faltaba del camino les fue contando el licenciado las excelencias de la espada,° con tantas razones demostrativas, y con tantas figuras y demostraciones matemáticas, que todos quedaron enterados° de la bondad de la ciencia, y Corchuelo reducido de su pertinacia.[34]

    i.e., swordsmanship

    convinced

Era anochecido, pero antes que llegasen les pareció a todos que estaba delante del pueblo un cielo lleno de inumerables y resplandecientes estrellas. Oyeron asimismo confusos° y suaves sonidos de diversos instrumentos como de flautas, tamborinos, salterios, albogues, panderos y sonajas, y cuando llegaron cerca vieron que los árboles de una enramada° que 'a mano° habían puesto a la entrada del pueblo estaban todos llenos de luminarias,° a quien no ofendía° el viento, que entonces no soplaba sino

    mixed together

    bower, by hand

    lanterns

    bothered

tan manso, que no tenía fuerza para mover las hojas de los árboles. Los músicos eran los regocijadores de la boda, que en diversas cuadrillas° por aquel agradable sitio andaban, unos bailando, y otros cantando, y otros tocando la diversidad de los referidos instrumentos. En efecto, no parecía sino que por todo aquel prado andaba corriendo la alegría y saltando° el contento.

    groups

    leaping

Otros muchos andaban ocupados en levantar andamios,° de donde 'con comodidad° pudiesen ver otro día las representaciones° y danzas que se habían de hacer en aquel lugar, dedicado para solenizar° las bodas del rico Camacho y las exequias° de Basilio. No quiso entrar en el lugar don Quijote, aunque se lo pidieron así el labrador como el bachiller. Pero él dio por disculpa, bastantísima a su parecer, ser costumbre de los caballeros andantes dormir por los campos y florestas antes que en los poblados, aunque fuese debajo de dorados techos, y con esto se desvió un poco del camino, bien contra la voluntad de Sancho, viniéndosele a la memoria el buen alojamiento° que había tenido en el castillo o casa de don Diego.

    platforms

    comfortably, plays

    celebrate

    funeral rites

    lodging

---

33 **Determinaron seguir…** *they decided to continue on in order to arrive early*
34 **Corchuelo reducido…** *Corchuelo* [was] *cured of his obstinacy*

Capítulo XX. Donde se cuentan las bodas de Camacho el rico con el suceso de Basilio el pobre.

Apenas la blanca Aurora había dado lugar a que el luciente Febo, con el ardor de sus calientes rayos las líquidas perlas de sus cabellos de oro enjugase,[1] cuando don Quijote, sacudiendo la pereza de sus miembros, se puso en pie y llamó a su escudero Sancho, que aún todavía roncaba, lo cual visto por don Quijote, antes que le despertase le dijo: "¡Oh tú, bienaventurado° sobre cuantos viven sobre la haz   fortunate
de la tierra, pues, sin tener invidia ni ser invidiado, duermes con sosegado espíritu, ni te persiguen encantadores ni sobresaltan encantamentos! Duerme,[2] digo otra vez, y lo diré otras ciento, sin que te tengan en contina vigilia celos de tu dama, ni te desvelen pensamientos de pagar deudas que debas, ni de lo que has de hacer para comer otro día tú y tu pequeña y angustiada° familia, ni la ambición te inquieta,° ni la pompa vana del   needy, disturbs
mundo te fatiga, pues los límites de tus deseos no se estienden a más que a pensar° tu jumento, que el[3] de tu persona sobre mis hombros le tienes   to feed
puesto, contrapeso° y carga que puso la naturaleza y la costumbre a los   weight
señores. Duerme el criado y está velando° el señor, pensando cómo le ha   staying awake
de sustentar, mejorar y hacer mercedes. La congoja de ver que el cielo se hace de bronce sin acudir a la tierra con el conveniente rocío no aflige al criado, sino al señor, que ha de sustentar en la esterilidad y hambre al que le sirvió en la fertilidad y abundancia."[4]

A todo esto no respondió Sancho porque dormía, ni despertara tan presto si don Quijote con el cuento de la lanza no le hiciera volver en sí. Despertó, en fin, soñoliento y perezoso, y volviendo el rostro a todas partes, dijo: "De la parte desta° enramada, si no me engaño, sale un tufo   from this
y olor harto más de torreznos° asados que de juncos° y tomillos.° Bodas   bacon, rushes, thyme
que por tales olores comienzan, para mi santiguada[5] que deben de ser

---

1 **Apenas la...** *hardly had the white Aurora given time for Phœbus to dry the liquid pearls [= dew] from her blond hair with his warming rays...* Phœbus, mentioned in Chapter 18 of Part II already (p. 597, line 3, note 27), was the Roman name for Apollo, the god of the sun. Aurora was the Roman goddess of the dawn. This reflects the language Don Quijote used about the outset of his own first sally (Part I, Chapter 2, p. 29, line 13 and note 11).

2 Schevill has **duermes** here where the original shows **duerme**. This second instance is a command, the previous **duermes** wasn't. The **digo otra vez** which follows has provoked a lot of commentary in footnotes since he had said nothing of the kind before.

3 Although the preceding **pensar** means **dar a pensar** *to give feed to* [animals], the **el** here refers back to it in the sense of Don Quijote giving sustenance to Sancho.

4 **La congoja...** *the distress in seeing that the sky turns to bronze and keeps needed dew from the earth doesn't bother the servant, but rather the master, who has to support in [times of] barrenness and famine [the servant] who served him in [times of] fertility and abundance*

5 That is, *by the cross I make when I cross myself.*

abundantes y generosas."

"Acaba, glotón," dijo don Quijote, "ven, iremos a ver estos desposo-
rios,° por ver lo que hace el desdeñado Basilio."   wedding vows

"'Mas que° haga lo que quisiere," respondió Sancho, "no fuera él po-   **aunque**
5   bre, y casárase con Quiteria. ¿No hay más sino no tener un cuarto y querer casarse⁶ por las nubes?⁷ A la fe, señor, yo soy de parecer que el pobre
debe de contentarse con lo que hallare, y no «pedir cotufas° en el golfo».   delicacies
Yo apostaré un brazo que puede Camacho envolver° en reales a Basilio, y   cover
si esto es así, como debe de ser, bien boba° fuera Quiteria en desechar las   foolish
10 galas y las joyas que le debe de haber dado y le puede dar Camacho, por
escoger el tirar de la barra y el jugar de la negra de Basilio. Sobre un buen
tiro de barra o sobre una gentil treta de espada no dan un cuartillo° de   pint
vino en la taberna. Habilidades y gracias que no son vendibles, mas que
las tenga el conde Dirlos.⁸ Pero cuando las tales gracias caen sobre quien
15 tiene buen dinero, tal sea mi vida como ellas parecen.⁹ «Sobre un buen
cimiento se puede levantar un buen edificio, y el mejor cimiento y zanja°   foundation trench
del mundo es el dinero.»"

"Por quien Dios es, Sancho," dijo a esta sazón don Quijote, "que con-
cluyas con tu arenga, que tengo para mí que si te dejasen seguir en las que
20 a cada paso comienzas, no te quedaría tiempo para comer ni para dormir,
que todo le gastarías en hablar."

"Si vuestra merced tuviera buena memoria," replicó Sancho, "debié-
rase acordar de los capítulos° de nuestro concierto antes que esta última   provisions
vez saliésemos de casa. Uno dellos fue que me había de dejar hablar todo
25 aquello que quisiese, con que no fuese contra el prójimo, ni contra la autoridad de vuesa merced, y hasta agora me parece que no he contravenido
contra el tal capítulo."

"Yo no me acuerdo, Sancho," respondió don Quijote, "del tal capítulo,
y puesto que sea así, quiero que calles y vengas, que ya los instrumentos
30 que anoche oímos vuelven a alegrar los valles, y sin duda los desposorios
se celebrarán en el frescor° de la mañana, y no en el calor de la tarde."   coolness

Hizo Sancho lo que su señor le mandaba, y poniendo la silla a Rocinante y la albarda al rucio, subieron los dos, y paso ante paso se fueron
entrando por la enramada. Lo primero que se le ofreció a la vista de
35 Sancho fue, espetado° en un asador° de° un olmo entero, un entero no-   spitted, spit, made of
villo,° y en el fuego donde se había de asar° ardía un mediano monte° de   young bull, to roast,
leña, y seis ollas que alrededor de la hoguera estaban no se habían hecho   mountain

---

6 Here the original edition just has **carse** on folio 78ʳ. Schevill opts for
casarse while Riquer prefers **alzarse** (reflecting what could have been **[al]çarse**
in the manuscript).

7 ¿**No hay…** *here he doesn't have a cent to his name yet wants to marry in the
clouds?*

8 **Mas que…** *but let Conde Dirlos have them* [the talents]. Conde Dirlos
was a well-known character in the Spanish **romances**, and was the brother of
Durandarte.

9 **Tal sea…** *may my life be as good as theirs*

en la común turquesa de las demás ollas, porque eran seis medias tinajas, que cada una cabía un rastro° de carne, así embebían° y encerraban en sí carneros enteros, sin echarse de ver, como si fueran palominos. Las liebres ya sin pellejo° y las gallinas sin pluma que estaban colgadas por los árboles para sepultarlas en las ollas no tenían número. Los pájaros y caza° de diversos géneros eran infinitos, colgados de los árboles para que el aire los enfriase. Contó Sancho más de sesenta zaques de más de 'a dos arrobas° cada uno y todos llenos, según después pareció, de generosos° vinos. Así había rimeros de pan blanquísimo como los suele haber de montones de trigo en las eras.¹⁰ Los quesos puestos como ladrillos° en rejales° formaban una muralla, y dos calderas de aceite mayores que las de un tinte° servían de freír cosas de masa,° que con dos valientes palas° las sacaban fritas y las zabullían° en otra caldera de preparada miel° que allí junto estaba. Los cocineros y cocineras pasaban de cincuenta, todos limpios, todos diligentes° y todos contentos. En el dilatado° vientre del novillo° estaban doce tiernos y pequeños lechones° que, cosidos por encima,¹¹ servían de darle sabor y enternecerle.° Las especias de diversas suertes no parecía haberlas comprado por libras, sino por arrobas, y todas estaban 'de manifiesto° en una grande arca. Finalmente, el aparato de la boda era rústico, pero tan abundante, que podía sustentar a un ejército.

Todo lo miraba Sancho Panza, y todo lo contemplaba, y de todo se aficionaba. Primero le cautivaron y rindieron el deseo las ollas, de quien él tomara de bonísima gana un mediano puchero.¹² Luego le aficionaron la voluntad los zaques¹³ y últimamente las frutas de sartén,° si es que se podían llamar sartenes las tan orondas° calderas. Y así, sin poderlo sufrir ni ser en su mano hacer otra cosa, se llegó a uno de los solícitos cocineros, y con corteses y hambrientas razones le rogó le dejase mojar un mendrugo° de pan en una de aquellas ollas. A lo que el cocinero respondió: "Hermano, este día no es de aquellos sobre quien tiene juridición la hambre, merced al rico Camacho. Apeaos y mirad si hay por ahí un cucharón,° y espumad° una gallina o dos, y buen provecho os hagan."

"No veo ninguno," respondió Sancho.

"Esperad," dijo el cocinero, "¡pecador de mí, y qué melindroso y para poco debéis de ser!"¹⁴

Y diciendo esto, asió de un caldero y encajándole° en una de las medias tinajas, sacó en él tres gallinas y dos gansos,° y dijo a Sancho: "Comed, amigo, y desayunaos con 'esta espuma° en tanto que se llega la hora del yantar."

"No tengo en qué echarla," respondió Sancho.

Marginal glosses: slaughterhouse, swallowed up; skin; game; six gallons, full-bodied; bricks; stacks; dyer's shop, dough, shovels; plunged, honey; busy, distended; bullock, suckling pigs; make it tender; on display; frying pan; pot-bellied; crust; ladle; skim; plunging it; geese; these skimmings

---

10 **Los suele…** *like mounds of wheat on the threshing room floor*
11 **Cosidos por…** *sewn inside*
12 **De quien…** *from which he would have willingly taken an average-sized stew-pot*
13 **Le aficionaron…** *the wineskins attracted his attention*
14 **Para poco…** *how helpless you must be!*

"Pues llevaos,°" dijo el cocinero, "la cuchara° y todo, que la riqueza y   take away, spoon
el contento de Camacho todo lo suple."

En tanto, pues, que esto pasaba Sancho, estaba don Quijote mirando cómo por una parte de la enramada entraban hasta doce labradores
sobre doce hermosísimas yeguas, con ricos y vistosos jaeces de campo
y con muchos cascabeles en los petrales,° y todos vestidos de regocijo y   front straps
fiestas, los cuales, 'en concertado tropel,° corrieron no una sino muchas   in an orderly rush
carreras° por el prado, con regocijada algazara° y grita, diciendo: "Vivan   runnings, uproar
Camacho y Quiteria, él tan rico como ella hermosa, y ella la más hermosa
del mundo."

Oyendo lo cual don Quijote, dijo entre sí: "Bien parece que éstos
no han visto a mi Dulcinea del Toboso. Que si la hubieran visto, ellos se
fueran a la mano[15] en las alabanzas desta su Quiteria."

De allí a poco comenzaron a entrar por diversas partes de la enramada muchas y diferentes danzas, entre los[16] cuales venían una de espadas,
de hasta veinte y cuatro zagales de gallardo parecer y brío, todos vestidos
de delgado y blanquísimo lienzo, con sus 'paños de tocar labrados° de   head kerchiefs em-
varias colores de fina seda, y al que los guiaba, que era un ligero° mance-   broidered; nimble
bo, preguntó uno de los de las yeguas[17] si se había herido alguno de los
danzantes.

"Por ahora, bendito sea Dios, no se ha herido nadie, todos vamos
sanos." Y luego comenzó a enredarse° con los demás compañeros, con   to join
tantas vueltas y con tanta destreza, que aunque don Quijote 'estaba hecho° a ver semejantes danzas, ninguna le había parecido tan bien como   was used to
aquélla. También le pareció bien otra que entró de doncellas hermosísimas, tan mozas, que, al parecer, ninguna bajaba de catorce ni llegaba
a diez y ocho años, vestidas todas de palmilla° verde, los cabellos parte   "fancy cloth"
tranzados° y parte sueltos, pero todos tan rubios que con los del sol[18] po-   braided
dían tener competencia,° sobre los cuales traían guirnaldas de jazmines,   competition
rosas, amaranto y madreselva° compuestas. Guiábalas un venerable viejo   honeysuckle
y una anciana matrona, pero más ligeros y sueltos° que sus años prome-   agile
tían.[19] Hacíales el son una gaita zamorana,[20] y ellas, llevando en los rostros
y en los ojos a la honestidad y en los pies a la ligereza, se mostraban las

---

15 **Ellos se...** *they would be more moderate*

16 Many editors change this to **las,** referring back to the nearest antedecent,
danzas. I keep it as **los,** following Gaos' reasoning that it refers to the dancers
themselves, **los danzantes,** mentioned at the end of the paragraph.

17 **Al que...** *one of the mare riders asked the leader* [of the sword dancers], *a
nimble lad*

18 **Los *rayos* del sol.** This was such a common comparison that the referent
rayos was not necessary.

19 **Que sus...** *than their years would lead one to believe*

20 **Hacíales el...** *a Zamora* gaita *made music for them.* The typical **gaita** is a
bagpipe, but the **gaita zamorana** is more of a hurdy-gurdy, played with a crank. It
has been suggested by Paul Ravaisse that it may derive from the Arabic **zamàra,**
referring to a double reed pipe, and not to the Castilian city of Zamora at all.

mejores bailadoras° del mundo.

    Tras ésta entró otra 'danza de artificio° y de las que llaman habladas. Era de ocho ninfas, repartidas en dos hileras,° de la una hilera era guía el dios Cupido, y de la otra el Interés,° aquél adornado de alas, arco, aljaba° y saetas, éste, vestido de ricas y diversas colores de oro y seda. Las ninfas que al amor seguían traían a las espaldas en pergamino blanco y letras grandes escritos sus nombres: Poesía era el título de la primera, el de la segunda Discreción, el de la tercera Buen linaje, el de la cuarta Valentía. Del modo mesmo venían señaladas las que al Interés seguían: decía Liberalidad el título de la primera, Dádiva° el de la segunda, Tesoro

Gaita zamorana

el de la tercera y el de la cuarta Posesión pacífica.° Delante de todos venía un castillo de madera a quien tiraban cuatro salvajes, todos vestidos de hiedra° y de cáñamo° teñido° de verde, tan al natural, que por poco espantaran a Sancho. En la frontera° del castillo y en todas cuatro partes de sus cuadros[21] traía escrito, Castillo del buen recato. Hacíanles el son cuatro diestros tañedores° de tamboril y flauta. Comenzaba la danza Cupido, y habiendo hecho dos mudanzas,° alzaba los ojos y 'flechaba el arco contra° una doncella que se ponía entre las almenas del castillo, a la cual desta suerte dijo:

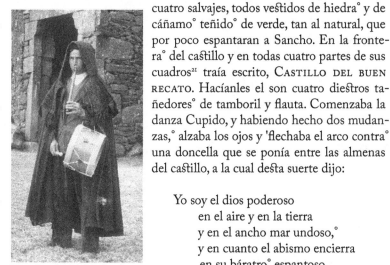

Tañedor de tamboril y flauta

> Yo soy el dios poderoso
> en el aire y en la tierra
> y en el ancho mar undoso,°
> y en cuanto el abismo encierra
> en su báratro° espantoso.
> Nunca conocí qué es miedo,
> todo cuanto quiero puedo,
> aunque quiera lo imposible,
> y en todo lo que es posible
> mando, quito, pongo y vedo.

    Acabó la copla, disparó una flecha por lo alto del castillo y retiróse a su puesto.° Salió luego el Interés y hizo otras dos mudanzas. Callaron los tamborinos, y él dijo:

---

21 **En todas...** *on each of the four sides*

Right margin glosses:
dancers
artistic dance
rows
wealth, quiver
bounty
peaceful
ivy
burlap, dyed
front
players
figures, aimed his bow
  towards
undulating
hell
place

Soy quien puede más que Amor,
    y es Amor el que me guía,
    soy de la eſtirpe° mejor   lineage
    que el cielo en la tierra cría,
5   más conocida y mayor.
Soy el Interés en quien
    pocos suelen obrar bien,
    y obrar sin mí es gran milagro,
    y cual soy te 'me consagro°   I devote myself
10   por siempre jamás, amén.

Retiróse el Interés y hízose adelante la Poesía, la cual, después de haber hecho sus mudanzas como los demás, pueſtos los ojos en la doncella
del caſtillo, dijo:

En dulcísimos conceptos,°   literary conceits
15   la dulcísima Poesía,
    altos, graves y discretos,
    señora, el alma te envía,
    envuelta entre mil sonetos.
Si acaso no te importuna
20   mi porfía, tu fortuna,
    de otras muchas invidiada,
    será por mí levantada
    sobre el cerco° de la luna.   rim

Desvióse la Poesía y de la parte del Interés salió la Liberalidad, y
25 después de hechas sus mudanzas, dijo:

Llaman Liberalidad
    al dar, que el extremo huye
    de la prodigalidad,°   lavishness
    y del contrario, que arguye
30   tibia° y floja voluntad.   lukewarm
Mas yo por te engrandecer,
    de hoy más pródiga he de ser;
    que aunque es vicio, es vicio honrado
    y de pecho enamorado,
35   que en el dar se echa de ver.

Deſte modo salieron y se retiraron todas las dos figuras de las dos
escuadras, y cada uno hizo sus mudanzas y dijo sus versos, algunos elegantes y algunos ridículos, y sólo tomó de memoria don Quijote, que la

tenía grande,²² los ya referidos. Y luego se mezclaron todos, haciendo y deshaciendo lazos con gentil donaire y desenvoltura, y cuando pasaba el Amor por delante del castillo disparaba por alto sus flechas, pero el Interés quebraba en él alcancías²³ doradas.

5 Finalmente, después de haber bailado un buen espacio, el Interés sacó un bolsón° que le formaba el pellejo de un gran gato romano,° que parecía estar lleno de dineros,° y arrojándole al castillo, con el golpe 'se desencajaron° las tablas y se cayeron, dejando a la doncella descubierta y sin defensa alguna. Llegó el Interés con las 'figuras de su valía,° y echán- 10 dola una gran cadena de oro al cuello, mostraron° prenderla, rendirla y cautivarla. Lo cual visto por el Amor y sus valedores,° hicieron ademán° de quitársela,° y todas las demostraciones que hacían eran al son de los tamborinos, bailando y danzando concertadamente. Pusiéronlos en paz los salvajes, los cuales con mucha presteza volvieron a armar° y a encajar 15 las tablas del castillo, y la doncella se encerró en él como de nuevo, y con esto se acabó la danza, con gran contento de los que la miraban.

Preguntó don Quijote a una de las ninfas que quién la había com- puesto y ordenado. Respondióle que un beneficiado de aquel pueblo, que tenía gentil caletre para semejantes invenciones.

20 "Yo apostaré," dijo don Quijote, "que debe de ser más amigo de Ca- macho que de Basilio el tal bachiller o beneficiado, y que debe de tener más de satírico que de vísperas;° bien ha encajado en la danza las habili- dades de Basilio y las riquezas de Camacho."

Sancho Panza, que lo escuchaba todo, dijo: "«El rey es mi gallo»,²⁴ a 25 Camacho me atengo."

"En fin," dijo don Quijote, "bien se parece, Sancho, que eres villano y de aquellos que dicen «viva quien vence.»"

"No sé de los que soy," respondió Sancho, "pero bien sé que nunca de ollas de Basilio sacaré yo tan elegante espuma como es esta que he sacado 30 de las de Camacho."

Y enseñóle el caldero lleno de gansos y de gallinas, y asiendo de una, comenzó a comer con mucho donaire y gana, y dijo: "¡A la barba de las ha- bilidades de Basilio!²⁵ Que «tanto vales cuanto tienes, y tanto tienes cuanto vales». «Dos linajes solos hay en el mundo», como decía una agüela° mía, 35 «que son el TENER y el NO TENER», aunque ella al del tener se atenía, y el día de hoy, mi señor don Quijote, «antes se toma el pulso al haber que al saber.» «Un asno cubierto de oro parece mejor que un caballo enalbardado».° Así que vuelvo a decir que a Camacho me atengo, de cuyas ollas son abundan- tes espumas gansos y gallinas, liebres y conejos, y de las de Basilio serán, si

---

big purse, striped
coins

fell apart

companions
they pretended

companions, gesture
take her back

put together

vespers

grandmother

with a packsaddle

---

22 **Que la...** *who had a great one* [memory]

23 These were clay spheres filled with coins, painted gold. Hurled against the castle, they break, and coins scatter.

24 This comes from cockfighting to indicate which is the favored bird.

25 Either "Basilio's skills can go to the devil," or "Let Basilio's skills pay for it all." The meaning is disputed.

viene a mano, y aunque no venga sino al pie,²⁶ aguachirle.°"   dishwater

"¿Has acabado tu arenga, Sancho?" dijo don Quijote.

"Habréla acabado," respondió Sancho, "porque veo que vuestra merced recibe pesadumbre con ella. Que si esto no se pusiera de por medio, obra había cortada para tres días."²⁷

"Plega a Dios, Sancho," replicó don Quijote, "que yo te vea mudo° silent antes que me muera."

"Al paso que llevamos," respondió Sancho, "antes que vuestra merced se muera estaré yo mascando barro,° y entonces podrá ser que esté tan mud mudo que no hable palabra hasta la fin del mundo, o por lo menos hasta el Día del Juicio."

"Aunque eso así suceda, ¡oh Sancho!" respondió don Quijote, "nunca llegará tu silencio a do ha llegado lo que has hablado, hablas y tienes de hablar en tu vida,²⁸ y más, que está muy 'puesto en razón natural° reasonable que primero llegue el día de mi muerte que el de la tuya, y así jamás pienso verte mudo, ni aun cuando estés bebiendo o durmiendo, que es lo que puedo encarecer."

"A buena fe, señor," respondió Sancho, "que no hay que fiar° en la des- trust carnada,° digo en la muerte, la cual también come cordero° como carnero, fleshless one, lamb y a nuestro cura he oído decir que con igual pie pisaba las altas torres de los reyes como las humildes chozas de los pobres.²⁹ Tiene esta señora más de poder que de melindre, no es nada asquerosa,° de todo come y a todo squeamish hace, y de toda suerte de gentes, edades y preeminencias hinche sus alfor-jas. No es segador que duerme las siestas, que a todas horas siega, y corta así la seca como la verde yerba, y no parece que masca, sino que engulle y traga cuanto se le pone delante, porque tiene hambre canina, que nunca se harta. Y aunque no tiene barriga, da a entender que está hidrópica³⁰ y sedienta de beber solas las vidas de cuantos viven, como quien se bebe un jarro de agua fría."

"No más, Sancho," dijo a este punto don Quijote, "«tente en buenas»³¹ y no te dejes caer, que en verdad que lo que has dicho de la muerte por tus rústicos términos, es lo que pudiera decir un buen predicador. Dígote, Sancho, que, si³² como tienes buen natural y discreción, pudieras tomar un púlpito en la mano y irte por ese mundo predicando lindezas…°" beautiful things

"«Bien predica quien bien vive,»" respondió Sancho, "y yo no sé otras tologías.°" theology *rustic*

---

26 **Si viene…** *if it ever comes to hand, or even if it only comes to foot*

27 **Obra había…** *I'd have my work cut out for three days*

28 **Nunca llegará…** *your silence will never make up for all that you have spoken, speak, and will speak in your life*

29 The priest's citation is from the pagan Roman poet Horace, and not from the Bible. See the Prologue to Part I, p. 9, note 11.

30 This is a medical condition which refers to an abnormal accumulation of fluid in the abdomen.

31 **Tente en buenas [cartas]**, that is, *stand pat.*

32 Schevill makes **si** into **así**. I follow Gaos by adding ellipsis at the end.

"Ni las has menester," dijo don Quijote, "pero yo no acabo de entender, ni alcanzar, cómo siendo el principio de la sabiduría el temor de Dios, tú, que temes más a un lagarto que a Él, sabes tanto."

"Juzgue vuesa merced, señor, de sus caballerías," respondió Sancho, "y no se meta en juzgar de los temores o valentías ajenas, que tan gentil temeroso soy yo de Dios como cada hijo de vecino, y déjeme vuestra merced despabilar° esta espuma, que lo demás todas son palabras ociosas de que nos han de pedir cuenta en la otra vida."   *eat up*

Y diciendo esto, comenzó de nuevo a dar asalto a su caldero con tan buenos alientos, que despertó los de don Quijote, y sin duda le ayudara, si no lo impidiera lo que 'es fuerza° se diga adelante.   *it is necessary*

Capítulo XXI. Donde se prosiguen las bodas de Camacho, con otros gustosos sucesos.

CUANDO ESTABAN DON QUIJOTE y Sancho en las razones referidas en el capítulo antecedente, se oyeron grandes voces y gran ruido, y dábanlas y causábanle los de las yeguas, que 'con larga carrera°   *in a gallop* y grita iban a recebir a los novios, que, rodeados de mil géneros de instrumentos y de invenciones,° venían acompañados del cura y de la parentela   *pantomimes* de entrambos y de toda la gente más lucida° de los lugares circunvecinos,   *distinguished* todos vestidos de fiesta. Y como Sancho vio a la novia, dijo: "A buena fe que no viene vestida de labradora, sino de 'garrida palaciega.° ¡Pardiez   *elegant court lady* que según diviso, que las patenas° que había de traer son ricos corales, y   *rustic necklace* la palmilla verde de Cuenca es terciopelo de treinta pelos!¹ ¡Y montas que la guarnición° es de tiras de lienzo blanco! ¡Voto a mí que es de raso! Pues,   *trimming* ¡tomadme° las manos adornadas con sortijas de azabache!° No medre yo   *look at!, jet* si no son anillos de oro, y muy de oro, y empedrados° con pelras² blancas   *set* como una cuajada,° que cada una debe de valer un ojo de la cara. ¡Oh hi-   *cottage cheese* deputa y qué cabellos, que si no son postizos,° no los he visto más luengos   *wig* ni más rubios en toda mi vida! ¡No sino 'ponedla tacha° en el brío y en el   *find a fault* talle, y no la comparéis a una palma que se mueve cargada de racimos de dátiles,³ que lo mesmo parecen los dijes que trae pendientes de los cabellos y de la garganta! Juro 'en mi ánima° que ella es una chapada° moza y   **por mi alma,** *spirited* que puede pasar por los bancos de Flandes."⁴

---

1 Velvet had a maximum of three piles, not thirty: two warps and one woof.

2 This is not a mistake, **l** and **r** are particularly susceptible to changing places, particularly in rustic speech.

3 **No la...** *wouldn't you compare her to* [the way] *a palm tree laden with dates moves*

4 The **bancos de Flandes** have provoked a lot of interpretations. Rodríguez Marín devotes a chapter in his appendix to it (see vol. 10 of his 1949 Atlas edition, pp. 22-30) in which he shows that **bancos** refers to the nuptial bed and **Flandes** refers to the wood the bed is made of (**pino de Flandes**). But **bancos de Flandes** also refer to shoals along the Belgian coast that are difficult to navigate

Puesta la que se podía llamar empuñadura en el suelo, con ligero desenfado
y determinado propósito se arrojó sobre él.

Riose don Quijote de las rústicas alabanzas de Sancho Panza—parecióle que, fuera de su señora Dulcinea del Toboso, no había visto mujer más hermosa jamás. Venía la hermosa Quiteria algo descolorida, y debía de ser de la mala noche que siempre pasan las novias en componerse° para el día venidero de sus bodas. Íbanse acercando a un teatro° que a un lado del prado estaba adornado de alfombras° y ramos, adonde se habían de hacer los desposorios y de donde habían de mirar las danzas y las invenciones. Y a la sazón que llegaban al puesto, oyeron a sus espaldas grandes voces, y una que decía: "¡Esperaos un poco, gente tan inconsiderada como presurosa!°"

A cuyas voces y palabras todos volvieron la cabeza, y vieron que las daba un hombre vestido, al parecer, de un sayo negro jironado de carmesí a llamas.[5] Venía coronado, como se vio luego, con una corona de funesto° ciprés, en las manos traía un bastón grande. En llegando más cerca fue conocido de todos por el gallardo Basilio, y todos estuvieron suspensos, esperando en qué habían de parar sus voces y sus palabras, temiendo algún mal suceso de su venida en sazón semejante.

Llegó, en fin, cansado y sin aliento, y puesto delante de los desposados,° hincando el bastón en el suelo, que tenía el cuento de una punta de acero,[6] mudada la color,[6] puestos los ojos en Quiteria, con voz tremente° y ronca estas razones dijo: "Bien sabes, desconocida Quiteria, que conforme a la santa ley que profesamos, que, 'viviendo yo,° tú no puedes tomar esposo. Y juntamente no ignoras que por esperar yo que el tiempo y mi diligencia mejorasen los bienes de mi fortuna, no he querido dejar de guardar el decoro que a tu honra convenía.[7] Pero tú, echando a las espaldas todas las obligaciones que debes a mi buen deseo, quieres hacer señor de lo que es mío a otro, cuyas riquezas le sirven no sólo de buena fortuna, sino de bonísima ventura. Y para que la tenga colmada,[8] y 'no como° yo pienso que la merece, sino como se la quieren dar los cielos, yo, por mis manos, desharé el imposible o el inconveniente que puede estorbársela, quitándome a mí de por medio. ¡Viva, viva el rico Camacho con la ingrata Quiteria largos y felices siglos, y muera, muera el pobre Basilio, cuya pobreza cortó las alas de su dicha y le puso en la sepultura!"

Y diciendo esto, asió del bastón que tenía hincado en el suelo, y quedándose la mitad dél en la tierra, mostró que servía de vaina° a un mediano estoque que en él se ocultaba, y puesta 'la que se podía llamar° empuñadura en el suelo, con ligero desenfado y determinado propósito

getting ready	
platform	
carpets	

hasty

funereal

bride and groom
trembling

while I'm alive

not that

sheath
what you might call

(and this is well documented), as well simply as Flemish banks. Thus Gaos proposes the triple play on words, that she is a spirited woman who can pass through the nuptial bed, confront the difficulties of marriage, and marry a banker if she wants.

5 **Un sayo…** *a black jacket with crimson appliqués in the shape of flames*

6 **Mudada…** [his] *color having changed*

7 **No ignoras…** *you know that while I was waiting for time and diligence to improve my finances, I never failed to maintain the respect due your honor*

8 That is, to fulfill his happiness.

se arrojó sobre él, y en un punto moſtró la punta sangrienta a las espaldas, con la mitad del⁹ acerada cuchilla, quedando el triſte bañado en su sangre y tendido en el suelo, de sus mismas armas traspasado.

Acudieron luego sus amigos a favorecerle,° condolidos de su miseria   to help him
y laſtimosa desgracia, y dejando don Quijote a Rocinante, acudió a favorecerle y le tomó en sus brazos, y halló que aún no había espirado. Quisiéronle sacar el eſtoque, pero el cura, que eſtaba presente, fue de parecer que no se le sacasen antes de confesarle, porque el sacársele y el espirar sería todo a un tiempo. Pero volviendo un poco en sí Basilio, con voz doliente y desmayada dijo: "Si quisieses, cruel Quiteria, darme en eſte último y forzoso trance la mano de esposa, aún pensaría que mi temeridad tendría desculpa, pues en ella alcancé el bien de ser tuyo."

El cura, oyendo lo cual, le dijo que atendiese a la salud del alma antes que a los guſtos del cuerpo, y que pidiese muy de veras a Dios perdón de sus pecados y de su desesperada determinación.

A lo cual replicó Basilio que en ninguna manera se confesaría si primero Quiteria no le daba la mano de ser su esposa. Que aquel contento le adobaría la voluntad y le daría aliento para confesarse.

En oyendo don Quijote la petición del herido, en altas voces dijo que Basilio pedía una cosa muy juſta y pueſta en razón y además, muy hacedera,° y que el señor Camacho quedaría tan honrado recibiendo a la   feasible
señora Quiteria, viuda del valeroso Basilio, como si la recibiera 'del lado de su padre:° "Aquí no ha de haber más de un sí, que no tenga otro efeɔto   from her father
que el pronunciarle, pues el tálamo de eſtas bodas ha de ser la sepultura."

Todo lo oía Camacho y todo le tenía suspenso y confuso, sin saber qué hacer ni qué decir. Pero las voces de los amigos de Basilio fueron tantas, pidiéndole que consintiese que Quiteria le diese la mano de esposa, porque su alma no se perdiese, partiendo desesperado deſta vida, que le movieron, y aun forzaron, a decir que si Quiteria quería dársela, que él se contentaba, pues todo era dilatar por un momento el cumplimiento de sus° deseos.   i.e., Camacho's

Luego acudieron todos a Quiteria, y unos con ruegos y otros con lágrimas y otros con eficaces razones la persuadían que diese la mano al pobre Basilio, y ella, más dura que un mármol y más sesga° que una   ſtill
eſtatua, moſtraba que ni sabía, ni podía, ni quería responder palabra. Ni la respondiera, si el cura no la° dijera que se determinase preſto en lo que   le
había de hacer, porque tenía Basilio ya el alma en los dientes, y no daba lugar a esperar 'inresolutas determinaciones.°   indecisive decsions

Entonces la hermosa Quiteria, sin responder palabra alguna, turbada, al parecer, triſte y pesarosa, llegó donde Basilio eſtaba, ya los ojos vueltos,°   upturned
el aliento corto y apresurado,° murmurando entre los dientes el nombre   hurried
de Quiteria, dando mueſtras de morir como gentil y no como criſtiano. Llegó, en fin, Quiteria, y pueſta de rodillas le pidió la mano por señas, y

---

9 You remember that in older Spanish, the feminine article **el** was used before *any* following **a-**, not juſt a ſtressed **a-** as today.

no por palabras. Desencajó° los ojos Basilio, y mirándola atentamente, le `opened`
dijo: "¡Oh Quiteria, que has venido a ser piadosa a° tiempo, cuando tu `at a`
piedad ha de servir de cuchillo que me acabe de quitar la vida, pues ya
no tengo fuerzas para llevar la gloria que me das en escogerme por tuyo,
5 ni para suspender el dolor que tan apriesa me va cubriendo los ojos con
la espantosa sombra de la muerte! Lo que te suplico es, ¡oh fatal estrella
mía! que la mano que me pides y quieres darme no sea por cumplimien-
to,° ni para engañarme de nuevo, sino que confieses y digas que, sin hacer `politeness`
fuerza a tu voluntad, me la entregas y me la das como a tu legítimo espo-
10 so, pues no es razón que en un trance como éste me engañes ni uses de
fingimientos° con quien tantas verdades ha tratado contigo." `deceit`

Entre estas razones se desmayaba, de modo que todos los presentes
pensaban que cada desmayo se había de llevar el alma consigo.

Quiteria, toda honesta° y toda vergonzosa,° asiendo con su derecha `upright, shy`
15 mano la de Basilio, le dijo: "Ninguna fuerza fuera bastante a torcer° mi `bend`
voluntad, y así con la más libre que tengo te doy la mano de legítima
esposa, y recibo la tuya, si es que me la das de tu libre albedrío, sin que la
turbe ni contraste la calamidad en que tu discurso acelerado te ha puesto."

"Sí, doy," respondió Basilio, "no turbado ni confuso, sino con el claro
20 entendimiento que el cielo quiso darme, y así me doy y me entrego por
tu esposo."

"Y yo por tu esposa," respondió Quiteria, "ahora° vivas largos años, `whether`
ahora° te lleven de mis brazos a la sepultura." `or`

"Para estar tan herido este mancebo," dijo a este punto Sancho Panza,
25 "mucho habla. Háganle que se deje de requiebros,° y que atienda a su alma. `flirtacious remarks`
Que a mi parecer más la tiene en la lengua que en los dientes."

Estando, pues, asidos de las manos Basilio y Quiteria, el cura, tierno
y lloroso, los echó la bendición y pidió al cielo diese buen poso al alma
del nuevo desposado, el cual así como recibió la bendición, con presta
30 ligereza se levantó en pie, y con no vista desenvoltura se sacó el estoque
'a quien° servía de vaina su cuerpo. `for which`

Quedaron todos los circunstantes admirados, y algunos dellos, más
simples que curiosos,° en altas voces comenzaron a decir: "¡Milagro, mi- `in the know`
lagro!"

35 Pero Basilio replicó: "No milagro, milagro, sino industria,° industria." `cleverness`

El cura, desatentado° y atónito, acudió con ambas manos a tentar la `disturbed`
herida, y halló que la cuchilla había pasado, no por la carne y costillas de
Basilio, sino por un 'cañón hueco° de hierro que, lleno de sangre, en aquel `hollow tube`
lugar bien acomodado tenía, preparada la sangre (según después se supo)
40 de modo que no se helase.¹⁰

Finalmente, el cura y Camacho, con todos los más circunstantes, se
tuvieron por burlados° y escarnidos.° La esposa no dio muestras de pe- `tricked, deceived`
sarle de la burla, antes oyendo decir que aquel casamiento, por haber sido

---

10 **Preparada la...** *the blood having been prepared (as it was later learned) so
that it would not coagulate*

engañoso,° no había de ser valedero, dijo que ella le confirmaba de nuevo,   deceitful
de lo cual coligieron todos que de consentimiento y sabiduría de los dos
se había trazado aquel caso. De lo que quedó Camacho y sus valedores
tan corridos,° que remitieron° su venganza a las manos, y desenvainando°   embarrassed, they sent,
5 muchas espadas, arremetieron a Basilio, en cuyo favor en un instante se   unsheathing
desenvainaron casi otras tantas. Y tomando la delantera a caballo don
Quijote, con la lanza sobre el brazo, y bien cubierto de su escudo, se hacía
dar lugar de todos.¹¹ Sancho, a quien jamás pluguieron ni solazaron semejantes fechurías,° se acogió a las tinajas donde había sacado su agradable   mischief
10 espuma, pareciéndole aquel lugar como sagrado, que había de ser tenido
en respeto.

    Don Quijote a grandes voces decía: "Teneos, señores, teneos, que no
es razón toméis venganza de los agravios que el amor nos hace. Y advertid que el amor y la guerra son una misma cosa, y así como en la guerra
15 es cosa lícita y acostumbrada usar de ardides° y estratagemas para vencer   ruses
al enemigo, así en las contiendas y competencias amorosas se tienen por
buenos los embustes y marañas° que se hacen para conseguir el fin que se   intrigue
desea, como no sean en menoscabo y deshonra de la cosa amada. Quiteria era de Basilio y Basilio de Quiteria por justa y favorable disposición
20 de los cielos. Camacho es rico y podrá comprar su gusto, cuando, donde
y cómo quisiere. Basilio no tiene más desta° oveja, y no se la ha de quitar   **que esta**
alguno, por poderoso que sea. Que a los dos que Dios junta no podrá
separar el hombre, y el que lo intentare, primero ha de pasar por la punta
desta lanza."

25   Y en esto la blandió tan fuerte y tan diestramente, que puso pavor°   fear
en todos los que no le conocían. Y tan intensamente se fijó en la imaginación de Camacho el desdén de Quiteria,¹² que se la borró de la memoria
en un instante, y así tuvieron lugar° con él las persuasiones del cura, que   effect
era varón prudente y bien intencionado, con las cuales quedó Camacho y
30 los de su parcialidad° pacíficos y sosegados, en señal de lo cual volvieron   group
las espadas a sus lugares, culpando más a la facilidad° de Quiteria que a la   ready compliance
industria de Basilio, 'haciendo discurso° Camacho, que si Quiteria quería   reasoning
bien a Basilio doncella,° también le quisiera casada, y que debía de dar   when unmarried
gracias al cielo, más por habérsela quitado, que por habérsela dado.

35   Consolado, pues, y pacífico Camacho y los de su mesnada,° todos   followers
los de la de Basilio se sosegaron, y el rico Camacho, por mostrar que no
sentía la burla 'ni la estimaba en nada,° quiso que las fiestas pasasen ade-   didn't resent it
lante como si realmente 'se desposara.° Pero no quisieron asistir a ellas   gotten married
Basilio ni su esposa ni secuaces,° y así se fueron a la aldea de Basilio, que   followers
40 también los pobres virtuosos y discretos tienen quien° los siga, honre y   **quienes**
ampare, como los ricos tienen quien los lisonjee y acompañe. Lleváronse
consigo a don Quijote, estimándole° por hombre de valor y de pelo en   considering him

---

  11 **Se hacía...** *he made them all give way*
  12 **Y tan...** *and Quiteria's rejection made such an intense impression on Cama-*
cho's mind

pecho. A solo Sancho se le escureció el alma por verse imposibilitado de aguardar la espléndida comida y fiestas de Camacho, que duraron hasta la noche. Y así asendereado y triste, siguió a su señor, que con la cuadrilla de Basilio iba, y así se dejó atrás las ollas de Egipto, aunque las llevaba en el alma, cuya ya casi consumida y acabada espuma que en el caldero llevaba, le representaba la gloria y la abundancia del bien que perdía, y así congojado y pensativo, aunque sin hambre, sin apearse del rucio, siguió las huellas de Rocinante.

Capítulo XXII. Donde se cuenta¹ la grande aventura de la Cueva de Montesinos, que está en el corazón de la Mancha, a quien° dio felice cima el valeroso don Quijote de la Mancha.   which

GRANDES FUERON Y MUCHOS los regalos° que los desposados hi-   warm treatment
cieron a don Quijote, obligados de las muestras° que había dado,   demonstrations
defendiendo su causa, y al par de la valentía le graduaron° la   valued
discreción, teniéndole por un Cid en las armas y por un Cicerón² en la
elocuencia. El buen Sancho 'se refociló° tres días a costa de los novios, de   enjoyed
los cuales se supo que no fue traza comunicada con la hermosa Quiteria
el herirse fingidamente, sino industria de Basilio, esperando della el mesmo suceso que se había visto. Bien es verdad que confesó que había 'dado
parte de° su pensamiento a algunos de sus amigos, para que al tiempo   communicated
necesario favoreciesen su intención y abonasen° su engaño.   ensure

"No se pueden ni deben llamar engaños," dijo don Quijote, "los que
ponen la mira en virtuosos fines." Y que³ el de casarse los enamorados era
el fin de más excelencia, advirtiendo° que el mayor contrario° que el amor   pointing out, enemy
tiene es la hambre y la continua necesidad, porque el amor es todo alegría,
regocijo y contento, y más cuando el amante está en posesión de la cosa
amada, contra quien son enemigos opuestos° y declarados la necesidad y   contrary
la pobreza. Y que todo esto decía con intención de que se dejase el señor
Basilio de ejercitar las habilidades que sabe, que aunque le daban fama,
no le daban dineros, y que atendiese a granjear hacienda por medios líci-
tos e industriosos, que nunca faltan a los prudentes y aplicados.°   persevering

"El pobre honrado, si es que puede ser honrado el pobre, tiene prenda
en tener mujer hermosa, que cuando se la quitan, le quitan la honra y se
la matan.⁴ La mujer hermosa y honrada, cuyo marido es pobre, mere-

---

1 The original title begins **Donde se *da* cuenta la grande aventura...** Schevill and others add **de** after **cuenta**. The table of contents at the end of the book corrects the title to **Donde se cuenta...** on folio 281ᵛ. This seems like the best solution, which is what I have used, following Ferreras.

2 Cicero (106-43 B.C.) was Rome's greatest orator, also a politician and philosopher, as already mentioned in the Prologue to Part I, p. 11, note 29.

3 Editors correctly suggest that this would read better as **Y dijo que...** or **Y añadió que...**

4 **Cuando se...** *if she is taken away, his honor is also taken and obliterated*

Milano

ce ser coronada con laureles y palmas de vencimiento y triunfo. La hermosura por sí sola atrae las voluntades de cuantos la miran y conocen, y como a señuelo° gus- **bait** toso 'se le abaten° las águilas reales y los **swoop down** pájaros altaneros;° pero si a la tal hermo- **high-flying** sura se le junta la necesidad y eſtreche- za, también la embiſten los cuervos, los milanos° y las otras aves de rapiña,° y la **kites, prey** que eſtá a tantos encuentros firme, bien merece llamarse corona de su marido.[5]

"Mirad, discreto Basilio," añadió don Quijote, "opinión fue de no sé qué sabio que no había en todo el mundo sino una sola mujer buena, y daba por consejo que cada uno pensase y creyese que aquella sola buena era la suya, y así viviría contento. Yo no soy casado ni haſta agora me ha venido en pensamiento serlo, y con todo eſto me atrevería a dar consejo al que me lo pidiese, el[6] modo que había de buscar la mujer con quien se quisiese casar. Lo pri- mero, le aconsejaría que mirase más a la fama° que a la hacienda, porque **reputation** la buena mujer no alcanza la buena fama solamente con ser buena, sino con parecerlo. Que mucho más dañan a las honras de las mujeres las desenvolturas y libertades° públicas que las maldades° secretas. Si traes **scandal, misdeeds** buena mujer a tu casa, fácil cosa sería conservarla y aun mejorarla en aquella bondad. Pero si la traes mala, en trabajo te pondrá el enmendarla, que no es muy hacedero pasar de un extremo a otro. Yo no digo que sea imposible, pero téngolo por dificultoso."

Oía todo eſto Sancho, y dijo entre sí: "Eſte mi amo, cuando yo hablo cosas de meollo y de suſtancia, suele decir que podría yo tomar un púlpi- to en las manos y irme por ese mundo adelante predicando lindezas, y yo digo dél, que cuando comienza a enhilar° sentencias y a dar consejos, no **ſtack up** sólo puede tomar púlpito[7] en las manos, sino dos en cada dedo y andarse por esas plazas a «¿qué quieres, boca?»[8] ¡Válate el diablo por caballero andante[9] que tantas cosas sabes! Yo pensaba en mi ánima que sólo podía saber aquello que tocaba a sus caballerías, pero no hay cosa donde no pique[10] y deje de meter su cucharada."[11]

Murmuraba eſto algo Sancho, y entreoyóle su señor y preguntóle:

---

5 This comes from Proverbs 12:4: "A capable wife is her husband's crown."

6 Schevill has changed this to **pidiese del**.

7 Schevill has **tomar un púlpito**.

8 **A ¿qué...** *give them everything they want* (proverbial phrase).

9 **¡Válate el...** *may the devil take you for a knight errant*

10 **No hay...** *there is nothing he doesn't nibble on*

11 **Meter su cucharada**—of course you **meter la cuchara** and *sacar* **la cucharada** *spoonful*. Editors blame Cervantes for this lapse and not Sancho, who is the clear culprit.

"¿Qué murmuras, Sancho?"

"No digo nada ni murmuro de nada;" respondió Sancho, "sólo estaba diciendo entre mí, que quisiera haber oído lo que vuesa merced aquí ha dicho antes que me casara, que quizá dijera yo agora: «el buey suelto bien
5 'se lame».°"   licks himself

"¿Tan mala es tu Teresa, Sancho?" dijo don Quijote.

"No es muy mala," respondió Sancho, "pero no es muy buena, a lo menos, no es tan buena como yo quisiera."

"Mal haces, Sancho," dijo don Quijote, "en decir mal de tu mujer, que
10 en efecto es madre de tus hijos."

"No nos debemos nada," respondió Sancho, "que también ella dice mal de mí cuando se le antoja, especialmente cuando está celosa. Que entonces «súfrala el mesmo Satanás.»"[12]

Finalmente, tres días estuvieron con los novios, donde fueron re-
15 galados y servidos como 'cuerpos de rey.° Pidió don Quijote al diestro   royalty
licenciado[13] le diese una guía que le encaminase a la Cueva de Montesinos,
porque tenía gran deseo de entrar en ella y ver 'a ojos vistas° si eran ver-   with his own eyes
daderas las maravillas que de ella se decían por todos aquellos contornos.
El licenciado le dijo que le daría a un primo suyo, famoso estudiante y
20 muy aficionado a leer libros de caballerías, el cual con mucha voluntad le
pondría a la boca de la mesma cueva y le enseñaría las lagunas de Ruidera,
famosas ansimismo en toda la Mancha y aun en toda España, y díjole que
llevaría con él gustoso entretenimiento, a causa que era mozo que sabía
hacer libros para imprimir, y para dirigirlos a príncipes. Finalmente, el
25 primo vino con una pollina preñada, cuya albarda cubría un gayado° tape-   multi-colored
te° o harpillera.° Ensilló Sancho a Rocinante y aderezó al rucio, proveyó   rug, saddle cloth
sus alforjas, a las cuales acompañaron las del primo, asimismo bien proveídas, y encomendándose a Dios y despediéndose de todos, se pusieron
en camino, tomando la derrota de la famosa Cueva de Montesinos.

30 En el camino preguntó don Quijote al primo de qué género y calidad eran sus ejercicios, su profesión y estudios. A lo que él respondió que
su profesión era ser humanista, sus ejercicios y estudios componer libros
para dar a la estampa, todos de gran provecho y no menos entretenimiento para la república. Que el uno se intitulaba *El de las libreas*,[14] donde pinta
35 setecientas y tres libreas con sus colores, motes y cifras, de donde podían
sacar y tomar las que quisiesen en tiempo de fiestas y regocijos° los ca-   festivities
balleros cortesanos, sin andarlas mendigando° de nadie, ni lambicando,   begging
como dicen, el cerbelo[15] por sacarlas conformes a sus deseos e intenciones.

"Porque doy al celoso, al desdeñado, al olvidado y al ausente las que

---

12 **Súfrala el...** *even the devil can't stand her*

13 This appears to be the unnamed swordsman from chapter 19, doubtless a supporter of Basilio, who has also tagged along with the newlyweds.

14 These **libreas** are the outfits and ornaments worn by knights for their jousts and tournaments.

15 **Lambicando, como...** *wracking, as they say, their brains*

les convienen, que les vendrán más juſtas que pecadoras.[16] Otro libro
tengo también, a quien he de llamar *Metamorfóseos, o Ovidio español,*[17]
de invención nueva y rara, porque en él, imitando a Ovidio 'a lo burlesco,°   parodying
pinto quién fue la Giralda de Sevilla y el Ángel de la Madalena,[18] quién
5 el Caño de Vecinguerra de Córdoba,[19] quiénes los toros de Guisando,
la Sierra Morena, las fuentes de Leganitos y Lavapiés en Madrid, no
olvidándome de la del Piojo, de la del Caño Dorado y de la Priora,[20] y
eſto, con sus alegorías, metáforas y translaciones,° de modo que alegran,   transformations
suspenden y enseñan a un mismo punto.
10   "Otro libro tengo que le llamo *Suplemento a Virgilio Polidoro,*[21] que
trata de la invención de las cosas, que es de grande erudición y eſtudio,
a causa que las cosas que se dejó de decir Polidoro de gran suſtancia, las
averiguo yo y las declaro por gentil eſtilo. Olvidósele a Virgilio de decla-
rarnos quién fue el primero que tuvo catarro° en el mundo, y el primero   cold
15 que tomó las unciones° para curarse del morbo gálico,[22] y yo lo declaro   ointments
al pie de la letra y lo autorizo° con más de veinte y cinco autores, porque   prove
vea vuesa merced si he trabajado bien y si ha de ser útil el tal libro a todo
el mundo."
    Sancho, que había eſtado muy atento a la narración del primo, le
20 dijo:

---

16 **Les vendrán...** *fit them to a tee.* Obviously not literal.

17 Ovid has been referred to before (Part II, Chapter 16, p. 581, note 37)
for his *Ars Amatoria.* His other moſt famous work is the *Metamorphoses,* written in 15 books, all in verse. In it is a series of mythological and legendary ſtories
in which transformation (*metamorphosis* in Latin) plays a role, ſtarting with the
creation of the world and ending with the deification of Julius Cæsar. The Spanish title, *Metamorfóseos,* unlike Ovid's title, reflects a Greek genitive singular
form, meaning something like "what is characteriſtic of metamorphosis," which
is a clever transformation in itself. I thank Nik Gross for his interpretation of
the Greek case.

18 La Magdalena here is one of the lesser parish churches in Salamanca.
This angel weather vane no longer exiſts. The old weather vane represented the
woman sinner who anointed Jesus' feet, bathed them with her tears, then dried
them with her hair (Luke 8:37-38).

19 This is a sewer which flowed from Córdoba into the Guadalquivir River.
Vicente Guerra, in whose honor this sewer takes its name, was a Cordovan hero
during the Reconqueſt.

20 These are or were fountains in Madrid.

21 Polydore Vergil (c. 1470–1555), as he was known in England, was an
Italian-born humaniſt whose hiſtory of England became required reading in
British schools. His *De rerum inventoribus* (1499), a popular treatise on various
inventions, is the book to which the cousin has augmented. It was translated
from the Latin into Spanish in 1550 by Francisco Thámara and published firſt in
Antwerp. Several editions followed.

22 Attributing this **morbo gálico** *syphilis* to the French seems unfair since
it is generally believed that the disease came back from the New World with
Columbus' crew.

"Dígame, señor, así Dios le dé buena manderecha° en la impresión°   luck, printing
de sus libros, ¿sabríame decir, que sí sabrá, pues todo lo sabe, quién fue el
primero que 'se rascó° en la cabeza? Que yo para mí tengo que debió de   scratched
ser nuestro padre Adán."

5   "Sí, sería," respondió el primo, "porque Adán no hay duda sino que
tuvo cabeza y cabellos, y siendo esto así, y siendo el primer hombre del
mundo, alguna vez se rascaría."

"Así lo creo yo," respondió Sancho, "pero dígame ahora, ¿quién fue el
primer volteador° del mundo?"   tumbler

10   "En verdad, hermano," respondió el primo, "que no me sabré determinar por ahora hasta que lo estudie. Yo lo estudiaré en volviendo adonde tengo mis libros, y yo os satisfaré cuando otra vez nos veamos. Que no
ha de ser ésta la postrera.'"   last time

"Pues mire, señor," replicó Sancho, "no tome trabajo en esto, que aho-
15 ra he caído en la cuenta de lo que le he preguntado. Sepa que el primer
volteador del mundo fue Lucifer,[23] cuando le echaron o arrojaron del cielo,
que vino volteando hasta los abismos."

"Tienes razón, amigo," dijo el primo.

Y dijo don Quijote: "Esa pregunta y respuesta no es tuya, Sancho. A
20 alguno las has oído decir."[24]

"Calle, señor," replicó Sancho, "que a buena fe que 'si me doy° a pre-   if I start
guntar y a responder, que no acabe de aquí a mañana. Sí, que para preguntar necedades y responder disparates no he menester yo andar buscando ayuda de vecinos."

25   "Más has dicho, Sancho, de lo que sabes," dijo don Quijote, "que hay
algunos que se cansan en saber y averiguar cosas que después de sabidas
y averiguadas no importan un ardite al entendimiento ni a la memoria."

En éstas y otras gustosas pláticas se les pasó aquel día, y a la noche
'se albergaron° en una pequeña aldea, adonde el primo dijo a don Quijote   lodged
30 que desde allí a la Cueva de Montesinos no había más de dos leguas, y
que si llevaba determinado de entrar en ella, era menester proverse[25] de
sogas para atarse y descolgarse en su° profundidad.   i.e., the cave's

Don Quijote dijo que aunque llegase al abismo, había de ver donde
paraba, y así compraron casi cien brazas[26] de soga, y otro día, a las dos de
35 la tarde, llegaron a la cueva, cuya boca es espaciosa y ancha, pero llena de
cambroneras y cabrahigos,[27] de zarzas y malezas, tan espesas y intricadas,

---

23 There is only one biblical reference to Lucifer (*light bearer* in Latin) (Isa.
14:24). He is known as Phosphorus in Greek mythology, where he represented
the planet Venus, the morning star. In the Christian era, Lucifer came to be
equated with Satan before his fall. Satan is called "an angel of light" in II Corin-
thians 11:14 thus helping the transfer.

24 **A alguno...** *you must have heard someone else say them*

25 This is a variant of **proveerse** *to supply oneself.* Schevill and others change
this instance to **proveerse**, the form Cervantes generally uses.

26 A **braza** was the width of of both arms extended—about six feet.

27 **Cambroneras y...** *thorny bushes and wild fig trees*

que de todo en todo la ciegan y encubren. En viéndola, se apearon el primo, Sancho y Don Quijote, al cual los dos le ataron luego fortísimamente
con las sogas. Y en tanto que le fajaban° y ceñían, le dijo Sancho: "Mire   were binding
vuestra merced, señor mío, lo que hace, no se quiera sepultar en vida, ni
5 se ponga adonde parezca frasco que le ponen a enfriar en algún pozo.²⁸
Sí, que a vuestra merced no le toca ni atañe ser el escudriñador desta que
debe de ser peor que mazmorra."²⁹

"Ata y calla," respondió don Quijote, "que tal empresa como aquésta,
Sancho amigo, para mí estaba guardada."

10 Y entonces dijo la guía: "Suplico a vuesa merced, señor don Quijote,
que mire bien y especule° con cien ojos lo que hay allá dentro. Quizá   examine
habrá cosas que las ponga yo en el libro de mis *Transformaciones*."³⁰

"«En manos está el pandero que le sabrá bien tañer»," respondió Sancho Panza.

15 Dicho esto, y acabada la ligadura de don Quijote, que no fue sobre
el arnés,° sino sobre el 'jubón de armar,° dijo don Quijote: "Inadvertidos°   armor, doublet, careless
hemos andado en no habernos proveído de algún esquilón° pequeño, que   cowbell
fuera atado junto a mí en esta mesma soga, con cuyo sonido se entendiera
que todavía bajaba y estaba vivo. Pero pues ya no es posible, a la mano de
20 Dios, que me guíe."³¹

Y luego se hincó de rodillas y hizo una oración en voz baja al cielo,
pidiendo a Dios le ayudase y le diese buen suceso en aquella, al parecer,
peligrosa y nueva aventura, y en voz alta dijo luego: "¡Oh señora de mis
acciones y movimientos, clarísima y sin par Dulcinea del Toboso! Si es
25 posible que lleguen a tus oídos las plegarias y rogaciones° deste tu ven-   entreaties
turoso amante, por tu inaudita belleza te ruego las escuches. Que no son
otras que rogarte no me niegues tu favor y amparo ahora que tanto le
he menester. Yo voy a despeñarme, a empozarme° y a hundirme en el   to engulf myself
abismo que aquí se me representa, sólo porque conozca el mundo que
30 si tú me favoreces, no habrá imposible° a quien yo no acometa y acabe."   impossible feat

Y en diciendo esto se acercó a la sima, vio no ser posible descolgarse°   let himself down
ni hacer lugar a la entrada,³² si no era a fuerza de brazos o a cuchilladas, y
así poniendo mano a la espada, comenzó a derribar y a cortar de aquellas
malezas que a la boca de la cueva estaban, por cuyo ruido y estruendo sa-
35 lieron por ella una infinidad de grandísimos cuervos y grajos, tan espesos
y con tanta priesa, que dieron con don Quijote en el suelo. Y si él fuera
tan agorero° como católico cristiano, lo tuviera a mala señal³³ y escusara   supersticious

---

28 **Ni se...** *nor get yourself in a position where you're like a bottle that they hang
into a well to get cold*

29 **No le...** *it's none of your affair to be the investigator into this, which must
be worse than a dungeon*

30 That is, in his *Metamorfóseos*.

31 Gaos suggests that this implies **que *ojalá* me guíe.**

32 **Ni hacer...** *nor find a way to enter*

33 Crows, depending on which side of you they were, were considered bad
omens.

de encerrarse en lugar semejante. Finalmente, se levantó, y viendo que no salían más cuervos ni otras aves noturnas,° 'como fueron murciélagos,° que asimismo entre los cuervos salieron, dándole soga el primo y Sancho, y se dejó calar° al fondo de la caverna espantosa. Y al entrar, echándole Sancho su bendición y haciendo sobre él mil cruces, dijo: "¡Dios te guíe y la Peña de Francia,[34] junto con la Trinidad de Gaeta,[35] flor, nata y espuma° de los caballeros andantes! ¡Allá vas, valentón° del mundo, corazón de acero, brazos de bronce! ¡Dios te guíe, otra vez, y te vuelva libre, sano y sin cautela a la luz desta vida que dejas por enterrarte en esta escuridad que buscas!"

Casi las mismas plegarias y deprecaciones° hizo el primo.

noćturnal, such as
bats

lower himself

essence

braveſt man

prayers

[Lathrop is the fellow
in silhouette]

Cervantiſtas entrando en la Cueva de Montesinos

Iba don Quijote dando voces que le diesen soga y más soga, y ellos se la daban poco a poco, y cuando las voces, que acanaladas° por la cueva salían, dejaron de oírse, ya ellos tenían descolgadas las cien brazas de soga, y fueron de parecer de volver a subir a don Quijote, pues no le podían dar más cuerda. Con todo eso, se detuvieron como media hora, al cabo del cual espacio volvieron a recoger la soga con mucha facilidad y sin peso alguno, señal que les hizo imaginar que don Quijote se quedaba dentro, y creyéndolo así Sancho, lloraba amargamente y tiraba con mucha priesa por desengañarse.° Pero llegando, a su parecer, a poco más de las ochenta brazas, sintieron peso, de que en extremo se alegraron. Finalmente, a las diez vieron diſtintamente a don Quijote, a quien dio voces Sancho, diciéndole: "Sea vueſtra merced muy bien vuelto, señor mío, que ya pensábamos que se quedaba allá 'para caſta.°"

as if through a pipe

to learn the truth

a generation

---

34 This is Nueſtra Señora de la Peña de Francia, a monaſtery that was built at the summit of a mountain on the site of where an image of Holy Mary was discovered in 1409. It is located between Ciudad Rodrigo and Salamanca.

35 This is another monaſtery, founded by Fernando de Aragón, at Gaeta, a town in the Kingdom of Naples, already mentioned in Part II, Chapter 18, p. 597, note 24.

Pero no respondía palabra don Quijote, y sacándole del todo, vieron
que traía cerrados los ojos, con mueſtras de eſtar dormido. Tendiéronle
en el suelo y desliáronle,° y con todo eſto, no despertaba. Pero tanto le   they untied him
volvieron y revolvieron, sacudieron y menearon, que al cabo de un buen
5   espacio volvió en sí, desperezándose,° bien como si de algún grave y pro-   ſtretching
fundo sueño despertara, y mirando a una y otra parte como espantado,
dijo: "Dios os lo perdone, amigos, que me habéis quitado de la más sabrosa y agradable vida y viſta que ningún humano ha viſto ni pasado. En
efecto, ahora acabo de conocer³⁶ que todos los contentos deſta vida pasan
10 como sombra y sueño, o 'se marchitan° como la flor del campo. ¡Oh, des-   wither
dichado Montesinos; o mal ferido Durandarte;³⁷ oh, sin ventura Belerma;
oh, lloroso Guadiana, y vosotras sin dicha hijas de Ruidera,³⁸ que moſtráis
en vueſtras aguas las° que lloraron vueſtros hermosos ojos!"   i.e., tears
Escuchaban³⁹ el primo y Sancho las palabras de don Quijote, que las
15 decía como si con dolor inmenso las sacara de las entrañas. Suplicáronle
les diese a entender lo que decía, y les dijese lo que en aquel infierno
había viſto.
"¿Infierno le llamáis?" dijo don Quijote, "pues no le llaméis ansí, porque no lo merece, como luego veréis."
20 Pidió que le diesen algo de comer, que traía grandísima hambre.
Tendieron la harpillera del primo sobre la verde yerba, acudieron a la
despensa de sus alforjas, y sentados todos tres en buen amor y com-
paña, merendaron° y cenaron todo junto. Levantada la harpillera, dijo   had an afternoon snack
don Quijote de la Mancha: "No se levante nadie y eſtadme, hijos, todos
25 atentos."

---

36 **Acabo de…** *finally underſtand*

37 Durandarte is the Spanish equivalent of Durendal, the name of Roland's sword. At Roncesvalles, where Roland was slain, he had Durendal with
him. Over the ages, the sword became transformed into a person in the Spanish tradition. Nothing of what happens at Roncesvalles involving Durandarte,
Montesinos, and Belerma—all of which you will soon find out—is part of the
French *Song of Roland* tradition.

38 Since the Guadiana River begins in this area and the Lagunas de la Ruidera are nearby, Guadiana and Ruidera take on human form in Don Quijote's
account of his adventure, as if they would later be transformed into the river and
the **lagunas** in the same way mythological characters were similarly changed.

39 In the original edition, the page ends with **hermosos ojos!** followed by
a **reclamo** (the word or syllable that begins the next page) under the laſt line, in
this case it is **Con** (fol. 89ʳ⁻ᵛ). Then the next page inſtead of beginning with **Con**
begins with -**cuchaban**. This has led some editors to reconſtruct **Con atención /
grande atención / admiración / escuchaban.** Schevill proposes that perhaps the
reclamo should have been **Es**- inſtead of **Con**, in which case it would have been
as it is here, simply **Escuchaban.**

Capítulo XXIII. De las admirables cosas que el estremado° don   incomparable
Quijote contó que había visto en la profunda Cueva de Mon-
tesinos, cuya imposibilidad y grandeza hace que se tenga esta
aventura por apócrifa.

⁵   LAS CUATRO DE LA tarde serían, cuando el sol entre nubes cubierto,
con luz escasa y templados° rayos, dio lugar a don Quijote para   mild
que sin calor y pesadumbre contase a sus dos clarísimos oyentes
lo que en la Cueva de Montesinos había visto, y comenzó en el modo
siguiente: "A obra de doce o catorce estados° de la profundidad desta   "average man's height"
¹⁰ mazmorra,° a la derecha mano, se hace una concavidad° y espacio° capaz   pit, recess, ledge
de poder caber en ella un gran carro con sus mulas. Éntrale una pequeña
luz por unos resquicios o agujeros, que lejos le responden, abiertos¹ en la
superficie de la tierra. Esta concavidad y espacio vi yo a tiempo cuando ya
iba cansado y mohino de verme, pendiente y colgado de la soga, caminar
¹⁵ por aquella escura región abajo, sin llevar cierto ni determinado camino, y
así determiné entrarme en ella y descansar un poco. Di voces pidiéndoos
que no descolgásedes° más soga hasta que yo os lo dijese, pero no debistes   let down
de oírme. Fui recogiendo la soga que enviábades, y haciendo della una
rosca° o rimero, me senté sobre él, pensativo a demás, considerando lo   coil
²⁰ que hacer debía para calar° al fondo, no teniendo quién° me sustentase.²   go down, anyone

"Y estando en este pensamiento y confusión, de repente, y sin procu-
rarlo, me salteó un sueño profundísimo, y cuando menos lo pensaba, sin
saber cómo ni cómo no, desperté dél y me hallé en la mitad del más bello,
ameno° y deleitoso° prado que puede criar la naturaleza, ni imaginar la   pleasant, delightful
²⁵ más discreta imaginación humana. Despabilé los ojos, limpiémelos y vi
que no dormía, sino que realmente estaba despierto. Con todo esto me
tenté la cabeza y los pechos, por certificarme si era yo mismo el que allí
estaba, o alguna fantasma vana° y contrahecha. Pero el tacto, el senti-   unsubstantial
miento, los discursos concertados, que entre mí hacía,³ me certificaron
³⁰ que yo era allí entonces el que soy aquí ahora.

"Ofrecióseme luego a la vista un real y suntuoso palacio o alcázar,
cuyos muros y paredes parecían de transparente y claro cristal fabricados,
del cual abriéndose dos grandes puertas, vi que por ellas salía y hacia mí
se venía un venerable anciano, vestido con un 'capuz de bayeta morada,°   purple flannel cloak
³⁵ que por el suelo le arrastraba. Ceñíale los hombros y los pechos una 'beca
de colegial° de raso verde, cubríale la cabeza una gorra milanesa negra, y   scholar's hood

---

1 The original edition has **abiertas** here which Schevill has changed to
abiertos for grammatical agreement. Gaos keeps the feminine form suggesting
that the lapse is due to the influence of **quiebras** or **grietas** *fissures*.

2 The cave, as described by Don Quijote, is quite like the rabbit hole in
Alice in Wonderland, which goes straight down. In reality, this cave consists of
a series of "rooms" connected by an easy-sloping trail. Clemencín describes this
cave on p. 1641 of the Castilla edition (Part II, Chapter 23, note 3).

3 **Pero el...** *but my sense of touch, my feeling, the well-ordered reasoning that
I did with myself*

"Ven conmigo, señor clarísimo, que te quiero mostrar las maravillas
que este transparente alcázar solapa."

la barba, canísima,° le pasaba de la cintura. No traía arma ninguna, sino   *very white*
un rosario de cuentas en la mano, mayores que medianas nueces, y los
dieces⁴ asimismo como huevos medianos de avestruz.⁵ El continente, el
paso, la gravedad y la anchísima° presencia, cada cosa de por sí y todas   *stately*
5 juntas, me suspendieron y admiraron. Llegóse a mí, y lo primero que hizo
fue abrazarme estrechamente y luego decirme, 'Luengos tiempos ha, valeroso caballero don Quijote de la Mancha, que los que estamos en estas
soledades encantados esperamos verte, para que des noticia al mundo de
lo que encierra y cubre la profunda cueva por donde has entrado, llamada
10 la Cueva de Montesinos, hazaña sólo guardada para ser acometida de tu
invencible corazón y de tu ánimo stupendo.⁶ Ven conmigo, señor clarísimo, que te quiero mostrar las maravillas que este transparente alcázar
solapa,° de quien yo soy alcaide y 'guarda mayor° perpetua, porque soy el   *hides, chief guardian*
mismo Montesinos, de quien la cueva toma nombre.'

15   "Apenas me dijo que era Montesinos, cuando le pregunté si fue verdad lo que en el mundo de acarriba° se contaba, que él había sacado de la   *up here*
mitad del pecho, con una pequeña daga, el corazón de su grande amigo
Durandarte y llevádole a la señora Belerma, como él se lo mandó al punto
de su muerte.

20   "Respondióme que en todo decían verdad, sino en la daga, porque
no fue daga, ni pequeña, sino un 'pu-
ñal buido,° más agudo que una lezna.°"   *sharp poniard, awl*
    "Debía de ser," dijo a este punto
25 Sancho, "el tal puñal de Ramón de   Puñal
Hoces, el sevillano."⁷

    "No sé," prosiguió don Quijote, "pero no sería dese puñalero,° porque   *poniard maker*
Ramón de Hoces fue ayer, y lo de Roncesvalles, donde aconteció esta
desgracia, ha muchos años,⁸ y esta averiguación no es de importancia, ni
30 turba ni altera la verdad y contexto de la historia."
    "Así es," respondió el primo, "prosiga vuestra merced, señor don Qui-
jote, que le escucho con el mayor gusto del mundo."
    "No con menor° lo cuento yo," respondió don Quijote, "y así digo, que   **menor** *gusto*

---

4 A rosary is essentially five sets of eleven beads used to keep track of
prayers said. Ten beads represent repetitions of the Hail Mary, and the eleventh
one (the **diez**, a slight misnomer), a bit larger than the others, represents the Our
Father. These 55 beads are connected into a loop to which is added five more
beads and a crucifix.

5 An ostrich egg is six inches across, and three inches wide. It weighs about
three pounds.

6 Although many editors make this into **estupendo**, the original did show
it spelled **stupendo**, perhaps an Italianism, in imitation of the fantastic epics
written in Italian.

7 No one knows if there was a real Ramón de Hoces who worked in Seville.

8 **Ha muchos años** is an understatement. Roland was slain at Roncesvalles in 778A.D. See Part I, Chap. 26, p. 222, note 7.

el venerable Montesinos me metió en el cristalino palacio, donde en una
sala baja fresquísima sobremodo° y toda de alabastro, estaba un sepulcro   excessively
de mármol con gran maestría fabricado, sobre el cual vi a un caballero
tendido 'de largo a largo,° no de bronce, ni de mármol, ni de jaspe hecho,   full length
como los suele haber en otros sepulcros, sino de pura carne y de puros
huesos. Tenía la mano derecha, que a mi parecer es algo peluda,° y ner-   hairy
vosa,° señal de tener muchas fuerzas su dueño, puesta sobre el lado del   sinewy
corazón. Y antes que preguntase nada⁹ a Montesinos, viéndome suspenso
mirando al° del sepulcro, me dijo: 'Éste es mi amigo Durandarte, flor y   al *hombre*
espejo de los caballeros enamorados y valientes de su tiempo. Tiénele
aquí encantado, como me tiene a mí y a otros muchos y muchas, Merlín,
aquel francés encantador,¹⁰ que dicen que fue hijo del diablo. Y lo que yo
creo es que no fue hijo del diablo, sino que supo, como dicen, un punto
más que el diablo. El cómo o para qué nos encantó nadie lo sabe, y ello
dirá andando los tiempos, que no están muy lejos, según imagino.¹¹ Lo
que a mí me admira es que sé, tan cierto como ahora es de día, que Durandarte acabó los° de su vida en mis brazos, y que después de muerto le   los *días*
saqué el corazón con mis propias manos, y en verdad que debía de pesar
dos libras,¹² porque según los naturales, el que tiene mayor corazón es
dotado de mayor valentía del° que le tiene pequeño. Pues siendo esto así,   que el
y que realmente murió este caballero, ¿cómo ahora se queja y sospira de
cuando en cuando, como si estuviese vivo?'

    "Esto dicho, el mísero Durandarte, dando una gran voz, dijo:

> ¡Oh mi primo Montesinos!
> lo postrero que os rogaba,
> que cuando yo fuere muerto
> y mi ánima arrancada,
> que llevéis mi corazón
> adonde Belerma estaba,
> sacándomele del pecho,
> ya con puñal, ya con daga.

    "Oyendo lo cual el venerable Montesinos, se puso de rodillas ante el
lastimado caballero, y con lágrimas en los ojos le dijo: 'Ya señor Durandarte, carísimo primo mío, ya hice lo que me mandastes en el aciago día
de nuestra pérdida.¹³ Yo os saqué el corazón lo mejor que pude, sin que
os dejase una mínima parte en el pecho. Yo le limpié con un pañizuelo
'de puntas,° yo partí con él 'de carrera° para Francia, habiéndoos primero   lace, quickly
puesto en el seno de la tierra, con tantas lágrimas que fueron bastantes

---

    9 **Antes que...** *before I could ask anything*
    10 Merlin was the sorceror in the King Arthur legend. He wasn't French.
    11 **Ello dirá...** *it will be told in time, and I imagine that that time is not far off*
    12 The human heart typically weighs only about 10½ ounces.
    13 This **pérdida** was the French defeat at the battle of Roncesvalles.

a lavarme las manos y limpiarme con ellas la sangre que tenían de haberos andado en las entrañas. Y 'por más señas,° primo de mi alma, en el primero lugar que topé saliendo de Roncesvalles, eché un poco de sal en vuestro corazón, porque no oliese mal y fuese, si no fresco, a lo menos amojamado° a la presencia de la señora Belerma, la cual, con vos y conmigo y con Guadiana, vuestro escudero, y con la dueña Ruidera y sus siete hijas y dos sobrinas, y con otros muchos de vuestros conocidos y amigos, nos tiene aquí encantados el sabio Merlín ha muchos años, y aunque pasan de quinientos,[14] no se ha muerto ninguno de nosotros. Solamente faltan Ruidera y sus hijas y sobrinas, las cuales llorando, por compasión que debió de tener Merlín dellas, las convirtió en otras tantas lagunas, que ahora en el mundo de los vivos y en la provincia de la Mancha las llaman las Lagunas de Ruidera. Las siete son de los reyes de España, y las dos sobrinas, de los caballeros de una orden santísima que llaman de San Juan.[15] Guadiana, vuestro escudero, plañendo asimismo vuestra desgracia, fue convertido en un río llamado de su mesmo nombre, el cual cuando llegó a la superficie de la tierra y vio el sol del otro cielo, fue tanto el pesar que sintió de ver que os dejaba, que se sumergió en las entrañas de la tierra.[16] Pero como no es posible dejar de acudir a su natural corriente,° de cuando en cuando sale y se muestra donde el sol y las gentes le vean. Vanle administrando de sus aguas las referidas lagunas,[17] con las cuales y con otras muchas que se llegan, entra pomposo y grande en Portugal.[18] Pero con todo esto, por dondequiera que va, muestra su tristeza y melancolía y no se precia de criar en sus aguas peces regalados y de estima, sino burdos° y desabridos,° bien diferentes de los del Tajo dorado. Y esto que agora os digo, ¡oh primo mío! os lo he dicho muchas veces, y como no me respondéis, imagino que no me dais crédito, o no me oís, de lo que yo recibo tanta pena cual Dios lo sabe.

"'Unas nuevas os quiero dar ahora, las cuales, ya que no sirvan de alivio a vuestro dolor, no os le aumentarán en ninguna manera. Sabed que tenéis aquí en vuestra presencia, y abrid los ojos y veréislo, aquel gran caballero de quien tantas cosas tiene profetizadas el sabio Merlín, aquel don Quijote de la Mancha, digo, que de nuevo y con mayores ventajas que en los pasados siglos ha resucitado en los presentes la ya olvidada andante caballería, por cuyo medio y favor podría ser que nosotros fué-

as further proof

dry-cured

current

coarse, bad-tasting

---

14 It would have been a bit more than 800 years since the battle at Roncesvalles.

15 According to Ferreras, it is true that two of these lakes were assigned to the Order of San Juan de Jerusalén and the remainder belonged to the kingdom.

16 The Guadiana River does originate in la Mancha, and some sections of it do flow underground.

17 **Vanle administrando...** *the already-mentioned lakes feed water into it*

18 The Guadiana flows west to Badajoz, then turns towards the south where it forms the border with Portugal for about 50 kms. Then it goes into Portugal, and about 50 kms. before it enters the sea, once again it is the border between the two countries. By the time it gets to Badajoz, it is a very wide river.

semos desencantados: que las grandes hazañas para los grandes hombres
eſtán guardadas.'

" 'Y cuando así no sea,'[19] respondió el laſtimado Durandarte con voz
desmayada y baja, 'cuando así no sea, ¡oh primo! digo, «paciencia y barajar».' Y volviéndose de lado, tornó a su acoſtumbrado silencio, sin hablar
más palabra.

"Oyéronse en eſto grandes alaridos° y llantos, acompañados de pro-   howls
fundos gemidos y anguſtiados sollozos. Volví la cabeza y vi por las paredes de criſtal que por otra sala pasaba una procesión de dos hileras de
hermosísimas doncellas, todas veſtidas de luto, con turbantes° blancos   turbans
sobre las cabezas, al modo turquesco. Al cabo y fin de las hileras venía
una señora, que en la gravedad lo parecía, asimismo veſtida de negro, con
tocas blancas tan tendidas y largas, que besaban la tierra. Su turbante era
mayor dos veces que el mayor de alguna de las otras. Era cejijunta° y la   with eyebrows grown
nariz algo chata, la boca grande, pero colorados los labios. Los dientes,   together
que 'tal vez° los descubría, moſtraban ser ralos° y no bien pueſtos, aunque   when, with gaps
eran blancos como unas peladas almendras.° Traía en las manos un lienzo   almonds
delgado, y entre° él, a lo que pude divisar, un corazón 'de carne momia,°   in, mummified
según venía seco y amojamado. Díjome Montesinos como toda aquella
gente de la procesión eran sirvientes° de Durandarte y de Belerma, que   servants
allí con sus dos señores eſtaban encantados, y que la última que traía
el corazón entre el lienzo y en las manos era la señora Belerma, la cual,
con sus doncellas, cuatro días en la semana hacían aquella procesión y
cantaban, o por mejor decir, lloraban endechas sobre el cuerpo y sobre
el laſtimado corazón de su° primo. Y que si me había parecido algo fea,°   i.e., Montesinos', i.e.,
o no tan hermosa como tenía la fama, era la causa las malas noches y   Belerma
peores días que en aquel encantamento pasaba, como lo podía ver en sus
grandes ojeras° y en su color quebradiza.°   rings under eyes, yel-

" 'Y no toma ocasión su amarillez y sus ojeras de eſtar con el mal   low
mensil,° ordinario en las mujeres, porque ha muchos meses, y aun años,   monthly
que no le tiene, ni asoma por sus puertas, sino del dolor que siente su
corazón por el que de contino tiene en las manos, que le renueva y trae a
la memoria la desgracia de su 'mal logrado° amante. Que si eſto no fuera,   unlucky
apenas la igualara en hermosura, donaire y brío la gran Dulcinea del
Toboso, tan celebrada en todos eſtos contornos y aun en todo el mundo.'

" '¡Cepos quedos!°' dije yo entonces, 'señor don Montesinos. Cuente   careful!
vuesa merced su hiſtoria como debe, que ya sabe que «toda comparación
es odiosa», y así no hay para qué comparar a nadie con nadie. La sin par
Dulcinea del Toboso es quien es, y la señora doña Belerma es quien es y
quien ha sido, y 'quédese aquí.°'   let it be

"A lo que él me respondió: 'Señor don Quijote, perdóneme vuesa
merced, que yo confieso que 'anduve mal° y no dije bien en decir que   I was wrong
apenas igualara la señora Dulcinea a la señora Belerma, pues me baſtaba
a mí haber entendido por no sé qué barruntos que vuesa merced es su

---

19 **Y cuando...** *and if this doesn't happen*

caballero, para que me mordiera° la lengua antes de compararla sino con   I'd bite
el mismo cielo.'

"Con esta satisfación° que me dio el gran Montesinos, 'se quietó° mi   apology, calmed down
corazón del sobresalto que recebí en oír que a mi señora la comparaban
5 con Belerma."

"Y aun me maravillo yo," dijo Sancho, "de cómo vuesa merced no se
subió sobre el vejote,° y le molió a coces todos los huesos y le peló las   old man
barbas, sin dejarle pelo en ellas."

"No, Sancho amigo," respondió don Quijote, "no me estaba a mí bien
10 hacer eso,²⁰ porque estamos todos obligados a tener respeto a los ancianos,
aunque no sean caballeros, y principalmente a los que lo son²¹ y están
encantados. Yo sé bien que no nos quedamos a deber nada²² en otras
muchas demandas° y respuestas que entre los dos pasamos."   questions

A esta sazón dijo el primo: "Yo no sé, señor don Quijote, cómo vues-
15 tra merced en tan poco espacio de tiempo como ha que está allá bajo,²³
haya visto tantas cosas y hablado y respondido tanto."

"¿Cuánto ha que bajé?" preguntó don Quijote.

"Poco más de una hora," respondió Sancho,

"Eso no puede ser," replicó don Quijote, "porque allá me anocheció°   night came
20 y amaneció, y tornó a anochecer y amanecer tres veces. De modo que, a
mi cuenta, tres días he estado en aquellas partes remotas y escondidas a
la vista nuestra."

"Verdad debe de decir mi señor," dijo Sancho, "que como todas las
cosas que le han sucedido son por encantamento, quizá lo que a nosotros
25 nos parece un hora, debe de parecer allá tres días con sus noches."

"Así será," respondió don Quijote.

"Y ¿ha comido vuestra merced en todo este tiempo, señor mío?" preguntó el primo.

"No me he desayunado de bocado," respondió don Quijote, "ni aun
30 he tenido hambre, ni por pensamiento."

"Y ¿los encantados comen?" dijo el primo.

"No comen," respondió don Quijote, "ni tienen 'escrementos mayo-
res,° aunque es opinión que les crecen las uñas, las barbas y los cabellos."   bowel movements

"Y ¿duermen por ventura los encantados, señor?" preguntó Sancho.

35 "No, por cierto," respondió don Quijote, "a lo menos, en estos tres
días que yo he estado con ellos, ninguno ha pegado° el ojo, ni yo tampoco."   closed

"Aquí encaja bien el refrán," dijo Sancho, "de «dime con quién andas,
decirte he quién eres.» Ándase vuestra merced con encantados, ayunos° y   fasting people
vigilantes,° mirad si es mucho que ni coma ni duerma mientras con ellos   wakeful people
40 anduviere. Pero perdóneme vuestra merced, señor mío, si le digo que de

---

20 **No me...** *it wouldn't have been right for me to do that*

21 That is, those old men who are knights.

22 **No nos...** *we owed each other nothing*

23 **En tan...** *in such a short time you are down there.* This **está** is viewed as a
historical present.

todo cuanto aquí ha dicho, lléveme Dios, que iba a decir el diablo, si le
creo cosa alguna."²⁴

"¿Cómo no?" dijo el primo. "Pues ¿había de mentir el señor don Quijote, que aunque quisiera, no ha tenido lugar para componer° e imaginar   invent
5   tanto millón de mentiras?"

"Yo no creo que mi señor miente," respondió Sancho.

"Si no ¿qué crees?" le preguntó don Quijote.

"Creo," respondió Sancho, "que aquel Merlín o aquellos encantadores que encantaron a toda la chusma° que vuestra merced dice que ha   crowd
10   visto y comunicado° allá bajo, le encajaron en el magín o la memoria toda   spoken with
esa máquina que nos ha contado, y todo aquello que por contar le queda."²⁵

"Todo eso pudiera ser, Sancho," replicó don Quijote, "pero no es así,
porque lo que he contado lo vi por mis propios ojos y lo toqué con mis
mismas manos. Pero ¿qué dirás cuando te diga yo ahora como entre otras
15   infinitas cosas y maravillas que me mostró Montesinos, las cuales despacio y a sus tiempos te las iré contando en el discurso de nuestro viaje, por
no ser todas deste lugar,²⁶ me mostró tres labradoras que por aquellos
amenísimos° campos iban saltando y brincando como cabras, y apenas   very pleasant
las hube visto, cuando conocí ser la una la sin par Dulcinea del Toboso,
20   y las otras dos aquellas mismas labradoras que venían con ella, que ha-
blamos²⁷ a la salida del Toboso? Pregunté a Montesinos si las conocía.
Respondióme que no, pero que él imaginaba que debían de ser algunas
señoras principales encantadas, que pocos días había que en aquellos prados habían parecido, y que no me maravillase desto, porque allí estaban
25   otras muchas señoras de los pasados y presentes siglos, encantadas en
diferentes y extrañas figuras, entre las cuales conocía él a la reina Ginebra
y su dueña Quintañona, escanciando° el vino a Lanzarote «cuando de   pouring
Bretaña vino.»"²⁸

Cuando Sancho Panza oyó decir esto a su amo, pensó perder el jui-
30   cio o morirse de risa. Que como él sabía la verdad del fingido° encanto   pretended
de Dulcinea, de quien él había sido el encantador y el levantador° de   concocter
'tal testimonio,° acabó de conocer indubitablemente que su señor estaba   false evidence
fuera de juicio y loco de todo punto, y así le dijo: "En mala coyuntura y
en peor sazón y en aciago día bajó vuestra merced, caro patrón mío, al
35   otro mundo, y en mal punto se encontró con el señor Montesinos, que
tal nos le ha vuelto.²⁹ Bien se estaba vuestra merced acarriba con su entero juicio, tal cual Dios se le había dado, hablando sentencias y dando
consejos a cada paso, y no agora, contando los mayores disparates que

---

24 **Si le...** *if I believe anything you said*

25 **Por contar...** *remains to be told*

26 **Por no...** *since all of them would be out of place here*

27 **Que hablamos** *with whom we spoke.* This is not the only time Cervantes
uses this construction with **hablar**

28 Queen Guinevere, the dueña Quintañona and Lancelot have been mentioned already in Part I, Chapter 13, p. 100, note 9.

29 **Tal nos...** *in such a state he has sent you back to us*

pueden imaginarse."

"Como te conozco, Sancho," respondió don Quijote, "no hago caso de tus palabras."

"Ni yo tampoco de las de vuestra merced," replicó Sancho, "siquiera me hiera, siquiera me mate por las que le he dicho o por las que le pienso decir si en las suyas no se corrige y enmienda. Pero dígame vuestra merced, ahora que 'estamos en paz.° ¿Cómo o en qué conoció a la señora nuestra ama? Y si la habló, ¿qué dijo y qué le respondió?"   we have made up

"Conocíla," respondió don Quijote, "en que trae los mesmos vestidos que traía cuando tú me le³⁰ mostraste. Habléla, pero no me respondió palabra, antes me volvió las espaldas,³¹ y se fue huyendo con tanta priesa, que no la alcanzara una jara.° Quise seguirla, y lo hiciera si no me acon-   dart
sejara Montesinos que no me cansase en ello, porque sería en balde, y más, porque se llegaba la hora donde me convenía volver a salir de la sima. Díjome asimismo que andando el tiempo se me daría aviso cómo habían de ser desencantados él y Belerma y Durandarte, con todos los que allí estaban. Pero lo que más pena me dio de las que allí vi y noté, fue que estándome diciendo Montesinos estas razones, se llegó a mí por un lado, sin que yo la viese venir, una de las dos compañeras de la sin ventura Dulcinea, y llenos los ojos de lágrimas, con turbada y baja voz me dijo, 'Mi señora Dulcinea del Toboso besa a vuestra merced las manos, y suplica a vuestra merced se la haga de hacerla saber cómo está.³² Y que, por estar en una gran necesidad asimismo suplica a vuestra merced, cuan encarecidamente puede, sea servido de prestarle sobre este faldellín que aquí traigo de cotonía° nuevo, media docena de reales,³³ o los que vuestra merced   cotton
tuviere. Que ella da su palabra de volvérselos con mucha brevedad.'

"Suspendióme y admiróme el tal recado, y volviéndome al señor Montesinos, le pregunté, '¿Es posible, señor Montesinos, que los encantados principales padecen necesidad?' A lo que él me respondió, 'Créame vuestra merced, señor don Quijote de la Mancha, que esta que llaman necesidad adondequiera° se usa, y por todo se estiende y a todos alcanza,   everywhere
y aun hasta los encantados no perdona. Y pues la señora Dulcinea del Toboso envía a pedir esos seis reales y la prenda es buena, según parece, no hay sino dárselos.³⁴ Que sin duda debe de estar puesta en algún grande aprieto.' 'Prenda, no la tomaré yo,' le respondí, 'ni menos le daré³⁵ lo que pide, porque no tengo sino solos° cuatro reales.' Los cuales le di, que fue-   only
ron los que tú, Sancho, me diste el otro día para dar limosna a los pobres que topase por los caminos, y le dije, 'Decid, amiga mía, a vuesa señora,

---

30 The original edition has **le** here, which Schevill and others change to **la**.
31 **Antes me…** *rather she turned her back on me*
32 **Se la…** *let her know how you are*
33 That is, she wants to leave the shawl as security for the loan.
34 **No hay…** *there is nothing to do but give them to her*
35 **Ni menos…** *nor can I give her*

que a mí me pesa en el alma de sus trabajos, y que quisiera ser Fúcar[36]
para remediarlos. Y que le hago saber que yo no puedo ni debo tener
salud, careciendo de su agradable viſta y discreta conversación, y que le
suplico cuan encarecidamente puedo, sea servida su merced de dejarse
ver y tratar deſte su cautivo servidor y asendereado caballero. Diréisle
también que cuando menos se lo piense oirá decir cómo yo he hecho un
juramento y voto, a modo de aquel que hizo el marqués de Mantua, de
vengar a su sobrino Valdovinos cuando le halló para espirar en mitad de
la montiña, que fue de no comer pan a manteles, con las otras zarandajas[37]
que allí añadió, haſta vengarle. Y así le haré yo de no sosegar y de andar   diligence
las siete partidas del mundo, con más puntualidad° que las anduvo el infante don Pedro de Portugal,[38] haſta desencantarla.'"Todo eso y más debe
vueſtra merced a mi señora,' me respondió la doncella.' Y tomando los
cuatro reales, en lugar de hacerme una reverencia, hizo una cabriola, que°   *tal* que
se levantó dos varas 'de medir° en el aire."   measurable

"¡Oh santo Dios!" dijo a eſte tiempo dando una gran voz Sancho, "¿es
posible que tal hay en el mundo[39] y que tengan 'en él° tanta fuerza los   en el *mundo*
encantadores y encantamentos, que hayan trocado el buen juicio de mi
señor en una tan disparatada locura? ¡Oh señor, señor, por quien Dios es,
que vueſtra merced mire por sí y vuelva por su honra,[40] y no dé crédito a
esas vaciedades° que le tienen menguado y 'descabalado el sentido!°'"   nonsense, out of your mind

"Como me quieres bien, Sancho, hablas desa manera," dijo don Qui-
jote, "y como no eſtás experimentado° en las cosas del mundo, todas las   experienced
cosas que tienen algo de dificultad te parecen imposibles. Pero andará el
tiempo, como otra vez he dicho, y yo te contaré algunas de las° que allá   las *cosas*
abajo he viſto, que te harán creer las que aquí he contado, cuya verdad ni
admite° réplica ni disputa."   allows

---

36 The Fuggers formed a banking and mercantile dynaſty that not only
dominated European business in the fifteenth and sixteenth centuries, but also
affeĉted European politics. Through their wealth they were able to get rid of
François I of France and finance the eleĉtion of Carlos V of Spain as Holy Roman Emperor.

37 You can see in Part I, Chapter 10, pp. 83-84, ll. 32-1 what these other
trifles were. The Marqués de Mantua and Valdovinos are also mentioned in Part
I, Chapter 5, several times.

38 The world had only four parts then, Asia, Europe, Africa and America.
Don Pedro de Portugal (1392-1449) was the subjeĉt of a book *Libro del Infante
don Pedro de Portugal que anduvo las quatro partidas del mundo* (Salamanca, 1547).
The number was increased to seven—and there is a lot of discussion about this—
perhaps because of the influence of Alfonso X's lawbook *Las siete partidas.*

39 That is, **¿Es posible que haya tal persona en el mundo…** The modern
language uses the subjunĉtive **haya.**

40 **Mire por…** *look out for yourself and consider your honor*

Capítulo XXIIII. Donde se cuentan mil zarandajas tan impertinentes como necesarias al verdadero entendimiento desta grande historia.

DICE EL QUE TRADUJO esta grande historia del original, de la que escribió su primer autor Cide Hamete Benengeli, que llegando al capítulo de la aventura de la Cueva de Montesinos, en el margen dél estaban escritas de mano del mesmo Hamete estas mismas razones: "No me puedo 'dar a entender,° ni me puedo persuadir, que al valeroso don Quijote le pasase puntualmente todo lo que en el antecedente capítulo queda escrito. La razón es que todas las aventuras hasta aquí sucedidas han sido contingibles° y verisímiles;° pero esta desta cueva no le hallo entrada alguna para tenerla por verdadera,¹ por ir tan fuera de los términos razonables. Pues pensar yo que don Quijote mintiese, siendo el más verdadero hidalgo y el más noble caballero de sus tiempos, no es posible que no dijera él una mentira si le asaetearan.° Por otra parte, considero que él la contó y la dijo con todas las circunstancias dichas, y que no pudo fabricar° en tan breve espacio tan gran máquina de disparates, y si esta aventura parece apócrifa, yo no tengo la culpa, y así, sin afirmarla por falsa o verdadera la escribo. Tú, letor, pues eres prudente, juzga lo que te pareciere, que yo no debo ni puedo más, puesto que se tiene por cierto que al tiempo de su fin y muerte dicen que 'se retrató° della y dijo que él la había inventado, por parecerle que convenía y cuadraba bien con las aventuras que había leído en sus historias."

Y luego prosigue diciendo:

ESPANTÓSE EL PRIMO, así del atrevimiento de Sancho Panza como de la paciencia de su amo, y juzgó que del contento que tenía de haber visto a su señora Dulcinea del Toboso, aunque encantada, le nacía aquella 'condición blanda° que entonces mostraba, porque si así no fuera, palabras y razones le dijo Sancho que merecían molerle a palos. Porque realmente le pareció que había andado atrevidillo° con su señor, a quien le dijo: "Yo, señor don Quijote de la Mancha, doy por bien empleadísima² la jornada que con vuestra merced he hecho, porque en ella he granjeado° cuatro cosas. La primera, haber conocido a vuestra merced, que lo tengo a gran felicidad. La segunda, haber sabido lo que se encierra en esta Cueva de Montesinos, con las mutaciones° de Guadiana y de las lagunas de Ruidera, que me servirán para el *Ovidio español* que traigo entre manos. La tercera, entender la antigüedad de los naipes,° que, por lo menos, ya se usaban en tiempo del emperador Carlo Magno, según puede colegirse de las palabras que vuesa merced dice que dijo Durandarte, cuando al cabo de aquel grande espacio que estuvo hablando con él Montesinos, él despertó,

convince myself

possible, credible

shot with arrows

make up

he retracted

good mood

impudent

gained

transformations

playing cards

---

1 **No le…** *I find no way in which I can accept it as true*

2 In principle, you cannot put -**ismo** onto a past participle. I think this reflects the cousin's pseudo-erudite style. **Bien empleadísima** would mean *very well spent*.

diciendo, 'Paciencia y barajar,' y esta razón y modo de hablar no la pudo aprender encantado, sino cuando no lo estaba, en Francia y en tiempo del referido emperador Carlo Magno, y esta averiguación me viene pintiparada para el otro libro que voy componiendo, que es *Suplemento de*
5 *Virgilio Polidoro, en la invención de las antigüedades,* y creo que en el suyo no se acordó de poner la de los naipes, como la pondré yo ahora, que será de mucha importancia, y más, alegando° autor tan grave y tan verdadero   quoting
como es el señor Durandarte. La cuarta es haber sabido con certidumbre el nacimiento del río Guadiana, hasta ahora ignorado de las gentes."
10   "Vuestra merced tiene razón," dijo don Quijote, "pero querría yo saber, ya 'que Dios le haga merced° de que se le dé licencia para imprimir   if God grants
esos sus libros, que lo dudo, ¿a quién piensa dirigirlos?°"   dedicate them
    "Señores y grandes hay en España a quien puedan dirigirse," dijo el primo.
15   "No muchos," respondió don Quijote, "y no porque no lo merezcan, sino que no quieren admitirlos por no obligarse a la satisfación que parece se debe al trabajo y cortesía de sus autores.[3] Un príncipe conozco yo[4] que puede suplir la falta de los demás con tantas ventajas, que si me atreviere a decirlas, quizá despertará la invidia en más de cuatro generosos
20 pechos. Pero quédese esto aquí para otro tiempo más cómodo, y vamos a buscar adonde recogernos esta noche."
    "No lejos de aquí," respondió el primo, "está una ermita donde hace su habitación un ermitaño,° que dicen ha sido soldado, y está en opinión   hermit
de ser un buen cristiano, y muy discreto y caritativo además. Junto con
25 la ermita tiene una pequeña casa que él ha labrado° a su costa, pero, con   built
todo, aunque chica,° es capaz de recibir huéspedes."   small
    "¿Tiene, por ventura, gallinas el tal ermitaño?" preguntó Sancho.
    "Pocos ermitaños están sin ellas," respondió don Quijote, "porque no son los que agora se usan como aquellos de los desiertos de Egipto,[5] que
30 se vestían de hojas de palma y comían raíces de la tierra. Y no se entienda que por decir bien de aquéllos no lo digo de aquéstos,[6] sino que quiero decir que al rigor y estrecheza de entonces no llegan las penitencias de los de agora. Pero no por esto dejan de ser todos buenos, a lo menos, yo por buenos los juzgo, y cuando todo corra turbio, «menos mal hace el

---

3 **Sino que…** *but rather because they don't want to accept them* [the books] *so that they will not be obliged to reward the authors what is due for their work and their courtesy.* Don Quijote is referring to patrons who are not generous with the authors who dedicate books to them.

4 Editors usually say that this is the Conde de Lemos to whom Part II was dedicated. Don Quijote, of course, could not know any flesh-and-blood count since he is fictitious. Nonetheless, it would seem that Cervantes put this in to bring a smile to the count's face.

5 **No son…** *the ones* [hermits] *they have now aren't like the ones from the deserts of Egypt*

6 **No se…** *don't think that because I speak well of the former I don't say the same about the latter*

hipócrita que se finge bueno que el público pecador»."[7]

Estando en esto, vieron que hacia donde ellos estaban venía un hombre a pie, caminando a priesa y dando varazos° a un macho que venía cargado de lanzas y de alabardas.[8] Cuando llegó a ellos, los saludó y pasó de largo.

Don Quijote le dijo: "Buen hombre; deteneos, que parece que vais con más diligencia que ese macho ha menester."

"No me puedo detener, señor," respondió el hombre, "porque las armas que veis que aquí llevo han de servir mañana, y así me es forzoso el no detenerme, y adiós. Pero si quisiéredes saber para qué las llevo, en la venta que está 'más arriba de° la ermita pienso alojar esta noche, y si es que hacéis este mesmo camino, allí me hallaréis, donde os contaré maravillas, y adiós otra vez."

Y de tal manera aguijó el macho, que no tuvo lugar don Quijote de preguntarle qué maravillas eran las que pensaba decirles, y como él era algo curioso y siempre le fatigaban deseos de saber cosas nuevas, ordenó que al momento se partiesen y fuesen a pasar la noche en la venta, sin tocar en la ermita, donde quisiera el primo que se quedaran.

Hízose así, subieron a caballo y siguieron todos tres el derecho camino de la venta, a la cual llegaron un poco antes de anochecer. Dijo el primo a don Quijote que llegasen a ella a beber un trago. Apenas oyó esto Sancho Panza, cuando encaminó el rucio a la ermita,[9] y lo mismo hicieron don Quijote y el primo. Pero la mala suerte de Sancho parece que ordenó el ermitaño no estuviese en casa, que así se lo dijo una sotaermitaño° que en la ermita hallaron. Pidiéronle de lo caro,[10] respondió que su señor no lo tenía, pero que si querían agua barata, que se la daría de muy buena gana.

"Si yo la tuviera de agua,"[11] respondió Sancho, "pozos hay en el camino, donde la hubiera satisfecho. ¡Ah, bodas de Camacho y abundancia de la casa de don Diego, y cuántas veces 'os tengo de echar menos!°"

Con esto dejaron la ermita y picaron hacia la venta, y a poco trecho toparon un mancebito° que delante dellos iba caminando no con mucha priesa, y así le alcanzaron.° Llevaba la espada sobre el hombro y en ella puesto un bulto o envoltorio,° al parecer, de sus vestidos, que, al parecer, debían de ser los calzones o gregüescos,° y herreruelo,° y alguna camisa, porque traía puesta una ropilla° de terciopelo, con algunas vislumbres de

blows with a stick

beyond

female sub-hermit

I miss you

very young man
overtook
bundle
breeches, cape
jacket

---

7 **Cuando todo…** *if worst comes to worst, the hypocrite who pretends to be good does less harm than the shameless sinner*

8 These are halberds—weapons used through the 16th century, whose heads were half ax and half blade,.They were mounted on a pole five or six feet long.

9 Another contradiction. They just decided to skirt the hermitage and go to the inn. And now they are at the hermitage? Nothing new, just some more imitation of the careless style of the books of chivalry. Many editors change the **venta** just mentioned into **ermita.**

10 This refers to expensive wine, which it is logical that hermits would not have.

11 That is, **si yo tuviera** *gana* **de** *beber* **agua.**

raso,[12] y la camisa, 'de fuera;° las medias eran de seda y los zapatos cua-   untucked
drados,° a uso de Corte, la edad llegaría a diez y ocho o diez y nueve años,   square-toed
alegre de rostro y al parecer, ágil de su persona. Iba cantando seguidillas
para entretener el trabajo° del camino. Cuando llegaron a él, acababa de   tedium
5   cantar una, que el primo tomó de memoria, que dicen que decía:

> A la guerra me lleva
> mi necesidad.
> Si tuviera dineros,
10   no fuera, en verdad.[13]

El primero que le habló fue don Quijote, diciéndole: "Muy 'a la
ligera° camina vuesa merced, señor galán, y ¿adónde bueno?[14] Sepamos, si   lightly
es que gusta decirlo."

15   A lo que el mozo respondió: "El caminar tan a ligera lo causa el calor
y la pobreza, y el adónde voy es a la guerra."

"¿Cómo la pobreza?" preguntó don Quijote, "que por el calor bien
puede ser."

"Señor," replicó el mancebo, "yo llevo en este envoltorio unos gre-
20   güescos de terciopelo, compañeros desta ropilla. Si los gasto en el camino,
no me podré 'honrar con° ellos en la ciudad, y no tengo con qué comprar   wear
otros. Y así por esto, como por orearme,° voy desta manera hasta alcanzar   to air myself
unas compañías de infantería, que no están doce leguas de aquí, donde
asentaré mi plaza, y no faltarán bagajes° en que caminar de allí adelante,   pack-horses
25   hasta el embarcadero,° que dicen ha de ser en Cartagena. Y más quiero   departure port
tener por amo y por señor al rey y servirle en la guerra, que no a un pelón°   worthless person
en la corte."

"Y ¿lleva vuesa merced alguna ventaja[15] por ventura?" preguntó el primo.

"Si yo hubiera servido a algún grande de España o algún principal
30   personaje," respondió el mozo, "a buen seguro que yo la llevara, que eso
tiene° el servir a los buenos. Que del tinelo suelen salir a ser alférez o ca-   comes from
pitanes, o con algún buen entretenimiento.° Pero yo, desventurado, serví   pension
siempre a catarriberas° y a 'gente advenediza,° de ración y quitación tan   worthless people, up-
mísera y atenuada, que en pagar el almidonar un cuello se consumía la   starts
35   mitad della,[16] y sería tenido a milagro que un paje aventurero alcanzase

---

12 **Vislumbres de raso**—that is, there were shiny places in the (worn out)
velvet that made it look like it was satin.

13 In those days, the **seguidilla** was lively, happy song. Nowadays, at least
in the flamenco version, they are sad, emotional songs. The old **seguidillas** used
a six- or seven-syllable verse for the odd-numbered verses and six for the even
numbered verses. Keep in mind that you count only to the last stressed syllable
and add one.

14 **¿Adónde bueno?** *where are you going?*

15 The **ventaja** was a supplement to a soldier's ordinary income.

16 **De ración…** *of such miserable and lean income and salary that when he*

alguna siquiera razonable ventura."

"Y dígame por su vida, amigo," preguntó don Quijote, "¿es posible que en los años que sirvió no ha podido alcanzar alguna librea?"

"Dos me han dado," respondió el paje, "pero así como el que se sale de alguna religión° antes de profesar le quitan el hábito y le vuelven sus vestidos, así me volvían a mí los míos mis amos, que, acabados los negocios 'a que° venían a la corte, se volvían a sus casas y recogían las libreas que por sola ostentación habían dado."   religious order

    for which

"Notable *espilorchería*,[17] como dice el italiano," dijo don Quijote, "pero con todo eso, tenga a felice ventura el haber salido de la corte con tan buena intención como lleva, porque no hay otra cosa en la tierra más honrada ni de más provecho que servir a Dios, primeramente, y luego a su rey y señor natural, especialmente en el ejercicio de las armas, por las cuales se alcanzan, si no más riquezas, a lo menos, más honra que por las letras, como yo tengo dicho muchas veces. Que puesto que han fundado más mayorazgos° las letras que las armas, todavía llevan un no sé qué los de las armas a los de las letras,[18] con un sí sé qué de esplendor, que se halla en ellos, que los aventaja a todos.   great lineages

"Y esto que ahora le quiero decir, llévelo en la memoria, que le será de mucho provecho y alivio en sus trabajos, y es que aparte la imaginación de los sucesos adversos que le podrán venir.[19] Que el peor de todos es la muerte, y como ésta sea buena, el mejor de todos es el morir.[20] Preguntáronle a Julio César, aquel valeroso emperador romano, cuál era la mejor muerte. Respondió que la impensada, la 'de repente° y 'no prevista,° y aunque respondió como gentil y ajeno del conocimiento del verdadero Dios, con todo eso, dijo bien, para ahorrarse del sentimiento humano,[21] que 'puesto caso que° os maten en la primera facción° y refriega, o ya de un tiro de artillería, o volado° de una mina, ¿qué importa? todo es morir y acabóse la obra. Y según Terencio,[22] más bien parece el soldado muerto en la batalla que vivo y salvo en la huida, y tanto alcanza de fama el buen soldado, cuanto tiene de obediencia a sus capitanes[23] y a los que mandarle pueden. Y advertid, hijo, que al soldado mejor le está el oler a pólvora que   sudden, unforeseen

    although, battle
    blown up

---

paid for his collar to be starched it used up half of his income

17 *Spilorceria*, in Italian, *stinginess*.

18 **Todavía...** *still, the lineages created by arms have a certain edge over those created by letters*

19 **Aparte la...** *put out of your mind the adversities that may come to you*

20 **El mejor...** *death is the best* [fortune] *of all*

21 **Para ahorrarse...** *sparing human feelings.* Schevill's edition says **sentimento**, a typographical error.

22 No one has been able to find this reference in Terence. Clemencín attributes this wrong reference to *Cervantes'* faulty memory, but this is really Don Quijote's error. Cervantes makes a similar statement in the Prologue to this part (Part II, p. 475, l. 13), but cites no source.

23 **Tanto alcanza...** *the good soldier achieves fame insofar as he is obedient to his captains*

algalia,[24] y que si la vejez os coge en eſte honroso ejercicio, aunque sea lleno de heridas y eſtropeado o cojo, a lo menos, no os podrá coger sin honra, y tal, que no os la podrá menoscabar la pobreza.[25] Cuanto más que ya se va dando orden[26] como se entretengan y remedien los soldados viejos y eſtropeados, porque no es bien que se haga con ellos lo que suelen hacer los que ahorran° y dan libertad a sus negros° cuando ya son viejos y no pueden servir, y echándolos de casa con título de libres, los hacen esclavos de la hambre, de quien no piensan ahorrarse sino con la muerte. Y por ahora no os quiero decir más, sino que subáis a las ancas deſte mi
caballo haſta la venta, y allí cenaréis conmigo, y por la mañana seguiréis el camino, que os le dé Dios tan bueno como vueſtros deseos merecen."

    El paje no aceptó el convite° de las ancas, aunque sí el de cenar con él en la venta, y a eſta sazón dicen que dijo Sancho entre sí: "¡Válate Dios por señor! Y ¿es posible que hombre que sabe decir tales, tantas y tan
buenas cosas como aquí ha dicho, diga que ha viſto los disparates im- posibles que cuenta de la Cueva de Montesinos? Ahora bien, 'ello dirá.'"

    Y en eſto llegaron a la venta a tiempo que anochecía, y no sin gus- to de Sancho, por ver que su señor la juzgó por verdadera venta y no por caſtillo, como solía. No hubieron bien entrado, cuando don Quijote
preguntó al ventero por el hombre de las lanzas y alabardas, el cual le respondió que en la caballeriza eſtaba acomodando el macho. Lo mismo hicieron de sus jumentos el sobrino[27] y Sancho, dando a Rocinante el mejor pesebre° y el mejor lugar de la caballeriza.

Margin glosses:
- liberate, i.e. black slaves
- invitation
- "time will tell"
- manger

24 **Al soldado…** *it is better for a soldier to smell of gunpowder than civet*

25 **Que no os…** *which poverty will not be able to diminish*

26 This order was not forthcoming during Cervantes' lifetime. Starkie says that the soldiers' pension was not introduced until the mid 1700s.

27 **Sobrino** has been **primo** to this point. Schevill keeps it, but says that it is a "*descuido* de Cervantes por **primo**." It is not a *descuido* at all, but rather juſt another contradiction built into the work. Readers who delve into the books of chivalry will find the same carelessness that Cervantes is imitating here. Some editors make the change to **primo** without comment, others keep **sobrino** and ſtate that it *should be primo*. Editors who make changes like this without com- ment, gratuitously cheat their readers of an important facet of the book.

Capítulo XXV. Donde se apunta la aventura del rebuzno° y 'la — braying
graciosa° del titerero,° con las memorables adivinanzas° del — amusing one, pup-
mono° adivino. — peteer, prophesies;
monkey

«'N O SE LE COCÍA EL pan»° a don Quijote, como suele decir- — was impatient
se, hasta oír y saber las maravillas prometidas del° hombre — by the
'condutor de° las armas. Fuele a buscar donde el ventero le — conveying
había dicho que estaba, y hallóle, y díjole que en todo caso le dijese luego
lo que le había de decir después, acerca de lo que le había preguntado en
el camino. El hombre le respondió: "Más despacio, y no 'en pie,° se ha de — standing up
tomar el cuento de mis maravillas. Déjeme vuestra merced, señor bueno,
acabar de dar recado° a mi bestia, que yo le diré cosas que le admiren." — feed
"No quede por eso," respondió don Quijote, "que yo os ayudaré a
todo."
Y así lo hizo, ahechándole la cebada y limpiando el pesebre, humildad que obligó al hombre a contarle con buena voluntad lo que le pedía,
y sentándose en un poyo y don Quijote junto a él, teniendo por senado° y — audience
auditorio al primo, al paje, a Sancho Panza y al ventero, comenzó a decir
desta manera: "Sabrán vuesas mercedes que en un lugar que está cuatro
leguas y media desta venta, sucedió que a un regidor° dél, por industria y — alderman
engaño de una muchacha criada suya, y esto es largo de contar, le faltó un
asno, y aunque el tal regidor hizo las diligencias posibles por hallarle, no
fue posible. Quince días serían pasados, según es pública voz y fama, que° — *desde* que
el asno faltaba, cuando, estando en la plaza el regidor perdidoso,° otro re- — who-had-lost
gidor del mismo pueblo le dijo: "Dadme albricias,° compadre, que vuestro — congratulate me
jumento ha parecido.°' 'Yo os las mando y buenas, compadre,' respondió — shown up
el otro, 'pero sepamos dónde ha parecido.' 'En el monte,' respondió el ha-
llador,° 'le vi esta mañana, sin albarda y sin aparejo alguno, y tan flaco que — finder
era una compasión miralle. Quísele antecoger° delante de mí y traérosle, — to catch
pero está ya tan montaraz y tan huraño,° que cuando llegué° a él, se fue — shy, I approached
huyendo y se entró en lo más escondido del monte. Si queréis que volva-
mos los dos a buscarle, dejadme poner esta borrica en mi casa, que luego
vuelvo.' 'Mucho placer me haréis,' dijo el del jumento, 'e yo procuraré
pagároslo en la mesma moneda.'
"Con estas circunstancias todas y de la mesma manera que yo lo voy
contando lo cuentan todos aquellos que están enterados en la verdad
deste caso. En resolución, los dos regidores, a pie y mano a mano, se
fueron al monte, y llegando al lugar y sitio donde pensaron hallar el asno,
no le hallaron, ni pareció por todos aquellos contornos, aunque más le
buscaron. Viendo, pues, que no parecía, dijo el regidor que le había visto
al otro: 'Mirad, compadre, una traza me ha venido al pensamiento, con la
cual, sin duda alguna, podremos descubrir este animal aunque esté metido en las entrañas de la tierra, no que del monte, y es que yo sé rebuznar° — to bray
maravillosamente, y si vos sabéis 'algún tanto,° dad el hecho por conclui- — a bit
do.' '¿Algún tanto decís, compadre?' dijo el otro, 'por Dios, que no dé la
ventaja a nadie, ni aun a los mesmos asnos.' 'Ahora lo veremos,' respondió

el regidor segundo, 'porque tengo determinado que os vais vos por una parte del monte y yo por otra, de modo que le rodeemos y andemos todo, y de trecho en trecho rebuznaréis vos y rebuznaré yo, y no podrá ser menos sino que el asno nos oya y nos responda, si es que eſtá en el monte.' A
5 lo que respondió el dueño del jumento: 'Digo, compadre, que la traza es excelente y digna de vueſtro gran ingenio.'

"Y dividiéndose los dos, según el acuerdo, sucedió que casi a un mesmo tiempo rebuznaron, y cada uno, engañado del rebuzno del otro, acudieron a buscarse, pensando que ya el jumento había parecido. Y en viéndose, dijo el perdidoso, '¿Es posible, compadre, que no fue mi asno el que rebuznó?' 'No fue sino yo,' respondió el otro. 'Ahora digo,' dijo el dueño, 'que de vos a un asno, compadre, no hay alguna diferencia, en cuanto 'toca al° rebuznar, porque en mi vida¹ he viſto ni oído cosa más propia.' 'Esas alabanzas y encarecimiento,' respondió el de la traza, 'mejor os atañen y
15 tocan a vos que a mí, compadre, que por el Dios que me crió que podéis dar dos rebuznos de ventaja al mayor y más perito rebuznador del mundo. Porque el sonido que tenéis es alto, lo soſtenido de la voz, a su tiempo y compás, los dejos, muchos y apresurados,² y, en resolución, yo me doy por vencido y os rindo° la palma y doy la bandera deſta rara habilidad.' 'Ahora
20 digo,' respondió el dueño, 'que me tendré y eſtimaré en más de aquí adelante y pensaré que sé alguna cosa, pues tengo alguna gracia. Que pueſto que pensara que rebuznaba bien, nunca entendí que llegaba al extremo que decís.' 'También diré yo ahora,' respondió el segundo, 'que hay raras habilidades perdidas en el mundo y que son 'mal empleadas° en aquellos
25 que no saben aprovecharse dellas.' 'Las nueſtras,' respondió el dueño, 'si no es en casos semejantes como el que traemos entre manos, no nos pueden servir en otros, y aun en éſte, plega a Dios que nos sean de provecho.'

"Eſto dicho, se tornaron a dividir y a volver a sus rebuznos, y a cada paso se engañaban y volvían a juntarse, haſta que se dieron por contraseño° que para entender que eran ellos y no el asno, rebuznasen dos veces,
30 una tras otra. Con eſto, doblando a cada paso los rebuznos, rodearon todo el monte sin que el perdido jumento respondiese, ni aun 'por señas.° Mas ¿cómo había de responder el pobre y mal logrado, si le hallaron en lo más escondido del bosque comido de lobos? Y en viéndole, dijo su dueño:
35 'Ya me maravillaba yo de que él no respondía, pues a no eſtar muerto, él rebuznara si nos oyera, o no fuera asno. Pero a trueco de haberos oído rebuznar con tanta gracia, compadre, doy por bien empleado el trabajo que he tenido en buscarle, aunque le he hallado muerto.' 'En buena mano eſtá,³ compadre,' respondió el otro, 'pues «si bien canta el abad,° no le va

deals with

I yield

waſted

countersign

by signs

abbot

---

1 𝒩*unca* **en mi vida**

2 These are musical terms: *your tone is loud, your voice is suſtained both in time and rhythm, and your final notes are many and rapid.*

3 **En buena mano eſtá [el vaso]** *after you.* This is an old expression of courtesy inviting the other to drink firſt. Here, the expression means *you are better than I am.*

en zaga el monacillo».°   *acolyte*

"Con esto, desconsolados y roncos, se volvieron a su aldea, adonde contaron a sus amigos, vecinos y conocidos, cuanto les había acontecido en la busca del asno, exagerando el uno la gracia del otro en el rebuznar, todo lo cual se supo y se estendió por los lugares circunvecinos. Y el diablo, que no duerme, como es amigo de sembrar y derramar rencillas° *quarrels* y discordia 'por doquiera,° levantando caramillos° en el viento y grandes *everywhere, gossip* quimeras de nonada, ordenó e hizo que las gentes de los otros pueblos, en viendo a alguno de nuestra aldea, rebuznase,[4] como 'dándoles en rostro° *slapping their faces* con el rebuzno de nuestros regidores. 'Dieron en ello° los muchachos, que *started up* fue dar en manos y en bocas de todos los demonios del infierno, y fue cundiendo° el rebuzno 'de en uno en otro pueblo,° de manera que son *spreading, from town* conocidos los naturales del pueblo del rebuzno, como son conocidos y *to town* diferenciados los negros de los blancos, y ha llegado a tanto la desgracia desta burla, que muchas veces con mano armada y formado escuadrón han salido contra los burladores los burlados° a darse la batalla, sin po- *mocked* derlo remediar 'rey ni roque,° ni temor, ni vergüenza. Yo creo que mañana *anyone* o 'esotro día° han de salir en campaña los de mi pueblo, que son los del *the next day* rebuzno, contra otro lugar que está a dos leguas del nuestro, que es uno de los que más nos persiguen, y por salir bien apercebidos, llevo compradas estas lanzas y alabardas que habéis visto. Y éstas son las maravillas que dije que os había de contar, y si no os lo han parecido, no sé otras."

Y con esto dio fin a su plática el buen hombre, y en esto entró por la puerta de la venta un hombre todo vestido de camuza, medias, gregüescos y jubón, y con voz levantada dijo: "Señor huésped, ¿hay posada?° Que *place to stay* viene aquí el 'mono adivino° y el retablo° de la libertad° de Melisendra." *divining monkey, port-*   *able theater, freeing*

"¡Cuerpo de tal!" dijo el ventero, "¡Que aquí está el señor mase[5] Pe- dro! Buena noche se nos apareja."

Olvidábaseme de decir como el tal mase Pedro traía cubierto el ojo izquierdo y casi medio carrillo con un parche° de tafetán verde, señal que *patch* todo aquel lado debía de estar enfermo. Y el ventero prosiguió diciendo: "Sea bienvenido vuestra merced, señor mase Pedro. ¿Adónde está el mono y el retablo, que no los veo?"

"Ya llegan cerca," respondió el todo camuza, "sino que yo me he ade- lantado a saber si hay posada."

"Al mismo Duque de Alba[6] se la quitara para dársela al señor mase Pedro," respondió el ventero, "llegue el mono y el retablo, que gente hay esta noche en la venta que pagará el verle y las habilidades del mono."

"'Sea en buenora,'" respondió el del parche, "que yo moderaré° el pre- *good, I'll lower* cio, y con sola la costa° me daré por bien pagado. Y yo vuelvo a hacer que *expenses*

---

4 Schevill has changed this to **rebuznasen** to make it agree with **las gentes.**

5 **Mase = maese** *master.*

6 This was the famous Fernando Álvarez de Toledo, the third Duque de Alba (1507-1582) who conquered Portugal (1580), commanded Carlos V's army, and counseled Felipe II on military matters.

camine la carreta donde viene el mono y el retablo."

Y luego se volvió a salir de la venta.

Preguntó luego don Quijote al ventero qué mase Pedro era aquél, y qué retablo y qué mono traía.

5   A lo que respondió el ventero: "Éste es un famoso titerero que ha muchos días que anda por esta Mancha de Aragón[7] enseñando un retablo de Melisendra liberada[8] por el famoso don Gaiferos, que es una de las mejores y más bien representadas historias que de muchos años a esta parte en este reino se han visto. Trae asimismo consigo un mono de la

10   más rara habilidad que se vio entre monos, ni se imaginó entre hombres, porque si le preguntan algo, está atento a lo que le preguntan, y luego salta sobre los hombros de su amo, y llegándosele al oído le dice la respuesta de lo que le preguntan, y maese Pedro la declara luego. Y de las cosas pasadas dice mucho más que de las que están 'por venir,° y aunque no   *to come*

15   todas veces acierta° en todas, en las más no yerra, de modo que nos hace   *guesses right*
creer que tiene el diablo en el cuerpo. Dos reales lleva° por cada pregun-   *charges*
ta, si es que el mono responde—quiero decir, si responde el amo por él, después de haberle hablado al oído. Y así se cree que el tal maese Pedro está° riquísimo; y es *hombre galante*, como dicen en Italia, y *bon compaño*,[9]   **es**

20   y dase la mejor vida del mundo. Habla más que seis y bebe más que doce, todo a costa de su lengua y de su mono y de su retablo."

En esto, volvió maese Pedro, y en una carreta venía el retablo, y el mono, grande y sin cola, con las posaderas 'de fieltro.° Pero no de mala   *callused*
cara, y apenas le vio don Quijote, cuando le preguntó: "Dígame vuestra

25   merced, señor adivino, *¿qué pexe pillamo?*[10] ¿qué ha de ser de nosotros? Y vea aquí mis dos reales."

Y mandó a Sancho que se los diese a maese Pedro, el cual respondió por el mono y dijo: "Señor, este animal no responde, ni da noticia de las cosas que están 'por venir.° De las pasadas sabe algo, y de las presentes,   *to come*

30   'algún tanto.°"   *a bit*

"¡Voto a rus!°" dijo Sancho, "No dé yo un ardite porque me digan lo   *= Dios*
que por mí ha pasado, porque ¿quién lo puede saber mejor que yo mesmo? Y pagar yo porque me digan lo que sé, sería una gran necedad, pero pues sabe las cosas presentes, 'he aquí° mis dos reales y dígame el señor   *here are*

35   monísimo° qué hace ahora mi mujer Teresa Panza y en qué se entretiene."   *"supreme monkey"*

No quiso tomar maese Pedro el dinero, diciendo: "No quiero recebir

---

7 This is the Eastern Mancha, not related to the ancient kingdom of Aragón.

8 Here the original text says **dada** instead of Schevill's (and others) **liberada**. **Liberada** makes more sense than **dada**, but it falsifies the text a bit. Gaos has a long commentary about this (II, 379-80).

9 These are highly hispanified versions of **uomo galante** *man who is attentive to women* and **buon compagno** *good companion*.

10 I retain the **-x-** in **pexe** from the first edition since the Golden Age **x** was pronounced "sh" like the **-sc** of Italian **pesce**. The Spanish transcription comes quite close to the Italian pronunciation of *¿Che pesce pigliamo? What fish will we catch?* which means what Don Quixote goes on to say.

adelantados° los premios sin que hayan precedido los servicios." *(in advance)*

Y dando con la mano derecha dos golpes sobre el hombro izquierdo, en un brinco° se le puso el mono en él, y llegando la boca al oído *(leap)* 'daba diente con diente° muy a priesa. Y habiendo hecho este ademán° *(chattered, attitude)* por espacio de un credo,[11] de otro brinco se puso en el suelo. Y 'al punto° *(at the same instant)* con grandísima priesa se fue maese Pedro a poner de rodillas ante don Quijote, y abrazándole las piernas dijo: "Estas piernas abrazo, bien así como si abrazara las dos Colunas de Hércules,[12] ¡oh resucitador° insigne *(reviver)* de la ya puesta en olvido andante caballería! ¡Oh no jamás-como-se-debe alabado caballero don Quijote de la Mancha, ánimo de los desmayados, arrimo de los que van a caer, brazo de los caídos, báculo y consuelo de todos los desdichados!"

Quedó pasmado don Quijote, absorto° Sancho, suspenso el primo, *(amazed)* atónito el paje, abobado° el del rebuzno, confuso el ventero y, finalmente, *(spellbound)* espantados° todos los que oyeron las razones del titerero, el cual prosiguió, *(amazed)* diciendo: "Y tú, ¡oh buen Sancho Panza! el mejor escudero y del mejor caballero del mundo. Alégrate, que tu buena mujer Teresa está buena, y ésta es la hora en que ella está rastrillando una libra de lino, y por más señas tiene a su lado izquierdo un jarro desbocado° que cabe un buen *(broken-mouthed)* porqué° de vino, con que se entretiene en su trabajo." *(amount)*

"Eso creo yo muy bien," respondió Sancho, "porque es ella una bienaventurada, y a no ser celosa[13] no la trocara yo por la giganta Andandona,[14] que según mi señor, fue una mujer muy cabal° y muy 'de pro,° y es mi *(clever, worthy)* Teresa de aquellas que no se dejan mal pasar,[15] aunque sea a costa de sus herederos."

"Ahora digo," dijo a esta sazón don Quijote, "que el que lee mucho y anda mucho, vee mucho y sabe mucho. Digo esto, porque ¿qué persuasión fuera bastante para persuadirme que hay monos en el mundo que adivinen, como lo he visto ahora por mis propios ojos? porque yo soy el mesmo don Quijote de la Mancha que este buen animal ha dicho, puesto que se ha estendido° algún tanto en mis alabanzas; pero como quiera *(exaggerated)* que yo me sea,[16] doy gracias al cielo, que me dotó° de un ánimo° blando y *(endowed, heart)*

---

11   That is, for as long as it takes to say a credo, about fifteen seconds.

12   The **Columnas de Hércules** (*Pillars of Hercules* in English) refer to two peaks at the Straits of Gibraltar (the Rock of Gibraltar on the Iberian Peninsula and Mount Hacho in Ceuta on the African coast). The Ancients believed that these were originally one mountain and Hercules split them to open the Mediterranean Sea.

13   **A no...** *if she weren't jealous*

14   Andandona was the sister of the giant Madarque in *Amadís* (Chapter 65, p. 683, lines 346-67, of the Edwin Place edition) where she is described as: "la más brava y la más esquiva que en el mundo había... Tenía todos los cabellos blancos y tan crespos que no los podía peinar; era muy fea de rostro que no semejaba sino al diablo... Era muy enemiga de los cristianos y hacíales mucho mal."

15   **Que no...** *who don't let themselves be deprived of anything*

16   **Como quiera...** *whatever type of person I might be*

compasivo, inclinado siempre a hacer bien a todos y mal a ninguno."

"Si yo tuviera dineros," dijo el paje, "preguntara al señor mono qué me ha de suceder en la peregrinación° que llevo."   pilgrimage

A lo que respondió maese Pedro, que ya se había levantado de los
5   pies de don Quijote: "Ya he dicho que esta bestezuela no responde a lo por venir, que si respondiera no importara no haber dineros. Que por servicio del señor don Quijote, que está presente, dejara yo todos los intereses del mundo, y agora porque se lo debo y por darle gusto, quiero armar° mi retablo y dar placer a cuantos están en la venta, sin paga alguna."   set up

10   Oyendo lo cual el ventero, alegre sobremanera, señaló el lugar donde se podía poner el retablo, que en un punto fue hecho. Don Quijote no estaba muy contento con las adivinanzas del mono, por parecerle no ser a propósito que un mono adivinase, ni las de por venir, ni las pasadas cosas, y así en tanto que maese Pedro acomodaba el retablo, se retiró don
15   Quijote con Sancho a un rincón de la caballeriza, donde, sin ser oídos de nadie, le dijo: "Mira, Sancho, yo he considerado bien la estraña habilidad deste mono, y hallo por mi cuenta que sin duda este maese Pedro, su amo, debe de tener hecho pacto, tácito o espreso, con el demonio."

"Si el patio es espeso y del demonio," dijo Sancho, "sin duda debe de
20   ser muy sucio patio. Pero ¿de qué provecho le es al tal maese Pedro tener esos patios?"

"No me entiendes, Sancho. No quiero decir sino que debe de tener hecho algún concierto con el demonio, de que infunda esa habilidad en el mono, con que gane de comer, y después que esté rico le dará su alma,
25   que es lo que este universal enemigo pretende. Y háceme creer esto el ver que el mono no responde sino a las cosas pasadas o presentes, y la sabiduría del diablo no se puede estender a más, que las por venir no las sabe, si no es por conjeturas, y no 'todas veces.° Que a solo Dios está   every time reservado conocer los tiempos y los momentos, y para Él no hay pasado   future
30   ni porvenir,° que todo es presente, y siendo esto así, como lo es, está claro que este mono habla con el estilo del diablo, y estoy maravillado cómo no le han acusado al Santo Oficio,[17] y examinádole, y sacado de cuajo en virtud de quién adivina.[18] Porque cierto está que este mono no es astrólogo, ni su amo ni él alzan, ni saben alzar estas figuras que llaman judiciarias,[19]
35   que tanto ahora se usan en España, que no hay mujercilla, ni paje, ni 'zapatero de viejo° que no presuma de alzar una figura, como si fuera una   **zapatero viejo,** jack sota° de naipes del suelo, echando a perder con sus mentiras e ignorancias   (playing card) la verdad maravillosa de la ciencia. De una señora sé yo, que preguntó a uno destos figureros° que si una 'perrilla de falda,° pequeña, que tenía, si   astrologers, lap dog
40   se empreñaría y pariría,[20] y cuántos y de qué color serían los perros que

---

17 The Santo Oficio was the Inquisition (see the Prologue to Part II, p. 476, note 7).

18 **Sacado de...** *taken from him by whose power he is able to divine*

19 **Alzar estas...** *cast a horoscope*

20 **Se empreñaría...** *would get pregnant and give birth*

pariese. A lo que el señor judiciario, después de haber alzado la figura, respondió que la perrica° se empreñaría y pariría tres perricos—el uno ⟨dog⟩ verde, el otro encarnado y el otro de mezcla, con tal condición que la tal perra 'se cubriese° entre las once y doce del día o de la noche, y que fuese ⟨mates⟩ en lunes o en sábado. Y lo que sucedió fue que de allí a dos días se murió la perra de ahíta,° y el señor levantador° quedó acreditado° en el lugar por ⟨overeating, astrologer, confirmed⟩ acertadísimo judiciario, como lo quedan todos o los más levantadores."

"Con todo eso querría," dijo Sancho, "que vuestra merced dijese a maese Pedro preguntase a su mono si es verdad lo que a vuestra merced le pasó en la Cueva de Montesinos. Que yo para mí tengo, con perdón de vuestra merced, que todo fue embeleco y mentira, o por lo menos cosas soñadas."

"Todo podría ser," respondió don Quijote, "pero yo haré lo que me aconsejas, puesto que me ha de quedar un no sé qué de escrúpulo.[21]

Estando en esto, llegó maese Pedro a buscar a don Quijote y decirle que ya estaba en orden el retablo, que su merced viniese a verle porque 'lo merecía.° Don Quijote le comunicó su pensamiento y le rogó preguntase ⟨it was worth it⟩ luego a su mono le dijese si ciertas cosas que había pasado en la Cueva de Montesinos habían sido soñadas o verdaderas, porque a él le parecía que 'tenían de todo.° A lo que maese Pedro, sin responder palabra, volvió a ⟨they had a little of both⟩ traer el mono, y puesto delante de don Quijote y de Sancho, dijo: "Mirad, señor mono, que este caballero quiere saber si ciertas cosas que le pasaron en una Cueva llamada de Montesinos, si fueron falsas, o verdaderas."

Y haciéndole la acostumbrada señal, el mono se le subió en el hombro izquierdo, y hablándole al parecer en el oído, dijo luego maese Pedro: "El mono dice que parte de las cosas que vuesa merced vio o pasó en la dicha cueva son falsas, y parte verisímiles, y que esto es lo que sabe, y no otra cosa, en cuanto a esta pregunta. Y que si vuesa merced quiere saber más, que el viernes venidero responderá a todo lo que se le preguntare. Que por ahora se le ha acabado la virtud, que no le vendrá hasta el viernes, como dicho tiene."

"¿No lo decía yo," dijo Sancho, "que no se me podía asentar que todo lo que vuesa merced, señor mío, ha dicho de los acontecimientos de la cueva era verdad, ni aun la mitad?"

"Los sucesos lo dirán, Sancho," respondió don Quijote, "que el tiempo, descubridor° de todas las cosas, no se deja ninguna que no las saque a ⟨discoverer⟩ la luz del sol, aunque esté escondida en los senos de la tierra; y por ahora baste esto, y vámonos a ver el retablo del buen maese Pedro, que para mí tengo que debe de tener alguna novedad."

"¿Cómo *alguna*?" respondió maese Pedro, "Sesenta mil encierra en sí este mi retablo. Dígole a vuesa merced, mi señor don Quijote, que es una de las cosas 'más de ver° que hoy tiene el mundo, y *operibus credite, & non* ⟨worthy to see⟩ *verbis*.[22] Y manos a labor, que se hace tarde, y tenemos mucho que hacer y que decir y que mostrar."

---

21 **Puesto que...** *although I have some qualms about it*

22 This is similar to John 10:38: "Though you believe me not, believe the works."

Obedeciéronle don Quijote y Sancho, y vinieron donde ya estaba el
retablo puesto y descubierto, lleno por todas partes de candelillas° de cera   little candles
encendidas, que le hacían vistoso y resplandeciente.° En llegando, se me-   bright
tió maese Pedro dentro dél, que era el que había de manejar° las 'figuras   work
5   del artificio,° y fuera se puso un muchacho, criado del maese Pedro, para   puppets
servir de intérprete y declarador° de los misterios del tal retablo. Tenía   narrator
una varilla° en la mano con que señalaba las figuras que salían. Puestos,   pointer
pues, todos cuantos había en la venta, y algunos en pie, frontero del retablo, y acomodados don Quijote, Sancho, el paje y el primo en los mejores
10   lugares, el trujamán° comenzó a decir lo que oirá y verá el que le oyere o   narrator
viere el capítulo siguiente.

Capítulo XXVI. Donde se prosigue la graciosa aventura del tite-rero, con otras cosas en[1] verdad harto buenas.

C ALLARON TODOS, TIRIOS Y troyanos,[2] quiero decir, pendientes° es-   in suspense
15   taban todos los que el retablo miraban de la boca del declarador
de sus maravillas,[3] cuando se oyeron sonar en el retablo cantidad
de atabales,° y trompetas, y dispararse mucha artillería, cuyo rumor pasó   drums
en tiempo breve, y luego alzó la voz el muchacho, y dijo: "Esta verdadera
historia que aquí a vuesas mercedes se representa, es sacada al pie de la le-
20   tra de las corónicas° francesas y de los romances españoles que andan en   chronicles
boca de las gentes y de los muchachos por esas calles. Trata de la libertad
que dio el señor don Gaiferos a su esposa Melisendra,[4] que estaba cautiva
en España, en poder de moros, en la ciudad de Sansueña, que así se llamaba entonces la que hoy se llama Zaragoza. Y vean vuesas mercedes allí
25   como está jugando a las tablas° don Gaiferos, según aquello que se canta: backgammon

---

1 Schevill inexplicably has **de** here.

2 This is from the 1555 Spanish translation of the first verse of Book II
of the *Æneid*: "Conticuere omnes, intentique ora tenebant." The references to
tirios *Tyrians* and **troyanos** *Trojans* are clearly from the Spanish translator and
not from Virgil. An English version states: "A sudden silence fell on all of them."

3 **Todos los que miraban el retablo estaban pendientes de [las] maravi-llas [que venían] de la boca del declarador...**

4 There is nothing in French history or literature about this. Gaiferos, in
the Spanish tale, is Charlemagne's nephew and Melisendra is his daughter. The
way the story is told here follows the Spanish **romances** of the sixteenth century.
In the story, before they got married, Melisendra was kidnapped and Gaiferos
stayed in Paris for seven years before he went to rescue her. This is where Maese
Pedro's dramatization begins.

Menéndez Pidal proposes that this story derives from legends about a Visigothic hero named Walter de España, who rescued his betrothed, Hiltgunda,
in a similar fashion (you can read about it in his *La epopeya castellana a través de
la literatura española* [Madrid: Espasa-Calpe, 1959, p. 25]). If you squint at the
name Walter and apply a couple of philological rules to it, you can develop "Gai-
ter" from it, which is pretty close to Gaiferos.

Gaiferos, aquí jugando a los dados, con Carlo Magno

> Jugando está a las tablas don Gaiferos
> que ya de Melisendra está olvidado

y aquel personaje, que allí asoma con corona en la cabeza y ceptro en las manos, es el emperador Carlo Magno, padre putativo° de la tal Melisen- ^{supposed}
5 dra, el cual, mohino° de ver el ocio° y descuido° de su yerno,° le sale a reñir. ^{annoyed, idleness, neglect, son-in-law}
Y adviertan con la vehemencia y ahinco que[5] le riñe, que no parece sino
que le quiere dar con el ceptro media docena de coscorrones,° y aun hay ^{knocks on the head}
autores que dicen que se los dio, y 'muy bien dados.° Y después de haberle ^{well-deserved}
dicho muchas cosas acerca del peligro que corría su honra en no procurar
10 la libertad de su esposa, dicen que le dijo:

> harto os he dicho, miradle.°   ^{see to it}

"Miren vuestras mercedes también cómo el emperador vuelve las
espaldas y deja despechado a don Gaiferos, el cual ya ven como arroja
impaciente de la cólera lejos de sí el tablero° y las tablas,° y pide a priesa ^{board, pieces}
15 las armas, y a don Roldán, su primo, pide prestada su espada Durindana,[6]
y cómo don Roldán no se la quiere prestar, ofreciéndole su compañía en
la difícil empresa en que se pone. Pero el valeroso enojado no lo quiere
aceptar, antes dice que él solo es bastante para sacar a su esposa, 'si bien° ^{even if}
estuviese metida en el más hondo centro de la tierra. Y con esto, se entra
20 a armar para ponerse luego en camino.
"Vuelvan vuestras mercedes los ojos a aquella torre que allí parece,
que se presupone que es una de las torres del alcázar de Zaragoza, que
ahora llaman la Aljafería,[7] y aquella dama que en aquel balcón parece,

---

5 **La vehemencia y ahinco** *con* **que...**
6 This is a variant name for Durendal, Roland's sword.
7 This is a Moorish palace begun in the eleventh century. It still stands.

vestida a lo moro, es la sin par Melisendra, que desde allí muchas veces
se ponía a mirar el camino de Francia, y 'puesta la imaginación en° París   thinking about
y en su esposo, se consolaba en su cautiverio. Miren también un nuevo

Aljafería

caso que ahora sucede, quizá no visto jamás. ¿No veen aquel moro que
5 callandico° y 'pasito a paso,° puesto el dedo en° la boca, se llega por las   keeping quiet, one step
espaldas de Melisendra? Pues miren cómo la da un beso en mitad de los   at a time, at
labios, y la priesa que ella se da a escupir y a limpiárselos con la blanca
manga de su camisa, y cómo se lamenta y se arranca de pesar° sus hermo-   grief
sos cabellos, como si ellos tuvieran la culpa del maleficio. Miren también
10 cómo aquel grave moro que está en aquellos corredores es el rey Marsilio
de Sansueña, el cual, por haber visto la insolencia del moro, puesto que
era un pariente y gran privado suyo, le mandó luego prender y que le den
docientos azotes,° llevándole por las calles acostumbradas[8] de la ciudad,   lashes

con chilladores° delante,   town-criers
15 y envaramiento[9] detrás

y veis aquí donde salen a ejecutar la sentencia, aun bien apenas no ha-
biendo sido puesta en ejecución la culpa, no hay 'traslado a la parte,° ni 'a   indictment
prueba y estese° como entre nosotros."   remand
"Niño, niño," dijo con voz alta a esta sazón don Quijote, "Seguid
20 vuestra historia 'línea recta° y no os metáis en las curvas o transversales.[10]   in a straight line
Que para sacar una verdad en limpio[11] menester son muchas pruebas y
repruebas.°"   more proofs
También dijo maese Pedro desde dentro: "Muchacho, no te metas
en dibujos, sino haz lo que ese señor te manda, que será lo más acertado.
25 Sigue tu canto llano y no te metas en contrapuntos, que se suelen quebrar
de sotiles."[12]

---

8 See Part I, Chapter 22, p. 182, note 14, where this is first mentioned.

9 That is, constables with their staffs of office, **varas**, follow. These two
verses are from a picaresque ballad by Quevedo.

10 **Curvas o…** *curves or side streets*

11 **Para sacar…** *to establish a truth cleanly*

12 **Sigue tu…** *keep to your song plain, and don't get involved with counterpoint,*

"Yo lo haré así," respondió el muchacho, y prosiguió diciendo, "Esta figura que aquí parece a caballo cubierta con una 'capa gascona,° es la mesma° de don Gaiferos. Aquí su

Miradores

hooded cape

mesma *figura*

esposa,[13] ya vengada del atrevimiento del enamorado moro, con mejor y más sosegado semblante° se ha puesto a los miradores° de la torre, y habla con su esposo creyendo que es algún pasajero, con quien pasó todas aquellas razones y coloquios de aquel romance que dicen:

mien, battlements

Caballero, si a Francia ides,° / por Gaiferos preguntad.

vais

Las cuales no digo yo ahora, porque de la prolijidad° se suele engendrar el fastidio.°[14] Basta ver como don Gaiferos se descubre, y que por los ademanes alegres que Melisendra hace, se nos da a entender que ella le ha conocido, y más ahora que veemos se descuelga del balcón, para ponerse en las ancas del caballo de su buen esposo.

verbosity
boredom

"Mas ¡ay, sin ventura! que se le ha asido° una punta del faldellín° de uno de los hierros° del balcón, y está pendiente en el aire, sin poder llegar al suelo. Pero veis como el piadoso cielo socorre en las mayores necesidades, pues llega don Gaiferos, y sin mirar si se rasgara o no el rico faldellín, ase della, y mal su grado la hace bajar al suelo, y luego de un brinco la pone sobre las ancas de su caballo, a horcajadas como hombre, y la manda que se tenga fuertemente y le eche los brazos por las espaldas, de modo que los cruce en el pecho, porque no se caiga, a causa que no estaba la señora Melisendra acostumbrada a semejantes caballerías. Veis también como los relinchos del caballo dan señales que va° contento con la valiente y hermosa carga que lleva en su señor y en su señora. Veis como vuelven las espaldas y salen de la ciudad, y alegres y regocijados toman de París la vía.°

caught, skirt
iron points

i.e., *el caballo* va

road

"¡Vais° en paz, ¡oh par sin par de verdaderos amantes! Lleguéis° a salvamento a vuestra deseada patria, sin que la fortuna ponga estorbo en vuestro felice viaje. 'Los ojos° de vuestros amigos y parientes os vean gozar en paz tranquila los días—que los de Néstor[15] sean—que os quedan

Ojalá vayáis, *ojalá* lleguéis
Que los ojos...

---

since it tends to break down from being too subtle

13 Folio 100ᵛ (which was misnumbered 98), l. 13, says **a quien su esposa.**
The change to **aquí** was suggested by Rodríguez Marín, accepted by Schevill and others. Gaos keeps **a quien** suggesting it represents a careless oral style.

14 You can read the whole **romance** in Clemencín's edition, p. 1671, col. 1.

15 Néstor participated in the Trojan War, took part in the Greek war councils, and ruled as king of Pylos for three generations. The oral tradition augmented the three generations into hundreds of years.

de la vida!"

Aquí alzó otra vez la voz maese Pedro, y dijo: "Llaneza,° muchacho,   plainness
'no te encumbres°—que «toda afectación es mala»."   don't be bombastic

No respondió nada el intérprete, antes prosiguió, diciendo: "No fal-
5 taron algunos ociosos ojos, que lo suelen ver todo, que no viesen la bajada
y la subida de Melisendra, de quien dieron noticia al rey Marsilio, el cual
mandó luego tocar al arma, y miren con qué priesa. Que ya la ciudad se
hunde con el son de las campanas, que en todas las torres de las mezqui-
tas° suenan."   mosques

Dulzaina

Chirimía

10 "Eso no," dijo a esta sazón don Quijote,
"en esto de las campanas anda muy impro-
pio,° maese Pedro, porque entre moros no se   incorrect
usan campanas, sino atabales y un género de
dulzainas[16] que parecen nuestras chirimías,[17] y
15 esto de sonar campanas en Sansueña sin duda
que es un gran disparate."

Lo cual oído por maese Pedro, cesó el
tocar, y dijo: "No mire vuesa merced en niñerías, señor don Quijote, ni quiera llevar las
20 cosas tan por el cabo, que no se le halle.[18] ¿No
se representan por ahí casi de ordinario mil
comedias llenas de mil impropiedades° y dis-   inaccuracies
parates, y con todo eso corren felicísimamente
su carrera y se escuchan, no sólo con aplauso,
25 sino con admiración y todo? Prosigue, mucha-
cho, y deja decir,[19] que como yo llene mi talego,[20] siquiera represente más
impropiedades que tiene átomos el sol."[21]

"Así es la verdad," replicó don Quijote.

Y el muchacho dijo: "Miren cuánta y cuán lucida caballería° sale de   horsemen
30 la ciudad en siguiemiento° de los dos católicos amantes, cuántas trompe-   pursuit
tas que suenan, cuántas dulzainas que tocan y cuántos atabales y atambores que retumban.° Témome que los han de alcanzar y los han de volver   resound
atados a la cola de su mismo caballo, que sería un horrendo espetáculo."

Viendo y oyendo, pues, tanta morisma° y tanto estruendo don Qui-   multitude of Moors
35 jote, parecióle ser bien dar ayuda a los que huían, y levantándose en pie,
en voz alta dijo: "No consentiré yo que en mis días y en mi presencia se

---

16 This was a double-reeded Renaissance folk wind instrument, an indirect
predecessor of the oboe.

17 This was a double-reeded instrument that looked like a clarinet, with
ten finger holes.

18 **Ni quiera…** *nor take things to such extremes that they'll never find an end.*

19 That is, *let them say (whatever they want).*

20 That is, as long as he fills his pockets with money.

21 **Siquiera represente…** *it makes no difference if I show more inaccuracies
than the sun has atoms.* If *atoms* seems too modern, see Covarrubias' definition,
which talks of particles seen in a ray of sunlight.

le haga superchería[22] a tan famoso caballero y a tan atrevido enamorado como don Gaiferos. ¡Deteneos, mal nacida canalla, no le sigáis ni persigáis. Si no, conmigo sois en la batalla!"

Y diciendo y haciendo, desenvainó la espada, y de un brinco se puso junto al retablo y con acelerada y nunca vista furia comenzó a llover cuchilladas sobre la titerera° morisma, derribando a unos, descabezando a otros, estropeando° a éste, destrozando a aquél, y entre otros muchos, tiró un altibajo tal, que si maese Pedro no se abaja, se encoge y agazapa,[23] le cercenara° la cabeza con más facilidad que si fuera hecha de 'masa de mazapán.°

Daba voces maese Pedro, diciendo: "Deténgase vuesa merced, señor don Quijote, y advierta que estos que derriba, destroza y mata no son verdaderos moros, sino unas figurillas° de pasta. ¡Mire, pecador de mí, que me destruye y 'echa a perder° toda mi hacienda!"

Mas no por esto dejaba de menudear don Quijote cuchilladas, mandobles, tajos° y reveses como llovidos. Finalmente, en menos de dos credos dio con todo el retablo en el suelo, hechas pedazos y desmenuzadas° todas sus jarcias° y figuras, el rey Marsilio mal herido y el emperador Carlo Magno, partida la corona y la cabeza en dos partes. Alborotóse el senado de los oyentes, huyóse el mono por los tejados de la venta, temió el primo, acobardóse el paje, y hasta el mesmo Sancho Panza tuvo pavor grandísimo, porque como él juró después de pasada la borrasca, jamás había visto a su señor con tan desatinada cólera.

Hecho, pues, el general destrozo° del retablo, sosegóse un poco don Quijote y dijo: "Quisiera yo tener aquí delante 'en este punto° todos aquellos que no creen ni quieren creer de cuánto provecho sean en el mundo los caballeros andantes. Miren si no me hallara yo aquí presente qué fuera del buen don Gaiferos y de la hermosa Melisendra.[24] A buen seguro que ésta fuera ya la hora que los hubieran alcanzado estos canes° y les hubieran hecho algún desaguisado. En resolución, ¡viva la andante caballería sobre cuantas cosas hoy viven en la tierra!"

"Viva en hora buena," dijo a esta sazón con voz enfermiza maese Pedro, "y muera yo, pues soy tan desdichado que puedo decir con el rey don Rodrigo:

Ayer fui señor de España,
y hoy no tengo una almena
que pueda decir que es mía.[25]

---

22 Italianism: **soperchieria** *outrageous behavior.* The Italian **ch** is pronounced **k**, so it looks like the Spanish form derives from a mispronounced written source.

23 **No se…** *doesn't lower himself, hunch up and duck*

24 **Miren si…** *look what would have happened to the good don Gaiferos and the beautiful Melisendra if I hadn't been here*

25 These verses are taken from the "Romance de don Rodrigo como perdió a España." It was Rodrigo who lost Spain to the Moors in 711 A.D.

Marginal glosses:

puppets

mutilating

would have cut off
almond paste

little figures, pasteboard; are ruining

slashes

cut to bits
equipment

destruction
now

dogs, *i.e., Moors*

Y con acelerada y nunca vista furia comenzó a llover cuchilladas sobre la titerera morisma, derribando a unos, descabezando a otros.

"No ha media hora, ni aun un mediano momento, que me vi señor
de reyes y de emperadores, llenas mis caballerizas y mis cofres° y sacos   chests
de infinitos caballos y de innumerables galas, y agora me veo desolado°   devastated
y abatido,° pobre y mendigo, y sobre todo sin mi mono, que a fe que   disheartened
primero que le vuelva a mi poder me han de sudar los dientes,²⁶ y todo
por la furia mal considerada deste señor caballero, de quien se dice que
ampara pupilos y endereza tuertos, y hace otras obras caritativas, y en mí
solo ha venido a faltar su intención generosa, que sean benditos y alabados los cielos allá donde tienen más levantados sus asientos.²⁷ En fin, el
Caballero de la Triste Figura había de ser aquel que había de desfigurar°   deface, i.e., *my figures*
las mías.'"

Enternecióse Sancho Panza con las razones de maese Pedro, y díjole:
"No llores, maese Pedro, ni te lamentes, que me quiebras el corazón. Porque te hago saber que es mi señor don Quijote tan católico y escrupuloso
cristiano, que si él cae en la cuenta de que te ha hecho algún agravio, te lo
sabrá y te lo querrá pagar y satisfacer con muchas ventajas."

"Con que me pagase el señor don Quijote alguna parte de las he-   figures
churas° que me ha deshecho, quedaría contento, y su merced aseguraría
su conciencia,²⁸ porque no se puede salvar quien tiene lo ajeno contra la
voluntad de su dueño y no lo restituye."²⁹   *yo* tenga

"Así es," dijo don Quijote, "pero hasta ahora yo no sé que tenga° nada
vuestro, maese Pedro."   remains

"¿Cómo no?" respondió maese Pedro. "Y estas reliquias° que están
por este duro y estéril suelo, ¿quién las esparció y aniquiló sino la fuerza
invencible dese poderoso brazo? Y ¿cúyos eran sus cuerpos sino míos? Y
¿con quién me sustentaba yo sino con ellos?"   I now firmly believe

"'Ahora acabo de creer,'" dijo a este punto don Quijote, "lo que otras
muchas veces he creído—que estos encantadores que me persiguen no
hacen sino ponerme las figuras como ellas son³⁰ delante de los ojos, y
luego me las mudan y truecan en las que ellos quieren. Real y verdaderamente os digo, señores que me oís, que a mí me pareció todo lo que aquí
ha pasado que pasaba al pie de la letra—que Melisendra era Melisendra;
don Gaiferos, don Gaiferos; Marsilio, Marsilio; y Carlo Magno, Carlo   I became angry
Magno. Por eso 'se me alteró la cólera,° y por cumplir con mi profesión
de caballero andante, quise dar ayuda y favor a los que huían, y con este
buen propósito hice lo que habéis visto. Si me ha salido al revés no es
culpa mía, sino de los malos que me persiguen. Y con todo esto, deste mi
yerro, aunque no ha procedido de malicia, quiero yo mismo condenarme

---

26 The common expression is **sudar el rabo**, indicating that it represents a
lot of work. Maese Pedro uses **dientes** as a euphemism. Clemencín says, amus-
ingly, that "la acción de sudar no conviene a los dientes" (note 28, p. 1673).

27 **Que sean...** *may heaven be praised*

28 **Su merced...** *his grace would have a clear conscience*

29 **No se...** *a person who has something of someone else against the will of the
owner cannot save himself without giving it back*

30 **Como ellas...** *as they* [really] *are*

en coſtas.[31] Vea maese Pedro lo que quiere por las figuras deshechas, que yo me ofrezco a pagárselo luego en buena y corriente° moneda caſtellana."   valid

Inclinósele maese Pedro, diciéndole: "No esperaba yo menos de la inaudita criſtiandad del valeroso don Quijote de la Mancha, verdadero
5 socorredor° y amparo de todos los necesitados y meneſterosos vagamun-   helper
dos.° Y aquí el señor ventero y el gran Sancho serán medianeros y apre-   vagabonds
ciadores° entre vuesa merced y mí de lo que valen o podían valer las ya   assessors
deshechas figuras."

El ventero y Sancho dijeron que así lo harían, y luego maese Pedro
10 alzó del suelo, con la cabeza menos,° al rey Marsilio de Zaragoza, y dijo: lacking
"Ya se vee cuán imposible es volver a eſte rey a su 'ser primero,° y así me   original ſtate
parece, salvo mejor juicio, que se me dé por su muerte, fin y acabamiento
cuatro reales y medio."

"Adelante," dijo don Quijote.

15 "Pues por eſta abertura° de arriba abajo," prosiguió maese Pedro, to-   split
mando en las manos al partido emperador Carlo Magno, "no sería mucho que pidiese yo cinco reales y un cuartillo.°"   ¼ of a real

"No es poco," dijo Sancho.

"Ni mucho," replicó el ventero, "médiese° la partida y señálensele cin-   split the difference
20 co reales."

"Dénsele todos cinco y cuartillo," dijo don Quijote, "que no eſtá en
un cuartillo más a menos la monta deſta notable desgracia, y acabe preſto
maese Pedro, que se hace hora de cenar y yo tengo ciertos barruntos° de   feelings
hambre."

25 "Por eſta figura," dijo maese Pedro, "que éſta sin narices y un ojo
menos, que es de la hermosa Melisendra, quiero, y me pongo en lo juſto,
dos reales y doce maravedís."

"Aun ahí sería el diablo,"[32] dijo don Quijote, "si ya no eſtuviese Melisendra con su esposo, por lo menos, en la raya° de Francia, porque el   border
30 caballo en que iban a mí me pareció que antes volaba que corría, y así no
hay para qué «venderme a mí el gato por liebre»,[33] presentándome aquí a
Melisendra desnarigada, eſtando la otra, si viene a mano, ahora holgándose en Francia con su esposo a pierna tendida. Ayude Dios con lo suyo
a cada uno, señor maese Pedro, y caminemos todos con pie llano y con
35 intención sana,[34] y prosiga."

Maese Pedro, que vio que don Quijote izquierdeaba° y que volvía a   was raving
su primer tema, no quiso que se le escapase, y así le dijo: "Éſta no debe
de ser Melisendra, sino alguna de las doncellas que la servían, y así con
sesenta maravedís que me den por ella, quedaré contento y bien pagado."

40 Deſta manera fue poniendo precio a otras muchas deſtrozadas figuras, que después los moderaron° los dos jueces árbitros, con satisfación de   adjuſted

---

31 **Quiero yo…** *I want to sentence myself to pay*
32 **Aún ahí…** *how can that be?* Not literal, obviously.
33 **Venderme a…** *sell me a cat for a hare.* A proverb dealing with deception.
34 **Caminemos todos…** Starkie: "Let's play fair and square."

las partes, que llegaron a cuarenta reales y tres cuartillos, y además deſto, que luego lo desembolsó Sancho, pidió maese Pedro dos reales por el trabajo de tomar° el mono.

to catch

"Dáselos, Sancho," dijo don Quijote, "no para tomar el mono, sino la mona,° y docientos diera yo ahora en albricias a quien me dijera con certidumbre que la señora doña Melisendra y el señor don Gaiferos eſtaban ya en Francia y entre los suyos."

drunken binge

"Ninguno nos lo podrá decir mejor que mi mono," dijo maese Pedro, "pero no habrá diablo que ahora le tome. Aunque imagino que el cariño y la hambre le han de forzar a que me busque eſta noche, y «amanecerá Dios, y verémonos»."

En resolución, la borrasca del retablo se acabó y todos cenaron en paz y en buena compañía, a coſta de don Quijote, que era liberal en todo extremo. Antes que amaneciese se fue el que llevaba las lanzas y las alabardas, y ya después de amanecido se vinieron 'a despedir de° don Quijote el primo y el paje, el uno para volverse a su tierra, y el otro, a proseguir su camino, para ayuda del cual le dio don Quijote una docena de reales. Maese Pedro no quiso volver a entrar en más 'dimes ni dirétes° con don Quijote, a quien él conocía muy bien, y así madrugó antes que el sol, y, cogiendo las reliquias de su retablo y a su mono, se fue también a buscar sus aventuras. El ventero, que no conocía a don Quijote, tan admirado le tenían sus locuras como su liberalidad. Finalmente, Sancho le pagó muy bien por orden de su señor, y despidiéndose dél, casi a las ocho del día dejaron la venta y se pusieron en camino, donde los dejaremos ir, que así conviene, para dar lugar a contar otras cosas pertenecientes a la declaración° deſta famosa hiſtoria.

to take leave of

disputes

telling

Capítulo XXVII. Donde se da cuenta quiénes eran maese Pedro y su mono, con el mal suceso que don Quijote tuvo en la aventura del rebuzno, que no la acabó como él quisiera y como lo tenía pensado.

Entra Cide Hamete, coronista deſta grande hiſtoria, con eſtas palabras en eſte capítulo, "Juro como católico criſtiano," a lo que su traduĉtor dice que el jurar Cide Hamete «como católico criſtiano,» siendo él moro, como sin duda lo era, no quiso decir otra cosa, sino que así como el católico criſtiano, cuando jura, jura o debe jurar verdad y decirla en lo que dijere, así él la decía como si jurara como criſtiano católico en lo que quería escribir de don Quijote, especialmente en decir quién era maese Pedro y quién el mono adivino que traía admirados todos aquellos pueblos con sus adivinanzas.

Dice, pues, que bien se acordará el que hubiere leído la primera parte deſta hiſtoria de aquel Ginés de Pasamonte[1] a quien, entre otros galeo-

---

1 Part I, Chapter 22, pp. 184-190.

tes, dio libertad don Quijote en Sierra Morena, beneficio que después
le fue mal agradecido y peor pagado de aquella gente maligna y 'mal
acostumbrada.° Este Ginés de Pasamonte, a quien don Quijote llamaba   low life
Ginesillo de Parapilla,² fue el que hurtó a Sancho Panza el rucio, que por
5   no haberse puesto el 'cómo ni el cuándo° en la primera parte, por culpa   explanation
de los impresores, ha dado en qué entender a muchos,³ que atribuían a
poca memoria del autor la falta de emprenta. Pero, en resolución, Ginés
le hurtó estando sobre él durmiendo Sancho Panza, usando de la traza°   trick
y modo que usó Brunelo cuando, estando Sacripante sobre Albraca, le
10 sacó el caballo de entre las piernas,⁴ y después le cobró Sancho, como se
ha contado. Este Ginés, pues, temeroso de no ser hallado de la justicia
que le buscaba para castigarle de sus infinitas bellaquerías y delitos, que
fueron tantos y tales, que él mismo compuso un gran volumen contán-
dolos, determinó pasarse al reino de Aragón y cubrirse el ojo izquierdo,
15 acomodándose al oficio de titerero. Que esto y el 'jugar de manos° lo   sleight of hand
sabía hacer por extremo.

Sucedió, pues, que de unos cristianos ya libres que venían de Berbería compró aquel mono, a quien enseñó que en haciéndole cierta señal, se
le subiese en el hombro y le murmurase, o lo pareciese, al oído. Hecho
20 esto, antes que entrase en el lugar donde entraba con su retablo y mono,
se informaba en el lugar más cercano, o de quien él mejor podía, qué
cosas particulares hubiesen sucedido en el tal lugar y a qué personas, y lle-
vándolas bien en la memoria, lo primero que hacía era mostrar su retablo,
el cual unas veces era de una historia y otras de otra, pero todas alegres y
25 regocijadas y conocidas. Acabada la muestra proponía las habilidades de
su mono, diciendo al pueblo que adivinaba todo lo pasado y lo presente,
pero que en lo de por venir no se daba maña. Por la respuesta de cada pregunta pedía dos reales y de algunas 'hacía barato,° según tomaba el pulso   he discounted
a los preguntantes, y como tal vez llegaba a las casas de quien él sabía los
30 sucesos de los que en ella moraban, aunque no le preguntasen nada, por
no pagarle, él hacía la seña al mono y luego decía que le había dicho tal
y tal cosa, que venía de molde con lo sucedido. Con esto cobraba crédito
inefable° y andábanse todos tras él. Otras veces, como era tan discreto,   incredible
respondía de manera que las respuestas venían bien con las preguntas, y
35 como nadie le apuraba ni apretaba a que dijese como adevinaba su mono,
a todos 'hacía monas° y llenaba sus esqueros.°   deceived, purses

Así como entró en la venta conoció a don Quijote y a Sancho, por
cuyo conocimiento le fue fácil poner en admiración a don Quijote y a
Sancho Panza y a todos los que en ella estaban. Pero hubiérale de costar
40 caro si don Quijote bajara un poco más la mano, cuando cortó la cabeza
al rey Marsilio y destruyó toda su caballería, como queda dicho en el
antecedente capítulo.

---

2 See Part I, Chap. 22, p. 186, l. 2, and p. 189, l. 36.
3 **Ha dado...** *has baffled many*
4 Part II, Chapter 4, pp. 503-4.

Esto es lo que hay que decir de maese Pedro y de su mono. Y volviendo a don Quijote de la Mancha, digo que después de haber salido de la venta, determinó de ver primero las riberas del río Ebro[5] y todos aquellos contornos, antes de entrar en la ciudad de Zaragoza, pues le daba tiempo para todo el mucho que faltaba desde allí a las justas. Con esta intención siguió su camino, por el cual anduvo dos días sin acontecerle cosa digna de ponerse en escritura, hasta que al tercero, al subir de una loma, oyó un gran rumor de atambores, de trompetas y arcabuces.

Al principio pensó que algún tercio° de soldados pasaba por aquella parte, y por verlos picó a Rocinante y subió la loma arriba, y cuando estuvo en la cumbre vio al pie della, a su parecer, más de docientos hombres armados de diferentes suertes de armas, como si dijésemos lanzones, ballestas, partesanas, alabardas y picas,° y algunos arcabuces y muchas rodelas. Bajó del recuesto y acercóse al escuadrón, tanto que[6] distintamente vio las banderas, juzgó de las colores y notó las empresas que en ellas traían, especialmente una que en un estandarte° o jirón° de raso blanco venía, en el cual estaba pintado muy al vivo un asno como un pequeño sardesco,° la cabeza levantada, la boca abierta y la lengua de fuera, en acto y postura como si estuviera rebuznando.

Alrededor dél estaban escritos de letras grandes estos dos versos:

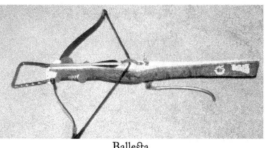

Ballesta

> No rebuznaron en balde
> el uno y el otro alcalde.°

Por esta insignia sacó don Quijote que aquella gente debía de ser del pueblo del rebuzno, y así se lo dijo a Sancho, declarándole lo que en el estandarte venía escrito. Díjole también que el que les había dado noticia de aquel caso se había errado en decir que dos regidores habían sido los que rebuznaron. Pero, que según los versos del estandarte, no habían sido sino alcaldes.

A lo que respondió Sancho Panza: "Señor, en eso no hay que reparar, que bien puede ser que los regidores que entonces rebuznaron viniesen con el tiempo a ser alcaldes de su pueblo, y así se pueden llamar con entrambos títulos, cuanto más que 'no hace al caso° a la verdad de la

regiment

pikes

banner, pennant
small donkey

magistrate

it makes no difference

---

5 The Ebro is the longest river entirely in Spain (910 kms.), and the least navigable of the major ones. It flows through Zaragoza on its way to the Mediterranean coast, south of Barcelona.

6 **Tanto que** *so much so*, that is, he was so close that he could see…

historia ser los rebuznadores alcaldes o regidores, como ellos 'una por una° hayan rebuznado, porque 'tan a pique está° de rebuznar un alcalde como un regidor." *really, is just as liable*

Finalmente, conocieron y supieron cómo el pueblo corrido salía a
5 pelear con otro que le corría° más de lo justo y de lo que se debía a la buena vecindad.° Fuese llegando a ellos don Quijote, no con poca pesadumbre de Sancho, que nunca fue amigo de hallarse en semejantes jornadas.° Los del escuadrón 'le recogieron en medio,° creyendo que era alguno de los de su parcialidad. Don Quijote, alzando la visera, con gentil
10 brío y continente llegó hasta el estandarte del asno, y allí se le pusieron alrededor todos los más principales del ejército, por verle, admirados con la admiración acostumbrada en que caían todos aquellos que la vez primera le miraban. *offended*
neighborly

situations, surrounded

Don Quijote, que los vio tan atentos a mirarle, sin que ninguno le
15 hablase ni le preguntase nada, quiso aprovecharse de aquel silencio, y rompiendo el suyo, alzó la voz y dijo: "Buenos señores, cuan encarecidamente puedo os suplico que no interrumpáis un razonamiento que quiero haceros, hasta que veáis que os disgusta° y enfada. Que si esto sucede, con la más mínima señal que me hagáis, pondré un sello en mi boca y
20 echaré una mordaza° a mi lengua." *bores*

muzzle

Todos le dijeron que dijese lo que quisiese, que de buena gana le escucharían. Don Quijote, con esta licencia, prosiguió, diciendo: "Yo, señores míos, soy caballero andante, cuyo ejercicio es el de las armas, y cuya profesión la de favorecer a los necesitados de favor y acudir a los
25 menesterosos. Días ha que he sabido vuestra desgracia y la causa que os mueve a tomar las armas a cada paso, para vengaros de vuestros enemigos. Y habiendo discurrido° una y muchas veces en mi entendimiento sobre vuestro negocio, hallo, según las leyes del duelo, que estáis engañados en teneros por afrentados, porque ningún particular puede afrentar a un *mulled over*
30 pueblo entero, si no es retándole de traidor por junto, porque no sabe en particular quién cometió la traición porque le reta. Ejemplo desto tenemos en don Diego Ordóñez de Lara, que retó a todo el pueblo zamorano, porque ignoraba que sólo Vellido Dolfos había cometido la traición de matar a su rey,[7] y así, retó a todos y a todos tocaba la venganza y la
35 respuesta. Aunque bien es verdad que el señor don Diego anduvo algo

---

7 Sancho II of Castile and León (1038?–1072), "el Fuerte," was laying siege to Zamora in 1072 when Vellido Adolfo, also known as Vellido Dolfos, snuck out of Zamora on October 7 and treacherously murdered him at a most unfortunate moment (see Menéndez Pidal's edition of the *Primera Crónica General*, Chapter 836, p. 511, col. 1, ll. 24-30). Vellido Adolfo then returned to Zamora. Diego Ordóñez de Lara, knowing full well (unlike what Don Quijote thinks) that Vellido Adolfo murdered the king, in order to make the Zamorans release the culprit, challenged the whole city, past, present and future: "Reto a los zamoranos, también al grande como al pequeño, y al muerto también como al vivo, y al que es por nacer también como al que es nacido, y a las aguas que beban, y a los paños que vistan" (*Primera Crónica General,* modernized, p. 513, col. 2, ll. 15-19).

demasiado y aun pasó muy adelante de los límites del reto, porque no
tenía para qué retar a los muertos, a las aguas, ni a los panes,[8] ni a los que
eſtaban por nacer, ni a las otras menudencias que allí se declaran. Pero
¡vaya! pues cuando la cólera 'sale de madre,° no tiene la lengua padre, ayo   overflows
5   ni freno° que la corrija.° Siendo, pues, eſto así, que uno sólo no puede   reſtraint, tempers
afrentar a reino, provincia, ciudad, república ni pueblo entero, 'queda en
limpio° que no hay para qué salir a la venganza del reto de la tal afrenta,   it's clear
pues no lo es. Porque ¡bueno sería que se matasen a cada paso los del
pueblo de La Reloja con quien se lo llama, ni los cazoleros, berenjeneros,
10   ballenatos, jaboneros,[9] ni los de otros nombres y apellidos que andan
por ahí en boca de los muchachos y de gente de poco más a menos!
¡Bueno sería, por cierto, que todos eſtos insignes pueblos se corriesen y
vengasen y anduviesen contino hechas las espadas sacabuches a cualquier
pendencia,[10] por pequeña que fuese! No, no, ni Dios lo permita o quiera.
15   "Los varones prudentes, las repúblicas bien concertadas, por cuatro
cosas han de tomar las armas y desenvainar las espadas y poner a riesgo
sus personas, vidas y haciendas: la primera, por defender la fe católica; la
segunda, por defender su vida, que es de ley natural y divina; la tercera,
en defensa de su honra, de su familia y hacienda; la cuarta, en servicio
20   de su rey en la guerra juſta; y si le quisiéremos añadir la quinta, que se
puede contar por segunda, es en defensa de su patria. A eſtas cinco causas, como capitales, se pueden agregar° algunas otras que sean juſtas y   add
razonables y que obliguen a tomar las armas, pero tomarlas por niñerías
y por cosas que antes son de risa y pasatiempo que de afrenta, parece
25   que quien las toma carece de todo razonable discurso, cuanto más que
el tomar venganza injuſta, que juſta no puede haber alguna que lo sea,[11]
va derechamente° contra la santa ley que profesamos, en la cual se nos   directly
manda que hagamos bien a nueſtros enemigos y que amemos a los que
nos aborrecen, mandamiento que aunque parece algo dificultoso de cum-

---

8 Why would Diego Ordóñez challenge their *bread*? **Panes** seems to be
a misconſtrued **paños** *clothes,* mentioned in the same breath as **aguas** in the example from the *Primera Crónica General* in the previous note. Rodríguez Marín
cites these lines from a *romance,* where **panes** and not **paños** accompanies **aguas:**
"y a los panes y a las aguas" (vol. V, p. 269, n. 5). On the other hand, why would
he have challenged their *clothes*? In any case, Cervantes knew the *romances* well.

9 Clockers (people from Espartinas, near Seville), casserole makers (people from Valladolid), eggplant growers (Toledo), whalers (people from Madrid),
and soapmakers (people from Seville). Rodríguez Marín, in appendix 30 to his
1948 edition (vol. X, pp. 49-56), explains these references. Why are the madrile-
ños called "whalers"? See his p. 53.

10 **Anduviesen contino...** *were continuously taking out their swords over ev-
ery quarrel.* **Sacabuche** is a primitive trombone, the playing of which reminds
Don Quijote of removing and replacing a sword in a sheath. See Rodríguez
Marín, vol 5, p. 270, n. 6.

11 **Que juſta...** *since there can be no juſt vengeance which is unjuſt.* **Lo** refers
back to **injuſta.**

Y luego, puesta la mano en las narices, comenzó a rebuznar tan reciamente,
que todos los cercanos valles retumbaron.

plir, no lo es sino para aquellos que tienen menos de Dios que del mundo, y más de carne que de espíritu. Porque Jesu Cristo, Dios y hombre verdadero que nunca mintió, ni pudo ni puede mentir, siendo legislador nuestro, dijo que su yugo era suave y su carga liviana,[12] y así no nos había de mandar cosa que fuese imposible el cumplirla. Así que, mis señores, vuesas mercedes están obligados por leyes divinas y humanas a sosegarse."

"El diablo me lleve," dijo a esta sazón Sancho entre sí, "si este mi amo no es tólogo, y si no lo es, que lo parece como un güevo° a otro."   egg *rustic*

'Tomó un poco de aliento° don Quijote, y viendo que todavía le prestaban silencio, quiso pasar adelante en su plática, como pasara si no se pusiera en medio la agudeza de Sancho, el cual, viendo que su amo 'se detenía,° tomó la mano° por él, diciendo: "Mi señor don Quijote de la Mancha, que un tiempo se llamó el Caballero de la Triste Figura y ahora se llama el Caballero de los Leones, es un hidalgo muy atentado que sabe latín y romance como un bachiller, y en todo cuanto trata y aconseja procede como muy buen soldado, y tiene todas las leyes y ordenanzas de lo que llaman el duelo en la uña,° y así no hay más que hacer sino dejarse llevar por lo que él dijere, y sobre mí si lo erraren.[13] Cuanto más que ello se está dicho que es necedad correrse por sólo oír un rebuzno.[14]   took a breath   paused, "floor"   fingernail

"Que yo me acuerdo, cuando muchacho, que rebuznaba 'cada y cuando° que se me antojaba, sin que nadie 'me fuese a la mano,° y con tanta gracia y propiedad, que en rebuznando yo, rebuznaban todos los asnos del pueblo, y no por eso dejaba de ser hijo de mis padres, que eran honradísimos. Y aunque por esta habilidad era invidiado° de más de cuatro de los estirados° de mi pueblo, 'no se me daba dos ardites.° Y porque se vea que digo verdad, esperen y escuchen. Que esta ciencia es como la del nadar que, una vez aprendida, nunca se olvida."   whenever, preventing   me   envied   haughty boys, I   couldn't care less

Y luego, puesta la mano en las narices, comenzó a rebuznar tan reciamente, que todos los cercanos valles retumbaron. Pero uno de los que estaban junto a él, creyendo que hacía burla dellos, alzó un varapalo° que en la mano tenía y diole tal golpe con él, que sin ser poderoso a otra cosa, dio con Sancho Panza en el suelo. Don Quijote, que vio tan mal parado a Sancho, arremetió al que le había dado, con la lanza sobre mano. Pero fueron tantos los que se pusieron en medio, que no fue posible vengarle. Antes, viendo que llovía sobre él un nublado de piedras y que le amenazaban mil encaradas° ballestas y no menos cantidad de arcabuces, volvió las riendas a Rocinante, y a todo lo que su galope pudo se salió de entre ellos, encomendándose de todo corazón a Dios, que de aquel peligro le librase, temiendo a cada paso no le entrase alguna bala° por las espaldas y le saliese al pecho, y a cada punto recogía el aliento, por ver si le faltaba.[15]   staff   aimed   bullet

---

12 **Su yugo…** *his yoke was easy and his burden light.* Matthew 11:30.

13 **Sobre mí…** *it's my fault if this is bad advice*

14 **Cuanto más…** *moreso because it is foolishness to be offended because of hearing a single bray*

15 **A cada…** *taking breaths constantly to see if he still had* [breath]

Pero los del escuadrón se contentaron con verle huir, sin tirarle. A   come to
Sancho le pusieron sobre su jumento, apenas 'vuelto en sí° y le dejaron ir
tras su amo, no porque él tuviese sentido para regirle. Pero el rucio siguió
las huellas de Rocinante, sin el cual no se hallaba un punto.¹⁶

5   Alongado, pues, don Quijote buen trecho, volvió la cabeza y vio que
Sancho venía, y atendióle, viendo que ninguno le seguía. Los del escuadrón se estuvieron allí hasta la noche, y por no haber salido a la batalla
sus contrarios se volvieron a su pueblo regocijados y alegres, y si ellos
supieran la costumbre antigua de los griegos, levantaran en aquel lugar
y sitio un trofeo.°   monument

10
Capítulo XXVIII. De cosas que dice Benengeli que las sabrá
quien le leyere, si las lee con atención.

C   UANDO EL VALIENTE HUYE, la superchería está descubierta, y es
        de varones prudentes guardarse para mejor ocasión. Esta verdad
15   se verificó en don Quijote, el cual, dando lugar a la furia¹ del
pueblo y a las malas intenciones de aquel indignado escuadrón, «puso
pies en polvorosa», y sin acordarse de Sancho ni del peligro en que le
dejaba, se apartó 'tanto cuanto° le pareció que bastaba para estar seguro.   until
Seguíale Sancho atravesado en su jumento, como queda referido. Llegó,
20   en fin, 'ya vuelto en su acuerdo,° y al llegar se dejó caer del rucio a los pies   having come to
de Rocinante, todo ansioso,° todo molido y todo apaleado.   anguished
       Apeóse don Quijote para catarle las feridas, pero como le hallase
sano de los pies a la cabeza, con asaz cólera le dijo: "¡Tan en hora mala
supistes vos rebuznar, Sancho! Y ¿dónde hallastes vos ser bueno el «nom-
25   brar la soga en casa del ahorcado»? A música de rebuznos ¿qué contrapunto se había de llevar sino de varapalos?² Y dad gracias a Dios, Sancho,
que ya que os santiguaron con un palo, no os hicieron el *per signum crucis*³
con un alfanje."
       "No estoy para responder," respondió Sancho, "porque me parece que
30   hablo por las espaldas. Subamos y apartémonos de aquí, que yo pondré
silencio en mis rebuznos, pero no en⁴ dejar de decir que los caballeros
andantes huyen, y dejan a sus buenos escuderos molidos como alheña o
como cibera, en poder de sus enemigos."
       "«No huye el que se retira»," respondió don Quijote, "porque has de
saber, Sancho, que la valentía que no se funda sobre la base de la pruden-

---

16 **Sin el…** *from whom he was never separated*

1 **Dando lugar** *a que pasara* **la furia…** Gaos' good note.

2 **A música…** *to the music of braying, what other counterpoint could there be
other than a beating?*

3 This *per signum crucis* "the sign of the cross" refers to a slash on the
face, reflecting the small sign of the cross that many Catholics perform on their
foreheads.

4 Schevill makes an unnecessary correction here by changing **en** to **puedo.**

cia se llama temeridad, y las hazañas del temerario más se atribuyen a la
buena fortuna que a su ánimo. Y así yo confieso que me he retirado, pero
no huido, y en esto he imitado a muchos valientes, que se han guardado
para tiempos° mejores, y desto están las historias llenas, las cuales, por no   occasions
serte a ti de provecho ni a mí de gusto, no te las refiero ahora."

En esto, ya estaba a caballo Sancho, ayudado de don Quijote, el cual
asimismo subió en Rocinante, y poco a poco se fueron a emboscar en una
alameda° que hasta un cuarto de legua de allí se parecía. De cuando en   poplar grove
cuando daba Sancho unos ayes profundísimos y unos gemidos dolorosos.
Y preguntándole don Quijote la causa de tan amargo sentimiento, res-
pondió que desde la punta del espinazo hasta la 'nuca del celebro' le dolía   back of neck
de manera que 'le sacaba de sentido.°   was driving him mad

"La causa dese dolor debe de ser, sin duda," dijo don Quijote, "que
como era el palo con que te dieron largo y tendido,° te cogió° todas las   straight, struck
espaldas, donde entran todas esas partes que te duelen. Y si más te cogie-
ra, más te doliera."

"Por Dios," dijo Sancho, "que vuesa merced me ha sacado de una
gran duda, y que me la ha declarado por lindos términos. '¡Cuerpo de
mí!° ¿Tan encubierta estaba la causa de mi dolor, que ha sido menester   "by God!"
decirme que me duele todo aquello que alcanzó el palo? Si me dolieran
los tobillos, aún pudiera ser que se anduviera adivinando el por qué me
dolían.[5] Pero dolerme lo que me molieron no es mucho adivinar. A la
fe, señor nuestro amo, «el mal ajeno de pelo cuelga,»[6] y cada día voy
'descubriendo tierra° de lo poco que puedo esperar de la compañía que   finding out
con vuestra merced tengo, porque si esta vez me ha dejado apalear, otra y
otras ciento volveremos a los manteamientos de marras y a otras mucha-
cherías,° que si ahora me han salido a las espaldas, después me saldrán a   childish things
los ojos. Harto mejor haría yo, sino que soy un bárbaro y no haré nada
que bueno sea en toda mi vida, harto mejor haría yo, vuelvo a decir, en
volverme a mi casa y a mi mujer y a mis hijos, y sustentarla y criarlos con
lo que Dios fue[7] servido de darme, y no andarme tras vuesa merced por
caminos sin camino, y por sendas y carreras que no las tienen, bebiendo
mal y comiendo peor. Pues ¡tomadme el dormir!° 'Contad, hermano es-   as for sleeping
cudero, siete pies de tierra, y si quisiéredes más, tomad otros tantos,' que
en vuestra mano está escudillar,° y tendeos a todo vuestro buen talante,   to serve yourself
que quemado vea yo y hecho polvos al primero que 'dio puntada° en la   started
andante caballería, o a lo menos, al primero que quiso ser escudero de
tales tontos como debieron ser todos los caballeros andantes pasados. De
los presentes no digo nada, que por ser vuestra merced uno dellos los
tengo respeto, y porque sé que sabe vuesa merced un punto más que el
diablo en cuanto habla y en cuanto piensa."[8]

---

5 **Aún pudiera...** *it would be worthwhile to try to find out why they hurt me*
6 That is, other people's pain doesn't affect us—a proverbial expression.
7 Schevill makes this **fue** into **fuese**.
8 **En cuanto...** *when you talk and when you think*

"Haría yo una buena apuesta con vos, Sancho," dijo don Quijote, "que ahora que vais hablando, sin que nadie os vaya a la mano, que no os duele nada en todo vuestro cuerpo. Hablad, hijo mío, todo aquello que os viniere al pensamiento y a la boca, que a trueco de que a vos no os duela

5 nada, tendré yo por gusto el enfado que me dan vuestras impertinencias, y si tanto deseáis volveros a vuestra casa con vuestra mujer y hijos, no permita Dios que yo os lo impida. Dineros tenéis míos, mirad cuánto ha que esta tercera vez salimos de nuestro pueblo, y mirad lo que podéis y debéis ganar cada mes, y pagaos de vuestra mano."

10 "Cuando yo servía," respondió Sancho, "a Tomé Carrasco, el padre del bachiller Sansón Carrasco, que vuestra merced bien conoce, dos ducados ganaba cada mes, amén de la comida. Con vuestra merced no sé lo que puedo ganar, puesto que sé que tiene más trabajo el escudero del caballero andante que el que sirve a un labrador. Que, en resolución, los

15 que servimos a labradores, por mucho que trabajemos de día, por mal que suceda, a la noche cenamos olla y dormimos en cama, en la cual no he dormido después que ha que sirvo a vuestra merced, si no ha sido el tiempo breve que estuvimos en casa de don Diego de Miranda, y la jira° que tuve con la espuma que saqué de las ollas de Camacho, y lo que comí   picnic

20 y bebí y dormí en casa de Basilio. Todo el otro tiempo he dormido en la dura tierra al cielo abierto, sujeto a lo que dicen inclemencias del cielo, sustentándome con rajas de queso y mendrugos de pan, y bebiendo aguas, ya de arroyos, ya de fuentes, de las que encontramos por esos andurriales donde andamos."

25 "Confieso,°" dijo don Quijote, "que todo lo que dices, Sancho, sea   I concede verdad. ¿Cuánto parece que os debo dar más de lo que os daba Tomé Carrasco?"

"A mi parecer," dijo Sancho, "con dos reales más que vuestra merced añadiese cada mes me tendría por bien pagado. Esto es cuanto al salario

30 de mi trabajo. Pero en cuanto a satisfacerme a la palabra y promesa que vuestra merced me tiene hecha de darme el gobierno de una ínsula, sería justo que se me añadiesen otros seis reales, que por todos serían treinta."

"Está muy bien," replicó don Quijote, "y conforme al salario que vos os habéis señalado, 25 días ha que salimos de nuestro pueblo. Contad,

35 Sancho, 'rata por cantidad° y mirad lo que os debo, y pagaos, como os   prorated tengo dicho, de vuestra mano."

"¡Oh cuerpo de mí!" dijo Sancho, "que va vuestra merced muy errado en esta cuenta, porque en lo de la promesa de la ínsula se ha de contar desde el día que vuestra merced me la prometió, hasta la presente hora

40 en que estamos."

"Pues ¿'qué tanto ha,° Sancho, que os la prometí?" dijo don Quijote.   "how long has it been?"

"Si yo mal no me acuerdo," respondió Sancho, "debe de haber más de 20 años, tres días más a menos."

Diose don Quijote una gran palmada en la frente, y comenzó a reír muy de gana, y dijo: "Pues no anduve yo en Sierra Morena, ni en todo el discurso de nuestras salidas, sino dos meses apenas. Y ¿dices, Sancho, que

ha 20 años que te prometí la ínsula? Ahora digo que quieres que se consuma en tus salarios el dinero que tienes mío,⁹ y si esto es así y tú gustas
dello, desde aquí te lo doy y buen provecho te haga, que a trueco de verme
sin tan mal escudero, holgaréme de quedarme pobre y sin blanca. Pero
dime, pervaricador de las ordenanzas escuderiles de la andante caballería,
¿dónde has visto tú, o leído, que ningún escudero de caballero andante
se haya puesto con su señor, en cuanto más tanto me habéis de dar cada
mes porque os sirva?¹⁰ Éntrate, éntrate, malandrín, follón y vestiglo, que
todo lo pareces, éntrate, digo, por el 'mare magnum° de sus historias, y si   great sea *Latin*
hallares que algún escudero haya dicho, ni pensado, lo que aquí has dicho,
quiero que me le claves en la frente, y por añadidura, me hagas cuatro
'mamonas selladas° en mi rostro. Vuelve las riendas o el cabestro al rucio,   slaps
y vuélvete a tu casa, porque un solo paso desde aquí no has de pasar más
adelante conmigo. ¡Oh 'pan mal conocido!° ¡oh promesas mal colocadas!   "ungrateful person"
¡oh hombre que tiene más de bestia que de persona! ¿Ahora cuando yo
pensaba ponerte en estado, y tal que a pesar de tu mujer te llamaran SE-
ÑORÍA, te despides? ¿Ahora te vas, cuando yo venía con intención firme y
valedera de hacerte señor de la mejor ínsula del mundo? En fin, como tú
has dicho otras veces, «no es la miel, &c.»¹¹ Asno eres, y asno has de ser y
en asno has de parar cuando se te acabe el curso de la vida, que para mí
tengo que antes llegará ella a su último término que tú caigas y des en la
cuenta de que eres bestia."¹²

Miraba Sancho a don Quijote de en hito en hito, en tanto que los
tales vituperios le decía. Y compungióse° de manera que le vinieron las   was pierced with re-
lágrimas a los ojos, y con voz dolorida y enferma le dijo: "Señor mío, yo   remorse
confieso que, para ser del todo asno, no me falta más de° la cola. Si vuestra   **que**
merced quiere ponérmela, yo la daré por bien puesta y le serviré como
jumento todos los días que me quedan de mi vida. Vuestra merced me
perdone y se duela de mi mocedad,° y advierta que sé poco, y que si hablo   inexperience
mucho, más procede de enfermedad que de malicia. Mas «quien yerra y
se enmienda, a Dios se encomienda»."

---

9 **El dinero mío que tienes…**

10 Schevill reads **en tanto más cuanto me habéis de dar** here. The original
says: **en cuanto más tan / más tanto me habéis de dar** (The / represents a line
break.) It looks like the typesetter was distracted, then, at the beginning of the
next line he repeated two words. We should expect **cuanto más tanto** *how much
plus so much*, but Don Quijote's rage doubtless has made him incoherent here. The
meaning is: *Where have you seen or read that any squire of a knight errant has bargained with his master for "You'll give me so much every month so that I'll serve you."*

11 The only time we witness Sancho saying **No es la miel para la boca del
asno** is to his wife in Part I, chapter 52 (p. 457, l. 25). This does not preclude other
times, of course, that have not been recorded. But even though Don Quijote
didn't say the remainder of the proverb, he is reminded of **asno** and that's why
that word begins the next phrase.

12 **Para mí…** *I think that your life will end before you realize what a beast
you are*

"Maravillárame yo, Sancho, si no mezclaras algún refrancico° en tu   little proverb
coloquio. Ahora bien, yo te perdono con que te emiendes y con que no
te mueſtres de aquí adelante tan amigo de tu interés, sino que procures
ensanchar el corazón y te alientes y animes a esperar el cumplimiento de
5 mis promesas, que aunque se tarda, no se imposibilita."

Sancho respondió que sí haría, aunque sacase fuerzas de flaqueza.[13]
Con eſto, se metieron en la alameda, y don Quijote se acomodó al pie
de un olmo y Sancho al de una haya, que eſtos tales árboles y otros sus
semejantes siempre tienen pies, y no manos. Sancho pasó la noche peno-
10 samente,° porque el varapalo se hacía más sentir con el sereno. Don Qui-   in pain
jote la pasó en sus continuas memorias, pero con todo eso dieron los ojos
al sueño, y al salir del alba siguieron su camino buscando las riberas° del   banks
famoso Ebro, donde les sucedió lo que se contará en el capítulo venidero.

Capítulo XXIX. De la famosa aventura del barco encantado.

Río Ebro en Zaragoza

15 **P**OR SUS PASOS CONTADOS y por contar,[1] dos días[2] después que salieron de la alameda, llegaron don Quijote y Sancho al río Ebro, y el
verle fue de gran guſto a don Quijote, porque contempló y miró
en él la amenidad de sus riberas, la claridad de sus aguas, el sosiego de su
curso y la abundancia de sus líquidos criſtales, cuya alegre viſta renovó
20 en su memoria mil amorosos pensamientos. Especialmente 'fue y vino
en° lo que había viſto en la cueva de Montesinos, que pueſto que el mono   he thought about
de maese Pedro le había dicho que parte de aquellas cosas eran verdad y

---

13 **Aunque sacase…** *although he'd have to draw ſtrength from weakness*

1 The expression **Por sus pasos contados y por contar** was coined by Cervantes. Silvia Iriso says it juſt means "in an orderly way."

2 Everyone points out here that there are 240 kms. between the inn where
Maese Pedro put on his show and the banks of the Ebro. How could Don Quijote make it in juſt *five* days (three days until Don Quijote saw the braying army
plus two)? Cervantes uses the same planned inaccuracies for space as well as time.
In Hartzenbusch's firſt edition of this book, he changes **dos** into **diez**.

parte mentira, él se atenía más a las verdaderas que a las mentirosas, bien
al revés de Sancho, que todas las tenía por la mesma° mentira.   itself

    Yendo, pues, desta manera, se le ofreció a la vista un pequeño barco°   boat
sin remos, ni otras jarcias algunas, que estaba atado en la orilla a un tronco de un árbol que en la ribera estaba. Miró don Quijote a todas partes
y no vio persona alguna, y luego, sin más ni más, se apeó de Rocinante
y mandó a Sancho que lo mesmo hiciese del rucio, y que a entrambas
bestias las atase muy bien juntas, al tronco de un álamo o sauce que allí
estaba. Preguntóle Sancho la causa de aquel 'súbito apeamiento° y de   sudden dismounting
aquel ligamiento.°   tying

    Respondió don Quijote: "Has de saber, Sancho, que este barco que
aquí está, derechamente y sin poder ser otra cosa en contrario, me está
llamando y convidando a que entre en él, y vaya en él a dar socorro a
algún caballero o a otra necesitada y principal persona, que debe de estar
puesta en alguna grande cuita, porque éste es estilo de los libros de las
historias caballerescas y de los encantadores que en ellas se entremeten
y platican.° Cuando algún caballero está puesto en algún trabajo, que no   perform [their dark
puede ser librado dél sino por la mano de otro caballero, puesto que estén   arts]
distantes el uno del otro dos o tres mil leguas y aun más, o le arrebatan en
una nube, o le deparan un barco donde se entre, y en menos de un 'abrir
y cerrar de ojos,° le llevan, o por los aires o por la mar, donde quieren y   twinkling of an eye
adonde es menester su ayuda. Así que, ¡oh Sancho! este barco está puesto
aquí para el mesmo efecto, y esto es tan verdad como es ahora de día, y
antes que éste° se pase, ata juntos al rucio y a Rocinante, y a la mano de   **este** _día_
Dios que nos guíe, que no dejaré de embarcarme si° me lo pidiesen frailes   even though
descalzos."

    "Pues así es," respondió Sancho, "y vuestra merced quiere 'dar a cada
paso en° estos que no sé si los llame disparates, no hay sino obedecer y   give in to
bajar la cabeza, atendiendo al refrán: «haz lo que tu amo te manda y sién-
tate con él a la mesa.» Pero con todo esto, por lo que toca al descargo° de   unburdening
mi conciencia, quiero advertir a vuestra merced que a mí me parece que
este tal barco no es de los encantados, sino de algunos pescadores° deste   fishermen
río, porque en él se pescan las mejores sabogas° del mundo."   shad

    Esto decía mientras ataba las bestias Sancho, dejándolas a la pro-
tección y amparo de los encantadores, con harto dolor de su ánima. Don
Quijote le dijo que no tuviese pena del desamparo° de aquellos animales,   abandonment
que el que los llevaría a ellos por tan longincuos° caminos y regiones   remote
tendría cuenta de sustentarlos.³

    "No entiendo eso de _logicuos_," dijo Sancho, "ni he oído tal vocablo en
todos los días de mi vida."

    "_Longincuos_," respondió don Quijote, "quiere decir _apartados_, y no
es maravilla que no lo entiendas, que no estás tú obligado a saber latín,
como algunos que presumen que lo saben, y lo ignoran."

---

3 That is, the enchanter who is to take the pair off to remote places will take
care of the animals.

"Ya están atados," replicó Sancho, "¿qué hemos de hacer ahora?"

"¿Qué?" respondió don Quijote, "santiguarnos y 'levar ferro,° quiero   weigh anchor
decir, embarcarnos y cortar la amarra° con que este barco está atado."   rope

Y dando un salto en él, siguiéndole Sancho, cortó el cordel,° y el bar-   line
5 co se fue apartando poco a poco de la ribera, y cuando Sancho se vio obra
de dos varas dentro del río, comenzó a temblar, temiendo su perdición.°   death
Pero ninguna cosa le dio más pena que el oír roznar° al rucio y el ver que   braying
Rocinante pugnaba por desatarse, y dijole a su señor: "El rucio rebuzna,
condolido° de nuestra ausencia, y Rocinante procura ponerse en libertad   sad
10 para arrojarse tras nosotros. ¡Oh carísimos amigos, quedaos en paz, y la
locura que nos aparta de vosotros, convertida en desengaño,° nos vuelva   sanity
a vuestra presencia!"

Y en esto, comenzó a llorar tan amargamente, que don Quijote, mohino y colérico, le dijo: "¿De qué temes, cobarde criatura? ¿De qué lloras,
15 corazón de mantequillas? ¿Quién te persigue o quién te acosa, ánimo de
ratón casero, o qué te falta, menesteroso en la mitad de las entrañas de la
abundancia? ¿Por dicha vas caminando a pie y descalzo por las montañas
rifeas,[4] sino° sentado en una tabla como un archiduque, por el sesgo curso   y no
deste agradable río, de donde en breve espacio saldremos al mar dilatado?
20 Pero ya habemos de haber salido, y caminado, por lo menos, setecientas
o ochocientas leguas, y si yo tuviera aquí un astrolabio[5] con que tomar
la altura del polo, yo te dijera las que hemos caminado, aunque, o yo sé
poco, o ya hemos pasado o pasaremos presto por la 'línea equinocial° que   equator
divide y corta los dos contrapuestos polos en igual distancia."

25 "Y cuando lleguemos a esa leña que vuestra merced dice," preguntó
Sancho, "¿cuánto habremos cami-
nado?"

"Mucho," re-
30 plicó don Quijote,
"porque de tre-
cientos y sesenta
grados que con-
tiene el globo del
35 Usando un astrolabio   agua y de la tierra,
según el cómputo
de Ptolomeo,[6] que fue el mayor cosmógrafo que se sabe, la mitad habremos caminado, llegando a la línea que he dicho."

----

4 Refers to the Rhiphæi Mountains, as the Ancients called them, at the
headwaters of the Tanais River (now the Don, in southern Russia). This was
never a part of the Roman Empire.

5 The astrolabe was a very old navigational instrument that was used to tell
sailors their latitude and the time of day. It was replaced by the more accurate
sextant.

6 Ptolemy (fl. 127-145 A.D.) considered that the earth was the center of the
Universe.

"Por Dios," dijo Sancho, "que vuesa merced me trae por testigo de lo que dice a una gentil persona, puto y gafo,[7] con la añadidura de meón° o meo,° o no sé cómo."

constantly urinating
"annual flowering plant"

Riose don Quijote de la interpretación que Sancho había dado al nombre y al cómputo y cuenta del cosmógrafo Ptolomeo, y díjole: "Sabrás, Sancho, que los españoles y los que se embarcan en Cádiz[8] para ir a

East Indies

lice
slide

Cádiz hoy

las 'Indias Orientales,° una de las señales que tienen para entender que han pasado la línea equinocial que te he dicho, es que a todos los que van en el navío se les mueren los piojos,° sin que les quede ninguno, ni en todo el bajel le hallarán si le pesan a oro, y así puedes, Sancho, pasear° una mano por un muslo, y si topares cosa viva, saldremos desta duda, y si no, pasado habemos."

"Yo no creo nada deso," respondió Sancho, "pero con todo haré lo que vuesa merced me manda, aunque no sé para qué hay necesidad de hacer esas experiencias, pues yo veo con mis mesmos ojos que no nos habemos apartado de la ribera cinco varas, ni hemos decantado° de donde están las alemañas° dos varas, porque allí están Rocinante y el rucio en el propio lugar do los dejamos, y 'tomada la mira° como yo la tomo ahora, ¡voto a tal que no nos movemos ni andamos al paso de una hormiga!"

moved
animals
looking around

"Haz, Sancho, la averiguación que te he dicho y no te cures de otra, que tú no sabes qué cosa sean coluros, líneas, paralelos, zodíacos, clíticas, polos, solsticios, equinocios, planetas, signos, puntos, medidas de que se compone la esfera celeste y terrestre.[9] Que si todas estas cosas supieras,

---

7 **Puto y gafo:** puto is a *sodomite* and **gafo** is a *leprous person.*

8 Cádiz is Spain's most important Atlantic port city.

9 **No sabes…** *you don't know what colures, lines, parallels, zodiac signs, ecliptics, poles, equinoxes, planets, astrological signs, points of the compass, and measurements are, of which the celestial sphere and the terrestrial sphere are composed.* Don Quijote is referring to pre-Copernican astronomical terms. People had thought that the sky was a celestial sphere, like the inside of a basketball, with the the earth in the middle. Colures are the equinoctial and solstitial lines of the celestial sphere, intersecting at the poles. The ecliptic is the projection on the celestial sphere of the orbit of the Earth around the Sun and the constellations of the zodiac are arranged along this ecliptic. When Copernicus revolutionized astronomy in 1540,

o parte dellas, vieras claramente qué de paralelos hemos cortado,° qué   crossed
de signos visto y qué de imágines° hemos dejado atrás y vamos dejando   Zodiac signs
ahora. Y tórnote a decir que te tientes y pesques.° Que yo para mí tengo   search
que estás más limpio que un pliego° de papel liso y blanco."   sheet

5   Tentóse Sancho, y llegando con la mano bonitamente y con tiento
hacia la corva° izquierda, alzó la cabeza y miró a su amo, y dijo: "O la   knee
experiencia es falsa, o no hemos llegado adonde vuesa merced dice, ni
con muchas leguas."[10]

    "Pues ¿qué?" preguntó don Quijote, "¿has topado algo?"

10   "Y aun algos," respondió Sancho.

    Y sacudiéndose los dedos, se lavó toda la mano en el río, por el cual
sosegadamente se deslizaba el barco por mitad de la corriente, sin que le
moviese alguna inteligencia secreta ni algún encantador escondido, sino
el mismo curso del agua, blando entonces y suave.

15   En esto, descubrieron unas grandes aceñas° que en la mitad del río   water mills
estaban, y apenas las hubo visto don Quijote, cuando con voz alta dijo a
Sancho: "¿Vees? Allí, ¡oh amigo! se descubre la ciudad, castillo o fortaleza
donde debe de estar algún caballero oprimido,° o alguna reina, infanta o   oppressed
princesa malparada,° para cuyo socorro soy aquí traído."   wronged

20   "¿Qué diablos de ciudad, fortaleza o castillo dice vuesa merced, señor?" dijo Sancho. "¿No echa de ver que aquéllas son aceñas que están en
el río, donde se muele el trigo?"[11]

    "Calla, Sancho," dijo don Quijote, "que aunque parecen aceñas, no lo
son, y ya te he dicho que todas las cosas trastruecan° y mudan de su ser   change
25 natural los encantos.[12] No quiero decir que las mudan de en uno en otro
ser realmente, sino que lo parece,[13] como lo mostró la experiencia en la
transformación de Dulcinea, único refugio de mis esperanzas."

    En esto, el barco, entrado en la mitad de la corriente del río, comen-
zó a caminar no tan lentamente como hasta allí. Los molineros de las
30 aceñas, que vieron venir aquel barco por el río y que se iba a embocar° por   enter
el raudal° de las ruedas,° salieron con presteza muchos dellos con varas   swift current, [mill]
largas a detenerle, y como salían enharinados° y cubiertos los rostros y   wheels; covered with
los vestidos del polvo de la harina, representaban una mala vista. Daban   flour
voces grandes diciendo: "¡Demonios de hombres! ¿Dónde vais? ¿Venís
35 desesperados, que queréis ahogaros y haceros pedazos en estas ruedas?"

    "¿No te dije yo, Sancho," dijo a esta sazón don Quijote, "que había-
mos llegado donde he de mostrar a do llega el valor de mi brazo? Mira
qué de malandrines y follones me salen al encuentro. Mira cuántos ves-

---

most of these terms were no longer useful.

    10 **Ni con…** *not by a longshot.* Burton Raffel's good translation.

    11 Since the current is strongest in the middle of a river, these floating mills
were anchored there to make the milling of flour more efficient.

    12 **Los encantos** is the subject of **trastruecan; todas las cosas** is the direct
object.

    13 **No quiero…** *I don't mean that they* [the enchanters] *really change the form
of things, but rather it just looks that way*

tiglos se me oponen. Mira cuántas feas cataduras nos 'hacen cocos.° Pues   are making faces
¡ahora lo veréis, bellacos!"

Y puesto en pie en el barco, con grandes voces comenzó a amenazar
a los molineros, diciéndoles: "¡Canalla malvada y 'peor aconsejada,° dejad   ill-advised
5 en su libertad y libre albedrío a la persona que en esa vuestra fortaleza o
prisión tenéis oprimida, alta o baja,¹⁴ de cualquiera suerte o calidad que
sea. Que yo soy don Quijote de la Mancha, llamado el Caballero de los
Leones por otro nombre, a quien está reservada por orden de los altos
cielos el dar fin felice a esta aventura!"

10 Y diciendo esto, echó mano a su espada y comenzó a esgrimirla en
el aire contra los molineros, los cuales, oyendo y no entendiendo aquellas
sandeces, se pusieron con sus varas a detener el barco que ya iba entrando
en el raudal y canal° de las ruedas. Púsose Sancho de rodillas, pidiendo   channel
devotamente al cielo le librase de tan manifiesto peligro, 'como lo hizo°   "as well as"
15 por la industria y presteza de los molineros, que oponiéndose con sus
palos al barco, le detuvieron, pero no de manera que dejasen de trastornar°   overturn
el barco y dar con don Quijote y con Sancho 'al través° en el agua. Pero   over the side
vínole bien a don Quijote,¹⁵ que sabía nadar como un ganso, aunque el
peso de las armas le llevó al fondo° dos veces, y si no fuera por los moli-   bottom
20 neros, que 'se arrojaron° al agua y los sacaron como en peso a entrambos,   threw themselves
allí había sido Troya° para los dos.   i.e., a disaster

Puestos, pues, en tierra, más mojados que muertos de sed, Sancho,
puesto de rodillas, las manos juntas y los ojos clavados al cielo, pidió
a Dios con una larga y devota plegaria le librase de allí adelante de los
25 atrevidos deseos y acometimientos de su señor. Llegaron, en esto, los
pescadores dueños del barco, a quien habían hecho pedazos las ruedas de
las aceñas, y viéndole roto, acometieron a desnudar° a Sancho y a pedir   to strip
a don Quijote se lo pagase, el cual, con gran sosiego, como si no hubiera
pasado nada por él, dijo a los molineros y pescadores que él pagaría el
30 barco de bonísima gana, con condición que le diesen libre y sin cautela a
la persona o personas que en aquel castillo estaban oprimidas.

"¿Qué personas o qué castillo dice," respondió uno de los molineros,
"hombre sin juicio? ¿Quiéreste llevar, por ventura, las que vienen a moler
trigo a estas aceñas?"¹⁶

35 "Basta," dijo entre sí don Quijote, "aquí será predicar en desierto querer reducir a esta canalla a que por ruegos haga virtud alguna.¹⁷ Y en esta
aventura se deben de haber encontrado dos valientes encantadores, y el
uno estorba lo que el otro intenta. El uno me deparó el barco y el otro dio
conmigo al través. Dios lo remedie, que todo este mundo es máquinas y

---

14 These two adjectives refer back to **persona**.
15 **Vínole bien...** *it came out well for Don Quijote*
16 **¿Quiéreste llevar...** *do you want to carry off the people who bring wheat to grind in these mills?*
17 **Aquí será...** *it would be like preaching in the desert to persuade this rabble to do anything good*

trazas, contrarias unas de otras. Y no puedo más."

Y alzando la voz, prosiguió diciendo y mirando a las aceñas: "Amigos, cualesquiera que seáis, que en esa prisión quedáis encerrados, perdonadme, que por mi desgracia y por la vueſtra yo no os puedo sacar de
5   vueſtra cuita. Para otro caballero debe de eſtar guardada y reservada eſta aventura."

En diciendo eſto, se concertó con los pescadores y pagó por el barco 50 reales, que los dio Sancho de muy mala gana, diciendo: "A dos barcadas° como éſtas, daremos con todo 'el caudal° al fondo."   boat trips, our wealth
10   Los pescadores y molineros eſtaban admirados, mirando aquellas dos figuras tan fuera del uso, al parecer, de los otros hombres, y no acababan de entender a do se encaminaban las razones y preguntas que don Quijote les decía, y, teniéndolos por locos, les dejaron y se recogieron a sus aceñas, y los pescadores a sus ranchos.° Volvieron a sus beſtias y a ser   huts
15   beſtias, don Quijote y Sancho, y eſte fin tuvo la aventura del encantado barco.

Capítulo XXX. *De lo que le avino a don Quijote con una bella cazadora.*

Asaz melancólicos y de mal talante llegaron a sus animales ca-
20   ballero y escudero, especialmente Sancho, a quien llegaba al alma llegar al caudal del dinero,[1] pareciéndole que todo lo que dél se quitaba era quitárselo a él de las niñas de sus ojos. Finalmente, sin hablarse palabra, se pusieron a caballo y se apartaron del famoso río, Don Quijote, sepultado en los pensamientos de sus amores, y Sancho en los
25   de su acrecentamiento,° que por entonces le parecía que eſtaba bien lejos   monetary advance-
de tenerle, porque maguer era tonto, bien se le alcanzaba que las acciones   ment
de su amo, todas o las más, eran disparates, y buscaba ocasión de que, sin
entrar en cuentas° ni en despedimientos° con su señor, un día se desga-   explanations, farewells
rrase y se fuese a su casa. Pero la fortuna ordenó las cosas muy al revés
30   de lo que él temía.

Sucedió, pues, que otro día, al poner del sol, y al salir de una selva, tendió don Quijote la viſta por un verde prado, y en lo último dél vio gente, y llegándose cerca, conoció que eran cazadores de altanería.°   falconry
Llegóse más, y entre ellos vio una gallarda señora sobre un palafrén o
35   hacanea blanquísima, adornada de guarniciones verdes y con un sillón de plata. Venía la señora asimismo veſtida de verde, tan bizarra y ricamente, que la misma bizarría venía transformada en ella. En la mano izquierda traía un azor,° señal que dio a entender a don Quijote ser aquélla alguna   falcon
gran señora, que debía serlo° de todos aquellos cazadores, como era la   i.e., **ser *señora***
40   verdad, y así dijo a Sancho: "Corre, hijo Sancho, y di a aquella señora del palafrén y del azor, que yo, el Caballero de los Leones, besa las manos a

---

1 **A quien...** *who, when something touched his money, it also touched his soul*

su gran fermosura, y que si su grandeza me da licencia, se las iré a besar y a servirla en cuanto mis fuerzas pudieren y su alteza me mandare. Y mira, Sancho, cómo hablas, y ten cuenta de no encajar algún refrán de los tuyos en tu embajada."

5 "Hallado os le habéis el encajador,"[2] respondió Sancho. "¡A mí con eso! ¡Sí, que no es ésta la vez primera que he llevado embajadas a altas y crecidas° señoras en esta vida!" important

"Si no fue la que llevaste a la señora Dulcinea," replicó don Quijote, "yo no sé que hayas llevado otra, a lo menos, en mi poder."

10 "Así es verdad," respondió Sancho, "pero «al buen pagador no le duelen prendas», y «en casa llena presto 'se guisa° la cena». Quiero decir que is cooked a mí no hay que decirme ni advertirme de nada. Que para todo tengo y de todo se me alcanza un poco."

"Yo lo creo, Sancho," dijo don Quijote, "ve en buena hora y Dios te 15 guíe."

Partió Sancho de carrera, sacando de su paso al rucio, y llegó donde la bella cazadora estaba, y apeándose, puesto ante ella de hinojos, le dijo: "Hermosa señora, aquel caballero que allí se parece, llamado el Caballero de los Leones, es mi amo, y yo soy un escudero suyo, a quien llaman en su 20 casa Sancho Panza. Este tal Caballero de los Leones, que no ha mucho que se llamaba el de la Triste Figura, envía por mí a decir a vuestra grandeza sea servida de darle licencia para que, con su° propósito y beneplá- your cito y consentimiento, él venga a poner en obra su deseo, que no es otro, según él dice y yo pienso, que de servir a vuestra 'encumbrada altanería° lofty highness 25 y fermosura. Que en dársela vuestra señoría hará cosa que redunde en su pro, y él recibirá señaladísima° merced y contento." very great

"Por cierto, buen escudero," respondió la señora, "vos habéis dado la embajada vuestra con todas aquellas circunstancias que las tales embajadas piden. Levantaos del suelo, que escudero de tan gran caballero como 30 es el de la Triste Figura, de quien ya tenemos acá mucha noticia, no es justo que esté de hinojos. Levantaos, amigo, y decid a vuestro señor que venga mucho en hora buena a servirse de mí y del duque, mi marido, en una casa de placer que aquí tenemos."

Levantóse Sancho, admirado así de la hermosura de la buena señora 35 como de su mucha crianza y cortesía, y más° de lo que había dicho que **más** *admirado* tenía noticia de su señor el Caballero de la Triste Figura, y que si no le había llamado el de los Leones, debía de ser por habérsele puesto tan nuevamente. Preguntóle la duquesa, cuyo título aun no se sabe:[3] "Decidme, hermano escudero, este vuestro señor, ¿no es uno de quien anda 40 impresa una historia que se llama *Del ingenioso hidalgo don Quijote de la*

---

2 **Hallado os...** *"you come to me saying that you have found a person who inserts proverbs!" said Sancho. "You tell me that!"*

3 That is, we don't know what she is duchess of. Many editors have ascribed real names to this duke and duchess, but it is impossible that a real duke and duchess would come into contact with a fictional knight.

Hermosa señora, aquel caballero que allí se parece, llamado el Caballero de los Leones, es mi amo, y yo soy un escudero suyo, a quien llaman en su casa Sancho Panza.

Mancha, que tiene por señora de su alma a una tal Dulcinea del Toboso?"

"El mesmo es, señora," respondió Sancho, "y aquel escudero suyo que anda, o debe de andar en la tal historia, a quien llaman Sancho Panza, soy yo, si no es que me trocaron en la cuna,° quiero decir, que me trocaron   cradle
5 en la estampa."

"De todo eso me huelgo yo mucho," dijo la duquesa."Id, hermano Panza, y decid a vuestro señor que él sea el bien llegado y el bien venido a mis estados, y que ninguna cosa me pudiera venir que más contento me diera."

10   Sancho, con esta tan agradable respuesta, con grandísimo gusto volvió a su amo, a quien contó todo lo que la gran señora le había dicho, levantando con sus rústicos términos a los cielos su mucha fermosura, su gran donaire y cortesía. Don Quijote 'se gallardeó° en la silla. Púsose bien   sat up
en los estribos, acomodóse la visera, arremetió° a Rocinante y con gentil   put spurs to
15 denuedo fue a besar las manos a la duquesa, la cual, haciendo llamar al duque, su marido, le contó, en tanto que don Quijote llegaba, toda la embajada suya, y los dos, por haber leído la primera parte desta historia y haber entendido por ella el disparatado humor de don Quijote, con grandísimo gusto y con deseo de conocerle, le atendían, con prosupuesto
20 de seguirle el humor y 'conceder con° él en cuanto les dijese, tratándole   go along with
como a caballero andante los días que con ellos se detuviese, con todas las ceremonias acostumbradas en los libros de caballerías que ellos habían leído, y aun les eran muy aficionados.

En esto llegó don Quijote, alzada la visera, y dando muestras de
25 apearse, acudió Sancho a tenerle el estribo. Pero fue tan desgraciado, que al apearse del rucio, se le asió un pie en una soga del albarda, de tal modo que no fue posible desenredarle,° antes quedó colgado dél,° con la boca y   get free, **del** *rucio*
los pechos en el suelo. Don Quijote, que no tenía en costumbre apearse sin que le tuviesen el estribo, pensando que ya Sancho había llegado a
30 tenérsele, descargó de golpe el cuerpo⁴ y llevóse tras sí la silla de Rocinante, que debía de estar mal cinchado, y la silla y él vinieron al suelo, no sin vergüenza suya y de muchas maldiciones que entre dientes echó al desdichado de Sancho, que aun todavía tenía el pie 'en la corma.°   trapped

El duque mandó a sus cazadores que acudiesen al caballero y al
35 escudero, los cuales levantaron a don Quijote maltrecho de la caída, y renqueando° y como pudo, fue a hincar las rodillas ante los dos señores.   limping
Pero el duque no lo consintió en ninguna manera. Antes, apeándose de su caballo, fue a abrazar a don Quijote, diciéndole: "A mí me pesa, señor Caballero de la Triste Figura, que la primera° que vuesa merced ha hecho   **primera** *figura*
40 en mi tierra haya sido tan mala como se ha visto. Pero descuidos de escuderos suelen ser causa de otros peores sucesos."

"El° que yo he tenido en veros, valeroso príncipe," respondió don   **el** *suceso*
Quijote, "es imposible ser malo, aunque mi caída no parara hasta el profundo de los abismos, pues de allí me levantara y me sacara la gloria de

---

4 **Descargó de...** *he got off all at once*

haberos viſto. Mi escudero, que Dios maldiga, mejor desata la lengua
para decir malicias que ata y cincha una silla para que eſté firme. Pero
'como quiera° que yo me halle, caído o levantado, a pie o a caballo, siem-   however
pre eſtaré al servicio vueſtro y al de mi señora la duquesa, digna consorte°   companion
5   vueſtra y digna señora de la hermosura y universal princesa de la cortesía."

"Pasito,° mi señor don Quijote de la Mancha," dijo el duque, "que   careful
adonde eſtá mi señora doña Dulcinea del Toboso, no es razón que se
alaben otras fermosuras."

Ya eſtaba a eſta sazón libre Sancho Panza del lazo, y hallándose allí
10   cerca, antes que su amo respondiese, dijo: "No se puede negar, sino afirmar, que es muy hermosa mi señora Dulcinea del Toboso. Pero «donde
menos se piensa se levanta la liebre», que yo he oído decir que eſto que
llaman naturaleza es como un alcaller° que hace vasos de barro, y el que   potter
hace un vaso hermoso también puede hacer dos, y tres, y ciento. Dígolo,
15   porque mi señora la duquesa a fee que no va en zaga a mi ama la señora
Dulcinea del Toboso."

Volvióse don Quijote a la duquesa y dijo: "Vueſtra grandeza imagine
que no tuvo caballero andante en el mundo escudero más hablador ni
más gracioso del que yo tengo, y 'él me sacará verdadero° si algunos días   he'll prove me right
20   quisiere vueſtra gran celsitud° servirse de mí."   loftiness

A lo que respondió la duquesa: "De que Sancho el bueno sea gracioso lo eſtimo yo en mucho, porque es señal que es discreto. Que las
gracias y los donaires, señor don Quijote, como vuesa merced bien sabe,
no asientan sobre ingenios torpes, y pues el buen Sancho es gracioso y
25   donairoso,° desde aquí le confirmo por discreto."   witty

"Y hablador," añadió don Quijote.

"'Tanto que mejor,'" dijo el duque, "porque muchas gracias no se pue-   so much the better
den decir con pocas palabras, y porque no se nos vaya el tiempo en ellas,⁵
venga el gran Caballero de la Triſte Figura."

30   "De los Leones ha de decir vueſtra alteza," dijo Sancho, "que ya no
hay Triſte Figura. El Figuro sea el de los Leones."⁶

Prosiguió el duque, "Digo que venga el señor Caballero de los Leones a un caſtillo mío que eſtá aquí cerca, donde se le hará el acogimiento
que a tan alta persona se debe juſtamente, y el que yo y la duquesa sole-
35   mos hacer a todos los caballeros andantes que a él llegan."

Ya en eſto Sancho había aderezado y cinchado bien la silla a Rocinante, y subiendo en él don Quijote, y el duque en un hermoso caballo,
pusieron a la duquesa en medio y encaminaron al caſtillo. Mandó la duquesa a Sancho que fuese junto a ella, porque guſtaba infinito° de oír sus   infinitely
40   discreciones. No se hizo de rogar Sancho,⁸ y entretejióse° entre los tres y   inserted himself

---

5   **Porque no...** *let's not waſte time in them* [i.e., words]

6   I keep the original text here. Schevill changes it to: **"que ya no hay Triſte
Figura ni Figuro." ¶"Sea el de los Leones," prosiguió el duque,...** (folio 116ʳ,
5 up).

7   **No se...** *Sancho needed no urging*

hizo cuarto en la conversación, con gran gusto de la duquesa y del duque, que tuvieron a gran ventura acoger en su castillo tal caballero andante y tal escudero andado.

Capítulo XXXI. Que trata de muchas y grandes cosas.

⁵ SUMA ERA LA ALEGRÍA QUE llevaba consigo Sancho viéndose, a su parecer, en privanza con la duquesa, porque se le figuraba que había de hallar en su castillo 'lo que° en la casa de don Diego y en la de   lo que *hallaba*
Basilio, siempre aficionado a la buena vida, y así tomaba la Ocasión por la melena¹ en esto del regalarse 'cada y cuando° que se le ofrecía.   whenever

¹⁰ Cuenta, pues, la historia, que antes que a la casa² de placer o castillo llegasen, se adelantó el duque y dio orden a todos sus criados del modo que habían de tratar a don Quijote, el cual como° llegó con la duquesa a   *así* **como**
las puertas del castillo, al instante salieron dél dos lacayos° o palafreneros,°   grooms, stableboys
vestidos hasta en° pies de unas ropas que llaman de levantar,³ de finísimo   **los**
raso carmesí, y cogiendo a don Quijote en brazos, 'sin ser oído ni visto,°   very quickly
le dijeron: "Vaya la vuestra grandeza a apear° a mi señora la duquesa."   "help dismount"

Don Quijote lo hizo, y hubo grandes comedimientos entre los dos⁴ sobre el caso. Pero, en efecto, venció la porfía de la duquesa y no quiso decender o bajar del palafrén sino en los brazos del duque, diciendo que
²⁰ no se hallaba digna de dar a tan gran caballero tan inútil carga. En fin, salió el duque a apearla, y al entrar en un gran patio, llegaron dos hermosas doncellas y echaron sobre los hombros a don Quijote un gran manto de finísima escarlata, y en un instante 'se coronaron° todos los corredores del   were crowded
patio de criados y criadas de aquellos señores, diciendo a grandes voces:
²⁵ "Bien sea venido la flor y la nata de los caballeros andantes."

Y todos, o los más, derramaban pomos° de aguas olorosas sobre don   small bottles
Quijote y sobre los duques, de todo lo cual se admiraba don Quijote, y aquél fue el primer día que de todo en todo conoció y creyó ser caballero andante verdadero, y no fantástico, viéndose tratar del mesmo modo que
³⁰ él había leído se trataban los tales caballeros en los pasados siglos.

Sancho, desamparando al rucio, se cosió con la duquesa y se entró en el castillo, y remordiéndole la conciencia⁵ de que dejaba al jumento solo, se llegó a una reverenda dueña, que con otras a recebir a la duquesa había

---

1 The Roman god of Opportunity (**Ocasión**) was bald except for a lock of hair (**melena**) in the middle of his forehead. When you saw Opportunity coming, you had to grab him before he went by, otherwise it was too late. The same **ocasión** was mentioned on p. 15, l. 31, in the sonnet of Belianís dedicated to Don Quijote.

2 The first edition has **plaza** here. It looks like the typographer skipped forward to **placer** and became distracted.

3 **Ropas de levantar** are long house robes.

4 **Los dos** refers to Don Quijote and the duchess.

5 **Remordiéndole la...** *since his conscience caused him remorse*

salido, y con voz baja le dijo: "Señora González, o como es su gracia° de　　name
vuesa merced"

"Doña Rodríguez de Grijalba[6] me llamo;" respondió la dueña, "¿qué
es lo que mandáis, hermano?"

5　　A lo que respondió Sancho: "Querría que vuesa merced me la° hi-　　**la = *merced* favor**
ciese de salir a la puerta del castillo, donde hallará un asno rucio mío.
Vuesa merced sea servida de mandarle poner, o ponerle, en la caballeriza,
porque el pobrecito es un poco medroso, y 'no se hallará° a estar solo, 'en　　can't take
ninguna de las maneras.°"　　in any way

10　　"Si tan discreto es el amo como el mozo," respondió la dueña, "'¡me-
dradas estamos!° Andad, hermano, mucho de enhoramala° para vos y　　we're in trouble, bad
para quien acá os trujo, y 'tened cuenta con° vuestro jumento, que las　　luck; *you* take care
dueñas desta casa no estamos acostumbradas a semejantes haciendas.°"　　of; work

"Pues en verdad," respondió Sancho, "que he oído yo decir a mi señor,
15　　que es zahorí° de las historias, contando aquella de Lanzarote:　　very knowledgeable

> Cuando de Bretaña vino,
> que damas curaban dél,
> y dueñas del su rocino[7]

y que en el particular° de mi asno, que no le trocara yo con el rocín del　　case
20　　señor Lanzarote."

"Hermano, si sois juglar,°" replicó la dueña, "guardad vuestras gracias　　troubadour
para donde lo parezcan y se os paguen, que de mí no podréis llevar sino
una higa."[8]

"Aun bien," respondió Sancho, "que será bien madura, pues no perde-
25　　rá vuesa merced la quínola de sus años por punto menos."[9]

"¡Hijo de puta!" dijo la dueña, toda ya encendida en cólera. "Si soy
vieja o no, a Dios daré la cuenta, que no a vos, bellaco, 'harto de ajos.°"　　full of garlic

Y esto dijo en voz tan alta, que lo oyó la duquesa, y volviendo y viendo a la dueña tan alborotada y tan encarnizados° los ojos, le preguntó con　　flashing
30　　quién 'las había.°　　she was quarreling

"Aquí las he," respondió la dueña, "con este buen hombre que me
ha pedido encarecidamente que vaya a poner en la caballeriza a un asno

---

6　Grijalba is a very small town in the province of Burgos. A recent census
showed it with 158 inhabitants.

7　Sancho never heard Don Quijote say this in the narrative. In Part I,
Chapter 2, p. 34, n. 35, Don Quijote recited a variant, but this was before Sancho
was in the picture. In any case, the typical version was: "que dueñas curaban dél /
doncellas de su rocino…"

8　The **higa** is the vulgar sign made with the fist, where the thumb is inserted
between the index and middle fingers. Rodríguez Marín gives one of his longest
notes here, vol. 6, p. 12, l. 5.

9　**Madura** refers to the fruit of the fig tree. **Quínola** is four of a kind in
cards. In the case of a tie, the highest four of a kind wins. Sancho says that her
age is like the highest four of a kind, so she won't lose the game.

suyo que está a la puerta del castillo, trayéndome por ejemplo que así lo hicieron no sé dónde, que unas damas curaron a un tal Lanzarote, y unas dueñas a su rocino, y sobre todo, por buen término me ha llamado vieja."

"Eso tuviera yo por afrenta," respondió la duquesa, "más que cuantas pudieran decirme."[10]

Y hablando con Sancho, le dijo: "Advertid, Sancho amigo, que doña Rodríguez es muy moza, y que aquellas tocas° más las trae por autoridad   hood
y por la usanza, que por los años."

"Malos sean los que me quedan por vivir," respondió Sancho, "si lo dije 'por tanto.° Sólo lo dije porque es tan grande el cariño que tengo a   i.e., as an insult
mi jumento, que me pareció que no podía encomendarle a persona más caritativa que a la señora doña Rodríguez."

Don Quijote, que todo lo oía, le dijo: "¿Pláticas son estas, Sancho, para este lugar?"

"Señor," respondió Sancho, "cada uno ha de hablar de su menester dondequiera que estuviere. Aquí se me acordó del rucio y aquí hablé dél, y si en la caballeriza se me acordara, allí hablara."

A lo que dijo el duque: "Sancho está muy en lo cierto y no hay que culparle en nada. Al rucio se le dará recado 'a pedir de boca,° y descuide   as much as he wants
Sancho, que se le tratará como a su mesma persona."

Con estos razonamientos, gustosos a todos, sino a don Quijote, lle-
garon a 'lo alto,° y entraron° a don Quijote en una sala adornada de telas   top of the stairs, escor-
riquísimas de oro y de brocado. Seis doncellas le desarmaron y sirvieron   ted
de pajes, todas industriadas° y advertidas del duque y de la duquesa de   instructed
lo que habían de hacer, y de cómo habían de tratar a don Quijote para que imaginase y viese que le trataban como caballero andante. Quedó don Quijote, después de desarmado, en sus estrechos gregüescos y en su jubón de camuza, seco, alto, tendido, con las quijadas, que por de dentro se besaba la una con la otra, figura que, a no tener cuenta las doncellas que le servían con disimular la risa, que fue una de las precisas órdenes que sus señores les habían dado, reventaran riendo.

Pidiéronle que se dejase desnudar para° una camisa, pero nunca lo   **para** *ponerle*
consintió, diciendo que la honestidad parecía tan bien en los caballeros andantes como la valentía.

Con todo, dijo que diesen la camisa a Sancho, y encerrándose con él en una cuadra° donde estaba un rico lecho, se desnudó y vistió la camisa,   room
y viéndose solo con Sancho, le dijo: "Dime, truhán moderno y majadero antiguo, ¿parécete bien deshonrar y afrentar a una dueña tan veneranda°   venerable
y tan digna de respeto como aquélla? ¿Tiempos eran aquéllos para acor-
darte del rucio? ¿O señores son éstos para dejar mal pasar a las bestias, tratando tan elegantemente a sus dueños? Por quien Dios es, Sancho, que te reportes y que no descubras la hilaza[11] de manera que caigan en la cuenta de que eres de villana y grosera tela tejido.° Mira, pecador de   woven

---

10 **Más que...** *greater than any other one they could give to me*
11 **No descubras...** *not to show your true character*

ti, que en tanto más es tenido el señor, cuanto tiene más honrados y bien nacidos criados, y que una de las ventajas mayores que llevan los príncipes a los demás hombres es que se sirven de criados tan buenos como ellos. ¿No adviertes, angustiado° de ti y mal aventurado de mí, que si veen que   wretched
5   tú eres un grosero villano o un mentecato gracioso, pensarán que yo soy algún echacuervos° o algún caballero 'de mohatra?° No, no, Sancho amigo.   charlatan, fraudulent
Huye, huye destos inconvenientes, que quien tropieza en hablador y en gracioso, al primer puntapié cae y da en truhán desgraciado.¹² Enfrena la lengua, considera y rumia° las palabras antes que te salgan de la boca, y   meditate on
10   advierte que hemos llegado a parte donde, con el favor de Dios y valor de mi brazo, hemos de salir mejorados 'en tercio y quinto,° en fama y en   greatly
hacienda."

     Sancho le prometió, con muchas veras, de coserse la boca o morderse la lengua antes de hablar palabra que no fuese muy a propósito y bien
15   considerada, como él se lo mandaba, y que descuidase acerca de 'lo tal.°   that
Que nunca por él se descubriría quién ellos eran. Vistióse don Quijote, púsose su tahalí° con su espada, echóse el mantón de escarlata a cuestas,   strap
púsose una montera de raso verde que las doncellas le dieron, y con este adorno salió a la gran sala, adonde halló a las doncellas puestas en ala,
20   tantas a una parte como a otra, y todas con aderezo de darle aguamanos, la cual le dieron con muchas reverencias y ceremonias.

     Luego llegaron doce pajes con el maestresala° para llevarle a comer,   butler
que ya los señores le aguardaban. Cogiéronle en medio, y lleno de pompa y majestad, le llevaron a otra sala donde estaba puesta una rica mesa con
25   solos cuatro servicios. La duquesa y el duque salieron a la puerta de la sala a recebirle, y con ellos un grave eclesiástico° destos que gobiernan las   priest
casas de los príncipes—destos que, como no nacen príncipes, no aciertan a enseñar cómo lo han de ser los que lo son; destos que quieren que la grandeza de los grandes se mida con la estrecheza de sus ánimos; destos
30   que queriendo mostrar a los que ellos gobiernan a ser limitados,° les ha-   thrifty
cen ser miserables; destos tales, digo, que debía de ser el grave religioso que con los duques salió a recebir a don Quijote. Hiciéronse mil corteses comedimientos, y finalmente, cogiendo a don Quijote en medio, se fue- ron a sentar a la mesa.

35   Convidó el duque a don Quijote con la cabecera de la mesa,¹³ y aun- que él lo rehusó, las importunaciones del duque fueron tantas, que la hubo de tomar. El eclesiástico se sentó frontero, y el duque y la duquesa a los dos lados. A todo estaba presente Sancho, embobado y atónito de ver la honra que a su señor aquellos príncipes le hacían, y viendo las
40   muchas ceremonias y ruegos que pasaron entre el duque y don Quijote para hacerle sentar a la cabecera de la mesa, dijo: "Si sus mercedes me dan licencia, les contaré un cuento que pasó en mi pueblo, acerca desto

---

12 **Quien tropieza…** *whoever stumbles into being a chatterbox and jester at the first kick they give him, will be a most unfortunate buffoon*

13 **Convidó el…** *the duke invited Don Quijote to sit at the head of the table*

de los asientos."

Apenas hubo dicho esto Sancho, cuando don Quijote tembló, creyendo, sin duda alguna, que había de decir alguna necedad. Miróle Sancho y entendióle, y dijo: "No tema vuesa merced, señor mío, que yo no me desmande ni que diga cosa que no venga muy a pelo, que no se me han olvidado los consejos que poco ha vuesa merced me dio sobre el hablar mucho o poco, o bien o mal."

"Yo no me acuerdo de nada, Sancho," respondió don Quijote, "di lo que quisieres, como lo digas presto."

"Pues lo que quiero decir," dijo Sancho, "es tan verdad, que mi señor don Quijote, que está presente, no me dejará mentir."

"'Por mí,'" replicó don Quijote, "miente tú, Sancho, cuanto quisieres, que yo 'no te iré a la mano.° Pero mira lo que vas a decir." as for me
I won't cut you off

"Tan mirado y remirado lo tengo, que «a buen salvo está el que repica»,[14] como se verá por la obra."

"Bien será," dijo don Quijote, "que vuestras grandezas manden echar de aquí a este tonto, que dirá mil patochadas."

"Por vida del duque," dijo la duquesa, "que no se ha de apartar de mí Sancho un punto.° Quiérole yo mucho, porque sé que es muy discreto." bit

"Discretos días," dijo Sancho, "viva vuestra santidad por el buen crédito° que de mí tiene, aunque en mí no lo haya.[15] Y el cuento que quiero decir es éste. Convidó un hidalgo de mi pueblo, muy rico y principal, porque venía de los Álamos de Medina del Campo,[16] que casó con doña Mencía de Quiñones, que fue hija de don Alonso de Marañón, caballero del hábito de Santiago, que se ahogó en la Herradura,[17] por quien hubo aquella pendencia años ha en nuestro lugar, que a lo que entiendo, mi señor don Quijote se halló en ella, de donde salió herido Tomasillo el Travieso,° el hijo de Balbastro el herrero. ¿No es verdad todo esto, señor nuestro amo? Dígalo por su vida, porque estos señores no me tengan por algún hablador mentiroso." confidence

mischievous

"Hasta ahora," dijo el eclesiástico, "más os tengo por hablador que por mentiroso. Pero de aquí adelante no sé por lo que os tendré."

"Tú das tantos testigos, Sancho, y tantas señas, que no puedo dejar de decir que debes de decir verdad. Pasa adelante y acorta el cuento, porque llevas camino de no acabar en dos días."

"No ha de acortar tal," dijo la duquesa, "por hacerme a mí placer. Antes le ha de contar de la manera que le sabe, aunque no le acabe en seis

---

14 **A buen...** *the one who rings the alarm bell is safe,* that is, Sancho is as safe as the alarm ringer. He will thus not embarrass Don Quijote.

15 **Aunque en...** *even if I don't deserve it*

16 Medina del Campo (current population ca. 20,000) is about 300 kms. northwest of Madrid and was an important commercial and economic center in Cervantes' time.

17 This refers to the loss of twenty-two gallies which took the lives of four thousand men due to a storm near Herradura (a port on the southern coast of Spain, 40 kms. east of Vélez Málaga) in 1562.

días. Que si tantos fuesen, serían para mí los mejores que hubiese llevado
en mi vida."

"Digo, pues, señores míos," prosiguió Sancho, "que este tal hidalgo,
que yo conozco como a mis manos, porque no hay de mi casa a la suya un
⁵ tiro de ballesta, convidó un labrador pobre, pero honrado."

"Adelante, hermano," dijo a esta sazón el religioso, "que camino lleváis
de no parar con vuestro cuento hasta el otro mundo."

"A menos de la mitad pararé,¹⁸ si Dios fuere servido," respondió Sancho, "y así, digo, que llegando el tal labrador a casa del dicho hidalgo
¹⁰ convidador,° que buen poso haya su ánima, que ya es muerto, y por más   inviting
señas dicen que hizo una muerte de un ángel, que yo no me hallé presente,
que había ido por aquel tiempo a segar a Tembleque…"¹⁹

"Por vida vuestra, hijo, que volváis presto de Tembleque, y que sin
enterrar al hidalgo, si no queréis hacer más exequias,²⁰ acabéis vuestro
¹⁵ cuento."

"Es, pues, el caso," replicó Sancho, "que estando los dos para asentarse
a la mesa, que parece que ahora los veo más que nunca."

Gran gusto recebían los duques del disgusto que mostraba tomar el
buen religioso de la dilación° y pausas con que Sancho contaba su cuento,   delay
²⁰ y don Quijote se estaba consumiendo en cólera y en rabia.

"Digo, así," dijo Sancho, "que estando como he dicho los dos para
sentarse a la mesa, el labrador porfiaba con el hidalgo que tomase la cabecera de la mesa, y el hidalgo porfiaba también que el labrador la tomase,
porque en su casa se había de hacer lo que él mandase. Pero el labrador,
²⁵ que presumía de cortés y bien criado, jamás quiso, hasta que el hidalgo,
mohino, poniéndole ambas manos sobre los hombros, le hizo sentar por
fuerza, diciéndole, 'Sentaos, majagranzas,° que adondequiera que yo me   you stupid bore
siente será vuestra cabecera.' Y éste es el cuento, y en verdad que creo que
no ha sido aquí traído fuera de propósito."

³⁰ Púsose don Quijote de mil colores, que sobre lo moreno le jaspeaban
y se le parecían.²¹ Los señores disimularon la risa, porque don Quijote
no acabase de correrse, habiendo entendido la malicia° de Sancho, y por   mischievousness
'mudar de plática° y hacer que Sancho no prosiguiese con otros disparates,   to change the subject
preguntó la duquesa a don Quijote que qué nuevas tenía de la señora
³⁵ Dulcinea, y que si le había enviado aquellos días algunos presentes de
gigantes o malandrines, pues no podía dejar de haber vencido muchos.

A lo que don Quijote respondió: "Señora mía, mis desgracias, aunque tuvieron principio, nunca tendrán fin. Gigantes he vencido, y follones
y malandrines le he enviado. Pero ¿adónde la habían de hallar, si está

---

18 **A menos…** *I'll stop less than half way there*

19 Tembleque (population 2000) is a farming and cattle raising community
about 90 kms. south of Madrid.

20 **Si no…** *if you don't want to bore us to death.* **Exequias** are funeral rites.
The priest is speaking.

21 **Sobre lo…** *on his browned skin one could see a marbled effect*

encantada y vuelta en la más fea labradora que imaginar se puede?"

"No sé," dijo Sancho Panza, "a mí me parece la más hermosa criatura del mundo. A lo menos, en la ligereza y en el brincar bien sé yo que no dará ella la ventaja a un volteador. A buena fe, señora duquesa, así salta desde el suelo sobre una borrica como si fuera un gato."

"¿Habéisla visto vos encantada, Sancho?" preguntó el duque.

"Y ¡'cómo si° la he visto!" respondió Sancho. "Pues ¿quién diablos, sino yo, fue el primero que cayó en el achaque del encantorio?° Tan encantada está como mi padre."

El eclesiástico, que oyó decir de gigantes, de follones y de encantos, cayó en la cuenta de que aquí debía de ser don Quijote de la Mancha, cuya historia leía el duque de ordinario, y él se lo había reprehendido muchas veces, diciéndole que era disparate leer tales disparates, y enterándose ser verdad lo que él sospechaba, con mucha cólera, hablando con el duque, le dijo: "Vuestra excelencia, señor mío, tiene que dar cuenta a nuestro Señor de lo que hace este buen hombre. Este don Quijote, o don Tonto, o como se llama, imagino yo que no debe de ser tan mentecato como vuestra excelencia quiere que sea, dándole ocasiones a la mano para que lleve adelante sus sandeces y vaciedades."

Y volviendo la plática a don Quijote, le dijo: "Y a vos, 'alma de cántaro,° ¿quién os ha encajado en el celebro que sois caballero andante y que vencéis gigantes y prendéis malandrines? Andad en hora buena, y 'en tal se os diga°—volveos a vuestra casa y criad vuestros hijos si los tenéis, y curad de vuestra hacienda, y dejad de andar vagando por el mundo, 'papando viento° y dando que reír a cuantos os conocen y no conocen. ¿En dónde, '¡nora tal!° habéis vos hallado que hubo ni hay ahora caballeros andantes? ¿Dónde hay gigantes en España o malandrines en la Mancha, ni Dulcineas encantadas, ni toda la caterva de las simplicidades que de vos se cuentan?"

Atento estuvo don Quijote a las razones de aquel venerable varón, y viendo que ya callaba, sin guardar respeto a los duques, con semblante airado y alborotado rostro, se puso en pie y dijo… Pero esta respuesta capítulo por sí merece.

Capítulo XXXII. De la respuesta que dio don Quijote a su repre-
hensor, con otros graves y graciosos sucesos.

L EVANTADO, PUES, EN PIE don Quijote, temblando de los pies a la
        cabeza como azogado,¹ con presurosa y turbada lengua dijo: "El lu-
        gar donde estoy y la presencia ante quien me hallo, y el respeto que
siempre tuve y tengo al estado que vuesa merced profesa, tienen y atan
las manos de mi justo enojo. Y así por lo que he dicho como por saber
que saben todos² que las armas de los togados³ son las mesmas que las de
la mujer, que son la lengua, entraré con la mía en igual batalla con vuesa
merced, de quien se debía esperar antes buenos consejos que infames
vituperios. Las reprehensiones santas y bien intencionadas otras circunstancias requieren y otros puntos piden. A lo menos, el haberme reprehendido en público, y tan ásperamente,° ha pasado todos los límites de la   harshly
buena reprehensión, pues las primeras° mejor asientan sobre la blandura   **primeras** *reprehen-*
que sobre la aspereza, y no es bien, que sin tener conocimiento del pecado   *siones*
que se reprehende, llamar al pecador, sin más ni más, mentecato y tonto.

"Si no, dígame vuesa merced, ¿por cuál de las mentecaterías° que en   nonsense
mí ha visto me condena y vitupera, y me manda que me vaya a mi casa a
tener cuenta en el gobierno della y de mi mujer y de mis hijos, sin saber
si la tengo o los tengo? ¿No hay más sino a troche moche entrarse por las
casas ajenas a gobernar° sus dueños, y habiéndose criado algunos en la es-   **gobernar** *a*
trecheza de algún pupilaje,⁴ sin haber visto más mundo que el que puede
contenerse en veinte o treinta leguas de distrito, meterse 'de rondón' a   rashly
dar leyes a la caballería y a juzgar de los caballeros andantes? ¿Por ventura
es asumpto vano, o es tiempo mal gastado el que se gasta en vagar por
el mundo, no buscando los regalos dél, sino las asperezas por donde los
buenos suben al asiento de la inmortalidad?

"Si me tuvieran por tonto los caballeros, los magníficos, los generosos,
los altamente nacidos, tuviéralo por afrenta inreparable. Pero de que me
tengan por sandio los estudiantes, que nunca entraron ni pisaron las sendas de la caballería, no se me da un ardite. Caballero soy y caballero he de
morir si place al Altísimo.

"Unos van por el ancho campo de la ambición soberbia, otros por el
de la adulación servil° y baja, otros por el de la hipocresía engañosa y al-   groveling
gunos por el de la verdadera religión. Pero yo, inclinado de mi estrella, voy
por la angosta senda de la caballería andante, por cuyo ejercicio desprecio
la hacienda, pero no la honra. Yo he satisfecho agravios, enderezado tuertos, castigado insolencias, vencido gigantes y atropellado vestiglos. Yo soy
enamorado, no más de porque es forzoso que los caballeros andantes lo

---

1 **Temblando de...** *shaking... like a leaf* (not literal)
2 **Como por...** *and as everyone knows*
3 **Togados** are people who wear gowns, such as academics and priests.
4 **Habiéndose criado...** *yourself having been raised in the austerity of a uni-*
versity boarding house

sean, y siéndolo, no soy de los enamorados viciosos,° sino de los plató-   depraved
nicos continentes. Mis intenciones siempre las enderezo a buenos fines,
que son de hacer bien a todos y mal a ninguno. Si el que esto entiende, si
el que esto obra, si el que desto trata merece ser llamado bobo, díganlo
5   vuestras grandezas, duque y duquesa excelentes."

"Bien, por Dios," dijo Sancho, "no diga más vuestra merced, señor y
amo mío, en su abono,° porque no hay más que decir, ni más que pensar,   behalf
ni más que perseverar en el mundo. Y más, que negando este señor, como
ha negado, que no ha habido en el mundo ni los hay, caballeros andantes,
10   ¿qué mucho que no sepa ninguna de las cosas que ha dicho?"⁵

"Por ventura," dijo el eclesiástico, "¿sois vos, hermano, aquel Sancho
Panza que dicen, a quien vuestro amo tiene prometida una ínsula?"

"Sí soy," respondió Sancho, "y soy quien la merece tan bien como otro
cualquiera; soy quien «júntate a los buenos y serás uno dellos,» y soy yo
15   de aquellos «no con quien naces sino con quien paces,» y de los «quien
a buen árbol 'se arrima° buena sombra le cobija°." Yo me he arrimado a   leans, covers
buen señor, y ha muchos meses que ando en su compañía y he de ser otro
como él, Dios queriendo. Y viva él y viva yo, que ni a él le faltarán imperios que mandar, ni a mí ínsulas que gobernar."

20   "No, por cierto, Sancho amigo," dijo a esta sazón el duque, "que yo, en
nombre del señor don Quijote, os mando el gobierno de una que tengo
'de nones,° de no pequeña calidad."   extra

"Híncate de rodillas, Sancho," dijo don Quijote, "y besa los pies a su
excelencia, por la merced que te ha hecho."

25   Hízolo así Sancho. Lo cual visto por el eclesiástico, se levantó de la
mesa mohino° a demás, diciendo: "Por el hábito que tengo, que estoy por   angry
decir que es tan sandio vuestra excelencia como estos pecadores. Mirad si
no han de ser ellos locos, pues los cuerdos canonizan sus locuras. Quédese vuestra excelencia con ellos, que en tanto que estuvieren en casa, me es-
30   taré yo en la mía, y me escusaré de reprehender lo que no puedo remediar."

Y sin decir más, ni comer más, se fue, sin que 'fuesen parte° a dete-   being able
nerle los ruegos de los duques, aunque el duque no le dijo mucho, impedido de la risa que su impertinente cólera le había causado. Acabó de
reír, y dijo a don Quijote: "Vuesa merced, señor Caballero de los Leones,
35   ha respondido por sí tan altamente, que no le queda cosa por satisfacer
déste, que aunque parece agravio, no lo es en ninguna manera, porque así
como no agravian las mujeres, no agravian los eclesiásticos, como vuesa
merced mejor sabe."

"Así es," respondió don Quijote, "y la causa es que el que no puede ser
40   agraviado, no puede agraviar a nadie. Las mujeres, los niños y los eclesiásticos, como no pueden defenderse, aunque sean ofendidos, no pueden ser
afrentados, porque entre el agravio y la afrenta hay esta diferencia, como
mejor vuestra excelencia sabe. La afrenta viene de parte de quien la puede

---

5 **¿Qué mucho...** *I'll bet he doesn't know any of the things he's talking about*

hacer y la hace y la sustenta.[6] El agravio puede venir de cualquier parte sin que afrente. Sea ejemplo—está uno en la calle descuidado, llegan diez con mano armada, y dándole de palos, pone mano a la espada y hace su deber. Pero la muchedumbre de los contrarios se le opone y no le deja salir con su intención, que es de vengarse. Éste tal queda agraviado, pero no afrentado, y lo mesmo confirmará otro ejemplo. Está uno 'vuelto de espaldas,° llega otro y dale de palos, y en dándoselos huye y no espera, y el otro le sigue y no alcanza. Este que recibió los palos, recibió agravio, mas no afrenta, porque la afrenta ha de ser sustentada. Si el que le dio los palos, aunque se los dio 'a hurta cordel,° pusiera mano a su espada y se estuviera quedo 'haciendo rostro° a su enemigo, quedara el apaleado agraviado y afrentado juntamente—agraviado, porque le dieron 'a traición;° afrentado, porque el que le dio sustentó lo que había hecho, sin volver las espaldas y 'a pie quedo.° Y así, según las leyes del maldito duelo, yo puedo estar agraviado, mas no afrentado, porque los niños 'no sienten,° ni las mujeres, ni pueden huir, ni tienen para qué esperar,[7] y lo mesmo los constituidos° en la sacra religión, porque estos tres géneros de gente carecen de armas ofensivas y defensivas, y así, aunque naturalmente estén obligados a defenderse, no lo están para ofender a nadie, y aunque poco ha dije que yo podía estar agraviado, agora digo que no, en ninguna manera, porque quien no puede recebir afrenta, menos la puede dar. Por las cuales razones yo no debo sentir, ni siento, las° que aquel buen hombre me ha dicho. Sólo quisiera que esperara algún poco para darle a entender en el error en que está en pensar y decir que no ha habido, ni los hay, caballeros andantes en el mundo. Que si lo tal oyera Amadís, o uno de los infinitos de su linaje, yo sé que no le fuera bien a su merced."

"Eso juro yo bien," dijo Sancho, "cuchillada le hubieran dado, que le abrieran de arriba abajo como una granada o como a un melón° muy maduro. ¡Bonitos eran ellos para sufrir semejantes cosquillas!° Para mi santiguada que tengo por cierto que si Reinaldos de Montalbán hubiera oído estas razones al hombrecito, tapaboca le hubiera dado que no hablara más en tres años. ¡No, sino 'tomárase con° ellos, y viera cómo escapaba de sus manos!"

Perecía de risa la duquesa en oyendo hablar a Sancho, y en su opinión le tenía por más gracioso y por más loco que a su amo, y muchos hubo en aquel tiempo que fueron deste mismo parecer. Finalmente, don Quijote se sosegó y la comida se acabó, y en levantando los manteles, llegaron cuatro doncellas, la una, con una fuente° de plata, y la otra, con un aguamanil° asimismo de plata, y la otra, con dos blanquísimas y riquísimas toallas al hombro, y la cuarta, descubiertos los brazos hasta la mitad, y en sus blancas manos, que sin duda eran blancas, una redonda pella° de jabón napolitano.[8] Llegó la de la fuente, y con gentil donaire y

with his back turned

on the sly
facing
treacherously

held his ground
no sienten *la afrenta*
ordained

las *razones*

cantaloupe
nonsense

let him fight

basin
water pitcher

cake

---

6 **Viene de…** *comes from someone who can give it, gives it, and maintains it*
7 That is, stand their ground.
8 Neapolitan soap, says Rodríguez Marín, was really "homemade" soap that

desenvoltura encajó la fuente debajo de la barba de don Quijote, el cual, sin hablar palabra, admirado de semejante ceremonia, creyendo que debía ser usanza de aquella tierra en lugar de las manos lavar las barbas. Y así tendió la suya todo cuanto pudo, y al mismo punto comenzó a llover
5 el aguamanil, y la doncella del jabón le manoseó° las barbas con mucha   scrubbed
priesa, levantando 'copos de nieve,° que no eran menos blancas las jabo-   snowflakes
naduras,° no sólo por las barbas, mas por todo el rostro y por° los ojos del   lather, around
obediente caballero, tanto que se los hicieron cerrar por fuerza.[9]

El duque y la duquesa, que de nada desto eran sabidores, estaban es-
10 perando en qué había de parar tan extraordinario lavatorio.° La doncella   washing
barbera,° cuando le tuvo con un palmo de jabonadura, fingió que se le   in charge of the
había acabado el agua, y mandó a la del aguamanil fuese por ella, que el   beard
señor don Quijote esperaría. Hízolo así, y quedó don Quijote con la más
estraña figura y más para hacer reír que se pudiera imaginar. Mirábanle
15 todos los que presentes estaban, que eran muchos, y como le veían con
media vara de cuello, más que medianamente moreno, los ojos cerrados
y las barbas llenas de jabón, fue gran maravilla y mucha discreción poder
disimular la risa. Las doncellas de la burla tenían los ojos bajos, sin osar
mirar a sus señores. A ellos les retozaba la cólera y la risa en el cuerpo,[10] y
20 no sabían a qué acudir—o a castigar el atrevimiento de las muchachas, o
darles premio por el gusto que recibían de ver a don Quijote de aquella
suerte.

Finalmente, la doncella del aguamanil vino y acabaron de lavar a don
Quijote, y luego la que traía las toallas le limpió y le enjugó muy repo-
25 sadamente,° y haciéndole todas cuatro 'a la par° una grande y profunda   calmly, in unison
inclinación° y reverencia, se querían ir, pero el duque, porque don Quijote   bow of head
no cayese en la burla, llamó a la doncella de la fuente, diciéndole: "Venid
y lavadme a mí, y mirad que no se os acabe el agua."

La muchacha, aguda y diligente, llegó y puso la fuente al duque
30 como a don Quijote, y dándose prisa, le lavaron y jabonaron muy bien,
y dejándole enjuto y limpio, haciendo reverencias se fueron. Después se
supo que había jurado el duque que si a él no le lavaran como a don
Quijote había de castigar su desenvoltura, lo cual habían enmendado
discretamente con haberle a él jabonado.

35 Estaba atento Sancho a las ceremonias de aquel lavatorio, y dijo entre sí: "¡Válame Dios! ¿Si será también usanza en esta tierra lavar las barbas a los escuderos como a los caballeros? Porque en Dios y en mi ánima
que lo he bien menester, y aunque si me las rapasen a navaja, lo tendría

---

the upper classes had made for them. The basis was Valencian soap, to which was added wheat bran, poppy juice, goat milk, deer marrow, bitter almonds, and even sugar.

9 That is, the "snowflakes" of lather made him close his eyes.

10 Covarrubias says that **retozar la risa en el cuerpo** means "to want to laugh but to repress it," so the duke and duchess alternated wanting to laugh and getting mad.

Y así tendió la suya todo cuanto pudo, y al mismo punto comenzó a llover el aguamanil, y la doncella del jabón le manoseó las barbas.

a más beneficio."

"¿Qué decís entre vos, Sancho?" preguntó la duquesa.

"Digo, señora," respondió él, "que en las cortes de los otros príncipes siempre he oído decir que en levantando los manteles dan agua a las manos, pero no lejía° a las barbas. Y que por eso es bueno vivir mucho por ver mucho, aunque también dicen que «el que larga vida vive mucho mal ha de pasar»,[11] puesto que pasar por un lavatorio de estos antes es gusto que trabajo." soap

"No tengáis pena, amigo Sancho," dijo la duquesa, "que yo haré que mis doncellas os laven, y aun 'os metan en colada,° si fuere menester." put you in the wash

"Con las barbas me contento," respondió Sancho, "por ahora, a lo menos, que andando el tiempo, Dios dijo lo que será."

"Mirad,° maestresala," dijo la duquesa, "lo que el buen Sancho pide, y cumplidle su voluntad al pie de la letra." see to

El maestresala respondió que en todo sería servido el señor Sancho, y con esto se fue a comer y llevó consigo a Sancho,[12] quedándose a la mesa los duques y don Quijote, hablando en muchas y diversas cosas, pero todas tocantes al ejercicio de las armas y de la andante caballería. La duquesa rogó a don Quijote que le delinease y describiese, pues parecía tener felice memoria, la hermosura y facciones° de la señora Dulcinea del Toboso, que, según lo que la fama pregonaba de su belleza, tenía por entendido que debía de ser la más bella criatura del orbe, y aun de toda la Mancha. features

Sospiró don Quijote oyendo lo que la duquesa le mandaba, y dijo: "Si yo pudiera sacar mi corazón y ponerle ante los ojos de vuestra grandeza, aquí sobre esta mesa y en un plato, quitara el trabajo a mi lengua de decir lo que apenas se puede pensar, porque vuestra excelencia la viera en él toda retratada.° Pero ¿para qué es ponerme yo[13] ahora a delinear y describir punto por punto y parte por parte la hermosura de la sin par Dulcinea, siendo carga digna de otros hombros que de los míos, empresa en quien se debían ocupar los pinceles° de Parrasio, de Timantes y de Apeles, y los buriles° de Lisipo,[14] para pintarla y grabarla en tablas, en mármoles y drawn brushes chisels

---

11 Editors point out that this derives from some verses recorded in the *Cancionero de Amberes* about the Marqués de Mantua: "que quien larga vida vive / mucho mal ha de pasare."

12 Both of them being basically servants, it is logical that they would withdraw to the kitchen table to eat, then tend to Sancho's beard.

13 **¿Para qué...** *why should I undertake...?*

14 These are three ancient Greek painters and a sculptor. Parrhasius worked in the 5th century B.C. in Athens. None of his works or copies of them survive. Timanthes was a painter of human passions, born around 400 B.C. Apelles (fl. 4th century B.C.) was a painter whose work was held in such high esteem that he continues to be regarded, even though none of his works has survived, as the greatest painter of antiquity. Lysippus (fl. 4th century B.C.) was a Greek sculptor famous for slender proportions of his figures and for their lifelike look. Alexander the Great would not let any other sculptor portray him.

en bronces, y la retórica ciceroniana° y demoſtina° para alabarla?"

"¿Qué quiere decir *demoſtina*, señor don Quijote?" preguntó la duquesa, "que es vocablo que no le he oído en todos los días de mi vida."

"*Retórica demoſtina*," respondió don Quijote, "es lo mismo que decir
5 *retórica de Demóſtenes*,¹⁵ como *ciceroniana* de Cicerón, que fueron los dos mayores retóricos° del mundo."

"Así es," dijo el duque, "y habéis andado deslumbrada¹⁶ en la tal pregunta. Pero, con todo eso, nos daría gran guſto el señor don Quijote si nos la pintase. Que a buen seguro que aunque sea en rasguño° y bosquejo,
10 que ella salga tal, que la tengan invidia las más hermosas."

"Sí, hiciera, por cierto," respondió don Quijote, "si no me la hubiera borrado de la idea° la desgracia que poco ha que le sucedió, que es tal, que más eſtoy para llorarla que para describirla, porque habrán de saber vueſtras grandezas, que yendo los días pasados a besarle las manos y a
15 recebir su bendición, beneplácito y licencia para eſta tercera salida, hallé otra de la que buscaba. Halléla encantada y convertida de princesa en labradora, de hermosa en fea, de ángel en diablo, de olorosa en peſtífera,° de bien hablada en rúſtica, de reposada en brincadora,° de luz en tinieblas, y finalmente, de Dulcinea del Toboso en una villana de Sayago."¹⁷

20 "¡Válame Dios!" dando una gran voz dijo a eſte inſtante el duque. "¿Quién ha sido el que tanto mal ha hecho al mundo? ¿Quién ha quitado dél la belleza que le alegraba, el donaire que le entretenía y la honeſtidad que le acreditaba?"

"¿Quién?" respondió don Quijote. "¿Quién puede ser sino algún ma-
25 ligno encantador de los muchos invidiosos que me persiguen? Eſta raza maldita, nacida en el mundo para escurecer y aniquilar las hazañas de los buenos y para dar luz y levantar los fechos de los malos. Perseguido me han encantadores, encantadores me persiguen y encantadores me persiguirán haſta dar conmigo y con mis altas caballerías en el profundo
30 abismo del olvido. Y en aquella parte me dañan y hieren donde veen que más lo siento, porque quitarle a un caballero andante su dama es quitarle los ojos con que mira, y el sol con que se alumbra, y el suſtento con que se mantiene. Otras muchas veces lo he dicho, y ahora lo vuelvo a decir, que el caballero andante sin dama es como el árbol sin hojas, el edificio
35 sin cimiento, y la sombra sin cuerpo de quien se cause."¹⁸

Ciceronian, Demoſthenian

rhetoricians

sketch

mind

noxious
leaper

---

15 Demoſthenes (384-322 b.c.) was the greateſt of ancient Greek orators, who roused Athens to oppose Philip of Macedon and, later, his son Alexander the Great. His speeches provide valuable information about the political, social, and economic life of Athens in the fourth century b.c.

16 **Habéis andado…** *have shown your lack of knowledge*

17 Don Quijote doesn't mean that she is literally **una villana de Sayago**, but rather reminds him of one. Sayago is a diſtrict in the province of Zamora, bordering on Portugal, about 350 kms. from el Toboso. Its inhabitants and their language epitomized what "ruſtic" meant in the Golden Age (mentioned in Part II, Chapter 19, p. 603, n. 17).

18 **Sin cuerpo…** *without the body that caſts it*

"No hay más que decir," dijo la duquesa, "pero si con todo eso hemos de dar crédito a la historia que del señor don Quijote de pocos días a esta parte ha salido a la luz del mundo,[19] con general aplauso de las gentes, della se colige, si mal no me acuerdo, que nunca vuesa merced ha visto a la señora Dulcinea, y que esta tal señora no es° en el mundo, sino que es dama fantástica, que vuesa merced la engendró y parió en su entendimiento, y la pintó con todas aquellas gracias y perfeciones que quiso."

    hay

"En eso hay mucho que decir," respondió don Quijote. "Dios sabe si hay Dulcinea o no en el mundo, o si es fantástica o no es fantástica. Y éstas no son de las cosas cuya averiguación se ha de llevar hasta el cabo.[20] Ni yo engendré ni parí a mi señora, puesto que la contemplo como conviene que sea una dama que contenga en sí las partes que puedan hacerla famosa en todas las° del mundo, como son: hermosa sin tacha, grave sin soberbia, amorosa con honestidad, agradecida por cortés, cortés por bien criada y finalmente, alta por linaje, a causa que sobre la buena sangre resplandece y campea la hermosura con más grados de perfeción que en las hermosas humildemente nacidas."

    las *partes*

"Así es," dijo el duque, "pero hame de dar licencia el señor don Quijote para que diga lo que me fuerza a decir la historia que de sus hazañas he leído, de donde se infiere que, puesto que se conceda que hay Dulcinea en el Toboso o fuera dél, y que sea hermosa en el sumo grado que vuesa merced nos la pintó, en lo de la alteza del linaje no 'corre parejas° con las Orianas, con las Alastrajareas, con las Madásimas.[21] Ni con otras deste jaez, de quien están llenas las historias que vuesa merced bien sabe."

    compare

"A eso puedo decir," respondió don Quijote, "que Dulcinea es hija de sus obras y que las virtudes adoban la sangre, y que en más se ha de estimar y tener un humilde virtuoso, que un vicioso levantado.° Cuanto más que Dulcinea tiene un jirón° que la puede llevar a ser reina de corona y ceptro. Que el merecimiento de una mujer hermosa y virtuosa a hacer mayores milagros se estiende, y aunque no formalmente, virtualmente tiene en sí encerradas mayores venturas."

    noble person
    quality

"Digo, señor don Quijote," dijo la duquesa, "que en todo cuanto vuestra merced dice va con pie de plomo[22] y como suele decirse, 'con la sonda en la mano,° y que yo, desde aquí adelante, creeré y haré creer a todos los de mi casa, y aun al duque mi señor si fuere menester, que hay Dulcinea en el Toboso y que vive hoy día, y es hermosa, y principalmente° nacida y merecedora que un tal caballero como es el señor don Quijote la sirva, que es lo más que puedo ni sé encarecer. Pero no puedo dejar de formar un escrúpulo y tener algún no sé qué de ojeriza contra Sancho Panza. El

    prudent
    high

---

19 **De pocos...** *which came out a few days ago*

20 **Se ha...** *should be carried out*

21 Alastrajarea was the wife of Príncipe Folanges de Altrea in *Florisel de Niquea*; Oriana was Amadís' lady; and Reina Madásima is another character in *Amadís de Gaula* already referred to in Part I, Chapter 24, p. 206, ll. 5-6.

22 **Va con...** *is very circumspect*

escrúpulo es que dice la historia referida que el tal Sancho Panza halló
a la tal señora Dulcinea, cuando de parte de vuestra merced le llevó una
epístola, ahechando un costal de trigo, y por más señas, dice que era rubión, cosa que me hace dudar en la alteza de su linaje."

5   A lo que respondió don Quijote: "Señora mía, sabrá la vuestra grandeza que todas o las más cosas que a mí me suceden van fuera de los
términos ordinarios de las que a los otros caballeros andantes acontecen,
o ya sean encaminadas por el querer inescrutable de los hados, o ya vengan encaminadas por la malicia de algún encantador invidioso, y como

10   es cosa ya averiguada que todos o los más caballeros andantes y famosos,
uno tenga gracia de no poder ser encantado, otro, de ser de tan impenetrables carnes que no pueda ser herido, como lo fue el famoso Roldán,
uno de los Doce Pares de Francia, de quien se cuenta que no podía ser
ferido sino por la planta[23] del pie izquierdo, y que esto había de ser con

15   la punta de un alfiler gordo y no con otra suerte de arma alguna. Y así,
cuando Bernardo del Carpio le mató en Roncesvalles, viendo que no le
podía llagar° con fierro,° le levantó del suelo entre los brazos y le ahogó,   injure, weapon
acordándose entonces de la muerte que dio Hércules a Anteón,[24] aquel
feroz gigante que decían ser hijo de la tierra.

20   "Quiero inferir de lo dicho, que podría ser que yo tuviese alguna gracia déstas—no del no poder ser ferido, porque muchas veces la experiencia me ha mostrado que soy de carnes blandas y no nada impenetrables,
ni la de no poder ser encantado, que ya me he visto metido en una jaula,
donde todo el mundo no fuera poderoso a encerrarme, si no fuera a fuer-

25   zas de encantamentos. Pero pues de aquél me libré, quiero creer que no
ha de haber otro alguno que me empezca,° y así viendo estos encantado-   hinders
res que con mi persona no pueden usar de sus malas mañas, vénganse en
las cosas que más quiero,[25] y quieren quitarme la vida maltratando la de
Dulcinea, por quien yo vivo. Y así creo que cuando mi escudero le llevó

30   mi embajada, se la convirtieron en villana y ocupada en tan bajo ejercicio
como es el de ahechar trigo. Pero ya tengo yo dicho que aquel trigo ni
era rubión ni trigo, sino granos de perlas orientales. Y para prueba desta
verdad quiero decir a vuestras magnitudes, como viniendo poco ha por
el Toboso, jamás pude hallar los palacios de Dulcinea. Y que otro día,

35   habiéndola visto Sancho, mi escudero, en su mesma figura, que es la más
bella del orbe, a mí me pareció una labradora tosca° y fea y no nada 'bien   ill-bred
razonada,° siendo la discreción del mundo. Y pues yo no estoy encantado   well-spoken
ni lo puedo estar, según buen discurso, ella es la encantada, la ofendida
y la mudada, trocada y trastrocada,° y en ella se han vengado de mí mis   out of order

40   enemigos, y por ella viviré yo en perpetuas lágrimas hasta verla en su

---

23 In Part I, Chapter 26, p. 222, n. 4, Don Quijote said that the pin had to
go into the **punta** of his foot—now he has it right.

24 See Part I, Chapter 1, p. 25, n. 39. Antæus is called with the variant
Anteo there. Also Hercules there is identified with his Greek name, Heracles.

25 **Vénganse en…** *they are taking vengeance on what I love the most*

prístino° estado.   original

"Todo esto he dicho para que nadie repare en lo que Sancho dijo del
cernido° ni del ahecho° de Dulcinea. Que pues a mí me la mudaron, no   sifting, winnowing
es maravilla que a él° se la cambiasen. Dulcinea es principal y bien nacida,   i.e., Sancho
y de los hidalgos linajes que hay en el Toboso,²⁶ que son muchos, antiguos
y muy buenos, a buen seguro que no le cabe poca parte²⁷ a la sin par
Dulcinea, por quien su lugar será famoso y nombrado en los venideros
siglos, como lo ha sido Troya por Elena, y España por la Cava,²⁸ aunque
con mejor título y fama. Por otra parte, quiero que entiendan vuestras
señorías que Sancho Panza es uno de los más graciosos escuderos que
jamás sirvió a caballero andante. Tiene a veces unas simplicidades tan
agudas, que el pensar si es simple o agudo causa no pequeño contento.
Tiene malicias que le condenan por bellaco, y descuidos que le confirman
por bobo. Duda de todo y créelo todo.

"Cuando pienso que se va a despeñar de tonto, sale con unas discreciones que le levantan al cielo. Finalmente, yo no le trocaría con otro
escudero, aunque me diesen de añadidura una ciudad. Y así estoy en duda
si será bien enviarle al gobierno de quien vuestra grandeza le ha hecho
merced, aunque veo en él una cierta aptitud para esto de gobernar, que
atusándole° tantico el entendimiento, se saldría con cualquier gobierno   smoothing out
como el rey con sus alcabalas. Y más que ya por muchas experiencias
sabemos que no es menester ni mucha habilidad ni muchas letras para
ser uno gobernador,²⁹ pues hay por ahí ciento que apenas saben leer y
gobiernan 'como unos girifaltes.°   very well

"El toque está en que tengan buena intención y deseen acertar en
todo, que nunca les faltará quien les aconseje y encamine en lo que han
de hacer, como los gobernadores caballeros y no letrados, que sentencian°   pass judgment
con asesor.° Aconsejaríale yo que ni tome cohecho,° ni pierda° derecho,   legal adviser, bribe,
y otras cosillas° que me quedan en el estómago, que saldrán a su tiempo   surrender; little
para utilidad de Sancho, y provecho de la ínsula que gobernare."   things

A este punto llegaban de su coloquio el duque, la duquesa y don
Quijote, cuando oyeron muchas voces y gran rumor de gente en el palacio, y a deshora entró Sancho en la sala, todo asustado, con un cerna-
dero° por babador,° y tras él muchos mozos, o por mejor decir, 'pícaros   thick cloth, bib
de cocina° y otra gente menuda,° y uno venía con un artesoncillo° de   kitchen boys, low, ba-
agua que, en la color y poco limpieza, mostraba ser 'de fregar.° Seguíale   sin; for washing
y perseguíale el de la artesa,° y procuraba con toda solicitud ponérsela y   dishes; basin
encajársela debajo de las barbas, y otro pícaro mostraba querérselas lavar.

---

26 In those times, el Toboso was mostly populated by people of Moorish
origin, thus there was little room for noble families, although Clemencín did
find *one*.

27 **A buen...** *although certainly none can compare with*

28 This is a most unfortunate comparison since Spain was *lost* because of la
Cava. See Part I, Chapter 41, p. 378, l. 8, n. 35.

29 **Para ser...** *for one to be a governor*

"¿Qué es esto, hermanos?" preguntó la duquesa. "¿Qué es esto? ¿Qué queréis a ese buen hombre? ¿Cómo y no consideráis que está electo° gobernador?"

appointed

A lo que respondió el pícaro barbero: "No quiere este señor dejarse lavar como es usanza y como se la lavó el duque mi señor y el señor su amo."

"Sí, quiero," respondió Sancho con mucha cólera, "pero querría que fuese con toallas más limpias, con lejía más clara y con manos no tan sucias, que no hay tanta diferencia de mí a mi amo, que a él le laven con 'agua de ángeles° y a mi con lejía de diablos. Las usanzas de las tierras y de los palacios de los príncipes 'tanto son buenas cuanto° no dan pesadumbre. Pero la costumbre del lavatorio que aquí se usa peor es que de diciplinantes. Yo estoy limpio de barbas, y no tengo necesidad de semejantes refrigerios, y el que se llegare a lavarme ni a tocarme a un pelo de la cabeza, digo, de mi barba, hablando con el debido acatamiento, le daré tal puñada, que le deje el puño engastado° en los cascos. Que estas tales cirimonias° y jabonaduras más parecen burlas que gasajos° de huéspedes."

perfumed water
are only good if

sunken
ceremonias, graceful
reception

Perecida de risa estaba la duquesa, viendo la cólera y oyendo las razones de Sancho. Pero no dio mucho gusto a don Quijote verle tan mal adeliñado° con la jaspeada° toalla, y tan rodeado de tantos entretenidos° de cocina, y así haciendo una profunda reverencia[30] a los duques, como que les pedía licencia para hablar, con voz reposada dijo a la canalla: "¡Hola, señores caballeros! Vuesas mercedes dejen al mancebo y vuélvanse por donde vinieron, o por otra parte si se les antojare. Que mi escudero es limpio tanto como otro, y esas artesillas° son para él estrechos y 'penantes búcaros.° Tomen mi consejo y déjenle, porque ni él ni yo sabemos de achaque de burlas."

adorned, stained,
pranksters

basins
narrow-mouthed
vessels

Cogióle la razón de la boca Sancho, y prosiguió diciendo: "¡No, sino lléguense a hacer burla del mostrenco, que así lo sufriré como ahora es de noche! Traigan° aquí un peine, o lo que quisieren, y almohácenme° estas barbas, y si sacaren dellas cosa que ofenda a la limpieza, que me trasquilen a cruces."[31]

let them bring, curry

A esta sazón, sin dejar la risa, dijo la duquesa: "Sancho Panza tiene razón en todo cuanto ha dicho, y la tendrá en todo cuanto dijere. Él es limpio, y como él dice, no tiene necesidad de lavarse, y si nuestra usanza no le contenta, «su alma en su palma».[32] Cuanto más que vosotros, ministros de la limpieza, habéis andado demasiadamente 'de remisos° y descuidados, y no sé si diga atrevidos, a traer a tal personaje y a tales barbas en lugar de fuentes y aguamaniles de oro puro y de alemanas° toallas, artesillas y dornajos de palo y 'rodillas de aparadores.° Pero, en fin, sois malos y mal nacidos, y no podéis dejar, como malandrines que sois, de mostrar la ojeriza que tenéis con los escuderos de los andantes caballeros."

remiss

foreign-made
dishrags

---

30 That is, Don Quijote bowed to the duke and duchess.
31 **Que me...** *let them shear my beard off*
32 **Su alma...** *let him do as he wants*

Creyeron los 'apicarados ministros,° y aun el maestresala que venía   mischievous servants
con ellos, que la duquesa hablaba de veras, y así quitaron el cernadero del
pecho de Sancho, y todos confusos y casi corridos se fueron y le dejaron,
'el cual,° viéndose fuera de aquel a su parecer sumo peligro, se fue a hincar   i.e., Sancho
5   de rodillas ante la duquesa, y dijo: "De grandes señoras grandes mercedes
se esperan. Esta que la vuestra merced hoy me ha fecho, no puede pagar-
se con menos sino es con desear verme armado caballero andante para
ocuparme todos los días de mi vida en servir a tan alta señora. Labrador
soy, Sancho Panza me llamo, casado soy, hijos tengo y de escudero sirvo.
10   Si con alguna destas cosas puedo servir a vuestra grandeza, menos tardaré yo en obedecer que vuestra señoría en mandar."³³

"Bien parece, Sancho," respondió la duquesa, "que habéis aprendido
a ser cortés en la escuela de la misma cortesía. Bien parece, quiero decir,
que os habéis criado a los pechos del señor don Quijote, que debe de
15   ser la nata de los comedimientos y la flor de las ceremonias o *cirimonias*,
como vos decís. Bien haya tal señor y tal criado, el uno, por norte de la andante caballería, y el otro, por estrella de la escuderil fidelidad. Levantaos,
Sancho amigo, que yo satisfaré vuestras cortesías con hacer que el duque,
mi señor, lo más presto que pudiere, os cumpla la merced prometida del
20   gobierno."

Con esto cesó la plática, y don Quijote se fue a reposar la siesta, y la
duquesa pidió a Sancho que, si no tenía mucha gana de dormir, viniese
a pasar la tarde con ella y con sus doncellas en una muy fresca sala. Sancho respondió que aunque era verdad que tenía por costumbre dormir
25   cuatro o cinco horas las siestas del verano,³⁴ que por servir a su bondad, él
procuraría con todas sus fuerzas no dormir aquel día ninguna,° y vendría   **ninguna *hora***
obediente a su mandado, y fuese. El duque dio nuevas órdenes cómo se
tratase a don Quijote como a caballero andante, sin salir un punto del
estilo, como cuentan que se trataban los antiguos caballeros.

30   *Capítulo XXXIII. De la sabrosa plática que la duquesa y sus*
doncellas pasaron con Sancho Panza, digna de que se lea y
de que se note.

C
UENTA, PUES, LA HISTORIA, que Sancho no durmió aquella siesta,
sino que por cumplir su palabra, vino 'en comiendo° a ver a la   after eating
35   duquesa, la cual, con el gusto que tenía de oírle, le hizo sentar
junto a sí en una silla baja, aunque Sancho, de puro bien criado, no quería
sentarse. Pero la duquesa le dijo que se sentase como gobernador y hablase como escudero, puesto que por entrambas cosas merecía el mismo

---

33 **Menos tardaré...** *I will obey quicker than you can command*
34 Vicente de los Ríos has been counting days as well as he can and says
this *should be* the 23rd of October by now, and not summer anymore. But it's
always July and August in this book, no matter how many days go by.

escaño del Cid Ruy Díaz Campeador.[1]

Encogió Sancho los hombros, obedeció y sentóse, y todas las doncellas y dueñas de la duquesa la rodearon atentas, con grandísimo silencio,
a escuchar lo que diría.

Pero la duquesa fue la que habló primero, diciendo: "Ahora que estamos solos, y que aquí no nos oye nadie, querría yo que el señor gobernador me asolviese ciertas dudas que tengo, nacidas de la historia que del
gran don Quijote anda ya impresa, una de las cuales dudas es que pues el
buen Sancho nunca vio a Dulcinea, digo, a la señora Dulcinea del Toboso,
ni le llevó la carta del señor don Quijote, porque se quedó en el libro de
memoria en Sierra Morena, ¿cómo se atrevió a fingir la respuesta y aquello de que la halló ahechando trigo, siendo todo burla y mentira, y tan en
daño de la buena opinión de la sin par Dulcinea, y todas que no vienen
bien con la calidad y fidelidad de los buenos escuderos?"[2]

A estas razones, sin responder con alguna, se levantó Sancho de la
silla, y con pasos quedos, el cuerpo agobiado y el dedo puesto sobre los
labios, anduvo por toda la sala levantando los doseles,° y luego, esto he-   curtains
cho, se volvió a sentar y dijo: "Ahora, señora mía, que he visto que no
nos escucha nadie 'de solapa,° fuera de los circunstantes, sin temor ni   on the sly
sobresalto, responderé a lo que se me ha preguntado y a todo aquello que
se me preguntare. Y lo primero que digo es que yo tengo a mi señor don
Quijote por loco rematado,° puesto que algunas veces dice cosas que, a mi   complete
parecer y aun de todos aquellos que le escuchan, son tan discretas y por
tan buen carril° encaminadas, que el mesmo Satanás no las podría decir   road
mejores. Pero, con todo esto, verdaderamente y sin escrúpulo, a mí se me
ha asentado que es un mentecato.

"Pues como yo tengo esto en el magín, me atrevo a hacerle creer lo
que no lleva pies ni cabeza, como fue aquello de la respuesta de la carta, y
lo de habrá seis o ocho días,[3] que aún no está en historia, conviene a saber:
lo del encanto de mi señora doña Dulcinea, que le he dado a entender
que está encantada, no siendo más verdad que «por los cerros de Úbeda»."[4]

Rogóle la duquesa que le contase aquel encantamento o burla, y Sancho se lo contó todo del mesmo modo que había pasado, de que no poco
gusto recibieron los oyentes.

Y prosiguiendo en su plática, dijo la duquesa: "De lo que el buen
Sancho me ha contado me anda brincando° un escrúpulo en el alma, y   flitting about
un cierto susurro° llega a mis oídos, que me dice: pues don Quijote de   whisper
la Mancha es loco, menguado y mentecato, y Sancho Panza su escudero lo conoce, y con todo eso, le sirve y le sigue y va atenido a las vanas

---

1 The Cid won this marble bench in Valencia (verse 3115).

2 **Todas que...** *all these* [jokes and lies] *don't sit well with the character and
loyalty of good squires.*

3 **Lo de...** *that business of maybe six or eight days ago*

4 Fernando III's advisor, not wishing to go to battle, arrives after the battle
was over, claiming he was lost in the hills of Úbeda. Hm. How does it apply here?

promesas suyas, sin duda alguna debe de ser él más loco y tonto que su
amo. Y siendo esto así, como lo es, 'mal contado te será,° señora duquesa,   it'll be bad
si al tal Sancho Panza le das ínsula que gobierne, porque el que no sabe
gobernarse a sí, ¿cómo sabrá gobernar a otros?"

5   "Par Dios, señora," dijo Sancho, "que ese escrúpulo viene con parto
derecho.⁵ Pero dígale° vuesa merced que hable claro, o como quisiere, que   = a su escrúpulo
yo conozco que dice verdad. Que si yo fuera discreto, días ha que había
de haber dejado a mi amo. Pero ésta fue mi suerte y ésta mi malandanza.°   bad fortune
'No puedo más,° seguirle tengo, somos de un mismo lugar, he comido su   I can't help it
10   pan, quiérole bien, es agradecido, diome sus pollinos, y sobre todo, yo soy
fiel, y así es imposible que nos pueda apartar otro suceso que el de la pala
y azadón.° Y si vuestra altanería no quisiere que se me dé el prometido   pick-axe
gobierno, de menos me hizo Dios, y podría ser que el no dármele redundase en pro de mi conciencia. Que maguera° tonto se me entiende aquel   although
15   refrán de «por su mal la nacieron alas a la hormiga.»⁶ Y aun podría ser
que se fuese más aína⁷ Sancho escudero al cielo que no Sancho gobernador. «Tan buen pan hacen aquí como en Francia», y «de noche todos los
gatos son pardos», y «asaz de desdichada es la persona que a las dos de la
tarde no se ha desayunado». Y «no hay estómago que sea un palmo mayor
20   que otro, el cual se puede llenar, como suele decirse, de paja y de heno»,⁸
y las avecitas° del campo tienen a Dios por su proveedor y despensero.°   little birds, provider
Y «más calientan cuatro varas de paño de Cuenca que otras cuatro de
límiste° de Segovia». Y «al dejar este mundo y meternos la tierra adentro,   fine cloth
por tan estrecha senda va el príncipe como el jornalero», y «no ocupa
25   más pies de tierra el cuerpo del papa que el del sacristán, aunque sea más
alto el uno que el otro». Que «al entrar en el hoyo° todos nos ajustamos y   grave
encogemos, o nos hacen ajustar y encoger, mal que nos pese», y 'a buenas
noches.° Y torno a decir que si vuestra señoría no me quisiere dar la ín-   into the dark
sula por tonto, yo sabré no dárseme nada por discreto.⁹ Y yo he oído decir
30   que «detrás de la cruz está el diablo», y que «no es oro todo lo que reluce»,
y que «de entre los bueyes, arados y coyundas° sacaron al labrador Bamba   yokes
para ser rey de España», y «de entre los brocados, pasatiempos y riquezas
sacaron a Rodrigo para ser comido de culebras», si es que las trovas de los
romances antiguos no mienten."

35   "Y ¡cómo que no mienten!" dijo a esta sazón doña Rodríguez, la dueña, que era una de las escuchantes, "que un romance hay que dice, que
metieron al rey Rodrigo vivo vivo en una tumba llena de sapos,° culebras   toads
y lagartos, y que de allí a dos días dijo el rey desde dentro de la tumba,
con voz doliente y baja:

5 **Ese escrúpulo...** *that qualm is well founded*
6 Since birds eat them, as Gaos points out.
7 **Más aína** means *more easily*, but Ferreras adds that this reflects words
from a second variant proverb: **Da Dios alas a la hormiga para morir** *más aína*.
8 Alluded to already in Part II, Chapter 3, p. 501, l.l 24-25, and n. 32.
9 **Yo sabré...** *I'm smart enough not to let it bother me*

> Ya me comen, ya me comen
> por do más pecado había.[10]

"Y según eſto, mucha razón tiene eſte señor en decir que 'quiere más°   prefers
ser más labrador que rey, si le han de comer sabandijas.°'"   vermin

No pudo la duquesa tener la risa oyendo la simplicidad de su dueña,
ni dejó de admirarse en oír las razones y refranes de Sancho, a quien dijo:
"Ya sabe el buen Sancho que lo que una vez promete un caballero, procura
cumplirlo, aunque le cueſte la vida. El duque, mi señor y marido, aunque
no es de los andantes, no por eso deja de ser caballero, y así cumplirá la
palabra de la prometida ínsula, a pesar de la invidia y de la malicia del
mundo. Eſté Sancho de buen ánimo, que cuando menos lo piense se
verá sentado en la silla de su ínsula, y en la de su eſtado, y empuñará su
gobierno, que con otro de brocado de tres altos lo deseche.[11] Lo que yo le
encargo es que mire cómo gobierna sus vasallos, advirtiendo que todos
son leales y bien nacidos."

"Eso de gobernarlos bien," respondió Sancho, "no hay para qué en-
cargármelo, porque yo soy caritativo 'de mío° y tengo compasión de los   by nature
pobres, y «a quien cuece y amasa° no le hurtes hogaza». Y para mi santi-   kneads
guada que no me han de echar 'dado falso.° «Soy perro viejo y entiendo   loaded dice
todo 'tus, tus,'»[12] y sé despabilarme a sus tiempos,[13] y no consiento que me
anden musarañas° ante los ojos, porque «sé dónde me aprieta el zapato».   cobwebs
Dígolo, porque los buenos tendrán conmigo mano° y concavidad[14] y los   help
malos, ni pie ni entrada. Y paréceme a mí que en eſto de los gobiernos
todo es comenzar,[15] y podría ser que a quince días de gobernador me
comiese las manos tras el oficio[16] y supiese más dél que de la labor del
campo en que me he criado."

"Vos tenéis razón, Sancho," dijo la duquesa, "que «nadie nace enseñado», y «de los hombres se hacen los obispos, que no de las piedras».
Pero volviendo a la plática que poco ha tratábamos del encanto de la
señora Dulcinea, tengo por cosa cierta y más que averiguada que aquella
imaginación que Sancho tuvo de burlar a su señor, y darle a entender
que la labradora era Dulcinea, y que si su señor no la conocía debía de

---

10 Rodrigo was the laſt of the Gothic kings in what was to be Spain. Because of his sexual escapade with la Cava, "Spain" was loſt to the Moors. So the
romance refers to the eating of his genitals by the creatures. (Hiſtorically, Rodrigo died in the Battle of Guadalete [July, 711] fighting the Moors.)

11 **Con otro…** *you can trade it in for a brocade of three layers.* That is, you can
move to a better government from there. The duchess knows more about brocade
than Sancho (see his erroneous comment in Part II, Chapter 10, p. 540, n. 19).

12 The proverb is **A perro viejo no hay «tus, tus»** *There's no use saying "tus,
tus' to an old dog.*

13 **Sé despabilarme…** *I know how to wake up at the right time*

14 **Concavidad** *concavity* is Sancho's error for **cabida** *favor.*

15 **Todo es…** *a good beginning is everything*

16 **Me comiese…** *I'll really like the office*

ser por estar encantada, toda fue invención de alguno de los encantadores
que al señor don Quijote persiguen. Porque real y verdaderamente yo sé
de buena parte° que la villana que dio el brinco sobre la pollina era y es   source
Dulcinea del Toboso, y que el buen Sancho, pensando ser el engañador,°   deceiver
5 es el engañado, y no hay poner más duda en esta verdad que en las cosas
que nunca vimos. Y sepa el señor Sancho Panza, que también tenemos acá
encantadores que nos quieren bien y nos dicen lo que pasa por el mundo,
pura y sencillamente, sin enredos ni máquinas. Y créame Sancho que la
villana brincadora era y es Dulcinea del Toboso, que está encantada como
10 la madre que la parió. Y cuando menos nos pensemos, la habemos de ver
en su propia figura, y entonces saldrá Sancho del engaño en que vive."

"Bien puede ser todo eso," dijo Sancho Panza, "y agora quiero creer lo
que mi amo cuenta de lo que vio en la cueva de Montesinos, donde dice
que vio a la señora Dulcinea del Toboso en el mesmo traje y hábito que
15 yo dije que la había visto cuando la encanté por solo mi gusto. Y todo
debió de ser al revés, como vuesa merced, señora mía, dice, porque de mi
ruin ingenio no se puede ni debe presumir que fabricase en un instante
tan agudo embuste, ni creo yo que mi amo es tan loco que con tan flaca
y magra° persuasión como la mía creyese una cosa tan fuera de todo tér-   meager
20 mino. Pero, señora, no por esto será bien que vuestra bondad me tenga
por malévolo,° pues no está obligado un porro como yo a taladrar° los   mischievous, under-
pensamientos y malicias de los pésimos° encantadores. Yo fingí aquello   stand; very bad
por escaparme de las riñas de mi señor don Quijote, y no con intención
de ofenderle. Y si ha salido al revés, Dios está en el cielo, que juzga los
25 corazones."

"Así es la verdad," dijo la duquesa, "pero dígame agora Sancho qué es
esto que dice de la cueva de Montesinos, que gustaría saberlo."

Entonces Sancho Panza le contó punto por punto lo que queda dicho acerca de la tal aventura. Oyendo lo cual, la duquesa dijo: "Deste
30 suceso se puede inferir que pues el gran don Quijote dice que vio allí a
la mesma labradora que Sancho vio a la salida del Toboso, sin duda es
Dulcinea, y que andan por aquí los encantadores muy listos y demasiadamente curiosos.°"   meddlesome

"Eso digo yo," dijo Sancho Panza, "que si mi señora Dulcinea del
35 Toboso está encantada, 'su daño.° Que yo no me tengo de tomar con los   too bad for her
enemigos de mi amo, que deben de ser muchos y malos. Verdad sea que
la que yo vi fue una labradora, y por labradora la tuve y por tal labradora
la juzgué. Y si aquélla era Dulcinea, no ha de estar a mi cuenta, ni ha de
correr por mí,[17] o sobre ello, morena.° No sino ándense a cada triquete   careful!
40 conmigo a dime y diréte,[18] Sancho lo dijo, Sancho lo hizo, Sancho tornó
y Sancho volvió, como si Sancho fuese algún quienquiera,° y no fuese el   nobody
mismo Sancho Panza, el que anda ya en libros por ese mundo adelante,
según me dijo Sansón Carrasco, que, por lo menos, es persona bachille-

---

17 **Ni ha...** *nor should it be at my expense*
18 **No sino...** *here they come after me saying*

rada por Salamanca. Y los tales° no pueden mentir, si no es cuando se   i.e., Salamanca gradu-
les antoja o les viene muy a cuento.[19] Así que no hay para qué nadie se   ates
tome conmigo, y pues que tengo buena fama y, según oí decir a mi señor,
que «más vale el buen nombre que las muchas riquezas»,[20] encájenme ese
gobierno y verán maravillas. Que quien ha sido buen escudero será buen
gobernador."

"Todo cuanto aquí ha dicho el buen Sancho," dijo la duquesa, "son
sentencias catonianas,[21] o, por lo menos, sacadas de las mesmas entrañas
del mismo Micael Verino, *florentibus occidit annis.*[22] En fin, en fin, hablando a su° modo, «debajo de mala capa suele haber buen bebedor»."   i.e., your

"En verdad, señora," respondió Sancho, "que en mi vida he bebido
de malicia.[23] Con sed, bien podría ser, porque no tengo nada de hipócrita.
Bebo cuando tengo gana, y cuando no la tengo, y cuando me lo dan, por
no parecer o melindroso o mal criado. Que a un brindis° de un amigo,   toast
¿qué corazón ha de haber tan de mármol que no haga la razón?[24] Pero,
«aunque las calzo, no las ensucio».[25] Cuanto más que los escuderos de los
caballeros andantes casi de ordinario beben agua, porque siempre andan
por florestas, selvas y prados, montañas y riscos, sin hallar una misericor-
dia° de vino, si dan por ella un ojo."   drop

"Yo lo creo así," respondió la duquesa, "y por ahora váyase Sancho a
reposar, que después hablaremos más largo y daremos orden como vaya
presto a encajarse, como él[26] dice, aquel gobierno."

De nuevo le besó las manos Sancho a la duquesa, y le suplicó le
hiciese merced de que se tuviese buena cuenta° con su rucio, porque era   care
la lumbre de sus ojos.

"¿Qué rucio es éste?" preguntó la duquesa.

"Mi asno," respondió Sancho, "que por no nombrarle con este
nombre,[27] le suelo llamar EL RUCIO, y a esta señora dueña le rogué, cuando
entré en este castillo, tuviese cuenta con él, y azoróse° de manera como   was distressed

---

19 **O les...** *or it suits their purpose*

20 This is vaguely Ecclesiastes 7:1: "A good name is better than precious
ointment."

21 This refers to "Dionysius Cato" [actually a made-up name] (3rd. century
A.D.) whose 164 moral maxims (each one written as a two-line hexameter), called
Disticha moribus ad filium, were used as a schoolbook in the Middle Ages.

22 This quote, by Angelo Poliziano, means "who died in the flower of his
youth." The Florentine Micael Verino, in fact, did die at age 17 in 1483. He wrote
a series of two-line maxims to help instruct children. Given the similar nature of
his maxims with those just mentioned by "Dionysius Cato," the two collections
were published together frequently.

23 **Que en mi...** *I have never in my life used drinking as a vice*

24 **Que no...** *which doesn't do the right thing*

25 **Aunque las...** *although I put them* [the pants = **bragas**] *on, I don't get
them dirty.*

26 The duchess throughout this episode has referred to Sancho in the third
person, thus **él** really means *you.*

27 **Por no...** *so I won't have to call him by this name* [= donkey]

si la hubiera dicho que era fea o vieja, debiendo ser más propio y natural de las dueñas pensar jumentos que autorizar las salas. ¡Oh válame Dios, y cuán mal eſtaba con eſtas señoras un hidalgo de mi lugar!"[28]

"Sería algún villano," dijo doña Rodríguez, la dueña, "que si él fuera hidalgo y bien nacido, él las pusiera sobre el cuerno de la luna."[29]

"Agora bien," dijo la duquesa, "no haya más. Calle doña Rodríguez y sosiéguese el señor Panza, y quédese a mi cargo el regalo del rucio, que por ser alhaja de Sancho, le pondré yo sobre las niñas de mis ojos."

"En la caballeriza baſta que eſté," respondió Sancho, "que sobre las niñas de los ojos de vueſtra grandeza, ni él ni yo somos dignos de eſtar sólo un momento. Y así lo consintiría yo como darme de puñaladas,° que aunque dice mi señor que en las cortesías «antes se ha de perder por carta de más que de menos», en las jumentiles y asininas[30] se ha de ir con el compás en la mano y con medido término."[31] ſtabs

"Llévele," dijo la duquesa, "Sancho al gobierno, y allá le podrá regalar como quisiere, y aun jubilarle° del trabajo." retire him

"No piense vuesa merced, señora duquesa, que ha dicho mucho," dijo Sancho, "que yo he viſto ir más de dos asnos a los gobiernos, y que llevase yo el mío no sería cosa nueva."

Las razones de Sancho renovaron en la duquesa la risa y el contento, y enviándole a reposar, ella fue a dar cuenta al duque de lo que con él había pasado. Y entre los dos dieron traza y orden de hacer una burla a don Quijote que fuese famosa y viniese bien con el eſtilo caballeresco, en el cual le hicieron muchas,° tan propias y discretas, que son las mejores aventuras que en eſta grande hiſtoria se contienen. i.e., muchas *burlas*

Capítulo XXXIIII. Que cuenta de la noticia que se tuvo de cómo se había de desencantar la sin par Dulcinea del Toboso, que es una de las aventuras más famosas deſte libro.

GRANDE ERA EL GUSTO que recebían el duque y la duquesa de la conversación de don Quijote y de la de Sancho Panza, y confirmándose en la intención que tenían de hacerles algunas burlas que llevasen vislumbres y apariencias de aventuras, tomaron motivo de la que don Quijote ya les había contado de la cueva de Montesinos, para hacerle una que fuese famosa. Pero de lo que más la duquesa se admiraba era que la simplicidad de Sancho fuese tanta, que hubiese venido a

---

28 **Cuán mal...** *a gentleman in my village really had it in for these ladies*

29 That is, he should exalt them by placing them as high as possible. The horn of the moon refers to the crescent of the new moon.

30 There is a bit of a dispute here among editors since the firſt edition says **así niñas**. Several, including Gaos and Riquer, keep the original, while others, including Schevill, Rodríguez Marín and Allen, prefer **asininas**. I agree with the latter. Both of the nominalized adjeſtives refer to donkeys.

31 **Se ha...** *to be prudent and take the middle road*

creer ser verdad infalible que Dulcinea del Toboso eſtuviese encantada, habiendo sido él mesmo el encantador y el embuſtero de aquel negocio. Y así habiendo dado orden a sus criados de todo lo que habían de hacer, de allí a seis días le llevaron a 'caza de montería,° con tanto aparato de monteros° y cazadores como pudiera llevar un rey coronado.

    Diéronle a don Quijote un veſtido de monte y a Sancho otro verde, de finísimo paño. Pero don Quijote no se le quiso poner, diciendo que otro día había de volver al duro ejercicio de las armas, y que no podía llevar consigo guardarropas° ni repoſterías.° Sancho sí tomó el que le dieron, con intención de venderle en la primera ocasión que pudiese.

    Llegado, pues, el esperado día, armóse don Quijote, viſtióse Sancho, y encima de su rucio, que no le quiso dejar, aunque le daban un caballo, se metió entre la tropa de los monteros. La duquesa salió bizarramente° aderezada, y don Quijote, de puro cortés y comedido, tomó la rienda de su palafrén, aunque el duque no quería consentirlo, y finalmente, llegaron a un bosque que entre dos altísimas montañas eſtaba, donde, tomados los pueſtos, paranzas° y veredas,° y repartida la gente por diferentes pueſtos, se comenzó la caza con grande eſtruendo, grita y vocería,° de manera que unos a otros no podían oírse, así por el ladrido° de los perros, como por el son de las bocinas.° Apeóse la duquesa, y con un agudo venablo° en las manos, se puso en un pueſto por donde ella sabía que solían venir algunos jabalíes.° Apeóse asimismo el duque y don Quijote y pusiéronse a sus lados. Sancho se puso detrás de todos, sin apearse del rucio, a quien no osara desamparar, porque no le sucediese algún desmán.

    Y apenas habían sentado el pie y pueſto en ala[1] con otros muchos criados suyos, cuando acosado de los perros y seguido de los cazadores vieron que hacia ellos venía un desmesurado jabalí, crujiendo° dientes y colmillos° y arrojando espuma° por la boca, y en viéndole, embrazando su escudo y pueſto mano a su espada, se adelantó a recebirle don Quijote. Lo mesmo hizo el duque con su venablo. Pero a todos se adelantara la duquesa si el duque no se lo eſtorbara. Sólo Sancho, en viendo al valiente animal, desamparó al rucio y dio a correr cuanto pudo. Y procurando subirse sobre una alta encina, no fue posible.[2] Antes, 'estando ya a la mitad dél,° asido° de una rama, pugnando subir a la cima, fue tan corto de ventura y tan desgraciado, que se desgajó la rama, y al venir al suelo,[3] se quedó en el aire, 'asido de° un gancho° de la encina, sin poder llegar al suelo, y viéndose así, y que el sayo verde se le rasgaba, y pareciéndole que si aquel fiero animal allí allegaba le podía alcanzar, comenzó a dar tantos gritos y a pedir socorro con tanto ahinco, que todos los que le oían y no le veían creyeron que eſtaba entre los dientes de alguna fiera.

    Finalmente, el colmilludo° jabalí quedó atravesado° de las cuchillas de muchos venablos que se le pusieron delante, y volviendo la cabeza

---

1 **Y apenas…** *and no sooner had they gotten settled and in a line*
2 That is, it was not possible to get all the way up.
3 **Se desgajó…** *the branch broke off, and on his way down to the ground*

Margin glosses

- big game hunting
- beaters
- wardrobe, luggage
- elegantly
- blinds, paths
- yelling
- barking
- huntsman's horns, spear
- wild boars
- gnashing
- tusks, foam
- half way up the tree, holding on
- caught on, snag
- tusked, pierced

don Quijote a los gritos de Sancho, que ya por ellos le había conocido, viole pendiente de la encina, y la cabeza abajo, y al rucio junto a él, que no le desamparó en su calamidad. Y dice Cide Hamete que pocas veces vio a Sancho Panza sin ver al rucio, ni al rucio sin ver a Sancho, tal era la amistad y buena fe que entre los dos se guardaban. Llegó don Quijote y descolgó a Sancho, el cual, viéndose libre y en el suelo, miró lo desgarrado° del sayo de monte, y pesóle en el alma, que pensó que tenía en el vestido un mayorazgo.°

En esto, atravesaron° al jabalí poderoso sobre una acémila, y cubriéndole con matas° de romero y con ramas de mirto,° le llevaron, como en señal de victoriosos despojos, a unas grandes tiendas° de campaña que en la mitad del bosque estaban puestas, donde hallaron las mesas en orden y la comida aderezada, tan sumptuosa y grande, que se echaba bien de ver en ella la grandeza y magnificencia de quien la daba.

Sancho, mostrando las llagas° a la duquesa de su roto vestido, dijo: "Si esta caza fuera de liebres o de pajarillos, seguro estuviera mi sayo de verse en este extremo.⁴ Yo no sé qué gusto se recibe de esperar a un animal que si os alcanza con un colmillo, os puede quitar la vida. Yo me acuerdo haber oído cantar un romance antiguo, que dice:

> De los osos seas comido
> como Fávila⁵ el nombrado.

"Ése fue un rey godo," dijo don Quijote, "que yendo a caza de montería, le comió un oso."

"Eso es lo que yo digo," respondió Sancho, "que no querría yo que los príncipes y los reyes se pusiesen en semejantes peligros, a trueco de un gusto que parece que no le había de ser, pues consiste en matar a un animal que no ha cometido delito alguno."

"Antes os engañáis, Sancho," respondió el duque, "porque el ejercicio de la caza de monte es el° más conveniente y necesario para los reyes y príncipes que otro alguno. La caza es una imagen de la guerra. Hay en ella estratagemas, astucias, insidias° para vencer a su salvo al enemigo. Padécense en ella° fríos grandísimos y calores intolerables, menoscábase el ocio y el sueño, corrobóranse° las fuerzas, agilítanse° los miembros del que la usa, y en resolución, es ejercicio que se puede hacer sin perjuicio de nadie y con gusto de muchos. Y lo mejor que él tiene es que no es para todos, como lo es el de los otros géneros de caza, excepto el de la volatería,° que también es sólo para reyes y grandes señores. Así que, ¡oh Sancho! mudad de opinión, y cuando seáis gobernador, ocupaos en la caza y veréis como os vale un pan por ciento."⁶

Margin glosses:
- torn
- estate
- placed
- sprigs, myrtle
- tents
- tears
- = el *ejercicio*
- snares
- = *la caza*
- strengthen, make active
- hawking

---

4 **Seguro estuviera…** *my suit would never be seen in this state*

5 Fávila was the son of Pelayo, and the king of Asturias from 737-739, when he was indeed killed by a bear.

6 **Como os…** *how you will benefit from it*

"Eso no," respondió Sancho, "el buen gobernador «la pierna quebrada, y en casa». Bueno sería que viniesen los negociantes a buscarle fatigados, y él estuviese en el monte holgándose. Así enhoramala andaría el gobierno. Mía fe, señor, la caza y los pasatiempos más han de ser para los holgazanes° que para los gobernadores. En lo que yo pienso entretenerme, es en jugar al 'triunfo envidado° las pascuas,[7] y a los bolos° los domingos y fiestas. Que esas cazas ni cazos° no dicen° con mi condición ni hacen con mi conciencia."

lazy people
"card game," ninepins
ladles, jibe

"Plega a Dios, Sancho, que así sea, porque «del dicho al hecho hay gran trecho»."

"Haya lo que hubiere," replicó Sancho, "que «al buen pagador no le duelen prendas,» y «más vale al que Dios ayuda, que al que mucho madruga». Y «tripas llevan pies, que no pies a tripas». Quiero decir que si Dios me ayuda, y yo hago lo que debo con buena intención, sin duda que gobernaré 'mejor que un gerifalte.° No sino «pónganme el dedo en la boca, y verán si aprieto° o no»."

perfectly
I bite

"¡Maldito seas de Dios y de todos sus santos, Sancho maldito!" dijo don Quijote. "¿Y cuándo será el día, como otras muchas veces he dicho, donde yo te vea hablar sin refranes una razón corriente y concertada? Vuestras grandezas dejen a este tonto, señores míos, que les molerá las almas, no sólo puestas entre dos, sino entre dos mil refranes traídos tan a sazón y tan a tiempo cuanto le dé Dios a él la salud, o a mí si los querría escuchar."

"Los refranes de Sancho Panza," dijo la duquesa, "puesto que son más que los del Comendador Griego,[8] no por eso son en menos de estimar por la brevedad de las sentencias. De mí sé decir que me dan más gusto que otros, aunque sean mejor traídos y con más sazón acomodados."

Con estos y otros entretenidos razonamientos salieron de la tienda al bosque, y en requerir° algunas paranzas y presto se les pasó el día y se les vino la noche, y no tan clara ni tan sesga° como la sazón del tiempo pedía, que era en la mitad del verano. Pero un cierto claro escuro que trujo consigo, ayudó mucho a la intención de los duques. Y así como comenzó a anochecer, un poco más adelante del crepúsculo, a deshora pareció que todo el bosque 'por todas cuatro partes° se ardía. Y luego se oyeron por aquí y por allí, y por acá y por acullá, infinitas cornetas° y otros instrumentos de guerra, como de muchas tropas de caballería que por el bosque pasaba. La luz del fuego, el son de los bélicos° instrumentos, casi cegaron y atronaron los ojos y los oídos de los circunstantes y aun de todos los que en el bosque estaban.

investigating
calm

in all four directions
bugles

military

---

7 **Pascuas** refers to the holidays Easter, Pentecost, Christmas. and Twelfth Night (January 5, the eve of Epiphany).

8 This is El Pinciano (1475?-1553), who collected 3000 *Refranes o proverbios en romance* (Salamanca, 1555). He was Comendador in the Order of Calatrava and a professor of Greek, thus the nickname. The duchess means that Sancho uses lots of proverbs.

Luego se oyeron infinitos lelilíes[9] al uso de moros cuando entran en las batallas. Sonaron trompetas y clarines, retumbaron tambores,° resonaron pífaros,° casi todos a un tiempo, tan contino y tan apriesa, que no tuviera sentido el que no quedara sin él al son confuso de tantos instrumentos.[10] Pasmóse el duque, suspendióse la duquesa, admiróse don Quijote, tembló Sancho Panza, y finalmente, aun hasta los mesmos sabidores de la causa se espantaron. Con el temor les cogió el silencio, y un postillón° que en traje de demonio les pasó por delante, tocando en vez de corneta un hueco° y desmesurado cuerno, que un ronco y espantoso son despedía.°

drums, fifes

courier
hollow
emitted

"Hola, hermano correo," dijo el duque, "¿quién sois, adónde vais y qué gente de guerra es la que por este bosque parece que atraviesa?"

A lo que respondió el correo con voz horrísona° y desenfadada: "Yo soy el diablo. Voy a buscar a don Quijote de la Mancha. La gente que por aquí viene son seis tropas de encantadores, que sobre un carro triunfante° traen a la sin par Dulcinea del Toboso. Encantada viene con el gallardo francés Montesinos a dar orden a don Quijote de cómo ha de ser desencantada la tal señora."

terrifying

triumphal

"Si vos fuérades diablo, como decís y como vuestra figura muestra, ya hubiérades conocido al tal caballero don Quijote de la Mancha, pues le tenéis delante."[11]

"En Dios y en mi conciencia," respondió el diablo, "que no miraba en ello,[12] porque traigo en tantas cosas divertidos° los pensamientos, que de la principal, a que venía,[13] se me olvidaba."

different

"Sin duda," dijo Sancho, "que este demonio debe de ser hombre de bien y buen cristiano, porque a no serlo, no jurara «en Dios y en mi conciencia.» Ahora, yo tengo para mí que aun en el mesmo infierno debe de haber buena gente."

Luego el demonio, sin apearse, encaminando la vista a don Quijote, dijo: "A ti, el Caballero de los Leones—que entre las garras dellos te vea yo—me envía el desgraciado pero valiente caballero Montesinos, mandándome que de su parte te diga que le esperes en el mismo lugar que te topare, a causa que trae consigo a la que llaman Dulcinea del Toboso, con orden de darte la° que es menester para desencantarla. Y por no ser para más mi venida, no ha de ser más mi estada.[14] Los demonios como yo

la orden

---

9 This Moorish war cry is made by moving your tongue back and forth from [u] (as in **tú**) to [i] (as in **sí**) two or three times a second. It produces a startling effect.

10 **No tuviera...** *upon hearing so many instruments, anyone who was sane would lose his sanity*

11 Who is talking? Is it the duke or Don Quijote?

12 **No miraba...** *I wasn't paying attention*

13 **A que...** *the reason I came*

14 **Y por...** *since this is all I came for, I won't stay any longer*

queden contigo y los ángeles buenos con eſtos señores."

Y en diciendo eſto, tocó el desaforado cuerno y volvió las espaldas y fuese sin esperar respueſta de ninguno.

Renovóse la admiración en todos, especialmente en Sancho y don
5   Quijote. En Sancho, en ver que, a despecho de la verdad, querían que eſtuviese encantada Dulcinea; en don Quijote, por no poder asegurarse si era verdad o no lo que le había pasado en la cueva de Montesinos. Y eſtando elevado° en eſtos pensamientos, el duque le dijo: "¿Piensa vueſtra   *absorbed* merced esperar, señor don Quijote?"

10   "Pues ¿no?" respondió él. "Aquí esperaré intrépido y fuerte, si me vi- niese a embeſtir todo el infierno."

"Pues si yo veo otro diablo y oigo otro cuerno como el pasado, así esperaré yo aquí como en Flandes," dijo Sancho.

En eſto, se cerró más la noche, y comenzaron a discurrir muchas
15   luces por el bosque, bien así como discurren por el cielo las exhalaciones secas de la tierra, que parecen a nueſtra viſta eſtrellas que corren.[15] Oyóse, asimismo, un espantoso ruido, al modo de aquel que se causa de las rue- das macizas que suelen traer los carros de bueyes, de cuyo chirrio° áspero   *creaking* y continuado° se dice que huyen los lobos y los osos, si los hay por donde   *continuous*
20   pasan.[16] Añadióse a toda eſta tempeſtad otra que las aumentó todas, que fue que parecía verdaderamente que a las cuatro partes del bosque se eſtaban dando a un mismo tiempo cuatro rencuentros o batallas, porque allí sonaba el duro eſtruendo de espantosa artillería; acullá se disparaban infinitas escopetas; cerca casi sonaban las voces de los combatientes; lejos
25   se reiteraban los lililíes agarenos.°   *Muhammadan*

Finalmente, las cornetas, los cuernos, las bocinas, los clarines, las trompetas, los tambores, la artillería, los arcabuces, y sobre todo, el teme- roso ruido de los carros, formaban todos juntos un son tan confuso y tan horrendo, que fue meneſter que don Quijote se valiese de todo su cora-
30   zón para sufrirle. Pero el° de Sancho vino a tierra y dio con él desmayado   *el corazón* en las faldas de la duquesa, la cual le recibió en ellas y a gran priesa man- dó que le echasen agua en el roſtro. Hízose así, y él volvió en su acuerdo a tiempo que ya un carro de las rechinantes° ruedas llegaba a aquel pueſto.   *creaking* Tirábanle cuatro perezosos bueyes, todos cubiertos de paramentos° ne-   *caparisons*
35   gros; en cada cuerno traían atada y encendida una grande hacha de cera, y encima del carro venía hecho un asiento alto, sobre el cual venía sentado un venerable viejo con una barba más blanca que la mesma nieve, y tan luenga que le pasaba de la cintura. Su veſtidura era una ropa larga de ne- gro bocací. Que por venir el carro lleno de infinitas luces[17] se podía bien
40   divisar y discernir todo lo que en él venía. Guiábanle dos feos demonios veſtidos del mesmo bocací, con tan feos roſtros, que Sancho, habiéndolos viſto una vez, cerró los ojos por no verlos otra. Llegando, pues, el carro a

---

15   **Bien así...** The meaning of this is *like shooting ſtars in the sky*

16   **Se dice...** *they say bears and wolves flee from, if there are any around*

17   **Por venir...** *since the cart was coming with an infinite number of lights*

igualar al pueſto,[18] se levantó de su alto asiento el viejo venerable, y puesto en pie, dando una gran voz, dijo: "Yo soy el sabio Lirgandeo."[19] Y pasó
el carro adelante, sin hablar más palabra.

    Tras éſte pasó otro carro de la misma manera, con otro viejo entroni-
zado,° el cual, haciendo que el carro se detuviese, con voz no menos grave   enthroned
que el otro, dijo: "Yo soy el sabio Alquife,[20] el grande amigo de Urganda
la Desconocida."[21] Y pasó adelante.

    Luego, por el mismo continente° llegó otro carro. Pero el que venía   way
sentado en el trono no era viejo como los demás, sino hombrón robuſto
y de mala catadura, el cual, al llegar, levantándose en pie como los otros,
dijo con voz más ronca y más endiablada: "Yo soy Arcalaús,[22] el encantador, enemigo mortal de Amadís de Gaula y de toda su parentela." Y pasó
adelante.

    Poco desviados de allí 'hicieron alto° eſtos tres carros y cesó el enfa-   ſtopped
doso ruido de sus ruedas. Y luego se oyó otro, no ruido, sino un son de
una suave y concertada música formado, con que Sancho se alegró y lo
tuvo a buena señal. Y así dijo a la duquesa, de quien un punto ni un paso
se apartaba: "Señora, donde hay música no puede haber cosa mala."

    "Tampoco donde hay luces y claridad," respondió la duquesa.

    A lo que replicó Sancho: "Luz da el fuego, y claridad las hogueras,
como lo vemos en las que nos cercan, y bien podría ser que nos abrasasen.
Pero la música siempre es indicio de regocijos y de fieſtas."

    "Ello dirá,°" dijo don Quijote, que todo lo escuchaba, y dijo bien,   we'll see
como se mueſtra en el capítulo siguiente.

Capítulo XXXV. Donde se prosigue la noticia que tuvo don Qui-
jote del desencanto° de Dulcinea con otros admirables° sucesos.   disenchantment, aſtonishing

A L COMPÁS DE LA agradable música vieron que hacia ellos venía
un carro de los que llaman triunfales, tirado de seis mulas pardas
encubertadas,° empero, de lienzo blanco, y sobre cada una venía   draped
un diciplinante de luz,[1] asimesmo veſtido de blanco, con una hacha de
cera grande, encendida, en la mano. Era el carro dos veces, y aun tres,
mayor que los pasados, y los lados y encima dél, ocupaban doce otros
diciplinantes albos° como la nieve, todos con sus hachas encendidas, viſta   very white
que admiraba y espantaba juntamente.

    Y en un levantado trono venía sentada una ninfa veſtida de mil velos

---

18 **Llegando, pues...** *when the cart came up to them*

19 This enchanter was mentioned in Part I, Chapter 42, p. 398, l. 31, n. 43.

20 Also mentioned in the same footnote cited in note 19 above.

21 Urganda was an enchantress and Amadís's friend, mentioned in Part I, Chapter 5, p. 51, n.24. She was also the wife of Alquife.

22 Arcalaús was an enchanter, and Amadís's mortal enemy, see Part I, Chapter 15, p. 121, l. 38.

1 The **diciplinates de luz** were the penitents who bore torches.

de tela 'de plata,° brillando por todos ellos infinitas 'hojas de argentería   silvery
de oro,° que la hacían, si no rica, a lo menos, vistosamente vestida. Traía   gold sequins
el rostro cubierto con un transparente y delicado cendal, de modo que, sin
impedirlo sus lizos, por entre ellos se descubría un hermosísimo rostro de
5   doncella. Y las muchas luces daban lugar para distinguir la belleza y los
años, que al parecer no llegaban a veinte ni bajaban de diez y siete. Junto
a ella venía una figura vestida de una ropa de las que llaman rozagantes,°   flowing
hasta los pies, cubierta la cabeza con un velo negro. Pero al punto que
llegó el carro a estar 'frente a frente de° los duques y de don Quijote, cesó   in front of
10 la música de las chirimías, y luego la de las harpas y laúdes que en el carro
sonaban. Y levantándose en pie la figura de la ropa, la apartó a entrambos lados, y quitándose el velo del rostro, descubrió patentemente ser la
mesma figura de la muerte descarnada° y fea, de que don Quijote recibió   fleshless
pesadumbre, y Sancho miedo, y los duques hicieron algún sentimiento
15 temeroso. Alzada y puesta en pie esta muerte viva, con voz algo dormida°   sleepy
y con lengua no muy despierta, comenzó a decir desta manera:

            Yo soy Merlín,² aquel que las historias³
                dicen que tuve por mi padre al diablo,
                (mentira autorizada de los tiempos),
20   príncipe de la mágica y monarca
                y archivo de la ciencia zoroástrica,⁴
                émulo a las edades y a los siglos,
                que solapar pretenden las hazañas
                de los andantes bravos caballeros,
25   a quien yo tuve y tengo gran cariño.
                Y puesto que es de los encantadores,
                de los magos o mágicos contino
                dura la condición, áspera y fuerte,
                la mía es tierna, blanda y amorosa,
30   y amiga de hacer bien a todas gentes.
                En las cavernas lóbregas° de Dite,⁵   lugubrious
                donde estaba mi alma entretenida
                en formar ciertos rombos y caráteres,⁶
                llegó la voz doliente de la bella
35   y sin par Dulcinea del Toboso.
                Supe su encantamento y su desgracia,
                y su trasformación de gentil dama

2 See Part II, Chapter 23, p. 632, l. 11, n. 10.

3 This is written in eleven-syllable lines, but there is no rhyme scheme. The
critical lines are 19-25, on the next page.

4 See Part I, Chapter 47, p. 421, n. 8.

5 **Dite** is the Spanish term for the Roman god Dis, known more commonly
as Pluto, the god of the underworld.

6 Rhombuses and characters referred to magical figures.

en rústica aldeana: condolíme,
y encerrando mi espíritu en el hueco
desta espantosa y fiera notomía,°   skeleton
después de haber revuelto cien mil libros
5   desta mi ciencia endemoniada y torpe,
vengo a dar el remedio que conviene
a tamaño dolor, a mal tamaño.
¡Oh tú, gloria y honor de cuantos visten
las túnicas de acero y de diamante,
10   luz y farol, sendero, norte y guía
de aquellos que, dejando el torpe sueño
y las ociosas plumas, se acomodan
a usar el ejercicio intolerable
de las sangrientas y pesadas armas!
15   a ti digo, ¡oh varón, como se debe,
por jamás alabado! a ti, valiente
juntamente y discreto don Quijote,
de la Mancha esplendor, de España estrella,
que para recobrar° su estado primo°   recover, original
20   la sin par Dulcinea del Toboso,
es menester que Sancho, tu escudero,
se dé tres mil azotes y trecientos
en ambas sus valientes posaderas,
al aire descubiertas, y de modo
25   que le escuezan,° le amarguen° y le enfaden.   smart, sting
Y en esto se resuelven todos cuantos
de su desgracia han sido los autores,
y a esto es mi venida,[7] mis señores.

"¡Voto a tal!" dijo a esta sazón Sancho, "No digo yo tres mil azotes,
30   pero así me daré yo tres, como tres puñaladas. ¡Válate el diablo por modo
de desencantar! ¡Yo no sé qué tienen que ver mis posas° con los encan-   rear end
tos! Par Dios que si el señor Merlín no ha hallado otra manera como
desencantar a la señora Dulcinea del Toboso, encantada se podrá ir a la
sepultura."
35   "'Tomaros he yo,°'" dijo Don Quijote, "don villano, harto de ajos, y   I'll take you
'amarraros he° a un árbol, desnudo como vuestra madre os parió, y no   I'll tie you
digo yo tres mil y trecientos, sino seis mil y seis cientos azotes os daré, tan
bien pegados,° que no se os caigan a tres mil y trecientos tirones.[8] Y no   laid on
me repliquéis palabra, que os arrancaré el alma.'"   heart
40   Oyendo lo cual Merlín, dijo: "No ha de ser así, porque los azotes

---

7   **A esto…** *and that's why I came*
8   There is a pun here with **tirón**, meaning *stuck on* and *pulled off.* These
lashes will be so well stuck on he won't be able to take them off with as many tugs.
Not a very good pun, but then again, Don Quijote is livid.

"¡Yo no sé qué tienen que ver mis posas con los encantos!"

que ha de recebir el buen Sancho, han de ser por su voluntad y no por
fuerza, y en el tiempo que él quisiere. Que no se le pone 'término señalado.° Pero permítesele que si él quisiere redemir su vejación por la mitad   time limit
de este vapulamiento,⁹ puede dejar que se los dé ajena mano, aunque sea
algo pesada."

"Ni ajena, ni propia, ni pesada, ni por pesar," replicó Sancho, "a mí
no me ha de tocar alguna° mano. ¿Parí yo, por ventura, a la señora Dul-   **ninguna**
cinea del Toboso, para que paguen mis posas lo que pecaron sus ojos?¹⁰
El señor mi amo sí, que es parte suya, pues la llama a cada paso «mi vida,
mi alma,» sustento y arrimo suyo, se puede y debe azotar por ella y hacer
todas las diligencias necesarias para su desencanto. Pero ¿azotarme yo?
¡Abernuncio!"¹¹

Apenas acabó de decir esto Sancho, cuando levantándose en pie la
argentada° ninfa que junto al espíritu de Merlín venía, quitándose el sutil   silvered
velo del rostro, le descubrió tal,° que a todos pareció más que demasia-   **tal rostro**
damente hermoso, y con un desenfado varonil° y con una voz no muy   mannish
adamada,° hablando derechamente con Sancho Panza, dijo: "¡Oh mala-   feminine
venturado escudero, alma de cántaro, corazón de alcornoque, de entrañas
guijeñas° y apedernaladas!° Si te mandaran, ladrón, desuellacaras, que   stone, flinty
te arrojaras de una alta torre al suelo; si te pidieran, enemigo del género
humano, que te comieras una docena de sapos, dos de lagartos y tres de
culebras; si te persuadieran a que mataras a tu mujer y a tus hijos con
algún truculento° y agudo alfanje, no fuera maravilla que te mostraras   huge
melindroso y esquivo. Pero hacer caso de tres mil y trecientos azotes, que
no hay 'niño de la doctrina,° por ruin° que sea, que no se los lleve cada   orphan, frail
mes,¹² admira, adarva, espanta a todas las entrañas piadosas de los que
lo escuchan y aun las de todos aquellos que lo vinieren a saber con el
discurso del tiempo.¹³

"Pon ¡oh miserable y endurecido° animal! pon, digo, eso tus ojos de   hardened
machuelo° espantadizo° en las niñas destos° míos, comparados a rutilan-   mule, skittish, **destos**
tes° estrellas, y veráslos llorar hilo a hilo y madeja a madeja,¹⁴ haciendo   *ojos;* shining
surcos, carreras y sendas¹⁵ por los hermosos campos de mis mejillas. Mué-
vate, socarrón y mal intencionado monstro, que la edad tan florida° mía,   blossoming
que aún se está todavía en el diez y...° de los años, pues tengo diez y nue-   (missing in text)

---

9 **Quisiere redemir...** *wants to cut his whipping in half*

10 **¿Para qué paguen mis posas lo que pecaron sus ojos?** *Why should my
rear end pay for the sins of her eyes?* doesn't make sense to me. Some translate it
something like *Why should my rear end pay for her mistakes?*

11 Deformation of **abrenuncio** *I renounce*, a Latinism used during the sac-
rament of baptism to reject the devil.

12 **Que no...** *who doesn't get as many every month*

13 **Admira, adarva...** [to make a big deal of this] *will amaze, stun, and
astonish all those pious souls who hear it and those who will come to hear of it with the
passage of time*

14 The threads and skeins are metaphors for tears.

15 **Surcos, carreaas...** *furrows, lines, and paths*

ve y no llego a veinte, se consume y marchita[16] debajo de la corteza de una rústica labradora. Y si ahora no lo parezco es merced particular que me ha hecho el señor Merlín, que está presente, sólo porque te enternezca mi belleza. Que las lágrimas de una afligida hermosura vuelven en algodón los riscos y los tigres en ovejas.[17]

"Date, date en esas carnazas,° °bestión indómito,° y saca de harón[18] ese   **hams, untamed brute**
brío que a sólo comer y más comer te inclina.° Y pon en libertad la lisura   **moves**
de mis carnes, la mansedumbre de mi condición y la belleza de mi faz. Y
si por mí no quieres ablandarte° ni reducirte a algún razonable término,[19]   **relent**
hazlo por ese pobre caballero que a tu lado tienes, por tu amo, digo, de
quien estoy viendo el alma, que la tiene atravesada° en la garganta, no   **stuck**
diez dedos[20] de los labios, que no espera sino tu rígida o blanda repuesta,[21]
o para salirse por la boca, o para volverse al estómago."

Tentóse oyendo esto la garganta don Quijote, y dijo, volviéndose al duque: "Por Dios, señor, que Dulcinea ha dicho la verdad, que aquí tengo el alma atravesada en la garganta, como una nuez[22] de ballesta."

"¿Qué decís vos a esto, Sancho?" preguntó la duquesa.

"Digo, señora," respondió Sancho, "lo que tengo dicho—que de los azotes abernuncio."

"*Abrenuncio* habréis de decir, Sancho, y no como decís," dijo el duque.

"Déjeme vuestra grandeza," respondió Sancho, "que no estoy agora para mirar en sotilezas, ni en letras más a menos, porque me tienen tan turbado estos azotes que me han de dar o me tengo de dar, que no sé lo que me digo ni lo que me hago. Pero querría yo saber de la señora, mi señora doña Dulcinea del Toboso, adonde aprendió el modo de rogar que tiene. Viene a pedirme que me abra las carnes a azotes, y llámame 'alma de cántaro' y 'bestión indómito,' con una tiramira° de malos nombres,   **series**
que el diablo los sufra. ¿Por ventura son mis carnes de bronce? ¿O vame a mí algo en que se desencante o no?[23] ¿Qué canasta de ropa blanca, de camisas, de tocadores° y de escarpines,° aunque no los gasto,° trae delante   **handkerchiefs, socks,**
de sí para ablandarme, sino un vituperio y otro, sabiendo aquel refrán que   **wear**
dicen por ahí, que «un asno cargado de oro sube ligero por una montaña,»
y que «dádivas quebrantan° peñas», y «a Dios rogando y con el mazo   **break**
dando»,[24] y que «más vale un toma que dos te daré»?

"Pues el señor, mi amo, que había de traerme la mano por el cerro y

---

16 Her youth is the subject of these two verbs.

17 **Vuelven en…** *make cliffs into cotton and tigers into sheep*

18 **Saca de…** *remove your sluggishness*

19 **Ni reducirte…** *nor adhere to some reasonable time limit*

20 This is the width of ten fingers, maybe eight inches.

21 Probable typographical error for **respuesta**.

22 The **nuez** is where the cord releases the arrow from the crossbow. There is also a play on words with **nuez de garganta** *Adam's apple.*

23 **O vame…** *or what do I care if she is disenchanted or not?*

24 **A Dios…** *pray devoutly and hammer stoutly.* Starkie's good translation

halagarme° para que yo me hiciese de lana y de algodón cardado,²⁵ dice   treat me tenderly
que si me coge me amarrará desnudo a un árbol, y me doblará la parada²⁶
de los azotes. Y habían de considerar estos lastimados señores que no
solamente piden que se azote un escudero, sino un gobernador. Como
quien dice: «bebe con guindas».²⁷ Aprendan, aprendan mucho de enhoramala a saber rogar, y a saber pedir, y a tener crianza. Que «no son todos
los tiempos unos», «ni están los hombres siempre de un buen humor».
Estoy yo ahora reventando de pena por ver mi sayo verde roto, y vienen a
pedirme que me azote de mi voluntad, estando ella tan ajena dello, como
de volverme cacique.°"   Indian chief

"Pues en verdad, amigo Sancho," dijo el duque, "que si no os ablan-
dáis más que una breva° madura, que no habéis de empuñar el gobierno.   fig
Bueno sería que yo enviase a mis insulanos un gobernador cruel, de en-
trañas pedernalinas,° que no 'se doblega° a las lágrimas de las afligidas   hard, acquiesces
doncellas ni a los ruegos de discretos, imperiosos° y antiguos encantado-   powerful
res y sabios. En resolución, Sancho: o vos habéis de ser azotado, o os han
de azotar, o no habéis de ser gobernador."

"Señor," respondió Sancho, "¿no se me darían dos días de término
para pensar lo que me está mejor?"

"No, en ninguna manera," dijo Merlín, "aquí, en este instante y en
este lugar ha de quedar asentado lo que ha de ser deste negocio—o Dulcinea volverá a la cueva de Montesinos y a su prístino estado de labradora,
o ya en el ser que está será llevada a los Elíseos Campos,²⁸ donde estará
esperando se cumpla el número del vápulo.°"   whiplashes

"Ea, buen Sancho," dijo la duquesa, "buen ánimo y buena correspon-
dencia° al pan que habéis comido del señor don Quijote, a quien todos   appreciation
debemos servir y agradar por su buena condición y por sus altas caballerías. Dad el sí, hijo, desta azotaina,° y váyase el diablo para diablo y el   whipping
temor para mezquino.²⁹ Que «un buen corazón quebranta mala ventura,»
como vos bien sabéis."

A estas razones respondió con estas° disparatadas Sancho, que, ha-   **estas** *razones*
blando con Merlín, le preguntó: "Dígame vuesa merced, señor Merlín—
cuando llegó aquí el diablo correo, y dio a mi amo un recado del señor
Montesinos, mandándole de su parte que le esperase aquí, porque venía a
dar orden de que la señora Dulcinea del Toboso se desencantase, y hasta
agora no hemos visto a Montesinos ni a sus semejas."

A lo cual respondió Merlín: "El diablo, amigo Sancho, es un ignorante y un grandísimo bellaco. *Yo* le envié en busca de vuestro amo, pero

---

25 That is, *he ought to soften me up.*

26 **Doblar la parada** means, in cards, to double the bet.

27 **Guindas** are cherries. Sancho uses the expression, which means "piling
one good thing on another" in an ironic way.

28 The Elysian Fields was the place in Greek mythology where the gods
sent heroes to enjoy eternal life.

29 **El temor...** *(and leave) fear to the wretched*

no con recado de Montesinos, sino mío, porque Montesinos se está en su cueva, entendiendo, o por mejor decir, esperando su desencanto, que «aún le falta la cola por desollar». Si os debe algo o tenéis alguna cosa que negociar con él, yo os lo traeré y pondré donde vos más quisiéredes. Y por agora acabad de dar el sí de esta diciplina,° y creedme que os será de mucho provecho, así para el alma como para el cuerpo—para el alma, por la caridad con que la haréis; para el cuerpo, porque yo sé que sois de complexión sanguínea,° y no os podrá hacer daño sacaros un poco de sangre."

    "Muchos médicos hay en el mundo, hasta los encantadores son médicos," replicó Sancho, "pero, pues todos me lo dicen, aunque yo no me lo veo, digo que soy contento de darme los tres mil y trecientos azotes, con condición que me los tengo de dar cada y cuando que yo quisiere, sin que se me ponga tasa° en los días ni en el tiempo. Y yo procuraré salir de la deuda lo más presto que sea posible, porque goce el mundo de la hermosura de la señora doña Dulcinea del Toboso, pues, según parece, al revés de lo que yo pensaba, en efecto es hermosa. Ha de ser también condición que no he de estar obligado a sacarme sangre con la diciplina, y que si algunos azotes fueren de mosqueo,[30] se me han de tomar en cuenta. Iten, que si me errare en el número, el señor Merlín, pues lo sabe todo, ha de tener cuidado de contarlos y de avisarme los que me faltan o los que me sobran."

    "De las sobras no habrá que avisar," respondió Merlín, "porque llegando al cabal número, luego quedará de improviso desencantada la señora Dulcinea, y vendrá a buscar, como agradecida, al buen Sancho y a darle las gracias y aun premios por la buena obra. Así que no hay de qué tener escrúpulo de las sobras ni de las faltas, ni el cielo permita que yo engañe a nadie, aunque sea en un pelo de la cabeza."

    "Ea, pues, a la mano de Dios," dijo Sancho, "yo consiento en mi mala ventura, digo, que yo acepto la penitencia con las condiciones apuntadas."

    Apenas dijo estas últimas palabras Sancho, cuando volvió a sonar la música de las chirimías y se volvieron a disparar infinitos arcabuces, y don Quijote se colgó del cuello de Sancho, dándole mil besos en la frente y en las mejillas. La duquesa y el duque y todos los circunstantes dieron muestras de haber recebido grandísimo contento, y el carro comenzó a caminar, y al pasar la hermosa Dulcinea inclinó la cabeza a los duques y hizo una gran reverencia a Sancho.

    Y ya, en esto, se venía 'a más andar° el alba alegre y risueña. Las florecillas° de los campos 'se descollaban y erguían,° y los líquidos cristales de los arroyuelos, murmurando por entre blancas y pardas guijas,° iban a dar tributo a los ríos que los esperaban. La tierra alegre, el cielo claro, el aire limpio, la luz serena, cada uno por sí y todos juntos daban manifiestas señales que el día que al aurora venía pisando las faldas[31] había de ser sereno y claro. Y satisfechos los duques de la caza y de haber conseguido

Margin glosses:
- whipping
- ruddy
- limit
- "to wit" moreover
- quickly
- little flowers, raised up; pebbles

---

30 A **mosqueo** is a swat to scare flies away, thus not very hard.
31 **Que al...** *which was treading on the skirts of the dawn*

su intención tan discreta y felicemente, se volvieron a su castillo con pro-
supuesto° de segundar en sus burlas. Que para ellos no había veras° que   objeᏣt, reality
más gusto les diesen.

Capítulo XXXVI. Donde se cuenta la estraña y jamás imaginada
5   *aventura de la dueña Dolorida, alias de la condesa Trifaldi, con*
   una carta que Sancho Panza escribió a su mujer, Teresa Panza.

TENÍA UN MAYORDOMO° EL duque de muy burlesco° y desenfadado   steward, jovial
ingenio, el cual hizo la figura de Merlín y acomodó todo el aparato
de la aventura pasada, compuso los versos y hizo que un paje hicie-
10 se a Dulcinea. Finalmente, con intervención° de sus señores ordenó otra,   assistance
del más gracioso y estraño artificio que puede imaginarse.

Preguntó la duquesa a Sancho otro día si había comenzado la tarea
de la penitencia que había de hacer por el desencanto de Dulcinea. Dijo
que sí, y que aquella noche se había dado cinco azotes. Preguntóle la du-
15 quesa que con qué se los había dado. Respondió que con la mano.

"Eso," replicó la duquesa, "más es darse de palmadas que de azotes. Yo
tengo para mí que el sabio Merlín no estará contento con tanta blandura.
Menester será que el buen Sancho haga algún diciplina de abrojos,° o de   metal thorns
las de canelones,° que se dejen sentir, porque «la letra con sangre entra»,[1]   cat-o'-nine-tails
20 y no se ha de dar tan barata la libertad de una tan gran señora como lo es
Dulcinea por tan poco precio. Y advierta Sancho que las obras de caridad
que se hacen tibia y flojamente° no tienen mérito ni valen nada."[2]   in a lax way

A lo que respondió Sancho: "Déme vuestra señoría alguna diciplina
o ramal° conveniente,° que yo me daré con él, como no me duela dema-   rope, appropriate
25 siado. Porque hago saber a vuesa merced que, aunque soy rústico, mis
carnes tienen más de algodón que de esparto, y no será bien que yo 'me
descríe° por el provecho ajeno."   damage myself

"Sea en buena hora," respondió la duquesa, "yo os daré mañana una
diciplina que os venga muy 'al justo° y se acomode con la ternura de   just right
30 vuestras carnes, como si fueran sus hermanas propias."

A lo que dijo Sancho: "Sepa vuestra alteza, señora mía de mi ánima,
que yo tengo escrita una carta a mi mujer Teresa Panza, dándole cuenta
de todo lo que me ha sucedido después que me aparté della. Aquí la
tengo en el seno, que no le falta más de ponerle el sobreescrito.° Querría   address
35 que vuestra discreción la leyese, porque me parece que va conforme a lo
de gobernador, digo, al modo que deben de escribir los gobernadores."

"Y ¿quién la notó?°" preguntó la duquesa.   dictated

"¿Quién la había de notar sino yo, pecador de mí?" respondió Sancho.

---

1 **La letra con sangre entra**, indicating that it was hard to learn, is a proverb (see Covarrubias, p. 763b, 27)

2 This sentence was excised from editions of the *Quijote* starting with the
Valencia edition of 1616.

"Y ¿escribístesla vos?" dijo la duquesa.

"Ni por pienso," respondió Sancho, "porque yo no sé leer ni escribir puesto que sé firmar."

"Veámosla," dijo la duquesa, "que a buen seguro que vos mostréis en ella la calidad y suficiencia° de vuestro ingenio."   capacity

Sacó Sancho una carta abierta del seno, y tomándola la duquesa, vio que decía desta manera:

CARTA DE SANCHO PANZA
A TERESA PANZA, SU MUJER

Si buenos azotes me daban, bien caballero me iba;[3] si buen gobierno me tengo, buenos azotes me cuesta. Esto no lo entenderás tú, Teresa mía, por ahora—otra vez lo sabrás. Has de saber, Teresa, que tengo determinado que andes en coche, que es lo que hace al caso,[4] porque todo otro andar es andar a gatas. Mujer de un gobernador eres, ¡mira si te roerá nadie los zancajos![5] Ahí te envío un vestido verde de cazador que me dio mi señora la duquesa. Acomódale en modo que sirva de 'saya y cuerpos° a nuestra hija. Don Quijote, mi amo, según he   bodice oído decir en esta tierra, es un loco cuerdo y un mentecato gracioso, y que yo no le voy en zaga. Hemos estado en la Cueva de Montesinos, y el sabio Merlín ha echado mano de mí para el desencanto de Dulcinea del Toboso, que por allá se llama Aldonza Lorenzo, con tres mil y trecientos azotes menos cinco, que me he de dar, quedará desencantada como la madre que la parió. No dirás desto nada a nadie, porque «pon lo tuyo en concejo,° y unos dirán que es blanco y   town council otros que es negro».[6]

De aquí a pocos días me partiré al gobierno, adonde voy con grandísimo deseo de hacer dineros, porque me han dicho que todos los gobernadores nuevos van con este mesmo deseo. Tomaréle el pulso y avisaréte si has de venir a estar conmigo o no. El rucio está bueno, y 'se te encomienda mucho,° y no lo pienso dejar aunque me   "he sends you his llevaran a ser Gran Turco.[7] La duquesa, mi señora, te besa mil veces   best" las manos. Vuélvele el retorno con dos mil, que no hay cosa que menos cueste ni valga más barata, según dice mi amo, que los buenos comedimientos. No ha sido Dios servido de depararme otra maleta con otros cien escudos como la de marras. Pero no te dé pena, Teresa mía, que «en salvo está el que repica», y «todo saldrá en la colada» del

---

3 It is assumed that this refers to an unattested proverb dealing with the lawbreaker who is whipped then put on the back of a donkey and paraded through town. See Part I, Chapter 22, p. 182. n. 14. Sancho is being ironic in a couple of ways, particularly in reference to his whiplashes.

4 **Que es…** *that's the appropriate thing*

5 **¡Mira si te…** *see if they say anything bad about you!*

6 Starting with **Pon**, this is a proverb, as you doubtless suspected.

7 This was the sultan of Constantinople. See Part I, Chapter 40. p. 360, n. 7.

gobierno, sino que me ha dado gran pena que me dicen que si una
vez le pruebo, que me tengo de comer las manos tras él, y si así fuese,
no me costaría muy barato, aunque los estropeados y mancos° ya tie-   one-armed persons
nen su calonjía° en la limosna que piden. Así que, por una vía o por   canonry
5   otra, tú has de ser rica, de buena ventura. Dios te la dé, como puede,
y a mí me guarde para servirte. Deste castillo, a veinte de julio 1614.
      Tu marido, el gobernador,
      SANCHO PANZA

      En acabando la duquesa de leer la carta, dijo a Sancho: "En dos
10   cosas anda un poco descaminado el buen gobernador—la una, en decir
o dar a entender que este gobierno se le han dado por los azotes que se
ha de dar, sabiendo él que no lo puede negar que cuando el duque, mi
señor, se le prometió, no se soñaba haber azotes en el mundo. La otra es
que se muestra en ella muy codicioso, y «no querría que orégano fuese»,
15   porque «la codicia rompe el saco,» y el gobernador codicioso hace la justicia desgobernada.°"   ungoverned
      "Y no lo digo por tanto,[8] señora," respondió Sancho, "y si a vuesa
merced le parece que la tal carta no va como ha de ir, no hay sino rasgarla
y hacer otra nueva, y podría ser que fuese peor si me lo dejan a mi caletre."
20   "No, no," replicó la duquesa, "buena está ésta, y quiero que el duque
la vea."
      Con esto se fueron a un jardín donde habían de comer aquel día.
Mostró la duquesa la carta de Sancho al duque, de que recibió grandísimo contento. Comieron, y después de alzado los manteles, y después
25   de haberse entretenido un buen espacio con la sabrosa conversación de
Sancho, a deshora se oyó el son tristísimo de un pífaro y el de un ronco y destemplado° tambor. Todos mostraron alborotarse con la confusa,   unharmonious
marcial° y triste armonía, especialmente don Quijote, que no cabía en   warlike
su asiento de puro alborotado. De Sancho no hay que decir, sino que
30   el miedo le llevó a su acostumbrado refugio, que era el lado o faldas de
la duquesa, porque real y verdaderamente el son que se escuchaba era
tristísimo y malencólico. Y estando todos así suspensos, vieron entrar
por el jardín adelante dos hombres vestidos de luto, tan luengo y tendido que les arrastraba por el suelo. Éstos venían tocando dos grandes
35   tambores, asimismo cubiertos de negro. A su lado venía el pífaro,° negro   fife player
y pizmiento como los demás. Seguía a los tres un personaje de cuerpo
agigantado,° amantado,° no que vestido, con una negrísima loba,° cuya   gigantic, draped, long
falda era asimismo desaforada de grande. Por encima de la loba le ceñía   gown
y atravesaba un ancho tahelí, también negro, de quien pendía un desme-
40   surado alfanje 'de guarniciones° y vaina° negra. Venía cubierto el rostro   with set stones, scab-
con un trasparente velo negro, por quien se entreparecía° una longísima°   bard; glimpsed, very
barba, blanca como la nieve. Movía el paso al son de los tambores[9] con   long

---

8   "Y no... *that's not what I mean*
9   Movía el... *he walked in time with the drums*

mucha gravedad y reposo. En fin, su grandeza, su contoneo,° su negrura° *affected gait, black-*
y su acompañamiento pudiera y pudo suspender[10] a todos aquellos que, *ness*
sin conocerle, le miraron.

    Llegó, pues, con el espacio° y prosopopeya° referida a hincarse de ro- *slowness, pomposity*
5 dillas ante el duque, que en pie, con los demás que allí estaban, le atendía.
Pero el duque en ninguna manera le consintió hablar hasta que se levan-
tase. Hízolo así el espantajo° prodigioso,° y puesto en pie, alzó el antifaz *frightening appari-*
del rostro y 'hizo patente° la más horrenda, la más larga, la más blanca *tion, monstrous; re-*
y 'más poblada° barba que hasta entonces humanos ojos habían visto, y *vealed; fullest*
10 luego desencajó y arrancó del ancho y dilatado pecho una voz grave y so-
nora, y poniendo los ojos en el duque, dijo: "Altísimo y poderoso señor: a
mí me llaman Trifaldín[11] el de la Barba Blanca, soy escudero de la condesa
Trifaldi, por otro nombre llamada la dueña Dolorida, de parte de la cual
traigo a vuestra grandeza una embajada, y es que la vuestra magnificencia
15 sea servida de darla facultad° y licencia para entrar a decirle su cuita, que *right*
es una de las más nuevas y más admirables que el más cuitado pensamiento del orbe pueda haber pensado. Y primero quiere saber si está en
este vuestro castillo el valeroso y jamás vencido caballero don Quijote de
la Mancha, en cuya busca viene a pie, y sin desayunarse, desde el reino de
20 Candaya[12] hasta este vuestro estado, cosa que se puede y debe tener a milagro, o a fuerza de encantamento. Ella queda a la puerta desta fortaleza
o casa de campo, y no aguarda para entrar sino vuestro beneplácito. Dije."

    Y tosió luego, y manoseóse° la barba de arriba abajo con entrambas *he smoothed*
manos, y con mucho sosiego estuvo atendiendo la repuesta del duque,
25 que fue: "Ya, buen escudero Trifaldín de la Blanca Barba, ha muchos días
que tenemos noticia de la desgracia de mi señora la condesa Trifaldi, a
quien los encantadores la hacen llamar la dueña Dolorida. Bien podéis,
estupendo escudero, decirle que entre y que aquí está el valiente caballero
don Quijote de la Mancha, de cuya condición generosa puede prometer-
30 se con seguridad todo amparo y toda ayuda, y asimismo le podréis decir
de mi parte que si mi favor le fuere necesario, no le ha de faltar, pues ya
me tiene obligado a dársele el ser caballero, a quien es anejo y concerniente favorecer a toda suerte de mujeres, en especial a las dueñas viudas,
menoscabadas y doloridas, cual lo debe estar su señoría."

35   Oyendo lo cual Trifaldín, inclinó la rodilla hasta el suelo, y haciendo
al pífaro y tambores° señal que tocasen, al mismo son y al mismo paso *drummers*
que había entrado, se volvió a salir del jardín, dejando a todos admirados
de su presencia y compostura.

    Y volviéndose el duque a don Quijote, le dijo: "En fin, famoso caba-

---

    10 That is, it could and *did* amaze…

    11 Clemencín observed that this is Italian—there is a character in both
Orlando Innamorato (mentioned many times and dies in Book I) and *Orlando
Furioso* (Book II) with the name Truffaldino (It. **truffare** = *to deceive*).

    12 Candaya seems to be an island which the squire later situates near mod-
ern Sri Lanka. Don't try to find it on the map since it's fictional.

llero, no pueden las tinieblas de la malicia ni de la ignorancia encubrir y
escurecer la luz del valor y de la virtud. Digo esto, porque apenas ha seis
días que la vuestra bondad está en este castillo, cuando ya os vienen a
buscar de lueñas y apartadas tierras, y no en carrozas° ni en dromedarios,   coaches
sino a pie y 'en ayunas,° los tristes, los afligidos, confiados que han de   fasting
hallar en ese fortísimo brazo el remedio de sus cuitas y trabajos, 'merced
a° vuestras grandes hazañas, que corren y rodean todo lo descubierto de   thanks to
la tierra."

"Quisiera yo, señor duque," respondió don Quijote, "que estuviera
aquí presente aquel bendito religioso, que a la mesa el otro día mostró tener tan mal talante y tan mala ojeriza contra los caballeros andantes, para
que viera por vista de ojos si los tales caballeros son necesarios en el mundo. Tocara, por lo menos, con la mano que los extraordinariamente afligidos y desconsolados, en casos grandes y en desdichas inormes, no van a
buscar su remedio a las casas de los letrados, ni a la de los sacristanes de
las aldeas, ni al caballero que nunca ha acertado a salir de los términos de
su lugar, ni al perezoso cortesano, que antes busca nuevas para referirlas
y contarlas que procura hacer obras y hazañas para que otros las cuenten
y las escriban. El remedio de las cuitas, el socorro de las necesidades, el
amparo de las doncellas, el consuelo de las viudas, en ninguna suerte de
personas se halla mejor que en los caballeros andantes, y de serlo yo doy
infinitas gracias al cielo, y doy por muy bien empleado cualquier desmán
y trabajo que en este tan honroso ejercicio pueda sucederme. Venga esta
dueña y pida lo que quisiere, que yo le libraré su remedio en la fuerza de
mi brazo y en la intrépida resolución de mi animoso espíritu."

Capítulo 37.[1] Donde se prosigue la famosa aventura de la dueña Dolorida.

EN EXTREMO SE HOLGARON el duque y la duquesa de ver cuán bien
iba respondiendo a su intención don Quijote, y a esta sazón dijo
Sancho:

"No querría yo que esta señora dueña pusiese algún tropiezo a la
promesa de mi gobierno, porque yo he oído decir a un boticario° toleda-   apothecary
no, que hablaba como un silguero,[2] que donde interviniesen° dueñas no   get involved
podía suceder cosa buena. ¡Válame Dios! y qué mal estaba con ellas el
tal boticario, de lo que yo saco° que, pues todas las dueñas son enfadosas   gather
e impertinentes, de cualquiera calidad y condición que sean, ¿qué serán
las que son doloridas, como han dicho que es esta condesa Tres Faldas o
Tres Colas?° Que en mi tierra faldas y colas, colas y faldas, todo es uno."   trains

---

1 Arabic numbers are used here in the first edition. Schevill, and everyone
else, EXCEPT ME, changes it to XXXVII.

2 A **silguero** (mod. **jilguero**) is a goldfinch; this apothecary spoke as well
as a goldfinch sings.

"Calla, Sancho amigo," dijo don Quijote, "que pues esta señora dueña de tan lueñes tierras viene a buscarme, no debe ser de aquellas que el boticario tenía en su número. Cuanto más que ésta es condesa, y cuando las condesas sirven de dueñas, será° sirviendo a reinas y a emperatrices, que ⁵ en sus casas son señorísimas° que se sirven de otras dueñas."

       °it must be like
       °great ladies

    A esto respondió doña Rodríguez, que se halló presente: "Dueñas tiene mi señora la duquesa en su servicio que pudieran ser condesas si la fortuna quisiera. Pero «allá van leyes do quieren reyes», y nadie diga mal de las dueñas, y más° de las antiguas y doncellas, que aunque yo no ¹⁰ lo soy, bien se me alcanza y se me trasluce la ventaja que hace una dueña doncella a una dueña viuda, y quien a nosotras trasquiló, las tijeras le quedaron en la mano."³

       °especially

    "Con todo eso," replicó Sancho, "hay tanto que trasquilar en las dueñas, según mi barbero, cuanto será mejor no menear el arroz, aunque se ¹⁵ pegue."

    "Siempre los escuderos," respondió doña Rodríguez, "son enemigos nuestros, que como son duendes° de las antesalas° y nos veen a cada paso, los ratos que no rezan, que son muchos, los gastan en murmurar de nosotras, desenterrándonos los huesos⁴ y enterrándonos la fama. Pues ²⁰ mándoles yo a los 'leños movibles,° que, mal que les pese, hemos de vivir en el mundo y en las casas principales, aunque muramos de hambre y cubramos con un negro monjil° nuestras delicadas o no delicadas carnes, como quien cubre o tapa un muladar con un tapiz en día de procesión.⁵ A fe que si me fuera dado y el tiempo lo pidiera, que yo diera a entender, no ²⁵ sólo a los presentes, sino a todo el mundo, como no hay virtud que no se encierre en una dueña."

       °elves, antechambers

       °"gallies"

       °nun's habit

    "Yo creo," dijo la duquesa, "que mi buena doña Rodríguez tiene razón, y muy grande, pero conviene que aguarde tiempo para 'volver por° sí y por las demás dueñas, para confundir° la mala opinión de aquel mal boticario ³⁰ y desarraigar° la que tiene en su pecho el gran Sancho Panza."

       °defend

       °refute

       °remove

    A lo que Sancho respondió: "Después que tengo humos° de gobernador se me han quitado los 'vaguidos de° escudero y no se me da por cuantas dueñas hay un cabrahigo."

       °taste

       °taste for being

    Adelante pasaran con el coloquio dueñesco,° si no oyeran que el pífaro y los tambores volvían a sonar, por donde entendieron que la dueña ³⁵ Dolorida entraba. Preguntó la duquesa al duque si sería bien ir a recebirla, pues era condesa y persona principal.

       °dueña-ish

    "Por lo que tiene de condesa," respondió Sancho, antes que el duque respondiese, "'bien estoy° en que vuestras grandezas salgan a recebirla, ⁴⁰ pero por lo de dueña, soy de parecer que no se muevan un paso."

       °I agree

---

    3 **Quien a...** *he who sheared us has the shears in his hand.* That is, the person who did it to us can do it to others.

    4 *Digging up our bones* seems to refer to "finding our obvious faults."

    5 These are Catholic processions—religious parades—on fixed days (such as Good Friday and Corpus Christi), for funerals, and for other events.

"¿Quién te mete a ti en eſto, Sancho?" dijo don Quijote.

"¿Quién, señor?" respondió Sancho. "Yo me meto, que puedo meter-me, como escudero que ha aprendido los términos de la cortesía en la escuela de vuesa merced, que es el más cortés y bien criado caballero que
⁵ hay en 'toda la cortesanía,° y en eſtas cosas, según he oído decir a vuesa   realm of courtesy
merced, «tanto se pierde por carta de más como por carta de menos, y «al
buen entendedor,° pocas palabras»."   underſtander

"Así es como Sancho dice," dijo el duque. "Veremos el talle de la
condesa⁶ y por él tantearemos° la cortesía que se le debe."   we'll measure
¹⁰ En eſto entraron los tambores y el pífaro como la vez primera.

Y aquí con eſte breve capítulo dio fin el autor, y comenzó el otro si-guiendo la mesma aventura, que es una de las más notables de la hiſtoria.

Capítulo XXXVIII. Donde se cuenta la¹ que dio de su mala an-danza la dueña Dolorida.

¹⁵   **D**ETRÁS DE LOS TRISTES músicos comenzaron a entrar por el jar-dín adelante haſta cantidad de doce dueñas, repartidas en dos
hileras, todas veſtidas de unos monjiles anchos, al parecer, de
'anascote batanado,° con unas tocas blancas de delgado canequí,° tan   fine lightweight wool,
luengas, que sólo el ribete° del monjil descubrían. Tras ellas venía la con-   muslin; hems
²⁰ desa Trifaldi, a quien traía de la mano el escudero Trifaldín de la Blanca
Barba, veſtida de finísima y negra bayeta 'por frisar,° que, a venir frisada,   unnapped
descubriera cada grano del grandor de un garbanzo de los buenos de
Martos.² La cola o falda, o como llamarla quisieren, era de tres puntas,
las cuales se suſtentaban en las manos de tres pajes asimesmo veſtidos de
²⁵ luto, haciendo una viſtosa y matemática figura con aquellos tres ángulos
acutos, que las tres puntas formaban, por lo cual cayeron todos los que la
falda puntiaguda miraron, que por ella se debía llamar la Condesa Trifal-di, como si dijésemos la Condesa de las tres faldas. Y así dice Benengeli
que fue verdad, y que de su propio apellido se llama³ la Condesa Lobuna,°   wolfish
³⁰ a causa que se criaban en su condado muchos lobos, y que, si como eran
lobos fueran zorras,° la llamaran la Condesa Zorruna, por ser coſtumbre   foxes
en aquellas partes tomar los señores la denominación de sus nombres de
la cosa, o cosas, en que más sus eſtados abundan. Empero eſta condesa,
por favorecer la novedad de su falda, dejó el Lobuna, y tomó el Trifaldi.

---

6 **Veremos el…** *let's see what the countess is like*

1 This **la** refers to **cuenta** *account*, even though **cuenta** is a verb and not a
noun.

2 **A venir…** *had it been napped, each tuft would have been the size of a Martos
chickpea.* Martos is an Andalusian town in the province of Jaén. The indefatigable
Rodríguez Marín found documents showing that Cervantes went to Martos in
1592 and collected 150 bushels of chickpeas for use in gallies (vol. 6, p. 153, n. *1).

3 The firſt edition has **llama**. Schevill changed it to **llamó**.

Venían las doce dueñas y la señora a paso de procesión, cubiertos los roſtros con unos velos negros, y no trasparentes como el de Trifaldín, sino tan apretados que ninguna cosa se traslucían.

Así como acabó de parecer el dueñesco escuadrón, el duque, la duquesa y don Quijote se pusieron en pie, y todos aquellos que la espaciosa° — slow
procesión miraban. Pararon las doce dueñas y 'hicieron calle,° por medio — cleared a passage
de la cual la Dolorida 'se adelantó,° sin dejarla de la mano Trifaldín, vien- — came forward
do lo cual el duque, la duquesa y don Quijote, se adelantaron obra de doce
pasos a recebirla.

Ella, pueſta las rodillas en el suelo, con voz antes baſta° y ronca que — rough
sutil y dilicada, dijo: "Vueſtras grandezas sean servidas de no hacer tanta
cortesía a eſte su criado, digo a eſta su criada, porque según soy de dolorida, no acertaré a responder a lo que debo, a causa que mi eſtraña y jamás
viſta desdicha me ha llevado el entendimiento,° no sé adónde, y debe de — senses
ser muy lejos, pues cuanto más le busco, menos le hallo."

"Sin él° eſtaría," respondió el duque, "señora condesa, el que no des- — el *entendimiento*
cubriese por vueſtra persona vueſtro valor,[4] el cual, sin más ver, es mere-
cedor de toda la nata de la cortesía, y de toda la flor de las bien criadas
ceremonias."

Y levantándola de la mano, la llevó a asentar en una silla junto a la
duquesa, la cual la recibió asimismo con mucho comedimiento.

Don Quijote callaba, y Sancho andaba muerto por ver el roſtro de la
Trifaldi y de alguna de sus muchas dueñas. Pero no fue posible, haſta que
ellas de su grado y voluntad se descubrieron.

Sosegados todos y pueſtos en silencio, eſtaban esperando quién le
había de romper,° y fue la dueña Dolorida con eſtas palabras: "Confiada — romper *el silencio*
eſtoy, señor poderosísimo, hermosísima señora y discretísimos circuns-
tantes, que ha de hallar mi cuitísima[5] en vueſtros valerosísimos pechos
acogimiento, no menos plácido que generoso y doloroso.[6] Porque ella
es tal, que es baſtante a enternecer los mármoles, y a ablandar los diamantes, y a molificar los aceros de los más endurecidos corazones del
mundo.[7] Pero antes que salga a la plaza de vueſtros oídos, por no decir
orejas, quisiera que 'me hicieran sabidora° si eſtá en eſte gremio, corro y — let me know
compañía,[8] el acendradísimo° caballero don Quijote de la Manchísima, y — very unblemished
su escuderísimo[9] Panza."

_____

4 That is, **el que no descubriese vueſtro valor por vueſtra persona** *he who could not tell your worth by seeing how you look.*

5 **Cuitísima** would mean *great affliction*, but you cannot put **-ísimo** on nouns, in principle.

6 **Mi cuita ha de hallar acogimiento (no menos plácido que generoso y doloroso) en vueſtros valerosísimos pechos** *my affliction will find a no less atten-tive than generous and sympathetic reception in your moſt valiant hearts*

7 **A molificar...** *to soften the ſteel of the moſt hardened hearts in the world*

8 **Gremio, corro...** *guild, group, and company*

9 Needless to say, **Manchísima, escuderísimo** and those that follow are not normally possible.

"El Panza," antes que otro respondiese, dijo Sancho, "aquí está, y el
don Quijotísimo asimismo. Y así podréis, dolorosísima dueñísima, decir
lo que quisieridísimis.° Que todos estamos prontos y aparejadísimos° a
ser vuestros servidorísimos."

quisiéredes, very
prepared

5   En esto, se levantó don Quijote, y encaminando sus razones a la
Dolorida dueña, dijo: "Si vuestras cuitas, angustiada señora, se pueden
prometer alguna esperanza de remedio por algún valor o fuerzas de algún andante caballero, aquí están las mías, que aunque flacas y breves,°
todas se emplearán en vuestro servicio. Yo soy don Quijote de la Mancha,

limited

10 cuyo asumpto es acudir a toda suerte de menesterosos, y siendo esto así,
como lo es, no habéis menester, señora, 'captar benevolencias,° ni buscar
preámbulos, sino a la llana y sin rodeos decir vuestros males. Que oídos°
os escuchan, que sabrán, si no remediarlos, dolerse dellos."

to beg for favors
listeners

  Oyendo lo cual la Dolorida dueña, 'hizo señal de° querer arrojarse

showed that

15 a los pies de don Quijote, y aun se arrojó, y pugnando por abrazárselos,
decía: "Ante estos pies y piernas me arrojo, ¡oh caballero invicto! por ser
los que son basas y colunas de la andante caballería. Estos pies quiero
besar, de cuyos pasos pende° y cuelga todo el remedio de mi desgracia,

hangs

¡oh valeroso andante, cuyas verdaderas fazañas dejan atrás y escurecen las
20 fabulosas de los Amadises, Esplandianes y Belianises!"

  Y dejando a don Quijote, se volvió a Sancho Panza y asiéndole de las
manos, le dijo: "¡Oh tú, el más leal escudero que jamás sirvió a caballero
andante en los presentes, ni en los pasados siglos, más luengo en bondad
que la barba de Trifaldín, mi acompañador que está presente! Bien pue-
25 des preciarte que en servir al gran don Quijote sirves 'en cifra° a toda la

in effect

caterva de caballeros que han tratado las armas en el mundo. Conjúrote,
por lo que debes a tu bondad fidelísima,° me seas buen intercesor con

most loyal

tu dueño, para que luego favorezca a esta humildísima y desdichadísima
condesa."

30   A lo que respondió Sancho: "De que sea mi bondad, señoría mía,
tan larga y grande como la barba de vuestro escudero, a mí me hace muy
poco al caso.[10] Barbada y con bigotes tenga yo mi alma cuando desta vida
vaya, que es lo que importa. Que de las barbas de acá, poco o nada me
curo.[11] Pero, sin esas socaliñas° ni plegarias, yo rogaré a mi amo, que sé

cunning

35 que me quiere bien, y más, agora que me ha menester para cierto negocio, que favorezca y ayude a vuesa merced en todo lo que pudiere. Vuesa
merced desembaule° su cuita, y cuéntenosla, y 'deje hacer,° que todos nos

disclose, leave it to
us

entenderemos."

  Reventaban de risa con estas cosas los duques, como aquellos que
40 habían tomado el pulso a la tal aventura, y alababan entre sí la agudeza° y

shrewdness

disimulación de la Trifaldi, la cual, volviéndose a sentar, dijo: "Del famoso
reino de Candaya, que cae entre la gran Trapobana y el mar del Sur, dos

---

10 **A mí...** *it doesn't matter much to me*
11 **Que de...** *I care little or not at all about beards here* [on earth]

leguas más allá del cabo Comorín,[12] fue señora la reina doña Maguncia,[13] viuda del rey Archipiela,[14] su señor y marido, de cuyo matrimonio tuvieron y procrearon a la infanta Antonomasia,[15] heredera del reino, la cual dicha infanta Antonomasia se crió y creció debajo de mi tutela° y doctrina,°   protection, instruction
5 por ser yo la más antigua y la más principal dueña de su madre. Sucedió, pues, que yendo días y viniendo días, la niña Antonomasia llegó a edad de catorce años, con tan gran perfección de hermosura, que no la pudo subir° más de punto la naturaleza. Pues ¡digamos agora que la discreción   increase era mocosa! Así era discreta como bella, y era la más bella del mundo, y lo
10 es, 'si ya° los hados invidiosos y las parcas° endurecidas no la han cortado   unless, fates la estambre° de la vida. Pero no habrán, que no han de permitir los cielos   yarn que se haga tanto mal a la tierra, como sería llevarse 'en agraz° el racimo   prematurely del más hermoso veduño° del suelo.   grapevine

"De esta hermosura, y no-como-se-debe encarecida de mi torpe len-
15 gua, se enamoró un número infinito de príncipes, así naturales como estranjeros, entre los cuales osó levantar los pensamientos al cielo de tanta belleza un caballero particular, que en la corte estaba, confiado en su mocedad y en su bizarría° y en sus muchas habilidades y gracias, y facilidad   elegance y felicidad de ingenio. Porque hago saber a vuestras grandezas, si no lo
20 tienen por enojo, que tocaba una guitarra que la hacía hablar, y más que era poeta y gran bailarín,° y sabía hacer una jaula de pájaros, que solamen-   dancer te a hacerlas[16] pudiera ganar la vida, cuando se viera en estrema necesidad. Que todas estas partes y gracias son bastantes a derribar una montaña, no que una delicada doncella. Pero toda su gentileza y buen donaire, y
25 todas sus gracias y habilidades fueran poca o ninguna parte para rendir la fortaleza de mi niña, si el ladrón desuellacaras no usara del remedio de rendirme a mí primero. Primero quiso el malandrín y desalmado vagamundo granjearme la voluntad, y cohecharme° el gusto, para que yo, mal   bribe me alcaide,° le entregase las llaves de la fortaleza que guardaba.   governess
30 "En resolución, él me aduló° el entendimiento, y me rindió la volun-   flattered tad con no sé qué dijes y brincos° que me dio. Pero lo que más me hizo   headdress pins postrar y dar conmigo por el suelo[17] fueron unas coplas que le oí cantar una noche, desde una reja que caía a una callejuela donde él estaba, que si mal no me acuerdo decían:

---

12 Trapobana refers to modern Sri Lanka. See Part I, Chapter 18, p. 141, l. 36, n. 13. Cape Comorin is the southern tip of India. The South Sea is the Pacific Ocean (see note 24).

13 **Maguncia** is the Spanish name for Mainz, on the Rhine River in Germany, where Gutenberg set up his printing press.

14 Abreviated form of **archipiélago**, a series of islands.

15 **Antonomasia** is a rhetorical device where you use a proper name to represent a class of persons or a specific person, such as "Juan is a real Solomon" (= wise ruler), or an epithet used to represent a person.

16 **Solamente a...** *if he made only them*

17 **Me hizo...** *brought my downfall*

De la dulce mi enemiga
nace un mal que al alma hiere,
y por más tormento, quiere
que se sienta y no se diga.[18]

"Parecióme la trova de perlas, y su voz, de almíbar,° y después acá,   syrup
digo, desde entonces, viendo el mal en que caí por estos y otros semejantes versos, he considerado que de las buenas y concertadas repúblicas
se habían de desterrar los poetas, como aconsejaba Platón,[19] a lo menos
los lascivos, porque escriben unas coplas, no como las del marqués de
Mantua, que entretienen y hacen llorar los niños y a las mujeres, sino
unas agudezas° que a modo de blandas espinas os atraviesan el alma, y   subtleties
como rayos os hieren en ella, dejando sano el vestido.[20] Y otra vez cantó:

Ven, muerte, tan escondida,
que no te sienta venir;
porque el placer del morir
no me torne a dar la vida.[21]

"Y deste jaez otras coplitas° y estrambotes° que, cantados encantan,   little verses, refrains
y escritos suspenden. Pues ¿qué° cuando se humillan a componer un gé-   what happens
nero de verso que en Candaya se usaba entonces, a quien ellos llamaban
seguidillas? Allí era el brincar° de las almas, el retozar° de la risa, el des-   frisking about, frol-
asosiego° de los cuerpos, y finalmente, el azogue de todos los sentidos. Y   icking; restlessness
así digo, señores míos, que los tales trovadores con justo título los debían
desterrar a las 'Islas de los Lagartos.° Pero no tienen ellos la culpa, sino   deserted islands
los simples que los alaban, y las bobas que los creen. Y si yo fuera la
buena dueña que debía, no me habían de mover sus trasnochados con-   "literary conceits"
ceptos,° ni había de creer ser verdad aquel decir, «Vivo muriendo, ardo en
el hielo, tiemblo en el fuego, espero sin esperanza, pártome y quédome»
con otros imposibles° desta ralea,° de que están sus escritos llenos. Pues   impossible things,
¿qué cuando prometen el fénix de Arabia, la corona de Aridiana,[22] los   kind

---

18 This is a translation from the 15th-century Italian poet Serafino dell'Aquila (1466-1500), annotated by editors since Juan Antonio Pellicer put it in his 1797 edition of the *Quijote*.

19 In Plato's *Republic*, III.

20 **Dejando sano...** *without tearing your dress*

21 This is modified from a popular **redondilla** by Comendador Escrivá (fifteenth century) and published in the *Cancionero general* in Valencia (1511).

22 **Aridiana** is a rustic way of referring to Ariadna (Ariadne, in Greek mythology). When she married Dionysus, he gave her a crown, now among the stars, known as the *corona borealis*.

caballos del Sol,²³ del Sur las perlas,²⁴ de Tíbar el oro,²⁵ y de Pancaya el bálsamo?²⁶ Aquí es donde ellos alargan más la pluma,²⁷ como les cuesta poco prometer lo que jamás piensan, ni pueden cumplir. Pero ¿dónde 'me divierto?° ¡Ay de mí, desdichada! ¿Qué locura, o qué desatino me lleva a   I am wandering

5   contar las ajenas faltas, teniendo tanto que decir de las mías? ¡Ay de mí, otra vez, sin ventura! Que no me rindieron los versos, sino mi simplicidad. No me ablandaron las músicas, sino mi liviandad. Mi mucha ignorancia y mi poco advertimiento° abrieron el camino y desembarazaron la senda   lack of caution a los pasos de don Clavijo—que éste es el nombre del referido caballero.

10   Y así, siendo yo la medianera, él se halló una y muy muchas veces en la estancia de la por mí y no por él engañada Antonomasia, debajo del título de verdadero esposo. Que aunque pecadora, no consintiera° que, sin ser   I would not consent su marido, la llegara a la vira²⁸ de la suela de sus zapatillas.° ¡No, no, eso   slippers no—el matrimonio ha de ir adelante en cualquier negocio destos, que

15   por mí se tratare! Solamente hubo un daño en este negocio, que fue el de la desigualdad, por ser don Clavijo un caballero particular, y la infanta Antonomasia heredera, como ya he dicho, del reino.

"Algunos días estuvo encubierta y solapada° en la sagacidad de mi   hidden recato esta maraña, hasta que me pareció que la iba descubriendo a más

20   andar no sé qué hinchazón° del vientre de Antonomasia, cuyo temor nos   swelling hizo entrar en bureo a los tres, y 'salió dél° que antes que se saliese a luz   the result was el mal recado, don Clavijo pidiese ante el vicario° por su mujer a Antono-   vicar masia, en fe de una cédula,° que de ser su esposa la infanta le había hecho,²⁹   contract notada por mi ingenio con tanta fuerza, que las de Sansón no pudieran

25   romperla. Hiciéronse las diligencias,° vio el vicario la cédula, tomó el tal   preparations vicario la confesión a la señora,° confesó 'de plano,° mandóla depositar en   i.e., Antonomasia's, casa de un 'alguacil de corte° muy honrado."   openly; bailiff

A esta sazón dijo Sancho: "También en Candaya hay alguaciles de corte, poetas y seguidillas. Por lo que puedo jurar que imagino que todo

30   el mundo es uno. Pero dése vuesa merced priesa, señora Trifaldi, que es tarde, y ya me muero por saber el fin desta tan larga historia."

"Sí haré," respondió la condesa.

---

23 The Roman god Sol (Helios in Greek) drove his four-horse chariot across the sky every day. These are the horses referred to here.

24 This "mar del sur" was the Pacific Ocean discovered (!) by Núñez de Balboa in 1513, where pearls, large and small, were found.

25 Many think that Tíbar is a river. Rodríguez Marín maintains that it comes from the Arabic **tibr** meaning *pure*, thus it refers to pure gold.

26 Pancaya refers to Felix Arabia, modern Yemen, a fertile region, celebrated for its spices, among other things.

27 **Aquí es...** *here* [where they promise these fabulous items just mentioned] *is where they let their pens run free*

28 The **vira** is the "welt of the shoe," a strip through which the sole is stitched to the upper.

29 **Que de...** *which the princess had made agreeing to be his wife*

Capítulo XXXIX. Donde la Trifaldi prosigue su estupenda y memorable historia.

D E CUALQUIERA PALABRA QUE Sancho decía la duquesa gustaba tanto, como se desesperaba don Quijote, y mandándole que callase, la Dolorida prosiguió, diciendo: "En fin, al cabo de muchas demandas y respuestas, como la infanta se estaba 'siempre en sus trece,° sin salir ni variar de la primera declaración, el vicario sentenció en favor de don Clavijo, y se la entregó por su legítima esposa, de lo que recibió tanto enojo la reina doña Maguncia, madre de la infanta Antonomasia, que dentro de tres días la enterramos."

  "Debió de morir, sin duda," dijo Sancho.

  "Claro está," respondió Trifaldín, "que en Candaya no se entierran las personas vivas, sino las muertas."

  "Ya se ha visto, señor escudero," replicó Sancho, "enterrar un desmayado, creyendo ser muerto, y parecíame a mí que estaba la reina Maguncia obligada a desmayarse antes que a morirse. Que con la vida muchas cosas se remedian, y no fue tan grande el disparate de la infanta, que obligase a sentirle tanto. Cuando se hubiera casado esa señora con algún paje suyo, o con otro criado de su casa, como han hecho otras muchas, según he oído decir, fuera° el daño sin remedio. Pero el haberse casado con un caballero tan gentilhombre, y tan entendido como aquí nos le han pintado, en verdad en verdad, que aunque fue necedad, no fue tan grande como se piensa. Porque según las reglas de mi señor, que está presente y no me dejará mentir, así como se hacen de los hombres letrados los obispos,¹ se pueden hacer de los caballeros, y más si son andantes, los reyes y los emperadores."

  "Razón tienes, Sancho," dijo don Quijote, "porque un caballero andante, como tenga dos dedos de ventura, está en potencia propincua de ser el mayor señor del mundo. Pero pase adelante la señora Dolorida. Que a mí se me trasluce que le falta por contar lo amargo desta hasta aquí dulce historia."

  "Y ¡cómo si queda lo amargo!" respondió la condesa, "y tan amargo, que en su comparación son dulces las tueras,² y sabrosas las adelfas.³ Muerta, pues, la reina, y no desmayada, la enterramos, y apenas la cubrimos con la tierra, y apenas le dimos el último VALE, cuando, *quis talia fando temperet a lachrymis?*⁴ puesto sobre un caballo de madera, pareció

persisting stubbornly

sería

---

 1 **Así como...** *just as educated men become bishops.* The next phrase follows suit.

 2 These "bitter apples" aren't apples at all, but rather a kind of Mediterranean squash.

 3 The oleander is characterized by a poisonous milky juice.

 4 From Virgil's *Æneid*, II, 6 and 8: "Who, on hearing this, can contain his tears."

encima de la sepultura de la reina el gigante Malambruno, 'primo corma-   first cousin
no° de Maguncia, que junto con ser cruel era encantador, el cual con sus
artes, en venganza de la muerte de su cormana, y por castigo del atrevimiento de don Clavijo, y por despecho de la demasía de Antonomasia, los
5   dejó encantados sobre la mesma sepultura, a ella, convertida en una jimia°   female ape
de bronce, y a él, en un espantoso cocodrilo de un metal no conocido, y
entre los dos está un padrón° asimismo de metal, y en él escritas en lengua   column
siríaca° unas letras, que, habiéndose declarado° en la candayesca,° y ahora   Syrian, i.e., translated,
en la castellana, encierran esta sentencia: Candayan

10   *No* COBRARÁN SU PRIMERA FORMA ESTOS DOS ATREVIDOS AMANTES,
HASTA QUE EL VALEROSO MANCHEGO VENGA CONMIGO A LAS MANOS
EN SINGULAR BATALLA. *Que* PARA SOLO SU GRAN VALOR GUARDAN
LOS HADOS ESTA NUNCA VISTA AVENTURA.

"Hecho esto, sacó de la vaina un ancho y desmesurado alfanje, y
15   asiéndome a mí por los cabellos, 'hizo finta° de querer segarme° la gola,°   threatened, cut, throat
y 'cortarme cercen la cabeza.° Turbéme, pegóseme la voz a la garganta,   cut off my head
quedé mohina en todo extremo. Pero con voz tembladora° y doliente, le   trembling
dije tantas y tales cosas, que le hicieron suspender la ejecución de tan riguroso castigo. Finalmente, hizo traer ante sí todas las dueñas de palacio,
20   que fueron estas que están presentes, y después de haber exagerado nuestra culpa, y vituperado° las condiciones de las dueñas, sus malas mañas° y   condemned, customs
peores trazas, y cargando a todas la culpa que yo sola tenía, dijo que no
quería con pena capital castigarnos, sino con otras penas dilatadas,° que   prolonged
nos diesen una muerte civil[5] y continua, y en aquel mismo momento y
25   punto que acabó de decir esto, sentimos todas que se nos abrían los poros
de la cara, y que por toda ella nos punzaban° como con puntas de agujas.   punctured
Acudimos luego con las manos a los rostros, y hallámonos de la manera
que ahora veréis."
Y luego la Dolorida y las demás dueñas alzaron los antifaces con
30   que cubiertas venían, y descubrieron los rostros todos poblados de barbas,
'cuales rubias,° cuales negras, cuales blancas, y cuales albarrazadas,° de   some blond, brown-
cuya vista mostraron quedar admirados el duque y la duquesa, pasma-   ish red
dos don Quijote y Sancho, y atónitos todos los presentes, y la Trifaldi
prosiguió: "Desta manera nos castigó aquel follón y mal intencionado
35   de Malambruno, cubriendo la blandura y morbidez° de nuestros rostros   smoothness
con la aspereza destas cerdas. Que pluguiera al cielo que antes con su
desmesurado alfanje nos hubiera derribado las testas,° que no que nos   heads
asombrara° la luz de nuestras caras con esta borra° que nos cubre, porque   darken, animal hair
si entramos en cuenta, señores míos—y esto que voy a decir agora, lo
40   quisiera decir hechos mis ojos fuentes,[6] pero la consideración de nuestra

---

5 In Part I, Chapter 22, p. 184, n. 26, **muerte civil** was something different
from here, where it means *a wretched life.*

6 **Lo quisiera…** *I wish I could cry while saying it*

Y luego la Dolorida y las demás dueñas alzaron los antifaces con que cubiertas venían,
y descubrieron los rostros todos poblados de barbas

desgracia y los mares que hasta aquí han llovido, los tienen sin humor y
secos como aristas,° y así lo diré sin lágrimas—digo, pues, que ¿adónde   chaff
podrá ir una dueña con barbas? ¿Qué padre o qué madre se dolerá de-
lla? ¿Quién la dará ayuda? Pues aun cuando tiene la tez° lisa, y el rostro   skin of face
5   martirizado con mil suertes de menjurjes° y mudas, apenas halla quien   cosmetics
bien la quiera, ¿qué hará cuando descubra hecho un bosque su rostro?[7]
¡Oh dueñas y compañeras mías, en desdichado punto nacimos, en hora
menguada nuestros padres nos engendraron!"

Y diciendo esto, dio muestras de desmayarse.

10 *Capítulo XL. De cosas que atañen y tocan a esta aventura y a esta
memorable historia.*

R EAL Y VERDADERAMENTE TODOS los que gustan de semejantes
historias como ésta deben de mostrarse agradecidos a Cide Hamete, su autor primero, por la curiosidad° que tuvo en contarnos   care
15 las semínimas° della, sin dejar cosa, por menuda que fuese, que no la   quarter notes
sacase a luz distintamente. Pinta los pensamientos, descubre las imagina-
ciones, responde a las tácitas,° aclara las dudas, resuelve los argumentos.   ***preguntas* tácitas**
Finalmente, los átomos del más curioso deseo manifiesta. ¡Oh autor ce-
lebérrimo! ¡Oh don Quijote dichoso! ¡Oh Dulcinea famosa! ¡Oh Sancho
20 Panza gracioso! Todos juntos y cada uno de por sí viváis siglos infinitos,
para gusto y general pasatiempo de los vivientes.

Dice, pues, la historia que así como Sancho vio desmayada a la Dolorida, dijo: "Por la fe de hombre de bien juro, y por el siglo de todos
mis pasados los Panzas, que jamás he oído ni visto, ni mi amo me ha
25 contado, ni en su pensamiento ha cabido semejante aventura como ésta.
Válgate mil Satanases,[1]—por no maldecirte, por encantador y gigante[2]—
Malambruno, y ¿no hallaste otro género de castigo que dar a estas peca-
doras, sino el de barbarlas?° ¿Cómo y no fuera mejor, y a ellas les estuviera   putting beards on
más a cuento,[3] quitarles la mitad de las narices de medio arriba, aunque   them
30 hablaran gangoso,° que no ponerles barbas? Apostaré yo que no tienen   with a twang
hacienda para pagar a quien las rape."

"Así es la verdad, señor," respondió una de las doce, "que no tenemos
hacienda para mondarnos,° y así hemos tomado algunas de nosotras por   have ourselves
remedio ahorrativo° de usar de unos pegotes o parches pegajosos,[4] y apli-   trimmed; econo-
35 cándolos a los rostros y tirando de golpe, quedamos rasas y lisas como   mizing
fondo de mortero de piedra.[5] Que puesto que hay en Candaya mujeres

---

7 **Cuando dscubra...** *when they find out her face has been turned into a forest?*
1 **Válgate mil...** *may a thousand devils take you away*
2 **Por no...** *not to curse you, since you are both an enchanter and a giant*
3 **¿Cómo y no...** *wouldn't it have been better for them, and more appropriate*
4 **Pegotes o...** *sticky patches or sticky plasters*
5 A stone mortar, such as the kind used with pestles by pharmacists to

que andan de casa en casa a quitar el vello y a pulir° las cejas y hacer otros   pluck
menjurjes tocantes a mujeres, nosotras las dueñas de mi señora por jamás
quisimos admitirlas,° porque las más oliscan a terceras, habiendo dejado   las = *mujeres*
de ser primas.⁶ Y si por el señor don Quijote no somos remediadas, con
5 barbas nos llevarán a la sepultura."

"Yo me pelaría las mías," dijo don Quijote, "en tierra de moros, si no
remediase las vueſtras."

A eſte punto volvió de su desmayo la Trifaldi, y dijo: "El retintín°   sound
desa promesa, valeroso caballero, en medio de mi desmayo llegó a mis
10 oídos, y ha sido parte para que yo dél vuelva y cobre todos mis sentidos,
y así, de nuevo os suplico, andante ínclito y señor indomable,° vueſtra   unconquerable
graciosa promesa se convierta en obra."

"Por mí no quedará,"⁷ respondió don Quijote. "Ved, señora, qué es lo
que tengo de hacer. Que el ánimo eſtá muy pronto para serviros."

15 "Es el caso," respondió la Dolorida, "que desde aquí al reino de Candaya, si se va por tierra, hay cinco mil leguas, dos más a menos. Pero si
se va por el aire, y por la línea reƈta, hay tres mil y docientas y veinte y
siete. Es también de saber que Malambruno me dijo que cuando la suerte
me deparase al caballero nueſtro libertador, que él le enviaría una cabal-
20 gadura° harto mejor y con menos malicias que las que son 'de retorno,°   mount, rental
porque ha de ser aquel mesmo caballo de madera sobre quien llevó el
valeroso Pierres robada a la linda Magalona,⁸ del cual caballo se rige por
una clavija que tiene en la frente, que le sirve de freno, y vuela por el aire
con tanta ligereza, que parece que los mesmos diablos le llevan. Eſte tal
25 caballo, según es tradición antigua, fue compueſto° por aquel sabio Mer-   made
lín. Preſtósele a Pierres, que era su amigo, con el cual hizo grandes viajes
y robó, como se ha dicho, a la linda Magalona, llevándola a las ancas por
el aire, dejando embobados a cuantos desde la tierra los miraban. Y no
le preſtaba sino a quien él quería o mejor se lo pagaba,⁹ y desde el gran
30 Pierres haſta ahora no sabemos que haya subido alguno en él. De allí le
ha sacado Malambruno con sus artes y le tiene en su poder, y se sirve dél
en sus viajes, que los hace por momentos, por diversas partes del mundo,
y hoy eſtá aquí y mañana en Francia, y otro día en Potosí,¹⁰ y es lo bueno
que el tal caballo ni come, ni duerme, ni gaſta° herraduras, y lleva un   wears out

---

grind medicines, would become very smooth after long use.

    6 **Oliscan a...** *they smell of go-betweens (***terceras***), no longer being prime*
proſtitutes

    7 **Por mí...** *there will be no delay because of me*

    8 Martín de Riquer, the person who knows Old French and medieval
Spanish heroic literature beſt, says that this episode of the flying wooden horse
derives from an Old French source (*ca.* 1290) called *Ƈléomadès*, which was prosi-
fied in the Spanish *Hiſtoria del muy valeroso e esforzado caballero Ƈlamades...*
(Burgos, 1521, and reprinted many times). See also notes 15 and 16 in Part I,
Chapter 49, p. 440.

    9 **O mejor...** *or* [whoever] *paid him well*

    10 Potosí is in Bolivia and here refers to faraway places.

portante° por los aires, sin tener alas, que el que lleva encima puede llevar   quick pace
una taza llena de agua en la mano, sin que se le derrame gota, según camina llano° y reposado, por lo cual la linda Magalona se holgaba mucho   smoothly
de andar caballera en él."

5   A esto dijo Sancho: "Para andar reposado y llano, mi rucio, puesto
que no anda por los aires. Pero, por la tierra, yo 'le cutiré° con cuantos   will match him
portantes° hay en el mundo."   against; amblers

Riéronse todos y la Dolorida prosiguió: "Y este tal caballo, si es que
Malambruno quiere dar fin a nuestra desgracia, antes que sea media hora
10   entrada la noche¹¹ estará en nuestra presencia. Porque él me significó que
la señal que me daría por donde yo entendiese que había hallado el caballero que buscaba, sería enviarme el caballo, 'donde fuese,° con como-   wherever
didad y presteza."

"Y ¿cuántos caben en ese caballo?" preguntó Sancho.

15   La Dolorida respondió: "Dos personas, la una en la silla y la otra en
las ancas, y por la mayor parte estas tales dos personas son caballero y
escudero, cuando falta alguna robada doncella."

"Querría yo saber, señora Dolorida," dijo Sancho, "qué nombre tiene
ese caballo."

20   "El nombre," respondió la Dolorida, "no es como el caballo de
Belorofonte,¹² que se llamaba Pegaso; ni como el del Magno Alejandro,
llamado Bucéfalo; ni como el del furioso Orlando, cuyo nombre fue Bri-
lladoro; ni menos Bayarte, que fue el de Reinaldos de Montalbán; ni
Frontino como el de Rugero; ni Bootes, ni Peritoa, como dicen que se
25   llaman los del Sol;¹³ ni tampoco se llama Orelia, como el caballo en que
el desdichado Rodrigo, último rey de los godos, entró en la batalla donde
perdió la vida y el reino."

"Yo apostaré," dijo Sancho, "que pues no le han dado ninguno desos
famosos nombres de caballos tan conocidos, que tampoco le habrán dado
30   el de mi amo, Rocinante, que en ser propio¹⁴ excede a todos los que se
han nombrado."

"Así es," respondió la barbada condesa, "pero todavía le cuadra mucho,
porque se llama Clavileño¹⁵ el Alígero,° cuyo nombre conviene con el ser   swift
de leño y con la clavija que trae en la frente, y con la ligereza con que

---

11 **Antes que...** *before the night is half an hour old*

12 Bellerophon (**Belorofonte** in the first edition) captured the flying horse
Pegasus and used him on many adventures. When he tried to fly to heaven, the
gods sent a gadfly to sting the horse, and Bellerophon was killed having been
flung from the horse.

13 The horses of the Sun (See Ovid's *Metamorphoses*, II, III) are Pyrœis,
Eous, Æton, and Phlegon, and not Bootes and Peritoa. Boötes is the Plow-
man constellation in the northern sky. Peritoa possibly refers to Theseus' friend
Peirithous, who became a perpetual prisoner of Hades for trying to abduct
Persephone.

14 **Que en...** *because it is so fitting*

15 **Clavileño** comes from **clavija** *peg* and **leño** *wood*.

camina, y así, en cuanto al nombre, bien puede competir con el famoso Rocinante."

"No me descontenta el nombre," replicó Sancho, "pero ¿con qué freno o con qué jáquima 'se gobierna?'"

⁵   "Ya he dicho," respondió la Trifaldi, "que con la clavija, que volviéndola° a una parte o a otra el caballero que va encima, le hace caminar como quiere, o ya por los aires, o ya raſtreando° y casi barriendo la tierra, o por el medio, que es el que se busca y se ha de tener en todas las acciones bien ordenadas."

¹⁰   "Ya lo querría ver," respondió Sancho, "pero pensar que tengo de subir en él, ni en la silla ni en las ancas, es «pedir peras al olmo». ¡Bueno es que apenas puedo tenerme en mi rucio, y sobre un albarda más blanda que la mesma seda, y querrían ahora que me tuviese en unas ancas de tabla sin cojín ni almohada alguna! Pardiez, yo no me pienso moler por quitar las
¹⁵ barbas a nadie. Cada cual se rape como más le viniere a cuento, que yo no pienso acompañar a mi señor en tan largo viaje, cuanto más que yo no debo de hacer al caso para el rapamiento deſtas barbas como lo soy para el desencanto de mi señora Dulcinea."

"Sí sois, amigo," respondió la Trifaldi, "y tanto que sin vueſtra presen-
²⁰ cia entiendo que no haremos nada."

"¡Aquí del rey!" dijo Sancho. "¿Qué tienen que ver los escuderos con las aventuras de sus señores? ¿Hanse de llevar ellos la fama de las que acaban, y hemos de llevar nosotros el trabajo?¹⁶ ¡Cuerpo de mí! Aun si dijesen los hiſtoriadores:¹⁷ 'El tal caballero acabó la tal y tal aventura, pero con
²⁵ ayuda de Fulano su escudero, sin el cual fuera imposible el acabarla.' Pero, ¡que escriban a secas: 'Don Paralipómenon de las Tres Eſtrellas acabó la aventura de los seis veſtiglos,' sin nombrar la persona de su escudero que se halló presente a todo, como si no fuera en el mundo! Ahora, señores, vuelvo a decir que mi señor se puede ir solo, y buen provecho le haga.
³⁰ Que yo me quedaré aquí en compañía de la duquesa mi señora, y podría ser que cuando volviese hallase mejorada la causa de la señora Dulcinea en tercio y quinto, porque pienso, en los ratos ociosos y desocupados, darme una tanda° de azotes, que no me la cubra pelo."¹⁸

"Con todo eso, le habéis de acompañar si fuere necesario, buen San-
³⁵ cho, porque os lo rogarán buenos.° Que no han de quedar por vueſtro inútil temor tan poblados los roſtros deſtas señoras, que cierto sería mal caso."

"¡Aquí del rey otra vez!" replicó Sancho. "Cuando eſta caridad se hiciera por algunas doncellas recogidas, o por algunas niñas de la doſtrina,
⁴⁰ pudiera el hombre aventurarse a cualquier trabajo. Pero que lo sufra por quitar las barbas a dueñas, ¡mal año! 'Mas que° las viese yo a todas con

Right margin glosses:
is controlled
turning it
skimming
batch
important people
aunque

---

16 **¿Hanse de…** *are they supposed to get all the fame for the adventures they do while we have to do the work?*

17 **Aun si…** *if the hiſtorians would only say*

18 **Que no…** *so that my hair won't grow back*

barbas desde la mayor haſta la menor, y de la más melindrosa haſta la
más repulgada.°"   affe&ted

"Mal eſtáis con las dueñas, Sancho amigo," dijo la duquesa, "mucho
os vais tras la opinión del boticario toledano, pues a fe que no tenéis ra-
5 zón. Que dueñas hay en mi casa que pueden ser ejemplo de dueñas. Que
aquí eſtá mi doña Rodríguez que no me dejará decir otra cosa."

"Mas que la diga vueſtra excelencia," dijo Rodríguez, "que Dios sabe
la verdad de todo, y buenas o malas, barbadas o lampiñas° que seamos   beardless
las dueñas, también nos parió nueſtra madre como a las otras mujeres, y
10 pues Dios nos echó en el mundo, Él sabe para qué, y a su misericordia me
atengo, y no a las barbas de nadie."

"Ahora bien, señora Rodríguez," dijo don Quijote, "y señora Trifaldi
y compañía, yo espero en el cielo que mirará con buenos ojos vueſtras
cuitas. Que Sancho hará lo que yo le mandare, ya viniese Clavileño, y
15 ya me viese con Malambruno. Que yo sé que no habría navaja que con
más facilidad rapase a vueſtras mercedes como mi espada raparía de los
hombros la cabeza de Malambruno. Que Dios sufre a los malos, pero no
para siempre."

"¡Ay!" dijo a eſta sazón la Dolorida. "Con benignos ojos miren a vues-
20 tra grandeza, valeroso caballero, todas las eſtrellas de las regiones celeſtes[19]
e infundan en vueſtro ánimo toda prosperidad y valentía para ser escudo
y amparo del vituperoso° y abatido género dueñesco, abominado de boti-   censured
carios, murmurado de escuderos y socaliñado° de pajes. Que mal haya la   tricked
bellaca que en la flor de su edad no 'se metió° primero a ser monja, que   became
25 a dueña. ¡Desdichadas de nosotras las dueñas, que aunque vengamos por
línea reɕta de varón en varón del mismo Héɕtor el troyano,[20] no dejaran
de echaros un vos[21] nueſtras señoras si pensasen por ello ser reinas![22] ¡Oh
gigante Malambruno, que aunque eres encantador, eres certísimo en tus
promesas! Envíanos ya al sin par Clavileño, para que nueſtra desdicha
30 se acabe. Que si entra el calor y eſtas nueſtras barbas duran, ¡guay° de   alas!
nueſtra ventura!"

Dijo eſto con tanto sentimiento la Trifaldi, que sacó las lágrimas de
los ojos de todos los circunſtantes, y aun arrasó los de Sancho, y propuso
en su corazón de acompañar a su señor haſta las últimas partes del mundo,
35 si es que en ello consiſtiese quitar la lana de aquellos venerables roſtros.

---

19 That is, **Que todas las eſtrellas [de las regiones celeſtes] miren a vuestra grandeza, [valeroso caballero], con benignos ojos.**

20 Héɕtor was a great warrrior, a good son, and a loving husband, and has
nothing to do with **dueñas.**

21 **Vos** was used for inferiors, as you know.

22 **Si pensasen…** *if they think it'll make them feel like queens*

Capítulo XLI. De la venida de Clavileño, con el fin desta dilatada aventura.

LLEGÓ EN ESTO LA noche, y con ella el punto° determinado en que   time
el famoso caballo Clavileño viniese, cuya tardanza fatigaba ya a
don Quijote, pareciéndole que, pues Malambruno se detenía en
enviarle, o° que él no era el caballero para quien estaba guardada aquella   either
aventura, o° que Malambruno no osaba venir con él a singular batalla.   or
Pero veis aquí, cuando a deshora entraron por el jardín cuatro salvajes
vestidos todos de verde yedra, que sobre sus hombros traían un gran
caballo de madera.

Pusiéronle de pies en el suelo, y uno de los salvajes dijo: "Suba sobre
esta máquina el que tuviere ánimo para ello."

"Aquí," dijo Sancho, "yo no subo, porque ni tengo ánimo, ni soy
caballero."

Y el salvaje prosiguió, diciendo: "Y ocupe las ancas el escudero, si
es que lo tiene, y fíese del valeroso Malambruno, que si no fuere de su
espada, de ninguna otra ni de otra malicia será ofendido.[1] Y no hay más
que torcer° esta clavija que sobre el cuello trae puesta, que él los llevará   twist
por los aires adonde los atiende Malambruno. Pero porque la alteza° y   altitude
sublimida° del camino no les cause vaguidos,° se han de cubrir los ojos   loftiness, dizziness
hasta que el caballo relinche, que será señal de haber dado fin a su viaje."

Esto dicho, dejando a Clavileño, con gentil continente se volvieron
por donde habían venido. La Dolorida, así como vio al caballo, casi
con lágrimas dijo a don Quijote: "Valeroso caballero, las promesas de
Malambruno han sido ciertas, el caballo está en casa, nuestras barbas
crecen, y cada una de nosotras y con cada pelo dellas te suplicamos nos
rapes y tundas,° pues no está° en más sino en que subas en él con tu   shear, consists
escudero y des felice principio a vuestro nuevo viaje."

"Eso haré yo, señora condesa Trifaldi, de muy buen grado y de
mejor talante, sin ponerme a tomar cojín, ni calzarme espuelas, por no
detenerme, tanta es la gana que tengo de veros a vos, señora, y a todas
estas dueñas rasas y mondas."

"Eso no haré yo," dijo Sancho, "ni de malo ni de buen talante, en
ninguna manera. Y si es que este rapamiento no se puede hacer sin que
yo suba a las ancas, bien puede buscar mi señor otro escudero que le
acompañe, y estas señoras otro modo de alisarse° los rostros. Que yo no   make smooth
soy brujo, para gustar de andar por los aires. Y ¿qué dirán mis insulanos
cuando sepan que su gobernador se anda paseando por los vientos? Y otra
cosa más—que habiendo tres mil y tantas leguas de aquí a Candaya, si el
caballo se cansa, o el gigante 'se enoja,° tardaremos en dar la vuelta media   becomes vexed
docena de años, y ya ni habrá ínsula, ni ínsulos en el mundo que me
conozcan. Y pues se dice comúnmente que «en la tardanza va el peligro»

---

1 **Si no...** by no sword other than his [Malambruno's], nor by the malice of
another person, will he be attached

y que «cuando te dieren la vaquilla, acudas con la soguilla»,° perdónenme   cord
las barbas de estas señoras, que «bien se está San Pedro en Roma». Quiero
decir que bien me estoy en esta casa, donde tanta merced se me hace, y de
cuyo dueño tan gran bien espero, como es verme gobernador."

A lo que el duque dijo: "Sancho amigo, la ínsula que yo os he
prometido no es movible ni fugitiva.° Raíces tiene tan hondas echadas   perishable
en los abismos de la tierra, que no la arrancarán ni mudarán de donde
está a° tres tirones. Y pues vos sabéis que sé yo que no hay ningún género   ***ni* a**
de oficio destos de mayor cantía° que no se granjee con alguna suerte de   importance
cohecho, 'cual más, cual menos,° el que yo quiero llevar por este gobierno   big or small
es que vais° con vuestro señor don Quijote a dar cima y cabo a esta   **vayáis**
memorable aventura. Que ahora° volváis sobre Clavileño con la brevedad   whether
que su ligereza promete, ora° la contraria fortuna os traiga y vuelva a pie,   or
hecho romero,° de mesón en mesón, y de venta en venta, 'siempre que°   pilgrim, whenever
volviéredes hallaréis vuestra ínsula donde la dejáis, y a vuestros insulanos
con el mesmo deseo de recebiros por su gobernador que siempre han
tenido, y mi voluntad será la mesma, y no pongáis duda en esta verdad,
señor Sancho. Que sería hacer notorio agravio al deseo que de serviros
tengo."

"No más, señor," dijo Sancho, "yo soy un pobre escudero y no puedo
llevar a cuestas tantas cortesías. Suba mi amo, tápenme estos ojos, y
encomiéndenme a Dios, y avísenme si cuando vamos° por esas altanerías°   **vayamos,** heights
podré encomendarme a nuestro Señor, o invocar los ángeles que me
favorezcan."[2]

A lo que respondió Trifaldi: "Sancho, bien podéis encomendaros a
Dios, o a quien quisiéredes. Que Malambruno, aunque es encantador, es
cristiano y hace sus encantamentos con mucha sagacidad y con mucho
tiento, sin meterse con nadie."

"Ea, pues," dijo Sancho, "Dios me ayude y la Santísima Trinidad de
Gaeta."[3]

"Desde la memorable aventura de los batanes," dijo don Quijote,
"nunca he visto a Sancho con tanto temor como ahora, y si yo fuera tan
agorero como otros, su pusilanimidad° me hiciera algunas cosquillas en   cowardliness
el ánimo.[4] Pero llegaos° aquí, Sancho. Que con licencia destos señores os   come
quiero hablar aparte dos palabras."

Y apartando a Sancho entre unos árboles del jardín, y asiéndole ambas
las manos, le dijo: "Ya vees, Sancho hermano, el largo viaje que nos espera,
y que sabe Dios cuándo volveremos dél, ni la comodidad y espacio que
nos darán los negocios. Y así querría que ahora te retirases en tu aposento,
como que vas a buscar alguna cosa necesaria para el camino, y en un «dacá
las pajas» te dieses 'a buena cuenta° de los tres mil y trecientos azotes a   a large amount

---

2 Since this voyage smacks of sorcery, Sancho is loathe to invoke God, fearing some kind of divine retribution.

3 See Part II, Chapter 22, p. 627, n. 35.

4 **Me hiciera...** *might make my courage waver*

que estás obligado, siquiera quinientos, que dados te los tendrás. Que el comenzar las cosas es tenerlas medio acabadas."

"¡Par Dios!" dijo Sancho, "¡que vuesa merced debe de ser menguado!° Esto es como aquello que dicen, «'En priesa° me vees y ¿doncellez° me demandas?'» ¿Ahora que tengo de ir sentado en una tabla rasa, quiere vuesa merced que me lastime las posas? En verdad en verdad que no tiene vuesa merced razón. Vamos ahora a rapar estas dueñas. Que a la vuelta yo le prometo a vuesa merced, como quien soy, de darme tanta priesa a salir de mi obligación que vuesa merced se contente, y no le digo más."

impaired
pregnant, virginity
want

Y don Quijote respondió: "Pues con esa promesa, buen Sancho, voy consolado, y creo que la cumplirás, porque, en efecto, aunque tonto, eres hombre verídico.°"

truthful

"No soy verde, sino moreno," dijo Sancho, "pero aunque fuera de mezcla, cumpliera° mi palabra."

I would keep

Y con esto se volvieron a subir en Clavileño, y al subir dijo don Quijote: "Tapaos, Sancho, y subid, Sancho. Que quien de tan lueñes tierras envía por nosotros no será para engañarnos, por la poca gloria que le puede redundar de engañar a quien dél se fía, y puesto que todo sucediese al revés de lo que imagino, la gloria de haber emprendido esta hazaña no la podrá escurecer malicia alguna."[5]

"Vamos, señor," dijo Sancho, "que las barbas y lágrimas destas señoras las tengo clavadas en el corazón, y no comeré bocado que 'bien me sepa° hasta verlas en su primera lisura. Suba vuesa merced, y tápese primero. Que si yo tengo de ir a las ancas, claro está que primero sube el de la silla."

tastes good to me

"Así es la verdad," replicó don Quijote.

Y sacando un pañuelo de la faldriquera, pidió a la Dolorida que le cubriese muy bien los ojos, y habiéndoselos cubierto, se volvió a descubrir y dijo: "Si mal no me acuerdo, yo he leído en Virgilio aquello del Paladión de Troya,[6] que fue un caballo de madera que los griegos presentaron a la diosa Palas, el cual iba preñado de caballeros armados, que después fueron la total ruina de Troya. Y así será bien ver primero lo que Clavileño trae en su estómago."

"No hay para qué," dijo la Dolorida, "que yo le fío, y sé que Malambruno no tiene nada de malicioso ni de traidor. Vuesa merced, señor don Quijote, suba sin pavor alguno, y a mi daño si alguno le

---

5 **La gloria...** *no malice can dim the glory of having undertaken this deed.* The **la** before **podrá** reflects **la gloria**.

6 Don Quijote here thinks that Paladión (Palladium) was the *name* of the Trojan Horse. In reality, the Greeks pretended that the Trojan Horse was an offering to Athena (Pallas) in order to make Troy impregnable. Once inside the city, Greek soldiers came out of the horse and opened the gates of the city so their army could enter. "Instar montis equum, divina Palladis arte, ædificant," *They built a horse as large as a mountain with the divine skill of Pallas, Æneid*, II, 15. I thank Nik Gross for the translation.

sucediere."[7]

Parecióle a don Quijote que cualquiera cosa que replicase° acerca   he might say
de su seguridad° sería poner en detrimento 'su valentía,° y así sin más   safety, **su *fama de***
altercar,[8] subió sobre Clavileño, y le tentó la clavija, que fácilmente 'se   ***valentía***
5   rodeaba,° y como no tenía estribos y le colgaban las piernas, no parecía   turned
sino figura de tapiz flamenco,° pintada o tejida, en algún romano triunfo.[9]   Flemish
De mal talante, y poco a poco, llegó a subir Sancho, y acomodándose lo
mejor que pudo en las ancas, las halló algo duras y no nada blandas, y
pidió al duque que, si fuese posible, le acomodasen de algún cojín, o de
10   alguna almohada, aunque fuese del estrado de su señora la duquesa o del
lecho de algún paje, porque las ancas de aquel caballo más parecían de
mármol que de leño.

A esto dijo la Trifaldi que ningún jaez ni ningún género de adorno
sufría sobre sí Clavileño. Que lo que podía hacer era ponerse a mujeriegas,
15   y que así no sentiría tanto la dureza. Hízolo así Sancho, y diciendo, "¡A
Dios!" se dejó vendar° los ojos, y ya después de vendados, se volvió a   blindfold
descubrir, y mirando a todos los del jardín tiernamente° y con lágrimas   tenderly
dijo que le ayudasen en aquel trance con sendos paternostres y sendas
avemarías, por que Dios deparase quien por ellos los dijese cuando en
20   semejantes trances se viesen.[10]

A lo que dijo don Quijote: "Ladrón, ¿estás puesto en la horca por
ventura, o en el último término de la vida, para usar de semejantes
plegarias? ¿No estás, desalmada y cobarde criatura, en el mismo lugar que
ocupó la linda Magalona, del cual decendió, no a la sepultura, sino a ser
25   reina de Francia, si no mienten las historias? Y yo, que voy a tu lado, ¿no
puedo ponerme° al del valeroso Pierres, que oprimió este mismo lugar   be like
que yo ahora oprimo? Cúbrete, cúbrete, animal descorazonado,° y no te   spiritless
salga a la boca el temor que tienes, a lo menos, en presencia mía."

"Tápenme," respondió Sancho, "y pues no quieren que me encomiende
30   a Dios ni que sea encomendado, ¿qué mucho[11] que tema no ande por aquí
alguna región de diablos que den con nosotros en Peralvillo?"[12]

Cubriéronse, y sintiendo don Quijote que estaba como había de estar,
tentó la clavija, y apenas hubo puesto los dedos en ella, cuando todas las
dueñas y cuantos estaban presentes levantaron las voces, diciendo: "¡Dios
35   te guíe, valeroso caballero! ¡Dios sea contigo, escudero intrépido! ¡Ya,

---

7 **A mi...** *I'll be responsible if anything happens.* **Alguno** refers to **daño.**

8 **Sin más...** *without further debate*

9 **En algún...** *of a Roman victory.* The stirrup wasn't invented until about
the year 500, after Roman times, and thus would not be depicted in a Roman
scene.

10 **Con sendos...** *with one Our Father and one Hail Mary apiece so that
God should provide them with people to say prayers for them if they were in similar
straits*

11 **¿Qué mucho?** *is it any wonder?*

12 Clemencín points out that Peralvillo was a town near Ciudad Real
where the Holy Brotherhood executed criminals.

ya vais por esos aires, rompiéndolos con más velocidad que una saeta! ¡Ya comenzáis a suspender y admirar a cuantos desde la tierra os están mirando! ¡Tente, valeroso Sancho—que 'te bamboleas°—mira no cayas!   you are tottering
Que será peor tu caída que la del atrevido mozo que quiso regir el carro
5 del Sol, su padre!"[13]

Oyó Sancho las voces, y apretándose con su amo, y ciñiéndole con los brazos, le dijo: "Señor, ¿cómo dicen éstos que vamos tan altos, si alcanzan acá sus voces y no parece sino que están aquí hablando, junto a nosotros?"

"No repares en eso, Sancho. Que como estas cosas y estas volaterías
10 van fuera de los cursos° ordinarios, de mil leguas verás y oirás lo que   course of events
quisieres. Y no me aprietes tanto, que me derribas. Y en verdad, que no sé de qué te turbas ni te espantas. Que osaré jurar que en todos los días de mi vida he subido en cabalgadura de paso más llano.° No parece sino que   smooth
no nos movemos de un lugar. Destierra, amigo, el miedo, que en efecto,
15 la cosa va como ha de ir, y el viento llevamos 'en popa.'"   from behind

"Así es la verdad," respondió Sancho, "que por este lado me da un viento tan recio, que parece que con mil fuelles° me están soplando."   bellows

Y así era ello—que unos grandes fuelles le estaban haciendo aire. Tan bien trazada estaba la tal aventura por el duque y la duquesa y su
20 mayordomo, que no le faltó requisito que la dejase de hacer perfecta.

Sintiéndose pues soplar don Quijote, dijo: "Sin duda alguna, Sancho, que ya debemos de llegar a la segunda región del aire, adonde se engendra el granizo, las nieves. Los truenos, los relámpagos, y los rayos se engendran en la tercera región, y si es que desta manera vamos subiendo,
25 presto daremos en la región del fuego, y no sé yo cómo templar° esta   turn
clavija para que no subamos donde 'nos abrasemos.'"[14]   get burned

En esto, con unas estopas[15] ligeras° de encenderse y apagarse, desde   easy
lejos, pendientes de una caña, les calentaban° los rostros. Sancho, que   warmed
sintió el calor, dijo: "Que me maten si no estamos ya en el lugar del fuego,
30 o bien cerca, porque una gran parte de mi barba se me ha chamuscado,° y   singed
estoy, señor, por descubrirme y ver en qué parte estamos."

"No hagas tal," respondió don Quijote, "y acuérdate del verdadero cuento del licenciado Torralba,[16] a quien llevaron los diablos en volandas por el aire, caballero en una caña, cerrados los ojos, y en doce horas llegó
35 a Roma, y se apeó en Torre de Nona, que es una calle de la ciudad,[17] y vio

---

13 This refers to Phæthon, son of Apollo, who took his father's chariot and rode across the sky. When he almost crashed into the earth, Zeus killed him with a lightning bolt.

14 This paragraph presents Ptolemy's thought on the nature of space.

15 This material, *tow* in English, represents tufts of flax or jute that burns easily and is easy to put out.

16 Dr. Eugenio Torralba was tried by the Inquisition in 1531 having been accused of going from Spain to Rome on a rod, and returned the same night. See Clemencín, p. 1756, n. 38.

17 The Tor de Nina was a dreadful prison, not a street.

todo el fracaso° y asalto y muerte de Borbón,[18] y por la mañana ya estaba   defeat
de vuelta en Madrid, donde dio cuenta de todo lo que había visto, el cual
asimismo dijo que cuando iba por el aire le mandó el diablo que abriese
los ojos, y los abrió, y se vio tan cerca, a su parecer, del cuerpo[19] de la luna,
que la pudiera asir con la mano, y que no osó mirar a la tierra por no
desvanecerse.° Así que, Sancho, no hay para qué descubrirnos. Que el que   faint
nos lleva a cargo, él 'dará cuenta de nosotros.° Y quizá vamos tomando   will take care of us
puntas[20] y subiendo en alto, para dejarnos caer de una sobre el reino de
Candaya, como hace el sacre o neblí[21] sobre la garza° para cogerla, por   heron
más que se remonte.° Y aunque nos parece que no ha media hora que nos   soars
partimos del jardín, créeme que debemos de haber hecho gran camino."

     "No sé lo que es," respondió Sancho Panza, "sólo sé decir que si la
señora Magallanes,[22] o Magalona, se contentó destas ancas, que no debía
de ser muy tierna de carnes."

     Todas estas pláticas de los dos valientes oían el duque y la duquesa
y los del jardín, de que recibían estraordinario contento. Y queriendo dar
remate a la estraña y bien fabricada aventura, por la cola de Clavileño le
pegaron fuego con unas estopas, y al punto, por estar el caballo lleno de
'cohetes tronadores,° voló por los aires con estraño ruido, y dio con don   loud rockets
Quijote y con Sancho Panza en el suelo, medio chamuscados.

     En este tiempo ya se habían desparecido del jardín todo el barbado
escuadrón de las dueñas, y la Trifaldi y todo, y los del jardín quedaron
como desmayados, tendidos por el suelo. Don Quijote y Sancho se
levantaron maltrechos, y mirando a todas partes, quedaron atónitos de
verse en el mesmo jardín de donde habían partido, y de ver tendido por
tierra tanto número de gente. Y creció más su admiración cuando a un
lado del jardín vieron hincada° una gran lanza en el suelo, y pendiente   stuck
della y de dos cordones° de seda verde un pergamino liso y blanco, en el   cords
cual con grandes letras de oro estaba escrito lo siguiente:

El ínclito caballero don Quijote de la Mancha feneció y acabó
la aventura de la condesa Trifaldi, por otro nombre llamada la
dueña Dolorida, y compañía, con sólo intentarla.

     Malambruno se da por contento y satisfecho a toda su
voluntad, y las barbas° de las dueñas ya quedan lisas y mondas, y los   chins
reyes° don Clavijo y Antonomasia, en su prístino estado. Y cuando   king and queen

---

18 This is Carlos, duque de Borbón (1490-1527), who was killed by a bullet
while Rome was being sacked by soldiers of Carlos V in May of 1527.

19 Jay Allen suggests that this might be a mistake for **cuerno**. See his edition, vol. 2, p. 369, n. 8.

20 **Vamos tomando...** *we are going higher.* This is precisely a falconry term,
the action which Don Quijote goes on to describe.

21 Both the **sacre** *saker* and the **neblí** are Old World falcons.

22 Magallanes is the Spanish name for the Portuguese explorer Fernão de
Magalhães (1480-1521) that we know as Magellan.

SE CUMPLIERE EL ESCUDERIL VÁPULO, LA BLANCA PALOMA SE VERÁ LIBRE
DE LOS 'PESTÍFEROS GIRIFALTES° QUE LA PERSIGUEN Y EN BRAZOS DE SU   foul falcons
QUERIDO ARRULLADOR.° QUE ASÍ ESTÁ ORDENADO POR EL SABIO ꞘMERLÍN,   flatterer
PROTOENCANTADOR DE LOS ENCANTADORES.

Habiendo, pues, don Quijote leído las letras del pergamino, claro
entendió que del desencanto de Dulcinea hablaban, y dando muchas
gracias al cielo de que con tan poco peligro hubiese acabado tan gran
fecho, reduciendo a su pasada tez los rostros de las venerables dueñas,
que ya no parecían, se fue adonde el duque y la duquesa aún no habían
vuelto en sí, y trabando de la mano al duque, le dijo: "¡Ea, buen señor,   it's all over
buen ánimo, buen ánimo, 'que todo es nada!° La aventura es ya acabada   with no harm to any-
'sin daño de barras,° como lo muestra claro el escrito que en aquel padrón   one
está puesto."

El duque, poco a poco y como quien de un 'pesado sueño recuerda,°   deep sleep,wakes up
fue volviendo en sí, y por el mismo tenor la duquesa y todos los que por
el jardín estaban caídos, con tales muestras de maravilla y espanto, que
casi se podían dar a entender haberles acontecido de veras lo que tan
bien sabían fingir de burlas. Leyó el duque el cartel° con los ojos medio   placard
cerrados, y luego, con los brazos abiertos, fue a abrazar a don Quijote,
diciéndole ser el más buen caballero que en ningún siglo se hubiese visto.

Sancho andaba mirando por la Dolorida, por ver qué rostro tenía
sin las barbas, y si era tan hermosa sin ellas como su gallarda disposición°   elegance
prometía. Pero dijéronle que así como Clavileño bajó ardiendo por los
aires y dio en el suelo, todo el escuadrón de las dueñas con la Trifaldi
había desaparecido, y que ya iban rapadas y sin cañones.°   stubble

Preguntó la duquesa a Sancho que cómo 'le había ido° en aquel largo   things had gone
viaje. A lo cual Sancho respondió: "Yo, señora, sentí que íbamos, según
mi señor me dijo, volando por la región del fuego, y quise descubrirme
un poco los ojos. Pero mi amo, a quien pedí licencia para descubrirme, no
la consintió. Mas yo, que tengo no sé qué briznas de curioso y de desear
saber lo que se me estorba y impide,²³ bonitamente, y sin que nadie lo viese,
por junto a las narices aparté° tanto cuanto el pañizuelo que me tapaba los   I lifted up
ojos, y por allí miré hacia la tierra, y parecióme que toda ella no era mayor
que un grano de mostaza,²⁴ y los hombres que andaban sobre ella poco
mayores que avellanas, por que se vea cuán altos debíamos de ir entonces."

A esto dijo la duquesa: "Sancho amigo, mirad lo que decís, que a lo
que parece vos no visteis la tierra, sino los hombres que andaban sobre ella.
Y está claro que si la tierra os pareció como un grano de mostaza, y cada
hombre como una avellana, un hombre solo había de cubrir toda la tierra.

---

23 **Tengo no...** *I have some kind of spark of curiosity in me and of wanting to
know everything that is put in my way or forbidden me*
24 Mustard seeds are about 2 millimeters in diameter. The hazel nut in the
next phrase is about ½ inch in diameter (13mm).

"Así es verdad," respondió Sancho, "pero con todo eso la descubrí por un ladito,° y la vi toda."   corner

"Mirad, Sancho," dijo la duquesa, "que por un ladito no se vee el todo de lo que se mira."

5 "Yo no sé esas miradas,°" replicó Sancho. "Sólo sé que será bien que   ways of looking
vuestra señoría entienda que, pues volábamos por encantamento, por encantamento podía yo ver toda la tierra y todos los hombres por doquiera que los mirara. Y si esto no se me cree, tampoco creerá vuesa merced cómo, descubriéndome 'por junto a las cejas,° me vi tan junto al cielo,   above my eyebrows
10 que no había de mí a él palmo y medio, y por lo que puedo jurar, señora mía, que es muy grande a demás. Y sucedió que íbamos por parte donde

Constelación de las Pléiades

están las siete cabrillas,[25] y en Dios y en mi ánima, que como yo en mi niñez fui en mi tierra cabrerizo,° que así como las   goatherd
15 vi, me dio una gana de entretenerme con ellas un rato. Y si no le cumpliera, me parece que reventara. Vengo, pues, y tomo, y ¿qué hago? Sin decir nada a nadie, ni a mi señor tampoco, bonita y
20 pasitamente° me apeé de Clavileño y   quietly
me entretuve con las cabrillas, que son como unos alhelíes° y 'como unas flores,°   "pink flowers," *hermosas* como unas flores
casi tres cuartos de hora, y Clavileño no se movió de un lugar, ni pasó adelante."

25 "Y ¿en tanto que el buen Sancho se entretenía con las cabras," preguntó el duque, "en qué se entretenía el señor don Quijote?"

A lo que don Quijote respondió: "Como todas estas cosas y estos tales sucesos van fuera del orden natural, no es mucho que Sancho diga lo que dice. De mí sé decir que ni me descubrí por alto, ni por bajo, ni vi
30 el cielo, ni la tierra, ni la mar, ni las arenas. Bien es verdad que sentí que pasaba por la región del aire, y aun que tocaba a la del fuego. Pero que pasásemos de allí, no lo puedo creer, pues, estando la región del fuego entre el cielo de la luna y la última región del aire, no podíamos llegar al cielo donde están las siete cabrillas, que Sancho dice, sin abrasarnos. Y
35 pues 'no nos asuramos,° o Sancho miente, o Sancho sueña."   we weren't burned

"Ni miento, ni sueño," respondió Sancho, "si no, pregúntenme las señas° de las tales cabras, y por ellas verán si digo verdad o no."   descriptions

"Dígalas, pues, Sancho," dijo la duquesa.

"Son," respondió Sancho, "las dos verdes, las dos encarnadas, las dos
40 azules, y la una de mezcla."

"Nueva manera de cabras es esa," dijo el duque, "y por esta nuestra región del suelo no se usan tales colores, digo, cabras de tales colores."

---

25 The seven goats are in the star cluster known as Pleiades, in the constellation Taurus, about 400 light-years from the earth. It has several hundred stars, of which six or seven can be seen without a telescope.

"Me apeé de Clavileño y me entretuve con las cabrillas,
que son como unos alhelíes y como unas flores, casi tres cuartos de hora."

"Bien claro está eso," dijo Sancho, "sí, que diferencia ha de haber de las cabras del cielo a las del suelo."

"Decidme, Sancho," preguntó el duque, "¿vistes allá entre esas cabras algún cabrón?"

5 "No señor," respondió Sancho, "pero oí decir que ninguno pasaba de los cuernos de la luna." No quisieron preguntarle más de su viaje, porque les pareció que 'llevaba Sancho hilo de° pasearse por todos los cielos,   Sancho was ready to y dar nuevas de cuanto allá pasaba, sin haberse movido del jardín. En resolución, éste fue el fin de la aventura de la dueña Dolorida, que dio que reír a los duques, no sólo aquel tiempo, sino el de toda su vida, y que contar a Sancho siglos,[26] si los viviera.

10 Y llegándose don Quijote a Sancho al oído, le dijo: "Sancho, pues vos queréis que se os crea lo que habéis visto en el cielo, yo quiero que vos me creáis a mí lo que vi en la cueva de Montesinos, y no os digo más."

Capítulo XLII. De los consejos° que dio don Quijote a Sancho   advice
Panza antes que fuese a gobernar la ínsula, con otras cosas
15 *bien consideradas.*

C ON EL FELICE Y gracioso suceso de la aventura de la Dolorida quedaron tan contentos los duques, que determinaron pasar con las burlas adelante, viendo el acomodado sujeto que tenían para que se tuviesen por veras.[1] Y así habiendo dado la traza y órdenes que sus 20 criados y sus vasallos habían de guardar con Sancho en el gobierno de la ínsula prometida, otro día, que fue el que sucedió al vuelo de Clavileño, dijo el duque a Sancho que 'se adeliñase° y compusiese para ir a ser gobernador.   prepare himself Que ya sus insulanos le estaban esperando como el agua° de mayo.   rain

Sancho 'se le humilló,° y le dijo: "Después que bajé del cielo, y después   bowed to him 25 que desde su alta cumbre miré la tierra y la vi tan pequeña, se templó en parte en mí la gana que tenía tan grande de ser gobernador, porque ¿qué grandeza es mandar en un grano de mostaza, o qué dignidad o imperio el gobernar a media docena de hombres tamaños como avellanas, que, a mi parecer, no había más en toda la tierra? Si vuestra señoría fuese servido 30 de darme una tantica parte del cielo, aunque no fuese más de media legua, la tomaría de mejor gana que la mayor ínsula del mundo."

"Mirad, amigo Sancho," respondió el duque, "yo no puedo dar parte del cielo a nadie, aunque no sea mayor que una uña. Que a sólo Dios están reservadas esas mercedes y gracias. Lo que puedo dar, os doy, que es 35 una ínsula hecha y derecha, redonda y bien proporcionada, y sobremanera fértil y abundosa, donde, si vos os sabéis dar maña, podéis con las riquezas de la tierra granjear las del cielo."

---

26 **[Dio] que contar a Sancho siglos** *it gave Sancho something to talk about for centuries*

1 **Para que...** *so that their jokes would be considered real*

"Ahora bien," respondió Sancho, "venga esa ínsula. Que yo pugnaré
por ser tal gobernador, que a pesar de bellacos, me vaya al cielo. Y esto
no es por codicia que yo tenga de salir de mis casillas, ni de levantarme
a mayores, sino por el deseo que tengo de probar a qué sabe° el ser   tastes
5   gobernador."

"Si una vez lo probáis, Sancho," dijo el duque, "comeros heis² las
manos tras el gobierno, por ser dulcísima cosa el mandar y ser obedecido.
A buen seguro que cuando vuestro dueño llegue a ser emperador, que lo
será sin duda, según van encaminadas sus cosas, que no se lo arranquen
10 comoquiera,³ y que le duela y le pese en la mitad del alma del tiempo que
hubiere dejado de serlo."

"Señor," replicó Sancho, "yo imagino que es bueno mandar, aunque
sea a un hato° de ganado."   herd

"Con vos me entierren, Sancho, que sabéis de todo," respondió el
15 duque, "y yo espero que seréis tal gobernador como vuestro juicio
promete. Y quédese esto aquí, y advertid que 'mañana en ese mesmo   tomorrow morning
día° habéis de ir al gobierno de la ínsula, y esta tarde os acomodarán del
traje conveniente que habéis de llevar,° y de todas las cosas necesarias a   wear
vuestra partida."

20 "Vístanme," dijo Sancho, "como quisieren. Que de cualquier manera
que vaya vestido, seré Sancho Panza."

"Así es verdad," dijo el duque, "pero los trajes se han de acomodar con
el oficio, o dignidad, que se profesa. Que no sería bien que un jurisperito°   professor of law
se vistiese como soldado, ni un soldado como un sacerdote. Vos, Sancho,
25 iréis vestido parte de letrado, y parte de capitán, porque en la ínsula que
os doy tanto son menester las armas como las letras y las letras como las
armas."

"Letras," respondió Sancho, "pocas tengo, porque aun no sé el ABC
pero bástame tener el *Christus*⁴ en la memoria para ser buen gobernador.
30 De las armas manejaré las que me dieren, hasta caer, y Dios delante."

"Con tan buena memoria," dijo el duque, "no podrá Sancho errar en
nada."

En esto, llegó don Quijote, y sabiendo lo que pasaba, y la celeridad
con que Sancho se había de partir a su gobierno, con licencia del duque,
35 le tomó por la mano, y se fue con él a su estancia, con intención de
aconsejarle cómo 'se había de haber° en su oficio.   he should behave

Entrados, pues, en su aposento, cerró tras sí la puerta, y hizo casi
por fuerza que Sancho se sentase junto a él, y con reposada voz le dijo:
"Infinitas gracias doy al cielo, Sancho amigo, de que antes y primero
40 que yo haya 'encontrado con° alguna 'buena dicha,° te haya salido a ti   found, good luck
a recebir y a encontrar la buena ventura. Yo, que en mi buena suerte

---

2 This is the_old way of forming the future—**os comeréis** in modern
Spanish. You've seen this before, several times.

3 **No se...** *it won't be easy to take it away from him*

4 This was a cross printed at the beginning of spelling books.

te tenía librada la paga de tus servicios,⁵ me veo en los principios 'de
aventajarme,° y tú, antes de tiempo, contra la ley del razonable discurso,   of my growth
te vees premiado de tus deseos. Otros cohechan, importunan, solicitan,
madrugan, ruegan, porfían, y no alcanzan lo que pretenden. Y llega otro,
5 y sin saber 'cómo ni cómo no,° se halla con el cargo y oficio que otros   why
muchos pretendieron. Y aquí entra y encaja bien el decir que hay buena
y mala fortuna en las pretensiones. Tú, que para mí, sin duda alguna, eres
un porro, sin madrugar ni trasnochar,° y sin hacer diligencia alguna, con   staying up all night
sólo el aliento que te ha tocado de la andante caballería, sin más ni más
10 te vees gobernador de una ínsula, como quien no dice nada. Todo esto
digo, ¡oh, Sancho! para que no atribuyas a tus merecimientos la merced
recebida, sino que des gracias al cielo, que dispone° suavemente° las cosas,   takes care of, quietly
y después las darás a la grandeza que en sí encierra la profesión de la
caballería andante. Dispuesto, pues, el corazón a creer lo que te he dicho,
15 está, ¡oh hijo! atento a este tu Catón,⁶ que quiere aconsejarte y ser norte y
guía que te encamine y saque a seguro puerto deste mar proceloso, donde
vas a engolfarte.° Que los oficios y grandes cargos no son otra cosa sino   be engaged in
un golfo profundo de confusiones.

"Primeramente, ¡oh hijo! has de temer a Dios, porque en el temerle
20 está la sabiduría, y siendo sabio, no podrás errar en nada.

"Lo segundo, has de poner los ojos en quien eres, procurando
conocerte a ti mismo, que es el más difícil conocimiento que puede
imaginarse. Del conocerte saldrá el no hincharte como la rana° que quiso   frog
igualarse con el buey.⁷ Que si esto haces, vendrá a ser feos pies de la
25 rueda⁸ de tu locura la consideración de haber guardado puercos en tu
tierra."

"Así es la verdad," respondió Sancho, "pero fue cuando muchacho.
Pero después, algo hombrecillo, gansos fueron los que guardé, que no
puercos. Pero esto paréceme a mí que no hace al caso. Que no todos los
30 que gobiernan vienen de casta de reyes."

"Así es verdad," replicó don Quijote, "por lo cual los no de principios
nobles⁹ deben acompañar la gravedad del cargo que ejercitan con una
blanda suavidad que, guiada por la prudencia, los libre de la murmuración°   gossip
maliciosa, 'de quien° no hay estado que se escape.   = de la que
35 "Haz gala,° Sancho, de la humildad de tu linaje, y 'no te desprecies   be proud
de° decir que vienes de labradores. Porque viendo que 'no te corres,°   don't be loathe to,
ninguno se pondrá a correrte, y préciate más de ser humilde virtuoso que   you are not ashamed
pecador soberbio. Inumerables son aquellos que de baja estirpe nacidos,

---

5 **En mi…** *I had thought that my good fortune would pay you for your services*

6 Don Quijote is referring to himself as Cato, the imparter of wisdom.

7 This refers to Æsop's fable about the frog who exploded while trying to
expand himself to the size of an ox.

8 This reflects the saying: "Mírate los pies y desharás la rueda," referring to
the peacock who haughtily spreads his tail out, then looks at how ugly his feet
are, and his tail collapses.

9 **Los no…** *people who are not of noble origin*

han subido a la suma dignidad pontífica e imperatoria,° y desta verdad te   imperial
pudiera traer tantos ejemplos que te cansaran.

"Mira, Sancho, si tomas por medio a la virtud, y te precias de hacer
hechos virtuosos, no hay para qué tener envidia a los que los tienen,
5 príncipes y señores.¹⁰ Porque la sangre se hereda, y la virtud 'se aquista,° y   is acquired
la virtud vale por sí sola lo que la sangre no vale.

"Siendo esto así, como lo es, que si acaso viniere a verte cuando estés
en tu ínsula alguno de tus parientes, no le deseches,° ni le afrentes. Antes   scorn
le has de acoger, agasajar y regalar. Que con esto satisfarás al cielo, que
10 gusta que nadie se desprecie de lo que él hizo, y corresponderás a lo que
debes a la naturaleza bien concertada.

"Si trujeres a tu mujer contigo, porque no es bien que los que asisten
a gobiernos de mucho tiempo estén sin 'las propias,° enséñala, doctrínala°   womenfolk, instruct
y 'desbástala de° su natural rudeza, porque todo lo que suele adquirir un   her; trim away
15 gobernador discreto, suele perder y derramar una mujer rústica y tonta.

"Si acaso enviudares°—cosa que puede suceder—y con el cargo   become a widower
mejorares de consorte,° no la tomes tal, que te sirva de anzuelo° y de   spouse, hook
'caña de pescar,° y del NO QUIERO de tu capilla.¹¹ Porque en verdad te digo   fishing rod
que de todo aquello que la mujer del juez recibiere, ha de dar cuenta el
20 marido en la 'residencia universal,° donde pagará 'con el cuatro° tanto en   Judgment Day, four-
la muerte las partidas° de que no se hubiere hecho cargo en la vida.¹²   fold; items

"Nunca te guíes por la ley del encaje, que suele tener mucha cabida°   favor
con los ignorantes que presumen de agudos.

"Hallen en ti más compasión las lágrimas del pobre, pero no más
25 justicia, que las informaciones° del rico.   testimony

"Procura descubrir la verdad por entre las promesas y dádivas del rico,
como por entre los sollozos e importunidades° del pobre.   pleadings

"Cuando pudiere y debiere tener lugar la equidad, no cargues todo el
rigor de la ley al delincuente. Que no es mejor la fama del juez riguroso
30 que la del compasivo.

"Si acaso doblares la vara de la justicia, no sea con el peso de la dádiva,
sino con el de la misericordia.

"Cuando te sucediere juzgar algún pleito de algún tu enemigo, aparta
las mientes de tu injuria, y ponlos en la verdad del caso.

35 "No te ciegue la pasión propia en la causa ajena. Que los yerros que en
ella hicieres las más veces serán sin remedio, y si le tuvieren, será a costa
de tu crédito y aun de tu hacienda.

"Si alguna mujer hermosa veniere a pedirte justicia, quita los ojos
de sus lágrimas, y tus oídos de sus gemidos, y considera de espacio la
40 sustancia de lo que pide, si no quieres que se anegue tu razón en su llanto
y tu bondad en sus suspiros.

---

10 Lots of comment about this phrase (see, for example, Gaos, vol. 2, p. 583,
n. 102). Ferreras suggests this reading: **tener envidia a los príncipes y señores.**

11 Alludes to the saying: **No quiero, no quiero, pero echádmelo en la capilla** *hood*. Putnam translates: "as a friar's hood for the receiving of alms."

12 **De que...** *which he refused responsibility for in life*

"Al que has de caſtigar con obras no trates mal con palabras, pues le baſta al desdichado la pena del suplicio, sin la añadidura de las malas razones.

"Al culpado que cayere debajo de tu juridición, considérale hombre miserable, sujeto a las condiciones de la depravada naturaleza nueſtra, y en todo cuanto fuere de tu parte, sin hacer agravio a la contraria,[13] muéſtratele piadoso y clemente, porque aunque los atributos de Dios todos son iguales, más resplandece y campea, a nueſtro ver, el de la misericordia que el de la juſticia.

"Si eſtos preceptos y eſtas reglas sigues, Sancho, serán luengos tus días, tu fama será eterna, tus premios colmados, tu felicidad indecible,° casarás tus hijos como quisieres, títulos tendrán ellos y tus nietos, vivirás en paz, y beneplácito de las gentes, y en los últimos pasos de la vida te alcanzará el de la muerte en vejez suave y madura, y cerrarán tus ojos las tiernas y delicadas manos de tus 'terceros netezuelos.° Eſto que haſta aquí te he dicho son documentos° que han de adornar tu alma. Escucha ahora los que han de servir para adorno del cuerpo."

° inexpressable

° great-grandchildren
° inſtructions

Capítulo XLIII. De los consejos segundos que dio don Quijote a Sancho Panza.

¿QUIÉN OYERA EL PASADO razonamiento de don Quijote que no le tuviera por persona muy cuerda y mejor intencionada? Pero como muchas veces en el progreso deſta grande hiſtoria queda dicho, solamente disparaba° en tocándole en la caballería, y en los demás discursos moſtraba tener claro y desenfadado° entendimiento, de manera que a cada paso desacreditaban° sus obras su juicio, y su juicio sus obras. Pero en éſta° deſtos segundos documentos que dio a Sancho moſtró tener gran donaire, y puso su discreción y su locura en un levantado punto.

° blundered
° self-confident
° contradicted
° = eſta *obra*

Atentísimamente le escuchaba Sancho y procuraba conservar en la memoria sus consejos, como quien pensaba guardarlos y salir por ellos a buen parto de la preñez° de su gobierno.

° pregnancy

Prosiguió, pues, don Quijote, y dijo: "En lo que toca a cómo has de gobernar tu persona y casa, Sancho, lo primero que te encargo es que seas limpio, y que te cortes las uñas, sin dejarlas crecer, como algunos hacen, a quien su ignorancia les ha dado a entender que las uñas largas les hermosean las manos, como si aquel escremento° y añadidura que se dejan de cortar fuese uña, siendo antes garras de cernícalo lagartijero'— puerco° y extraordinario abuso.°

° growth

° foul, misuse

"No andes, Sancho, desceñido° y flojo.° Que el veſtido descompueſto da indicios de ánimo desmazalado,° si ya la descompoſtura y flojedad[2] no

° without a belt, with
   loose clothing; weak

---

13 **En todo…** *insofar as you can, without doing harm to the other side*
1 Lizard-catching hawk
2 **Descompoſtura y flojedad** *slovenliness and negligence*

cae debajo de socarronería, como se juzgó en la de Julio César.³

"Toma con discreción el pulso a lo que pudiere valer tu oficio, y si sufriere° que des librea a tus criados, dásela honeſta y provechosa⁴ más que viſtosa y bizarra, y repártela entre tus criados y los pobres. Quiero decir que si has de veſtir seis pajes, viſte tres y otros tres pobres, y así tendrás pajes para el cielo y para el suelo.° Y eſte nuevo modo de dar librea no la alcanzan los vanagloriosos.°

"No comas ajos ni cebollas, porque no saquen por el olor tu villanería.° Anda despacio, habla con reposo,° pero no de manera que parezca que te escuchas a ti mismo, que «toda afeĉtación es mala».

"Come° poco y cena más poco, que la salud de todo el cuerpo 'se fragua° en la oficina° del eſtómago.

"Sé templado° en el beber, considerando que el vino demasiado ni guarda secreto ni cumple palabra.

"Ten cuenta, Sancho, de no mascar a dos carrillos, ni de erutar° delante de nadie."

"Eso de *erutar* no entiendo," dijo Sancho.

Y don Quijote le dijo: "*Erutar*, Sancho, quiere decir *regoldar*. Y éſte es uno de los 'más torpes° vocablos que tiene la lengua caſtellana, aunque es muy sinificativo.° Y así la gente curiosa° se ha acogido al latín, y al *regoldar* dice *erutar*, y a los *regüeldos, erutaciones*; y cuando algunos no entienden eſtos términos, importa poco, que el uso los irá introduciendo con el tiempo, que con facilidad se entiendan, y eſto es enriquecer la lengua sobre quien tiene poder el vulgo y el uso."⁵

"En verdad, señor," dijo Sancho, "que uno de los consejos y avisos que pienso llevar en la memoria ha de ser el de no regoldar, porque lo suelo hacer muy a menudo."

"*Erutar*, Sancho, que no *regoldar*," dijo don Quijote.

"*Erutar* diré de aquí adelante," respondió Sancho, "y a fee que no se me olvide."

"También, Sancho, no has de mezclar en tus pláticas la muchedumbre de refranes que sueles. Que pueſto que los refranes son sentencias breves, muchas veces los traes tan por los cabellos, que más parecen disparates que sentencias."

"Eso Dios lo puede remediar," respondió Sancho, "porque sé más refranes que un libro, y viénenseme tantos juntos a la boca cuando hablo, que riñen por salir unos con otros. Pero la lengua va arrojando los primeros que encuentra, aunque no vengan a pelo. Mas yo tendré cuenta de aquí adelante de decir los que convengan a la gravedad de mi cargo. Que «en casa llena preſto se guisa la cena», y «quien deſtaja no baraja»,

---

Margin glosses (right column):

will allow

earth

arrogant

low birth

deliberation

eat lunch

is forged, workshop

temperate

to belch

crudeſt

meaningful, diligent

---

3 This is the second time Don Quijote has spoken about the carelessness of dress on the part of Cæsar (see Part II, Chapter 2, p. 494, l. 15), but in reality Cæsar was not slovenly in his dress.

4 **Honeſta y...** *in good taſte and useful*

5 **Sobre quien...** *which the public and usage control*

y «a buen salvo está el que repica», y «el dar y el tener seso ha menester.»"

"¡Eso sí, Sancho!" dijo don Quijote. "¡Encaja, ensarta, enhila refranes! ¡Que nadie te va a la mano![6] «Castígame mi madre, y yo trómpogelas».[7] Estoyte diciendo que escuses refranes, y en un instante has echado aquí
5 una letanía° dellos, que así cuadran con lo que vamos tratando como «por   list
los cerros de Úbeda».[8] Mira, Sancho, no te digo yo que parece mal un refrán traído a propósito. Pero cargar y ensartar refranes a troche moche hace la plática desmayada° y baja.   dull

"Cuando subieres a caballo, no vayas echando el cuerpo sobre el arzón
10 postrero,[9] ni lleves las piernas tiesas° y tiradas° y desviadas° de la barriga   stiff, sticking out,
del caballo, ni tampoco vayas tan flojo,° que parezca que vas sobre el rucio.   away from; slouch-
Que el andar a caballo a unos hace caballeros, a otros caballerizos.   ing

"Sea moderado tu sueño, que «el que no madruga con el sol no goza del día». Y advierte, ¡oh Sancho! que «la diligencia es madre de la buena
15 ventura,» y la pereza, su contraria, jamás llegó al término que pide un buen deseo.

"Este último consejo que ahora darte quiero—puesto que no sirva para adorno del cuerpo—quiero que le lleves muy en la memoria, que creo que no te será de menos provecho que los que hasta aquí te he dado. Y es que jamás
20 te pongas a disputar° de linajes, a lo menos comparándolos entre sí, pues, por   question
fuerza, en los que se comparan uno ha de ser el mejor, y del que abatieres°   bring down
serás aborrecido, y del que levantares, en ninguna manera premiado.

"Tu vestido será 'calza entera, ropilla larga,° herreruelo un poco   long pants and jacket
más largo—gregüescos,° ni por pienso. Que no les están bien ni a los   loose-fitting pants
25 caballeros,[10] ni a los gobernadores.

"Por ahora, esto se me ha ofrecido, Sancho, que aconsejarte. Andará el tiempo, y según las ocasiones, así serán mis documentos, como tú tengas cuidado de avisarme el estado en que te hallares."

"Señor," respondió Sancho, "bien veo que todo cuanto vuesa merced
30 me ha dicho son cosas buenas, santas° y provechosas. Pero ¿de qué han de   virtuous
servir, si de ninguna me acuerdo? Verdad sea que aquello de no dejarme crecer las uñas, y de casarme otra vez, si se ofreciere, no se me pasará del magín. Pero esotros badulaques y enredos y revoltillos,[11] no se me acuerda ni acordará más dellos que de las «nubes de antaño»,° y así será menester   yesteryear
35 que se me den por escrito. Que puesto que no sé leer ni escribir, yo se

---

6 **Que nadie…** *no one can stop you*

7 **Castígame mi…** *my mother punishes me and I make fun of her,* a proverb. The pronouns **-gelas** reflect the Old Spanish solution, reflecting normal development, for what has led to **-selas**.

8 This is a proverbial expression seen already in Part II, chapter 33, p. 702, n. 4.

9 **No vayas…** *don't sit way back in the saddle*

10 Don Quijote wears **gregüescos** himself. See Part II, Chapter 31, p. 685, l. 27

11 **Badulaques y…** *jumble of things and entanglements and mess of things*

los daré a mi confesor para que me los encaje y recapacite[12] cuando fuere
menester."

"¡Ah, pecador de mí," respondió don Quijote, "y qué mal parece en
los gobernadores el no saber leer ni escribir! Porque has de saber, ¡oh
Sancho! que no saber un hombre leer o ser zurdo arguye una de dos
cosas—o que fue hijo de padres demasiado de humildes y bajos, o él tan
travieso y malo, que no pudo entrar en él buen uso,[13] ni la buena doctrina.
Gran falta es la que llevas contigo, y así querría que aprendieses a firmar
siquiera."

"Bien sé firmar mi nombre," respondió Sancho, "que cuando fui
prioste en mi lugar aprendí a hacer unas letras como de marca de fardo,[14]
que decían que decía mi nombre. Cuanto más que fingiré que tengo
tullida° la mano derecha, y haré que firme otro por mí. Que «para todo   maimed
hay remedio, si no es para la muerte». Y teniendo yo el mando y el palo,°   rod
haré lo que quisiere. Cuanto más que «el que tiene el padre alcalde…»[15]
Y siendo yo gobernador, que es más que ser alcalde, ¡llegaos, que la dejan
ver![16] No sino popen y calóñenme.[17] Que «vendrán por lana y volverán
trasquilados.» Y «a quien Dios quiere bien, la casa le sabe».[18] Y «las
necedades del rico por sentencias pasan en el mundo». Y siéndolo yo,
siendo gobernador y juntamente liberal, como lo pienso ser, no habrá falta
que se me parezca. No sino «haceos miel, y paparos han moscas». «Tanto
vales cuanto tienes», decía una mi agüela. Y «'del hombre arraigado° no   of the landed gentry
te verás vengado.»"

"¡Oh maldito seas de Dios, Sancho!" dijo a esta sazón don Quijote.
"¡Sesenta mil satanases te lleven a ti y a tus refranes! Una hora ha que
los estás ensartando y dándome con cada uno tragos de tormento. Yo
te aseguro que estos refranes te han de llevar un día a la horca. Por
ellos te han de quitar el gobierno tus vasallos, o ha de haber entre ellos
comunidades.° Dime: ¿dónde los hallas, ignorante, o cómo los aplicas,   revolutions
mentecato? Que para decir yo uno, y aplicarle bien, sudo y trabajo 'como
si cavase.°"   as if I were digging

"Por Dios, señor nuestro amo," replicó Sancho, "que vuesa merced
se queja de bien pocas cosas. ¿A qué diablos 'se pudre° de que yo me   get angry
sirva de mi hacienda, que ninguna otra tengo, ni otro caudal alguno sino
refranes y más refranes? Y ahora se me ofrecen cuatro, que venían aquí
pintiparados, o como peras en tabaque.° Pero no los diré, porque «al buen   basket

---

12 **Para que me…** *so that he can pass them on to me and remind me*

13 **No pudo entrar en él buen uso,** thus in the first edition. Many correct
this to **en él el buen uso.** The ever-conservative Gaos suggests that the first edition is correct as is: *proper usage could not enter him,* i.e., he could not be taught.

14 **Como de…** *like they use to mark on bales*

15 **El que tiene el padre alcalde [seguro va al juicio]** *he whose father is
mayor goes safely to trial*

16 **¡Llegaos, que,…** *come on and we'll see what happens!*

17 **Popen[me] y calóñenme** *let them scorn and slander me*

18 **Y quien…** *the lucky man has nothing to worry about*

callar llaman Sancho.»"[19]

"Ese Sancho no eres tú," dijo don Quijote, "porque no sólo no eres buen callar, sino mal hablar y mal porfiar. Y con todo eso, querría saber qué cuatro refranes te ocurrían ahora a la memoria, que venían aquí a propósito. Que yo ando recorriendo la mía, que la tengo buena, y ninguno se me ofrece."

"¿Qué mejores," dijo Sancho, "que «entre dos muelas cordales nunca pongas tus pulgares,» y «a 'idos de mi casa' y '¿qué queréis con mi mujer?' no hay responder,» y «si da el cántaro en la piedra, o la piedra en el cántaro, mal para el cántaro,» todos los cuales vienen a pelo? Que nadie se tome con su gobernador, ni con el que le manda, porque saldrá laſtimado,° como el que pone el dedo entre dos muelas cordales, y aunque no sean cordales, como sean muelas no importa. Y a lo que dijere el gobernador no hay que replicar, como al «salíos de mi casa, y ¿qué queréis con mi mujer?» Pues lo de la piedra en el cántaro, un ciego lo verá. Así, que es meneſter que «el que vee la mota en el ojo ajeno, vea la viga en el suyo»,[20] porque no se diga por él «espantóse la muerta de la degollada.°" Y vuesa merced sabe bien que «más sabe el necio en su casa que el cuerdo° en la ajena.»"

"Eso no, Sancho," respondió don Quijote, "que el necio en su casa ni en la ajena sabe nada, a causa que sobre el cimiento de la necedad no asienta ningún discreto edificio.[21] Y dejemos eſto aquí, Sancho. Que si mal gobernares, tuya será la culpa, y mía la vergüenza. Mas consuélome que he hecho lo que debía en aconsejarte con las veras, y con la discreción a mi posible. Con eſto salgo de mi obligación, y de mi promesa. Dios te guíe, Sancho, y te gobierne en tu gobierno, y a mí me saque del escrúpulo que me queda que has de dar con toda la ínsula patas arriba, cosa que pudiera yo escusar con descubrir al duque quién eres, diciéndole que toda 'esa gordura, y esa personilla° que tienes, no es otra cosa que un coſtal lleno de refranes y de malicias."

"Señor," replicó Sancho, "si a vuesa merced le parece que no soy de pro para eſte gobierno, 'desde aquí° le suelto. Que más quiero un solo negro de la uña de mi alma que a todo mi cuerpo, y así me suſtentaré Sancho a secas con pan y cebolla como gobernador con 'perdices y capones.° Y más, que «mientras se duerme, todos son iguales, los grandes y los menores, los pobres y los ricos», y si vuesa merced mira en ello, verá que sólo vuesa merced me ha pueſto en eſto de gobernar. Que yo no sé más de gobiernos de ínsulas que un buitre, y si se imagina que por ser gobernador me ha de llevar el diablo, más me quiero ir Sancho al cielo que gobernador al

hurt

person with cut throat; discreet person

that fat person

right now

partridges and capons

---

19 This was originally a slightly different proverb: **Al buen callar llaman santo**, but it got changed to **Sancho** some time before Sancho said it.

20 This is Matthew 7:3: "Why do you look at the speck in your brother's eye with never a thought for the great plank in your own."

21 **Sobre el...** *on the foundation of foolishness you can't build a building of discretion*

infierno."

"Por Dios, Sancho," dijo don Quijote, "que por solas estas últimas razones que has dicho juzgo que mereces ser gobernador de mil ínsulas. Buen natural tienes, sin el cual no hay ciencia que valga. Encomiéndate a Dios, y procura no errar en la 'primera intención.° Quiero decir que siempre tengas intento y firme propósito de acertar en cuantos negocios te ocurrieren, porque siempre favorece el cielo los buenos deseos. Y vámonos a comer, que creo que ya estos señores nos aguardan."

main purpose

Capítulo XLIIII. Cómo Sancho Panza fue llevado al gobierno, y de la estraña aventura que en el castillo sucedió a don Quijote.

DICEN QUE EN EL propio° original desta historia se lee que llegando Cide Hamete a escribir este capítulo, no le tradujo su intérprete° como él le había escrito,¹ que fue un modo de queja que tuvo el moro de sí mismo por haber tomado entre manos una historia tan seca y tan limitada como esta de don Quijote, por parecerle que siempre había de hablar dél y de Sancho, sin osar estenderse a otras digresiones y episodios más graves y más entretenidos,° y decía que el ir siempre atenido° el entendimiento, la mano y la pluma a escribir de un solo sujeto, y hablar por las bocas de pocas personas era un trabajo incomportable,° cuyo fruto no redundaba en el de su autor, y que, por huir deste inconveniente,° había usado en la primera parte del artificio de algunas novelas, como fueron la del *Curioso impertinente*, y la del *Capitán cautivo*, que están como separadas de la historia, puesto que las demás que allí se cuentan son casos sucedidos al mismo don Quijote, que no podían dejar de escribirse. También pensó, como él dice, que muchos, llevados de la atención que piden las hazañas de don Quijote, no la darían a las novelas, y pasarían por ellas, o con priesa, o con enfado, sin advertir la gala y artificio que en sí contienen, el cual se mostrará bien al descubierto, cuando por sí solas, sin arrimarse° a las locuras de don Quijote, ni a las sandeces de Sancho, salieran a luz. Y así en esta segunda parte no quiso ingerir° novelas sueltas, ni pegadizas,° sino algunos episodios que lo pareciesen, nacidos de los mesmos sucesos que la verdad ofrece, y aun éstos, limitadamente y con solas las palabras que bastan a declararlos. Y pues 'se contiene y cierra° en los estrechos límites de la narración, teniendo habilidad, suficiencia y entendimiento para tratar del universo todo, pide no se desprecie su trabajo, y se le den alabanzas no por lo que escribe, sino por lo que ha dejado de escribir.

Y luego prosigue la historia diciendo que en acabando de comer

itself
translator

entertaining, sticking
to
unbearable
drawback

depending on
to introduce
attachable

confines himself

---

1 When Clemencín says that this beginning cannot be understood, he is absolutely right (p. 1765, n. 1): *They say that in the original version of this story that the translator didn't translate it as Cide Hamete had written it.* Lots of questions to answer.

don Quijote el día que dio los consejos a Sancho, aquella tarde se los
dio escritos para que él buscase quien se los leyese. Pero apenas se los
hubo dado, cuando 'se le cayeron° y vinieron a manos del duque, que los   = se le cayeron *a San-*
comunicó con la duquesa, y los dos se admiraron de nuevo de la locura   *cho*
5   y del ingenio de don Quijote. Y así llevando adelante sus burlas, aquella
tarde enviaron a Sancho con mucho acompañamiento° al lugar que para   retinue
él había de ser ínsula.

     Acaeció, pues, que el que le llevaba 'a cargo° era un mayordomo del   in charge
duque, muy discreto y muy gracioso, que no puede haber gracia donde
10   no hay discreción, el cual había hecho la persona de la condesa Trifaldi,
con el donaire que queda referido, y con esto y con ir industriado de sus
señores de cómo se había de haber° con Sancho, salió con su intento   to act
maravillosamente.

     Digo pues que acaeció que así como Sancho vio al tal mayordomo,
15   se le figuró en su rostro el mesmo de la Trifaldi, y volviéndose a su señor,
le dijo: "Señor, o a mí me ha de llevar el diablo de aquí de donde estoy
'en justo y en creyente,° o vuesa merced me ha de confesar que el rostro   immediately
deste mayordomo del duque, que aquí está, es el mesmo de la Dolorida."

     Miró don Quijote atentamente al mayordomo, y habiéndole mirado,
20   dijo a Sancho: "No hay para qué te lleve el diablo, Sancho, ni en justo ni
en creyente, que no sé lo que quieres decir, que el rostro de la Dolorida es
el del mayordomo, pero no por eso el mayordomo es la Dolorida. Que a
serlo, implicaría contradición muy grande, y no es tiempo ahora de hacer
estas averiguaciones, que sería entrarnos en intricados laberintos. Créeme,
25   amigo, que es menester rogar a nuestro Señor muy de veras que nos libre
a los dos de malos hechiceros y de malos encantadores."

     "No es burla, señor," replicó Sancho, "sino que denantes le oí hablar,
y no pareció sino que la voz de la Trifaldi me sonaba en los oídos. Ahora
bien, yo callaré. Pero no dejaré de andar advertido de aquí adelante, a ver
30   si descubre otra señal que confirme o desfaga mi sospecha."

     "Así lo has de hacer, Sancho," dijo don Quijote, "y darásme aviso
de todo lo que en este caso descubrieres, y de todo aquello que en el
gobierno te sucediere."

     Salió, en fin, Sancho, acompañado de mucha gente, vestido a lo
35   letrado, y encima un gabán muy ancho de 'chamelote de aguas,° leonado,°   wavy camel-colored
con una montera de lo mesmo, sobre un macho a la jineta,² y detrás dél,   material
por orden del duque, iba el rucio con jaeces y ornamentos jumentiles de
seda, y flamantes.° Volvía Sancho la cabeza de cuando en cuando a mirar   magnificent
a su asno, con cuya compañía iba tan contento, que no se trocara con el
40   emperador de Alemaña.

     Al despedirse de los duques les besó las manos, y tomó la bendición
de su señor, que se la dio con lágrimas, y Sancho la recibió 'con pucheritos.°   whimpering

     Deja, lector amable, ir en paz y en hora buena al buen Sancho, y
espera dos fanegas de risa, que te ha de causar el saber cómo se portó en

---

2   That is, the mule had short stirrups.

su cargo, y en tanto atiende a saber lo que le pasó a su amo aquella noche. Que si con ello no rieres, por lo menos desplegarás los labios con risa de jimia, porque los sucesos de don Quijote, o se han de celebrar° con ____ greet admiración o con risa.

5 Cuéntase, pues, que apenas se hubo partido Sancho, cuando don Quijote 'sintió su soledad,° y si le fuera posible revocarle la comisión ____ missed him y quitarle el gobierno, lo hiciera. Conoció la duquesa su melancolía, y preguntóle que de qué eſtaba triſte. Que si era por la ausencia de Sancho, que escuderos, dueñas y doncellas había en su casa que le servirían muy

10 a satisfacción de su deseo.

"Verdad es, señora mía," respondió don Quijote, "que siento la ausencia de Sancho. Pero no es ésa la causa principal que me hace parecer que eſtoy triſte, y de los muchos ofrecimientos que vueſtra excelencia me hace solamente acepto y escojo el de la voluntad con que se me hacen.

15 Y en lo demás suplico a vueſtra excelencia que dentro de mi aposento consienta y permita que yo solo sea el que me sirva."

"En verdad," dijo la duquesa, "señor don Quijote, que no ha de ser así. Que le han de servir cuatro doncellas de las mías, hermosas como unas flores."

20 "Para mí," respondió don Quijote, "no serán ellas como flores, sino como espinas que me puncen el alma. Así entrarán ellas en mi aposento, ni cosa que lo parezca, como volar.³ Si es que vueſtra grandeza quiere llevar adelante el hacerme merced, sin yo merecerla, déjeme que yo me las haya conmigo⁴ y que yo me sirva de mis puertas adentro;⁵ que yo

25 ponga° una muralla en medio de mis deseos y de mi honeſtidad, y no ____ will put quiero perder eſta coſtumbre por la liberalidad que vueſtra alteza quiere moſtrar conmigo. Y en resolución, antes dormiré veſtido que consentir que nadie me desnude."

"¡No más, no más, señor don Quijote!" replicó la duquesa; "por mí

30 digo que daré orden que ni aun una mosca entre en su eſtancia, no que una doncella. No soy yo persona que por mí se ha de descabalar° la ____ impeach decencia del señor don Quijote, que, según se me ha traslucido, la que más campea° entre sus muchas virtudes es la de la honeſtidad. Desnúdese ____ is eminent vuesa merced y víſtase 'a sus solas° y a su modo, cómo y cuándo quisiere. ____ alone

35 Que no habrá quien lo impida, pues dentro de su aposento hallará los vasos necesarios al meneſter del que duerme a puerta cerrada, porque ninguna natural necesidad le obligue a que la abra. Viva mil siglos la gran Dulcinea del Toboso, y sea su nombre eſtendido por toda la redondez de la tierra, pues mereció ser amada de tan valiente y tan honeſto caballero,

40 y los benignos cielos infundan en el corazón de Sancho Panza, nueſtro gobernador, un deseo de acabar preſto sus diciplinas, para que vuelva a gozar el mundo de la belleza de tan gran señora."

---

3 This **como volar** refers to something impossible.
4 **Déjeme que...** *let me have my way*
5 **De mis...** *from inside my doors*

A lo cual dijo don Quijote: "Vuestra altitud ha hablado como quien es. Que en la boca de las buenas señoras no ha de haber ninguna[6] que sea mala, y más venturosa. Y más conocida será en el mundo Dulcinea por haberla alabado vuestra grandeza, que° por todas las alabanzas que ⟨than⟩
5 puedan darle los más elocuentes de la tierra."

"Agora bien, señor don Quijote," replicó la duquesa, "la hora de cenar se llega y el duque debe de esperar. Venga vuesa merced y cenemos, y acostaráse° temprano. Que el viaje que ayer hizo de Candaya no fue tan ⟨you'll go to bed⟩
corto, que no haya causado algún molimiento.°" ⟨fatigue⟩
10 "No siento ninguno, señora," respondió don Quijote, "porque osaré jurar a vuestra excelencia que en mi vida he subido sobre bestia más reposada, ni de mejor paso que Clavileño, y no sé yo qué le pudo mover a Malambruno para deshacerse de tan ligera y tan gentil cabalgadura, y abrasarla así, sin más ni más."

15 "A eso se puede imaginar," respondió la duquesa, "que, arrepentido del mal que había hecho a la Trifaldi y compañía, y a otras personas, y de las maldades que, como hechicero y encantador, debía de haber cometido, quiso concluir con todos los instrumentos de su oficio, y como a principal y que más le traía desasosegado, vagando de tierra en tierra, abrasó a
20 Clavileño.[7] Que con sus abrasadas cenizas, y con el trofeo del cartel queda eterno el valor del gran don Quijote de la Mancha."

De nuevo nuevas gracias dio don Quijote a la duquesa, y 'en cenando° ⟨after having eaten⟩
don Quijote, se retiró en su aposento solo, sin consentir que nadie entrase con él a servirle, tanto se temía de encontrar ocasiones que le moviesen o
25 forzasen a perder el honesto decoro que a su señora Dulcinea guardaba, siempre puesta en la imaginación la bondad de Amadís, flor y espejo de los andantes caballeros. Cerró tras sí la puerta, y a la luz de dos velas de cera se desnudó, y al descalzarse° ¡oh desgracia indigna de tal persona! ⟨taking off his shoes⟩
se le soltaron, no suspiros, ni otra cosa que desacreditasen la limpieza de
30 su policía,° sino hasta dos docenas de puntos de una media, que quedó ⟨manners⟩
hecha celosía. Afligióse en estremo el buen señor, y diera él por tener allí un adarme° de seda verde una onza de plata. Digo seda verde, porque las ⟨bit⟩
medias eran verdes.

Aquí exclamó Benengeli, y escribiendo, dijo: "¡Oh pobreza,
35 pobreza, no sé yo con qué razon se movió aquel gran poeta cordobés, a llamarte «dádiva santa desagradecida»![8] Yo, aunque moro, bien sé, por la

---

6 Schevill thinks that **ninguna** refers to **señora** since good **señoras** should only talk about other good ones. Rodríguez Marín thinks it refers to **habla** *speech* (from the previous **ha hablado**). I opt, along with Gaos, for Schevill's solution.

7 **Quiso concluir...** [since] *he wanted to get rid of the implements of his craft, and since* [Clavileño] *was the primary tool which took him restlessly wandering from country to country, he burned Clavileño up*

8 This Cordovan poet was Juan de Mena (1411-1456) who wrote in his *Laberinto de la Fortuna*, 227: "¡Oh vida segura la mansa pobreza / dádiva santa desagradecida. / Rica se llama, non pobre, la vida / del que se contenta vevir sin riqueza."

comunicación que he tenido con cristianos, que la santidad° consiste en la   holiness
caridad, humildad, fee, obediencia y pobreza. Pero, con todo eso, digo que
ha de tener mucho de Dios el que se viniere a contentar con ser pobre, si
no es de aquel modo de pobreza de quien dice uno de sus mayores santos,
5 «tened todas las cosas como si no las tuviésedes,» y a esto llaman pobreza
de espíritu. Pero tú, segunda pobreza,[9] que eres de la que yo hablo, ¿por
qué quieres 'estrellarte con° los hidalgos y bien nacidos más que con la   smash
otra gente? ¿Por qué los obligas a dar pantalia a los zapatos,[10] y a que los
botones de sus ropillas unos sean de seda, otros de cerdas° y otros de vidro?   horse hair
10 ¿Por qué sus cuellos, por la mayor parte, han de ser siempre escarolados,°   frilled
y no abiertos con molde?"[11] Y en esto se echará de ver que es antiguo el
uso del almidón y de los cuellos abiertos. Y prosiguió, "Miserable del bien
nacido que va dando pistos a su honra, comiendo mal, y a puerta cerrada,[12]
haciendo hipócrita al palillo de dientes con que sale a la calle después de
15 no haber comido cosa que le obligue a limpiárselos. ¡Miserable de aquel,
digo, que tiene la honra espantadiza, y piensa que desde una legua se le
descubre el remiendo° del zapato, el trasudor° del sombrero, la hilaza° del   patch, sweat stain,
herreruelo y la hambre de su estómago!"   thread-bare quality
      Todo esto se le renovó a don Quijote en la 'soltura de sus puntos.°   run in his stockings
20 Pero consolóse con ver que Sancho le había dejado unas 'botas de camino,°   traveling boots
que pensó ponerse otro día.
      Finalmente, él se recostó pensativo y pesaroso, así de la falta que
Sancho le hacía, como de la inreparable desgracia de sus medias, a quien
tomara los puntos aunque fuera con seda de otra color, que es una de
25 las mayores señales de miseria que un hidalgo puede dar en el discurso
de su prolija° estrecheza. Mató° las velas, hacía calor y no podía dormir.   long, he put out
Levantóse del lecho y abrió un poco la ventana de una reja que daba
sobre un hermoso jardín, y al abrirla, sintió y oyó que andaba y hablaba
gente en el jardín. Púsose a escuchar atentamente.
30   Levantaron la voz los de abajo, tanto que pudo oír estas razones: "No
me porfíes, ¡oh Emerencia! 'que cante,° pues sabes que desde el punto   = que *yo* cante
que este forastero entró en este castillo, y mis ojos le miraron, yo no sé
cantar, sino llorar; cuanto más que el sueño de mi señora tiene más de
ligero que de pesado,[13] y no querría que nos hallase aquí por todo el tesoro
35 del mundo. Y puesto caso que durmiese° y no despertase, en vano sería   = *ella* durmiese
mi canto si duerme y no despierta para oírle este nuevo Eneas,[14] que ha

---

9 The **segunda pobreza** is material poverty.
   10 **Pantalia** seems to refer to soot that poor hidalgos would use on their
shoes instead of shoe wax, which they could not afford.
   11 Rodríguez Marín indicates that the second way of fixing collars, **abiertos con molde**, was much more expensive than the first way (vol. 6, p. 280, n. 4).
   12 **Que va...** *who nourishes his honor while eating poorly, and behind closed doors*
   13 **El sueño...** *my mistress sleeps more lightly than heavily*
   14 This refers to Æneas, the hero of Virgil's *Æneid*. On his way to Italy,
Æneas visited Dido, the founder of Carthage, and she fell in love with him. After

llegado 'a mis regiones° para dejarme escarnida.°'"   here, scorned

"No des en eso,¹⁵ Altisidora amiga," respondieron, "que sin duda la
duquesa y cuantos hay en esa casa duermen, 'si no es° el señor de tu   but not
corazón y el despertador de tu alma. Porque ahora sentí que abría la
5   ventana de la reja de su estancia, y sin duda debe de estar despierto. Canta,
'lastimada mía,° en tono bajo y suave, al son de tu harpa, y cuando° la   my wounded one, if
duquesa nos sienta, le echaremos la culpa al calor que hace."

"No está en eso el punto, ¡oh Emerencia!" respondió la Altisidora,¹⁶
"sino en que no querría que mi canto descubriese mi corazón y fuese
10   juzgada de° los que no tienen noticia de las fuerzas poderosas de amor   by
por° doncella antojadiza y liviana.° Pero venga lo que viniere.¹⁷ «Que más   as, frivolous
vale vergüenza en cara que mancilla en corazón.»"

Y en esto, sintió tocar una harpa suavísimamente, oyendo lo cual
quedó don Quijote pasmado, porque en aquel instante se le vinieron
15   a la memoria las infinitas aventuras semejantes a aquélla, de ventanas,
rejas y jardines, músicas, requiebros y desvanecimientos° que en los   faintings
sus desvanecidos° libros de caballerías había leído. Luego imaginó que   vain
alguna doncella de la duquesa estaba dél enamorada, y que la honestidad
la forzaba a tener secreta su voluntad, temió no le rindiese, y propuso en
20   su pensamiento el no dejarse vencer. Y encomendándose de todo buen
ánimo y buen talante a su señora Dulcinea del Toboso, determinó de
escuchar la música, y para dar a entender que allí estaba, dio un fingido
estornudo,° de que no poco se alegraron las doncellas, que otra cosa no   sneeze
deseaban sino que don Quijote las oyese. Recorrida,° pues, y afinada la   running fingers over
25   harpa, Altisidora dio principio a este romance:

¡O tú, que estás en tu lecho,¹⁸
entre sábanas de Holanda,
durmiendo a pierna tendida
de la noche a la mañana,
30   caballero el más valiente
que ha producido la Mancha,
más honesto y más bendito
que el oro fino de Arabia!
Oye a una triste doncella,
35   bien crecida y mal lograda,
que en la luz de tus dos soles
se siente abrasar el alma.

---

he left her, she comitted suicide on a funeral pyre.

15 **No des...** *don't consider that*

16 That is, **la** *llamada* **Altisidora**, *the one named* ⟨*Altisidora*.

17 **Venga lo...** *come what may*

18 In the first edition this **romance** is in two columns and divided into
pseudo-stanzas of four lines. The rhyme throughout is **á – a** which would be
about the easiest rhyme scheme for a teenager, or anyone, to use.

Tú buscas tus aventuras,
y ajenas desdichas hallas;
das las feridas, y niegas
el remedio de sanarlas.
5   Dime, valeroso joven,
que Dios prospere tus ansias,
si te criaſte en la Libia,[19]
o en las montañas de Jaca;[20]
si sierpes te dieron leche;
10   si a dicha fueron tus amas°   wetnurses
la aspereza de las selvas
y el horror de las montañas.
Muy bien puede Dulcinea,
doncella rolliza y sana,
15   preciarse de que ha rendido
a una tigre y fiera brava.
Por eſto será famosa,
desde Henares a Jarama,
desde el Tajo a Manzanares,
20   desde Pisuerga haſta Arlanza.[21]
Trocárame yo por ella,
y diera encima una saya
de las más gayadas° mías,   motley
que de oro le adornan franjas.°   fringes
25   ¡Oh 'quién se viera° en tus brazos, if I could see myself
o si no, junto a tu cama,
rascándote° la cabeza,   scratching
y matándote la caspa!°   dandruff
Mucho pido, y no soy digna
30   de merced tan señalada:
los pies quisiera traerte;[22]
que a una humilde eſto le baſta.
¡Oh qué de cofias° te diera,   hair nets
qué de escarpines° de plata,   slippers
35   qué de calzas de damasco,
qué de herreruelos de Holanda!
¡Qué de finísimas perlas,

---

19 In Part I, Chapter 14, p. 108, l. 27, Libya was referred to as a place where wild animals are found ("*Canción de Grisóſtomo*").

20 Jaca is a small city (now with about 24,000 people) in the foothills of the Pyrenees, north of Pamplona.

21 Dulcinea isn't going to be very famous since the Henares, Jarama, and Manzanares are all tributaries of the Tajo, and the Arlanza flows into the Pisuerga. That is, they don't represent geographical separation, as, say, the Duero and the Tajo would.

22 This expression means "to rub one's feet."

cada cual como una agalla,[23]
que, a no tener compañeras,
LAS SOLAS[24] fueran llamadas!
No mires de tu Tarpeya[25]
5   eſte incendio que me abrasa,
Nerón manchego del mundo,
ni le avives con tu saña.
Niña soy, pulcela° tierna;   maiden
mi edad de quince no pasa;
10   catorce tengo y tres meses
te juro en Dios y en mi ánima.
No soy renca,° ni soy coja,   limping
ni tengo nada de manca;°   maimed in one arm
los cabellos, como lirios,
15   que, en pie, por el suelo arraſtran.
Y aunque es mi boca aguileña,
y la nariz algo chata,
ser mis dientes de topacios°   topazes
mi belleza al cielo ensalza.
20   Mi voz, ya ves, si me escuchas,
que a la que es más dulce iguala,
y soy de disposición
algo menos que mediana.
Éſtas y otras gracias miras:
25   son despojos de tu aljaba;[26]
deſta casa soy doncella,
y Altisidora me llaman

Aquí dio fin el canto de la malferida° Altisidora, y comenzó el   wounded
asombro del requirido° don Quijote, el cual, dando un gran suspiro, dijo   wooed
30   entre sí: "¡Que° tengo de ser tan desdichado andante, que no ha de haber   why?
doncella que me mire que de mí no se enamore! ¡Que tenga de ser tan
corta de ventura la sin par Dulcinea del Toboso, que no la han de dejar
a solas gozar de la incomparable firmeza mía! ¿Qué la queréis, reinas?[27]
¿'A qué° la perseguís, emperatrices? ¿Para qué la acosáis, doncellas de a   for what reason
35   catorce a quince años? Dejad, dejad a la miserable que triunfe,[28] se goce

---

23 This **agalla** is a *gallnut*, a tumor about the size of a marble that grows
on oak leaves.
24 Pellicer suggeſted that these were pearls that belonged to the crown.
25 This alludes to the Tarpeian Rock in Rome, from where condemned
prisoners were thrown, and from which, in a Spanish ballad, Nero watched Rome
burn.
26 The *spoils of the quiver* are the result of the arrows that the quiver con-
tained, as if Don Quijote were Cupid.
27 **¿Qué la ...** *what do you want of her, queens?*
28 **Dejad, dejad...** *allow, allow the wretched one* [Dulcinea] *to triumph*

y ufane con la suerte que amor quiso darle en rendirle mi corazon y
entregarle mi alma. Mirad, caterva enamorada, que para sola Dulcinea
soy de masa y de alfenique, y para todas las demás soy de pedernal.° Para   flint
ella soy miel, y para vosotras acíbar.° Para mí sola Dulcinea es la hermosa,   bitterness
5 la discreta, la honeſta, la gallarda y la bien nacida, y las demás, las feas,
las necias, las livianas y las de peor linaje. Para ser yo suyo,° y no de   hers = *Dulcinea's*
otra alguna, me arrojó la naturaleza al mundo. Llore o cante Altisidora,
desespérese madama° por quien me aporrearon en el caſtillo del moro   = **señora**
encantado.²⁹ Que yo tengo de ser de Dulcinea, 'cocido o asado,° limpio,   no matter what
10 bien criado y honeſto, a pesar de todas las poteſtades hechiceras de la
tierra."

Y con eſto 'cerró de golpe° la ventana, y despechado y pesaroso,   slammed shut
como si le hubiera acontecido alguna gran desgracia, se acoſtó en su
lecho, donde le dejaremos por ahora, porque nos eſtá llamando el gran
15 Sancho Panza, que quiere° dar principio a su famoso gobierno.   va a

Capítulo XLV. De cómo el gran Sancho Panza tomó la posesión de su ínsula, y del modo que comenzó a gobernar.

¡OH PERPETUO DESCUBRIDOR DE los antípodas,¹ hacha del mundo,
ojo del cielo, meneo dulce de las cantimploras,² Timbrio³
20 aquí, Febo allí, tirador acá, médico acullá, padre de la poesía,
inventor de la música, tú que siempre sales y aunque lo parece, nunca te
pones! A ti digo, ¡oh sol, con cuya ayuda el hombre engendra al hombre!⁴
A ti digo que me favorezcas y alumbres la escuridad de mi ingenio, para
que pueda discurrir por sus puntos en la narracion del gobierno del gran
25 Sancho Panza. Que, sin ti, yo me siento tibio, desmazalado y confuso.

Digo, pues, que con todo su acompañamiento llegó Sancho a un
lugar de haſta mil vecinos, que era de los mejores que el duque tenía.
Diéronle a entender que se llamaba LA ÍNSULA BARATARIA, o ya porque
el lugar se llamaba BARATARIO, o ya por el barato⁵ con que se le había
30 dado el gobierno. Al llegar a las puertas de la villa, que era cercada,° salió   walled
el regimiento° del pueblo a recebirle. Tocaron las campanas, y todos   municipal council
los vecinos dieron mueſtras de general alegría, y con mucha pompa le
llevaron a la iglesia mayor a dar gracias a Dios, y luego, con algunas

---

29 Refers back to Part I, Chapter 16, p. 128-131.

1 Antipodes represent the opposite side of the earth. This, and all of the
references that follow are to the sun.

2 This *sweet shaking of copper wine vessels* means that when the sun is hot,
you go frequently to use the wine vessels, thus the allusion to shaking them.

3 Thymbræus is Virgil's nickname for the sun, Apollo.

4 In Ariſtotle's *Physics* II,2, it says: **Sol et homo generant hominem** *both
man and the Sun beget men.* The sun is ultimately responsible for all life.

5 There has been a lot of discussion about the meaning of **barato** in this
context, but the beſt explanation is that it used to mean *deception.*

ridículas ceremonias, le entregaron las llaves del pueblo, y le admitieron por perpetuo gobernador de la Ínsula Barataria.

El traje, las barbas, la gordura y pequeñez del nuevo gobernador tenía admirada a toda la gente que el busilis° del cuento no sabía, y aun   secret
a todos los que lo sabían, que eran muchos. Finalmente, en sacándole de la iglesia, le llevaron a la silla del juzgado° y le sentaron en ella, y   tribunal
el mayordomo del duque le dijo: "Es costumbre antigua en esta ínsula, señor gobernador, que el que viene a tomar posesión desta famosa ínsula está obligado a responder a una pregunta que se le hiciere, que sea algo intricada° y dificultosa, de cuya respuesta el pueblo toma y toca el pulso   knotty
del ingenio de su nuevo gobernador. Y así o se alegra, o se entristece con su venida."

En tanto que el mayordomo decía esto a Sancho, estaba él mirando unas grandes y muchas letras que en la pared frontera de su silla estaban escritas, y como él no sabía leer, preguntó que qué eran aquellas pinturas que en aquella pared estaban. Fuele respondido: "Señor, allí está escrito y notado el día en que vuesa señoría tomó posesión desta ínsula, y dice el epitafio,° HOY DÍA, A TANTOS DE TAL MES Y DE TAL AÑO, TOMÓ LA   inscription
POSESIÓN DESTA ÍNSULA EL SEÑOR DON SANCHO PANZA, QUE MUCHOS AÑOS LA GOCE."

"Y ¿a quién llaman *don* Sancho Panza?" preguntó Sancho.

"A vuesa señoría," respondió el mayordomo, "que en esta ínsula no ha entrado otro Panza, sino el que está sentado en esa silla."

"Pues advertid, hermano," dijo Sancho, "que yo no tengo DON, ni en todo mi linaje le ha habido. Sancho Panza me llaman a secas, y Sancho se llamó mi padre, y Sancho mi agüelo, y todos fueron Panzas sin añadiduras de DONES ni DONAS. Y yo imagino que en esta ínsula debe de haber más dones que piedras. Pero basta, Dios me entiende, y podrá ser que si el gobierno me dura cuatro días, yo escardaré° estos dones, que por   will weed out
la muchedumbre deben de enfadar como los mosquitos. Pase adelante con su pregunta el señor mayordomo, que yo responderé lo mejor que supiere, ora se entristezca, o no se entristezca el pueblo."

A° este instante entraron en el juzgado dos hombres, el uno vestido   **en**
de labrador, y el otro de sastre, porque traía unas tijeras en la mano. Y el sastre dijo: "Señor gobernador, yo y este hombre labrador venimos ante vuesa merced en razón que este buen hombre llegó a mi tienda ayer—que yo, con perdón de los presentes, soy sastre examinado,° que   licensed
Dios sea bendito—y poniéndome un pedazo de paño en las manos, me preguntó, 'Señor, ¿habría en este paño harto para hacerme una caperuza?'°   cap
Yo, tanteando el paño, le respondí que sí. Él debióse de imaginar, a lo que yo imagino, e imaginé bien, que sin duda yo le quería hurtar alguna parte del paño, fundándose en su malicia y en la mala opinión de los sastres. Y replicóme que mirase si habría para dos. Adivinéle el pensamiento, y díjele que sí. Y él, caballero° en su dañada y primera intención, fue   riding along
añadiendo caperuzas, y yo añadiendo síes, hasta que llegamos a cinco caperuzas, y ahora en este punto acaba de venir por ellas. Yo se las doy, y

no me quiere pagar la hechura. Antes me pide que le pague o vuelva su paño."

"¿Es todo esto así, hermano?" preguntó Sancho.

"Sí, señor," respondió el hombre, "pero hágale vuesa merced que muestre las cinco caperuzas que me ha hecho."

"De buena gana," respondió el sastre.

Y sacando encontinente° la mano debajo del herreruelo, mostró en right then
ella cinco caperuzas puestas en las cinco cabezas de los dedos de la mano, y dijo: "He aquí las cinco caperuzas que este buen hombre me pide, y en Dios y en mi conciencia que no me ha quedado nada del paño, y yo daré la obra a vista° de veedores del oficio." inspection

Todos los presentes se rieron de la multitud de las caperuzas, y del nuevo pleito. Sancho se puso a considerar un poco, y dijo: "Paréceme que en este pleito no ha de haber largas dilaciones, sino juzgar luego a juicio de buen varón, y así yo doy por sentencia que el sastre pierda las hechuras, y el labrador el paño, y las caperuzas se lleven a los presos de la cárcel, y no haya más."

Si la sentencia pasada de la bolsa del ganadero[6] movió a admiración a los circunstantes, ésta les provocó a risa. Pero, en fin, se hizo lo que mandó el gobernador, ante el cual se presentaron dos hombres ancianos, el uno traía una cañaheja° por báculo, y el sin báculo dijo: "Señor, a este tall pole buen hombre le presté días ha 10 escudos de oro en oro, por hacerle placer y buena obra, con condición que me los volviese cuando se los pidiese. Pasáronse muchos días sin pedírselos, por no ponerle en mayor necesidad, de volvérmelos, que la que él tenía cuando yo se los presté. Pero por parecerme que se descuidaba en la paga, se los he pedido una y muchas veces, y no solamente no me los vuelve, pero me los niega, y dice que nunca tales 10 escudos le presté, y que si se los presté, que ya me los ha vuelto. Yo no tengo testigos ni del prestado,° ni de la vuelta, porque lending no me los ha vuelto. Querría que vuesa merced le tomase juramento y si jurare que me los ha vuelto, yo se los perdono para aquí y para delante de Dios."

"¿Qué decís vos a esto, buen viejo del báculo?" dijo Sancho.

A lo que dijo el viejo: "Yo, señor, confieso que me los prestó, y baje vuesa merced esa vara, y pues él lo deja en mi juramento,[7] yo juraré como se los he vuelto y pagado real y verdaderamente."

Bajó el gobernador la vara, y en tanto, el viejo del báculo dio el báculo al otro viejo, que se le tuviese en tanto que juraba, como si le embarazara° mucho, y luego puso la mano en la cruz de la vara, diciendo hindered
que era verdad, que se le habían prestado aquellos diez escudos que se le pedían. Pero que él se los había vuelto de su mano a la suya, y que por

---

6 Lots of confusion, commentary, additions to the text, and rearranging here since this episode has yet to happen. Cervantes is pretending to be careless.

7 **Pues él...** *since he leaves it to my oath*

no caer en ello[8] se los volvía a pedir por momentos. Viendo lo cual el
gran gobernador, preguntó al acreedor° qué respondía a lo que decía su   creditor
contrario. Y dijo que sin duda alguna su deudor° debía de decir verdad,   debtor
porque le tenía por hombre de bien y buen cristiano, y que a él se le debía
de haber olvidado el cómo y cuándo se los había vuelto, y que desde allí
en adelante jamás le pidiría° nada. Tornó a tomar su báculo el deudor, y   **pidiría**
bajando la cabeza, se salió del juzgado. Visto lo cual Sancho, y que sin
más ni más se iba, y viendo también la paciencia del demandante,° inclinó   plaintiff
la cabeza sobre el pecho, y poniéndose el índice de la mano derecha sobre
las cejas y las narices, estuvo como pensativo un pequeño espacio, y luego
alzó la cabeza y mandó que le llamasen al viejo del báculo, que ya se había
ido. Trujéronsele, y en viéndole Sancho, le dijo: "Dadme, buen hombre,
ese báculo, que le he menester."

"De muy buena gana," respondió el viejo, "hele aquí, señor." Y
púsosele en la mano.

Tomóle Sancho, y dándosele al otro viejo, le dijo: "Andad con Dios,
que ya vais pagado."

"¿Yo, señor?" repondió el viejo. "Pues ¿vale esta cañaheja 10 escudos
de oro?"

"Sí," dijo el gobernador, "o si no, yo soy el mayor porro del mundo, y
ahora se verá si tengo yo caletre para gobernar todo un reino."

Y mandó que allí delante de todos se rompiese y abriese la caña.
Hízose así, y en el corazón della hallaron 10 escudos en oro. Quedaron
todos admirados, y tuvieron a su gobernador por un nuevo Salomón.[9]
Preguntáronle de dónde había colegido que en aquella cañaheja estaban
aquellos 10 escudos, y respondió que de haberle visto dar el viejo que
juraba, a su contrario, aquel báculo en tanto que hacía el juramento, y
jurar que se los había dado real y verdaderamente, y que en acabando
de jurar, le tornó a pedir el báculo, le vino a la imaginación que dentro
dél estaba la paga de lo que pedían. De donde se podía colegir que los
que gobiernan, aunque sean unos tontos, 'tal vez° los encamina Dios   sometimes
en sus juicios. Y más, que él había oído contar otro caso como aquel al
cura de su lugar, y que él tenía tan gran memoria, que a no olvidársele
todo aquello de que quería acordarse, no hubiera tal memoria en toda
la ínsula. Finalmente, el un viejo corrido, y el otro pagado, se fueron, y
los presentes quedaron admirados. Y el que escribía las palabras, hechos
y movimientos de Sancho, no acababa de determinarse si le tendría y
pondría por tonto, o por discreto.

Luego, acabado este pleito, entró en el juzgado una mujer, asida
fuertemente de un hombre[10] vestido de ganadero rico, la cual venía

---

8 **Por no...** *not realizing it*

9 Solomon is, of course, the biblical king, whose "wisdom excelled the
wisdom of all the children of the east country and all the wisdom of Egypt," I
Kings 3:30-31.

10 **Asida fuertemente...** *holding tightly on to a man*

dando grandes voces, diciendo: "¡Justicia, señor gobernador, justicia, y si no la hallo en la tierra, la iré a buscar al cielo! Señor gobernador de mi ánima, este mal hombre me ha cogido en la mitad dese campo, y se ha aprovechado de mi cuerpo como si fuera trapo mal lavado, y, ¡desdichada de mí! me ha llevado lo que yo tenía guardado más de veinte y tres años ha, defendiéndolo de moros y cristianos, de naturales y estranjeros, y yo, siempre dura como un alcornoque, conservándome entera como la salamanquesa en el fuego,[11] o como la lana entre las zarzas, para que este buen hombre llegase ahora con sus manos limpias a manosearme."

"Aun eso está por averiguar, si tiene limpias o no las manos este galán," dijo Sancho.

Y volviéndose al hombre, le dijo qué decía y respondía a la querella de aquella mujer. El cual, todo turbado, respondió: "Señores, yo soy un pobre ganadero de ganado de cerda, y esta mañana salía deste lugar, de vender, con perdón sea dicho, cuatro puercos que me llevaron de alcabalas y socaliñas[12] poco menos de lo que ellos valían. Volvíame a mi aldea, topé en el camino a esta buena dueña, y el diablo, que todo lo añasca y todo lo cuece, hizo que yogásemos° juntos. Paguéle lo soficiente, y ella, mal contenta, asió de mí, y no me ha dejado hasta traerme a este puesto. Dice que la forcé,° y miente, para el juramento que hago o pienso hacer. Y ésta es toda la verdad, sin faltar meaja."   we should lie   raped

Entonces el gobernador le preguntó si traía consigo algún dinero en plata. Él dijo que hasta veinte ducados tenía en el seno° en una   inside his shirt bolsa de cuero. Mandó que la sacase y se la entregase así como estaba a la querellante.° Él lo hizo temblando, tomóla la mujer, y haciendo mil   complainant zalemas a todos, y rogando a Dios por la vida y salud del señor gobernador, que así miraba por las huérfanas menesterosas y doncellas. Y con esto, se salió del juzgado, llevando la bolsa asida con entrambas manos, aunque primero miró si era de plata la moneda que llevaba dentro.

Apenas salió, cuando Sancho dijo al ganadero, que ya se le saltaban las lágrimas, y los ojos y el corazón se iban tras su bolsa: "Buen hombre, id tras aquella mujer, y quitadle la bolsa, aunque no quiera, y volved aquí con ella.°"   = the purse

Y no lo dijo a tonto ni a sordo, porque luego partió como un rayo y fue a lo que se le mandaba. Todos los presentes estaban suspensos, esperando el fin de aquel pleito, y de allí a poco volvieron el hombre y la mujer, más asidos y aferrados° que la vez primera, ella la saya levantada, y   grasping strongly en el regazo° puesta la bolsa, y el hombre pugnando por quitársela, mas   lap area of skirt no era posible, según la mujer la defendía, la cual daba voces, diciendo:

---

11 Covarrubias (p. 921, col. 2, ll. 57-29) says that the salamander is so cold that it puts out hot coals if it passes through them. This is pure nonsense, of course.

12 **Me llevaron…** *they took* [the pigs] *from me, what with taxes and cunning,* that is, his profit was diminished by what he had to pay in taxes and what he lost on too low a bargained price.

"¡Justicia de Dios, y del mundo! ¡Mire vuesa merced, señor gobernador, la poca vergüenza y el poco temor deste desalmado, que en mitad de poblado y en mitad de la calle me ha querido quitar la bolsa que vuesa merced mandó darme!"

5   "Y ¿háosla quitado?" preguntó el gobernador.

"¿Cómo quitar?" respondió la mujer, "Antes me dejara yo quitar la vida que me quiten la bolsa. ¡Bonita es la niña! ¡Otros gatos me han de echar a las barbas, que no este desventurado y asqueroso! ¡Tenazas° y   pincers
martillos, mazos y escoplos° no serán bastantes a sacármela de las uñas, ni   chisels
10   aun garras de leones; antes el ánima de en mitad en mitad de las carnes!"

"Ella tiene razón," dijo el hombre, "y yo me doy por rendido y sin fuerzas, y confieso que las mías no son bastantes para quitársela, y déjola."

Entonces el gobernador dijo a la mujer: "Mostrad,° honrada y   i.e. show *me*
valiente,° esa bolsa."   strong

15   Ella se la dio luego, y el gobernador se la volvió al hombre y dijo a la esforzada, y no forzada: "Hermana mía, si el mismo aliento y valor que habéis mostrado para defender esta bolsa le mostrárades, y aun la mitad menos, para defender vuestro cuerpo, las fuerzas de Hércules no os hicieran fuerza. Andad con Dios y mucho de en hora mala, y no paréis en
20   toda esta ínsula ni en seis leguas a la redonda, so pena de docientos azotes. ¡Andad luego, digo, churrillera,° desvergonzada° y embaidora!°"   charlatan, shameless, deceiver

Espantóse la mujer y fuese cabizbaja y mal contenta, y el gobernador dijo al hombre: "Buen hombre, andad con Dios a vuestro lugar con vuestro dinero, y de aquí adelante, si no le queréis perder, procurad que
25   no os venga en voluntad de yogar° con nadie."   lie

El hombre le dio las gracias lo peor que supo[13] y fuese, y los circunstantes quedaron admirados de nuevo de los juicios y sentencias de su nuevo gobernador. Todo lo cual notado de su coronista fue luego escrito al duque, que con gran deseo lo estaba esperando.

30   Y quédese aquí el buen Sancho. Que es mucha la priesa que nos da su amo, alborozado con la música de Altisidora.

Capítulo XLVI. Del temeroso espanto cencerril y gatuno° que re-   feline
cibió don Quijote en el discurso de los amores de la enamorada
35   *Altisidora.*

DEJAMOS AL GRAN DON Quijote envuelto en los pensamientos que le había causado la música de la enamorada doncella Altisidora. Acostóse con ellos, y como si fueran pulgas, no le dejaron dormir ni sosegar un punto, y juntábansele los° que le faltaban de sus medias.   **los** *puntos* = stitches
40   Pero como es ligero el tiempo y no hay barranco que le detenga, corrió caballero en las horas, y con mucha presteza llegó la de la mañana. Lo cual visto por don Quijote, dejó las blandas plumas, y no nada perezoso,

---

13 **Lo peor...***in a clumsy way*

"¡Mire vuesa merced, señor gobernador, la poca vergüenza
y el poco temor deste desalmado."

se vistió su acamuzado° vestido y se calzó sus botas de camino, por en-   chamois skin
cubrir la desgracia de sus medias. Arrojóse encima su mantón de escarlata y púsose en la cabeza una montera de terciopelo verde, guarnecida
de pasamanos° de plata, colgó el tahelí de sus hombros con su buena y   trim
5   tajadora° espada, asió un gran rosario que consigo contino traía, y con   trenchant
gran prosopopeya y contoneo salió a la antesala, donde el duque y la
duquesa estaban ya vestidos y como esperándole, y al pasar por una galería, estaban aposta° esperándole Altisidora y la otra doncella su amiga.   on purpose
Y así como Altisidora vio a don Quijote, fingió desmayarse, y su amiga
10   la recogió en sus faldas, y con gran presteza la iba a desabrochar el pecho.
Don Quijote que lo vio, llegándose a ellas, dijo: "Ya sé yo de qué preceden
estos accidentes."

    "No sé yo de qué," respondió la amiga, "porque Altisidora es la don-
cella más sana de toda esta casa, y yo nunca la he sentido un ¡AY! en cuan-
15   to ha que la conozco. Que mal hayan cuantos caballeros andantes hay en
el mundo, si es que todos son desagradecidos. Váyase vuesa merced, señor
don Quijote. Que no volverá en sí esta pobre niña en tanto que vuesa
merced aquí estuviere."

    A lo que respondió don Quijote: "Haga vuesa merced, señora, que se
20   me ponga un laúd esta noche en mi aposento. Que yo consolaré lo mejor
que pudiere a esta lastimada doncella. Que en los principios amorosos
los desengaños prestos suelen ser remedios calificados."

    Y con esto, se fue, porque no fuese notado de los que allí le viesen.
No se hubo bien apartado, cuando, volviendo en sí la desmayada Altisi-
25   dora, dijo a su compañera: "Menester será que se le ponga el laúd. Que
sin duda don Quijote quiere darnos música, y no será mala, siendo suya."

    Fueron luego a dar cuenta a la duquesa de lo que pasaba, y del laúd
que pedía don Quijote, y ella, alegre sobremodo, concertó con el duque y
con sus doncellas de hacerle una burla que fuese más risueña que dañosa,°   harmful
30   y con mucho contento esperaban la noche, que se vino tan apriesa como
se había venido el día, el cual pasaron los duques en sabrosas pláticas con
don Quijote. Y la duquesa aquel día real y verdaderamente despachó a un
paje suyo, que había hecho en la selva la figura encanta-

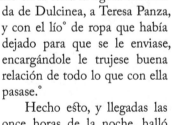

da de Dulcinea, a Teresa Panza,
35   y con el lío° de ropa que había   bundle
dejado para que se le enviase,
encargándole le trujese buena
relación de todo lo que con ella
pasase.°   said

    Hecho esto, y llegadas las
40   once horas de la noche, halló
don Quijote una vihuela en su
aposento. Templóla, abrió la reja,
y sintió que andaba gente en el
jardín, y habiendo recorrido los
Laúd   trastes° de la vihuela, y afinán-   frets

Vihuela

dola¹ lo mejor que supo, escupió y 'remondóse el pecho,° y luego, con   cleared his throat
una voz ronquilla° aunque entonada, cantó el siguiente romance, que él   a bit hoarse
mismo aquel día había compuesto:

Suelen las fuerzas de amor
5   sacar de quicio a las almas,²
       tomando por instrumento
       la ociosidad descuidada.
       Suele el coser y el labrar
       y el estar siempre ocupada
10   ser antídoto al veneno°   venom
       de las amorosas ansias.
       Las doncellas recogidas°   secluded
       que aspiran a ser casadas,
       la honestidad es la dote
15   y voz de sus alabanzas.
       Los andantes caballeros
       y los que en la corte andan
       requiébranse con las libres;
       con las honestas se casan.
20   Hay amores de levante,³
       que entre huéspedes se tratan,
       que llegan presto al poniente,
       porque en el partirse acaban.
       El amor recién venido
25   que hoy llegó, y se va mañana,
       las imágines° no deja   **imágenes** *images*
       bien impresas en el alma.
       Pintura sobre pintura,
       ni se muestra ni señala;
30   y do hay primera belleza,
       la segunda no hace baza.⁴
       Dulcinea del Toboso
       del alma en la 'tabla rasa°   empty slate
       tengo pintada, de modo
35   que es imposible borrarla.
       La firmeza en los amantes

---

1 **Afinándola** means *tuning it.* The previous phrase says that he had already
tuned the instrument. For this reason a number of editors leave the **n** out, thus
making it mean *having tuned it.*

2 Notice that Don Quijote also chooses the easy rhyme in **á – a.**

3 There is a play on words here between **levante** *east wind* and **poniente**
west wind two lines later. It seems to mean that these courtly loves are fleeting
and ephemeral.

4 This deals with one painting done on top of another. **Baza** is a trick in
cards: The first painting is beautiful, the second one doesn't do the trick.

es la parte más preciada,
por quien hace Amor milagros,
y asimesmo los levanta.

Aquí llegaba don Quijote de su canto, a quien estaban escuchando
el duque y la duquesa, Altisidora y casi toda la gente del castillo, cuando
de improviso, desde encima de un corredor° que sobre la reja de don   gallery
Quijote 'a plomo° caía, descolgaron° un cordel donde venían más de cien   straight down, they
cencerros asidos,° y luego tras ellos derramaron° un gran saco de gatos,   released; tied, they
que asimismo traían cencerros menores atados a las colas. Fue tan grande   released
el ruido de los cencerros y el mayar° de los gatos, que aunque los duques   meowing
habían sido inventores de la burla, todavía les sobresaltó, y temeroso don
Quijote, quedó pasmado. Y quiso la suerte que dos o tres gatos se entraron por la reja de su estancia, y dando de una parte a otra,⁵ parecía que
una región de diablos andaba en ella. Apagaron las velas que en el aposento ardían, y andaban buscando por do escaparse. El descolgar y subir
del cordel de los grandes cencerros no cesaba. La mayor parte de la gente
del castillo, que no sabía la verdad del caso, estaba suspensa y admirada.

Levantóse don Quijote en pie, y poniendo mano a la espada, comenzó a tirar estocadas por la reja y a decir a grandes voces: "¡Afuera malig-
nos encantadores, afuera canalla hechiceresca,° que yo soy don Quijote   bewitched
de la Mancha, contra quien no valen ni tienen fuerza vuestras malas
intenciones!"

Y volviéndose a los gatos que andaban por el aposento, les tiró muchas cuchilladas. Ellos acudieron a la reja, y por allí se salieron, aunque
uno, viéndose tan acosado de las cuchilladas de don Quijote, le saltó al
rostro y le asió de las narices con las uñas y los dientes, por cuyo dolor
don Quijote comenzó a dar los mayores gritos que pudo. Oyendo lo
cual el duque y la duquesa, y considerando lo que podía ser, con mucha
presteza acudieron a su estancia, y abriendo con llave maestra, vieron
al pobre caballero pugnando con todas sus fuerzas por arrancar el gato
de su rostro. Entraron con luces, y vieron la desigual pelea. Acudió el
duque a despartirla, y don Quijote dijo a voces: "¡No me le quite nadie,
déjenme mano a mano con este demonio, con este hechicero, con este
encantador! ¡Que yo le daré a entender de mí a él, quién es don Quijote
de la Mancha!"

Pero el gato, no curándose destas amenazas, gruñía y apretaba. Mas,
en fin, el duque se le desarraigó y le echó por la reja.

Quedó don Quijote acribado° el rostro y no muy sanas las narices,   pierced
aunque muy despechado porque no le habían dejado fenecer la batalla
que tan trabada tenía con aquel malandrín encantador. Hicieron traer
aceite de Aparicio,⁶ y la misma Altisidora, con sus blanquísimas manos,
le puso unas vendas por todo lo herido, y al ponérselas, con voz baja le

---

5 **Dando de...** *running from side to side*
6 This was a sixteenth-century curing oil formulated by Aparicio de Zubia.

dijo: "Todas eſtas malandanzas te suceden, empedernido° caballero, por hard-hearted
el pecado de tu dureza y pertinacia.° Y plega a Dios que se le olvide a ſtubbornness
Sancho tu escudero el azotarse, porque nunca salga de su encanto eſta
tan amada tuya Dulcinea, ni tú la goces,[7] ni llegues a tálamo con ella, a lo
menos viviendo yo, que te adoro."

A todo eſto no respondió don Quijote otra palabra, si no fue dar
un profundo suspiro, y luego se tendió en su lecho, agradeciendo a los
duques la merced, no porque él tenía temor de aquella canalla gatesca,° cattish
encantadora y cencerruna,° sino porque había conocido la buena inten- bellish
ción con que habían venido a socorrerle. Los duques le dejaron sosegar y
se fueron pesarosos del mal suceso de la burla. Que no creyeron que tan
pesada y coſtosa le saliera a don Quijote aquella aventura, que le coſtó
cinco días de encerramiento y de cama, donde le sucedió otra aventura
más guſtosa que la pasada, la cual no quiere su hiſtoriador contar ahora,
por acudir a Sancho Panza, que andaba muy solícito y muy gracioso en
su gobierno.

Capítulo XLVII. Donde se prosigue cómo se portaba Sancho Panza en su gobierno.

CUENTA LA HISTORIA QUE desde el juzgado llevaron a Sancho
Panza a un suntuoso palacio, adonde en una gran sala eſtaba
pueſta una real y limpísima mesa. Y así como Sancho entró en
la sala, sonaron chirimías y salieron cuatro pajes a darle aguamanos, que
Sancho recibió con mucha gravedad.

Cesó la música, sentóse Sancho a la cabecera de la mesa, porque
no había más de° aquel asiento, y no otro servicio° en toda ella. Púsose que, table setting
a su lado en pie un personaje, que después moſtró ser médico, con una
varilla de ballena en la mano. Levantaron una riquísima y blanca toalla° cloth
con que eſtaban cubiertas las frutas y mucha diversidad de platos° de dishes
diversos manjares. Uno que parecía eſtudiante echó la bendición, y un
paje puso un babador randado° a Sancho, otro que hacía el oficio de lace-trimmed
maeſtresala llegó un plato de fruta delante, pero apenas hubo comido un
bocado, cuando el de la varilla tocando con ella en el plato, se le quitaron
de delante con grandísima celeridad. Pero el maeſtresala le llegó otro, de
otro manjar. Iba a probarle Sancho, pero antes que llegase a él ni le gustase, ya la varilla había tocado en él, y un paje alzádole con tanta preſteza
como el de la fruta. Viſto lo cual por Sancho, quedó suspenso, y mirando
a todos, preguntó si se había de comer aquella comida como 'juego de
maesecoral.° sleight of hand

A lo cual respondió el de la vara: "No se ha de comer, señor goberna-

---

7 The original says **lo goces**, seemingly referring to **desencanto**. But Cervantes typically uses **le** for **lo**. **La**, used by Schevill, refers to Dulcinea. Gaos
keeps **lo**.

dor, sino como es uso y costumbre en las otras ínsulas donde hay gobernadores. Yo, señor, soy médico, y estoy asalariado en esta ínsula para serlo
de los gobernadores della, y miro por su salud mucho más que por la mía,
estudiando de noche y de día y tanteando la complexión del gobernador,
5 para acertar a curarle cuando cayere enfermo. Y lo principal que hago es
asistir a sus comidas y cenas, y a dejarle comer de lo que me parece que le
conviene, y a quitarle lo que imagino que le ha de hacer daño y ser nocivo°   harmful
al estómago. Y así mandé quitar el plato de la fruta, por ser demasiadamente húmeda, y el plato del otro manjar también le mandé quitar, por
10 ser demasiadamente caliente° y tener muchas especies,° que acrecientan   spicy, spices
la sed. Y el que mucho bebe, mata y consume el húmedo radical,¹ donde
consiste la vida."

"Desa manera, aquel plato de perdices que están allí asadas, y a mi
parecer, bien sazonadas,° no me harán algún daño."   seasoned
15   A lo que el médico respondió: "Ésas no comerá el señor gobernador
en tanto que yo tuviere vida."

"Pues ¿por qué?" dijo Sancho.

Y el médico respondió: "Porque nuestro maestro Hipócrates, norte
y luz de la medicina, en un aforismo° suyo dice: *Omnis saturatio mala,*   maxim
20 *perdices autem pessima.*² Quiere decir, «toda hartazga³ es mala; pero la de
las perdices, malísima.»"

"Si eso es así," dijo Sancho, "vea el señor doctor de cuantos manjares
hay en esta mesa, cuál me hará más provecho y cuál menos daño, y dé-
jeme comer dél sin que 'me le apalee.° Porque por vida del gobernador,   snatching it away
25 y así Dios me le° deje gozar, que me muero de hambre, y el negarme la   i.e., governorship
comida, aunque le pese al señor doctor y él más me diga, antes será quitarme la vida que aumentármela."

"Vuesa merced tiene razón, señor gobernador," respondió el médico,
"y así es mi parecer que vuesa merced no coma de aquellos conejos gui-
30 sados que allí están, porque es manjar peliagudo.⁴ De aquella ternera, si
no fuera asada y 'en adobo,° aun se pudiera probar, pero no hay para qué."   marinated

Y Sancho dijo: "Aquel platonazo° que está más adelante vahando°   great big plate,
me parece que es 'olla podrida,° que por la diversidad de cosas que en las   steaming; stew
tales ollas podridas hay, no podré dejar de topar con alguna que me sea
35 de gusto y de provecho."

"*Absit,*°" dijo el medico, "vaya lejos de nosotros tan mal pensamiento.   away with it *Latin*
No hay cosa en el mundo de peor mantenimiento° que una olla podrida.   nourishment
Allá las ollas podridas para los canónigos, o para los retores° de colegios,   headmasters

---

1 This radical humor was supposed to give vigor and elasticity to the body
according to Clemencín (p. 1786, n. 11). He cites no reference. Rico says it refers
to semen.

2 Not only did the ancient Greek physician Hippocrates never say this, but
the popular maxim refers to **panis** *of bread* and not **perdicis** *of partridge*. **Perdices**
is not the correct Latin form, but how is Sancho to know?

3 Nowadays they say **hartazgo** *satiety, overeating.*

4 **Peliagudo** *from a fine-haired animal.* Its harmful quality is nonsense.

o para las 'bodas labradorescas,° y déjennos libres las mesas de los gober-   peasant weddings
nadores, donde ha de asiſtir todo primor° y toda atildadura.° Y la razón   delicacy, care
es porque siempre y a doquiera y de quienquiera son más eſtimadas las
medicinas simples que las compueſtas,° porque en las simples no se pue-   compound
5 de errar, y en las compueſtas sí, alterando la cantidad de las cosas de que
son compueſtas. Mas lo que yo sé que ha de comer el señor gobernador
ahora, para conservar su salud y corroborarla° es un ciento de 'cañutillos   fortify it
de suplicaciones,° y unas tajadicas° subtiles de 'carne de membrillo,° que   wafers, little slices,
le asienten el eſtómago, y le ayuden a la digeſtión.   quince
10   Oyendo eſto Sancho, 'se arrimó sobre el espaldar° de la silla, y miró   leaned back
de hito en hito al tal médico, y con voz grave le preguntó cómo se llamaba,
y dónde había eſtudiado.
       A lo que él respondió: "Yo, señor gobernador, me llamo el doctor Pe-
dro Recio de Agüero, y soy natural de un lugar llamado Tirteafuera, que
15 eſtá entre Caracuel y Almodóvar del Campo, a la mano derecha,[5] y tengo
el grado de doctor por la Universidad de Osuna."[6]
       A lo que respondió Sancho, todo encendido en cólera: "Pues, señor
doctor Pedro Recio de 'mal Agüero,° natural de Tirteafuera, lugar que   bad omen
eſtá a la derecha mano, como vamos de Caracuel a Almodóvar del Cam-
20 po, graduado en Osuna, 'quíteseme luego delante.° Si no, voto al sol que   get out of here!
tome un garrote y que a garrotazos, comenzando por él, no me ha de
quedar médico en toda la ínsula, a lo menos de aquellos que yo entienda
que son ignorantes. Que a los médicos sabios, prudentes y discretos los
pondré sobre mi cabeza y los honraré como a personas divinas. Y vuelvo
25 a decir que se me vaya Pedro Recio de aquí. Si no, tomaré eſta silla donde
eſtoy sentado, y se la eſtrellaré en la cabeza, y pídanmelo 'en residencia.°   when I leave office
Que yo 'me descargaré° con decir que hice servicio a Dios en matar a un   I'll clear myself
mal médico, verdugo de la república. Y dénme de comer, o si no, tómense°   take back
su gobierno. Que oficio que no da de comer a su dueño no vale dos habas."
30   Alborotóse el doctor viendo tan colérico al gobernador, y quiso 'hacer tirteafuera° de la sala, sino que en aquel inſtante sonó una 'corneta   to leave
de poſta° en la calle, y asomándose el maeſtresala a la ventana, volvió,   poſt horn
diciendo: "Correo viene del duque mi señor; algún despacho° debe de   dispatch
traer de importancia."
35   Entró el correo sudando y asuſtado,° y sacando un pliego del seno,   frightened
le puso en las manos del gobernador, y Sancho le puso en las del mayordomo, a quien mandó leyese el sobreescrito que decía así, "A don Sancho
Panza, gobernador de la Ínsula Barataria, en su propia mano, o en las de

---

5 If you imagine the letter V, Almodóvar is at the bottom, Caracuel is at the
top right and San Quintín is on the top left. Tirteafuera is half way up the left
side, between Almodóvar and San Quintín. Tirteafuera is indeed on the right if
you are going from Caracuel to Almodóvar. You'll see that Sancho is more specific when he repeats this.
6 The **loco** in the barber's ſtory in Chapter 1 of this part (p. 485, ll. 11-14)
was also graduated from this minor university.

su secretario."

Oyendo lo cual Sancho, dijo: "¿Quién es aquí mi secretario?"

Y uno de los que presentes estaban respondió: "Yo señor, porque sé leer y escribir, y soy vizcaíno."[7]

5   "Con esa añadidura," dijo Sancho, "bien podéis ser secretario del mismo emperador. Abrid ese pliego, y mirad lo que dice."

Hízolo así el recien nacido secretario, y habiendo leído lo que decía, dijo que era negocio para tratarle a solas. Mandó Sancho despejar la sala, y que no quedasen en ella sino el mayordomo y el maestresala, y los de-
10   más y el médico se fueron, y luego el secretario leyó la carta que así decía:

A mi noticia ha llegado, señor don Sancho Panza, que unos enemigos míos y desa ínsula la han de dar un asalto furioso° no sé qué no-   fierce
che. Conviene velar y 'estar alerta,° porque no le tomen desaperce-   to be on the watch
bido. Sé también por espías verdaderas que han entrado en ese lugar
15   cuatro personas disfrazadas para quitaros la vida porque se temen
de vuestro ingenio. Abrid el ojo y mirad quién llega a hablaros, y no
comáis de cosa que os presentaren. Yo tendré cuidado de socorreros
si os viéredes en trabajo, y en todo haréis como se espera de vuestro
entendimiento. Deste lugar a 16 de agosto a las cuatro de la mañana.
20   Vuestro amigo,
     EL DUQUE

Quedó atónito Sancho, y mostraron quedarlo asimismo los circunstantes, y volviéndose al mayordomo, le dijo: "Lo que agora se ha de hacer,
y ha de ser luego, es meter en un calabozo al doctor Recio, porque si
25   alguno me ha de matar, ha de ser él, y de muerte adminícula[8] y pésima,
como es la de la hambre."

"También," dijo el maestresala, "me parece a mí que vuesa merced no
coma de todo lo que está en esta mesa, porque lo han presentado unas
monjas, y como suele decirse, «detrás de la cruz está el diablo»."
30   "No lo niego," respondió Sancho, "y por ahora, denme un pedazo de
pan, y obra de cuatro libras de uvas. Que en ellas no podrá venir veneno,
porque, en efecto, no puedo pasar sin comer, y si es que hemos de estar
prontos para estas batallas que nos amenazan, menester será estar bien
mantenidos,° porque «tripas llevan corazón, que no corazón tripas», y   nourished
35   vos, secretario, responded al duque mi señor, y decidle que se cumplirá
lo que manda como lo manda, sin faltar punto, y daréis de mi parte un
besamanos° a mi señora la duquesa, y que le suplico no se le olvide de   kiss on the hands
enviar con un propio° mi carta y mi lío a mi mujer Teresa Panza. Que en   messenger
ello recibiré mucha merced, y tendré cuidado de servirla con todo lo que
40   mis fuerzas alcanzaren, y de camino podéis encajar un besamanos a mi
señor don Quijote de la Mancha, porque vea que soy 'pan agradecido;° y   grateful

---

7   Basques had the reputation of being faithful.

8   This Latinism means *in small doses.*

vos, como buen secretario y como buen vizcaíno, podéis añadir todo lo
que quisiéredes y más viniere a cuento. Y álcense estos manteles y denme
a mí de comer. Que yo me avendré con cuantas espías y matadores° y   killers
encantadores vinieren sobre mí y sobre mi ínsula."

En esto, entró un paje y dijo, "Aquí está un labrador negociante[9] que
quiere hablar a vuesa señoría en° un negocio, según él dice, de mucha   about
importancia."

"Estraño caso es éste," dijo Sancho, "destos negociantes. ¿Es posible
que sean tan necios, que no echen de ver que semejantes horas como
éstas no son en las que han de venir a negociar? ¿Por ventura los que go-
bernamos, los que somos jueces, no somos hombres de carne y de hueso, y
que es menester que nos dejen descansar el tiempo que la necesidad pide,
sino que quieren que seamos hechos de piedra mármol? Por Dios y en
mi conciencia que si me dura el gobierno—que no durará según se me
trasluce—que 'yo ponga en pretina° a más de un negociante. Agora decid   I give a whipping
a ese buen hombre que entre. Pero adviértase primero no sea alguno de
los espías, o matador mío."

"No, señor," respondió el paje, "porque parece una alma de cántaro, y
yo sé poco, o él es tan bueno como el buen pan."

"No hay que temer," dijo el mayordomo, "que aquí estamos todos."

"¿Sería posible," dijo Sancho, "maestresala, que agora que no está aquí
el doctor Pedro Recio, que comiese yo alguna cosa de peso y de sustancia,
aunque fuese un pedazo de pan y una cebolla?"

"Esta noche, a la cena, se satisfará la falta de la comida, y quedará
vuesa señoría satisfecho y pagado," dijo el maestresala.

"Dios lo haga," respondió Sancho. Y en esto, entró el labrador, que
era de muy buena presencia,° y de mil leguas se le echaba de ver que era   appearance
bueno y buena alma.

Lo primero que dijo fue: "¿Quién es aquí el señor gobernador?"

"¿Quién ha de ser," respondió el secretario, "sino el que está sentado
en la silla?"

"Humíllome, pues, a su presencia," dijo el labrador. Y poniéndose de
rodillas, le pidió la mano para besársela. Negósela Sancho y mandó que
se levantase y dijese lo que quisiese.

Hízolo así el labrador, y luego dijo, "Yo, señor, soy labrador, natural
de Miguel Turra, un lugar que está dos leguas de Ciudad Real."[10]

"¡Otro Tirteafuera tenemos!" dijo Sancho. "Decid, hermano, que lo
que yo os sé decir es que sé° muy bien a Miguel Turra, y que no está muy   conozco
lejos de mi pueblo."

"Es, pues, el caso, señor," prosiguió el labrador, "que yo por la misericordia de Dios soy casado 'en paz y en haz de° la santa Iglesia Católica   in
Romana. Tengo dos hijos estudiantes, que el menor estudia para bachiller
y el mayor para licenciado. Soy viudo porque se murió mi mujer—o por

---

9 That is, he has business to discuss.
10 Miguelturra (in one word) is five kilometers southeast of Ciudad Real.

mejor decir, me la mató un mal médico, que la purgó° eſtando preñada, y   gave enema
si Dios fuera servido que saliera a luz el parto, y fuera hijo, yo le pusiera
a eſtudiar para doĉtor, porque no tuviera invidia a sus hermanos el bachiller y el licenciado."

5   "De modo," dijo Sancho, "que si vueſtra mujer no se hubiera muerto,
o la hubieran muerto, ¿vos no fuérades agora viudo?"

"No, señor, en ninguna manera," respondió el labrador.

"'Medrados eſtamos,'" replicó Sancho, "adelante hermano. Que es   splendid!
hora de dormir más que de negociar.°"   conduĉt business

10   "Digo, pues," dijo el labrador, "que eſte mi hijo que ha de ser bachiller
se enamoró en el mesmo pueblo de una doncella llamada Clara Perlerina,
hija de Andrés Perlerino,[11] labrador riquísimo. Y eſte nombre de Perle-
rines no les viene de abolengo° ni otra alcurnia, sino porque todos los   lineage
deſte linaje son perláticos,° y por mejorar el nombre, los llaman Perleri-   paralytics
15   nes, aunque si va decir la verdad, la doncella es como una perla oriental, y
mirada por el lado derecho parece una flor del campo, por el izquierdo no
tanto, porque le falta aquel ojo que se le saltó° de viruelas.° Y aunque los   came out, small-pox
hoyos° del roſtro son muchos y grandes, dicen los que la quieren bien que   pockmarks
aquéllos no son hoyos, sino sepulturas donde se sepultan las almas de sus
20   amantes. Es tan limpia, que por no ensuciar la cara, trae las narices, como
dicen, arremangadas,° que no parece sino que van huyendo de la boca, y   rolled-up
con todo eſto parece bien por eſtremo, porque tiene la boca grande, y a
no faltarle diez o doce dientes y muelas, pudiera pasar y 'echar raya° entre   surpass
las más bien formadas. De los labios no tengo que decir, porque son tan
25   sutiles y delicados, que si se usaran aspar labios, pudieran hacer dellos
una madeja.[12] Pero como tienen diferente color de la que en los labios
se usa comúnmente, parecen milagrosos, porque son jaspeados de azul
y verde, y aberenjenado.° Y perdóneme el señor gobernador, si 'por tan   "color of eggplant"
menudo° voy pintando las partes de la que al fin al fin ha de ser mi hija.   in a detailed way
30   Que la quiero bien, y no me parece mal."

"Pintad lo que quisiéredes," dijo Sancho, "que yo 'me voy recreando
en° la pintura, y si hubiera comido, no hubiera mejor poſtre° para mí que   I am enjoying, des-
vueſtro retrato."   sert

"Eso[13] tengo yo por servir," respondió el labrador, "pero tiempo vendrá
35   en que seamos, si ahora no somos. Y digo, señor, que si pudiera pintar su
gentileza y la altura de su cuerpo, fuera cosa de admiración. Pero no puede
ser a causa de que ella eſtá agobiada° y encogida,° y tiene las rodillas con   bent over, hunched
la boca, y con todo eso, se echa bien de ver que si se pudiera levantar diera

---

11 Clemencín says that when the father's name ended in **-o**, daughters
would use the feminine form as their laſt name, as in this case.

12 **Si se...** *If it were cuſtomary to wind lips, you could make a skein of them.* On
the one hand, the lips-as-yarn would be very fine, on the other hand the lips-as-
skein would be very oversized.

13 This **eso** refers to the dessert that the peasant is going to serve, that is, he
is going to make a requeſt in a moment.

con la cabeza en el techo, y ya ella hubiera dado la mano de esposa a mi bachiller, sino que no la puede eſtender, que eſtá añudada.° Y con todo, en las uñas largas y acanaladas° se mueſtra su bondad y buena hechura." | withered / grooved

"Eſtá bien," dijo Sancho, "y haced cuenta, hermano, que ya la habéis pintado de los pies a la cabeza. ¿Qué es lo que queréis ahora? Y venid al punto sin rodeos ni callejuelas, ni retazos° ni añadiduras." | bits and pieces

"Querría, señor," respondió el labrador, "que vuesa merced me hiciese merced de darme una carta de favor° para mi consuegro,° suplicándole sea servido de que eſte casamiento se haga, pues no somos desiguales en los bienes de fortuna, ni en los de la naturaleza; porque, para decir la verdad, señor gobernador, mi hijo es endemoniado,° y no hay día que tres o cuatro veces no le atormenten los malignos espíritus. Y de haber caído una vez en el fuego tiene el roſtro arrugado° como pergamino, y los ojos algo llorosos° y manantiales.° Pero tiene una condición de un ángel, y si no es que 'se aporrea° y se da de puñadas él mesmo a sí mesmo, fuera un bendito.°" | recommendation, daughter's father-in-law / possessed by the devil / wrinkled / watery, running / punches himself / saint

"¿Queréis otra cosa buen hombre?" replicó Sancho.

"Otra cosa querría," dijo el labrador, "sino que no me atrevo a decirlo, pero, vaya, que, en fin, no se me ha de podrir° en el pecho, pegue o no pegue.[14] Digo, señor, que querría que vuesa merced me diese trecientos o seiscientos ducados para ayuda a la dote de mi bachiller, digo, para ayuda de poner° su casa, porque, en fin, han de vivir por sí, sin eſtar sujetos a las impertinencias de los suegros.°" | rot / eſtablish / parents-in-law

"Mirad si queréis otra cosa," dijo Sancho, "y no la dejéis de decir por empacho ni por vergüenza."

"No por cierto," respondió el labrador.

Y apenas dijo eſto, cuando, levantándose en pie el gobernador, asió de la silla en que eſtaba sentado, y dijo: "¡Voto a tal, don patán° rúſtico y mal mirado, que si no os apartáis y ascondéis luego de mi presencia, que con eſta silla os rompa y abra la cabeza! Hideputa, bellaco, pintor del mesmo demonio, ¿y a eſtas horas te vienes a pedirme seiscientos ducados? Y ¿dónde los tengo yo, hediondo? Y ¿por qué te los había de dar, aunque los tuviera, socarrón y mentecato? Y ¿qué se me da a mí de[15] Miguel Turra, ni de todo el linaje de los Perlerines? '¡Va de mí,° digo. Si no, por vida del duque mi señor que haga lo que tengo dicho! ¡Tú no debes de ser de Miguel Turra, sino algún socarrón que para tentarme te ha enviado aquí el infierno! Dime, desalmado, aún no ha día y medio que tengo el gobierno, y ¿ya quieres que tenga séiscientos ducados?" | hayseed / go away

Hizo de señas el maeſtresala al labrador que se saliese de la sala, el cual lo hizo cabizbajo, y al parecer, temeroso de que el gobernador no ejecutase su cólera. Que el bellacón° supo hacer muy bien su oficio. Pero dejemos con su cólera a Sancho, y «ándese la paz en el corro»,[16] y volvamos | rogue

---

14 **Pegue o…** *whether it is appropriate or not*
15 **¿Qué se…** *what do I care about*
16 **Ándese…** *may peace reign*, a saying.

a don Quijote, que le dejamos vendado el roſtro y curado° de las gatescas   treated with medicine
heridas, de las cuales no sanó en ocho dias. En uno de los cuales le suce-
dió lo que Cide Hamete promete de contar con la puntualidad y verdad
que suele contar las cosas deſta hiſtoria, por mínimas que sean.

5 *Capítulo XLVIII. De lo que le sucedió a don Quijote con doña*
   Rodríguez, la dueña de la duquesa, con otros acontecimientos
   dignos de escritura y de memoria eterna.

Además estaba mohino y malencólico el malferido don Quijote,
vendado el roſtro y señalado, no por la mano de Dios,[1] sino por las
10 uñas de un gato, desdichas anejas a la andante caballería. Seis días
eſtuvo sin salir en público, en una noche de las cuales,[2] eſtando despierto
y desvelado,° pensando en sus desgracias y en el 'perseguimiento de° Al-   awake, persecution by
tisidora, sintió que con una llave abrían la puerta de su aposento, y luego
imaginó que la enamorada doncella venía para sobresaltar su honeſtidad
15 y ponerle en condición° de faltar a la fee que guardar debía a su señora   danger
Dulcinea del Toboso.

"No," dijo, creyendo a su imaginación, y eſto, con voz que pudiera ser
oída, "no ha de ser parte la mayor hermosura de la tierra para que yo deje
de adorar la que tengo grabada y eſtampada° en la mitad de mi corazón, y   imprinted
20 en lo más escondido de mis entrañas, ora eſtés, señora mía, transformada
en cebolluda° labradora, ora en ninfa del dorado Tajo,[3] tejiendo telas de   ſtuffed with onions
oro y sirgo compueſtas, ora te tenga Merlín o Montesinos donde ellos
quisieren. Que adondequiera eres mía y adoquiera° he sido yo, y he de   anywhere
ser tuyo."[4]

25 El acabar eſtas razones y el abrir de la puerta fue todo uno. Púsose en
pie sobre la cama, envuelto de arriba abajo en una colcha de raso amarillo,
una galocha° en la cabeza, y el roſtro y los bigotes vendados. El roſtro, por   cap with flaps
los aruños, los bigotes, porque no 'se le desmayasen° y cayesen, en el cual   droop
traje parecía la más extraordinaria fantasma que se pudiera pensar. Clavó
30 los ojos en la puerta, y cuando esperaba ver entrar por ella a la rendida
y laſtimada Altisidora, vio entrar a una reverendísima dueña con unas
tocas° blancas repulgadas° y luengas, tanto, que la cubrían y enmantaban°   veil, with border,
desde los pies a la cabeza. Entre los dedos de la mano izquierda traía una   covered
media vela encendida, y con la derecha 'se hacía sombra,° porque no le   she covered her eyes
35 diese la luz en los ojos, a quien cubrían unos muy grandes antojos. Venía

---

1 Ferreras says that the old saying **señalado por la mano de Dios** referred
to a person with a bodily defeɛt.

2 Schevill changes **las** (referring to **noches**) to **los** (referring to **días**) for
no good reason.

3 This refers to the nymphs of Garcilaso's *Égloga III* (mentioned in Part II,
Chapter 8, p. 527, n. 7.).

4 The verb **ser** is used because it goes with **mía** and **tuyo**. Thus, *anywhere*
[you are], *you are mine and anywhere* [I am], *I am yours.*

pisando quedito,° y movía los pies blandamente.°

Miróla don Quijote desde su atalaya,° y cuando vió su adeliño° y notó su silencio, pensó que alguna bruja o maga° venía en aquel traje a hacer en él alguna mala fechuría,° y comenzó a santiguarse con mucha priesa. Fuese llegando la visión, y cuando llegó a la mitad del aposento, alzó los ojos y vio la priesa con que se estaba haciendo cruces don Quijote, y si él quedó medroso en ver tal figura, ella quedó espantada en ver la suya, porque así como le vio tan alto y tan amarillo, con la colcha y con las vendas que le desfiguraban, dio una gran voz diciendo, "Jesús, ¿qué es lo que veo?"

Y con el sobresalto se le cayó la vela de las manos, y viéndose a escuras, volvió las espaldas para irse, y con el miedo tropezó en sus faldas y dio consigo una gran caída. Don Quijote, temeroso, comenzó a decir: "Conjúrote, fantasma, o lo que eres, que me digas quién eres, y que me digas qué es lo que de mí quieres. Si eres alma 'en pena,° dímelo. Que yo haré por ti todo cuanto mis fuerzas alcanzaren, porque soy católico cristiano, y amigo de hacer bien a todo el mundo. Que para esto tomé la orden de la caballería andante que profeso, cuyo ejercicio aun hasta hacer bien a las ánimas de purgatorio se estiende."

La brumada° dueña, que oyó conjurarse, por su temor coligió el de don Quijote, y con voz afligida y baja le respondió: "Señor don Quijote, si es que acaso vuesa merced es don Quijote, yo no soy fantasma, ni visión, ni alma de purgatorio, como vuesa merced debe de haber pensado, sino doña Rodríguez, la 'dueña de honor° de mi señora la duquesa, que con una necesidad, de aquellas que vuesa merced suele remediar, a vuesa merced vengo."

"Dígame, señora doña Rodríguez," dijo don Quijote, "¿por ventura viene vuesa merced 'a hacer alguna tercería?° Porque le hago saber que no soy de provecho para nadie, merced a la sin par belleza de mi señora Dulcinea del Toboso. Digo, en fin, señora doña Rodríguez, que como vuesa merced salve° y deje a una parte todo recado amoroso, puede volver a encender su vela, y vuelva, y departiremos de todo lo que más mandare y más en gusto le viniere, salvando, como digo, todo 'incitativo melindre.°'"

"¿Yo, recado de nadie,° señor mío?" respondió la dueña. "Mal me conoce vuesa merced. Sí, que aún no estoy 'en edad tan prolongada,° que me acoja a semejantes niñerías, pues, Dios loado, mi alma me tengo en las carnes,[5] y todos mis dientes y muelas en la boca, amén de unos pocos que me han usurpado unos catarros, que en esta tierra de Aragón son tan ordinarios. Pero espéreme vuesa merced un poco. Saldré a encender mi vela, y volveré en un instante a contar mis cuitas, como a remediador de todas las del mundo."

Y sin esperar respuesta, se salió del aposento, donde quedó don Quijote sosegado y pensativo esperándola. Pero luego le sobrevinieron° mil pensamientos acerca de aquella nueva aventura, y parecíale ser mal hecho

Margin glosses:
- very quietly, softly
- vantage point, manner of dress; sorceress; deed *archaic*
- in torment
- perplexed
- principal **dueña**
- to be a go-between
- avoid
- amorous incitement
- someone
- so old
- befell

---

5 **Mi alma...** *I am still vigorous and nimble.* This is Gaos' solution.

y peor pensado ponerse en peligro de romper a su señora la fee prometida, y decíase a sí mismo: "¿Quién sabe si el diablo, que es sutil y mañoso,° clever querrá engañarme agora con una dueña, lo que no ha podido con empe- ratrices, reinas, duquesas, marquesas° ni condesas? Que yo he oído decir marquises
5   muchas veces y a muchos discretos que, si él puede, antes os la dará roma que aguileña.⁶ Y ¿quién sabe, si esta soledad, esta ocasión y este silencio despertará mis deseos que duermen, y harán que al cabo de mis años venga a caer donde nunca he tropezado? Y en casos semejantes, mejor es huir que esperar la batalla. Pero yo no debo de estar en mi juicio, pues
10 tales disparates digo y pienso. Que no es posible que una dueña toqui- blanca, larga y antojuna⁷ pueda mover ni levantar pensamiento lascivo en el más desalmado pecho del mundo. ¿Por ventura hay dueña en la tierra que tenga buenas carnes? ¿Por ventura hay dueña en el orbe que deje de ser impertinente, fruncida° y melindrosa? ¡Afuera, pues, caterva dueñesca, wrinkled
15 inútil para ningún humano regalo! ¡Oh cuán bien hacía aquella señora de quien se dice que tenía dos dueñas 'de bulto° con sus antojos y almoha- as statues dillas al cabo de su estrado, como que estaban labrando, y tanto le servían para la autoridad de la sala aquellas estatuas, como las dueñas verdaderas!"

Y diciendo esto, se arrojó del lecho con intención de cerrar la puerta
20 y no dejar entrar a la señora Rodríguez. Mas cuando la llegó a cerrar, ya la señora Rodríguez volvía, encendida una vela de cera blanca, y cuando ella vio a don Quijote de más cerca, envuelto en la colcha, con las vendas, galocha o becoquín,° temió de nuevo, y retirándose atrás como dos pasos, same as **galocha** dijo, "¿Estamos seguras, señor caballero? Porque no tengo a muy honesta
25 señal haberse vuesa merced levantado de su lecho."

"Eso mesmo es bien que yo pregunte, señora," respondió don Quijote, "y así pregunto si estaré yo seguro de ser acometido y forzado.°" raped

"¿De quién o a quién pedis, señor caballero, esa seguridad?" respondió la dueña.
30 "A vos, y de vos la pido," replicó don Quijote, "porque ni yo soy de mármol, ni vos de bronce, ni ahora son las diez 'del día,° sino medianoche, A.M. y aun un poco más, según imagino, y en una estancia más cerrada y secre- ta que lo debió de ser la cueva donde el traidor y atrevido Eneas gozó a la hermosa y piadosa Dido.⁸ Pero dadme, señora, la mano, que yo no quiero
35 otra seguridad mayor que la de mi continencia y recato, y la que ofrecen esas reverendísimas tocas."

Y diciendo esto, besó su derecha mano y le asió de la suya, que ella le

---

6 There is a proverb **si le podemos dar roma no la demos aguileña** *if we can give a flat nosed woman, let's not give one with a pretty nose.* This means, in this context, that the devil may be tempting him with an ordinary-looking woman. If the devil were to use a beautiful one, Don Quijote might be more on guard.

7 **Toquiblanca, larga...** *with a white head covering, tall, and eyeglassed.* Don Quijote has made up the first and third of these words.

8 See the *Æneid* IV, verses 165-66.

dio con las mesmas ceremonias.[9] Aquí hace Cide Hamete un paréntesis, y dice que por Mahoma que diera por ver ir a los dos así asidos y trabados desde la puerta al lecho la mejor almalafa° de dos que tenía. Entróse, en fin, don Quijote en su lecho, y quedóse doña Rodríguez sentada en una silla, algo desviada de la cama, no quitándose los antojos ni la vela. Don Quijote se acorrucó y se cubrió todo, no dejando más de el rostro descubierto y habiéndose los dos sosegado, el primero que rompió el silencio fue don Quijote, diciendo: "Puede vuesa merced ahora, mi señora doña Rodríguez, descoserse° y desbuchar todo aquello que tiene dentro de su cuitado corazón y lastimadas entrañas. Que será de mí escuchada con castos oídos y socorrida con piadosas obras."

"Así lo creo yo," respondió la dueña, "que de la gentil y agradable presencia de vuesa merced no se podía esperar sino tan cristiana respuesta. Es, pues, el caso, señor don Quijote, que aunque vuesa merced me vee sentada en esta silla y en la mitad del reino de Aragón, y en hábito de dueña aniquilada° y asendereada, soy natural de las Asturias de Oviedo[10] y de linaje, que atraviesan por él muchos de los mejores de aquella provincia. Pero mi corta suerte y el descuido de mis padres, que° empobrecieron° antes de tiempo sin saber cómo ni cómo no, me trujeron a la corte a Madrid, donde, por bien de paz, y por escusar mayores desventuras, mis padres me acomodaron a servir de 'doncella de labor° a una principal señora. Y quiero hacer sabidor a vuesa merced que en hacer vainillas° y 'labor blanca,° ninguna me ha echado el pie adelante[11] en toda la vida. Mis padres me dejaron sirviendo y se volvieron a su tierra, y de allí a pocos años se debieron de ir al cielo, porque eran además buenos y católicos cristianos. Quedé huérfana y atenida al miserable salario y a las angustiadas° mercedes que a las tales criadas se suele dar en palacio. Y en este tiempo, sin que diese yo ocasión a ello, se enamoró de mí un escudero de casa, hombre ya 'en días,° barbudo° y apersonado,° y sobre todo, hidalgo como el rey, porque era montañés.[12] No tratamos tan secretamente nuestros amores, que no viniesen a noticia de mi señora, la cual, por escusar dimes y diretes, nos casó en paz y en haz de la Santa Madre Iglesia Católica Romana, de cuyo matrimonio nació una hija para rematar con mi ventura, si alguna tenía, no porque yo muriese del parto, que le tuve derecho y 'en sazón,° sino porque desde allí a poco murió mi esposo de un cierto espanto que tuvo, que a tener ahora lugar para contarle, yo sé que vuesa merced se admirara."

Y en esto, comenzó a llorar tiernamente, y dijo: "Perdóneme vuesa

---

°cape

°speak freely

°humbled

°*tal* que
°they became poor

°seamstress

°hem stitches, back-
stitching

°miserable

°old, with a beard,
good looking

°on time

9 What happens here is that each one kisses his/her own hand, then they shake hands, a sign of good faith.

10 This refers to western Asturias, since Oviedo is in this part of Asturias, in northwestern Spain.

11 **Ninguna me…** *no one has surpassed me*

12 A **montañés** is a person from the region of Santander. People considered themselves **hidalgos** if they were from that region. Gaos gives two good references (Vol. 2, p. 665, n. 142).

merced, señor don Quijote. Que no va más en mi mano, porque todas las veces que me acuerdo de mi 'mal logrado° se me arrasan° los ojos de lá-grimas. ¡Válame Dios, y con qué autoridad llevaba a mi señora a las ancas de una poderosa mula, negra como el mismo azabache! Que entonces no se usaban coches ni sillas,° como agora dicen que se usan, y las señoras iban a las ancas de sus escuderos. Esto, a lo menos, no puedo dejar de contarlo, porque se note la crianza° y puntualidad de mi buen marido.

"Al entrar de la calle de Santiago en Madrid,[13] que es algo estrecha, venía a salir por ella un 'alcalde de corte,° con dos alguaciles° delante, y así como mi buen escudero le vio, volvió las riendas a la mula, dando señal de volver a acompañarle.[14] Mi señora, que iba a las ancas, con voz baja le decía: '¿Qué hacéis, desventurado, no veis que voy aquí?' El alcalde, de comedido, detuvo la rienda al caballo, y díjole: 'Seguid, señor, vuestro camino. Que yo soy el que debo acompañar a mi señora doña Casilda,' que así era el nombre de mi ama. Todavía porfiaba mi marido con la gorra en la mano, a querer ir acompañando al alcalde. Viendo lo cual mi señora, llena de cólera y sacó un alfiler gordo, o creo que un punzón,° del estuche,° y clavósele por los lomos, de manera que mi marido dio una gran voz, y torció el cuerpo de suerte que dio con su señora en el suelo.

"Acudieron dos lacayos suyos a levantarla, y lo mismo hizo el alcalde y los alguaciles. Alborotóse la puerta de Guadalajara,[15] digo, la gente bal-día° que en ella estaba. Vínose a pie mi ama, y mi marido acudió en casa de un barbero,[16] diciendo que llevaba pasadas de parte a parte las entrañas. Divulgóse° la cortesía de mi esposo, tanto, que los muchachos le corrían por las calles, y por esto, y porque él era algún tanto 'corto de vista,° mi señora la duquesa[17] le despidió,° de cuyo pesar, sin duda alguna, tengo para mí que se le causó el mal de la muerte.

"Quedé yo viuda y desamparada y con hija a cuestas, que iba cre-ciendo en hermosura como la espuma de la mar. Finalmente, como yo tuviese fama de gran labrandera,° mi señora la duquesa, que estaba re-cién casada con el duque mi señor, quiso traerme consigo a este reino de Aragón, y a mi hija ni más ni menos, adonde, yendo días y viniendo días, creció mi hija, y con ella todo el donaire del mundo. Canta como una

Margin glosses:
ill-fated (husband), fill

litters

upbringing

magistrate, constables

awl
needlecase

idle

became well-known
short-sighted
fired

seamstress

---

13 As you leave the Plaza Mayor going west on the Calle Mayor, this street is reached by turning right at the second street (Milaneses), then bearing left.

14 This was done to show respect. Clemencín says that the custom dates from Roman times.

15 You won't find this Puerta de Guadalajara anymore—it burned down in 1582, says Pellicer—but it was where Calle Milaneses met Calle Santiago.

16 Barbers, such as Cervantes' father, were also surgeons in those days.

17 Several editors omit **la duquesa** here, thinking that "Cervantes" or "the printer" has made a mistake by confusing doña Casilda with doña Rodríguez's current mistress. But there is no reason why doña Casilda, this **principal señora,** shouldn't be a duchess as well. After all, why did the **alcalde** say that he should be accompanying *her*?

calandria, danza° como el pensamiento, baila[18] como una perdida,° lee y she dances, loſt soul
escribe como un maeſtro de escuela, y cuenta como un avariento.° De su miser
limpieza no digo nada. Que el agua que corre no es más limpia, y debe
de tener agora, si mal no me acuerdo, diez y seis años, cinco meses y tres
días, uno más a menos.

"En resolución, deſta mi muchacha se enamoró un hijo de un labrador riquísimo que eſtá en una aldea del duque mi señor, no muy lejos de
aquí. En efeƈto, no sé cómo ni cómo no, ellos 'se juntaron,° y debajo de made love
la palabra de ser su esposo burló° a mi hija y no se la quiere cumplir, y deceived
aunque el duque mi señor lo sabe, porque yo me he quejado a él, no una,
sino muchas veces, y pedídole mande[19] que el tal labrador se case con mi
hija, 'hace orejas de mercader,° y apenas quiere oírme, y es la causa que he doesn't liſten
como el padre del burlador° es tan rico, y le preſta dineros y le sale por deceiver
fiador de sus trampas por momentos,[20] no le quiere descontentar, ni dar
pesadumbre en ningún modo.

"Querría, pues, señor mío, que vuesa merced tomase cargo el deshacer
eſte agravio, o ya por ruegos, o ya por armas, pues según todo el mundo
dice, vuesa merced nació en él° para deshacerlos y para enderezar los el *mundo*
tuertos y amparar los miserables. Y póngasele a vuesa merced por delante
la orfandad de mi hija, su gentileza, su mocedad con todas las buenas
partes que he dicho que tiene. Que en Dios y en mi conciencia que de
cuantas doncellas tiene mi señora, que no hay niguna que llegue a la suela
de su zapato, y que una que llaman Altisidora, que es la que tienen por
más desenvuelta° y gallarda, pueſta en comparación de mi hija no la llega free and easy
con dos leguas. Porque quiero que sepa vuesa merced, señor mío, que «no
es todo oro lo que reluce», porque eſta Altisidorilla tiene más de presunción que de hermosura, y más de desenvuelta que de recogida, además
que no eſtá muy sana—que tiene un cierto 'aliento cansado,° que no hay bad breath
sufrir el eſtar junto a ella un momento, y aun mi señora la duquesa quiero
callar, que se suele decir que «las paredes tienen oídos»."

"¿Qué tiene mi señora la duquesa, por vida mía, señora doña Rodríguez?" preguntó don Quijote.

"Con ese conjuro,'" respondió la dueña, "no puedo dejar de responder entreaty
a lo que se me pregunta, con toda verdad. ¿Vee vuesa merced, señor don
Quijote, la hermosura de mi señora la duquesa, aquella tez° de roſtro que complexion
no parece sino de una espada acicalada° y tersa, aquellas dos mejillas de polished
leche y de carmín,° que en la una tiene el sol y en la otra la luna, y aquella scarlet
gallardía con que va pisando y aun despreciando° el suelo, que no parece ignoring
sino que va derramando salud donde pasa? Pues sepa vuesa merced que
lo puede agradecer primero a Dios, y luego a dos fuentes[21] que tiene en

---

18 **Danzar** was for courtly dances, **bailar** was for popular dances.

19 [**Le he**] **pedido** [**que**] **mande**…

20 **Le sale…** *he occasionally bails him out after he does his pranks*

21 These issues are made by an incision for purposes of, for example, discharging pus. But since they are on her legs, where they would not be seen, it is

las dos piernas, por donde 'se desagua° todo el mal humor de quien dicen   drains
los médicos que está llena."

"¡Santa María!" dijo don Quijote, "y ¿es posible que mi señora la
duquesa tenga tales desaguaderos?° No lo creyera si° me lo dijeran frailes   drains, even though
5   descalzos. Pero pues la señora doña Rodríguez lo dice, debe de ser así.
Pero tales fuentes y en tales lugares no deben de manar humor, sino
ámbar líquido. Verdaderamente que ahora acabo de creer que esto de
hacerse fuentes debe de ser cosa importante para salud."

Apenas acabó don Quijote de decir esta razón, cuando con un gran
10   golpe abrieron las puertas del aposento, y del sobresalto del golpe se le
cayó a doña Rodríguez la vela de la mano y quedó la estancia «como boca
de lobo», como suele decirse. Luego sintió la pobre dueña que la asían
de la garganta con dos manos tan fuertemente, que no la dejaban gañir,°   scream
y que otra persona con mucha presteza sin hablar palabra le alzaba las
15   faldas, y con una al parecer chinela° le comenzó a dar tantos azotes, que   slipper
era una compasíon. Y aunque don Quijote se la° tenía, no se meneaba del   **la = compasión**
lecho, y no sabía qué podía ser aquello, y estábase quedo y callando, y aun
temiendo no viniese por él la tanda y tunda azotesca.²² Y no fue vano su
temor, porque, en dejando molida a la dueña los callados° verdugos—la   silent
20   cual no osaba quejarse—acudieron a don Quijote, y desenvolviéndole° de   unwrapping him
la sábana y de la colcha, le pellizcaron° tan a menudo y tan reciamente,   they pinched
que no pudo dejar de defenderse a puñadas, y todo esto en silencio admirable. Duró la batalla casi media hora, saliéronse las fantasmas, recogió
doña Rodríguez sus faldas, y gimiendo su desgracia, se salió por la puer-
25   ta afuera, sin decir palabra a don Quijote, el cual doloroso y pellizcado,
confuso y pensativo, se quedó solo, donde le dejaremos deseoso de saber
quién había sido el perverso encantador que tal le había puesto. Pero ello
se dirá a su tiempo. Que Sancho Panza nos llama, y el buen concierto de
la historia lo pide.

30   *Capítulo XLIX. De lo que le sucedió a Sancho Panza rondando
su ínsula.*

D EJAMOS AL GRAN GOBERNADOR enojado y mohino con el labrador pintor¹ y socarrón, el cual industriado del mayordomo, y el
mayordomo del duque, se burlaban de Sancho. Pero él se las
35   tenía tiesas a todos,² maguera tonto, bronco° y rollizo, y dijo a los que con   coarse
él estaban, y al doctor Pedro Recio, que como se acabó el secreto³ de la

---

doubtless an example of the old medicine, bloodletting to let "bad humors" drain.
   22 **Temiendo no…** *fearing that the next batch of whipping would be for him*
   1 The text did refer to him in Chapter 47 several times as "painting" his
story, and once as **pintor del demonio** (p. 783, ll. 30-31).
   2 **Él se…** *he held his own with everybody*
   3 **Como se…** *since there was no longer a secret*

carta del duque, había vuelto a entrar en la sala: "Ahora verdaderamente
que entiendo que los jueces y gobernadores deben de ser, o han de ser,
de bronce para no sentir las importunidades de los negociantes, que a
todas horas y a todos tiempos quieren que los escuchen y despachen,° **heed their business**
atendiendo sólo a su negocio, venga lo que viniere. Y si el 'pobre del juez° **poor judge**
no los escucha y despacha, o porque no puede, o porque no es aquél el
tiempo diputado para darles audiencia, luego les maldicen y murmuran,
y les roen los huesos y aun les deslindan los linajes.⁴ Negociante necio,
negociante mentecato, 'no te apresures,° espera sazón y coyuntura para **don't hurry**
negociar, no vengas a la hora del comer, ni a la del dormir. Que los jueces
son de carne y de hueso, y han de dar a la naturaleza lo que naturalmente
les pide, 'si no es° yo, que no le doy de comer a la mía, merced al señor **except**
doctor Pedro Recio Tirteafuera, que está delante, que quiere que muera
de hambre, y afirma que esta muerte es vida, que así se la dé Dios a él y a
todos los de su ralea, digo, a la de los malos médicos. Que la de los buenos
palmas y lauros merecen."

Todos los que conocían a Sancho Panza se admiraban, oyéndole hablar tan elegantemente, y no sabían a qué atribuirlo sino a que los oficios
y cargos graves, o adoban,° o entorpecen° los entendimientos. Finalmen- **sharpen, stupefy**
te, el doctor Pedro Recio Agüero de Tirteafuera prometió de darle de
cenar aquella noche, aunque excediese de todos los aforismos de Hipócrates. Con esto quedó contento el gobernador, y esperaba con grande
ansia llegase la noche y la hora de cenar, y aunque el tiempo, al parecer
suyo, se estaba quedo sin moverse de un lugar, todavía se llegó por él el
tanto deseado,° donde le dieron de cenar un salpicón de vaca con cebolla, **deseado *tiempo***
y buenas manos cocidas de ternera, 'algo entrada en días.° **somewhat old**

Entregóse en todo con más gusto que si le hubieran dado francoli-
nes⁵ de Milán, faisanes° de Roma, ternera de Sorrento,⁶ perdices de Mo- **pheasants**
rón, o gansos de Lavajos,⁷ y entre la cena, volviéndose al doctor, le dijo:
"Mirad, señor doctor, de aquí adelante no os curéis de darme a comer
cosas regaladas ni manjares esquisitos,° porque será sacar a mi estóma- **rich**
go de sus quicios, el cual está acostumbrado a cabra, a vaca, a tocino, a
cecina,° a nabos y a cebollas, y si acaso le° dan otros manjares de palacio **jerky, le = al *estómago***
los recibe con melindre,° y algunas veces con asco. Lo que el maestresala **queasiness**
puede hacer es traerme estas que llaman ollas podridas, que mientras
más podridas⁸ son, mejor huelen, y en ellas puede embaular° y encerrar° **throw in, include**
todo lo que él quisiere, como sea de comer, que yo se lo agradeceré, y se
lo pagaré algún día. Y no se burle nadie conmigo, porque o somos o no

---

4 **Les deslindan...** *gossip about the purity of their lineage*

5 No one is quite sure: it's a bird like a pheasant or a partridge.

6 This is the Italian city south of Naples.

7 Morón de la Frontera is a city in the province of Seville, now with about
25,000 inhabitants. Cattle is raised there, particularly fighting bulls. Lavajos is
also a town in the province of Seville.

8 **Olla podrida** really isn't rotten, it's just stew. As with many foods, flavor
develops over time.

somos. Vivamos todos y comamos en buena paz compaña, pues «cuando Dios amanece, para todos amanece». Yo gobernaré esta ínsula sin perdonar derecho ni llevar cohecho, y todo el mundo traiga el ojo alerta y mire por el virote, porque les hago saber que «el diablo está en Cantillana»,⁹ y que si me dan ocasión, han de ver maravillas. ¡No sino «haceos miel, y comeros han moscas»!"

"Por cierto, señor gobernador," dijo el maestresala, "que vuesa merced tiene mucha razón en cuanto ha dicho, y que yo ofrezco, en nombre de todos los insulanos desta ínsula, que han de servir a vuesa merced con toda puntualidad, amor y benevolencia,° porque el suave modo de   good will
gobernar, que en estos principios vuesa merced ha dado, no les da lugar de hacer ni de pensar cosa que en deservicio de vuesa merced redunde."

"Yo lo creo," respondió Sancho, "y serían ellos unos necios si otra cosa hiciesen o pensasen. Y vuelvo a decir que se tenga cuenta con mi sustento y con el de mi rucio, que es lo que en este negocio importa y hace más al caso, y 'en siendo hora,° vamos a rondar.° Que es mi intención limpiar   when it's time, make
esta ínsula de todo género de inmundicia, y de gente vagabunda, holga-   the rounds
zana y 'mal entretenida.° Porque quiero que sepáis, amigos, que la gente   loafing
baldía y perezosa es en la república lo mesmo que los zánganos° en las   drones
colmenas, que se comen la miel que las trabajadoras° abejas hacen. Pien-   worker
so favorecer a los labradores, guardar sus preeminencias a los hidalgos, premiar los virtuosos, y sobre todo, tener respeto a la religión y a la honra de los religiosos. ¿Qué os parece desto, amigos? ¿Digo algo, o quiébrome la cabeza?"

"Dice tanto vuesa merced, señor gobernador," dijo el mayordomo, "que estoy admirado de ver que un hombre tan 'sin letras° como vuesa   uneducated
merced, que a lo que creo no tiene ninguna, diga tales y tantas cosas llenas de sentencias y de avisos, tan fuera de todo aquello que del ingenio de vuesa merced esperaban los que nos enviaron y los que aquí venimos. Cada día se veen cosas nuevas en el mundo, las burlas se vuelven en veras, y los burladores se hallan burlados."

Llegó la noche y cenó el gobernador con licencia del señor doctor Recio. Aderezáronse de ronda, salió con el mayordomo, secretario y maestresala, y el coronista que tenía cuidado de 'poner en memoria°   i.e., to write down
sus hechos, y alguaciles y escribanos—tantos, que podían formar un mediano escuadrón. Iba Sancho en medio, con su vara, que no había más que ver, y pocas calles andadas del lugar, sintieron ruido de cuchilladas. Acudieron allá y hallaron que eran dos solos hombres los que reñían, los cuales, viendo venir a la justicia, se estuvieron quedos, y el uno dellos dijo:
"¡'Aquí de° Dios y del rey! ¿Cómo y qué se ha de sufrir que roben en po-   help (in the name of)
blado en este pueblo, y que salga° a saltear en él en la mitad de las calles?"   *se* salga

"Sosegaos, hombre de bien," dijo Sancho, "y contadme qué es la causa

---

9 Proverb: **El diablo esta en Cantillana y el obispo en Brenes.** Both of these are towns in the province of Seville. It means that there is a disturbance somewhere.

deſta pendencia, que yo soy el gobernador."

El otro contrario[10] dijo: "Señor gobernador, yo la diré con toda brevedad. Vuesa merced sabrá que eſte gentilhombre acaba de ganar ahora en eſta casa de juego° que eſtá aquí frontero más de mil reales, y sabe Dios cómo. Y hallándome yo presente, juzgué más de una suerte° dudosa en su favor, contra todo aquello que me diⁿaba la conciencia. 'Alzóse con° la ganancia, y cuando esperaba que me había de dar algún escudo, por lo menos, de barato,° como es uso y coſtumbre darle a los hombres principales como yo, que eſtamos asiſtentes para bien y mal pasar,[11] y para apoyar sinrazones y evitar pendencias. Él embolsó° su dinero y se salió de la casa. Yo vine despechado tras él, y con buenas y corteses palabras le he pedido que me diese siquiera ocho reales, pues sabe que yo soy hombre honrado y que no tengo oficio ni beneficio,[12] porque mis padres no me le enseñaron, ni me le dejaron. Y el socarrón, que no es más ladrón Caco, ni más fullero Andradilla,[13] no quería darme más de cuatro reales, porque vea vuesa merced, señor gobernador, ¡qué poca vergüenza y qué poca conciencia! Pero a fee que si vuesa merced no llegara, que yo le hiciera vomitar la ganancia, y que había de saber con cuántas entraba la romana."[14]

"¿Qué decís vos a eſto?" preguntó Sancho.

Y el otro respondió que era verdad cuanto su contrario decía, y no había querido darle más de cuatro reales, porque se los daba muchas veces. Y los que esperan barato han de ser comedidos y tomar con roſtro alegre lo que les dieren, sin ponerse en cuentas con los gananciosos,° si ya no supiesen de cierto que son fulleros[15] y que lo que ganan es mal ganado. Y que para señal que él era hombre de bien, y no ladrón, como decía, ninguna había mayor que el no haberle querido dar nada. Que siempre los fulleros son tributarios de los mirones que los conocen.[16]

"Así es," dijo el mayordomo, "vea vuesa merced, señor gobernador, qué es lo que se ha de hacer deſtos hombres."

"Lo que se ha de hacer es eſto," respondió Sancho, "vos, ganancioso, bueno o malo o indiferente, dad luego a eſte vueſtro acuchillador° cien reales, y más habéis de desembolsar treinta para los pobres de la cárcel. Y vos, que no tenéis oficio ni beneficio, y 'andáis de nones° en eſta ínsula,

gambling

point

picked up

tip

pocketed

winners

quarrelsome man

you are vagrant

---

10 This man is not in the employ of the gambling house, but rather wanders around to see if he can help resolve disputes and earn tips from those he helps. No such cuſtom exiſts today.

11 **Eſtamos asiſtentes…** *we are present to oversee fair or foul play* [not literal].

12 **No tengo oficio ni beneficio** is an expression meaning *I have no job*.

13 The original edition has **que no es más ladrón** *que* **Caco, ni más fullero** *que* **Andradilla** which moſt editors change to what Schevill has done. No one knows who Andradilla was.

14 **Con cuántas [libras] entraba [= empezaba a pesar] la romana** [type of scale]. This expression refers to settling accounts.

15 That is, if they knew that the winners were cheaters.

16 **Que siempre…** *because cheaters always pay the onlookers who know them.* Supposedly these onlookers lobby for calls favorable to their friends, the cheaters.

tomad luego esos cien reales, y mañana en todo el día salid desta ínsula
desterrado por diez años, so pena, si lo quebrantáredes,° los cumpláis en   break
la otra vida,¹⁷ colgándoos yo de una picota,° o a lo menos, el verdugo por   gallows
mi mandado. Y ninguno° me replique, que le asentaré la mano."¹⁸   i.e., neither of you

5   Desembolsó el uno, recibió el otro, éste se salió de la ínsula, y aquél
se fue a su casa, y el gobernador quedó diciendo: "Ahora, yo podré poco,
o quitaré estas casas de juego. Que a mí se me trasluce que son muy
perjudiciales."

"Ésta, a lo menos," dijo un escribano, "no la podrá vuesa merced qui-
10   tar, porque la tiene un gran personaje, y más es sin comparación lo que
él pierde al año que lo que saca de los naipes.¹⁹ Contra otros garitos°   gambling houses
de menor cantía podrá vuesa merced mostrar su poder, que son los que más
daño hacen y más insolencias encubren. Que en las casas de los caballeros principales y de los señores no se atreven los famosos fulleros a usar
15   de sus tretas, y pues el vicio del juego se ha vuelto en ejercicio común,
mejor es que se juegue en casas principales que no en la de algún oficial,°   workman
donde cogen a un desdichado 'de media noche abajo° y le desuellan vivo."   after midnight

"Agora, escribano," dijo Sancho, "yo sé que hay mucho que decir en
eso."

20   Y en esto, llegó un corchete° que traía asido a un mozo, y dijo, "Señor   constable
gobernador, este mancebo venía hacia nosotros, y así como columbró la
justicia, volvió las espaldas y comenzó a correr como un gamo, señal que
debe de ser algún delincuente. Yo partí tras él, y si no fuera porque tropezó y cayó, no le alcanzara jamás."

25   "¿Porqué huías, hombre?" preguntó Sancho.

A lo que el mozo respondió, "Señor, por escusar de responder a las
muchas preguntas que las justicias hacen."

"¿Qué oficio tienes?"

"Tejedor."

30   "¿Y qué tejes?"

"Hierros de lanzas, con licencia buena de vuesa merced."

"¿Graciosico me sois? ¿De chocarrero° os picáis? Está bien. Y ¿adón-   coarse comic
de íbades ahora?"

"Señor, a tomar el aire."

35   "Y ¿adónde se toma el aire en esta ínsula?"

"Adonde sopla."

"Bueno. Respondéis muy a propósito, discreto sois, mancebo. Pero
haced cuenta que yo soy el aire, y que os soplo en popa, y os encamino a
la cárcel. Asilde,° hola,²⁰ y llevadle, que yo haré que duerma allí sin aire   asidle
40   esta noche."

---

17 **Los cumpláis…** *you'll finish your sentence in the next life*
18 **Le asentaré…** *you'll feel the weight of my hand*
19 **Más es sin…** *without comparison, what he loses every year is more than he takes in with cards*
20 **Hola** was an interjection used to get the attention of subordinates.

"¡Par Dios," dijo el mozo, "así me haga vuesa merced dormir en la
cárcel como hacerme rey!"

"Pues ¿por qué no te haré yo dormir en la cárcel?" respondió Sancho.
"¿No tengo yo poder para prenderte y soltarte cada y cuando que quisiere?"

5 "Por más poder que vuesa merced tenga," dijo el mozo, "no será bastante para hacerme dormir en la cárcel."

"¿Cómo que no?" replicó Sancho. "Llevadle luego donde verá por sus
ojos el desengaño. Aunque más el alcaide quiera usar con él de su intere-
sal liberalidad,²¹ que yo le pondré pena de dos mil ducados si te deja salir
10 un paso de la cárcel."

"Todo eso es cosa de risa," respondió el mozo. "El caso es que no me
harán dormir en la cárcel cuantos hoy viven."

"Dime, demonio," dijo Sancho, "¿tienes algún ángel que te saque y
que te quite los grillos que te pienso mandar echar?"

15 "Ahora, señor gobernador," respondió el mozo con muy buen donaire,
"estemos a razón y vengamos al punto. Prosuponga° vuesa merced que me   suppose
manda llevar a la cárcel y que en ella me echan grillos° y cadenas, y que   shackles
me meten en un calabozo, y se le ponen al alcaide graves penas si me deja
salir, y que él lo cumple como se le manda. Con todo esto, si yo no quiero
20 dormir, y estarme despierto toda la noche sin pegar pestaña, ¿será vuesa
merced bastante con todo su poder para hacerme dormir, si yo no quiero?"

"No por cierto," dijo el secretario, "y el hombre ha salido con su
intención."

"De modo," dijo Sancho, "que no dejaréis de dormir por otra cosa que
25 por vuestra voluntad, y no por contravenir° a la mía."   dispute

"No, señor," dijo el mozo, "ni por pienso."

"Pues, andad con Dios," dijo Sancho, "idos a dormir a vuestra casa, y
Dios os dé buen sueño. Que yo no quiero quitárosle. Pero aconséjoos que
de aquí adelante no os burléis con la justicia, porque toparéis con alguna
30 que os dé con la burla en los cascos."

Fuese el mozo, y el gobernador prosiguió con su ronda. Y de allí
a poco vinieron dos corchetes que traían a un hombre asido, y dijeron,
"Señor gobernador, este que parece hombre no lo es, sino mujer, y no fea,
que viene vestida en hábito de hombre."

35 Llegáronle a los ojos dos o tres lanternas, a cuyas luces descubrieron
un rostro de una mujer, al parecer, de 16 o pocos más años. Recogidos
los cabellos con una redecilla° de oro y seda verde, hermosa como mil   hairnet
perlas. Miráronla de arriba abajo, y vieron que venía con unas medias de
seda encarnada, con ligas de tafetán blanco, y repacejos° de oro y aljófar.   fringes
40 Los gregüescos eran verdes, de tela de oro, y una saltaembarca° o ropilla   cape
de lo mesmo, suelta, debajo de la cual traía un jubón de tela finísima de
oro y blanco, y los zapatos eran blancos y de hombre. No traía espada
ceñida, sino una riquísima daga, y en los dedos muchos y muy buenos

---

21 That is, the jailer might let him go free for a bribe, except for what
Sancho says next.

anillos. Finalmente, la moza parecía bien a todos, y ninguno la conoció
de cuantos la vieron, y los naturales del lugar dijeron que no podían pensar quién fuese, y los consabidores° de las burlas que se habían de hacer a   accomplices
Sancho fueron los que más se admiraron, porque aquel suceso y hallazgo
no venía ordenado por ellos, y así eſtaban dudosos, esperando en qué
pararía el caso.

Sancho quedó pasmado de la hermosura de la moza y preguntóle
quién era, adónde iba, y qué ocasión le había movido para veſtirse en
aquel hábito. Ella, pueſtos los ojos en tierra, con honeſtísima vergüenza
respondió: "No puedo, señor, decir tan en público lo que tanto me impor-   *que* **fuera**
taba fuera° secreto. Una cosa quiero que se entienda—que no soy ladrón
ni persona facinorosa, sino una doncella desdichada a quien la fuerza de
unos celos ha hecho romper el decoro que a la honeſtidad se debe."

Oyendo eſto el mayordomo, dijo a Sancho: "Haga, señor gobernador,
apartar la gente, porque eſta señora con menos empacho° pueda decir lo   embarrassment
que quisiere."

Mandólo así el gobernador, apartáronse todos, si no fueron el mayordomo, maeſtresala y el secretario. Viéndose, pues, solos, la doncella
prosiguió diciendo: "Yo, señores, soy hija de Pedro Pérez Mazorca, arren-
dador° de las lanas deſte lugar, el cual suele muchas veces ir en casa de   tax collector
mi padre."

"'Eso no lleva camino,°'" dijo el mayordomo, "señora, porque yo co-   that makes no sense
nozco muy bien a Pedro Pérez, y sé que no tiene hijo ninguno, ni varón
ni hembra, y más, que decís que es vueſtro padre, y luego añadís que suele
ir muchas veces en casa de vueſtro padre."

"Ya yo había dado en ello," dijo Sancho.

"Ahora, señores, yo eſtoy turbada, y no sé lo que me digo," respondió
la doncella, "pero la verdad es que yo soy hija de Diego de la Llana, que
todos vuesas mercedes deben de conocer."

"Aun eso lleva camino," respondió el mayordomo, "que yo conozco a
Diego de la Llana, y sé que es un hidalgo principal y rico, y que tiene un
hijo y una hija, y que después que enviudó no ha habido nadie en todo
eſte lugar que pueda decir que ha viſto el roſtro de su hija. Que la tiene
tan encerrada que no da lugar al sol que la vea, y con todo eſto, la fama
dice que es en eſtremo hermosa."

"Así es la verdad," respondió la doncella, "y esa hija soy yo. Si la fama
miente o no en mi hermosura, ya os habréis, señores, desengañado, pues
me habéis viſto."

Y en eſto, comenzó a llorar tiernamente. Viendo lo cual el secretario,
se llegó al oído del maeſtresala, y le dijo muy paso:° "Sin duda alguna   quietly
que a eſta pobre doncella le debe de haber sucedido algo de importancia,
pues en tal traje y a tales horas, y siendo tan principal, anda fuera de su
casa."

"No hay dudar en eso," respondió el maeſtresala, "y más, que esa sospecha la confirman sus lágrimas."

Sancho la consoló con las mejores razones que él supo, y le pidió que sin temor alguno les dijese lo que le había sucedido. Que todos procurarían remediarlo con muchas veras, y por todas las vías posibles.

"Es el caso, señores," respondió ella, "que mi padre me ha tenido encerrada diez años ha, que son los mismos que a mi madre come la tierra. En casa dicen misa en un rico oratorio,° y yo en todo este tiempo 'no he visto que° el sol del cielo de día, y la luna y las estrellas de noche. Ni sé qué son calles, plazas ni templos, ni aun hombres, 'fuera de° mi padre y de un hermano mio, y de Pedro Pérez el arrendador, que por entrar de ordinario en mi casa, se me antojó decir que era mi padre, por no declarar el mío. Este encerramiento y este negarme el salir de casa, siquiera° a la iglesia, ha muchos días y meses que me trae muy desconsolada. Quisiera yo ver el mundo, o a lo menos el pueblo donde nací, pareciéndome que este deseo no iba contra el buen decoro que las doncellas principales deben guardar a sí mesmas. Cuando oía decir que corrían toros y 'jugaban cañas,° y se representaban comedias, preguntaba a mi hermano, que es un año menor que yo, que me dijese qué cosas eran aquéllas, y otras muchas que yo no he visto. Él me lo declaraba por los mejores modos que sabía, pero todo era encenderme más el deseo de verlo. Finalmente, por abreviar el cuento de mi perdición, digo que yo rogué y pedí a mi hermano, que nunca tal pidiera ni tal rogara…"[22]

Y tornó a renovar el llanto. El mayordomo le dijo, "Prosiga vuesa merced, señora, y acabe de decirnos lo que le ha sucedido. Que nos tienen a todos suspensos sus palabras y sus lágrimas."

"Pocas me quedan por decir," respondió la doncella, "aunque muchas lágrimas sí que llorar, porque los mal colocados deseos no pueden traer consigo otros descuentos que los semejantes."[23]

Habíase sentado en el alma del maestresala la belleza de la doncella, y llegó° otra vez su lanterna para verla de nuevo, y parecióle que no eran lágrimas las que lloraba, sino aljófar o rocío° de los prados, y aun las subía de punto, y las llegaba a perlas orientales,[24] y estaba deseando que su desgracia no fuese tanta como daban a entender los indicios de su llanto y de sus suspiros. Desesperábase el gobernador de la tardanza que tenía la moza en dilatar° su historia, y díjole que acabase de tenerlos más suspensos, que era tarde y faltaba mucho que andar del pueblo. Ella entre interrotos° sollozos y mal formados suspiros, dijo: "No es otra mi desgracia ni mi infortunio es otro sino que yo rogué a mi hermano que me vistiese en hábitos de hombre con uno de sus vestidos, y que me sacase una noche a ver todo el pueblo cuando nuestro padre durmiese.

"Él, importunado de mis ruegos, 'condecendió con° mi deseo, y poniéndome este vestido, y él, vistiéndose de otro mío, que 'le está como nacido,° porque él no tiene pelo de barba y no parece sino una doncella

Glosses (right margin):

- chapel
- I have only seen
- outside of
- not even
- there were mock battles
- lifted
- dew
- extending
- broken
- condescended to
- fits him perfectly

---

22 **Que nunca…** *which I should have never asked or begged*

23 **Los mal…** *misdirected longings can only bring negative results.* She learned the meanings of **colocados** and **descuentos** from her father's talk of business affairs.

24 **Aun las…** *he even raised the level and compared them to oriental pearls*

Habíase sentado en el alma del maestresala la belleza de la doncella.

hermosísima, esta noche, debe de haber una hora, poco más o menos, nos salimos de casa, y guiados de nuestro mozo y desbaratado discurso,[25] hemos rodeado todo el pueblo, y cuando queríamos volver a casa, vimos venir un gran tropel de gente, y mi hermano me dijo: 'Hermana, ésta debe de ser la ronda.° Aligera° los pies y pon alas en ellos, y vente tras mí corriendo, porque no nos conozcan. 'Que nos será mal contado.°'

    patrol, hurry
    it will be bad for us

"Y diciendo esto, volvió las espaldas y comenzó, no digo a correr, sino a volar. Yo, a menos de seis pasos, caí con el sobresalto, y entonces llegó el ministro de la justicia que me trujo ante vuesas mercedes, adonde por mala y antojadiza me veo avergonzada ante tanta gente."

"En efecto, señora," dijo Sancho, "¿no os ha sucedido otro desmán alguno, ni celos, como vos al principio de vuestro cuento dijistes, no os sacaron[26] de vuestra casa?"

"No me ha sucedido nada, ni me sacaron celos, sino sólo el deseo de ver mundo, que no se estendía a más que a ver las calles de este lugar."

Y acabó de confirmar ser verdad lo que la doncella decía llegar los corchetes con su hermano preso, a quien alcanzó° uno dellos, cuando se huyó de su hermana. No traía sino un 'faldellín rico° y una mantellina de damasco azul con pasamanos de oro fino, la cabeza sin toca ni con otra cosa adornada que sus mesmos cabellos, que eran sortijas de oro, según eran rubios y enrizados.

    caught
    elegant skirt

Apartáronse con él el gobernador, mayordomo y maestresala, y sin que lo oyese su hermana, le preguntaron cómo venía en aquel traje, y él con no menos vergüenza y empacho contó lo mesmo que su hermana había contado, de que recibió gran gusto, el enamorado maestresala. Pero el gobernador les dijo: "Por cierto, señores, que ésta ha sido una gran rapacería,° y para contar esta necedad y atrevimiento no eran menester tantas largas ni tantas lágrimas y suspiros. Que con decir, 'Somos fulano y fulana, que nos salimos a espaciar de casa de nuestros padres[27] con esta intención, sólo por curiosidad, sin otro designio alguno,' se acabara el cuento, y no gemidicos, y lloramicos, y darle."[28]

    childish prank

"Así es la verdad," respondió la doncella, "pero sepan vuesas mercedes que la turbación que he tenido ha sido tanta, que no me ha dejado guardar el término que debía."

"No se ha perdido nada," respondió Sancho, "vamos, y dejaremos a vuesas mercedes en casa de su padre. Quizá no los habrá echado menos. Y de aquí adelante no se muestren tan niños, ni tan deseosos de ver mundo. Que «la doncella honrada, la pierna quebrada, y en casa». Y «la mujer y la gallina, por andar se pierden aína°». Y «la que es deseosa de ver, también tiene deseo de ser vista». No digo más."

    soon

El mancebo agradeció al gobernador la merced que quería hacerles

---

25 **Guiados...** *guided by our childish and ill-advised intention*
26 **Celos** is the subject of **sacaron**.
27 **Nos salimos...** *we left the house of our parents for pleasure*
28 **Y no...** *and no sighs and crying, and that's it*

de volverlos a su casa, y así se encaminaron hacia ella, que no eſtaba muy
lejos de allí. Llegaron, pues, y tirando el hermano una china° a una reja, al   pebble
momento bajó una criada que los eſtaba esperando y les abrió la puerta,
y ellos se entraron, dejando a todos admirados, así de su gentileza y her-
5 mosura, como del deseo que tenían de ver mundo de noche, y sin salir del
lugar, pero todo lo atribuyeron a su poca edad.

    Quedó el maeſtresala traspasado su corazón, y propuso de luego otro
día pedírsela por mujer a su padre, teniendo por cierto que no se la negaría, por ser el criado del duque, y aun a Sancho le vinieron deseos y ba-
10 rruntos de casar al mozo con Sanchica su hija, y determinó de ponerlo en
plática 'a su tiempo,° dándose a entender que a una hija de un gobernador   in due time
ningún marido se le podía negar. Con eſto se acabó la ronda de aquella
noche, y de allí a dos días el gobierno, con que se deſtroncaron y borraron
todos sus designios, como se verá adelante.

15 *Capítulo L. Donde se declara quien fueron los encantadores y verdugos que azotaron a la dueña y pellizcaron y arañaron a
don Quijote, con el suceso que tuvo el paje que llevó la carta a
Teresa Sancha, mujer de Sancho Panza.*

DICE CIDE HAMETE, PUNTUALÍSIMO escudriñador de los átomos
20   deſta verdadera hiſtoria, que al tiempo que doña Rodríguez salió
     de su aposento para ir a la eſtancia de don Quijote, otra dueña
que con ella dormía lo sintió, y que como todas las dueñas son amigas de
saber, entender y oler, se fue tras ella con tanto silencio, que la buena Rodríguez no lo echó de ver, y así como la dueña la vio entrar en la eſtancia
25 de don Quijote, por que no faltase en ella la general coſtumbre que todas
las dueñas tienen de ser chismosas, al momento lo fue a 'poner en pico° a   to tell
su señora la duquesa, de cómo doña Rodríguez quedaba en el aposento
de don Quijote.

    La duquesa se lo dijo al duque y le pidió licencia para que ella y
30 Altisidora viniesen a ver lo que aquella dueña quería con don Quijote.
El duque se la dio, y las dos, con gran tiento y sosiego, paso ante paso,
llegaron a ponerse junto a la puerta del aposento, y tan cerca, que oían
todo lo que dentro hablaban. Y cuando oyó la duquesa que Rodríguez
'había echado en la calle° el Aranjuez[1] de sus fuentes, no lo pudo sufrir, ni   had revealed
35 menos Altisidora, y así llenas de cólera, y deseosas de venganza, entraron
de golpe en el aposento, y acrebillaron° a don Quijote, y vapularon a la   pinched
dueña del modo que queda contado, porque las afrentas que van derechas°   directly
contra la hermosura y presunción de las mujeres, despierta en ellas en

---

    1 Aranjuez refers to the *palace* of Aranjuez, the southernmoſt city in the
province of Madrid. It is the "Spanish Versailles," famous for its fountains. It
was built during the reign of Felipe II (1556-1598). The play on words here is
between the two meanings of **fuentes**.

gran manera la ira, y enciende el deseo de vengarse.

Contó la duquesa al duque lo que le había pasado, de lo que se holgó mucho. Y la duquesa, prosiguiendo con su intención de burlarse y recibir pasatiempo con don Quijote, despachó al paje que había hecho la figura de Dulcinea en el concierto de su desencanto—que tenía bien olvidado Sancho Panza con la ocupación de su gobierno—a Teresa Panza, su mujer, con la carta de su marido, y con otra suya, y con una gran sarta de corales ricos presentados.

Dice, pues, la historia, que el paje era muy discreto y agudo, y con deseo de servir a sus señores, partió de muy buena gana al lugar de Sancho, y antes de entrar en él, vio en un arroyo estar lavando cantidad de mujeres,[2] a quien preguntó si le sabrían decir si en aquel lugar vivía una mujer llamada Teresa Panza, mujer de un cierto Sancho Panza, escudero de un caballero llamado don Quijote de la Mancha, a cuya pregunta se levantó en pie una mozuela que estaba lavando, y dijo: "Esa Teresa Panza es mi madre, y ese tal Sancho mi señor padre, y el tal caballero nuestro amo."

"Pues venid, doncella," dijo el paje, "y mostradme a vuestra madre, porque le traigo una carta y un presente del tal vuestro padre."

"Eso haré yo de muy buena gana, señor mío," respondió la moza, que mostraba ser de edad de catorce años, poco más a menos. Y dejando la ropa que lavaba a otra compañera, sin tocarse° ni calzarse, que estaba en piernas y desgreñada,[3] saltó delante de la cabalgadura del paje, y dijo: "Venga vuesa merced, que a la entrada del pueblo está nuestra casa, y mi madre en ella, con harta pena por no haber sabido muchos días ha de mi señor padre."   *covering her head*

"Pues yo se las llevo tan buenas," dijo el paje, "que tiene que dar bien gracias a Dios por ellas."

Finalmente, saltando, corriendo y brincando llegó al pueblo la muchacha, y antes de entrar en su casa, dijo a voces desde la puerta: "Salga, madre Teresa, salga, salga. Que viene aquí un señor que trae cartas y otras cosas de mi buen padre."

A cuyas voces salió Teresa Panza su madre, hilando un copo de estopa, con una saya parda. Parecía, según era de corta, que se la habían cortado por vergonzoso lugar,[4] con un corpezuelo° asimismo pardo, y   *bodice* una 'camisa de pechos.° No era muy vieja, aunque mostraba pasar de los   *low-cut blouse* cuarenta. Pero fuerte, tiesa, nervuda y avellanada,[5] la cual, viendo a su hija, y al paje a caballo, le dijo: "¿Qué es esto, niña? ¿Qué señor es éste?"

"Es un servidor de mi señora doña Teresa Panza," respondió el paje. Y diciendo y haciendo, se arrojó del caballo, y se fue con mucha humildad

---

2 **Vio en...** *he saw a number of women washing* [clothes] *in a stream*

3 **Estaba en...** *she had nothing on her legs and her hair was uncombed*

4 This just means that the skirt was "shamefully short." The skirts of prostitutes in the Middle Ages were cut short to shame them.

5 **Tiesa, nervuda...** *in good physical shape, strong, and tanned*

a poner de hinojos ante la señora Teresa, diciendo: "Déme vuesa merced sus manos, mi señora doña Teresa, bien así como mujer legítima y particular⁶ del señor don Sancho Panza, gobernador propio de la ínsula Barataria."

5   "Ay, señor mío, quítese de ahí,° no haga eso," respondió Teresa, "que   i.e., stand up!
yo no soy nada palaciega, sino una pobre labradora, hija de un estripaterrones° y mujer de un escudero andante, y no de gobernador alguno."   clodhopper

"Vuesa merced," respondió el paje, "es mujer dignísima° de un gober   very worthy
nador archidignísimo, y para prueba desta verdad reciba vuesa merced
10   esta carta y este presente."

Y sacó al instante de la faldriquera una sarta de corales con estremos⁷
de oro, y se la echó al cuello, y dijo: "Esta carta es del señor gobernador, y
otra que traigo y estos corales son de mi señora la duquesa, que a vuestra
merced me envía."

15   Quedó pasmada Teresa, y su hija ni más ni menos, y la muchacha
dijo: "Que me maten si no anda por aquí nuestro señor amo don Quijote,
que debe de haber dado a padre el gobierno o condado que tantas veces
le había prometido."

"Así es la verdad," respondió el paje, "que por respeto del señor don
20   Quijote es ahora el señor Sancho gobernador de la ínsula Barataria, como
se verá por esta carta."

"Léamela vuesa merced, señor gentilhombre," dijo Teresa, "porque
aunque yo sé hilar, no sé leer migaja.°"   anything

"Ni yo tampoco," añadió Sanchica, "pero espérenme aquí. Que yo
25   iré a llamar quien la lea, ora sea el cura mesmo, o el bachiller Sansón
Carrasco, que vendrán de muy buena gana por saber nuevas de mi padre."

"No hay para qué se llame a nadie. Que yo no sé hilar, pero sé leer y
la leeré."

Y así se la leyó toda, que por quedar ya referida no se pone aquí, y
30   luego sacó otra de la duquesa, que decía desta manera:

Amiga Teresa:

Las buenas partes de la bondad y del ingenio de vuestro marido
Sancho me movieron y obligaron a pedir a mi marido el duque le
diese un gobierno de una ínsula, de muchas que tiene. Tengo noticia
35   que gobierna como un girifalte, de lo que yo estoy muy contenta y el
duque mi señor por el consiguiente, por lo que doy muchas gracias
al cielo de no haberme engañado en haberle escogido para el tal
gobierno, porque quiero que sepa la señora Teresa que con dificultad
se halla un buen gobernador en el mundo, y tal me haga a mí Dios

---

6 **Bien así…** *since you are the only legitimate wife*

7 Although **estremos de oro** seems to refer to the clasps, as Burton Raffel
has translated, but it is more likely that it refers to *interspersed gold beads*, as Silvia
Iriso has annotated (p. 1033, n. 14).

como Sancho gobierna.[8]

Ahí le envío, querida mía, una sarta de corales con estremos de oro. Yo me holgara que fuera de perlas orientales, pero «quien te da el hueso, no te querría ver muerta». Tiempo vendrá en que nos co-nozcamos y nos comuniquemos, y Dios sabe lo que será.[9] Encomién-deme° a Sanchica, su hija, y dígale de mi parte que se apareje. Que la tengo de casar altamente cuando menos lo piense. Dícenme que en ese lugar hay bellotas gordas.° Envíeme hasta dos docenas, que las es-timaré en mucho por ser de su mano, y escríbame largo, avisándome de su salud y de su bienestar,° y si hubiere menester alguna cosa, no tiene que hacer más que boquear.° Que su boca será medida.[10] Y Dios me la guarde. Deste lugar, su amiga que bien la quiere,

                    remember me to

                    large

                    well-being
                    open your mouth

La Duquesa.

"¡Ay!" dijo Teresa, en oyendo la carta, "y ¡qué buena y qué llana y qué humilde señora! Con estas tales señoras me entierren a mí, y no las hi-dalgas que en este pueblo se usan, que piensan que por ser hidalgas no las ha de tocar el viento, y van a la iglesia con tanta fantasía,° como si fuesen las mesmas reinas, que no parece sino que tienen a deshonra el mirar a una labradora. Y veis aquí donde esta buena señora, con ser duquesa, me llama amiga, y me trata como si fuera su igual. Que igual la vea yo con el más alto campanario que hay en la Mancha. Y en lo que toca a las bellotas, señor mío, yo le enviaré a su señoría un celemín,° que por gordas las pueden venir a ver a la mira y a la maravilla.[11] Y por ahora, Sanchica, atiende a que se regale este° señor. 'Pon en orden° este caballo, y saca de la caballeriza güevos, y corta tocino adunia,° y démosle de comer como a un príncipe. Que las buenas nuevas que nos ha traído y la buena cara que él tiene lo merece todo, y en tanto, saldré yo a dar a mis vecinas las nuevas de nuestro contento, y al padre cura, y a maese Nicolás el barbero, que tan amigos son y han sido de tu padre."

                    vanity

                    1.5 gallons

                    a este, take care of
                    abundant

"Sí, haré, madre," respondió Sanchica, "pero mire que me ha de dar la mitad desa sarta. Que no tengo yo por tan boba a mí señora la duquesa, que se la había de enviar a ella[12] toda."

"Todo es para ti, hija," respondió Teresa, "Pero déjamela traer algunos días al cuello, que verdaderamente parece que me alegra el corazón."

"También se alegrarán," dijo el paje, "cuando vean el lío que viene en este portamanteo,° que es un vestido de paño finísimo que el gobernador

                    suitcase

---

8 **Tal me...** *may God treat me as well as Sancho governs*

9 **Lo que...** *when that will be*

10 **Que su...** *whatever you ask will be done.* Not literal, but that's what it means.

11 That is, **a mirarlas y a maravillar** *to look at and be astonished*

12 This **ella** means *you.* It is another third person variant form of address like **vuestra merced.** I thank Joseph Silverman for this information.

sólo un día llevó a caza, el cual todo le envía para la señora Sanchica."

"Que me viva él mil años," respondió Sanchica "y el que lo trae, ni más ni menos, y aun dos mil, si fuere necesidad."

Salióse en esto Teresa fuera de casa, con las cartas, y con la sarta al cuello, y iba tañendo en las cartas como si fuera en un pandero,[13] y encontrándose acaso con el cura y Sansón Carrasco, comenzó a bailar, y a decir: "¡A fee que agora que no hay pariente pobre! ¡Gobiernito° tenemos! ¡No, sino tómese conmigo la más pintada hidalga. Que yo la pondré como nueva!"[14]

little government

"¿Qué es esto, Teresa Panza, qué locuras son éstas y qué papeles son ésos?"

"No es otra la locura, sino que éstas son cartas de duquesas y de gobernadores, y estos que traigo al cuello son corales finos las avemarías, y los padres nuestros son de oro de martillo,[15] y yo soy gobernadora.'"

governor's wife

"De Dios en ayuso no os entendemos,[16] Teresa, ni sabemos lo que os decís."

"Ahí lo podrán ver ellos,°" respondió Teresa. Y dioles las cartas. Leyólas el cura de modo que las oyó Sansón Carrasco, y Sansón y el cura se miraron el uno al otro como admirados de lo que habían leído. Y preguntó el bachiller quién había traído aquellas cartas. Respondió Teresa que se viniesen con ella a su casa y verían el mensajero, que era un mancebo 'como un pino de oro,° y que le traía otro presente que valía más de tanto. Quitóle el cura los corales del cuello y mirólos, y remirólos, y certificándose que eran finos, tornó a admirarse de nuevo, y dijo: "Por el hábito que tengo, que no sé qué me diga ni qué me piense de estas cartas y destos presentes. Por una parte veo y toco la fineza de estos corales, y por otra leo que una duquesa envía a pedir dos docenas de bellotas."

you

very charming

"Aderézame esas medidas,"[17] dijo entonces Carrasco. "Agora bien, vamos a ver al portador° deste pliego. Que dél nos informaremos de las dificultades que se nos ofrecen."

bearer

Hiciéronlo así, y volvióse Teresa con ellos. Hallaron al paje cribando un poco de cebada para su cabalgadura, y a Sanchica cortando un torrezno para empedrarle con güevos[18] y dar de comer al paje, cuya presencia y buen adorno contentó mucho a los dos, y después de haberle saludado cortésmente, y él a ellos, le preguntó Sansón les dijese nuevas así de don Quijote, como de Sancho Panza. Que puesto que habían leído las cartas de Sancho y de la señora duquesa, todavía estaban confusos y no

---

13 **Iba tañendo…** *she was playing the letters like a tambourine.* That is, she was slapping the letters against her other hand.

14 **Tómese conmigo…** *Let the best of the hidalgas take me on! I'll show her!*

15 This alludes to the rosary. The Hail Marys (= smaller beads) are of coral and the Our Fathers (= larger beads) are of beaten gold.

16 **De Dios…** *no one but God can understand you*

17 **Aderézame…** *what nonsense!*

18 Sanchica is going to make scrambled eggs with added bacon. See Gaos (II, p. 705, n. 173) and Iriso (p. 1036, n. 35).

"¡A fee que agora que no hay pariente pobre! ¡Gobiernito tenemos!"

acababan de atinar qué sería aquello del gobierno de Sancho, y más de
una ínsula, siendo todas o las más que hay en el mar Mediterráneo de
su majestad. A lo que el paje respondió: "De que el señor Sancho Panza
sea gobernador no hay que dudar en ello. De que sea ínsula o no, la que
gobierna, en eso no me entremeto. Pero basta que sea un lugar de más
de mil vecinos, y en cuanto a lo de las bellotas, digo que mi señora la duquesa es tan llana y tan humilde que no," decía él, "enviar a pedir bellotas
a una labradora, pero que le acontecía enviar a pedir un peine prestado
a una vecina suya.¹⁹ Porque quiero que sepan vuesas mercedes que las
señoras de Aragón, aunque son tan principales, no son tan puntuosas° y   affected
levantadas° como las señoras castellanas. Con más llaneza tratan con las   presumptuous
gentes."

Estando en la mitad destas pláticas saltó Sanchica con un 'halda
de güevos,° y preguntó al paje: "Dígame, señor, ¿mi señor padre trae por   skirt filled with eggs
ventura calzas atacadas²⁰ después que es gobernador?"

"No he 'mirado en° ello," respondió el paje, "pero sí debe de traer."   noticed

"¡Ay, Dios mío," replicó Sanchica, "y que será de ver a mi padre con
pedorreras!²¹ ¿No es bueno sino que desde que nací tengo deseo de ver a
mi padre con calzas atacadas?"

"Como con esas cosas le verá vuesa merced si vive," respondió el paje.
"Par Dios, términos lleva de caminar con papahigo, con solos dos meses
que le dure el gobierno."²²

Bien echaron de ver el cura y el bachiller que el paje hablaba soca-
rronamente. Pero la fineza de los corales y el vestido de caza que Sancho
enviaba lo deshacía todo. Que ya Teresa les había mostrado el vestido, y
no dejaron de reírse del deseo de Sanchica, y más, cuando Teresa dijo:
"Señor cura, 'eche cata° por ahí si hay alguien que vaya a Madrid o a Tole-   find out
do, para que me compre un 'verdugado redondo,° hecho y derecho, y sea   bell-shaped skirt
'al uso° y de los mejores que hubiere. Que en verdad en verdad que tengo   fashionable
de honrar el gobierno de mi marido en cuanto yo pudiere, y aun que si
me enojo, me tengo de ir a esa corte, y echar° un coche como todas. Que   try out
la que tiene marido gobernador muy bien le puede 'traer y sustentar.'"   have and maintain

"Y ¡cómo, madre!" dijo Sanchica. "Pluguiese a Dios que fuese antes
hoy que mañana, aunque dijesen los que me viesen ir sentada con mi señora madre en aquel coche: '¡Mirad 'la tal por cual,° hija del harto de ajos,   so-and-so
y cómo va sentada y tendida en el coche, como si fuera una papesa!'° Pero   female pope
pisen ellos los lodos y ándeme yo en mi coche, levantados los pies del

---

19 There are big problems in this last sentence with direct and indirect
discourse (see Gaos II, p. 705, n., 183, for a survey of solutions). Here is Burton
Raffel's translation: " 'My lady the duchess is so straightforward and humble that
not only,' said he, 'might she ask a peasant to send her acorns, but she has been
known to borrow a comb from one of her neighbors.' "

20 These were short pants that billow out at the top, typical of rich people.

21 Same as **calzas atacadas** above.

22 **Términos leva...** *he may be traveling with a protective hood if his governorship lasts only two months*

suelo. ¡Mal año y mal mes para cuantos murmuradores hay en el mundo. Y ándeme yo caliente, y 'ríase la gente!° ¿Digo bien, madre mía?" °let 'em laugh

"Y ¡cómo que dices bien, hija!" respondió Teresa, "y todas estas venturas, y aun mayores, me las tiene profetizadas mi buen Sancho, y verás tú, hija, como 'no para° hasta hacerme condesa. Que todo es comenzar °he won't stop
a ser venturosas, y como yo he oído decir muchas veces a tu buen padre, que así como lo es tuyo, lo es de los refranes,²³ «cuando te dieren la vaquilla, corre con soguilla»—cuando te dieren un gobierno, cógele; cuando te dieren un condado, agárrale,° y cuando te hicieren tus, tus,²⁴ con alguna °grab it
buena dádiva, embásala.° ¡No, sino «dormíos, y no respondáis a las venturas y buenas dichas que están llamando a la puerta de vuestra casa!»" °go get it

"Y ¿qué se me da a mí,'" añadió Sanchica, "que diga el que quisiere cuando me vea entonada y fantasiosa:° «Viose el perro en bragas de cerro...»²⁵ y lo demás?" °what do I care
°stuck up

Oyendo lo cual el cura, dijo: "Yo no puedo creer sino que todos los deste linaje de los Panzas nacieron cada uno con un costal de refranes en el cuerpo. Ninguno dellos he visto, que no los derrame a todas horas y en todas las pláticas que tienen."

"Así es la verdad," dijo el paje, "que el señor gobernador Sancho a cada paso los dice. Y aunque muchos no vienen a propósito, todavía dan gusto, y mi señora la duquesa y el duque los celebran mucho."

"¿Que todavía se afirma vuesa merced, señor mio," dijo el bachiller, "ser verdad esto del gobierno de Sancho, y de que hay duquesa en el mundo que le envíe presentes y le escriba? Porque nosotros, aunque tocamos los presentes y hemos leído las cartas no lo creemos, y pensamos que ésta es una de las cosas de don Quijote nuestro compatrioto, que todas piensa que son hechas por encantamento. Y así estoy por decir que quiero tocar y palpar a vuesa merced, por ver si es embajador° fantástico, o hombre de carne y hueso." °messenger

"Señores, yo no sé más de mí," respondió el paje, "sino que soy embajador verdadero, y que el señor Sancho Panza es gobernador efectivo.° Y °permanent
que mis señores duque y duquesa pueden dar, y han dado, el tal gobierno. Y que he oído decir que en él se porta valentísimamente el tal Sancho Panza. Si en esto hay encantamento o no, vuesas mercedes lo disputen° °dispute
allá entre ellos.° Que yo no sé otra cosa para el juramento que hago, que °yourselves
es por vida de mis padres. Que los tengo vivos y los amo y los quiero mucho."

"Bien podrá ello ser así," replicó el bachiller, "pero *dubitat Augustinus*."²⁶

---

23 **Que así...** *just as he's your father, he's also the father of proverbs*

24 **Tus, tus** is used to call dogs, but here **cuando te hicieren tus, tus** means *when they offer you something nice.*

25 **Bragas de cerro** are pants made of hemp. A possible ending of the saying is **y no conoció a su compañero**.

26 *St. Augustine doubts it.* This derives from St. Augustine's thought about the doubtful effectiveness of urgently confessing oneself just before death.

"Dude quien dudare," respondió el paje, "la verdad es la que he dicho, y esta que ha de andar siempre sobre la mentira como el aceite° sobre　oil
el agua. Y si no, *operibus credite, & non verbis.*²⁷ Véngase alguno de vuesas
mercedes conmigo, y verán con los ojos lo que no creen por los oídos."

5　　"Esa ida a mí toca," dijo Sanchica, "lléveme vuesa merced, señor, a las
ancas de su rocín. Que yo iré de muy buena gana a ver a mí señor padre."

"Las hijas de los gobernadores no han de ir solas por los caminos,
sino acompañadas de carrozas y literas, y de gran número de sirvientes."

"Par Dios," respondió Sancha, "también me vaya yo sobre una pollina
10　　como sobre un coche. ¡Hallado la habéis la melindrosa!"²⁸

"Calla, mochacha," dijo Teresa, "que no sabes lo que te dices. Y este
señor está en lo cierto. «Que tal el tiempo, tal el tiento».²⁹ Cuando Sancho,
Sancha, y cuando gobernador, señora, y no sé si diga algo."³⁰

"Más dice la señora Teresa de lo que piensa," dijo el paje, "y denme de
15　　comer y despáchenme luego, porque pienso volverme esta tarde."

A lo que dijo el cura, "Vuesa merced se vendrá a hacer penitencia
conmigo. Que la señora Teresa más tiene voluntad que alhajas para servir
a tan buen huesped."

Rehusólo el paje. Pero, en efecto, lo hubo de conceder por su mejora.³¹
20　　Y el cura le llevó consigo de buena gana por tener lugar de preguntarle 'de
espacio° por don Quijote y sus hazañas. El bachiller se ofreció de escribir　**despacio**
las cartas a Teresa, de la respuesta. Pero ella no quiso que el bachiller se
metiese en sus cosas. Que le tenía por algo burlón. Y así dio un bollo°　bread roll
y dos huevos a un monacillo, que sabía escribir, el cual le escribió dos
25　　cartas—una para su marido, y otra para la duquesa, notadas de su mismo
caletre,³² que no son las peores que en esta grande historia se ponen, como
se verá adelante.

Capítulo LI. Del progreso del gobierno de Sancho Panza, con otros sucesos tales como buenos.

30　　**A**MANECIÓ EL DÍA QUE se siguió a la noche de la ronda del gobernador, la cual el maestresala pasó sin dormir, ocupado el pensamiento en el rostro, brío y belleza de la disfrazada doncella. Y el
mayordomo ocupó lo que della° faltaba en escribir a sus señores lo que　i.e., **de la noche**
Sancho Panza hacía y decía, tan admirado de sus hechos como de sus di-
35　　chos, porque andaban mezcladas sus palabras y sus acciones con asomos
discretos y tontos.

27　*Believe my works and not my words,* John 10:38.
28　¡**Hallado la...** *do you think I'm so fussy?*
29　**Que tal el...** *you have to behave according to the circumstances*
30　**No sé...** *I don't know if I am understood*
31　**Lo hubo...** *he saw that he should do it*
32　**Notadas de...** *dictated out of her head*

Levantóse, en fin, el señor gobernador, y por orden del doctor Pedro Recio le hicieron desayunar con un poco de conserva° y cuatro tragos de agua fría, cosa que la trocara Sancho con un pedazo de pan y un racimo de uvas. Pero viendo que aquello era más fuerza que voluntad, pasó por ello con harto dolor de su alma y fatiga de su estómago, haciéndole creer Pedro Recio que los manjares pocos y delicados avivaban el ingenio, que era lo que más convenía a las personas constituidas en mandos° y en oficios graves, donde se han de aprovechar no tanto de las fuerzas corporales, como de las del entendimiento.   *compote* ... *command*

Con esta sofistería° padecía hambre Sancho, y tal, que 'en su secreto° maldecía el gobierno, y aun a quien se le había dado. Pero con su hambre y con su conserva se puso a juzgar aquel día, y lo primero que se le ofreció fue una pregunta que un forastero le hizo, estando presentes a todo el mayordomo y los demás acólitos,° que fue: "Señor: un caudaloso río dividía dos términos° de un mismo señorío—y esté vuesa merced atento, porque el caso es de importancia y algo dificultoso.   *deceitful nonsense, secretly* ... *assistants* ... *parts*

"Digo, pues, que sobre este río estaba una puente, y al cabo della una horca° y una como casa de audiencia, en la cual de ordinario había cuatro jueces que juzgaban la ley que puso el dueño del río, de la puente y del señorio, que era en esta forma: 'Si alguno pasare por esta puente de una parte a otra, ha de jurar primero adónde y 'a qué° va. Y si jurare verdad, déjenle pasar, y si dijere mentira, muera por ello ahorcado en la horca que allí 'se muestra,° sin remisión alguna.' Sabida esta ley y la rigurosa condición della, pasaban muchos, y luego en lo que juraban se echaba de ver que decían verdad, y los jueces los dejaban pasar libremente.   *gallows* ... *for what reason* ... *stands*

"Sucedió, pues, que tomando juramento a un hombre, juró y dijo que para el juramento que hacía, que iba a morir en aquella horca que allí estaba, y no a otra cosa. Repararon los jueces en el juramento y dijeron: 'Si a este hombre le dejamos pasar libremente, mintió en su juramento, y conforme a la ley debe morir. Y si le ahorcamos, él juró que iba a morir en aquella horca, y habiendo jurado verdad, por la misma ley debe ser libre.' Pídese a vuesa merced, señor gobernador, qué harán los jueces de tal hombre. Que aún hasta agora están dudosos y suspensos, y habiendo tenido noticia del agudo y elevado entendimiento de vuesa merced, me enviaron a mí, a que suplicase a vuesa merced de su parte diese su parecer en tan intricado y dudoso caso."[1]

A lo que respondió Sancho: "Por cierto que esos señores jueces que a mí os envían lo pudieran haber escusado, porque yo soy un hombre que tengo más de mostrenco° que de agudo. Pero, con todo eso, repetidme otra vez el negocio de modo que yo le entienda. Quizá podría ser que 'diese en el hito.'"   *ignorant* ... *hit the nail on the head*

Volvió otra y otra vez el preguntante a referir lo que primero había dicho, y Sancho dijo: "A mi parecer, este negocio 'en dos paletas° le   *in an instant*

---

1 This is another dilemma problem that was circulating in the oral tradition, similar to the ones that Sancho judged in his first day on the **ínsula**.

declararé yo, y es así: el tal hombre jura que va a morir en la horca, y si muere en ella juró verdad, y por la ley puesta merece ser libre, y que pase la puente; y si no le ahorcan, juró mentira, y por la misma ley merece que le ahorquen."

"Así es como el señor gobernador dice," dijo el mensajero, "y 'cuanto a° la entereza y entendimiento del caso, no hay más que pedir ni que dudar."   *en* **cuanto a**

"Digo yo, pues, agora," replicó Sancho, "que deste hombre aquella parte que juró verdad la dejen pasar, y la que dijo mentira la ahorquen, y desta manera se cumplirá al pie de la letra la condición del pasaje.°"   crossing

"Pues, señor gobernador," replicó el preguntador, "será necesario que el tal hombre se divida en dos partes, en mentirosa y verdadera, y si se divide, por fuerza ha de morir. Y así no se consigue cosa alguna de lo que la ley pide, y es de necesidad espresa que se cumpla con ella."

"Venid acá, señor buen hombre," respondió Sancho, "este pasajero que decís, o yo soy un porro, o él tiene la misma razón para morir que para vivir y pasar la puente. Porque si la verdad le salva, la mentira le condena igualmente.° Y siendo esto así, como lo es, soy de parecer que digáis   equally a esos señores que a mí os enviaron que, pues están en un fil[2] las razones de condenarle o asolverle, que le dejen pasar libremente, pues siempre es alabado más el hacer bien que mal. Y esto lo diera firmado de mi nombre si supiera firmar, y yo en este caso no he hablado 'de mío,° sino que se me   on my own vino a la memoria un precepto, entre otros muchos, que me dio mi amo don Quijote la noche antes que viniese a ser gobernador desta ínsula, que fue que cuando al justicia estuviese en duda, 'me decantase° y acogiese a   lean towards la misericordia. Y ha querido Dios que agora se me acordase, por venir en este caso como de molde."

"Así es," respondió el mayordomo, "y tengo para mí que el mismo Licurgo, que dio leyes a los lacedemonios,[3] no pudiera dar mejor sentencia que la que el gran Panza ha dado. Y acábese con esto la audiencia desta mañana, y yo daré orden como el señor gobernador coma muy a su gusto."

"Eso pido, y 'barras derechas,°" dijo Sancho, "denme de comer y llue-   without deception van casos y dudas sobre mí. Que yo las despabilaré en el aire."[4]

Cumplió su palabra el mayordomo, pareciéndole ser cargo° de con-   burden ciencia matar de hambre a tan discreto gobernador. Y más, que pensaba concluir con él° aquella misma noche, haciéndole la burla última, que   i.e., **el** *gobierno* traía en comisión de hacerle.[5]

Sucedió, pues, que habiendo comido aquel día contra las reglas y aforismos del doctor Tirteafuera, al levantar de los manteles entró un correo con una carta de don Quijote para el gobernador. Mandó Sancho al secretario que la leyese 'para sí,° y que si no viniese en ella alguna cosa   to himself

---

2 The **fil** or **fiel** on a scale is the point where both sides show the same weight.

3 See Part II, Chapter 1, p. 481, n. 2. Lacedæmon refers to Sparta.

4 **Yo las...** *I will solve them instantly*

5 **Que traía...** *which they were charged to do to him*

digna de secreto, la leyese en voz alta. Hízolo así el secretario, y repasán-
dola° primero, dijo: "Bien se puede leer en voz alta. Que lo que el señor   going back over it
don Quijote escribe a vuesa merced merece estar estampado y escrito con
letras de oro, y dice así:

CARTA DE DON QUIJOTE DE LA MANCHA
A SANCHO PANZA, GOBERNADOR DE LA ÍNSULA BARATARIA.

Cuando esperaba oír nuevas de tus descuidos e impertinencias, Sancho amigo, las oí de tus discreciones, de que di por ello gracias particulares al cielo, el cual del estiércol sabe levantar los pobres y de
los tontos hacer discretos. Dícenme que gobiernas como si fueses
hombre, y que eres hombre como si fueses bestia, según es la humildad con que te tratas. Y quiero que adviertas, Sancho, que muchas
veces conviene, y es necesario, por la autoridad del oficio, ir contra
la humildad del corazón. Porque el buen adorno de la persona que
está puesta en graves cargos ha de ser conforme a lo que ellos piden,
y no a la medida 'de lo que° su humilde condicion le inclina. Vístete   de *aquello* que
bien, que «un palo compuesto° no parece palo». No digo que traigas   decorated
dijes° ni galas, ni que siendo juez te vistas como soldado, sino que te   jewels
adornes con el hábito que tu oficio requiere, con tal que sea limpio
y bien compuesto.

　Para ganar la voluntad del pueblo que gobiernas, entre otras, has
de hacer dos cosas: la una, ser bien criado con todos, aunque esto
ya otra vez te lo he dicho; y la otra, procurar la abundancia de los
mantenimientos. Que no hay cosa que más fatigue el corazón de los
pobres que la hambre y la carestía.°   want
　No hagas muchas pragmáticas, y si las hicieres, procura que sean
buenas y sobre todo que se guarden y cumplan. Que las pragmáticas
que no se guardan lo
mismo es que si no lo
fuesen. Antes dan a
entender que el prín-
cipe que tuvo discre-
ción y autoridad para
hacerlas, no tuvo va-
lor para hacer que se
guardasen, y las leyes
que atemorizan y no
se ejecutan vienen a
ser como la viga,° rey   log
de las ranas,[6] que al

La viga, rey de las ranas

---

6 See Æsop's fables, N° 44. In the Spanish version, *Ysopete*, it is Fable 1 of
Book II (see John Keller's translation [*Æsop's Fables*, Lexington: The University
Press of Kentucky, 1992], p. 70).

principio las espantó, y con el tiempo la menospreciaron y se subieron sobre ella.

Sé padre de las virtudes y padraſtro de los vicios. No seas siempre riguroso, ni siempre blando, y escoge el medio entre eſtos dos
eſtremos. Que en eſto eſtá el punto de la discreción. Visita las cár-
celes,° las carnicerías° y las plazas. Que la presencia del gobernador   jails, butcher ſtands
en lugares tales es de mucha importancia. Consuela a los presos que
esperan la brevedad de su despacho,° es coco° a los carniceros que   release, fearful shock
por entonces igualan los pesos, y es espantajo° a las placeras° por la   deterrent, market
misma razón. No te mueſtres, aunque por ventura lo seas—lo cual   women
yo no creo—codicioso, mujeriego° ni glotón, porque en sabiendo   woman chaser
el pueblo y los que te tratan tu inclinación determinada, por allí 'te
darán batería,° haſta derribarte en el profundo° de la perdición.   they will attack you,
   depths

Mira y remira, pasa y repasa los consejos y documentos que te
di por escrito antes que de aquí partieses a tu gobierno, y verás como
hallas en ellos, si los guardas, una ayuda 'de coſta° que te sobrelle-   additional
ve° los trabajos y dificultades que a cada paso a los gobernadores se   will help you bear
les ofrecen. Escribe a tus señores y muéſtrateles agradecido. Que la
ingratitud es hija de la soberbia, y uno de los mayores pecados que
se sabe, y la persona que es agradecida a los que bien le han hecho
da indicio que también lo será a Dios, que tantos bienes le hizo y de
contino le hace.

La señora duquesa despachó un propio con tu veſtido y otro
presente a tu mujer Teresa Panza. Por momentos esperamos respueſta.

Yo he eſtado un poco mal dispueſto de un cierto gateamiento°   "catting"
que me sucedió no muy 'a cuento° de mis narices, pero no fue nada.   to the advantage of
Que si hay encantadores que me maltraten, también los hay que me
defiendan.

Avísame si el mayordomo que eſtá contigo tuvo que ver en las
acciones de la Trifaldi, como tú sospechaſte; y de todo lo que te
sucediere me irás dando aviso, pues es tan corto el camino, cuanto
más que yo pienso dejar preſto eſta vida ociosa en que eſtoy, pues
no nací para ella.

Un negocio se me ha ofrecido, que creo que me ha de poner en
desgracia deſtos señores. Pero aunque 'se me da° mucho, no se me   **me importa**
da nada, pues en fin en fin, tengo de cumplir antes con mi profesión
que con su guſto, conforme a lo que suele decirse: «*Amicus Plato, sed
magis amica veritas*».[7] Dígote eſte latín porque me doy a entender que
después que eres gobernador lo habrás aprendido. Y a Dios, el cual te
guarde de que ninguno te tenga láſtima.

     Tu amigo,
     Don Quijote de la Mancha

---

7 "Plato is a friend, but the truth is a greater friend." This version of the
Latin proverb comes from the *Adagios* of Erasmus.

Oyó Sancho la carta con mucha atención, y fue celebrada y tenida por discreta de los que la oyeron, y luego Sancho se levantó de la mesa, y llamando al secretario, se encerró con él en su estancia, y sin dilatarlo más, quiso responder luego a su señor don Quijote, y dijo al secretario que sin añadir ni quitar cosa alguna fuese escribiendo lo que él le dijese. Y así lo hizo, y la carta de la respuesta fue del tenor° siguiente:

manner

Carta de Sancho Panza
a don Quijote de la Mancha

La ocupación de mis negocios es tan grande, que no tengo lugar para rascarme la cabeza, ni aun para cortarme las uñas, y así las traigo tan crecidas° cual Dios lo remedie.[8] Digo esto, señor mío de mi alma, porque vuesa merced no se espante, si hasta agora no he dado aviso de mi bien o mal estar en este gobierno, en el cual tengo más hambre que cuando andábamos los dos por las selvas y por los despoblados.

long

Escribióme el duque mi señor el otro día, dándome aviso que habían entrado en esta ínsula ciertas espías para matarme, y hasta agora yo no he descubierto otra que un cierto doctor que está en este lugar asalariado para matar a cuantos gobernadores aquí vinieren. Llámase el doctor Pedro Recio, y es natural de Tirteafuera, porque vea vuesa merced qué nombre para no temer que he de morir a sus manos.[9] Este tal doctor dice él mismo de sí mismo que él no cura las enfermedades cuando las hay, sino que las previene para que no vengan, y las medecinas que usa son dieta y más dieta, hasta poner la persona en los huesos mondos, como si no fuese mayor mal la flaqueza que la calentura. Finalmente, él me va matando de hambre, y yo me voy muriendo de despecho, pues cuando pensé venir a este gobierno a comer caliente y a beber frío, y a recrear el cuerpo entre sábanas de Holanda, sobre colchones de pluma, he venido a hacer penitencia como si fuera ermitaño, y como no la hago de mi voluntad, pienso que al cabo al cabo me ha de llevar el diablo.

Hasta agora no he tocado derecho° ni llevado cohecho, y no puedo pensar en qué va esto, porque aquí me han dicho que los gobernadores que a esta ínsula suelen venir, antes de entrar en ella, o les han dado o les han prestado los del pueblo muchos dineros, y que ésta es ordinaria usanza en los demás que van a gobiernos, no solamente en éste.

fee

Anoche, andando de ronda, topé una muy hermosa doncella en

---

8 **Cual Dios...** *that God will have to fix them*

9 **Porque vea...** *from that name your worship can judge whether or not I have reason to fear dying at his hands.* The **no** is another of those used with no translation before a verb of fear.

traje de varón y un hermano suyo en hábito de mujer. De la moza se enamoró mi maestresala, y la escogió en su imaginación para su mujer, según él ha dicho, y yo escogí al mozo para mi yerno. Hoy los dos pondremos en plática nuestros pensamientos con el padre de entrambos, que es un tal Diego de la Llana, hidalgo y cristiano viejo 'cuanto se quiere.°   *as good as you could want*

Yo visito las plazas como vuesa merced me lo aconseja, y ayer hallé una tendera° que vendía avellanas nuevas, y averigüéle que había mezclado con una hanega de avellanas nuevas otra de viejas, vanas° y podridas. Apliquélas° todas para los niños de la doctrina, que las sabrían bien distinguir, y sentenciéla que por quince días no entrase en la plaza. Hanme dicho que lo hice valerosamente. Lo que sé decir a vuesa merced es que es fama en este pueblo que no hay gente más mala que las placeras, porque todas son desvergonzadas, desalmadas y atrevidas,° y yo así lo creo por las que he visto en otros pueblos.   *market vendor* / *worthless* / *I gave them* / *bold*

De que mi señora la duquesa haya escrito a mi mujer Teresa Panza y enviádole el presente que vuesa merced dice, estoy muy satisfecho, y procuraré de mostrarme agradecido a su tiempo. Bésele vuesa merced las manos de mi parte, diciendo que digo yo que no lo ha echado en saco roto, como lo verá por la obra.[10]

No querría que vuesa merced tuviese trabacuentas° de disgusto con esos mis señores, porque si vuesa merced se enoja con ellos, claro está que ha de redundar en mi daño, y no será bien que pues se me da a mí por consejo que sea agradecido, que vuesa merced no lo sea con quien tantas mercedes le tiene hechas, y con tanto regalo ha sido tratado en su castillo.   *disputes*

Aquello del gateado[11] no entiendo, pero imagino que debe de ser alguna de las malas fechorías que con vuesa merced suelen usar los malos encantadores. Yo lo sabré° cuando nos veamos.   *will find out*

Quisiera enviarle a vuesa merced alguna cosa, pero no sé qué envíe, si no es algunos cañutos de jeringas, que para con vejigas los hacen en esta ínsula[12] muy curiosos,° aunque si me dura el oficio, yo buscaré qué enviar, 'de haldas o de mangas.°   *high-quality* / *one way or another*

Si me escribiere mi mujer Teresa Panza, pague vuesa merced el porte° y envíeme la carta. Que tengo grandísimo deseo de saber del estado de mi casa, de mi mujer y de mis hijos. Y con esto, Dios libre a vuesa merced de malintencionados encantadores y a mí me saque con bien y en paz deste gobierno, que lo dudo, porque le pienso dejar con la vida, según me trata el doctor Pedro Recio.   *postage*

---

10 **No lo...** *she has not cast her bread upon the waters in vain, as she'll see.* This is Ormsby's good version.

11 Since Sancho only *heard* Don Quijote's made up word **gateamiento** (which parallels his own **manteamiento**), it is logical that he doesn't quite remember it as he heard it.

12 **Cañutos de...** *enema sets... that they make on this island*

Criado de vuesa merced,
SANCHO PANZA, el gobernador

Cerró la carta el secretario y despachó° luego al correo, y juntándose   dispatched
los burladores de Sancho, dieron orden entre sí cómo despacharle del
gobierno. Y aquella tarde la pasó Sancho en hacer algunas ordenanzas
tocantes al buen gobierno de la-que-él-imaginaba-ser ínsula. Y ordenó
que no hubiese regatones° de los baſtimentos° en la república. Y que   hoarders, basic
pudiesen meter en ella° vino de las partes que quisiesen, con aditamento   necessities; = la
que declarasen el lugar de donde era,[12] para ponerle el precio según su es-   **ínsula**
timación, bondad y fama. Y el que lo aguase° o le mudase el nombre, per-   water down
diese la vida por ello. Moderó el precio de todo calzado,° principalmente   footwear
el de los zapatos, por parecerle que corría con exorbitancia. Puso tasa en
los salarios de los criados que caminaban a rienda suelta por el camino
del interese. Puso gravísimas penas a los que cantasen cantares lascivos y
descompueſtos,° ni de noche ni de día. Ordenó que ningún ciego cantase   brazen
milagro en coplas si no trujese teſtimonio auténtico de ser verdadero, por
parecerle que los más que los ciegos cantan son fingidos, en perjuicio
de los verdaderos. Hizo y creó un alguacil de pobres, no para que los
persiguiese, sino para que los examinase si lo eran. Porque a la sombra
de la manquedad° fingida y de la llaga falsa andan los brazos ladrones y   handicap
la salud borracha.[13] En resolución, él ordenó cosas tan buenas, que haſta
hoy se guardan en aquel lugar y se nombran: LAS CONSTITUCIONES DEL
GRAN GOBERNADOR SANCHO PANZA.

Capítulo LII. Donde se cuenta la aventura de la segunda due-
ña Dolorida, o Anguſtiada, llamada por otro nombre doña
Rodríguez

Cuenta Cide Hamete que eſtando ya don Quijote sano de sus
aruños,° le pareció que la vida que en aquel caſtillo tenía era   scratches
contra toda la orden de caballería que profesaba, y así determinó de pedir licencia a los duques para partirse a Zaragoza, cuyas fieſtas
llegaban cerca, adonde pensaba ganar el arnés° que en las tales fieſtas 'se   suit of armor
conquiſta.°   is won
Y eſtando un día a la mesa con los duques, y comenzando a poner
en obra su intención, y pedir la licencia, veis aquí a deshora entrar por la
puerta de la gran sala dos mujeres, como después pareció,[1] cubiertas de

---

12 **De las...** *from anywhere they might like, with the added obligation to ſtate*
where it [the wine] *was from*

13 **Brazos ladrones...** *robbing arms and drunken health*

1 **Como después...** *as was later proved.* After all, until now all such women
at the Duke's summer house who were involved in adventures with Don Quijote
were really men in disguise, except for Altisidora.

luto de los pies a la cabeza, y la una dellas, llegándose a don Quijote, se
le echó a los pies, tendida 'de largo a largo,° la boca cosida con los pies de   stretched fully out
don Quijote, y daba unos gemidos tan tristes, tan profundos y tan dolo-
rosos, que puso en confusión a todos los que la oían y miraban. Y aunque
5 los duques pensaron que sería alguna burla que sus criados querían hacer
a don Quijote, todavía,° viendo con el ahinco que la mujer suspiraba,   still
gemía y lloraba, los tuvo dudosos y suspensos, hasta que don Quijote,
compasivo, la levantó del suelo, y hizo que se descubriese y quitase el
manto de sobre la faz llorosa.
10   Ella lo hizo así, y mostró ser lo que jamás se pudiera pensar, porque
descubrió el rostro de doña Rodríguez, la dueña de casa, y la otra enlutada era su hija, la burlada del hijo del labrador rico. Admiráronse todos
aquellos que la conocían, y más los duques que ninguno.° Que puesto que   anyone
la tenían por boba y 'de buena pasta,° no por tanto que viniese a hacer   fool
15 locuras.² Finalmente, doña Rodríguez, volviéndose a los señores, les dijo:
"Vuesas excelencias sean servidos de darme licencia que yo departa un
poco con este caballero, porque así conviene para salir con bien del negocio en que me ha puesto el atrevimiento de un mal intencionado villano."
El duque dijo que él se la daba y que departiese con el señor don
20 Quijote cuanto le viniese en deseo. Ella, enderezando° la voz y el rostro a   directing
don Quijote, dijo: "Días ha, valeroso caballero, que os tengo dada cuenta
de la sinrazón y alevosía que un mal labrador tiene fecha a mi muy querida y amada fija, que es esta desdichada que aquí está presente, y vos
me habedes prometido de volver por ella, enderezándole el tuerto que le
25 tienen fecho, y agora ha llegado a mi noticia que os queredes partir deste
castillo, en busca de las buenas venturas que Dios os depare. Y así querría
que antes que os escurriésedes° por esos caminos, desafiásedes a este rús-   roam
tico indómito y le hiciésedes que se casase con mi hija, en cumplimiento
de la palabra que le dio de ser su esposo, antes y primero que yogase con
30 ella. Porque pensar que el duque mi señor me ha de hacer justicia es
«pedir peras al olmo», por la ocasión que ya a vuesa merced en puridad³
tengo declarada. Y con esto, nuestro Señor dé a vuesa merced mucha
salud, y a nosotras no nos desampare."
A cuyas razones respondió don Quijote, con mucha gravedad y pro-
35 sopopeya: "Buena dueña, templad vuestras lágrimas, o por mejor decir,
enjugadlas y ahorrad de vuestros suspiros. Que yo tomo a mi cargo el
remedio de vuestra hija, a la cual le hubiera estado mejor no haber sido
tan fácil en creer promesas de enamorados, las cuales, por la mayor parte,
son ligeras de prometer y muy pesadas de cumplir. Y así con licencia del
40 duque mi señor, yo me partiré luego en busca dese desalmado mancebo,
y le hallaré y le desafiaré y le mataré 'cada y cuando que se escusare° de   if he fails
cumplir la prometida palabra. Que el principal asumpto de mi profesión

---

2 **No por...** *they didn't think she would engage in foolish acts*

3 **Puridad** here means *secret*, and not the modern *purity*. It is from the old
Spanish **poridad** with the same meaning.

es perdonar a los humildes y castigar a los soberbios. Quiero decir, acorrer a los miserables y destruir a los rigurosos."

"No es menester," respondió el duque, "que vuesa merced se ponga
en trabajo de buscar al rústico de quien esta buena dueña se queja, ni es
menester tampoco que vuesa merced me pida a mí licencia para desa-
fiarle. Que yo le doy por desafiado, y tomo a mi cargo[4] de hacerle saber
este desafío, y que le acete,° y venga a responder por sí a este mi castillo,   accept
donde a entrambos daré 'campo seguro,° guardando todas las condicio-   jousting field
nes que en tales actos suelen y deben guardarse, guardando igualmente
su justicia a cada uno, como están obligados a guardarla todos aquellos
príncipes° que dan 'campo franco° a los que se combaten en los términos   i.e., **gente principal**,
de sus señoríos."   open field

"Pues con ese seguro y con buena licencia de vuestra grandeza," replicó don Quijote, "desde aquí digo que por esta vez renuncio mi hidalguía
y 'me allano° y ajusto con la llaneza del dañador, y me hago igual con él,   level out
habilitándole° para poder combatir conmigo. Y así aunque ausente, le   enabling him
desafío y repto° en razón de que hizo mal en defraudar a esta pobre, que   challenge
fue doncella y ya por su culpa no lo es. Y que le ha de cumplir la palabra
que le dio de ser su legítimo esposo, o morir en la demanda."

Y luego, descalzándose° un guante, le arrojó en mitad de la sala, y el   taking off
duque le alzó, diciendo que como ya había dicho, él acetaba, el tal desafío
en nombre de su vasallo, y señalaba el plazo de allí a seis días,[5] y el campo
en la plaza de aquel castillo, y las armas las acostumbradas de los caballeros—lanza y escudo y 'arnés tranzado,° con todas las demás piezas, sin   articulated armor
engaño, superchería° o superstición° alguna, examinadas y vistas por los   fraud, talisman
jueces del campo.

"Pero ante todas cosas es menester que esta buena dueña y esta mala
doncella pongan el derecho de su justicia en manos del señor don Quijote, que de otra manera no se hará nada ni llegará a debida ejecución el
tal desafío."

"Yo, sí pongo," respondió la dueña.

"Y yo también," añadió la hija, toda llorosa y toda vergonzosa y de
mal talante.

Tomado, pues, este apuntamiento,° y habiendo imaginado el duque   agreement
lo que había de hacer en el caso, las enlutadas se fueron, y ordenó la duquesa que de allí adelante no las tratasen como a sus criadas, sino como a
'señoras aventureras° que venían a pedir justicia a su casa. Y así les dieron   ladies errant
cuarto aparte y las sirvieron como a forasteras, no sin espanto de las demás criadas que no sabían en qué había de parar la sandez y desenvoltura
de doña Rodríguez, y de su mal andante hija.

Estando en esto, para acabar de regocijar la fiesta y dar buen fin a
la comida, veis aquí donde entró por la sala el paje que llevó las cartas y
presentes a Teresa Panza, mujer del gobernador Sancho Panza, de cuya

---

4 **Que you...** *I consider him challenged and I take upon myself*
5 **Señalaba el...** *he fixed the date six days hence*

llegada recibieron gran contento los duques, deseosos de saber lo que le
había sucedido en su viaje. Y preguntándoselo, respondió el paje que no
lo podía decir tan en público, ni con breves palabras. Que sus excelencias
fuesen servidos de dejarlo para a solas,[6] y que entretanto se entretuviesen
con aquellas cartas. Y sacando dos cartas, las puso en manos de la duquesa.
La una decía en el sobreescrito: CARTA PARA MI SEÑORA LA DUQUESA TAL,
DE NO SÉ DÓNDE, Y LA OTRA: A MI MARIDO SANCHO PANZA, GOBERNADOR
DE LA ÍNSULA BARATARIA, QUE DIOS PROSPERE MÁS AÑOS QUE A MÍ. «No
se le cocía el pan», como suele decirse, a la duquesa haſta leer su carta, y
abriéndola y leído para sí, y viendo que la podía leer en voz alta para que el
duque y los circunſtantes la oyesen, leyó de eſta manera:

CARTA DE TERESA PANZA A LA DUQUESA

Mucho contento me dio, señora mía, la carta que vuesa grandeza me
escribió, que en verdad que la tenía bien deseada.[7] La sarta de corales
es muy buena, y el veſtido de caza de mi marido no le va en zaga.
De que vuesa señoría haya hecho gobernador a Sancho mi consorte
ha recebido mucho guſto todo eſte lugar, pueſto que no hay quien
lo crea, principalmente el cura, y mase Nicolás el barbero, y Sansón
Carrasco el bachiller. Pero a mí no se me da nada, que como ello sea
así, como lo es, diga cada uno lo que quisiere, aunque, si va a decir
verdad, a no venir los corales y el veſtido,[8] tampoco yo lo creyera,
porque en eſte pueblo todos tienen a mi marido por un porro, y que
sacado de gobernar un hato de cabras, no pueden imaginar para qué
gobierno pueda ser bueno. Dios lo haga, y lo encamine como vee que
lo han meneſter sus hijos.[9]

Yo, señora de mi alma, eſtoy determinada, con licencia de vuesa
merced, de meter eſte buen día en mi casa,[10] yéndome a la corte a
tenderme en un coche, para quebrar los ojos a mil envidiosos que
ya tengo. Y así suplico a vuesa excelencia mande a mi marido me
envíe 'algún dinerillo,° y que sea 'algo qué,° porque en la corte son   bit of money, quite a
los gaſtos grandes. Que el pan vale a real, y la carne la libra a treinta   bit
maravedís, que 'es un juicio.° Y si quisiere que no vaya, que me lo   is shocking
avise 'con tiempo,° porque me eſtán bullendo los pies por ponerme   in time
en camino. Que me dicen mis amigas y mis vecinas que si yo y mi
hija andamos orondas° y pomposas en la corte, vendrá a ser conocido   puffed up
mi marido por mí más que yo por él, siendo forzoso que pregunten
muchos: "¿Quién son estas señoras deſte coche?" Y un criado mío

---

6 **Dejarlo...** *to leave it for when they could be alone*
7 This **la tenía bien deseada** is juſt an epiſtolary norm as Gaos points out.
Of course, Teresa had had no notion she'd be receiving a letter from the duchess.
8 **A no...** *if the corals and suit had not come.* This is a ſtandard conſtruction.
9 **Dios lo...** *may God grant it and make him to see to the needs of his children*
10 **De meter...** *to take advantage of the occasion*

responder: "La mujer y la hija de Sancho Panza, gobernador de la ínsula Barataria," y deſta manera será conocido Sancho, y yo seré eſtimada, y «'a Roma por todo.'"   *the sky's the limit*

Pésame, cuanto pesarme puede, que eſte año no se han cogido bellotas en eſte pueblo. Con todo eso envío a vuesa alteza haſta medio celemín, que una a una las fui yo a coger y a escoger al monte, y no las hallé más mayores. Yo quisiera que fueran como huevos de aveſtruz.

No se le olvide a vueſtra pomposidad de escribirme, que yo tendré cuidado de la respueſta, avisando de mi salud y de todo lo que hubiere que avisar deſte lugar, donde quedo rogando a nueſtro Señor guarde a vueſtra grandeza, y a mí no olvide. Sancha mi hija y mi hijo besan a vuesa merced las manos.

La que tiene más deseo de ver a vuesa señoría que de escribirla. Su criada,

TERESA PANZA.

Grande fue el guſto que todos recibieron de oír la carta de Teresa Panza, principalmente los duques, y la duquesa pidió parecer a don Quijote si sería bien abrir la carta que venía para el gobernador, que imaginaba debía de ser bonísima. Don Quijote dijo que él la abriría por darles guſto, y así lo hizo, y vio que decía deſta manera:

CARTA DE TERESA PANZA
A SANCHO PANZA, SU MARIDO

Tu carta recibí, Sancho mío de mi alma, y yo te prometo y juro como católica criſtiana que no faltaron dos dedos para volverme loca de contento. Mira, hermano, cuando yo llegué a oír que eres gobernador, me pensé allí caer muerta de puro gozo. Que ya sabes tú que dicen que así mata la alegría súbita como el dolor grande. A Sanchica tu hija 'se le fueron las aguas° sin sentirlo de puro contento. El veſtido   *she wet herself*
que me enviaſte tenía delante, y los corales que me envió mi señora la duquesa al cuello, y las cartas en las manos, y el portador dellas allí presente, y con todo eso creía y pensaba que era todo sueño lo que veía y lo que tocaba. Porque ¿quién podía pensar que un paſtor de cabras había de venir a ser gobernador de ínsulas? Ya sabes tú, amigo, que decía mi madre que «era meneſter vivir mucho para ver mucho». Dígolo porque pienso ver más, si vivo más, porque no pienso parar haſta verte arrendador° o alcabalero,° que son oficios que aunque   *landlord, tax collector*
lleva el diablo a quien mal los usa, en fin en fin siempre tienen y manejan dineros. Mi señora la duquesa te dirá el deseo que tengo de ir a la corte. Mírate en ello, y avísame de tu guſto, que yo procuraré honrarte en ella andando en coche.

El cura, el barbero, el bachiller y aun el sacriſtán no pueden creer que eres gobernador y dicen que todo es embeleco, o cosas de

encantamento, como son todas las de don Quijote tu amo, y dice
Sansón que ha de ir a buscarte y a sacarte el gobierno de la cabeza,¹¹
y a don Quijote la locura de los cascos. Yo no hago sino reírme, y
mirar mi sarta, y 'dar traza° del vestido que tengo de hacer del tuyo   think about
a nuestra hija.

Unas bellotas envié a mi señora la duquesa. Yo quisiera que fueran de oro. Envíame tú algunas sartas de perlas, si se usan en esa
ínsula.

Las nuevas deste lugar son que la Berrueca casó a su hija con un
pintor de mala mano, que llegó a este pueblo a pintar lo que saliese.
Mándole el concejo pintar las armas de su majestad sobre las puertas del Ayuntamiento,° pidió dos ducados, diéronselos adelantados,   town hall
trabajó ocho días, al cabo de los cuales no pintó nada y dijo que no
acertaba a pintar tantas baratijas.° Volvió el dinero, y con todo eso,   junk
se casó a título de buen oficial.° Verdad es que ya ha dejado el pincel   artisan
y tomado el azada,° y va al campo como gentilhombre. El hijo de   hoe
Pedro de Lobo se ha ordenado de grados y corona,¹² con intención de
hacerse clérigo. Súpolo Minguilla, la nieta de Mingo Silvato, y hale
puesto demanda de que la tiene dada palabra de casamiento. Malas
lenguas quieren decir que ha estado encinta dél, pero él lo niega 'a
pies juntillas.°   firmly

Hogaño° no hay aceitunas,° ni se halla una gota de vinagre en   this year, olives
todo este pueblo. Por aquí pasó una compañia de soldados. Lle-
váronse de camino tres mozas deste pueblo, no te quiero decir quién
son. Quizá volverán y no faltará quien las tome por mujeres, con sus
tachas buenas o malas.

Sanchica hace 'puntas de randas,° gana cada día ocho maravedís   lace
horros,° que los va echando en una alcancía para ayuda a su ajuar.°   clear, trousseau
Pero ahora que es hija de un gobernador tú le darás la dote sin que
ella lo trabaje. La fuente de la plaza se secó, un rayo cayó en la picota,
y allí me las den todas.¹³

Espero respuesta désta, y la resolución de mi ida a la corte. Y
con esto, Dios te me guarde más años que a mí, o tantos, porque no
querría dejarte sin mí en este mundo.

                  Tu mujer,
                  Teresa Panza

Las cartas fueron solenizadas, reídas, estimadas y admiradas, y para
acabar de echar el sello¹⁴ llegó el correo, el que traía la que Sancho enviaba
a don Quijote, que asimesmo se leyó públicamente, la cual puso en duda

---

11 **Sacarte de la cabeza el gobierno**
12 **Se ha...** He has received the minor orders of the church. The **corona** is
the tonsure, the rounded area at the top-back of the head shaved clean.
13 **Y allí...** *and I could care less*
14 **Para acabar...** *to cap it off*

la sandez del gobernador.

Retiróse la duquesa para saber del paje lo que le había sucedido en el lugar de Sancho, el cual se lo contó muy por estenso sin dejar circunstancia que no refiriese; diole las bellotas, y más un queso que Teresa le dio por ser muy bueno, que se aventajaba a los de Tronchón.[15] Recibiólo la duquesa con grandísimo gusto, con el cual la dejaremos, por contar el fin que tuvo el gobierno del gran Sancho Panza, flor y espejo de todos los insulanos gobernadores.

Capítulo LIII. Del fatigado fin y remate que tuvo el gobierno de Sancho Panza.

"**P**ENSAR QUE EN ESTA vida las cosas della han de durar siempre en un estado es pensar en lo escusado. Antes parece que ella anda todo en redondo, digo, a la redonda. La 'primavera sigue° al verano, el verano al estío,[1] el estío al otoño,° y el otoño al invierno, y el invierno a la primavera, y así torna a andarse el tiempo con esta rueda continua. Sola la vida humana corre a su fin, ligera más que el tiempo, sin esperar renovarse, sino es en la otra° que no tiene términos que la limiten." Esto dice Cide Hamete, filósofo mahomético.° Porque esto de entender la ligereza e instabilidad de la vida presente y la duración de la eterna que se espera, muchos sin lumbre de fe, sino con la 'luz natural,° lo han entendido. Pero aquí nuestro autor lo dice por la presteza con que se acabó, se consumió, se deshizo, se fue como en sombra y humo el gobierno de Sancho. El cual, estando la séptima noche de los días de su gobierno en su cama, no harto de pan ni de vino, sino de juzgar y dar pareceres y de hacer estatutos y pragmáticas, cuando el sueño a despecho y pesar de la hambre le comenzaba a cerrar los párpados,° oyó tan gran ruido de campanas y de voces, que no parecía sino que toda la ínsula se hundía. Sentóse en la cama y estuvo atento y escuchando, por ver si daba en la cuenta de lo que podía ser la causa de tan grande alboroto. Pero no sólo no lo supo, pero° añadiéndose al ruido de voces y campanas el de infinitas trompetas y atambores, quedó más confuso y lleno de temor y espanto. Y levantándose en pie, se puso unas chinelas por la humedad del suelo, y sin ponerse 'sobrerropa de levantar,° ni cosa que se pareciese, salió a la puerta de su aposento, a tiempo cuando vio venir por unos corredores más de veinte personas con hachas encendidas en las manos, y con las espadas desenvainadas, gritando todos a grandes voces, "¡Arma,° arma, señor gobernador, arma! Que han entrado infinitos enemigos en la ínsula, y somos° perdidos si vuestra industria y valor no nos socorre." Con este ruido, furia y alboroto llegaron donde Sancho estaba, atónito y embele-

spring pursues

autumn

otra *vida*

Muslim

intelligence

eyelids

sino que

robe

emergency

estamos

---

15 Tronchón is a sheep's milk cheese made in the city of Teruel.

1 Until the Golden Age, says Gaos, **verano** was the end of spring and estío was summer. Notice the etymology of **primavera = prima vera(no).**

sado° de lo que oía y veía, y cuando llegaron a él, uno le dijo: "Ármese   stunned
luego vuesa señoría, si no quiere perderse y que toda esta ínsula se pierda."

"¿Qué° me tengo de armar," respondió Sancho, "ni qué sé yo de armas   **¿Para qué**
ni de socorros? Estas cosas mejor será dejarlas para mi amo, don Quijote,
que en dos paletas las despachará, y 'pondrá en cobro.° Que yo, pecador   will resolve
fui a Dios, no se me entiende nada destas priesas.'"   difficulties

"¡Ah, señor gobernador!" dijo otro. "¿Qué relente° es ése? Ármese   lack of care
vuesa merced, que aquí le traemos armas ofensivas y defensivas, y salga a
esa plaza y sea nuestra guía y nuestro capitán, pues de derecho 'le toca° el   it's your responsi-
serlo, siendo nuestro gobernador."   bility

"Ármenme norabuena,"[2] replicó Sancho. Y al momento le trujeron
dos paveses,° que venían proveídos dellos, y le pusieron encima de la   body-length shields
camisa, sin dejarle tomar otro vestido, un pavés delante y otro detrás, y
por unas concavidades que traían hechas, le sacaron los brazos y le liaron
muy bien con unos cordeles,° de modo que quedó emparedado° y enta-   cords, confined
blado,° derecho como un huso, sin poder doblar las rodillas, ni menearse   splinted
un solo paso. Pusiéronle en las manos una lanza, a la cual se arrimó para
poder tenerse en pie. Cuando así le tuvieron, le dijeron que caminase y
los guiase y animase a todos. Que siendo él su norte, su lanterna° y su   beacon
lucero,° tendrían buen fin los negocios.   north star

"¿Cómo tengo de caminar, desventurado yo," respondió Sancho, "que
no puedo jugar las choquezuelas de las rodillas,[3] porque me lo impiden
estas tablas que tan cosidas tengo con mis carnes? Lo que han de hacer
es llevarme en brazos y ponerme atravesado,° o en pie, en algún postigo.°   lying across, doorway
Que yo le guardaré, o con esta lanza o con mi cuerpo."

"Ande, señor gobernador," dijo otro, "que más el miedo que las tablas
le impiden el paso. Acabe y menéese, que es tarde y los enemigos crecen,
y las voces se aumentan, y el peligro carga."

Por cuyas persuasiones y vituperios probó el pobre gobernador a
moverse, y fue dar consigo en el suelo tan gran golpe que pensó que se
había hecho pedazos. Quedó como 'galápago encerrado° y cubierto con   enclosed tortoise
sus conchas, o como medio tocino metido entre dos artesas,[4] o bien así
como barca que da al través en la arena,[5] y no por verle caído aquella
gente burladora le tuvieron compasión alguna.[6] Antes, apagando las an-
torchas° tornaron a reforzar las voces y a reiterar el ¡Arma! con tan gran   torches
priesa, pasando por encima del pobre Sancho, dándole infinitas cuchilladas sobre los paveses, que si él no se recogiera y encogiera metiendo la
cabeza entre los paveses, lo pasara muy mal el pobre gobernador, el cual,

---

2 **Norabuena** really is best left untranslated. It intensifies what precedes.

3 **No puedo...** *I can't move the joints in my knees*

4 This evokes the old process of curing pork (**tocino**) between two troughs (**artesas**) or planks.

5 **O bien...** *or like a ship that has run aground on the sand*

6 **No por...** *and seeing him on the ground, those mischievous people showed him no compassion at all.* The Spanish seems to mean the opposite of what it does.

en aquella estrecheza recogido, sudaba y trasudaba, y de todo corazón se encomendaba a Dios que de aquel peligro le sacase.

Unos tropezaban en él, otros caían, y tal hubo quien se puso encima un buen espacio,[7] y desde allí, como desde atalaya, gobernaba los ejércitos, a grandes voces decía: "¡Aquí de los nuestros: que por esta parte cargan más los enemigos! ¡Aquel portillo° se guarde, aquella puerta se cierre, 'aquellas escalas se tranquen!° ¡Vengan alcancías, pez y resina en calderas de aceite ardiendo![8] ¡Trinchéense° las calles con colchones!"

En fin, él nombraba con todo ahinco todas las baratijas° e instrumentos y pertrechos de guerra, con que suele defenderse el asalto de una ciudad, y el molido Sancho, que lo escuchaba y sufría todo, decía entre sí: "¡Oh, si mi Señor fuese servido que se acabase ya de perder esta ínsula, y me viese yo, o muerto, o fuera desta grande angustia!"[9]

Oyó el cielo su petición, y cuando menos lo esperaba, oyó voces que decían: "¡Vitoria, vitoria, los enemigos van de vencida! ¡Ea, señor gobernador, levántese vuesa merced! Y venga a gozar del vencimiento, y a repartir los despojos que se han tomado a los enemigos, por el valor dese invencible brazo."

"Levántenme," dijo con voz doliente el dolorido Sancho.

Ayudáronle a levantar, y puesto en pie, dijo: "El enemigo que yo hubiere vencido quiero que me lo claven° en la frente. Yo no quiero repartir despojos de enemigos, sino pedir y suplicar a algún amigo, si es que le tengo, que me dé un trago de vino, que 'me seco,° y me enjugue este sudor, que 'me hago agua.°'"

Limpiáronle, trujéronle el vino, desliáronle los paveses, sentóse sobre su lecho, y desmayóse del temor del sobresalto y del trabajo. Ya les pesaba a los de la burla, de habérsela hecho tan pesada. Pero el haber vuelto en sí Sancho les templó° la pena que les había dado su desmayo. Preguntó qué hora era. Respondiéronle que ya amanecía. Calló, y sin decir otra cosa, comenzó a vestirse, todo sepultado° en silencio, y todos le miraban y esperaban en qué había de parar la priesa con que se vestía. Vistióse, en fin, y poco a poco, porque estaba molido y no podía ir mucho a mucho,[10] se fue a la caballeriza, siguiéndole todos los que allí se hallaban, y llegándose al rucio, le abrazó y le dio un beso de paz en la frente y no sin lágrimas en los ojos, le dijo: "Venid vos acá, compañero mío y amigo mío, y conllevador° de mis trabajos y miserias. Cuando 'yo me avenía° con vos, y no tenía otros pensamientos que los que me daban los cuidados de

gate

bar those staircases

barricade

details

nail

I'm wilted
I'm really sweating

tempered

shrouded

fellow sufferer, I was
together

---

7 **Tal hubo...** *there was one who stood on top of him for a good while*

8 **¡Vengan alcancías...** *bring incendiary bombs, and tar and resin in vats of boiling oil.* **Ardiendo = hirviendo.** These vessels stay boiling hot in the vats. The oil is poured down directly, over a doorway, for example, and the clay vessels could be thrown with tongs.

9 **Oh, si...** *oh, if my Lord would be pleased to allow the island to be captured, or if I could either be dead or relieved from this great anguish!*

10 This adverbial **mucho a mucho** was invented by Cervantes to parallel the preceding **poco a poco.** The whole phrase means that he couldn't move very fast.

"¡Aquí de los nuestros: que por esta parte cargan más los enemigos!
¡Aquel portillo se guarde, aquella puerta se cierre,
aquellas escalas se tranquen!"

remendar vuestros aparejos y de sustentar vuestro corpezuelo,° dichosas   little body
eran mis horas, mis días y mis años. Pero después que os dejé y me subí
sobre las torres de la ambición y de la soberbia, se me han entrado por el
alma adentro mil miserias, mil trabajos y cuatro mil desasosiegos."

Y en tanto que estas razones iba diciendo, iba asimesmo enalbardan-
do el asno sin que nadie nada le dijese. Enalbardado, pues, el rucio, con
gran pena y pesar subió sobre él, y encaminando sus palabras y razones
al mayordomo, al secretario, al maestresala y a Pedro Recio, el doctor, y
a otros muchos que allí presentes estaban, dijo: "Abrid camino,° señores   make way
míos, y dejadme volver a mi antigua libertad. Dejadme que vaya a buscar
la vida pasada, para que me resucite de esta muerte presente. Yo no nací
para ser gobernador, ni para defender ínsulas ni ciudades de los enemigos
que quisieren acometerlas. Mejor se me entiende a mí de arar° y cavar,   to plow
podar° y ensarmentar¹¹ las viñas que de dar leyes ni de defender provincias   to prune
ni reinos. «Bien se está San Pedro en Roma». Quiero decir que bien se
está cada uno usando el oficio para que fue nacido. Mejor me está a mí
una hoz° en la mano que un cetro de gobernador. Más quiero hartarme   scythe
de gazpachos¹² que estar sujeto a la miseria de un médico impertinente
que me mate de hambre, y más quiero recostarme a la sombra de una encina en el verano, y arroparme con un zamarro de dos pelos¹³ en el invierno,
en mi libertad, que acostarme con la sujeción° del gobierno entre sábanas   weight
de Holanda, y vestirme de martas cebollinas.¹⁴ Vuesas mercedes se queden
con Dios y digan al duque mi señor que «desnudo nací, desnudo me hallo,
ni pierdo ni gano». Quiero decir que sin blanca entré en este gobierno, y
sin ella salgo, bien al revés de como suelen salir los gobernadores de otras
ínsulas. Y apártense,° déjenme ir. Que me voy a bizmar, que creo que   make way
tengo brumadas todas las costillas, merced a los enemigos que esta noche
se han paseado sobre mí."

"No ha de ser así, señor gobernador," dijo el doctor Recio, "que yo le
daré a vuesa merced una bebida contra caídas y molimientos, que luego
le vuelva en su prístina entereza y vigor, y en lo de la comida yo prometo
a vuesa merced de enmendarme, dejándole comer abundantemente de
todo aquello que quisiere."

"Tarde piache,"¹⁵ respondió Sancho, "así dejaré de irme como volverme turco. No son éstas burlas para dos veces. Por Dios que así me quede
en éste ni admita otro gobierno, aunque me le diesen entre dos platos,

---

11 This refers to burying grapevine shoots so they'll take root and produce
new vines.

12 Covarrubias (p. 635, col. 1, l. 17) says that this is a meal for field hands
made from bits of bread, oil, vinegar and other things. It is not the same as the
modern soup with the same name.

13 The **zamarro** is a sheepskin jacket with a year's growth of wool still on it.

14 **Martas cebollinas** should be **martas cibelinas** *sable*.

15 This is a proverb either from the Spanish **piar** *to chirp* or from the Galician **piar** *to speak*: "You chirped/spoke too late!" **Piache** is supposed to represent
a child's pronunciation of **piaste**.

como volar al cielo sin alas. Yo soy del linaje de los Panzas, que todos
son teſtarudos,° y si una vez dicen nones,[16] nones han de ser aunque   obſtiante
sean pares, a pesar de todo el mundo. Quédense en eſta caballeriza las
alas de la hormiga, que me levantaron en el aire para que me comiesen
vencejos[17] y otros pájaros, y volvámonos a andar por el suelo con pie lla-

Alpargatas

no. Que si no le adornaren zapatos
picados de cordobán,[18] no le faltarán
alpargatas toscas de cuerda.[19] «Cada
oveja con su pareja», y «nadie tienda
más la pierna de cuanto fuere larga
la sábana»;[20] y déjenme pasar, que se
me hace tarde."

    A lo que el mayordomo dijo:
"Señor gobernador, de muy buena
gana dejáramos ir a vuesa merced, pueſto que nos pesará mucho de perderle. Que su ingenio y su criſtiano proceder obligan a desearle. Pero ya
se sabe que todo gobernador eſtá obligado, antes que se ausente de la
parte donde ha gobernado, dar primero residencia.° Déla vuesa merced   accounting
de los diez días que ha que tiene el gobierno, y váyase a la paz de Dios."

    "Nadie me la puede pedir," respondió Sancho, "si no es quien orde-
nare el duque mi señor. Yo voy a verme con él y 'a él se la daré de molde;°   I'll tell him everything
cuanto más que saliendo yo desnudo como salgo, no es meneſter otra
señal para dar a entender que he gobernado como un ángel."

    "Par Dios que tiene razón el gran Sancho," dijo el doċtor Recio, "y
que soy de parecer que le dejemos ir, porque el duque ha de guſtar infinito de verle."

    Todos vinieron en ello, y le dejaron ir, ofreciéndole primero com-
pañía y todo aquello que quisiese para el regalo de su persona y para
la comodidad de su viaje. Sancho dijo que no quería más de un poco
de cebada para el rucio, y medio queso y medio pan para él. Que pues
el camino era tan corto, no había meneſter mayor ni mejor repoſtería.
Abrazáronle todos, y él, llorando, abrazó a todos, y los dejó admirados
así de sus razones como de su determinación tan resoluta y tan discreta.

---

16 **Nones** is the plural of **no**, and later **nones** means *odd numbers* to con-
traſt with **pares** *even numbers*. A nonsensical bad pun.
    17 This bird is called a swift in English. It resembles a swallow.
    18 These are fancy shoes made of goat leather.
    19 These are typical Spanish canvas shoes with soles made of coiled rope.
    20 Starkie translates this as "Never ſtretch your feet beyond the sheet."

Capítulo LIIII. Que trata de cosas tocantes a esta historia y no a otra alguna.

RESOLVIÉRONSE EL DUQUE Y la duquesa de que el desafío que don Quijote hizo a su vasallo por la causa ya referida pasase adelante. Y puesto que el mozo estaba en Flandes, adonde se había ido huyendo por no tener por suegra a doña Rodríguez, ordenaron de poner en su lugar a un lacayo gascón[1] que se llamaba Tosilos, industriándole° instructing him primero muy bien de todo lo que había de hacer.

De allí a dos días dijo el duque a don Quijote como desde allí a cuatro vendría su contrario, y se presentaría en el campo armado como caballero, y sustentaría como la doncella mentía por mitad de la barba, y aun por toda la barba entera, si se afirmaba que él le hubiese dado palabra de casamiento. Don Quijote recibió mucho gusto con las tales nuevas, y se prometió a sí mismo de hacer maravillas en el caso, y tuvo a gran ventura habérsele ofrecido ocasión donde aquellos señores pudiesen ver hasta dónde se estendía el valor de su poderoso brazo. Y así con alborozo y contento esperaba los cuatro días que se le iban haciendo, a la cuenta de su deseo, cuatrocientos siglos.

Dejémoslos pasar nosotros, como dejamos pasar otras cosas, y vamos a acompañar a Sancho, que entre alegre y triste venía caminando sobre el rucio a buscar a su amo, cuya compañía le agradaba más que ser gobernador de todas las ínsulas del mundo.

Sucedió, pues, que no habiéndose alongado mucho de la ínsula de su gobierno—que él nunca se puso a averiguar si era ínsula, ciudad, villa o lugar la que gobernaba—vio que por el camino por donde él iba venían seis peregrinos con sus bordones, de estos estranjeros que piden la limosna cantando, los cuales, en llegando a él, se pusieron en ala, y levantando las voces todos juntos, comenzaron a cantar en su lengua lo que Sancho no pudo entender, si no fue una palabra que claramente pronunciaba LIMOSNA, por donde entendió que era limosna la que en su canto pedían. Y como él, según dice Cide Hamete, era caritativo a demás, sacó de sus alforjas medio pan y medio queso, de que venía proveído, y dióselo, diciéndoles por señas que no tenía otra cosa que darles. Ellos lo recibieron de muy buena gana y dijeron: "¡Guelte, guelte!"[2]

"No entiendo," respondió Sancho, "qué es lo que me pedís, buena gente."

Entonces uno de ellos sacó una bolsa del seno, y mostrósela a Sancho, por donde entendió que le pedían dineros, y él, poniéndose el dedo pul-

---

1 A **gascón** is a person from southwest France, the area around Biarritz.

2 **Geld** (pronounced "gelt") is the German word for *money*. There is nothing in the history of this Germanic word that accounts for the final -**e**—but since this is a Spanish text, and since a **t** after an **l** always is followed by a vowel in Spanish, the final -**e** was added as a support vowel. I thank Alexander Lehrman for his research into this word.

gar en la garganta, y eſtendiendo la mano arriba, les dio a entender que no tenía oſtugo° de moneda, y picando al rucio, rompió por ellos.   *nothing at all*

Y al pasar, habiéndole eſtado mirando uno dellos con mucha atención, arremetió a él, echándole los brazos por la cintura, en voz alta y muy caſtellana dijo: "¡Válame Dios! ¿Qué es lo que veo? ¿Es posible que tengo en mis brazos al mi caro amigo, al mi buen vecino Sancho Panza? Sí tengo, sin duda, porque yo ni duermo, ni eſtoy ahora borracho."

Admiróse Sancho de verse nombrar por su nombre, y de verse abrazar del eſtranjero peregrino, y después de haberle eſtado mirando, sin hablar palabra, con mucha atención, nunca pudo conocerle. Pero viendo su suspensión el peregrino, le dijo: "¿Cómo y es posible, Sancho Panza hermano, que no conoces a tu vecino Ricote, el morisco, tendero de tu lugar?"

Entonces Sancho le miró con más atención, y comenzó a rafigurarle,° *recognize him* y finalmente, le vino a conocer de todo punto, y sin apearse del jumento, le echó los brazos al cuello, y le dijo: "¿Quién diablos te había de conocer, Ricote, en ese traje de moharracho° que traes? Dime: ¿quién te ha hecho *tramp* franchote,° y cómo tienes atrevimiento de volver a España, donde si te *foreigner* cogen y conocen, tendrás harta mala ventura?

"Si tú no me descubres, Sancho," respondió el peregrino, "seguro estoy. Que en eſte traje no habrá nadie que me conozca. Y apartémonos del camino a aquella alameda que allí parece, donde quieren comer y reposar mis compañeros, y allí comerás con ellos, que son muy apacible gente. Yo tendré lugar de contarte lo que me ha sucedido después que me partí de nueſtro lugar, por obedecer el bando° de su majeſtad,[3] y que con tanto *ediſt* rigor a los desdichados de mi nación amenazaba, según oíſte."

Hízolo así Sancho, y hablando Ricote a los demás peregrinos, se apartaron a la alameda que se parecía, bien desviados del camino real. Arrojaron los bordones, quitáronse las 'mucetas o esclavinas° y quedaron *short capes* 'en pelota,° y todos ellos eran mozos, y muy gentiles hombres, excepto Ri- *without a coat* cote, que ya era hombre 'entrado en años.° Todos traían alforjas, y todas, *on in years* según pareció, venían bien proveídas, a lo menos, de cosas incitativas° y *ſtimulating thirſt* que llaman a la sed de dos leguas.[4]

Tendiéronse en el suelo, y haciendo manteles de las hierbas, pusieron sobre ellas pan, sal, cuchillos, nueces, rajas de queso, huesos mondos° de *gnawed* jamón, que si no se dejaban mascar, no defendían° el ser chupados.° Pu- *prevented, sucked* sieron asimismo un manjar negro que dicen que se llama CABIAL,° y es *caviar* hecho de huevos de pescados, gran despertador de la colambre.° No fal- *thirſt* taron aceitunas, aunque secas y sin adobo[5] alguno, pero sabrosas y entre-

---

3 The expulsion of the Moors began with the ediſt of December 9, 1609 (in the south), and of July 10, 1610 (for Caſtilla and la Mancha). The expulsion laſted until 1614.

4 That is, these items can beckon thirſt from miles away.

5 **Sin adobo** seems to indicate that the olives were not pickled, but since the olives were dry, the pickling juices were also dry, thus **sin adobo.**

tenidas.° Pero lo que más campeó en el campo de aquel banquete fueron seis botas de vino, que cada uno sacó la suya de su alforja. Hasta el buen Ricote, que se había transformado de morisco en alemán, o en tudesco,[6] sacó la suya, que en grandeza podía competir con las cinco. Comenzaron a comer con grandísimo gusto y muy de espacio, saboreándose° con cada bocado, que le tomaban con la punta del cuchillo, y muy poquito de cada cosa, y luego al punto todos 'a una° levantaron los brazos y las botas en el aire. Puestas las bocas en su boca, clavados los ojos en el cielo, no parecía sino que 'ponían en él la puntería,° y desta manera meneando las cabezas a un lado y a otro, señales que acreditaban el gusto que recebían, se estuvieron un buen espacio trasegando° en sus estómagos las entrañas de las vasijas.°

Todo lo miraba Sancho, y de ninguna cosa se dolía,[7] antes por cumplir con el refrán que él muy bien sabía, de «cuando a Roma fueres haz como vieres,» pidió a Ricote la bota, y tomó su puntería como los demás, y no con menos gusto que ellos. Cuatro veces dieron lugar las botas para ser empinadas, pero la quinta no fue posible, porque ya estaban más enjutas y secas que un esparto, cosa que 'puso mustia la alegría° que hasta allí habían mostrado.

De cuando en cuando juntaba alguno su mano derecha con la de Sancho, y decía: "*Español*[8] *y tudesqui tuto uno—bon compaño.*"

Y Sancho respondía: "*Bon compaño, jura Di,*"[9] y disparaba con una risa que le duraba un hora, sin acordarse entonces de nada de lo que le había sucedido en su gobierno, porque sobre el rato y tiempo cuando se come y bebe, poca jurisdición suelen tener los cuidados. Finalmente, el acabársele el vino fue principio de un sueño que dio a todos, quedándose dormidos sobre las mismas mesas y manteles.

Solos Ricote y Sancho quedaron alerta, porque habían comido más y bebido menos, y apartando Ricote a Sancho, se sentaron al pie de una haya, dejando a los peregrinos sepultados en dulce sueño, y Ricote, sin tropezar nada en su lengua morisca, en la pura castellana le dijo las siguientes razones: "Bien sabes, ¡oh Sancho Panza, vecino y amigo mío! como el pregón y bando que su majestad mandó publicar contra los de

Margin glosses:
- warding off hunger
- savoring
- **a una** *vez at the same time*
- they were aiming at it
- decanting
- vessels
- saddened their happiness

---

6 **Tudesco** means *German* (compare Italian *tedesco* 'German').

7 **De ninguna…** *nothing bothered him.* This is another reference to Nero from a **romance**: "Mira Nero de Tarpeya / a Roma como se ardía; / gritos dan niños y viejos, / y él de nada se dolía" (See Rodríguez Marín, vol. VII, p. 213, n. 3). The first reference to Nero on the Tarpeian Rock is in Part II, Chapter 44, p. 766, n. 25.

8 Some editors, starting with Pellicer, think that this should be **Españoli**, a mock-Italian plural form, parallel with **tudesqui** which follows. Gaos reasons that **español** is correct in the singular since the pilgrims are referring only to Sancho as the lone Spaniard: "Spaniard and Germans: all one. Good companion."

9 Sancho continues the mock-Italian conversation. Editors say that "jura Di" means **juro a Dios**, yet Italian **giurare** *to swear* would have as its first person form **giuro** and not the form **giura** reflected in the Spanish transcription **jura.**

mi nación, puso terror y espanto en todos nosotros, a lo menos, en mí le puso de suerte que me parece que antes del tiempo que se nos concedía para que hiciésemos ausencia de España, ya tenía el rigor de la pena ejecutado° en mi persona y en la de mis hijos.

carried out

5   "Ordené, pues, a mi parecer, como prudente, bien así como el que sabe que para tal tiempo le han de quitar la casa donde vive, y se provee de otra donde mudarse—ordené, digo, de salir yo solo sin mi familia de mi pueblo, y ir a buscar donde llevarla con comodidad, y sin la priesa con que los demás salieron. Porque bien vi y vieron todos nuestros ancianos

10   que aquellos pregones no eran sólo amenazas, como algunos decían, sino verdaderas leyes que se habían de poner en ejecución a su determinado tiempo.

"Y forzábame a creer esta verdad saber yo los ruines y disparatados intentos que los nuestros tenían, y tales que me parece que fue inspira

15   ción divina la que movió a su majestad a poner en efecto tan gallarda resolución, no porque todos fuésemos culpados, que algunos había cristianos firmes y verdaderos. Pero eran tan pocos que no se podían 'oponer a° los que no lo eran, y no era bien criar la sierpe en el seno, teniendo los   compare enemigos dentro de casa. Finalmente, con justa razón fuimos castigados

20   con la pena del destierro, blanda y suave al parecer de algunos, pero al nuestro la más terrible que se nos podía dar. Doquiera que estamos lloramos por España. Que en fin nacimos en ella y es nuestra patria natural.

"En ninguna parte hallamos el acogimiento que nuestra desventura desea, y en Berbería[10] y en todas las partes de África donde esperábamos

25   ser recibidos, acogidos y regalados, allí es donde más nos ofenden y maltratan. No hemos conocido el bien hasta que le hemos perdido, y es el deseo tan grande que casi todos tenemos de volver a España, que los más de aquellos, y son muchos, que saben la lengua como yo, se vuelven a ella y dejan allá sus mujeres y sus hijos desamparados, tanto es el amor que

30   la tienen. Y agora conozco y experimento lo que suele decirse—que «es dulce el amor de la patria».

"Salí, como digo, de nuestro pueblo, entré en Francia, y aunque allí nos hacían buen acogimiento, quise verlo todo, pasé a Italia, y llegué a Alemania, y allí me pareció que se podía vivir con más libertad, porque

35   sus habitadores° no miran en muchas delicadezas. Cada uno vive como   inhabitants quiere, porque en la mayor parte della se vive con libertad de conciencia.[11] Dejé tomada casa en un pueblo junto a Augusta.[12] Juntéme con estos peregrinos que tienen por costumbre de venir a España, muchos dellos

40   _____

     10 Barbary represents the Arabic-speaking countries of North Africa from Morocco to Egypt.

     11 **Libertad de…** *freedom of worship*

     12 Augsburg is a city northwest of Munich. Madariaga thinks that this city was chosen because it was where the Augsburg Confession was presented to Charles V at the Diet of Augsburg in 1530. This document explained Lutheran theology and defended Lutheranism against misrepresentations made about it.

cada año, a visitar los santuarios° della, que los tienen por sus Indias,[13] y   shrines
por certísima granjería° y conocida ganancia. Ándanla casi toda, y no hay   gains
pueblo ninguno de donde no salgan '«comidos y bebidos»,° como suele   well fed and sated
decirse, y con un real, por lo menos, 'en dineros,° y al cabo de su viaje   in change
salen con más de cien escudos de sobra, que trocados en oro, o ya en el
hueco de los bordones, o entre los remiendos de las esclavinas, o con la   short cape
industria que ellos pueden los sacan del reino, y los pasan a sus tierras, a
pesar de las guardas de los puestos y puertos donde 'se registran.°   they are searched

"Ahora es mi intención, Sancho, sacar el tesoro que dejé enterrado,
que por estar fuera del pueblo lo podré hacer sin peligro, y escribir o
pasar desde Valencia a mi hija y a mi mujer,[14] que sé que está° en Argel, y   **están**
'dar traza como° traerlas a algún puerto de Francia, y desde allí llevarlas   manage to
a Alemania, donde esperaremos lo que Dios quisiere hacer de nosotros.
Que, en resolución, Sancho, yo sé cierto que la Ricota mi hija y Francisca
Ricota mi mujer son católicas cristianas, y aunque yo no lo soy tanto,
todavía tengo más de cristiano que de moro, y ruego siempre a Dios me
abra los ojos del entendimiento y me dé a conocer cómo le tengo de servir.
Y lo que me tiene admirado es no saber por qué se fue mi mujer y mi hija
antes a Berbería que a Francia, adonde podía vivir como cristiana."

A lo que respondió Sancho: "Mira, Ricote, eso no debió estar en su
mano, porque las llevó Juan Tiopieyo, el hermano de tu mujer, y como
debe de ser fino moro, fuese a lo más bien parado.[15] Y séte decir otra cosa
que creo. Que vas en balde a buscar lo que dejaste encerrado, porque tuvimos nuevas que habían quitado a tu cuñado y tu mujer muchas perlas y
mucho dinero en oro, que llevaban por registrar."[16]

"Bien puede ser eso," replicó Ricote, "pero yo sé, Sancho, que no tocaron a mi encierro,° porque yo no les descubrí donde estaba, temeroso   hiding place
de algún desmán, y así, si tú, Sancho, quieres venir conmigo y ayudarme
a sacarlo y a encubrirlo, yo te daré docientos escudos, con que podrás
remediar tus necesidades, que ya sabes que sé yo que las tienes muchas."

"Yo lo hiciera," respondió Sancho, "pero no soy nada codicioso, que 'a
serlo° un oficio dejé yo esta mañana de las manos, donde pudiera hacer   if I had been
las paredes de mi casa de oro, y comer antes de seis meses en platos de
plata. Y así, por esto, como por parecerme haría traición a mi rey en dar
favor a sus enemigos, no fuera° contigo, si° como me prometes docientos   **iría**, even if
escudos me dieras aquí 'de contado° cuatrocientos."   in cash

"Y ¿qué oficio es el que has dejado, Sancho?" preguntó Ricote.

"He dejado de ser gobernador de una ínsula," respondió Sancho, "y

---

13 That is, since Spaniards went to the Indies (the New World) to get rich,
these pilgrims considered Spain to be the place where they could earn lots of
easy money.

14 **Y escribir...** *and I'll write from Valencia to my wife and daughter, or go to
them*

15 **A lo...** *to where he thought best*

16 **Por registrar** *for having been searched.*

tal, que a buena fee que no hallen otra como ella a tres tirones."[17]

"Y ¿dónde está esa ínsula?" preguntó Ricote.

"¿Adónde?" respondió Sancho. "Dos leguas de aquí, y se llama la ínsula Barataria."

5   "Calla, Sancho," dijo Ricote, "que las ínsulas están allá dentro de la mar—que no hay ínsulas en la tierra firme."

"¿Cómo no?" replicó Sancho. "Dígote, Ricote amigo, que esta mañana me partí della, y ayer estuve en ella gobernando a mi placer, como un sagitario.° Pero, con todo eso, la he dejado, por parecerme oficio peligroso   wise man
10   el de los gobernadores."

"Y ¿qué has ganado en el gobierno?" preguntó Ricote.

"He ganado," respondió Sancho, "el haber conocido que no soy bueno para gobernar, si no es un hato de ganado, y que las riquezas que se ganan en los tales gobiernos son a costa de perder el descanso y el sueño
15   y aun el sustento. Porque en las ínsulas deben de comer poco los gobernadores, especialmente si tienen médicos que miren por su salud."

"Yo no te entiendo, Sancho," dijo Ricote, "pero paréceme que todo lo que dices es disparate. Que ¿quién te había de dar a ti ínsulas que gobernases? ¿Faltaban hombres en el mundo más hábiles para gobernadores
20   que tú eres? Calla, Sancho, y vuelve en ti y mira si quieres venir conmigo, como te he dicho, a ayudarme a sacar el tesoro que dejé escondido. Que en verdad que es tanto que se puede llamar tesoro, y te daré con que vivas, como te he dicho."

"Ya te he dicho, Ricote," replicó Sancho, "que no quiero. Conténtate
25   que por mí no serás descubierto, y prosigue en buena hora tu camino y déjame seguir el mío. Que yo sé que «lo bien ganado se pierde, y lo malo, ello° y su dueño»."   = lo mal ganado

"No quiero porfiar, Sancho," dijo Ricote, "pero dime: ¿hallástete en nuestro lugar cuando se partió dél mi mujer, mi hija y mi cuñado?"

30   "Si, hallé," respondió Sancho, "y séte decir que salió tu hija tan hermosa, que salieron a verla cuantos había en el pueblo, y todos decían que era la más bella criatura del mundo. Iba llorando y abrazaba a todas sus amigas y conocidas y a cuantos llegaban a verla, y a todos pedía la encomendasen a Dios y a Nuestra Señora su madre. Y esto, con tanto
35   sentimiento, que a mí me hizo llorar, que no suelo ser muy llorón. Y a fee que muchos tuvieron deseo de esconderla y salir a quitársela en el camino. Pero el miedo de ir contra el mandado del rey los detuvo. Principalmente se mostró más apasionado don Pedro Gregorio, aquel mancebo mayorazgo° rico que tú conoces, que dicen que la quería mucho, y después que ella   principal heir
40   se partió, nunca más él ha parecido en nuestro lugar, y todos pensamos que iba tras ella para robarla.° Pero hasta ahora no se ha sabido nada."   kidnap her

"Siempre tuve yo mala sospecha," dijo Ricote, "de que ese caballero adamaba a mi hija. Pero fiado en el valor de mi Ricota, nunca me dio pesadumbre el saber que la quería bien. Que ya habrás oído decir, Sancho,

---

17 **A tres...** *no matter how hard you look*

que las moriscas pocas o ninguna vez se mezclaron por amores con cristianos viejos, y mi hija, que, a lo que yo creo, atendía a ser más cristiana que enamorada, no se curaría de las solicitudes de ese señor mayorazgo."

"Dios lo haga," replicó Sancho, "que a entrambos les estaría mal,[18] y déjame partir de aquí, Ricote amigo. Que quiero llegar esta noche adonde está mi señor don Quijote."

"Dios vaya contigo, Sancho hermano. Que ya mis compañeros 'se rebullen,° y también es hora que prosigamos nuestro camino."   are stirring

Y luego se abrazaron los dos, y Sancho subió en su rucio y Ricote se arrimó a su bordón, y se apartaron.

Capítulo LV. De cosas sucedidas a Sancho en el camino, y otras, 'que no hay más que ver.°

which cannot be surpassed

EL HABERSE DETENIDO SANCHO con Ricote no le dio lugar a que aquel día llegase al castillo del duque, puesto que 'llegó media legua° dél, donde le tomó la noche algo escura y cerrada. Pero como era verano, no le dio mucha pesadumbre, y así se apartó del camino, con intención de esperar la mañana. Y quiso su corta y desventurada suerte, que, buscando lugar donde mejor acomodarse, cayeron él y el rucio en una honda y escurísima° sima que entre unos 'edificios muy antiguos° estaba, y al tiempo del caer, se encomendó a Dios de todo corazón, pensando que no había de parar hasta el profundo de los abismos. Y no fue así, porque a poco más de tres estados 'dio fondo° el rucio. Y él se halló encima dél, sin haber recebido lisión° ni daño alguno. Tentóse todo el cuerpo y recogió el aliento[1] por ver si estaba sano, o agujereado,° por alguna parte, y viéndose bueno, entero y católico° de salud, no se hartaba de dar gracias a Dios nuestro Señor de la merced que le había hecho. Porque sin duda pensó que estaba hecho mil pedazos. Tentó asimismo con las manos por las paredes de la sima, por ver si sería posible salir della sin ayuda de nadie. Pero 'todas las halló° rasas y sin asidero alguno,[2] de lo que Sancho se congojó mucho, especialmente cuando oyó que el rucio se quejaba tierna y dolorosamente, y no era mucho,° ni se lamentaba 'de vicio,° que a la verdad no estaba muy bien parado.[3]

"¡Ay," dijo entonces Sancho Panza, "y cuán no pensados sucesos suelen suceder a cada paso a los que viven en este miserable mundo! ¿Quién dijera que el que ayer se vio entronizado gobernador de una ínsula, mandando a sus sirvientes y a sus vasallos, hoy se había de ver sepultado en una sima, sin haber persona alguna que le remedie, ni criado, ni vasallo que acuda a su socorro? Aquí habremos de perecer de hambre yo y mi

llegó a media legua

very dark, i.e., ruins

hit the bottom
injury
punctured
whole

he found them all

exaggeration
without reason

---

18 A entrambos... *it would be bad for both of them*
  1 Recogió el... *he held his breath..*
  2 Sin asidero... *without any place to grab on*
  3 No estaba... *he wasn't in a very good state*

jumento, si ya no nos morimos antes, él de molido y quebrantado, y yo de pesaroso.

"A lo menos, no seré yo tan venturoso como lo fue mi señor don Quijote de la Mancha cuando decendió y bajó a la cueva de aquel encantado Montesinos, donde halló quien le regalase mejor que en su casa. Que no parece sino que se fue a mesa puesta y a cama hecha. Allí vio él visiones hermosas y apacibles, y yo veré aquí, a lo que creo, sapos y culebras. ¡Desdichado de mí! Y ¿en qué han parado mis locuras y fantasías? De aquí sacarán mis huesos, cuando el cielo sea servido que me descubran, mondos, blancos y raídos,° y los de mi buen rucio con ellos, por donde quizá se echará de ver quien somos, a lo menos, de los que tuvieren noticia de que nunca Sancho Panza se apartó de su asno, ni su asno de Sancho Panza. Otra vez digo, ¡miserables de nosotros, que no ha querido nuestra corta suerte que muriésemos en nuestra patria,° y entre los nuestros, donde ya que no hallara remedio nuestra desgracia, no faltara quien dello° se doliera, y en la hora última de nuestro pasamiento° nos cerrara los ojos!

"¡Oh compañero y amigo mío, qué mal pago te he dado de tus buenos servicios! Perdóname, y pide a la fortuna, en el mejor modo que supieres, que nos saque deste miserable trabajo en que estamos puestos los dos. Que yo prometo de ponerte una corona de laurel en la cabeza, que no parezcas sino un laureado poeta, y de darte los piensos doblados."

Desta manera se lamentaba Sancho Panza, y su jumento le escuchaba sin responderle palabra alguna, tal era el aprieto y angustia en que el pobre se hallaba. Finalmente, habiendo pasado toda aquella noche en miserables quejas y lamentaciones, vino el día, con cuya claridad y resplandor vio Sancho que era imposible de toda imposibilidad salir de aquel pozo, sin ser ayudado, y comenzó a lamentarse y dar voces, por ver si alguno le oía. Pero todas sus voces eran dadas en desierto, pues por todos aquellos contornos no había persona que pudiese escucharle, y entonces se acabó de dar por muerto. Estaba el rucio boca arriba y Sancho Panza le acomodó de modo que le puso en pie, que apenas se podía tener. Y sacando de las alforjas, que también habían corrido la mesma fortuna de la caída, un pedazo de pan, lo dio a su jumento, que 'no le supo mal,° y díjole Sancho, como si lo entendiera: "«Todos los duelos con pan son buenos»."

En esto, descubrió a un lado de la sima un agujero, capaz de caber por él una persona, si 'se agobiaba° y encogía. Acudió a él Sancho Panza, y agazapándose,° se entró por él y vio que por de dentro era espacioso y largo. Y púdolo ver porque por lo que se podía llamar techo entraba un rayo de sol que lo descubría todo. Vio también que se dilataba y alargaba por otra concavidad espaciosa, viendo lo cual volvió a salir adonde estaba el jumento, y con una piedra comenzó a desmoronar° la tierra del agujero de modo que en poco espacio hizo lugar donde con facilidad pudiese entrar el asno, como lo hizo, y cogiéndole del cabestro, comenzó a caminar por aquella gruta adelante, por ver si hallaba alguna salida por otra parte. A veces iba a escuras, y a veces sin luz, pero ninguna vez sin miedo.

Margin glosses:

scraped

home

i.e., of our deaths

passing on

didn't taste bad to him

bent over

crouching

dig out

"¡Válame Dios todopoderoso!" decía entre sí. "Ésta, que para mí es
desventura, mejor fuera para aventura de mi amo don Quijote. Él sí que
tuviera estas profundidades y mazmorras por jardines floridos, y por palacios de Galiana,⁴ y esperara salir de esta escuridad y estrecheza a algún
florido prado. Pero yo sin ventura, falto de consejo y menoscabado de
ánimo, a cada paso pienso que debajo de los pies de improviso se ha de
abrir otra sima más profunda que la otra, que acabe de tragarme. «Bien
vengas mal, si vienes solo»."

Desta manera, y con estos pensamientos le pareció que habría caminado poco más de media legua, al cabo de la cual descubrió una confusa
claridad que pareció ser ya de día, y que por alguna parte entraba, que
daba indicio de tener fin abierto aquel, para él, camino de la otra vida.

Aquí le deja Cide Hamete Benengeli, y vuelve a tratar de don Qui-
jote, que alborozado y contento esperaba el plazo° de la batalla que había   scheduled time
de hacer con el robador de la honra de la hija de doña Rodríguez, a quien
pensaba enderezar el tuerto y desaguisado que malamente le tenían fecho.

Sucedió, pues, que saliéndose una mañana a 'imponerse y ensayarse°   train and practice
en lo que había de hacer en el trance en que otro día pensaba verse, dando
un repelón⁵ o arremetida° a Rocinante, llegó a poner los pies tan junto a   attack
una cueva, que a no tirarle fuertemente las riendas, fuera imposible no
caer en ella. En fin, le detuvo, y no cayó. Y llegándose algo más cerca sin
apearse, miró aquella hondura,° y estándola mirando, oyó grandes voces   depth
dentro, y escuchando atentamente pudo percibir y entender que el que
las daba decía: "¡Ah de arriba! ¿Hay algún cristiano que me escuche, o
algún caballero caritativo que se duela de un pecador enterrado en vida, o
un desdichado desgobernado gobernador?"

Parecióle a don Quijote que oía la voz de Sancho Panza, de que
quedó suspenso y asombrado, y levantando la voz todo lo que pudo, dijo:
"¿Quién está allá bajo, quién se queja?"

"¿Quién puede estar aquí, o quién se ha de quejar," respondieron,
"sino el asendereado de Sancho Panza, gobernador, por sus pecados y por
su mala andanza, de la ínsula Barataria, escudero que fue del famoso
caballero don Quijote de la Mancha?"

Oyendo lo cual don Quijote, se le dobló la admiración, y se le acrecentó el pasmo,° viniéndosele al pensamiento que Sancho Panza debía   astonishment
de ser° muerto, y que estaba allí penando su alma. Y llevado desta ima-   **estar**
ginación dijo: "Conjúrote por todo aquello que puedo conjurarte, como
católico cristiano, que me digas quién eres, y si eres alma en pena,° dime   torment
qué quieres que haga por ti. Que pues es mi profesión favorecer y acorrer
a los necesitados° deste mundo, también lo seré para acorrer y ayudar a   needy people
los menesterosos del otro mundo, que no pueden ayudarse por sí propios."

"Desa manera," respondieron, "vuesa merced que me habla debe de

---

4 Galiana was the wife of the Moorish governor of Toledo, and her palace
was near the banks of the Tajo river.

5 A **repelón** is a rapid assault on horseback.

ser mi señor don Quijote de la Mancha, y aun en el órgano de la voz no es otro, sin duda."

"Don Quijote soy," replicó don Quijote, "el que profeso socorrer y ayudar en sus necesidades a los vivos y a los muertos. Por eso, dime quién eres. Que me tienes atónito. Porque si eres mi escudero Sancho Panza, y te has muerto, como no te hayan llevado los diablos, y por la misericordia de Dios estés en el purgatorio, sufragios[6] tiene nuestra Santa Madre, la Iglesia Católica Romana, bastantes a sacarte de las penas en que estás, y yo, que lo solicitaré con ella, por mi parte, con cuanto mi hacienda alcanzare. Por eso acaba de declararte, y dime quién eres."

"¡Voto a tal!" respondieron, "y por el nacimiento de quien vuesa merced quisiere juro, señor don Quijote de la Mancha, que yo soy su escudero Sancho Panza, y que nunca me he muerto en todos los días de mi vida, sino que habiendo dejado mi gobierno por cosas y causas que es menester más espacio para decirlas, anoche caí en esta sima donde yago, el rucio conmigo, que no me dejará mentir, pues, por más señas, está aquí conmigo."

Y hay más—que no parece sino que el jumento entendió lo que Sancho dijo, porque 'al momento° comenzó a rebuznar, tan recio, que toda la cueva retumbaba.

right then

"Famoso testigo," dijo don Quijote, "el rebuzno conozco como si le pariera, y tu voz oigo, Sancho mío. Espérame. Iré al castillo del que está aquí cerca, y traeré quien te saque desta sima donde tus pecados te deben de haber puesto."

"Vaya vuesa merced," dijo Sancho, "y vuelva presto, por un solo Dios, que ya no lo puedo llevar el estar aquí sepultado en vida, y me estoy muriendo de miedo."

Dejóle don Quijote y fue al castillo a contar a los duques el suceso de Sancho Panza, de que no poco se maravillaron, aunque bien entendieron que debía de haber caído por la correspondencia° de aquella gruta, que de tiempos inmemoriales estaba allí hecha. Pero no podían pensar cómo había dejado el gobierno, sin tener ellos aviso de su venida. Finalmente, como dicen, llevaron sogas y maromas,[7] y a costa de mucha gente y de mucho trabajo sacaron al rucio y a Sancho Panza de aquellas tinieblas a la luz del sol.

other entrance

Viole un estudiante, y dijo: "Desta manera habían de salir de sus gobiernos todos los malos gobernadores, como sale este pecador del profundo del abismo—muerto de hambre, descolorido y sin blanca, a lo que yo creo."

Oyólo Sancho, y dijo: "Ocho días o diez ha, hermano murmurador, que entré a gobernar la ínsula que me dieron, en los cuales no me vi harto de pan siquiera un hora. En ellos me han perseguido médicos y enemigos

---

6 **Sufragios** are services for the redemption of souls from purgatory.

7 **Sogas y maromas** is rope. **Como dicen**, because there is a verse from several **romances** similar to "Toman sogas y maromas / por salvar del muro abajo…"

me han brumado los güesos,° ni he tenido lugar de hacer cohechos ni de   = hüesos *bones*
cobrar derechos, y siendo eſto así, como lo es, no merecía yo, a mi parecer,
salir de eſta manera. Pero «el hombre pone y Dios dispone», y «Dios sabe
lo mejor y lo que le eſtá bien a cada uno», y «cual el tiempo tal el tiento»,[8]
y nadie diga deſta agua no beberé«, que «adonde se piensa que hay tocinos
no hay eſtacas», y Dios me entiende y baſta y no digo más, aunque pudiera.”

"No te enojes, Sancho, ni recibas pesadumbre de lo que oyeres. Que
será nunca acabar. Ven tú con segura conciencia, y digan lo que dijeren,
y es querer atar las lenguas de los maldicientes lo mesmo que querer
«poner puertas al campo». Si el gobernador sale rico de su gobierno dicen
dél que ha sido un ladrón, y si sale pobre, que ha sido un parapoco° y un   numbskull
mentecato.”

"A buen seguro,” respondió Sancho, “que por eſta vez antes me han
de tener por tonto que por ladrón.”

En eſtas pláticas llegaron, rodeados de muchachos y de otra mucha
gente, al caſtillo, adonde en unos corredores eſtaban ya el duque y la
duquesa, esperando a don Quijote y a Sancho, el cual no quiso subir a ver
al duque sin que 'primero no hubiese° acomodado al rucio en la caballe-   **primero hubiese**
riza—porque decía que había pasado muy mala noche en la posada—y
luego subió a ver a sus señores, ante los cuales pueſto de rodillas, dijo: “Yo,
señores, porque lo quiso así vueſtra grandeza, sin ningún merecimiento
mío, fui a gobernar vueſtra ínsula Barataria, en la cual «entré desnudo, y
desnudo me hallo, ni pierdo, ni gano». Si he gobernado bien o mal, testigos he tenido delante que dirán lo que quisieren. He declarado dudas,
sentenciado pleitos, y siempre muerto de hambre, por haberlo querido así
el doſtor Pedro Recio, natural de Tirteafuera, médico insulano y gober-
nadoresco.° Acometiéronnos enemigos de noche, y habiéndonos pueſto   pertaining to a
en grande aprieto, dicen los de la ínsula que salieron libres y con viſtoria   governor
por el valor de mi brazo. Que tal salud les dé Dios como ellos dicen
verdad.

"En resolución, en eſte tiempo yo he tanteado las cargas que trae
consigo y las obligaciones el gobernar, y he hallado por mi cuenta que no
las podrán llevar mis hombros, ni son peso de mis coſtillas,[9] ni flechas de
mi aljaba. Y así antes que diese conmigo al través el gobierno, he querido
yo dar con el gobierno al través,[10] y ayer de mañana dejé la ínsula como la
hallé, con las mismas calles, casas y tejados que tenía cuando entré en ella.
No he pedido preſtado a nadie ni metídome en granjerías, y aunque pensaba hacer algunas ordenanzas provechosas, no hice ninguna, temeroso
que no se habían de guardar, que es lo mesmo hacerlas que no hacerlas.

"Salí, como digo, de la ínsula, sin otro acompañamiento que el de mi

---

8 **A cada...** *we should take time as it comes and our lot as it falls.* This is Starkie's solution.

9 **Ni son...** *nor can my ribs bear it*

10 **Antes que...** *before the government could hit me broadside, I decided to hit
it broadside*

rucio. Caí en una sima, víneme por ella adelante, hasta que esta mañana, con la luz del sol, vi la salida, pero no tan fácil, que a no depararme el cielo a mi señor don Quijote, allí me quedara hasta la fin del mundo. Así que, mis señores duque y duquesa, aquí está vuestro gobernador, Sancho Panza, que ha granjeado en solos diez días que ha tenido el gobierno a conocer que no se le ha de dar nada por ser gobernador, 'no que° de una ínsula, sino de todo el mundo. Y con este presupuesto,° besando a vuesas mercedes los pies, imitando al juego de los muchachos que dicen, «salta tú, y dámela tú,»¹¹ doy un salto del gobierno y me paso al servicio de mi señor don Quijote. Que en fin, en él, aunque como el pan con sobresalto, hártome, a lo menos, y para mí, como yo esté harto, 'eso me hace° que sea de zanahorias° que de perdices."

    not only

    purpose

    it's all the same to

    me; carrots

    Con esto dio fin a su larga plática Sancho, temiendo siempre don Quijote que había de decir en ella millares de disparates, y cuando le vio acabar con tan pocos, dio en su corazón gracias al cielo, y el duque abrazó a Sancho y le dijo que le pesaba en el alma de que hubiese dejado tan presto el gobierno. Pero que él haría° de suerte que se le diese en su estado otro oficio de menos carga y de más provecho. Abrazóle la duquesa asimismo, y mandó que le regalasen, porque daba señales de venir mal molido y peor parado.

    would arrange

Capítulo LVI. De la descomunal y nunca vista batalla que pasó entre don Quijote de la Mancha y el lacayo Tosilos, en la defensa de la hija de la dueña doña Rodríguez.

No quedaron arrepentidos los duques de la burla hecha a Sancho Panza del gobierno que le dieron, y más que aquel mismo día vino su mayordomo y les contó punto por punto 'todas casi° las palabras y acciones que Sancho había dicho y hecho en aquellos días, y finalmente les encareció el asalto de la ínsula y el miedo de Sancho, y su salida, de que no pequeño gusto recibieron.

    casi todas

    Después desto, cuenta la historia que se llegó el día de la batalla aplazada,° y habiendo el duque una y muy muchas veces advertido a su lacayo Tosilos cómo se había de avenir° con don Quijote para vencerle sin matarle ni herirle, ordenó que se quitasen los hierros a las lanzas, diciendo a don Quijote que no permitía la cristiandad de que él se preciaba,¹ que aquella batalla fuese con tanto riesgo y peligro de las vidas, y que se contentase con que le daba campo franco° en su tierra, puesto que iba contra el decreto del Santo Concilio,² que prohibe los tales desafíos, y no

    agreed upon

    to act

    open

---

    11 This is what children say in the Spanish version of the game called Four Square.

    1 **De que...** *which he valued*

    2 The Council of Trent (1545-63) forbade duels of all kinds, and threatened excommunication for those who engaged in them.

quisiese llevar³ 'por todo rigor° aquel trance tan fuerte.   to the extremes

Don Quijote dijo que su excelencia dispusiese las cosas de aquel
negocio como más fuese servido. Que él le obedecería en todo. Llegado,
pues, el temeroso día, y habiendo mandado el duque que delante de la
plaza del caſtillo se hiciese un espacioso cadahalso,° donde eſtuviesen   platform
los jueces del campo, y las dueñas—madre y hija—demandantes, había
acudido de todos los lugares y aldeas circunvecinas infinita gente a ver la
novedad de aquella batalla, que nunca otra 'tal no habían° viſto ni oído   **tal habían**
decir en aquella tierra los que vivían, ni los que habían muerto.

El primero que entró en el campo y eſtacada fue el maeſtro de las
ceremonias, que tanteó el campo, y le paseó todo, porque en él no hubiese
algún° engaño ni cosa encubierta donde se tropezase y cayese. Luego   **ningún**
entraron las dueñas y se sentaron en sus asientos, cubiertas con los man-
tos haſta los ojos, y aun haſta los pechos,⁴ con mueſtras de no pequeño
sentimiento. 'Presente don Quijote° en la eſtacada, 'de allí a poco,° acom-   once Don Quijote
pañado de muchas trompetas, asomó por una parte de la plaza, sobre un   was present, in a
poderoso caballo, hundiéndola toda,⁵ el grande lacayo Tosilos, calada la   little while
visera y todo encambronado° con unas fuertes y lucientes armas. El caba-   serious and ereƈt
llo moſtraba ser frisón,⁶ ancho y de color tordillo. 'De cada mano y pie°le   from all four feet
pendía una arroba de lana.

Venía el valeroso combatiente bien informado del duque su señor
de cómo se había de portar° con el valeroso don Quijote de la Mancha,   behave
advertido que en ninguna manera le matase sino que procurase huir el
primer encuentro, por escusar el peligro de su muerte, que eſtaba cierto
si 'de lleno en lleno° le encontrase. Paseó la plaza, y llegando donde las   head on
dueñas eſtaban, se puso algún tanto a mirar a la que por esposo le pedía.
Llamó el maese de campo a don Quijote, que ya se había presentado en
la plaza, y junto con Tosilos habló a las dueñas, preguntándoles si consen-
tían que volviese por su derecho don Quijote de la Mancha. Ellas dijeron
que sí, y que todo lo que en aquel caso hiciese lo daban por bien hecho,
por firme y por valedero.

Ya en eſte tiempo eſtaban el duque y la duquesa pueſtos en una
galería que caía sobre la eſtacada, toda la cual eſtaba coronada de infinita gente que esperaba ver el riguroso trance nunca viſto. Fue condición
de los combatientes que si don Quijote vencía, su contrario se había de
casar con la hija de doña Rodríguez. Y si él fuese vencido, quedaba libre
su contendor de la palabra que se le pedía, sin dar otra satisfacción alguna.

Partióles el maeſtro de las ceremonias el sol y puso a los dos cada

---

3 Schevill, ordinarily quite careful, omits **llevar** (see the original edition,
folio 213ᵛ, l. 5.

4 That is, veils fell from the tops of their heads not only juſt covering their
eyes, but also went as far as their cheſts.

5 **Hundiéndola toda** *deafening it.* That is, the sound of the trumpets were
so loud they had this effeƈt.

6 This is an imposing fleecy horse with large feet from the region of Frisia
in Northern Europe (encompassing parts of Holland and Germany).

uno en el puesto donde habían de estar. Sonaron los atambores, llenó el
aire el son de las trompetas, temblaba debajo de los pies la tierra,[7] estaban
suspensos los corazones de la mirante° turba, temiendo unos y esperando   gazing
otros el bueno o el mal suceso de aquel caso. Finalmente, don Quijote,
5 encomendándose de todo su corazón a Dios nuestro Señor, y a la señora
Dulcinea del Toboso, estaba aguardando que se le diese señal precisa de
la arremetida.

    Empero nuestro lacayo tenía diferentes pensamientos. No pensaba
él sino en lo que agora diré. Parece ser que cuando estuvo mirando a su
10 enemiga le pareció la más hermosa mujer que había visto en toda su vida,
y el 'niño ceguezuelo° a quien suelen llamar de ordinario Amor por esas   little blind boy
calles, no quiso perder la ocasión que se le ofreció de triunfar de una
alma lacayuna° y ponerla en la lista de sus trofeos, y así llegándose a él   of a groom
bonitamente, sin que nadie le viese, le envasó al pobre lacayo una flecha
15 de dos varas por el lado izquierdo y le pasó el corazón 'de parte a parte,° y   asunder
púdolo hacer bien al seguro, porque el amor es invisible y entra y sale por
do quiere, sin que nadie le pida cuenta de sus hechos.

    Digo, pues, que cuando dieron la señal de la arremetida, estaba nues-
tro lacayo transportado, pensando en la hermosura de la que ya había
20 hecho señora de su libertad, y así no atendió al son de la trompeta, como
hizo don Quijote, que apenas la hubo oído, cuando arremetió. Y a todo
el correr que permitía Rocinante, partió contra su enemigo, y viéndole
partir su buen escudero Sancho, dijo a grandes voces: "¡Dios te guíe, nata
y flor de los andantes caballeros. Dios te dé la vitoria, pues llevas la razón
25 de tu parte!"

    Y aunque Tosilos vio venir contra sí a don Quijote, no se movió un
paso de su puesto. Antes, con grandes voces, llamó al maese de campo, el
cual, venido a ver lo que quería, le dijo: "Señor, ¿esta batalla no se hace
porque yo me case, o no me case, con aquella señora?"

30   "Así es," le fue respondido.

    "Pues yo," dijo el lacayo, "soy temeroso de mi conciencia y pondríala
en gran cargo si pasase adelante en esta batalla, y así digo que yo me doy
por vencido y que quiero casarme luego con aquella señora."

    Quedó admirado el maese de campo de las razones de Tosilos, y
35 como era uno de los sabidores de la máquina de aquel caso, no le supo
responder palabra. Detúvose don Quijote en la mitad de su carrera, viendo que su enemigo no le acometía. El duque no sabía la ocasión por que
no se pasaba adelante en la batalla. Pero el maese de campo le fue a declarar lo que Tosilos decía, de lo que quedó suspenso y colérico en estremo.

40   En tanto que esto pasaba, Tosilos se llegó adonde doña Rodríguez
estaba, y dijo a grandes voces: "Yo, señora, quiero casarme con vuestra
hija, y no quiero alcanzar por pleitos ni contiendas lo que puedo alcanzar
por paz, y sin peligro de la muerte."

    Oyó esto el valeroso don Quijote, y dijo: "Pues esto así es, yo quedo

---

7 **La tierra temblaba debajo de los pies**

"Así digo que yo me doy por vencido y que quiero casarme luego
con aquella señora."

libre y suelto de mi promesa. Cásense enhorabuena,° y pues Dios nuestro   *and congratulations*
Señor se la dio, San Pedro se la bendiga."

El duque había bajado a la plaza del castillo, y llegándose a Tosilos,
le dijo: "¿Es verdad, caballero, que os dais por vencido, y que, instigado de
vuestra temerosa conciencia, os queréis casar con esta doncella?"

"Sí, señor" respondió Tosilos.

"Él hace muy bien," dijo a esta sazón Sancho Panza, "porque «lo que
has de dar al mur,° dalo al gato, y sacarte ha de cuidado.»"   *Lat.* mouse

Íbase Tosilos desenlazando° la celada, y rogaba que apriesa le ayu-   unlacing
dasen, porque le iban faltando 'los espíritus del aliento,° y no podía verse   breath
encerrado tanto tiempo en la estrecheza de aquel aposento.° Quitáron-   "space inside helmet"
sela a priesa y quedó descubierto y patente su rostro de lacayo. Viendo
lo cual doña Rodríguez y su hija, dando grandes voces, dijeron: "¡Éste es
engaño, engaño es éste! ¡A Tosilos, el lacayo del duque mi señor, nos han
puesto en lugar de mi verdadero esposo! ¡Justicia de Dios y del rey de°   **por**
tanta malicia, por no decir bellaquería!"

"No vos° acuitéis, señoras," dijo don Quijote, "que ni ésta es malicia,   *archaic* **os**
ni es bellaquería, y si la es, y no ha sido la causa el duque, sino los malos
encantadores que me persiguen, los cuales invidiosos de que yo alcanzase
la gloria deste vencimiento, han convertido el rostro de vuestro esposo en
el de este que decís que es lacayo del duque. Tomad mi consejo, y a pesar
de la malicia de mis enemigos, casaos con él. Que, sin duda, es el mismo
que vos deseáis alcanzar por esposo."

El duque, que esto oyó, estuvo por romper en risa toda su cólera, y
dijo: "Son tan extraordinarias las cosas que suceden al señor don Quijote,
que estoy por creer que este mi lacayo no lo es.[8] Pero usemos deste ardid°   scheme
y maña. Dilatemos el casamiento quince días, si quieren, y tengamos encerrado a este personaje que nos tiene dudosos, en 'los cuales° podría ser   = **quince días**
que volviese a su prístina figura. Que no ha de durar tanto el rancor que
los encantadores tienen al señor don Quijote, y más, yéndoles tan poco
en usar estos embelecos y transformaciones."

"Oh señor," dijo Sancho, "que ya tienen estos malandrines por uso y
costumbre de mudar las cosas de unas en otras, que tocan a mi amo. Un
caballero que venció los días pasados, llamado el de los Espejos, le volvieron en la figura del bachiller Sansón Carrasco, natural de nuestro pueblo
y grande amigo nuestro, y a mi señora Dulcinea del Toboso la han vuelto
en una rústica labradora, y así imagino que este lacayo ha de morir y vivir
lacayo todos los días de su vida."

A lo que dijo la hija de Rodríguez: "Séase quien fuere este que me
pide por esposa—que yo se lo agradezco—que más quiero ser mujer legítima de un lacayo, que no amiga y burlada de un caballero, puesto que
el que a mí me burló no lo es.°"   i.e., not a **caballero**

En resolución, todos estos cuentos y sucesos pararon en que Tosilos
se recogiese hasta ver en qué paraba su transformación. Aclamaron todos

---

8 **Este mi...** *this isn't my groom*

la vitoria por don Quijote, y los más quedaron triſtes y melancólicos
de ver que no se habían hecho pedazos los tan esperados° combatientes,   eagerly awaited
bien así como los mochachos quedan triſtes, cuando no sale el ahorcado
que esperan, porque le ha perdonado, o la parte,° o la juſticia. Fuese la   accuser
5 gente, volviéronse el duque y don Quijote al caſtillo, encerraron a Tosilos,
quedaron doña Rodríguez y su hija contentísimas de ver que por una vía
o por otra aquel caso había de parar en casamiento, y Tosilos no esperaba
menos.

10

*Capítulo LVII. Que trata de cómo don Quijote se despidió del
duque, y de lo que le sucedió con la discreta y desenvuelta Altisidora, doncella de la duquesa.*

YA LE PARECIÓ A don Quijote que era bien salir de tanta ociosidad
como la que en aquel caſtillo tenía. Que se imaginaba ser grande la
falta que su persona hacía en dejarse eſtar encerrado y perezoso en-
15 tre los infinitos regalos y deleites que como a caballero andante aquellos
señores le hacían, y parecíale que había de dar 'cuenta eſtrecha° al cielo   ſtrict accounting
de aquella ociosidad y encerramiento. Y así pidió un día licencia a los
duques para partirse. Diéronsela con mueſtras de que en gran manera les
pesaba de que los dejase.
20   Dio la duquesa las cartas de su mujer a Sancho Panza, el cual lloró
con ellas, y dijo: "¿Quién pensara que esperanzas tan grandes como las
que en el pecho de mi mujer Teresa Panza engendraron las nuevas de mi
gobierno habían de parar en volverme yo agora a las arraſtradas° aventu-   uncertain
ras de mi amo don Quijote de la Mancha? Con todo eſto, me contento
25 de ver que mi Teresa correspondió a ser quien es, enviando las bellotas
a la duquesa. Que a no habérselas enviado,¹ quedando yo pesaroso, se
moſtrara ella desagradecida. Lo que me consuela es que eſta dádiva no se
le puede dar nombre de cohecho, porque ya tenía yo el gobierno cuando
ella las envió, y eſtá pueſto en razón que los que reciben algún beneficio,
30 aunque sea con niñerías, se mueſtren agradecidos. En efeſto, yo entré
desnudo en el gobierno y salgo desnudo dél. Y así podré decir con segura
conciencia, que no es poco, «desnudo nací, desnudo me hallo, ni pierdo
ni gano.»"
        Eſto pasaba entre sí Sancho el día de la partida. Y saliendo don Qui-
35 jote, habiéndose despedido la noche antes de los duques, 'una mañana°   the next morning
se presentó armado en la plaza del caſtillo. Mirábanle de los corredores
toda la gente del caſtillo, y asimismo los duques salieron a verle. Eſtaba
Sancho sobre su rucio, con sus alforjas, maleta y repueſto, contentísimo,
porque el mayordomo del duque—el que fue la Trifaldi—le había dado
40 un bolsico° con docientos escudos de oro, para suplir los meneſteres del   small purse
camino, y eſto aún no lo sabía don Quijote.

---

1 **A no…** *if she hadn't sent them*

Estando como queda dicho, mirándole todos, a deshora entre las otras dueñas y doncellas de la duquesa, que le miraban, alzó la voz la desenvuelta y discreta Altisidora, y en son lastimero dijo:

5   Escucha, mal caballero,
                detén un poco las riendas;
                no fatigues las hijadas[2]
                de tu mal regida bestia.
                Mira, falso, que no huyes
                de alguna serpiente fiera,
10   sino de una corderilla°   little lamb
                que está muy lejos de oveja.
                Tú has burlado, monstruo horrendo,
                la más hermosa doncella
                que Diana[3] vio en sus montes,
15   que Venus miró en sus selvas.
                Cruel Vireno, fugitivo Eneas,[4]
                Barrabás te acompañe; allá te avengas.[5]

           Tú llevas ¡llevar impío![6]
20   en las garras de tus cerras[7]
                las entrañas de una humilde,
                como enamorada, tierna.
                Llévaste tres tocadores,°   nightcaps
                y unas ligas (de unas piernas
25   que al mármol puro se igualan
                en lisas)[8] blancas y negras.
                Llévaste dos mil suspiros,
                que, a ser de fuego, pudieran
                abrasar a dos mil Troyas,
30   si dos mil Troyas hubiera.
                Cruel Vireno, fugitivo Eneas,
                Barrabás te acompañe; allá te avengas.

           De ese Sancho tu escudero

---

2 **No fatigues…** *don't spur*

3 Diana was the Roman goddess of the forests. Venus, in the next line, was the Roman goddess of love.

4 Vireno is a character in *Orlando Furioso* who, in Canto X, abandons Olimpia. In the *Æneid* IV, Æneas abandons Dido. Barrabas, in the next verse, is the thief who was released instead of Christ; see, for example, Matthew 27:16.

5 *Allá te…* *get along as well as you can*

6 **¡Llevar impío!** means something like *impious act of carrying off!*

7 **En las…** *in your clawlike hands*

8 Hartzenbusch in his edition suggests the use of these parentheses, without which black and white seem to modify Altisidora's legs!

las entrañas sean tan tercas°   stubborn
y tan duras, que no salga
de su encanto Dulcinea.
De la culpa que tú tienes
lleve 'la triste° la pena;   = Dulcinea
que justos por pecadores
tal vez pagan en mi tierra.
Tus más finas aventuras
en desventuras se vuelvan,
en sueños tus pasatiempos,
en olvidos tus firmezas.
Cruel Vireno, fugitivo Eneas,
Barrabás te acompañe; allá te avengas.

Seas tenido por falso
desde Sevilla a Marchena,[9]
desde Granada hasta Loja,
de Londres a Inglaterra.[10]
Si jugares al «reinado,»
los «cientos,» o la «primera,»[11]
los reyes huyan de ti;
ases, ni sietes no veas.
Si te cortares los callos,°   corns on foot
sangre las heridas viertan;
y quédente los raigones°   roots
si te sacares las muelas.
Cruel Vireno, fugitivo Eneas,
Barrabás te acompañe; allá te avengas.

En tanto que de la suerte que se ha dicho se quejaba la lastimada Altisidora, la estuvo mirando don Quijote, y sin responderla palabra, volviendo el rostro a Sancho, le dijo: "Por el siglo de tus pasados,° Sancho   forebears
mío, te conjuro que me digas una verdad. Dime, ¿llevas por ventura, los tres tocadores, y las ligas que esta enamorada doncella dice?"

A lo que Sancho respondió: "Los tres tocadores sí llevo. Pero las ligas, «como por los cerros de Úbeda»."

Quedó la duquesa admirada de la desenvoltura de Altisidora, que aunque la tenía por atrevida, graciosa y desenvuelta, no en grado que se

---

9 Marchena is a town in the province of Seville, east of the city. Loja (next line) is a town in the province of Granada west of the city.

10 Schevill here transcribes **Ingalaterra**, seen six other times in the text. **Inglaterra** is seen only one other time aside from this instance.

11 **Reinado, cientos**, and **primera** were card games (see Rodríguez Marín, vol. VII, p. 258, n. 22) in which kings, aces and sevens were high cards.

atreviera a semejantes desenvolturas. Y como no eſtaba advertida deſta burla, creció más su admiración.

El duque quiso reforzar el donaire, y dijo: "No me parece bien, señor caballero, que habiendo recebido en eſte mi caſtillo el buen acogimiento que en él se os ha hecho, os hayáis atrevido a llevaros tres tocadores, por lo menos, si por lo más las ligas de mi doncella. Indicios son de 'mal pecho° y mueſtras que no corresponden a vueſtra fama. Volvedle las ligas. Si no, yo os desafío a mortal batalla, sin tener temor que malandrines encantadores me vuelvan ni muden el roſtro, como han hecho en el de Tosilos mi lacayo, el que entró con vos en batalla."

 ill-will

"No quiera Dios," respondió don Quijote, "que yo desenvaine mi espada contra vueſtra iluſtrísima persona, de quien tantas mercedes he recebido. Los tocadores volveré, porque dice Sancho que los tiene. Las ligas es imposible, porque ni yo las he recebido, ni él tampoco, y si eſta vueſtra doncella quisiere mirar sus escondrijos,° a buen seguro que las halle. Yo, señor duque, jamás he sido ladrón, ni lo pienso ser en toda mi vida, como Dios no me deje de su mano.¹² Eſta doncella habla, como ella dice, como enamorada, de lo que yo no le tengo culpa, y así no tengo de qué pedirle perdón, ni a ella, ni a vueſtra excelencia, a quien suplico me tenga en mejor opinión, y me dé de nuevo licencia para seguir mi camino."

 hiding places

"Déosle Dios tan bueno," dijo la duquesa, "señor don Quijote, que siempre oigamos buenas nuevas de vueſtras fechurías. Y andad con Dios, que mientras más os detenéis, más aumentáis el fuego en los pechos de las doncellas que os miran. Y a la mía° yo la caſtigaré de modo que de aquí adelante no se desmande con la viſta ni con las palabras."

 = Altisidora

"Una° no más quiero que me escuches, ¡oh valeroso don Quijote!" dijo entonces Altisidora, "y es que te pido perdón del latrocinio° de las ligas, porque en Dios y en mi ánima, que las tengo pueſtas, y he caído en el descuido del que yendo sobre el asno, le buscaba."

 una *palabra*

 theft

"¿No lo dije yo?" dijo Sancho. "¡Bonico soy° yo para encubrir hurtos! Pues 'a quererlos hacer,° 'de paleta° me había venido la ocasión en mi gobierno."

 a fine one I am

 if I had wanted to,

 easily

Abajó la cabeza don Quijote y hizo reverencia a los duques y a todos los circunſtantes, y volviendo las riendas a Rocinante, siguiéndole Sancho sobre el rucio, se salió del caſtillo, enderezando su camino a Zaragoza.

---

1 2 **Como Dios...** *as long as God holds me in his hand*

Capítulo LVIII. Que trata de cómo menudearon sobre don Quijote aventuras tantas, que no se daban vagar unas a otras.[1]

CUANDO DON QUIJOTE SE vio en la campaña rasa, libre y desembarazado de los requiebros de Altisidora, le pareció que estaba en su centro° y que los espíritus se le renovaban para proseguir de nuevo el asumpto de sus caballerías, y volviéndose a Sancho, le dijo: "La libertad, Sancho, es uno de los más preciosos dones° que a los hombres dieron los cielos. Con ella no pueden igualarse los tesoros que encierra la tierra ni el mar encubre. Por la libertad, así como por la honra, se puede y debe aventurar la vida. Y por el contrario, el cautiverio es el mayor mal que puede venir a los hombres.

"Digo esto, Sancho, porque bien has visto el regalo, la abundancia que en este castillo, que dejamos, hemos tenido. Pues en metad° de aquellos banquetes sazonados y de aquellas bebidas de nieve me parecía a mí que estaba metido entre las estrechezas de la hambre, porque no lo gozaba con la libertad que lo gozara si fueran míos. Que las obligaciones de las recompensas de los beneficios y mercedes recebidas son ataduras que no dejan campear al ánimo libre. ¡Venturoso aquel a quien el cielo dio un pedazo de pan, sin que le quede obligación de agradecerlo a otro que al mismo cielo!"

"Con todo eso," dijo Sancho, "que vuesa merced me ha dicho, no es bien que se queden sin agradecimiento de nuestra parte docientos escudos de oro, que en una bolsilla° me dio el mayordomo del duque, que como píctima[2] y confortativo° la llevo puesta sobre el corazón, para lo que se ofreciere. Que no siempre hemos de hallar castillos donde nos regalen, que tal vez toparemos con algunas ventas donde nos apaleen."

En estos y otros razonamientos iban los andantes caballero y escudero, cuando vieron, habiendo andado poco más de una legua, que encima de la hierba de un pradillo verde, encima de sus capas, estaban comiendo hasta una docena de hombres, vestidos de labradores. Junto a sí tenían unas como sábanas blancas, con que cubrían alguna cosa que debajo estaba. Estaban empinadas° y tendidas° y 'de trecho a trecho° puestas.

Llegó don Quijote a los que comían, y saludándolos primero cortésmente, les preguntó que qué era lo que aquellos lienzos cubrían. Uno de ellos le respondió: "Señor, debajo destos lienzos están unas imágines 'de relieve° y entabladura,° que han de servir en un retablo° que hacemos en nuestra aldea. Llevámoslas cubiertas porque no 'se desfloren,° y en hombros porque no se quiebren."

"Si sois servidos," respondió don Quijote, "holgaría de verlas, pues imágines que con tanto recato se llevan, sin duda deben de ser buenas."

"Y ¡'cómo si lo son!°" dijo otro, "si no, dígalo lo que cuesta; que en

Margin glosses:
element
gifts
middle
small purse
tonic
standing up, on their sides, at intervals
in relief, , carved from wood, altarpiece; lose their shine
are they ever!

---

1 **No se daban...** *they gave one another no rest*

2 A **píctima** was a medicinal plaster placed over the heart to relieve its pain.

verdad que no hay ninguna que no esté en más de cincuenta ducados, y porque vea vuesa merced esta verdad, espere vuesa merced, y 'verla ha° por vista de ojos."   **la verá**

    Y levantándose, dejó de comer, y fue a quitar la cubierta de la primera
5 imagen, que mostró ser la de San Jorge[3] puesto a caballo, con una serpiente enroscada° a los pies, y la lanza atravesada por la boca, con la fie-   coiled
reza° que suele pintarse. Toda la imagen parecía 'una ascua de oro,° como   fierceness, shining
suele decirse. Viéndola don Quijote, dijo: "Este caballero fue uno de los   gold
mejores andantes que tuvo la milicia divina. Llamóse don San Jorge, y fue,
10 además, defendedor de doncellas. Veamos esta otra."

    Descubrióla el hombre, y pareció ser la de San Martín,[4] puesto a ca-
ballo, que partía la capa con el pobre, y apenas la hubo visto don Quijote,
cuando dijo: "Este caballero también fue de los aventureros cristianos, y
creo que fue más liberal que valiente, como lo puedes echar de ver, San-
15 cho, en que está partiendo la capa con el pobre, y le da la mitad, y sin
duda debía de ser entonces invierno, que si no, él se la diera toda, según
era de caritativo."

    "No debió de ser eso," dijo Sancho, "sino que se debió de atener al
refrán que dicen, que «para dar y tener, seso es menester.»"

20   Riose don Quijote, y pidió que quitasen otro lienzo, debajo del cual
se descubrió la imagen del patrón de las Españas a caballo,[5] la espada en-
sangrentada,° atropellando moros y pisando cabezas, y en viéndola, dijo   bloodied
don Quijote: "Éste sí que es caballero y de las escuadras de Cristo; éste
se llama don San Diego Matamoros, uno de los más valientes santos y
25 caballeros que tuvo el mundo y tiene agora el cielo."

    Luego descubrieron otro lienzo y pareció que encubría la caída de
San Pablo del caballo abajo,[6] con todas las circunstancias que en el re-

---

    3 St. George, the patron of England, lived about in the third century A.D. Some legends about him were extravagant, such as the one depicted here, where he rescued a maiden from a dragon. The maiden is not mentioned here and may have not been present in the representation.

    4 St. Martin of Tours (ca. 316-397) was originally a pagan and served in the Roman army. When he became a Christian, he refused to fight anymore. He was later named bishop of Tours in 371 and founded a monastery nearby. Legend has it that he tore his cape in half to share with a ragged beggar and that later he had a vision in which Christ was wearing that half cape. One of the first non-martyrs to become a saint.

    5 St. James the Great, the Apostle, known as Santiago and San Diego in Spain, is Spain's patron saint. He was martyred in Jerusalem in about 44A.D. and his bones taken to Hispania where he had evangelized, it was said. The tomb was discovered in 813, and the relics became a rallying point for the Christians in their battles against the Moors. He is said to have descended on his white horse from heaven to slay Moors during battles, and Spaniards call on him before entering into battle.

    6 Paul of Tarsus—a town above the northeast corner of the Mediterranean Sea—(10A.D.–67) was a rabbi and tentmaker. He was originally a very great enemy of the Christian Church. Once, on his way to Damascus he had a vision, fell

tablo de su conversión suelen pintarse. Cuando le vido tan al vivo, que dijeran° que Cristo le hablaba y Pablo respondía.

"Éste," dijo don Quijote, "fue el mayor enemigo que tuvo la Iglesia de Dios Nuestro Señor en su tiempo, y el mayor defensor suyo que tendrá jamás, caballero andante por la vida, y santo 'a pie quedo° por la muerte. Trabajador incansable en la viña del Señor, doctor de las gentes,° a quien sirvieron de escuelas los cielos, y de catedrático y maestro que le enseñase el mismo Jesucristo."[7]

No había más imágines, y así mandó don Quijote que las volviesen a cubrir, y dijo a los que las llevaban: "Por buen agüero he tenido, hermanos, haber visto lo que he visto, porque estos santos y caballeros profesaron lo que yo profeso, que es el ejercicio de las armas. Sino que la diferencia que

hay entre mí y ellos es que ellos fueron santos y pelearon a lo divino, y yo soy pecador y peleo 'a lo humano.° Ellos conquistaron el cielo a fuerza de brazos, porque el cielo padece fuerza,[8] y yo hasta agora no sé lo que conquisto a fuerza de mis trabajos. Pero si mi Dulcinea del Toboso saliese de los que padece, mejorándose mi ventura y adobándoseme el juicio, podría ser que encaminase mis pasos por mejor camino del que llevo."

"«Dios lo oiga y el pecado sea sordo»," dijo Sancho a esta ocasión.

Admiráronse los hombres así de la figura como de las razones de don Quijote, sin entender la mitad de lo que en ellas decir quería. Acabaron de comer, cargaron con sus imágines y despidiéndose de don Quijote, siguieron su viaje.

San Diego Matamoros

Quedó Sancho de nuevo como si jamás hubiera conocido a su señor, admirado de lo que sabía, pareciéndole que no debía de haber historia en el mundo, ni suceso que no lo tuviese cifrado en la uña y clavado en la memoria, y díjole: "En verdad, señor nuestramo, que si esto que nos ha sucedido hoy se puede llamar aventura, ella ha sido de las más suaves y dulces que en todo el discurso de nuestra peregrinación nos ha sucedido. Della habemos salido sin palos y sobresalto alguno, ni hemos echado mano a las espadas, ni hemos batido la tierra con los cuerpos, ni quedamos hambrientos. ¡Bendito sea Dios, que tal° me ha dejado ver con mis

---

from his horse, and became a Christian (Acts 9:1-22).

7 **De catedrático...** *Christ himself was his professor and master to teach him.* See Galatians 4:11-12 for the biblical reference.

8 Matthew 11:12: "Ever since the coming of John the Baptist the kingdom of Heaven has been subjected to violence..."

propios ojos!"

"Tú dices bien, Sancho," dijo don Quijote, "pero has de advertir que no todos los tiempos son unos ni corren de una misma suerte, y esto que el vulgo suele llamar comúnmente agüeros, que no se fundan sobre natural razón alguna, del que es discreto han de ser tenidos y juzgados por buenos acontecimientos. Levántase uno destos agoreros° por la mañana, sale de su casa, encuéntrase con un fraile de la Orden del bienaventurado San Francisco,[9] y como si hubiera encontrado con un grifo,° vuelve las espaldas, y vuélvese a su casa. Derrámasele al otro Mendoza[10] la sal encima de la mesa, y derrámasele a él la melancolía por el corazón, como si estuviese obligada la naturaleza a dar señales de las venideras desgracias con cosas tan de poco momento° como las referidas. El discreto y cristiano no ha de andar en puntillos° con lo que quiere hacer el cielo. Llega Cipión[11] a África, tropieza en saltando en tierra, tiénenlo por mal agüero sus soldados, pero él, abrazándose con el suelo, dijo, 'No te me podrás huir, África, porque te tengo asida y entre mis brazos.' Así que, Sancho, el haber encontrado con estas imágines ha sido para mí felicísimo acontecimiento."

"Yo así lo creo," respondió Sancho, "y querría que vuesa merced me dijese qué es la causa porque dicen los españoles cuando quieren dar alguna batalla, invocando aquel San Diego Matamoros, «¡Santiago, y cierra España!» ¿Está por ventura España abierta, y de modo que es menester cerrarla, o qué ceremonia es ésta?"[12]

"Simplicísimo eres, Sancho," respondió don Quijote, "y mira que este gran caballero de la cruz bermeja[13] háselo dado Dios a España por patrón y amparo suyo,[14] especialmente en los rigurosos trances que con los moros los españoles han tenido, y así le invocan y llaman como a defensor suyo en todas las batallas que acometen, y muchas veces le han visto visiblemente en ella, derribando, atropellando, destruyendo y matando los agarenos escuadrones, y desta verdad se pudiera traer muchos ejemplos que en las verdaderas historias españolas se cuentan."

'Mudó Sancho plática° y dijo a su amo: "Maravillado estoy, señor,

soothsayers

griffin

importance
small points

Sancho changed the subject

---

9 There was a superstition in Spain that running across a priest was a bad omen. The Franciscan religious order was founded by St. Francis of Assisi in the early thirteenth century. (For these superstitions, see Rodríguez Marín, vol. IX, p. 200).

10 The Mendoza family is well documented as being superstitious, to the point where **mendocino** used to mean *superstitious*. See Gaos.'s edition, vol. II, p. 805, n. 12.

11 Scipio Africanus (263–186B.C.), was the celebrated Roman general who defeated Hannibal in 202 B.C., thus ending the Second Punic War. The quotation that follows about holding Africa in his arms is also attributed to Cæsar.

12 See Part II, Chapter 4, p. 506, l. 9, where Sancho uses this expression while talking with Sansón, seemingly with full understanding.

13 Santiago's shield is white with a red cross on it.

14 **Dios le ha dado a España [a] este gran caballero de la cruz bermeja por patrón y amparo suyo**

de la desenvoltura de Altisidora, la doncella de la duquesa. Bravamente° · fiercely
la debe de tener herida y traspasada aquel que llaman Amor, que dicen
que es un rapaz ceguezuelo que, con estar lagañoso,° o por mejor decir, · bleary-eyed
sin vista, si toma por blanco un corazón, por pequeño que sea, le acierta
y traspasa de parte a parte con sus flechas. He oído decir también que
en la vergüenza° y recato de las doncellas 'se despuntan° y embotan las · timidity, dull
amorosas saetas. Pero en esta Altisidora más parece que 'se aguzan° que · sharpen
despuntan."

"Advierte, Sancho," dijo don Quijote, "que el Amor ni mira respetos
ni guarda términos de razón en sus discursos, y tiene la misma condición
que la muerte, que así acomete los altos alcázares de los reyes como las
humildes chozas de los pastores, y cuando toma entera posesión de una
alma, lo primero que hace es quitarle el temor y la vergüenza. Y así sin
ella° declaró Altisidora sus deseos, que engendraron en mi pecho antes · i.e., **sin vergüenza**
confusión que lástima."

"Crueldad notoria," dijo Sancho, "desagradecimiento inaudito. Yo de
mí sé decir que me rindiera y avasallara° la más mínima razón amorosa · I would submit to
suya. ¡Hideputa, y qué corazón de mármol, qué entrañas de bronce y qué
alma de argamasa! Pero no puedo pensar qué es lo que vio esta doncella
en vuesa merced que así la rindiese y avasallase—qué gala, qué brío, qué
donaire, qué rostro, que cada cosa por sí destas, o todas juntas, le ena-
moraron. Que en verdad en verdad que muchas veces me paro a mirar a
vuesa merced desde la punta del pie hasta el último cabello de la cabeza,
y que veo más cosas para espantar que para enamorar. Y habiendo yo
también oído decir que la hermosura es la primera y principal parte que
enamora, no teniendo vuesa merced ninguna, no sé yo de qué se enamoró
la pobre."

"Advierte, Sancho," respondió don Quijote, "que hay dos maneras
de hermosura—una del alma, y otra del cuerpo; la del alma campea y se
muestra en el entendimiento, en la honestidad, en el buen proceder, en
la liberalidad y en la buena crianza, y todas estas partes caben y pueden
estar en un hombre feo, y cuando se pone la mira en esta hermosura y
no en la del cuerpo, suele nacer el amor con ímpetu y con ventajas. Yo,
Sancho, bien veo que no soy hermoso, pero también conozco que no soy
disforme, y bástale a un hombre de bien no ser monstruo para ser bien
querido, como° tenga los dotes° del alma que te he dicho." · as long as, qualities

En estas razones y pláticas se iban entrando por una selva que fuera
del camino estaba, y a deshora, 'sin pensar en ello,° se halló don Quijote · without realizing it
enredado° entre unas redes de hilo verde, que desde unos árboles a otros · tangled
estaban tendidas.

Y sin poder imaginar qué pudiese ser aquello, dijo a Sancho: "Paréceme, Sancho, que esto destas redes debe de ser una de las más nuevas
aventuras que pueda° imaginar. Que me maten si los encantadores que · *se* **pueda**
me persiguen no quieren enredarme en ellas, y detener mi camino, como
en venganza de la riguridad° que con Altisidora he tenido. Pues mándo- · harshness
les° yo que aunque estas redes, si como son hechas de hilo verde fueran · I guarantee them

de durísimos diamantes, o más fuertes que aquella con que el celoso dios
de los herreros[15] enredó a Venus y a Marte,[16] así la rompiera como si fuera
de juncos marinos o de hilachas° de algodón." threads

    Y queriendo pasar adelante y romperlo todo, al improviso se le ofre-
cieron delante, saliendo de entre unos árboles, dos hermosísimas paſtoras—a lo menos, veſtidas como paſtoras—sino que los pellicos y sayas
eran de fino brocado, digo, que las sayas eran riquísimos faldellines° de short skirts
tabí° de oro. Traían los cabellos sueltos por las espaldas, que en rubios° "silk fabric," blondness
podían competir con los rayos del mismo sol, los cuales se coronaban
con dos guirnaldas de verde laurel y de rojo amaranto[17] tejidas. La edad,
al parecer, ni bajaba de los quince, ni pasaba de los diez y ocho. Viſta fue
éſta que admiró a Sancho, suspendió a don Quijote, hizo parar al sol en
su carrera para verlas, y tuvo en maravilloso silencio a todos cuatro.

    En fin, quien primero habló fue una de las dos zagalas, que dijo a
don Quijote: "Detened, señor caballero, el paso, y no rompáis las redes,
que no para daño vueſtro, sino para nueſtro pasatiempo ahí eſtán tendidas. Y porque sé que nos habéis de preguntar para qué se han pueſto,
y quién somos, os lo quiero decir en breves palabras. En una aldea que
eſtá haſta dos leguas de aquí, donde hay mucha gente principal y muchos

Camões

hidalgos y ricos, entre muchos amigos y parientes
se concertó que con sus hijos, mujeres y hijas, vecinos, amigos y parientes nos viniésemos a holgar
a eſte sitio, que es uno de los más agradables de
todos eſtos contornos, formando entre todos una
nueva y paſtoril Arcadia, viſtiéndonos las doncellas de zagalas, y los mancebos de paſtores. Traemos eſtudiadas dos églogas, una del famoso poeta
Garcilaso, y otra del excelentísimo Camões,[18] en
su misma lengua portuguesa, las cuales haſta agora no hemos representado. Ayer fue el primero
día que aquí llegamos. Tenemos entre eſtos ramos
plantadas° algunas tiendas que dicen se llaman «de campaña,» en el mar- set up
gen de un abundoso arroyo que todos eſtos prados fertiliza.° Tendimos nourishes
la noche pasada eſtas redes de eſtos árboles, para engañar los simples
pajarillos que, ojeados° con nueſtro ruido, vinieren a dar° en ellas. Si gus- frightened, get caught
táis, señor, de ser nueſtro huésped, seréis agasajado liberal y cortésmente,
porque por agora en eſte sitio no ha de entrar la pesadumbre ni la me-

---

15 The god of the blacksmiths is Vulcan.

16 Vulcan was Venus' husband and captured her with her lover Mars to the
shame of both.

17 Amaranth is a weed with a showy flower. Silvia Iriso says that the combination of laurel and amaranth symbolize immortal fame or beauty.

18 Luis de Camões (*ca.* 1524–d. 1580) is Portugal's national poet, the author of *Os Lusíadas*, an epic poem which tells of the major events in Portuguese
hiſtory. However, the girl in this episode is doubtless going to recite one of his 16
eclogues from the collection of *Rimas* (1598), and not anything from *Os Lusíadas*.

lancolía."

Calló y no dijo más. A lo que respondió don Quijote: "Por cierto, hermosísima señora, que no debió de quedar más suspenso ni admirado Anteón[19] cuando vio al improviso bañarse en las aguas a Diana, como yo he quedado atónito en ver vueſtra belleza. Alabo el asumpto de vueſtros entretenimientos, y el de vueſtros ofrecimimentos agradezco, y si os puedo servir, con seguridad de ser obedecidas, me lo podéis mandar, porque no es éſta[20] la profesión mía, sino de moſtrarme agradecido y bienhechor° con todo género de gente, en especial, con la principal que vueſtras personas representan, y 'si como° eſtas redes, que deben de ocupar algún pequeño espacio, ocuparan toda la redondez de la tierra, buscara yo nuevos mundos por do pasar sin romperlas. Y porque deis algún crédito a eſta mi exageración, ved que os lo promete 'por lo menos° don Quijote de la Mancha, si es que ha llegado a vueſtros oídos eſte nombre."

"¡Ay, amiga de mi alma," dijo entonces la otra zagala, "y qué ventura tan grande nos ha sucedido! ¿Ves eſte señor que tenemos delante? Pues hágote saber que es el más valiente y el más enamorado y el más comedido que tiene el mundo, si no es que nos miente y nos engaña una hiſtoria que de sus hazañas anda impresa y yo he leído. Yo apoſtaré que eſte buen hombre que viene consigo[21] es un tal Sancho Panza, su escudero, a cuyas gracias no hay ningunas que se le igualen."

"Así es la verdad," dijo Sancho, "que yo soy ese gracioso y ese escudero que vuesa merced dice, y eſte señor es mi amo, el mismo don Quijote de la Mancha hiſtoriado° y referido.'"

"¡Ay!" dijo la otra "supliquémosle, amiga, que se quede. Que nueſtros padres y nueſtros hermanos guſtarán infinito dello. Que también he oído yo decir de su valor y de sus gracias lo mismo que tú me has dicho, y sobre todo, dicen dél que es el más firme y más leal enamorado que se sabe, y que su dama es una tal Dulcinea del Toboso, a quien en toda España la dan la palma de la hermosura."

"Con razón se la dan," dijo don Quijote, "si ya no lo pone en duda vueſtra sin igual belleza. No 'os canséis,° señoras, en detenerme, porque las precisas obligaciones de mi profesión no me dejan reposar en ningún cabo.'"

Llegó en eſto donde los cuatro eſtaban un hermano de una de las dos paſtoras, veſtido asimismo de paſtor, con la riqueza° y galas que a las de las zagalas correspondía. Contáronle ellas que el que con ellas eſtaba era el valeroso don Quijote de la Mancha, y el otro su escudero Sancho,

being kind

como si

nothing less than

in hiſtories, told of

bother

place

richness

---

19 Actæon was a hunter in Greek mythology. He spied on Artemis (Diana) when she was bathing naked, and she turned him into a ſtag, whereupon he was promptly devoured by his own hunting dogs.

20 Schevill and others have changed this to **otra** which is what it means, of course. Gaos suggeſts this implied meaning: **no es sino eſta de…**

21 **Con vos**—consigo would be correct in Portuguese. You will see this used again in Chapter 60, p. 873, l. 9.

de quien tenía él ya noticia por haber leído su historia. Ofreciósele el gallardo pastor, pidióle que se viniese con él a sus tiendas. Húbolo de conceder don Quijote, y así lo hizo.

Llegó, en esto, el ojeo,° llenáronse las redes de pajarillos diferentes, que, engañados de la color de las redes caían en el peligro de que iban huyendo. Juntáronse° en aquel sitio más de treinta personas, todas bizarramente de pastores y pastoras vestidas, y en un instante quedaron enteradas de quienes eran don Quijote y su escudero, de que no poco contento recibieron, porque ya tenían dél noticia por su historia. Acudieron a las tiendas, hallaron las mesas puestas, ricas, abundantes y limpias. Honraron a don Quijote, dándole el primer lugar en ellas.°

Mirábanle todos y admirábanse de verle. Finalmente, alzados los manteles, con gran reposo alzó don Quijote la voz, y dijo: "Entre los pecados mayores que los hombres cometen, aunque algunos dicen que es la soberbia, yo digo que es el desagradecimiento, ateniéndome a lo que suele decirse, que de los desagradecidos está lleno el infierno. Este pecado, en cuanto me ha sido posible, he procurado yo huir desde el instante que tuve uso de razón. Y si no puedo pagar las buenas obras que me hacen con otras obras, pongo en su lugar los deseos de hacerlas. Y cuando éstos° no bastan, las publico, porque quien dice y publica las buenas obras que recibe, también las recompensara con otras, si pudiera porque, por la mayor parte los que reciben son inferiores a los que dan,[22] y así es Dios sobre todos, porque es dador sobre todos, y no pueden corresponder las dádivas del hombre a las de Dios con igualdad, por infinita distancia. Y esta estrecheza y cortedad, en cierto modo, la suple el agradecimiento.

"Yo, pues, agradecido a la merced que aquí se me ha hecho, no pudiendo corresponder 'a la misma medida,° conteniéndome en los estrechos límites de mi poderío, ofrezco lo que puedo y lo que tengo de mi cosecha, y así digo, que sustentaré dos días naturales,° en metad de ese camino real que va a Zaragoza, que estas señoras zagalas contrahechas° que aquí están son las más hermosas doncellas, y más corteses, que hay en el mundo, excetando[23] sólo a la sin par Dulcinea del Toboso, única señora de mis pensamientos, con paz sea dicho de cuantos y cuantas me escuchan."[24]

Oyendo lo cual Sancho, que con grande atención le había estado escuchando, dando una gran voz, dijo: "¿Es posible que haya en el mundo personas que se atrevan a decir y a jurar que este mi señor es loco? Digan vuesas mercedes señores pastores, ¿hay cura de aldea, por discreto y por estudiante° que sea, que pueda decir lo que mi amo ha dicho, ni hay caballero andante, por más fama que tenga de valiente, que pueda ofrecer lo que mi amo aquí ha ofrecido?"

Margin notes:
- "beating"
- gathered together
- = las mesas
- = estos *deseos*
- in kind
- whole
- pretend *adj.*
- studious

---

22 **Los que...** *those* [people] *who receive are of lower social standing than those who give*

23 The original has **excetado** seemingly an error for **exceptando** *except* which Schevill corrects.

24 **Con paz...** was a common way to end a speech courteously.

Volvióse don Quijote a Sancho, y encendido el rostro, y colérico, le dijo: "¿Es posible, ¡oh Sancho! que haya en todo el orbe alguna persona que diga que no eres tonto, aforrado° de lo mismo, con no sé qué ribetes²⁵ de malicioso y de bellaco? ¿Quién te mete a ti en mis cosas, y en averiguar si soy discreto o majadero? Calla y no me repliques, sino ensilla, si está desensillado° Rocinante. Vamos a poner en efecto mi ofrecimiento. Que con la razón que va de mi parte, puedes dar por vencidos a todos cuantos quisieren contradecirla."

Y con gran furia y muestras de enojo se levantó de la silla, dejando admirados a los circunstantes, haciéndoles dudar si le podían tener por loco, o por cuerdo. Finalmente, habiéndole persuadido que no se pusiese en tal demanda, que ellos daban por bien conocida su agradecida voluntad, y que no eran menester nuevas demostraciones para conocer su ánimo valeroso, pues bastaban las que en la historia de los hechos se referían, con todo esto, salió don Quijote con su intención, y puesto sobre Rocinante, embrazando su escudo y tomando su lanza, se puso en la mitad de un real camino que no lejos del verde prado estaba. Siguióle Sancho sobre su rucio, con toda la gente del pastoral rebaño, deseosos de ver en qué paraba su arrogante y nunca visto ofrecimiento.

Puesto, pues, don Quijote en mitad del camino, como os he dicho, hirió° el aire con semejantes palabras: "¡Oh vosotros, pasajeros y viandantes,° caballeros, escuderos, gente de a pie y de a caballo que por este camino pasáis o habéis de pasar en estos dos días siguientes, sabed que don Quijote de la Mancha, caballero andante, está aquí puesto para defender que a todas las hermosuras y cortesías del mundo exceden las que se encierran en las ninfas habitadoras destos prados y bosques, dejando a un lado a la señora de mi alma, Dulcinea del Toboso. Por eso, el que fuere de parecer contrario, acuda. Que aquí le espero!"

Dos veces repitió estas mismas razones, y dos veces no fueron oídas de ningún aventurero. Pero la suerte, que sus cosas iba encaminando 'de mejor en mejor,° ordenó, que de allí a poco se descubriese por el camino muchedumbre de hombres de a caballo, y muchos dellos con lanzas en las manos, caminando todos apiñados° de tropel y a gran priesa. No los hubieron bien visto los que con don Quijote estaban, cuando volviendo las espaldas se apartaron bien lejos del camino, porque conocieron que si esperaban les podía suceder algún peligro. Sólo don Quijote, con intrépido corazón, se estuvo quedo, y Sancho Panza se escudó con las ancas de Rocinante.

Llegó el tropel de los lanceros,° y uno dellos que venía más delante, a grandes voces comenzó a decir a don Quijote: "¡Apártate, hombre del diablo, del camino—que te harán pedazos estos toros!"

"¡Ea, canalla," respondió don Quijote, "para mí no hay toros que valgan, aunque sean de los más bravos que cría° Jarama²⁶ en sus riberas!

---

25 **Aforrado** and **ribetes** *trimming* are dressmaker's terms.
26 The Jarama River flows south into the Tajo River, a bit to the east of

Margin glosses:
lined
unsaddled
pierced
passers by
better and better
crowded together
men with lances
raises

Confesad, malandrines, así, a carga cerrada, que es verdad lo que yo aquí
he publicado, si no, conmigo sois en batalla."

No tuvo lugar de responder el vaquero, ni don Quijote le tuvo de
desviarse, aunque quisiera. Y así el tropel de los toros bravos y el de los
5 mansos cabeſtros,° con la multitud de los vaqueros y otras gentes que a   leading oxen
encerrar los llevaban a un lugar donde otro día habían de correrse, pa-
saron sobre don Quijote y sobre Sancho, Rocinante y el rucio, dando
con todos ellos en tierra, echándole a rodar por el suelo. Quedó molido
Sancho, espantado don Quijote, aporreado el rucio y no muy católico
10 Rocinante. Pero, en fin se levantaron todos, y don Quijote a gran priesa,
tropezando aquí y cayendo allí, comenzó a correr tras la vacada, diciendo
a voces: "¡Deteneos y esperad, canalla malandrina. Que un solo caballero
os espera, el cual no tiene condición, ni es de parecer de los que dicen que
«al enemigo que huye, hacerle la puente de plata!»"[27]

15 Pero no por eso se detuvieron los apresurados corredores, ni hicieron
más caso de sus amenazas que «de las nubes de antaño». Detúvole el cansancio a don Quijote, y más enojado que vengado se sentó en el camino,
esperando a que Sancho, Rocinante y el rucio llegasen. Llegaron, volvieron a subir amo y mozo, y sin volver a despedirse de la Arcadia fingida o
20 contrahecha y con más vergüenza que guſto, siguieron su camino.

Capítulo LIX. Donde se cuenta del extraordinario suceso, que se puede tener por aventura, que le sucedió a don Quijote.

A L POLVO Y AL cansancio que don Quijote y Sancho sacaron del
descomedimiento de los toros socorrió una fuente clara y limpia
25   que entre una fresca arboleda° hallaron, en el margen de la cual,   wooded area
dejando libres sin jáquima y freno al rucio y a Rocinante, los dos asendereados amo y mozo se sentaron. Acudió Sancho a la repoſtería° de sus   larder
alforjas, y dellas sacó de lo que él solía llamar condumio.° Enjuagóse° la   ordinary food, rinsed
boca, lavóse don Quijote el roſtro, con cuyo refrigerio cobraron aliento
30 los espíritus desalentados.° No comía don Quijote de puro pesaroso, ni   discouraged
Sancho no osaba tocar a los manjares que delante tenía, de puro come-
dido y esperaba a que su señor 'hiciese la salva.° Pero viendo que, llevado   had the firſt bite
de sus imaginaciones, no se acordaba de llevar el pan a la boca, no abrió
la suya, y atropellando por todo género de crianza, comenzó a embaular
35 en el eſtómago el pan y queso que se le ofrecía.

"Come, Sancho amigo," dijo don Quijote, "suſtenta la vida, que más
que a mí te importa, y déjame morir a mí a manos de mis pensamientos
y a fuerzas de mis desgracias. Yo, Sancho, nací para vivir muriendo, y tú
para morir comiendo, y porque veas que te digo verdad en eſto, con-

---

Madrid. Clemencín says that it was held that the paſturage in the Jarama Valley
contributed to the fierceness of these bulls.

27 See Part I, Chapter 18, p. 142, n. 23.

sidérame impreso en historias, famoso en las armas, comedido en mis acciones, respetado de príncipes, solicitado de doncellas. Al cabo al cabo cuando esperaba palmas, triunfos y coronas granjeadas y merecidas por mis valerosas hazañas, me he visto esta mañana pisado y acoceado y mo- lido de los pies de animales inmundos° y soeces. Esta consideración° me   filthy, thought embota los dientes, entorpece las muelas y entomece las manos y quita de todo en todo la gana del comer, de manera que pienso dejarme morir de hambre—muerte la más cruel de las muertes."

"Desa manera," dijo Sancho, sin dejar de mascar apriesa, "no aprobará vuesa merced aquel refrán que dicen «muera Marta, y muera harta.» Yo, a lo menos, no pienso matarme a mí mismo. Antes pienso hacer como el zapatero, que tira el cuero con los dientes hasta que le hace llegar donde él quiere. Yo tiraré mi vida comiendo hasta que llegue al fin que le tiene determinado el cielo, y sepa, señor, que no hay mayor locura que la que toca en querer desesperarse como vuesa merced, y créame y después de comido, 'échese a dormir° un poco sobre los colchones verdes destas hier-   go to sleep bas, y verá como cuando despierte se halla algo más aliviado."

Hízolo así don Quijote, pareciéndole que las razones de Sancho más eran de filósofo que de mentecato, y díjole: "Si tú, ¡oh Sancho! quisieses hacer por mí lo que yo ahora te diré, serían mis alivios más ciertos y mis pesadumbres no tan grandes, y es que mientras yo duermo, obedeciendo tus consejos, tú te desviases un poco lejos de aquí, y con las riendas de Rocinante, echando al aire tus carnes, te dieses trecientos o cuatrocientos azotes a buena cuenta de los tres mil y tantos que te has de dar por el desencanto de Dulcinea. Que es lástima no pequeña que aquella pobre señora esté encantada por tu descuido y negligencia."

"Hay mucho que decir en eso," dijo Sancho "durmamos por ahora entrambos, y después, Dios dijo lo que será. Sepa vuesa merced que esto de azotarse un hombre a sangre fría es cosa recia, y más si caen los azotes sobre un cuerpo mal sustentado y peor comido. Tenga paciencia mi se- ñora Dulcinea. Que cuando menos se cate, me verá hecho una criba° de   sieve azotes. Y hasta la muerte todo es vida, quiero decir que aún yo la tengo, junto con el deseo de cumplir con lo que he prometido."

Agradeciéndoselo don Quijote, comió algo, y Sancho mucho, y echáronse a dormir entrambos, dejando a su albedrío y sin orden algu- na pacer del abundosa hierba de que aquel prado estaba lleno a los dos continuos compañeros y amigos Rocinante y el rucio. Despertaron algo tarde, volvieron a subir y a seguir su camino, dándose priesa para llegar a una venta, que, al parecer, una° legua de allí se descubría. Digo que era   a una venta, porque don Quijote la llamó así, fuera del uso que tenía de llamar a todas las ventas castillos.

Llegaron, pues, a ella, preguntaron al huésped si había posada. Fue- les respondido que sí, con toda la comodidad y regalo que pudiera hallar en Zaragoza. Apeáronse, y recogió Sancho su repostería en un aposento, de quien el huésped le dio la llave. Llevó las bestias a la caballeriza, echó- les sus piensos, salió a ver lo que don Quijote, que estaba sentado sobre un poyo, le mandaba, dando particulares gracias al cielo de que a su amo no le hubiese parecido castillo aquella venta.

Llegóse la hora del cenar, recogiéronse a su estancia. Preguntó Sancho al huésped que qué tenía para darles de cenar. A lo que el huésped respondió que su boca sería medida,[1] y así que pidiese lo que quisiese. Que de las pajaricas del aire, de las aves de la tierra y de los pescados del mar estaba proveída aquella venta.

"No es menester tanto," respondió Sancho, "que con un par de pollos° que nos ase, tendremos lo suficiente, porque mi señor es delicado y come poco, y no soy tragantón° en demasía."

Respondióle el huésped que no tenía pollos, porque los milanos[2] los tenían asolados.°

"Pues mande el señor huésped," dijo Sancho, "asar una polla° que sea tierna."

"¿Polla? ¡Mi padre!" respondió el huésped, "en verdad en verdad que envié ayer a la ciudad a vender más de cincuenta. Pero fuera de pollas pida vuesa merced lo que quisiere."

"Desa manera," dijo Sancho, "no faltará ternera o cabrito."

"En casa, por ahora," respondió el huésped, "no lo hay, porque se ha acabado. Pero la semana que viene lo habrá de sobra."

"¡Medrados estamos con eso!" repondió Sancho, "yo pondré que se vienen a resumirse todas estas faltas en las sobras que debe de haber de tocino y huevos."

"Por Dios," respondió el huésped, "que es gentil relente el que mi huésped tiene, pues hele dicho que ni tengo pollas ni gallinas, y quiere que tenga huevos. Discurra, si quisiere, por otras delicadezas, y déjese de pedir gallinas."

"Resolvámonos, cuerpo de mí," dijo Sancho, "y dígame finalmente lo que tiene, y déjese de discurrimientos,° señor huésped."

Dijo el ventero: "Lo que real y verdaderamente tengo son dos 'uñas de vaca° que parecen manos de ternera, o dos manos de ternera que parecen uñas de vaca. Están cocidas, con sus garbanzos, cebollas y tocino, y la hora de ahora están diciendo, «¡Cómeme,° cómeme!»"

"'Por mías las marco desde aquí,'" dijo Sancho, "y nadie las toque. Que yo las pagaré mejor que otro, porque para mí ninguna otra cosa pudiera esperar de más gusto, y 'no se me daría nada° que fuesen manos como fuesen uñas."

"Nadie las tocará," dijo el ventero, "porque otros huéspedes que tengo, de puro principales, traen consigo cocinero, despensero° y repostería."

"Si por principales va," dijo Sancho, "ninguno más que mi amo. Pero el oficio que él trae no permite despensas° ni botillerías.° Ahí nos tendemos en mitad de un prado, y nos hartamos de bellotas o de nísperos.'"

Glosses (right margin):

- chickens
- glutton
- devastated
- young hen
- discussions
- cows' feet
- rustic ¡comedme!
- I claim them now
- it makes no difference
- steward
- provisions, provisions
- "crabapple-like fruit"

---

1 **Que su…** *that he ask for whatever he wanted*

2 **Milanos** *kites* are hawklike birds of prey, generally eating rodents, snails, and small reptiles. I don't think that a European kite can handle a chicken.

Ésta fue la plática que Sancho tuvo con el ventero, sin querer Sancho pasar adelante en responderle. Que ya le había preguntado qué oficio o qué ejercicio era el de su amo.

Llegóse, pues, la hora de cenar, recogióse a su estancia don Quijote, trujo el huésped la olla así como estaba, y sentóse a cenar muy de propósito. Parece ser que en otro aposento que junto al de don Quijote estaba, que no le dividía más que un sutil tabique,° oyó decir don Quijote: "Por vida de vuesa merced, señor don Jerónimo, que en tanto que° se trae la cena leamos otro capítulo de la *Segunda Parte de don Quijote de la Mancha*."[3]

partition
se trae

Apenas oyó su nombre don Quijote, cuando se puso en pie, y con oído alerto escuchó lo que dél trataban, y oyó que el tal don Jerónimo referido respondió: "¿Para qué quiere vuesa merced, señor don Juan, que leamos estos disparates si el que hubiere leído la primera parte de la historia de don Quijote de la Mancha no es posible que pueda tener gusto en leer esta segunda?"

"Con todo eso," dijo el don Juan, "será bien leerla, pues «no hay libro tan malo que no tenga alguna cosa buena».[4]

Lo que a mí en éste más desplace es que pinta a don Quijote ya desenamorado° de Dulcinea del Toboso."[5]

out of love

Oyendo lo cual don Quijote, lleno de ira y de despecho, alzó la voz, y dijo: "Quienquiera que dijere que don Quijote de la Mancha ha olvidado, ni puede olvidar a Dulcinea del Toboso, yo le haré entender con armas iguales que va muy lejos de la verdad, porque la sin par Dulcinea del Toboso ni puede ser olvidada, ni en don Quijote puede caber olvido. Su blasón° es la firmeza, y su profesión el guardarla con suavidad y sin hacerse fuerza alguna."

honor

"¿Quién es el que nos responde?" respondieron del otro aposento.

"¿Quién ha de ser," respondió Sancho, "sino el mismo don Quijote de la Mancha, que hará bueno cuanto ha dicho, y aun cuanto dijere? Que «al buen pagador no le duelen prendas»."

Apenas hubo dicho esto Sancho, cuando entraron por la puerta de su aposento dos caballeros, que tales lo parecían, y uno dellos, echando los brazos al cuello de don Quijote, le dijo: "Ni vuestra presencia puede desmentir vuestro nombre, ni vuestro nombre puede no acreditar vuestra presencia. Sin duda vos, señor, sois el verdadero don Quijote de la Mancha, norte y lucero de la andante caballería, a despecho y pesar del que ha querido usurpar vuestro nombre y aniquilar vuestras hazañas, como lo ha hecho el autor deste libro que aquí os entrego."

---

3 The real title of this book by Avellaneda is *Segundo tomo del ingenioso hidalgo don Quijote de la Mancha*. This is not a real error, of course, since don Juan is just identifying the book.

4 See Part II, Chapter 3, p. 502, l. 5, n. 35, where Sansón refers to the same quotation by Pliny the Elder.

5 See the Clásicos Castellanos edition of Avellaneda edited by Martín de Riquer, Chapter II, in vol. I at p. 63, l. 17, where the false Don Quijote declares this.

Y poniéndole un libro en las manos, que traía su compañero, le tomó don Quijote, y sin responder palabra, comenzó a hojearle, y de allí a un poco se le volvió, diciendo: "En eſto poco que he viſto he hallado tres cosas en eſte autor, dignas de reprehensión. La primera es algunas palabras que he leído en el prólogo.[6] La otra, que el lenguaje es aragonés, porque 'tal vez° escribe sin artículos.[7] Y la tercera, que más le confirma por ignorante, es que yerra y se desvía de la verdad en lo más principal de la hiſtoria, porque aquí dice que la mujer de Sancho Panza mi escudero se llama Mari Gutiérrez,[8] y no llama tal, sino Teresa Panza. Y quien en eſta

at times

SEGVNDO

TOMO DEL

INGENIOSO HIDALGO
DON QVIXOTE DE LA MANCHA,
que contiene ſu tercera ſalida : y es la
quinta parte de ſus auenturas.

Compueſto por el Licenciado Alonſo Fernandez de
Auellaneda, natural de la Villa de
Tordeſillas.

Al Alcalde, Regidores, y hidalgos, de la noble
villa del Argameſilla, patria feliz del hidalgo Cauallero Don Quixote
de la Mancha.

Con Licencia, En Tarragona en caſa de Felipe
Roberto, Año 1 6 1 4.

parte tan principal yerra, bien se podrá temer que yerra en todas las demás de la hiſtoria."

A eſto dijo Sancho:

"¡Donosa cosa de hiſtoriador! ¡Por cierto, bien debe de eſtar en el cuento de nueſtros sucesos, pues llama a Teresa Panza, mi mujer, Mari Gutiérrez! 'Torne a tomar el libro,° señor, y mire si ando yo por ahí, y si me ha mudado el nombre."

take your book back

"Por lo que he oído hablar, amigo," dijo don Jerónimo, "sin duda debéis de ser Sancho Panza, el escudero del señor don Quijote."

"Sí, soy," respondió Sancho, "y me precio dello."

"Pues a fe," dijo el caballero, "que no os trata eſte autor moderno con la limpieza que en vueſtra persona se mueſtra. Píntaos comedor° y simple, y no nada gracioso, y muy otro del Sancho que en la primera parte de la hiſtoria de vueſtro amo se describe."

glutton

"Dios se lo perdone," dijo Sancho, "dejárame° en mi rincón, sin acordarse de mí porque «quien las sabe las tañe», y «bien se eſtá San Pedro en Roma»."

he should have left
me

Los dos caballeros pidieron a don Quijote se pasase a su eſtancia a cenar con ellos, que bien sabían que en aquella venta no había cosas pertenecientes° para su persona. Don Quijote, que siempre fue comedido, condecendió con su demanda, y cenó con ellos. Quedóse Sancho con la

appropriate

---

6 These gratuitous insults have already been discussed in the **Prólogo**, p. 475, n. 3.

7 There are really no missing articles in Avellaneda's book.

8 In Part I, Chapter 7, p. 66, l. 25, Sancho himself calls his wife Mari Gutiérrez, one of several variants.

olla con mero mixto imperio.⁹ Sentóse en cabecera de mesa, y con él el
ventero, que no menos que Sancho eſtaba de sus manos y de sus uñas
aficionado.

En el discurso de la cena preguntó don Juan a don Quijote qué nuevas tenía de la señora Dulcinea del Toboso, si se había casado, si 'eſtaba
parida° o preñada, o si eſtando en su entereza se acordaba—guardando   had given birth
su honeſtidad y buen decoro—de los amorosos pensamientos del señor
don Quijote.

A lo que él respondió: "Dulcinea 'se eſtá entera,° y mis pensamientos   is a virgin
más firmes que nunca. Las correspondencias, en su sequedad antigua. Su
hermosura, en la de una soez labradora transformada."

Y luego les fue contando punto por punto el encanto de la señora
Dulcinea, y lo que le había sucedido en la cueva de Montesinos, con la
orden que el sabio Merlín le había dado, para desencantarla, que fue la
de los azotes de Sancho.

Sumo fue el contento que los dos caballeros recibieron de oír contar
a don Quijote los eſtraños sucesos de su hiſtoria, y así quedaron admirados de sus disparates, como del elegante modo con que los contaba.
Aquí le tenían por discreto, y allí se les deslizaba por mentecato, sin saber
determinarse qué grado le darían entre la discreción y la locura.

Acabó de cenar Sancho, y dejando 'hecho equis° al ventero, se pasó   drunk
a la eſtancia de su amo,¹⁰ y en entrando, dijo: "Que me maten, señores, si
el autor deſte libro que vuesas mercedes¹¹ tienen quiere que no comamos
buenas migas juntos.¹² Yo querría que ya que me llama comilón, como
vuesas mercedes dicen, no me llamase también borracho."¹³

"Sí, llama," dijo don Jerónimo, "pero no me acuerdo en qué manera,
aunque sé que son malsonantes° las razones, y además, mentirosas, según   offensive
'yo echo de ver° en la fisonomía del buen Sancho, que eſtá presente."   I can see

"Créanme vuesas mercedes," dijo Sancho, "que el Sancho y el don
Quijote desa hiſtoria deben de ser otros que los que andan en aquella
que compuso Cide Hamete Benengeli, que somos nosotros—mi amo,
valiente, discreto y enamorado, y yo, simple, gracioso, y no comedor ni
borracho."

"Yo así lo creo," dijo don Juan, "y si fuera posible, se había de mandar
que ninguno fuera osado a tratar de las cosas del gran don Quijote, si no
fuese Cide Hamete su primer autor. Bien así como mandó Alejandro que

---

9 **Con mero...** *with full power over it* [the ſtew]

10 That is, to the room where Don Quijote was, that of don Juan and don
Jerónimo.

11 In the orignal, **mercedes** was omitted, doubtless by miſtake, reſtored by
all editors.

12 **"Que me...** *may they kill me, gentlemen, if the author of that book you have
doesn't want to be my friend.* **Hacer/comer migas** *refers to being friends*

13 **Yo quería...** *now that he has called me a glutton I'd like it if he didn't also
call me a drunk*

ninguno fuese osado a retratarle sino Apeles."[14]

"Retráteme el que quisiere," dijo don Quijote, "pero no me maltrate. Que muchas veces suele caerse la paciencia cuando la cargan de injurias."

"Ninguna," dijo don Juan, "se le puede hacer al señor don Quijote, de quien él no se pueda vengar, si no la repara° en el escudo de su paciencia,   ward off que, a mi parecer, es fuerte y grande."

En estas y otras pláticas se pasó gran parte de la noche, y aunque don Juan quisiera que don Quijote leyera más del libro, por ver lo que discantaba,[15] no lo pudieron acabar con él, diciendo que él lo daba por leído y lo confirmaba por todo necio, y que no quería, si acaso llegase a noticia de su autor que le había tenido en sus manos, se alegrase con pensar que le había leído, pues de las cosas obscenas y torpes los pensamientos se han de apartar, cuanto más los ojos. Preguntáronle que adónde llevaba determinado su viaje. Respondió que a Zaragoza a hallarse en las justas del arnés que en aquella ciudad suelen hacerse todos los años. Díjole don Juan que aquella nueva historia contaba como don Quijote, sea quien se quisiere, se había hallado en ella en una sortija[16] falta de invención, pobre de letras, pobrísima de libreas, aunque rica de simplicidades.[17]

"Por el mismo caso," respondió don Quijote, "no pondré los pies en Zaragoza, y así sacaré a la plaza del mundo[18] la mentira dese historiador moderno, y echarán de ver las gentes como yo no soy el don Quijote que él dice."

"Hará muy bien," dijo don Jerónimo, "y otras justas hay en Barcelona, donde podrá el señor don Quijote mostrar su valor."

"Así lo pienso hacer," dijo don Quijote, "y vuesas mercedes me den licencia, pues ya es hora, para irme al lecho, y me tengan y pongan en el número de sus mayores amigos y servidores."

"Y a mí también," dijo Sancho, "quizá seré bueno para algo."

Con esto, se despidieron, y don Quijote y Sancho se retiraron a su aposento, dejando a don Juan y a don Jerónimo admirados de ver la mezcla que había hecho de su discreción y de su locura, y verdaderamente creyeron que éstos eran los verdaderos don Quijote y Sancho, y no los que describía su autor aragonés. Madrugó don Quijote, y dando golpes al tabique del otro aposento, se despidió de sus huéspedes. Pagó Sancho al ventero magníficamente, y aconsejóle que alabase menos la provisión de

---

14 It is true that Apelles did paint a portrait of Alexander holding a lightning bolt (neither it nor any copy survives), but I am not certain that Alexander wanted to be painted only by him. In Part II, Chapter 32, p. 695, n. 14, you read that it is true that Alexander wanted only Lysippus to *sculpt* him.

15 **Por ver...** *to see where there were discrepancies*

16 See Avellaneda, Chapter XI.

17 **Falta de...** That is, this episode as described was lacking in imagination, poor in devices written on sheilds, poorer still in descriptions of uniforms, although rich in stupidities.

18 **Sacaré a...** *I will expose to the world*

su venta, o la tuviese más proveída.

Capítulo LX. De lo que sucedió a don Quijote yendo a Barcelona.

ERA FRESCA LA MAÑANA, y daba muestras de serlo asimesmo el día en que don Quijote salió de la venta, informándose primero cuál era el más derecho camino para ir a Barcelona, sin tocar en Zaragoza, tal era el deseo que tenía de sacar mentiroso aquel nuevo historiador que tanto decían que le vituperaba.°   *abused*

Sucedió, pues, que en más de seis días no le sucedió cosa de ponerse en escritura, al cabo de los cuales, yendo fuera de camino, le tomó la noche entre unas espesas encinas, o alcornoques, que en esto no guarda la puntualidad Cide Hamete que en otras cosas suele. Apeáronse de sus bestias amo y mozo, y acomodándose a los troncos de los árboles, Sancho, que había merendado aquel día, se dejó entrar 'de rondón° por las puertas   *headlong* del sueño, pero don Quijote, a quien desvelaban sus imaginaciones mucho más que la hambre,[1] no podía pegar sus ojos, antes iba y venía con el pensamiento por mil géneros de lugares. Ya le parecía hallarse en la Cueva de Montesinos, ya ver brincar y subir sobre su pollina a la convertida-en-labradora Dulcinea, ya que le sonaban en los oídos las palabras del sabio Merlín, que le referían las condiciones y diligencias que se habían de hacer y tener en el desencanto de Dulcinea.

Desesperábase de ver la flojedad y caridad poca de Sancho su escudero, pues, a lo que creía, solos cinco azotes se había dado, número desigual y pequeño para los infinitos que le faltaban, y desto recibió tanta pesadumbre y enojo, que hizo este discurso: "Si nudo gordiano cortó el Magno Alejandro, diciendo: "Tanto monta° cortar como desatar,' y   *it's all the same* no por eso dejó de ser universal señor de toda la Asia, ni más ni menos podría suceder ahora en el desencanto de Dulcinea, si yo azotase a Sancho a pesar suyo. Que si la condición deste remedio está en que Sancho reciba los tres mil y tantos azotes, ¿qué se me da a mí que se los dé él, o que se los dé otro, pues la sustancia está en que él los reciba, lleguen por do llegaren?"

Con esta imaginación se llegó a Sancho, habiendo primero tomado las riendas de Rocinante, y acomodádolas en modo que pudiese azotarle con ellas, comenzóle a quitar las cintas, que es opinión que no tenía más que la delantera, en que se sustentaban los gregüescos.

Pero apenas hubo llegado, cuando Sancho 'despertó en todo su acuerdo,° y dijo: "¿Qué es esto? ¿Quién me toca y desencinta?°"   *woke fully up,*   *is taking off my belt*

"Yo soy" respondió don Quijote, "que vengo a suplir tus faltas y a remediar mis trabajos. Véngote a azotar, Sancho, y a descargar° en parte   *discharge* la deuda a que te obligaste. Dulcinea perece, tú vives 'en descuido,° yo   *without cares* muero deseando, y así desatácate° por tu voluntad, que la mía es de darte   *lower your pants* en esta soledad por lo menos dos mil azotes."

---

1 **A quien...** *whose thoughts kept him awake more than his hunger did*

"Eso no," dijo Sancho, "vuesa merced se esté quedo. Si no, por Dios verdadero que nos han de oír los sordos. Los azotes a que yo me obligué han de ser voluntarios, y no por fuerza, y ahora 'no tengo gana° de azotar-   *I don't feel like*
me. Basta que doy a vuesa merced mi palabra de vapularme y mosquear-
me° cuando en voluntad me viniere."   *swat myself*

"No hay dejarlo a tu cortesía, Sancho," dijo don Quijote, "porque eres duro de corazón, y aunque villano, blando de carnes."

Y así procuraba, y pugnaba por desenlazarle. Viendo lo cual Sancho Panza, se puso en pie, y arremetiendo a su amo, se abrazó 'con él a brazo partido,° y 'echándole una zancadilla,° dio con él en el suelo boca arriba.   *on equal terms, trip-*
Púsole la rodilla derecha sobre el pecho, y con las manos le tenía las ma-   *ping him*
nos, de modo que ni le dejaba rodear ni alentar.

Don Quijote le decía: "¿Cómo, traidor? ¿Contra tu amo y señor na- tural te desmandas? ¿Con quien te da su pan te atreves?"[2]

"«Ni quito rey, ni pongo rey»," respondió Sancho, "sino ayúdome a mí, que soy mi señor. Vuesa merced me prometa que se estará quedo y no tratará de azotarme por agora. Que yo le dejaré libre y desembarazado. donde no, «aquí morirás, traidor, enemigo de doña Sancha.»"[3]

Prometióselo don Quijote, y juró por vida de sus pensamientos no tocarle en el pelo de la ropa, y que dejaría en toda su voluntad y albedrío el azotarse cuando quisiese. Levantóse Sancho, y desvióse de aquel lugar un buen espacio, y yendo a arrimarse a otro árbol, sintió que le tocaban en la cabeza, y alzando las manos, topó con dos pies de persona, con zapatos y calzas. Tembló de miedo, acudió a otro árbol y sucedióle lo mesmo. Dio voces, llamando a don Quijote que le favoreciese. Hízolo así don Quijote, y preguntándole qué le había sucedido y de qué tenía miedo, le respondió Sancho que todos aquellos árboles estaban llenos de pies de piernas humanas.

Tentólos don Quijote, y cayó luego en la cuenta de lo que podía ser, y díjole a Sancho: "No tienes de qué tener miedo, porque estos pies y pier- nas que tientas y no vees, sin duda son de algunos forajidos° y bandoleros°   *outlaws, highwaymen*
que en estos árboles están ahorcados. Que por aquí los suele ahorcar la justicia, cuando los coge, de veinte en veinte, y de treinta en treinta, por donde me doy a entender que debo de estar cerca de Barcelona."

Y así era la verdad, como él lo había imaginado.

Al parecer,[4] alzaron los ojos y vieron los racimos de aquellos árboles, que eran cuerpos de bandoleros. Ya en esto amanecía, y si los muertos los habían espantado, no menos los atribularon° más de cuarenta bandoleros   *distressed*

---

2 **¿Con quien...** *you dare* [to do this] *to the person who gives you his bread?*

3 These are two verses from an old **romance** about the *Siete infantes de Lara*. Doña Sancha was the evil aunt of the **infantes**.

4 Not many editors like **al parecer** here, and some add **el alba** *when the dawn came*. Others change it to **al amanecer**. Some editors grudgingly keep it as it is, as I do, with this note.

vivos que de improviso les rodearon, diciéndoles en lengua catalana[5] que estuviesen quedos y se detuviesen, hasta que llegase su capitán.

Hallóse don Quijote a pie, su caballo sin freno, su lanza arrimada a un árbol, y finalmente, sin defensa alguna, y así tuvo por bien de cruzar las manos e inclinar la cabeza, guardándose para mejor sazón y coyuntura. Acudieron los bandoleros a espulgar° al rucio, y a no dejarle ninguna cosa de cuantas en las alforjas y la maleta traía, y avínole bien a Sancho, que en una ventrera° que tenía ceñida venían los escudos del duque y los que habían sacado de su tierra. Y con todo eso, aquella buena gente le escardara y le mirara hasta lo que entre el cuero y la carne tuviera escondido, si no llegara en aquella sazón su capitán, el cual mostró ser de hasta edad de treinta y cuatro años, robusto, más que de mediana proporción, de mirar grave y color morena.° Venía sobre un poderoso caballo, vestida la acerada cota,[6] y con cuatro pistoletes, que en aquella tierra se llaman pedreñales,[7] a los lados. Vio que sus escuderos, que así llaman a los que andan en aquel ejercicio, iban a despojar a Sancho Panza. Mandóles que no lo hiciesen, y fue luego obedecido, y así se escapó la ventrera. Admiróle ver lanza arrimada al árbol, escudo en el suelo, y a don Quijote armado y pensativo, con la más triste y melancólica figura que pudiera formar la misma tristeza. Llegóse a él, diciéndole: "No estéis tan triste, buen hombre, porque no habéis caído en las manos de algún cruel Osiris,[8] sino en las de Roque Guinart,[9] que tienen más de compasivas que de rigurosas."

"No es mi tristeza," respondió don Quijote, "haber caído en tu poder, ¡oh valeroso Roque! cuya fama no hay límites en la tierra que la encierren, sino por haber sido tal mi descuido, que me hayan cogido tus soldados sin el freno,[10] estando yo obligado, según la orden de la andante caballería, que profeso, a vivir contino alerta, siendo a todas horas centinela de mí mismo. Porque te hago saber, ¡oh gran Roque! que si me hallaran sobre mi caballo, con mi lanza y con mi escudo, no les fuera muy fácil rendirme, porque yo soy don Quijote de la Mancha, aquel que de sus hazañas tiene lleno todo el orbe."

Luego Roque Guinart conoció que la enfermedad de don Quijote

(marginal glosses) examine · belt · dark complected

---

5 Catalan is, of course, the language spoken natively in the area around Barcelona. It is more related to Provençal than Spanish. Dialects of Catalan are spoken all along that coast as far as Valencia, and in the Balearic Islands.

6 **Vestida la…** *he was wearing a coat of mail* = doublet made of steel

7 Because they were set off with a **pedernal** [sic] *flint*.

8 Osiris was the ancient Egyptian god of fertility and also the personification of the dead king. However, who is meant here is *Busiris*, who is, in Greek mythology, an Egyptian king who annually sacrificed a foreigner (until the foreigner in question was Hercules, who killed Busiris instead of allowing himself to be sacrificed).

9 There was a historical Roca Guinarda who would have been 33 years old in 1615. Of course the historical Roca never met up with the fictional Don Quijote.

10 That is, **con el caballo sin freno**, on foot and not ready to do battle.

Sintieron a sus espaldas un ruido como de tropel de caballos, y no era sino uno solo,
sobre el cual venía a toda furia un mancebo, al parecer, de hasta veinte años

tocaba más en locura que en valentía, y aunque algunas veces le había
oído nombrar, nunca tuvo por verdad sus hechos, ni se pudo persuadir a que semejante humor reinase en corazón de hombre, y holgóse en
estremo de haberle encontrado, para tocar de cerca lo que de lejos dél
había oído, y así le dijo: "Valeroso caballero, no os despechéis, ni tengáis
a siniestra° fortuna esta en que os halláis, que podía ser que en estos   catastrophic
tropiezos vuestra torcida suerte se enderezase. Que el cielo, por estraños
y nunca vistos rodeos, de los hombres no imaginados, suele levantar los
caídos y enriquecer los pobres."

Ya le iba a dar las gracias don Quijote, cuando sintieron a sus espaldas un ruido como de tropel de caballos, y no era sino uno solo, sobre el
cual venía a toda furia un mancebo, al parecer, de hasta veinte años, vestido de damasco verde, con pasamanos de oro, gregüescos y saltaembarca,
con sombrero terciado 'a la valona,° botas enceradas y justas,° espuelas,   with feathers, tight
daga y espada doradas, una escopeta pequeña en las manos y dos pistolas
a los lados.

Al ruido, volvió Roque la cabeza y vio esta hermosa figura, la cual,
en llegando a él, dijo: "En tu busca venía, ¡oh valeroso Roque! para hallar
en ti, si no remedio, a lo menos alivio en mi desdicha, y por no tenerte
suspenso, porque sé que no me has conocido, quiero decirte quién soy. Y
soy Claudia Jerónima, hija de Simón Forte, tu singular amigo, y enemigo
particular de Clauquel Torrellas, que asimismo lo es tuyo[11] por ser uno de
los de tu contrario bando.° Y ya sabes que este Torrellas tiene un hijo que   faction
don Vicente Torrellas se llama, o a lo menos se llamaba no ha dos horas.
Éste, pues, por abreviar el cuento de mi desventura, te diré en breves palabras la que me ha causado, víome, requebróme, escuchéle, enamoréme a
hurto de mi padre, porque no hay mujer, por retirada que esté y recatada
que sea, a quien no le sobre tiempo para poner en ejecución y efecto sus
atropellados° deseos. Finalmente, él me prometió de ser mi esposo, y yo   hasty
le di la palabra de ser suya, sin que en obras pasásemos adelante. Supe
ayer que, olvidado de lo que me debía, se casaba con otra, y que esta mañana iba a desposarse, nueva que me turbó el sentido y acabó la paciencia.
Y por no estar mi padre en el lugar, le tuve yo[12] de ponerme en el traje que
vees, y apresurando el paso a este caballo, alcancé a don Vicente 'obra de°   at about
una legua de aquí, y sin ponerme a dar quejas ni a oír disculpas, le disparé
estas escopetas,[13] y por añadidura estas dos pistolas, y a lo que creo le debí
de encerrar más de dos balas en el cuerpo, abriéndole puertas por donde
envuelta en su sangre saliese mi honra. Allí le dejo entre sus criados, que

---

11 **Que asimismo...** *who is also your* [enemy]

12 **Le tuve...** This is a play on words with **lugar**: since her father was not in
town (= **lugar**) she took the occasion (= **lugar**) to dress as she has...

13 The original has **estas escopetas**, as I have here. Schevill has changed
it to **esta escopeta** because there was only one mentioned in the description of
Claudia Jerónima. I restore the plural because it is another example of the contradictions built into the work. In Part I, Chapter 22, there is a parallel contradiction, where the **galeotes**' guards first have two flintlocks, then only one.

no osaron ni pudieron ponerse en su defensa. Vengo a buscarte para que me pases a Francia, donde tengo parientes con quien viva, y asimesmo, a rogarte defiendas a mi padre, porque los muchos° de don Vicente no se atrevan a tomar en él desaforada venganza."

muchos *parientes*

5   Roque, admirado de la gallardía, bizarría, buen talle y suceso de la hermosa Claudia, le dijo: "Ven, señora, y vamos a ver si es muerto tu enemigo. Que después veremos lo que más te importare."

Don Quijote que estaba escuchando atentamente lo que Claudia había dicho y lo que Roque Guinart respondió, dijo: "No tiene nadie para 10 qué tomar trabajo en defender a esta señora; que lo tomo yo a mi cargo. Denme mi caballo y mis armas, y espérenme aquí. Que yo iré a buscar a ese caballero, y muerto o vivo le haré cumplir la palabra prometida a tanta belleza."

"Nadie dude de esto," dijo Sancho, "porque mi señor tiene muy buena 15 mano para casamentero,° pues no ha muchos días que hizo casar a otro que también negaba a otra doncella su palabra, y si no fuera porque los encantadores que le persiguen le mudaron su verdadera figura en la de un lacayo, ésta fuera la hora que ya la tal doncella no lo fuera."

matchmaker

Roque, que atendía más a pensar en el suceso de la hermosa Claudia 20 que en las razones de amo y mozo, no las entendió, y mandando a sus escuderos que volviesen° a Sancho todo cuanto le habían quitado del rucio, mandándoles asimesmo que se retirasen a la parte donde aquella noche habían estado alojados, y luego se partió con Claudia a toda priesa a buscar al herido o muerto don Vicente. Llegaron al lugar donde le 25 encontró Claudia, y no hallaron en él sino recién derramada sangre. Pero tendiendo la vista por todas partes, descubrieron por un recuesto arriba alguna gente, y diéronse a entender, como era la verdad, que debía ser don Vicente, a quien sus criados, o muerto o vivo, llevaban, o para curarle o para enterrarle. Diéronse priesa a alcanzarlos, que, como iban de espacio, 30 con facilidad lo hicieron.

give back

Hallaron a don Vicente en los brazos de sus criados, a quien con cansada y debilitada voz rogaba que le dejasen allí morir, porque el dolor de las heridas no consentía que más adelante pasase. Arrojáronse de los caballos Claudia y Roque, llegáronse a él. Temieron los criados la presen- 35 cia de Roque, y Claudia se turbó en ver la° de don Vicente, y así entre enternecida y rigurosa se llegó a él, y asiéndole de las manos, le dijo: "Si tú me dieras éstas° conforme a nuestro concierto, nunca tú te vieras en este paso."

la *presencia*

estas *manos*

Abrió los casi cerrados ojos el herido caballero, y conociendo a Clau- 40 dia, le dijo: "Bien veo, hermosa y engañada señora, que tú has sido la que me has muerto, pena no merecida ni debida a mis deseos, con los cuales, ni con mis obras, jamás quise ni supe ofenderte."

"Luego, ¿no es verdad," dijo Claudia, "que ibas esta mañana a desposarte con Leonora, la hija del rico Balvastro?"

45   "No, por cierto," respondió don Vicente, "mi mala fortuna te debió de llevar estas nuevas, para que, celosa, me quitases la vida, la cual pues

la dejo en tus manos y en tus brazos, tengo mi suerte por venturosa. Y
para asegurarte deſta verdad, aprieta la mano y recíbeme por esposo, si
quisieres. Que no tengo otra mayor satisfación que darte del° agravio que   for the
piensas que de mí has recibido.”

5   Apretóle la mano Claudia, y apretósele a ella el corazón de manera
que sobre la sangre y pecho de don Vicente se quedó desmayada, y a
él le tomó un mortal parasismo. Confuso eſtaba Roque y no sabía qué
hacerse. Acudieron los criados a buscar agua que echarles en los roſtros,
y trujéronla, con que se los bañaron. Volvió de su desmayo Claudia, pero
10 no de su parasismo don Vicente, porque se le acabó la vida. Viſto lo cual
de Claudia, habiéndose enterado que ya su dulce esposo no vivía, rompió
los aires con suspiros, hirió los cielos con quejas, maltrató sus cabellos
entregándolos al viento, afeó su roſtro con sus propias manos, con todas
las mueſtras de dolor y sentimiento que de un laſtimado pecho pudieran
15 imaginarse.

“¡Oh cruel e inconsiderada mujer,” decía, “con qué facilidad te movis-
te a poner en ejecucion tan mal pensamiento! ¡Oh fuerza rabiosa de los
celos, a qué desesperado fin conducís a quien os da acogida en su pecho!
¡Oh esposo mío, cuya desdichada suerte, por ser prenda mía, te ha llevado
20 del tálamo a la sepultura!”

Tales y tan triſtes eran las quejas de Claudia, que sacaron las lágrimas de los ojos de Roque, no acoſtumbrados a verterlas en ninguna
ocasión. Lloraban los criados, desmayábase a cada paso Claudia, y todo
aquel circuito° parecía campo de triſteza y lugar de desgracia. Finalmente,   surroundings
25 Roque Guinart ordenó a los criados de don Vicente que llevasen su cuer-
po al lugar de su padre, que eſtaba allí cerca, para que le diesen sepultura.
Claudia dijo a Roque que querría irse a un monaſterio donde era abadesa
una tía suya, en el cual pensaba acabar la vida, de otro mejor esposo y
más eterno acompañada.[14] Alabóle Roque su buen propósito, ofreciósele
30 de acompañarla haſta donde quisiese, y de defender a su padre de los
parientes y de todo el mundo, si ofenderle quisiese. No quiso su compañía Claudia en ninguna manera, y agradeciendo sus ofrecimientos con
las mejores razones que supo, se despidió dél llorando. Los criados de
don Vicente llevaron su cuerpo, y Roque se volvió a los suyos, y eſte fin
35 tuvieron los amores de Claudia Jerónima. Pero, ¿qué mucho, si tejieron
la trama[15] de su lamentable hiſtoria las fuerzas invencibles y rigurosas de
los celos?

Halló Roque Guinart a sus escuderos en la parte donde les había
ordenado, y a don Quijote entre ellos sobre Rocinante, haciéndoles una
40 plática en que les persuadía° dejasen aquel modo de vivir tan peligroso   persuadía que
así para el alma como para el cuerpo. Pero como los más eran gascones,[16]

---

14 **De otro…** *accompanied by another better and more eternal Husband.*

15 **Trama** is a weaving term referring to the woof of cloth as well as the
word meaning *plot.*

16 Not all **gascones** are this way—remember that Tosilos is a **gascón.**

gente rústica y desbaratada, no les entraba bien la plática de don Quijote.
Llegado que fue Roque, preguntó a Sancho Panza si le habían vuelto y
restituido las alhajas y preseas° que los suyos del rucio le habían quitado.   precious objects
Sancho respondió que sí, sino que le faltaban tres tocadores que valían
tres ciudades.

"¿Qué es lo que dices, hombre?" dijo uno de los presentes, "que yo los
tengo y no valen tres reales."

"Así es," dijo don Quijote, "pero estímalos mi escudero en lo que ha
dicho, por habérmelos dado quien me los dio."

Mándóselos volver al punto Roque Guinart, y mandando poner los
suyos 'en ala,° mandó traer allí delante todos los vestidos, joyas y dineros,   in a half circle
y todo aquello que desde la última repartición° habían robado, y haciendo   distribution
brevemente el tanteo,° volviendo lo no repartible,[17] y reduciéndolo a di-   rough estimate
neros, lo repartió por toda su compañía con tanta legalidad° y prudencia,   faithfulness
que no pasó un punto ni defraudó nada de la justicia distributiva.[18]

Hecho esto, con lo cual todos quedaron contentos, satisfechos y pagados, dijo Roque a don Quijote: "Si no se guardase esta puntualidad con
éstos, no se podría vivir con ellos."

A lo que dijo Sancho: "Según lo que aquí he visto es tan buena la
justicia, que es necesaria que se use aun entre los mesmos ladrones."

Oyólo un escudero, y enarboló el mocho° de un arcabuz, con el cual   butt
sin duda le abriera la cabeza a Sancho, si Roque Guinart no le diera voces
que se detuviese. Pasmóse Sancho y propuso de no descoser los labios en
tanto que entre aquella gente estuviese. Llegó, en esto, uno o algunos de
aquellos escuderos que estaban puestos por centinelas por los caminos,
para ver la gente que por ellos venía y dar aviso a su mayor de lo que pasaba, y éste dijo: "Señor, no lejos de aquí, por el camino que va a Barcelona,
viene un gran tropel de gente."

A lo que respondió Roque: "¿Has echado de ver si son de los que nos
buscan, o de los que nosotros buscamos?"

"No sino de los que buscamos," respondió el escudero.

"Pues salid todos," replicó Roque, "y traédmelos aquí luego, sin que
se os escape ninguno."

Hiciéronlo así, y quedándose solos don Quijote, Sancho y Roque,
aguardaron a ver lo que los escuderos traían, y en este entretanto dijo
Roque a don Quijote: "Nueva manera de vida le debe de parecer al señor don Quijote la nuestra, nuevas aventuras, nuevos sucesos, y todos
peligrosos. Y no me maravillo que así le parezca, porque realmente le
confieso que no hay modo de vivir más inquieto ni más sobresaltado° que   terrifying
el nuestro. A mí me han puesto en él no sé qué deseos de venganza,[19] que

---

17 **Volviendo lo...** *returning what couldn't be distributed*

18 This is a variant on what was explained in Part II, Chapter 18, p. 593, n.
13. Here it means that Roque distributed everything in an equal way.

19 **A mí me han puesto en él [modo de vivir] no sé qué deseos de venganza** *it was the desire for some kind of revenge that got me into this way of life*

tienen fuerza de turbar los más sosegados corazones. Yo de mi natural
soy° compasivo y bien intencionado, pero como tengo dicho, el querer   I am by nature
vengarme de un agravio que se me hizo, así da con todas mis buenas
inclinaciones en tierra,²⁰ que persevero en ese estado a despecho y pesar
de lo que entiendo. Y como un abismo llama a otro y un pecado a otro
pecado, hanse eslabonado las venganzas de manera que no sólo las mías,
pero° las ajenas tomo a mi cargo. Pero Dios es servido de que, aunque me   sino que
veo en la mitad del laberinto de mis confusiones, no pierdo la esperanza
de salir dél a puerto seguro."

Admirado quedó don Quijote de oír hablar a Roque tan buenas y
concertadas razones, porque él se pensaba que entre los de oficios semejantes de robar, matar y saltear, no podía haber alguno° que tuviese buen   ninguno
discurso, y respondióle: "Señor Roque, «el principio de la salud está en
conocer la enfermedad», y en querer tomar el enfermo las medicinas que
el médico le ordena. Vuesa merced está enfermo, conoce su dolencia, y
el cielo, o Dios, por mejor decir, que es nuestro médico, le aplicará medicinas que le sanen, las cuales suelen sanar poco a poco, y no de repente
y por milagro. Y más, que los pecadores discretos están más cerca de
enmendarse que los simples, y pues vuesa merced ha mostrado en sus
razones su prudencia, no hay sino tener buen ánimo y esperar mejoría de
la enfermedad de su conciencia. Y si vuesa merced quiere ahorrar camino y ponerse con facilidad en el de su salvación, véngase conmigo. Que
yo le enseñaré a ser caballero andante, donde se pasan tantos trabajos y
desventuras, que tomándolas por penitencia, en dos paletas le pondrán
en el cielo."

Riose Roque del consejo de don Quijote, a quien, mudando plática,
contó el trágico suceso de Claudia Jerónima, de que le pesó en estremo
a Sancho. Que no le había parecido mal la belleza, desenvoltura y brío
de la moza. Llegaron en esto los escuderos de la presa,²¹ trayendo consigo
dos caballeros a caballo y dos peregrinos a pie, y un coche de mujeres con
hasta seis criados que a pie y a caballo las acompañaban, con otros dos
mozos de mulas que los caballeros traían. Cogiéronlos los escuderos en
medio, guardando vencidos y vencedores gran silencio, esperando a que
el gran Roque Guinart hablase. El cual preguntó a los caballeros que
quién eran y adónde iban, y qué dinero llevaban.

Uno dellos le respondió: "Señor, nosotros somos dos capitanes de
infantería española. Tenemos nuestras compañías en Nápoles y vamos a
embarcarnos en cuatro galeras que dicen están en Barcelona, con orden
de pasar a Sicilia. Llevamos hasta docientos o trecientos escudos, con que,
a nuestro parecer, vamos ricos y contentos, pues la estrecheza ordinaria
de los soldados no permite mayores tesoros."

Preguntó Roque a los peregrinos lo mesmo que a los capitanes. Fuele respondido que iban a embarcarse para pasar a Roma, y que entre

---

20 **Así da...** *has brought down all of my good intentions*
21 **Llegaron en...** *the squires returned then with their captives*

entrambos podían llevar haſta sesenta reales. Quiso saber también quién
iba en el coche y adónde, y el dinero que llevaban. Y uno de los de a caballo dijo: "Mi señora doña Guiomar de Quiñones, mujer del regente de
la Vicaría[22] de Nápoles, con una hija pequeña, una doncella y una dueña,
son las que van en el coche. Acompañámosla seis criados, y los dineros
son seiscientos escudos."

"De modo," dijo Roque Guinart, "que ya tenemos aquí novecientos
escudos y sesenta reales. Mis soldados deben de ser haſta sesenta. Mírese
a cómo le cabe a cada uno, porque yo soy mal contador."[23]

Oyendo decir eſto los salteadores, levantaron la voz, diciendo, "¡Viva Ro-
que Guinart muchos años, a pesar de los *lladres*° que su perdición procuran!"   thieves *(in Catalan)*

Moſtraron afligirse los capitanes, entriſtecióse la señora regenta° y   president of the
no se holgaron nada los peregrinos, viendo la confiscación de sus bienes.   court's wife
Túvolos así un rato suspensos Roque. Pero no quiso que pasase adelante
su° triſteza, que ya se podía conocer° a tiro de arcabuz, y volviéndose a   their, tell
los capitanes, dijo: "Vuesas mercedes, señores capitanes, por cortesía, sean
servidos de preſtarme sesenta escudos, y la señora regenta ochenta para
contentar eſta escuadra que me acompaña, porque «el abad de lo que canta yanta.» Y luego puédense ir su camino libre y desembarazadamente,°   freely
con un salvoconduto° que yo les daré, para que si toparen otras de algu-   pass
nas escuadras mías que tengo divididas por eſtos contornos no les hagan
daño, que no es mi intención de agraviar a soldados, ni a mujer alguna,
especialmente, a las que son principales."

Infinitas y bien dichas fueron las razones con que los capitanes agradecieron a Roque su cortesía y liberalidad, que por tal la tuvieron en
dejarles su mismo dinero. La señora doña Guiomar de Quiñones se quiso
arrojar del coche para besar los pies y las manos del gran Roque, pero él
no lo consintió en ninguna manera. Antes le pidió perdón del agravio
que le hacía, forzado de cumplir con las obligaciones precisas de su mal
oficio. Mandó la señora regenta a un criado suyo diese luego los ochenta
escudos que le habían repartido,[24] y ya los capitanes habían desembolsado
los sesenta.

Iban los peregrinos a dar toda su miseria,° pero Roque les dijo que se   pittance
eſtuviesen quedos, y volviéndose a los suyos, les dijo: "Deſtos escudos dos
tocan a cada uno, y sobran veinte. Los diez se den a eſtos peregrinos, y los
otros diez a eſte buen escudero, porque pueda decir bien de eſta aventura."

Y trayéndole aderezo de escribir, de que siempre andaba proveído
Roque, les dio por escrito un salvoconduto para los mayorales° de sus   captains
escuadras, y despidiéndose dellos, los dejó ir libres y admirados de su
nobleza, de su gallarda disposición y eſtraño proceder, teniéndole más por
un Alejando Magno, que por ladrón conocido.

---

22 The Vicaría was the court and jail in Naples, and the **regente** was the president of the court of juſtice. In those days, Naples was part of the Spanish empire.

23 **Mírese a...** *see how much is due everyone since I am bad at math*

24 That is, which was her part of the booty.

Uno de los escuderos dijo en su lengua gascona y catalana:²⁵ "Eſte nueſtro capitán más es para *frade*,²⁶ que para bandolero. Si de aquí adelante quisiere moſtrarse liberal, séalo con su hacienda, y no con la nueſtra."

No lo dijo tan paso el desventurado, que dejase de oírlo Roque, el cual, echando mano a la espada, le abrió la cabeza casi en dos partes, diciéndole: "Deſta manera caſtigo yo a los deslenguados° y atrevidos."   **insolent**

Pasmáronse todos y ninguno le osó decir palabra, tanta era la obediencia que le tenían. Apartóse Roque a una parte y escribió una carta a un su amigo a Barcelona, dándole aviso como eſtaba consigo el famoso don Quijote de la Mancha, aquel caballero andante de quien tantas cosas se decían, y que le hacía saber que era el más gracioso y el más entendido hombre del mundo, y que de allí a cuatro días, que era el de San Juan Bautiſta,²⁷ se le pondría en mitad de la playa de la ciudad, armado de todas sus armas, sobre Rocinante su caballo, y a su escudero Sancho sobre un asno, y que diese noticia deſto a sus amigos los Niarros, para que con él se solazasen. Que él quisiera que carecieran° deſte guſto los Cadells,²⁸   **miss** sus contrarios. Pero que eſto era imposible, a causa que las locuras y discreciones de don Quijote, y los donaires de su escudero Sancho Panza no podían dejar de dar guſto general a todo el mundo. Despachó eſta carta con uno de sus escuderos que, mudando el traje de bandolero en el de un labrador, entró en Barcelona y la dio a quien iba.°   **iba** *dirigida*

Capítulo LXI. De lo que le sucedió a don Quijote en la entrada de Barcelona, con otras cosas que tienen más de lo verdadero que de lo discreto.

TRES DÍAS Y TRES noches eſtuvo don Quijote con Roque, y si eſtuviera trecientos años, no le faltara qué mirar y admirar en el modo de su vida. Aquí amanecían, acullá comían, unas veces huían sin saber de quién, y otras esperaban sin saber a quién. Dormían en pie, interrompiendo el sueño, mudándose de un lugar a otro. Todo era poner espías, escuchar centinelas, soplar las cuerdas de los arcabuces,¹ aunque

---

25 This linguiſtic mixture is not far-fetched. Gascón is a dialeᶜt of Provençal, and Catalán is related to that language.

26 Martín de Riquer, a Catalan speaker, points out that **frade** *prieſt* is not Catalan or Gascón, but rather Portuguese. Is it a typesetter's error or Cervantes' error (heaven forbid)? Or is it that the language spoken is neither Catalan nor Gascón, as Gaos suggeſts?

27 The birth of John the Baptiſt is celebrated on June 24. The date of his decapitation is Auguſt 29. One has to assume the latter date, given the general chronology of this book.

28 Hiſtorically, there were Nyerros and Cadells in Barcelona, of opposite political viewpoints, the former favoring the monarchy, and the latter favored the common man.

1 In this version of the musket, a slow burning cord—which you kept burn-

traían pocos, porque todos se servían de pedreñales. Roque pasaba las noches apartado de los suyos en partes y lugares donde ellos no pudiesen saber donde eſtaba, porque los muchos bandos que el visorrey de Barcelona había echado sobre su vida, le traían inquieto y temeroso, y no se osaba fiar de ninguno, temiendo que los mismos suyos, o le habían de matar, o entregar a la juſticia. Vida, por cierto, miserable y enfadosa.

En fin, por caminos desusados, por atajos° y sendas encubiertas partieron Roque, don Quijote y Sancho con otros seis escuderos a Barcelona. Llegaron a su playa la víspera de San Juan, en la noche, y abrazando Roque a don Quijote y a Sancho, a quien dio los diez escudos prometidos, que haſta entonces no se los había dado, los dejó con mil ofrecimientos que de la una a la otra parte se hicieron. — *shortcuts*

Volvióse Roque, quedóse don Quijote esperando el día, así a caballo como eſtaba, y no tardó mucho cuando comenzó a descubrirse por los balcones del Oriente la faz de la blanca aurora, alegrando las hierbas y las flores, en lugar de alegrar el oído, aunque al mesmo inſtante alegraron también el oído el son de muchas chirimías y atabales, ruido de cascabeles, "¡'Trapa, trapa, aparta, aparta!°" de corredores° que, al parecer, de la ciudad salían. Dio lugar la aurora al sol, que, un roſtro mayor que el de una rodela, por el más bajo horizonte poco a poco se iba levantando. Tendieron don Quijote y Sancho la viſta por todas partes, vieron el mar haſta entonces dellos no viſto. Parecióles espaciosísimo° y largo,° harto más que las lagunas de Ruidera que en la Mancha habían viſto. Vieron las galeras que eſtaban en la playa, las cuales, abatiendo° las tiendas,° se descubrieron llenas de 'flámulas y gallardetes,° que tremolaban al viento y besaban y barrían el agua. Dentro sonaban clarines, trompetas y chirimías, que cerca y lejos llenaban el aire de suaves y belicosos acentos. Comenzaron a moverse y a hacer modo de escaramuza por las sosegadas aguas, correspondiéndoles casi al mismo modo infinitos caballeros que de la ciudad, sobre hermosos caballos y con viſtosas libreas salían. Los soldados de las galeras disparaban infinita artillería, a quien respondían los que eſtaban en las murallas y fuertes de la ciudad. Y la artillería gruesa con espantoso eſtruendo rompía los vientos, a quien respondían los cañones de crujía² de las galeras. El mar alegre, la tierra jocunda,° el aire claro, sólo tal vez turbio° del humo de la artillería, parece que iba infundiendo y engendrando guſto súbito en todas las gentes. — *make way!, runners* / *very wide, long* / *rolling up, awnings* / *pennants* / *cheerful, cloudiness*

No podía imaginar Sancho cómo pudiesen tener tantos pies aquellos bultos que por el mar se movían. En eſto, llegaron corriendo con grita, lililíes° y algazara los de las libreas, adonde don Quijote suspenso y atónito eſtaba, y uno dellos, que era el avisado de Roque, dijo en alta voz a don Quijote: "Bien sea venido a nueſtra ciudad el espejo, el farol,° la eſtrella y el norte de toda la caballería andante, donde más largamente se contiene. Bien sea venido, digo, el valeroso don Quijote de la Mancha, no — *Arabic war cries* / *lantern*

---

ing by blowing on it—was used to ignite the charge in the breech.

   2 **Cañones de crujía** were large maritime cannons placed on a ship's deck.

el falso, no el ficticio, no el apócrifo, que en falsas historias estos días nos han mostrado, sino el verdadero, el legal y el fiel que nos describió Cide Hamete Benengeli, flor de los historiadores."

No respondió don Quijote palabra, ni los caballeros esperaron a que la respondiese, sino, 'volviéndose y revolviéndose° con los demás que los whirling their horses seguían, comenzaron a 'hacer un revuelto caracol° 'al derredor de° don to prance, all around Quijote, el cual, volviéndose a Sancho, dijo: "Éstos bien nos han conocido. Yo apostaré que han leído nuestra historia, y aun la del aragonés recién impresa."

Volvió otra vez el caballero que habló a don Quijote, y díjole: "Vuesa merced, señor don Quijote, se venga con nosotros. Que todos somos sus servidores, y grandes amigos de Roque Guinart."

A lo que don Quijote respondió: "Si cortesías engendran cortesías, la vuestra, señor caballero, es hija o parienta muy cercana de las del gran Roque. Llevadme do quisiéredes, que yo no tendré otra voluntad que la vuestra, y más, si la queréis ocupar en vuestro servicio."

Con palabras no menos comedidas que éstas le respondió el caballero, y encerrándole todos en medio, al son de las chirimías y de los atabales, se encaminaron con él a la ciudad. Al entrar de la cual, el malo,° que todo devil lo malo ordena, y los muchachos que son más malos que el malo, dos dellos, traviesos y atrevidos, se entraron por toda la gente, y alzando el uno de la cola del rucio, y el otro la de Rocinante, les pusieron y encajaron sendos manojos° de aliagas.° Sintieron los pobres animales las nuevas bunches, furze espuelas, y apretando las colas, aumentaron su disgusto de manera que, (a thorny plant) dando mil corcovos, dieron con sus dueños en tierra. Don Quijote, corrido y afrentado, acudió a quitar el plumaje° de la cola de su matalote,° y feathers, nag Sancho el de su rucio. Quisieran los que guiaban a don Quijote castigar el atrevimiento de los muchachos, y no fue posible, porque se encerraron entre más de otros mil que los seguían. Volvieron a subir don Quijote y Sancho. Con el mismo aplauso y música llegaron a la casa de su guía, que era grande y principal, en fin, como de caballero rico, donde le dejaremos por agora, porque así lo quiere Cide Hamete.

Capítulo LXII Que trata de la aventura de la cabeza encantada, con otras niñerías que no pueden dejar de contarse.

DON ANTONIO MORENO SE llamaba el huésped de don Quijote, caballero rico y discreto, y amigo de holgarse° a lo honesto y afa- to have a goood time ble. El cual, viendo en su casa a don Quijote, andaba buscando modos como, sin su perjuicio, 'sacase a plaza° sus locuras. Porque no son show burlas las que duelen, ni hay pasatiempos que valgan si son con daño de tercero.° Lo primero que hizo fue hacer desarmar a don Quijote y sacar- someone else le 'a vistas° con aquel su estrecho y acamuzado vestido—como ya otras to be seen veces le hemos descrito y pintado—a un balcón que 'salía a° una calle de looked out onto las más principales de la ciudad, a vista de las gentes y de los muchachos visible to

que como a mona° le miraban. Corrieron de nuevo delante dél los de las   monkey
libreas, como si para él solo, no para alegrar aquel festivo día¹, se las hubieran puesto. Y Sancho estaba contentísimo, por parecerle que se había
hallado, sin saber cómo ni cómo no, otras bodas de Camacho, otra casa
como la de don Diego de Miranda y otro castillo como el del duque.

Comieron aquel día con don Antonio algunos de sus amigos, hon-
rando todos y tratando a don Quijote como a caballero andante, de lo
cual, hueco° y pomposo, 'no cabía en sí° de contento. Los donaires de   vain, couldn't contain
Sancho fueron tantos, que de su boca andaban como colgados todos los   himself
criados de casa y todos cuantos le oían. Estando a la mesa, dijo don Antonio a Sancho: "Acá tenemos noticia, buen Sancho, que sois tan amigo
de 'manjar blanco° y de albondiguillas, que si os sobran, las guardáis en el   creamed chicken
seno para el otro día."²   breasts

"No, señor, no es así," respondió Sancho, "porque tengo más de limpio°   cleanliness
que de goloso,° y mi señor don Quijote, que está delante, sabe bien que   glutton
con un puño de bellotas o de nueces nos solemos pasar entrambos ocho
días. Verdad es que si tal vez me sucede que «me den la vaquilla, corro
con la soguilla». Quiero decir, que como lo que me dan, y uso de los tiempos como los hallo. Y quienquiera que hubiere dicho que yo soy comedor
aventajado° y no limpio, téngase por dicho que no acierta. Y de otra ma-   excessive
nera dijera esto, si no mirara a las barbas honradas que están a la mesa."³

"Por cierto," dijo don Quijote, "que la parsimonia° y limpieza con que   moderation
Sancho come se puede escribir y grabar en láminas de bronce, para que
quede en memoria eterna en los siglos venideros. Verdad es que cuando
él tiene hambre parece algo tragón,° porque come a priesa y masca a dos   gluttonous
carrillos. Pero la limpieza siempre la tiene 'en su punto,° y en el tiempo   just right
que fue gobernador aprendió a comer 'a lo melindroso,° tanto, que comía   in an affected way
con tenedor las uvas, y aun los granos de la granada."

"¿Cómo?" dijo don Antonio, "¿gobernador ha sido Sancho?"

"Sí," respondió Sancho, "y de una ínsula llamada la Barataria. Diez
días la goberné 'a pedir de boca.° En ellos perdí el sosiego y aprendí a   perfectly
despreciar todos los gobiernos del mundo. Salí huyendo della, caí en una
cueva donde me tuve por muerto, de la cual salí vivo por milagro."

Contó don Quijote por menudo todo el suceso del gobierno de Sancho, con que dio gran gusto a los oyentes. Levantados los manteles, y
tomando don Antonio por la mano a Don Quijote, se entró con él en un

---

1 This *now* appears to be the San Juan on June 24, which was very colorful
and festive, and not the August date mentioned in n. 27 of Chapter 60, p. 873.

2 **Manjar blanco** is a dish of creamed chicken breasts. **Albondiguillas** are
small meat balls. Don Antonio, however, confuses "our" Sancho here with Avellaneda's, since the other Sancho does love **manjar blanco** and in Chapter 12 of
Avellaneda we see the other Sancho saving creamed chicken just this way (See
Riquer's edition, vol. I, p. 230, l. 20).

3 **Y de...** *and I'd say they were lying, if it weren't for the respect I have for those
who are at this table*

apartado aposento, en el cual no había otra cosa de adorno que una mesa, al parecer, de jaspe, que sobre un pie de lo mesmo se sostenía, sobre la cual estaba puesta al modo de las cabezas de los emperadores romanos, de los pechos arriba, una° que semejaba ser de bronce. Paseóse don An-   = una *cabeza*
tonio con don Quijote por todo el aposento, rodeando muchas veces la mesa, después de lo cual dijo: "Agora, señor don Quijote, que estoy entera-do que no nos oye y° escucha alguno,° y está cerrada la puerta, quiero   ni, ninguno
contar a vuesa merced una de las más raras aventuras, o por mejor decir, novedades que imaginarse pueden, con condición que lo que a vuesa merced dijere lo ha de depositar en los últimos retretes° del secreto."   secret rooms

"Así lo juro," respondió don Quijote, "y aun le echaré una losa encima para más seguridad, porque quiero que sepa vuesa merced, señor don Antonio," que ya sabía su nombre, "que está hablando con quien, «aunque tiene oídos para oír, no tiene lengua para hablar.» Así que con seguridad puede vuesa merced trasladar lo que tiene en su pecho en el mío y hacer cuenta que lo ha arrojado en los abismos del silencio."

"En fee de esa promesa," respondió don Antonio, "quiero poner a vuesa merced en admiración con lo que viere y oyere, y darme a mí algún alivio de la pena que me causa no tener con quien comunicar mis secretos, que no son para fiarse de todos."

Suspenso estaba don Quijote, esperando en qué habían de parar tan-tas prevenciones. En esto, tomándole la mano don Antonio, se la paseó por la cabeza de bronce, y por toda la mesa, y por el pie de jaspe sobre que se sostenía, y luego dijo: "Esta cabeza, señor don Quijote, ha sido hecha y fabricada por uno de los mayores encantadores y hechiceros que ha tenido el mundo, que creo era polaco de nación y discípulo del famoso Escotillo,[4] de quien tantas maravillas se cuentan, el cual estuvo aquí en mi casa, y por precio de mil escudos que le di labró° esta cabeza que tiene   made
propiedad y virtud de responder a cuantas cosas al oído le preguntaren. Guardó rumbos, pintó caracteres, observó astros, miró puntos,[5] y final-mente, la sacó con la perfección que veremos mañana, porque los viernes está muda. Y hoy, que lo es,° nos ha de hacer esperar hasta mañana. En   i.e., Friday
este tiempo podrá vuesa merced prevenirse de lo que querrá preguntar. Que por esperiencia sé que dice verdad en cuanto responde."

Admirado quedó don Quijote de la virtud y propiedad de la cabeza, y estuvo por no creer a don Antonio. Pero por ver cuán poco tiempo había para hacer la experiencia, no quiso decirle otra cosa sino que le agradecía el haberle descubierto tan gran secreto. Salieron del aposento,

---

4 There is some discussion who this Escotillo is. Pellicer, the first annota-tor of the *Quijote* thinks it refers to an Italian adventurer from Parma, sixteenth century.

5 **Guardó rumbos...** *he* [the supposed Pole] *noted the orbit of the stars, made magic signs, observed the stars, looked at the points of the celestial sphere...* In other words, he went through magical/astrological processes to construct the head.

cerró la puerta don Antonio con llave y fuéronse a la sala donde los demás caballeros estaban.

En este tiempo les había contado Sancho muchas de las aventuras y
sucesos que a su amo habían acontecido. Aquella tarde sacaron a pasear
a don Quijote, no armado, sino 'de rúa,° vestido un balandrán° de paño   *in street clothes, short-*
leonado, que pudiera hacer sudar en aquel tiempo al mismo hielo. Or-   *sleeved cape*
denaron con sus criados que entretuviesen a Sancho, de modo que no le
dejasen salir de casa. Iba don Quijote, no sobre Rocinante, sino sobre un
gran macho de paso llano° y muy bien aderezado. Pusiéronle el balandrán,   *even*
y en las espaldas, sin que lo viese, le cosieron un pargamino donde le escribieron con letras grandes: Éste es don Quijote de la Mancha. En
comenzando el paseo, llevaba el rétulo los ojos de cuantos venían a verle, y
como leían: "Éste es don Quijote de la Mancha," admirábase don Quijote
de ver que cuantos le miraban 'le nombraban° y conocían. Y volviéndose   *called him by name*
a don Antonio, que iba a su lado, le dijo: "Grande es la prerrogativa que
encierra en sí la andante caballería, pues hace conocido y famoso al que
la profesa por todos los términos de la tierra. Si no, mire vuesa merced,
señor don Antonio, que hasta los muchachos desta ciudad, sin nunca
haberme visto, me conocen."

"Así es, señor don Quijote," respondió don Antonio, "que así como el
fuego no puede estar escondido y encerrado, la virtud no puede dejar de
ser conocida, y la que se alcanza por la profesión de las armas resplandece
y campea sobre todas las otras."

Acaeció, pues, que yendo don Quijote con el aplauso que se ha dicho,
un castellano° que leyó el rétulo de las espaldas, alzó la voz, diciendo: *Castilian*
"¡Válgate el diablo por don Quijote de la Mancha!⁶ ¿Cómo que hasta aquí
has llegado sin haberte muerto los infinitos palos que tienes a cuestas?
Tú eres loco, y si lo fueras a solas y dentro de las puertas de tu locura,
fuera menos mal. Pero tienes propiedad de volver locos y mentecatos a
cuantos te tratan y comunican.° Si no, mírenlo por estos señores que te   *accompany you*
acompañan. Vuélvete, mentecato, a tu casa, y mira por tu hacienda, por tu
mujer y tus hijos, y déjate destas vaciedades que te carcomen° el seso y te   *eat away*
desnatan° el entendimiento."   *skim off*

"Hermano," dijo don Antonio, "seguid vuestro camino y no deis consejos a quien no os los pide. El señor don Quijote de la Mancha es muy
cuerdo, y nosotros que le acompañamos no somos necios. La virtud se
ha de honrar dondequiera que se hallare. Y andad enhoramala, y no os
metáis donde no os llaman."

"Pardiez, vuesa merced tiene razón," respondió el castellano, "que
aconsejar a este buen hombre es dar coces contra el aguijón. Pero con
todo eso, me da muy gran lástima que el buen ingenio que dicen que
tiene en todas las cosas este mentecato, se le desagüe por la canal de su
andante caballería. Y la enhoramala que vuesa merced dijo sea para mí y
para todos mis descendientes si de hoy más, aunque viviese más años que

---

6 **¡Válgate el…** *Don Quijote can go to hell!*

Matusalén, diere consejo a nadie, aunque me lo pida."

Apartóse el consejero,° siguió adelante el paseo. Pero fue tanta la   adviser
priesa° que los muchachos y toda la gente tenía leyendo el rétulo, que   crush of people
se le hubo de quitar don Antonio, como que le quitaba otra cosa. Llegó
5 la noche, volviéronse a casa, hubo sarao° de damas, porque la mujer de   dancing party
don Antonio, que era una señora principal y alegre, hermosa y discreta,
convidó a otras sus amigas a que viniesen a honrar a su huésped y a gustar
de sus nunca vistas locuras. Vinieron algunas, cenóse espléndidamente y
comenzóse el sarao casi a las diez de la noche. Entre las damas había dos
10 de gusto pícaro,° y burlonas,° y 'con ser° muy honestas, eran algo descom-   mischievous, joking,
puestas,° por dar lugar que las burlas alegrasen sin enfado. Éstas dieron   although they were;
tanta priesa en sacar a danzar a don Quijote, que le molieron, no sólo   carefree
el cuerpo, pero el ánima. Era cosa de ver la figura de don Quijote, largo,
tendido, flaco, amarillo, estrecho° en el vestido, desairado,° y sobre todo,   tight, clumsy
15 no nada ligero. Requebrábanle como a hurto las damiselas,[7] y él, también
como a hurto, las desdeñaba.

Pero viéndose apretar de requiebros, alzó la voz, y dijo: "*Fugite, partes
adversæ.*[8] ¡Dejadme en mi sosiego, pensamientos mal venidos! Allá 'os
avenid,° señoras, con vuestros deseos, que la que es reina de los míos, la   stay away
20 sin par Dulcinea del Toboso, no consiente que ningunos otros que los
suyos me avasallen y rindan."

Y diciendo esto, se sentó en mitad de la sala en el suelo, molido y
quebrantado de tan bailador ejercicio. Hizo don Antonio que 'le llevasen
en peso° a su lecho, y el primero que asió dél fue Sancho, diciéndole: carry him out
25 "¡Nora en tal,° señor nuestro amo, lo habéis bailado! ¿Pensáis que todos   = en hora mala
los valientes son danzadores, y todos los andantes caballeros bailarines?
Digo que si lo pensáis, que estáis engañado. Hombre hay que se atreverá a matar a un gigante antes que hacer una cabriola. Si hubiérades de
zapatear,[9] yo supliera vuestra falta, que zapateo como un girifalte. Pero en
30 lo del danzar no doy puntada."[10]

Con estas y otras razones dio que reír Sancho a los del sarao, y dio
con su amo en la cama, arropándole para que sudase la frialdad[11] de su
baile.

Otro día le pareció a don Antonio ser bien hacer la experiencia de
35 la cabeza encantada, y con don Quijote, Sancho y otros dos amigos, con
las dos señoras que habían molido a don Quijote en el baile, que aquella
propia noche se habían quedado con la mujer de don Antonio, se encerró
en la estancia donde estaba la cabeza. Contóles la propiedad que tenía,

---

7 **Requebrábanle como…** *the young ladies flirted with him on the sly*

8 These Latin words, meaning *go away, you enemies,* is part of the Catholic
rite of exorcism.

9 This is the style of dancing referred to in Part II, Chapter 19, p. 600, n. 6.

10 **Pero en…** *but about formal dancing, I haven't the slightest idea*

11 They covered him to sweat off a cold? Better, rather, the other meaning
implied by **frialdad**—*lack of gracefulness?*

encargóles el secreto y díjoles que aquél era el primero día donde se había
de probar la virtud de la tal cabeza encantada. Y si no eran los dos amigos de don Antonio, ninguna otra persona sabía el busilis del encanto, y
aun si don Antonio no se le hubiera descubierto primero a sus amigos,
también ellos cayeran en la admiración en que los demás cayeron, sin ser
posible otra cosa—con tal traza y tal orden estaba fabricada.

El primero que se llegó al oído de la cabeza fue el mismo don Antonio, y díjole en voz sumisa,° pero no tanto que de todos no fuese entendi-   low
da: "Dime, cabeza, por la virtud que en ti se encierra, ¿qué pensamientos
tengo yo agora?"

Y la cabeza le respondió, sin mover los labios, con voz clara y dis-
tinta, de modo que fue de todos entendida, esta razón: "Yo no juzgo de
pensamientos."

Oyendo lo cual todos quedaron atónitos, y más, viendo que en todo
el aposento ni al derredor de la mesa no había persona humana que responder pudiese.

"¿Cuántos estamos aquí?" tornó a preguntar don Antonio, y fuele res-
pondido 'por el propio tenor,° paso°: "Estáis tú y tu mujer, con dos amigos   in the same way,
tuyos, y dos amigas della, y un caballero famoso llamado don Quijote de   slowly
la Mancha, y un su escudero que Sancho Panza tiene por nombre."

¡Aquí sí que fue el admirarse de nuevo, aquí sí que fue el erizarse los
cabellos a todos, de puro espanto! Y apartándose don Antonio de la cabeza, dijo: "¡Esto me basta para darme a entender que no fui engañado del
que te me vendió, cabeza sabia, cabeza habladora,° cabeza respondona,° y   talking, responding
admirable cabeza! Llegue otro, y pregúntele lo que quisiere."

Y como las mujeres de ordinario son presurosas° y amigas de saber,   anxious
la primera que se llegó fue una de las dos amigas de la mujer de don
Antonio, y lo que le preguntó fue: "Dime, cabeza ¿qué haré yo para ser
muy hermosa?"

Y fuele respondido: "Sé muy honesta."

"No te pregunto más," dijo la preguntanta.

Llegó luego la compañera, y dijo: "Querría saber, cabeza, si mi marido me quiere bien o no."

Y respondiéronle : "Mira las obras que te hace, y 'echarlo has de ver.°"   you'll see

Apartóse la casada, diciendo: "Esta respuesta no tenía necesidad de
pregunta, porque, en efecto, las obras que se hacen declaran la voluntad
que tiene el que las hace."

Luego llegó uno de los dos amigos de don Antonio, y preguntóle:
"¿Quién soy yo?"

Y fuele respondido: "Tú lo sabes."

"No te pregunto eso," respondió el caballero, "sino que me digas si
me conoces tú."

"Sí, conozco," le respondieron, "que eres don Pedro Noriz."

"No quiero saber más, pues esto basta para entender, ¡oh cabeza! que
lo sabes todo."

Y apartándose, llegó el otro amigo, y preguntóle: "Dime, cabeza, ¿qué deseos tiene mi hijo el mayorazgo?"

"Ya yo he dicho," le respondieron, "que yo no juzgo de deseos. Pero con todo eso te sé decir que los que tu hijo tiene son de enterrarte."

"Eso es," dijo el caballero, "«lo que veo por los ojos con el dedo lo señalo»,[12] y no pregunto más."

Llegóse la mujer de don Antonio, y dijo: "Yo no sé, cabeza, qué preguntarte. Sólo querría saber de ti si gozaré muchos años de buen marido."

Y respondiéronle : "Sí, gozarás, porque su salud y su templanza° en el vivir prometen muchos años de vida, la cual muchos suelen acortar por su destemplanza.°"

moderation

abuse

Llegóse luego don Quijote, y dijo: "Dime tú, el que respondes: ¿fue verdad, o fue sueño lo que yo cuento que me pasó en la cueva de Montesinos? ¿Serán ciertos los azotes de Sancho mi escudero? ¿Tendrá efeto el desencanto de Dulcinea?"

"A lo de la cueva," respondieron, "hay mucho que decir—de todo tiene. Los azotes de Sancho irán de espacio. El desencanto de Dulcinea llegará a debida ejecución."

"No quiero saber más," dijo don Quijote, "que como yo vea a Dulcinea desencantada, haré cuenta que vienen de golpe todas las venturas que acertare a desear."

El último preguntante fue Sancho, y lo que preguntó fue: "Por ventura, cabeza, ¿tendré otro gobierno? ¿Saldré de la estrecheza de escudero? ¿Volveré a ver a mi mujer y a mis hijos?"

A lo que le respondieron: "Gobernarás en tu casa, y si vuelves a ella, verás a tu mujer y a tus hijos, y dejando de servir, dejarás de ser escudero."

"¡Bueno, par Dios!" dijo Sancho Panza. "Esto yo me lo dijera. No dijera más el profeta Perogrullo."[13]

"Bestia," dijo don Quijote, "¿qué quieres que te respondan? ¿No basta que las respuestas que esta cabeza ha dado correspondan a lo que se le pregunta?"

"Sí, basta," respondió Sancho, "pero quisiera yo que se declarara más y me dijera más."

Con esto se acabaron las preguntas y las respuestas. Pero no se acabó la admiración en que todos quedaron, excepto los dos amigos de don Antonio, que el caso sabían. El cual quiso Cide Hamete Benengeli declarar luego, por no tener suspenso al mundo, creyendo que algún hechicero y extraordinario misterio en la tal cabeza se encerraba, y así dice que don Antonio Moreno, a imitación de otra cabeza que vio en Madrid, fabricada por un estampero,° hizo ésta en su casa para entretenerse y suspender a los ignorantes, y la fábrica° era de esta suerte: la tabla de la mesa era de palo pintada y barnizada° como jaspe, y el pie sobre que se sostenía era de lo mesmo, con cuatro garras de águila que dél salían para mayor firmeza°

engraver

manufacture

varnished

stability

---

12 Variant of an old saying meaning that something is obvious.

13 Perogrullo is the personification of the person who says things that are obvious.

del peso. La cabeza, que parecía medalla° y figura de emperador romano   image
y de color de bronce, estaba toda hueca, y ni más ni menos la tabla de la
mesa, en que se encajaba tan justamente, que ninguna señal de juntura°   joining
se parecía.

5   El pie de la tabla era ansimesmo hueco, que respondía a la garganta
y pechos de la cabeza, y todo esto venía a responder a otro aposento que
debajo de la estancia de la cabeza estaba. Por todo este hueco de pie, mesa,
garganta y pechos de la medalla y figura referida se encaminaba un cañón
de hoja de lata muy justo, que de nadie podía ser visto. En el aposento
10   de abajo correspondiente al de arriba se ponía el que había de responder,
pegada la boca con el mesmo cañón, de modo que a modo de cerbatana°   ear-trumpet
iba la voz de arriba abajo y de abajo arriba, en palabras articuladas y claras,
y de esta manera no era posible conocer el embuste. Un sobrino de don
Antonio, estudiante agudo y discreto, fue el respondiente, el cual estando
15   avisado de su señor tío de los que habían de entrar con él en aquel día en
el aposento de la cabeza, le fue fácil responder con presteza y puntualidad
a la primera pregunta. A las demás respondió por conjeturas, y como
discreto, discretamente.

Y dice más Cide Hamete, que hasta diez o doce días duró esta ma-
20   ravillosa máquina. Pero que divulgándose por la ciudad que don Antonio
tenía en su casa una cabeza encantada, que a cuantos le preguntaban
respondía, temiendo no llegase a los oídos de las despiertas centinelas
de nuestra fe, habiendo declarado[14] el caso a los señores inquisidores, le
mandaron que lo deshiciese y no pasase más adelante, porque el vulgo
25   ignorante 'no se escandalizase.° Pero en la opinión de don Quijote y de   would not be
Sancho Panza la cabeza quedó por encantada y por respondona, más a   shocked
satisfación de don Quijote que de Sancho.

Los caballeros de la ciudad por complacer a don Antonio y por agasajar a don Quijote y dar lugar a que descubriese sus sandeces, ordenaron
30   de correr sortija de allí a seis días, que no tuvo efecto por la ocasión que
se dirá adelante. Diole gana a don Quijote de pasear la ciudad a la llana y
a pie, temiendo que si iba a caballo le habían de perseguir los mochachos,
y así él y Sancho con otros dos criados que don Antonio le dio salieron
a pasearse.

35   Sucedió, pues, que yendo por una calle, alzó los ojos don Quijote y
vio escrito sobre una puerta, con letras muy grandes, AQUÍ SE IMPRIMEN
LIBROS, de lo que se contentó mucho, porque hasta entonces no había visto emprenta alguna, y deseaba saber como fuese. Entró dentro con todo
su acompañamiento, y vio tirar° en una parte, corregir° en otra, componer°   print, correct proofs,
40   en ésta, enmendar° en aquélla, y finalmente, toda aquella máquina° que   set type; correct
en las emprentas grandes se muestra. Llegábase don Quijote a un cajón° y   proofs, machinery;
preguntaba qué era aquello que allí se hacía. Dábanle cuenta los oficiales,° typesetter; workers
admirábase y pasaba adelante. Llegó en esto a uno, y preguntóle qué era

---

14 That is, don Antonio himself told the Inquisition about the head before
others could report it.

lo que hacía. El oficial le respondió: "Señor, este caballero que aquí está,"
y enseñóle a un hombre de muy buen talle y parecer y de alguna gravedad,
"ha traducido un libro toscano° en nuestra lengua castellana, y estoyle yo   Italian
componiendo,° para darle a la estampa.'"   composing, presses

5   "¿Qué título tiene el libro?" preguntó don Quijote.

A lo que el autor respondió: "Señor, el libro en toscano se llama *Le
Bagatelle*."

"Y ¿qué responde *Le Bagatelle* en nuestro castellano?" preguntó don
Quijote.

10   "*Le Bagatelle*," dijo el autor, "es como si en castellano dijésemos LOS
JUGUETES,° y aunque este libro es en el nombre humilde, contiene encie-   toys
rra en sí cosas muy buenas y sustanciales."

"Yo," dijo don Quijote, "sé algún tanto del toscano, y me precio de
cantar algunas estancias del Ariosto. Pero dígame vuesa merced, señor
15   mío, y no digo esto porque quiero examinar el ingenio de vuesa merced,
sino por curiosidad no más: ¿ha hallado en su escritura alguna vez nombrar *pignatta*?"

"Si, muchas veces," respondió el autor.

"Y ¿cómo la traduce vuesa merced en castellano?" preguntó don Qui-
20   jote.

"¿Cómo la había de traducir?" replicó el autor, "sino diciendo OLLA."

"¡Cuerpo de tal," dijo don Quijote, "y qué adelante está vuesa merced
en el toscano idioma! Yo apostaré una buena apuesta° que adonde diga en   bet
el toscano *piace*, dice vuesa merced en el castellano PLACE, y donde diga
25   *più* dice MÁS, y el SU declara con *arriba*, y el *giù* con ABAJO."

"Sí, declaro, por cierto," dijo el autor, "porque ésas son sus propias
correspondencias."

"Osaré yo jurar," dijo don Quijote, "que no es vuesa merced conocido en el mundo, enemigo siempre de premiar los floridos ingenios ni
30   los loables trabajos. ¡Qué° de habilidades hay perdidas por ahí, qué de   how many
ingenios arrinconados,° qué de virtudes menospreciadas! Pero, con todo   discarded
esto, me parece que el traducir de una lengua en otra, como no sea de
las reinas de las lenguas, griega y latina, es como quien mira los tapices
flamencos 'por el revés.° Que aunque se veen las figuras, son llenas de   from the back
35   hilos que las escurecen, y no se veen con la lisura y tez de la haz.[15] Y el
traducir de lenguas fáciles ni arguye ingenio ni elocución,° como no le   good style
arguye el que traslada ni el que copia un papel de otro papel. Y no por
esto quiero inferir que no sea loable este ejercicio del traducir, porque en
otras cosas peores se podría ocupar el hombre y que menos provecho le
40   trujesen. Fuera desta cuenta van los dos famosos traductores, el uno, el
doctor Cristóbal de Figueroa, en su *Pastor Fido*,[16] y el otro, don Juan de

---

15 **Con la...** *with the clarity and colors of the front*

16 Cristóbal Suárez de Figueroa (*ca.*1571-1639) published in 1602 his
Spanish translation of Battista Guarini's *Il Pastore Fido*, a pastoral work.

Jáurigui,n su *Aminta*,[17] donde felizmente ponen en duda cuál es la tradución o cuál el original. Pero dígame vuesa merced, este libro ¿imprímese por su cuenta, o tiene ya vendido el privilegio a algún librero?"[18]

5   "Por mi cuenta lo imprimo," respondió el autor, "y pienso ganar mil ducados, por lo menos, con esta primera impresión, que ha de ser de dos mil cuerpos, y se han de despachar a seis reales cada uno, en «dacá las pajas.»"

"Bien está vuesa merced en la cuenta," respondió don Quijote, "bien parece que no sabe las entradas y salidas[19] de los impresores, y correspon-
10 dencias° que hay de unos a otros. Yo le prometo que cuando se vea carga-   tricks
do de dos mil cuerpos de libros, vea tan molido su cuerpo, que se espante, y más si el libro es un poco avieso,° y 'no nada picante.°'"   perverse, not amusing

"Pues ¿qué?" dijo el autor, "¿quiere vuesa merced que se lo dé a un librero que me dé por él privilegio tres maravedís, y aun piensa que me
15 hace merced en dármelos? Yo no imprimo mis libros para alcanzar fama en el mundo, que ya en él soy conocido por mis obras. Provecho quiero, que sin él no vale un cuatrín° la buena fama."   "old coin of little worth"

"Dios le dé a vuesa merced buena manderecha," respondió don Quijote.

20   Y pasó adelante a otro cajón, donde vio que estaban corrigiendo un pliego de un libro que se intitulaba *Luz del alma*,[20] y en viéndole, dijo: "Estos tales libros, aunque hay muchos deste género, son los que se deben imprimir, porque son muchos los pecadores que se usan, y son menester infinitas luces para tantos desalumbrados.°"   unenlightened

25   Pasó adelante y vio que asimesmo estaban corrigiendo otro libro, y preguntando su título, le respondieron que se llamaba la *Segunda parte del ingenioso Hidalgo don Quijote de la Mancha*, compuesta por un tal vecino de Tordesillas.

"Ya yo tengo noticia deste libro," dijo don Quijote, "y en verdad y en
30 mi conciencia que pensé que ya estaba quemado y hecho polvos por impertinente. Pero «su San Martín[21] se le llegará como a cada puerco». Que las historias fingidas tanto tienen de buenas y deleitables cuanto se llegan a la verdad o la semejanza della, y las verdaderas tanto son mejores cuanto son más verdaderas."

35   Y diciendo esto, con muestras de algún despecho, se salió de la em-

---

17 Juan de Jáuregui (1583-1641) translated Tasso's *L'Aminta* in 1607, another pastoral work.

18 If the author prints the book at his own expense, he earns all of the proceeds, or takes all of the losses. If he sells the copyright (**privilegio**) to a bookseller, as Cervantes did with Francisco de Robles for this work, he collects only a royalty.

19 Refers to fraudulent accounting.

20 This is *La luz del alma cristiana* by fray Felipe de Meneses (Valladolid, 1554) with several reimpressions.

21 On the day of San Martín, November 11, pigs are traditionally slaughtered.

Y preguntando su título, le respondieron que se llamaba
la *Segunda parte del ingenioso Hidalgo don Quijote de la Mancha*,
compuesta por un tal vecino de Tordesillas.

prenta. Y aquel mesmo día ordenó don Antonio de llevarle a ver las galeras que en la playa eſtaban, de que Sancho se regocijó mucho, a causa que
en su vida las había viſto. Avisó don Antonio al cuatralbo° de las galeras   commodore
como aquella tarde había de llevar a verlas a su huésped el famoso don
5 Quijote de la Mancha, de quien ya el cuatralbo y todos los vecinos de la
ciudad tenían noticia, y lo que le sucedió en ellas se dirá en el siguiente
capítulo.

Capítulo *LXIII.* De lo mal que le avino a Sancho Panza con
la visita de las galeras, y la nueva aventura de la hermosa
10 morisca.

G RANDES ERAN LOS DISCURSOS° que don Quijote hacía sobre la   meditations
respueſta de la encantada cabeza, sin que ninguno dellos° diese   i.e., de *los discursos*
en el embuſte, y todos paraban con la promesa, que él tuvo por
cierto, del desencanto de Dulcinea. Allí iba y venía, y se alegraba entre
15 sí mismo, creyendo que había de ver preſto su cumplimiento, y Sancho,
aunque aborrecía el ser gobernador, como queda dicho, todavía deseaba
volver a mandar y a ser obedecido. Que eſta mala ventura trae consigo el
mando,[1] aunque sea de burlas.
En resolución, aquella tarde don Antonio Moreno, su huésped, y sus
20 dos amigos, con don Quijote y Sancho fueron a las galeras. El cuatralbo,
que eſtaba avisado de su buena venida, por ver a los dos tan famosos
Quijote y Sancho, apenas llegaron a la marina,° cuando todas las galeras   shore
'abatieron tienda,° y sonaron las chirimías. Arrojaron luego el esquife al   rolled back the aw-
agua, cubierto de ricos tapetes y de almohadas de terciopelo carmesí, y   nings
25 en poniendo que puso los pies en él don Quijote, disparó la capitana el
cañon de crujía,[2] y las otras galeras hicieron lo mesmo, y al subir don
Quijote por la escala derecha,[3] toda la chusma° le saludó, como es usanza   crew
cuando una persona principal entra en la galera, diciendo "Hu, hu, hu,"
tres veces.
30 Diole la mano el general, que con eſte nombre lo llamaremos, que
era un principal caballero valenciano, abrazó a don Quijote, diciéndole:
"Eſte día señalaré yo con piedra blanca, por ser uno de los mejores que
pienso llevar en mi vida, habiendo viſto al señor don Quijote de la Mancha—tiempo y señal[4] que nos mueſtra que en él se encierra y cifra° todo   summarizes
35 el valor del andante caballería."
Con otras no menos corteses razones le respondió don Quijote, ale-
gre sobremanera de verse tratar tan 'a lo señor.° Entraron todos en la   in a lordly way
popa, que eſtaba muy bien aderezada, y sentáronse por los bandines.° Pa-   gueſt benches

---

1 **El mando** is the subjeɛt of **trae.**
2 This was a large cannon located amidships on the deck.
3 This is the principal ladder leading to the ship on the ſtarboard side.
4 **Tiempo** refers back to **día** and **señal** refers to **piedra blanca.**

sóse el cómitre° en crujía, y dio señal con el pito° que la chusma hiciese   rower boss, whistle
fuera ropa,[5] que se hizo en un instante. Sancho, que vio tanta gente en
cueros, quedó pasmado, y más cuando vio 'hacer tienda° con tanta priesa,   roll up the awnings
que a él le pareció que todos los diablos andaban allí trabajando. Pero
esto todo fueron tortas y pan pintado,[6] para lo que ahora diré.

Estaba Sancho sentado sobre el estanterol,[7] junto al espalder[8] de la
mano derecha, el cual, ya avisado de lo que había de hacer, asió de Sancho, y levantándole en los brazos, toda la chusma puesta en pie y alerta,
comenzando de la derecha banda,° le fue dando y volteando sobre los   side
brazos de la chusma de banco° en banco, con tanta priesa, que el pobre   bench
Sancho perdió la vista de los ojos, y sin duda pensó que los mismos demonios le llevaban, y no pararon con él hasta volverle por la siniestra banda y ponerle en la popa. Quedó el pobre molido y jadeando y trasudando,
sin poder imaginar qué fue lo que sucedido le había.

Don Quijote, que vio el vuelo sin alas de Sancho, preguntó al general
si eran ceremonias aquellas que se usaban con los primeros que entraban
en las galeras, porque si acaso lo fuese, él, que no tenía intención de pro-
fesar° en ellas, no quería hacer semejantes ejercicios, y que votaba a Dios   to participate
que si alguno llegaba a asirle para voltearle, que le había de sacar el alma
a puntillazos.° Y diciendo esto, se levantó en pie y empuñó la espada.   kicks

A este instante abatieron tienda, y con grandísimo ruido dejaron caer
la entena[9] 'de alto abajo.° Pensó Sancho que el cielo se desencajaba de sus   all the way down
quicios y venía a dar sobre su cabeza. Y agobiándola,° lleno de miedo, la   **la = cabeza**
puso entre las piernas. No las tuvo todas consigo don Quijote,[10] que también se estremeció y encogió de hombros y perdió la color del rostro. La
chusma izó°a entena con la misma priesa y ruido que la habían amaina-   hoisted
do,° y todo esto, callando, como si no tuvieran voz ni aliento. Hizo señal   lowered
el cómitre que 'zarpasen el ferro,° y saltando en mitad de la crujía con el   weigh anchor
corbacho o rebenque,° comenzó a mosquear las espaldas de la chusma, y   whip
a largarse poco a poco a la mar.

Cuando Sancho vio a una moverse tantos pies colorados, que tales
pensó él que eran los remos, dijo entre sí: "Éstas sí son verdaderamente
cosas encantadas, y no las que mi amo dice. ¿Qué han hecho estos desdichados, que ansí los azotan, y cómo este hombre solo que anda por aquí
silbando° tiene atrevimiento para azotar a tanta gente? Ahora yo digo   whistling
que éste es infierno, o por lo menos, el purgatorio."

Don Quijote, que vió la atención con que Sancho miraba lo que

---

5 **Hiciese fuera...** *take off their shirts*

6 See Part I, Chapter 17, p. 133, l. 2.

7 This is a beam on the deck to which are attached the cords leading to
the sails.

8 This was the principal rower of each side of the two banks of rowers, the
one that the rest of the rowers followed for their rhythm.

9 The **entena** is a lateen yard. It is a cross member made of wood attached
to a mast which supports a sail, in this case a triangular one.

10 **No las...** *Don Quijote was a bit afraid himself*

pasaba, le dijo: "¡Ah Sancho amigo, y con qué brevedad y cuán a poca coſta os podíades vos, si quisiésedes, desnudar de medio cuerpo arriba, y poneros entre eſtos señores, y acabar con el desencanto de Dulcinea! Pues con la miseria y pena de tantos, no sentiríades vos mucho la vueſtra.

5 Y más que podría ser que el sabio Merlín tomase en cuenta cada azote déſtos, por ser dados de buena mano, por diez de los que vos finalmente os habéis de dar."

Preguntar quería el general, qué azotes

10 eran aquéllos, o qué desencanto de Dulcinea, cuando dijo el marinero: "Señal hace Monjuí[11] de que hay bajel de remos

15 en la coſta, por la banda 'del poniente.°'"

Montjuich

on the weſt side

Eſto oído, saltó el general en la crujía y dijo: "¡Ea, hijos, no se nos vaya! Algún bergantín° de cosarios de Argel debe de ser eſte que la ata- laya° nos señala.°'"

brigantine
watch tower, signals

20 Llegáronse luego las otras tres galeras a la capitana, a saber lo que se les ordenaba. Mandó el general que las dos saliesen a la mar, y él con la otra 'iría tierra a tierra,° porque ansí el bajel no se les escaparía. Apretó la chusma los remos, impeliendo° las galeras con tanta furia que parecía que volaban. Las que salieron a la mar, a obra de dos millas, descubrieron un

25 bajel, que con la viſta 'le marcaron por° de haſta catorce o quince bancos,[12] y así era la verdad. El cual bajel, cuando descubrió las galeras, se puso en caza,[13] con intención y esperanza de escaparse por° su ligereza.

would go along the coaſt; propelling

they judged it to have

because of

Pero avínole mal, porque la galera capitana era de los más ligeros bajeles que en la mar navegaban,° y así le fue entrando, que claramente

30 los del bergantín conocieron que no podían escaparse, y así el arráez° quisiera que dejaran los remos y se entregaran, por no irritar a enojo al capitán que nueſtras galeras regía.°

sailed
Arabic captain

was direƈting

Pero la suerte, que de otra manera lo guiaba, ordenó que ya que la capitana llegaba tan cerca que podían los del bajel oír las voces que des-

35 de ella les decían que se rindiesen, dos *toraquís*, que es como decir dos turcos borrachos, que en el bergantín venían con eſtos doce,[14] dispararon dos escopetas, con que dieron muerte a dos soldados que sobre nueſtras arrumbadas° venían. Viendo lo cual, juró el general de no dejar con vida a todos cuantos en el bajel tomase, y llegando a embeſtir con toda furia,

forecaſtle

---

11 This is the Caſtillo de Montjuich, on a hill in the south of Barcelona, which was used specifically to warn of sea attacks on the city.

12 That is, fourteen or fifteen banks of rowers on each side of the ship.

13 **Se puso…** *ſtarted to flee*

14 Gaos explains that "these twelve" plus the two Turks make one bank of fourteen rowers. There has been lots of discussion about this.

se le escapó por debajo de la palamenta.° Pasó la galera adelante un buen   banks of oars
trecho. Los del bajel se vieron perdidos, 'hicieron vela° en tanto que la   they put up sails
galera volvía, y de nuevo, a vela y a remo se pusieron en caza. Pero no les
aprovechó su diligencia tanto como les dañó su atrevimiento, porque, al-
canzándoles la capitana a poco más de media milla, les echó la palamenta
encima y los cogió vivos a todos.

Llegaron en esto las otras dos galeras, y todas cuatro con la presa
volvieron a la playa, donde infinita gente los estaba esperando, deseosos
de ver lo que traían. 'Dio fondo° el general cerca de tierra, y conoció° que   dropped anchor,
estaba en la marina el virrey de la ciudad. Mandó echar el esquife para   found out
traerle, y mandó amainar la entena para ahorcar luego luego al arráez, y
a los demás turcos que en el bajel había cogido, que serían hasta treinta y
seis personas, todos gallardos, y los más, escopeteros° turcos.   riflemen

Preguntó el general quién era el arráez del bergantín, y fuele respondido por uno de los cautivos, en lengua castellana, que después pareció ser
renegado español: "Este mancebo, señor, que aquí vees, es nuestro arráez."

Y mostróle uno de los más bellos y gallardos mozos que pudiera
pintar la humana imaginación. La edad, al parecer, no llegaba a veinte
años. Preguntóle el general: "Dime, mal aconsejado perro, ¿quién te movió a matarme mis soldados, pues veías ser imposible el escaparte? ¿Ese
respeto se guarda a las capitanas? ¿No sabes tú que «no es valentía la temeridad»? Las esperanzas dudosas han de hacer a los hombres atrevidos,
pero no temerarios."

Responder quiera el arráez, pero no pudo el general por entonces
oír la respuesta, por acudir a recebir al virrey, que ya entraba en la galera,
con el cual entraron algunos de sus criados y algunas personas del pueblo.

"¡Buena ha estado la caza, señor general!" dijo el virrey.

"Y tan buena," respondió el general, "cual la verá vuestra excelencia
agora colgada de esta entena."

"¿Cómo ansí?" replicó el virrey.

"Porque me han muerto," respondió el general, "contra toda ley y contra toda razón y usanza de guerra, dos soldados de los mejores que en
estas galeras venían, y yo he jurado de ahorcar a cuantos he cautivado,
principalmente a este mozo, que es el arráez del bergantín."

Y enseñóle al que ya tenía atadas las manos y echado el cordel a la
garganta, esperando la muerte.

Miróle el virrey, y viéndole tan hermoso y tan gallardo y tan humilde,
dándole en aquel instante una carta de recomendación su hermosura, le
vino deseo de escusar su muerte, y así le preguntó: "Dime, arráez, ¿eres
turco de nación, o moro, o renegado?"

A lo cual el mozo respondió en lengua asimesmo castellana: "Ni soy
turco de nación, ni moro, ni renegado."

"Pues ¿qué eres?" replicó el virrey.

"Mujer cristiana," respondió el mancebo.

"¿Mujer, y cristiana, y en tal traje y en tales pasos?° Más es cosa para   straits
admirarla que para creerla."

"Suspended," dijo el mozo, "¡oh señores! la ejecución de mi muerte.
Que no se perderá mucho en que se dilate° vueſtra venganza en tanto   delay
que yo os cuente mi vida."

   ¿Quién fuera el de corazón tan duro, que con eſtas razones no se
5 ablandara, o a lo menos, haſta oír las que el triſte y laſtimado mancebo
decir quería? El general le dijo que dijese lo que quisiese. Pero que no
esperase alcanzar perdón de su conocida culpa.

   Con eſta licencia el mozo comenzó a decir deſta manera: "De aquella nación más desdichada que prudente, sobre quien ha llovido eſtos
10 días un mar de desgracias, nací yo de moriscos padres engendrada.[15] En
la corriente de su desventura fui yo por dos tíos míos llevada a Berbería,
sin que me aprovechase decir que era criſtiana, como, en efeĉto, lo soy, y
no de las fingidas ni aparentes, sino de las verdaderas y católicas. No me
valió con los que tenían a cargo nueſtro miserable deſtierro decir eſta
15 verdad, ni mis tíos quisieron creerla. Antes la° tuvieron por mentira y por   = la verdad
invención, para quedarme en la tierra donde había nacido, y así por fuerza
más que por grado me trujeron consigo.

   "Tuve una madre criſtiana y un padre discreto y criſtiano ni más ni
menos. Mamé la fe católica en la leche, criéme con buenas coſtumbres.
20 Ni en la lengua, ni en ellas° jamás, a mi parecer, di señales de ser morisca.   = las coſtumbres
'Al par y al paso° deſtas virtudes, que yo creo que lo son, creció mi hermo-   along with
sura, si es que tengo alguna. Y aunque mi recato y mi encerramiento fue
mucho, no debió de ser tanto que no tuviese lugar de verme un mancebo
caballero llamado don Gaspar Gregorio, hijo mayorazgo de un caballero
25 que junto a nueſtro lugar otro suyo tiene.[16] Cómo me vio, cómo nos hablamos, cómo se vio perdido por mí y cómo yo no muy ganada por él,[17] sería
largo de contar, y más en tiempo que eſtoy temiendo que entre la lengua
y la garganta se ha de atravesar el riguroso cordel que me amenaza.

   "Y así sólo diré como en nueſtro deſtierro quiso acompañarme don
30 Gregorio. Mezclóse con los moriscos que de otros lugares salieron, porque sabía muy bien la lengua, y en el viaje se hizo amigo de dos tíos míos,
que consigo me traían, porque mi padre, prudente y prevenido, así como
oyó el primer bando de nueſtro deſtierro, se salió del lugar y se fue a
buscar alguno en los reinos extraños, que nos acogiese. Dejó encerradas
35 y enterradas en una parte, de quien yo sola tengo noticia, muchas perlas
y piedras de gran valor, con algunos dineros en cruzados° y doblones de   Portuguese gold
oro. Mandóme que no tocase al tesoro que dejaba, en ninguna manera,   coins
si acaso antes que él volviese nos deſterraban. Hícelo así, y con mis tíos,

---

15 **Nací yo engendrada de padres moriscos**

16 That is, the **caballero** owned a village next to their own.

17 There is a play on words here, as Gaos ably points out, between **perdido**
and **ganado**. If he is **perdido** in love with her, she responds using the negative
antithesis of **ganado**, that is, **no…***ganada* which would also mean *perdida*mente
enamorada. Until you ſtudy it, it seems to mean the opposite of what it does, and
has even confused Rodríguez Marín and Clemencín.

como tengo dicho, y otros parientes y allegados pasamos a Berbería y el lugar donde hicimos asiento fue en Argel, como si le hiciéramos en el mismo infierno.

"Tuvo noticia el rey de mi hermosura, y la fama se la° dio de mis riquezas, que en parte fue ventura mía. Llamóme ante sí, preguntóme de qué parte de España era, y qué dineros y qué joyas traía. Díjele el lugar, y que las joyas y dineros quedaban en él enterrados. Pero que con facilidad se podrían cobrar si yo misma volviese por ellos. Todo esto le dije, temerosa de que no le cegase mi hermosura, sino su codicia. Estando conmigo en estas pláticas, le llegaron a decir como venía conmigo uno de los más gallardos y hermosos mancebos que se podía imaginar. Luego entendí que lo decían por don Gaspar Gregorio, cuya belleza se deja atrás las mayores que encarecer se pueden. Turbéme, considerando el peligro que don Gregorio corría, porque entre aquellos bárbaros turcos en más se tiene y estima un mochacho o mancebo hermoso que una mujer, por bellísima que sea.

"Mandó luego el rey que se le trujesen allí delante para verle, y pre- guntóme si era verdad lo que de aquel mozo le decían. Entonces yo, casi como prevenida° del cielo, le dije que sí era. Pero que le hacía saber que no era varón, sino mujer como yo, y que le suplicaba me la dejase ir a ves- tir en su natural traje, para que de todo en todo mostrase su belleza y con menos empacho° pareciese ante su presencia. Díjome que fuese en buena hora, y que otro día hablaríamos en el modo que se podía tener para que yo volviese a España a sacar el escondido tesoro.

"Hablé con don Gaspar, contéle el peligro que corría el mostrar ser hombre, vestíle de mora, y aquella mesma tarde le truje a la presencia del rey, el cual, en viéndole, quedó admirado y hizo disignio de guardarla para hacer presente della al Gran Señor.[18] Y por huir del peligro que en el serrallo° de sus mujeres podía tener, y temer de sí mismo, la mandó poner en casa de unas principales moras que la guardasen, y la sirviesen, adonde le llevaron luego. Lo que los dos sentimos, que no puedo negar que no le quiero, se deje a la consideración de los que se apartan si bien se quieren.

"Dio luego traza el rey de que yo volviese a España en este bergantín, y que me acompañasen dos turcos de nación que fueron los que mataron vuestros soldados. Vino también conmigo este renegado español," seña- lando al que había hablado primero, "del cual sé yo bien que es cristiano encubierto° y que viene con más deseo de quedarse en España que de volver a Berbería. La demás chusma del bergantín son moros y turcos, que no sirven de más que de bogar al remo. Los dos turcos codiciosos e insolentes, sin guardar el orden que traíamos de que a mí y a este renega- do en la primer parte de España, en hábito de cristianos, de que venimos proveídos, nos echasen en tierra, primero quisieron barrer esta costa y hacer alguna presa, si pudiesen, temiendo que si primero nos echaban en tierra, por algún acidente que a los dos nos sucediese, podríamos des-

= la noticia

forewarned

bashfulness

harem

secret

---

18 This refers to the **Gran Turco.**

cubrir que quedaba el bergantín en la mar, y si acaso hubiese galeras por
esta costa, los tomasen.[19]

"Anoche descubrimos esta playa, y sin tener noticia destas cuatro
galeras, fuimos descubiertos, y nos ha sucedido lo que habéis visto. En
5   resolución, don Gregorio queda en hábito de mujer entre mujeres, con
manifiesto peligro de perderse, y yo me veo atadas las manos esperando,
o por mejor decir, temiendo perder la vida que ya 'me cansa.°   is tiring me

"Éste es, señores, el fin de mi lamentable historia, tan verdadera como
desdichada. Lo que os ruego es que me dejéis morir como cristiana, pues
10   como ya he dicho, en ninguna cosa he sido culpante de la culpa en que
los de mi nación han caído."

Y luego calló, preñados los ojos de tiernas lágrimas, a quien acompañaron muchas de los que presentes estaban. El virrey, tierno y compasivo,
sin hablarle palabra, se llegó a ella y le quitó con sus manos el cordel que
15   las hermosas de la mora ligaba.

En tanto, pues, que la morisca cristiana su peregrina historia trataba,
tuvo clavados los ojos en ella un anciano peregrino, que entró en la galera
cuando entró el virrey, y apenas dio fin a su plática la morisca, cuando él
se arrojó a sus pies, y abrazado dellos, con interrumpidas palabras de mil
20   sollozos y suspiros, le dijo: "¡Oh Ana Félix, desdichada hija mía! Yo soy
tu padre, Ricote, que volvía a buscarte, por no poder vivir sin ti, que eres
mi alma."

A cuyas palabras abrió los ojos Sancho, y alzó la cabeza—que incli-
nada° tenía pensando en la desgracia de su paseo—y mirando al peregri-   bowed
25   no, conoció ser el mismo Ricote que topó el día que salió de su gobierno,
y confirmóse que aquélla era su° hija, la cual, ya desatada, abrazó a su   = Ricote's
padre, mezclando sus lágrimas con las suyas,° el cual dijo al general y al = Ricote's
virrey: "Ésta, señores, es mi hija, más desdichada en sus sucesos que en su
nombre. Ana Félix se llama, con el sobrenombre de Ricote, famosa tanto
30   por su hermosura como por mi riqueza. Yo salí de mi patria a buscar en
reinos estraños quien 'nos albergase° y recogiese, y habiéndole hallado en   would give us shelter
Alemania, volví en este hábito de peregrino, en compañía de tres alema-
nes a buscar mi hija y a desenterrar muchas riquezas que dejé escondidas.
No hallé a mi hija, hallé el tesoro que conmigo traigo, y agora, por el
35   estraño rodeo que habéis visto, he hallado el tesoro que más me enriquece,
que es a mi querida hija. Si nuestra poca culpa y sus lágrimas y las mías
por la integridad de vuestra justicia pueden abrir puertas a la misericordia,
usadla con nosotros, que jamás tuvimos pensamiento de ofenderos, ni

---

19 This is what this 85-word sentence means: "The two Turks, who didn't
stick to the orders the renegade and I were bringing (which was to dress as Christians, and to be left off at the first Spanish place we came to), first wanted to
sweep the coast for booty, fearing that if we got off first and something happened
to us, we might tell where the bergantine was, and if there were galleys on the
coast, it would be taken."

convenimos en ningún modo con la intención de los nueſtros, que juſtamente han sido deſterrados."

Entonces dijo Sancho: "Bien conozco a Ricote, y sé que es verdad lo que dice en cuanto a ser Ana Félix su hija. Que en esotras zarandajas de ir y venir, tener buena o mala intención, no me entremeto."

Admirados del eſtraño caso todos los presentes, el general dijo: "Una por una, vueſtras lágrimas no me dejarán cumplir mi juramento. Vivid, hermosa Ana Félix, los años de vida que os tiene determinados el cielo, y lleven la pena de su culpa los insolentes y atrevidos que la cometieron."

Y mandó luego ahorcar de la entena a los dos turcos, que a sus dos soldados habían muerto. Pero el virrey le pidió encarecidamente no los ahorcase, pues más locura que valentía había sido la suya. Hizo el general lo que el virrey le pedía, porque no se ejecutan bien las venganzas a 'sangre helada.°   cold blood

Procuraron luego dar traza de sacar a don Gaspar Gregorio del peligro en que quedaba. Ofreció Ricote para ello más de dos mil ducados que en perlas y en joyas tenía. Diéronse muchos medios,²⁰ pero ninguno fue tal como el que dio el renegado español que se ha dicho, el cual se ofreció de volver a Argel en algún barco pequeño, de haſta seis bancos, armado de remeros criſtianos, porque él sabía dónde, cómo y cuándo podía y debía desembarcar. Y asimismo, no ignoraba la casa donde don Gaspar quedaba.

Dudaron el general y el virrey el fiarse del renegado, ni confiar de los criſtianos que habían de bogar el remo. Fiole Ana Félix, y Ricote, su padre, dijo que salía° a dar el rescate de los criſtianos, si acaso se perdiesen.   promised
Firmados,° pues, en eſte parecer, se desembarcó el virrey, y don Antonio   resolved
Moreno se llevó consigo a la morisca y a su padre, encargándole el virrey
que los regalase y acariciase cuanto le fuese posible, que 'de su parte° le   for his own part
ofrecía lo que en su casa hubiese para su regalo. Tanta fue la benevolencia
y caridad que la hermosura de Ana Félix infundió en su pecho.

Capítulo LXIIII. Que trata de la aventura que más pesadumbre dio a don Quijote de cuantas haſta entonces le habían sucedido.

LA MUJER DE DON Antonio Moreno cuenta la hiſtoria que recibió grandísimo contento de ver a Ana Félix en su casa. Recibióla con mucho agrado, así enamorada de su belleza como de su discreción, porque en lo uno y en lo otro era eſtremada la morisca, y toda la gente de la ciudad, como a campana tañida,¹ venían a verla.

Dijo don Quijote a don Antonio que el parecer que habían tomado en la libertad de don Gregorio no era bueno, porque tenía más de peli-

---

20 **Diéronse muchos…** *many ways* [to rescue Gaspar] *were suggeſted*

1 That is, people came from all over town, as if within the area reached by the tolling of the bell.

groso que de conveniente, y que sería mejor que le pusiesen a él en Berbería con sus armas y caballo, que él le sacaría a pesar de toda la morisma, como había hecho don Gaiferos a su esposa Melisendra.

"Advierta vuesa merced," dijo Sancho oyendo esto, "que el señor don Gaiferos sacó a su esposa de tierra firme y la llevó a Francia por tierra firme. Pero aquí, si acaso sacamos a don Gregorio, no tenemos por dónde traerle a España, pues está la mar en medio."

"«Para todo hay remedio, si no es para la muerte»," respondió don Quijote, "pues llegando el barco a la marina, nos podremos embarcar en él, aunque todo el mundo lo impida."

"Muy bien lo pinta y facilita vuesa merced," dijo Sancho, "pero «del dicho al hecho hay gran trecho», y yo me atengo al renegado que me parece muy hombre de bien y de muy buenas entrañas."

Don Antonio dijo que si el renegado no saliese bien del caso, se tomaría el espediente° de que el gran don Quijote pasase en Berbería.   resolution
De allí a dos días partió el renegado en un ligero barco de seis remos por banda, armado de valentísima chusma, y de allí a otros dos se partieron las galeras a Levante,° habiendo pedido el general al visorrey fuese ser-   East
vido de avisarle de lo que sucediese en la libertad de don Gregorio y en el caso de Ana Félix. Quedó° el visorrey de hacerlo así, como se lo pedía.   agreed

Y una mañana, saliendo don Quijote a pasearse por la playa, armado de todas sus armas, porque, como muchas veces decía, «ellas° eran sus   = sus armas
arreos, y su descanso el pelear», y no se hallaba sin ellas un punto, vio venir hacia él un caballero armado asimismo de punta en blanco, que en el escudo traía pintada una luna resplandeciente. El cual, llegándose a trecho que podía ser oído, en altas voces, encaminando° sus razones a   directing
don Quijote, dijo: "Insigne caballero y jamás-como-se-debe alabado don Quijote de la Mancha, yo soy el Caballero de la Blanca Luna, cuyas inauditas hazañas quizá te le habrán traído a la memoria. Vengo a contender°   fight
contigo y a probar la fuerza de tus brazos, en razón de hacerte conocer y confesar que mi dama, sea quien fuere,° es sin comparación más hermosa   may be
que tu Dulcinea del Toboso, la cual verdad si tú la confiesas 'de llano en llano,° escusarás tu muerte y el trabajo que yo he de tomar en dártela. Y si   plainly
tú peleares y yo te venciere, no quiero otra satisfación sino que, dejando las armas y absteniéndote de buscar aventuras, te recojas y retires a tu lugar por tiempo de un año, donde has de vivir sin echar mano a la espada, en paz tranquila y en provechoso sosiego, porque así conviene al aumento de tu hacienda y a la salvación de tu alma. Y si tú me vencieres, quedará a tu discreción mi cabeza, y serán tuyos los despojos de mis armas y caballo, y pasará a la tuya la fama de mis hazañas. Mira lo que está mejor, y respóndeme luego, porque hoy todo el día traigo de término para despachar este negocio."[2]

Don Quijote quedó suspenso y atónito, así de la arrogancia del Caballero de la Blanca Luna, como de la causa porque le desafiaba. Y con

---

2 **Porque hoy...** *because I have to finish this business today*

reposo y ademán severo le respondió: "Caballero de la Blanca Luna, cuyas hazañas hasta agora no han llegado a mi noticia, yo osaré jurar que
jamás habéis visto a la ilustre Dulcinea. Que si visto la hubiérades yo sé
que procurárades no poneros en esta demanda, porque su vista os des-
engañara[3] de que no ha habido ni puede haber belleza que con la suya
comparar se pueda. Y así no diciéndoos que mentís, sino que no acertáis
en lo propuesto, con las condiciones que habéis referido aceto vuestro
desafío, y luego, porque no se pase el día que traéis determinado.[4] Y sólo
exceto de las condiciones la de que se pase a mí la fama de vuestras hazañas, porque no sé cuáles ni qué tales sean. Con las mías me contento, tales
cuales ellas son. Tomad, pues, la parte del campo que quisiéredes, que yo
haré lo mesmo, y «a quien Dios se la diere San Pedro se la bendiga»."

Habían descubierto de° la ciudad al Caballero de la Blanca Luna, y   **desde**
díchoselo al visorrey que estaba hablando[5] con don Quijote de la Man-
cha. El visorrey, creyendo° sería alguna nueva aventura fabricada por don   **creyendo** *que*
Antonio Moreno o por otro algún caballero de la ciudad, salió luego a
la playa con don Antonio y con otros muchos caballeros que le acompañaban, a tiempo cuando don Quijote volvía las riendas a Rocinante para
tomar del campo lo necesario. Viendo, pues, el visorrey que daban los dos
señales del volverse a encontrar,[6] se puso en medio, preguntándoles qué
era la causa que les movía a hacer tan de improviso batalla.

El Caballero de la Blanca Luna respondió que era precedencia° de   priority
hermosura, y en breves razones, le dijo las mismas que había dicho a
don Quijote, con la acetación de las condiciones del desafío hechas por
entrambas partes. Llegóse el visorrey a don Antonio y preguntóle paso si
sabía quién era el tal Caballero de la Blanca Luna, o si era alguna burla
que querían hacer a don Quijote. Don Antonio le respondió que ni sabía
quién era, ni si era de burlas ni de veras el tal desafío. Esta respuesta tuvo
perplejo al visorrey en si les dejaría o no pasar adelante en la batalla.

Pero no pudiéndose persuadir a que fuese sino burla, se apartó, diciendo: "Señores caballeros, si aquí no hay otro remedio sino confesar o
morir, y el señor don Quijote está en sus trece, y vuesa merced, el de la
Blanca Luna en sus catorce,[7] a la mano de Dios, y dense.°"   attack

Agradeció el de la Blanca Luna con corteses y discretas razones al
visorrey la licencia que se les daba, y don Quijote hizo lo mesmo, el cual,
encomendándose al cielo de todo corazón y a su Dulcinea, como tenía
de costumbre al comenzar de las batallas que se le ofrecían, tornó a tomar
otro poco más del campo, porque vio que su contrario hacía lo mesmo, y

---

3 **Su vista...** *if you saw her, you would be convinced*

4 **Porque no...** *so that the day you have fixed* [for this business] *will not go by*

5 That is, **que** *el Caballero de la Blanca Luna* **estaba hablando...**

6 **Del volverse...** *to face each other to attack*

7 You know **estar en sus trece** *to persist stubbornly* from Part II, Chapter
39, p. 733, l. 6. Given the viceroy's attitude towards the affair, he makes a light-
hearted pun using **catorce**.

Con voz debilitada y enferma, dijo: "Dulcinea del Toboso es
la más hermosa mujer del mundo."

sin tocar trompeta ni otro instrumento bélico que les diese señal de arremeter, volvieron entrambos 'a un mesmo punto° las riendas a sus caballos,   at the same time
y como era más ligero el de la Blanca Luna, llegó a don Quijote a dos
tercios° andados de la carrera, y allí le encontró con tan poderosa fuerza,   thirds
sin tocarle con la lanza—que la levantó, al parecer, de propósito—que
dio con Rocinante y con don Quijote por el suelo una peligrosa caída.

    Fue luego sobre él, y poniéndole la lanza sobre la visera, le dijo:
"Vencido sois, caballero, y aun muerto, si no confesáis las condiciones de
nuestro desafío."

    Don Quijote, molido y aturdido, sin alzarse la visera, como si habla-
ra dentro de una tumba, con voz debilitada y enferma, dijo: "Dulcinea
del Toboso es la más hermosa mujer del mundo, y yo el más desdichado
caballero de la tierra, y no es bien que mi flaqueza defraude esta verdad.
Aprieta, caballero, la lanza, y quítame la vida, pues me has quitado la
honra."

    "Eso no haré yo, por cierto," dijo el de la Blanca Luna, "viva, viva en
su entereza la fama de la hermosura de la señora Dulcinea del Toboso.
Que sólo me contento con que el gran don Quijote se retire a su lugar un
año, o hasta el tiempo que por mí le fuere mandado, como concertamos
antes de entrar en esta batalla."

    Todo esto oyeron el visorrey y don Antonio, con otros muchos que
allí estaban, y oyeron asimismo que don Quijote respondió que como no
le pidiese cosa que fuese en perjuicio de Dulcinea, todo lo demás cumpliría como caballero puntual° y verdadero.°   conscientious, truth-
                                                ful
    Hecha esta confesión, volvió las riendas el de la Blanca Luna, y 'ha-
ciendo mesura° con la cabeza al visorrey, a medio galope se entró en la   bowing
ciudad. Mandó el visorrey a don Antonio que fuese tras él, y que en todas
maneras supiese quién era. Levantaron a don Quijote, descubriéronle el
rostro y halláronle sin color y trasudando. Rocinante, de puro malparado,
no se pudo mover por entonces.

    Sancho, todo triste, todo apesarado,° no sabía qué decirse ni qué   troubled
hacerse. Parecíale que todo aquel suceso pasaba en sueños, y que toda
aquella máquina era cosa de encantamento. Veía a su señor rendido y
obligado a no tomar armas en un año. Imaginaba la luz de la gloria de
sus hazañas escurecida, las esperanzas de sus nuevas promesas deshechas,
como se deshace el humo con el viento. Temía si quedaría o no, contrecho°
Rocinante, o deslocado° su amo. Que no fuera poca ventura si deslocado[8]   injured, dislocated
quedara.

    Finalmente, con una 'silla de manos,° que mandó traer el visorrey, le   litter
llevaron a la ciudad, y el visorrey se volvió también a ella con deseo de
saber quién fuese el Caballero de la Blanca Luna, que de tan mal talante°   state
había dejado a don Quijote.

---

   8 Cejador points out that **deslocado** could also mean that his craziness has
been removed, as this seems to indicate.

Capítulo LXV. Donde se da noticia quién era el de la Blanca Luna, con la libertad de don Gregorio y de otros sucesos.

SIGUIÓ DON ANTONIO MORENO al Caballero de la Blanca Luna, y siguiéronle también, y aun persiguiéronle, muchos muchachos hasta que 'le cerraron en° un mesón dentro de la ciudad. Entró en él don Antonio con deseo de conocerle. Salió un escudero a recebirle y a desarmarle, encerróse en una sala baja, y con él don Antonio, que «no se le cocía el pan» hasta saber quién fuese.

Viendo, pues, el de la Blanca Luna, que aquel caballero no le dejaba, le dijo: "Bien sé, señor, a lo que venís, que es a saber quién soy. Y porque no hay para qué negároslo, en tanto que este mi criado me desarma, os lo diré sin faltar un punto a la verdad del caso. Sabed, señor, que a mí me llaman el bachiller Sansón Carrasco. Soy del mesmo lugar de don Quijote de la Mancha, cuya locura y sandez mueve a que le tengamos lástima todos cuantos le conocemos, y entre los que más se la han tenido he sido yo, y creyendo que está° su salud en su reposo y en que se esté en su tierra y en su casa, 'di traza° para hacerle estar en ella, y así habrá tres meses que le salí al camino como caballero andante, llamándome el Caballero de los Espejos, con intención de pelear con él y vencerle sin hacerle daño, poniendo por condición de nuestra pelea que el vencido quedase a discreción del vencedor. Y lo que yo pensaba pedirle, porque ya le juzgaba por vencido, era que se volviese a su lugar y que no saliese dél en todo un año, en el cual tiempo podría ser curado.

"Pero la suerte lo ordenó de otra manera, porque él me venció a mí y me derribó del caballo, y así no tuvo efecto mi pensamiento. Él prosiguió su camino, y yo me volví vencido, corrido y molido de la caída, que fue además peligrosa. Pero no por esto se me quitó el deseo de volver a buscarle y a vencerle, como hoy se ha visto. Y como él es tan puntual en guardar las órdenes de la andante caballería, sin duda alguna guardará la que le he dado en cumplimiento de su palabra. Esto es, señor, lo que' pasa, sin que tenga que deciros otra cosa alguna.

"Suplícoos no me descubráis, ni le digáis a don Quijote quién soy, por que tengan efecto los buenos pensamientos míos, y vuelva a cobrar su juicio un hombre que le tiene bonísimo, como le dejen las sandeces de la caballería."

"¡Oh señor!" dijo don Antonio, "Dios os perdone el agravio que habéis hecho a todo el mundo en querer volver cuerdo al más gracioso loco que hay en él. ¿No veis, señor, que no podrá llegar el provecho que cause la cordura de don Quijote a lo que llega el gusto que da con sus desvaríos? Pero yo imagino que toda la industria del señor bachiller no ha de ser parte para² volver cuerdo a un hombre tan rematadamente loco, y si no fuese contra caridad diría que nunca sane don Quijote, porque, con

they caught up with him

lies

I made a plan

suplícoos que

---

1 This **que** is missing in the first editon.
2 **No ha…** *will not be enough to*

su salud, no solamente perdemos sus gracias, sino las de Sancho Panza su escudero. Que cualquiera dellas puede volver a alegrar a la misma melancolía.

"Con todo esto, callaré, y no le diré nada, por ver si salgo verdadero° _{right} en sospechar que no ha de tener efecto la diligencia hecha por el señor Carrasco."

El cual respondió que ya 'una por una° estaba en buen punto aquel _{in any case} negocio, de quien esperaba feliz suceso. Y habiéndole ofrecido don Antonio de hacer lo que más le mandase, se despidió dél, y hecho liar sus armas sobre un macho, luego al mismo punto, sobre el caballo con que entró en la batalla, se salió de la ciudad aquel mismo día, y se volvió a su patria, sin sucederle cosa que obligue a contarla en esta verdadera historia.

Contó don Antonio al visorrey todo lo que Carrasco le había contado, de lo que el visorrey no recibió mucho gusto, porque en el recogimiento de don Quijote se perdía el° que podían tener todos aquellos que _{= el gusto} de sus locuras tuviesen noticia.

Seis días estuvo don Quijote en el lecho, marrido,° triste, pensativo _{under the weather} y 'mal acondicionado,° yendo y viniendo con la imaginación en el desdi- _{with a bad dispo-} chado suceso de su vencimiento. Consolábale Sancho, y entre otras razo- _{sition} nes, le dijo: "Señor mío, alce vuesa merced la cabeza y alégrese si puede, y dé gracias al cielo, que, ya que le derribó en la tierra, no salió con alguna costilla quebrada, y pues sabe que «donde las dan las toman», y que «no siempre hay tocinos donde hay estacas», dé una higa al médico, pues no le ha menester para que le cure en esta enfermedad. Volvámonos a nuestra casa, y dejémonos de andar buscando aventuras por tierras y lugares que no sabemos.° Y si bien se considera, yo soy aquí el más perdidoso,³ _{= conocemos} aunque es vuesa merced el más mal parado. Yo, que dejé con el gobierno los deseos de ser más° gobernador, no dejé la gana de ser conde, que ja- _{ever again} más tendrá efecto si vuesa merced deja de ser rey, dejando el ejercicio de su caballería, y así vienen a volverse en humo mis esperanzas."

"Calla, Sancho, pues ves que mi reclusión y retirada no ha de pasar de un año. Que luego volveré a mis honrados ejercicios, y no me ha de faltar reino que gane y algún condado que darte."

"Dios lo oiga," dijo Sancho, "y el pecado sea sordo.⁴ Que siempre he oído decir que «más vale buena esperanza que ruin posesión»."

En esto estaban, cuando entró don Antonio, diciendo, con muestras de grandísimo contento: "¡Albricias,° señor don Quijote, que don Gre- _{good news} gorio y el renegado que fue por él está en la playa! ¿Qué digo en la playa? Ya está en casa del visorrey, y será° aquí al momento." _{= estará}

Alegróse algún tanto don Quijote, y dijo: "En verdad que estoy por decir que me holgara que hubiera sucedido todo al revés, porque me obligara a pasar en Berbería, donde con la fuerza de mi brazo diera libertad no sólo a don Gregorio sino a cuantos cristianos cautivos hay en

---

3 **Yo soy...** *I'm the one who loses the most*
4 The saying is usually: **y el diablo sea sordo.**

Berbería. Pero ¿qué digo, miserable? ¿No soy yo el vencido? ¿No soy yo
el derribado? ¿No soy yo el que no puede 'tomar arma° en un año? Pues   take up arms
¿qué prometo? ¿De qué me alabo, si antes me conviene usar de la rueca
que de la espada?"

5   "Déjese deso, señor," dijo Sancho, "«viva la gallina aunque con su
pepita».⁵ Que «hoy por ti y mañana por mí». Y en cosas de encuentros
porrazos no hay tomarles tiento alguno,⁶ pues «el que hoy cae puede levantarse mañana», si no es que se quiere estar en la cama, quiero decir,
que se deje desmayar,° sin cobrar nuevos bríos para nuevas pendencias. Y   become weak
10   levántese vuesa merced agora para recebir a don Gregorio, que me parece
que anda la gente alborotada y ya debe de estar en casa."

Y así era la verdad, porque habiendo ya dado cuenta don Gregorio
y el renegado al visorrey de su ida y vuelta, deseoso don Gregorio de ver
a Ana Félix, vino con el renegado a casa de don Antonio, y aunque don
15   Gregorio cuando le sacaron de Argel fue con hábitos de mujer, en el bar-
co los trocó por los de un cautivo que salió consigo. Pero en cualquiera°   = cualquier *hábito*
que viniera mostrara ser persona para ser codiciada,° servida y estimada,   much desired
porque era hermoso sobremanera, y la edad, al parecer, de diez y siete
o diez y ocho años. Ricote y su hija salieron a recebirle, el padre con
20   lágrimas, y la hija con honestidad. No se abrazaron unos a otros, porque
donde hay mucho amor no suele haber demasiada desenvoltura. Las dos
bellezas juntas de don Gregorio y Ana Félix admiraron 'en particular° a   extraordinarily
todos juntos los que presentes estaban. El silencio fue allí el que habló
por los dos amantes, y los ojos fueron las lenguas que descubrieron sus
25   alegres y honestos pensamientos.

Contó el renegado la industria y medio que tuvo para sacar a don
Gregorio. Contó don Gregorio los peligros y aprietos en que se había visto con las mujeres con quien había quedado, no con largo razonamiento,
sino con breves palabras, donde mostró que su discreción se adelantaba a
30   sus años. Finalmente, Ricote pagó y satisfizo liberalmente así al renegado
como a los que habían bogado al remo. Reincorporóse° y redújose° el   reconciled himself,
renegado con la iglesia, y de miembro podrido, volvió limpio y sano con   reconfirmed himself
la penitencia y el arrepentimiento.

De allí a dos días trató el visorrey con don Antonio qué modo ten-
35   drían para que Ana Félix y su padre quedasen en España, pareciéndoles
no ser de inconveniente alguno que quedasen 'en ella° hija tan cristiana, y   en *España*
padre, al parecer, tan bien intencionado. Don Antonio se ofreció venir a
la corte a negociarlo, donde había de venir forzosamente a otros negocios,
dando a entender que en ella,° por medio del favor y de las dádivas, mu-   en *la corte*
40   chas cosas dificultosas 'se acaban.°   are gotten

"No," dijo Ricote, que se halló presente a esta plática, "hay que esperar
en favores ni en dádivas; porque con el gran don Bernardino de Velasco,

---

5 See Part II, Chapter 5, p. 510, n. 5.
6 **No hay...** *don't pay any mind to battles and beatings*

conde de Salazar,[7] a quien dio su majeſtad cargo de nueſtra expulsión,
no valen ruegos, no promesas, no dádivas, no láſtimas, porque aunque es
verdad que él mezcla la misericordia con la juſticia, como él vee que todo
el cuerpo de nueſtra nación eſtá contaminado y podrido, usa con él antes
del cauterio[8] que abrasa° que del ungüento que molifica.   burns

"Y así con prudencia, con sagacidad, con diligencia y con miedo que
pone,° ha llevado sobre sus fuertes hombros a debida ejecución el peso   he inspires
deſta gran máquina, sin que nueſtras induſtrias, eſtratagemas, solicitudes y fraudes hayan podido deslumbrar° sus ojos de Argos,[9] que contino   dazzle
tiene alerta, porque no se le quede ni encubra ninguno de los nueſtros,
que, como raíz escondida, que con el tiempo venga después a brotar° y a   sprout
echar frutos venenosos° en España, ya limpia, ya desembarazada de los   poisonous
temores en que nueſtra muchedumbre la tenía. Heroica resolución del
gran Filipo Tercero,[10] y inaudita prudencia en haberla encargado al tal
don Bernardino de Velasco."

"Una por una, yo haré, 'pueſto allá,° las diligencias posibles, y haga el   when I am there
cielo lo que más fuere servido," dijo don Antonio, "don Gregorio se irá
conmigo a consolar la pena que sus padres deben tener por su ausencia.
Ana Félix se quedará con mi mujer en mi casa, o en un monaſterio, y yo
sé que el señor visorrey guſtará se quede en la suya el buen Ricote, haſta
ver cómo yo negocio."

El visorrey consintió en todo lo propueſto, pero don Gregorio, sabiendo lo que pasaba, dijo que en ninguna manera podía ni quería dejar
a doña Ana Félix. Pero teniendo intención de ver a sus padres y de 'dar
traza° de volver por ella, vino en el decretado concierto.[11] Quedóse Ana   plan to
Félix con la mujer de don Antonio y Ricote en casa del visorrey.

Llegóse el día de la partida de don Antonio, y el de don Quijote y
Sancho, que fue de allí a otros dos. Que la caída no le concedió que más
preſto se pusiese en camino. Hubo lágrimas, hubo suspiros, desmayos y
sollozos al despedirse don Gregorio de Ana Félix. Ofrecióle Ricote a don
Gregorio mil escudos si los quería. Pero él no tomó ninguno, sino solos
cinco que le preſtó don Antonio, prometiendo la paga dellos en la Corte.
Con eſto se partieron los dos, y don Quijote y Sancho después, como se
ha dicho—don Quijote, desarmado y 'de camino,° Sancho, a pie, por ir el   = *veſtido* de camino
rucio cargado con las armas.

---

7 Bernardino de Velasco y Aragón, conde de Salazar, was in charge of the
expulsion of the Moors from various regions in Spain ſtarting in 1609. He was
to have cleared the area where Ricote would have lived in 1614.

8 Cauterization is the process of using, for example, a red-hot ſteel inſtrument to seal a wound.

9 Argos was a mythological monſter with a hundred eyes.

10 Felipe III (1578-1621) was king of Spain and Portugal. He had a peaceful foreign policy and internally he initiated the expulsion of the *moriscos* on
April 9, 1609.

11 **Vino en…** *he acceded to the agreement that they had discussed*

Capítulo LXVI. Que trata de lo que verá el que lo leyere, o lo oirá el que lo escuchare leer.

AL SALIR DE BARCELONa volvió don Quijote a mirar el sitio donde había caído, y dijo: "Aquí fue Troya, aquí mi desdicha—y no
mi cobardía—se llevó mis alcanzadas glorias. Aquí usó la fortuna
conmigo de sus vueltas y revueltas. Aquí se escurecieron mis hazañas.
Aquí, finalmente, cayó mi ventura para jamás levantarse."

Oyendo lo cual Sancho, dijo: "Tan de valientes corazones es, señor
mío, tener sufrimiento en las desgracias, como alegría en las prosperidades, y esto lo juzgo por mí mismo, que si cuando era gobernador estaba
alegre, agora que soy escudero de a pie, no estoy triste. Porque he oído
decir que esta que llaman por ahí Fortuna es una mujer borracha y antojadiza, y sobre todo, ciega, y así no vee lo que hace ni sabe a quien derriba
ni a quien ensalza."

"Muy filósofo estás, Sancho," respondió don Quijote, "muy a lo discreto hablas.[1] No sé quién te lo enseña. Lo que te sé decir es que no hay
fortuna en el mundo, ni las cosas que en él suceden, buenas o malas que
sean, 'vienen acaso,° sino por particular providencia de los cielos, y de   happen by chance
aquí viene lo que suele decirse que cada uno es artífice de su ventura. Yo
lo he sido de la mía, pero no con la prudencia necesaria, y así, me han
salido al gallarín mis presunciones.[2] Pues debiera pensar que al poderoso
grandor del caballo del de la Blanca Luna no podía resistir la flaqueza de
Rocinante. Atrevíme, en fin—hice lo que pude, derribáronme, y aunque
perdí la honra, no perdí ni puedo perder la virtud de cumplir mi palabra.
Cuando era caballero andante, atrevido y valiente, con mis obras y con
mis manos acreditaba mis hechos, y agora, cuando soy escudero pedestre,°   ordinary
acreditaré mis palabras, cumpliendo la que di de mi promesa. Camina,
pues, amigo Sancho, y vamos a tener en nuestra tierra el año del novicia-
do,° con cuyo encerramiento cobremos virtud nueva para volver al nunca   penitence
de mí olvidado ejercicio de las armas."

"Señor," respondió Sancho, "no es cosa tan gustosa el caminar a pie,
que me mueva e incite a hacer grandes jornadas. Dejemos estas armas
colgadas de algún árbol, en lugar de un ahorcado, y ocupando yo las espaldas del rucio, levantados los pies del suelo, haremos las jornadas como
vuesa merced las pidiere y midiere. Que pensar que tengo de caminar a
pie y hacerlas grandes es pensar en lo escusado."

"Bien has dicho, Sancho," respondió don Quijote, "cuélguense mis
armas por trofeo, y al pie dellas, o alrededor dellas grabaremos en los
árboles lo que en el trofeo de las armas de Roldán estaba escrito:

---

1 **Muy a...** *you speak with great wisdom*
2 **Me han...** *my pride has cast me down*

Nadie las mueva
que estar no pueda con Roldán a prueba.[3]

"Todo eso me parece de perlas," respondió Sancho, "y si no fuera por
la falta que para el camino nos había de hacer Rocinante, también fuera
bien dejarle colgado."

"Pues ni él ni las armas," replicó Don Quijote, "quiero que se ahorquen, porque no se diga que «a buen servicio mal galardón»."

"Muy bien dice vuesa merced," respondió Sancho, "porque, según
opinión de discretos, «la culpa del asno no se ha de echar a la albarda». Y
pues deste suceso vuesa merced tiene la culpa, castíguese a sí mesmo, y
no revienten sus iras por las ya rotas y sangrientas armas, ni por las man-
sedumbres de Rocinante, ni por la blandura de mis pies, queriendo que
caminen más de lo justo."

En estas razones y pláticas se les pasó todo aquel día, y aun otros
cuatro, sin sucederles cosa que estorbase su camino, y al quinto día, a la
entrada de un lugar, hallaron a la puerta de un mesón mucha gente que
por ser fiesta se estaba allí solazando.

Cuando llegaba a ellos don Quijote, un labrador alzó la voz, diciendo: "Alguno destos dos señores que aquí vienen, que no conocen las
partes,° dirá lo que se ha de hacer en nuestra apuesta."[4]   circumstances

"Sí, diré, por cierto," respondió don Quijote, "con toda rectitud, si es
que alcanzo a entenderla."

"Es, pues el caso," dijo el labrador, "señor bueno, que un vecino deste
lugar, tan gordo que pesa once arrobas,[5] desafió a correr a otro su vecino,
que no pesa más que cinco. Fue la condición que habían de correr una
carrera de cien pasos con pesos iguales, y habiéndole preguntado al desafiador cómo se había de igualar el peso, dijo que el desafiado, que pesa
cinco arrobas, se pusiese seis de hierro a cuestas, y así se igualarían las
once arrobas del flaco con las once del gordo."

"Eso no," dijo a esta sazón Sancho, antes que don Quijote respondiese. "Y a mí, que ha pocos días que salí de ser gobernador y juez, como
todo el mundo sabe, toca averiguar estas dudas y dar parecer en todo
pleito."

"Responde en buen hora," dijo don Quijote, "Sancho amigo. Que yo
no estoy para dar migas a un gato,[6] según traigo alborotado y trastornado
el juicio."

Con esta licencia, dijo Sancho a los labradores, que estaban muchos

---

3 From *Orlando Furioso*, Canto 24. I use the first edition's line breaks (folio
254ᵛ). *Orlando Furioso* is written in eleven-syllable verses, so this really represents
one verse and a half.

4 Silvia Iriso points out that this problem (and its solution) comes from a
popular book called *De singulari certamine* by the Italian Andrea Alciatto (1544).

5 About 275 pounds (125 kilos).

6 **No estoy...** *I'm of no use*

alrededor dél, la boca abierta, esperando la sentencia de la suya: "Hermanos, lo que el gordo pide no lleva camino, ni tiene sombra de justicia
alguna, porque si es verdad lo que se dice que el desafiado puede escoger
las armas, no es bien que éste las escoja tales, que le impidan ni estorben
el salir vencedor. Y así es mi parecer que el gordo desafiador se escamonde,
monde, entresaque, pula y atilde, y saque[7] seis arrobas de sus carnes, de
aquí o de allí de su cuerpo, como mejor le pareciere y estuviere, y desta
manera quedando en cinco arrobas de peso, se igualará y ajustará con las
cinco de su contrario, y así podrán correr igualmente."

"Voto a tal," dijo un labrador que escuchó la sentencia° de Sancho,   judgment
"que este señor ha hablado como un bendito y sentenciado como un canónigo. Pero a buen seguro que no ha de querer quitarse el gordo una onza
de sus carnes, cuanto más seis arrobas."

"Lo mejor es que no corran," respondió otro, "porque el flaco no se
muela con el peso, ni el gordo 'se descarne.° Y échese la mitad de la apues-   lose weight
ta en vino, y llevemos a estos señores a la taberna de 'lo caro,° y sobre mí   good wine
la capa cuando llueva."[8]

"Yo, señores," respondió don Quijote, "os lo agradezco, pero no puedo
detenerme un punto, porque pensamientos y sucesos tristes me hacen
parecer descortés y caminar más que de paso."

Y así dando de las espuelas a Rocinante, pasó adelante, dejándolos
admirados de haber visto y notado así su estraña figura como la discreción de su criado, que por tal juzgaron a Sancho.

Y otro de los labradores dijo: "Si el criado es tan discreto, ¡cuál debe
de ser el amo! Yo apostaré que si van a estudiar a Salamanca, que 'a un tris°   soon
han de venir a ser alcaldes° de corte. Que todo es burla sino estudiar y   judges
más estudiar, y tener favor y ventura, y cuando menos se piensa el hombre
se halla con una vara en la mano o con una mitra en la cabeza."

Aquella noche la pasaron amo y mozo en mitad del campo al cielo
raso y descubierto, y otro día, siguiendo su camino, vieron que hacia ellos
venía un hombre de a pie, con unas alforjas al cuello y una 'azcona o
chuzo° en la mano, propio 'talle de° correo de a pie, el cual como llegó   short lance, charac-
junto a don Quijote adelantó el paso, y medio corriendo llegó a él, y   teristic of
abrazándole por el muslo derecho, que no alcanzaba a más, le dijo, con
muestras de mucha alegría, "¡Oh mi señor don Quijote de la Mancha, y
qué gran contento ha de llegar al corazón de mi señor el duque cuando
sepa que vuesa merced vuelve a su castillo! Que todavía se está en él con
mi señora la duquesa."

"No os conozco, amigo," respondió don Quijote, "ni sé quién sois, si
vos no me lo decís."

"Yo, señor don Quijote," respondió el correo, "soy Tosilos, el lacayo
del duque mi señor, que no quise pelear con vuesa merced sobre el casamiento de la hija de doña Rodríguez."

---

7 All of these verbs imply losing weight.

8 **Sobre mí...** *I assume responsibility for the decision*

"¡Válame Dios!" dijo don Quijote, "¿es posible que sois vos el que los encantadores mis enemigos transformaron en ese lacayo que decís, por defraudarme de la honra de aquella batalla?"

"Calle, señor bueno," replicó el cartero,° "que no hubo encanto alguno,   *messenger*
ni mudanza de roſtro ninguna. Tan lacayo Tosilos entré en la eſtacada como Tosilos lacayo salí della. Yo pensé casarme sin pelear, por haberme parecido bien la moza. Pero sucedióme al revés mi pensamiento, pues así como vuesa merced se partió de nueſtro caſtillo, el duque mi señor me hizo dar cien palos por haber contravenido a las ordenanzas° que   *orders*
me tenía dadas antes de entrar en la batalla, y todo ha parado en que la muchacha es ya monja, y doña Rodríguez se ha vuelto a Caſtilla, y yo voy ahora a Barcelona a llevar un pliego° de cartas al virrey, que le envía   *bundle*
mi amo. Si vuesa merced quiere un traguito,° aunque caliente, puro, aquí   *bit to drink*
llevo una calabaza° llena de lo caro, con no sé cuantas rajitas° de queso   *gourd, little slices*
de Tronchón, que servirán de llamativo° y despertador de la sed, si acaso   *appetizer*
eſtá durmiendo."

"Quiero° el envite," dijo Sancho, "y échese el reſto de la cortesía,[9] y   *I accept*
escancie el buen Tosilos a despecho y pesar de cuantos encantadores hay en las Indias."[10]

"En fin," dijo don Quijote, "tú eres, Sancho, el mayor glotón del mundo, y el mayor ignorante de la tierra, pues no te persuades que eſte correo es encantado, y eſte Tosilos, contrahecho. Quédate con él y hártate. Que yo mé ire adelante poco a poco, esperándote a que vengas."

Riose el lacayo, desenvainó° su calabaza, desalforjó° sus rajas, y sa-   *took out, took out of*
cando un panecillo,° él y Sancho se sentaron sobre la hierba verde, y en   *saddlebags; bread*
buena paz compaña despabilaron y dieron fondo con todo el repueſto de   *roll*
las alforjas, con tan buenos alientos, que lamieron el pliego de las cartas, sólo porque olía a queso.

Dijo Tosilos a Sancho: "Sin duda eſte tu amo, Sancho amigo, debe de ser un loco."

"¿Cómo debe?" respondió Sancho, "no debe nada a nadie. Que todo lo paga, y más, cuando la moneda es locura. Bien lo veo yo, y bien se lo digo a él. Pero ¿'qué aprovecha?° Y más agora que va rematado,° porque   *what good does it*
va vencido del Caballero de la Blanca Luna."   *do?, finished*

Rogóle Tosilos le contase lo que le había sucedido. Pero Sancho le respondió que era descortesía dejar que su amo le esperase. Que otro día, si se encontrasen, habría lugar para ello. Y levantándose, después de haberse sacudido el sayo y las migajas de las barbas, antecogió° al rucio, y   *led away*
diciendo ADIÓS, dejó a Tosilos, y alcanzó a su amo que a la sombra de un árbol le eſtaba esperando.

---

9 **Échese el...** *take out everything you have to eat*
10 Las Indias refers to the New World, the Americas.

Capítulo LXVII. De la resolución que tomó don Quijote de hacerse pastor y seguir la vida del campo en tanto que se pasaba el año de su promesa,° con otros sucesos en verdad gustosos y buenos.

vow

5 **S**I MUCHOS PENSAMIENTOS FATIGABAN a don Quijote antes de ser derribado, muchos más le fatigaron después de caído. A la sombra del árbol estaba, como se ha dicho, y allí, «como moscas a la miel» le acudían y picaban° pensamientos. Unos iban al desencanto de Dulcinea, y otros a la vida que había de hacer en su forzosa retirada.° Llegó Sancho,
10 y alabóle la liberal condición del lacayo Tosilos.

were stinging
withdrawal

"¿Es posible," le dijo don Quijote, "que todavía, ¡oh Sancho! pienses que aquél sea verdadero lacayo? Parece que 'se te ha ido de las mientes° haber visto a Dulcinea convertida y transformada en labradora, y al Caballero de los Espejos en el bachiller Carrasco, obras todas de los encanta-
15 dores que me persiguen. Pero dime agora, ¿preguntaste a ese Tosilos 'que dices° qué ha hecho Dios de Altisidora—si ha llorado mi ausencia, o si ha dejado ya en las manos del olvido los enamorados pensamientos que en mi presencia la fatigaban?"

you must have forgotten

as you call him

"No eran," respondió Sancho, "los° que yo tenía tales, que me diesen
20 lugar a preguntar boberías.° ¡Cuerpo de mí,[1] señor! ¿Está vuesa merced ahora en términos de inquirir° pensamientos ajenos, especialmente amorosos?"

los *pensamientos*
stupid things
investigate

"Mira, Sancho," dijo don Quijote, "mucha diferencia hay de las obras que se hacen por amor a las que se hacen por agradecimiento. Bien puede
25 ser que un caballero sea desamorado, pero no puede ser, hablando en todo rigor, que sea desagradecido. Quísome bien, al parecer, Altisidora. Diome los tres tocadores que sabes, lloró en mi partida, maldíjome, vituperóme, quejóse a despecho de la vergüenza, públicamente—señales todas de que me adoraba. Que las iras° de los amantes suelen parar en maldiciones. Yo
30 no tuve esperanzas que darle, ni tesoros que ofrecerle, porque las mías las tengo entregadas a Dulcinea, y los tesoros de los caballeros andantes son como los de los duendes,[2] aparentes y falsos, y sólo puedo darle estos acuerdos° que della tengo, sin perjuicio, pero, de los que tengo de Dulcinea, a quien tú agravias con la remisión° que tienes en azotarte y en cas-
35 tigar esas carnes—que vea yo comidas de lobos—que quieren guardarse antes para los gusanos que para el remedio de aquella pobre señora."

wrath

memories
postponement

"Señor," respondió Sancho, "si va a decir la verdad, yo no me puedo persuadir que los azotes de mis posaderas tengan que ver con los desencantos de los encantados, que es como si dijésemos: si os duele la cabeza,
40 untaos las rodillas. A lo menos, yo osaré jurar que en cuantas historias vuesa merced ha leído que tratan de la andante caballería no ha visto

---

1 Euphemism for **Cuerpo de Cristo.**

2 Covarrubias says that a **tesoro de duende** is one that is consumed without the person knowing how.

algún desencantado por azotes. Pero, por sí o por no, yo me los daré cuando tenga gana y el tiempo me dé comodidad para castigarme."

"Dios lo haga," respondió don Quijote, "y los cielos te den gracia para que caigas en la cuenta y en la obligación que te corre de ayudar a mi señora, que lo es tuya,[3] pues tú eres mío."

En estas pláticas iban siguiendo su camino, cuando llegaron al mesmo sitio y lugar donde fueron atropellados de° los toros. Reconocióle   by
don Quijote; dijo a Sancho: "Éste es el prado donde topamos a las bizarras pastoras y gallardos pastores que en él querían renovar e imitar a la pastoral Arcadia, pensamiento tan nuevo como discreto, a cuya imitación, si es que a ti te parece bien, querría, ¡oh Sancho! que nos convirtiésemos en pastores, siquiera el tiempo que tengo de estar recogido. Yo compraré algunas ovejas y todas las demás cosas que al pastoral ejercicio son necesarias, y llamándome yo el pastor Quijotiz, y tú el pastor Pancino, nos andaremos por los montes, por las selvas y por los prados, cantando aquí, endechando° allí, bebiendo de los líquidos cristales de las   lamenting
fuentes, o ya de los limpios arroyuelos, o de los caudalosos° ríos. Dará-   mighty
nos[4] con abundantísima mano de su dulcísimo fruto las encinas, asiento los troncos de los durísimos alcornoques, sombra los sauces, olor las rosas, alfombras de mil colores matizadas° los estendidos prados, aliento el aire   harmonizing
claro y puro, luz la luna y las estrellas, a pesar de la escuridad de la noche, gusto el canto, alegría el lloro, Apolo versos, el amor conceptos, con que podremos hacernos eternos y famosos, no sólo en los presentes, sino en los venideros siglos."

"Pardiez," dijo Sancho, "que me ha cuadrado, y aun esquinado tal género de vida.[5] Y más, que no la ha de haber aún bien visto el bachiller Sansón Carrasco y maese Nicolás el barbero, cuando la han de querer seguir, y hacerse pastores con nosotros, y aun quiera Dios no[6] le venga en voluntad al cura de entrar también en el aprisco, según es de alegre y amigo de holgarse."

"Tú has dicho muy bien," dijo don Quijote, "y podrá llamarse el bachiller Sansón Carrasco, si entra en el pastoral gremio, como entrará sin duda, el pastor Sansonino, o ya° el pastor Carrascón; el barbero Nicolás se   even
podrá llamar Miculoso,[7] como ya el antiguo Boscán se llamó Nemoroso;[8]

---

3 **Que lo…** *and she's yours, too*

4 Many editors change this to **darán*n*os**. Since there are two singular nouns that follow—even though the subject is clearly **encinas**—I am reticent to change it.

5 **Que me…** *this type of life really suits me.* **Cuadrar** means *to suit.* There is a play on words between **cuadrar** and **esquinar** which is difficult to render in English.

6 This is another pleonastic **no** although it doesn't follow a verb of fear.

7 Since **Micolás** was a rustic variant of **Nicolás**, the name **Miculoso** is quite to the pastoral point.

8 It is true that El Brocense first identified Boscán with the name **Nemoroso**, apparently erroneously, even though Lat. *nemus* means **bosque**. It is

al cura no sé que nombre le pongamos, si no es algún derivativo de su
nombre, lamándole el pastor Curiambro. Las pastoras de quien hemos de
ser amantes, como entre peras podremos escoger sus nombres. Y pues el
de mi señora cuadra así al° de pastora como a de princesa, no hay para
5 qué cansarme en buscar otro que mejor le venga. Tú, Sancho, pondrás a
la tuya el que quisieres."

   "No pienso," respondió Sancho, "ponerle otro alguno sino el de Tere-
sona, que le vendrá bien con su gordura y con el propio° que tiene, pues se
llama Teresa. Y más, que celebrándola yo en mis versos, vengo a descubrir
10 mis castos deseos, pues no ando a buscar «'pan de trastrigo°'» por las casas
ajenas. El cura no será bien que tenga pastora, por dar buen ejemplo. Y si
quisiere el bachiller tenerla, «su alma en su palma»."⁹

   "¡Válame Dios," dijo don Quijote, "y qué vida nos hemos de dar, Sancho amigo! ¡Qué de churumbelas¹⁰ han de llegar a nuestros oídos, qué de
15 gaitas zamoranas, qué tamborines,¹¹ y qué de sonajas, y qué de rabeles!
Pues ¡qué si destas diferencias de músicas resuena la de los albogues! Allí
se verán casi todos los instrumentos pastorales."

   "¿Qué son albogues?" preguntó Sancho, "que ni los he oído nombrar,
ni los he visto en toda mi vida."¹²

20   "Albogues son," respondió don Quijote, "unas chapas a modo de candeleros de azófar,¹³ que dando una con otra por lo vacío y hueco, hace un
son, si no muy agradable ni armónico, no descontenta, y viene bien con la
rusticidad de la gaita y del tamborín. Y este nombre *albogues* es morisco,
como lo son todos aquellos que en nuestra lengua castellana comienzan
25 en *al-*, conviene a saber: *almohaza, almorzar, alhombra, alguacil, alhucema,
almacén, alcancía,*¹⁴ y otros semejantes, que deben ser pocos más.¹⁵ Y solos
tres tiene nuestra lengua que son moriscos y acaban en *í*, y son *borceguí,*

al *nombre*

propio *nombre*

something impos-
sible

---

more logical that Garcilaso used that name to represent himself. But certainly in
1615, people thought Boscán was Nemoroso owing to El Brocense.

   9 See Part II, Chapter 32, p. 700, n. 32.

   10 This is another double-reeded instrument.

   11 A **tamborín** is a **tabor**, a small snare drum suspended from the player's
left elbow and struck with the right hand. This is so the player can play a three-
holed flute with the left hand.

   12 Sancho may not have heard them *named* before, but he *heard* and saw
these cymbals, without recognizing what they were, in Part II, Chapter 19 (p. 606,
l. 18.) at Camacho's wedding.

   13 **Unas chapas...** *brass plates that look like candlesticks...* What would look
like the bottom of the candlestick is what you crash against the other side, and
what looks like where the candle is inserted is where you hold it.

   14 An **almohaza** is a horse grooming brush, **almorzar** is to eat lunch and
is not Arabic in its origin, **alhombra** is carpet (= **alfombra**), **alguacil** is bailiff,
alhucema is the lavender plant, **almacén** is warehouse, and **alcancía** is a money
box. Don Quijojte is pretty good about languages.

   15 There are really hundreds of words of Arabic origin that begin with **al-**
in Spanish. **Al** is the Arabic definite article which became fused with the noun,
and that's why there are so many.

zaquizamí,° y maravedí. Alhelí y alfaquí,[16] tanto por el *al*– primero como   garret
por el *–í* en que acaban, son conocidos por arábigos.[17] Esto te he dicho
de paso por habérmelo reducido a la memoria la ocasión de haber nombrado *albogues.*

"Y hanos de ayudar mucho al parecer en perfeción este ejercicio el
ser yo algún tanto poeta, como tú sabes,[18] y el serlo también en estremo el
bachiller Sansón Carrasco. Del cura no digo nada, pero yo apostaré que
debe de tener sus puntas y collares de poeta. Y que las tenga también
maese Nicolás, no dudo en ello, porque todos o 'los más° son guitarristas   i.e., most *barbers*
y copleros.° Yo me quejaré de ausencia, tú te alabarás de firme enamorado,   ballad singers
el pastor Carrascón de desdeñado, y el cura Curiambro de lo que él más
puede servirse, y así andará la cosa que no haya más que desear."

A lo que respondió Sancho: "Yo soy, señor, tan desgraciado que temo
no ha de llegar el día en que en tal ejercicio me vea. ¡Oh qué polidas cu-
chares° tengo de hacer cuando pastor me vea![19] ¡Qué de migas, qué de na-   **cucharas**
tas, qué de guirnaldas y qué de zarandajas pastoriles, que, puesto que no
me granjeen fama de discreto, no dejarán de granjearme la de ingenioso!
Sanchica mi hija nos llevará la comida al hato. Pero ¡guarda!° que es de   be careful!
buen parecer, y hay pastores más maliciosos que simples, y ni querría que
«fuese por lana y volviese trasquilada». Y también suelen andar los amores y los no buenos deseos por los campos como por las ciudades, y por
las pastorales chozas como por los reales palacios, y «quitada° la causa, se   once taken away
quita el pecado», y «ojos que no veen, corazón que no quiebra», y «más
vale salto de mata que ruego de hombres buenos»."[20]

"No más refranes, Sancho," dijo don Quijote, "pues cualquiera de los
que has dicho basta para dar a entender tu pensamiento, y muchas veces
te he aconsejado que no seas tan pródigo° de refranes, y que te vayas a la   extravagant
mano en decirlos. Pero paréceme que es «predicar en desierto» y «castígame mi madre, y yo trómpogelas»."[21]

"Paréceme," respondió Sancho, "que vuesa merced es como lo que
dicen: «Dijo la sartén a la caldera: quítate allá, ojinegra».°" Estáme re-   black eyed
prehendiendo que no diga yo refranes, y ensártalos vuesa merced 'de dos
en dos.°"   two at a time

"Mira, Sancho," respondió don Quijote, "yo traigo los refranes a propósito, y vienen cuando los digo «como anillo en el dedo». Pero tráeslos
tan por los cabellos, que los arrastras, y no los guías. Y si no me acuerdo
mal, otra vez te he dicho que los refranes son sentencias breves, sacadas

---

16 This is an Arabic professor of jurisprudence.

17 Other Arabic words that end in **-í** and found in this work are **boací,
canequí, carmesí, jabalí, lililí, tabí, tahalí,** and **vellorí.**

18 **Hanos de...** *since I am something of a poet, as you know, this seemingly will
help us perfect this new calling*

19 Shepherds did carve wooden spoons, but Gaos thinks this phrase refers
to polishing the spoons through eating.

20 See Part I, Chapter 21, p. 178, n. 51.

21 See Part II, Chapter 43, p. 756, n. 7.

de la experiencia y especulación° de nueſtros antiguos sabios, y el refrán   contemplation
que no viene a propósito antes es disparate que sentencia. Pero dejémonos deſto, y pues ya viene la noche, retirémonos del camino real algún
trecho, donde pasaremos eſta noche, y «Dios sabe lo que será mañana».”

⁵   Retiráronse, cenaron tarde y mal, bien contra la voluntad de Sancho,
a quien se le representaban las eſtrechezas de la andante caballería usadas
en las selvas y en los montes, si bien tal vez la abundancia se moſtraba
en los caſtillos y casas, así de don Diego de Miranda, como en las bodas
del rico Camacho, y de don Antonio Moreno. Pero consideraba «no ser
¹⁰ posible ser siempre de día ni siempre de noche», y así pasó aquella durmiendo y su amo velando.

Capítulo LXVIII. De la cerdosa¹ aventura que le aconteció a don Quijote.

ERA LA NOCHE ALGO escura, pueſto que la luna eſtaba en el cielo,
¹⁵   pero no en parte que pudiese ser viſta. Que tal vez la señora Dia-
na² se va a pasear a los antípodas,° y deja los montes negros y los   opposite end of the
valles escuros. Cumplió don Quijote con la naturaleza, durmiendo el pri-   earth
mer sueño, sin dar lugar al segundo,³ bien al revés de Sancho, que nunca
tuvo segundo, porque le duraba el sueño desde la noche haſta la mañana,
²⁰ en que se moſtraba su buena complexión y pocos cuidados.
     Los de don Quijote le desvelaron de manera que despertó a Sancho
y le dijo: “Maravillado eſtoy, Sancho, de la libertad de tu condición. Yo
imagino que eres hecho de mármol o de duro bronce, en quien no cabe
movimiento° ni sentimiento alguno. Yo velo cuando tu duermes, yo lloro   emotion
²⁵ cuando cantas, yo me desmayo de ayuno cuando tú eſtás perezoso y des-
alentado° de puro harto.   slugggish
     “De buenos criados es conllevar° las penas de sus señores y sentir sus   share
sentimientos, por el bien parecer siquiera.⁴ Mira la serenidad deſta noche,
la soledad en que eſtamos, que nos convida a entremeter° alguna vigilia°   insert, wakefulness
³⁰ entre nueſtro sueño. Levántate, por tu vida, y desvíate° algún trecho de   move away
aquí, y con buen ánimo y denuedo agradecido, date trecientos o cuatrocientos azotes a buena cuenta de los del desencanto de Dulcinea, y eſto
rogando te lo suplico. Que no quiero venir contigo a los brazos, como la
otra vez,⁵ porque sé que los tienes pesados. Después que te hayas dado,

---

     1 **Cerdoso** means *briſtly*, but, as you'll see, it really refers to *dealing with pigs* = **cerdos**.

     2 You have seen the goddess Diana with varying roles. She was *also* the goddess of the moon, as seen here.

     3 The notion of *firſt sleep* and *second sleep* is an old notion, less sophiſticated, but related to the modern discoveries of five levels of sleep described by Aserin-sky and Kleitman in 1953.

     4 **Por el...** *if only for the sake of appearances*

     5 This refers back to Part II, Chapter 60, p. 864, ll. 8-12, where Sancho

pasaremos lo que reſta de la noche cantando, yo mi ausencia, y tú tu firmeza, dando desde agora principio al ejercicio paſtoral que hemos de tener en nueſtra aldea."

"Señor," respondió Sancho, "no soy yo religioso para que desde la mitad de mi sueño me levante y 'me dicipline,° ni menos me parece que del eſtremo del dolor de los azotes se pueda pasar al° de la música. Vuesa merced me deje dormir y no me apriete en lo del azotarme. Que me hará hacer juramento de no tocarme jamás al pelo del sayo, 'no que° al de mis carnes."

whip myself
al eſtremo

not to mention

"¡Oh alma endurecida! ¡oh escudero sin piedad! ¡oh pan mal empleado,[6] y mercedes mal consideradas las que te he hecho y pienso de hacerte! Por mí te has viſto gobernador, y por mí te vees con esperanzas propincuas de ser conde o tener otro título equivalente, y no tardará el cumplimiento de ellas más de cuanto tarde en pasar eſte año. Que yo, *poſt tenebras spero lucem.*"[7]

"No entiendo eso," replicó Sancho, "sólo entiendo que en tanto que duermo, ni tengo temor, ni esperanza, ni trabajo, ni gloria. Y bien haya el que inventó el sueño, capa que cubre todos los humanos pensamientos, manjar que quita la hambre, agua que ahuyenta° la sed, fuego que calienta el frío, frío que templa el ardor, y finalmente, moneda° general con que todas las cosas se compran, balanza y peso que iguala al paſtor con el rey, y al simple con el discreto. Sola una cosa tiene mala el sueño, según he oído decir, y es que se parece a la muerte, pues de un dormido a un muerto hay muy poca diferencia."

drives away
currency

"Nunca te he oído hablar, Sancho," dijo don Quijote, "tan elegantemente como ahora. Por donde vengo a conocer ser verdad el refrán que tú algunas veces sueles decir: «no con quien naces, sino con quien paces.»"

"Ah, pesia tal," replicó Sancho, "señor nueſtro amo. ¡No soy yo ahora el que ensarta refranes. Que también a vuesa merced se le caen de la boca de dos en dos mejor que a mí, sino que debe de haber entre los míos y los suyos eſta diferencia—que los de vuesa merced vendrán 'a tiempo,° y los míos a deshora. Pero, en efeɗo, todos son refranes."

opportunely

En eſto eſtaban, cuando sintieron un sordo eſtruendo y un áspero ruido, que por todos aquellos valles se eſtendía. Levantóse en pie don Quijote y puso mano a la espada, y Sancho se agazapó debajo del rucio, poniéndose a los lados el lío de las armas y la albarda de su jumento,[8] tan temblando de miedo, como alborotado don Quijote. 'De punto en punto° iba creciendo el ruido, y llegándose cerca a los dos temerosos, a lo menos,

with each moment

---

overpowers his maſter.

6 That is, I feed you bread and you are not grateful.

7 From Job 17:12, meaning *after darkness I hope for light.* Also, of course, it is the Latin motto on Juan de la Cueſta's covers, which you can see at the beginning of Parts I and II here.

8 That is, he used the bundle of armor and the packsaddle as additional proteɗion.

al uno, que al otro ya se sabe su valentía.

Es pues, el caso que llevaban unos hombres a vender a una feria° más   market
de seiscientos puercos, con los cuales caminaban a aquellas horas, y era
tanto el ruido que llevaban, y el gruñir° y el bufar,° que ensordecieron° los   grunting, snorting,
oídos de don Quijote y de Sancho, que no advirtieron lo que ser podía.   deafened
Llegó de tropel la estendida y gruñidora piara,° y sin tener respeto a la   herd
autoridad de don Quijote ni a la de Sancho, pasaron por cima de los dos,
deshaciendo las trincheas de Sancho y derribando no sólo a don Quijote,
sino llevando por añadidura a Rocinante. El tropel, el gruñir, la presteza
con que llegaron los animales inmundos puso en confusión y por el suelo
a la albarda, a las armas, al rucio, a Rocinante, a Sancho y a don Quijote.
Levantóse Sancho como mejor pudo y pidió a su amo la espada, diciéndole que quería matar media docena de aquellos señores y descomedidos
puercos, que ya había conocido que lo eran.

Don Quijote le dijo: "Déjalos estar, amigo, que esta afrenta es pena
de mi pecado, y justo castigo del cielo es que a un caballero andante vencido le coman adivas,° y le piquen avispas,° y le hollen° puercos."   jackals, wasps, tread
    on
"También debe de ser castigo del cielo," respondió Sancho, "que a los   sting
escuderos de los caballeros vencidos los puncen° moscas, los coman piojos,
y les embista la hambre. Si los escuderos fuéramos hijos de los caballeros
a quien servimos, o parientes suyos muy cercanos, no fuera mucho que
nos alcanzara la pena de sus culpas, hasta la cuarta generación. Pero ¿qué
tienen que ver los Panzas con los Quijotes? Ahora bien, tornémonos a
acomodar, y durmamos lo poco que queda de la noche, y «amanecerá
Dios y medraremos»."

"Duerme tú, Sancho," respondió don Quijote, "que naciste para dormir. Que yo, que nací para velar, en el tiempo que falta de aquí al día daré
rienda a mis pensamientos, y los desfogaré° en un madrigalete° que, sin   release, song
que tú lo sepas, anoche compuse en la memoria."

"A mí me parece," respondió Sancho, "que los pensamientos que dan
lugar a hacer coplas no deben de ser muchos. Vuesa merced coplee cuanto quisiere. Que yo dormiré cuanto pudiere."

Y luego, tomando en el suelo cuanto quiso,[9] 'se acurrucó,° y 'durmió a   curled up
sueño suelto,° sin que fianzas,° ni deudas, ni dolor alguno se lo estorbase.   slept a sound sleep,
Don Quijote, arrimado a un tronco de una haya o de un alcornoque—   bonds
que Cide Hamete Benengeli no distingue el árbol que era—al son de sus
mesmos suspiros cantó de esta suerte:

> Amor, cuando yo pienso
>   en el mal que me das, terrible y fuerte,
>   voy corriendo a la muerte,
>   pensando así acabar mi mal inmenso;
> Mas en llegando al paso
>   que es puerto en este mar de mi tormento,

---

9 **Tomando en…** *taking as much of the ground as he wanted*

>   tanta alegría siento,
>   que la vida se esfuerza, y no le paso.
> Así el vivir me mata,
>   que la muerte me torna a dar la vida.
>   ¡oh condición no oída
>   la que conmigo muerte y vida trata![10]

Cada verso destos acompañaba con muchos suspiros y no pocas lágrimas, bien como aquel cuyo corazón tenía traspasado con el dolor del vencimiento, y con la ausencia de Dulcinea. Llegóse en esto el día, dio el sol con sus rayos en los ojos a Sancho, despertó y esperezóse,° sacudiéndose y estirándose los perezosos miembros. Miró el destrozo que habían hecho los puercos en su repostería, y maldijo la piara, y aun más adelante.[11]   he stretched

Finalmente, volvieron los dos a su comenzado camino, y al declinar° de la tarde vieron que hacia ellos venían hasta diez hombres de a caballo y cuatro o cinco de a pie. Sobresaltóse el corazón de don Quijote y azoróse el de Sancho, porque la gente que se les llegaba traía lanzas y adargas y venía muy a punto de guerra.[12]   coming to a close

Volvióse don Quijote a Sancho, y díjole: "Si yo pudiera, Sancho, ejercitar mis armas, y mi promesa no me hubiera atado los brazos, esta máquina que sobre nosotros viene la tuviera yo por tortas y pan pintado. Pero podría ser fuese otra cosa de la que tememos."

Llegaron en esto los de a caballo, y arbolando las lanzas, sin hablar palabra alguna, rodearon a don Quijote y se las° pusieron a las espaldas y pechos, amenazándole de muerte. Uno de los de a pie, puesto un dedo en la boca en señal de que callase, asió del freno de Rocinante y le sacó del camino, y los demás de a pie, antecogiendo a Sancho y al rucio, guardando todos maravilloso silencio, siguieron los pasos del que llevaba a don Quijote, el cual dos o tres veces quiso preguntar adonde le llevaban, o qué querían. Pero apenas comenzaba a mover los labios, cuando se los iban a cerrar con los hierros de las lanzas. Y a Sancho le acontecía lo mismo, porque apenas daba muestras de hablar, cuando uno de los de a pie con un aguijón le punzaba, y al rucio ni más ni menos, como si hablar quisiera.   las *lanzas*

Cerró la noche, apresuraron el paso, creció en los dos presos el miedo, y más, cuando oyeron que de cuando en cuando les decían: "¡Caminad, trogloditas!° ¡Callad, bárbaros! ¡Pagad, antropófagos!° ¡No os que-   brutes, cannibals

---

10 This is a Spanish translation of an Italian poem by Pietro Bembo from a collection called *Gli Asolani* (1505). Cultured readers would have recognized this popularly sung poem and its Italian source.

11 That is, he either cursed them some more, or he cursed their lineages.

12 **A punto...** *ready for battle*

jéis, scitas,[13] ni abráis los ojos, Polifemos[14] matadores, leones carniceros!"

Y otros nombres semejantes a éstos, con que atormentaban los oídos de los miserables amo y mozo. Sancho iba diciendo entre sí: "¿Nosotros tortolitas?° ¿Nosotros barberos ni estropajos?° ¿Nosotros perritas,° a quien dicen 'cita, cita'?[15] No me contentan nada estos nombres, a mal viento va esta parva.[16] Todo el mal nos viene junto, como al perro los palos, y ¡ojalá parase en ellos[17] lo que amenaza esta aventura tan desventurada!"

> little turtle doves,
> useless persons,
> dogs

Iba don Quijote embelesado, sin poder atinar con cuantos discursos hacía qué serían aquellos nombres llenos de vituperios que les ponían, de los cuales sacaba en limpio no esperar ningún bien y temer mucho mal. Llegaron, en esto, un hora casi de la noche, a un castillo, que bien conoció don Quijote que era el del duque, donde había poco que había estado.

"¡Válame Dios!" dijo así como conoció la estancia, "y ¿qué será esto? Sí, que en esta casa todo es cortesía y buen comedimiento. Pero para los vencidos el bien se vuelve en mal y el mal en peor."

Entraron al patio principal del castillo, y viéronle aderezado y puesto de manera que les acrecentó la admiración y les dobló el miedo, como se verá en el siguiente capítulo.

Capítulo LXIX. Del más raro y más nuevo° suceso que en todo el discurso desta grande historia avino a don Quijote.

> unusual

APEÁRONSE LOS DE A caballo, y junto con los de a pie, tomando 'en peso° y arrebatadamente° a Sancho y a don Quijote, los entraron en el patio, alrededor del cual ardían casi cien hachas, puestas en sus blandones,° y por los corredores del patio más de quinientas luminarias, de modo que a pesar de la noche, que se mostraba algo escura, no se echaba de ver la falta del día.° En medio del patio se levantaba un túmulo° como dos varas del suelo, cubierto todo con un grandísimo dosel de terciopelo negro, alrededor del cual, por sus gradas,° ardían velas de cera blanca sobre más de cien candeleros de plata. Encima del cual túmulo se mostraba un cuerpo muerto de una tan hermosa doncella, que hacía parecer con su hermosura hermosa a la misma muerte. Tenía la cabeza sobre una almohada de brocado, coronada con una guirnalda de diversas y odoríferas° flores tejida, las manos cruzadas° sobre el pecho, y entre ellas

> bodily, hurriedly
> holders
> daylight
> tomb
> steps
> sweet-smelling, cros-
> sed

---

13 The Scythians were cruel warriors who flourished in about the 8th century B.C. in what is now Iran.

14 Polyphemus was the most famous cyclops (one-eyed giant cannibal) in Greek mythology.

15 No mention of anything resembling **perritas**, but ¡**Cita, cita!** was used to call dogs to eat. Sancho mistakes **scitas**.

16 **Parva** is *unthreshed wheat*. If a bad wind is blowing, you cannot thresh it properly.

17 The best referent for **ellos** is **nombres** and not **palos**. Sancho hopes that the threats will just end in names, and not acts.

un ramo de amarilla y vencedora palma.[1]

A un lado del patio eſtaba pueſto un teatro y en dos sillas, sentados, dos personajes, que, por tener coronas en la cabeza y ceptros en las manos daban señales de ser algunos reyes, ya° verdaderos o ya° fingidos. Al lado   either, or deſte teatro, adonde se subía por algunas gradas, eſtaban otras dos sillas, sobre las cuales los que trujeron los presos sentaron a don Quijote y a Sancho, todo eſto callando, y dándoles a entender con señales a los dos que asimismo callasen. Pero sin que se lo señalaran, callaron ellos, porque la admiración de lo que eſtaban mirando les tenía atadas las lenguas.

Subieron en eſto al teatro con mucho acompañamiento dos principales personajes, que luego fueron conocidos de don Quijote ser el duque y la duquesa, sus huéspedes, los cuales se sentaron en dos riquísimas sillas junto a los dos que parecían reyes. ¿Quién no se había de admirar con eſto, añadiéndose a ello haber conocido don Quijote que el cuerpo muerto que eſtaba sobre el túmulo era el de la hermosa Altisidora?

Al subir el duque y la duquesa en el teatro, se levantaron don Quijote y Sancho, y les hicieron una profunda humillación,° y los duques hicieron   bow lo mesmo, inclinando° algún tanto las cabezas. Salió en eſto de través un   bowing miniſtro, y llegándose a Sancho, le echó una ropa de bocací negro encima, toda pintada con llamas de fuego, y quitándole la caperuza, le puso en la cabeza una coroza° al modo de las que sacan los penitenciados° por   conical penitent's hat, el Santo Oficio, y díjole al oído que no descosiese los labios, porque le   condemned echarían una mordaza o le quitarían la vida. Mirábase Sancho de arriba abajo, veíase ardiendo en llamas, pero como no le quemaban, no las eſtimaba en dos ardites.

Quitóse la coroza, viola pintada de diablos, volviósela a[2] poner, diciendo entre sí: "Aun bien que ni ellas me abrasan ni ellos me llevan."

Mirábale también don Quijote, y aunque el temor le tenía suspensos los sentidos, no dejó de reírse de ver la figura de Sancho. Comenzó, en eſto, a salir, al parecer, debajo del túmulo un son sumiso y agradable de flautas, que por no ser impedido de alguna humana voz, porque en aquel sitio el mesmo silencio guardaba silencio a sí mismo, se moſtraba blando y amoroso.° Luego hizo de sí improvisa mueſtra,° junto a la almohada   gentle, appearance del al parecer cadáver, un hermoso mancebo veſtido 'a lo romano,° que al   n a toga son de una harpa, que él mismo tocaba, cantó con suavísima y clara voz   oſtaves (8-line eſtas dos eſtancias:°   ſtanzas)

> En tanto que en sí vuelve Altisidora,
>   muerta por la crueldad de don Quijote,
>   y en tanto que en la corte encantadora
>   se viſtieren las damas de picote,°   coarse cloth
>   y en tanto que a sus dueñas mi señora

---

1 The palm is symbolic of virginity, and **vencedora** means that she has conquered sin (the latter is Gaos' observation).

2 This **a** was not in the original edition (Part II, folio 262ᵛ, l. 15 up).

viſtiere de bayeta y de anascote,
cantaré su belleza y su desgracia,
con mejor pleêtro que el cantor de Tracia.[3]
Y aun no se me figura que me toca
5   aqueſte oficio solamente en vida;
mas con la lengua muerta y fría en la boca
pienso mover la voz a ti debida.
Libre mi alma de su eſtrecha roca,
por el 'eſtigio lago° conducida,   River Styx
10   celebrándote irá, y aquel sonido
para parar las aguas del olvido.[4]

"No más," dijo a eſta sazón uno de los dos que parecían reyes, "no
más, cantor divino. Que sería 'proceder en infinito° representarnos ahora   unending
la muerte y las gracias de la sin par Altisidora, no muerta como el mun-
15 do ignorante piensa, sino viva, en las lenguas de la fama, y en la pena
que para volverla a la perdida luz° ha de pasar Sancho Panza, que eſtá   = life
presente.[5] Y así, ¡oh tú, Radamanto, que conmigo[6] juzgas en las cavernas
lóbregas de Lite![7] pues sabes todo aquello que en los inescrutables hados
eſtá determinado acerca de volver en sí eſta doncella, dilo y decláralo
20 luego, por que no se nos dilate el bien que con su nueva vuelta esperamos."
Apenas hubo dicho eſto Minos, juez y compañero de Radamanto,
cuando, levantándose en pie Radamanto, dijo: "Ea, miniſtros de eſta casa,
altos y bajos, grandes y chicos, acudid unos tras otros y sellad° el roſtro   smack
de Sancho con veinte y cuatro mamonas y doce pellizcos° y seis alfile-   pinches
25 razos° en brazos y lomos.° Que en eſta ceremonia consiſte la salud de   pin pricks, back
Altisidora."
Oyendo lo cual Sancho Panza, rompió el silencio, y dijo: "¡Voto a
tal, así me deje yo sellar el roſtro ni manosearme la cara como volverme
moro! ¡Cuerpo de mí! ¿Qué tiene que ver manosearme el roſtro con la
30 resurreción deſta doncella? «Regoſtóse la vieja a los bledos.»[8] Encantan
a Dulcinea, y azótanme para que se desencante. Muérese Altisidora de
males que Dios quiso darle, y hanla de resucitar a hacerme a mí veinte y
cuatro mamonas, y a cribarme° el cuerpo a alfilerazos, y a acardenalarme°   riddle, bruise

---

3 This refers to Orpheus, who was killed by the women of Thrace.
4 This second oêtave is by Garcilaso de la Vega (*Égloga III*, lines 9-16).
5 **Y en la pena que ha de pasar Sancho Panza (que eſtá presente) para
volverla a la perdida luz**
6 Rhadamanthus and Minos (the person talking who will be named later)
were the mythological kings of hell.
7 This is a confusion with **Dite** [Dis in English] the god of the underworld,
as you already know.
8 "The old lady took a fancy to the beets," and it goes on to say **no dejó
verdes ni secas** *she left neither green nor dry ones.* Sancho is equating the old lady's
eagerness to eat with the enchanters' eagerness to make Sancho the means by
which women are disenchanted, as the text goes on to confirm.

los brazos a pellizcos. «Esas burlas a un cuñado». Que «yo soy perro viejo, y no hay conmigo 'tus, tus'»."

"¡Morirás!" dijo en alta voz Radamanto. "¡Ablándate, tigre; humíllate, Nembrot⁹ soberbio, y sufre y calla, pues no te piden imposibles! Y no te metas en averiguar las dificultades deste negocio. Mamonado has de ser, acrebillado te has de ver, pellizcado has de gemir. ¡Ea, digo, ministros, cumplid mi mandamiento. Si no, por la fe de hombre de bien que habéis de ver para lo que nacistes!"

Parecieron, en esto, que por el patio venían hasta seis dueñas en procesión, una tras otra, las cuatro con antojos, y todas levantadas las manos derechas en alto, con cuatro dedos de muñecas de fuera,¹⁰ para hacer las manos más largas, 'como ahora se usa.°   as is the fashion

No las hubo visto Sancho, cuando, bramando como un toro, dijo: "Bien podré yo dejarme manosear de todo el mundo. Pero consentir que me toquen dueñas, ¡eso no! Gatéenme el rostro,¹¹ como hicieron a mi amo en este mesmo castillo; traspásenme el cuerpo con puntas de dagas buidas; atenácenme° los brazos con tenazas de fuego, que yo lo llevaré   tear en paciencia, o serviré a estos señores. Pero que me toquen dueñas no lo consentiré si me llevase el diablo."

Rompió también el silencio don Quijote, diciendo a Sancho: "Ten paciencia, hijo, y da gusto a estos señores, y muchas gracias al cielo por haber puesto tal virtud en tu persona, que con el martirio della desencantes los encantados, y resucites los muertos."

Ya estaban las dueñas cerca de Sancho, cuando él, más blando y más persuadido, poniéndose bien en la silla, dio rostro y barba a la primera, la cual le hizo una mamona muy bien sellada y luego una gran reverencia.

"Menos cortesía, menos mudas, señora dueña," dijo Sancho, "que por Dios que traéis las manos oliendo a vinagrillo."¹²

Finalmente, todas las dueñas le sellaron, y otra mucha gente de casa le pellizcaron. Pero lo que él no pudo sufrir fue el punzamiento° de los   puncturing alfileres. Y así se levantó de la silla, al parecer, mohíno, y asiendo de una hacha encendida que junto a él estaba, 'dio tras° las dueñas, y tras todos   began to pursue sus verdugos, diciendo: "¡Afuera, ministros infernales—que no soy yo de bronce para no sentir tan extraordinarios martirios!°"   torture

En esto, Altisidora, que debía de estar cansada por haber estado tanto tiempo supina,° se volvió de un lado. Visto lo cual por los circunstantes,   on her back casi todos a una voz dijeron: "¡Viva es Altisidora! ¡Altisidora vive!"

Mandó Radamanto a Sancho que depusiese la ira, pues ya se había

---

9 Little is said about the warrior Nimrod in the Old Testament (Genesis 10:8-12, I Chronicles 1:10, Micah 5:6), but he had a reputation for being evil and haughty.

10 That is, their sleeves were short enough to reveal the width of four fingers in the area of their wrists.

11 **Gatéenme el...** *let cats scratch my face*

12 **Vinagrillo** was a cosmetic used to whiten the hands and face, and whose principal ingredient was vinegar.

No las hubo visto Sancho, cuando, bramando como un toro, dijo:
"Bien podré yo dejarme manosear de todo el mundo.
Pero consentir que me toquen dueñas, ¡eso no!"

alcanzado el intento que se procuraba.

Así como don Quijote vio rebullir° a Altisidora, se fue a poner de **come to life**
rodillas delante de Sancho, diciéndole: "Agora es tiempo, hijo de mis
entrañas, no que escudero mío, que te des algunos de los azotes que estás
obligado a dar por el desencanto de Dulcinea. Ahora, digo, que es el
tiempo donde tienes sazonada la virtud, y con eficacia° de obrar el bien **efficiency**
que de ti se espera."

A lo que respondió Sancho: "Esto me parece argado° sobre argado, **bad move**
y no miel sobre hojuelas.° ¡Bueno sería que tras pellizcos, mamonas y **cakes**
alfilerazos viniesen ahora los azotes! No tiene más que hacer sino tomar
una gran piedra y atármela al cuello, y dar conmigo en un pozo, de lo que
a mí no pesaría mucho, si es que para curar los males ajenos tengo yo de
ser la vaca de la boda.[13] Déjenme, si no, por Dios que lo arroje y lo eche
todo a trece, aunque no se venda."[14]

Ya, en esto se había sentado en el túmulo Altisidora, y al mismo instante sonaron las chirimías, a quien acompañaron las flautas, y las voces
de todos que aclamaban: "¡Viva Altisidora, Altisidora viva!"

Levantáronse los duques y los reyes Minos y Radamanto, y todos
juntos con don Quijote y Sancho fueron a recebir a Altisidora, y a bajarla
del túmulo, la cual, haciendo de la desmayada,[15] se inclinó a los duques y a
los reyes, y mirando de través a don Quijote, le dijo: "Dios te lo perdone,
desamorado caballero, pues por tu crueldad he estado en el otro mundo,
a mi parecer, más de mil años. Y a ti, ¡oh el más compasivo escudero que
contiene el orbe! te agradezco la vida que poseo. Dispón° desde hoy más, **take**
amigo Sancho, de seis camisas mías que te mando, para que hagas otras
seis para ti, y si no son todas sanas, a lo menos, son todas limpias."

Besóle por ello las manos Sancho, con la coroza en la mano y las
rodillas en el suelo. Mandó el Duque que se la quitasen, y le volviesen su
caperuza y le pusiesen el sayo y le quitasen la ropa de las llamas. Suplicó
Sancho al duque que le dejasen la ropa y mitra,° que las quería llevar a su **"hat"**
tierra por seña y memoria de aquel nunca visto suceso. La duquesa respondió que sí dejarían, que ya sabía él cuan grande amiga suya era. Mandó el duque despejar el patio, y que todos se recogiesen a sus estancias, y
que a don Quijote y a Sancho los llevasen a las que ellos ya 'se sabían.° **conocían**

---

13 A cow used to be slaughtered for rustic weddings. Sancho's allusion
here is that he has to be a martyr.

14 **Que lo...** *or I will upset the whole applecart, come what may.* Ormsby's
good equivalent.

15 **Haciendo de...** *pretending to be faint*

Capítulo LXX. Que sigue al sesenta y nueve, y trata de cosas 'no escusadas° para la claridad deſta hiſtoria.

             crucial

D**URMIÓ** S**ANCHO AQUELLA NOCHE** en una carriola,° en el mesmo
aposento de don Quijote, cosa que él quisiera escusarla si pudiera, porque bien sabía que su amo no le había de dejar dormir a°
preguntas y respueſtas, y no se hallaba en disposición de hablar mucho
porque los dolores de los martirios pasados los tenía presentes,[1] y no le
dejaban libre la lengua, y viniérale más a cuento[2] dormir en una choza
solo, que no en aquella rica eſtancia acompañado.

     portable bed

     because of

       Salióle su temor tan verdadero y su sospecha tan cierta, que apenas
hubo entrado su señor en el lecho, cuando dijo: "¿Qué te parece, Sancho,
del suceso deſta noche? Grande y poderosa es la fuerza del desdén desamorado, como por tus mismos ojos has viſto muerta a Altisidora, no con
otras saetas, ni con otra espada, ni con otro inſtrumento bélico, ni con
venenos mortíferos,° sino con la consideración del rigor y el desdén con
que yo siempre la he tratado."

     deadly

       "Muriérase ella enhorabuena cuanto[3] quisiera y como quisiera," res-
pondió Sancho, "y dejárame a mí en mi casa, pues ni yo la enamoré, ni
la desdeñé en mi vida. Yo no sé ni puedo pensar cómo sea que la salud
de Altisidora, doncella más antojadiza que discreta, tenga que ver, como
otra vez he dicho, con los martirios de Sancho Panza. Agora sí que vengo
a conocer clara y diſtintamente que hay encantadores y encantos en el
mundo, de quien Dios me libre, pues yo no me sé librar. Con todo eſto,
suplico a vuesa merced me deje dormir y no me pregunte más si no quiere que me arroje por una ventana abajo."

       "Duerme, Sancho amigo," respondió don Quijote, "si es que te 'dan
lugar° los alfilerazos y pellizcos recebidos, y las mamonas hechas."

     allow

       "Ningún dolor," replicó Sancho, "llegó a la afrenta de las mamonas,
no por otra cosa que por habérmelas hecho dueña,[4] ¡que confundidas
sean! Y torno a suplicar a vuesa merced me deje dormir, porque el sueño
es alivio de las miserias de los que las tienen despiertos."

       "Sea así," dijo don Quijote, "y Dios te acompañe."

       Durmiéronse los dos, y en eſte tiempo quiso escribir y dar cuenta
Cide Hamete, autor deſta grande hiſtoria, qué les movió a los duques a
levantar el edificio° de la máquina referida. Y dice que no habiéndosele
olvidado al bachiller Sansón Carrasco cuando el Caballero de los Espejos
fue vencido y derribado por don Quijote, cuyo vencimiento y caída borró
y deshizo todos sus designios, quiso volver a probar la mano, esperando

     plot

---

     1 **Los tenía...** *he ſtill had them* [pains]

     2 **Viniérale más...** *it would have been more opportune*

     3 Schevill and others have changed this to **cuando**, but Sancho really means *let her die as much as she wants.*

     4 Schevill retains this singular from the firſt edition, a kind of generic sin-
gular, whereas moſt other editions change it to **dueñas**.

mejor suceso que el pasado. Y así informándose del paje que llevó la carta y presente a Teresa Panza, mujer de Sancho, adónde don Quijote quedaba, buscó nuevas armas y caballo, y puso en el escudo la blanca luna, llevándolo todo sobre un macho a quien guiaba un labrador, y no Tomé Cecial, su antiguo escudero, porque no fuese conocido de Sancho ni de don Quijote.

Llegó, pues, al castillo del duque, que le informó el camino y derrota que don Quijote llevaba, con intento de hallarse en las justas de Zaragoza. Díjole asimismo las burlas que le había hecho con la traza del desencanto de Dulcinea, que había de ser a costa de las posaderas de Sancho. En fin, dio cuenta de la burla que Sancho había hecho a su amo, dándole a entender que Dulcinea estaba encantada y transformada en labradora, y cómo la duquesa su mujer había dado a entender a Sancho que él era el que se engañaba, porque verdaderamente estaba encantada Dulcinea, de que no poco se rio y admiró el bachiller, considerando la agudeza y simplicidad de Sancho, como del estremo de la locura de don Quijote.

Pidióle el duque que si le hallase, y le venciese o no, se volviese por allí a darle cuenta del suceso. Hízolo así el bachiller. Partióse en su busca, no le halló en Zaragoza, pasó adelante, y sucedióle lo que queda referido. Volvióse por el castillo del duque, y contóselo todo, con las condiciones de la batalla, y que ya don Quijote volvía a cumplir, como buen caballero andante, la palabra de retirarse un año en su aldea, en el cual tiempo podía ser—dijo el bachiller—que sanase de su locura. Que ésta era la intención que le había movido a hacer aquellas transformaciones, por ser cosa de lástima que un hidalgo tan bien entendido como don Quijote fuese loco. Con esto se despidió del duque, y se volvió a su lugar, esperando en él a don Quijote, que tras él venía.

De aquí tomó ocasión el duque de hacerle aquella burla, tanto era lo que gustaba de las cosas de Sancho y de don Quijote, y haciendo tomar los caminos cerca y lejos del castillo, por todas las partes que imaginó que podría volver don Quijote, con muchos criados suyos de a pie y de a caballo, para que por fuerza o de grado le trujesen al castillo, si le hallasen.

Halláronle, dieron aviso al duque, el cual ya prevenido de todo lo que había de hacer, así como tuvo noticia de su llegada, mandó encender las hachas y las luminarias del patio, y poner a Altisidora sobre el túmulo, con todos los aparatos que se han contado, tan al vivo y tan bien hechos, que de la verdad a ellos había bien poca diferencia.

Y dice más Cide Hamete, que tiene para sí ser tan locos los burladores como los burlados, y que no estaban los duques dos dedos de parecer tontos, pues tanto ahinco ponían en burlarse de dos tontos, los cuales, el uno durmiendo a sueño suelto, y el otro velando a pensamientos desatados, les tomó el día y la gana de levantarse. Que las 'ociosas plumas,° ni   i.e., staying in bed
vencido ni vencedor, jamás dieron gusto a don Quijote.

Altisidora, en la opinión de don Quijote, vuelta de muerte a vida, siguiendo el humor de sus señores, coronada con la misma guirnalda que en el túmulo tenía, y vestida una tunicela° de tafetán blanco, sembrada de   tunic

flores de oro, y sueltos los cabellos por las espaldas, arrimada a un báculo
de negro y finísimo ébano, entró en el aposento de don Quijote, con cuya
presencia turbado y confuso, se encogió y cubrió casi todo con las sábanas
y colchas de la cama, muda la lengua, sin que acertase a hacerle cortesía
5 ninguna.

    Sentóse Altisidora en una silla, junto a su cabecera, y después de
haber dado un gran suspiro, con voz tierna y debilitada, le dijo: "Cuando
las mujeres principales y las recatadas doncellas 'atropellan por la hon-   trample their honor
ra,° y dan licencia a la lengua que rompa por todo inconveniente, dando
10 noticia en público de los secretos que su corazón encierra, en eſtrecho
término se hallan. Yo, señor don Quijote de la Mancha, soy una déſtas,   in a tight spot
apretada,° vencida y enamorada. Pero, con todo eſto, sufrida y honeſta,
tanto, que por serlo tanto, reventó mi alma por mi silencio, y perdí la vida.
Dos días ha que con la consideración del rigor con que me has tratado,
15 ¡oh «más-duro-que-mármol a mis quejas»,[5] empedernido caballero! he
eſtado muerta, o a lo menos, juzgada por tal de los que me han viſto. Y
si no fuera porque el amor, 'condoliéndose de° mí, depositó mi remedio   feeling sorry for
en los martirios deſte buen escudero, allá me quedara en el otro mundo."

    "Bien pudiera el amor," dijo Sancho, "depositarlos en los de mi asno,
20 que yo se lo agradeciera. Pero dígame, señora, así el cielo la acomode
con otro más blando amante que mi amo, ¿qué es lo que vio en el otro
mundo? ¿Qué hay en el infierno? ¿Por qué quien muere desesperado, por
fuerza ha de tener aquel paradero?"

    "La verdad que os diga," respondió Altisidora, "yo no debí de morir
25 del todo, pues no entré en el infierno. Que si allá entrara, una por una
no pudiera salir dél, aunque quisiera. La verdad es que llegué a la puerta
adonde eſtaban jugando haſta una docena de diablos a la pelota, todos en
calzas y en jubón, con valonas guarnecidas con puntas de randas flamen-
cas, y con unas vueltas de lo mismo que les servían de puños,[6] con cuatro
30 dedos de brazo de fuera, porque pareciesen las manos más largas, en las
cuales tenían unas palas° de fuego.   bats

    "Y lo que más me admiró fue que les servían, en lugar de pelotas,
libros, al parecer llenos de viento y de borra,° cosa maravillosa y nueva.   rubbish
Pero eſto no me admiró tanto como el ver que, siendo natural de los
35 jugadores el alegrarse los gananciosos y entriſtecerse los que pierden, allí
en aquel juego todos gruñían, todos regañaban° y todos se maldecían."   were arguing

    "Eso no es maravilla," respondió Sancho, "porque los diablos, jueguen
o no jueguen, nunca pueden eſtar contentos, ganen o no ganen."

    "Así debe de ser," respondió Altisidora. "Mas hay otra cosa que tam-
40 bién me admira, quiero decir me admiró entonces, y fue que al primer   volley
voleo° no quedaba pelota 'en pie,° ni de provecho para servir otra vez, y así,   whole

---

    5 This is verse 57 of the *Égloga I* by Garcilaso de la Vega. Garcilaso's **dura**
becomes Altisidora's **duro**.

    6 **Guarnecidas con...** *wide collars decorated with lace, with more lace serving
as cuffs*

menudeaban libros nuevos y viejos, que era una maravilla. A uno dellos, nuevo, flamante y bien encuadernado, le dieron un papirotazo,° que le sacaron las tripas° y le esparcieron las hojas. Dijo un diablo a otro: 'Mirad qué libro es ése.' Y el diablo le respondió: 'Ésta es la *Segunda parte de la historia de don Quijote de la Mancha*, no compuesta por Cide Hamete, su primer autor, sino por un aragonés, que él dice ser natural de Tordesillas.'[7] 'Quitádmele de ahí,' respondió el otro diablo, 'y metedle en los abismos del infierno, no le vean más mis ojos.' '¿Tan malo es?' respondió otro. 'Tan malo,' replicó el primero, 'que si de propósito yo mismo me pusiera a hacerle peor, no acertara.' Prosiguieron su juego, peloteando otros libros, y yo por haber oído nombrar a don Quijote a quien tanto adamo y quiero, procuré que se me quedase en la memoria esta visión."

whack
insides

"Visión debió de ser, sin duda," dijo don Quijote, "porque no hay otro yo en el mundo, y ya esa historia anda por acá de mano en mano, pero no para en ninguna, porque todos 'la dan del pie.° 'Yo no me he alterado° en oír que ando como cuerpo fantástico por las tinieblas del abismo, ni por la claridad de la tierra, porque no soy aquel de quien esa historia trata. Si ella fuere buena, fiel y verdadera, tendrá siglos de vida, pero si fuere mala, de su parto a la sepultura no será muy largo el camino."

kick it away, I'm not
upset

Iba Altisidora a proseguir en quejarse de don Quijote, cuando le dijo don Quijote: "Muchas veces os he dicho, señora, que a mí me pesa de que hayáis colocado en mí vuestros pensamientos, pues de los míos antes pueden ser agradecidos que remediados. Yo nací para ser de Dulcinea del Toboso, y los hados, si los hubiera, me dedicaron para ella. Y pensar que otra alguna hermosura ha de ocupar el lugar que mi alma tiene, es pensar lo imposible. Suficiente desengaño es éste para que os retiréis en los límites de vuestra honestidad, pues nadie se puede obligar a lo imposible."

Oyendo lo cual Altisidora, mostrando enojarse y alterarse, le dijo: "¡Vive el Señor, don bacallao, alma de almirez,° cuesco° de dátil, más terco y duro que villano rogado cuando tiene la suya sobre el hito,[8] que si arremeto a vos, que os tengo de sacar los ojos! ¿Pensáis, por ventura, don vencido y don molido a palos, que yo me he muerto por vos? Todo lo que habéis visto esta noche ha sido fingido. Que no soy yo mujer que por semejantes camellos° había de dejar que me doliese un negro de la uña, cuanto más° morirme."

mortar, stone

camels
menos

"Eso creo yo muy bien," dijo Sancho, "que esto del morirse los enamorados es cosa de risa. Bien lo pueden ellos decir, pero hacer, «créalo Judas»."

Estando en estas pláticas, entró el músico, cantor y poeta, que había cantado las dos ya referidas estancias, el cual, haciendo una gran reverencia a don Quijote, dijo: "Vuesa merced, señor caballero, me cuente y tenga en el número de sus mayores servidores, porque ha muchos días que le soy muy aficionado, así por su fama como por sus hazañas."

Don Quijote le respondió: "Vuesa merced me diga quien es, porque

---

7 **Que él...** *who says he's from Tordesillas*
8 **Cuando tiene...** *when he insists he's right*

A uno dellos, nuevo, flamante y bien encuadernado, le dieron un papirotazo,
que le sacaron las tripas y le esparcieron las hojas.

mi cortesía responda a sus merecimientos."

El mozo respondió que era el músico y panegírico° de la noche antes.   poet

"Por cierto," replicó don Quijote, "que vuesa merced tiene estremada voz. Pero lo que cantó no me parece que fue muy a propósito, porque ¿qué tiene que ver las estancias de Garcilaso⁹ con la muerte desta señora?

"No se maraville vuesa merced deso," respondió el músico, "que ya entre los intonsos° poetas de nuestra edad se usa que cada uno escriba   novice como quisiere, y hurte de quien quisiere, venga o no venga a pelo de su intento, y ya no hay necedad que canten o escriban que no se atribuya a licencia poética."

Responder quisiera don Quijote, pero estorbáronlo el duque y la duquesa, que entraron a verle, entre los cuales pasaron una larga y dulce plática, en la cual dijo Sancho tantos donaires y tantas malicias,° que   astute things dejaron de nuevo admirados a los duques, así con su simplicidad, como con su agudeza. Don Quijote les suplicó le diesen licencia para partirse aquel mismo día, pues a los vencidos caballeros, como él, más le convenía habitar una zahurda° que no reales palacios. Diéronsela de muy buena   pigsty gana, y la duquesa le preguntó si quedaba en su gracia Altisidora.

Él le respondió: "Señora mía, sepa vuestra señoría que todo el mal desta doncella nace de ociosidad, cuyo remedio es la ocupación honesta y continua. Ella me ha dicho aquí que se usan randas en el infierno, y pues ella las debe de saber hacer, no las deje de la mano.¹⁰ Que ocupada en menear los palillos, no se menearán en su imaginación la imagen o imágines de lo que bien quiere. Y ésta es la verdad, éste mi parecer y éste es mi consejo."

"Y el mío," añadió Sancho, "pues no he visto en toda mi vida randera°   lacemaker que por amor se haya muerto. Que las doncellas ocupadas más ponen sus pensamientos en acabar sus tareas que en pensar en sus amores. Por mí lo digo, pues mientras estoy cavando, no me acuerdo de mi oíslo, digo, de mi Teresa Panza, a quien quiero más que a las pestañas de mis ojos.

"Vos decís muy bien, Sancho," dijo la duquesa, "y yo haré que mi Altisidora se ocupe de aquí adelante en hacer alguna 'labor blanca,'°   handwork que la sabe hacer por estremo."

"No hay para qué, señora," respondió Altisidora, "usar dese remedio, pues la consideración de las crueldades que conmigo ha usado este malandrín mostrenco, me le borrarán de la memoria sin otro artificio alguno. Y con licencia de vuestra grandeza, me quiero quitar de aquí, por no ver delante de mis ojos ya no su triste figura, sino su fea y abominable catadura.'"   face

"Eso me parece," dijo el duque, "a lo que suele decirse: «Porque aquel

---

9 Of course only the second stanza was by Garcilaso (see the previous chapter, p. 916, lines 4-11 and note 4). But give Don Quijote credit for recognizing Garcilaso's octave.

10 **No las...** *let her keep doing it*

que dice injurias, cerca eſtá de perdonar.»[11]

Hizo Altisidora mueſtra de limpiarse las lágrimas con un pañuelo, y haciendo reverencia a sus señores, se salió del aposento.

"'Mándote° yo," dijo Sancho, "pobre doncella, mándote, digo, mala ventura, pues 'las has habido con° una alma de esparto y con un corazón de encina. ¡A fee que si las hubieras conmigo, que otro gallo te cantara!"

I promise you
you've had to deal
with

Acabóse la plática, viſtióse don Quijote, comió con los duques y partióse aquella tarde.

Capítulo LXXI. De lo que a don Quijote le sucedió con su escudero Sancho yendo a su aldea.

IBA EL VENCIDO Y asendereado don Quijote pensativo además por una parte y muy alegre por otra. Causaba su triſteza el vencimiento, y la alegría el considerar en la virtud de Sancho, como lo había moſtrado en la resureción[1] de Altisidora, aunque con algún escrúpulo se persuadía a que la enamorada doncella fuese muerta de veras.

No iba nada Sancho alegre, porque le entriſtecía ver que Altisidora no le había cumplido la palabra de darle las camisas, y yendo y viniendo en eſto, dijo a su amo: "En verdad, señor, que soy el más desgraciado médico que se debe de hallar en el mundo, en el cual hay físicos° que, con matar al enfermo que curan, quieren ser pagados de su trabajo, que no es otro sino firmar una cedulilla° de algunas medicinas, que no las hace él, sino el boticario, y cátalo cantusado.[2] Y a mí, que la salud ajena me cueſta gotas de sangre, mamonas, pellizcos, alfilerazos y azotes, no me dan un ardite. Pues yo les voto a tal que si me traen a las manos otro algún enfermo que antes que le cure me han de 'untar las mías.° Que «el abad de donde canta yanta», y no quiero creer que me haya dado el cielo la virtud que tengo para que yo la comunique con otros de *bóbilis, bóbilis*."[3]

doctors

prescription

pay me

"Tú tienes razon, Sancho amigo," respondió don Quijote, "y halo hecho muy mal Altisidora en no haberte dado las prometidas camisas, y pueſto que tu virtud es *gratis data*,[4] que no te ha coſtado eſtudio alguno, más que eſtudio es recebir martirios en tu persona. De mí te sé decir que si quisieras paga por los azotes del desencanto de Dulcinea, ya te la hubiera dado 'tal como buena.° Pero no sé si vendrá bien con la cura la

a really good [pay-
ment]

---

11 These lines are not set off in the firſt edition, folio 268ʳ, l. 4 up. They are the refrain from an old **romance**.

1 Thus in the firſt edition, with only one **-r-** in the middle.

2 **Cátalo…** *there's the poor patient, fleeced.* This phrase has caused problems for both annotators and translators: to whom does **cantusado** refer? What is the meaning of **cantusado**? (the verb means several disparate things). I have used Starkie's solution here, which seems to reflect the consensus.

3 **De bóbilis…** *free of charge.* Sancho also used this in a variant in Part I (Chapter 30, p. 272, l. 18, n. 19).

4 *Gratis data* *given free.* Latin phrase.

paga,⁵ y no querría que impidiese el premio a la medicina. Con todo eso, me parece que no se perderá nada en probarlo. Mira,° Sancho, el° que quieres, y azótate luego, y págate de contado y de tu propia mano, pues tienes dineros míos.”

A cuyos ofrecimientos abrió Sancho los ojos y las orejas 'de un palmo,° y dio consentimiento en su corazón a azotarse de buena gana, y dijo a su amo: “Agora bien, señor, yo quiero disponerme a dar gusto a vuesa merced en lo que desea, con provecho mío. Que el amor de mis hijos y de mi mujer me hace que me muestre interesado. Dígame vuesa merced cuánto me dará por cada azote que me diere.”

wide

“Si yo te hubiera de pagar, Sancho,” respondió don Quijote, “conforme lo que merece la grandeza y calidad deste remedio, el tesoro de Venecia, las minas del Potosí⁶ fueran poco para pagarte. 'Toma tú el tiento a° lo que llevas mío, y pon el precio a cada azote,”

estimate

“Ellos,” respondió Sancho, “son tres mil y trecientos y tantos. De ellos me he dado hasta cinco. Quedan los demás. Entren entre los tantos estos cinco, y vengamos a los tres mil y trecientos que a cuartillo cada uno— que no llevaré menos si todo el mundo me lo mandase—montan tres mil y trecientos cuartillos, que son los tres mil, mil y quinientos medios reales, que, hacen setecientos y cincuenta reales. Y los trecientos hacen ciento y cincuenta medios reales, que vienen a hacer setenta y cinco reales, que, juntándose a los setecientos y cincuenta, son por todos ochocientos y veinte y cinco reales. Estos desfalcaré° yo de los que tengo de vuesa merced y entraré en mi casa rico y contento, aunque bien azotado, porque no se toman truchas…⁷ y no digo más.”

I will take

“¡Oh Sancho bendito! ¡oh Sancho amable,” respondió do Quijote, “y cuán obligados hemos de quedar Dulcinea y yo a servirte todos los días que el cielo nos diere de vida! Si ella vuelve al ser perdido⁸—que no es posible sino que vuelva—su desdicha habrá sido dicha, y mi vencimiento, felicísimo triunfo. Y mira, Sancho, cuándo quieres comenzar la diciplina, que porque la abrevies te añado cien reales.”

“¿Cuándo?” replicó Sancho, “esta noche sin falta. Procure° vuesa merced que la° tengamos en el campo al cielo abierto. Que yo me abriré mis carnes.”

make sure

= la *noche*

Llegó la noche esperada de don Quijote con la mayor ansia del mundo, pareciéndole que 'las ruedas del carro de Apolo° se habían quebrado, y que el día se alargaba más de lo acostumbrado, bien así como acontece a los enamorados, que jamás ajustan la cuenta de sus deseos. Finalmente, se entraron entre unos amenos árboles que poco desviados del camino estaban, donde dejando vacías la silla y albarda de Rocinante y el rucio, se tendieron sobre la verde hierba, y cenaron del repuesto de Sancho, el cual,

i.e., the sun

---

5 **No sé…** *I don't know if the payment will go well with the cure*
6 Both of these represent great riches.
7 **…a bragas enjutas** *with dry pants on*
8 **Si ella…** *if she comes back to her lost self*

haciendo del cabestro y de la jáquima del rucio un poderoso y flexible azote, se retiró hasta veinte pasos de su amo, entre unas hayas.

Don Quijote, que le vio ir con denuedo y con brío, le dijo: "Mira, amigo, que no te hagas pedazos. Da lugar que unos azotes aguarden a
5   otros. No quieras apresurarte tanto en la carrera, que en la mitad della te falte el aliento. Quiero decir que no te des tan recio° que te falte la vida   hard antes de llegar al número deseado. Y porque no pierdas «por carta de más ni de menos», yo estaré desde a parte contando por este mi rosario los azotes que te dieres. Favorézcate el cielo conforme tu buena intención
10   merece."

"«Al buen pagador no le duelen prendas»," respondió Sancho, "yo pienso darme de manera que sin matarme, me duela. Que en esto debe de consistir la sustancia deste milagro."

Desnudóse luego de medio cuerpo arriba, y arrebatando el cordel,°   whip
15   comenzó a darse, y comenzó don Quijote a contar los azotes.

Hasta seis o ocho se habría dado Sancho, cuando le pareció ser pesada la burla, y muy barato el precio della, y deteniéndose un poco, dijo a su amo que 'se llamaba a engaño,° porque merecía cada azote de aquellos   he made a bad deal ser pagado a medio real, no que a cuartillo.
20   "Prosigue, Sancho amigo, y no desmayes," le dijo don Quijote, "que yo doblo la parada del precio."

"Dese modo," dijo Sancho, "¡a la mano de Dios, y lluevan azotes!"

Pero el socarrón dejó de dárselos en las espaldas, y daba en los árboles, con unos suspiros de cuando en cuando, que parecía que con cada
25   uno dellos se le arrancaba el alma. Tierna la de don Quijote, temeroso de que no se le acabase la vida y no consiguiese su deseo por la imprudencia de Sancho, le dijo: "Por tu vida, amigo, que se quede en este punto este negocio. Que me parece muy áspera esta medicina, y será bien dar tiempo al tiempo. Que «no se ganó Zamora en una hora». Más de mil
30   azotes, si yo no he contado mal, te has dado. Bastan por agora. Que «el asno»—hablando a lo grosero—«sufre la carga, más no la sobrecarga».°"   overload

"No, no, señor, respondió Sancho, "no se ha de decir por mí «a dineros pagados, brazos quebrados.»⁹ Apártese vuesa merced otro poco y déjeme dar otros mil azotes siquiera. Que a dos levadas° destas habremos cum-   series
35   plido con esta partida,° y aun nos sobrará ropa.°"   match, merchandise

"Pues tú te hallas con tan buena disposición," dijo don Quijote, "el   dise cielo te ayude, y pégate, que yo me aparto."

Volvió Sancho a su tarea con tanto denuedo, y ya había quitado las cortezas a muchos árboles, tal era la riguridad con que se azotaba. Y al-
40   zando una vez la voz, y dando un desaforado azote en una haya, dijo: "«Aquí morirás, Sansón, y cuantos con él son.»"¹⁰

---

9 Refers to taking money and then not doing the work (because of broken arms).

10 This is Sancho's version of a popular saying **Muera Sansón e cuantos con él son.**

Acudió don Quijote luego al son de la laſtimada voz y del golpe del riguroso azote, y asiendo del torcido cabeſtro que le servía de corbacho a Sancho, le dijo: "No permita la suerte, Sancho amigo, que por el guſto mío pierdas tú la vida, que ha de servir para suſtentar a tu mujer, y a tus hijos. Espere Dulcinea mejor coyuntura. Que 'yo me contendré° en los límites de la esperanza propincua, y esperaré que cobres fuerzas nuevas, para que se concluya eſte negocio a guſto de todos." [I will keep myself]

"Pues vuesa merced, señor mío, lo quiere así," respondió Sancho, "sea en buena hora, y écheme su ferreruelo sobre eſtas espaldas. Que eſtoy sudando y no querría resfriarme.° Que los nuevos diciplinantes corren eſte peligro." [catch a cold]

Hízolo así don Quijote, y quedándose en pelota abrigó a Sancho, el cual se durmió haſta que le despertó el sol. Y luego volvieron a proseguir su camino, a quien dieron fin, por entonces, en un lugar que tres leguas de allí eſtaba. Apeáronse en un mesón, que por tal le reconoció don Quijote, y no por caſtillo de cava honda, torres, raſtrillos° y 'puente levadiza.° Que después que le vencieron, con más juicio en todas las cosas discurría, como agora se dirá. Alojáronle en una sala baja a quien servían de guadameciles unas sargas° viejas pintadas, como se usan en las aldeas. En una dellas eſtaba pintada de malísima mano el robo de Elena, cuando el atrevido huésped se la llevó a Menalao,[11] y en otra eſtaba la hiſtoria de Dido y de Eneas,[12] ella sobre una alta torre, como que hacía de señas con una media sábana al fugitivo huésped, que por el mar, sobre una fragata o bergantín, se iba huyendo. [iron gratings] [drawbridge] [painted fabric]

Notó en las dos hiſtorias que Elena no iba de muy mala gana, porque se reía a socapa, y a lo socarrón. Pero la hermosa Dido moſtraba verter lágrimas del tamaño de nueces por los ojos. Viendo lo cual don Quijote, dijo: "Eſtas dos señoras fueron desdichadísimas por no haber nacido en eſta edad, y yo sobre todos desdichado, en no haber nacido en la suya. Encontrara° a aqueſtos señores, ni fuera abrasada Troya, ni Cartago deſtruida, pues con sólo que yo matara a Paris, se escusaran tantas desgracias." [if I had found]

"Yo apoſtaré," dijo Sancho, "que antes de mucho tiempo no ha de haber bodegón,° venta ni mesón, o tienda de barbero, donde no ande pintada la hiſtoria de nueſtras hazañas. Pero querría yo que la pintasen manos de otro mejor pintor que el que ha pintado a éſtas." [wine shop]

"Tienes razon, Sancho," dijo don Quijote, "porque eſte pintor es como Orbaneja[13] un pintor que eſtaba en Úbeda, que cuando le preguntaban qué pintaba, respondía: 'Lo que saliere.' Y si por ventura pintaba un

---

11 In Greek myths, Paris abduċted Helen from her husband Menelaus and fled to Troy.

12 In the *Æneid*, Dido falls in love with Æneas. This scene shows Æneas abandoning her on the African coaſt.

13 This is the same painter mentioned in Part II, Chapter 3, p. 501, l. 3, using praċtically the same words.

gallo, escribía debajo: «Éste es gallo,» porque no pensasen que era zorra. Desta manera me parece a mí, Sancho, que debe de ser el pintor o escritor (que todo es uno) que sacó a luz la historia de este nuevo don Quijote que ha salido—que pintó o escribió lo que saliere. O habrá sido como
5 un poeta que andaba los años pasados en la corte, llamado Mauleón, el cual respondía de repente a cuanto le preguntaban, y preguntándole uno que qué quería decir «Deum de Deo,»[14] respondió: 'Dé donde diere.'[15] Pero dejando esto aparte, dime si piensas, Sancho, darte otra tanda esta noche, y si quieres que sea debajo de techado o al cielo abierto."

10   "Pardiez, señor," respondió Sancho, "que para lo que yo pienso darme, eso se me da en casa que en el campo. Pero con todo eso querría que fuese entre árboles, que parece que me acompañan y me ayudan a llevar mi trabajo maravillosamente."

"Pues no ha de ser así, Sancho amigo," respondió don Quijote,"sino
15 que, para que tomes fuerzas, lo hemos de guardar para nuestra aldea, que a lo más tarde, llegaremos allá después de mañana."

Sancho respondió que hiciese su gusto. Pero que él quisiera concluir con brevedad aquel negocio a sangre caliente y cuando estaba picado el molino,[16] porque «en la tardanza suele estar muchas veces el peligro». Y «a
20 Dios rogando, y con el mazo dando», y que «más valía un toma que dos te daré», y «el pájaro en la mano que el buitre volando».

"No más refranes, Sancho, por un solo Dios," dijo don Quijote, "que parece que te vuelves al *sicut erat*.[17] Habla a lo llano, a lo liso, a lo no intricado, como muchas veces te he dicho, y verás como 'te vale un pan por
25 ciento." °   you'll derive a great
                                                                         benefit
"No sé qué mala ventura es esta mía," respondió Sancho, "que no sé decir razón sin refrán, ni refrán que no me parezca razón. Pero yo me emendaré, si pudiere."

Y con esto cesó por entonces su plática.
30

Capítulo LXXII. De cómo don Quijote y Sancho llegaron a su aldea.

TODO AQUEL DÍA ESPERANDO la noche estuvieron en aquel lugar y mesón don Quijote y Sancho, el uno para acabar en la campaña rasa la tanda de su diciplina, y el otro para ver el fin della, en el cual
35 consistía el de su deseo. Llegó en esto al mesón un caminante a caballo, con tres o cuatro criados, uno de los cuales dijo al que el señor dellos parecía: "Aquí puede vuesa merced, señor don Álvaro Tarfe, pasar hoy la siesta. La posada parece limpia y fresca."

---

14 *God from God* in Latin.
15 *Let him strike wherever he can*
16 **Cuando estaba...** *while the mill was still grinding*
17 *As it was in the beginning,* Latin

Oyendo esto don Quijote, le dijo a Sancho: "Mira, Sancho, cuando yo hojeé aquel libro de la segunda parte de mi historia, me parece que 'de pasada° topé allí este nombre de don Álvaro Tarfe."[1]

in passing

"Bien podrá ser," respondió Sancho, "dejémosle apear. Que después se lo preguntaremos."

El caballero se apeó, y frontero del aposento de don Quijote la huéspeda le dio una sala baja, enjaezada° con otras pintadas sargas, como las que tenía la estancia de don Quijote.

decorated

Púsose el recién venido caballero 'a lo de verano,° y saliéndose al portal del mesón, que era espacioso y fresco, por el cual se paseaba don Quijote, le preguntó: "¿Adónde bueno camina vuesa merced, señor gentil hombre?"

in cool clothes

Y don Quijote le respondió: "A una aldea que está aquí cerca, de donde soy natural; y vuesa merced, ¿dónde camina?"

"Yo, señor," respondió el caballero, "voy a Granada, que es mi patria."

"Y buena patria," replicó don Quijote, "pero dígame vuesa merced por cortesía, su nombre, porque me parece que me ha de importar saberlo más de lo que buenamente podré decir."

"Mi nombre es don Álvaro Tarfe," respondió el huésped.

A lo que replicó don Quijote: "Sin duda alguna pienso que vuesa merced debe de ser aquel don Álvaro Tarfe que anda impreso en la *Segunda parte de la historia de don Quijote de la Mancha*, recién impresa, y dada a la luz del mundo por un autor moderno."

"El mismo soy," respondió el caballero, "y el tal don Quijote, sujeto principal de la tal historia, fue grandísimo amigo mío, y yo fui el que le sacó de su tierra, o a lo menos, le moví a que viniese a unas justas que se hacían en Zaragoza, adonde yo iba, y en verdad en verdad que le hice muchas amistades, y que le quité de que no le palmease° las espaldas el verdugo, por ser demasiadamente atrevido."[2]

whip

"Y dígame vuesa merced, señor don Álvaro, ¿parezco yo en algo a ese tal don Quijote, que vuesa merced dice?"

"No, por cierto," respondió el huésped, "en ninguna manera."

"Y ese don Quijote," dijo el nuestro, "¿traía consigo a un escudero llamado Sancho Panza?"

"Sí, traía," respondió don Álvaro, "y aunque tenía fama de muy gracioso, nunca le oí decir gracia que la tuviese."

"Eso creo y muy bien," dijo a esta sazón Sancho, "porque el decir gracias no es para todos, y ese Sancho que vuesa merced dice, señor gentil

---

1 Don Álvaro Tarfe is indeed the third most important character in the false *Quijote*, appearing already in the first chapter (mentioned first on p. 33, l. 19 of Riquer's edition).

2 This is from Avellaneda's Chapter 8 (starts in Vol. I, p. 166, l. 11 in Riquer's edition) where don Quijote believes that a thief being taken to be whipped is really a captive knight, so he attacks the constables who are taking the criminal away. They in turn haul don Quijote off to jail. In Chapter 9, don Quijote is rescued by Álvaro Tarfe.

hombre, debe de ser algún grandísimo bellaco, frión° y ladrón juntamente.   dull
Que el verdadero Sancho Panza soy yo, que tengo más gracias que llovi-
das, y si no, haga vuesa merced la experiencia, y ándese tras de mí por lo
menos un año, y verá que se me caen a cada paso, y tales y tantas, que sin
saber yo las más veces lo que me digo, hago reír a cuantos me escuchan. Y
el verdadero don Quijote de la Mancha, el famoso, el valiente y el discreto,
el enamorado, el desfacedor de agravios, el tutor° de pupilos y huérfanos,   guardian
el amparo de las viudas, el matador de las doncellas, el que tiene por única
señora a la sin par Dulcinea del Toboso, es eſte señor que eſtá presente,
que es mi amo. Todo cualquier otro don Quijote y cualquier otro Sancho
Panza es burlería° y cosa de sueño."   joke

"Por Dios que lo creo," respondió don Álvaro, "porque más gracias
habéis dicho vos, amigo, en cuatro razones que habéis hablado, que el
otro Sancho Panza en cuantas yo le oí hablar, que fueron muchas. Más
tenía de comilón que de bien hablado, y más de tonto que de gracioso. Y
tengo por sin duda que los encantadores que persiguen a don Quijote
el bueno, han querido perseguirme a mí con don Quijote el malo. Pero
no sé qué me diga. Que osaré yo jurar que le dejo[3] metido en la casa del
Nuncio en Toledo[4] para que le curen, y agora remanece aquí otro don
Quijote, aunque bien diferente del mío."

"Yo," dijo don Quijote, "no sé si soy bueno, pero sé decir que no soy el
malo, para prueba de lo cual quiero que sepa vuesa merced, mi señor don
Álvaro Tarfe, que en todos los días de mi vida no he eſtado en Zaragoza.
Antes por haberme dicho que ese don Quijote fantáſtico se había hallado
en las juſtas desa ciudad, no quise yo entrar en ella, por sacar 'a las barbas
del° mundo su mentira, y así me pasé 'de claro° a Barcelona, archivo de la   in front of the,
cortesía, albergue de los eſtranjeros, hospital de los pobres, patria de los   direƈtly
valientes, venganza de los ofendidos, y correspondencia° grata de firmes   home
amiſtades, y en sitio° y en belleza, única.   location

"Y aunque los sucesos que en ella me han sucedido no son de mucho
guſto, sino de mucha pesadumbre, los llevo sin ella, sólo por haberla viſto.[5]
Finalmente, señor don Álvaro Tarfe, yo soy don Quijote de la Mancha, el
mismo que dice la fama, y no ese desventurado que ha querido usurpar
mi nombre y honrarse con mis pensamientos. A vuesa merced suplico por
lo que debe 'a ser° caballero, sea servido de hacer una declaración° ante   because of being,
el alcalde deſte lugar, de que vuesa merced no me ha viſto en todos los   affidavit
días de su vida haſta agora, y de que yo no soy el don Quijote impreso en
la segunda parte, ni eſte Sancho Panza, mi escudero, es aquel que vuesa

---

3 It is true that the firſt edition shows **dejô** here (folio 272ᵛ, l. 5), which
everyone except Gaos has reverted to **dejo.**

4 In the laſt chapter of Avellaneda (36) Álvaro Tarfe does take don Quijote
to this crazy house in Toledo. The inſtitution was founded by a papal nuncio (the
pope's representative to civil government) in the late 1400s, thus its name.

5 **Los** [sucesos] **llevo sin ella** [pesadumbre] **sólo por haberla** [Barcelona]
viſto

merced conoció."

"Eso haré yo de muy buena gana," respondió don Álvaro, "puesto que causa admiración ver dos don Quijotes y dos Sanchos a un mismo tiempo, tan conformes en los nombres como diferentes en las acciones, y vuelvo a decir y 'me afirmo° que no he visto lo que he visto, ni ha pasado por mí lo que ha pasado."   I confirm

"Sin duda," dijo Sancho, "que vuesa merced debe de estar encantado, como mi señora Dulcinea del Toboso. Y pluguiera al cielo que estuviera su desencanto de vuesa merced en darme otros tres mil y tantos azotes como me doy por ella. Que yo me los diera sin interés alguno."

"No entiendo eso de azotes," dijo don Álvaro.

Y Sancho le respondió que era largo de contar. Pero que él se lo contaría si acaso iban un mesmo camino.

Llegóse, en esto, la hora de comer. Comieron juntos don Quijote y don Álvaro, entró acaso el alcalde del pueblo en el mesón, con un escribano ante el cual alcalde pidió don Quijote, por una petición, de que a su derecho convenía,[6] de que don Álvaro Tarfe, aquel caballero que allí estaba presente, declarase ante su merced como no conocía a don Quijote de la Mancha, que asimismo estaba allí presente, y que no era aquel que andaba impreso en una historia intitulada *Segunda parte de don Quijote de lo Mancha,* compuesta por un tal de Avellaneda, natural de Tordesillas. Finalmente, el alcalde proveyó jurídicamente,[7] la declaración se hizo con todas las fuerzas que en tales casos debían hacerse, con lo que quedaron don Quijote y Sancho muy alegres, como si les importara mucho semejante declaración, y no mostrara claro la diferencia de los dos don Quijotes y la de los dos Sanchos sus obras y sus palabras.[8] Muchas° de cortesías y ofrecimientos pasaron entre don Álvaro y don Quijote, en las cuales mostró el gran manchego su discreción, de modo que desengañó a don Álvaro Tarfe del error en que estaba. El cual se dio a entender que debía de estar encantado, pues tocaba con la mano dos tan contrarios don Quijotes.   muchas *palabras*

Llegó la tarde, partiéronse de aquel lugar, y a obra de media legua se apartaban dos caminos diferentes, el uno que guiaba a la aldea de don Quijote, y el otro, el que había de llevar don Álvaro. En este poco espacio le contó don Quijote la desgracia de su vencimiento, y el encanto y el remedio de Dulcinea, que todo puso en nueva admiración a don Álvaro, el cual, abrazando a don Quijote y a Sancho, siguió su camino, y don Quijote el suyo, que aquella noche la pasó entre otros árboles, por dar lugar a Sancho de cumplir su penitencia, que la cumplió del mismo modo que la pasada noche, a costa de las cortezas de las hayas, harto más que de sus espaldas, que las guardó tanto, que no pudieran quitar los azotes

---

6 **De que ...** *which was his legal right*

7 **Proveyó jurídicamente** *put it in legal form*

8 **No mostrara...** *[as if] their deeds and words wouldn't clearly show the differences between the two don Quijotes and Sanchos*

una mosca, aunque la tuviera encima.[9]

No perdió el engañado don Quijote un solo golpe de la cuenta, y
halló que con los de la noche pasada eran tres mil y veinte y nueve. Parece
que había madrugado el sol a ver el sacrificio, con cuya luz volvieron a
5 proseguir su camino, tratando entre los dos del engaño de don Álvaro, y
de cuán bien acordado había sido tomar su declaración ante la justicia, y
'tan auténticamente.°   with such authority

Aquel día y aquella noche caminaron sin sucederles cosa digna de
contarse, si no fue que en ella acabó Sancho su tarea, de que quedó don
10 Quijote contento sobremodo, y esperaba el día, por ver si en el camino
topaba ya desencantada a Dulcinea su señora. Y siguiendo su camino, no
topaba mujer ninguna que no iba a reconocer si era Dulcinea del Toboso,[10]
teniendo por infalible no poder mentir las promesas de Merlín.

Con estos pensamientos y deseos, subieron una cuesta arriba, desde
15 la cual descubrieron su aldea, la cual vista de Sancho, se hincó de rodillas,
y dijo: "Abre los ojos, deseada patria, y mira que vuelve a ti Sancho Panza
tu hijo, si no muy rico, muy bien azotado. Abre los brazos, y recibe también tu hijo don Quijote, que si viene vencido de los brazos ajenos, viene
vencedor de sí mismo. Que según él me ha dicho, es el mayor vencimien-
20 to que desearse puede. Dineros llevo, porque «si buenos azotes me daban,
bien caballero me iba»."[11]

"Déjate desas sandeces," dijo don Quijote, "y vamos con pie derecho
a entrar en nuestro lugar, donde daremos vado° a nuestras imaginaciones,   truce
y la traza que en la pastoral vida pensamos ejercitar."

Con esto, bajaron de la cuesta y se fueron a su pueblo.

25 *Capítulo LXXIII. De los agüeros que tuvo don Quijote al entrar
de su aldea, con otros sucesos que adornan y acreditan° esta*   authenticate
grande historia.

A LA ENTRADA DEL cual, según dice Cide Hamete, vio don Quijote
30 que en las eras del lugar estaban riñendo dos mochachos, y el
uno dijo al otro: "No te canses, Periquillo, que no la has de ver en
todos los días de tu vida."

Oyólo don Quijote, y dijo a Sancho: "¿No adviertes, amigo, lo que
aquel mochacho ha dicho: 'No la has de ver en todos los días de tu vida?'"

35 "Pues bien—¿qué importa," respondió Sancho, "que haya dicho eso
el mochacho?"

"¿Qué?" replicó don Quijote. "No vees tú que aplicando aquella pala-

---

9 **Las guardó...** *he guarded it [his back] so carefully that the lashes wouldn't
have removed a fly, even though he had one there [on his back]*

10 **No topaba...** *as he went along he scrutinized every woman he happened
upon to see if she was Dulcinea del Toboso*

11 See Part II, Chapter 36, p. 722, l. 10, n. 3.

bra a mi intención, quiere significar que no tengo de ver más a Dulcinea?"

Queríale responder Sancho, cuando se lo estorbó ver que por aquella campaña venía huyendo una liebre seguida de muchos galgos y cazadores, la cual, temerosa, se vino a recoger y a agazapar debajo de los pies del ru- cio. Cogióla Sancho 'a mano salva,° y presentósela a don Quijote, el cual estaba diciendo: "'*Malum signum!*° *Malum signum!* Liebre huye, galgos la siguen, Dulcinea no parece."

easily
bad sign

"Estraño es vuesa merced," dijo Sancho. "Presupongamos que esta liebre es Dulcinea del Toboso y estos galgos que la persiguen son los malandrines encantadores que la transformaron en labradora. Ella huye, yo la cojo y la pongo en poder de vuesa merced, que la tiene en sus brazos y la regala. ¿Qué mala señal es ésta ni qué mal agüero se puede tomar de aquí?"

Los dos mochachos de la pendencia se llegaron a ver la liebre, y al uno dellos preguntó Sancho que por qué reñían. Y fuele respondido por el que había dicho "no la verás más en toda tu vida" que él había tomado al otro mochacho una jaula de grillos, la cual no pensaba volvérsela en toda su vida.

Sacó Sancho cuatro cuartos de la faltriquera, y dióselos al mochacho por la jaula, y púsosela en las manos a don Quijote, diciendo: "He aquí, señor, rompidos y desbaratados estos agüeros, que no tienen que ver más con nuestros sucesos, según que yo imagino, aunque tonto, que con «las nubes de antaño». Y si no me acuerdo mal, he oído decir al cura de nues- tro pueblo que no es de personas cristianas ni discretas mirar en estas niñerías, y aun vuesa merced mismo me lo dijo los días pasados, dándo- me a entender que eran tontos todos aquellos cristianos que miraban en agüeros. Y no es menester 'hacer hincapié° en esto, sino pasemos adelante, y entremos en nuestra aldea."

insist

Llegaron los cazadores, pidieron su liebre y diósela don Quijote. Pa- saron adelante, y a la entrada del pueblo toparon en un pradecillo re- zando al cura y al bachiller Carrasco.[1] Y 'es de saber° que Sancho Panza había echado sobre el rucio y sobre el lío de las armas, para que sirviese de repostero, la túnica de bocací pintada de llamas de fuego, que le vistieron en el castillo del duque la noche que volvió en sí Altisidora. Acomodóle también la coroza en la cabeza,[2] que fue la más nueva transformación y adorno con que se vio jamás jumento en el mundo.

made known

Fueron luego conocidos los dos del cura y del bachiller, que se vi- nieron a ellos con los brazos abiertos. Apeóse don Quijote y abrazólos estrechamente, y los mochachos, que son linces 'no escusados,° divisaron la coroza del jumento, y acudieron a verle, y decían unos a otros: "Venid, mochachos, y veréis el asno de Sancho Panza más galán que Mingo,[3] y la bestia de don Quijote más flaca hoy que el primer día."

inevitable

---

1 **Toparon al cura y al bachiller Carrasco rezando en un pradecillo.**

2 That is, the donkey was wearing the penitent's hat.

3 A popular comparison. No one knows who this Mingo might have been.

Finalmente, rodeados de mochachos, y acompañados del cura y del bachiller, entraron en el pueblo, y se fueron a casa de don Quijote, y hallaron a la puerta della al ama y a su sobrina, a quien ya habían llegado las nuevas de su venida. Ni más ni menos se las habían dado a Teresa Panza, mujer de Sancho, la cual, desgreñada y medio desnuda, trayendo de la mano a Sanchica su hija, acudió a ver a su marido. Y viéndole no tan bien adeliñado° como ella se pensaba que había de estar un gobernador, le dijo: dressed "¿Cómo venís así, marido mío, que me parece que venís a pie y despeado,°   footsore y más traéis semejanza de desgobernado que de gobernador?"

"Calla, Teresa," respondió Sancho, "que muchas veces donde «hay estacas no hay tocinos», y vámonos a nuestra casa. Que allá oirás maravillas. Dineros traigo, que es lo que importa, ganados por mi industria y sin daño de nadie."

"Traed vos dinero, mi buen marido," dijo Teresa, "y sean ganados por aquí o por allí, que como quiera que los hayáis ganado, no habréis hecho usanza nueva en el mundo."

Abrazó Sanchica a su padre, y preguntóle si traía algo. Que le estaba esperando «como el agua de mayo», y asiéndole de un lado del cinto,° y   belt su mujer de la mano, tirando su hija al rucio, se fueron a su casa, dejando a don Quijote en la suya, en poder de su sobrina y de su ama, y en compañía del cura y del bachiller.

Don Quijote, sin guardar términos ni horas, en aquel mismo punto se apartó a solas con el bachiller y el cura, y en breves razones les contó su vencimiento y la obligación en que había quedado de no salir de su aldea en un año, la cual pensaba guardar al pie de la letra, sin traspasarla° en   violating it un átomo, bien así como caballero andante obligado por la puntualidad y orden de la andante caballería, y que tenía pensado de hacerse aquel año pastor y entretenerse en la soledad de los campos, donde a rienda suelta podía dar vado a sus amorosos pensamientos, ejercitándose en el pastoral y virtuoso ejercicio, y que les suplicaba, si no tenían mucho que hacer y no estaban impedidos en negocios más importantes, quisiesen ser sus compañeros. Que él compraría ovejas y ganado suficiente que les diese nombre de pastores, y que les hacía saber que lo más principal de aquel negocio estaba hecho, porque les tenía puestos los nombres que les vendrían como de molde.

Díjole el cura que los dijese. Respondió don Quijote que él se había de llamar el pastor Quijotiz, y el bachiller, el pastor Carrascón; y el cura, el pastor Curambro, y Sancho Panza, el pastor Pancino.

Pasmáronse todos de ver la nueva locura de don Quijote. Pero porque no se les fuese otra vez del pueblo a sus caballerías, esperando que en aquel año podría ser curado, concedieron con su nueva intención, y aprobaron por discreta su locura, ofreciéndosele por compañeros en su ejercicio.

"Y más," dijo Sansón Carrasco, "que, como ya todo el mundo sabe, yo soy celebérrimo poeta, y a cada paso compondré versos pastoriles, o cortesanos, o como más me viniere a cuento, para que nos entretengamos

por esos andurriales donde habemos de andar. Y lo que más es meneſter, señores míos, es que cada uno escoja el nombre de la paſtora que piensa celebrar en sus versos, y que no dejemos árbol, por duro que sea, donde no la retule° y grabe su nombre como es uso y coſtumbre de los enamo-   inscribe
rados paſtores."

"Eso eſtá de molde," respondió don Quijote, "pueſto que yo eſtoy li- bre de buscar nombre de paſtora fingida, pues eſtá ahí la sin par Dulcinea del Toboso, gloria de eſtas riberas, adorno de eſtos prados, suſtento de la hermosura, nata de los donaires, y finalmente, sujeto sobre quien puede asentar bien toda alabanza, por hipérbole° que sea."   exaggerated

"Así es verdad," dijo el cura, "pero nosotros buscaremos por ahí paſto- ras mañeruelas,° que si no nos cuadraren, nos esquinen."[4]   gentle

A lo que añadió Sansón Carrasco: "Y cuando faltaren, darémosles los nombres de las eſtampadas e impresas, de quien eſtá lleno el mun- do: Fílidas, Amarilis, Dianas, Fléridas, Galateas y Belisardas. Que pues las venden en las plazas, bien las podemos comprar nosotros, y tenerlas por nueſtras. Si mi dama, o por mejor decir mi paſtora, por ventura se llamare Ana, la celebraré debajo del nombre de Anarda; y si Francisca, la llamaré yo Francenia; y si Lucía, Lucinda; que todo se sale allá. Y Sancho Panza, si es que ha de entrar en eſta cofadría, podrá celebrar a su mujer Teresa Panza con nombre de Teresaina."

Riose don Quijote de la aplicación del nombre, y el cura le alabó infinito su honeſta y honrada resolución, y se ofreció de nuevo a hacerle compañía todo el tiempo que 'le vacase° de atender a sus forzosas obli-   devote himself
gaciones. Con eſto, se despidieron dél, y le rogaron y aconsejaron tuviese cuenta con su salud, con regalarse lo que fuese bueno.

Quiso la suerte que su sobrina y el ama oyeron la plática de los tres, y así como se fueron, se entraron entrambas con don Quijote, y la sobrina le dijo: "¿Qué es eſto, señor tío? Ahora que pensábamos nosotras que vuesa merced volvía a reducirse° en su casa, y pasar en ella una vida quieta   ſtay
y honrada, ¿se quiere meter en nuevos laberintos, haciéndose

paſtorcillo, tú que vienes,
paſtorcico, tú que vas?[5]

"Pues en verdad que eſtá ya duro el alcacel para zampoñas.°"[6]   paſtoral flutes

A lo que añadió el ama: "Y ¿podrá vuesa merced pasar en el campo las sieſtas del verano, los serenos del invierno, el aullido de los lobos? No

---

4 See Part II, Chapter 67, p. 907, l. 25, n. 5.

5 Clemencín has identified the *firſt* line of this **villancico** as coming from the **Cancionero de Amberes** (1603). No printed source has been found for the *second* line. In the firſt edition, these lines are not set off (folio 276ʳ).

6 Children used this green barley (**alcacel**), when ſtill naturally moiſt, to make little pipes with which to make music, but once it was dry, it could no longer be used for that purpose. In other words, don Quijote is too old to take on his new calling.

por cierto. Que éste es ejercicio y oficio de hombres robustos, curtidos,°   hardened by weather
y criados para tal ministerio casi desde las 'fajas y mantillas.° Aun mal   diapers
por mal, mejor es ser caballero andante que pastor. Mire señor, tome mi
consejo, que no se le doy sobre estar harta de pan y vino, sino en ayunas,
5   y sobre cincuenta años que tengo de edad: estése en su casa, atienda a su
hacienda, confiese a menudo, favorezca a los pobres, y sobre mi ánima si
mal le fuere."

"Callad, hijas," les respondió don Quijote, "que yo sé bien lo que me
cumple. Llevadme al lecho—que me parece que no estoy muy bueno, y
10 tened por cierto que, ahora sea caballero andante, o pastor 'por andar,°   future
no dejaré siempre de acudir a lo que hubiéredes menester, como lo veréis
por la obra."

Y las buenas hijas, que lo eran sin duda ama y sobrina, le llevaron a la
cama, donde le dieron de comer y le regalaron lo posible.

15 *Capítulo LXXIIII. De cómo don Quijote cayó malo, y del testa-*
mento que hizo, y su muerte.

C OMO LAS COSAS HUMANAS no sean eternas, yendo siempre 'en
declinación° de° sus principios hasta llegar a su último fin, es-   downwards, **desde**
pecialmente las vidas de los hombres, y como la de don Quijote
20 no tuviese privilegio del cielo para detener el curso de la suya, llegó su
fin y acabamiento cuando él menos lo pensaba, porque, o ya fuese de la
melancolía que le causaba el verse vencido, o ya por la disposición° del   will
cielo, que así lo ordenaba, se le arraigó° una calentura que le tuvo seis días   took hold
en la cama, en los cuales fue visitado muchas veces del cura, del bachiller,
25 y del barbero, sus amigos, sin quitársele de la cabecera Sancho Panza, su
buen escudero.

Éstos, creyendo que la pesadumbre de verse vencido y de no ver
cumplido su deseo en la libertad y desencanto de Dulcinea le tenía de
aquella suerte, por todas las vías posibles procuraban alegrarle, dicién-
30 dole el bachiller que 'se animase° y levantase para comenzar su pastoral   cheer up
ejercicio, para el cual tenía ya compuesta una égloga,° que 'mal año° para   = **égloga**, too bad
cuantas Sanazaro[1] había compuesto, y que ya tenía comprados de su pro-
pio dinero dos famosos perros, para guardar el ganado, el uno llamado
Barcino° y el otro Butrón,[2] que se los había vendido un ganadero del   reddish colored
35 Quintanar.[3] Pero no por esto dejaba don Quijote sus tristezas. Llamaron
sus amigos al médico, tomóle el pulso y no le contentó mucho, y dijo que,
'por sí o por no,° atendiese a la salud de su alma, porque la del cuerpo   just in case

---

1 Jacopo Sannazzaro (1456–1520), a very influential Italian writer who
composed the first pastoral romance, *Arcadia* (1504).

2 This is an ancient Spanish noble surname.

3 Juan Haldudo, the person who was whipping young Andrés, was also
from El Quintanar (Part I, Chapter 4, p. 44, l. 15, and n. 16).

corría peligro.

Oyólo don Quijote con ánimo sosegado, pero no lo oyeron así su ama, su sobrina y su escudero, los cuales comenzaron a llorar tiernamente, como si ya le tuvieran muerto delante. Fue el parecer del médico que melancolías y desabrimientos° le acababan. Rogó don Quijote que le dejasen *worries* solo, porque quería dormir un poco. Hiciéronlo así, y durmió de un tirón,° *stretch* como dicen, más de seis horas, tanto que pensaron el ama y la sobrina que se había de quedar en el sueño. Despertó al cabo del tiempo dicho, y dando una gran voz, dijo: "¡Bendito sea el poderoso Dios que tanto bien me ha hecho! En fin, sus misericordias no tienen límite, ni las abrevian ni impiden los pecados de los hombres."

Estuvo atenta la sobrina a las razones del tío, y pareciéronle más concertadas que él solía decirlas, a lo menos, en aquella enfermedad, y preguntóle: "¿Qué es lo que vuesa merced dice, señor? ¿Tenemos 'algo de nuevo?° ¿Qué misericordias son éstas, o qué pecados de los hombres?" *something new*

"Las misericordias," respondió don Quijote, "sobrina, son las que en este instante ha usado Dios conmigo, a quien, como dije, no las impiden mis pecados. Yo tengo juicio ya, libre y claro, sin las sombras caliginosas° *dark* de la ignorancia, que sobre él me pusieron mi amarga y continua leyenda de los detestables libros de las caballerías. Ya conozco sus disparates y sus embelecos, y no me pesa sino que este desengaño ha llegado tan tarde, que no me deja tiempo 'para hacer alguna recompensa° leyendo otros que *to compensate* sean luz del alma.

"Yo me siento, sobrina, a punto de muerte. Querría hacerla° de tal **la** = his death modo que 'diese a entender° que no había sido mi vida tan mala que *make it understood* dejase renombre de loco. Que puesto que lo he sido, no querría confirmar esta verdad en mi muerte. Llámame, amiga, a mis buenos amigos—al cura, al bachiller Sansón Carrasco y a maese Nicolás, el barbero. Que quiero confesarme y hacer mi testamento."

Pero de este trabajo se escusó la sobrina con la entrada de los tres. Apenas los vio don Quijote, cuando dijo: "Dadme albricias, buenos señores, de que ya yo no soy don Quijote de la Mancha, sino Alonso Quijano, a quien mis costumbres me dieron renombre de BUENO. Ya soy enemigo de Amadís de Gaula y de toda la infinita caterva de su linaje, ya me son odiosas todas las historias profanas del andante caballería. Ya conozco mi necedad y el peligro en que me pusieron haberlas leído. Ya, por misericordia de Dios, escarmentando en cabeza propia,[4] las abomino."

Cuando esto le oyeron decir los tres, creyeron sin duda que alguna nueva locura le había tomado. Y Sansón le dijo: "¿Ahora, señor don Quijote, que tenemos nueva que está desencantada la señora Dulcinea, sale vuesa merced con eso? ¿Agora que estamos tan a pique de ser pastores, para pasar cantando la vida como unos príncipes, quiere vuesa merced hacerse ermitaño? Calle por su vida, vuelva en sí y déjese de cuentos."[5]

---

4 **Escarmentando en…** [and] *having learned from my own experience*
5 **Déjese de…** *stop this nonsense*

"Los de hasta aquí," replicó don Quijote, "que han sido verdaderos en mi daño, los ha de volver mi muerte con ayuda del cielo en mi provecho. Yo, señores, siento que me voy muriendo a toda priesa. Déjense burlas aparte, y tráiganme un confesor que me confiese, y un escribano que haga mi testamento. Que en tales trances como éste no se ha de burlar el hombre con el alma. Y así suplico, que en tanto que el señor cura me confiesa, vayan por el escribano."

Miráronse unos a otros, admirados de las razones de don Quijote, y aunque en duda, le quisieron creer, y una de las señales por donde conjeturaron se moría fue el haber vuelto con tanta facilidad de loco a cuerdo, porque a las ya dichas razones añadió otras muchas tan bien dichas, tan cristianas y con tanto concierto, que del todo les vino a quitar la duda, y a creer que estaba cuerdo.

Hizo salir la gente el cura, y quedóse solo con él, y confesóle. El bachiller fue por el escribano, y de allí a poco volvió con él y con Sancho Panza, el cual Sancho, que ya sabía por nuevas del bachiller en qué estado estaba su señor, hallando a la ama y a la sobrina llorosas, comenzó a 'hacer pucheros° y a derramar lágrimas. Acabóse la confesión, y salió el cura, diciendo: "Verdaderamente se muere, y verdaderamente está cuerdo Alonso Quijano el Bueno. Bien podemos entrar para que haga su testamento."

Estas nuevas dieron un terrible empujón° a los ojos preñados de ama, sobrina, y de Sancho Panza su buen escudero, de tal manera que los hizo reventar las lágrimas de los ojos y mil profundos suspiros del pecho, porque verdaderamente, como alguna vez se ha dicho, en tanto que don Quijote fue Alonso Quijano el Bueno a secas, y en tanto que fue don Quijote de la Mancha, fue siempre de apacible condición y de agradable trato, y por esto no sólo era bien querido de los de su casa, sino de todos cuantos le conocían.

Entró el escribano con los demás, y después de haber hecho la cabeza° del testamento y ordenado su alma don Quijote, con todas aquellas circunstancias cristianas que se requieren, llegando a las mandas,° dijo: "Iten,⁶ es mi voluntad que de ciertos dineros que Sancho Panza, a quien en mi locura hice mi escudero, tiene, que porque ha habido entre él y mí ciertas cuentas y 'dares y tomares,° quiero que no se le haga cargo° dellos ni se le pida cuenta alguna, sin que si sobrare alguno, después de haberse pagado de lo que le debo, el restante sea suyo, que será bien poco, y buen provecho le haga. Y si como estando yo loco fui parte para darle el gobierno de la ínsula, pudiera agora, estando cuerdo, darle el de un reino, se le diera, porque la sencillez de su condición y fidelidad de su trato lo merece."

Y volviéndose a Sancho, le dijo: "Perdóname, amigo, de la ocasión que te he dado de parecer loco como yo, haciéndote caer en el error en que yo he caído, de que hubo y hay caballeros andantes en el mundo."

whimper

push

heading
bequests

debits and credits,
claim

---

6 **Iten** announces that an article of a legal document is coming up. Here, in English we might number them *Article 1, Article 2.* and so on.

"Perdóname, amigo, de la ocasión que te he dado de parecer loco como
yo, haciéndote caer en el error en que yo he caído."

"¡Ay!" respondió Sancho llorando, "no se muera vuesa merced, señor mío, sino tome mi consejo, y viva muchos años, porque la mayor locura que puede hacer un hombre en esta vida es dejarse morir, sin más ni más, sin que nadie le mate, ni otras manos le acaben que las de la melancolía. Mire, no sea perezoso, sino levántese desa cama, y vámonos al campo, vestidos de pastores, como tenemos concertado. Quizá tras de alguna mata hallaremos a la señora doña Dulcinea, desencantada, que no haya más que ver.[7] Si es que se muere de pesar de verse vencido, 'écheme a mí la culpa,° diciendo que por haber yo cinchado mal a Rocinante le   *let me take the blame* derribaron. 'Cuanto más° que vuesa merced habrá visto en sus libros de   *moreover* caballerías ser cosa ordinaria derribarse unos caballeros a otros, y el que es vencido hoy, ser vencedor mañana."

"Así es," dijo Sansón, "y el buen Sancho Panza está muy en la verdad destos casos."

"Señores," dijo don Quijote, "vámonos poco a poco, pues ya «en los nidos de antaño no hay pájaros hogaño». Yo fui loco, y ya soy cuerdo. Fui don Quijote de la Mancha, y soy agora, como he dicho, Alonso Quijano el Bueno. Pueda con vuesas mercedes mi arrepentimiento y mi verdad volverme a la estimación que de mí se tenía,[8] y prosiga adelante el señor escribano.

"ITEN, mando° toda mi hacienda 'a puerta cerrada° a Antonia Qui-   *I bequeath, wholly* jana, mi sobrina, que está presente, habiendo sacado primero de lo más bien parado della[9] lo que fuere menester para cumplir las mandas que dejo hechas. Y la primera satisfación° que se haga quiero que sea pagar   *payment* el salario que debo del tiempo que mi ama me ha servido, y más veinte ducados para un vestido. Dejo por mis albaceas° al señor cura y al señor   *executors* bachiller Sansón Carrasco, que están presentes.

"ITEN, es mi voluntad que si Antonia Quijana, mi sobrina, quisiere casarse, se case con hombre de quien primero 'se haya hecho informa- ción,° que no sabe qué cosas sean libros de caballerías, y en caso que se   *found out* averiguare que lo sabe, y con todo eso mi sobrina quisiere casarse con él, y se casare, pierda todo lo que le he mandado, lo cual puedan mis albaceas distribuir en obras pías, 'a su voluntad.°   *any way they see fit*

"ITEN, suplico a los dichos señores mis albaceas que si la buena suerte les trujere a conocer al autor que dicen que compuso una historia que anda por ahí con el título de *Segunda parte de las hazañas de don Quijote de la Mancha,* de mi parte le pidan, cuan encarecidamente ser pueda, perdone la ocasión que sin yo pensarlo le di de haber escrito tantos y tan grandes disparates como en ella escribe, porque parto desta vida con escrúpulo de haberle dado motivo para escribirlos."

Cerró con esto el testamento, y tomándole un desmayo, se tendió de

---

7 **Que no haya…** *as nice as can be*

8 **Pueda con…** *may my repentance and truth restore me to the esteem in which you held me*

9 **De lo…** *off the top*

largo a largo en la cama. Alborotáronse todos, y acudieron a su remedio, y en tres días que vivió después deſte donde hizo el teſtamento, se des- mayaba muy a menudo. Andaba la casa alborotada, pero, con todo, comía la sobrina, brindaba° el ama y se regocijaba Sancho Panza. Que eſto del heredar algo borra o templa en el heredero la memoria de la pena que es razón que deje el muerto.

toaſted

En fin, llegó el último de don Quijote, después de recebidos todos los sacramentos, y después de haber abominado con muchas y eficaces razones de los libros de caballerías. Hallóse el escribano presente, y dijo que nunca había leído en ningún libro de caballerías que algún caballero andante hubiese muerto en su lecho tan sosegadamente y tan criſtiano como don Quijote, el cual, entre compasiones y lágrimas de los que allí se hallaron dio su espíritu, quiero decir que se murió.

Viendo lo cual el cura, pidió al escribano le diese por teſtimonio como Alonso Quijano el Bueno, llamado comúnmente don Quijote de la Mancha, había pasado deſta presente vida y muerto naturalmente. Y que el tal teſtimonio pedía para quitar la ocasión de que algún otro autor que Cide Hamete Benengeli le resucitase falsamente,[10] y hiciese inacabables hiſtorias de sus hazañas.[11]

Eſte fin tuvo el ingenioso hidalgo de la Mancha, cuyo lugar no quiso poner Cide Hamete puntualmente, por dejar que todas las villas y luga- res de la Mancha contendiesen entre sí por ahijársele y tenérsele por suyo, como contendieron las siete ciudades de Grecia por Homero.[12]

Déjanse de poner aquí los llantos de Sancho, sobrina y ama de don Quijote, los nuevos epitafios de su sepultura, aunque Sansón Carrasco le puso éſte:

> YACE AQUÍ EL HIDALGO FUERTE
> QUE A TANTO ESTREMO LLEGÓ
> DE VALIENTE, QUE SE ADVIERTE
> QUE LA MUERTE NO TRIUNFÓ
> DE SU VIDA CON SU MUERTE.
> TUVO A TODO EL MUNDO EN POCO;[13]
> FUE EL ESPANTAJO Y EL COCO°
> DEL MUNDO, EN TAL COYUNTURA,
> QUE ACREDITÓ SU VENTURA
> MORIR CUERDO, Y VIVIR LOCO.

bogeyman

---

10 **Y que...** *and he asked for this affidavit to remove the possibility that any author other than Cide Hamete Benengeli falsely resuscitate him*

11 At the end of Avellaneda's book, it says that Don Quijote continued his ad- ventures in Caſtilla la Vieja—Salamanca, Ávila and Valladolid with a new name, el Caballero de los Trabajos (see Riquer's edition, vol. 3, pp. 229-30). This affidavit was supposed to prevent further continuations, specifically one inspired by Avellaneda.

12 These Greek cities were Smyrna, Rhodes, Colophon, Salamis, Chios, Argos, and Athens.

13 **Tuvo a...** *he cared little for the world*

Y el prudentísimo Cide Hamete dijo a su pluma: "Aquí quedarás, colgada deſta espetera° y deſte hilo de alambre,° ni sé si bien cortada, o mal tajada péñola° mía, adonde vivirás luengos siglos, si presuntuosos° y malandrines hiſtoriadores no te descuelgan para profanarte. Pero antes que a ti lleguen, les puedes advertir y decirles en el mejor modo que pudieres:

         ¡Tate,° tate folloncicos!°
            De ninguno sea tocada;
            porque eſta empresa, buen rey,
            para mí eſtaba guardada."[14]

"Para mí sola[15] nació don Quijote, y yo para él. Él supo obrar, y yo escribir. Solos los dos somos para en uno a despecho y pesar del escritor fingido° y tordesillesco° que se atrevió, o se ha de atrever, a escribir con pluma de aveſtruz grosera y mal deliñada[16] las hazañas de mi valeroso caballero, porque no es carga de sus hombros ni asunto de su resfriado° ingenio, a quien advertirás, si acaso llegas a conocerle, que deje reposar en la sepultura los cansados y ya podridos huesos de don Quijote, y no le quiera llevar, contra todos los fueros de la muerte, a Caſtilla la Vieja, haciéndole salir de la fuesa,° donde real y verdaderamente yace, tendido de largo a largo, imposibilitado de hacer tercera jornada y salida nueva. Que para hacer burla de tantas como hicieron tantos andantes caballeros, baſtan las dos que él hizo, tan a guſto y beneplácito° de las gentes a cuya noticia llegaron, así en eſtos como en los eſtraños reinos. Y con eſto cumplirás con tu criſtiana profesión, aconsejando bien a quien mal te quiere, y yo quedaré satisfecho[17] y ufano de haber sido el primero que gozó
    el fruto de sus escritos enteramente, como deseaba, pues no
      ha sido otro mi deseo que poner en aborrecimiento°
        de los hombres las fingidas y disparatadas
         hiſtorias de los libros de caballerías, que
           por las de mi verdadero don Quijote
            van ya tropezando, y han de
             caer del todo, sin duda
              alguna. *Vale*.°"

Glosses (right margin):
rack, wire, cut
quill, presumptuous
careful, rogues
pretend, from Tordesillas
ungraceful
grave
approval
loathing
good-bye (*Latin*)

Fin

---

14 These verses are more or less in imitation of a *romance* found in *Guerras civiles de Granada* (see Gaos, Part II, p. 1043, n. 192e).

15 The feminine form proves that it is Cide Hamete's *pen* that is writing these words.

16 Although Schevill changes this to **adeliñada**, the form from the firſt edition, **deliñada**, is correct. **Mal deliñada** means *incapable of writing well*.

17 This was supposed to be the pen talking. Now the gender has changed back to masculine, yet the speaker doesn't seem to have changed.

TABLA
DE LOS CAPÍTULOS
desta segunda parte de don Qui-
jote de la Mancha.

Fin de la Tabla.

Index

An asterisk after a page number means that the person referred to is not named, such as "el divino mantuano," which refers to Virgil.

Photograph and Illustration Credits

CPSIA information can be obtained
at www.ICGtesting.com
Printed in the USA
JSHW070147080223
37436JS00001B/1